KB166232

을 유 세 계 문 학 전 집 · 6

시인의 죽음

시인의 죽음

詩人之死

다이허우잉 지음 · 임우경 옮김

을유문화사

옮긴이 임우경

연세대학교 중어중문과를 졸업하고 동 대학원에서 석사, 박사 학위를 받았다. 여성문화이론 연구소 회원이며, 2008년 현재 베이징대학 박사후 연구원으로 재직 중이다. 저서로 『한국의 식민지 근대와 여성 공간』(공저), 『중국 문화의 주제 탐구』(공저)가 있고, 옮긴 책으로는 『제국의 눈』(공역)이 있으며, 주요 논문으로는 「세기말 중국 사상계의 분화: 자유주의를 중심으로」, 「여성과 민족/국가 상상」, 「민족의 경계와 문학사 쓰기: 타이완의 신문학사 편찬과 장애령 연구」 외 다수가 있다.

을유세계문학전집 6
시인의 죽음

발행일 · 2008년 8월 20일 초판 1쇄 | 2020년 4월 10일 초판 3쇄
지은이 · 다이허우잉 | 옮긴이 · 임우경
펴낸이 · 정무영 | 펴낸곳 · (주)을유문화사
창립일 · 1945년 12월 1일 | 주소 · 서울시 마포구 서교동 469-48
전화 · 02-733-8153 | FAX · 02-732-9154 | 홈페이지 · www.eulyoo.co.kr
ISBN 978-89-324-0336-6 04820 978-89-324-0330-4(세트)

차례

제1장 특별 심사조 조장과 그녀의 심사 대상

계속되는 풍파, 불안한 유뤄빙 •9

우웨이의 꿍꿍이 •24

'자매' 사이의 갈등 •39

위쯔치의 집을 샅샅이 수색한 우웨이 •53

유원의 집으로 간 샤오징 •70

한밤중에 샹난을 찾아간 유원 •80

샹난은 어떻게 임무를 완수했나? •92

샤오징을 만난 위쯔치 •108

루윈디에게 보낸 샹난의 첫 번째 편지 •119

샹난의 편지를 받지 못한 루윈디 •126

제2장 '외양간'의 나날들

노동자 선전대의 진주 •145

샹난에게 『뜨개질 교본』을 부친 루윈디 •168

마다하이에게 '첫인사'를 한 펑원핑 •178

위쯔치의 시계를 고쳐 준 마다하이 •199

쫓겨나는 마다하이 •211

'외양간'으로 쫓겨난 샹난 •225

샹난의 '검은 배후'로 지목된 위쯔치 •242

쟈셴주를 혼내 준 청쓰위안 • 259

루원디에게 보낸 샹난의 두 번째 편지 • 266

제3장 인생철학

빈하이로 온 루원디 • 271

돤차오천의 철학 • 284

돤차오천의 집에 놀러 간 샹난 • 301

위쯔치에게 배우자를 소개한 청쓰위안 • 320

펑위안펑과 지쉐화 • 336

위쯔치의 네 가지 경사 • 350

쟈셴주의 모험 • 362

물의 부력 • 376

위쯔치의 속마음 • 389

루원디에게 보낸 샹난의 세 번째 편지 • 400

제4장 사랑의 속삭임

샹난의 편지를 함께 본 원디와 즈융 • 405

위쯔치의 비밀을 들통낸 왕유이 • 411

위쯔치를 비판한 샹난 • 423

위쯔치를 놀라게 만든 샤오하이의 시 • 437

위쯔치의 집에 간 샹난 • 453

샹난과 샤오하이 • 466

저승에서 맞이한 지 교수 부부의 결혼 40주년 • 483

'두꺼비 정신'을 배우기로 한 지쉐화 • 496

루원디에게 보낸 샹난의 네 번째 편지 • 508

제5장 사회관계와 여론의 작용

"고추장이 왜 달죠?"라고 묻는 왕유이 • 513

스즈비의 거짓말 • 522

리융리의 '계급 분석법' • 538

리융리를 탄복시킨 돤차오천 • 552

위쯔치의 꿈 •561

된차오천과 산챵의 출중한 연기 •573

된차오천, 리융리, 유뤄빙의 기막힌 협동 •586

'중요 임무'를 완수한 쟈셴주 •596

루원디에게 보낸 샹난의 다섯 번째 편지 •608

위쯔치의 휴가를 막은 리융리 •613

제6장 '전면 독재'와 혼인의 자유

'무산 계급 사령부'의 지시를 내린 디화챠오 •627

시험에 직면한 왕유이의 당성 •641

위쯔치 일가의 즐거운 양력설 •652

기습 공격에 성공한 리융리 •664

유뤄빙, 리융리, 된차오천의 3인극 •678

샹난과 위쯔치: "이건 디화챠오의 의견이에요" •692

위쯔치에게 두 갈래 길을 제시한 리융리와 유뤄빙 •701

루원디에게 보낸 샹난의 여섯 번째 편지 •713

위쯔치 최후의 선택 •720

제7장 우리의 관심은 현재와 미래

늦어 버린 루원디 •737

유서, 유품, 고아 •753

스즈비의 선언 •762

샹난, 루원디, 된차오천의 서로 다른 길 •779

우리의 관심은 현재와 미래 •793

에필로그 •807

작가 후기 •819

주 •821

해설: 문화 대혁명기 중국 지식인들의 역사적 자화상 •827

판본 소개 •839

다이허우잉 연보 •841

제1장 특별 심사조 조장과 그녀의 심사 대상

계속되는 풍파, 불안한 유뤄빙

참으로 다사다난하기도 하다!

1966년 여름 문화 대혁명의 폭풍이 몰아친 이래 유뤄빙(游若氷)은 하루도 마음 편할 날이 없었다. 1968년 새해를 앞두고 중앙의 신문에 「무산 계급 문화 대혁명의 전면적 승리를 맞이하자」라는 제목의 신년 사설이 발표됐을 때 유뤄빙은 이제 됐다, 문화 대혁명이 곧 끝나고 잠잠해지겠구나, 생각했다. 하지만 봄이 다 지나고 초여름에 접어드는 지금까지도 운동은 끝날 기미를 보이지 않고 정세는 여전히 불안하기만 했다. 정치적 사건이 꼬리에 꼬리를 물었다. 2월에는 무슨 '톈진(天津)의 검은 조직'*이라는 것이 출현했다. 중앙문혁*의 몇몇 '수장'들은 이 일을 빌미로 "문예계 계급투쟁의 내막을 철저히 밝히고, 톈진부터 시작하여 류사오치(劉少奇), 덩샤오핑(鄧小平), 루딩이(陸定一), 저우양(周揚)이 전국에 심어 놓은 검은 조직을 철저히 색출하라"고 지시했다. 유뤄빙이 속한 빈하이(濱海) 시 문인협회도 이 일로 한바탕 난리를 치른 터라 문인협회 혁명위원회 부주임인 그도 한동안 긴장하지 않을 수 없었다. 무슨 다른 큰일이 벌어진 건 아니었지만, 그의 오랜 전우이자 문인협회 당 조직원이고 시인인 위쯔치(余子期)가 격리 심사를 받았다. 톈진에서와 같은 '반혁명 작당'을 미리 방지한다는 이유였다. 중앙문혁은 이어 3월에 '양(楊), 위(余), 푸(傳) 반당 조직'이 지난해에 있었던 '2월 역류'*를 재심의하려 했다고 발표했다. '2월 역류'란 말만 나오면 유뤄빙은 심장이 두근거리고 살이 떨렸다. 그와 위쯔치의 예전 상관이 그 사건에 연루되어 있었기 때문이다. 더구나 문인협회에서도 지난해에 '작은 2월 역류' 사건을 만들어 위쯔치가 주동이 되어 옛 당 조직을 복원하려 했다고 몰아붙였더랬다. 그때 그처럼 지독하게 비판했으니 올해에 그 빚을 도로 다 갚자면 큰일이 아닐 수 없었다. 그런데 하느님도 감사하시지! 다행히 큰 탈 없이 지나갈 수 있었다. 그리고 4월이 되었다. 4월! 얼마나 일 많은 4월인지! 첫 보름부터 '기후'가 심상찮았다. 오늘 여기서 표어가 나붙으면 내일은 또 저기서 전단지가 돌았다. 죄다 '무산 계급 사령부'*를 공격하는 것들이었다. 유뤄빙은 가슴이 조마조마했다. 언제 또 새로운 폭풍이 몰아치려나…….

오늘 아침, 여느 날처럼 출근길에 나선 유뤄빙은 길가에 사람들이 삼삼오오 모여 서서 머리를 맞대고 수군거리는 것을 보았다. 순간 그는 폭풍이 또 한 차례 닥쳐오고 있음을 직감했다. 그때 트럭한 대가 유뤄빙 쪽으로 거칠게 달려왔다. 트럭 위 확성기에서는 "목숨 걸고 당 중앙을 보위하자! 목숨 걸고 마오 주석을 보위하자! 반혁명 정치꾼을 타도하자!"라는 구호가 울려 나왔다. 이 '화약 냄새' 물씬 풍기는 구호에 유뤄빙은 간담이 서늘해졌다. 그는 얼른 인도 한켠으로 비켜 서서 트럭을 쳐다보았다. 몸에 맞지 않는 헐렁한 낡은 군복을 입고서 잔뜩 긴장한 표정을 짓고 있는 홍위병(紅衛

兵)*들이 보였다. 트럭 옆으로는 현수막이 걸려 있고, 앞에는 "디화챠오(狄化橋)는 중앙문혁이 아니다! 반혁명 정치꾼을 중앙문혁에서 몰아내자!"라고 쓴 큼지막한 표어가 붙어 있었다.

유뤄빙은 온몸에 소름이 돋았다. 또다시 '무산 계급 사령부'에 대한 포격이 시작되는가! 빈하이도 난리가 나겠구나! 문인협회라고 조용할 리가 없다. 문인협회와 디화챠오는 무척 밀접한 관계가 아닌가! 협회에는 디화챠오를 '잘 아는 사람'들이 많았다. 자연히 어디서 '포성'만 울렸다 하면 모두 협회 사람들을 가만두지 않았다. 때문에 문인협회는 바람 없는 날에도 파도가 일었고, 바람까지 부는 날이면 파도가 하늘을 찌르기 예사였다. 게다가 유뤄빙 본인도 디화챠오와 '잘 아는 사람'이 아니던가! 문화 대혁명 이래 '잘 아는 사람'은 정말로 무시무시한 말이 되어 버렸다! '무산 계급 사령부' '수장'들과 '잘 아는 사람'들이 얼마나 많이 반혁명범으로 잡혀갔던가! 유뤄빙은 디화챠오와 옌안(延安)에서 함께 일한 적이 있고, 해방 후 도시로 입성한 뒤에도 그의 수하에 있었다. 그 때문에 유뤄빙은 디화챠오에 대해 너무 많은 것을 알고 있었다. 그는 할 수만 있다면 그 과거를 정말로 싹 지워 버리고 '잘 아는 사람'이라는 딱지를 깨끗이 떼어 내고 싶었다. 하지만 그런 그의 과거를 아는 사람들이 너무나 많았기에 그들의 기억을 희미하게 만드는 것밖에 달리 방법이 없었다. 그래서 그는 "화챠오 동지와 함께 일한 적이 있다죠?"라고 사람들이 물을 때마다 이렇게 대답하곤 했다. "예, 그렇습니다. 하지만 그분은 고위급이고 저는 말단이라 만난 적은 많지 않습니다. 전 그분을 알지만 그분도 절 아시는지는 모르겠군요." 또 누군가 "화챠오 동지 밑에서 일했으면 분명 많이 배우셨겠네요?"라고 물을라치면 "물론이죠! 화챠오 동지는 마르크스 레닌주의에 정통하고 원칙을 중시하는 분이니까. 제가 좀 둔

해서 문제지요"라고 받아쳤다. 그도 이런 대답이 상당히 '비굴'한 '아부'라는 걸 잘 알았지만 별수 없었다. 디화챠오 동지의 '원칙' 때문에 당한 적이 한두 번이 아니었고, 그 자리가 지금까지도 아릿했던 것이다! 이제 겨우 '무대 아래'에서 올라와 혁명위원회*에도 들어갔으니 더욱 조심해야 한다. 이처럼 민감한 문제일수록 가능한 멀리하지 않으면 안 되는 것이다.

"디화챠오는 중앙문혁이 아니다!" 한 소녀의 날카로운 구호 소리에 유뤄빙은 또 화들짝 놀랐다. 고개를 들어 보니 트럭 확성기 뒤에 열대여섯쯤 된 여자 애가 서 있었다. 세상에! 혹시 유윈(游雲)이……? 깜짝 놀란 그가 황급히 앞으로 달려가 찬찬히 살펴보니 다행히도 딸 유윈은 아니었다. 그제야 그는 안도의 한숨을 내쉬었다. 그때 퍼뜩, 여기 서서 저 선전차를 쳐다보고 있으면 안 된다는 생각이 들었다. "뭣 때문에 철부지들의 반동 선전에 그리 관심이 많은가?"라고 물으면 그야말로 난처한 일이 아닌가! 혹시라도 아는 사람이 있는지 조심스럽게 사방을 둘러본 그는 들고 있던 가방을 겨드랑이 아래에 끼워 넣었다. 그러고는 고개를 숙인 채 재빨리 걸음을 옮기며 혼자 중얼거렸다. "설마 유윈도 저 난리 틈에 끼어 있는 건 아니겠지? 이 녀석 정말, 골치 아파 미치겠군!"

장강로에서 황하로로 꺾어지는 곳에 이르자 떼 지어 모여든 사람들 때문에 길이 꽉 막혀 버렸다. 그는 걸음을 멈추고서 이번엔 또 무슨 일인지 살펴보았다. 벽에 새로 나붙은 벽보를 보느라 사람들이 그리 북새통을 이룬 것이었다. 뒤에 서 있던 사람들이 벽보를 보려고 비집고 들어가다 서로 밀치며 아우성이었다. 그때 갑자기 한 소녀의 카랑카랑한 목소리가 사람들을 압도했다. "여러분, 진정들 하세요! 제가 읽어 드릴게요!" 그러자 누군가가 긴 걸상 하나를 사람들 머리 위로 옮겨서 벽보 앞에 놓아 주었다. 낡은 군복을 입은 소녀 둘이 걸상 위로 올라섰다. 이럴 수가! 유원과 위쯔치의 딸 샤오징(曉京)이 아닌가! 그의 심장이 벌떡거리기 시작했다. 쟤들이 어떻게 여기 있지? 저 벽보는 대관절 무슨 내용이람? 그는 당장이라도 헤치고 들어가 두 아이를 끌어내 오고 싶었다. 그러나 주변에 몰려든 사람들이 "아니, 읽어 준다는데 왜 밀고 그래요!"라며 못마땅한 듯 막아섰다. 오도 가도 못 하고 그 자리에 서 있자니 이내 벽보를 읽는 아이의 목소리가 들려왔다. "벽보의 제목은 「디화챠오에 대한 열 가지 질문」이에요." 유원의 목소리였다! 유뤄빙은 등골이 오싹해지며 식은땀을 흘리기 시작했다. 그는 엉겁결에 "그만! 그만 해!"라고 소리를 질렀다. 하지만 성난 군중들이 또 그를 제지하고 나섰다. "당신 뭐 하는 사람이야?" "듣기 싫으면 당신이나 꺼지쇼!" 사람들이 그를 욕하면서 바깥쪽으로 밀쳐 버렸다. 정말 미치겠네! 여기서 이렇게 계속 소리를 지르다간 유원과의 관계가 들통날지도 모른다. 그건 더더욱 큰일 아닌가! 어쩌면 유원과 샤오징은 그저 아이다운 호기심에 읽어 주러 나선 것뿐일지도 모른다. 나야말로 빨리 이 자리를 떠서 아무것도 모르는 척하는 게 상책이다. 제발 저들 중에 애들을 알아보는 사람이 없어야 할 텐데! 혹시 아는 사람이 있는지 휙 사방을 둘러보고서 눈에 띄는 사람이 없음을 확인한 그는 겨드랑이에 끼고 있던 가방을 내려 손에 들고 가슴을 쭉 폈다. 그리고 짐짓 자기는 벽보에는 전혀 관심 없다는 듯이 사람들 사이를 빠져 나와 뒤도 돌아보지 않고 황하로로 걸어갔다.

길을 걸으면서 유뤄빙은 방금 본 장면을 떨쳐 버리려고 애썼다. 하지만 생각하고 싶지 않은 일일수록 더욱 머릿속을 떠나지 않는 법이다. 문득 사흘 전 딸과 나눈 대화가 생각났다.

밖으로만 나돌며 샤오징네 집에서 자던 딸이 며칠 만에 집에 들어온 날이었다. 그 애는 요즘 밖에서 자기가 뭘 하고 다니는지 아버지한테 말할 생각은 눈곱만큼도 없어 보였다. 그러기는커녕 아버지를 보자 다짜고짜 이렇게 물었다. "아빠, 디화챠오 아시죠? 그 사람 진짜 마르크스 레닌주의자 맞아요?"

"그런 질문이 어디 있니? 무산 계급 사령부의 지도자 동지니까 당연히 진짜 마르크스 레닌주의자지." 유뤄빙은 건성으로 대답해 주었다.

"아닐지도 몰라요. 어떤 사람들은 그를 의심하던걸요." 딸이 반박했다.

"네가 뭘 안다고 그러는 게냐? 밖에 나가서 공연히 떠들고 다니다간 큰일난다, 알겠지? 이긴 애들 상난이 아니야!" 그가 아주 엄한 목소리로 말했다.

"뭐가 그렇게 무서우세요? 그 사람을 좀 의심한다고 그게 그리 대순가요?" 딸이 경멸하듯 말했다.

"너흰 아직 어려서 잘 몰라! 윈아, 아버지 말 들으렴. 그런 일에는 끼어들면 안 돼. 학교에서 수업을 안 하면 집에서 책을 보면 되잖니. 바느질을 배워도 좋고." 유뤄빙은 부드러운 말투로 아이를 타일렀다.

하지만 딸은 도리어 핏대를 올렸다. "아빠, 마오 주석께서 우리더러 국가 대사에 관심을 가지라고 하셨는데, 어떻게 집에만 앉아 있어요? 거기다 바느질이나 하라고요? 그러다 흐루시초프 같은 사람이 정권을 찬탈하면 어떡해요?"

"그런 건 무산 계급 사령부가 알아서 할 일이다! 너 같은 건 낄 자리도 없단 말이야!" 유뤄빙도 화가 나서 소리쳤다.

"우리 혁명 소장(小將)*들은 어떻게든 관계하고 말 거예요!" 유원은 이렇게 말하고는 얼굴을 돌려 버렸다.

"허, 정말 하룻강아지 범 무서운 줄 모르는구나!" 유뤄빙도 더는 말하고 싶지 않다는 듯 입을 다물어 버렸다. 아내가 세상을 뜬 뒤 금이야 옥이야 애지중지 키워 온 외동딸이 이렇게 자기 말을 듣지 않게 되리라곤 생각도 못 했다. 지난 몇 년 그는 딸을 단속할 수 있다는 자신감을 완전히 상실해 버렸다. 도저히 딸아이의 그 작은 입을 당해 낼 재간이 없었던 것이다. 그날 밤 그렇게 또 집을 나간 딸은 아직 돌아오지 않고 있었다.

그날 일을 떠올리고 보니 유뤄빙은 바짝 긴장이 되었다. 딸이 왜 느닷없이 그런 걸 물었을까? 설마 그 애가……? 만약 사실이라면 그땐 정말 큰 재앙이 닥칠 것이다. 몸에서 또 식은땀이 나기 시작했다.

"이봐, 죽고 싶어 환장했어?" 끼익 소리와 함께 승용차 한 대가 유뤄빙 앞에서 급정거를 했다. 소스라치게 놀란 그는 기사에게 손을 흔들며 연거푸 사과를 했다. 그리고 다시 인도로 올라가 문인 협회를 향해 걷기 시작했다.

협회 입구에 도착한 유뤄빙은 탕탕탕 대문을 두드렸다.

"라오유(老游)*, 대문이 열려 있는데 왜 작은 문을 두드리고 계십니까?" 유뤄빙 등 뒤에는 『빈하이 문예』 전(前) 편집부원이자 현재 위쯔치 특별 심사조 심사 위원인 펑원펑(馮文峰)이 서 있었다. 급히 뒤를 돌아본 유뤄빙은 눈치 빠른 펑원펑이 야릇한 미소를 띠는 걸 보고는 당황한 나머지 서둘러 아무렇게나 둘러댔다. "이런, 내 정신 좀 보게! 집에서 나올 때 아무래도 창문을 닫지 않은 것 같아서 말이오. 그 생각을 하다가 대문이 열려 있는 것도 못 봤군 그래!" 하지만 속으로는 바보 같은 자신을 나무랐다. 이렇게 활짝 열려 있는 문도 못 보다니? 대문 양쪽에 "못이 얕으면 자라가 많고 사당이 작으면 요사스런 바람이 거세다"라고 쓰인 대련이 얼마나 눈에 잘 띄는데! 그나저나 펑원펑이 무슨 눈치라도 챘으면 어떡한다? 그는 펑원펑의 기색을 주의 깊게 살폈으나 펑원펑은 그저 씩 웃기만 했다.

"참으로 걱정도 많으십니다! 오늘은 비 올 일 없을 테니 창문 걱정은 그만두세요. 그보다는 다른 바람이 불려고 하니 그게 걱정이지요!"

"무슨 말이오?" 유뤄빙이 절로 흠칫하며 물었다.

"아닙니다, 아무것도." 펑원펑은 급히 고개를 젓더니 말을 끝내기 무섭게 사무실 건물로 들어가 버렸다. 그때 수위실 천(陳)씨가 유뤄빙에게 말을 전했다. "라오유, 돤차오췬(段超群) 동지가 사무실로 바로 오시라던데요."

"무슨 일이랍니까?" 유뤄빙은 습관적으로 이렇게 물었다. 돤차오췬은 문인협회 혁명위원회 주임이고 '반란파(造反派)'*의 여자 사령관이었다. 유뤄빙은 돤차오췬이 부를 때마다 먼저 무슨 일인지부터 알아내려 했다. 미리 대책을 세울 수 있도록. 그래서 전갈을 가져온 사람이 누구든 간에 언제나 습관적으로 "무슨 일이랍니까?"라고 묻곤 했다. 천씨가 분명 그 물음에 답하지 못할 거라는 걸 잘 알면서도 말이다.

유뤄빙은 곧장 돤차오췬의 사무실로 갔다. 문은 닫혀 있었다. 가볍게 똑똑 두드리자 문이 열렸다. 문을 열어 준 것은 '투쟁·비판·개조' 운동*을 도우려 문인협회에 나와 있는 홍위병 대장 우웨이(吳畏)였다.

"차오췬 동지, 샤오우(小吳)* 동지, 일찍들 나오셨군요! 허참, 전 이놈의 몸이 말이지요, 또 혈압이 올랐지 뭡니까? 이제 정말 늙었나 봅니다, 허허허……." 유뤄빙은 한편으론 웃고 한편으론 이맛살을 찌푸리며 자기가 늦은 이유를 둘러댔다.

그렇게 말하는 유뤄빙의 얼굴이 이상하게 발그레한 것이 정말로 혈압이 오른 듯도 보였다. 돤차오첸과 우웨이도 고개를 끄덕이며 양해한다는 듯이 웃어 보였다. 돤차오첸은 소파에 앉으라고 권한 뒤 물을 한 잔 건넸다. 그러고는 그 냉랭하면서도 차분한 목소리로 입을 열었다. "라오유, 급히 의논할 일이 있습니다!"

　　"급한 일이라뇨?" 자기도 모르게 또 몸에서 열이 나기 시작했다. 유뤄빙은 몸을 앞으로 당기며 등을 곧추세웠다.

　　"'나무는 고요하고자 하나 바람이 그치질 않는구나!' 계급투쟁이지 뭐겠습니까!" 우웨이가 베이징(北京) 말투로 말했다. 베이징이 고향인 그는 여기 빈하이에서 대학을 다니고 있었다.

　　유뤄빙은 잠자코 앉아 돤차오첸이 무슨 일인지 말해 주기만을 기다렸다. 그런데 돤차오첸, 이 여성 동지는 좀 특별했다. 이제 갓 서른을 넘겼을 뿐인데 '반란파 사령관'이 된 것도 그렇고, 또 그렇다고 성격이나 행동거지는 '반란파' 같지도 않았다. 그녀는 그에게 무슨 일인지 말해 주기는커녕 침착한 말투로 오히려 이렇게 물었다. "라오유, 당신은 투쟁 경험이 풍부한 노장(老將)이지요? 최근에 무슨 이상한 낌새 같은 거 못 느끼셨습니까?"

　　"아니, 이상한 낌새라뇨?" 유뤄빙은 속으로 뜨끔했다. 하지만 얼른 물을 한 모금 마시고는 마음을 진정시키며 최대한 공손한 태도로 말을 이었다. "여러분 같은 소장들 앞에서 어찌 감히 투쟁 경험을 논하겠습니까? 저는 이제 늙었어요! 총기도 떨어졌고, 계급투쟁과 노선투쟁에 대한 각오도 약해졌지요. 그런데 무슨 낌새 말인가요? 왜 저는 못 느꼈을까요?"

　　"정말입니까? 낌새가 범상치 않던데요! 정말 전혀 못 느꼈단 말입니까?" 우웨이가 반신반의하며 물었다.

　　유뤄빙은 너그러운 표정으로 우웨이를 한번 쳐다보고는 돤차오췬에게 눈을 돌리며 다시금 엄살을 피웠다. "샤오우 동지는 몰라도 차오췬 동지는 저에 대해 잘 알 겁니다. 운동이 일어나기 전에 전 계속 집에서 요양을 하고 있었어요. 문화 대혁명이 아니었다면……, 아직도 자리보전하고 있었을 겁니다!" 유뤄빙은 '문화 대혁명'이란 말 뒤에 잠시 뜸을 들였다. 1966년 겨울, 그 오금이 저리던 날들이 스쳐 갔기 때문이다. 그는 원래 문인협회 당 조직의 성원이면서 문인협회의 부주임을 맡고 있었다. 집에서 장기간 요양을 했다고는 하나 '집권파'인 것은 분명했다. 그러니 병상을 무릉도원 삼아 편히 지내도록 정치 폭풍이 그를 가만 내버려 두었을 리 있겠는가? 그는 문인협회의 집권파들이 차례차례 '파직' 당하거나, '한쪽으로 밀려' 나고, '외양간[牛棚]'*에 들어가는 것을 지켜보면서 날이면 날마다 자기도 혹시 '고발' 당하지 않을까 걱정했다. 아니나 다를까, 하루는 펑원펑이 상부의 지시를 받들고 와서는 돤차오췬이 "문인협회의 검은 당 조직을 철저히 깨부수기로 결정했다"고 전하며 그를 '고발하고 비판'했다. 그 후 한동안 '외양간' 생활을 하던 그는 비교적 빨리 '해방' 되어 풀려났고, 곧 새로운 지도부의 구성원이 되었다. 그 뒤로 몇 년 동안 그는 자기 같은 병자까지도 가만두지 않는 돤차오췬을 못내 원망했다. 하지만 한편으로는 오히려 그런 '혁명적 행동'에 무척 고마워하고 있었다. 그런 생각은 지금도 여전하지만, 그렇게 복잡한 심경을 어찌 말로 다 설명할 수 있겠는가? '문화 대혁명'이란 말 뒤에 잠시 뜸을 들인 것도 그런 까닭이었다.

　유뤄빙이 초조해 보이자 돤차오췬은 그를 달래 가며 이야기했다. "우웨이가 농담한 거예요. 라오유, 정말 아무 얘기도 못 들으셨습니까? 누군가가 또다시 디화챠오 동지를 치려나 봐요. 오늘 아침 길가에 반동적인 표어와 벽보가 여기저기 나붙었답니다."

"그게 정말입니까? 저는 오늘 늦게 일어나는 바람에 서둘러 오느라 아무것도 못 봤습니다. ……또 누가 풍파를 일으키려는 걸까요? 우리도 반격을 해야 하지 않을까요?" 유뤄빙은 겨우 자신을 진정시키며 말했다.

"누가 풍파를 일으키느냐고요? 나와서 떠드는 놈들은 죄다 홍위병이지만 그 배후에서 조종하는 놈이 따로 있는 게 틀림없어요! 당연히 반격을 해야죠! 상부에선 지금 우리한테 조사하라고 하는데 그게 곧 반격입니다! 누군지 알아내기만 하면 이 우웨이가 절대 가만두지 않을 겁니다!" 우웨이는 몹시 격분한 모양이었다.

"우리더러 조사하랍니까?" 유뤄빙이 또 돤차오첸에게 물었다.

그러자 그녀가 종이 한 장을 그의 손에 건네주었다. "이 전단에서 화챠오 동지에 대해 제기하고 있는 의문들을 좀 보세요. 내막을 잘 아는 사람이 가르쳐 준 게 분명해요. 그렇지 않고서야 열댓 살짜리 아이들이 뭘 알겠어요? 상부 지시에 따르면, 화챠오 동지가 홍위병들은 놔두고 먼저 그 뒤의 배후 조종자부터 찾아내라고 하셨답니다. 우리 기관이 중점 대상입니다. 내막을 '잘 아는 사람'이 많으니까요! 방금 저와 우웨이가 의논해서 조사 대상 명단을 뽑아 놓았어요. 이 사람들이 이번 사건과 관련이 있는지 조사해 봐야겠어요." 이렇게 말하면서 그녀가 또 다른 종이 한 장을 내밀었다.

종이를 건네받은 유뤄빙의 손이 희미하게 떨리기 시작했다. 그는 종이 위에 열거되어 있는 십여 명의 이름을 한 글자도 빠뜨리지 않고 찬찬히 훑어보았다. 앞쪽 세 명의 이름에는 동그라미가 그려져 있었고 밑에는 간단한 메모까지 되어 있었다. '중점 중의 중점'이 틀림없었다.

위쯔치: 옌안 시기 디화챠오 동지와 함께 일한 적이 있음.

스즈비(時之璧): 여가수. 1930년대 문단 상황에 대해 많이 알고 있음.

청쓰위안(程思遠): 번역가. 디화챠오 동지와 함께 일했음.

유뤄빙 자신의 이름이 없는 걸 보면 돤차오췬이 아직은 자기를 신임하는 것이 분명하다. 그제야 그는 긴장이 좀 풀리면서 얼굴에도 웃음기가 돌아왔다. "차오췬 동지, 제대로 하자면 제 이름도 여기 있어야 하는 거 아닙니까? 저도 화챠오 동지 밑에서 일한 적이 있으니까요."

"당신 상황은 위에서도 잘 알고 있으니 걱정 말아요, 라오유." 돤차오췬이 은근하게 말했다. 유뤄빙은 고개를 끄덕이며 웃었다. 그러고는 다시 명단을 훑어보며 곰곰 생각에 잠겼다. 그가 아무 말도 없자 돤차오췬이 다시 물었다. "혹시 이 사람들이 화챠오 동지를 어떻게 생각하고 있는지 아세요?"

"제가 말입니까? 안다고도 할 수 없고 모른다고도 할 수 없지요. 이 사람들 모두 얼마간은 디화챠오 동지와 관계가 있긴 하지만 그렇다고 반드시 디화챠오 동지를 잘 안다는 법도 없지 않을까요?" 유뤄빙은 시험 삼아 슬쩍 자기 의견을 말해 보았다. 슬그머니 돤차오췬의 표정을 살핀 그는 그녀가 자기 말에 달리 반대하는 기색이 없어 보이자 말을 이었다. "위쯔치만 해도 그래요. 옌안에 있을 때 화챠오 동지와 함께 지낸 것도 아니고, 그 전에도 화챠오 동지랑 무슨 관계가 있었다는 말은 들어 보지 못했습니다. 게다가 최근에는 격리 심사까지 받고 있잖습니까, 여러분 생각에는……?"

갑자기 돤차오췬이 "예?" 하며 유뤄빙을 힐끗 쳐다보았다.

그녀 대신 우웨이가 입을 열었다. "위쯔치요? 내가 볼 때 그 작자는 문화 대혁명을 대하는 태도가 아주 불량해요! 비판 대회에서도 끝내 고개 한번 안 숙였잖아요. 지난해에 우리가 문인협회에 막 왔을 때도 차오췬 동지한테 편지를 써서 우리가 '극좌'라고 공격했다죠? 그런 사람이니 분명 무산 계급 사령부에 반대하리라는 건 불을 보듯 뻔한 일 아닙니까! 라우유, 이건 너 죽고 나 사는 노선투쟁입니다! 옛 전우라고 마음이 약해져선 안 된단 말입니다!"

돤차오췬이 찬찬히 우웨이를 쳐다보다가 다시 유뤄빙의 눈을 들여다보며 물었다. "그럼 위쯔치가 이번 일에 연루되었을 가능성이 전혀 없다고 생각한단 말입니까?"

유뤄빙은 바로 대답하지 않았다. 그녀의 눈길을 피해 주머니에서 담배를 한 대 꺼내 불을 붙이고 몇 모금 깊이 빨아들인 다음 진한 연기를 내뿜었다. 그는 담배 연기를 핑계로 눈을 살짝 감았다. 조금 뒤 연기가 돤차오췬 앞으로 자욱하게 퍼지는 것을 바라보며 천천히 입을 열었다.

"제 말은 그런 게 아니라……, 전례 없는 혁명의 폭풍 속에서 감히 누가 누구를 보증할 수 있겠습니까? 조사해 보면 알겠지요."

그제야 돤차오췬이 씩 웃었다. "당연히 조사해야죠. 위쯔치는 우리 문인협회의 핵심 인물이고 전국적인 유명 인사인 데다 문화 대혁명에 대해서도 불만이 많으니까요. 이번 '포격' 사건도 이런 사람들이 배후에서 조종하고 있는 게 틀림없어요. 위쯔치가 격리되어 있는 건 사실이지만, 적들은 교활하니까 바깥에 끈을 대 반혁명적 작당을 하지 않았으리란 보장도 없습니다. 그렇지 않나요? 어쨌든 조사해 보지요! 조사해 보면 무고한 사람을 억울하게 만들 일은 없겠지요." 이렇게 말한 그녀는 유뤄빙과 우웨이를 번갈아 쳐다보았다. 우웨이는 연방 고개를 끄덕였다. 유뤄빙도 몸을 곧추세우며 머리를 앞으로 내미는 양이 수긍하는 것 같기도 하고 아닌 것 같기도 했다. 모두 자기 의견에 동의하는 것으로 보고 돤차오친이 지시를 내렸다. "오늘 우웨이가 먼저 '외양간'으로 가서 중점 인물들을 모두 한 사람씩 만나 본 뒤 보고서를 제출하세요. 그러고 나서 다시 의논해 봅시다."

"알겠습니다." 유뤄빙이 고개를 끄덕이며 일어나 막 문을 나서려는데 펑원펑이 들어왔다. 그는 유뤄빙과 돤차오친을 번갈아 쳐다보더니 "일이 있으신 모양인데, 나중에 다시 오겠습니다!"라며 급히 돌아섰다. 그러자 돤차오친이 "무슨 일인가요?"라며 그를 불러 세웠다. 펑원펑은 유뤄빙을 한번 쳐다보더니 돤차오친에게 의미 있는 눈짓을 하며 주머니에서 쪽지 하나를 꺼내 건네고는 서둘러 나가 버렸다. 펑원펑의 눈짓을 알아차린 돤차오친은 쪽지를 바로 펼쳐 보는 대신 유뤄빙을 보며 말했다. "라오유! 문인협회 사람들과 화챠오 동지의 관계에 대해 알고 있는 사실을 서면으로 작성해 주세요. 조사 때 참고할 수 있게끔 알고 있는 건 하나도 빠짐없이 다 쓰도록 하세요."

돤차오친은 문 옆에 서서 유뤄빙이 자기 사무실로 들어가는 것을 확인한 뒤에야 문을 닫았다. 그녀는 우웨이와 함께 펑원펑이 주고 간 쪽지를 펼쳐 보았다. 쪽지에는 이렇게 적혀 있었다.

오늘 아침 장강로를 지나다 위쯔치의 딸 위샤오징과 유뤄빙의 딸 유원이 걸상 위에 서서 화챠오 동지에 관한 벽보를 낭독하는 걸 봤습니다. 유뤄빙도 그 자리에 있었는데, 그 일을 보고 하던가요?

우웨이가 주먹으로 책상을 내리치며 내뱉었다. "그러면 그렇지—!"

돤차오췬이 우웨이를 쳐다보며 웃었다. "어떻게 된 일인지는 두고 봅시다. 라오유는 그래도 '3결합'* 간부인데, 함부로 의심해선 안 되지요. 물론 동무가 위쯔치를 심사하는 과정에서 라오유에 대해 물어보는 건 상관없어요. 자, 나가 봐요!"

우웨이가 나가자마자 돤차오췬은 '혐의자' 명단에 얼른 '유뤄빙'의 이름을 써넣고 밑줄을 두 번이나 그었다. 평원펑이 가져온 쪽지 때문만은 아니었다. 그녀는 진작부터 유뤄빙도 혐의 대상자로 지목하고 있었다. 단지 그 사실을 우웨이에게 알리고 싶지 않았을 뿐이다. 투쟁에는 전술이 필요한 법, 사람마다 서로 다른 방법으로 대할 필요가 있었다. 유뤄빙도 한동안은 쓸모가 있을 것이다. 마오 주석께서 '3결합'을 하라고 하지 않으셨던가! 문인협회에 혁명위원회를 두자면 누가 되었든 노(老) 간부가 한 명은 있어야 한다. 그녀가 보기에 유뤄빙은 그야말로 안성맞춤인 인물이었다. 일단 유뤄빙은 수정주의 노선과 관계가 적다. 작가라고는 해도 해방 이래 작품이라곤 써 본 적이 없는 관계로 향기를 내뿜은 적도 없지만 '독초(毒草)' 같은 작품을 쓴 적도 없는 것이다. 둘째, 명목상 그가 집권파이자 『빈하이 문예』 편집 위원이긴 하지만 문화 대혁명 전에 이미 '은퇴'했기 때문에 당 조직 기록에서도 그에 관한 기록을 찾기 어렵고 원고 더미에서도 그의 필적을 찾아볼 수가 없었다. 그러니 '독초가 무성하고 온갖 잡귀〔牛鬼蛇神〕*들이 난무'하는 문인협회의 상황에 대해 그가 책 잡힐 일은 거의 없었다. 셋째, 심사를 받을 때에도 그는 다른 '주자파(走資派)'*들보다 훨씬 양호한 태도를 보였다. 비판 대회 때마다 그는 얌전히 허리를 숙인 채 서 있었으며, 군중의 비판도 군말 없이 전부 인정했다. 돤차오췬은 이런 노간부야말로 혁명위원회와 결합시키기에 더할 나위 없이 적당할 뿐 아니라 '반란파'의 절대적 주도권도 보장할 수 있다고 생각했다. 확실히 그랬다. 혁명위원회가 성립된 이래 지금까지 유뤄빙은 언제나 돤차오췬에게 의지했다. 그녀가 좋다고 하는 것은 그도 따라서 좋다고 했다. 그러곤 "저는 부(副)주임입니다. '부'라는 것은 기대고[附] 돕는[輔] 것이지요.* 모든 건 돤차오췬 동지의 생각에 따르기만 하면 됩니다"라고 말했다. 이렇게 쓸모 있는 사람이고 보니 돤차오췬으로서도 어찌 '보호'해주고 싶지 않겠는가? 하지만 그녀는 이런 사람을 어디까지 믿어야 하는지도 잘 알고 있었다. 그녀는 자기가 직접 유뤄빙에 대해 은밀히 조사해 보고 그를 자기가 완전히 장악해야겠다고 생각했다. 문제가 있으면 파면하고 문제가 없다면 지금처럼 활용하면 되는 것이다. 돤차오췬은 자기의 이런 계책이 제법 만족스러웠다. 명단에 새로 써넣은 이름을 들여다보며 그녀는 자기도 모르게 미소 지었다. 그리고 수첩을 꺼내 대문자로 'U'라고 쓴 뒤 그 밑에 물음표를 달고 '1968년 4월 ×일'이라고 적었다.

우웨이의 꿍꿍이

돤차오췬의 사무실에서 나온 우웨이는 곧장 '외양간'으로 향했다. '외양간'은 본관 건너편의 작은 건물에 있었는데, 원래는 책이나 잡동사니를 쌓아 두던 곳이었다.

문인협회에 머무르게 된 뒤로 우웨이는 '외양간'의 총책임을 맡게 되었고, 그래서 사람들은 그를 '소 사령관[牛司令]'이라 불렀다. '소'를 관리하고 훈련시키는 건 그의 장기였다. 지난해 겨울 문인협회에 도착한 바로 그날부터 그는 이 방면에 특별한 소질이 있음을 보여 주었다. 그날 두꺼운 해군 오버를 입고 까만 뿔테 안경을 쓴 그는 위풍도 당당하게 '외양간' 으로 들어섰다. 그리고 한마디 말도 없이 이 방 저 방 둘러보며 '잡귀' 들의 얼굴을 하나하나 빤히 쳐다보는가 하면, 책상에 놓인 책이나 공책을 들고 훑어보다가 도로 휙 던져 버리곤 했다. 사람들은 대체 이 젊은이가 누구이며 뭣 하러 왔는지 영문도 모른 채 조마조마한 마음으로 그를 지켜보았다. '시찰' 을 마친 우웨이가 마지막 '외양간' 을 나와 건물 입구에 자리를 잡고 섰다. 그를 따라 '시찰' 에 나섰던 '수행원' 들이 감상을 말하려 하자 그가 손을 휘저으며 말을 막았다. 대신 그는 오버 주머니에서 호루라기를 꺼내 '호르륵호르륵' 귀청이 찢어지도록 불어 댔다. "잡귀들은 전부 마당으로 집합!" 그가 이렇게 소리를 지르자 영문도 모른 채 깜짝 놀란 '외양간' 의 '잡귀' 들은 서로 잠깐 쳐다보다가 끽 소리도 못 하고 냅다 마당으로 뛰어나갔다.

"빨리! 빨리! 이열 횡대로 정렬! 똑바로 섯!" 우웨이가 째지는 목소리로 고함을 질렀다.

1년 넘게 '외양간' 생활을 했지만 그날처럼 갑작스럽게 '군사 행동' 을 당하기는 처음이었다. 서로 밀치락달치락하다가 족히 5분은 넘어서야 겨우 삐뚤빼뚤한 이열 횡대가 만들어졌다. 대오 앞에 선 우웨이는 한 손을 허리에 얹고 한 손은 안경테를 만지작거리더니 갑자기 "차렷!" 하고 구령을 내렸다. 사람들은 잽싸게 차렷 자세를 취했다. 그리고 '번호' 나 '쉬엇' 구령이 떨어지기를 기다렸다. 하지만 우웨이는 사람들을 차렷 자세로 세워 둔 채 '훈화' 를 시작했다. "내가 너희들을 파악할 수 있도록 첫 번째 줄부터 자기 성명과 죄상을 보고한다! 실시!" 마침 첫 번째 줄의 첫 사람이 위쯔치였다. 아직 '쉬엇' 구령이 없었는데도 그는 이미 '쉬엇' 자세로 서 있었다. 그걸 본 우웨이가 "차렷!" 하고 그에게 소리를 지르자 그제야 마지못해 차렷 자세로 선 그는 다음과 같이 자기소개를 했다. "나는 위쯔치라고 합니다. 원래 문인협회의 당 조직원이었습니다. 나의 창작 활동과 작품에는 모두 많은 결점과 잘못이 있었습니다. 특히 전업 작가가 된 뒤로는 대중에게서 이탈 했습니다. 동지 여러분의 많은 비판을 바랍니다."

"동무의 반당 행위를 불란 말이야!" 우웨이가 버럭 소리를 질 렀다.

"나는 반당 행위를 한 적이 없습니다. 동지들이 심사해 보십시 오." 위쯔치가 우웨이에게 대꾸했다.

"좋아, 아직도 감히 발뺌을 한단 말이지! '소설을 이용해 반당 행위를 하는 것은 일대 발명이다'라고 했다. 그건 누가 발명한 거 지? 바로 당신들이야! 문인협회는 페퇴피 클럽*이고 당신은 그 클 럽 두목 중 하나인데, 당신이 반당 행위를 하지 않았다니, 지금 농 담하는 거야? 헛소리 말고 어서 죄를 불란 말이야!" 우웨이가 위 쯔치의 멱살을 휘어잡았다.

위쯔치는 오른손으로 우웨이의 손을 내치면서 침착하게 대답 했다. "나는 반당 행위를 한 적이 없소. 앞으로도 그럴 일은 없을 거요."

우웨이는 안경을 추켜올리고 위쯔치를 몇 번이나 위아래로 훑 어보았다. 그러더니 천천히 허리춤에서 넓은 갈색 허리띠를 빼 들 었다. 그러곤 한 걸음 뒤로 물러서서 씩 웃으며 허리띠를 허공에 휘둘렀다. "말할 거야, 말 거야?" 위쯔치는 그 허리띠를 힐끗 쳐다 보며 낡은 양가죽 오버를 쓱 추스르면서 여전히 침착한 태도로 말 했다. "나는 당에 반대하지 않소. 한 번도 반당 행위를 해 본 적이 없단 말이오!"

순간 우웨이 손에 들려 있던 허리띠가 '휘익' 하고 허공을 갈랐다. 순식간에 위쯔치의 얼굴에 넓고 긴 핏자국이 선명하게 박히고, 뒤이어 코피가 흘러내렸다. 그 자리에 있던 사람들은 모두 놀라 얼어붙고 말았다. 문화 대혁명이 일어난 이래 무장 투쟁이 벌어졌다는 풍문은 들었지만 문인협회에서 그런 일이 벌어진 적은 여태껏 없었다. 사람들은 정신적으로 많이 시달리긴 했어도 지금까지 육체적 고통을 당해 본 적은 없었던 것이다. 그런데 이젠 무력까지 사용하다니! 그것도 이렇게 잔인하게! 수십 쌍의 눈동자는 우웨이의 허리띠나 위쯔치의 얼굴 상처를 쳐다볼 엄두도 내지 못하고 자기 발밑만 쳐다보았다. 메조소프라노 가수인 스즈비는 다리까지 덜덜 떨었다. 자기도 모르게 얼굴부터 만져 본 위쯔치는 분노의 눈길로 우웨이를 쏘아보며 주먹을 불끈 쥐었다. 하지만 조금 뒤 그는 분노의 눈빛을 감추고 움켜쥔 주먹을 오버 주머니 속에 찔러 넣었다. 위쯔치는 최대한 자제하며 말했다. "소장께선 마오 주석의 지시에 따라 무장 투쟁은 삼가길 바라오!" 우웨이는 "흥!" 코웃음을 치고는 다음 사람에게 가 버렸다.

수십 명의 '잡귀'들이 이런 식으로 꼬박 반나절을 우웨이에게 시달렸고, 그의 허리띠 맛을 본 사람만 열댓 명이나 되었다. '외양간'으로 돌아가는 길에 사람들의 마음은 납 덩어리처럼 무거웠다. 위쯔치의 친구이자 번역가인 청쓰위안이 남몰래 그에게 속삭였다. "돤차오췬은 뱃속에 공력이 쌓였더니만 우웨이란 놈은 공력이 손에 쌓였네그려! 하나는 문(文), 하나는 무(武)! 손발이 착착 맞는군. 앞으로 우린 더 죽어나게 생겼네." 그날 밤 위쯔치는 솔직하면서도 간곡한 어조로 돤차오췬에게 편지를 한 통 썼다. 집권당의 정책 당원으로서 오늘 벌어진 것과 같은 무장 투쟁이 앞으로 다시는 발생하지 않게 해 달라는 당부의 편지였다. 하지만 돤차오췬은 이 편지를 '계급투쟁의 새로운 동향'으로 간주하고 우웨이에게 넘

겨 처리하도록 했다. 그 결과가 어떠했을지는 말하지 않아도 뻔하
다. 그 뒤로 사람들은 우웨이가 '외양간'에 들어서는 것만 보아도
겁에 질려 숨도 제대로 쉬지 못했으며, 고개를 푹 숙인 채 잠자코
있기만 했다. 우웨이는 이 점에 대해 대단히 만족스러워했고, 걸핏
하면 '외양간'으로 달려가 자기의 위풍을 과시했다.

　오늘 우웨이는 롼차오춴이 지시한 중대한 사명까지 안고 왔으
니 평소대로라면 '외양간'에 수행원 몇을 데리고 나타나 온통 거
들먹거릴 판이었다. 그런데 이상하게 오늘은 혼자 조용히 들어온
데다 여태껏 한 번도 보지 못한 온화한 얼굴을 하고 있었다. 그는
중점 심사 대상인 위쯔치, 청쓰위안, 스즈비를 포함해 일고여덟
명이 함께 쓰는 방으로 들어왔다. 그리고 늘 하던 대로 큰 소리로
지시를 내렸다. "지금 밖에서는 무산 계급 사령부를 공격하는 요
상한 바람이 불고 있다. 이번 사건에 누가 관련되어 있는지 아는
대로 보고서를 작성해서 제출하도록! 알겠나?" 그의 말에 사람들
은 일제히 "알겠습니다!"라고 대답했다. "그럼 바로 쓰기 시작하
도록!" 부드러운 목소리로 이렇게 말한 우웨이는 다시 스즈비한
테 눈길을 돌렸다. "나 좀 봅시다." 스즈비가 그를 따라나갔다. 약
반 시간 만에 돌아온 그녀는 말없이 제자리로 돌아가 턱을 괴고
생각에 잠겼다. 우웨이가 다시 들어와 이번엔 청쓰위안을 데리고
나갔다. 역시 반 시간쯤 지나 돌아온 청쓰위안도 스즈비처럼 잠자
코 자기 자리로 돌아가 만년필을 든 채 멍하니 있었다. 조금 뒤 우
웨이가 다시 와서 이번엔 위쯔치를 불러냈다.

　웬일인지 위쯔치는 나간 지 한 시간이 다 되도록 돌아오지 않았
다. 청쓰위안은 점점 불안해지기 시작했다. 그는 만년필을 내려놓
은 뒤 창가로 가서 바깥을 한번 내다보더니 다시 제자리로 돌아가
앉으며 한숨을 내쉬었다. 남의 얘기 캐묻기 좋아하는 서예가 쟈셴

주(賈羨竹)가 이런 청쓰위안을 보고 옆으로 다가와 슬그머니 물었다. "동무더러 외부 조사 자료를 쓰라고 합디까?" 청쓰위안이 무겁게 고개를 저었다. "그럼 무슨 일이오?" 쟈셴주가 조바심치며 묻자 청쓰위안이 마지못해 한마디 했다. "가서 당신 자료나 쓰시오. 당신이야 늘 써낼 자료도 많지 않소!" 청쓰위안의 이 말에 얼굴이 빨개진 쟈셴주가 말을 더듬거렸다. "오늘 같은 고발 자료는 나도 쓸 수가 없단 말이오." 쟈셴주의 얼굴이 빨개진 것을 보고는 청쓰위안이 얼른 변명을 했다. "아니, 그런 게 아니라……, 우웨이가 서로 작당하지 말라고 몇 번이나 강조를 하기에……." 그 말에 쟈셴주는 더 바짝 긴장하며 고개를 흔들었다. "말 함부로 하지 마시오. 나도 당신하고 작당하려고 한 건 절대 아니니까! 스즈비, 내가 작당한 적 없다고 당신이 증명해 줄 거지?" 이미 한 장을 다 쓴 뒤 옆에서 그들의 대화를 듣고 있던 스즈비는 두 사람을 화해시키려고 얼른 끼어들었다. "라오청(老程), 라오쟈(老賈)는 당신을 생각해서 그런 거예요! 하지만 말하지 말라고 했다는 라오청 말도 사실이에요! 우웨이가 나보고도 절대 말하지 말라고 했거든." 그제야 한시름 놓은 쟈셴주가 이번에는 뒤돌아 스즈비에게 말하기 시작했다. "그래요. '외양간' 규칙은 나도 잘 아니까. 당신들이 지금 쓰는 보고서는 비밀로 해야 하는 거지요? 내가 알면 안 되는 거 말이오." 스즈비가 싱긋 웃으며 쟈셴주의 어깨를 살짝 두드리며 말했다. "어이구, 그렇게 생각하는 것도 문제예요. 우리한테 아직도 무슨 비밀이 남아 있기나 해요? 지난 1년 동안 조상 8대를 다 뒤지고 젖먹이 때부터 지금까지 있었던 일이란 일은 모조리 다 불었잖아요? 심지어 없는 사실까지 보태서 말이에요." 쟈셴주는 또 스즈비를 향해 두 눈을 껌벅거리면서 무슨 말을 어떻게 해야 할지 몰라 당황스러워했다. 그 모양이 재미있어 스즈비는 또 쟈셴주를 탁 치면서 이렇게 말했다. "이것 보세요, 이웃사촌님! 괜히 또 멍해지기는! 그래도 비밀이 뭔지는 알고 싶지요? 좋아, 내 오늘은 특별히 '외양간'의 규칙을 깨고 비밀을 하나 말해 주지요. 그런데 우웨이가 서로 고발하라고 소리지르면 또 불어 버릴 건가요?" 스즈비는 자리에서 일어나 차렷 자세로 서더니 오른손을 높이 들고 남자 목소리를 흉내내며 "제가 고발하겠습니다!"라고 소리쳤다. 그러곤 도로 앉아 키득거렸다. 그게 뭘 뜻하는지 아는 다른 사람들도 모두 따라 웃었다. 청쓰위안의 얼굴에도 미소가 번졌다. 쟈셴주만 얼굴이 빨개졌다. 그가 뭔가를 막 말하려고 입을 실룩이는데 스즈비가 바로 손을 내저었다. "라오쟈, 화내지 말아요, 농담이니까. 정말로 내가 비밀을 말해 줄게요. 아까 우웨이가 그러더라고. 내가 무산 계급 사령부의 내막을 '잘 아는 사람'이니까 무산 계급 사령부를 공격한 죄행을 자백하라고 말이야. 공범도 밝히고." 쟈셴주가 놀라 펄쩍 뛰었다. "다, 다, 당신한테 그렇게 심각한 문제가 있었소?" 그가 눈을 얼마나 크게 떴는지 안경이 콧등으로 밀려 내려왔다. 하지만 안경을 추켜올릴 새도 없이 그는 잽싸게 자기 자리로 돌아가 버렸다. 스즈비는 또 그를 향해 싱긋 웃으며 혼잣말을 했다. "인류에게는 원죄가 있고 나에게도 원죄가 있지. 인류의 원죄가 아담이 이브를 사랑한 거라면 나의 원죄는 1930년대에 신문사 기자 생활을 했던 아담을 내가 사랑했다는 거지. 그러지만 않았어도 내가 어떻게 내막을 '잘 아는 사람'이 됐겠어? 나야 항일 전쟁* 후반에 가서야 가수가 됐는데 말이야!" 청쓰위안이 그녀를 돌아보았다. "타령은 그만 하고 보고서나 써요!" 스즈비는 대수롭지 않게 청쓰위안을 흘긋 보고는 웃는 둥 마는 둥 했다. "이보세요, 공자님! 나라고 보고서를 쓰고 싶지 않겠어요? 하지만 뭘 쓰지? 어떻게 쓰냐고? 내 죄행이야 내가 알지만 공모자가 누군지는 내가 어떻게 알겠어요? 예를 들어 말이에요, 누가 나더러 무산 계급 사령부 아무개 지도자의 상황에 대해 아는 대로 쓰라고 했단 말이지. 근데 무슨 속셈으로 그러는지알 게 뭐야? 만약에 사령부를 공격하려고 그런 거라고 해 봐요. 그럼 졸지에 나도 그 사람 공모자가 되는 거 아니겠어요? 하지만그 사람이 대체 뭔 짓을 하려는 건지 내가 무슨 수로 아느냔 말예요. 그러니 이 보고서를 어떻게 쓰냐고.” 그녀는 또 한숨을 내쉬었다. 청쓰위안도 동의한다는 듯 고개를 끄덕이며 한숨을 내쉬었다.

사실은 청쓰위안도 같은 생각을 하던 참이었다!

오늘 우웨이는 청쓰위안더러 디화차오를 공격한 죄행을 자백하고 위쯔치, 유뤄빙, 스즈비 등의 죄행도 고발하라면서 당근과 채찍을 다 동원했다. 하지만 청쓰위안은 입을 꾹 다문 채 아무 말도하지 않았다. 우웨이가 고함을 질러도 입을 열지 않았고, 자기를바라보며 웃어도 입을 열지 않았다. 그럴수록 우웨이는 더 길길이날뛰었지만 뾰족한 수가 있을 리 없었다. 결국 우웨이는 “만약 당신한테 죄행이 있다거나 다른 사람의 죄행을 감싸 준 사실이 밝혀지면 그땐 끝장인 줄 알아!”라고 경고만 하고 말았다. 빠른 걸음으로 ‘외양간’으로 돌아오던 청쓰위안의 머릿속에 문득 사흘 전일이 떠올랐다.

사흘 전, 그날도 우웨이는 혼자 조용히 ‘외양간’으로 와서 부드럽게 그들을 쳐다보며 나긋나긋한 목소리로 부추겼다. “당신들도공을 세워 죄를 씻어야지! 언제까지 기다리고만 있을 거야, 응?공을 세울 기회는 아주 많단 말이지. 곰곰이 한번 잘 생각해 봐,아직 고발 안 한 게 뭐가 있는지 말이야. 모든 것은 다 의심해 볼수 있는 법이거든! 당신들 중 적잖은 수가 화챠오 동지하고 일한적이 있잖아. 화챠오 동지야 물론 붉은 노선의 대표지만, 그래도 의심 가는 데가 있으면 보고서를 올려도 된다고! 그 보고서는 마오 주석께 직접 보내면 되니까! 이건 화챠오 동지 본인 입으로 직접 말한 거야."

우웨이의 이런 언행에 모두 영문을 몰라 어리둥절했다. 하지만 현재 정치적 상황이 어떻게 돌아가는지 잘 모르는 '잡귀'들이야 왜 그럴까 생각할 수도 없었고 물어볼 엄두조차 내지 못했다. 개중에는 그냥 대충대충 조금 적어 낸 사람도 있었지만 청쓰위안은 한 글자도 쓰지 않았다. 그런데 오늘 다시 그날 일을 떠올려 보니 우웨이야말로 이번 디화챠오 포격 사건의 포수가 아닌가 하는 의심이 들었다. 포격 자체가 특별히 미운 건 아니었다. 문화 대혁명 이래 나라와 백성을 위해 공을 세운 동지들이 그 포격에 얼마나 많이 쓰러져 나갔는가? 이제 와서 디화챠오 하나 더 포격한다고 해서 대수로울 것도 없다. 오히려 우웨이가 청쓰위안한테 "내가 디화챠오를 포격하려 한다"라고 솔직하게 인정했다면 이 청년한테 호감을 가질 수 있었을지도 모른다. 하지만 그러기는커녕 시침 뚝 떼고 그 사건을 조사한답시고 애꿎은 사람들만 못살게 굴고 있으니 다른 것보다 그게 화가 났다. 젊은 녀석이 벌써부터 더러운 정치가처럼 굴기나 하고! 한번 혼쭐을 내 줘야지! '너의 창으로 너의 방패를 찌르면 어찌 될까?' 이렇게 생각하니 청쓰위안은 기분이 좀 나아졌다. 그는 얼른 종이를 펼치고 「사흘 전 우웨이의 행동은 무엇을 말하는가?」라는 제목으로 보고서를 쓰려고 했다. 하지만 막상 펜을 들고 보니 쓸 수가 없었다. 자칫 그런 보고서는 자기가 디화챠오를 비호하는 것으로 비칠 수도 있었기 때문이다. 사실 그는 디화챠오가 어떤 사람인지 잘은 몰랐다. 하지만 자기 양심에 비추어 볼 때, 그리고 당원으로서의 충성심에 비추어 볼 때 그를 비호해 주고 싶은 생각은 추호도 없었다. 또 우웨이가 어떤 꿍꿍이로 그랬는지도 모르는 판에 잘못하면 자기만 곤욕을 치를 수도 있다! 결국 그는 펜을 내려놓고 말았다.

"위쯔치는 왜 여태 안 오는 거지? 벌써 한 시간 반이나 지났는데!" 쟈셴주가 참지 못하고 침묵을 깨뜨렸다.

청쓰위안이 창밖을 내다보며 중얼거렸다. "설마 소 사령관한테 대들고 있는 건 아니겠지?" 스즈비가 말을 받았다. "충분히 그럴 수 있지. 라오위(老余) 성질이 어디 가겠어? 꼭 아이 같아 가지곤."

또다시 침묵이 흘렀다.

한편 우웨이는 전문적으로 '잡귀'들을 심문하는 방으로 위쯔치를 데려온 뒤 무척 예의바르게 자리에 앉으라고 권하고는 인사치레까지 몇 마디 했다.

"오랫동안 이야기를 나누지 못했군요. 그래, 요즘은 무슨 생각을 하십니까?"

평소와 너무나 다른 우웨이의 태도에 위쯔치는 오히려 더 경계심을 품었다. 그래서 그는 묻는 말에 대답은 하지 않고 고개를 끄덕이거나 가로젓기만 했다.

위쯔치가 대답을 하지 않자 우웨이는 한층 더 친절하게 물었다. "지난해 2월, 당신의 특별 심사조 조장인 샹난(向南)이 당신을 풀어 주고 다시 '결합'시키자고 요청했었죠. 그런데 아직까지 미뤄지고 있는 이유는 무엇일까요?"

위쯔치가 엷게 웃었다. "그걸 내가 어찌 알겠습니까. 나야 그저 심사 대상일 뿐인데."

우웨이가 웃으며 담배를 꺼내 불을 붙여 물고 위쯔치에게도 담뱃갑을 내밀었다. 위쯔치는 고맙다고 말하고는 자기 주머니에서 한 개비를 꺼내 피우기 시작했다. 한동안 두 사람 모두 아무 말도 하지 않았다. 위쯔치는 우웨이의 다음 말을 기다리고 있었다. 그는 오늘 이 젊은이의 행동이 평소와 다른 건 반드시 이유가 있을 거라 짐작했다. 우웨이는 우웨이대로 자기 생각을 하고 있었다.

확실히 우웨이에게는 남모를 꿍꿍이가 있었다. 바로 그가 이번 '디화챠오 포격' 사건에 개입하고 있었던 것이다. 1주일 전 베이징의 동창이 갑자기 빈하이로 찾아왔다. 그 친구 말로는 디화챠오가 반역을 했다는 증거가 이미 나왔으니 그도 오래가지는 못할 것이라 했다. 그리고 우웨이에게 문인협회에서 증거를 찾아내 이번 위대한 투쟁에 참여하는 게 이로울 거라고 귀띔해 주었다. 그 동창은 고위 간부의 자제로, 많은 '거물'들과 친분이 있었기에 우웨이는 그가 그렇게 말하는 데에는 분명 그럴 만한 이유가 있을 거라고 믿었다. 며칠 동안 고민을 하고 그 친구한테 몇 가지 사실을 더 확인한 끝에 우웨이는 성공 가능성이 크다고 판단했다. 그래서 이번 정치 투쟁에 발벗고 나서기로 작정하고 그 준비 단계로써 증거 자료를 캐내기 시작했다. 이것이 바로 사흘 전 '외양간' 동원의 진짜 속셈인 것이었다. 그는 외양간에서 나온 자료들을 새로 잘 정리해 두 부를 준비한 뒤 한 부는 그 동창에게 주고 한 부는 자기가 보관했다. 그리고 며칠 동안 좋은 소식이 오기만을 기다리면서 자전거를 타고 거리에 나가 동정을 살피던 참이었다. 그런데 뜻밖에 오늘 아침 돤차오췬이 "최근 디화챠오 동지를 겨냥한 나쁜 소문이 나돌고 있습니다. 중앙에서 반격하라는 지시가 내려왔어요"라고 말하는 게 아닌가. 우웨이는 어안이 벙벙해졌다. 베이징의 그 친구는 지금 어디서 무얼 하고 있단 말인가? 혹시 문인협회 '외양간' 놈들이 자기를 의심하고 고발하지는 않을까? 그는 곰곰이 생각해 보았다. '잡귀'들 대부분은 감히 자기를 의심하거나 고발하지 못할 것이다. 오직 위쯔치, 그놈만은 자기에게 맞서겠다고 덤벼들지도 모른다. 그런데 하늘이 도왔는지 다행히도 위쯔치의 딸이 이번 포격에 참가했다. 그 사실을 꼬투리 삼아 물고 늘어지면 자기가 주도권을 쥘 공산이 크다! 물론 그러기 전에 위쯔치의 속셈부터 떠보아야 할 것이다.

이런 생각을 하느라 우웨이도 위쯔치도 잠자코 담배만 피우고 있었다. 한 개비를 다 피우고 또 한 개비에 불을 붙이고서 우웨이가 먼저 입을 열었다.

"라오위, 잘 생각해 보시죠. 무산 계급 사령부에 대한 당신의 태도에 어떤 문제가 있다고 생각하지 않습니까?"

위쯔치는 좀 당황스러웠지만 이내 침착하게 대답했다. "아니, 나는 무산 계급 사령부 지도자 동지들에 대해 잘 모릅니다. 나는 당원이고 중앙의 명령에 복종할 뿐이오. 중앙에서 그들을 믿는다고 하면 나 또한 그들을 믿지요."

틈이 보이지 않는군! 우웨이는 담배를 힘껏 빨아들였다. 그리고 느닷없이 전혀 다른 질문을 던졌다. "유뤼빙은 화챠오 동지의 상황에 대해 잘 알지요? 당신 앞에서 그가 화챠오 동지를 비판한 적은 없나요?"

'이 녀석! 이건 또 뭐 하자는 수작이지? 대체 어쩌자는 거야? 유뤼빙을 칠 생각인가? 어쨌든 말 한마디 잘못해서 친구를 해칠 순 없지.' 위쯔치는 속으로는 뜨악하면서도 겉으로는 짐짓 굉장히 진지한 표정을 지으며 대답했다. "유뤼빙이 화챠오 동지와 함께 일한 적은 있지만, 지금까지 그가 화챠오 동지를 욕하는 말은 들어 본 적이 없습니다."

"그렇게 단언할 수 있나요? 다시 한 번 잘 생각해 보시지요. 꼭 공격하는 말이 아니더라도 상관없으니 생각나는 대로 보고서를 써 보세요. 그러면 조직에서 심사를 해 보죠, 어때요?" 우웨이의 태도는 무척 친절했다.

"쓸 수 없소. 아무렇게나 지어낼 수는 없잖습니까?" 위쯔치는 확신을 가지고 있는 듯했다.

"아직도 우정이 중요하시다?" 우웨이가 의미심장하게 웃으며 말을 이었다. "저쪽은 적극적으로 나오던데, 당신은 도리어 소극적이군그래."

위쯔치는 속으로 흠칫했다. '정말인가? 유뤄빙이 나를 고발했단 말인가? 그럴 수가? 아니야, 그러고도 남지! 오랜 전우는 물론이고 부부 간에도 서로 고발하는 마당이니. 하지만 나한테 고발할 게 뭐 있다고?'

위쯔치가 생각에 잠긴 걸 보고 우웨이는 속으로 옳다구나 손뼉을 쳤다. '좋아, 네가 유뤄빙을 고발하기만 하면 나는 또 너의 꼬투리를 잡을 수 있게 되지. 너랑 유뤄빙이 모두 화챠오 동지의 내막을 잘 안다고 모는 거야. 너희 딸내미들이 포격에 참여한 것도 우연이 아니라고, 바로 너희가 그 애들 배후에 숨은 검은 손이었다고 하는 거지! 지난번에는 감히 날 잘도 고발했겄다! 흥, 벌써 훌륭한 죄목도 준비해 놓았지! 계급적 보복과 정치적 음해!' 이렇게 생각하자 우웨이는 신이 났다. 그는 담배를 입에서 떼어 내며 가볍게 연기를 내뿜은 뒤 씩 웃었다. "잘 생각해 보시오. 좀 적극적으로 나서는 게 좋을 거요!"

위쯔치는 다시금 생각에 잠겼다. 과거 자기가 유뤄빙과 어떤 이야기를 나누었는지 말이다. 생각해 보니 확실히 디화챠오에 대해 논의한 적이 있었다. 그리고 중앙문혁의 또 다른 지도급 인물인 쭤이푸(左一夫)에 대해서도 논의한 적이 있었다. 하지만 그건 당내 민주 생활로 허가된 것이었을 뿐, 악의를 가지고 공격하려 했던 것은 결코 아니었다. 문화 대혁명 초기에 장칭(江靑)*에 대해서도 논의한 적이 있었지만, 그 역시 몇몇 노간부들에게 양해를 얻은 터였고 공격할 의도는 조금도 없었다. 또 나중에는 전체적인 국면을 고려해 더 이상은 논의하지도 않았다. 설마 유뤄빙이 이런 것들까지 죄다 들춰내 무산 계급 사령부를 공격한 죄목으로 날 고발했단 말인가? 이 친구, 정말! 나는 어떻게 한다? 원칙을 저버린 채 인정하고 고발해 버릴까? 그건 안 된다. 위쯔치는 그런 일을 할 사람이 아니었다. 그는 당의 심사에서 한 번도 거짓말을 해 본 적이 없다. 그는 절대 함부로 말하지 않았다. 그는 우웨이의 얼굴을 쳐다보며 아주 단호한 어조로 말했다.

"유뤄빙이 어떻게 말했든 그건 내 알 바가 아닙니다. 나는 말할 만한 것이 없으니, 조직에서 심사해 보면 될 테지요."

"위쯔치! 고집 좀 작작 피우시지! 벌써 다 폭로됐으니까! 당신과 유뤄빙이 딸들을 시켜서 무산 계급 사령부를 포격하도록 지시했잖아! 증인도 있고 물증도 있으니 발뺌해도 소용없다고!" 위쯔치의 강경한 태도에 화가 치민 우웨이는 별수 없이 마지막 필살기를 꺼내 떠보았다.

이번에는 위쯔치도 소스라치게 놀라지 않을 수 없었다. 샤오징이 유원하고 같이 포격에 참여했다니? 워낙 물불 가리지 않고 덤비는 아이들이니 충분히 그럴 만도 했다. 그는 아이들이 적잖이 걱정되어 자기도 모르게 물었다. "아이들이 포격에 참여했다니 무슨 증거라도 있는 겁니까?" 우웨이가 차갑게 씩 웃었다. "시치미 떼지 말라고! 당신이야말로 증거를 내놓으란 말이야! 어떻게 그 애들한테 자료를 제공했는지 자백해, 어서!"

위쯔치는 곧 냉정을 되찾았다. 우웨이가 자기를 떠보는 게 틀림없었다. 왜냐하면 그는 딸한테 디화챠오에 대해 얘기한 적이 단한 번도 없었던 것이다. 그런데도 우웨이는 마치 이미 증거라도 쥐고 있는 것처럼 굴었다.

"말해! 밖에 있는 딸과는 어떻게 연락을 취한 거지?"

위쯔치는 침착하게 미소를 지었다. "내가 밖에 있는 딸과 연락을 취했다고 말하는 근거가 뭐요?"

"당신네 일당이 음모를 꾸미는 데 선수들이란 게 근거고, 또 당신이 무산 계급 사령부에 뼈에 사무친 원한을 품고 있다는 게 근거요!" 우웨이는 이를 갈면서 당당하게 말했다.

위쯔치도 화가 치밀었다. 젊은 놈이 아주 작정을 하고서 정치적음해를 하려는 게 분명했다. 갑자기 사흘 전 우웨이가 '외양간'에와서 사람들을 동원했던 게 뇌리를 스쳤다. 그제야 이렇게 음해하려는 그의 진짜 목적이 뭔지 감이 잡혔다. 위쯔치로서는 도저히용납할 수 없는 비열한 행위였다! 그는 벌떡 일어나 우웨이를 노려보며 또박또박 힘주어 말했다. "그 문제라면 내가 한 가지는 말씀드릴 수 있지요. 바로 사흘 전……."

위쯔치 말이 채 끝나기도 전에 우웨이가 벌떡 일어서며 탁자를힘껏 내리쳤다. "옳아, 도리어 나를 물겠다고? 계급적 보복을 하겠다는 거야?"

"아직 내 말이 끝나지도 않았는데 어떻게 알았소?" 위쯔치가 침착하게 물었다. 이제 모든 것이 분명해진 터였다.

"나, 나, 나야. 당신한테 꿍꿍이가 있다는 걸 잘 아니까!" 우웨이는 말까지 더듬었다.

"진짜 꿍꿍이가 있는 건 내가 아닌 것 같소만?" 위쯔치가 반문했다.

"좋아, 좋아! 두고 보자고! 당장 꺼져 버려!" 우웨이가 포악한본성을 드러내며 꽥꽥 소리를 질러 댔다.

위쯔치는 우웨이를 한번 쳐다본 뒤 문을 열고 밖으로 나갔다. 우웨이, 정말 흉악하고 무서운 놈! '꽝' 하고 방문을 닫아 버린 우웨이는 방 안을 이리저리 서성이며 연방 담배 연기만 뿜어 댔다. 이 일을 어쩐다? 저놈들이 고발할 때까지 기다려야 하나? 아니, 안 돼! 돤차오췬은 절대 호락호락하지 않아! 그런 사실이 알려지면 나는 바로 끝장이야! 위쯔치의 입을 막으려면 나의 유리한 신분을 이용하는 수밖에 없다. 이렇게 생각한 그는 서둘러 담뱃불을 비벼 끄고 돤차오췬을 찾아갔다.

'자매' 사이의 갈등

유뤄빙과 우웨이를 내보낸 뒤 돤차오췬은 다시 펑원펑을 불러다 놓고 아침에 그가 목격한 상황을 자세하게 보고하도록 했다. 사실 펑원펑은 출근길에 쭉 유뤄빙의 뒤를 따르고 있었다. 오는 길 내내 그는 유뤄빙의 일거수일투족은 물론이고 문인협회에 도착할 무렵 그가 어떤 상태였는지도 모두 지켜보았던 것이다. 돤차오췬은 펑원펑의 정치적 영민함을 칭찬한 뒤 앞으로도 계급투쟁의 동향을 더욱 주의 깊게 살펴 수시로 보고하라고 지시했다. 차오췬의 칭찬에 감격한 펑원펑은 상관에 대한 충성심을 드러내 보이려고 근심어린 얼굴로 덧붙였다. "최근 샹난이 위쯔치 특별 심사조의 내부 갈등에 대해 말씀드린 적 있습니까?" "아니요, 샤오샹(小向)과 얘기를 나눈 지 오래되었는데. 왜요, 무슨 일이라도 생겼나요?"

펑원펑이 한숨을 내쉬었다. "특별 심사조 작업이 벌써 완전히 끝나 버렸답니다. 샹난 말로는 심사가 이미 다 끝났으니 위쯔치를 '해방'시켜야 한다더군요. 지난 주에는 최종 보고서를 혁명위원회에 제출하는 일에 대해 논의하게 했고요."

"뭐라고요?" 돤차오천이 고개를 들고 물끄러미 평원평을 바라보았다. 그녀가 최근 특별 심사조 상황을 잘 모르는 모양이라고 생각한 평원평은 한층 더 심각한 표정을 지었다.

"저는 동의하지 않았습니다. 위쯔치와 자산 계급 사령부의 관계도 그렇고, 무산 계급 사령부에 대한 그의 태도를 보아도 아직 심사할 문제가 많이 남았다고 봅니다. 그런데 제가 위쯔치의 집을 다시 수색해서 그가 쓴 장편 시 원고를 가져다 심사해 보자니까 상난은 쓰지도 않은 시를 어떻게 심사하느냐며 반대하더군요. 그러면서 도리어 제가 위쯔치를 물고 늘어지는 주관주의를 범하고 있다는 거예요."

"왕유이(王友義)는 어떤 입장인가요?"

"왕유이는 상난하고 완전히 입장이 같습니다. 특별 심사조 세 명 중 저 혼자 소수파이다 보니 걱정입니다. 게다가……." 평원평은 말하기 곤란하다는 듯이 말끝을 흐렸다. 돤차오천이 웃으며 그에게 따뜻한 물을 따라 주면서 부드럽게 말했다. "꺼릴 것 없어요. 나에 관한 것이라도 얼마든지 얘기하세요. 나와 상난이 친구지간이라 상난 편을 들까 봐 망설이는 거예요?"

그 말을 듣고는 평원평도 마음 편하게 속에 있는 이야기를 죄다 털어놓았다.

"저는 차오천 주임은 무섭지 않지만 상난은 무서워요. 어찌나 말을 잘 하는지 언변으로는 도무지 당해 낼 재간이 없거든요. 게다가 지난해에 제가 상난에 관한 벽보를 붙인 뒤로는 저에 대한 반감이 심해서 그런지 옳고 그르고를 떠나 제 말은 아예 들으려고도 하지 않아요. 아무리 해도 좋게 지낼 수가 없습니다."

"샤오펑(小馮), 그건 동무가 지나치게 예민한 거예요. 내가 상난을 잘 아는데, 그 친구는 뒤끝이 없는 사람이에요."

펑원펑이 고개를 저었다. "샹난이 뒤끝이 있다는 말씀이 아니라, 위쯔치 문제를 처리하는 데 그녀의 우경적 관점에 근본적으로 문제가 있다는 말씀을 드리는 겁니다. 그녀는 위쯔치를 위대한 시인이라며 지나치게 존경하고 있어요. 그녀가 왕유이한테 '난 그 사람이 타도되는 걸 원치 않아. 난 그의 시가 정말로 좋거든'이라고 말하는 걸 제 귀로 직접 들었습니다. 왕유이도 '나도 그래'라고 말했고요. 그들이 말한 '그'가 누구인지는 듣지 못했지만 이백(李白)이나 두보(杜甫)일 리는 없잖습니까? 전 정말로 우리가 당의 임무를 저버릴까 걱정입니다!"

이마를 찌푸리며 이야기를 듣던 돤차오췬은 책상 위의 연필로 줄곧 자기 손가락을 톡톡 쳐 댔다. 하지만 다른 말은 더 하지 않고 그냥 "일단 돌아가세요. 가는 길에 샤오샹더러 나한테 좀 들르라고 전해 줘요"라고만 했다. 펑원펑이 자리에서 일어나며 특별히 부탁했다. "차오췬 주임! 샹난한테는 절대 제가 이런 얘기 하더라고 말씀하시면 안 됩니다! 전 정말 혁명 사업을 위해서 그런 거니까요." 돤차오췬이 싱긋 웃으며 말했다. "안심해요!"

얼마 뒤 샹난이 왔다. 그녀는 돤차오췬이 인사할 겨를도 주지 않고 소파에 털썩 앉더니 장난스럽게 물었다. "주임님, 무슨 분부를 받자올까요?" 돤차오췬이 연필로 그녀의 머리를 툭 치며 웃었다. "계집애, 장난스럽기는! 차 마실래? 일단 차 한잔 타 줄게." 샹난이 손사래를 쳤다. "아니야, 됐어. 금방 내 사무실에서 마시고 오는 길이야. 무슨 일인지나 빨리 말해, 나 지금 바쁘거든."

돤차오췬이 차를 준비하려다 말고 넌지시 물었다. "뭐가 그렇게 바쁜데?"

"무슨 일이겠어? 주임님께서 이 몸을 특별 심사조 조장으로 봉해 주셨으니 온 힘을 다해 충성해야지. 지금 최종 보고서 쓰는 중이야."

"심사 끝내려고?" 돤차오췬은 짐짓 아무것도 모르는 체했다.

"응, 나하고 왕유이는 모두 끝내도 된다고 생각해. 더 조사해 봤자 나올 것도 없는데 계속 붙들고 늘어지는 것도 그렇잖아, 안 그래?" 샹난이 시원스럽게 말했다.

돤차오췬은 샹난을 쳐다보며 잠자코 웃기만 했다. 샹난은 차오췬이 너무 황당해서 말할 가치도 없다고 생각할 때 이런 표정을 짓는다는 걸 잘 알았다. 그래서 차오췬의 말을 기다리지 않고 자기가 먼저 설명하기 시작했다.

"넌 또 내가 우경이라고 말하겠지만 난 정말로 철저하게 실사구시에 따랐단 말이야. 모든 고발 자료는 하나하나 다 심사해서 맞춰 봤고, 의심 가는 것도 모두 조사해 봤어. 그런데도 지난해에 조사한 거랑 똑같아! 그래서 심지어 애초 내 생각을 관철시켰어야 한다는 생각까지 든다고. 그때 유뤄빙이 아니라 위쯔치를 혁명위원회에 결합시켰으면 훨씬 나았을 거라고 말이야."

"넌 도대체 언제쯤 노선의 각도에서 문제를 관찰하는 법을 배울래?" 돤차오췬이 그녀를 나무랐다.

그러자 샹난도 반박했다. "혁명은 적극적이고 유능한 사람을 원하니, 아니면 소극적이고 무능한 사람을 원하니?"

"혁명이 원하는 건 무산 계급 혁명 노선에 선 사람이야. 노선이 다르다면 능력이 있을수록 더 나빠. 위쯔치가 바로 그런 경우란 말이야."

샹난은 더 이상 반박하지 않았다. 그동안 위쯔치 문제를 둘러싸고 두 사람이 논쟁을 벌인 게 한두 번이 아니었다. 지난해 2월, 당 중앙에서 '3결합' 지시가 내려왔을 때 그들은 누구를 결합시킬 것인가를 두고 논쟁을 벌였다. 결과는 물론 돤차오췬의 승리였다.

얼마 뒤 '2월 역류'에 대한 비판에서도 돤차오췬이 정확했음이 증명되었다. 그때 펑원펑이 「문인협회의 작은 '2월 역류'를 격퇴하자!」라는 제목의 벽보를 붙였다. 그는 1967년 2월 문인협회에서도 위쯔치를 두목으로 하는 '검은 당 조직'이 준동해 복벽을 시도했다고 주장했다. 그리고 샹난과 왕유이 등을 그 복벽의 '공모자이며 지지자'처럼 보이게 만들었다. 샹난으로서는 이해가 되지 않았지만 그냥 대범하게 중앙의 방침에 따르기로 했고, 두 사람은 모두 자아비판을 하지 않으면 안 되었다. 그 뒤 샹난의 머릿속엔 '계급투쟁'이라는 팽팽한 줄이 자리 잡게 되었다. 그런데 그 줄이 다시 늘어진 모양이다! 그녀는 정말로 이 안건을 종결지어도 된다고 생각했다. 하지만 아픈 만큼 성숙해지는 법. 그녀도 오늘 디화챠오 포격에 반격한다는 소식을 들은 터라 차오췬이 자기를 찾은 이유도 분명 그 때문일 거라고 짐작했다. 그래서 그녀는 하던 이야기 대신 "무슨 일로 날 찾은 건데?"라고 물었다.

그러자 돤차오췬이 종이 한 장을 그녀에게 내밀었다. "너한테 '우경'을 치료할 수 있는 처방전을 주려고!"

펼쳐 보니 위쯔치와 유뤄빙의 딸들이 '포격'에 참여했다는 사실을 적은 펑원펑의 쪽지였다. 샹난도 이건 분명히 주목할 만한 새로운 상황이라는 생각이 들었다. "우리가 조사해 볼게!"

"어떻게 할 건데?"

"먼저 두 아이를 불러다 어찌 된 일인지 물어봐야지."

"부녀지간의 일인데, 너처럼 그렇게 조사했다간 남 좋은 일만 시키고 말겠다. 이 특별 심사조 조장님아!" 돤차오췬이 면박을 주었다.

"그럼 어떻게 하란 말이야?" 샹난이 난감해하며 물었다.

"그 딸들이 포격에 참여했다는 건 조사할 필요도 없는 일이잖아? 그리고 아버지와 딸 사이에는 모종의 관계가 있다는 사실도 조사할 필요 없겠지? 너희 특별 심사조의 임무는 바로 무산 계급 사령부에 대한 위쯔치의 태도를 파악하는 거야. 너희가 간과했던 중요한 문제가 바로 그거지." 똰차오췬은 이미 다 생각해 둔 것처럼 술술 말했다.

"그런 자료는 없었는데."

"펑원펑은 의심 가는 데가 많다고 하던데!"

"펑원펑?" 샹난은 펑원펑이라는 이름을 듣는 순간 불쾌해졌다. 그가 어디 심사를 하는 사람이던가? 그는 자료를 날조하는 데 선수였다! 심사를 나가서는 달래고 협박하고 온갖 방법을 다 동원해 자백을 받아 내곤 한다. 그런 사람은 특별 심사조 일에 적합하지 않다고 샹난이 몇 번이나 말했지만 차오췬은 노선투쟁에 대한 그의 각오가 대단하다고만 했다. 덕분에 특별 심사조 사업은 언제나 삐걱거렸다. 게다가 지금 차오췬이 펑원펑 말만 듣고 자기를 비판하자 자기도 모르게 화가 난 샹난은 가시 돋친 말을 내뱉었다.

"펑원펑의 머릿속은 온통 의심스러운 것들뿐이지! 듣자하니 문화 대혁명 전부터 벌써 노선투쟁의 각오가 대단했다더라. 대학 기숙사에서는 매일 밤 커튼 뒤에 숨어서 사람들 일거수일투족을 모조리 살피고 기록해 뒀다가 학생 당 소조 조장한테 보고했대. 공청단[中國共産主義靑年團]도 그렇게 해서 입단한 거라던데!"

샹난이 손짓 발짓 해 가며 펑원펑을 흉내 내자 똰차오췬도 그만 웃고 말았다.

"그 사람이 밉다고 그 말까지 지레 판단해선 안 돼. 어떤 사람의 결점은 그 사람의 장점과 관련되어 있다고 레닌이 말했잖아. 펑원펑이 정치 노선 문제에서 예리한 것만은 확실해. 됐어, 펑원펑의 인격이야 어찌 됐든 넌 일단 필요한 자료부터 정리해. 최종 보고서는 좀 늦춰도 되겠지?"

"물론 최종 보고서는 미룰 수밖에 없지, 뭐. 그런데 그 자료도 당장은 정리하기 힘들겠는걸. 조사부터 해 봐야 하니까."

홍조 띤 돤차오쵠의 얼굴이 더 빨갛게 상기되더니 결국 언성을 높이고 말았다. "샹난, 이건 계급투쟁이야! 넌 왜 그렇게 철이 없니? 좋아, 평원평한테 정리하라고 하면 되지. 네 사상이 변질되지는 않았는지 한번 잘 생각해 봐. 공청단원으로서, 반란파 전사로서 자격이 있는지 없는지 말이야. 언제든 보수와 개혁 사이의 투쟁은 있기 마련이야. 새로운 국면에서 보수가 되지 않도록 조심하란 말이야!"

샹난도 얼굴이 빨갛게 달아올랐다. 그녀는 차오쵠이 걸핏하면 정치적으로 상대를 비판하는 것이 제일 싫었다. 그녀가 막 받아치려는 찰나에 우웨이가 씩씩거리며 문을 박차고 들어왔다. "마침 샤오샹도 있었군요. 오늘 위쯔치의 오만함이 하늘을 찌르지 뭡니까! 제가 '당신 딸이 포격에 참여했다'고 말하니까, '당내에서는 민주적 생활이 보장되어 있소'라고 말하지 뭡니까! 또 내가 고발 보고서를 써내라고 하니까 '당신을 고발하는 자료를 쓰지!'라고 하더라고요. 반동이 극에 달했어요! 무슨 조치를 취해야지, 안 그러면 온갖 수를 써서라도 딸과 연락해서 증거를 없애 버리려 할 겁니다!" 설마! 우웨이의 보고를 들은 샹난은 믿기지가 않았다. 위쯔치가 정말로 그렇게 기세등등했단 말인가? 1년 넘게 그를 심사했지만 여태껏 한 번도 그런 적이 없었다. 심사를 받는 위쯔치의 태도는 늘 진지하고 솔직했다. 오늘은 대체 어찌 된 일이지? 상황을 모르니 함부로 나설 형편도 아니었다. 우웨이의 말을 들은 돤차오쵠은 의미심장하게 샹난을 쳐다보았다. 샹난이 말없이 눈만 동그랗게 뜨고 있는 것을 보고 그녀가 한마디 했다. "그것 봐!

하여튼 너는……." 하지만 퇀차오췐은 우웨이가 그 자리에 있다는 걸 깨닫고는 바로 입을 다물어 버렸다. 우웨이 면전에서 두 사람 사이에 의견 충돌이 있다는 걸 보여 주고 싶지는 않았다. 그녀는 곧장 우웨이를 향해 얼굴을 돌렸다. "지금 바로 그 일을 보고서로 작성해서 올리세요. 시 지도부에 보고해야겠어요." 그리고 다시 샹난을 돌아보며 말했다. "너도 가서 일 봐. 다음에 다시 얘기하자." 샹난이 나가면서 "최근 원디(文弟)한테 편지 온 적 있어?"라고 물었다. 그러자 차오췐이 고개를 저었다. "이렇게 오랫동안 편지 한 통 없다니. 설마 무슨 일이 있는 건 아니겠지?" 걱정스럽게 말하는 샹난과는 달리 차오췐이 웃으며 대꾸했다. "소요파(逍遙派)한테 무슨 일이야 있을라고! 걱정 마!"

퇀차오췐이 샹난에 대한 자기의 생각을 우웨이에게 보이고 싶지 않았던 것은 두 사람이 어려서부터 함께 자란 죽마고우였기 때문이다.

두 사람은 모두 화베이(華北) 지역의 외딴 농촌에서 태어났다. 샹난의 어머니는 그곳 소학교 교사였는데, 젊어서 남편한테 버림받은 뒤로 하나 있는 딸을 잘 키우려고 재혼도 하지 않고 혼자 살았다. 그녀는 딸에게 '룽더(龍德)'라는 특이한 아명을 지어 주었다. 딸이 자라서 원대하고 고상한 길로 가기를 바라는 마음에서였다. 그녀가 문학과 눈물로 키운 덕분에 샹난은 어려서부터 예민하고 감상적인 성격을 갖게 되었다. 그런가 하면 퇀차오췐은 마을 잡화점 주인의 큰딸이었다. 이 주인은 딸만 다섯을 연달아 낳았을 뿐 아들이 없었다. 그는 가업을 물려주려고 개화한 '신파(新派)' 인사들처럼 딸을 공부시켜 장래 '여사장'이 되기를 바랐다. 덕분에 퇀차오췐은 샹난 어머니의 학생이 될 수 있었다. 그녀들과 함께 공부한 또 다른 친구가 바로 루원디(盧文弟)였다. 샹난 어머니와는 먼 친척이었던 관계로 루원디는 그녀의 도움을 받아 학교에 다닐 수 있었다. 돤차오췬, 샹난, 루원디는 샹난 어머니가 제일 자랑스러워하는 제자들이었다. 소학교 1학년부터 6학년까지 이 세 사람이 언제나 1, 2, 3등을 차지했다. 그런 가운데 그들 사이의 우정도 남달리 깊어 갔다. 소학교 3학년 때 읍내 창극에서 '도원결의'에 대한 이야기를 들은 그들은 어느 날 샹난네 집 부뚜막신 앞에 땅콩 한 접시, 향두부 한 접시를 차려 놓고 향불을 피운 뒤 자매 결의를 맺었다. 그 이듬해에 그들의 마을도 해방되었다. 그들은 함께 붉은 술이 달린 창을 들고 어린이단에 참가한 뒤 소년 선봉대에 가입했고, 또 중학교에 들어가서는 함께 공청단에도 가입했다. 나이가 들고 지식이 늘면서 자매 결의가 봉건사상임을 알게 된 그들은 그 뒤로 다시는 그 일을 들먹이지 않았다. 하지만 각별한 우정만큼은 변함이 없었다. 그들은 함께 고등학교에도 가고, 대학에도 진학하고, 또 함께 일도 하기로 약속했다. 그리고 샹난의 어머니처럼 누구도 결혼하지 말자고 약속했다.

하지만 중학교를 졸업하면서 그들의 첫 번째 약속이 깨졌다. 태어나면서부터 목소리 좋고 얼굴 예쁘고 늘씬하기까지 한 루원디가 성 정부에서 설립한 희곡 학교에 선발되어 간 것이다. 뒤에 남은 돤차오췬과 샹난은 함께 고등학교를 마치고 나란히 빈하이 대학에 들어갔다. 샹난은 문학을 전공했고, 돤차오췬은 방송학을 전공했다. 졸업 후 두 사람은 또 나란히 빈하이 문인협회에 직장을 배정받았다. 샹난은 『빈하이 문예』의 시(詩) 편집을 맡았으며, 돤차오췬은 문인협회 조직 연락조의 부조장이 되었던 것이다.

얼마 뒤 결혼하지 말자던 소녀들의 약속도 깨지고 말았다. 돤차오췬은 시위원회 조직부 간부 산좡(單庄)과 결혼을 했다. 희곡 학교를 졸업하고 장강(長江) 근처의 징후(靜湖) 시 방자 극단(梆子劇團)*에서 중심 배우로 활동하던 루원디도 극단의 작곡가 야오루후이(姚如卉)와 결혼했다. 정말로 '노처녀'가 된 것은 샹난뿐이었다. 샹난은 친구들에게 자기는 문학과 결혼했다고 큰소리치곤 했다. 사실 그녀도 결혼할 생각이 없는 것은 아니었으나 맘에 드는 상대가 없었다. 그녀는 환상을 몹시 좋아했다. 그녀의 머릿속은 온통 소설 이야기로 가득 차 있었고, 자연히 '이상적인 배우자'에 대한 자기 나름의 기준도 있었다. 그 기준에 따라 이리저리 고르다 보니 시간만 흘러가 버렸다. 그 결과 어느새 서른이 다 되었건만 아직 남자 친구 하나 없었다. 어머니와 친구들은 그런 그녀 때문에 안달이었지만 정작 본인은 태평했다. 그녀는 이런 일은 자연스럽게 되는 것이지 구한다고 될 일도 아니고 조급해 봐야 소용도 없다고 여겼다. 다른 사람이 재촉이라도 할라치면 그녀는 헤헤거리며 "황제는 느긋한데 내시가 서두르는구나! 현실에서 정 못 찾으면 소설 속에서라도 하나 만들어 볼까?"라고 말하니 옆 사람도 어쩔 도리가 없었다.

문화 대혁명이 터지자 돤차오쥔의 남편인 산챵은 반란에 앞장섰고 시 '반란파'의 지도급 인물 가운데 하나가 되었다. 남편을 열렬히 숭배했던 돤차오쥔도 덩달아 '반란파'가 되었고, 차오쥔을 한결같이 신뢰했던 샹난도 그녀를 따라 '반란파'가 되었다. 이리하여 죽마고우였던 두 사람이 이제 '새로운 전우'까지 되고 보니 그들의 관계도 더욱 범상치 않아졌다. 하지만 루원디는 그들과 좀 달랐다. 그녀는 편지에 늘 "난 천생이 무슨 정치는 못 할 위인이야. 그러니 무슨 파라고 할 수도 없지. 난 그저 내 양심에 따를 뿐이고, 당과 인민한테 당당하면 그걸로 만족해"라고 썼다. 그래서 돤차오쥔과 샹난은 그런 친구를 '소요파'라고 불렀다.

둰차오쿤은 자기의 전우인 샹난을 늘 만족스러워했다. 박력 있고 언변도 뛰어난 샹난이 '장군의 재목'이라면 자기는 '원수의 재목'이라고 생각했다. 이런 친구 사이는 얼마나 이상적인가! 그래서 둰차오쿤은 늘 샹난을 '대비판'의 제일선에 내세웠고, 또 가장 중요한 특별 심사조 조장 역을 그녀에게 맡겼던 것이다.

　　그런데 지난 1년 동안 샹난은 점점 '우경화'되어 갔다. 둰차오쿤은 무척 실망했을 뿐 아니라 걱정도 되었다. 한편으로는 샹난 같은 조수(助手)가 곁에 있어 자기가 권력을 장악하는 데 크게 도움이 되기에 마음이 든든했다. 하지만 또 한편으로는 샹난이 점점 우경화되다가 문제를 일으켜 자기까지 연루되지 않을까 걱정스럽기도 했다. 요즘은 인간관계가 얼마나 복잡해졌는지! 누군가를 비판하려 할 때 그 사람에게서 꼬투리를 발견하지 못하면 그의 친구한테서라도 트집을 잡아내는 세상이 아닌가? 둰차오쿤 자신도 그런 식으로 다른 사람을 비판해 오지 않았던가? 두 가지 점을 동시에 고려해서 둰차오쿤은 샹난의 '우경화'에 대해 안으로는 비판하고 밖으로는 보호하면서 샹난이 더 이상 '우경화'되지 않기만을 바랐다. 그런데 오늘 보아하니 그 희망은 이미 물 건너간 듯싶었다. 방금 우웨이의 보고를 들었을 때도 이 사안을 샹난이 잘 처리할 수 있을지 의심스러웠다. 샹난에게 경종을 울릴 만한 무슨 조치를 취해야만 했다. 하지만 그녀는 이런 생각을 샹난에게 알리고 싶지 않았고, 우웨이가 알게 되는 것은 더구나 바라지 않았다. 먼저 큰일부터 처리해야 했다. 그녀는 위쯔치 문제부터 마무리짓고, 그 다음에 이 문제를 다시 생각해 보기로 했다. 우웨이가 상황 보고서를 제출하자 둰차오쿤은 그것을 바탕으로 보고서를 급히 하나 더 작성한 뒤 시 혁명위원회로 남편 산쟝을 찾아갔다. 산쟝은 이미 시 혁명위원회 부주임의 자리에 올라 있었다.

오후 5시 반쯤, 돤차오췬이 지프를 타고 문인협회로 돌아왔다. 우웨이, 샹난, 유뤄빙은 그 길로 그녀의 사무실로 불려 갔다. 돤차오췬은 긴장한 표정으로 세 사람에게 지시했다. "즉시 위쯔치를 빈하이시 노동개조소로 보내 격리 심사하라는 시 혁명위원회의 지시가 내려왔습니다. 샹난은 위쯔치한테 가서 짐을 싸게 한 뒤 곧바로 지프로 호송하도록 하세요. 우웨이는 저녁에 위쯔치의 집을 수색해 '검은 자료'를 찾아올 수 있도록 지금 바로 가서 준비하세요. 아참! 위쯔치한테 미완성의 장편 시 원고가 있다던데, 꼭 찾아오도록 해요! 라오유는, 음……, 시 혁명위원회에서 또 다른 지시가 내려올지 모르니 저와 함께 기관에 남아 기다리도록 하지요."

우웨이는 신이 나서 "네!" 하고 대답한 뒤 곧장 밖으로 나갔다. 샹난은 여전히 "어디서 증거가 나왔지?"라며 머뭇거렸다. 돤차오췬은 어쩔 수 없이 '상관'으로서의 위엄을 내세우지 않을 수 없었다. "동무는 나의 판단을 의심하고, 심지어 시 혁명위원회의 판단까지 의심하는 겁니까? 어디서 증거가 나왔냐고요? 증거는 만드는 겁니다! 만들라고 해도 자기는 못 만들면서 증거가 어디서 나왔냐니요? 증거는 특별 심사조 조장인 동무가 만들어야지요!" 이렇게 말하는 데에야 샹난도 복종하는 수밖에 별 도리가 없었다.

남은 사람은 유뤄빙 하나였다. 그는 자기가 행여 소문이라도 내고 다닐까 봐 돤차오췬이 자기를 기관에 남겨 두었을 거라고 짐작했다. 그래서 "중요한 일이면 제가 아예 잠시 기관으로 숙소를 옮겨 올까요?"라고 물었다. 돤차오췬이 웃었다. "괜찮아요. 몸도 안 좋으신데. 기다려 보다가 별일 없으면 10시에 퇴근하도록 하세요." 알았다고 대답하고서 유뤄빙도 밖으로 나갔다.

샹난이 '외양간'에 도착했을 때 위쯔치는 여전히 엎드려 뭔가를 쓰고 있었다. 그는 샹난이 들어오는 것을 보고 고개를 들었다. "거의 끝나 가니까 바로 제출하겠습니다." "뭘 쓰는데요?" "우웨이가 요구한 자료요." "다음에 쓰세요. 지금은 저하고 어딜 가야 하니까 빨리 숙소로 가서 소지품을 정리하세요." "뭘 정리하라고요?" "더 묻지 말고 빨리 가세요. 지프가 기다리고 있으니까!"

위쯔치는 무슨 영문인지 몰라 바짝 긴장했다. "어디로 간단 말입니까? 대체 무슨 일이요?"

"본인이 더 잘 알겠지요! 요 며칠 대체 무슨 짓을 한 거죠?"

그제야 위쯔치도 감을 잡았다. 기어이 정치적 음해가 시작되던 것이다. 잠자코 일어난 그는 샹난을 따라 '외양간'을 나온 뒤 조금 떨어져 있는 자기 숙소로 향했다. 정리해야 할 소지품이라고 해 봐야 옷가지 몇 벌과 생활 용품, 자아비판 때 쓰는 종이와 연필, 그리고 비판 대회 때 기록용으로 쓰는 공책뿐이었다. 그는 그것들을 모두 여행 가방 하나에 몰아넣었다. 그가 짐을 다 싼 것을 보고 샹난이 싱긋 웃으며 말했다. "가요. 지프가 대문 앞에서 기다려요." "잠깐만. 이 보고서를 다 쓰고 가는 게 좋겠습니다." 샹난이 그가 쓰다 만 보고서를 힐끔 쳐다보았다. 제목이 「오늘 있었던 우웨이와 나의 대화 내용, 그리고 나의 몇 가지 견해와 호소」였다.

"이게 무슨 말이죠?" 샹난이 고개를 갸웃하며 물었다.

위쯔치는 급하게 마저 쓰느라 묻는 말에 대답할 겨를도 없었다. 서명을 마친 뒤 그는 엄숙한 표정으로 그것을 샹난에게 건네주었다. "샹난 동지, 그동안 나는 당내 투쟁을 많이 겪어 봤습니다. 투쟁이 특히 복잡한 상황에서는 결백한 사람에게 정치적 음해가 가해지는 것 같은 이상한 일도 많이 일어난다는 걸 나는 잘 알아요. 나는 당원이니, 당이 요구한다면 어떤 형식의 심사라도 달게 받을 것입니다. 언젠가는 내 문제가 분명히 밝혀질 것이라 믿어요. 이

보고서를 꼭 상부에 제출해 주십시오. 그리고 허락된다면 나의 새 주소를 가족들한테 좀 알려 줘요. 자, 이제 갑시다." 그는 가방을 집어 들고 성큼성큼 앞장서 걸었다.

대문 입구에 지프가 대기하고 있었다. 위쯔치와 샹난이 밖으로 나오자 차에 타고 있던 사람이 내리더니 위쯔치의 팔을 잡아끌어 차에 태웠다. 지프는 즉시 출발했다. 멀어져 가는 지프를 바라보며 손에 든 보고서를 만지작거리던 샹난은 자기도 모르게 스스로 질문을 던졌다. '설마 내가 정말로 '우경화' 된 건 아니겠지?'

위쯔치가 쓴 보고서를 들고 돤차오췬의 사무실로 돌아온 샹난은 피곤한 목소리로 말했다. "위쯔치는 갔어. 이건 그가 가면서 제출한 보고서야." 샹난과 돤차오췬은 그 보고서를 함께 읽어 내려갔다. 샹난의 심장 박동이 점점 빨라졌다. '도대체 어떻게 된 일이란 말인가!' 하지만 돤차오췬은 얼굴빛 하나 변하지 않았다. 샹난은 참지 못하고 말문을 열었다. "넌 우웨이의 보고를 믿을 수 있다고 생각해?" "네 생각은 어떤데?" "난 위쯔치의 보고서가 더 신빙성 있는 것 같은데. 우웨이의 말을 다 믿을 순 없지 않을까?"

샹난이 더듬더듬 말을 마치자 돤차오췬이 자료를 샹난 앞으로 밀어내며 말했다. "보관해 둬. 난 그만 볼래."

"이 일을 상부에 보고해야 되는 거 아냐? 위쯔치에 대한 격리 심사를 재고해 달라고 시에 요청해야 하는 거 아니냐고? 확실하게 조사해 본 다음에 처리하는 게 더 좋지 않겠어?"

여전히 상황을 이해하지 못하는 샹난을 보면서 돤차오췬이 입을 삐죽거리며 웃었다. "너도 참! 넌 정치를 너무 몰라. 솔직하게 말해 줄까? 우웨이든 위쯔치든 어차피 난 둘 다 믿지 않아."

"그럼 왜 우웨이더러 위쯔치 집을 수색하라고 했는데?"

샹난의 질문에 돤차오췬은 우쭐대며 말했다. "우웨이는 적어도 위쯔치를 비호할 리가 없거든. 그 점에서는 그가 너보다 더 믿을 만해." 이렇게 말한 그녀는 샹난을 향해 빈정거리듯 눈을 깜박였다.

'세상에! 타고난 정치가로군!' 깜짝 놀란 샹난은 친구를 쳐다보며 이렇게 생각했다. 그녀는 이 말을 속으로 삭이면서 차오췬의 사무실에서 나와 자기 숙소로 돌아갔다.

샹난이 나가는 걸 보면서도 톈차오췬은 아무 말도 하지 않았다. 조금 뒤 전화벨이 울렸다. 그녀는 얼른 수화기를 들고 물었다. "우웨이? 벌써 출발한다고요? 좋아요. 꼼꼼하게 잘 살펴봐요! 중요한 걸 발견하면 바로 우리 집으로 와서 보고하도록 해요!" 그녀는 수화기를 내려놓고 시계를 들여다보았다. "반 시간만 지나면 유뤄빙을 퇴근시켜도 되겠군." 이렇게 중얼거리면서 그녀는 수화기를 들고 번호를 눌렀다. "반 시간 뒤에 데리러 와요. 집에 가서 저녁 먹게."

반 시간 뒤 유뤄빙은 무거운 마음으로 기관을 나섰다. 그때 자동차 한 대가 입구에 멈추더니 연달아 경적을 울렸다. 산창이 톈차오췬을 데리러 온 것이 분명했다. 그는 고개를 숙인 채 그 차를 피해 집으로 돌아갔다.

위쯔치의 집을 샅샅이 수색한 우웨이

위쯔치가 지프로 호송되던 그 시각에 그의 큰딸 위샤오징(余曉京)은 울면서 집을 뛰쳐나갔다! 어머니 류루메이(柳如梅)와 다툰 것이었다.

류루메이는 빈하이시 경제연구소 한 부서의 당 지부 서기였다. 문화 대혁명 초기에 그녀도 비판받았지만 곧 '해방'되었고 혁명위원회에 '결합' 되어 일반 위원을 맡았다. 그러나 위쯔치가 기관에 격리되자마자 그녀의 신세도 곧 바뀌기 시작했다. 그녀는 '신혁명 위원회에 잠입한 주자파' 로 몰려 혁명위원회에서 제명되었을 뿐 아니라 다시 또 심사를 받게 되었다. 그러나 그녀는 이 모든 것에 전혀 개의치 않았다. 그까짓 혁명위원회 위원 같은 건 애초에 되고 싶은 생각도 없었다. 심사도 두렵지 않았다. 음모를 꾸민 적이 없는데 무서울 것이 뭐 있겠는가? 그런 그녀였지만 '국민당 반동파의 첩자' 라는 누명까지 쓰게 될 줄은 꿈에도 생각지 못했다!

2주 전 어느 날 오전, 경제연구소에서 갑자기 전체 대회를 소집했다. 연구소의 '반란파' 우두머리 하나가 무척 심각하고도 묘한 어조로 연설을 했다. "우리 연구소의 계급투쟁은 참으로 엄중한 상황입니다! 우리 혁명위원회에 국민당 첩자가 잠입해 있었는데, 아무도 그걸 알아차리지 못했단 말입니다! 지금은 이미 증인과 증거를 모두 확보한 상태입니다. 그런데 그 첩자는 지금도 아무 일 없다는 듯 시침을 뚝 떼고 있습니다. 동지들! 이 얼마나 위험천만한 상황입니까?" 여기까지 들은 류루메이도 회의에 참석한 다른 사람들과 마찬가지로 깜짝 놀랐다. 혁명위원회의 10여 명 중에 누가 국민당 첩자란 말인가? 류루메이가 무대에 앉아 있는 위원들을 유심히 쳐다보고 있는데, 이게 웬일인가? 누군가 갑자기 류루메이의 머리채를 획 잡아채며 앙칼지게 소리쳤다. "아직도 시치미를 떼고 있어?" 무슨 일이 일어난 건지 미처 깨달을 틈도 없이 그녀는 이미 단상 위로 끌려 올라가고 있었다. "잘못 안 거예요! 난 첩자가 아니에요! 난 열여섯 살에 옌안 혁명 기지로 갔다고요!" 하지만 그녀의 목소리는 더 큰 함성 소리에 묻혀 버렸다. 혁명위원회의 대표가 손에 사진 한 장을 들고 군중에게 소리쳤다. "이게 바로 류루메이가 국민당 첩자였다는 물증입니다! 동지들,

류루메이는 원래 방탕한 여자였던 겁니다! 보세요! 이건 저 여자가 기둥서방이었던 국민당 첩자와 찍은 사진입니다! 치파오에 하이힐을 신고 있는 모습이 얼마나 요사스럽습니까? 저 여자는 이 사진을 찍은 직후에 옌안으로 숨어 들어갔던 것입니다! 자기가 미녀로 변장한 독사라는 사실을 우리가 영원히 모를 줄 알았던 모양인데, 착각한 거죠! 크게 착각한 거란 말입니다!" 회의장은 격렬한 구호 소리로 가득 찼다. "국민당의 첩자 류루메이를 타도하자!" "무산 계급 문화 대혁명 만세!" 류루메이가 설명을 할 새도 없이 몇몇 남녀가 달려들어 그녀의 간부복을 강제로 벗기고 대신 요상하게 생긴 치파오를 입혔다. 그리고 하얀색 하이힐을 신긴 다음 그녀를 끌고 대회장을 사방으로 돌며 조리돌림을 시켰다. 분노와 치욕감에 류루메이는 거의 제정신이 아니었다. 사람들이 그녀를 작은 방 안에 가두고 '죄행'을 고백하라고 할 때까지도 그녀의 머리는 완전히 마비된 상태였다.

"당신의 추한 몰골을 좀 보시지!"라고 빈정거리며 '반란파' 우두머리가 사진 한 장을 그녀의 얼굴 앞으로 디밀었다.

류루메이는 그제야 사진을 찬찬히 들여다보았다. 그것은 중학교를 졸업할 때 사촌 오빠와 함께 찍은 사진이었다. 그 뒤 오랫동안 그 사촌 오빠와는 연락을 하지 않았을뿐더러 자기는 그 사진을 갖고 있지도 않았다. 중학교를 갓 졸업했을 때 항일 전쟁이 터지자 그녀는 항전을 위해 반동 가족과 인연을 끊고서 옌안으로 갔고, 그 사촌 오빠는 미국으로 유학을 떠났던 것이다. 전국이 해방된 이듬해에 사촌 오빠는 조국으로 돌아와 동북 모 대학에서 영어를 가르쳤다. 그동안 거의 연락도 없이 지냈는데 어쩌다가 그 사진이 그녀가 국민당 첩자라는 증거가 된 것일까? 그녀는 참을성 있게 사진의 내력과 사촌 오빠와의 관계를 설명하려 했지만 우두

머리는 그녀의 말을 아예 들으려고도 하지 않았다.

"옌안으로 잠입했던 목적이 뭐요? 어떻게 위쯔치와 관계를 맺게 됐지?" 그는 또 『마오쩌둥 어록』 중에 「두위밍(杜聿明)에게 투항을 촉구하는 편지」라는 글을 그녀 앞에 펼쳐 놓고 독살스럽게 다그쳤다. "어떤 길을 갈 것인지는 당신이 선택하시오! 우린 오래 기다리지 않을 거요!"

류루메이는 오후 한나절을 그 작은 방에 내내 갇혀 있었다. 치파오와 하이힐은 '집 수색' 때 어딘가에서 나온 거라고 쳐도 눈앞에서 일어난 나머지 일은 아무리 생각해도 알 수가 없었다. 퇴근 시간이 되자 하나 둘 집으로 돌아갔지만 그녀는 여전히 꼼짝도 않고 그 자리에 앉아 있었다. 아까 왔던 우두머리가 다시 들어와 류루메이의 간부복을 책상 위에 놓았다. "옷 갈아입고 집으로 가시오! 정책을 존중해서 동무한테 죄를 인정할 기회를 주는 거요." 간부복을 집어 든 류루메이는 30년 전 자기가 치파오를 벗고 간부복으로 갈아입던 때가 생각나 눈물을 삼켰다. 그때 그녀는 얼마나 흥분했던가! 그녀는 자기가 이미 완전히 새로운 사람, 인민에게 필요한 사람으로 다시 태어났다고 생각했다. 그런데 오늘 그들이 그녀의 간부복을 빼앗아 가고 대신 '진면모'를 되돌려줄 줄 누가 상상이라도 했겠는가? 그녀는 치파오를 갈기갈기 찢어 그의 얼굴에 내던져 버리고 싶었다! 하지만 꾹 참았다. 그가 다시 명령했다. "치파오와 하이힐은 동무가 가져갔다가 내일 출근해서 다시 갈아입도록 하시오. 군중이 동무의 진면모를 확실히 알아볼 수 있게 말이오. 동무가 죄를 인정한다면 갈아입지 않도록 해 주겠소." 이렇게 말하면서 그는 치파오와 하이힐을 류루메이의 가방 속에 구겨 넣은 뒤 그녀를 방 밖으로 떠밀었다.

20여 일이 지났는데도 류루메이는 여전히 날마다 치파오를 입고 하이힐을 신은 채 온갖 조롱과 모욕을 당했다. 집으로 돌아가는 길에 '죽자! 그냥 자동차에 뛰어들기만 하면 돼'라는 생각을 몇 번이나 했는지 모른다. 하지만 그녀는 그런 생각을 떨쳐 버리려고 애썼다. 두 딸이 집에서 그녀를 기다리고 있었던 것이다. 또 남편 쯔치도 있었다. 그가 기관에 격리된 지 수 개월이 지났건만 소식 한 자 알 수 없었다. 남편과 두 딸을 위해 그녀는 이 모든 것을 견뎌 내야만 했다. 게다가 딸들에겐 이 모든 걸 비밀로 해야만 한다.

오늘도 한바탕 투쟁을 겪고 10시가 다 되어서야 집에 도착해 보니 두 딸은 밥도 하지 않고 시무룩한 표정으로 앉아 있었다. 그녀는 서둘러 주방으로 가서 밥을 짓고 상을 차린 뒤 딸들을 불렀다. 하지만 두 아이는 꼼짝도 하지 않았다. 다시 불러 보았지만 여전히 아무런 대꾸가 없었다. 그제야 그녀는 무슨 일이 있었는지 두 아이를 유심히 살펴보았다. 샤오징은 얼굴이 창백했고 머리카락 사이로 붉은색 잉크 자국이 남아 있었으며 입술을 꾹 다문 채 멍하니 벽만 바라보고 있었다. 샤오하이(曉海)는 눈물이 그렁그렁해서는 애처롭게 언니 옆에 앉아 있었다.

류루메이는 근심에 차서 "왜 그러니?"라고 가만히 물었다.

샤오징은 여전히 벽만 쳐다보며 한마디 대꾸도 하지 않았다. 샤오하이가 류루메이를 쳐다보더니 '으앙' 하고 울음부터 터뜨렸다. 류루메이는 깜짝 놀랐다. 그녀는 안쓰러워하며 샤오하이에게 대체 무슨 일이 있었느냐고 물었다. 샤오하이가 가까스로 울음을 그치고 훌쩍거리면서 입을 열었다. "언니가 오늘 홍위병에서 제명당했어. 걔들이 언니보고 개자식이라고, 새끼 반혁명 분자라고 그랬어. 그리고 언니 얼굴에 빨간색 잉크를 발랐어……."

"새끼 반혁명? 샤오징, 너 무슨 일 저질렀니?" 류루메이가 다급하게 물었다.

샤오징이 싸늘한 표정으로 그녀를 힐긋 쳐다보았다. "제 일에 간섭 마세요."

"샤오징, 엄마한테 그게 무슨 말버릇이니?" 류루메이는 화도 나고 불안하기도 했다.

샤오징은 또 한 번 어머니를 쳐다보았다. 어머니의 아름다운 얼굴이 오늘따라 유난히 초췌해 보였다. 잔주름이 가득한 어머니의 두 눈이 너무나 슬프고 고통스럽게 그녀를 바라보고 있었다. 얼마나 사랑스럽고, 얼마나 자상한 엄마인가! 하지만 오늘 오후에 학교에서 일어난 일만 생각하면 그녀는 온몸이 떨려 왔다. 유원과 함께 디화챠오에 관한 벽보를 낭독한 사실을 알고 몇몇 친구들이 '논쟁'을 요구했다. 논쟁하자고 하면 하지, 뭐. 유원이 있으니 겁날 것도 없었다. 그런데 어머니가 경제연구소에서 일한다는 어떤 남자 아이가 느닷없이 모두가 듣는 데서 비밀 하나를 공포하는 것이었다. "샤오징의 엄마는 국민당 첩자래, 벌써 다 들통났단다!" 그 아이는 치파오를 입고 하이힐 신은 모양을 흉내 내며 친구들을 웃겼다. 그러고는 샤오징더러 첩자 어머니와의 관계를 자백하라고 다그쳤다. 샤오징은 그 애한테 침을 뱉고 거짓말하지 말라며 욕을 했다. 그러자 몇몇 남학생들이 샤오징을 붙들고 얼굴에 온통 붉은 잉크 칠을 한 것이다. 다행히 지쉐화(告雪花) 선생이 그녀를 구해 주었다. 방금 어머니가 집에 돌아왔을 때 샤오징은 당장이라도 어머니를 붙들고 '엄마가 정말로 첩자야?'라고 묻고 싶었다. 하지만 막상 어머니를 보니 이런 어머니가 어떻게 첩자일 수 있는지 도무지 믿기지가 않았다. 하지만 당과 인민이 어머니에게 누명을 씌울 수도 있단 말인가? 설마 그럴 리가! 샤오징은 어떻게 해야 할지 갈피를 잡을 수가 없었다. 그녀는 어머니의 품에 안겨 실컷 울고 싶었지만 도리어 눈물이 흘러내리지 않도록 입술을 꼭 깨물었다.

"샤오징! 무슨 일인지 엄마한테 말해 보렴." 류루메이는 샤오징을 자기 앞에 앉혀 놓고 머리카락 속의 잉크 자국을 조심스레 닦아 내려 했다. 하지만 샤오징은 그런 어머니를 밀쳐 버렸다. 적의 호의를 받을 수는 없는 일이었다. 샤오징은 눈가의 눈물을 훔쳤다. 그리고 마음속 온정도 지워 버리며 고통스럽고도 냉정하게 쏘아붙였다. "도대체 엄마의 정체가 뭐예요? 우리한테 말 못 할 만큼 켕기는 게 있나 보죠?"

"뭐? 너 뭐라고 했니?" 류루메이의 몸이 부르르 떨렸다. 딸이 무슨 소리를 하려는 건지 알 수가 없었다.

샤오징은 다시 창밖으로 눈길을 돌리면서 무섭게 따져 물었다. "출근한 뒤에 어떤 옷을 입어요?" 샤오징은 어머니가 '바로 이 옷이지!'라고 말해 주기를 얼마나 바랐던가!

하지만 류루메이는 대답하지 않았다. 그녀는 침통하게 신음 소리를 내더니 문을 쾅 닫고 방으로 들어가 버렸다.

샤오징은 하얗게 질린 얼굴로 얼른 달려가 루메이의 가방을 확 젖혀 보았다. 그 안에서 정말로 치파오와 하이힐이 나왔다. 무섭지만 사실이었다! 2년 전 거리에서 '네 가지 낡은 것을 타파〔四舊打破〕' 할 때* 눈에 거슬리는 옷이란 옷은 죄다 꺼내 자르고 찢어 버렸던 일이 생각났다. 그때도 이렇게 야한 옷과 신발은 보지 못했다. 자기도 모르게 그 옷을 입은 엄마의 모습이 그려졌다……. 싫어, 싫어! 이런 사람이 우리 엄마일 리 없어! 엄마가 아냐! 샤오징은 그것들을 바닥에 내동이치고서 발로 마구 짓이겼다. 그리고 벌컥 방문을 열어젖혔다.

류루메이는 뭐라고 중얼거리며 창가를 서성이고 있었다.

샤오징은 마음이 무거웠다. 하지만 창백하던 얼굴에 금방 피가 솟구쳐 올랐다. 그녀는 온 힘을 다해 소리쳤다. "나한텐 이제 아버지도 없고 엄마도 없어!" 그러고는 있는 힘껏 방문을 닫고 밖으로 뛰쳐나갔다.

문이 '쾅' 하고 닫혔다. 그렇게 샤오징은 사라져 버렸다. 류루메이가 밖으로 나와 보니 샤오하이만 놀란 얼굴을 하고 있었다. 그녀는 의자에 털썩 주저앉아 굳게 닫힌 대문을 뚫어져라 쳐다보았다. 가 버렸다! 딸아이가 집을 나가 버렸다! 그 옛날 자기가 부모님과 결별을 선언하고 옌안으로 갔을 때처럼.

정신적 박탈이야말로 가장 잔혹한 박탈이다. 정신적으로 의지하던 대상을 잃은 데서 오는 절망은 결코 회복되지 않는 법이다.

류루메이는 아무 말 없이 우두커니 앉아만 있었다. 하지만 그녀의 가슴 속에는 세상 모든 것을 모조리 뒤덮고도 남을 커다란 파도가 출렁거렸다! 그녀는 그 파도 속에서 몸부림쳤다. 자칫하면 파도가 그녀를 휩쓸어 버릴지도 모를 일이었다.

그때 갑자기 문 두드리는 소리가 났다. 샤오하이가 폴짝 달려가 문을 열어 주자 장정 넷이 다짜고짜 밀고 들어왔다. 우웨이와 그의 세 '전우'였다.

느닷없이 들이닥친 우웨이 일행을 보더니 별안간 류루메이의 눈빛이 빛나기 시작했다. '또 왔구나! 그래, 어디 맘대로 해 보라지!' 그녀는 본능적으로 샤오하이를 품에 꼭 끌어안고 침입자들을 노려보았다. 낯선 사람들이었다. 하지만 그들이 누구인지 뭣 하러 왔는지 묻고 싶지도 않았다. 어차피 좋은 사람들은 아닐 테니까. 지난 몇 년간의 경험을 통해 그녀는 이제 좋은 사람들은 자기 집을 찾지 않는다는 걸 알았다. 그녀는 그들을 쏘아보며 당장이라도 맞붙어 싸울 마음의 준비를 했다. 왠지 모르게 그 침입자들과 죽기살기로 한번 맞붙을 것 같은 예감이 들었다. 아니, 그것은 일종의 욕망이었다. 인내심이 극에 달했으니 더 이상 참아지지도 않을 터였다. 낭떠러지까지 물러났으니 더 이상 물러설 곳도 없었다.

물론 우웨이 일당은 류루메이의 얼굴빛이나 심정을 살필 생각은 애초부터 없었다. 그들은 말도 없이 닥치는 대로 뒤집고 물건들을 사방에 내던졌다. 놀란 샤오하이가 벌벌 떨면서 류루메이를 꼭 끌어안았다. "저 사람들 강도인가 봐!"

"개자식! 지금 뭐라 그랬어?" 우웨이가 샤오하이의 팔을 붙들고 주먹을 쳐들었다.

"뭐 하는 짓이에요!" 류루메이가 우웨이의 주먹을 막아섰다.

그러자 우웨이가 코웃음을 치며 허리띠를 끌렀다.

놀란 샤오하이가 큰 소리로 울음을 터뜨렸다. 이미 잠들었던 옆방의 펑원펑과 지쉐화가 그 소리에 놀라 일어났다. 그들은 지난해 결혼을 한 뒤로 위쯔치 집의 방 한 칸을 차지해 살고 있었다. 잠이 깬 두 사람은 함께 류루메이네 방으로 건너왔다. 우웨이 일당을 본 펑원펑은 이내 무슨 일이 벌어졌는지 알아차리고 아내를 끌고 물러나려 했다. 하지만 지쉐화는 아랑곳하지 않고 샤오하이를 끌어당기며 허리띠를 치켜든 우웨이에게 따지고 들었다. "부모에게 문제가 있다고 해도 아이가 무슨 죄가 있어요? 꼭 이렇게까지 해야 하나요?" 우웨이가 눈을 부릅뜨며 위협적인 목소리로 소리쳤다. "참견하지 마쇼!" 하지만 지쉐화는 여전히 샤오하이를 꼭 안은 채 꼼짝도 하지 않았다. 펑원펑이 와서 몇 번이나 불러도 소용없었다.

우웨이는 지쉐화와 실랑이를 계속하다가 자칫 대사를 그르칠까 봐 그쯤에서 그만두었다. 대신 그는 같이 온 친구들에게 "계속 수색해! 구석구석 잘 살피란 말이야!"라고 지시했다.

류루메이도 가택 수색을 당하는 게 이번이 처음은 아니었다. 가택 수색은 다양한 명목으로 행해졌다. '네 가지 낡은 것을 타파'하거나 '정치적 대청소'를 하기 위해서, 또는 '남아도는 재산'이나 편지들을 찾기 위해서였다. 하도 여러 번 겪은 터라 이젠 아무렇지도 않았다. 이미 가져갈 만한 것은 죄다 가져가 버렸으니 이젠 아까울 것도 없다. 가져갈 테면 다 가져가라지! 부모 자식 간의 정마저 빼앗아 가는 판에 못 가져갈 게 뭐가 있겠는가? 마음을 모질게 먹으니 무서울 게 없었다. 단, 샤오하이만은 손가락 하나 건드리지 못하게 할 테다. 내 인격을 모욕하는 것도 절대 안 돼. 겁에 질린 샤오하이는 눈을 똥그랗게 뜨고 지쉐화의 품에 숨어 있었다. 류루메이는 지쉐화에게 "아이를 데리고 나가 주시겠어요?"라고 부탁했다.

"안 돼! '검은 자료'를 빼돌리려고?" 우웨이가 얼른 지쉐화를 막아서며 샤오하이의 주머니를 뒤졌다.

상자란 상자는 죄다 꺼내 보고 서랍이란 서랍도 모조리 열어 보았다. 그러고도 우웨이 일당은 찾고자 했던 물건을 찾지 못한 모양이었다. 그제야 류루메이는 이번 수색이 정치적인 것임을 알아차렸다. 갑자기 온 신경이 팽팽해졌다. 그녀는 집 안에 또 정치적으로 문제가 될 만한 것이 뭐가 있는지 애써 더듬어 보았다.

"말해! '검은 자료'를 어디다 숨겼지?" 수색을 멈추고 우웨이가 독살스럽게 물었다.

"우리 집에 '검은 자료' 같은 건 없어요."

"아직도 시치미를 떼? 위쯔치가 위샤오징을 시켜 디화챠오 동지를 포격하게 했는데, 어떻게 '검은 자료'가 없을 수 있나, 엉?" 우웨이가 고함을 질렀다.

류루메이는 소스라치게 놀랐다. 어떻게 그런 일이? 그게 사실이라면 우리 집은 끝장이다! 희망이라곤 없어지는 거야! 쯔치는 어떻게 되었을까? 샤오징은 또 어디에 있지? 그녀는 참을 수 없는 분노와 불안을 느끼면서도 큰 소리로 대꾸했다.

"그렇다면 위쯔치하고 위샤오징한테 가서 그 '검은 자료'를 달라고 하시죠. 난 아무것도 모르니까! 위쯔치와 위샤오징이 나쁜 짓을 했을 리 없어. 난 남편과 딸을 믿는다고. 정 못 믿겠으면 조사해 보면 될 거 아냐!"

바로 그때 침실을 뒤지던 사람이 침대 구석에 있던 쇠 상자를 들고 나와 류루메이더러 열어 보라고 했다.

쇠 상자를 본 순간 류루메이는 오금이 저려 왔다. 물론 그 안에 무슨 포격과 관련된 '검은 자료'가 들어 있는 것은 아니었다. 하지만 거기에는 정말로 소중한 물건들이 들어 있었다. 그들의 옛 지도자 동지가 보낸 편지들과 제사(題辭), 그리고 쯔치가 쓴 장편 시 원고가 거기 있었던 것이다. 쯔치가 미처 반영하여 수정하지는 못했지만 그 시에 대한 지도자 동지의 평론도 그 안에 있었다. 문화 대혁명이 시작되고 가택 수색이 실시된 이래 매번 장소를 바꾸어 가며 이 물건들을 숨기느라 그녀와 위쯔치는 무던히도 애를 썼다. 얼마 전 그녀는 다시 그것을 낡은 신발 상자에 감추어 두었는데, 오늘 기어이 그들에게 발각되고 만 것이다. 이것들이 압수되는 날엔 위쯔치나 그녀의 고통은 말할 것도 없고 지도자 동지까지 연루될지 모른다. 더구나 소문에 따르면 그 지도자 동지는 '2월 역류'의 수뇌로 지목되어 있지 않던가? 편지들이 혹시 그 지도자 동지가 '잡귀'들의 '배후 조종자'라는 증거로 이용되는 것은 아닐까? 그럴 가능성은 충분했다! 그녀는 이것들을 진작 바깥 어딘가에 잘 숨겨 두지 못한 자신의 부주의를 탓했다. 하지만 이제 와서 무슨 소용이란 말인가? 저들은 분명 그걸 빼앗아 가려 할 텐데. 그녀 혼자 어떻게 네 명이나 되는 장정을 당해 낼 수 있단 말인가? 하지만 그래도 막아야 한다. 위쯔치와 옛 지도자 동지를 생각해서라도 그녀는 해야만 한다. 그동안 쌓인 고통과 원한 때문에라도 꼭 그렇게 해야 한다. 그녀는 한 차례 또 한 차례 거듭되는 박탈을 더 이상 견딜 수가 없었다. 저항하자! 아무리 힘없는 저항이라도 괜찮다! 물질적인 것이든 정신적인 것이든 모두 빼앗기고 이제 아무것도 남지 않았다. 30년 동안 분투해 온 그녀의 사업, 30년간 소중하게 키워 온 아름다운 감정이 이미 모두 말살당했는데 더 이상 두려울 게 뭐가 있으랴?

류루메이는 상자를 물끄러미 쳐다보다가 상자 위의 먼지를 손으로 조심스럽게 털어 냈다. 그리고 다시 허리를 꼿꼿이 펴고 우웨이 일행을 바라보며 괴상하게 웃어 보였다. 그녀의 예쁜 얼굴이 대번에 일그러지며 차갑게 변했다. 모든 피가 순식간에 빠져 나간 것처럼 얼굴이 순백색이 되었다. 거울같이 찬 눈동자는 날카로운 화살처럼 우웨이를 쏘아보았고 둥그런 눈썹은 위로 치켜 올라갔으며 앙다문 입술은 일직선이 되었다. 그녀는 천천히 주머니에서 열쇠를 꺼내 상자를 열고 그 안에서 보자기에 싸인 물건 하나를 꺼내 들었다. 그리고 그것을 우웨이 앞으로 내밀었다.

"이건 쯔치가 쓴 원고예요. 옛 지도자 동지의 편지도 들어 있지요. 원하는 게 이건가요?"

승리의 기쁨에 우웨이는 머리가 다 멍할 정도였다. 그는 얼른 손을 뻗어 그것을 잡으려 했다.

하지만 류루메이가 잽싸게 그것을 자기 품에 끌어안으며 형형한 눈빛으로 우웨이를 노려보았다.

우웨이는 이 여자가 대체 뭘 어쩌자는 건지 알 수가 없었다. 그의 머리는 계속 흔들렸고, 눈동자는 마치 한밤중에 불빛을 본 이리처럼 공포에 차 희번덕거렸다. 그는 자기도 모르게 안경을 추켜올렸다.

그렇게 몇 분이 흘렀다.

우웨이가 별안간 허리띠를 쳐들었다.

바로 그때! 바로 그 찰나! 잠자코 있던 류루메이가 별안간 호랑이처럼 우웨이를 향해 달려들었다. 우웨이가 비틀거리며 뒤로 몇 발짝 물러섰다. 그 짧은 순간에 류루메이는 한없이 깊은 눈빛으로 샤오하이와 지쉐화를 한번 쳐다보고는 "쯔치! 샤오징!"이라고 외치며 종이 뭉치를 끌어안은 채 창문 밖으로 몸을 던졌다!

지쉐화와 샤오하이가 날카로운 비명을 질렀다. 지쉐화는 얼른 샤오하이를 내려놓고 아래층으로 뛰어내려갔다. 류루메이의 몸에서 흘러나온 선혈이 「끝없는 장강 물결 도도히 흘러[不盡長江滾滾流]」라는 제목의 시 원고를 흥건히 적시고 있었다.

자전거 네 대가 장강로를 쏜살같이 내달렸다. 우웨이와 그 '전우'들이 승리를 안고 돌아가는 길이었다. 하지만 가는 길 내내 아무도 입을 열지 않았다. 그저 죽어라고 자전거 페달만 밟아 댔다. 그 흥건하던 선혈이 자기들 뒤를 쫓아오는 것만 같았다. 그 피, 그렇게 선명하게 솟구치던 피가 큰길을 따라 자기들의 자전거 바퀴 밑으로 한없이 밀려드는 것만 같았다. 뒤쫓아오는 선혈을 피하려고 그들은 단숨에 그 먼 길을 달려왔던 것이다. 장강로 끝에 이르러서야 그들은 천천히 속도를 줄이고 이마에 맺힌 땀을 닦았다.

"우웨이, 류루메이가 왜 그랬을까? 누가 물어보기라도 하면……." 우웨이의 '전우' 하나가 다른 사람이 있는지 주위를 살피며 이렇게 물었다.

우웨이가 군모를 벗고 길바닥에 가래침을 퉤 뱉으며 사납게 소리질렀다. "제기랄, 그년이 오늘 죽으려고 작정을 했나 보지! 들통날까 봐 무서워서 자살한 거야! 처벌이 두려워서 말이야!" 이렇게 말하고 그는 또 가래침을 탁 뱉었다.

"우리가 핍박해서 자살하게 만든 거라고들 하지 않을까?"

"누가 감히 그런 말을 하겠어, 응? 어느 누가 감히 첩자 편을 든단 말이야?" 마치 동료들이 첩자 편을 들고 있기나 한 것처럼 우웨이는 살기등등했다.

다른 동료들도 더 이상은 아무 말 하지 않았다. 때려부수고 빼앗고 하는 데는 이골이 난 그들이었다. 하지만 현장에서 사람이 죽는 건 오늘 처음 보았다. 모두 무섬증이 들었지만 우웨이가 아무렇지 않다는 듯이 말하자 조금은 마음이 놓였다. 설령 추궁을 당한다 해도 이 일의 책임은 전적으로 우웨이한테 있으니 말이다.

사실 말은 그렇게 했지만 우웨이도 전혀 아무렇지 않은 건 아니었다. 책임 추궁은 두렵지 않았다. 오늘 같은 상황이라면 추궁하러 나설 사람도 있을 리 없다는 걸 알기 때문이다. '잡귀'가 처벌이 무서워 자살했다는데 조사할 게 뭐 있겠는가? 정작 그를 불안하게 만드는 것은 길바닥에 뿌려진 그 선혈이었다. "비켜, 비키란 말이야! 죄가 무서워 자살한 게 무슨 구경거리라고!" 몰려든 사람들 사이를 비집고 들어가 류루메이의 시체 앞에 섰을 때 그의 눈앞에는 또 다른 선혈이 보였다. 그의 몸이 한바탕 부르르 떨려 왔다. 아무렇지도 않은 척 류루메이의 품에서 원고 뭉치를 빼낼 때에는 다리까지 덜덜 떨 뻔했다. '전우'들 앞에서 창피당하지 않으려고 필사적으로 두려움을 감춘 채 '전우'들에게 시체를 처리하라고 지시한 뒤 차오췬에게 전화도 했다. 하지만 아무리 애를 써도 자기 눈앞에 펼쳐졌던 흥건한 붉은 피는 좀처럼 사라지지 않았다. 그것은 바로 아버지의 피였다.

몇 달 전 우웨이가 베이징에서 여름 방학을 보내고 있을 때 아버지가 당에 잠입한 국민당 첩자라고 공포되었다. 자기와 비슷한 또래의 청년들이 집으로 몰려와 가택 수색을 하고 허리띠로 아버지를 내리쳤다. 그런데도 아버지는 여전히 고집스럽게 "난 간첩이 아니오! 난 누가 뭐래도 떳떳한 공산당원이오!"라고 되뇔 뿐이었다. 아무런 소득이 없자 한 청년이 아버지를 제쳐두고 우웨이를 자극하기 시작했다. "듣자하니 당신도 빈하이시에서는 내로라하는 반란파라던데, 어째 오늘은 저 첩자놈이 멍멍 짖도록 가만 내버려 두는 거지?" 이미 제대로 서 있지도 못할 만큼 얻어맞은 아버지를 쳐다보며 우웨이는 입술만 깨물 뿐 아무 말도 하지 않았다. 그러자 한 사람 한 사람 번갈아 가며 앞으로 와 그를 비웃었다. 어떤 사람은 심지어 그의 코앞에 삿대질까지 해 가며 "네가 반란파라고? 흥, 첩자놈의 효자 나부랭이겠지!"라고 말하기도 했다. 결국 우웨이는 허리띠를 풀어 들고 아버지 앞으로 갔다. 그의 눈동자에는 원망이 가득했다. 놀란 아버지가 "웨이야, 뭘 하려는 거냐?"라고 물었다. 한동안 아버지를 주시하던 그가 갑자기 "당신은 나를 속였어!"라고 이리처럼 울부짖으며 아버지의 얼굴을 허리띠로 후려쳤다. 피가, 아버지의 주름진 얼굴을 타고 흘러내려 바닥으로 떨어졌다. 그때 아버지의 얼굴에 어린 분노와 슬픔이라니! 우웨이는 가슴이 먹먹해졌다. 아버지의 붉은 피가 바닥으로 흘러가는 게 아니라 바로 자기 입 속으로, 심장 속으로 흘러드는 것만 같았다! 그는 아버지한테서 눈을 떼고 수색자들을 보며 기괴한 표정으로 웃었다. 누군가 그를 향해 엄지손가락을 치켜들었다. 그는 그 손을 내쳐 버리면서 버럭 소리를 질렀다. "꺼져 버려, 이 새끼들아!" 그는 허리띠를 손에 든 채 집을 나왔다. 막 대문을 나서는데 2층에서 비명 소리가 나더니 이어 '털썩' 하는 소리가 들렸다. 누가 2층에서 뛰어내렸던 것이다. 그는 피바다 속에 누워 있는 아버지를 보았고, 얼른 이를 악물며 돌아 나와 버렸다. 그 뒤로 그는 다시는 집에 돌아가지 않았다. 그런데 오늘 밤 그 흥건한 선혈이 또다시 그날 일을 떠오르게 했던 것이다. 별안간 두려움이 밀려들며 머리카락이 곤두섰다. 자전거 핸들을 잡은 두 손이 떨리는 바람에 기어이 전봇대를 들이받고 말았다. 길바닥에 나동그라진 그의 손에서 피가 흘렀다. 동료들이 그를 부축해 일으켜 세웠다. 그는 말없이 손에 흐르는 피를 혀로 핥았다. 동료들이 왜 그러냐고 물었지만 그는 고개를 젓고는 침을 탁 뱉고서 다시 자전거에 올라탔다. 그는 속으로 스스로 타일렀다. '우웨이, 감상에 사로잡히면 안 돼! 아직 선쟁터에서 적들을 계속 무찔러야 한단 말이다! 그년은 그냥 자기가 뛰어내린 거야! 내가 어쩌겠어! 아버지가 죽었을 때도 책임진 사람은 아무도 없었잖아?' "씨발! 퉤!" 그는 두 사람의 붉은 피를 눈에서 짜내 버리기라도 하려는 듯이 힘껏 눈을 깜빡거렸다. 그리고 이리저리 비틀거리는 자전거 핸들을 최대한 꼭 붙들고 더 빨리 페달을 밟았다. 그는 노래를 부르기 시작했다. "큰 칼을 들어, 주자파의 머리를 내려치자!" 하지만 하나같이 마음이 무거웠던 그의 전우들은 아무도 노래를 따라 부르지 않았다. "왜들 그렇게 축 처져 있어? 피곤해? 그럼 집에 가서 잠이나 푹 자 둬! 나 혼자 차오췬 동지한테 보고하러 갈 테니!" 우웨이는 바로 무리에서 떨어져 나와 돤차오췬의 집을 향해 달렸다.

우웨이가 도착해 보니 돤차오췬이 밖에 나와 그를 기다리고 있었다. 조금 전 그녀는 산창의 전화를 받았다. "베이징에서 온 홍위병 하나를 검거했는데, 우웨이의 문제가 무척 심각한 것으로 밝혀졌으니 바로 체포하라"는 것이었다. 류루메이의 죽음은 그리 심각한 게 아니라고 생각했지만, 그렇다고 우웨이가 생각하는 것처럼 그렇게 간단한 문제도 아니었다. 경제연구소에는 그래도 류루메이를 지지하는 사람들이 많다는 걸 그녀는 잘 알고 있었다. 류루메이에게 청산해야 할 역사적 문제가 있다는데 그 지지자들도 대놓고 그녀 편을 들지는 못할 것이다. 하지만 그녀의 사인을 추궁하다 보면 별수 없이 문인협회에까지 불똥이 튈 것이 뻔했다. 우환을 미리 막으려면 우웨이를 '들여보내기' 전에 상황을 확실히 파악해 둘 필요가 있었다.

돤차오췬은 우웨이의 보고를 다 듣고서 그가 가져온 종이 뭉치를 풀어 보았다. 그러고는 깊은 생각에 잠겼다. 이윽고 그녀가 지시를 내렸다. "오늘 저녁에 있었던 상황에 대해 지금 당장 보고서를 작성하세요. 들어 보니 류루메이의 죽음이 우리가 가택 수색을 한 것과 직접 관련이 있어 보이지는 않네요. 그녀가 경제연구소에서 비판을 받고 있었으며 딸까지 그녀와 싸우고 갈라섰다는 사실들을 보고서에 빠짐없이 써넣으세요. 여러모로 도움이 될 테니까. 어때요? 간단하죠? 다 쓰고 나면 집에 가서 마음 편히 실컷 자 둬요."

그녀는 종이와 펜을 우웨이에게 건네주고 자기는 건너가 책을 읽었다. 완성된 보고서를 본 차오췬은 흡족했다. 그녀는 「끝없는 장강 물결 도도히 흘러」 원고와 우웨이가 쓴 보고서를 한데 잘 놓은 다음 과자를 한 봉지 꺼내 우웨이에게 주었다. "고생했어요. 간식 좀 들어요!" 우웨이는 과자를 받아 들고 고맙다고 인사한 뒤 바로 돌아 나왔다. 견딜 수 없을 만큼 피로가 몰려들었다.

우웨이가 1층 현관에 이르렀을 때 갑자기 낯선 사람 두 명이 앞을 막아섰다. "당신이 우웨이요?" 우웨이가 거만하게 고개를 끄덕이고는 되물었다. "당신들 뭐 하는 사람이야?" 그러자 두 사람은 다짜고짜 그의 팔뚝을 비틀고 그가 비명을 지를 새도 없이 지프에 태워 떠나 버렸다.

그날 이후 문인협회에서는 아무도 우웨이의 소식을 듣지 못했다. 알려고 하는 사람도 없었다. 양 한 마리를 잃었다면 모를까, 이리 새끼가 없어졌는데 누가 찾으러 나서랴!

유원의 집으로 간 샤오징

샤오징! 집에 이런 일이 벌어졌는데 넌 도대체 어디로 간 거니?

그날 밤 샤오징은 유원한테 갔다.

샤오징은 올해 열여섯이었다. 문화 대혁명이 시작될 때 그녀는 겨우 열네 살, 중학교 2학년이었다. 문화 대혁명이 왜 일어났는지, 심지어 무엇이 혁명인지도 그녀는 알지 못했다. 알고 있는 한 가지는 바로 마오 주석께서 홍위병을 지지한다는 사실이었다. 마오 주석께서 지지하면 그것이 곧 혁명이었다. 어머니, 아버지가 그렇게 가르쳤고 선생님도 그렇게 가르쳤다. 그녀는 혁명에 참여하고 싶었다. 어머니와 아버지도 열다섯 살에 혁명에 참여했다고 하지 않던가! 그래서 그녀는 자기보다 한 살 위인 단짝 친구 유원과 함께 홍위병에 가담했다. 거리로 나가라! 벽에 크게 표어를 쓰고 벽보를 붙이고 '네 가지 낡은 것'을 타파하고 '네 가지 새로운 것'을 세우라! 딱 붙는 바지를 입고 지나가는 사람이 있으면 불러세운 뒤 집에 가서 갈아입고 오도록 강제로 '명령'했다. 파마한 여자를 보면 '가짜 양년'이라 부르며 머리를 다 밀어 버렸다! 집에서는 부모님이 말리건 말건 여자 사진이 들어간 화보는 있는 대로 모조리 불태워 버렸다. 어머니가 무척이나 아끼던 청나라 도자기 두 개도 박살내 버렸다! 그런 나날 속에 샤오징은 정말로 자기가 혁명 영웅이 된 듯한 기분이었다. 그녀는 얼마나 위대한 혁명에 참여하고 있는가! 이렇게 신나는 일이 또 있을까! 열다섯의 유원은 그녀가 숭배하는 우상이었다. 유원은 자기보다 훨씬 더 용감해 보였다. 무슨 일이든 그녀는 항상 맨 앞에 서지 않던가! 단련하자! 단련해서 나도 유원처럼 되리라!

그런데 얼마 뒤 뜻밖에 어머니와 아버지가 모두 적발되어 비판을 받았다. 샤오징은 하루 아침에 '붉은 부류'에서 '검은 부류'로 전락하고 말았다. 그녀는 홍위병 완장을 반납해야 했고, 사람들은 그녀를 '개새끼'라고 불렀다. 샤오징도 처음으로 고통이란 걸 맛보게 되었다. 혁명에 참여하고 싶지만 사람들이 허락하지 않으니 고통스러웠고, 어머니, 아버지를 무척이나 사랑하지만 그들과 갈라서야만 하기에 고통스러웠다. 그녀는 남몰래 적잖이 울었다. 그녀는 조용히 유원에게 물었다. "너는 아버지가 비판받을 때 속상하지 않았어?" 유원은 입술을 깨물며 고개를 저었다. "홍위병 완장 반납할 때도 속상하지 않았어?" 유원은 품에서 더 선명한 완장을 꺼냈다. "내가 또 두 개 만들었어. 혁명은 남들 허락을 받을 필요가 없는 거야. 자, 너도 차 봐!" 샤오징은 눈물을 글썽이며 완장을 받아 군복 주머니에 넣었다. 하지만 친구들 눈에 띄면 "어디 소속이냐?"라고 물을까 봐 한 번도 차 보지는 못했다.

그러다가 어머니가 '해방'되었다. 그날 그녀는 어머니를 부둥켜안고 하염없이 바라보다 어머니 얼굴에 자기 얼굴을 가만히 갖다 댔다. 눈물이 어머니의 뺨을 타고 흘러내렸다. 그녀는 다시 붉은 완장을 차게 되었다. 그날은 마침 샤오징이 열다섯 살이 되는 생일이어서 어머니가 아주 멋진 옷을 선물해 주었다. 그러던 어머니가 어느 날 갑자기 또다시 '국민당 첩자'가 되고 자기도 다시 친구들에게 '개새끼'라고 불리게 될 줄은 상상도 못 했다. 그녀는 어머니가 가여워서 자기의 고통까지 알리고 싶진 않았다. 하지만 그녀도 이제 어머니 앞에서 '입장이 없는' 말은 할 수가 없었다. 그녀는 있는 힘을 다해 강경한 태도로 어머니를 대했지만 어머니가 괴로워하는 걸 보니 마음이 갈기갈기 찢어지는 것만 같았다. 어머니는 정말로 너무나 고생스럽고 너무나 불쌍하다. 샤오징! 이런 어머니, 아버지의 딸 노릇을 어떻게 해야 할까? 샤오징! 어디 조용한 데 가서 실컷 울기라도 하면 좋으련만!

그래서 그녀는 유원을 찾아갔다.

유원은 마침 집에 있었다. 샤오징과 마찬가지로 유원도 완장을 도로 뺏겨 버렸다. 집으로 오자마자 그녀는 상자에서 붉은색 비단 두 쪽을 찾아내 완장 두 개를 만들어 놓고 아버지가 돌아오기만 기다렸다. 이윽고 유뤄빙이 돌아오자 "아버지, 여기다 홍위병이라고 좀 써 주세요!"라고 부탁했다. 붓과 벼루도 벌써 다 준비해 놓았다. 그런데 아버지는 쳐다보지도 않고 화가 나서 씩씩거렸다. "집에는 뭐 하러 온 거냐? 네가 아주 큰일을 냈더구나! 그걸 알기나 하니?" "제가 뭘 어쨌는데요?"

"오늘 아침 샤오징하고 무슨 짓을 한 거냐?"

"장강로에서 벽보랑 전단지 봤어요." 유원이 대수롭지 않다는 듯 대답했다.

"너 그거 큰 소리로 읽었느냐, 안 읽었느냐?" 유뤄빙은 목소리까지 떨었다.

"읽었어요." 유원은 여전히 대수롭지 않게 대답했다.

유뤄빙이 더 이상 참지 못하고 탁자를 쾅 내리쳤다. "읽었어요? 말 한번 쉽게 잘도 하는구나! 네가 무서운 게 뭔지나 알아? 그것 때문에 위쯔치 아저씨가 잡혀갔단 말이다. 나도……, 에잇, 관두자!"

유뤄빙은 입을 다물어 버렸다. 더 말하고 싶지도 않았다. 아이를 탓해 봐야 소용도 없는 일이었고, 아이를 탓할 수도 없는 일이었다. 그냥 가슴이 답답하니까 이렇게 화라도 내 보는 것뿐이었다. 해방된 뒤로 지금까지 얼마나 많은 비판을 받았던가! 남은 생애 좀 편하게 보낼 생각으로 그는 병을 핑계 삼아 집에만 처박혀 있었다. 그런데 문화 대혁명이 터질 줄이야! 피하려야 피할 수도 없었다. 비판하라면 비판하라지! 어차피 나 혼자만 당하는 것도 아닌데, 뭐! 그런데 왜 굳이 그렇게 일찍 '해방' 시켜 혁명위원회에 '결합' 시키고 부주임까지 시키는가 말이다. 그가 두 번 세 번 사양했더니 돤차오췬이 "문화 대혁명을 회의하는 겁니까?"라면서 꼼짝도 못 하게 만들어 버렸다. 어떻게 감히 문화 대혁명을 회의할 수가 있단 말인가? 그러니 눈 감고 외줄을 타는 수밖에 도리가 없었다. 대신 그는 어느 틈새라도 자기 한 몸 끼어들어갈 수 있도록, 그리고 잎사귀 하나로도 다 가려질 수 있도록 자기를 최대한 작고 또 작은 존재로 만들었다. 그는 희로애락이 얼굴에 드러나지 않을 수 있도록, 그리고 자기 전우가 고통을 당해도 꿈쩍도 하지 않을 수 있도록 감정을 무디고 또 무디게 만들었다. 하지만 그래도 소용없었다. 폭풍이 시시각각 그가 타고 있는 외줄을 흔들어 대는 바람에 언제 어떻게 바닥으로 떨어져 피투성이가 될지 알 수 없었다. 그러나 달리 무슨 수가 있단 말인가? 그저 틈새에 끼어 구차하게라도 살아가는 수밖에. 오늘 돤차오췬이 자기한테 한 짓을 그는 환하게 꿰뚫고 있었다. 그도 한두 살 먹은 어린애는 아니니까! 그가 여태껏 건넌 다리 길이만 해도 돤차오췬이 걸어온 길보다 훨씬 더 길 것이다! 하지만 남의 처마 아래에 있는 한 고개를 숙이지 않으면 안 된다. 그저 벙어리인 척, 귀머거리인 척, 바보인 척, 덜떨어진 척하는 수밖에. 하지만 그러면 정말 무사하긴 할까? 그것도 하늘만이 알 일이다. 딸이 어찌 이런 아버지의 심정을 알겠는가? 딸아이는 그저 혁명, 혁명밖에 모른다! 혁명의 길이 얼마나 고통스러운지 그 앤 상상도 못 할 것이다. 딸에게 잘 일러 주려고 해도 그 애는 오히려 내가 늙은 수구라서 그렇다며 대중에게 고발할지도 모른다. 관두자, 아무 말 말자. 그는 등나무 의자에 앉아 눈을 감고 더 이상 딸을 쳐다보지 않았다.

유원은 속으로 불안해졌다. 자기가 한 행동으로 어른들한테까지 불똥이 튈 줄은 미처 생각지 못했다. 요 며칠 샤오징과 함께 거리에 나붙은 벽보를 읽고 사람들이 논쟁하는 것을 들어 보니 디화챠오에게 문제가 있는 것 같았다. 비록 지금 그녀는 '사령부'도 없는 홍위병일 뿐이지만 그래도 마오 주석은 보위해야만 한다. 나쁜 사람이 마오 주석 주변에 끼어들게 놔둘 수는 없으니까. 그래서 아버지한테 물어보았지만 아무것도 말해 주지 않으니 자기가 직접 가서 살펴보고 독립적으로 사고하는 수밖에 없었다. 그러다 오늘 아침 샤오징과 함께 길을 걷는데 어떤 사람이 벽보를 붙이는 거였다. 자세히 보고 싶었지만 키가 작으니 암만해도 무슨 내용인지 읽을 수가 없었다. 그래서 꾀를 내어 모두에게 벽보를 읽어 주겠다고 한 것이고, 그래서 진짜로 읽게 되었던 것이다. 발음도 좋고 표준어도 정확하게 잘 한다고 사람들이 칭찬해 주었다. 그런데 그게 큰일을 낸 거라고? 생각도 못 했다. 게다가 그것 때문에 사람을 잡아갔다고? 그건 더더구나 생각도 못 했다. 그 일 때문에 오늘 오후 학교에서 샤오징과 함께 포위 공격을 받긴 했지만 크게 신경 쓰지 않았다. 틀렸다면 틀렸나 보지! 디화챠오 동지가 좋은 사람이라면 이제부터 타도 안 하면 그만이지! 한번 의심해 보는 게 뭐가 나빠? 디화챠오 본인도 "모든 것은 회의할 수 있다"고 했다면서! 그런데 어떻게 된 일인지 자세히 물어보지도 않고 사람을 잡아갔다? 정말로 이해가 되지 않았다. 정말 말도 안 돼! 완장 만드는 일은 아예 접어두고 그녀는 이 일을 어찌 해야 할지 골똘히 생각했다. 이윽고 유원은 방법을 생각해 냈다.

"제가 아버지 직장에 가서 어른들과 상관없는 일이라고 말하겠어요. 일을 저질렀으면 책임을 져야죠. 잡아가려면 저를 잡아가면 되잖아요."

유뤄빙은 어처구니가 없어 웃어 버렸다. "계급투쟁이 애들 장난인 줄 아니? 어휴, 이게 다 내가 널 너무 오냐오냐 키운 탓이다! 가서 잠이나 자라!"

하지만 어떻게 잠이 쉬이 오겠는가? 방으로 돌아온 유원은 좌불안석이었다. 어쨌든 뭔가 방법을 생각해 내야 했다. 마침 그때 샤오징이 찾아왔다. 샤오징은 유원을 보자마자 울음을 터뜨렸다. 벽보를 읽은 일 때문일 거라고 생각한 유원이 샤오징을 달랬다. "괜찮아, 네 아버지를 빼낼 방법이 있을 거야!"

"무슨 말이야?" 샤오징이 놀라 물었다.

"네 아버지가 잡혀갔대. 너 몰랐니?"

"아버지가 잡혀갔다고? 왜?" 샤오징이 유원의 손을 다급하게 붙들었다.

"우리가 벽보를 읽은 일 때문이래. 걱정 마, 샤오징. 우리는 마오 주석의 홍위병이잖아. 무슨 일이든 과감해야 해. 자아비판 보고서를 써서 아버지 직장에 제출하고 그 일은 어른들과는 관계없다고 분명히 밝히는 거야." 유원이 자신 있는 목소리로 친구를 위로했다.

"효과가 있을까?"

"있을 거야. 『마오쩌둥 어록』에도 '반동이 있으면 반드시 숙청하고 잘못이 있으면 반드시 고친다'라고 쓰여 있잖아. 그 사람들이 상황을 잘 몰라서 그랬을 거야. 우리가 알아듣게 잘 설명하면 네 아버지도 곧 풀어 줄 거야."

두 아이는 곧장 종이와 연필을 가져다 너 한 줄 나 한 줄 써 내려갔다. 쓰고 고치고 쓰고 고치고, 마지막으로 처음부터 끝까지 깨끗하게 베껴 쓰고 보니 어느새 날이 밝아 있었다. 아버지가 아직 일어나지 않은 걸 보고 유원은 보고서를 아버지 책상 위에 올려놓았다. 그리고 "아버지! 이 보고서를 문인협회 혁명위원회에 제출해 주세요. 홍위병의 경례를 바칩니다"라고 쓴 쪽지도 함께 두었다. 큰일을 마치고 난 그들은 가슴 속에서 커다란 돌덩이 하나를 내려놓은 기분이었다. 두 친구는 서로 바라보며 웃음 지었다. 유원이 하품을 하자 샤오징도 따라서 하품을 했다.

"졸려 죽겠다!"

"나도!"

"이제 자자꾸나!" 두 친구는 달콤한 잠 속으로 빠져들었다. 류루메이의 시체가 화장터에 도착했을 무렵 샤오징은 꿈 속에서 어머니를 보았다. 꿈에서 어머니가 다시 '해방' 되고 자기도 홍위병 완장을 찼다. 자고 있는 그녀의 얼굴에 미소가 번졌다……

유원과 샤오징은 오후 3시가 되어서야 일어났다. 가서 보니 유뤄빙 책상에 놓아 둔 보고서가 보이지 않았다. 만사형통! 유원이 기뻐하며 말했다. "됐어, 틀림없이 해결될 거야! 우리 국수나 말아 먹자. 배고파." "나도!" 샤오징도 좋아했다. 둘은 주방으로 가서 국수를 삶았다.

국수를 막 그릇에 담고 있는데 유뤄빙이 무섭도록 침울한 얼굴로 돌아왔다. 그동안 쭉 몸이 좋지 않다고 말하긴 했지만 사실 유뤄빙은 건강한 편이었다. 얼굴엔 발그레하니 윤기가 돌고 허리도 반듯했다. 그런데 오늘은 웬일인지 어깨는 축 처지고 허리는 구부정한 것이 완전히 딴사람처럼 보였다. 얼굴은 온통 그늘져 있었고 눈빛마저 탁했다. "아버지!" 유원이 불렀으나 듣지 못한 것 같았다. "아저씨!" 샤오징이 부르는 것도 듣지 못했는지 그는 힘없이 등나무 의자에 드러눕더니 두 손으로 얼굴을 가렸다. 목에서 기침 소리 같기도 하고 신음 소리 같기도 한 소리가 흘러나왔다. 두 아이 모두 젓가락을 내려놓고 물끄러미 그를 쳐다보았다.

유뤄빙이 샤오징을 옆으로 불렀다. 그는 흐릿한 눈으로 한동안 샤오징을 바라보더니 이윽고 떨리는 목소리로 이렇게 물었다.

"빈하이에 있는 친척들이 문화 대혁명 이후에도 너희 집에 오더냐?"

샤오징이 고개를 저었다. "원래 다 먼 친척지간이라 서로 잘 몰라요. 최근 몇 년 동안은 왕래도 없었고요."

"너하고 샤오하이, 너희끼리 잘살 수 있겠니? 집에 어른이 없어도 되겠어?"

"엄마가 우리를 돌봐 주시지만 사실 우리끼리도 잘 해요." 이렇게 대답한 샤오징이 뭔가 이상했는지 다시 물었다. "엄마가 어떻게 됐나요?" 뜻밖의 질문에 유뤄빙은 또 두 손으로 얼굴을 가리고 고개만 절레절레 저었다. 유원은 놀라기도 하고 초조하기도 해서 큰 소리로 물었다. "아버지! 대체 무슨 일이에요?"

유뤄빙이 무겁게 고개를 젓더니 샤오징을 끌어당기며 흐느끼기 시작했다.

"어젯밤에 너희 어머니가 투신자살을 했다는구나!"

샤오징은 멍한 표정으로 돌처럼 굳어 버렸다. 유원이 있는 힘껏 흔들어 봤지만 그대로였다. 유뤄빙도 샤오징의 한 손을 힘껏 비벼 주며 소리쳤다. "애야, 참지 말고 울려무나. 울고 나면 좀 괜찮을 거다." 그러나 샤오징은 울지 않았다. 얼마나 지났을까. 샤오징이 비로소 천천히 움직였다. 샤오징은 유뤄빙의 손에서 자기 손을 빼고 어깨 위에 얹혀 있던 유원의 두 손을 치우며 냉정하게 말했다. "집에 가야겠어요!" "잠깐만, 샤오징!"

그 순간 샤오징은 감정이 북받쳐올랐다! 눈물이 비 오듯 쏟아지며 몸에 경련이 심하게 일어났다. 샤오징은 대성통곡을 하면서 "엄마, 미안해! 나 갈래! 나 좀 보내 줘!"라고 소리쳤다. 유원도 울음을 터뜨렸다. 유원이 샤오징을 따라나서려 하자 유뤄빙이 그녀를 불러 세우고는 싸늘하게 꾸짖었다.

"일이 이 지경에 이르렀는데 울어 봐야 소용없다. 앞으로 다시는 이런 일이 없도록 해야 한다."

유원은 입술을 꽉 깨물며 울음을 꾹 참았다. 그 순간 그녀는 디화차오가 너무나 원망스럽고 미웠다. 모든 걸 의심하라고 당신이 가르쳤잖아! 그런데 왜 이렇게 무시무시한 일이 생기는 거야? 그녀는 아버지에게 손을 내밀었다. "자아비판 보고서 돌려주세요. 찢어 버릴래요! 자아비판 같은 건 하지 않을 거예요!" 유뤄빙이 대답했다. "벌써 태워서 변기 속에 버렸다!"

"아버지, 지금부터 우리 집이 곧 샤오징과 샤오하이의 집이에요. 그 애들 우리 집에 와서 살게 해요. 제가 가서 데려올게요." 유원은 눈물을 닦고 이렇게 말하면서 바로 샤오징을 쫓아가려 했다.

"그건 안 돼!" 유뤄빙이 침통한 목소리로 힘주어 말하자 유원이 놀란 표정으로 그 자리에 우뚝 멈추어 섰다.

유뤄빙은 마치 말 못 할 고통이라도 있는 것처럼 얼굴이 온통 빨개진 채 딸을 바라보았다. 유원의 눈빛이 '왜요?'라고 묻고 있었다. 그는 딸의 눈을 피하며 더듬더듬 말했다.

"위쯔치 아저씨와 아버지는 몇십 년이나 함께 지내 온 사이다. 그러잖아도 차오쵠이 아버질 의심하고 있는 판에, 샤오징, 샤오하이까지 우리 집에 데려오면……."

유원의 얼굴이 무섭도록 빨개졌다. 그녀는 낯선 사람을 보듯이 아버지를 쳐다보았다. 이 사람이 나의 아버지란 말인가? 아버지는 1938년 혁명에 참가했던 사람이 아닌가? 그는 총탄이 빗발치는 전선을 넘나들었던 사람이 아닌가? 그는 쭉 위쯔치 아저씨와 류루메이 아줌마를 존경하지 않았던가? 나만큼이나 샤오징과 샤오하이를 예뻐하지 않았던가? 그런데 왜, 이토록 비겁하고 이기적이고 양심 없는 사람이 되었을까? 17년을 살면서 유원은 오늘 처음으로 고통이 무슨 맛인지 알 것 같았다. 고통스러울 뿐만 아니라 수치스러웠다. 그녀는 떨리는 목소리로 입을 열었다.

"아버지, 공산당원한테 양심은 중요하지 않은가요? 네?"

등나무 의자에 앉아 있던 유뤄빙의 몸이 세차게 떨렸다. 하지만 그는 딸에게 화내지 않았다. 딸이 옳다는 것을 그도 안다. 하지만 무슨 수가 있단 말인가? 명철(明哲)해도 보신(保身)할 수 없는 마당에 어찌 감히 망동(妄動)을 하겠는가? 딸도 내 나이가 되어 보면 나를 이해할 것이다. 지금은 그저 이렇게밖에는 말해 줄 수가 없었다. "네가 어른들의 고충을 어떻게 알겠니. 샤오징은 그냥 자기 집에서 지내게 하고 대신 생활비를 내가 대 주마." 하지만 딸은 여전히 상심한 채 말했다. "아니요! 그 애들은 아버지 돈 필요 없어요. 저도 앞으로는 먹는 거 입는 거 모두 아버지 신세 안 질 거예요. 저 가요."

"어디 가려고?" 유뤄빙이 애처롭게 말했다.

하지만 딸의 그 차디찬 눈빛이란! "아버지가 아실 필요 없잖아요? 정말로 우리가 걱정되신다면 부탁 하나만 들어주세요. 돤차오췬한테 가서 '포격' 사건은 위쯔치 아저씨와는 상관없다고 전해 주세요. 괜히 생사람 잡지 말라고 말예요. 들어주실 거죠?"

유뤄빙의 얼굴이 붉으락푸르락했다. 부끄러움, 고통스러움, 두려움이 한꺼번에 밀려왔다. 딸이 하는 말을 한 자 한 자 똑똑히 들었지만 하나도 귀에 들어오지 않았다. 그래서 "들어주실 거죠?"라는 딸의 말에 어쩔 줄 몰라 하며 엉뚱하게도 "뭘 말이냐?"라고 되묻고 말았다.

"내일, 돤차오췬한테, 위쯔치 아저씨는, 억울하다고, 전해 주시란 말예요." 유윈이 또박또박 다시 한 번 말했다.

"나도 의심받고 있는 처지에?" 유뤄빙은 이렇게 우물거리며 감히 딸의 얼굴을 쳐다보지 못했다.

유윈이 경멸하는 눈초리로 그를 쏘아보았다. "좋아요. 그럼 내일 제가 가서 직접 말하죠." 그러고는 곧장 샤오징을 뒤쫓아 나가 버렸다.

유윈은 '붉은 바다' 속을 걷고 있었다. 붉은 벽, 붉은 표어, 붉은 어록, 붉은 뭐, 붉은 뭐……. 온통 붉은색 천지였다. 예전에는 붉은색만 보면 가슴이 뛰었다. 하지만 오늘은 이 모든 게 아무런 소용이 없었다. 몸에 한기가 들었다. 의지할 데라곤 없었다. 맞은편 붉은 벽 위에 언제 붙인 건지 모를 검은색 표어가 눈에 띄었다. "화챠오 동지를 포격하는 자를 끝장내자! 무산 계급 사령부를 목숨 걸고 보위하자!" 유윈은 자기도 모르게 침을 퉤 뱉었다.

한밤중에 샹난을 찾아간 유윈

류루메이가 죽은 이튿날 아침, 돤차오췬은 샹난을 불러 핏자국이 선명한 장편 시 「끝없는 장강 물결 도도히 흘러」의 친필 원고를 건네주며 말했다. "위쯔치의 아내 류루메이는 처벌이 무서워 자살한 거야. 이제 너도 정신 좀 차려. 계급투쟁은 말이야, 너 죽고 나 사는 거야. 이 원고 가져가서 검토해 보고 문제 있으면 바로 서면으로 보고해. 할 수 있지?" 뙨차오췬은 편지들에 대해서는 샹난에게 말도 꺼내지 않았다. 산창이 위쯔치를 공개적으로 비판하는 것은 아직 때가 아니며 자칫 잘못하면 낭패를 볼 수도 있으니 아무한테도 말하지 말라고 주의를 주었던 것이다. 그는 또 몇몇 인사들이 개인적인 공로비를 세우는 데 얼마나 열심인지, 그리고 자산 계급 사령부와 반동 문인 사이에 어떤 검은 관계가 있는지 잘 보여 주는 증거라며 그 편지들을 잘 보관해 두라고도 했다.

뙨차오췬한테서 원고를 받아 들 때 샹난은 온몸에 소름이 돋았다. 원래 피를 무서워하는 데다 그것도 자기가 아는 사람의 피라고 생각하니 더욱 소름이 끼쳤다. 핏자국을 보자마자 류루메이의 모습이 머릿속에 떠오르더니 좀처럼 지워지지 않았다. 샹난은 류루메이를 딱 한 번 만나 보았다. 석 달 전쯤 왕유이와 함께 경제연구소로 외부 심사를 나갔을 때였다. 그녀는 류루메이한테 좋은 인상을 받았다. 류루메이는 무척 성실하고 자세하게 질문에 답했다. 샹난이 위쯔치에 대한 사상 교육 공작을 부탁하자 뜻밖에도 그녀는 아주 행복한 얼굴로 웃으며 말했다. "그런 거 필요 없어요. 난 그를 잘 알고 또 믿어요. 언젠가는 당신들도 그를 이해하고 믿을 수 있는 날이 오겠죠. 그는 당에 대해 절대로 거짓말을 할 사람이 아니에요." 이렇게 말하는 그녀의 태도는 위쯔치와 꼭 닮아 있었다. 다른 점이 있다면 한 사람은 차분하고 다른 한 사람은 정열적이라는 것뿐이었다. 샹난은 그녀에게서 혁명가의 정신에서 우러나오는 힘을 느꼈다. 그런데 존경스럽던 그 여성 동지가 이젠 세상을 뜨고 없다니! 게다가 자기는 그녀의 핏자국이 선명한 원고를 심사해야 하다니!

그 순간 샹난이 돤차오췬에게 무슨 대답을 할 수 있겠는가? 그녀는 아무 대답도 하지 않았고 할 수도 없었다. 그녀는 차디찬 손으로 원고 뭉치를 집어 들고 단숨에 숙소로 돌아왔다. 문을 쾅 닫고 원고를 내려놓고 나니 눈물이 뺨을 타고 흘러내렸다. 뭔가 꼭 집어 말할 수는 없지만 어제부터 오늘까지 그녀는 내내 마음이 편치 않았다. 너무 괴로웠던 것이다!

그날 하루 종일 샹난은 숙소에서 나오지 않았다. 그녀는 중간중간 끊긴 그 원고를 얼른 다 읽고 싶었다. 도대체 무엇 때문에 류루메이가 소중한 목숨까지 바쳤는지, 그리고 무엇 때문에 돤차오췬은 또 그걸 특별 심사조 자료로 쓰려 하는지 궁금했다.

「끝없는 장강 물결 도도히 흘러」는 해방 전쟁 시기의 전투 생활을 그린 장편 서사시였다. 미완성이긴 했지만 시인이 마음을 바쳐 충성했던 지도자와 시인 자신의 형상이 종이 위에 살아 움직이고 있었다. 특히 목동에서 전사이자 시인으로 성장한 시인 자신의 발자취가 눈에 생생했다. 샹난은 깊은 감동에 빠지고 말았다. 그건 정말로 훌륭한 작품이었다. 그 예술적 성숙함 속에서 시인의 창작이 새로운 단계로 접어들었음을 알 수 있었다. 이 장편 시에는 시인의 독특한 열정과 재능이 넘쳐 날 뿐만 아니라 철학적 광휘가 존재했다. 시인의 이전 시에서는 볼 수 없었던 삶에 대한 깊은 사색이 빛나고 있었다. 자기가 류루메이였어도 목숨을 걸고 이 시를 지키려 했을 것이다.

처음부터 끝까지 일독을 마치고서 샹난은 온통 핏자국으로 얼룩진 원고를 다시금 들추어 보았다. 거기에 이런 시구가 쓰여 있었다.

노을이 깃발처럼 하늘에 나부끼고,

장안대로에 늘어선 불빛들이 시(詩)가 될 때,
지도자 동지는 나와 아내를 데리고,
톈안먼(天安門) 앞 그 시 속을 걸어갔다.
그의 눈엔 행복의 불꽃이 피어나고,
그의 말은 깊은 산 샘물처럼 흘러나왔다. :
"전투에서 우리는 막역한 동료를 잃고,
원한 서린 그의 총을 묵묵히 받아 들었지.
옌안부터 걸어서 톈안먼까지,
열사들의 선혈로 물들지 않은 곳 있던가.
우뚝 솟은 혁명 영웅 기념비 그 위에서,
열사들이 저 멀리 지켜보지 않겠나?"
지도자 동지의 당부에 무어라 대답하나?
나와 아내는 동시에 눈을 반짝였다. :
"지도자 동지여, 안심하시라,
당신의 가르침을 가슴에 새기고,
무쇠처럼 단단한 어깨를 다져서,
당신들 어깨 위의 산천을 우리가 짊어지리라!"

노을이 깃발처럼 하늘에 나부끼고,
장안대로에 늘어선 불빛들이 시가 될 때,
우리는 지도자 동지와 손을 잡고,
톈안먼 앞 그 시 속을 천천히 거닐었다.
……

여기에 핏자국이 찍혔다니! 이건 무엇을 의미하는가? 상난은
더 이상 생각할 수 없었다. 생각하기도 싫었다. 가슴이 꽉 막힌 듯

울음을 쏟아 내고 싶었다. 류루메이 때문에 울고 싶었고, 자기가 도무지 이해할 수 없는 문제들 때문에 울고 싶었다.

그녀는 이런 생각을 아무에게도 말하고 싶지 않았다. 돤차오췬에게는 더더욱 말하기 싫었다. 불쾌한 논쟁을 하기보단 차라리 말하지 않는 편이 나으니까. 게다가 차오췬이 이런 생각을 알게 되면 자기가 위쯔치의 심사를 맡는 것마저 못마땅해할 게 분명했다. 어찌 됐든 이 일은 자기가 계속 맡아야 한다. 그녀는 새로운 책임감을 느꼈다. 그날 밤 샹난은 차오췬에게 이렇게 보고했다. "「끝없는 장강 물결 도도히 흘러」는 해방 전쟁을 그린 거야. 지극히 평범한 데다 내용도 중간중간 빠진 데가 있어서 아직 완성된 것도 아니고. 왜 류루메이가 이런 시 때문에 죽었는지 정말 이해가 안 돼." 돤차오췬은 믿을 수 없다는 표정으로 그녀를 힐끔 쳐다보았다. "벌써 다 봤단 말이야?" "다 봤어. 그것도 아주 자세하게. 정 못 믿겠으면 왕유이한테 보여 줘 봐. 왕도 시인이잖아." "잔머리 쓰는 건 언제 배웠니? 됐어, 그럴 필요 없어. 류루메이가 지키려고 했던 건 이것보다 그 편지들이니까." "무슨 편지?" 차오췬은 아차 싶어 얼른 말머리를 돌렸다. "다음에 다시 얘기하자. 넌 내일 아침에 특별 심사조에서 아무나 한 사람 데리고 위쯔치한테 가 봐. 류루메이 일을 알려 주고 위쯔치한테 류루메이의 문제점을 고발하라고 해. 지금 경제연구소의 류루메이 편 사람들이 우리더러 그녀의 죽음에 대해 해명하라고 난리인가 봐. 우리가 그녀를 자살하도록 핍박했다는 거야. 우웨이가 좀 거칠게 굴었던 모양이긴 하지만 류루메이의 자살까지 우웨이 책임은 아니지."

"내가 진작부터 그랬잖아, 우웨이는 믿을 수가 없다고. 오늘은 왜 또 안 오는 거야?"

샹난이 얼굴을 찌푸리며 묻자 돤차오췬이 얼른 대답했다. "걔들 모두 투비개(鬪批改)* 하러 학교로 돌아갔어. 앞으론 여기 나오지 않을 거야."

그날 저녁 상난은 일찌감치 숙소에 틀어박혀 밖으로 한 발짝도 나오지 않았다. 왕유이와 내일 오전 노동개조소로 위쯔치를 만나러 가자고 약속을 해 두었다. 상난은 일부러 펑원펑을 뺐다. '불만을 품는다고 해도 어쩔 수 없어! 기껏해야 벽보 한 장 붙이고 말겠지, 뭐'라고 생각했다. 그보다 지금 그녀는 내일 위쯔치한테 어떻게 말해야 할지를 고민하고 있었다. 차오췬이 하라는 대로 해야 하나? 그럴 순 없다. 한 사람이 무고하게 죽었는데 그 남편더러 부인을 고발하라고 닦달하라니, 정말이지 그러고 싶지는 않다. 요즘 유행하는 관점에서 보자면 자기는 분명 '우경'이 아닐 수 없다는 생각이 들었다.

'내가 정말 '우경'일까? 소자산계급 지식인은 정말로 태어날 때부터 '우경'이라는 열등한 속성을 타고나는 걸까?' 그녀는 이렇게 자문하며 자기가 '반란'에 참가한 이래 걸어온 길을 찬찬히 돌이켜보았다.

애초 '반란'을 위해 상난은 한바탕 자기와의 사상투쟁을 거쳐야 했다. 문화 대혁명이 터질 무렵 상난은 한창 문예 이론 문제에 관한 연구에 골몰하고 있었다. 그녀는 그 연구 작업을 중단하기 싫었다. 더구나 그녀에게 '반란'이란 17년* 동안 자기가 걸어온 길을 모두 부정하는 것을 의미했다. '반란파'의 논리에 따르자면 그녀는 학교에서는 수정주의 교육 노선의 '대표'였고 학교 밖에서는 수정주의 문예 노선의 '대표'였기 때문이다. 어떤 사람은 아예 그녀를 '17년간 잘나가던 행운아'라고 부르기도 했다. 그 말대로라면 어려서 어머니 곁을 떠나 동분서주하며 그동안 자기가 죽어라고 추구해 온 것이 바로 그 두 개의 '대표'였단 뜻이다! 여태까지 살면서 쏟아 온 노력의 결과가 고작 그 두 개의 '검은 노선'이란 말인가? 그녀는 그런 식으로 자신을 송두리째 부정해 버리고 싶지는 않았다. 하지만 문화 대혁명은 마오 주석께서 친히 발동하신 것이다. 어떻게 마오 주석의 말을 듣지 않을 수 있단 말인가? 자기가 마르크스 레닌주의를 알면 또 얼마나 알겠는가? 현실에 대해 이해하면 또 얼마나 이해하겠는가? 설마 자신을 부정하기가 두려워 혁명을 하지 않겠다는 건 아니겠지? 안 돼! 나도 혁명을 해야 한다! 이렇게 해서 그녀도 결국 '반란파'가 되었다.

'반란' 초기 샹난은 날마다 계속되는 살기등등한 투쟁에 몰입했다. 그녀는 아침부터 밤까지 온통 비판, 비판만 생각했다. 모든 것은 다 비판을 거쳐야만 했다. 마음속에는 '비판이 끝나면 건설을 해야지. 내 나이 이제 스물 몇이니 진정한 무산 계급 문예를 건설하는 데 참여할 수 있을 거야'라는 간절한 바람을 갖고 있었다. 1967년 봄, 마오 주석이 '3결합'을 호소하자 그녀는 무척이나 흥분했다. 운동이 곧 종결되고 머지않아 건설의 시대가 도래할 것이라 생각했다. 하지만 그 때문에 그녀는 바로 '우경'의 과오를 범했고 '걸림돌'이라 하여 하마터면 쫓겨날 뻔하기도 했다. 평원평이 벽보를 붙이고 샹난을 격렬하게 비난한 것도 바로 그때였다. "샹난은 두 얼굴의 고수이다! 그녀는 겉으로는 비판하면서 안으로는 보호하는, 그야말로 골수 보황파(保皇派)*인 것이다! 이는 그녀가 검은 당 조직의 인사들과 떼려야 뗄 수 없는 관계에 있기 때문이다. 샹난은 그들의 총아다! 샹난은 어느 길을 갈 것인가? 우리가 눈을 씻고 지켜보고 있다. 남쪽으로 가서도[向南] 안 되지만,* 서쪽으로 가는 건[向西] 더더욱 안 된다!"* 샹난은 분통이 터졌다. 그녀는 정말로 평원평과 맞붙기라도 할 작정이었다.

하지만 차오쳰이 펑원펑의 궁극적 방향은 정확한 것이라며 그녀를 뜯어말렸다. 그러던 중 그 해 11월, 문예계에 관한 쟝칭의 강연을 듣고 샹난은 다시금 심각하게 생각해 보지 않을 수 없었다. 그리고 결국 자기가 '우경'임을 인정하고 말았다. 쟝칭은 문예계가 지금보다도 더 혼란스러워야 한다고 했다! 그이는 중앙문혁의 대표 아닌가! 좋아, 틀렸다면 고치면 될 것이다. 이제부턴 더 '좌'로 가야겠다! 하지만 웬일인지 그날 이후 그녀의 마음은 갈수록 더 공허해졌다. 자기한테 비판당해 '만신창이'가 되어 버린 '양심'이란 녀석이 그녀의 마음속에서 수시로 꿈틀댔다. 그녀는 회의했다. '모조리 부정하고 모조리 타도하라니, 그것도 이렇게나 잔혹하게? 이것이 정말로 문화 대혁명의 핵심이란 말인가? 이것이 정녕 마오 주석의 노선일까?' 하지만 그녀는 여전히 자신이 틀린 것은 아닐까 두려웠다. 그래서 끊임없이 자기를 비판하고 부정하면서 혁명의 조류에 뒤떨어지지 않으려고 애써 왔다.

그런데 오늘 또다시 이런 상황에 부딪히고 보니 더 이상은 '좌'로 갈 수 없다는 생각이 들었다. 한 지식인의 양심이 이다지도 값어치가 없다는 말인가? 자기의 양심에 근거해 시비곡직을 가리는 게 정말로 불가능하단 말인가? 위쯔치의 일만 해도 그렇다. 샹난은 위쯔치에 대한 자기의 동정심을 도저히 어떻게 해 볼 도리가 없었다. 양심이 그녀를 채찍질했던 까닭이다. 그녀는 왕유이에게 자기 생각을 넌지시 비추어 보기도 했다. 왕유이는 그저 고개만 갸웃하고 말 뿐 뭐라 비판하진 않았다.

'좋아, 양심이 하라는 대로 하면 돼. 더 생각할 게 뭐 있어?' 샹난은 이렇게 스스로를 위로하면서 잘 준비를 했다. 그런데 바로 그때 누군가 방문을 두드렸다. 문을 열어 보니 뜻밖에도 전에 한 번 본 적 있는 홍위병 궁눙빙(龔農兵)*이 서 있었다.

생각해 보면 참 재밌는 만남이었다. 1966년 여름, 홍위병의 '네 가지 낡은 것을 타파(四舊打破)' 하는 운동이 시작되었다. 그때까지만 해도 샹난은 아직 '관조파' 였다. 하루는 애송이 녀석들이 떼거지로 몰려왔다. 그 더운 날씨에도 녀석들은 모두 헐렁하고 큼지막한 낡은 군복을 입고 그 위로 허리띠를 질끈 동여매고 있었다. 그들이 치켜든 홍기에는 '네 가지 낡은 것을 타파하는 선봉대' 라고 쓰여 있었다. 그들은 뜰로 들어서자마자 깃발을 마당에 꽂더니 조를 나누어 행동에 들어갔다. 그중 몇 명이 샹난이 있는 회의실로 들어왔다. 그때 샹난은 왕유이와 소파에 앉아 한창 거리에서 보고 들은 일을 얘기하고 있었다. 어떤 사람은 바짓가랑이를 찢겼다더라, 어떤 사람은 머리를 빡빡 깎이기도 했다더라, 같은 얘기였다. 그런데 갸름한 얼굴에 이목구비가 예쁘장한 여자 아이 하나가 다짜고짜 샹난한테 대들었다. "꼴들 좋군요. 이따위 자산 계급의 소파를 왜 내다 버리지 않는 거죠?" 샹난은 자기도 모르게 피식하고 웃었다. 그녀는 고무줄로 질끈 묶은 그 여자 아이의 머리채를 살짝 잡아당기며 장난스럽게 물었다. "선생님이 그렇게 가르쳐 주시던? 소파가 자산 계급 거라고? 그럼 의자는 무슨 계급 거래? 걸상은?" 여자 아이는 화를 내며 샹난의 손을 거세게 밀쳐냈다. "누가 지금 당신하고 농담이나 하자는 줄 알아요?" 샹난은 왕유이를 쳐다보며 혀를 내둘렀다. 그러자 왕유이가 특유의 우스꽝스런 표정을 지으며 농담을 걸었다. "어쭈, 대단한데! 근데 너 자산 계급이 뭔지 알기나 하는 거냐? 나 공장 다닐 때 넌 아직 태어나지도 않았겠다?" 그래도 그 애는 전혀 기죽지 않았다. "당신은 노동자였다면서 이런 '검은 소굴' 에는 뭐 하러 온 거죠? 자산 계급에 투항한 건가요?" 왕유이는 마치 투항한다는 듯이 두 손을 번쩍 쳐들었다. "자산 계급에게 투항했다뇨. 지금 이렇게 소장(小

將)님께 투항하잖아요. 이제 됐죠? 소파는 내일 꼭 내다 버리겠습니다요." 여자 아이는 그제야 만족스럽다는 듯이 말했다. "좋아요. 하지만 다음부턴 말조심하세요!" "네, 네, 네, 알겠습니다요!" 그 모양이 너무 웃겨 상난은 자기도 모르게 큰 소리로 웃고 말았다. 여자 아이가 상난을 쏘아보았다. "이쪽 여성 동지는 사상이 글러먹었군요! 출신이 뭐죠?" 상난은 농담 반 진담 반으로 대답했다. "직원." "관리 직원이오, 아니면 일반 직원이오?" "소학교 교사." 여자 아이가 알겠다는 듯이 고개를 끄덕거렸다. "아, 소자산 계급! 우리 동맹군이로군요." 방 안에 있던 어른들이 모두 박장대소를 하자 아이가 얼굴을 붉히며 소리쳤다. "왜들 웃는 거예요? 이건 마오 주석께서 하신 말씀이라고요! 학습 좀 열심히들 하세요!"

아이들이 막 떠나려 할 때 갑자기 천둥이 치며 비가 한바탕 쏟아졌다. 뜰에 금방 빗물이 차올랐다. 새 운동화를 신고 있던 그 아이가 땅에 고인 물을 보더니 이번엔 자기 발을 쳐다보았다. 새 신발이 빗물에 젖을까 봐 망설이는 모양이었다. 그러더니 아예 맨발로 돌아갈 작정인지 엎드려서 신발 끈을 풀기 시작했다. 상난이 그걸 보고 옆으로 다가갔다. "내가 고무장화를 빌려 줄게. 우린 동맹군이잖아!" 여자 아이는 잠깐 생각에 잠기더니 "좋아요. 이틀 뒤에 돌려 드릴게요"라고 대답했다.

상난은 장화를 꺼내 건네주며 물었다. "몇 살이니?" "열다섯." "이름이 뭐야?" "궁눙빙." 상난이 또 웃었다. 그러자 아이가 진지한 표정으로 쳐다보았다. "참 잘 웃으시네요. 영원히 공농병(工農兵)이 되자는 건데 뭐가 그렇게 우스워요?" 이틀 뒤 낯선 아이 하나가 고무장화를 돌려주러 와서 쪽지 하나를 전했다. "고마워요, 동맹군 아줌마! 궁눙빙으로부터." 그날 이후로 상난은 그 천진하고 귀여운 아이를 한 번도 만나지 못했다. 그런데 오늘 웬일로 그 애가 찾아온 것일까?

샹난은 무척 반가워하며 안으로 맞아들였다. "궁눙빙, 웬일이니? 정말 뜻밖인걸!"

하지만 '궁눙빙'의 표정은 심각했다. "동무, 전 궁눙빙이 아니에요. 제 이름은 유원이라고 해요. 동무네 기관 유뤄빙의 딸이죠. 오늘 제가 찾아온 건 여기 책임자 돤차오췬 동지한테 상황을 설명할 게 있어서예요."

"아하!" 유뤄빙에게 딸이 하나 있다는 건 알았지만 '궁눙빙'이 그 딸일 줄이야! 샹난은 자기 앞에 앉아 있는 여자 아이를 놀라운 눈으로 쳐다보았다. 그 애는 완전히 2년 전의 그 '궁눙빙'이 아니었다. 그때보다 키가 많이 자란 건 아니지만 분위기가 성숙해져서 이젠 어른 대접을 해 주어야 할 것 같았다. "유원, 돤차오췬은 지금 나가고 없어. 무슨 상황인지 나한테 설명하면 안 될까? 난 샹난이라고 해."

유원이 샹난의 눈을 똑바로 주시했다. "위쯔치 아저씨는 '포격 사건'과 아무 상관없어요. 당신들이 억울한 사람을 잡고 있는 거라고요."

샹난은 적잖이 놀랐다. 열일곱 살밖에 안 된 아이와 함께 이렇게 중대한 사안을 논한다는 게 적절할까? 하지만 유원이 너무나 진지했기에 샹난도 대화를 이어 가지 않을 수 없었다. "그야 그렇지! 하지만 위쯔치가 억울하다는 걸 네가 어떻게 알지? 증거라도 있니?"

유원이 또 한 번 진지하게 샹난을 쳐다보았다. "양심을 걸고 처리하겠다고 약속할 수 있어요? 약속하면 증거를 보여 줄게요."

"약속할게." 샹난도 진지하게 대답했다.

유원은 그제야 안도의 숨을 내쉬고는 샤오징과 함께 벽보를 낭독하게 된 경과를 상세하게 설명했다. 그런 다음 주머니에서 종이를 꺼냈다. "이건 그날 상황에 대해 적은 거예요. 도장이 없어서 지장을 찍었는데, 괜찮나요?"

보고서를 받아 보니 과연 맨 아래에 손도장 두 개가 선명하게 찍혀 있었다. 두 아이의 정의로운 행동에 샹난은 퍽 감동받았다. "여기에 너희 학교의 도장을 받아야만 효력이 있어. 하지만 그건 내가 처리할게."

유원이 눈을 깜박였다. "그래요? 그럼 가서 지쉐화 선생님을 찾으세요. 우리 반 담임선생님이시거든요."

샹난은 보고서를 잘 접었다. "그럴게. 유원, 묻고 싶은 게 있는데, 저, 위쯔치의 딸들은 잘 있니?"

"지 선생님이 돌봐 주고 계세요. 저와 샤오징은 함께 헤이룽장성(黑龍江省)으로 가서 인민공사(人民公社)*에 들어가 농촌에 정착할까 해요."

"왜?" 샹난이 놀라 물었다.

그러나 유원은 입술을 깨물며 그냥 일어나 돌아가려고 했다. 샹난도 말리지는 않았다. 유원을 배웅하면서 샹난은 탄식하듯 말했다. "유원, 그동안 많이 변했구나. 나처럼 '우경'이 됐어."

유원이 무겁게 고개를 저었다. "아줌마, 전 '우경'화 된 게 아니라 성숙해진 거예요. 2년 전에 저는 겨우 열다섯 살이었어요. 열다섯엔 열다섯의 한계가 있는 거 아닌가요?"

샹난은 또 한 번 충격을 받았다. 그녀는 유원의 손을 꼭 잡고 깊이 고개를 끄덕였다. "유원, 네 말이 맞아. 나도 너처럼 좀 더 성숙해져야겠다. 위쯔치의 일은 걱정 마. 내가 양심을 걸고 반드시 잘 처리할 테니."

유원이 감사해했다. "고맙습니다, 아줌마! 아줌마가 우리 아버지보다 훨씬 나으시네요." 아버지 이야기를 꺼내는 순간 유원은 절로 눈시울이 붉어졌다. 샹난이 얼른 달래 주었다. "누구나 다 자기 한계가 있는 법이야. 열다섯에는 열다섯의 한계가 있고, 오십에는 오십의 한계가 있어. 조급해할 것 없어, 유원. 우린 모두 변할 테니까." "아버지가 변할지 안 변할지 누가 알겠어요! 저 같게요. 아줌마, 약속한 것 잊으시면 안 돼요!" 유원은 샹난을 향해 손을 흔들더니 빠른 걸음으로 걸어갔다. 그런데 샹난이 돌아서기도 전에 유원이 숨을 헐떡이며 되돌아왔다. "아줌마! 장화요, 고무장화 받으셨어요?" "그럼, 벌써 받았지!" 유원은 다시 샹난에게 손을 흔들며 떠나갔다.

샹난은 어떻게 임무를 완수했나?

이튿날 샹난은 좐차오췬한테 증명서를 받아 왕유이와 함께 노동개조소로 갔다. 노동개조소는 문제가 심각한 심사 대상들이 갇혀 있는 곳이라 기율이 매우 엄격했다. 그래서 특별 심사조 위원이라도 반드시 두 사람이 함께 가야만 면회를 할 수 있었다. 샹난과 왕유이 모두 이런 곳은 처음이라 아무래도 좀 긴장이 되었다. 등록 수속을 마치고 심사 대상을 기다리는 방으로 안내되었다.

이윽고 한 사람이 위쯔치를 데리고 들어왔다. 무슨 거래 수속이라도 밟는 것처럼 그는 위쯔치를 가리키며 샹난에게 물었다. "이 사람이 맞소?" 샹난이 고개를 끄덕이자 그는 이내 방문을 닫고 밖으로 나가 버렸다.

여기로 온 지 이틀밖에 안 됐는데 위쯔치는 벌써 눈가가 거무스

레하고 볼이 홀쭉해져 있었다. 샹난은 보지 못했지만, 그저께 밤지프에 올라타자마자 그에게 수갑이 채워졌다. 한마디 설명도 어떤 법적 절차도 없이 그냥 체포되고 보니 위쯔치는 상당히 위축되지 않을 수 없었다. 도대체 어디로 데려가는 걸까? 감옥인가? 역시나 그랬다. 지프의 흐릿한 백미러를 통해 대문 옆에 걸린 '빈하이 노동개조소'라는 간판이 보였다. 그는 3층에 있는 맨 끝 방에 배정되었다. 방 번호가 334호여서 그의 이름도 곧 '334호'로 바뀌었다. '이게 뭐야? 이건 국민당 간첩한테나 하는 짓이잖아? 공산당원인 내가 무산 계급 감옥에 죄수가 되어 갇히다니?' 수많은 의문이 꼬리에 꼬리를 물고 떠올랐다.

그날 밤 그는 잠을 이루지 못했다. 도저히 잘 수가 없었다. 그는 생각했다. 내가 이런 곳으로 옮겨졌다는 사실을 샹난이 가족들에게 알렸을까? 류루메이와 딸들이 알면 얼마나 걱정할까! 알리면 안 되는데! 그냥 문인협회 사무실에 있는 걸로 알고 있는 게 좋은데! 여기서 나간 다음에 말해 줘도 늦지 않는다. 그는 누군가를 찾아 자기가 이리로 잡혀 온 사실을 가족에게 알리지 말아 달라고 부탁하고 싶었다. 하지만 주변엔 아무도 없었다. 문득 어디선가 밀차 바퀴 소리가 들렸다. 누군가 왔다 싶으니까 뛸 듯이 기뻤다. 하지만 바퀴 소리는 들리다 말다 들리다 말다를 거듭했다. 한 시간이나 지난 뒤에야 그 소리가 자기 문 앞에서 멈추었다. "334호! 식사!" '나를 부르는 건가? 맞다! 어제 알려 줬지, 이제부터 난 334호라고.' 잠시 멈칫하던 위쯔치는 대답과 동시에 앞으로 달려가 문을 열었다. 어떤 사람이 간단한 식사를 건네주었다. "다 먹은 다음 그릇은 여기다 두시오." 그는 말을 끝내기 무섭게 가 버렸다. 위쯔치는 얼른 식판을 내려놓고 그를 불렀다. "동지! 기관에 전화한 통 할 수 있을까요?" 그러자 그 사람이 이상한 듯 쳐다보며 되물었다. "여기 기율에 대해서 말 안 해 줍디까?"

"급한 일이 있어서 우리 기관에 연락을 좀 해야겠는데, 방법이 없겠습니까?"

"종이에 써서 간수한테 줘요." 그가 눈을 부라리며 한마디 덧붙였다. "여기가 무슨 여관인 줄 아쇼?"

위쯔치는 "저의 새 주소를 가족들에게는 알리지 말아 주십시오"라고 쓴 쪽지를 간수에게 주면서 특별히 한마디 덧붙였다. "감사합니다. 오늘 제 특별 심사조에게 좀 전해 주십시오." 간수는 가타부타 대답은 않고 "흥" 콧방귀만 뀌었다. 여기 온 지 이틀 동안 하루가 1년처럼 느껴졌다. 그러다가 오늘 누군가 "334호! 심문!" 하고 소리치자 위쯔치는 기쁘기까지 했다. '심문'이라는 말이 낯설긴 했지만 어쨌든 누군가 와서 자기 일을 물어본다는 것이고, 그렇다면 자기도 궁금한 걸 물어볼 수 있을 테니 말이다. 샹난과 왕유이가 온 것을 보고 그는 더욱 기뻤다. 이 두 사람은 심사 위원 중에서도 비교적 말이 통하는 사람들이었기 때문이다. 그들 앞이라면 그도 진심을 말할 수 있었다. 그는 인사할 겨를도 없이 네모난 걸상에 걸터앉으며 다급하게 물었다.

"지금 내가 여기 갇혀 있다는 걸 우리 집에는 아직 알리지 않았겠지요?"

샹난과 왕유이가 서로 쳐다보더니 고개를 끄덕였다.

"그럼 앞으로도 알리지 말아 주십시오! 나 때문에 걱정하지 않게 말입니다. 진실이 밝혀질 날이 언젠가는 꼭 오겠지요." 위쯔치 얼굴에 안도의 빛이 떠올랐다.

샹난과 왕유이는 다시 한 번 마주 보았다. 그때 위쯔치가 말했다.

"오늘 나를 심문하러 오셨다고요. 환영합니다! 왜냐하면 내가 무슨 죄를 지었는지도 모르거든요. 자기가 무슨 죄를 지었는지도 모르는 죄수도 참으로 괴롭답니다. 자, 어서 심문하시죠!"

이렇게 말하면서 위쯔치는 공책과 만년필을 꺼내 기록할 준비를 했다.

샹난과 왕유이는 서로 쳐다만 볼 뿐 여전히 입을 열지 않았다. 사실 두 사람은 오는 길에 오늘 대화를 어떻게 이끌어 갈지 미리 의논을 다 해 둔 상태였다. 노동자 출신 청년 시인인 왕유이도 샹난과 마찬가지로 위쯔치를 퍽이나 동정하고 있었다. 그래서 그는 샹난에게 이렇게 말했다. "소식을 알리기 전에 먼저 정세에 대해 얘기를 해 주는 게 좋겠어. 요새 정세가 무척 좋으니까 앞을 내다보고 기운 차리라고 말이야. 그런 다음에 천천히 얘기하지, 뭐." 샹난도 고개를 끄덕이며 동의했다. "그 사람도 아내와 같은 길을 가지는 않을까? 그들 부부 사이가 엄청 좋았다던데." "설마? 위쯔치는 성격이 밝은 편이잖아. 하지만 어쨌든 우리도 신중하게 처리하는 게 좋겠지." 그래서 상당히 꼼꼼하게 미리 준비를 해 두었는데, 막상 위쯔치를 만나자 다 소용없었다. 위쯔치가 아내를 걱정하는 모습을 보니 더더욱 찬물을 끼얹을 수가 없었다. 샹난은 어쩔 줄 몰라 하며 위쯔치를 바라보기만 했고, 왕유이는 위쯔치와 눈을 마주치지 않으려고 아예 얼굴을 창문 쪽으로 돌려 버렸다.

그들의 태도가 뭔가 이상하다고 느낀 위쯔치가 공책을 덮으며 물었다. "오늘 나를 심문하러 오신 거 아닌가요?"

샹난이 고개를 젓는 것을 보며 왕유이가 부드러운 목소리로 대답했다. "오늘은 그냥 동무를 보러 온 겁니다. 여기 생활이 어떤가 하고요."

위쯔치는 그들이 단지 자기를 보러 왔다는 말을 믿지 않았다. 하지만 저들이 심문하지 않겠다는데 죄수에 불과한 자기가 뭘 더 묻겠는가? 그저 기다리는 수밖에.

상난은 갑자기 몸이 더워지는 듯했다. 둘러보니 사방의 창문이 모두 꼭꼭 닫혀 있었다. 그녀는 창문을 열고 그 옆에 서서 바깥을 내다보았다. 뜰에는 꽃이며 나무가 제법 무성했다. 바야흐로 만물이 푸르러지는 계절이었다. 하지만 서로 다투며 하늘을 가리고 있는 빼곡한 나뭇잎들이 싱그럽기는커녕 더 답답하게만 느껴졌다. 가로세로 두 자쯤 되는 작고 네모난 화단에는 가면꽃〔鬼臉花〕도 있었다. 상난은 그 꽃이 무척 싫었다. 선명하기 그지없는 빛깔이라니! 요염하게 분칠한 가면을 쓰고서 사람을 홀리는 것 같았기 때문이다. 지금도 그랬다. 저마다 보랏빛 눈썹 두 개를 추켜올리고 반짝이는 갈색 눈동자에 노란 얼굴을 흔들면서 "난 나비예요, 아름다운 나비!"라고 홀리는 것만 같았다. 상난은 가면 같은 그 꽃이 보기 싫어 그 옆 담벼락으로 눈길을 돌렸다. 울퉁불퉁한 담장 위로 개나리 두 그루가 뻗어 있었다. 가느다란 줄기는 반듯하게 뻗지 않고 구불구불한 데다 꽃은 작고 노란 것이 꼭 병자 같았다. 봄기운이라곤 눈곱만큼도 찾아볼 수 없었다. 에잇, 뭐든지 다 눈에 거슬리는군! 상난은 하는 수 없이 창문을 닫고 다시 위쯔치 앞으로 와 앉았다.

위쯔치는 벌써부터 뭔가 심상치 않다는 걸 눈치챘다. 1년 넘게 상난을 접해 온 그는 그녀의 성격이 솔직하고 급하다는 것을 잘 알고 있었다. 처음엔 그녀가 사정없이 퍼붓는 불 같은 질문을 견딜 수가 없었다. 하지만 조금씩 그를 알게 되면서 그녀의 그런 질문이 줄어들기 시작했다. 그러자 그도 그녀에게 호감이 생기기 시작했다. 그런 그녀가 오늘은 왜 저리 머뭇거리는 것일까? 집에 무슨 일이 생긴 건 아닐까? 조바심이 난 그는 그들을 슬쩍 떠보기로 했다. 그가 상난과 왕유이의 눈을 주시하며 나직이 물었다. "집사람은 잘 지냅니까?"

"별일 없습니다." 왕유이가 대뜸 이렇게 대답했다.

그러나 그와 거의 동시에 샹난은 "동무 부인이……"라고 입을 열었다가 얼른 도로 다물어 버렸다.

위쯔치가 흠칫 놀랐다. 샹난과 왕유이는 이 상황을 어찌 해야 좋을지 몰라 쩔쩔맸다. 먼저 마음을 진정시킨 위쯔치가 두 사람에게 간곡히 부탁했다. "무슨 일인지 솔직히 말해 주십시오! 난 괜찮으니까."

왕유이를 쳐다보던 샹난이 눈썹을 찌푸리며 아랫입술을 깨물었다. 왕유이는 샹난이 마음을 정했음을 알고 말없이 그녀를 바라보았다. 샹난이 위쯔치 쪽으로 천천히 고개를 돌렸다. 그녀는 위쯔치의 눈동자를 주시하면서 한 글자 한 글자 또박또박 말했다.

"그동안 동무는 숱한 고난을 헤쳐 왔지요. 그런데 오늘 또 하나의 고난이 닥쳤어요. 동무의 아내, 류루메이가, 죽었습니다."

위쯔치의 눈썹이 몇 차례 꿈틀거리고 입가의 근육이 고통스럽게 일그러졌다. 걸상 위의 몸도 비틀거렸다. 왕유이가 일어나 부축하려 하자 위쯔치는 바로 떨리는 입술을 꾹 깨물며 몸을 꼿꼿하게 고쳐 앉았다. 그대로 다시 걸상에 앉은 왕유이는 몇 번이나 입술을 움직거렸으나 기껏 "진정하세요"라는 말밖에 하지 못했다.

하지만 위쯔치에게는 왕유이의 그 말조차 들리지 않는 듯했다. 그는 그저 앞만 바라보고 있었다. 그의 눈빛은 왕유이와 샹난을 넘어 벽을 뚫고 뜰을 가로지르는 것 같았다. 그는 뭘 보고 있는 걸까? 뭘 생각하고 있는 걸까? 샹난과 왕유이 모두 알 수 없었다. 얼마나 지났을까, 위쯔치가 마침내 입을 떼었다.

"그녀가 죽었을 리 없습니다."

이렇게 말하면서도 그는 여전히 눈길을 돌리지 않았다. 그는 대답해 주기를 바란다기보다는 그냥 마음속에 있는 자기 바람을 말하는 것인지도 몰랐다.

하지만 그래도 샹난과 왕유이는 그를 향해 고개를 끄덕였다. 마치 그들의 대답을 알아들었다는 듯이 그가 다시 한마디 했다.

"그녀는 강한 사람이에요."

위쯔치는 여전히 먼 곳을 주시하고 있었지만 샹난과 왕유이가 그에게 고개를 끄덕이며 대답하고 있다는 걸 알았다. 그는 다시 입술을 깨물었다. 별안간 그가 불이라도 뿜을 듯한 눈으로 샹난과 왕유이의 얼굴을 바라보았다. 그의 입술이 심하게 떨리며 움직거리더니 봇물이 터지듯 말문을 열었다.

"그럼, 있는 그대로 말해 주십시오. 루메이가 어떻게 죽었나요? 그녀가 병이 난 것도 아니고, 그렇게 나약한 사람도 아닌데, 어찌 이렇게 갑자기 죽을 수가 있어요? 틀림없이 누군가가 그녀를 죽도록 내몰았을 거요. 사실을 말해 봐요! 진실을 말해 달란 말이오!"

두 줄기 뜨거운 눈물이 그의 뺨을 타고 흘러내렸다.

왕유이가 무슨 말인가를 하려고 했으나 샹난이 눈짓으로 그를 말렸다. 그가 쓸데없는 위로의 말을 할까 싶어서였다. 샹난은 위쯔치에게 진실을 말해 주어야 한다고 생각했다. 위쯔치가 모든 상황을 스스로 분석할 것이며, 그 분석이 그녀 자신의 분석보다 더 정확하리라 믿었다. 그녀는 몇 사람을 통해 들은 이야기를 종합해서 류루메이가 자살하게 된 과정을, 되도록 알맞은 낱말을 쓰려고 노력하면서 침착하게 이야기했다. 마지막으로 그녀는 "강해지십시오. 군중과 당을 믿어야 합니다"라고 덧붙였다.

등을 곧게 펴고 앉은 위쯔치는 꼼짝도 않고 이야기를 들었다. 하지만 무릎 위에 포개 놓은 두 손은 희미하게 떨렸고 눈물은 볼에서 옷깃으로, 그리고 다시 손으로 무릎 위로 하염없이 흘러내렸다. 큰 소리를 내지도, 흐느끼지도 않고 소리 없이 그렇게 눈물만 흘렸다. 샹난의 이야기가 끝나자 눈물을 닦고 일어선 그는 조금 전 샹난이 서 있던 창가로 가 한동안 창밖을 내다보았다. 이윽고 그가 낮은 목소리로 물었다. "아이들은 어떻소?" 눈은 여전히 창밖을 주시하고 있었다.

차오췬이 샹난에게 들려준 바로는 위쯔치의 아이는 사상이 투철해서 어머니의 죽음 앞에서도 눈물 한 방울 흘리지 않았으며, 심지어 '반당분자'와 확실하게 갈라서겠다고 표명했다 한다. 하지만 그게 사실일까? 그제야 샹난은 어젯밤 유원한테 아이들에 대해 더 자세히 물어보지 않은 것이 후회되었다. "아이들은 잘 있어요. 조직과 동지들이 보살펴 줄 거예요." 그녀는 이렇게 얼버무리면서 속으로는 아이들의 상황이 어떤지 꼭 알아봐야겠다고 마음먹었다.

방 안의 세 사람 모두 다시금 침묵에 잠겼다. 샹난도 왕유이도 이제 그만 돌아가야겠다고 생각했다. 그들이 무슨 수로 위쯔치를 위로할 수 있겠는가, 차라리 후련해질 때까지 실컷 울도록 혼자 내버려 두는 편이 더 나을 것 같았다. 왕유이는 먼저 나가서 간수에게 위쯔치를 데려가도록 하고 만일의 불상사가 생기지 않도록 위쯔치의 동정을 각별히 살피라고 지시했다.

위쯔치가 무거운 발걸음으로 문가에 이르렀을 때 샹난이 그를 불러 세우며 격앙된 목소리로 말했다.

"위쯔치, 행여라도 허튼 생각을 하면 안 돼요! 당신에겐 아이들이 있잖아요, 알지요? 모든 게 다 분명히 밝혀질 테니까 신심을 가지세요!"

"고맙소, 동지들. 난 괜찮아요." 위쯔치가 잔뜩 잠긴 목소리로 대답했다.

샹난과 왕유이는 노동개조소에서 돌아오자마자 바로 돤차오쳔에게 위쯔치의 태도가 양호했다고 보고했다. 류루메이를 고발하는 일에 대해서는 미처 사상 준비가 안 되어서 더 생각해 보겠다하더라고 전했다. 돤차오쳔의 사무실에서 막 나오는 길에 두 사람은 공교롭게도 펑원펑과 마주쳤다. 펑원펑은 "중대한 사명을 완수하러 가셨다지요?"라고 비꼬았다. 샹난과 왕유이 두 사람 다아무런 대꾸도 하지 않았다. 펑원펑은 성에 차지 않았는지 한 번더 속을 긁었다. "어땠나요? 설마 두 분이 동정의 눈물을 펑펑 쏟지는 않으셨겠지요?" 샹난이 참다 못해 쏘아붙였다. "우리가 위쯔치랑 같이 눈물 콧물 흘렸다고 또 쪽지든 벽보든 써 보시지그래!" 펑원펑은 순간 당황한 나머지 얼른 대꾸하지 못했다. 이윽고 머리가 반응을 할 만해지자 그들은 이미 아래층으로 내려가버리고 없었다. 펑원펑은 씩씩거리며 욕을 했다. "신보수파들 같으니라고!"

'334호', 자기 방으로 돌아온 위쯔치는 목을 놓아 통곡했다. 며칠 사이에 엄청난 사건이 잇따라 일어나고 보니 그로서도 더 이상견디기가 어려웠다. 루메이, 20년이나 함께 산 그녀가 이렇게 허무하게 떠나 버리다니. 몇 달 전 그녀와 헤어진 것이 마지막이 될줄이야!

그날 그는 강제 명령을 받고 기관에서 머무는 데 필요한 옷가지와 이불을 가지러 집으로 갔다. 류루메이는 필요한 물건들을 재빨리 챙긴 다음 온화하고 침착하게 그를 안심시켜 주었다. "집 걱정은 말아요, 내가 있으니까!" 집을 나서기 직전 그가 갑자기 생각난듯 말했다. "이제 가면 얼마나 있게 될지 모르는데, 당신이 처음나한테 줬던 그 사진 좀 찾아 주구려. 가지고 가게." 그녀가 얼른 서랍을 열고 가죽 지갑을 꺼내더니 그 안에서 사진을 꺼내 주었다. 그는 이미 누렇게 빛바랜 사진을 한 번 보고는 다시 그녀를 쳐다본 다음 사진을 어록의 비닐 표지 속에다 집어넣었다. 그녀가 그 어록을 그의 윗옷 주머니에 넣어 주며 당부했다. "옷 갈아입을 때 잊지 말고 어록 꺼내세요. 안 그러면……" "알겠소!" 위쯔치가 웃었다. 류루메이는 그를 배웅하러 아래층까지 내려와 나란히 대문을 나섰다. 그 옛날 옌안에서 전선으로 떠나며 이별했을 때처럼 그들은 아파트 입구에서 서로 그윽한 눈길을 주고받고는 헤어졌다.

그것이 마지막이었다니! 마지막 이별이었다니! 그는 주머니를 더듬어 천천히 어록을 꺼내고 그 속에서 다시 사진을 꺼내 들었다. 하지만 사진을 제대로 들여다보기도 전에 문 밖에서 누가 소리쳤다. "334호! 오늘 노동 당번이야!" 위쯔치는 재빨리 사진을 어록 속에 넣고 눈물을 닦은 뒤 방을 나왔다. 간수 하나가 그의 붉어진 눈을 보며 콧방귀를 뀌더니 따라오라고 손짓했다. 그를 따라 자그마한 이발실로 들어가자 간수가 명령을 내렸다. "바닥의 머리카락을 깨끗이 쓸어 내고, 창문도 깨끗하게 닦으시오!" 위쯔치는 고개를 끄덕인 뒤 묵묵히 일을 시작했다.

머리카락을 한데 쓸어 모은 그는 사람 머리카락이 저마다 다르다는 것을 그제야 깨달았다. 색깔, 굵기, 강도 모두 제각각이었다. 그는 머리카락을 보며 이곳에 갇혀 있을 사람들을 상상해 보았다. '하얗게 센 머리카락이 가장 많다는 건 여기 갇힌 사람들 대부분이 중년 이상이라는 말인데, 이 은실 같은 머리카락은 누구 것일까? 일흔은 더 되지 않았을까? 기다란 흰머리도 많군. 이건 분명 여성 동지들 것일 테고. 굵고 검은 단발은 젊은 사람들 것이겠지? 그 사람들은 왜 여기 갇히게 되었을까? 얼마나 갇혀 있었을까……?' 잘 상상이 되지 않았다. 또 더 상상할 수도 없었다. 갑자기 '혹시 그들도 모두 나처럼 억울한 사람들이 아닐까?' 라는 생각이 그의 머리를 스쳤다. 그들의 억울함은 또 무엇을 의미하는가? 하지만 이런 생각은 머릿속에 오래 머무르지 못했다. 간수가 식사 시간이 다 되어 가니 빨리 끝내라고 재촉했다. 그는 서둘러 창문을 다 닦고서 간수를 따라 자기 방으로 돌아갔다. 그때부터 삼 타래처럼 엉킨 머리카락들은 그의 머릿속에 들어앉아 없어지지도 않고 풀어지지도 않았다.

또 하루가 지나고 어둠이 다시 내렸다. 온 건물이 쥐 죽은 듯이 조용했다. 사람들은 모두 잠들었을까? 위쯔치는 알지 못했다. 하지만 적어도 그는 깨어 있었다. 전혀 잠이 오지 않았다. 그는 창가에 서서 다시 사진을 꺼내 들고 한참을 들여다보았다. 창밖의 노란 불빛에 사진도 노랗게 보여서 좀 이상했지만 젊었을 적 루메이의 모습이 그의 눈앞에서 살아 움직이는 듯했고 그녀의 맑은 노랫소리도 귓가에 울려 퍼지는 것만 같았다.

'그 노랫소리가 나와 그녀를 맺어 주었지.' 그녀와 처음 만난 날이 생각났다. 어느 해 추석날 밤, 옌안에서 군인과 민간인들의 합동 잔치가 열렸다. 한 젊은 아가씨가 대범하게 사람들 앞으로 나가더니 웃으면서 산촌 민요를 불렀다. 목소리는 카랑카랑했으나 썩 매끄럽지 못했고 훈련을 못 받은 탓인지 가끔 음정이 이상하기도 했다. 그럼에도 그녀의 매력적인 모습은 대번에 그를 사로잡고 말았다. 그녀는 무척이나 예뻤다! 희고도 발그레한 얼굴과 맑고 깊은 큰 눈! 그 광채에 눈이 부셨다. 노래 한 곡이 다 끝나기도 전에 그는 옆의 동지들에게 그녀가 누군지, 무슨 일을 하는지, 결혼은 했는지를 알아보았다. 단 이틀 만에 그는 그녀의 모든 것을 알아내고 말았다. 그리고 동지들에게 이렇게 큰소리쳤다. "난 류루메이를 사랑하게 됐어. 반드시 그녀를 내 아내로 맞이할 거

야!"한 동지가 놀려 댔다. "김칫국부터 마시는 거 아냐?" "못 믿
겠어? 좋아, 두고 봐! 류루메이를 아내로 맞이하지 못한다면 내
이름 석 자를 거꾸로 쓰지!"그의 이 맹세를 어느 누가 류루메이
에게 전했는지는 알 수 없다. 어쨌든 그 맹세가 맘에 들었던 류루
메이가 구실을 만들어 위쯔치를 보러 왔다. 두 사람의 연애는 이
렇게 시작되었다.

  위쯔치는 다시 사진을 들여다보았다. '우리가 처음 데이트하던
날 그녀가 이 사진을 내게 주었지.' 처음 만나던 그날 저녁, 위쯔치
는 자기가 살고 있는 토굴집으로 그녀를 초대했다. 함께 기거하던
동지들은 그녀가 도착하자 하나같이 실실 웃으면서 자리를 떴고,
두 사람만 남아 기름등잔 아래 앉았다. 그는 그녀에게서 눈을 떼지
않았다. 등잔불에 비친 그녀의 얼굴은 더욱 아름다웠다. "당신이
날마다 나를 보러 오면 좋을 텐데." 위쯔치의 마음속에서 우러나온
말이었다. "몇 리 길이에요! 일도 바쁜데 어떻게 날마다 올 수 있어
요?" 류루메이가 다소곳이 고개를 숙였다. "나한테 사진 한 장 주
면 안 될까요?"그의 간곡한 부탁에 그녀가 사진을 꺼냈다. 위쯔치
는 그녀에게 사진 뒤에 한마디 써 달라고 했다. 그녀는 펜을 들고
잠깐 생각하는가 싶더니 픽 웃으며 이렇게 물었다. "위쯔치란 이름
석 자를 거꾸로 쓸까요, 아니면……?" 그가 그녀의 두 눈을 똑바로
쳐다보며 대답했다. "당신 맘대로." 그녀는 입을 삐죽이며 웃더니
"위쯔치 동지에게 기념으로 드림"이라고 썼다. 위쯔치라는 이름 석
자가 거꾸로가 아니라 똑바로 반듯하게 쓰여 있었다! 그는 뛸 듯이
기뻐 그녀를 꼭 끌어안으며 "사랑하는 루메이!"라고 불러 보았다.
그 뒤로 그는 이 사진을 늘 몸에 지니고 다녔다.

  '사랑하는 루메이'는 결국 그의 아내가 되었고, 아이들의 엄마
가 되었다. 샤오징이 태어나던 날 그도 병원에 갔다. 두 사람은 함

께 갓난아이의 작은 얼굴을 들여다보았다. 아이가 조그만 입을 움찔거리자 별안간 그녀가 아기 포대기에 얼굴을 묻고 울기 시작했다. 산실에 있던 여성 동지들이 눈이 동그래져서는 두 사람을 쳐다보았다. 그중 나이가 좀 들어 보이는 산모 하나가 대뜸 "왜 산모를 울리고 그래요?"라며 위쯔치를 나무랐다. 하지만 그는 그 여성 동지를 보며 행복에 겨운 미소를 지었다. "아니, 그게 아니라요. 사실은 저도 울고 싶어요! 우리가 엄마, 아빠가 됐지 뭐예요!" 류루메이가 고개를 들어 그 여성 동지를 쳐다보며 웃었다. 눈물은 여전히 흐르고 있었다.

'아, 그녀가 얼마나 고생스러웠을까! 결혼하고서 오랫동안 내가 밖에 있는 날이 대부분이었으니 그녀 혼자 집안일을 전부 책임져야 했지. 특히 샤오하이를 낳은 뒤에는……'

샤오하이를 낳던 날, 그는 빈하이에 없었다. 중요한 일이 있어 돌아올 수 없었던 것이다. 그러자 그녀가 오히려 그를 위로했다. "처음 엄마가 되는 것도 아니잖아요." 떠나면서 그는 아이를 낳으면 아들인지 딸인지, 누구를 닮았는지 바로 전보를 쳐서 알려 달라고 일러 두었다. 하지만 그녀는 전보를 치지 않았다. 아이가 태어난 지 사흘째 되던 날, 그녀가 그에게 영원히 잊지 못할 편지를 한 통 써 보냈다. 그 편지는 글자와 그림으로 되어 있었다. 갓난아이가 얼마나 그를 닮았는지 알려 주려고 그녀는 편지지에 조그마한 딸아이의 모습을 직접 그렸다. 덕분에 딸아이가 자기를 쏙 빼닮았음을 대번에 알아본 위쯔치는 자기도 모르게 소리쳤다. "날 닮았구나! 날 닮았어!" 또 그녀는 새로운 생활에 적응하려고 방 배치를 바꿨다며 그 모습도 그림으로 그려 보냈다. 그녀는 자기가 얼마나 즐겁고 안정되게 지내고 있는지를 보여 주어 그를 안심시키려 했던 것이다. 샤오징의 작은 침대는 어디에 놓았고, 자기 침대 머리에 뭘 더 놓았는지, 심지어 침대 머리맡에 자리 잡은 결혼 사진까지 빠뜨리지 않고 그려 넣었다. 그림은 볼품 없고 입체감도 없었다. 하지만 그의 머릿속에서는 그 모든 것이 입체적으로 생생하게 그려졌다. 그는 그 편지를 동지들에게 보여 주면서 "내 마누라가 보낸 편지야!"라며 자랑했다. 그리고 그 뒤로는 위쯔치 자신도 류루메이와 딸들에게 그런 식으로 편지를 써 보내곤 했다. 안타깝게도 그 편지들은 문화 대혁명 가택 수색 때 모두 빼앗기고 말았다.

위쯔치의 생각은 이제 문화 대혁명으로 옮겨 갔다. 문화 대혁명이 시작되고 얼마 뒤 위쯔치와 류루메이는 모두 비판을 받았다. 하지만 두 사람은 서로 격려하고 의지하면서 여전히 생기 넘치는 가정생활을 유지했다. 1967년 연말에 그는 툭하면 끌려나가 조리돌림을 당했다. 하지만 류루메이가 놀라고 걱정할까 봐 그는 번번이 아무 일도 없었던 것처럼 집에 들어갔다. 그녀 역시 그에 대해 한 번도 물어본 적이 없었다. 하지만 그가 조리돌림을 당하고 돌아오는 날이면 그녀는 언제나 특별히 맛있는 음식과 목욕물을 준비해 두었다. 사실은 그녀도 다 알고 있었던 것이다! 어느 일요일, 그날도 끌려간 그는 트럭에 실려 조리돌림을 당했는데, 공교롭게도 그 장소가 장강로였고 자기 집 문 앞을 지나게 되었다. 누군가 계속 그의 머리를 누르고 있었지만 위쯔치는 순간적으로 고개를 번쩍 쳐들고 집 창문 쪽을 바라보았다. 하지만 뭔가 제대로 볼 새도 없이 누군가가 사정없이 머리를 내리눌러 버렸다. 그는 그녀가 이 일을 모르기를 바랐다. 그날 그는 날이 완전히 어두워진 뒤에야 집으로 돌아갈 수 있었다. 그는 일부러 사과를 한 아름 사 들고 들어가 문인협회에서 회의가 있어서 늦었다고 말했다. 이번에도 그녀는 아무 말도 하지 않았다. 대신 그에게 새 옷을 꺼내 주며 바로 갈아입으라고 했다. 옷을 벗어 보니 등이 온통 밀가루 풀로 범벅이 되어 있었다. 반란파가 그의 등에 표어를 붙이느라 풀칠을 했던 것이다. 그는 그녀를 쳐다보며 멋쩍게 웃었다. 그녀도 그를 쳐다보며 웃었다. 그런데 철없는 샤오하이가 그의 무릎을 끌어안고 울먹이며 이렇게 말하는 것이었다. "아빠, 나랑 엄마랑 사람들이 아빠 때리는 거 봤어. 많이 아파?" 류루메이가 얼른 위쯔치의 손을 꼬옥 잡아 주었다. 하마터면 그는 눈물을 흘릴 뻔했다.

'루메이, 당신은 정말 흰 눈 속에 피는 매화 같았소! 그런데 왜, 도대체 왜……? 아아!' 그는 견딜 수가 없어 목놓아 울었다. 루메이가 이 세상에 없다는 사실을 도무지 받아들일 수가 없었다. 아내와 함께 살아온 20여 년의 세월을 쭉 돌이켜보자니 그녀가 죽지도 않았고, 죽을 리도 없고, 죽을 수도 없을 것 같았다. 그녀와 연애하던 시절을 떠올리면 그토록 젊고 생기발랄한 루메이가 죽었다는 사실을 믿을 수가 없었다. 톈안먼 광장에서 두 사람이 옛 지도자 동지와 작별할 때를 떠올리면 그토록 혁명과 삶을 사랑했던 그녀가 죽었다는 사실을 믿을 수가 없었다. 두 사람이 함께 문화 대혁명의 시련을 겪어 온 걸 생각하면 그처럼 강인하고 침착했던 그녀가 죽었다는 사실을 도저히 믿을 수 없었다. 아니야! 아니야! 그럴 리가, 그럴 리가 없어!

하지만 그건 사실이었다. 류루메이가 죽었다고 샹난과 왕유이가 분명히 말하지 않던가!

그렇다면 그녀는 왜 죽었을까? 그 이유를 샹난과 왕유이 모두 말해 주지 않았다. 그저 그가 쓴 장편 시 원고를 품에 안고 뛰어내렸다고만 했다. 그렇다면 그 장편 시 때문이란 말인가? 아니, 이해할 수 없다. 루메이가 그의 모든 작품을 그의 생명의 일부처럼 사랑했다는 것만은 분명하다. 그의 모든 시에 서명은 위쯔치로 되어 있지만 어느 한 편의 시, 어느 한 줄에라도 아내의 열정이 담기지 않은 것이 있던가? 그녀는 그의 독자였고, 평론가였고, 심지어 공동 창작자였다. 하지만 그것 때문에 그녀가 반드시 죽어야 했단 말인가? 아니, 아니야! 그것 때문이라면 그녀는 더더욱 죽어선 안 돼. 죽을 수 없단 말이다!

그러나 그것은 사실이었다. 그녀는 죽었다. 그녀는 「끝없는 장강 물결 도도히 흘러」원고를 끌어안은 채 죽었고, 그 피가 원고 위로 흘렀다. 그것은 또 왜일까?

아니야, 아니야! 그 쇠 상자 속에는 원고뿐만 아니라 더 소중한 것, 옛 지도자 동지의 편지들이 들어 있었다! 샹난은 왜 편지 이야기는 하지 않았을까? 혹시 그 편지들 때문에 일이 벌어진 것일까? 샹난과 왕유이는 이 사실을 알고 있을까? 왜 말하지 않았을까? 왜 묻지 않았을까?

모든 것이 수수께끼였다! 지금까지 위쯔치의 삶과 경력으로도 대답할 수 없는 문제들. 누가 대답해 줄 수 있을까? 당, 당뿐이다. 가난한 농민의 유복자였던 그는 열다섯에 당의 품에 투신했고, 그의 모든 것은 당과 마오 주석께서 마련해 준 것이었다. 오늘 그는 너무나도 간절하게 당과 마오 주석과 얼굴을 맞대고 대화를 나누고 싶었다! 그러나 지금 그의 주위는 쥐 죽은 듯 고요할 뿐이었다. 밤에 불을 켜지 못하게 했으므로 손에 쥔 담배의 희미한 불빛을 빼면 그의 눈앞은 온통 칠흑 같았다. 가련한 담배 불빛을 바라보며 그는 옌안 토굴집의 등잔불을, 빈하이 거리의 가로등을, 그리고 하늘 한가운데에 걸린 해와 달을 떠올렸다. 그는 불빛이 그리웠고 광명이 그리웠다.

밤은 그렇게 지나가고 동이 터 오기 시작했다. 그는 종이와 펜을 꺼내 쏜살같이 글을 써 내려갔다. 고통은 뱉어 내야 한다. 그의 가슴은 온통 뱉어 버리고 싶은 고통으로 가득했다. '사상 보고서'를 쓰라고 했지? 이것이 바로 그 '사상 보고서' 다. 누가 그의 '사상 보고서' 를 볼지는 알 수 없지만, 위쯔치는 스스로 그것을 당에게 보내는 것이라 생각했다.

그는 빠른 속도로 글을 써 내려갔다. 엄청나게 빠른 속도로! 하지만 서명을 하려다 문득 '이게 정말로 당에 전해질 수 있을까?'라는 생각이 뇌리를 스쳤다. 그는 고개를 저었다. 그는 금방 다 쓴 종이 몇 장을 아무렇게나 베개 밑에 쑤셔 넣었다.

그리고 결국은 이렇게 중얼거렸다. "아이들부터 만나 봐야겠어."

샤오징을 만난 위쯔치

결국 위쯔치는 "곰곰이 생각해 봤는데, 류루메이가 그렇게 죽은 것은 잘못이라는 생각이 듭니다. 우리는 모두 공산당원이고 우리의 목숨은 당의 것이기 때문입니다. 저는 더욱 분발하여 끝까지 혁명을 하자고 결심했습니다. 한 가지 부탁드릴 것은 아이들을 만날 수 있게 해 달라는 겁니다. 그 애들에게 영원히 당에 충성하며 마오 주석을 따라 혁명하라고 가르치겠습니다"라고 써서 '사상 보고서' 를 제출했다. 본디 위쯔치의 글씨는 웬만한 서예가 못지 않게 훌륭한 행서체였으나, 이 보고서의 글씨는 인쇄체처럼 반듯 반듯하고 획 하나하나가 모두 무겁게 느껴졌다. 있는 대로 힘을 꽉 주지 않으면 손이 떨려 제대로 쓸 수가 없었던 것이다.

지금 특별 심사조의 세 사람은 이 '사상 보고서' 를 검토하려고 한 자리에 모였다. 보고서가 샹난의 손에서 펑원펑의 손으로, 그리고 다시 왕유이의 손으로 건네졌다. 다 돌려보고 나자 샹난이 먼저 입을 열었다. "어떻게들 생각하세요?" 왕유이가 비쩍 마른 자기 얼굴을 쓰다듬으며 느릿느릿 말했다. "태도는 양호한 것 같은데요." 펑원펑이 안경 너머로 작은 눈을 굴리며 반대했다. "내가 볼 때는 첫째, 반란자이자 첩자인 류루메이와 확실히 선을 긋겠다는 표시가 없고, 둘째, 진실하지 못해요. 아내가 죽었다는데 어떻게 이런 생각만 했겠습니까? 두 사람 관계가 그처럼 각별했는데 말이죠." 샹난은 워낙 펑원펑을 싫어하는 데다 그가 위쯔치를 이렇게 비난하자 더욱 꼴 보기가 싫어져서 바로 토를 달았다. "그 말은 앞뒤가 맞지 않아요. 아내에 대한 감정을 드러내지 않아서 진실하지 않다고 해 놓고, 만약 그가 아내에 대한 애틋함을 사실대로 쓰면 당신은 또 확실히 선을 긋지 않았다고 할 것 아닌가요? 도대체 어떻게 쓰라는 얘기죠?" 펑원펑도 작은 눈을 굴리며 지지 않고 대꾸했다. "내 말 속의 문제는 이렇게 콕콕 잘도 집어내면서 왜 위쯔치의 문제는 그렇게 보고도 모르는 겁니까?" 샹난이 얼굴을 붉히며 더한층 날카롭게 따져 물었다. "내가 또 서쪽으로 갔다 이건가요? 걱정 붙들어매시죠, 수재님! 당신 충고는 내 절대 잊지 않을 테니까. 그래도 객관적 자료를 토대로 심사를 해야지 주관적 추측에 기댈 순 없잖아요?" 두 사람의 말다툼이 계속되자 옆에 있던 왕유이는 샹난이 실언이라도 할까 싶어 얼른 중재를 하고 나섰다. "샤오샹(小向), 당신 성질도 참 못됐지. 특별 심사조 내부 토론인데 당연히 다른 의견도 존중해야지. 내가 볼 때는 샤오펑(小馮) 말도 일리가 있어요. 위쯔치가 진심으로 깨달은 바가 있다면 보고서를 이런 식으로 짧고 형식적으로 쓰진 않았을 테지." 그는 또 펑원펑을 향해 말했다. "하지만 샤오펑, 샤오샹 의견도 다 틀린 건 아니에요. 위쯔치가 화챠오 동지를 포격했다는 것도 지금은 반증 자료밖에 없잖아요. 당신이 쪽지로 보고했던 상황도 유원과 위샤오징이 제출한 자료를 통해 그 진상이 밝혀졌고요. 위쯔치 입장에서 보면 그런데도 자기는 갑자기 감금됐지, 아내는 느닷없이 자살해 버렸지, 당연히 이해가 잘 안 되겠죠, 안 그래요?" 펑원펑도 아무 말 못 했다. 왜냐하면 자기가 직접 왕유이와 함께 가서 유원과 위샤오징의 보고서를 처리했는데, 학교의 책임자 그러니까 펑원펑의 아내이자 유원의 담임선생인 지쉐화가 친히 두 아이의 증명 자료를 써 주었던 것이다.

펑원펑이 아무 말도 않자 왕유이가 웃으며 상황 설명을 했다. "자, 감정적으로 그러지들 말고 어떻게 하는 게 좋을지나 더 연구해 보자고요. 돤차오췬이 우웨이한테 쓰라고 한 보고서에서 누가 류루메이를 핍박한 게 아니라 자기가 그냥 죽은 거라고 증명을 했는데도 경제연구소 쪽에서 믿지 않는 사람들이 있답니다. 그것 때문에 연구소가 두 파로 갈려 싸움을 벌이고 있다더군요. 듣자하니 류루메이를 치려고 하는 쪽은 류루메이의 첩자 신분을 확정 지으려고 서두르는 모양이던데, 뭐 그리 쉬울 것 같진 않아요. 근거도 불충분하고. 그런데 만약 위쯔치가 이런 상황을 알게 되면 어떻게 되겠어요? 뒤탈이 없을 리 있겠어요? 하지만 만약 우리가 위쯔치 사상 공작을 잘만 해낸다면 얘기는 또 달라질 수 있겠죠."

그제야 샹난은 왕유이의 말뜻을 알아차렸다. 그녀는 너무 거칠고 직선적인 성격 때문에 매번 일을 그르치고 마는 자신이 미웠다. 고맙게도 그럴 때마다 왕유이가 이렇게 일을 수습해 주었다. 그녀는 고맙다는 표정으로 왕유이를 한번 쳐다보았다. "유이 말이 맞아요. 샤오펑, 위쯔치 사상 공작을 어떻게 하면 좋을까요? 그 딸한테 아버지를 설득시키도록 해 보면 어때요? 차오췬 말로는 그 딸은 사상이 아주 투철하다던데. 당신은 함께 사니까 잘 알겠네요."

펑원펑은 샹난 하나 상대하기도 벅찬데 왕유이라는 '참모' 까지 있으니 샹난을 당해 내기가 더욱 어려웠다. 이번에도 결국은 샹난한테 주도권을 빼앗기고서 할 말마저 없게 되고 말았다. 그도 '고매한 척' 이렇게 말하는 수밖에. "맞아요, 사업이 우선이죠. 에, 위쯔치의 두 딸에 대해서는 사실 나도 잘 모릅니다. 하지만 사상이 그렇게 투철하지는 않을걸요. 류루메이가 죽던 날 작은애는 그자리에서 기절해 버렸고, 큰애는 이튿날 돌아왔는데 겉으로는 말한마디 안 했지만 그 속을 누가 알겠습니까, 원한이 가슴속에 맺혔을지! 그들을 만나게 하는 게 과연 좋을까요?"

그의 말을 듣고 있던 샹난의 눈썹이 절로 찌푸려졌으나 금방 도로 펴졌다. 지쉐화가 아이들한테 동정적인 데다 요즘 지쉐화가 아이들을 돌보고 있다는 유원의 말이 생각났던 것이다. "당신 말이 맞아요. 심사도 하지 않고 함부로 말할 수는 없죠. 그러면 아이들 학교에 연락을 해 보는 게 어떨까요?" 왕유이가 연방 고개를 끄덕이며 맞장구를 쳤다. "아, 그러면 되겠군!"

일이 잘 풀리려고 그랬는지 때마침 수위실 천씨가 홍위(紅圍) 중학교 소개장 하나를 들고 왔다. 바로 지쉐화 선생이 찾아온 것이었다. 샹난은 씩 웃으며 부러 펑원펑을 떠보았다. "나랑 같이 가서 만나 볼래요?" 펑원펑은 얼굴을 붉히며 얼버무렸다. "농, 농담하지 마시오. 사업은 어디까지나 사업이니까!" 왕유이도 웃으며 펑원펑의 어깨를 토닥였다. "부부 사이라 쑥스럽다 이건가? 샤오샹, 혼자 가서 수고 좀 해야겠어!" 왕유이가 샹난에게 눈짓을 했다. 샹난은 배시시 웃으며 소개장을 들고 천씨를 따라 나갔다.

샹난은 지쉐화를 만나 본 적이 없었다. 하지만 요즘 그녀에게 호감이 생기기 시작했다. 일련의 상황으로 미루어 보건대 그녀는 평원평과는 다른 부류의 사람 같았기 때문이다. 그런데 오늘 직접 지쉐화를 만나게 되니 자연히 기분이 좋았다. 그녀가 어떤 사람인지 알고 싶었던 것이다.

가 보니 스물대여섯쯤 되어 보이는 여성 동지가 서 있었다. 작은 키에 하얀 피부, 짙은 눈썹과 가늘고 긴 눈, 그리고 갈색 눈동자. 온화하고 편안해 보이는 인상이었다. 하지만 살짝 튀어나온 작은 입 때문에 좀 엄격해 보였다. 온화함과 엄숙함이 조화롭게 통일된 전형적인 여교사의 얼굴이었다. 샹난은 그런 그녀가 맘에 들었다. 샹난이 앞으로 가 손을 내밀었다. "지쉐화 동지, 반갑습니다! 샹난이라고 합니다."

샹난은 그녀를 접견실로 데리고 가서 차를 한 잔 따라 주며 예의 바르게 물었다. "무슨 일로 찾아오셨는지 먼저 말씀해 주시겠어요?"

지쉐화가 샹난을 쳐다보며 마치 선생님이 학생에게 강의하듯 딱딱하게 말했다. "샹난 동지, 제가 원래 좀 직설적으로 말하는 편입니다. 문제가 있으면 비판해 주세요!" 샹난은 얼굴이 뜨거워졌다. '왜 이런 말을 할까? 평원평이 분명 내 흉을 봤을 거야. 만날 트집이나 잡는 그런 사람이라고 말이야! 하여튼 인간 하고는!' 샹난은 자기와 그녀 사이에 보이지 않는 벽이 하나 생긴 것처럼 느껴졌다. 그래서 그녀도 정색을 하고 고개를 끄덕였다. "괜찮습니다. 예의 차리실 것 없어요. 말씀하시죠."

"저는 위샤오징의 담임입니다. 그 애는 우리 반 모범생이에요. 그런데 지금 그 애가 많이 힘들어해요. 걔가 유원이랑 같이 헤이룽장성에 가서 정착하겠다고 우기더군요. 그 애들은 아직 중학생인데 말이죠!" 지쉐화의 말소리는 어느새 아이들에게 이야기를 들려주는 것처럼 나긋나긋해졌다. 그 이야기를 들으며 상난이 눈썹을 찌푸리자 지쉐화는 상난이 자기 말에 동의하지 않는 모양이라고 생각하고는 얼른 덧붙였다. "샤오징은 원래 제멋대로 하는 아이가 아니거든요. 충격이 너무 커서 그런가 싶어 학교에서도 결국은 동의를 해 줬어요."

상난이 난처한 표정을 지었다. "여동생이 하나 있죠? 그 어린 애 혼자 빈하이에 남아 어떻게 살죠?"

지쉐화가 한숨을 내쉬었다. "그러게 말예요! 요 며칠 둘이 온종일 보듬고 앉아서 울기만 해요. 샤오하이도 언니 따라가겠다고 떼를 쓰고요. 그래서 말씀인데, 샤오하이는 제가 더 돌봐 줄 수 있을 것 같은데, 아이들 부모의 정치적 상황에 대해서 어떻게 얘기를 해 주어야 할지, 그리고 애들 생활비를 어떻게 해결해야 할지에 대해서는 여기 기관에서 처리를 좀 해 주실 수 없을까요? 부모는 죄인이라도 아이들은 우리 혁명의 후손들이잖아요. 혹시 고려해 보신 적 있으세요?"

말을 끝낸 지쉐화는 작은 입을 꼭 다문 채 다시금 엄숙하고도 온화한 얼굴로 상난을 쳐다보았다. 상난은 지쉐화의 말이 맘에 꼭 들었다! 상난은 이 낯선 여성 동지와 자기 사이에 있던 벽 하나가 어느새 말끔히 사라져 버린 것만 같았다. "쉐화 동지, 동지 말씀이 옳아요. 위쯔치의 문제는 아직 결론이 나지 않은 상태입니다. 하지만 결론이 어떻게 나든 아이들은 무죄고 우린 당연히 그 애들을 보살펴야지요. 샤오징이 헤이룽장에 가는 일은 이미 결정이 났다고 하니까 저희도 그쪽에서 하시는 대로 협조하겠습니다. 일단 어떻게 하면 되는지 절차를 밟아서 요청하세요. 저희가 할 수 있는 일이라면 뭐든 해 드리겠습니다."

지쉐화의 얼굴에 금세 부드럽고 친절한 웃음이 피어올랐다. 선생님이 아끼는 학생을 쳐다보듯 그녀가 샹난을 쳐다보며 물었다. "좋아요. 그럼, 샤오징이 작별 인사를 할 수 있도록 아버지와 만나게 해 주실 수 있나요?"

샹난의 눈이 반짝 빛났다. "내일 데리고 오세요. 마침 우리도 샤오징한테 아버지 사상 공작을 부탁할 참이었거든요. 오늘 상부에 비준 신청을 해 두겠습니다."

지쉐화가 일어서서 감격한 듯 샹난의 손을 잡았다. "아이들을 대신해서 감사드립니다. 펑원펑이 분명 거절당할 거라면서 오지 말라고 했는데, 거절하지 않으시네요!" 그녀가 또 달콤하게 웃었다. 샹난도 그녀를 따라 천진난만하게 웃었다.

처음 만난 두 동지는 다시 한 번 굳게 악수를 하고 헤어졌다. 자그마한 지쉐화의 뒷모습을 바라보면서 샹난은 문득 저렇게 사리 밝은 사람이 어찌 펑원펑 같은 사람과 결혼했을까 싶은 생각마저 들었다.

이튿날 오후, 샤오징이 지쉐화의 편지를 한 장 들고 찾아왔다. 그 애는 샹난을 보더니 꼭 어른 같은 말투로 물었다. "당신이 샹난 동지죠? 지쉐화 선생님이 보내서 왔습니다. 지금 바로 갑니까?"

샹난이 보니 영락없는 류루메이였다! 희고도 발그레한 각진 얼굴에 맑고 큰 눈. 단지 입이 류루메이보다 좀 크고 아래로 처져 있어서 단정함 속에 강인함이 엿보였다. 진지하고 준엄한 태도, 양 뿔처럼 둘로 나누어 묶은 머리, 그리고 그 헐렁한 낡은 군복이 딱 어울렸다. 그녀는 저절로 애처로운 생각이 들어 그 애의 군복 밑자락을 잘 펴 주었다. "그래, 바로 출발하자." 샹난과 왕유이는 오전에 이미 수속을 끝내 놓고 기다리고 있던 터라 바로 출발할 수 있었다.

차에 올라서도, 차에서 내려서도, 가는 내내 샤오징은 한마디도 하지 않고 두 사람 뒤만 따랐다. 차 안에서 샹난이 물었다. "무슨 말을 해야 하는지 아니?" "알아요." 샤오징이 짧게 대답했다. 최근 샤오징은 정말로 많이 어른스러워졌다. 복잡한 인생 교과서가 그녀에게 너무나 많은 것을 알려 준 탓이다. 노동개조소의 대문을 들어서고부터 샤오징은 쉴 새 없이 사방을 둘러보며 관찰했다. 예전 같으면 아버지가 범인들이나 갇히는 이런 곳에 있다는 사실이 창피해서 억지로라도 아버지와 선을 긋고 분명히 갈라섰을 것이다. 그러나 오늘은 그런 생각이 전혀 들지 않았다. 그저 아버지는 여기서 어떻게 지내실까, 무슨 생각을 하실까, 지금 어떤 모습일까, 그런 것이 궁금할 뿐이었다. 그녀는 뭔가 알아낼 수 있지 않을까 하고 부지런히 주변을 살폈지만 좀처럼 상상이 되지 않았다. 신사회에서 태어나 홍기(紅旗)* 아래 자라난 그녀에게 이처럼 음침한 곳은 너무나 낯선 공간이었던 것이다!

이윽고 위쯔치가 끌려 들어왔다. 고개를 숙이고서 생각에 잠겨 있던 샤오징이 얼굴을 번쩍 쳐들며 재빨리 아버지에게 시선을 모았다. 그녀는 하마터면 아버지를 알아보지 못할 뻔했다. 어쩌면 저렇게 많이 여위었는지, 또 어쩌면 저렇게 늙어 버렸는지! 머리도 수염도 모두 하얗게 세어 버렸다. 갑자기 눈앞이 흐려진 샤오징은 아버지를 더 이상 쳐다보지 못하고 고개를 숙이고 말았다.

위쯔치는 오늘 딸과 면회를 하게 될 줄은 상상도 하지 못했다. 샤오징이 눈에 띈 그 순간 그는 흐르던 피가 멈추어 버린 듯 아무 말도 할 수 없었다. 그 애는 작은 루메이였다. 그는 딸아이의 얼굴을 찬찬히 보고 싶었지만 딸은 바로 고개를 숙여 버렸다. 위쯔치의 눈썹이 떨리고 양 볼의 근육도 미친 듯이 떨려 왔다. "샤오징!" 그는 있는 힘을 다해 겨우 딸의 이름을 불러 보았다. 샤오징이 고개를 들어 다시 아버지를 쳐다보다 눈이 마주쳤다. 아버지가 그녀에게 미소를 지었다! 너무도 슬픈 웃음이었다! 그 웃는 얼굴 때문에 그녀는 도로 얼굴을 돌려 버렸다. 그리고 다시는 아버지를 쳐다보지 않았다. 그녀는 손으로 오른쪽 턱을 괸 채 정처 없이 창밖만 내다보았다.

샹난과 왕유이가 서로 바라보았다. '이럴 때 자리를 피해 줄 수 있다면 얼마나 좋을까! 여기서 이들을 감시해야 하다니 얼마나 잔인하고 수치스런 배역인가!' 두 사람 모두 속으로 이런 생각을 하고 있었다. 평소 우스꽝스러운 표정을 잘 짓는 유이도 지금은 너무나 고통스러워 보였다. 샹난은 눈빛으로나마 그를 위로하고 싶었지만 실은 자신조차 위로할 수가 없었다. 그녀는 그들 부녀한테서 눈길을 거두며 최대한 아무렇지도 않은 듯 태연을 가장했다. "시간이 많지 않으니 어서들 얘기 나누세요. 샤오징이 곧 헤이룽장성으로 가게 됐어요. 오늘은 가족 면회니까 기록은 하지 않을 겁니다." 이렇게 말을 마친 샹난은 얼굴을 붉히며 걸상을 끌어다가 창 바깥을 향해 앉았다. 왕유이도 걸상을 가져다가 그 옆에 앉았다.

하지만 이런 감시 아래서 누가 감히 속마음을 얘기할 수 있단 말인가? 열여섯 소녀 샤오징은 그럴 수가 없었다. 위쯔치는 더욱 그럴 수 없었다. 그는 자기의 처지를 너무나 잘 알고 있었다. 이런 상황에서 누구를 믿을 수 있단 말인가? 특별 심사조 조장 샹난? 아니면 겨우 몇 번 만나 본 왕유이? 아니, 믿을 수 없다. 오늘 그는 자기 마음을 밀봉할 수밖에 없다. 그렇게도 기다리던 면회였건만 이렇게밖에 할 수 없다니! 그래, 기록할 테면 기록해라! 너희 수첩을 꺼내어 얼마든지 기록해라!

"샤오하이는?"

"학교에 갔어요."

"넌 졸업했니?"

"아직요. 저하고 유원은 66기 동기생들이랑 함께 헤이룽장성의 인민공사로 가서 자리를 잡을까 해요."

아버지와 딸의 대화는 고작 이게 전부였다. 다시 침묵이 몇 분 흘렀다.

샤오징은 고개를 돌려 아버지를 쳐다보고 싶었지만 꾹 참았다. 그녀는 그저 귀를 쫑긋 세워 아버지의 동정을 살피며 마음으로 아버지의 심정을 헤아려 볼 뿐이었다. 그녀는 아버지가 지금 유심히 자기를 살펴보고 있다는 것을 느꼈다.

그랬다. 위쯔치는 딸을 살펴보고 있었다. 딸은 벌써 다 큰 처녀처럼 자라 있었다. 그는 '애야, 어느새 이렇게 컸구나!'라고 말하고 싶었지만 꾹 참았다. 대신 이렇게 말했다.

"아버지는 기쁘구나. 엄마도 살아 있었다면 무척 기뻐했을 텐데. 그래, 가렴. 집 걱정은 말고."

"예." 딸은 작은 소리로 대답하면서 턱을 괴고 있던 손으로 눈가를 슬쩍 훔쳤다.

"참, 그러면 샤오하이는?"

"제 동창 룽룽(榮榮)이 돌봐 줄 수 있도록 지 선생님이 조처해 주셨어요." 딸은 이렇게 대답하며 또 눈가를 훔쳤다.

"뭘 가져가야 하지? 집에 있는 것들 중에 필요한 게 있으면 다 가져가거라. 난 필요 없으니까."

"아니에요. 하나도 필요 없어요."

또다시 말없이 몇 분이 흘렀다. 한쪽에 앉아 있던 샹난과 왕유이가 자기도 모르게 몸을 움직였다. 그때 왕유이가 샹난에게 낮은 목소리로 주의를 주었다. 그는 "샹난!" 하고 부르면서 손으로 그녀의 눈을 가리켰다. 그제야 샹난은 자기가 눈물을 흘리고 있음을 깨닫고 얼른 손수건으로 닦아 냈다.

"그래. 엄마, 아버지와 확실히 선을 긋고 갈라서렴." 위쯔치가 마침내 입을 열었다. 목소리가 잠겨 있었다. 샤오징이 놀라 몸을 부르르 떨었다. 그녀는 홱 고개를 돌려 불꽃이 튀는 듯한 커다란 눈으로 아버지를 쳐다보더니 이내 고개를 돌려 버렸다. 그녀는 겨우 들릴락 말락 한 목소리로 말했다. "집에 있는 물건은 샤오하이더러 가지라고 하세요." 샹난은 뒤를 돌아보았다. 그처럼 강인하던 소녀의 긴 속눈썹에 구슬 같은 눈물이 걸려 반짝이고 있었다. 샹난은 창밖으로 고개를 돌릴 수밖에 없었다.

"그럼 가거라! 베이징에 들를 거지? 톈안먼 광장에 꼭 가 보렴. 아버지가 너희한테 미안하구나. 엄마한테도 미안하고. 엄마를 잊어선 안 된다." 목이 메어 더 이상 말이 나오지 않았다.

"아니요!" 샤오징이 갑자기 큰 소리로 외쳤다. 아니라니, 그녀는 아버지의 어떤 말에 아니라고 대답한 걸까? 샤오징은 더 이상 말하고 싶지 않았던 것이다. 벌떡 일어선 그녀는 걸상을 한쪽으로 밀치며 문을 향해 내달렸다. 아버지 옆을 지날 때 그녀는 다시 한 번 아버지한테 눈길을 주었다. 아버지 얼굴을 자기 눈 속에 새겨 두려는 듯 몇 초 동안 그대로 멈추었다. 그러고는 말없이 뛰쳐나가 버렸다.

왕유이와 샹난은 아이한테 무슨 일이라도 생길까 봐 바로 쫓아나갔다. 조금 뒤 다시 돌아온 샹난은 그때까지도 멍하니 자리에 앉아 있던 위쯔치의 손을 꼭 잡으며 말했다. "위쯔치 동지, 몸조심하세요!"

위쯔치의 눈썹이 움직거렸으나 대답은 없었다. 샹난은 다시 밖으로 나갔다. 그제야 천천히 몸을 일으킨 위쯔치는 발걸음을 옮겨 '334호' 자기 방으로 돌아왔다.

샹난과 왕유이가 샤오징을 따라잡았지만 샤오징은 힐끔 한 번 쳐다보기만 하고 걸음을 멈추지는 않았다. 정류장에 도착하고도 그녀는 계속 앞으로 걸었다. "샤오징! 차에 타야지!" 샹난이 이렇게 부르자 샤오징은 그제야 멈추어 서서 말없이 샹난을 바라보았다. "우리가 데려다 줄게." 샤오징이 갑자기 두 눈을 크게 뜨고 샹난와 왕유이를 쏘아보더니 고개를 저었다. "친구 집으로 갈 거예요. 그냥 돌아가세요." 그러더니 뒤도 돌아보지 않고 가 버렸다. 샹난과 왕유이가 어리둥절한 얼굴로 그녀의 뒷모습을 쳐다보았다. 한참 걸어가던 샤오징이 뒤를 돌아보더니 두 사람이 아직도 그녀를 지켜보고 있는 걸 알고는 더 빨리 걷기 시작했다.

"휴!" 두 사람은 마주 보며 동시에 한숨을 내쉬었다.

루원디에게 보낸 샹난의 첫 번째 편지

원디에게.

한동안 소식이 없더니 편지라고 온 것도 너무 간단해서 네가 어떻게 지내고 있는지 도무지 모르겠다. 루후이(如卉)는 잘 있니? 오랫동안 그 사람 얘기는 통 안 하는구나. 왜 그래? 무슨 문제라도 생긴 거니? 다음에 편지 쓸 땐 꼭 알려 줘야 해.

원디! 나 어제 차오천이랑 조금 다퉜어. 글쎄, 나더러 '우경'이라잖아. 근데 나도 내가 '우경'이란 걸 인정해야 할까 봐. 난 정말 아무래도 내 심사 대상인 위쯔치를 타도할 수가 없다. 그가 불쌍하고 존경스러워. 또 번번이 그를 변호하게 돼.

왜 그럴까? 정말 나도 모르겠어!

난 내가 '우경'이 될 거라곤 생각도 못 했다. 너나 나나 모두 끝없는 반우파 투쟁 속에서 자랐잖니. 정치에 대해 조금 알게 되면서부터 난 '우' 자만 봐도 겁이 났지. '우'는 곧 자산 계급이고 수정주의이고 반당 반사회주의인 거잖아!

1957년, 갓 대학생이 된 나는 반우파 투쟁에 참여했지. 그러던 어느 날 동창이던 허쓰제(何思捷)가 우파로 몰려 제적당하고 노동개조소로 가게 됐어. 떠나기 전에 그가 작별 인사를 하러 날 찾아 왔을 때가 기억나. 내가 그랬지. "능력도 있고 공부도 열심히 하는 애가 왜 그런 과오를 저질렀니? 내가 다 안타깝다." 그랬더니 그 애가 그러더라. "난 아무렇지 않아! 너나 조심해! 넌 영원히 '우파'가 되는 일은 없을 거야! 난 믿어!"

그래, 나도 믿었어. 난 영원히 '우파' 같은 건 될 리도 없을 뿐더러 심지어 '우'로 살짝 기우는 일도 없을 거라고 말이야.

나는 사회에 발을 내디뎠고 문예계에 진입했어. 반우파 투쟁, 수정주의 비판이 고조에 달했을 때지. 난 반당 반사회주의 우파와 투쟁해야 할 뿐만 아니라 과거의 모든 봉건주의, 자본주의, 수정주의 문예와 문화도 비판해야 한다는 걸 알았어. 난 단호하게 비판의 기치를 들었지. 나는 투항할 리도, 우경이 될 리도 없었어.

그러다 고향에 엄청난 기근이 들었고, 그 통에 네 엄마가 돌아가셨지. 누군가 네 엄마가 굶어 죽었다고 하더구나. 난 절대 그 말을 믿지 않았어. 그게 다 삼면홍기(三面紅旗)*를 꺾으려고 적들이 만들어 낸 헛소문이라고 여겼지. 너랑 같이 네 고향 집에 갔을 때 쌀이 한 톨도 없어 우린 함께 홍당무를 먹었고, 네 아버지께서 밥그릇을 들고 눈물을 흘리며 "애야, 미안하구나!" 그러시더구나. 그래, 내가 하하하 웃으며 그랬지. "삼촌, 괜찮아요. 전 홍당무가 좋은걸요." 삼촌이 어쩔 수 없다는 듯이 고개를 젓는 걸 보니까 나도 모르게 마음이 찡하면서 아프더라. 하지만 그 즉시 나의 '소자산 계급 기질'을 비판하면서 얼른 다시 웃었어. 난 삼면홍기를 보위했고, 끝내 우경화되지 않았던 거야. 난 나의 무산 계급 사상이 그처럼 투철하다는 사실에 기뻐했지.

문화 대혁명은 또 나에게 새로운 걸 알게 해 줬어. 문혁이 막 시작됐을 때 홍위병 애송이들이 빈하이시위원회에도 문제가 있다고들 해서 난 펄쩍 뛰었어. 그게 바로 우파 언론 아니겠어? 그래서 나하고 기관의 많은 동료들은 함께 거리로 나가 홍위병들과 논쟁을 벌였어. 내가 "너희들은 지금 당을 부정하고 사회주의를 부정하는 거야!"라고 했더니 어떤 남자 애가 나를 붙잡더라. 낡은 군복이 무릎까지 내려오고 동글동글 통통한 얼굴에는 아직도 애티가 흐르는 아이였어. 그 애가 내 말에 몹시 분개하면서 묻더구나. "당신 출신이 뭐요? 무슨 계급이냐고? 왜 검은 시위원회를 비호하는 건데?" 순식간에 아이들이 나를 에워싸 버렸어. 다행히 왕유이가 얼른 나를 끌고 뚫고 나왔지. 그 뒤로 여러 가지 일을 거치며 난 겨우 깨닫게 됐어. 지금 혁명은 심화되고 있고 상황도 달라졌다는 걸 말이야. '좌'와 '우'의 내용이 뒤바뀐 거지. '반란'을 하고 각급 당 조직을 포격하는 게 바로 오늘의 좌파였던 거야.

꼬마 소장(小將)들처럼 나도 반란에 가담하기 시작했어. 난 17년 문예 노선과 교육 노선을 비판하고, 다른 사람을 비판하고, 나 자신도 철저하게 부정했지. 전염병을 피하기라도 하듯이 머릿속에 남은 찌꺼기들이 떠오르는 것을 철저히 예방했어. 그러곤 이번에야말로 '우경'에 대한 평생 면역을 얻게 됐다고 믿었지.

그런데 지금 난 또 '우경'이 되어 버렸어! 이걸 어떻게 설명해야 할까?

처음 차오췬이 내게 위쯔치의 심사를 맡겼을 땐 정말 흥분되더라. 그게 나에 대한 당의 신임이라고 생각했으니까. 난 위쯔치에 대해 전혀 몰랐어. 그가 우리 상관이긴 했지만 오랫동안 외지에 나가서 기층민들과 함께 지냈으니까. 가끔 빈하이에 오더라도 회의석상에서 얼굴을 몇 번 본 정도였지. 그 사람 시를 읽고 받은 몇몇 인상 말고는 정말 그 사람에 대해선 아무것도 몰랐고, 그래서 아무런 사심 없이 이번 혁명 사업을 진행할 수 있겠다고 생각했어.

나도 처음엔 엄청나게 경계했지. 난 그가 틀림없이 수정주의 분자일 거라고 믿었으니까. 난 그 사람한테 모두 솔직히 자백하라고 엄포를 놓곤 했어. 난 대화를 하기 전이면 매번 미리 꼼꼼하게 전략을 세워 두었지. 이 사람이 어떤 술수를 쓸까, 그러면 난 어떻게 대응할까, 뭐 그런 거 말이야. 그 사람과 얘기를 할 때면 늘 풍차와 싸우는 돈키호테처럼 긴장하곤 했지. 온 신경을 곤두세우고 단 한마디 말도 놓치지 않으려고 애썼어. 심지어 그의 일거수일투족, 그의 눈빛 하나하나까지 되새기고 연구하면서 문제와 모순을 발견하려고 애썼단다. 하지만 시간이 지나면서 내 머릿속의 팽팽하던 '줄'이 늘어지기 시작하더라. 이리 튕기고 저리 튕기고 하다 보니 의문점이 하나 둘씩 다 없어져 버렸거든. 난 점점 더 그가 정열적이고 솔직하고 또 진지한 사람이라는 걸 알게 됐어. 그는 자신의 모든 것을 군중 앞에 내보이는 걸 두려워하지 않았고, 자백도 핍박에 못 이겨 어쩔 수 없이 하는 그런 게 전혀 아니었어. 그는 마치 가족이나 친구들한테 자기 속마음을 털어놓듯이 그렇게 자신의 일생을 진술하더라. 그는 당이 반드시 자기를 이해해 줄 거라고 굳게 믿고 있었어.

물론 그렇다고 내가 사상적 무장을 해제해 버린 건 아냐. 왕유이도 "문제를 발견하지 못했다고 해서 문제가 없다고 단정 지을 순 없지. 좀 더 신중해지는 게 좋겠어"라면서 가끔 환기시켜 줬고. 나도 그 말이 옳다고 생각했어. 그래서 나도 다시 심사를 시작했고, 그 사람한테 이런저런 문제를 들이대며 자백하라고 다그쳤지.

그런데 1967년 '1월 정권 탈취'가 일어난 뒤 마침내 내 생각을 완전히 바꾸어 버린 사건이 벌어졌어. 하루는 그의 보고서를 가지러 '외양간'에 갔는데, 그가 몰래 뭔가를 보면서 열심히 수첩에 베끼고 있는 거야. 살금살금 그 뒤로 가서 보니까 선전 유인물이지 뭐야! 그걸 뺏으려고 손을 막 펼치려는데 그가 먼저 나를 보곤 재빨리 손으로 꾸겨 쥐더라고. 분명 뭔가가 있는 것 같아 내가 무섭게 명령했지. "이리 줘요! 유인물 이리 내놔요!" 그가 머뭇거리며 손을 펴기에 얼른 낚아채서 읽어 봤더니 지난해 겨울 홍위병 사이에서 돌던 유인물이었어. 어느 부대 늙은 동지의 연설문이었는데, 홍위병들이 정책을 무시한다고 비판하면서 자신의 결점과 과오에 주의하라고 권고하는 내용이었어. "단 1퍼센트의 과오라도 주의를 기울이지 않고 그대로 두면 혁명 사업에도 중대한 손실을 초래할 수 있다"는 거였지. 그는 "아가들아, 반란이라면 우리야말로 진정한 구(舊)반란파란다. 왜 너희 어린 반란파들은 우리 구반란파를 타도하려고 하는 거지?"라며 어린 홍위병들을 훈계했어. 난 그때 그 연설문에 동의할 수 없었어. 지금은 1퍼센트를 크게 떠들어 대는 시절도 아닐뿐더러 그건 혁명에 찬물을 끼얹는 방해 공작일 뿐이라고 생각했으니까. 적들이 이 말을 이용할 거라고 말이야. 위쯔치는 왜 이 연설문에 관심을 가질까, 혹시 그가 이 연설문을 이용하려는 것은 아닐까? 그래서 내가 물었지. "이 유인물 누가 준 거죠?"

그가 고개를 가로저으며 말하더구나. "뜰을 쓸다가 우연히 주운 거요."

난 코웃음을 치며 따져 물었어. "계급투쟁에 우연이란 건 없어요! 동무가 이걸 주웠다고 해도 왜 그렇게 관심을 보이는 거죠? 그것도 우연인가?"

그가 잠자코 슬픈 눈으로 나를 물끄러미 쳐다보더니 한참 만에 되묻더군. "샤오샹, 아직 20대지요?"

내가 바로 되받아쳤지. "무슨 뜻이죠? 20대는 당신을 심사할 권리도 없다는 건가요?"

"아니, 그게 아니라, 내 말은, 당신은 우리 당이 투쟁해 온 기나긴 역사를 아마도 잘 모를 거라는 뜻이오."

난 핏대를 올리며 빈정댔지. "물론 당신보다는 못하겠죠. 하지만 당의 조직 성원이고 대시인인 당신의 말만 듣다가는 지금 당내 투쟁이 어떻게 돌아가는지 평생 알 수 없겠죠! 잔말 말고 왜 이 유인물에 관심을 갖는지 그 이유나 어서 말해요!"

그가 어쩔 수 없다는 듯이 말하더군. "좋아요, 당은 우리에게 당원은 언제라도 진실을 말해야 한다고 가르쳤으니까. 나도 내 관점을 숨기고 싶진 않아요. 나는 이분을 존경하고 신뢰하며 그의 견해에 동의합니다."

"무슨 견해? 홍위병 운동을 질책하는 것 말인가요?" 내가 따지고 들었어.

"아니! 샤오샹, 당신은 그분에 대해 잘 모릅니다."

"그래요. 잘 몰라요. 하지만 그가 지금 정세를 따라잡지 못하고 있다는 건 저도 알아요. 혁명이 자기 머리 위에 떨어졌으니 말이죠!" 난 자신만만하게 말했지.

그랬더니 위쯔치가 갑자기 흥분하면서 목소리를 높이더라. "아니, 틀렸소, 샹난 동지! 난 그를 잘 아오. 그가 자기 머리 위에 혁명이 떨어질까 봐 무서워한다고? 천만에! 지난날 혁명을 위해 그가 무엇을 희생했는지 압니까? 자기 목숨보다도 더 소중한 것이었소! 그는 제일 아끼던 작은아들을 전쟁터에서 잃었단 말이오. 그것도 나를 구하느라 말이오!" 여기까지 말한 그는 입고 있던 낡은 양가죽 오버를 매만지면서 회한에 찬 목소리로 말했어. "대장은 그때 아들의 유품인 이 옷을 나에게 주었소. 난 지금도 이 오버를 입고 있지. 난 그가 나에게 가르쳐 준 것을 영원히 잊지 못할 거요. 그는 나에게 글자를 가르쳐 주었고, 혁명이 무엇인지 알게 해 주었고, 나를 전사요 시인으로 키워 주었소!" 그러더니 그가 갑자기 목소리를 높여 물었어.

"샹난 동지! 당신도 당이 길러 낸 거 맞지요? 당신도 살아오면서 한 사람 또 한 사람 당신을 안내하고 이끌어 주던 지도자나 안내자를 만난 적 있지요? 당은 바로 그처럼 훌륭한 공산당원들에 의해 만들어지는 거요! 그런데 그런 사람들을 다 타도해 버리면, 그러면, 우리 당은? 당은 어떻게 되겠소?"

"저요……?" 솔직히 말해서, 원디, 순간 말문이 꽉 막히더라. 사실 그건 꼬마 소장(小將)들과 논쟁할 때 바로 내가 제기한 문제였거든! 난 이미 다 해결된 줄 알았는데, 철저하게 다 해결된 줄로만 알았는데 말이야. 그날 그 사건의 충격으로 난 몇 가지 문제를 다시 처음부터 생각하게 됐어. 난 내심 그가 옳다는 걸 인정하지 않을 수 없었어. 그래서 중앙에서 '3결합'을 제기했을 때 난 그를 '해방'하고 '결합'시켜야 한다고 제안했어. 그 사람이야말로 우리 당에 필요한 훌륭한 간부감이라고 생각했으니까.

하지만 차오췬이 반대하더라, 나는 비판받았고…….

나도 '우경'이란 걸 인정하고 다시는 '우경화' 되지 말아야지, 남몰래 결심하기도 했어. 그런데 최근 그의 아내가 핍박받아 자살하고 딸은 헤이룽장성의 인민공사에 자리 잡겠다고 떠나 버리는 걸 보니까 또 흔들리는 거 있지. 진실은 반드시 존중받아야 해. 어쨌든 난 기사 소설 속에 정신착란자로 그려지는 돈키호테는 아니니까. 내 감각과 사고는 지극히 정상이야. 자기 앞에 있는 게 풍차인지 흉악한 적인지 정도는 구분할 줄 안단 말이야. 알면서도 흉악하게 칼을 휘두르며 덤빈다면 그거야말로 정말 웃기는 일 아니겠니? 정말 모르겠어. 심사를 거쳐서 그 사람이 좋은 사람이란 게 밝혀지면 그게 왜 나쁜 건데? 왜 차오췬과 펑원펑은 달가워하지 않고 되레 나를 의심하는 걸까.

나도 그들 말에 따르고는 싶어. 하지만 위쯔치에 대한 동정심이 이미 마음속 깊이 자리 잡아 버렸는걸. 더 이상 심사자의 얼굴을 하고 그 앞에 설 수가 없게 되어 버렸어. 난 어떻게 해야 하니? 특별 심사조 조장을 사퇴해 버릴까? 하지만 그렇게 되면 난 위대한 혁명 투쟁에서 물러나는 것일까? 그래서 그냥 도피해 버리게 되는 걸까?

정말 심란하다! 어떻게 해야 할지 도무지 모르겠어. 원디, 넌 나보다 이성적이니까 날 좀 도와줘! 답장 기다릴게.

1968년 ×월 ×일
난이가

샹난의 편지를 받지 못한 루원디

샹난의 편지가 징후시의 방자 극단에 도착했을 무렵 루원디는 바이화(百花) 극장에서 비판을 받고 있었다. 그리고 비판 대회가 끝나기 직전 한 떼의 사람들에게 납치되어 어딘지 모를 곳으로 끌려가 버렸다.

사실 문화 대혁명이 시작된 지 얼마 되지 않았을 때부터 루원디는 '검은 노선의 골수분자'가 되어 '외양간'에 갇혀 지냈다. 하지만 그녀는 이 사실을 샹난과 딴차오천에게 말하지 않았다. 자기 때문에 '반란파'인 두 친구가 어려움을 겪지나 않을까 걱정스럽기도 했고, 무엇보다 친구들을 걱정시키고 싶지 않았던 것이다.

왜 자기가 '검은 노선의 대표'가 되었는지 루원디는 지금도 알 수가 없었다. 자기가 무엇으로 보아 '대표'일 수 있는가. 기근 때 부모한테 버림받았던 여자 아이 하나가 당의 보호 아래 창극을 배워 관객들에게 사랑을 좀 받았을 뿐이다. '검은 노선'은 더 말할 것도 없다. 확실히 소학교에서 중학교, 그리고 희곡학교까지 그녀에 대한 학교의 평가란에는 "정치의식이 부족함"이라는 말이 따라다니긴 했다. 하지만 그녀는 온 정성을 다해 연기를 잘 함으로써 자기를 길러 준 인민들의 은혜에 보답하고자 했다. 단지 본디 감정 표현을 잘 못 하는 성격 때문에 '결심'을 입에 달고 다니지 않았을 뿐이다. 그런데 사람들은 그녀에게 '검은 노선의 대표'라는 모자를 씌우고 그녀를 '잡귀' 취급했다. 더구나 그녀에게 모자를 씌우고 '외양간'으로 내몬 장본인이 다름 아닌 남편 야오루후이었다. 그 때문에 그녀는 더 이해할 수가 없었다. 그녀는 남편한테 이렇게 물은 적이 있다. "왜 나한테 이런 모자를 씌우는 거죠?" 그러자 남편은 웃으면서 이렇게 대답했다. "그 모자는 무겁지도 않은데, 뭐. 좀 쓰고 있기로서니 문제될 것 없잖아? 어차피 당신은 당원도 아니고 집권파도 아니니까 적어도 주자파(走資派)로 몰릴 일은 없을 거 아냐?" 루원디는 여전히 이해할 수 없었지만 더 이상 묻지 않았다.

루원디에게 1년이 넘는 '외양간' 생활은 간단하면서도 복잡했다. 비판받는 것은 사실 간단했다. 하지만 지금까지 비판받으면서도 그녀는 여전히 '노선 시비'를 정확하게 구분하지 못했다. 그녀가 전혀 이해할 수 없고 또 그녀를 불안하게 만드는 문제는 바로 자기가 아주 잘 이해하고 사랑한다고 생각했던 남편이 너무나 낯설게, 또는 이해할 수 없게 변해 버렸다는 점이었다. '외양간' 생활이 복잡하다 함은 바로 이를 두고 한 말이다.

　루원디가 느끼기에 가장 많이 변했고 그래서 가장 염려되는 것은 바로 남편 야오루후이였다. 1년 동안 그는 얼마나 많이 변했던가! 가만 생각해 보면 마치 순식간에 모습을 바꾸는 변신술을 부리고 있는 것 같았다.

　예를 들어 야오루후이는 하루아침에 '보황파(保皇派)' 두목에서 '반란파' 두목으로 변신했다. 원래 야오루후이는 극단 문화혁명 지도소조의 성원으로서 루원디의 강력한 '보황파'였다. 그러던 중에 루원디의 제자 웨이칭칭(韋青青)이 '반란'을 일으키고 루원디를 비판하는 벽보를 붙였다. 루원디는 자기를 변호할 기회를 달라고 상부에 요청해야 하는 게 아닌지 남편에게 의견을 물었다. 하지만 야오루후이는 단호하게 반대했다. "참아. 이건 당신 혼자만의 문제가 아니란 말이야. 이건 문화 대혁명을 어떻게 이해하느냐의 문제라고! 당신 1957년 반우파 투쟁 기억 안 나……?" "반우파 투쟁이 이번 일과 무슨 상관이에요? 이번 일은 군중이 우리한테 불만을 제기한 거잖아요?" 야오루후이가 그녀를 비웃었다. "그러니 남들이 당신한테 정치의식이 부족하다고 하지. 당신은 정치를 몰라도 너무 몰라! 1957년 반우파 투쟁 때도 처음에는 이견을 제출하라고 하지 않았어? 근데 제출한 다음에 어떻게 됐어? 모조리 우파 딱지를 붙였잖아!" 루원디가 생각해 보니 그 말도 그럴듯했다. 그러자 이번에는 이견을 제기한 제자가 걱정되었다. "칭칭한테 일러 줘야 하지 않을까요?" 그 말에 야오루후이는 더욱 거세게 반대했다. "낚시란 물고기가 낚싯바늘을 물게 만드는 거야! 일러 줘? 웃기고 있네! 튀고 싶으면 멋대로 튀라고 놔둬! 내 진작부터 걔가 과오를 저지를 줄 알았지. 그 개인주의 하고는! 주연 자리 욕심내는 것 좀 봐! 그 애가 왜 당신을 타도하려 하겠어? 그게 다 주연이 욕심나서 그러는 거야!" 루원디가 이상하다는 듯이 물었다. "평소 당신도 칭칭을 좋게 생각하는 편 아니었어요?" 야오루후이는 잠깐 얼굴을 붉히더니 얼른 설명을 덧붙였다. "그건 당과 군중 관계를 잘 처리하려고 그랬던 거지! 나는 당원이 잖아……"

웨이칭칭이 어떤 식으로 공격을 해 와도 야오루후이는 너무나 의연했다. 그는 늘 웨이칭칭한테 날카롭고 당당하게 말했다. "나는 공산당원이고 당의 말만 들을 뿐이오! 당신들에겐 나를 질책할 권리가 없어!" 화가 난 웨이칭칭이 주먹 쥔 손을 들어 흔들며 외쳤다. "보황파 야오루후이를 타도하자!" 하지만 그는 콧방귀를 뀌었다. "누가 누구를 타도하는지는 두고 보면 알겠지!"

1966년 10월 『홍기(紅旗)』에 「마오쩌둥 사상의 큰 길을 따라 전진하자」라는 제목의 사설이 발표된 뒤 문혁 지도소조가 해체되었다. 그날 밤 집으로 돌아온 야오루후이는 탄식하면서 마치 큰 손해라도 본 듯이 불만을 늘어놓았다. "신경 쓸 것 없잖아요! 간부일 안 하면 더 좋지, 뭐. 반란파들이나 가서 하라고 해요." 그가 울상을 지었다. "간부만 안 하면 좋게? 비판받을지도 모르니까 그렇지!" 루원디가 웃으며 말을 받았다. "비판하려면 하라지요. 하다가 지치면 관두겠죠, 뭐." 야오루후이가 짜증스럽게 쏘아붙였다. "얼마나 비판하면 지칠지 당신이 알아? 지금 풍향이나 기후를 어찌 그리 몰라? 반란파들이 아마 제 세상 만났다고 활개 치고 다닐 걸!" 그래도 루윈디는 아랑곳하지 않았다. "활개 치고 다니라 그래요! 우린 우리 일만 열심히 하면 돼요!" 아내의 이런 태도에 야오루후이는 화가 머리끝까지 치밀었다. "일? 무슨 일을 할 수 있을 것 같은데? 웨이칭칭이 두목이 되어 봐. 그래도 당신이 목규영(穆桂英)* 역을 할 수 있을 것 같아? 아마 졸병 배역도 안 줄걸? 당신 같은 사람은 틀림없이 밀려나고 말 거라고!" 루윈디는 그럴 리 없을 거라고 생각했지만 남편과 더 이상 논쟁하기 싫어서 그냥 아무렇게나 중얼거렸다. "밀어내면 그냥 밀려나지, 뭐!"

"안 돼! 절대로 밀어내게 그냥 놔둘 수 없어! 나는 당원이야! 난 능력도 있단 말이야! 난 절대 밀려나지 않을 거야! 당신도 절대 밀려날 수 없어!" 야오루후이가 갑자기 신경질적으로 소리쳤다.

"그럼 어쩔 생각인데요?"

"우리도 '반란' 해야지! '반란'!" 야오루후이가 아내의 손을 끌어당기며 열렬하게 말했다.

"싫어요, 난 반란 같은 거 못 해요." 루윈디는 난감해했다.

"어려울 거 뭐 있어? 당 지부 공격하고 극단장을 공격하면 돼! 그리고, 꺼져, 꺼져, 꺼져, 꺼져 버려, 새끼들아, 이러면 된다고. 내가 웨이칭칭보다 더 혁명적이 될 테니 두고 봐!"

루윈디는 남편이 홧김에 하는 말이려니 생각하고 자상하게 타일렀다. "됐어요. 화내지 말고 일찌감치 쉬어요. 내일 또 그들이 당신더러 자산 계급 반동 노선이라고 비판할 거 아녜요."

야오루후이가 갑자기 얼굴을 굳히더니 이를 꽉 물었다. "내일, 내가 나를 해방시킬 거야! 날 비판하게 놔둘 줄 알고?"

"무슨 수로요?"

야오루후이가 비밀스럽게 웃었다. "두고 봐!"

이튿날 비판 대회에서 루원디는 남편이 어떤 일을 벌일지 몰라 걱정스러웠다. 하지만 뜻밖에 루후이의 태도는 아주 성실했다. 대회가 시작되기도 전부터 그는 허리를 구부리고 고개를 숙인 채 피고석에 서 있었다. 웨이칭칭이 말끝마다 '보황파'를 들먹이며 욕을 해도 그는 고개를 끄덕이며 모두 인정했다. 고발 발언 시간이 끝나고 본인에게 문제를 자백하라고 하자 그는 가슴을 치고 발까지 구르면서 흐느꼈다. 한참을 울고 나서야 그는 이렇게 한마디 했다. "제가 잘못했습니다. 당에 미안하고 군중에게 미안합니다. 전 비판받아 마땅합니다!" 그의 이런 태도에 대회장에 있던 사람들은 모두 어리둥절해지고 말았다. 저 사람이 '무쇠 보황파'였던 야오루후이 맞나? 잘생긴 얼굴에 온통 눈물범벅이 된 그를 쳐다보던 웨이칭칭마저 자기도 모르게 평소 그가 자기한테 잘해 줬던 일이 떠올라 마음도 목소리도 한결 누그러뜨릴 수밖에 없었다. "당신이 속죄하고 공을 세우기만 한다면 우리도 당신을 환영할 겁니다!" 야오루후이는 마치 대사면이라도 받은 듯이 감동한 얼굴로 웨이칭칭의 얼굴을 쳐다보았다. 그가 어찌나 쳐다보던지 웨이칭칭의 얼굴에 열이 확 달아오를 지경이었다. 야오루후이가 자기 죄상을 진술하기 시작했다. 그는 문혁 지도소조가 어떻게 혁명 군중* 운동을 억압했는지 하나부터 열까지 낱낱이 진술했다. 그는 또 문혁 지도소조가 어떻게 암암리에 혁명 군중을 두 부류로 분류했는지를 말하고, 그중 '우파'로 '내정'된 군중의 명단까지 하나하나 보고했다. 장내는 순식간에 들끓기 시작했다. 분노한 군중이 앞다투어 당 지부 서기 앞으로 몰려갔다. 그 와중에 야오루후이의 존재는 잊혀지고 말았다! 소란을 지켜보던 그는 마치 자기가 연출한 성공작을 바라보는 감독처럼 흐뭇해했다. 내가 이 연극을 절정에 이르게 해 주지! 그는 별안간 군중을 뚫고 단상 위로 올라가

웨이칭칭 앞에 있던 마이크를 낚아채 큰 소리로 외쳤다. "동지들! 저도 반란하겠습니다! 반란파에 참여할 수 있도록 허락해 주십시오! 허락만 해 주신다면 웨이칭칭 동지가 지도하는 반란파의 일개 전사가 되겠습니다! 여기서 한 가지 더 저의 과오를 밝힐까 합니다. 저는 그동안 저의 아내, 검은 노선의 대표 루원디를 비호했습니다. 오늘 전 그녀를 고발하려 합니다. 여러분과 함께 그녀의 죄상을 비판하겠습니다……!"

이날부터 야오루후이는 '반란파'가 되었다. 그의 변신은 마치 한 편의 신화 같았다. 루원디는 그의 변화를 좀처럼 받아들이기 어려웠다. 저녁에 귀가한 그녀는 속으로 분을 삭이며 남편을 거들 떠보지도 않았다. 야오루후이가 먼저 그녀에게 변명을 늘어놓았다. "이건 당의 호소이고 대세의 흐름이야! 내가 당신을 공격한 건 바로 당신을 보호하기 위해서였단 말이야. 그게 나의 고육지책이었다는 걸 당신이 이해해야지!" 루원디가 무슨 말을 하겠는가? 지금까지 그녀는 정치적 사안에 대해서 늘 그의 말을 따랐다. 그는 이론에 밝고 또 당원이니까…….

하루아침에 반란파의 중심인물이 된 야오루후이는 웨이칭칭의 참모가 되었다. 웨이칭칭은 어디를 가든 항상 이 참모를 데리고 다녔다. 그리하여 새로운 문제가 대두되었다. 반란파 내부에서 구(舊)보황파 두목인 야오루후이한테 지도권을 찬탈당해 버렸다고 생각하는 사람들이 생겨났고, 그로써 반란파가 두 파로 나뉘어 대립하게 되었던 것이다. 덕분에 야오루후이는 일약 한쪽 파의 두목이자 웨이칭칭의 '부사령관'이 되었다.

야오루후이가 웨이칭칭의 '친밀한 전우'가 된 뒤로 두 사람은 그림자처럼 붙어 다녔으며, 심지어 밤에도 집에 가지 않고 함께 있었다. 자연히 말이 돌고, 이 두 남녀 사령관이 '전쟁터의 원앙

새'가 되었다는 소문이 파다했다. 소문은 루원디의 귀에까지 들어왔다. 하지만 그녀는 남편이 자기한테 충실하지 않을 리 없다고 철석같이 믿었다. 웨이칭칭도 일상생활에서만큼은 궤도를 벗어나는 행동을 할 리 없다고 믿었다. 다만 그들이 조심할 필요는 있을 것 같았다. 그녀는 남몰래 야오루후이를 설득해 보았다. "당신은 그렇다 쳐도 칭칭 생각도 해 줘야죠! 그 앤 아직 결혼도 안 한 처녀잖아요." 그러자 야오루후이는 다정하게 아내의 손을 쓰다듬었다. "남들은 나를 몰라서 그런다 치고 당신도 그렇게 날 몰라? 칭칭이 당신 제자면 내 제자이기도 해. 사제지간은 부자지간 같은 거야. 그런데도 내가 그런 짓을 할 것 같아? 더구나 나한텐 이렇게 예쁘고 착한 아내가 있잖⋯⋯." 루원디는 또 할 말이 없었다. 모든 걸 그가 알아서 하도록 놔두는 수밖에.

그렇게 1년이 지났다. 그동안 겪은 고통과 괴로움을 친구들한테 어찌 다 설명할 수 있겠는가? 그저 모든 것을 마음속 깊은 곳에 묻어 둘 뿐이었다. 상난에게 편지를 쓸 때 그녀가 야오루후이 이야기를 거의 하지 않았던 것도 그가 지금 잘 지내는 건지 잘 못 지내는 건지 판단이 서지 않아서였다. 그녀는 그저 하루빨리 이 불안정한 날이 끝나고 '외양간'에서 '해방'되어 관객들 앞에서 멋진 연기를 펼칠 수 있게 되기만 바랐다.

하지만 웬걸, 1968년 이후 그녀에 대한 '반란파'의 투쟁은 날이 갈수록 더 과격해졌다. 날마다 한 번씩 비판 대회가 열리는 것은 물론이고 어떤 날은 두 번씩 열릴 때도 있었다. 벽보를 읽고서야 그녀는 반란파 내의 두 파벌이 자기에 대한 입장을 둘러싸고 알력 다툼을 벌이고 있다는 걸 알게 되었다. 양쪽 모두 상대편이 루원디를 비호한다고 비난했기 때문에 서로 그녀를 더 단호하게 타도하려 했고, 결국 더 죽어나게 된 것은 그녀였다. 하지만 벽보에 쓰여 있지 않아서 루윈디가 까맣게 몰랐던 사실이 하나 있었다. 두 파는 사실 징후시 문화국 혁명위원회 상임위원 자리를 놓고 다투고 있었던 것이다. 야오루후이는 상대방 후보보다 출신도 좋고, 능력도 있고, 반란한 지도 오래되어 여러모로 조건이 좋았다. 하지만 상대방 쪽에서 제시하는 결정적인 반대 이유가 있었으니, 바로 야오루후이가 루윈디의 남편이라는 것과 부부가 정말로 확실히 노선을 달리하는지 누가 알겠냐는 것이었다. 그래서 야오루후이는 자기가 진짜 '반란' 했다는 것을 입증해 보이려고 루윈디를 비판하는 데 누구보다 더 앞장섰던 것이다.

자연 문화국 혁명위원회 성립일이 다가올수록 루윈디에 대한 비판 횟수도 잦아졌고 규모도 점점 더 커졌다. 샹난의 편지가 도착하던 날은 이미 전체 시 차원의 비판 대회로 커졌을 뿐만 아니라 그것도 두 차례나 열렸다. 오전에는 야오루후이의 상대편 쪽에서, 오후에는 야오루후이와 웨이칭칭 쪽에서 다시 그녀를 비판했다.

상대편이 전체 시 차원에서 루윈디 비판 대회를 연다는 말을 듣고 웨이칭칭은 곧바로 야오루후이를 자기 앞으로 불렀다. "당신, 루윈디와 갈라서기가 그렇게 어려워요? 확실히 갈라설 수 없냐고요?" 애원하는 듯한 그녀의 목소리에 야오루후이는 완전히 마음이 흔들리고 말았다. 그와 이 '친밀한 전우' 와의 '혁명적 감정' 은 이미 상당히 깊어져 있었던 것이다. 웨이칭칭이 자기 아내인 양 착각하는 일도 종종 있었다. 물론 그런 착각은 때로 좋지 않은 결과를 낳기도 했다……. 그런데 애원하는 듯한 웨이칭칭의 목소리를 듣는 순간 그는 그 자리에서 하늘을 두고 맹세했다. "내 결의가 그렇게 약해 보여? 그깟 검은 노선의 대표에게 미련을 두게! 내 마음을 아직도 모르는 거야?"

"그럼 행동으로 보여 봐요! 내일 오후에 우리도 시 차원의 비판 대회를 열어요. 당신이 사회를 보고, 군중들 앞에서 고발도 하란 말예요!" 웨이칭칭은 명령 반, 어리광 반으로 말했다.

"그건 좀……, 너무 촉박하지 않나?" 야오루후이가 약간 망설였다.

"마음대로 해요! 루원디를 원하면 대신 상임위 자리를 포기해야죠, 뭐!" 웨이칭칭이 신경질적으로 말했다.

"좋아! 혁명을 위해서, 그리고 당신을 위해서 내 동의하지. 당신은 가서 포스터를 만들어 붙이도록 해. 난 집에 가서 루원디를 닦달해 내일 회의장에서 고발할 만한 증거를 입수해 볼 테니." 야오루후이가 드디어 결단을 내리자 웨이칭칭은 한없이 다정하게 웃었다.

그날 저녁 집에 돌아간 야오루후이는 루원디를 닦달하기보다 먼저 상황을 잘 설명하고 회의장에서 자기가 일러 준 대로만 하라고 설득할 작정이었다. 루원디는 본디 맘이 약해서 부탁만 잘 하면 무엇이든 다 들어준다는 것을 알고 있었던 까닭이다. 그래서 만면에 웃음을 띠고 집에 들어선 그는 비판 대회에 관한 말은 꺼내지도 않았다. 루원디는 야오루후이의 스웨터를 뜨고 있다가 그가 돌아오자 털실을 내려놓고 목욕물을 데우러 갔다. 그녀는 물부터 데운 뒤에 안방에 들어가 수건을 준비해 두고 다시 건넌방으로 가서 스웨터를 마저 뜨기 시작했다.

뜨거운 물 속에 몸을 담그고서 오늘 웨이칭칭한테 한 약속을 생각하던 야오루후이는 조금 후회가 되었다. 원디는 얼마나 아름다운 아내인가! 그녀와 함께 길을 걸으면 누구나 부러운 눈으로 그를 쳐다보지 않던가! 그녀의 아름다움은 이루 다 표현할 수가 없을 정도였다. 얼굴이든 몸매든 어느 한 군데 예쁘지 않은 곳이 없었고, 모두 완벽하게 조화를 이루었다. 또 온순하기는 얼마나 온순한가! 웨이칭칭 같으면 오늘 저녁 원디처럼 목욕물을 준비하는 일 따위는 죽어도 하지 않을 것이다. 칭칭은 여왕처럼 자기를 부려먹으려 할 텐데 어찌 그 여자가 하라는 대로 하며 산단 말인가? 물론 자기가 웨이칭칭한테 다정하게 굴었던 것은 사실이지만 그것은 그저 연극일 뿐이었다. 그건 장생(張生)이 홍낭(紅娘)에게* 그랬던 것처럼 "당신처럼 다정한 아가씨와 한 이불을 덮었으니 어찌 그대더러 이불을 개라 하겠는가" 같은 것이었다. 지금 그가 웨이칭칭에게 매여 있는 것은 그녀의 미모에 끌렸기 때문이기도 하지만 더 주된 이유는 정치적 이해관계가 일치했기 때문이다. 감정적으로 애매한 관계도 정치적 목적을 이루기 위함이었다. 그것뿐이었다! 그런 것도 모르고 웨이칭칭은 자기의 아내가 될 날만 손꼽아 기다리고 있다! 안 돼, 안 돼! 신중히 생각해서 결정해야 해. 루원디를 쉽게 포기해 버릴 순 없다! 그 둘 중에 앞으로 누가 더 잘나갈지 어떻게 안단 말인가!

루원디는 요즘 날마다 극단에서 비판받고 집에 돌아와서는 혼자 우두커니 앉아 있었다. 집안의 온기도, 가족의 위로도 기대할 수 없었다. 그녀는 그저 집 안에 있는 털옷이란 털옷은 모두 꺼내어 풀어서 다시 짜기를 반복했다. 오늘은 이 무늬를 넣어 보고 내일은 또 다른 방법으로 짜 보기도 하면서 『뜨개질 교본』이란 책이 너덜거릴 정도로 반복했다. 그런데 오늘 밤 나란히 누워 남편의 열정적인 말을 듣고 나니 마치 기나긴 엄동설한이 지나고 얼음장이 녹아 내리는 따뜻한 봄이 온 것만 같았다. 그녀는 남편의 귓가에 대고 부드럽게 말했다. "루후이, 당신만 집에 자주 들어오면 난 그걸로 만족해요. 비판도 투쟁도 하나도 두렵지 않아요. 내가 무서운 건……." "무서운 게 뭔데?" 고개를 돌려 아내의 얼굴을 쳐다보며 야오루후이가 물었다. "외로운 거요! 요즘 난 내내 혼자잖아요……." 야오루후이는 코끝이 찡해졌다. 그는 코를 비비며 눈물까지 흘렸다. 그리고 아내의 목에서 팔을 뺀 뒤 바로 누우며 한숨을 내쉬었다.

"웬 한숨이에요? 무슨 일이라도 있었어요?"

"내일 또 당신 비판 대회를 연대. 통지 못 받았어?"

"통지 안 해도 알아요. 포스터가 여기저기 다 붙었던데, 뭘. 난 벌써 익숙해졌으니까 걱정하지 말아요. 큰 대회든 작은 대회든 비판당하기는 마찬가지인데, 뭐가 무섭겠어요?"

"오후에 또 한 차례 있어!"

"그래요?" 루원디는 이제 놀라지도 않았다.

"그건 우리 쪽에서 여는 거야. 사람들이 나더러 당신과 확실히 갈라서라면서 발언을 하라더군!"

원디는 아무 말도 하지 않았다. 그동안 회의석상에서 야오루후이가 그녀를 비판한 게 어디 한두 번인가! 하지만 그건 모두 기관 내부의 비판 대회였다. 그녀는 그도 어쩔 수 없이 그러는 거라고 이해했다. 하지만 내일은 전체 시 차원의 대회. 그가 여러 계급의 사람들 앞에서 자기에게 손가락을 들이대며 비판하고 온 시내 사람들이 그 일을 다 알게 되는 건 그녀로서도 견디기 힘든 일이었다. 그녀는 남편도 안쓰러웠다. 저렇게까지 강요당하니 얼마나 힘들고 짜증스러울까! 하지만 어쩌겠는가! 당원인 그가 어찌 그녀 같은 '검은 노선의 대표'와 투쟁하지 않을 수 있단 말인가? 문화 대혁명은 당의 부름이다! 비판해야지, 남편보고 비판하라고 해야지! 그녀는 남편에게 몸을 기대며 자상하게 위로해 주었다. "루후이, 괴로워하지 말아요. 나 견딜 수 있어요."

"원디, 정말 미안해." 야오루후이는 아내를 껴안으며 내친김에 말했다.

"내가 뭐라고 고발하든 당신은 그냥 인정해 버려, 반박하지 말고, 응?"

"뭘 고발할 건데요?"

"그건 몰라도 돼. 내가 다 알아서 할 테니 당신은 그냥 인정하기만 하면 돼."

"설마 있지도 않은 일을 말하려는 건 아니죠? 없는 일을 어떻게 인정해요?"

"있건 없건 무슨 상관이야? 전부 다 인정하고 나중에 다시 뒤집으면 되잖아!" 야오루후이가 대수롭지 않게 말했다.

그러나 루윈디는 고개를 설레설레 흔들었다. "싫어요, 난 그렇게는 못 해요. 난 거짓말은 못 한단 말예요."

"그럼 당신이 더 힘들어질 텐데?"

야오루후이가 짜증스럽게 말하자 루윈디도 이해할 수 없다는 듯 물었다. "당신, 왜 없는 일까지 고발하려는 거예요?"

"당신은 정말 정치를 너무 몰라! 당신의 심각한 죄상을 몇 개 고발하지 않으면 사람들이 날 믿어 줄 것 같아?" 야오루후이는 아내가 정치적으로 자기를 너무 이해해 주지 않는다고 생각했다. 웨이칭칭하고는 천지 차이였다. 그래도 그는 어떻게든 설득해 보려고 아내의 손을 꼭 잡았다. "우리 이쁜 윈디! 다 당신을 위해서 그러는 거야. 내가 문화국 혁명위원회에만 들어가면 당신은 곧 '해방'될 수 있단 말이야!"

"뭐라고요?" 놀란 루윈디가 남편의 손에서 자기 손을 빼며 고집을 부렸다. "안 돼요, 루후이. 그런 거라면 난 더더욱 거짓말 못 하겠어요. 제발 자리다툼 같은 건 하지 말아요."

"자리다툼? 혁명을 위해 권력을 잡는 게 뭐가 나빠? 정치라는 건 말이야……" 아내의 놀란 얼굴을 보고 그는 하려던 말을 도로 삼켜 버렸다. 그는 막 "큰 인물들은 권력 다툼을 하고 작은 인물들은 노선 다툼을 하는 게 바로 정치야"라고 말하려던 참이었다. 자기 같은 사람은 권력 다툼도 하고 노선 다툼도 해야 했다. 권력이 있어야 노선도 있는 거니까. 하지만 이런 얘기를 죄다 했다간 루원디가 더욱 놀랄까 봐 그냥 부드럽게 타일렀다. "원디! 우리의 사랑을 위해서라도 그렇게 하겠다고 약속해……."

하지만 뜻밖에 루원디는 계속 고집을 부렸다. "싫어요, 난 못 해요!"

야오루후이는 화가 나서 그녀를 밀쳐 버렸다. "그럼 영원히 '외양간'에서 살아! 나도 어쩔 수 없어. 당신이 나를 위해 생각하지 않는다면 나도 그럴 필요 없잖아." 원망으로 가득 찬 남편의 목소리를 듣고 루원디는 자기도 모르게 남편의 눈을 자세히 들여다보았다. 아, 그 차갑고 무서운 눈빛이라니! 가슴이 섬뜩하면서 예전의 걱정이 다시 고개를 쳐들기 시작했다. 루원디는 묵묵히 일어나 옷을 입고 침대에서 내려왔다. 지금 눈앞에 있는 이 사람은 이미 자기가 알던 그 야오루후이가 아니었다.

그녀가 그를 만난 것은 10년 전이었다. 루원디는 막 방자 극단의 주연 배우로 배정되어 왔고, 야오루후이는 거기서 작곡을 맡고 있었다. 그때 그는 자기가 살아온 지난날을 그녀에게 들려주었다. 유랑 가수의 자식이었던 그는 어려서부터 아버지를 따라 각지를 떠돌며 노래로 먹고살면서 현악기와 편곡을 배웠다고 했다. 아버지가 노쇠하여 노래를 할 수 없게 되자 혼자 떠돌아다니면서 오늘은 여기서 극단을 좀 돕고 내일은 또 저기서 딴따라들을 도와 반주를 해 주면서 부모를 봉양했다고 했다. 다행히 해방이 되어 국영 극단에 들어갔는데, 처음에는 악대의 평단원으로 있다가 나중에 작곡을 맡게 되었다는 것이다. "오늘이 있기까지 얼마나 힘들었는지! 이제부턴 예술 방면에서 많은 공을 세워 당의 은혜에 보답하고 싶어!" 야오루후이의 처지를 동정하던 그녀는 그의 끈질긴 구애에 결국 넘어가고 말았다. 그녀는 그와 결혼했고, 처음 몇 년간은 화목하게 살았다. 그녀는 이름난 배우였지만 그에게만큼은 중국의 전통 예법에 따라 아내의 도리를 다했으며 그를 극진히 떠받들었다. 그도 늘 보배 다루듯 그녀를 대했다. 단지 평소 그가 그녀를 나무라는 게 있다면 그녀가 사회나 인간을 너무 모른다는 점이었다. 하지만 그럴 때도 그는 너그러웠다. "괜찮아. 당신은 연기만 잘 하면 돼. 사람들 일은 내가 알아서 할 테니까." 이렇게 해서 그녀는 그에게 얽매이게 되었고 의지하게 되었다. 그런데 오늘 그녀는 그가 자기를 물건 대하듯 한다는 생각이 들었다. 그의 눈에는 그녀의 값어치도 시장의 상황에 따라 오르내린다는 사실을 알아차렸던 것이다. 그녀는 뼛속까지 한기가 느껴졌다.

"무슨 생각해, 윈디? 우리 화끈하게 한번 하자." 침대에서 내려와 그녀 뒤에 선 야오루후이가 어깨를 어루만졌다. 루원디는 몸서리를 치며 손을 뿌리쳤다. "싫어요, 루후이. 몸이 안 좋아요."

야오루후이는 씩씩거리며 한마디도 없이 나가 버렸다.

'바이화 극장'은 징후 호숫가에 위치해 있었다. 바이화 극장은 루원디네가 늘 공연을 하던 곳으로, 징후시에서 가장 큰 극장이기도 했다. 그날 루원디는 바로 이곳으로 끌려와 투쟁 대회가 열리기를 기다리고 있었다. 오전 대회가 끝난 뒤 사람들은 모두 점심을 먹으러 집으로 돌아갔지만 그녀는 꼼짝없이 갇혀 오후 투쟁 대회를 기다려야 했다.

오후 대회가 시작되자 루원디는 네 명의 청년에게 끌려 발언대로 올라갔다. 귀빈석에 앉아 이번 비판 투쟁을 지휘하는 사람은 야오루후이와 웨이칭칭이었다. 루원디는 발언대로 나가자마자 귀빈석 쪽으로 고개를 돌렸다가 야오루후이와 눈이 마주쳤다. 그러자 야오루후이가 벼락같이 소리를 질렀다. "고개 숙여! 아무 데나 쳐다보지 말란 말이야!" 무슨 말인지 미처 알아듣기도 전에 누군가가 그녀의 머리를 바닥에 닿을 만큼 내리눌렀다.

루원디는 야오루후이가 개회식을 선포하고, 웨이칭칭이 구호를 선창하는 걸 들었다. 그런 다음 고발 비판이 시작되었다. 첫 번째 발언자는 바로 야오루후이였다.

"쉬이! 쉿! 야오루후이가 루원디를 비판한대!"

"진짤까, 가짤까? 어떻게 생각해?"

"겉으로는 비판하고 속으로는 비호하는 거겠지!"

야오루후이의 발언이 시작되기도 전에 무대 아래서는 온통 고함 소리가 넘쳐 나며 한바탕 소동이 일어났다. 반대파들의 소행이 분명했다. 화가 난 웨이칭칭이 마이크를 붙잡고 버럭 소리를 질렀다. "누가 혁명적 비판 대회를 파괴하려 합니까? 진짜 혁명인지 가짜 혁명인지는 말과 행동을 보면 압니다. 자, 야오루후이, 발언하세요!"

"모두 아시다시피 저와 루원디는 부부 사이입니다. 하지만 우리 두 사람이 애초부터 다른 노선을 걸었다는 사실을 아는 사람은 없을 겁니다. 그녀는 유명 배우이고 전 무명의 작곡가였습니다. 저는 극단에서는 그녀를 위해 일했고 집에 가서도 그녀의 노예 노릇을 했습니다!" 극도로 분노에 찬 야오루후이의 목소리를 들으며 루원디의 고개가 저절로 들썩거렸으나 이내 바닥에 닿을 듯 처박히고 말았다.

"사실을 말해라! 연극은 때려치워라!" 무대 아래서 누군가가 소리쳤다.

"물론 사실입니다! 의심할 여지가 없는 사실입니다!" 야오루후이가 별안간 목소리를 높이며 웅변조로 말했다. "오늘 다른 건 관두고 딱 한 가지만 고발하겠습니다. 루윈디는 우리 마음속의 붉은 태양, 가장 경애하는 우리의 위대한 수령 마오 주석을 반대했습니다!"

"마오 주석 만세! 마오 주석을 반대하는 자를 타도하자!" 웨이칭칭이 때맞추어 구호를 선창하며 분위기를 이끌었다.

야오루후이가 발언을 이어 나갔다.

"1963년 12월, 마오 주석께서 문학 예술에 관한 지침을 내리고 말씀하시기를, '오늘까지도 연극 무대는 죽은 사람들이 지배하고 있다'고 하셨습니다. 그날 루윈디는 집에 돌아와 불만을 터뜨리면서 '그 말은 틀렸어! 우리는 현대극도 공연한단 말이야! 그리고 죽은 사람 얘기는 왜 공연하면 안 되는데? 이번에 농촌에 가서도 난 전통극을 할 거야!'라고 말했습니다!"

"마오 주석께 반대한 루윈디는 죽어 마땅한 죄를 지었다! 루윈디는 고개를 숙이고 죄를 인정하라!" 또다시 구호 소리가 극장 안에 울려 퍼졌다.

"루윈디, 사실대로 말해! 왜 우리의 위대한 수령 마오 주석께 반대한 건가?"

루윈디는 자기 바로 앞에 서서 말하는 야오루후이의 목소리를 들었다. 그녀는 그를 쳐다보고 싶었다. 하지만 머리채를 잡힌 채 고개를 들려는 순간 불빛이 번쩍하는 바람에 눈을 뜰 수가 없었다. 누가 사진을 찍었던 것이다. 간신히 눈을 뜨자 다름 아닌 야오루후이가 자기 머리채를 움켜쥐고 앞에 서 있는 것이 보였다. 그의 시커먼 눈동자가 위협하듯이, 그리고 애원하듯이 그녀를 노려보고 있었다. 그녀는 그를 향해 차갑게 웃었다. 그때 '팟!' 하고 또 한 번 불빛이 번쩍였다. 누군가 그 장면을 찍은 것이다. 야오루후이가 분통을 터뜨리며 목청이 갈라지도록 소리를 질렀다. "왜 웃어? 네 죄를 인정하는 거야? 어서 말하란 말이야!"

루윈디가 마이크에 대고 천천히 말했다. "마오 주석의 그 지시를 저는 문화 대혁명이 시작된 뒤에야 알았습니다."

"우우―!" 장내는 또다시 소란스러워졌다. 반대파와 자기 파가 함께 소리를 질러 댔다.

"루윈디가 투항하지 않으면 파멸시키자!"

"마오 주석께 반대한 루윈디는 죽어 마땅하다!"

야오루후이가 루윈디를 마오 주석의 동상 앞에 꿇어앉혔다.

"연극하지 마라! 야오루후이는 루윈디를 비호하는 거다! 두 사람이 짜고 하는 연극이다!"

"야오루후이, 루윈디를 때려라! 때려! 때려!"

"폭력은 안 돼! 말로 해야지, 폭력을 사용하면 안 된다!"

회의장이 발칵 뒤집혔다. 루윈디는 완전히 멍해졌다. 이 사람들이 도대체 어쩌려는 것인지 도무지 알 수가 없었다. 설마 나 루윈디가 그렇게도 증오스럽단 말인가? 그녀는 지금 야오루후이가 어떻게 하고 있는지 보려고 다시 고개를 돌렸다. 야오루후이의 눈은 온통 놀람과 공포로 가득 차 있었다. 참으로 무서운 얼굴이었다. 그는 이를 악다물고 눈을 감더니 루윈디의 머리카락을 쥐고 있던 손에 더욱 힘을 주면서 나머지 한 손을 높이 들어 그녀의 뺨을 두 차례나 후려쳤다. 그러면서 무대 아래를 향해 날카롭게 소리쳤다. "진짜인지 아닌지 행동을 보시오. 오늘 나는 모든 시민들 앞에서 루윈디와 이혼할 것을 선포합니다!"

"잘 했다! 잘 때렸다! 한 번 더!" 무대 밑에서 또 괴상한 소리가 들려왔다.

발언대 위에 있던 루원디는 눈앞이 캄캄해지면서 기절해 버렸다. "일어나라! 일어나! 죽은 척 연기하지 마라!" 무대 아래는 여전히 시끄러웠고 무대 위에서도 난리가 났다. 그때 별안간 건장한 청년 예닐곱 명이 왁자지껄 무대 위로 뛰어올랐다. "죽은 척하기는!" 그들은 이렇게 소리지르며 루원디를 둘러싸고 있던 야오루후이와 몇 명을 밀치더니 그녀를 들쳐 업고 순식간에 무대 뒤로 사라져 버렸다. 뒤늦게야 영문을 깨달은 사람들이 고함을 지르기 시작했다. "납치다! 납치다! 루원디가 납치됐다!" 사람들이 우르르 몰려다니며 출구며 창문부터 극장 안팎을 샅샅이 뒤져 보았지만 루원디의 그림자도 보이지 않았다!

그 뒤 루원디는 극단으로 돌아오지 않았다. 징후시 거리마다 온통 방자 극단의 '수배령'이 나붙었지만 역시 그림자도 찾을 수 없었다. 양쪽 파벌은 모두 서로 상대편이 루원디를 납치하고 운동을 파괴했다며 벽보를 붙여 비난했다.

루원디는 어디로 간 것일까? 누구도 알 수 없었다. 샹난이 보낸 편지는 그날 당직을 서던 극단의 노(老)배우가 루원디 대신 잘 보관해 두었다.

제2장 '외양간'의 나날들

노동자 선전대의 진주

한 달이 넘도록 루윈디에게서 답장이 없자 샹난은 불안해지기 시작했다. 정작 샹난 자신을 불안하게 하던 상황은 다행히 그동안 많이 호전되었다. 떠들썩하게 심사를 했지만 그래도 위쯔치의 죄상을 밝히지 못하자 롼차오췬도 처음보다는 많이 시들해진 듯했다. 게다가 빈하이시 문화국 혁명위원회가 새로 출범해 여러 세력이 움직이게 되자 산장은 차오췬에게 당분간 모든 정신을 '대국'에 집중하라고 지시했다. 덕분에 위쯔치에 대한 심사는 사실상 중단되었고 샹난의 부담도 크게 줄어들었다. 그녀는 날마다 협회 사무실에 앉아 신문을 뒤적거리거나 시를 외우며 퍽이나 한가로운 나날을 보낼 수 있었다. 그녀는 이런 생활을 가리켜 스스로 '준(準)소요파'라고 불렀다. 그러다 슬슬 루윈디가 걱정되기 시작했다. 무슨 일이 생긴 걸까? 그 '소요파'가 설마 편지 쓸 시간도 없단 말인가? 샹난이 편지를 몇 통 연달아 보냈는데도 루윈디에게선 답장이 전혀 없었다. '한가로이 시골에 내려가 있는 건가?' 문득 이런 생각이 들어 고향에 계신 어머니에게 편지로 물어보았다. 그러나 어머니는 "내려온 적 없다. 윈디네 집에서도 몇 달째 연락을 받지 못했다고 하더구나"라는 답장을 보내 왔다. 샹난은 더욱 애가 탔다. 그렇게 애태우는 동안 몇 달이 지나 어느새 9월이 되었지만 윈디에게선 여전히 소식 한 자 없었다. 샹난은 징후에 가 보기로 마음먹었다. 그런데 바로 그 무렵 문예계에 거대한 변화가 밀어닥쳤다. 노동자 선전대*가 곧 진주하게 된 것이다.

1968년 8월, 『홍기』 잡지에 야오원위안(姚文元)*이 쓴 「반드시 노동자 계급이 모든 것을 영도해야 한다」라는 글이 실렸을 때 사람들은 전체 지식계에 변화가 닥쳐오리라는 걸 예감했다. 아니나 다를까, 얼마 뒤 지식인들이 모여 있는 곳이면 어디든 노동자 선전대가 진주할 것이라는 소식이 들려왔다. 사람들의 정신은 온통 이 변화에 쏠리게 되었다.

그날이 점점 다가왔다. 9월 중순, 유뤄빙은 이미 시 문화국 혁명위원회 주임이 된 돤차오촨에게서 노동자 선전대가 곧 진주할 것이니 맞이할 준비를 하라는 지시를 받았다. 그녀의 말에 따르면 문인협회는 '썩을 대로 썩은' 기관이기 때문에 파견되어 나오는 노동자 선전대원이 특별히 많아서, 본 기관 인원과의 비율이 1대 2 정도, 즉 문예 공작자 두 명당 선전대원 한 명꼴이 될 거라고 했다. 게다가 '붉게 들어왔다가 하얗게 되어 나가는 것'을 미리 방지하려고 선전대원 모두 35세 이상 기혼자들로만 구성했다고 했다. 차오촨은 이는 위대한 혁명적 변혁으로서, 계급의 적과 자산계급 지식인들의 격렬한 저항이 예상된다면서 노동자 선전대가 문인협회를 순조롭게 장악할 수 있도록 혁명적 대(大)비판을 통해 미리 길을 닦아 놓고 또 계급투쟁의 새로운 동향을 면밀히 주시하라고 지시했다.

그것은 어찌 보면 간단한 명령 같았지만 실은 중대한 의미를 담고 있었다! 문인협회의 모든 간부들은 속으로 그 의미를 헤아리고 있었다. 지금까지 문인협회는 혁명의 대상이 되는 사람과 혁명을 주도하는 사람, 이렇게 두 부류로 나누어져 있었다. 그런데 이제 노동자 계급이 문인협회를 영도한다는 말은 곧 혁명을 주도하는 사람이나 혁명의 대상이 되는 사람을 막론하고 모두 일괄적으로 자산 계급으로 구분된다는 것을 의미했다. 그것도 보나마나 노동자 계급에 저항하거나 노동자 계급을 부패시키는 그런 자산 계급 말이다. 하지만 왜 그렇게 되어야 하는지에 대해 누가 감히 의문을 제기할 수 있단 말인가? 지금 그들의 모든 권리와 의무란 단지 명령에 복종하고 그것을 집행하는 것뿐이었다. 유뤄빙은 지시를 받은 그날로 샹난, 왕유이, 펑원펑을 불렀다. "적극분자인 당신들 세 사람이 서둘러서 벽보에 대비판을 위한 특집을 만드시오. 노동자 선전대의 진주를 환영하고 앞장서겠다는 우리의 의지를 표명해야 하니까. 나는 '외양간'에 가서 경거망동하지 말고 얌전히 있으라고 일러둬야겠소. 분위기도 띄울 겸 여기저기 붙일 표어랑 현수막도 쓰라고 해야겠고." 세 사람 모두 그러겠다고 대답했다. 펑원펑이 눈을 깜박이며 넌지시 물었다. "라오유, 여기로 오는 노동자들은 어디 소속이랍니까?" "조선소 쪽 사람들이라 들었소. 책임자가 마다하이(馬大海)라더군." 순간 펑원펑이 눈을 반짝 빛내며 웃었다. "왜, 아는 사람이오?" "아니요, 제가 어떻게 알겠습니까?" "그럼 더 이상 긴말하지 말고 빨리들 가서 원고를 청탁하시오. 그리고 세 사람은 우리 기관의 적극 분자들이니까 한 사람당 한 편씩 써내도록 하시오. 기치는 선명하고 감정은 진지해야 합니다. 다른 사람들한테도 원고를 많이 청탁해서 되도록이면 대문 맞은편 벽을 가득 채우도록 하시오." 유뤄빙은 나가려다 말고 이렇게 덧붙였다. "샤오샹, 이 일은 당신이 책임지고 진행하시오."

유뤄빙이 나간 뒤 샹난은 곧바로 왕유이, 펑원펑과 함께 어떻게 할지 의논했다. 샹난은 먼저 지식인들을 공농병에게서 멀어지게 하는 수정주의 문예 노선을 비판하는 글을 몇 편 쓰고 그에 대한 견해를 표명하는 글을 몇 편 추가하면 어떻겠냐고 제안했다. 그러자 왕유이가 걱정스러운 얼굴로 토를 달았다. "한 사람 앞에 한 편씩 쓰라는데, 난 못 쓰겠어." "당신은 시도 순식간에 써내면서 왜 못 쓰겠다는 거예요? 그냥 태도 표명만 하면 되는데!" "당신들은 어떤지 몰라도 난 아주 죽겠단 말야!" 샹난은 왕유이가 무슨 말을 하려는지 눈치 채고 얼른 그의 말을 가로막고 나섰다. "유이, 잔말 말고 환영 시나 한 수 써 봐요!" 그러자 눈치 빠른 펑원펑이 재빨리 끼어들었다. "얘기를 좀 더 해 보는 것도 나쁘지 않죠. 나도 어떻게 써야 할지 잘 모르겠거든요. 유이, 뭐가 그리 심란한 겁니까?" 왕유이가 짐짓 짓궂은 표정을 지으며 말했다. "그냥 장난 좀 친 거요. 괴로울 일이 뭐 있겠습니까? 나야 본디 노동자였는걸. 전에는 자산 계급의 포로였는데, 이제는 다시 노동자 계급의 포로가 되는 것뿐이죠! 좋잖아요?" 이렇게 농담을 하면서 그는 손가락으로 자기 코끝을 꿰는 시늉을 했다. "봐요, 포로 같지 않아요?" 샹난이 웃으며 말했다. "닮았어요, 닮았어. 그런데 자산 계급 포로하고 무산 계급 포로의 차이는 무엇일까요?" 왕유이가 어깨를 으쓱했다. 펑원펑은 그제야 알겠다는 듯이 고개를 끄덕였다. "아하! 포로가 된 것 같은 느낌이 든 게로군!" "됐어요, 됐어. 느낌은 그만 연구하고 오늘 밤까지 원고들 내세요!" 세 사람은 원고 청탁을 어떻게 할 것인지 좀 더 의논한 뒤에 각자 흩어졌다.

샹난은 몇 사람을 찾아 원고를 청탁한 다음 숙소로 돌아가 자기도 원고를 쓰려고 펜을 들었다. 어떻게 쓴다? 실은 샹난도 괴로웠다. 요즘 그녀의 마음도 실타래가 엉킨 듯 뒤죽박죽이었다. 금방 왕유이가 '포로가 되었다'고 할 때 그녀도 뜨끔했다. 자기도 왕유이처럼 느끼고 있는 것은 아닌지? 샹난은 일기장을 펼쳐 놓고 생각에 잠겼다……

　문학 작품의 영향을 받은 탓인지 샹난은 어려서부터 일기를 쓰고 편지를 모아 두는 습관이 있었다. 친구들한테도 자기한테 편지를 쓸 때는 동일한 규격의 종이를 사용해 달라고 부탁했다. 그녀는 해마다 한 번씩 그 편지들을 묶어 책으로 제본했다. 그러다가 1966년 겨울, '반란파'가 되기로 작정하던 날 샹난은 그 일기와 편지들을 모두 꺼내 펼쳐 보았다. 그 속에는 유년 시절, 소녀 시절, 청년 시절의 자기 모습이 고스란히 담겨 있었다. 그녀는 그 모습이 좋았다. 거기에는 소중한 것이 남아 있었다. 신중국에서 성장한 평범한 한 여자 아이의 발자취가, 아름다운 환상과 유치한 신앙이, 그리고 이상에 대한 열렬한 추구와 청춘의 활력이 넘쳐났다. 하지만 그날따라 그 일기를 읽는 것이 곤혹스러웠다. 그 속에는 '검은 노선', 즉 작가가 되고자 하는 소망이 관통하고 있었다. 그것은 수정주의 노선이 자기에게 악영향을 끼쳤다는 확실한 증거였다. 결국 그녀는 수정주의 노선과 결별하려면 이것들을 불태워 버려야 한다고 결심했다. 그녀는 비단, 가죽, 종이 등으로 만들어진 일기장의 겉표지를 모두 뜯어내고 보자기에 싸서 그녀가 가진 유일한 상자의 맨 밑바닥에 넣고 불을 붙였다. 아끼는 물건들이 점점 재로 변해 가는 것을 지켜보자니 말로 표현하기 어려운 어떤 느낌에 목이 메어 왔다. 이런 '소자산 계급적인 동요성'을 극복해야지 싶어 그녀는 방 안을 거닐며 레닌의 어록을 암송했다. "우리는 역사학자가 되려고 하는 것이 아니다. 우리가 관심을 갖는 것은 현재와 미래다. 우리는 역사를 자료로 삼고, 교훈으로 삼으며, 전진하기 위한 발판으로 삼는다." 이윽고 한밤중이 되어서야 겨우 마음이 가라앉았다. 그녀는 책상 앞에 앉아 종이를 펼쳐 놓고 다음과 같이 써 내려갔다.

> 잊을 수 없어라, 그해 봄볕 아름답던 날,
> 행복하게 당의 품에 안겼던 그날!
> 당은 내 목에 붉은 스카프를 묶어 주고,
> 혁명의 깃발을 이어받으라고 가르쳐 주었지.
> 당은 내 가슴에 소년단 휘장을 달아 주고,
> 세계를 가슴에 품으라고 가르쳐 주었지.
> 당은 내게 붓 한 자루를 쥐여 주며,
> 나를 전선으로 보내 주었지.
> 허나 온실 속의 화초는 연약하고,
> 풍랑 속의 배는 방향을 잃고 말았네.
> 뜨거운 눈물 머금고 당을 부르노니,
> 당신이 키워 준 딸은 당신을 저버렸다오!

샹난은 몇 줄 더 써서 자기의 결심을 밝히려 했지만 종이 위에 뜨거운 눈물만 떨어뜨리고 말았다.

그날 이후 그녀는 일기를 쓰지 않았다.

하지만 위쯔치 문제로 차오췬과 갈등이 생긴 이후 그녀는 자신의 고뇌를 다시금 일기장에 적어 가기 시작했다. 꾸준히 쓴 것은 아니어서 겨우 몇 장밖에 되지 않았다. 그러다가 노동자 선전대가 온다는 소식을 들은 이후로 일기가 다시 점점 길어지기 시작했다. 그녀는 이 일기장에 '긴고주(緊箍呪)'*라는 이름을 붙였다. 그녀에게 일기는 자기 내면 깊은 곳에서 밀려오는 '구린내 나는 지식인'

이란 딱지에 대한 거부감을 쫓아내려고 외우는 주문 같은 것이었다. 그녀는 자신을 부정하는 것이 무섭지는 않았다. 어차피 2년 전에도 한 번 부정한 적이 있었다. 그런데 지금은 또 달랐다. 아예 자기의 모든 걸 철저하게 부정해 버리고 자기가 자산 계급이라는 사실을 순순히 인정하라고 요구하고 있으니 말이다. 그처럼 철저한 부정은 마치 고장난 엘리베이터를 타고 어딘지 모를 곳으로 추락하는 것 같은 느낌이었다. 그녀는 엘리베이터를 멈추고 거기서 내려 자기가 땅에서 얼마나 멀리 왔는지 보고 싶었다. 하지만 이런 정서야말로 당의 부름에 저항하는 것이 아니던가? 또한 야오원위안 동지가 「반드시 노동자 계급이 모든 것을 영도해야 한다」에서 비판했던 '계급적 이색분자'가 아니던가? 그녀는 무서웠다. 그래서 날마다 일기를 쓰며 자기에게 욕을 퍼부었다.

"구린내 나는 지식인이라는 딱지가 뭐가 그리 무섭다고! 네 자신의 문제를 직시하고 네가 자산 계급이라는 사실을 인정하란 말이야!"

"넌 공농병을 위해 복무해야 한다고 날마다 입에 달고 다니잖아? 그런데 지금은 왜 그렇게 풀이 죽은 거지? 너는 현대판 엽공(葉公)*이야!"

"너는 노동자, 농민을 억압한 적이 정말 없는가? 노동자, 농민이 피땀으로 너를 길러 냈건만 넌 오히려 사회주의 담장을 침식시키려 했으니 그것이 바로 억압이 아니고 무언가!"

"절대로, 절대로, 노동자 계급과 대립하는 쪽에 서지 마라. 머리를 숙이고 귀를 기울여 노동자 계급의 영도를 받아들여라!"

이렇게 자꾸만 질책을 하면 정말로 효과가 있었다. 샹난은 마음이 많이 안정되는 것을 느꼈다. 그녀는 2년 전에 쓰다 만 시를 꺼내어 다시 한 번 읽어 보았다. 이걸로 자기의 결심을 대신하자 싶어 펜을 들어서 쓰다 만 시 밑에 몇 줄을 덧붙였다.

　　문화 대혁명의 천둥이 치고,
　　당은 내게 단비를 내려 주었지.
　　2년간 당과 함께 풍랑 속을 노니니,
　　누렇게 시들었던 싹이 새로 파릇파릇해졌네.
　　"낡은 사상을 철저하게 바꾸라",
　　당은 내게 재교육을 받으라 가르쳤지.
　　건실한 곡식은 땅에서 자라는 법,
　　당은 내게 노동자 농민 속으로 들어가라 하였네.
　　뜨거운 눈물 머금고 당을 부르노니,
　　바람에도 파도에도 그대만을 따르리.
　　명예도 이익도 돌보지 않고,
　　피땀으로 신문예를 가꾸리.

　　샹난은 다 쓴 원고를 왕유이에게 보여 주었다. 왕유이는 이렇게 평했다. "감정은 진솔한데 압운이 좀 맞지 않는걸. 하지만 무슨 작품을 발표하는 것도 아닌데 뭐 굳이 고칠 필요 있겠어?" 그러고는 자기가 쓴 원고를 샹난에게도 보여 주었는데, 몇 줄밖에 안 되는 짧은 시였다.

　　환영합니다, 나의 계급 형제들이여!
　　당신들이 나를 이곳으로 보냈으니,
　　이제는 내가 나를 여러분께 돌려 드립니다.
　　모든 것을 당신들이 검토하고, 모든 것을 당신들이 결정하십시오.

내가 만약 쓰레기라면 주저 말고 버리시고,
내가 만약 무쇠라면 용광로에 넣으십시오!
불순물을 버리고 순수한 강철이 되게 하십시오.
내가 계속 노래하도록,
우리의 당, 우리의 계급을 노래하게 하십시오.

한 구절 한 구절이 망치로 샹난의 가슴을 치는 듯했다. 샹난은 과거 왕유이가 쓴 어떤 시보다도 이 시가 한층 감동적으로 느껴졌다. 그것은 억압되었던 열정과 고통의 산물이며, 엄숙하고 진중하며 아무런 허위도 없었기 때문이다. 그녀는 진심으로 칭찬을 해주었다. "내 것보다 훨씬 좋은데!" 잠자코 고개를 돌리는 왕유이의 눈에 눈물이 글썽였다.

조금 뒤 두 사람은 펑원펑을 찾아갔다. 펑원펑은 원고를 내주기 전에 이렇게 말했다. "돤차오췬 동지가 말하길 노동자 선전대의 진주는 위대한 혁명 변혁이라고 했습니다. 이 변혁을 맞이하기 위해서는 입으로만 태도를 표명할 것이 아니라, 그 변혁 속에 진심으로 투신하여 변혁을 위한 모든 장애물을 없애야 한다고 생각합니다." 샹난은 그런 말이 지겨웠다. "수재님, 선언은 고만 하시고 다 썼거든 원고나 내놓으시죠. 검토해 보고 별다른 의견 없으면 옮겨 적으라고 갖다 주게요." 그래도 펑원펑이 뜸을 들이자 샹난이 원고를 잡아채 버렸다. "잘 썼든 못 썼든 원고료는 없으니까 뜸 좀 그만 들이라고요!"

제목은 「그대에게 권하노니 전(前) 시대의 노래를 부르지 마라: '노동자 계급 포로론'을 평함」이었다. 제목을 본 샹난과 왕유이는 놀라 자빠지는 줄 알았다. 이것이 누구를 겨냥하는 것인지 불을 보듯 뻔했기 때문이다. 샹난은 얼른 왕유이의 반응부터 살폈다.

하지만 왕유이는 고개를 한번 갸웃했을 뿐 별다른 표정이 없었다. 두 사람은 함께 원고를 읽어 내려갔다. 글의 서두는 왕유이가 한 말에서 앞뒤를 다 떼어 버린 뒤 그것을 '노동자 계급 포로론' 이라고 명명하고 있었다.

노동자 계급이 위풍도 당당하게 문예계에 진입하여 자산 계급의 세습지를 점령하려 하는 마당에 음침한 곳에서 괴상한 논조가 들려온다. 지식인이 노동자 계급의 포로가 되었다고 말하니 그것을 '노동자 계급 포로론' 이라고 해 두자.

이어서 평원병은 이를 거침없이 비판했다. 이 같은 논조는 이미 타도된 자산 계급의 의지와 바람을 담고 있으며 절망의 애가(哀歌)라고 설명했다. 그리고 문장 말미에서는 신랄한 어조로 다음과 같이 썼다.

놀라운 것은 이 같은 논조가 노동자 작가의 입에서 나왔다는 사실이다. 우리는 묻지 않을 수 없다. 이런 정서를 가진 당신을 투항시켜 노동자 계급의 포로로 만들지 말아야 한다는 것인가? 만약 조금이라도 노동자의 기질이 남아 있다면 자산 계급의 노래를 부르지 마라! 그대에게 권하노니 전(前) 시대의 노래를 부르지 마라. 반혁명 수정주의 문예 노선이 문예 영역을 통치하던 시대는 영영 돌아오지 않을 테니까.

다 읽고 난 상난의 눈썹이 찌푸려졌다. 그녀는 화를 참지 못하고 손에 쥔 원고를 마구 흔들며 목소리를 높였다. "안 돼요. 이런 식으로 부풀릴 순 없어요. 막 진주한 노동자 선전대가 상황 파악도 미처 안 된 상태에서 이런 걸 보면 우리 중에 정말로 노동자 계급 영도에 반대하는 사람이 있는 줄 알겠어요! 그야말로 황당한 거죠! 게다가 유이도 이런 뜻으로 말한 건 아니었고." 평원핑은 이해가 되지 않는다는 표정으로 말했다. "왜 거기에 유이를 끌어들이는 거지요? 난 상황이 그렇다고 한 거지, 누구를 딱히 지목한 건 아닙니다. 그러면 가서 유뤄빙 동지한테 물어보는 게 어떻겠습니까?" 그런데 당사자인 왕유이가 또 고개를 한 번 갸웃하면서 끼어들었다. "물을 필요 없소. 난 동의하니까 2대 1이죠. 자, 갑시다. 베껴서 벽에 붙입시다." 샹난은 더 반대하고 싶었지만 유이가 막았다. "다툴 거 없어. 노동자 사부(師傅)*들을 한번 믿어 보자고." 샹난도 더 이상 어쩔 도리가 없었다. 평원핑은 득의양양하게 눈동자를 굴렸다.

샹난과 왕유이가 평원핑의 속셈을 알 리가 없었다. 평원핑도 노동자 선전대가 진주하게 되었다는 소식을 처음 들었을 때는 몹시 걱정이 되었다. 자기는 '구린내 나는 지식인'일 뿐만 아니라 출신도 자산 계급이니 구린내에 구린내를 더 보탠 셈이 아니고 무언가! 그는 야오원위안의 글을 읽으면서 노동자 선전대가 진주한 이후 자기 처지가 어떻게 될지 상상해 보았다. 그 글을 읽고 또 읽던 그는 마침내 그 속에서 자기 같은 사람도 길이 전혀 없는 것은 아님을 발견했다. 그 글에서 노동자 선전대가 학교의 적극 분자와 혁명적 3결합을 실시하라는 마오 주석의 '최신 지시'를 전달하고 있었던 까닭이다. 이는 지식인 중에서도 일부 적극 분자의 존재는 인정한다는 걸 의미했다. 그렇다면 자기가 노동자 선전대 눈에 적극 분자로 보일 수 있을까? 그는 가능하다고 생각했다. 자기는 지금까지 한 번도 '우경'의 과오를 범한 적이 없었으니까. 관건은 주동적으로 노동자 선전대의 지도부에 접근해 그들의 신임을 얻는 데 있었다. 그러던 중 문인협회에 진주하게 될 선전대의 지도자가 마다하이라는 말을 듣자 그는 속으로 쾌재를 부르지 않을 수 없었다. 마다하이는 그가 아는 사람이었다. 그와 마다하이의 아들은 동창이었고, 덕분에 그 집에도 몇 번 놀러 간 적이 있었다. 그러니 마다하이와 관계를 트는 것은 시간문제였다. 이제 노동자 선전대가 진주할 때 선명한 기치와 확고한 견해를 밝힘으로써 이 펑원펑이 노동자 선전대를 확실하게 지지하고 있음을 보여 주기만 하면 마다하이도 기꺼이 자기를 '결합' 시켜 주지 않겠는가. 그리하여 그는 희망을 가득 안고 첫 번째 수를 둔 것이었다. 이제 두 번째 수는 마다하이가 온 다음에 생각하면 될 일이었다……

한편 유뤄빙은 자기한테 할당된 임무를 쉽게 해치울 수 있었다. '외양간'에는 다양한 인재들이 수두룩했는데, 이번에는 특히 서예가 쟈셴주(賈羨竹)의 공이 컸다. 반나절도 채 되지 않아 표어와 현수막이 뜰 안 가득 나붙었다. 그러자 갑자기 열기가 넘쳐 나는 것처럼 보였다. 유뤄빙은 만족스럽게 뜰을 한번 휘둘러본 뒤 상난에게 대비판 특집 준비가 어떻게 진행되고 있는지 확인했다. 이틀 안에 끝낼 수 있겠다는 상난의 대답을 듣고서 유뤄빙은 이제 돤차오췬에게 보고해도 되겠다 싶어 한결 마음이 놓였다.

하루 종일 정신없이 바빴던 유뤄빙은 수업을 마친 교사가 분필 가루를 털어 내듯이 퇴근하기 전에 옷을 툭툭 털었다. 종일 잔뜩 가슴 졸이고 있던 긴장을 털어 버리고 싶었던 것이다. 하루가 또 이렇게 지났다. 도대체 누구를 위해 이 고생을 하며 누구를 위해 이렇게 바쁜 것인가? 그는 비틀거리며 집으로 돌아왔다. 지금 집에는 자기 혼자였다. 문화 대혁명이 시작된 뒤로는 가정부도 쓰지 않았다. 상황이 복잡해지다 보니 한 사람이 더 있다는 건 그만큼 더 골치 아픈 일이 많아진다는 것을 의미했기 때문이다. 자기가 직접 손을 놀리며 기분 전환을 하는 것도 그리 나쁘지는 않았다. 집에 도착한 그는 능숙한 솜씨로 밥을 지어 먹고는 차를 진하게 한 잔 타 들고 등나무 의자에 누워 잠시 눈을 감았다.

유뤄빙은 정신 수양과 기공 연마에 나름대로 일가견이 있었다. 예전에는 등나무 의자에 누워 두 눈을 감기만 하면 마음이 잔물결 하나 없는 수면처럼 고요해졌다. 하지만 이 몇 년 동안은 그게 마음처럼 되지 않고 정신이 늘 어디론가 달아나 버렸다. 그럴 때면 『홍루몽(紅樓夢)』에서 본 「선시(禪詩)」를 반복해서 중얼거렸다. "보리는 본디 나무가 아니고 거울 역시 대가 아니네. 본디 아무것도 아닌 것에 어찌 먼지가 앉을쏘냐?〔菩提本無樹, 明鏡亦非臺. 本來無一物, 何處惹塵埃〕"그렇게 몇 번 외고 나면 '치료 효과'가 조금 있는 것 같기도 했다. 오늘도 그는 마음이 편치가 않았다. 노동자 선전대의 일이 도무지 머리에서 떠나질 않았던 것이다. 그는 이 귀찮은 녀석을 쫓아 버리려고 또 「선시」를 외기 시작했다.

"보리는 본디 나무가 아니고……, 휴, 노동자 선전대는 왜 파견되는 걸까? 우리가 정말 모두 자산 계급이 되는 걸까? 선전대가 진주한 뒤에는 상황이 어떻게 변할까? …… 거울 역시 대가 아니네……, 거울 역시 대가 아니네……, 그럼 나는 노동자 선전대를 어떻게 대해야 하지? 너무 적극적이면 사람들이 아부한다고 하지 않을까? 적극적으로 나서지 않으면? 아마 저항한다고 하겠지? 가까이도 멀리도 하지 않고 차갑게도 뜨겁게도 하지 않으면 되는 건가? …… 거울 역시 대가 아니네! 거울, 그래, 거울. '그대여 보이지 않는가, 명경 속의 슬픈 백발이. 아침엔 푸른 버들 같더니 저녁엔 하얀 눈 같구나.' 맞아, 아침에 거울을 보니 나도 벌써 머리가 많이 빠졌던걸. 정수리는 아예 다 빠져 버려서 휑하더군. 늙었어,

늙은 거야! 하나 있는 딸아이는 멀리 떠나 버리고 옆에는 같이 있어 줄 짝 하나 없다니! 외롭고 고단한 인생! …… 그만, 그만 하자! 본디 아무것도 아닌 것에, 본디 아무것도 아닌 것이라……, 유원 그 고집불통 같은 녀석, 지금까지 편지 한 장이 없네. 먹는 것, 입는 것 모두 저 혼자 해결하고 있는 건가? …… 본디 아무것도 아닌 것에……, 전부 그 녀석 혼자 힘으로 해야 하다니. 애야, 미안하구나! …… 본디 아무것도 아닌 것에……, 여보, 당신한테도 미안하구려!"

휴! 마음이 너무 심란해서 더 이상 욀 수가 없었다. 별수 없이 도로 눈을 떠 버린 그는 차를 한 모금 마신 뒤 담배에 불을 붙여 천천히 뻴아들였다.

유뤼빙은 왜 밖으로 나가 볼 생각은 않는 걸까? 그도 원래는 이웃집에 놀러가『산해경(山海經)』*에 대해 이야기하는 걸 좋아했다. 그가 살고 있는 아파트 같은 동에도 평소 자주 오가는 친구와 직장 동료들이 살고 있었다. 5층에는 청쓰위안(程思遠), 황단칭(黃丹靑) 부부가 살았고, 2층에는 쟈셴주와 스즈비(時之璧)네 두 집이 살았다. 전에는 하루도 빠뜨리지 않고 놀러 갔는데! 지금은 상황이 달라졌다. 모두 제 몸 하나 보전하기 힘든 판에 어디 한가롭게 앉아 바둑 두고 차 마시고 잡담 나눌 여유가 있겠는가? 그나마 그들은 아직 '해방'되지도 않았고 자기 혼자만 '해방'되었으니 '경계를 나누는 강' 하나가 그들 사이를 가로지르고 있었다. 만약 서로 내왕하면 내통했다는 혐의를 받게 될까 봐 서로 찾아가는 것도 꺼렸다. 지금은 그저 자기 집 앞의 눈만 쓸 뿐, 남의 집 기와 위의 서리는 '간섭'도 말고 쳐다보지도 않는 게 최선이었다. 덕분에 날마다 집에만 틀어박혀 있게 된 유뤼빙은 고아나 과부의 심정을 알 것 같았다. 확실히 귀찮은 일이 많이 줄었으니 그런 생

활도 나름대로 괜찮긴 했다. '본디 아무것도 아닌 것에 어찌 먼지가 앉을쏘냐?'

하지만 그래도 두려운 일은 아직 뇌가 움직이고 심장이 뛰는지라 여전히 외로움과 적막함을 느껴야 한다는 것이었다. 사람들은 차나 술이나 담배로 적막함과 무료함을 달랜다. 하지만 그는 몸이 좋지 않아 술을 마실 수 없으니 그저 책이나 읽는 수밖에 없었다. 그래, 정신 집중도 안 되는데 차라리 책이나 읽다 자자! 그런데 무슨 책을 읽나? 요즘은 날마다 『마오쩌둥 어록』만 들고 다니면 되기 때문에 다른 책은 굳이 볼 필요도 없었다. 하지만 책이라도 읽지 않으면 시간을 때울 수가 없으니 아무 거라도 보는 수밖에! 유뤄빙은 책장을 쭉 훑어보았다. 읽고 싶은 책이 없었다. 하는 수 없이 제비를 뽑듯이 눈을 감고 아무 책이나 한 권을 뽑아 들었다. 눈을 뜨고 보니 『자치통감』이었다. 젠장! 이런 책을 무슨 재미로 본담? 읽을수록 머릿속만 복잡해질 텐데. 옛말에 "늙은이는 『삼국지』를 보지 말고 젊은이는 『수호전』을 보지 말라"고 했다. 하지만 그는 늙은이든 젊은이든 역사서는 보지 말아야 된다고 생각했다. 그는 『자치통감』을 도로 꽂아 놓고 다시 한 권을 뽑았다. 눈을 뜨고 보니 이번엔 『명사(明史)』였다. 『명사』는 전에 한 번 통독한 적이 있는데 명나라 때 '관청의 곤장' 이야기는 정말 잔인해서 강한 인상을 줬더랬다. 하지만 요즘 상황은 어떤가! 휴! 곤장보다 훨씬 모욕적인 형벌도 마다하지 않는다! 몇십 년 동안 혁명에 참가했던 나이 든 동지들도 군중 앞에서 90도로 허리를 굽히거나 무릎을 꿇은 채 몽둥이나 허리띠 세례를 받아야 했다. 심지어 서로 마주 보고 뺨을 때리라고 시키기도 했다. 이건 봉건 사회보다도 더 봉건적 아닌가! 그런데 그런 게 무산 계급 독재라니! 안 돼, 또 샛길로 빠졌군! 큰일날 생각을! 이게 다 이놈의 『명사』 때문이다!

안 봐, 안 봐! 이 책장엔 전부 골치 아픈 책만 있군그래! 그는 다른 책장으로 가서 아무 거나 또 한 권을 뽑아 보았다. 이번엔 『요재지이(聊齋志異)』*였다. 이건 정치와 무관하니 읽어도 될 듯하다. 다시 등나무 의자에 누워 책의 표지를 들여다보았다. '요재지이'라는 제목을 멋들어지게 쓴 표지 디자인이 제법 그럴싸했다. 문득 작가인 자기는 여태 그럴싸한 책 한 권 내지 못했다는 생각이 들었다. 나도 수필 같은 소품을 써 보는 것도 괜찮을 텐데. 제목은 '무료재지(無聊齋志) 뭐뭐뭐'라고 하면 되겠다. 그런데 '지(志)' 다음엔 뭐라고 하는 게 좋을까? 옳거니, '무료재지무가지(無聊齋志無可志)'라고 하자! 진실하면서도 해학적이잖아! 그렇게 표지를 천천히 감상하고 난 뒤 아무렇게나 책 중간의 한 면을 펼쳤다. 「탈〔畵皮〕」이었다. 어떤 요괴가 밤마다 예쁜 탈을 그려 쓰고 미녀로 둔갑해 사람을 홀린다는 얘기였다. 전에 이 소설을 볼 때는 은근히 오싹하고 무서웠다. 왜냐하면 혹시 옆에 있는 자기 아내도 탈을 쓴 요괴가 아닐까 자기도 모르게 의심스러워졌기 때문이다. 그런데 오늘 다시 보면서 그는 새로운 해석을 하게 되었다. 문제는 탈을 썼다는 사실보다 왜 탈을 쓰는가에 있다는 생각이 들었다. 따지고 보면 요새 자기도 날마다 탈을 쓰는 것이나 다름없었다. 단지 밤이 아니라 낮에 쓴다는 것, 그리고 남에게 피해를 주기 위해서가 아니라 남이 줄 피해를 막으려고 쓴다는 점이 다르다면 달랐다. 그런 이유라면 탈을 쓰는 것도 이해해 줄 만한 일 아닌가?

'내가 오늘 왜 이러지?' 유뤄빙은 자신한테 막 화가 나려 했다. '종일 쓸데없는 생각만 하고 있으니! 왜 자꾸 생각이 엉뚱한 곳으로만 흐를까? 그것도 별로 기분 좋지 않은 일만 골라서 말이야. 에잇, 차라리 눈 감고 정신 수양이나 하는 편이 낫겠어!' 그래서 그는 책을 손에 든 채로 다시 눈을 감았다.

"라오유, 집에 있어?" 문 밖에서 발자국 소리가 나더니 어떤 여자 목소리가 들렸다. 유뤄빙은 눈을 떴다. 그것은 다른 기관에서 외근하는 문인협회의 당 조직원 황단칭의 목소리였다. '웬일이지? 이 시간에 오면 어쩌자는 거야. 남들이 노동자 선전대 때문에 대책을 세우려고 내통한 것으로 오해할지도 모르는데. 하여튼 저 여자는 조심성도 없어!' 유뤄빙은 속으로 이렇게 생각하면서 마지못해 문을 열어 주었다. 황단칭 말고 청쓰위안도 함께였다. 그는 더욱 걱정이 되었다. '청쓰위안은 아직 해방도 안 됐는데! 에이 참!' 하지만 속으로는 이렇게 생각하더라도 겉으로는 환영하는 시늉을 하는 수밖에 없었다. "귀한 손님들이네! 들어와!"

황단칭은 화가였다. 그녀의 얼굴은 마치 그림 같았다. 특별히 예뻐서라기보다는 그녀의 길고 가느다란 둥근 눈썹이 마치 정성 들여 그려 낸 그림 같았던 것이다. 얼굴선이 부드럽고 눈, 코, 입이 단정하며 약간 뚱뚱한 그녀는 전체적으로 온유돈후한 느낌을 주었다. 하지만 사람의 성격이란 게 그 사람의 외모와 꼭 일치하는 건 아니었다. 황단칭이 그 전형적인 예였다. 지금도 그녀는 유뤄빙의 인사말은 들은 척도 않고 의자에 털썩 앉더니 또 하나를 자기 옆에 끌어다가 남편을 앉혔다. 그녀는 유뤄빙이 등나무 의자 위에 놓아 둔 『요재지이』를 들어 서표가 꽂혀 있는 「탈」을 펼쳐 보더니 피식 웃었다. "라오유, 웬일이야, 탈에 대한 연구를 다 하고? 우리 같은 사람들은 암만 예쁘게 그려서 둔갑해도 예쁘지 않을 걸? 주자파란 딱지를 떡하니 붙이고 있는데 어떻게 예쁠 수가 있겠어, 안 그래?" 말을 마치자 그녀는 다시 하하하 크게 소리내어 웃었다. 난감해진 유뤄빙은 얼른 서표를 빼고 책을 책장에 꽂은 다음 차를 내왔다.

청쓰위안의 성격은 황단칭과는 딴판이었다. 그는 황단칭과 정반대로 '겉과 속이 완전히 일치' 했다. 그의 얼굴선은 아주 선명하고 네모반듯했다. 금색 안경테도 네모난 모양이라 눈이 유난히 깊어 보였고, 앉을 때도 반듯해서 몸을 비틀거나 기울이지 않을 뿐더러 다리를 꼬는 일도 없었다. 그 때문에 그는 젊은 시절부터 '공자님'이라는 별명을 얻었다. 그는 유뤄빙의 집에 들어와 자리에 앉고 차를 마실 때까지 한마디도 하지 않았다. 심지어 인사치레로라도 잠깐 웃는 일조차 없었다. 그는 근심 가득한 얼굴로 잠자코 앉아서는 코에 잘 걸려 있는 안경만 괜스레 자꾸 밀어 올렸다.

예전에 유뤄빙은 "샌님이 여장부를 만나 입도 벙긋 못 하네"라며 이 부부를 놀리곤 했다. 하지만 지난 몇 년간은 서로 만나서 이야기를 나눌 기회가 적다 보니 자연 농담도 하지 않게 되었다. 오늘도 너무나 대조되는 두 사람의 모양을 보니 우습기는 했지만 그래도 농담할 기분은 아니었다. 일 없으면 절에도 가지 않는다고, 오늘 두 사람이 찾아온 건 분명 무슨 중요한 일이 있는 게 틀림없었다. 그래서 그는 자리에 앉으며 황단칭에게 물었다. "무슨 일 있어?"

황단칭이 웃었다. "일 없으면 못 오나? 그냥 수다나 좀 떨까 싶어 왔지! 쓰위안이나 나나 좀 궁금해서 말야!"

"뭐가 궁금해? 배가 다리에 도착하면 자연히 알게 되는 거지." 유뤄빙은 느긋하게 말했다.

청쓰위안이 불만스럽다는 듯 그를 힐끗 쳐다보더니 다시 안경을 몇 번 밀어 올리고는 한마디 했다. "라오유, 노동자 선전대가 진주한다는 거 자넨 어떻게 생각하나?"

"나? 생각할 게 뭐 있나? 당연히 환영이지!" 유뤄빙이 생각할 것도 없이 이렇게 말했다.

그러자 황단칭이 가느다란 눈썹을 찡그리며 코웃음을 쳤다. "어쩐지 당신이 '결합' 될 만도 하네! 뭐든지 알아서 척척 맞춰 주니 말이야! 난 당신처럼 진보적이지 못해서 생각이 조금 다르거든."

"그래? 그럼 한 수 가르쳐 주시죠?" 유뤄빙이 하하 웃자 황단칭이 정색을 했다.

"라오유, 정말이지 난 이해가 안 돼! 우리는 원래 공농병 출신이잖아? 쓰위안은 아니라도 당신과 난 혁명 부대 출신 지식인이잖아. 잘못했으면 비판받는 거야 당연하지만, 어떻게 우리가 순식간에 자산 계급 대리인이 될 수 있는 거지? 비판하고 투쟁하는 것도 부족해서 이젠 우리를 관리하라고 사람까지 파견하다니. 이게 대체 무슨 일이냐고?"

"그게 바로 '자연은 기다려 주지 않고 뽕나무 밭이 푸른 바다로 변하는 것도 순식간'이라는 거야! 혁명이 발전하고 심화되다 보니 우리도 자연스럽게 혁명의 주도 세력에서 혁명의 대상으로 바뀐 거지. 누가 와서 관리해 주면 좋지, 뭐. 책임이 없으면 홀가분하잖아!" 유뤄빙은 여전히 이래도 그만 저래도 그만이라는 식이었다.

청쓰위안이 미간을 찌푸렸다. 그는 이런 유뤄빙의 태도가 영 못마땅했다. 그는 또 안경을 추켜올리며 느릿느릿 이렇게 말했다. "그렇게 말하면 안 되지. 내가 지금 무슨 책임 있는 자리에 있는 건 아니지만, 지난해에 우웨이가 왔을 때처럼 문인협회가 또 한바탕 난리를 치를까 봐 걱정이 돼서 그러네. 물론 이번에 온다는 사람들은 제법 나이 든 노동자라니까 지난번처럼 함부로 하지는 않겠지만, 그래도 그 사람들은 여기 상황을 잘 모르잖아. 만약……."

유뤄빙이 청쓰위안의 말을 가로챘다. "그거야 알 수 없는 일이지! 어쨌든 당의 결정이 옳다는 것만 믿으면 돼. 그 밖의 일은 나나 자네가 관여할 일이 아니란 말이지, 공자님!" 이렇게 말하고서 유뤄빙은 이제 자야겠다는 듯이 하품을 길게 했다. 이미 면직된 당 조직원 셋이 한 자리에 앉아 이런 문제를 논한다는 건 아무래도 적당하지 않은 듯싶었기 때문이다.

하지만 고집불통 공자님은 그러거나 말거나 아랑곳하지 않았다. 그는 하고 싶은 이야기는 꼭 다 해야만 직성이 풀리는 사람인지라 유뤄빙이 하품하는 걸 보면서도 눈을 반짝거리며 하던 말을 계속했다.

"라오유, 정말이지 자네한테 부탁하고 싶네. 지도 사업의 결정권을 쥔 사람이 뭔가 조치를 취해야 한단 말일세. '3결합'에서 자네 같은 노(老)간부가 주도적인 구실을 해야 하지 않겠나."

유뤄빙은 연민에 가까운 눈빛으로 청쓰위안을 쳐다보았다. 이 친구는 딱할 만큼 상황 파악을 못 하고 있구나 싶었다. 지금이 어느 땐데 아직도 '노간부', '노간부' 한단 말인가! 유뤄빙은 약간 비웃는 말투로 말했다. "지금 상황에선 말야, 오래된 생강이 반드시 매운 법은 아니거든. 매운 생강 말고 달콤한 잼이 되란 말일세!" 이렇게 말하며 유뤄빙은 쓴웃음인지 비웃음인지 모를 웃음을 웃었다.

황단칭은 순간 이 오래된 친구가 얄미운 생각이 들었다. "라오유, 난 남들이 내 몸에 먹칠하는 건 무섭지 않아. 내가 무서운 건 말이야, 바로 우리 스스로 심장의 핏빛, 그 핏속의 붉은색을 완전히 탈색해 버리는 거야!"

그러자 유뤄빙의 긴 눈썹이 실룩거리고 등나무 의자 위에 얹었던 손도 꿈틀거렸다. 하지만 그는 이내 평정을 회복하고 호탕하게 웃었다.

"누가 화가 아니랄까 봐 색깔 좋아하기는! 하지만 어떤 철학자가 그랬지, 색깔도 일종의 감각이라고. 사람의 감각이 변하면 색깔도 자연히 변하는 거라고 말이야. 당신이 그걸 인정하지 않는 건 당신의 감각이 특별하다는 걸 말해 줄 뿐이야. 안 그래?"

청쓰위안도 유뤄빙이 미워졌다. 그는 뤄빙이 아내를 비웃는 걸 더 이상 참을 수가 없어 다시 안경을 추켜올리며 정색을 했다.

"라오유, 우린 관객을 웃기려고 익살이나 부리는 어릿광대가 아니잖나. 관객들 환심을 사려고 아무 때나 얼굴빛을 바꾸는 그런 사람들이 아니란 말일세. 우리 세대는 어쩌면 비극의 주인공인지도 모르지. 하지만 살아 있는 한 혁명의 열정과 책임감을 저버려선 안 된다고 생각하네."

유뤄빙의 눈썹이 또 몇 차례 실룩거렸다. 그는 천천히 눈꺼풀을 치켜떴다. 그러고는 유난히 엄숙한 청쓰위안의 네모난 얼굴을 쳐다보고 나서 다시 눈을 감았다. 그는 더 이상 하하거리며 웃지 못했다. 한숨을 내쉰 그는 등나무 의자 속에 몸을 더 깊숙이 파묻고 두 손으로 의자 손잡이를 힘없이 두드리며 중얼거렸다. "재밌군, 재밌어! 색깔이나 비극이나 이젠 예술 문제가 아니라 정치 문제가 돼 버렸군! 재밌어……."

청쓰위안이 별수 없이 아내에게 눈짓을 하자 무슨 뜻인지 알아챈 황단칭이 일어서며 작별 인사를 했다. "우리 갈게. 방금 한 말들은 전부 그냥 바람이 스쳐 간 거려니 생각해!" 그들을 배웅하려고 유뤄빙이 몸을 일으키는데 또 문 두드리는 소리가 났다. 유뤄빙은 너무 귀찮아 문도 열어 주기 싫었다. 아무 소리 없으면 그냥 돌아가지 않을까 했는데 눈치 없는 황단칭이 얼른 가서 문을 열어 주었다. 또 한 쌍의 남녀가 들어섰다. 서예가 쟈셴주와 성악가 스즈비였다. 이 두 사람의 외모 역시 뚜렷하게 대비되었다. 스즈비는 성대가 상하는 바람에 일찌감치 행정 업무를 맡게 되었지만 예술가적 풍모는 여전했다. 그녀는 언제나 몸에 딱 맞는 옷을 세련되게 차려입었고 얼굴도 꼼꼼하게 정성들여 가꾸었다. 단지 지금은 문화 대혁명 이전처럼 첫눈에 알아볼 만큼 눈에 띄지는 않았다. 예전에 그녀는 사람들이 가득 들어찬 큰 회의장에서도 서슴없이 거울을 꺼내 보기도 하고, 심지어 "오늘 내가 분을 좀 발랐는데, 보기 싫지 않지요?"라고 큰 소리로 묻기도 했다. 반면 쟈센주는 그녀와는 완전히 딴판이었다. 그는 꼭 바람에 오래 말린 것처럼 비쩍 마른 데다 키도 작았다. 그래서 펑원펑은 그를 '미라'라고 놀리곤 했다. 그의 차림새는 늘 꼬질꼬질하고 칠칠치 못했다. 또 말하는 품이나 행동도 마치 강박증 환자처럼 잔뜩 위축되어 있었다. 서로 옆집에 살고 있는 쟈센주와 스즈비는 언제나 함께 유뤄빙이나 청쓰위안 집으로 놀러 다니곤 했다. 두 사람이 함께 있는 걸 볼 때마다 청쓰위안은 우습기도 하고 셰익스피어 희극 속의 여왕과 광대가 연상되었다. 하지만 기분 나빠할까 봐 지금까지 한 번도 그런 농담을 해 본 적은 없다.

집 안에 청쓰위안 부부가 서 있는 걸 보고 스즈비가 쟈센주를 보고 웃었다. "거봐, 내가 오지 말자고 했지! 이분들 지하 당 조직 회의를 하고 계시잖아!" 그러잖아도 당황하고 있던 쟈센주는 스즈비가 이렇게 말하자 더 겁을 먹었다. 그는 안경 너머로 두 눈을 깜박이며 자기가 환영받지 못할 자리에 온 건 아닌가 싶어 불안한 눈빛으로 유뤄빙, 청쓰위안, 황단칭을 번갈아 쳐다보았다.

유뤄빙은 두 사람의 성격을 잘 알았다. 스즈비는 아무런 뜻 없이 농담을 했을 테지만 쟈센주는 정말로 의심을 할지도 몰랐다. 더구나 쟈센주는 믿을 만한 사람이 못 되었다. 그래서 그는 후다닥 일어나 인사를 건넸다. "귀한 손님들이 오셨군요! 나도 동무들

보러 가고 싶었는데 몸이 좋지 않아서 말입니다. 이 두 사람도 나 병문안 온 거요. 금방 왔으니, 자자, 이리 와 함께 앉아요." 그는 또 뜨거운 차를 두 잔 내왔다.

스즈비가 멋쩍게 웃으며 말했다. "일 없으면 절에도 가지 않는 다고, 나도 일이 좀 있어서요! 라오쟈가 자꾸 결의서를 써야 한다 고 해서 말예요. 라오쟈, 당신이 말해. 난 말하기 싫어."

마치 여왕이 명령을 내리기라도 한 것처럼 쟈셴주는 고개를 끄 덕인 뒤 유뤄빙을 보며 겸손하게 웃었다. "유 부주임! 귀찮게 방 해해서 정말 미안합니다. 다른 게 아니라 오늘 '외양간'에서 당신 얘기를 듣고 나서 생각해 봤는데, 아무래도 태도를 표명해야 할 것 같아서요. 노동자 계급의 영도에 절대적으로 복종하겠다고 말 입니다. 그래서 스즈비랑 같이 결의서를 하나 썼는데, 좀 봐 줄 수 있을까요?" 쟈셴주는 부들부들 떨리는 손으로 결의서를 유뤄빙에 게 건넸다. 그것을 보고 있던 스즈비가 얼른 변명하듯 덧붙였다. "노래도 반주에 맞춰 가며 해야지, 잘못 맞추면 영원히 무대에서 내려오게 되는 수가 있으니까."

유뤄빙은 멋진 글씨로 또박또박 써 내려간 결의서를 대충 훑어 보았다. "좋아요, 아주 좋아! 반드시 태도를 표명해야요. 노동 자 선전대가 오면 내가 대신 제출해 드리죠." 그러면서 또 하품을 했다.

황단칭은 더 이상 앉아 있기가 싫어서 몸을 일으키며 스즈비와 쟈셴주에게 말했다. "좀 더 있다가 가세요. 우리 먼저 갈게요."

유뤄빙이 하품하는 것을 보고 스즈비도 얼른 쟈셴주를 끌어당 겼다. "우리도 갑시다. 당신네 춘쑨(春筍)이 주사 맞을 시간이잖 아." 원래 좀 더 있다 갈 생각이었던 쟈셴주도 스즈비의 눈짓을 보 더니 군말 않고 따라나섰다.

유뤄빙은 네 사람을 문까지 배웅했다. 그는 두 손을 모으며 "잘들 가시게!"라고 인사하고는 바로 문을 닫아 버렸다. 또 손님이 올까 봐 무서웠다. 그는 다시 등나무 의자에 누워 두 다리를 뻗었다. "정말 피곤하군!" 그제야 눈꺼풀이 무거워지며 잠이 몰려오기 시작했다.

샹난에게 『뜨개질 교본』을 부친 루원디

한편 루원디는 그날 무대 위에서 기절한 뒤로 자기가 어떻게 납치되었으며 또 어디로 끌려왔는지 전혀 알지 못했다.

깨어나 보니 자기가 어떤 낯선 곳에 누워 있었고, 그녀 주위로 낯선 젊은이들이 몇 명 둘러서 있었다. 깜짝 놀란 그녀가 몸을 일으키려 하자 한 처녀가 그녀를 다시 누이며 안심시켰다. "걱정 마세요. 우린 당신을 보호하려는 거예요!" 루원디가 놀란 눈으로 주위를 둘러보니 어느 가정집인 듯했다. 허름하고 작은 방에 낡은 가구가 놓여 있었고, 자기는 삐걱거리는 커다란 2인용 침대에 누워 있었다. 그녀는 잔뜩 겁먹은 목소리로 물었다. "제가 어떻게 여기에 있는 거죠?"

키 큰 청년 하나가 앞으로 나섰다. 서른 살쯤 되어 보이는 청년은 잘생긴 얼굴에 커다란 흉터가 있었다. 건장한 몸집에 낡은 군복을 입고 있는 품이 제대한 군인 같았다. 그가 방금 루원디를 안심시키던 처녀에게 말했다. "샤오류(小劉), 일단 네 어머니께 먹을 것 좀 달라고 말씀드려 봐!" 얼마 뒤 전족을 한 노부인이 국수한 그릇을 들고 들어왔다. 국수 속에는 달걀 두 개가 들어 있었다. 그릇을 받아 든 루원디는 감격해서는 큰 소리로 "아주머니!" 하고 불렀다. 노부인은 자기 딸을 쳐다보듯 따뜻하게 그녀를 바라보았다. "어서 들어요! 자넨 날 몰라도 나는 자네를 아네. 자네가 나온 연극을 본 적 있어. 「서상기(西廂記)」, 「목규영괘수(穆桂英卦帥)」, 「조양구(朝陽溝)」……. 자넨 노래도 잘 하고 연기도 참 잘 하더구먼! 그놈들은 왜 자네를 때리려는 건지! 자네 남정네까지 나서서 말이야! 즈융(志勇)이네가 아니었으면 자넨 오늘 맞아 죽었을 게야!" 노부인은 이렇게 말하며 소매로 눈물을 훔쳤다. 그 키 큰 청년이 그걸 보고 얼른 끼어들었다. "아주머니, 그만하세요. 그래야 루윈디 동지가 뜨거울 때 좀 먹을 수 있죠!" "참, 내 정신 좀 봐. 그래, 어서 들게, 어서 들어!" 노부인은 연거푸 음식을 권한 뒤 그 퇴역 군인을 가리켰다. "이 사람은 안즈융(安志勇)이라고 우리 딸이랑 한 회사에 다니는 노동자인데, 바로 이 사람이 당신을 납치해 온 거라우!"

"납치요?" 루윈디는 더욱 놀랐다. 자기는 바이화 극장에서 비판받고 있었는데? 어떻게 여기로 납치해 왔다는 건가? 그녀는 이해할 수가 없어 안즈융이라는 남자를 쳐다보았다. 안즈융은 솔직해 보이는 얼굴로 웃었다. "일단 드세요! 다 드시고 나면 모두 말씀드리죠!"

루윈디가 고분고분 국수와 달걀을 다 먹고 나자 노부인은 다시 세숫물을 떠다 주었다. "즈융아! 어서 말씀드려라. 그래야 덜 불안하지." 그러자 그들은 서로 너 한마디 나 한마디 거들며 루윈디를 '납치' 하게 된 경위를 설명해 주었다.

원래 그들은 징후시 운수회사 직원들로서 다른 어떤 파벌에도 끼지 않은 '독립사고전투조'였다. 그들 중 몇몇 극(劇) 애호가들이 전체 시 차원에서 루윈디를 비판한다는 포스터가 길거리에 나붙은 것을 보게 되었다. 대부분의 관객들이 그렇듯이 그들도 자기가 좋아하는 배우인 루윈디가 타도되기를 바라지 않았고 또 타도되어서도 안 된다고 생각했다. 그래서 그들은 루윈디에게 도대체 어떤 문제가 있다는 건지 들어 보려고 비판 대회에 참가하기로 결정했다. 그런데 오전 대회에 참가해 보니 믿을 만한 증거 자료도 없이 순전히 애꿎은 사람만 잡고 있었다. 오후에는 다른 파에서 또 비판 대회를 연다는데, 듣자하니 루윈디의 남편과 그 제자들이 모두 그 파에 속해 있다고 했다. 그래서 그들은 오후 대회에서는 진짜 증거 자료가 나올 수도 있지 않을까 싶어 또 봉고차를 몰고 갔다. 그들은 루윈디를 고발하는 야오루후이와 그것을 강력하게 부인하는 루윈디를 보았다. 야오루후이의 심상찮은 태도에 그들은 분명 뭔가가 있음을 느끼고 루윈디한테 확실하게 말할 수 있는 기회를 주어야 한다고 생각했다. 그래서 안즈융이 대표로 무대에 올라가 변론을 하기로 했다. 그런데 안즈융이 무대로 올라가기도 전에 회의장은 온통 아수라장이 되었고, 루윈디가 기절하자 몇몇 사람들이 무대로 뛰어 올라가 폭력을 휘두르기 시작했다. 순간 꾀를 낸 그들은 두 조로 나누어 남자들은 무대로 올라가 사람을 빼내 오고 여자들은 차를 몰고 와 극장 후문에 대기하기로 했다. 이렇게 해서 그들이 루윈디를 구출해 냈던 것이다.

자초지종을 들은 루윈디는 무척 감격했다. 시계를 보니 벌써 밤 12시였다. "정말 미안합니다. 저 때문에 다들 쉬지도 못하고. 이만 가 보겠습니다!" 그녀가 몸을 일으켜 그만 돌아가려 했다.

그러자 안즈융이 얼른 말렸다. "어디로 가시게요?"

"집으로요."

"지금 가시면 안 됩니다! 당신네 극단 양쪽 파벌이 지금 당신을 못 잡아서 안달인데, 그 사람들 손에 제 발로 걸어 들어가다니, 말도 안 돼요!"

"설마 죽이기야 하겠어요? 그리고 여러분께 더 이상 폐를 끼칠 수도 없고요." 루원디가 고집을 부리자 노부인이 루원디의 손을 잡으며 말했다.

"자고로 훌륭한 사람은 발등에 떨어진 불을 피할 줄도 안다는데, 뭐 하러 제 발로 찾아가 매를 벌겠소? 걱정 말고 우리 집에서 나랑 함께 있다가 상황이 좀 좋아지면 그때 가도록 해요."

루원디가 그래도 고집을 꺾지 않자, 안즈융이 이렇게 말했다. "그럼 오늘만 일단 여기서 주무세요! 내일 우리가 가서 동정을 살펴본 다음 다시 결정하는 게 어때요?"

다른 사람들도 모두 거들고 나서는 바람에 루원디도 할 수 없이 그렇게 하기로 했다.

다음 날 '독립사고전투조' 성원들은 여러 가지 소식을 수집해서 다시 노부인의 집에 모였다. 극단 양쪽 파에서 루원디의 납치를 둘러싸고 서로 비방하는 표어를 거리마다 붙였으며, 루원디에 대한 '수배령'까지 나붙었다는 소식이었다. 루원디는 무섭기도 하고 한편으론 우습기도 했다. 자기처럼 평범한 일개 배우 때문에 이렇게 큰 풍파가 일다니? 게다가 '수배령'까지?

상황이 그러하니 자연 그녀도 돌아갈 수 없게 되었다. 해방 전 지하 운동을 하던 공작원처럼 그녀도 처음 만난 이 노부인 집에 숨어 있지 않을 수 없게 된 것이다.

그렇게 숨어 지낸 지 한 달이 지났다. 두 파는 서로 타협을 했고, 그녀에 대한 흥미도 점점 시들해졌다. 이제 루원디는 집으로 돌아가고 싶었다. 돌아가 야오루후이와 담판을 짓고 싶었다.

어느 날 저녁 루원디는 징후 호숫가를 따라 집을 향해 걸었다. 여름 밤이면 사람들은 더위를 피해 호숫가에 나오길 좋아했는데 지금은 여기저기 온통 논쟁하는 사람들뿐이었다. 반짝이는 길바닥에는 각양각색의 구호가 가득 칠해져 있었다. 울긋불긋한 표어가 잔뜩 걸려 있는 호숫가 버드나무는 허리를 펴지 못한 채 잔가지를 호수 속 깊이 담그고 있었다. 호숫가에서 쌀을 씻고 빨래를 하는 아낙네들도 죄다 불만이 잔뜩 쌓였는지 쌀 이는 물이 여기저기 튀어 온통 물바다였다. 빨래를 치는 방망이 소리는 또 어찌나 무겁고 신경질적이던지 한 번 칠 때마다 사람의 가슴을 내리치는 것 같았다. 루원디는 가슴이 한층 더 무거워지는 것만 같았다!

저 앞에 자기 집이 보였다. 루원디는 심란한 마음으로 창문에 드리워진 커튼과 그 사이로 새어 나오는 불빛을 흘깃 보았다. 집 앞에 도착한 그녀는 열쇠로 조용히 문을 열었다.

루원디는 바깥방에 잠시 서 있다가 전등을 켰다. 그때 침실에서 누군가 소스라치게 놀라며 소리를 질렀다. "누구야? 이 밤중에?" 야오루후이의 목소리였다. 왜 저렇게 놀라지? 도둑인 줄 알았나? "루후이, 저예요!" 그렇게 말하면서 그녀는 안방 입구까지 갔다. 야오루후이가 혼비백산해서 침대에서 내려와 그녀를 사정없이 잡아챘다. "여긴 뭐 하러 왔어?" 이럴 수가! 웨이칭칭이 침대 위에서 몸을 오그린 채 부들부들 떨고 있지 않은가! 잠시 멍하니 있던 루원디는 한 걸음 한 걸음 뒤로 물러서며 중얼거렸다. "그래, 이런 거였구나!"

돌처럼 굳어진 그녀는 바깥방에 주저앉아 버렸다. 이윽고 웨이칭칭이 나가자 야오루후이가 별안간 그녀 앞에 푹 무릎을 꿇고는 그녀의 다리를 감싸안고 울먹이기 시작했다. 그녀는 비로소 정신이 돌아왔다. "어쩌자는 거죠? 어쩌자는 거냐고요?"

"용서해 줘! 용서해 줘! 원디! 난 당신을 잊은 게 아냐! 여기저기 당신을 찾아다녔어! 그녀가, 웨이칭칭이 내가 힘들어하는 틈을 타서……, 하지만 난 그녀를 사랑하지 않아. 그녀와 같이 있을 때도 속으로는 당신 생각을 했어. 그녀를 당신이라고 생각했어……, 흑흑흑……."

루원디는 한마디도 하지 않았다.

"나를 용서해 주겠어? 원디?" 그는 마루에 꿇어앉은 채 불쌍한 모습으로 애걸했다.

루원디도 점차 냉정을 되찾았다. "웨이칭칭하고 잘해 봐요. 이혼 수속은 당신이 내일 법원에 가서 처리하세요. 아니면 내가 해도 되고."

"아! 안 돼! 안 돼! 이혼 못 해! 원디, 난 당신을 사랑해! 당신을 영원히 사랑한다고!" 야오루후이가 큰 소리로 울기 시작했다.

루원디는 온몸에 소름이 돋았다. 눈앞에 있는 이 사람한테서 구역질 나는 썩은 시체 냄새가 났다. 하지만 덕분에 그녀는 이제 정말로 평정을 되찾았다. 완전히 편안해졌다. 그녀가 경멸하듯 그를 보았다. "걱정 말아요! 오늘 본 것을 말하진 않을 테니. 웨이칭칭이 안됐군요. 당신이 그 애를 망쳤어! 그 앤 이제 겨우 스물셋인데! 이혼 수속을 하든 말든 당신이 알아서 해. 어쨌든 당신과 난 이제 더 이상 부부가 아니야."

루원디의 이 말에 야오루후이도 잠잠해졌다. 그는 이제 아까처럼 떨지도 않았고 새파랗게 질렸던 얼굴에도 붉은 기가 돌기 시작했다. "갈게요." 루원디가 일어섰다. 야오루후이는 한없이 상심한 듯 풀 죽은 목소리로 말했다. "당신이 원하는 대로 하는 수밖에 없지, 뭐. 여기 당신한테 온 편지가 한 통 있어. 샹난이 보낸 거야." 그가 주머니에서 편지 한 통을 꺼냈다. 루원디가 편지를 받으려고 손을 내민 순간 야오루후이가 그녀의 허리를 감싸안으며 뻔뻔스럽게 요구했다. "가지 마. 가지 말고 우리 화끈하게 한번 하자……." 루윈디는 얼굴이 화끈거렸다! 있는 힘껏 그를 밀쳐 내버린 그녀는 불꽃이 이는 눈초리로 그를 노려보았다. 가슴속에서 끓어오르는 분노를 더 이상 참을 수가 없었다. 그녀는 있는 힘을 다해 그의 뺨을 올려쳤다. 놀란 야오루후이가 채 정신을 차리기도 전에 그녀는 방문을 열고 뛰쳐나가 버렸다…….

하지만 루윈디는 갈 곳이 없었다. 징후시에는 친척 하나 없었다. 그저 방 두 칸짜리 그 집만이 그녀의 안식처였고 야오루후이가 유일한 가족이었을 뿐이다. 하지만 지금은 그것마저도 없어져 버렸다. 그녀는 하염없이 호숫가를 배회했다…….

그녀가 징후시에 정착한 지도 벌써 꼭 10년이 되었다. 징후시의 수많은 사람들처럼 그녀 역시 아름다운 징후 호수를 무척 사랑했다. 어느 시대 어떤 사람이 이 호수에 이렇게 아름다운 이름을 지어 주었을까? 고요한 호수, 징후(靜湖). 징후는 도시의 절반을 차지할 만큼 컸다. 그런데도 이렇게 고요했다. 수면이 거울처럼 잔잔한 호수는 도시의 아름다움을 더해 줄 뿐 아니라 소란 속에서도 이처럼 도시가 유유자적한 풍모를 잃지 않게끔 해 주었다. 징후시 사람들은 대자연이 그들에게 선사한 은혜를 어떻게 누려야 하는지 알고 있었다. 그들은 호수 중심에 대나무로 고풍스런 팔각정을 세우고 대나무 탁자와 걸상을 마련해 바둑을 두거나 담소를 나누기 좋게 꾸몄다. 호수 기슭은 푸른 돌을 깔아 매끈하고 가지런하게 만들었다. 빨래나 수영을 하러 내려가기 편하도록 계단도 만들었다. 호수를 따라 동서 양쪽 방향으로 넓고 평평한 길이 쭉 펼쳐졌고 그 위로는 녹음이 우거져 있었다. 호숫가의 수양버들은 수면 위로 늘어져 고즈넉하게 가라앉은 호수에 부드러움을 더해 주었다. 문화 대혁명 전에는 루윈디도 호숫가에 자주 놀러 왔다. 호수의 고요하고도 부드러운 자태가 무엇보다 좋았고, 호숫가에 넘치는 웃음소리와 빨래 두드리는 소리도 좋았다. 특히 밤에 수면 위로 흔들리는 가로등과 버드나무 그림자를 볼 때는 눈을 반쯤 감고 조용히 요람을 흔들며 자장가를 부르는 젊은 엄마의 모습을 떠올리곤 했다. 그것은 아주 달콤한 상상이었다. 결혼을 하고서 야오루후이와 함께 어깨를 맞대고 호숫가를 산책할 때면 그녀는 야오루후이에게 자기의 그런 상상을 수줍게 들려주었다. 그녀는 얼마나 아이를 원했던가!

　하지만 오늘 징후는 조금도 달콤하지 않았다. 그 가로등 불빛과 버드나무 그림자가 오늘은 상심한 사람을 호수로 뛰어들도록 꼬드기는 음험한 귀신 같았다. 물결 하나 일지 않는 고요한 호수가 너무나 무정하게만 느껴졌다⋯⋯. 원디는 호수에게 조용히 물었다. "아름다운 징후야, 내 안식처가 되어 주지 않으련? 말 좀 해봐, 난 어디로 가야 하지?" 그녀에게 대답을 한 건 호수가 아니라 날카로운 총성이었다. 뒤이어 호숫가의 사람들이 정신없이 뛰기 시작했다. 또 어디선가 무장 투쟁이 벌어진 것이다. 하지만 원디는 뛰지 않았다. 총성도 무서울 게 없었다. 무서운 건 돌아갈 곳이 아무 데도 없다는 사실이었다. 그녀는 여전히 호숫가를 배회하고 또 배회했다. 자기가 돌아갈 곳은 바로 여기가 아닌가라는 생각이 들었다⋯⋯.

　그때 빨래를 마친 한 중년 부인이 호숫가에서 걸어오더니 원디 앞에 우뚝 멈추어 섰다. "총 소리 못 들었수? 왜 안 가고 서 있어요? ⋯⋯아니, 혹시 목계영으로 나왔던 루원디 아니우?" 깜짝 놀란 루원디가 고개를 끄덕였다. 그러자 그 여자가 기뻐하며 웃었다. "난 정말로 댁이 맞아 죽은 줄로만 알았어요! 아직 살아 있었네요! 집으로 돌아온 거유? 그런데 이렇게 늦은 시간까지 집에 들어가지 않고 여기서 뭐 하우?" 가슴이 먹먹해진 루원디의 두 눈에서 금세 뜨거운 눈물이 흘러내렸다. 놀란 여자가 빨래가 가득 담긴 통을 내려놓고 그녀의 손을 잡았다. "또 무슨 일이 있었수? 우리 집으로 갑시다! 내 남편도 나랑 생각이 같으니까 절대 위험하지 않을 거유." 루원디는 너무 고마워서 그 부인의 손을 꼭 잡고는 고개를 가로저었다. "아니에요. 고맙습니다. 집에 가야죠." 부인이 안쓰러운 듯 쳐다보았다. "그럼 빨리 돌아가요. 더 늦으면 호숫가도 안전하지 않으니까. 건달들이 있던데, 아니면 내가 바래다줄까요?" 루원디가 또다시 고개를 저었다. 그녀는 이 낯선 부인을 뚫어져라 쳐다보다 문득 자기에게도 친지가 있다는 사실을 깨달았다. 그녀는 얼른 작별 인사를 하고 호수를 지나 앞으로 걸어갔다.

그녀가 유일하게 갈 수 있는 곳은 그 노부인 집뿐이었다. 노부인은 그녀에게 앞으로 그곳을 친정처럼 생각하라고 말했다. 지금 그녀는 친정으로 돌아갈 수밖에 없었다. 그녀는 친정을 향해 발걸음을 재촉했다.

루원디가 노부인의 집 앞에 이르렀을 때는 벌써 11시였다. 노부인은 루원디가 눈물로 범벅이 된 채 문 앞에 서 있는 것을 보더니 대뜸 그녀를 품에 안아 주었다. "아가! 고생한 거 내가 다 안다!" 노부인의 품에 안긴 루원디는 어린아이처럼 울기 시작했다.

"말해 봐요, 누가 때리던가요? 당장 안즈융한테 말해서 복수해 줄게요!" 샤오류가 씩씩거리며 물었다.

원디는 그제야 울음을 그치고 고개를 저었다. "아무도 안 때렸어요. 하지만 그 집에는 절대로 돌아가지 않을래요. 아주머니, 저 좀 거두어 주세요! 갈 곳이 없어요!"

"그 야오루후이란 놈이 괴롭힌 거죠? 우린 그치가 지저분한 놈이란 거 진작부터 들어서 알고 있었어요. 당신이 속상해할까 봐 말을 안 해서 그렇지. 좋아요, 우리가 찾아가서 혼내 줄게요!" 샤오류가 빠드득빠드득 이를 갈았다.

"아니에요, 아무도 괴롭히지 않았어요. 전 다시는 돌아가지 않을래요." 루원디가 샤오류 모녀의 손을 잡고 흐느꼈다.

노부인은 루원디가 이렇게 슬퍼하는 걸 보고 딸에게 눈을 흘겼다. "더 묻지 마라. 할 얘기가 있으면 내일 해. 빨리 세수하고 잘 수 있게 언니한테 세숫물 좀 떠다 주렴." 소녀는 "네" 하고 가서 물을 데우고 노부인은 애써 원디를 위로해 주었다. 원디는 마치 자기에게 또 하나의 집이, 그리고 또 하나의 어머니가 생긴 것만 같았다…….

이렇게 해서 루원디는 다시 노부인의 집에 머무르게 되었다. 이튿날이 되어서야 그녀는 샹난의 편지를 처음부터 끝까지 두 번 거푸 읽었다. 그녀는 쓸쓸하게 웃었다. '샤오난(小南)! 보아하니 어떤 파가 되어도 소요할 수는 없는 모양이다!' 루원디는 샹난의 고민을 너무나 잘 이해할 수 있었기에 그녀가 진심으로 걱정되었다. 하지만 자기라고 해서 무슨 뾰족한 수가 있겠는가? 자기 일만 해도 엉망진창인데! 자기야말로 샹난한테 하소연하고 조언을 구하려던 참이었는데! 원디는 그 생각을 접었다. 친구도 이미 충분히 힘든 상황인데 자기까지 보탤 수는 없었다. 샹난의 성격은 그녀가 잘 알았다. 만에 하나라도 샹난이 불같이 화를 내며 징후시로 달려온다면 무슨 일이든 저지르고야 말 것이다! 하지만 그런다고 무슨 소용이 있겠는가? 그만두자. 이가 부러지고 피를 삼키더라도 혼자서 참자! 그래도 샹난한테 편지는 써야 했다. 이렇게 오랫동안 답장을 못 했으니 초조해하고 있을 것이 틀림없었다. 샹난과 돤차오친의 갈등에 대해서도 언급해야 하나? 어떻게 써야 하나? 그녀는 잘 생각해야만 했다. 정치적으로 차오친은 매우 노련해서 그녀나 샹난의 언니뻘은 되었다. 실제로도 차오친은 그들보다 두 살 더 많았다. 하지만 차오췬은 왠지 거리감을 느끼게 하는 데가 있었다. 뭐랄까. 아마도 그녀의 '원칙' 때문일 것이다. 그녀는 언제나 정이 뚝 떨어질 정도로 '원칙'을 내세우곤 했다. 그에 비해 샹난은 훨씬 다정다감했다. 샹난의 장점과 단점은 모두 얼굴에 드러났다. 속으로 무슨 생각을 하는지 안 보고도 환히 알 수 있었다. 그래서 사람들은 샹난과 함께 있을 때에는 굳이 그녀를 견제하지 않아도 되었다. 루원디는 위쯔치의 문제에 대해서도 샹난의 느낌이 진실한 것임을 믿었다. 차오췬은 또 지나치게 '원칙'을 내세웠을 게 틀림없다.

하지만 루원디는 그런 생각을 섣불리 샹난에게 알리고 싶지는 않았다. 차오췬한테 미안해서가 아니라 분방한 샹난의 성질을 부추길까 걱정스러웠던 까닭이다. 결국 그녀는 샹난에게 아주 짤막하게 편지를 한 통 썼다. 그녀는 샹난이 자기 앞에 닥친 일을 냉정하게 처리하길 바랐다. 그래서 샹난에게 스스로 너무 과신하거나 제멋대로 행동하지 말라고 당부했다. 감당할 수 없는 일에는 끼어들지 말고 한가하면 뜨개질을 해 보라고도 했다. 그리고 『뜨개질 교본』이라는 책을 함께 부쳤다. 그녀 자신이 겪고 있는 문제는 한마디도 언급하지 않고 그저 모든 게 순조로우니 걱정하지 말라고만 썼다.

마다하이에게 '첫인사'를 한 펑원펑

노동자 선전대가 진주하기로 한 날이 되었다. 아침 일찍부터 유뤄빙은 문인협회 전체 직원들을 대문 앞에 줄지어 세워 놓고 대기했다.

"온다! 온다! 빨리! 북과 징을 치도록!" 유뤄빙이 고함을 지르자 모두 긴장한 모습으로 바삐 움직였다.

북 소리와 징 소리가 울리기 시작했다. 둥둥둥! 쟁쟁쟁! "60명이 왔대!" 둥둥둥! 쟁쟁쟁! "지도원은 남자고 연대장은 여잔가?" 둥둥둥! 쟁쟁쟁! "끽소리 말고 죽어지내야겠군!" 사람들은 힘껏 북과 징을 치면서도 한편으로 얼굴을 맞대고 의견이 분분했다.

"왔습니다!" 유뤄빙이 다시 대문을 나서며 큰 소리로 외쳤다. 그는 어록을 머리 높이 치켜들면서 소리 높여 구호를 외쳤다. "노동자 선전대의 문인협회 진주를 열렬히 환영한다!" "반드시 노동자 계급이 모든 것을 영도해야 한다!"

북 소리, 징 소리, 구호 소리를 배경으로 노동자 선전대가 대문을 들어섰다. 사람들은 하나 둘 소리 없이 들어서는 선전대의 숫자를 세기 시작했다. 정확히 60명이었다. 남자 하나와 여자 하나가 그들 맨 앞에 서 있었다. 남자는 마흔다섯쯤 되어 보이는 '거인'이었다. 족히 2미터는 되어 보이는 키에 몸무게도 100킬로그램은 거뜬히 넘을 것 같았다. 둥글고 넓적한 얼굴에 민첩하면서도 선량해 보이는 두 눈이 인상적인 사람이었다. 여자는 서른이 갓 넘어 보였다. 얼굴은 깨끗하고 키도 상당히 컸다. 하지만 '거인'과 함께 서 있으니 그래도 작고 깜찍해 보였다. 그들도 모두 어록을 들고 구호를 외치고 있었다.

뜰에 들어선 노동자 선전대 대열이 정돈을 마치고 제자리에 서자 유뤄빙이 바로 앞으로 나가 '거인'과 악수를 하며 자기소개를 했다. "저는 유뤄빙이라고 합니다. 동지가 마 지도원, 마다하이 사부시죠?" 마다하이가 웃으며 고개를 끄덕이자 유뤄빙은 다시 옆에 있던 여자한테로 가 악수를 청했다. "장 연대장, 장챠오디(張巧娣) 사부." 장챠오디도 그를 향해 고개를 끄덕였다. 인사가 끝나자 유뤄빙은 두 사람을 데리고 회의실로 들어가 자리를 잡았다. 그는 자기와 마다하이, 그리고 장챠오디가 나란히 주석대 위에 앉도록 배치해 두었다. 회의실에는 벌써 표어와 구호가 잔뜩 붙어 있었다. 이제 유뤄빙은 모든 사람들 앞에서 '축하' 의식을 거행할 참이었다. 본디 이런 일은 돤차오췬이 모두 맡고 자기는 그저 입이나 손을 좀 거들면 그뿐이었으나 오늘은 그가 모두 알아서 해야 했다. 2년 동안 구호를 잘못 외치는 바람에 현행 반혁명 분자로 몰린 사건이 한두 번이 아니었으므로 그는 적잖이 긴장되었다. 축사를 잘못 읽지 않으려고 며칠 전부터 연습을 해 두었지만 그래도 막상 닥치고 보니 여간 긴장되는 게 아니었다. 그가 떨리는 손으로 어록을 치켜들고는 긴장되어 갈라지는 목소리로 선창을 하자 군중이 따라서 구호를 외쳤다. 드디어 끝났다! 그는 한숨을 길게 토해 냈다. 하지만 바로 또 불안해지기 시작했다. 틀리게 읽진 않았겠지? 그는 몰래 어록을 펼쳐 속표지에 있는 제목을 찾아보았다. 그런데 이런! 자기가 '위대함' 구호 네 개의 순서를 바꿔 외친 게 아닌가! '이게 정치적 과오로 몰리지는 않을까?' 그는 이런 생각을 하느라 환영회의 다음 순서를 진행하는 것도 까맣게 잊어버렸다.

마다하이와 장챠오디는 유뤄빙이 다음 순서를 선포하기를 기다렸지만 아무리 기다려도 기척이 없자 동시에 유뤄빙을 쳐다보았다. 유뤄빙은 어록을 쳐다보며 깊은 생각에 잠겨 있었다. 마다하이가 그를 툭툭 쳤다. "라오유, 더 할 말이 있소? 없으면 그만 해산합시다!" 마다하이는 산둥(山東) 사투리를 썼다.

그제야 번쩍 정신이 든 유뤄빙이 급히 말했다. "아니, 아닙니다. 동지들, 마 지도원과 장 연대장이 우리를 위해 축사를 하시겠습니다. 우리 모두 환영합시다!" 유뤄빙이 박수를 치기 시작하자 모두 따라서 박수를 쳤다. 마다하이가 부채처럼 큰 두 손을 내저었다.

"이제 막 도착했는데 무슨 할 말이 있겠소? 그냥 해산합시다!" 하지만 유뤄빙은 고집을 부렸다. "꼭 하셔야 합니다. 저희한테 바라는 걸 말씀해 보시죠!" 마다하이가 별수 없이 장챠오디를 보았다. "챠오디 사부, 그러면 동무가 몇 마디 하겠소?" 그러자 장챠오디가 마다하지 않고 일어나 전형적인 빈하이 말씨로 발언을 시작했다. "저는 무식해서 말은 잘 못합니다. 마오 주석께서는 상부 구조를 점령하도록 우리를 파견하시고 우리 노동자를 보배로 여겨 주셨습니다. 그래서 저는 상부 구조의 투쟁, 비판, 개조 임무를 반드시 잘 해내려고 합니다. 여러분 지식인들에게 한 가지 부탁을 드리겠습니다. 마오 주석의 말씀에 따라 더러운 권위는 버리십시오. 노동 계급의 지도에 복종하고 공농병과 결합하기를 원하기만 한다면 우리는 환영할 것입니다. 우리 노동자는 약속을 꼭 지킵니다. 여러분 지식인들처럼 말 따로 행동 따로 하지는 않습니다. 이상입니다."

유뤄빙이 박수를 치기 시작하자 또다시 모두 박수를 쳤다. 펑원펑은 열정적으로 구호까지 외쳤다. "노동자 계급의 영도에 절대 복종하자! 성실하게 재교육을 수용하자!" 자연 다른 사람들도 모두 따라서 구호를 외쳤다. 박수 소리와 구호 소리가 멈추자 유뤄빙이 또 얼굴 한가득 웃음을 지으며 마다하이에게도 권했다. "마지도원께서도 한 말씀 하시죠!" 마다하이는 여전히 손을 내저었다. "앞으로 말할 기회가 많으니 오늘은 이걸로 끝냅시다! 어떻습니까?" 마다하이가 애원하는 말투로 '어떻습니까'를 길게 빼는 바람에 모두 웃음을 터뜨렸다. 물론 감히 크게 웃지는 못했다. 마다하이 본인만 아이처럼 큰 소리로 웃었을 뿐이다. 사람들은 속으로 '보아하니 저 지도원은 여자 연대장보다 덜 사납겠군'이라고 생각했다.

유뤄빙이 마지못해 폐회를 선포하자 모두 서둘러 자기 사무실로 돌아가기 시작했다. 펑원펑만 회의실이 비기를 기다렸다가 마다하이의 손을 붙들고 아는 체를 했다. "마 지도원님, 저 기억하시겠어요?" 마다하이가 기뻐하며 펑원펑의 손을 흔들었다. "샤오펑 아닌가! 왜 그동안 집에 놀러 오지 않았나? 우리 집 샤오마(小馬)가 방학 때 돌아와서 자네 안부를 묻더구먼!" 펑원펑은 눈썹과 눈이 한데 모일 만큼 크게 웃었다. "바빠서요! 투쟁이 얼마나 지난하고 막중한지요! 앞으로 마 지도원께서 저를 좀 많이 가르쳐 주십시오." 마다하이가 하하하 웃으며 펑원펑의 어깨를 툭툭 쳤다. "무식한 내가 자네를 어떻게 가르치겠나? 마오 주석의 말씀대로 자기가 자기를 교육하고 자기가 자기를 해방시켜야지! 언제 시간 되면 나랑 한담이나 나누세!" 펑원펑이 그러마고 대답하고 자리를 뜨자 유뤄빙이 마다하이에게 물었다. "펑원펑과 아는 사이십니까?" 마다하이가 대수롭지 않게 대답했다. "내 아들 동창이오. 전에 종종 우리 집에 놀러 왔소." "잘됐군요. 샤오펑은 저희 기관의 적극 분자랍니다." 하지만 유뤄빙은 속으로 걱정이 태산 같았다. '이번에도 시끄럽게 생겼군!'

한편 펑원펑은 마다하이가 어깨를 다독여 주었다는 사실에 흡족해했다. 그는 자기가 벌써부터 샹난이나 왕유이보다 한 발 앞선 것처럼 느껴졌다. 마 사부의 호의에 어긋나지 않도록 서둘러 두 번째 수를 두어야 했다. 그건 바로 반란파 내부의 노선투쟁을 고발하는 일이다. 반란파 내부의 보수 세력 대표인 샹난과 왕유이를 이참에 거꾸러뜨리는 거다! 그는 진작부터 이런 생각을 하고 있었던 데다 그를 지지하는 사람들도 있었다. 롼차오췬은 자기와 관점도 같고 자기를 지지하면서도 '우정' 때문에 샹난을 싸고도는 것뿐이다.

유뤄빙은? 그 겁쟁이! 그는 속은 보수적이지만 무서워서 감히 공개적으로 나서지 않을 뿐이다. 이제 기회가 왔는데 무엇을 더 기다리겠는가? 노동자 선전대가 진주한 바로 다음 날, 사람들은 문인협회 대문 맞은편 벽에 새로 나붙은 벽보를 보게 되었다. 제목은 「누가 수정주의 시인 위쯔치를 비호하는가?」였고 '위쯔치 특별 심사조 내부 노선투쟁의 내막을 고발함' 이라는 부제가 붙어 있었다. 사람들은 저마다 다른 심정으로 벽보 앞에 둘러서 있었다. 그 자리에는 마다하이와 장챠오디도 있었고, 유뤄빙도 있었으며, 샹난과 왕유이도 있었고, 벽보를 써 붙인 펑원펑도 있었다.

벽보는 아주 첨예한 문제를 제기하고 있었다. 샹난과 왕유이의 이름까지 공공연하게 거론했다. 그뿐만 아니라 그들의 언행이 있었던 시간과 장소까지 분명하게 제시해 놓았다. 벽보의 내용은 퍽 설득력이 있었다. 특히 벽보에서 사람들의 의심을 사기에 충분했던 내용은 위쯔치의 아내가 죽은 뒤 샹난과 왕유이가 두 번이나 심사조 성원인 펑원펑을 따돌리고 노동개조소에 있는 위쯔치를 만났다는 사실이었다. 벽보에 따르면 그 이후로 샹난과 왕유이의 태도가 모호하게 바뀌었으며, 항상 겉으로는 돤차오췬의 지시를 받드는 척하면서 속으로 어기는 수단을 동원하고 심사조 내부의 의견 차이를 은폐함으로써 심사조 사업을 지지부진하게 만들었다는 것이다. 게다가 위쯔치에게 아직도 심사해야 할 중대한 문제가 많이 남았음에도 심사조 사업을 서둘러 마무리지으려 함에 따라 현재 심사가 곧 종료될 상황에 처해 있으며, 이 모든 것이 펑원펑 몰래 진행되었다고도 했다.

마다하이와 장챠오디는 벽보를 보면서 그것을 수첩에 베끼고 있었다. 그것을 본 유뤄빙도 수첩을 꺼내 들었다. 벽보를 베끼던 장챠오디는 벽보에서 고발하고 있는 내용에 무척 화가 났는지 유뤄빙에게 이렇게 물었다. "왕유이라는 사람도 노동자 작가라면서요?" "예, 그렇습니다." 한쪽에 서 있는 왕유이를 힐끗 보며 유뤄빙이 목소리를 낮추어 대답했다. 그러고는 슬쩍 덧붙였다. "저기, 깡마르고 서른쯤 되어 보이는 남자가 바로 왕유이입니다." 왕유이도 장챠오디가 불만스런 눈초리로 자기를 흘긋흘긋 쳐다보는 것을 알아차렸지만 모르는 척 고개를 갸웃하며 읽던 것을 마저 읽어 내려갔다. 장챠오디가 또 물었다. "샹난은요? 남잔가요, 여잔가요?" 유뤄빙이 대답하기 전에 어떤 여성 동지의 목소리가 들렸다. "여자예요. 바로 접니다." 장챠오디가 돌아보니 자기와 키가 비슷한 여성 동지가 뒤에 서 있었다. 그녀는 속으로 '성격 한번 시원시원하군'이라고 생각하면서 샹난에겐 아랑곳없이 그녀를 몇 번 더 훑어보기만 했다. 펑원펑도 그들을 지켜보고 있었다. 아, 어찌나 즐거운지! 그는 마다하이와 장챠오디 옆에 가서 히죽거렸다. "마 사부님, 장 사부님! 언제 시간 되시면 운동에 대한 제 생각을 체계적으로 보고하고 싶습니다." 그러고는 옆에 있던 유뤄빙에게 말했다. "라오유도 시간 되면 참가하시죠." 그러자 유뤄빙이 서둘러 대답했다. "직접 노동자 선전대를 찾아가 보고해요. 문인협회 운동에 문제가 있다면 내게도 책임이 있는 거니, 나도 노동자 선전대에 보고하고 자기비판을 해야 할 테니까!" 마다하이가 그들을 향해 하하 웃었다. "문제가 있으면 모두 함께 의논하면 되는 거요! 샤오 펑, 내가 자네한테 말했지? 하고 싶은 말 있으면 다 하라고 말이야. 오늘처럼 이렇게 벽보를 써도 되고. 그렇지 않소, 챠오디 사부?" 장챠오디가 만족스런 표정으로 펑원펑을 처다보았다. "샤오 펑, 동무의 태도가 훌륭하군요. 우리 노동 계급은 당신 같은 지식인을 환영합니다." 장챠오디를 보던 마다하이는 고개를 돌려 왕유이와 샹난에게 한마디 덧붙였다. "혁명은 참여하는 사람이 많으면 많을수록 좋은 거요. 당을 뜨겁게 사랑하고 사회주의를 사랑하는 지식인이라면 우린 모두 환영하오! 왕유이, 샹난 동무, 동무들도 시간 되면 와서 이야기나 좀 합시다!" 왕유이는 마음을 가라앉히며 그러마고 했으나 샹난은 입술을 깨물며 아무 말도 하지 않았다. 마다하이가 또 웃었다. "기분 상했소? 샤오샹, 벽보에 사실이 아닌 내용이 있다면 동무도 와서 말하면 되지 않소. 그렇지 않소, 샤오펑?" 펑원펑이 바로 고개를 끄덕였다. "샹난의 변론을 환영합니다!" "모두 사실이니 전 처분을 기다리겠습니다." 샹난은 찌푸린 얼굴로 이렇게 말한 뒤 홱 돌아서 가 버렸다. 샹난의 이런 태도에 마다하이는 그냥 웃으며 고개를 젓고 말았지만, 장챠오디는 화를 버럭 내며 샹난의 등 뒤에 대고 소리쳤다. "저런, 저런! 지식인의 더러운 권위 좀 보세요! 모두 사실이라면 당연히 처분해야 합니다! 이렇게 심각한 계급투쟁이 벌어졌는데 그냥 넘어갈 순 없죠!" 그렇게 큰 목소리를 샹난이 듣지 못했을 리가 없었다. 그녀는 강경한 태도로 천천히 고개를 돌렸다. "잡아 보시죠. 어쨌든 난 아부 같은 건 절대 할 생각이 없으니까!" 샹난은 이렇게 대꾸하고 돌아서서 잰걸음으로 가 버렸다. 머리끝까지 화가 치민 장챠오디가 한바탕 더 소리를 지르려고 했으나 마다하이가 그녀를 향해 눈짓을 했다. 그녀는 별수 없이 화를 눌렀다.

노동자 선전대의 진주 때문에 애초부터 조마조마했던 사람들은 오늘 펑원펑의 벽보와 장챠오디의 태도를 본 뒤 더욱 안절부절못했다. 샹난의 강경한 태도를 탓하며 저도 모르게 모두 샹난을 원망하기 시작했다. 지금이 어느 땐데 아직도 성질을 부린단 말인가? 잘못하면 모두 연루될지도 모르는데! 왕유이마저 샹난 때문에 화가 났다. 그중 인사과에서 근무하는 한 여(女)간부만 그런 샹난의 태도를 존경하듯 그녀의 뒷모습을 바라보며 혼잣말을 했다. "저런 성격이 좋아. 모순이 있으면 드러낼 줄도 알아야지!" 왕유이가 돌아보았다. 저 여간부는 원래 평원평과 비교적 가까운 사이라고 알고 있는데 무슨 꿍꿍이로 샹난 편을 드는 거지? 잠시 생각에 잠겼던 그는 소리 없이 그곳을 떠났다.

왕유이는 그 길로 샹난을 찾아가 퍼붓기 시작했다. "그런 성질머리 좀 고치란 말야! 이곳에서 당신은 당신 어머니의 귀한 외동딸이 아니라 노동자 계급의 재교육을 받아야 하는 더러운 지식인이란 걸 기억해야지!" 샹난은 그를 거들떠보지도 않고 뜰의 풀밭 위에 털썩 주저앉았다. "당신은 말이야, 정말로 된통 한번 당해 봐야 해!" 왕유이는 이렇게 소리치고 나서 씩씩거리며 가 버렸다.

그의 뒷모습을 보며 샹난도 분을 이기지 못하고 투덜거렸다. "비판할 테면 하라고 해! 어차피 더러운 지식인인 건 마찬가진데, 뭐." 하지만 속으로는 벌써부터 후회하고 있었다. 여태껏 경종을 울린 것도, '긴고주'를 외운 것도 다 허사가 되고 말았다! 노동자 선전대에 나쁜 인상을 줄까 봐 걱정할 땐 언제고. 이젠 끝장이야. 인상이 다시 좋아질 리 만무하지! 생각할수록 화가 치밀고 생각할수록 속이 상해서 풀을 하나 뽑아서 입에 물고 잘근잘근 씹었다. 문득 어제 받은 원디의 편지와 『뜨개질 교본』이라는 책이 생각났다. '원디, 잘하면 뜨개질도 못 배우게 생겼다!'

"샹난 동지! 풀이 맛있소?" 화들짝 놀란 샹난이 일어서기도 전에 마다하이가 그녀 맞은편 풀밭 위에 주저앉았다. 그러고는 부드럽게 물었다. "뭘 생각하고 있었소?"

"아무것도 생각하지 않았어요." 하지만 기어드는 목소리로 대답하던 샹난의 눈에서는 금세 눈물이 주르륵 쏟아졌다.

"허, 이것 참! 지식인들은 잘도 운다니까!" 마다하이가 웃으며 말을 이었다. "울긴 왜 울어, 벽보에 사실이 아닌 내용이 있으면 의견을 제시하면 되지 않소?"

샹난은 마다하이를 쳐다보며 순간 어떻게 대답해야 할지 알 수가 없었다. 그녀는 평원평의 벽보가 사실이 아니라고 말할 수 없었다. 그 말은 분명 자기가 했던 말이고 그 일도 분명 자기가 했던 일이다. 그녀는 말없이 고개만 저었다.

"그럼 벽보에 적힌 게 모두 사실이란 말이오?" 마다하이가 진지하게 물었다.

"예, 사실이에요." 샹난은 거의 들릴락 말락 한 목소리로 대답했다.

"그렇다면 대체 왜 그러는 거요?"

"저, 저는……." 샹난은 또 어떻게 대답해야 할지 알 수가 없었다. 방금 있었던 일을 교훈 삼아 그녀는 아예 변명을 하지 않기로 작정했다. 그녀는 억울함을 꾹 누르며 말했다. "마 사부님, 저는 전형적인 '삼문 간부(三門幹部)'*예요. 전 수정주의 노선의 나쁜 영향을 받은 데다 교만하고 성질도 급하고 제멋대로예요. 눈에 거슬리신다면 비판해도 좋아요. 전 비판이 두렵지는 않아요." 하지만 "비판이 두렵지는 않아요"라고 말할 때 눈에서는 이미 눈물이 주르르 흐르고 있었다.

마다하이는 샹난을 쳐다보며 연방 고개를 흔들었다. 지식인들은 정말 잘 울어! 특히 여성 동지들! 그는 샹난이 민망해할까 봐 일부러 고개를 돌린 채 손수건을 꺼내 샹난에게 건네며 물었다. "내가 뭐 하는 사람 같소?"

샹난이 의아한 얼굴로 그를 쳐다보았다. "노동자잖아요!"

"무슨 노동?"

샹난이 고개를 젓자 마다하이가 또 싱긋 웃었다.

"샹난 동지, 이 방면에 대해 전혀 모르는군. 글을 쓰려면 노동의 종류는 어떤 것이 있는지, 직업은 어떤 것이 있는지, 조금씩 알아 두는 게 좋을 거요. 난 말이오, 기계 조립공이오. 바이스에다 맞추고 갈고 쓸고 하는 게 내 전문이지. 하지만 패는 일에는 문외한이오."

"패는 일요?"

"몰라서 묻는 거요? 전문적으로 도끼를 휘두르는 일. 얍! 패라, 이 수정주의자! 얍! 또 패라, 이 공산당원! 여기 패고 저기 패고 그러면서 자기만 패지 않는 거야. 나도 그런 도끼에 맞아 봤는데, 그래도 반 토막으로 쪼개지지는 않더군. 난 200근*이나 나가거든!" 마다하이가 커다란 손으로 도끼를 휘두르는 시늉을 하자 샹난은 자기도 모르게 웃음을 터뜨렸다. 마다하이의 익살스러운 말과 재밌는 몸짓 덕분에 기분이 많이 풀어진 샹난은 그제야 자기변명을 하기 시작했다. "마 사부님, 저도 '패는' 건 두렵지 않아요. 그냥 마음이 좀 불편해서 그렇지." "아직도 속상하오?" 마다하이가 웃으며 묻자 샹난도 솔직하게 고개를 끄덕였다. "마 사부님, 펑원펑이 벽보에 적은 얘기는 한 가지만 빼고 다 사실이에요. 우리가 고의로 위쪼치를 비호한 건 절대 아니거든요. 정말이지 그 사람이 적이라는 걸 증명할 만한 자료를 찾을 수가 없었어요. 그런데도 양심을 속이고 그 사람을 타도하는 일은 저나 왕유이나 차마 할 수가……." 불현듯 샹난이 입을 다물었다. 자기 입에서 '양심'이라는, '인성론' 자들이나 쓰는 낱말이 자연스럽게 나와 버렸기 때문이다. 조심스럽게 마다하이의 표정을 살핀 샹난은 그가 아무런 반응도 보이지 않자 슬며시 마음을 놓았다. 그런데 갑자기 마다하이가 작은 눈을 굴리며 의미심장하게 웃는 모습을 보고는 다시금 가슴이 철렁하여 얼른 자기비판을 했다. "양심이란 말을 하면 안 되는데, 당성이라고 말했어야 하는데……."

마다하이는 더욱 재미있다는 듯 웃었다. "참말로 한 글자 한 글자를 꼭꼭 씹어뱉는군! 아니, 양심이란 말을 하면 당성이 없는 건가? 그보다는 사실을 봐야지. 마오 주석께서 실사구시(實事求是)하라고 했지요? 실사구시만 하면 그게 곧 당성에 부합하는 거요. 그렇소, 안 그렇소?"

'이 사부는 사람들의 정리되지 않은 생각을 포착할 줄 아는구나.' 샹난은 문득 존경심이 일었다. 마다하이는 거칠어 보이지만 실은 섬세한 듯했다. 잔뜩 경계심을 품고 있던 샹난도 어느덧 경계를 풀고 예전의 활발하고 스스럼없는 샹난으로 돌아가 자기 생각을 거침없이 말하기 시작했다. 그녀는 자기가 어떻게 공부했고, 어떻게 반란에 참가했으며, 어떻게 위쯔치의 심사를 진행했고, 왜 지금까지 결혼을 하지 못했는지까지 하나도 남김없이 자세히 들려주었다. 그녀는 이렇게 믿을 수 있는 사람 앞에서는 자기 모든 것을 드러내고야 마는 성미였다.

샹난의 이야기를 모두 듣고 잠시 깊은 생각에 잠겼던 마다하이가 그녀에게 말했다. "샤오샹, 동무는 참으로 솔직하군요. 우린 이런 태도를 환영하오. 잘못이나 과오 없는 사람이 어디 있겠소? 제일 나쁜 건 진실을 말하지 않는 거지. 오늘은 동무가 제기한 문제에 대해 뭐라 의견을 표시할 수가 없소. 내가 그것에 대해 조사한 바가 없으니 아직 발언권이 없는 셈이지. 내가 조사를 마친 뒤에 다시 얘기합시다. 어떻소?"

샹난이 고개를 끄덕이며 대답했다. "좋아요. 노동자 선전대가 직접 위쯔치를 찾아가 보는 게 좋을 거예요. 우리도 한동안 그를 만나지 못했거든요."

마다하이가 일어서며 말했다. "찾아가 봐야지. 밀려난 사람들은 모두 다 찾아가 볼 거요. 동무는 사무실로 돌아가시오. 나중에라도 무슨 의견이 있으면 언제든 찾아오고." 이렇게 말하며 걸어가는 마다하이의 뒷모습을 쳐다보며 샹난은 속으로 또 이런 의문이 생겼다. '우리를 비판하러 온 게 아니라면 대체 뭘 하러 온 거지?'

며칠이 지났다. 샹난을 포함해 문인협회 모든 간부들은 자기들끼리 의론이 분분했다. "노동자 선전대가 온 지 며칠이 지났는데도 아무런 낌새가 없잖아!" "때를 기다리고 있는 거겠지. 생각해봐, 더러운 지식인을 비판하고 투쟁할 게 아니라면 그 사람들이 여기 뭣 하러 왔겠어?"

하지만 노동자 선전대 역시 이 문제를 둘러싸고 내부 토론 중이라는 걸 사람들은 몰랐다. 몇십 명이나 되는 노동자 선전대 대원들은 회의실에 모여 문이란 문은 다 걸어 잠그고 회의를 하고 있었다. 마다하이와 장챠오디가 회의를 주도했는데, 두 사람은 뭔가 의견 충돌이 있었는지 얼굴이 벌겋게 달아오른 모습이었다.

"책임자인 두 사람이 얼른 결정을 내리시오. 온 지 며칠이나 지났는데 아직도 이렇다 할 혁명적 행동을 개시하지 않고 있으니 사람들이 노동자 선전대를 뭘로 보겠소?" 한 남성 동지가 이렇게 재촉했다.

장챠오디가 옆에 있던 마다하이를 힐끗 쳐다보더니 감정을 억누르며 말했다. "마 사부님, 공장 사람들이 사부님을 할머니처럼 꾸물대는 생산당원이라고 비판했죠. 그래서 사부님을 훈련시키려고 여기로 파견한 건데, 여전히 그렇게 꾸물거리고만 계실 겁니까! 눈앞에 벌어진 엄중한 계급투쟁은 놔두고 밤낮 사람들을 찾아다니며 이러쿵저러쿵 시답잖은 얘기나 하고 있으니. 그러다가 우리의 투쟁 방향을 잘못 이끌면 어쩌려고 그러세요!"

마다하이는 화를 내거나 반박하지도 않고 그저 모두 쳐다보며 물었다. "챠오디 사부의 의견에 대해 여러분은 어떻게 생각하십니까?"

대원들은 저마다 분분히 의견을 내놓았다. 어떤 사람은 챠오디 의견에 동의하면서 즉시 위쯔치 사건을 들춰쥐고 샹난과 왕유이를 비판해야 한다고 주장했다. 그렇게 해서 계급투쟁의 포문을 열면서 동시에 지식인들이 꼬리를 싹 내릴 수 있도록 경고해야 한다는 것이었다. 하지만 다른 의견도 있었다. 특히 몇몇 나이 든 노동자들은 그런 의견에 반대하면서 이렇게 주장했다. "차에서 내리자마자 야단법석을 떠는 일은 하지 말라고 마오 주석께서 말씀하시지 않았소? 먼저 심사부터 확실하게 해야 합니다!"

이 말에 마다하이가 미소를 지으며 장챠오디에게 물었다. "챠오디, 동무가 듣기에 이 의견에 일리가 있다고 생각하지 않소?" 그러자 장챠오디가 반박했다. "저도 심사를 반대하는 건 아니에요! 하지만 위쯔치 사건의 시비는 심사하지 않아도 뻔하잖아요!" 마다하이가 재밌다는 듯이 웃으며 물었다. 작은 눈이 더욱 작아졌다. "그래요? 그럼 어떻게 뻔한지 말해 보겠소?"

장챠오디는 여전히 자기를 아이 취급하는 마 사부의 태도가 영 못마땅했다. "마 사부님, 저도 펑원펑이나 다른 사람들을 찾아가 자세히 알아봤다고요. 위쯔치가 문인협회 내 주자파의 중심인물이란 건 틀림없는 사실이에요. 그가 독초 같은 글을 많이 썼다는 것도 틀림없고요. 그러니 샹난과 왕유이가 그를 비호한다는 게 뭘 의미하는지는 물어보지 않아도 뻔한 거 아닌가요?"

그러자 짓궂은 마다하이가 그녀의 말을 똑같이 따라 했다. "챠오디, 나도 샹난과 왕유이, 그리고 다른 사람들을 찾아가 자세하게 물어봤거든. 위쯔치가 주자파인가 하는 점은 아직 불분명하고요, 그가 쓴 작품이 독초인가 하는 점도 아직 불확실해요. 그러니 샹난과 왕유이가 그를 비호한다는 게 뭘 의미하는지도 아직 불

확실한 거 아닌가요?"

대원들이 배꼽을 쥐고 웃었다. 마다하이의 말이 무슨 뜻인지 대뜸 알아들은 몇몇 나이 든 사부들이 그의 편을 들어주었다.

"다하이의 말에 일리가 있소. 양쪽 말을 다 들어 봐야지 한쪽 말만 듣고 그걸 믿을 수는 없소!"

"문인협회의 상황이 복잡하니 한쪽만 지지하면 안 되지!"

장챠오디가 냉정을 되찾으며 마다하이에게 물었다. "평원평과 잘 아는 사이 아니셨나요?"

마다하이가 손을 내저었다. "그건 이 문제와는 관계없는 일이오! 공사는 분명히 구분해야지. 모두 개인적인 감정만 생각한다면 우리 당이 무슨 일을 할 수 있겠소? 지도자 동지라도 그건 용납할 수 없는 일이오!"

결국 마다하이는 대원들을 설득하여 행동하기에 앞서 좀 더 자세하게 심사를 실시하기로 했다. 그리고 어떻게 심사할 것인지에 대해서는 또 한 차례 토론을 벌여 주도면밀하게 계획을 세웠다. 애초에 그들이 문인협회에 진주할 때부터 전혀 준비가 없었던 것은 아니다. 그들은 이미 수 차례 교육과 학습과 토론을 거친 상태였다. 시 혁명위원회 부주임인 산쟝은 단체 보고를 할 때 특별히 문인협회의 예를 들면서 노동자 계급이 상부 구조를 점령해야 하는 필요성과 어려움에 대해 설명했다. 그는 노동자 선전대 대원들에게 이렇게 말했다. "난 동무들이 패전할까 봐 걱정이오. 동무들은 두 가지 위험에 처해 있소. 쫓겨나든가, 아니면 먹히든가." 문화국에 가자 돤차오천이 또 문인협회에 '세 가지 많은 것과 세 가지 부족한 것'을 자세히 일러 주었다. 그녀의 말에 따르면 문인협회에는 '주자파, 반동 권위파, 개조되지 않은 더러운 지식인'이 많고, '혁명 간부, 경험 많은 반란파, 문예 혁명을 끝까지 진행하겠다는 적극 분자'가 적다고 했다. 그녀는 또 이렇게 덧붙였다. "문인협회라는 검은 소굴을 붉게 만들려면 보통 수술로는 어림도 없습니다. 원래 있던 검은 피를 모조리 뽑아내야 합니다. 있는 힘 껏 전부 짜내야 합니다. 이건 무척 엄중한 투쟁이 될 겁니다. 우리 가 동무들의 뒤를 지원하겠습니다." 두 사람의 이 같은 소개 때문 에 노동자 선전대원들에게 문인협회는 무시무시한 곳처럼 여겨졌 다. 자기들이 곧 진주하게 될 문인협회 여기저기에 함정이 널려 있어 까딱 잘못하다가는 여지없이 그 속에 빠져 버릴 것만 같았 다. 그래서 그들은 어떻게 심사할 것인지에 대해서도 미리 몇 가 지 기율을 마련해 두었다. 첫째, 어떤 사람도 단독으로 문인협회 소속 직원과 만나서는 안 되며, 문인협회의 여성 동지와 얘기를 나눌 때는 반드시 여자 선전대원을 대동해야 한다. 둘째, 가정 방 문은 일단 보류하고 그쪽에서 권하는 담배, 차는 반드시 사양하며 집으로 초청받는 것도 거절한다. 셋째, 어떤 문제에 대해서도 개 인적인 의견 표명은 하지 않는다. 넷째, 대화는 빠짐없이 기록해 서 연대 본부에 보고한다.

유뤄빙은 노동자 선전대 회의에 참가하지 않았으므로 회의가 끝난 뒤 마다하이와 장챠오디가 유뤄빙에게 앞으로의 사업 계획 과 기율을 간단하게 알려 주었다. 첫날 장챠오디가 큰소리쳤던 것 처럼 노동자 선전대가 샹난을 혹독하게 비판하고 그 기세가 쭉 이 어질까 봐 유뤄빙은 지난 며칠 내내 가슴을 졸이고 있었다. 그런 데 오늘 그들이 심사 연구를 먼저 하겠다고 나서자 마음속에 있던 무거운 돌덩이를 내려놓은 것만 같았다. 하지만 그렇다고 걱정이 싹 가신 것은 아니었다. 심사 연구도 심사 연구 나름 아닌가. 선입 견을 가지고 들어가면 심사를 할수록 오히려 그 선입견이 더 깊어 질 수도 있다. 게다가 그때는 자기들도 이미 상황을 다 파악했다고 믿기 때문에 지금보다도 훨씬 더 살벌한 상황이 벌어질 수도 있는 것이다. 하지만 설령 그렇다고 해도 유뢰빙이 뭘 어쩌겠는가? 그저 상황이 어떻게 돌아가는지 지켜보는 수밖에 없었다. 그래서 두 사람의 보고를 받고서 그는 이렇게 말하고 말았다. "계획을 참 치밀하게 세우셨군요. 전 별 다른 의견 없습니다. 적극적으로 협조해 드리죠!"

그 후 1주일이 지나도록 별 다른 일이 없자 노동자 선전대 진주 때문에 잔뜩 긴장해 있던 사람들도 점차 긴장이 풀리기 시작했다. 왕유이는 다시 장난스런 표정을 지었고 샹난도 점차 쾌활하게 웃었다. 처음에 뛸 듯이 기뻐하던 펑원펑만 대체 어찌 된 영문인지 의아해했다. 그래서 인사과의 그 여간부를 찾아갔다. "노동자 선전대가 왜 여태 아무런 동정도 없는 걸까요? 설마 이 썩어빠진 문인협회를 그대로 두고만 보진 않겠죠?" "그럴 리가요! 하지만 문제가 있으면 꺼내 놓는 게 좋겠죠! 내가 마 사부와 친하다면 벌써 찾아가 봤을 거예요." 그녀가 고개를 저으며 이렇게 말하자 그제야 펑원펑도 마 사부를 찾아가 어떻게 된 일인지 알아봐야겠다는 생각이 들었다. 그날 그는 노동자 선전대 본부로 찾아갔다. 문을 두드린 뒤 슬쩍 열어 보니 마다하이 혼자 있었다. 그는 절로 신이 나서 다정한 목소리로 마다하이를 불렀다. "마 사부님!" 펑원펑이 온 걸 보고 마다하이도 반갑게 맞이했다. "샤오펑! 이리 와 앉게." 펑원펑은 마다하이 옆으로 가 섰다. "마 사부님! 샤오마가 올 휴가에도 집에 왔나요? 저도 보고 싶은데." "온 지 며칠 됐는데, 곧 돌아간다더군. 이번엔 관두고 다음에 오면 내가 자네를 한번 만나 보라고 함세." 펑원펑은 마다하이가 자기의 방문을 달가워하지 않는다는 걸 깨닫고 속으로 철렁했다. 이게 어떻게 된 일이지? 그는 다시 한 번 떠보았다. "마 사부님, 제가 쓴 그 벽보, 혹시 어떻게……." 펑원펑이 공적인 이야기를 꺼내자 마다하이가 얼른 말을 막았다. "잠깐만, 샤오펑! 사부 한 분을 더 모셔 올 테니 함께 얘기하도록 하지!" 펑원펑은 더 기가 막혔다. 이젠 아예 얘기조차 하지 않으려고 하다니! 얼굴이 화끈 달아오르며 내심 실망한 그는 얼른 손을 내저었다. "아니, 아니에요, 됐어요, 마 사부님! 그냥 지나가는 길에 들렀던 거예요." 그는 서둘러 마다하이의 사무실을 빠져 나왔다.

그는 너무나 답답했다! 마다하이의 태도가 언제 저렇게 바뀌었을까? 그는 찬찬히 기억을 더듬으며 혹시 자기가 마다하이를 불쾌하게 만든 적이 있는지 생각해 보았다. 퍼뜩 한 가지 일이 떠올랐다! 벽보를 붙였던 그날, 마다하이가 샹난과 오랫동안 이야기를 나누더라고 그 여간부가 말한 게 생각났다. 틀림없이 그거다! 샹난이 얼마나 말주변이 좋은데! 그 솔직하고 진실한 척하는 꼴은 또 어떻고! 게다가 여자잖아! 흥, 샹난이 아부할 줄은 모른다 해도 사람 홀릴 줄은 알지! ……두고 봐, 나중에 샹난을 '3결합' 시킬 게 뻔해! 생각이 여기까지 미치자 펑원펑은 속이 쓰려 견딜 수가 없었다. 총애받는 샹난의 얼굴이나 왕유이의 득의양양한 꼴을 보고 싶지 않았다. 그는 곧장 사무실로 가지 않고 뜰로 나갔다. 뜰을 거닐며 기분을 좀 가라앉히던 그는 우연히 장챠오디와 마주쳤다.

순간 펑원펑은 좋은 수를 떠올렸다. 장챠오디는 자기가 쓴 벽보에 대해 선명하게 지지하지 않았던가? 게다가 샹난을 무척 싫어하지 않는가? 그런 장챠오디도 마다하이처럼 샹난을 지지하는 쪽으로 돌아섰을까? 그는 그녀를 한번 떠보기로 하고 웃으며 다가가 더없이 다정한 목소리로 "연대장님!" 하고 불렀다. 그러자 장챠오디도 퍽이나 우호적인 태도로 대꾸했다. "샤오펑! 왜 혼자 서성이고 있어요?" 펑원펑이 울상을 지었다. "연대장님, 저한테 개인적인 생각이 있어서 보고를 드렸으면 하는데요." "좋아요, 사무실로 가요. 마 사부님과 함께 얘기해 봅시다!" 마 사부와 똑같이 단독으로는 나와 얘기하려 하지 않는구나, 그는 속으로 이렇게 생각하면서도 입으로는 천연덕스럽게 대답했다. "제가 지금 거기서 오는 길인데요, 너무 바쁘신 것 같아서 얘기 못 했습니다. 그런데, 연대장님! 제가 이런 말씀을 드려도 되는 건지 잘 모르겠습니다." 장챠오디가 얼마든지 좋다는 표정을 지었다. "무슨 일인지 얘기해 보세요."

"마 사부님이 제 벽보를 지지하지 않는 것 같던데, 왜 그런지 모르겠습니다." 펑원펑이 머뭇거리며 말했다.

"무슨 근거로 마 사부님이 동지의 벽보를 지지하지 않는다고 생각하는 거죠? 우린 지금 심사 중이라 입장 표명을 한 적도 없는데요." 장챠오디는 무표정한 얼굴이었다.

"물론 심사하셔야죠. 하지만 연대장님, 문인협회의 계급투쟁은 상황이 복잡합니다. 그날 마 사부님과 샹난이 잔디밭에 앉아 한참 동안 얘기하는 걸 제가 직접 봤거든요……." 펑원펑은 작은 눈을 깜박거리며 여기까지 말하다 멈추었다.

장챠오디는 깜짝 놀란 듯 펑원펑을 쳐다보았지만 이내 냉정한 말투로 물었다. "그게 무슨 문제라도 되나요?"

펑원펑은 속상한 척 한숨을 내쉬며 대답했다. "마 사부님이야 공명정대하신 분이죠. 하지만 샹난은 사람 홀리는 데 선수거든요!"

그러자 장챠오디가 대번에 얼굴을 붉히며 목소리를 높였다. "그럼 동무는 마 사부님이 샹난한테 홀리기라도 했다는 겁니까? 동무, 아무런 근거도 없이 무턱대고 의심을 하면 안 되죠! 마 사부님은 그럴 분이 아닙니다!"

평원펑은 가슴이 철렁했다! 그는 되는대로 얼른 변명을 늘어놓았다. "연대장님, 오해예요. 제 말은 그런 뜻이 아닙니다. 최근 몇몇 동무들이 마 사부님이랑 연대장님의 의견이 다른 것 같다고들 얘기……."

이 말에 장챠오디는 더욱 노여워하며 눈을 부릅떴다. "나와 마 사부님의 견해가 다르다고 누가 그러던가요? 이건 노동자 선전대 내부 관계를 이간질하는 것 아닙니까?"

맙소사! 이런 큰 실수를! 평원펑은 눈앞이 노래졌다. 때마침 마다하이가 나와서 그녀를 불렀기에 망정이지 그러지 않았으면 그 자리에서 얼마나 더 비판을 받았을지! 장챠오디는 자리를 뜨면서 따끔하게 경고했다. "젊은 동무가 음흉하게 잔꾀를 부리는군요! 난 그런 사람을 제일 싫어해요!" "챠오디, 말조심하시오." 마다하이가 그녀를 나무라자 그녀는 목소리를 조금 누그러뜨렸다. "사무실에 돌아가 잘 생각해 보세요. 동무가 지금 이렇게 하는 게 옳은 것인지."

군말 없이 사무실로 돌아온 평원펑은 절로 한숨이 터졌다. 휴, 왜 이렇게 재수가 없을까! 샹난과 왕유이가 이 일을 알면 얼마나 비웃을까? 아무리 생각해도 너무 심란해서 그는 안경을 벗고 책상에 엎드려 자는 척했다.

왕유이가 평원펑의 모습을 보고는 혹시 아픈가 싶어 건너와 어깨를 두드렸다. "샤오펑, 어디 아파요?" 평원펑이 엎드린 채로 몸을 흔들었다. "괜찮아요. 머리가 좀 지끈거려서." 그러자 샹난이 얼른 책상 서랍에서 두통약 두 알을 꺼내 왔다. "아스피린 좀 먹어요!" 그리고 물도 한 잔 따라 주었다. 그제야 평원펑은 몸을 일으키더니 약을 받아 털어넣고 꿀꺽꿀꺽 물을 마셨다. "고마워요, 유이, 샤오샹!" 정이 가득 담긴 목소리였다. 왕유이와 샹난이 집으로 돌아가 좀 쉬라고 권하자 펑원펑은 고개를 저었다. "집에 아무도 없어요. 여기가 더 나아요……. 정말이지, 유이, 샤오샹, 난 웬만하면 듣기 좋은 말은 잘 안 하는 편이지만, 두 사람은 참 따뜻한 것 같아요. 내가 두 사람을 비판하는 벽보를 썼는데도 한결같이 대해 주는 걸 보면. 사실 그거 내가 쓰려고 했던 게 아니라 몇몇 동무들이 날 찾아오는 바람에 어쩔 수 없이 쓴 겁니다."

왕유이와 샹난은 그제야 펑원펑이 무슨 말을 하려는지 알아들었지만 왜 갑자기 그런 말을 하는지는 알 수가 없었다. 며칠 동안 그들은 그 이야기는 되도록 피하려고 조심해 왔다. 왕유이는 여전히 그 일에 대해 왈가왈부하는 것이 싫어서 이렇게 말했다. "벽보를 붙이는 건 모두의 권린데 누가 그걸 가지고 뭐라 하겠소?" 하지만 샹난은 또 솔직하게 말했다. "샤오펑! 난 유이처럼 화통하지 못해서 그런지 신경이 쓰여요. 정말 이해가 안 돼요. 왜 동무는 우리한테 솔직하게 마음을 터놓고 얘기하지 않는 거죠? 늘 갑작스럽게 공격이나 하고. 우린 성심성의껏 의논하려고 하는데 동무는……."

계속 이야기하려고 하는 샹난을 왕유이가 막았다. "샤오샹! 샤오펑이 땀 흘리는 거 안 보여? 할 말 있으면 다음에 다시 하는 게 좋겠어!" 사실 왕유이는 샹난이 사람을 너무나 쉽게 믿는다는 점이 가장 마음에 안 들었다. 저쪽에서 두세 마디만 좋게 나와도 이쪽에선 속을 다 뒤집어 보여 주니 언제 어느 때 그것이 다시 그녀를 비판할 빌미로 이용될지 알 수 없는 노릇이었다. 한두 번 당한 것도 아니면서 그녀는 여전히 그 버릇을 고치지 못했다. 왕유이의 말을 듣고서야 샹난은 자기가 또 실수했다는 것을 깨닫고는 얼굴을 붉혔다. 그녀는 얼른 화제를 바꾸었다. "샤오펑! 땀을 그렇게 흘리는 걸 보니 아스피린이 효과가 있나 본데요!" "그런가 봐요! 이제부터는 허심탄회하게 잘 얘기해 봅시다. 모두 전우들인데 마음에 담아 둘 게 뭐 있겠어요?" 펑원펑의 말에 왕유이와 샹난이 동시에 대답했다. "좋아요! 하지만 오늘은 집에 돌아가 좀 쉬어요."

펑원펑은 노동자 선전대를 찾아가 하루 병가를 신청하고 퇴근했다.

그날 이후 태도가 돌변한 펑원펑은 한동안 샹난, 왕유이와 함께 '평화 공존' 했다.

위쯔치의 시계를 고쳐 준 마다하이

'신선 굴의 이레가 속세의 1000년이라.'

위쯔치는 지금 그런 굴속에서 살고 있었다. '334호'가 된 지 얼마나 지났을까? 알 수 있는 것이라곤 그저 여기 온 게 봄이었는데 지금은 이미 여름이 다 지나고 가을이 다가왔다는 사실이었다. 뜰에 쌓이는 낙엽과 한밤의 찬 기운이 계절을 말해 주었다. 원래는 손목에 차고 있던 시계를 통해 해와 달의 바뀜과 시간의 흐름을 알수 있었는데 지금은 그 시계마저 고장나서 완전히 멈춰 버렸다. 그에게 있어 모든 것은 그대로 정지 상태에 빠져 버린 셈이었다.

그동안 세계에, 중국에, 빈하이에, 문인협회에, 그리고 자기 집에 무슨 일이 일어났는지 그는 전혀 알지 못했다. 심사실에서 딸 샤오징과 헤어진 그날 이후로는 찾아오는 사람도 전혀 없었다. 신문도 볼 수 없었고 방송도 들을 수 없었다. 물론 그에게 최근 정국을 보고해 주는 사람도, 어떤 소식을 전해 주는 사람도 없었다.

그러면 위쯔치 자신에게는 어떤 변화가 있었을까? 알 수 없다.

하루 세 끼 밥 먹는 일과 임시로 할당되는 개인 노동 말고는 거의 아무것도 하지 않았다. 그를 심문하는 사람도 없었고, 그 역시 더 이상 자백할 것도 없었다. 뭔가를 읽도록 지시하는 사람도 없었다. 『최고 지시(最高指示)』 말고 그가 읽을 수 있는 책이라곤 전혀 없었다. 그는 시인이니까 시를 써야 했고, 또 쓸 수도 있었다. 하지만 가지고 있는 종이는 '사상 보고서'를 쓰느라 이미 다 써 버렸다. 위쯔치가 할 수 있는 유일한 일이라곤 생각하는 것뿐이었다. 쉬지 않고 끝없이 생각하고 또 생각했다. 그는 그동안 살아온 일생을 생각하고 문화 대혁명을 생각하고 지금 자기의 처지와 앞으로의 일을 생각했다. 물론 죽은 아내와 헤어진 딸들도 생각했다……. 하지만 이런 생각을 하는 것도 점점 어려워졌다. 왜냐하면 그가 계속해서 생각할 만한 기본 정보가 거의 '0'에 가까웠기 때문이다. 아내의 일만 해도 그렇다. 누가 그녀의 시신을 수습했을까? 누가 그녀의 유골을 보관하고 있을까? 딸아이는 엄마의 유품을 잘 간직하고 있을까? 이 모든 것에 대해 알려 주는 사람이 아무도 없으니 그 역시 그에 대해 생각할 방법이 없었다. 또 멀리 헤이룽장성으로 간 딸 샤오징도 그렇다. 그곳 생활에 적응은 했는지? 매달 얼마나 버는지, 먹고 살기에 넉넉하긴 한 건지? 하지만 그 역시 아무도 가르쳐 주지 않았다. 샤오징한테서도 편지 한 통 없었다. 그 애가 편지를 쓰지 않는 것인지, 중간에서 누가 전달하지 못하게 막는 것인지, 그것조차 알 수 없었다. 어디 알아볼 데도 없었다. 물론 그는 샤오하이도 늘 생각했다. 온순한 작은 새처럼 사랑스런 샤오하이. 룽룽이라는 아이가 그 애를 보살펴 준다던데 어떤 사람인지? 성격은 괜찮은지, 샤오하이와는 잘 지내는지? 계절이 바뀔 때 누가 아이의 옷을 챙겨 주는지? 휴일이나 방학 때는 누가 부모 없는 아이의 외로움을 달래 주는지? 그는 알 수도 없었고 알아볼 데도 없었다. 그래서 그의 생각도 거의 백지처럼 텅 비어 버렸다……

그는 완전히 격리되어 있었다. 그는 시간의 바깥, 사회의 바깥에, 생명도 없는 어느 황량한 모래톱에 내던져졌다. 그는 로빈슨 크루소보다도 더 고독했다. 로빈슨은 '프라이데이'도 있었고 야만인의 습격을 받기도 했으며 생존을 위해 싸우고 또 일할 수도 있었다. 하지만 그는 고작 먹고 자기만 할 뿐이었다. 아무것도, 어느 누구도 그를 필요로 하지 않았다. 물론 그도 간수나 이발사 같은 몇몇 사람들과 접촉하지 않는 것은 아니었다. 하지만 그들은 그를 대화 상대로 여기기는커녕 흉악하고 무서운 적으로 취급했으며, 깊은 경계심과 적의를 품고 있었다.

그는 어느 날 누군가 찾아와서 그의 문제를 풀어 주고 멈추어 있던 시간이 다시 흐를 수 있게 해 주기를 갈망했다……

또 하루를 여는 아침이 시작되었다. 식사를 나르는 수레의 바퀴가 단조롭게 굴러 왔고, 그는 아침을 먹었다. 그리고 여느 때처럼 방 안에서 앉았다 걷기를 되풀이했다. 앉아 있을 때나 걸을 때나 눈앞에 있는 것이라곤 하얗게 눈부신 벽뿐이었다. '이 벽은 나처럼 잡혀 온 범죄자 때문에 칠한 것일까? 왜? 왜 벽 위에 남겨진 삶의 흔적마저 모두 칠해 버려야 한단 말인가?' 그는 하얀 벽을 뚫어져라 쳐다보며 생각했다. 그러다가 문득 생명 하나를, 자기와 함께하는 생명 하나를 발견했다! 벌이었다. 하지만 그가 쓰다듬으려고 앞으로 다가가자 벌은 왱왱거리며 날아오르더니 흰 벽 사방에 마구잡이로 부딪혔다. 그는 탄식을 하며 다시 주저앉았다. 그때 갑자기 문 두드리는 소리와 함께 "334호, 심문!"이라는 외침이 들렸다.

근래에 사람들은 '커다란 희소식'이란 말을 곧잘 썼는데, 오늘 위쯔치에게는 이 '심문'이야말로 커다란 희소식이 아닐 수 없었다. 부르는 소리를 듣자마자 그는 조금도 지체하지 않고 일어나 간수를 따라 심사실로 들어섰다.

심사실에서는 처음 보는 두 사람이 그를 기다리고 있었다. 마다하이와 장챠오디였다. 위쯔치는 잠시 멈칫했다. 낯선 두 사람이 와서 자기를 심문한다는 건 무슨 의미일까? 외부에서 심사를 나온 것이라면 샹난과 왕유이는 왜 동행하지 않았을까? 위쯔치는 의아해하며 그 자리에 그대로 서 있었다.

"당신이 위쯔치요?" 마다하이가 위쯔치를 보며 엄숙하면서도 부드러운 목소리로 물었다.

위쯔치는 고개를 끄덕이면서도 여전히 의혹에 찬 눈빛으로 자리에 서 있었다.

"앉으시오!" 마다하이가 옆에 있는 걸상을 가리켰다. 위쯔치는 자리에 앉으면서도 낯선 두 사람한테서 눈을 떼지 않았다.

"우리는 문인협회에 진주한 노동자 선전대요. 나는 마다하이라고 하고, 이쪽은 장챠오디라고 하오." 마다하이가 자기들을 소개했다.

"노동자 선전대요?" 노동자 선전대가 뭐 하는 조직인지 모르는 위쯔치가 작은 소리로 되뇌었다.

마다하이가 장챠오디를 쳐다보았다. '이 사람은 아무것도 모르고 있구나!' 깨달은 그녀가 위쯔치에게 설명했다.

"노동자 선전대는 '노동자마오쩌둥사상선전대'를 말합니다. 올 9월, 당과 마오 주석께서 상부 구조 영역에서의 투쟁, 비판, 개조를 위해 우리를 파견하셨습니다."

"아, 네!" 위쯔치는 머리를 끄덕거렸지만 사실 노동자 선전대가 왜 진주하게 되었는지 그 의미를 완전히 이해할 수는 없었다. 하지만 최소한 바깥세상에 적지 않은 변화가 있었다는 건 짐작할 수 있었다. 그 변화 때문에 누군가 다시 와서 자기 일을 심사하게 된 것이고, 그로서는 어쨌든 잘된 일이었다. 그는 조금 흥분하며 말했다. "잘됐군요! 오늘 두 분 사부께서는 저의 어떤 문제를 심문하시려는 겁니까?"

마다하이가 또 장챠오디에게 눈짓을 하자 그녀가 고개를 끄덕이고는 입을 열었다.

"오늘 저희는 심문하러 온 게 아닙니다. 우리는 당신 문제의 심사 과정에 대해 알아보고 당신의 생각을 좀 들어 보려고 왔습니다."

'내 문제의 심사 과정이라고? 특별 심사조에서 보고하지 않았을 리 없을 텐데? 설마 처음부터 다시 시작하려는 걸까?' 위쯔치는 이렇게 생각하면서도 그것이 무섭지는 않았다. '처음부터 다시 하려면 하라지! 날 잊지만 않으면 돼!' 그는 그런 마음으로 자기의 모든 경력과 이번 심사에서 문제가 된 부분을 있는 그대로 낱낱이 이야기했다. 그리고 자기가 여기에 격리된 이유와 자기의 견해까지도 이야기했다. 그가 말하는 동안 마다하이와 장챠오디는 아무것도 묻지 않고 고개를 숙인 채 열심히 받아 적기만 했다. 위쯔치의 이야기가 다 끝나자 그제야 마다하이가 수첩을 덮으며 물었다.

"위쯔치, 당신 문제가 이렇게 오랫동안 지체된 이유가 어디 있다고 생각하시오?"

위쯔치는 조금 뜻밖이었다. 그런 문제에는 대답하고 싶지 않아서 잠시 생각하다 고개를 저으며 말했다. "이건 조직과 혁명 군중의 일이고 저는 그저 충실하게 심사를 받을 뿐입니다. 저는 군중을 믿고 당을 믿습니다."

마다하이의 입가에 알 수 없는 미소가 번졌으나 금세 사라졌다.

그는 여전히 엄숙하고도 부드러운 목소리로 말했다. "좋소. 오늘은 여기까지 합시다. 돌아가서 연구해 보고 나중에 다시 오겠소." 말을 마친 뒤 그가 장챠오디와 함께 자리에서 일어섰다.

순간 위쯔치도 얼른 따라 일어서며 다급하게 말했다. "잠깐만요! 한 가지 요구 사항이 있습니다."

마다하이와 장챠오디가 걸음을 멈추며 어리둥절한 표정으로 그를 쳐다보았다. 위쯔치도 자기가 긴장하고 흥분해 있다는 걸 깨달았지만 오늘 꼭 얘기해야겠다고 마음먹었다. 그러지 않으면 언제까지 또 기다려야 할지 알 수 없었기 때문이다. 그는 자기가 너무 흥분한 나머지 급하게 말하다가 쓸데없는 소리를 할까 봐 조심스러웠다. 그래서 일부러 곰곰 생각하며 한마디 한마디를 천천히 내뱉었다.

"제가 여기 격리된 지도 벌써 여러 달이 지났습니다. 제일 걱정되는 것은 그동안 제가 너무 오랫동안 조직의 교육과 혁명 군중의 도움에서 벗어나 있었다는 겁니다. 그래서 현재 혁명 정세가 어떻게 돌아가는지 전혀 모르고 있습니다. 그건 제 사상 개조에도 무척 불리합니다. 그래서 전 제가 문인협회의 '외양간'으로 돌아가 조직의 심사와 혁명 군중의 비판 투쟁을 받을 수 있도록 허락해 주시기를 조직에 간곡히 부탁드리는 바입니다."

마다하이와 장챠오디가 서로 눈빛을 주고받았다. 그러고는 마다하이가 "그건 우리가 돌아가서 논의해 보겠습니다. 또 상부의 비준도 필요하니까"라고 대답했다.

위쯔치 역시 오늘은 그가 이렇게밖에 대답할 수 없다는 걸 잘 알았다. 그는 다시 다른 요구 사항을 말했다. "그러면 조직의 결정이 날 때까지, 우선 저에게 학습 자료를 좀 보내 주실 수 있는지요……?"

이번에는 장챠오디가 흔쾌히 그러마고 대답했다. 위쯔치는 마음이 놓이는지 한숨을 내쉬었다. 이제 조금 뭔가를 알 수 있게 된 것이다.

마다하이와 장챠오디가 막 심사실을 나서려 할 때 위쯔치가 또 그들을 불러 세웠다. "잠깐만요!"

장챠오디가 귀찮다는 표정을 지으며 돌아보았다. "또 무슨 일입니까?"

그러자 위쯔치가 오른쪽 손목을 들어 보였다. "제 시계가 고장나서 전 오늘이 몇 월 며칠인지도 모르거든요!"

장챠오디의 얼굴에서 귀찮은 표정이 싹 가셨다. 그녀는 부드러운 목소리로 "오늘은 10월 15일입니다"라고 알려 주었다.

마다하이가 위쯔치를 잠시 쳐다보다가 손을 내밀었다. "이리 줘 보시오. 내가 고칠 수 있을지도 모르니까." 위쯔치가 시계를 풀어 건네자 마다하이가 뚜껑을 열어 이리저리 만져 보더니 어떻게 했는지 바로 고쳐 주었다. 다시 째깍거리는 시계 초침 소리를 듣게 된 위쯔치는 속으로 무척 기뻤다. '시간아, 네가 다시 내 옆에서 전진하게 된 것이냐? 세상과 격리되었던 내 처지도 이제 끝나게 된 것이냐?' 그는 온통 이런 희망을 안고 334호로 돌아왔다. 그는 시계에 표시된 10월 15일이라는 날짜를 찬찬히 들여다보며 무한한 감개에 젖어들었다. "국경절이 지난 지 벌써 보름이나 되었구나! 올해는 건국 20주년 되는 해가 아닌가? 꼬박 20년! 류루메이와 함께 톈안먼에서 대장과 작별한 지 꼭 20년이 되었어. 이 20년 동안 대장이 낸 문제에 대해 난 왜 이런 답안지를 써내게 된 것일까?"

보름이 지났다. 그날 문인협회 '외양간'에는 위쯔치가 '외양간'으로 돌아온다는 소문이 나돌았다. 소식은 쟈셴주가 '혁명 군중'

한테서 들은 것이었다. 그 소식이 사실인지는 알 수 없었지만 모두 그것이 사실이기를 바랐다. 청쓰위안은 위쯔치를 위해 남몰래 서랍까지 비워 두었다.

그 소식은 사실이었다. 마다하이는 왕유이와 펑원펑을 노동개조소로 보내 절차를 밟고 위쯔치를 문인협회로 데려오도록 했다.

보름 전 노동개조소에서 돌아오는 길에 마다하이와 장챠오디는 '외양간'으로 돌아오고 싶다는 위쯔치의 요구에 대해 의논했다. 장챠오디가 먼저 입을 열었다. "마 사부님, 오늘 마음이 내내 좀 그렇더라고요." 마다하이가 웃었다. "뭐가 그렇다는 거지? 할 말 있으면 시원하게 해 봐." "그동안 문인협회가 문화 대혁명을 어떻게 실시한 건지, 원. 사람을 가둬 놓고 몇 달씩이나 방치해 두고서 투쟁도 비판도 개조도 하지 않았으니, 이런 게 수정주의를 방지하고 반대하는 거예요?" "아마 문인협회만 그런 건 아닐걸? 거기 갇혀 있는 사람이 얼마나 많아? 모르긴 해도 대부분 위쯔치랑 비슷한 형편일 거야." "이렇게 하는 게 당에 책임을 다하는 건가요?" "나나 동무나 모두 평범한 노동자일 뿐이니 그런 것까지 관여할 수는 없지. 우린 그저 우리 할 일이나 잘 하고, 당에 미안하지 않게, 노동자 계급이라는 칭호에 걸맞게 행동하면 되는 거야." 장챠오디가 목소리를 낮추어 말했다. "이제 보니 상난과 왕유이의 말에 일리가 있는 것 같아요." 마다하이는 그런 제자를 만족스럽게 쳐다보며 말했다. "상황이 그렇게 간단하지는 않을 거야. 펑원펑의 의견도, 그 사람 혼자만 그렇게 생각하는 건 아닐 테고. 전체 사건을 다시 처음부터 심사해서 확실하게 대책을 세워야지. 그러지 않으면 우리도 여기서 어떻게 나갈지 알 수 없는 일이야." 장챠오디가 내키지 않는다는 듯 말했다. "우리가 당의 정책대로 집행한다는데 누가 뭐라겠어요?" 마다하이가 답답하다는 듯 대꾸했다. "자네도 참, 하나는 알고 둘은 모르지. 어쨌든 신중한 게 좋아. 먼저 보고를 올려 위쯔치부터 빼내 오고 나머지 일은 천천히 생각하도록 하지."

문인협회로 돌아오자마자 그들은 유뤄빙을 찾아 그들의 의견을 말해 주고 그에게 보고서 초안을 작성하게 했다. 마다하이는 특별히 다음과 같이 강조했다. "위쯔치에 대한 감독과 비판을 더욱 강화하기 위해서라고 분명하게 적어야 하오. 그를 거기다 가둬 두는 건 그만 편하게 놔두는 거라고 말이오." 유뤄빙이 미소를 지으며 대답했다. "그럼요, 그럼요. 그렇게 써야지요." 보고서가 완성되자 마다하이는 직접 보고서를 들고 돤차오췬을 찾아가 몇 가지 설명을 덧붙였다. 돤차오췬은 위쯔치의 일 같은 건 잊어버린 지 이미 오래였다. 곧 당 '9차 대표 대회'가 열리기 때문에 문화국에서도 대표를 뽑는 일로 정신이 없었던 것이다. 마다하이의 보고와 설명을 듣고서 그녀 역시 위쯔치를 오랫동안 가두어만 두는 것도 방법은 아니며 끌어내서 비판 투쟁을 통해 남은 독을 깨끗이 제거해야 한다는 그의 말이 일리 있다고 생각했다. 하지만 한편으로 그녀는 마다하이에게 다음과 같이 상기시키는 것도 잊지 않았다. "거꾸로 위쯔치가 자기를 왜 가두었는지 문제 삼지 않도록 미리 방지하세요. 그리고 위쯔치 심사는 반드시 엄격하게 진행해야 합니다. 일단 그를 집으로 돌려보내지 말고 전처럼 문인협회 기관에서 묵도록 조처하세요!" 물론 마다하이도 동의했고, 그 일은 그렇게 결정되었다.

이렇게 해서 위쯔치는 그토록 그리워하던 '외양간'으로, 외양간 시절 '고난의 벗'들 곁으로 마침내 돌아오게 되었다. 왕유이와 펑원펑의 압송 아래 '외양간'으로 들어오는 위쯔치에게 방 안에 있던 몇 사람이 눈으로 인사를 보냈다. 하지만 아무도 입을 열지는 않았다. 오래 헤어져 있던 가족을 만난 것처럼 위쯔치는 가슴이 뜨거워져 눈을 반짝이며 한 사람 한 사람에게 목례를 보냈다. 왕유이와 펑원펑이 자리를 뜨자마자 그는 곧장 동지들 곁으로 가서 일일이 안부를 묻고 인사를 나누었다. "내가 그동안 많이 뒤떨어졌지요?" 위쯔치의 말에 스즈비가 웃었다. "우린 뭐 얼마나 많은 걸 배웠다고." 그녀는 여전히 웃는 얼굴로 서랍 속에서 작은 책자를 하나 꺼내 들었다. "「반드시 노동자 계급이 모든 것을 영도해야 한다」, 본 적 있지요? 최근의 정신은 모두 여기에 들어 있어요. 이거 당신 줄게요!" 위쯔치는 고맙다며 책을 받았다. 쟈셴주가 멈칫멈칫 위쯔치 옆으로 다가왔다. "라오위, 그동안 더 늙은 것 같군요!" 스즈비가 못마땅하게 쟈셴주를 쳐다보며 비꼬았다. "당신은 오히려 날마다 더 젊고 멋있어지는구려!" 쟈셴주의 얼굴이 온통 새빨개졌다. 위쯔치가 얼른 쟈셴주를 거들었다. "그렇지요? 많이 늙었을 거요. 그동안 거울을 통 못 봐서 지금 내가 어떻게 생겼는지도 모르겠소!" 하지만 위쯔치의 말투는 조금도 슬프지 않았다. 그가 그토록 원하던 '외양간'으로 돌아왔으니까. 하지만 듣는 사람들은 소름이 오싹 돋았다. 그렇게 오랫동안 갇혀 있었다니! 하지만 아무도 그 말을 입 밖에 내지는 않았다. 그 일에 대해 감히 물을 수도 없었고, 또 묻고 싶지도 않았다. 어쨌든 거기가 편한 곳이 아니었던 것만은 틀림없었다. 그러지 않고서야 건장하던 위쯔치의 몸집이 저렇게 여위고 발그레하던 얼굴이 저렇게 창백해지고 탐스럽던 흑발이 저렇게 하얗게 샜을 리 없지 않은가. 모두 동정과 연민의 눈빛으로 자기를 바라보는 것을 보며 위쯔치는 가슴이 또 뜨끈해졌다. '외양간'은 '334호'보다 얼마나 더 따뜻한가!

인사말들이 끝나자 청쓰위안이 위쯔치를 위해 비워 둔 서랍을 조용히 열어 보였다. "물건들은 여기에 두게!" 위쯔치가 서랍 속을 들여다보니 「반드시 노동자 계급이 모든 것을 영도해야 한다」를 비롯한 학습 문건이 여러 개 들어 있었고, 또 공책도 한 권 들어 있었다. 공책에는 최근 몇 개월 동안 문인협회에서 일어난 운동에 관해 자세히 기록되어 있었다. 친구의 마음을 이해한 위쯔치는 감격해서 청쓰위안을 향해 고개를 깊이 끄덕였다.

위쯔치는 게걸스럽게 학습을 하기 시작했다. 문인협회 퇴근 시간이 되기도 전에 그는 이미 「반드시 노동자 계급이 모든 것을 영도해야 한다」와 청쓰위안이 정리해 둔 기록을 전부 다 읽었다. 모두 퇴근하여 집으로 돌아가자 그는 '외양간'을 나와 뜰로 가 보았다. 어찌 된 일인지 한 달 전에 펑원펑이 쓴 벽보가 여전히 그대로 붙어 있었다. 제목이 꽤 흥미로웠다. 그렇지만 혹시 보면 안 되는 것인가 싶어 그냥 돌아섰다. 하지만 바로 다시 돌아섰다. '벽보를 써서 벽에 붙여 놓고, 거기다 아직까지 그대로 붙여 놓은 걸 보면 무슨 기밀 사항도 아닐 텐데. 벽보를 보면 상황을 이해하는 데 도움이 될 거야!' 이렇게 생각한 그는 벽보를 읽기 시작했다. 하지만 미처 다 읽기도 전에 누군가가 다급하게 벽보를 찢어 버렸다. 바로 샹난이었다. 그는 아무 말도 하지 않았다. 방금 벽보에서 샹난이 그를 '비호'하려 했다며 비난한 것을 보았기 때문이다. 이 젊은 동무와는 개인적으로 아무런 친분도 없는데 그녀까지 연루시킬 이유가 없지 않은가? 그는 이내 자리를 뜨면서 샹난이 하는 대로 내버려 두었다. 그때 수위실 천씨가 얼른 쫓아 나왔다. "샤오샹! 이건 동무와 관련된 벽보인데 동무가 그걸 찢어 버리면 뒤탈이 생기지 않겠소?" 그러자 샹난이 이렇게 대꾸했다. "진작 찢어 버렸어야 했던 거예요. 심사조 내부 갈등을 심사 대상이 알아 버리면 나중에 어떻게 심사를 제대로 하겠어요?"

샹난은 벽보를 말끔히 찢어 버린 뒤 격리실로 위쯔치를 찾아왔다. "위쯔치, 마 사부가 전하라더군요. 당신이 여기에 있는 걸 애들한테 편지로 알려도 된답니다. 작은아이에게 당신 겨울옷을 보내 달라고 하세요. 또 필요한 일용품이 있으면 잠깐 나가서 사 와도 돼요. 물론 멀리 가는 건 안 되고요." 샹난의 이 말은 위쯔치에게 또 한 번 기쁨을 주었다. 다시 아이들에게 편지 쓸 자유를 얻었기 때문이다. 이 자유가 그에게는 얼마나 소중한 것이던가! 그날 밤 그는 한시라도 빨리 '이제 아빠가 너희들과 더 가까이 있게 됐다'라고 딸들에게 알려 주고 싶었다. 그런데 편지를 쓰려고 만년필을 뽑아 들었을 때에야 편지지도 편지 봉투도 없다는 걸 깨달았다. 그는 수위실 천씨를 찾아갔다.

"라오천, 종이 두 장 하고 편지 봉투 하나만 주시오. 딸들한테 내가 나왔다고 편지를 써야겠소."

"나야 글 쓰는 사람도 아닌데 종이가 어디 있답니까!" 말은 그렇게 하면서도 천씨는 종이를 찾아 사방을 두리번거렸다. "여기 잘못 인쇄된 옛날 『빈하이 문예』 원고가 있으니 뒤집어서 쓰시구려. 편지 봉투는 내가 하나 만들어 주리다." 그는 오래된 편지 봉투 하나를 찾아서 가위로 오린 뒤 뒤집어 붙였다. 그러고는 득의양양하게 그것을 위쯔치에게 내밀었다. "어떻소, 쓸 만하지요?"

폐지와 봉투를 들고 격리실로 돌아온 위쯔치는 앞에 종이를 펼쳐 놓고는 다시금 만년필을 빼 들었다. 그리고 떨리는 손으로 "샤오하이, 나의 귀여운 딸아"라고 썼다. 계속 써 내려가려는데 눈물 방울이 편지지 위로 톡 떨어져 '딸아' 두 글자를 적시고 말았다. 위쯔치는 속으로 자신을 나무랐다. '울긴 왜 울어? 너무 기뻐서 그런가?'

쫓겨나는 마다하이

당 '9차 대표 대회'가 개최되고 새로운 중앙위원회가 선출되었다. 이제 모든 것이 새로운 궤도로 접어들어야 할 것 같았다. 마다하이는 머릿속으로 자기가 문인협회에서 '역사적 사명'을 완수한 것인지를 계속 생각했다. 지난 반 년 동안의 사업을 돌아보니 확실히 이제 매듭을 지을 때가 되었다는 생각이 들었다. 그동안 그들은 모든 안건을 낱낱이 재조사했다. 그 결과 위쯔치를 포함한 대부분의 사람들이 인민 내부의 모순이라는 사실이 이미 밝혀졌으니, 이제 마땅히 그들을 '해방'시켜야 할 것이다. 게다가 노동자 선전대의 대원들 대부분이 10여 년, 심지어 몇십 년 된 기술자들인데 이처럼 노련한 노동자들을 노동하지도 않고 생산과도 관계없는 곳에 방치해 둔다는 것은 막대한 낭비가 아닌가? 그는 이런 생각을 장챠오디에게 말했다. 장챠오디가 기다렸다는 듯이 대꾸했다. "사부님, 사실 저는 사부님보다도 마음이 더 급했어요! 집안일도 잔뜩 밀려 있어서 몇 번이나 공장으로 돌아가겠다고 신청하고 싶었지만 사부님이 저를 비판할까 무서워서 말을 못 꺼냈거든요." 마다하이가 웃었다. "그건 이유가 안 되는 것 같은데, 안 그래?" "무슨 상관이에요? 어쨌든 저는 그렇게 생각해요. 그리고 사실 우리가 여기 있다고 뭘 하겠어요? 지식인들은 본디 모두 나쁜 사람들이라고 생각했는데, 와서 보니 뭐 꼭 그렇지도 않던데요! 우리가 없어도 혁명을 잘 할 것 같아요!" 장챠오디가 웃으면서 사부에게 '말대답'을 했다. 그리고 이어서 그들은 무엇을 어떻게 해야 할지 의논했다.

두 사람은 함께 유뤄빙을 찾아갔다. 마다하이가 유뤄빙에게 넌지시 물었다. "라오유, '9차 대표 대회' 정신을 어떻게 관철해야 할지 연구해 봐야 하지 않겠소?"

그러자 유뤄빙은 긍정도 반대도 하지 않고 이렇게 말했다. "그렇지요. '9차 대표 대회' 문건은 이미 학습하지 않았습니까?"

"라오유, 동무 생각에는 지금 가장 요긴한 일이 무엇인 것 같아요?" 장챠오디가 재촉하듯 물었다.

유뤄빙이 겸손하게 미소를 지으며 대답했다. "글쎄요, 저는 아직 학습이 덜 되어서 그런지 어떤 부분은 아직 철저하게 다 이해하지 못했습니다." 그는 주머니에서 빨간 책자를 꺼내 한 면을 들추더니 자세히 들여다보기 시작했다. 그것은 '9차 대표 대회' 신문 기사였다. 유뤄빙은 거기서 단상 앞줄에 앉은 중앙 지도자 명단을 보고 있었다.

"거기 이해 못 할 게 뭐 있어요? 마오 주석께서 '9차 대표 대회'는 단결의 대회고 승리의 대회라고 말씀하셨잖아요. 우리는 '단결', '승리'라는 두 단어를 틀어쥐면 되는 거라고요."

장챠오디가 이렇게 말하자 유뤄빙은 명단에서 눈을 떼지 않은 채 속으로 '이 어린 사부야! 그렇게 몰라서야! 단결이라고? 단결이 될 것 같아?'라고 생각하면서도 입으로는 이렇게 말했다. "맞습니다, 맞아요. 단결 승리, 단결 승리해야지요." 유뤄빙은 빨간 책을 덮더니 주머니에 넣으며 엄숙한 표정으로 물었다. "동무들은 9차 대표 대회 정신을 어떻게 관철할 생각이십니까?"

마다하이가 대답했다. "간부 정책에 따라 이미 심사를 마친 간부들을 '해방'시킬까 합니다. 동무가 보고서를 쓰시지요!"

"당신들 보기에 어떤 사람들을 '해방'시켜도 될 것 같습니까?"

"동무 보기에 어떤 사람들을 아직 '해방'시킬 수 없을 것 같은데요?" 장챠오디가 얼른 유뤄빙의 말을 되받아쳤다.

유뤄빙은 아무 말 없이 담배를 붙여 물고 연기를 내뿜었다. 그는 간부를 '해방'하는 문제에는 절대 나서지 않겠다고 벌써부터 작정하고 있던 참이었다. 그는 이 뜨거운 감자에 손 대고 싶지 않았다. 그런데 지금 마다하이와 장챠오디가 바로 그 일을 두고 그의 태도 표명을 요구하고 있는 것이다. 유뤄빙은 대담하고 거침없으면서도 허세를 부리지 않는 마다하이에게 탄복하고 있었다. '하지만 마다하이 당신은 정치 투쟁 경험이 부족해. 더구나 당신은 노동자니까 잘못되더라도 그냥 엉덩이 털고 공장으로 돌아가면 되지만 나는 어디로 가냔 말이야?' 그렇다고 이런 생각까지 얘기할 수는 없는 노릇이었다. 유뤄빙은 그저 연기만 내뿜으며 벙어리처럼 잠자코 있었다.

유뤄빙이 더 이상 말을 않는데도 마다하이는 그를 재촉하지 않았다. 대신 장챠오디가 성질 급하게 물었다. "라오유, 뭐 걸리는 거라도 있나요?"

"걸리는 거요? 당의 정책을 집행하는 데 걸릴 게 뭐 있겠습니까, 하하하!" 유뤄빙이 연기를 뿜어내며 웃었다. 그의 태도에 화가 치민 장챠오디가 한마디 하려 하자 마다하이가 눈짓을 하며 이렇게 말했다.

"라오유, 동무는 괜찮은지 몰라도 나는 걱정이 좀 되오!"

"네? 마 사부가요?" 유뤄빙은 마다하이의 말이 흥미로웠는지 갑자기 눈을 크게 떴다.

마다하이의 얼굴에 어렴풋이 미소가 번졌지만 아무도 눈치채지 못했다. 그는 유뤄빙의 성격을 이미 다 파악하고 있었지만 굳이 그걸 다 드러내고 싶은 생각은 없었다. 그는 유뤄빙의 난처한 처지를 십분 이해했다. 그는 유뤄빙 쪽으로 몸을 기울이며 그의 얼굴을 쳐다보았다.

"라오유, 내가 걱정하는 건 딱 한 가지요. 내가 문예계 상황을 잘 몰라서 당 정책을 정확하게 집행하지 못할 수도 있다는 거요. 게다가 문인협회의 상황은 더 복잡하지 않소?"

유뤄빙 얼굴 앞에 담배 연기가 자욱했지만 마다하이는 그의 눈빛을 놓치지 않았다. 유뤄빙의 긴 눈썹이 위로 올라가며 마치 할 말이 있는 것처럼 눈이 반짝이는 것을 분명히 보았다. 하지만 그건 찰나였다. 유뤄빙은 금세 제 모습으로 돌아와 버렸다. 유뤄빙 스스로 속마음을 털어놓도록 하는 게 얼마나 어려운 일인지! 유뤄빙의 심정도 복잡했다. 방금 문인협회 상황이 복잡하다는 마다하이의 말을 듣고 확실히 그의 마음이 움직였다. '핵심을 짚었군!' 하지만 다시 생각해 보면 꼭 그렇지 않을 수도 있다. '마다하이가 말하는 복잡함과 내가 생각하는 복잡함이 같은 것일까?' 그는 마다하이를 한번 떠보기로 했다. 그는 잠깐 열어 보였던 마음의 문을 다시 꼭 닫아걸고 엉뚱한 이야기를 꺼냈다.

"그렇지요. 상황이 복잡하지요. '못이 얕으면 자라가 많고 사당이 작으면 요사스런 바람이 거세다'라고 하지 않습니까! 하지만 그것도 일면일 뿐이지요. 또 다른 일면, 즉 복잡하지 않은 일면도 있으니까요……."

마다하이는 눈을 거슴츠레 뜨며 그의 다음 말을 기다렸다. 장챠오디는 유뤄빙의 그런 태도가 영 못마땅했다. 유뤄빙과 함께 논의를 할 때마다 가슴에 굳은살이 박이는 것처럼 너무 피곤했다. 그녀는 몇 번이나 입을 열려고 했지만 그때마다 사부가 눈짓으로 말렸다. 정말 답답해 미칠 지경이었다. 장챠오디는 앉아 있던 걸상을 수시로 움직거리며 꾸물대는 유뤄빙을 기다렸다. 그런데 화가 나다 보니 걸상을 움직일 때 너무 세게 힘을 주었던 모양이다. 걸상이 미끄러지면서 그녀는 그만 바닥에 털썩 주저앉고 말았다. 그 소리에 놀라서 돌아본 유뤄빙은 장챠오디가 땅바닥에 앉아 걸상

을 잡고 있는 걸 보고 하하 웃었다. "참 나, 챠오디 사부, 평지에서
도 넘어진답니까?" 그러자 장챠오디는 더욱 화가 나서 퉁명스럽
게 대꾸했다. "이것저것 다 무서워하다가는 솜뭉치에 넘어져도
죽을걸요. 이게 다 동무가 간단한 일면, 복잡한 일면 운운해서 이
렇게 된 거잖아요!" 유뤄빙은 화를 내기는커녕 오히려 큰 소리로
웃음을 터뜨렸다. "동무가 넘어지는 바람에 간단한 일면은 놀라
달아나 버리고 복잡한 일면만 남았군요. 내가 어디까지 말했지
요?" 마다하이도 따라 웃었다. "라오유, 계속 말해 보시오. 동무가
말하는 복잡하지 않은 일면이란 게 뭐요?"

"그건 바로 무산 계급 사령부의 지도자 동지들이 모두 문예 전
문가라는 겁니다. 특히 디화챠오 동지와 쮀이푸 동지는 우리 문인
협회에 대해 더 잘 알고 있지요. 그래서 우리 문인협회의 운동은
사실상 무산 계급 사령부의 직접적인 지도와 관심하에 진행되어
왔다고 할 수 있습니다. 아무리 복잡한 문제라도 무산 계급 사령
부 지도자 동지의 말 한마디면 단칼에 해결되는 거지요. 그래서
우리처럼 말단에서 사업을 진행하는 사람들은 사실 큰 책임을 지
지 않아도 되니까 그것도 일종의 행복이라면 행복이겠지요!"

유뤄빙의 말하는 태도나 말투는 너무나 진솔해 보였지만 그 속
을 누가 알겠는가? 하지만 마다하이는 눈치챘다. 유뤄빙이 말한
'복잡하지 않은 일면'이 사실은 그가 제일 두려워하는 '복잡한 일
면'이라는 것을 말이다. 마다하이라고 해서 문인협회에 진주한
뒤로 몇 달 동안 디화챠오 같은 무산 계급 사령부 지도자와 문화
대혁명 운동의 관계에 대해서 어찌 전혀 파악하지 못했겠는가?
하지만 마다하이에게는 그만의 생각이 있었다. '무산 계급 사령
부의 지도자 동지들이 아무리 뛰어나다 해도 모든 것을 다 알 수
는 없지 않은가? 간부 하나하나 문제가 있는지 없는지, 또 있다면

무슨 문제인지, 그들이 어떻게 전부를 알 수 있겠는가? 그러니 우리같이 구체적인 사업을 하는 동무들이 심사하고 연구하고 판단할 필요가 있는 것이다. 그렇지 않다면 우리 같은 사람은 앉아서 밥만 먹으라는 게 아니고 무엇이겠는가? 잘못하면 어떻게 하냐고? 틀렸으면 고치면 된다! 모두 당원인데, 당의 원칙에 따라 처리하면 되는 것이다!' 그래서 마다하이는 유뤄빙의 태도에 동의하지 않았다. 하지만 그렇다고 유뤄빙의 속내를 훤히 까발리지도 않았고 또 비판하지도 않았다. 그는 의논하기를 좋아했다. 그는 유뤄빙의 말을 듣고 부드러운 말투로 물었다.

"라오유, 그럼 우리 생각을 제출해서 무산 계급 사령부 지도자 동지들한테 검토하도록 요청하는 것이 어떻겠소?"

그렇게 말하니 유뤄빙도 더 이상 할 말이 없었다. "좋습니다! 하지만 어떤 사람들을 '해방' 시킬 것인지는 좀 더 신중하게 생각해야 할 문제입니다!"

논의가 이렇게 진전되자 장챠오디도 화가 조금 풀렸다. 그녀는 유뤄빙의 말에 시원스럽게 대꾸했다. "이미 심사가 완전히 끝난 사람은 모두 '해방' 시켜야 된다고 봐요. 정책대로 처리하는 데 무슨 에누리가 있을 수 있겠어요?"

마다하이가 유뤄빙에게 물었다. "라오유, 당신 생각은 어떻소?"

"위에서 잘 알고 있는 사람들은 좀 늦추는 게 어떨는지요?"

"누구 말인가요?" 장챠오디가 곧바로 물었다.

"위쯔치라든가……." 유뤄빙이 어렵사리 위쯔치의 이름을 꺼냈다.

"위쯔치에게 아직도 더 심사해야 할 문제가 남았다고 보시오?" 마다하이가 참을성 있게 물었다.

유뤄빙이 고개를 저었다.

"그럼 그의 태도에 아직도 문제가 있다고 보시오?"

유뤄빙이 다시 고개를 저었다.

장챠오디가 또 열이 나서 사납게 쏘아붙였다. "그렇다면 왜 위쯔치를 놓아주지 않으려는 거죠?"

유뤄빙이 흠칫하더니 쓴웃음을 지었다. "내가 위쯔치를 놓아주지 않으려 한다고요? 휙! 챠오디 사부, 나더러 어떻게 하라는 겁니까?" 말을 마친 뒤 유뤄빙은 고개를 저으며 또 한숨을 내쉬었다. 정말로 자기의 고충과 근심을 말로는 다할 수 없다는 표정이었다.

마다하이가 책망하는 눈길로 장챠오디를 쳐다보았다. 얼굴이 빨개진 그녀는 자기가 실언한 것을 깨닫고는 걸상을 뒤로 옮기며 입을 다물어 버렸다. 마다하이가 걸상을 유뤄빙 쪽으로 바짝 붙이며 말했다. "라오유, 솔직히 말해서 당신이 무엇을 걱정하는지는 나도 다 알아요. 하지만 마오 주석께서 간부를 아끼라고 하지 않으셨소. 우리가 어찌 동지들이 무고하게 걸려 있는 것을 보고만 있을 수 있겠소? 당의 사업에 비해서, 그 동지들의 정치적 생명에 비해서 우리 개인의 득실이 크면 또 얼마나 크겠소?"

너무나 절절하고 진실한 마다하이의 말에 유뤄빙은 코끝이 찡하고 목이 메어 왔다. 자기라고 이 오래된 전우를 걱정하지 않겠는가? 그들은 옌안의 토굴집에서 고락을 함께했고 빗발치는 총탄 속에서 함께 인터뷰를 하고 신문을 만들었다. 그들 아이들끼리의 우정도 남다르지 않은가! 신도덕으로 보나 구도덕으로 보나 자기가 이 친구를 위해 한마디 바른말을 해야 한다는 걸 그도 모르는 바는 아니었다. 하지만 그는 정말로 디화챠오가 두려웠다! 게다가 지금 디화챠오의 지위는 더 높아지지 않았는가! 마다하이는 디화챠오 밑에서 일해 본 적이 없기 때문에 호랑이를 고양이로 잘 못 알고 있을 뿐이다. 유뤄빙은 디화챠오가 사람 잡아먹는 호랑이라는 걸 잘 안다. 유뤄빙의 당적도 하마터면 디화챠오에게 먹힐 뻔했다. 뭣 때문에? 바로 그가 쓴 글에서 작은 문제로 디화챠오와 '논쟁'을 벌였기 때문이다! 하지만 지금 마다하이가 이처럼 분명하고 이처럼 절절하게 자기에게 문제를 제기하고 있지 않은가! 유뤄빙, 너는 어떻게 할 것인가? 딸이 말한 대로 정말 당성도 양심도 모두 나 몰라라 할 것인가? 아니, 그도 아직 그 정도는 아니었다. 딸의 그 말은 지금도 그의 가슴을 아프게 찔렀다! 그렇다면 어디 한번 해 보자! 반드시 나쁜 결과만 있으리란 법도 없지 않은가? 또 마다하이도 있지 않은가! 여기까지 생각한 그는 마침내 고개를 들었다. "좋습니다! 동무들 의견대로 처리합시다!"

마다하이와 장챠오디가 안도의 숨을 내쉬었다. 장챠오디가 자기 가슴을 치며 장난스럽게 말했다. "하마터면 심장병 도지는 줄 알았어요!"

지도부 내에서 의견 일치를 본 뒤 마다하이는 다시 며칠 동안 군중과 토론을 거치며 하나하나 동의를 얻어 나갔다. 그렇게 해서 모두 의견 일치를 보았지만 마다하이는 여전히 안심이 되지 않아 유뤄빙과 함께 특별히 펑원펑을 찾아갔다. 마다하이가 펑원펑을 간곡히 설득했다. "샤오펑! 동무는 위쯔치 특별 심사조 성원이고, 애초부터 위쯔치 문제에 대해 다른 견해를 가지고 있었소. 동무가 보기에 이제 위쯔치를 '해방'시켜도 될 것 같소?" 펑원펑은 주저 없이 고개를 가로저으며 말했다. "마 사부님, 저도 다른 의견이 없습니다. 위쯔치 문제는 깨끗이 심사되었으니 당연히 해방시켜야 지요." 마다하이는 그래도 안심이 안 되어 한마디 더 물었다. "정말 그렇게 생각하오? 우린 개인의 의견을 존중하오." 펑원펑이 머리를 더욱 세차게 흔들었다. "정말 아무런 의견도 없습니다. 마 사부님, 전 맘에 없는 소리는 하지 않는 사람입니다." 그렇게 말한 뒤 그가 천진난만하게 웃었다. 그 웃음이 무척 자연스러운 것을 보고 마다하이는 그제야 마음을 놓았다.

3일 뒤 마다하이는 전체 '혁명 군중' 대회를 소집했다. 회의에서 노동자 선전대와 문인협회 혁명위원회가 공동 서명한 '간부 해방'에 관한 보고서를 낭독하고 그 자리에서 통과시켰다. 마다하이와 유뤄빙이 보고서에 서명했다. 보고서를 접어 편지 봉투에 넣은 뒤 마다하이가 흥분하며 사람들에게 말했다. "됐어요, 이제 나도 돌아가 다시 줄칼을 잡을 수 있게 됐소. 여러분은 더 많은 소설을 쓰시고 또 더 좋은 연극을 만드시길 바라오!"

보고서를 올린 지 얼마 되지 않아 문화국 혁명위원회에서 마다하이에게 문인협회의 전체 대원들을 데리고 '5·7 간부 학교'*에 가서 노동을 하면서 상부의 지시를 기다리라는 통지를 내려보냈다. 하지만 1주일이 지나도, 한 달이 지나도, 한 계절이 다 지나가도록 보고서에 대해서는 깊은 바다에 빠진 돌처럼 감감무소식이었다. 유뤄빙의 마음은 자글자글 끓는 솥 위에서 불에 타들어 가는 개미 같았다. 그는 마다하이를 찾아갔다. "보고서를 다시 작성합시다!" "앞서 낸 보고서도 아직 비준이 내려오지 않았는데 하나 더 써서 뭐 하겠소?" 유뤄빙이 우물우물했다. "내 생각에 지난번 보고서는 신중하지 못했던 것 같아요. 보고서를 회수하고 다시 고려하겠다고 해 봅시다!"

"뭐요?" 마다하이는 화가 좀 났다. "그렇게 오랫동안 반복해서 토론했는데도 신중하지 못한 거라고요? 도대체 어떤 점이 덜 신중했단 말이오?"

유뤄빙은 묻는 말에는 대답을 하지 못하고 대신 더듬거리며 이렇게 물었다. "왜 상부에서 이렇게 질질 끌면서 몇 달 동안이나 비준을 내리지 않는다고 생각하십니까?"

"그거야 상부 일이지, 내가 어떻게 알겠소?" 마다하이가 전에 없이 퉁명스럽게 말을 받았다. 마다하이도 실은 속으로 답답해하고 있던 참이었다!

보고서는 어떻게 되었을까? 보고서는 긴 여행을 하고 있었다. 맨 처음 보고서는 돤차오췬의 손에 들어갔다. 하지만 그녀는 그녀 차원에서 결정할 문제가 아니라고 생각했다. '9차 대표 대회'에서 단결과 승리 노선을 제기했지만 그것을 어떻게 관철해야 할지에 대해서는 아직 확실하게 판단이 서지 않았던 것이다. 그녀는 보고서를 집으로 가져가 산챵과 의논했다. "집단적으로 지도하면 되지! 문화국 혁명위원회 토론을 조직하고 의견을 모아서 하나하나 단계를 밟아 올려보내란 말야. 며칠 늦는다고 바로 사람이 죽는 것도 아니니까! 그러잖아도 마침 간부 학교가 만들어지니까 모두 거기 가서 노동하고 있으라고 해!" 산챵도 말은 이렇게 했지만 사실 자기 차원에서 결정할 문제가 아니라 디화챠오와 쭤이푸에게 물어보아야 한다고 생각했다. 돤차오췬은 산챵의 말대로 문화국 혁명위원회를 소집했다. 그리고 토론에 근거하여 "시 문교위의 지시를 바랍니다"라고 아무도 트집 잡을 수 없는 의견을 보고서에 덧붙인 뒤 서명했다. 이렇게 해서 보고서는 시 문교위 사무실로 넘어갔다. 시 문교위 사무실 책임자는 다시 "산챵 동지의 지시를 바랍니다"라고 써서 올렸다. 보고서는 이제 산챵의 비서한테로 가서 머물게 되었다.

그리하여 1969년의 마지막 달이 시작될 무렵이 되어서야 비로소 돤차오췬은 마다하이와 유뤄빙을 문화국으로 소집했다. 그녀는 얼굴을 굳히며 이렇게 말했다. "동무들의 보고에 대한 지시가 내려왔습니다. 보아하니 '9차 대표 대회'에 대해 동무들이 제대로 이해하지 못한 것 같군요! 동무들은 '단결'이라는 말에만 집중하여 투쟁을 망각했습니다! 린뱌오(林彪)* 부주석께서 정치 보고에서 왜 투쟁의 복잡함을 그리도 수차례 강조하셨겠습니까? 왜 1967년 봄의 그 역류를 다시 비판하셨겠습니까? 왜 우리더러 '새로운 계급투쟁의 동향에 각별히 주의하라'고 하셨겠습니까? 그게 다 계급투쟁을 잊지 말라는 뜻입니다! 화챠오 동지께서도 '9차 대표 대회' 정신을 전달하시면서 '몇 사람이 다시 풀려 나왔다고 해서 그 사람들의 문제가 모두 없어졌다고 여기지 마라'라고 누누이 경계하셨어요. 그들은 우파 대표로서 이번 '9차 대표 대회'의 중앙위원회에 참석했습니다. 그로써 우리의 투쟁 임무도 줄어들기는커녕 더한층 무거워졌습니다! 문인협회의 상황이 이처럼 복잡한데 동무들은 겨우 반 년 만에 그걸 완전히 다 심사할 수 있었단 말입니까? 게다가 일률적으로 모두 '해방'한다니요? 지금 문예계의 어느 단위가 동무들처럼 대담하단 말입니까? 동무들의 사상은 우경화되었어요! 그건 동무들이 '9차 대표 대회'의 노선을 왜곡했기 때문입니다." 돤차오췬은 이렇게 장황하게 훈계를 늘어놓더니 그제야 목소리를 조금 누그러뜨렸다. "물론 동무들만 탓할 수는 없겠죠. 내가 문화국 혁명위원회 책임자니까 나한테도 책임이 있어요. 이제 동무들은 시 혁명위원회에서 내려온 지시를 듣고 돌아가 군중을 조직해서 잘 학습하고 토론하도록 하세요!"

보고서를 받아 든 마다하이는 그 위에 적힌 지시를 읽어 보았다. "정말로 철저하게 심사했는가? 나는 믿지 않는다. 보아하니 마다하이는 마다하(馬大哈)*인 듯하다. 다시 공장에 돌아가서 망치나 드는 편이 낫겠다. 유뤄빙도 혁명에 대한 열정이 거의 없다. 혁명의 화력을 더해 얼음을 녹여 버려야 할 것이다." 지시 말미에는 산창이라고 서명되어 있었다. 만약 시 혁명위원회의 지시만 아니었다면 마다하이는 그 자리에서 당장 반박했을 것이다. 그는 도저히 수긍할 수가 없어 감정을 억제하며 물었다. "지도자들은 도대체 어떤 문제가 아직 불분명하다고 보시는 겁니까?" 돤차오췬이 입을 내밀며 살짝 웃었다. "라오마! 동무가 나한테 물으면 난 누구한테 묻습니까? 어쨌든 상부에서는 당신들이 제대로 심사했다고 생각하지 않아요. 그렇게 많은 문제를 그렇게 짧은 시간 안에 어떻게 완전히 다 심사할 수 있단 말입니까?" 마다하이는 더 이상 참을 수가 없었다. "사료에 근거해야지 어떻게 느낌만으로 이런 판단을 내린단 말입니까?" 돤차오췬도 화가 나서 차갑게 말했다. "지도부의 지시에 어떻게 이런 태도로 나온단 말입니까? 동무가 기왕 말했으니 나도 물어봅시다. 위쯔치가 무산 계급 사령부를 포격한 문제도 다 심사했습니까?" 마다하이가 침착하게 대답했다. "심사했습니다만, 별다른 문제는 없었습니다." "그렇게 쉽게 단정 지을 문제가 아니란 말입니다! 그건 보통 문제가 아니에요!"

마다하이는 계속 반박하려 했으나 유뤄빙이 그를 말리며 돤차오췬에게 말했다. "차오췬 동지! 제 책임입니다. 돌아가서 시 혁명위원회의 지시를 잘 학습하고 군중을 모아 저희 과오에 대해 비판을 실시하겠습니다."

"좋아요." 돤차오췬은 이렇게 대답하고는 그들을 거들떠보지도 않았다.

마다하이가 개인적으로 아무리 지시에 굴복할 수 없다 해도 군중에게 산창의 지시를 전달하지 않을 수는 없었다. 산창의 지시를 듣고서 사람들은 순식간에 마음이 무거워졌다. 그렇게 심하게 비판해 놓고 구체적인 의견은 없으니 어쩌라는 것인가? 이게 모두 다음과 같은 디화챠오의 지시를 받은 산쌍의 의도라는 걸 사람들이 알 리가 없었다. "늙은이들을 모두 한꺼번에 해방시켜서는 안 되오! 그들을 전부 해방시켜 버리면 류사오치 노선*은 없다는 말이나 같은 게 아니겠소? 게다가 일찍 해방시켜 놓으면 그놈들은 또 꼬리를 쳐들 것이오!" 유뤄빙은 모든 사람들을 향해 발언을 재촉했으나 발언하는 사람은 한 명도 없었다. 한참을 조용하던 끝에 드디어 펑원펑이 일어났다.

"저는 산쌍 동지의 지시에 동의합니다. 다른 사람의 상황은 잘 몰라도 위쯔치 문제가 완전히 심사되지 않았다는 건 제가 압니다."

마다하이와 유뤄빙이 깜짝 놀란 눈으로 펑원펑을 쳐다보았다. 그들보다 먼저 샹난이 따져 물었다. "무슨 문제가 아직 다 심사되지 않았다는 거죠?"

"사령부 포격 문제입니다!" 펑원펑는 단호하게 대답했다.

"그가 포격에 참가했다는 걸 증명할 자료가 없지 않습니까?"

"자료가 없더라도 최소한 이 문제를 제기해 놓고 사람들이 그 혐의에 대해 생각해 볼 수 있도록 만들었어야죠." 펑원펑은 조금도 물러서지 않았다.

"그건 무슨 정책입니까?" 왕유이가 그 말을 받았다.

유뤄빙은 문제가 이미 상당히 커졌음을 깨달았다. 그는 기관에서 다시 논쟁이 벌어지고 새로운 말썽이 일어날까 봐 그 즉시 일어나 발언했다. "엉뚱한 곳으로 포를 쏘지 맙시다! 여러분 모두 시 혁명위원회의 정신을 깨닫고 우리 자신을 비판합시다! 과오는 우리가 범한 것이오! 우리가 우경화되었던 거요!"

마다하이는 시종 아무 말도 하지 않았다. 마다하이한테 미리 두세 번 경고를 받았던 터라 장챠오디 역시 잠자코 있었지만 결국엔 이렇게 말하고 말았다. "전 공장으로 돌아가겠어요! 이제 그만하겠습니다!" 마다하이가 웃었다. "걱정 마시오. 동무가 요구하지 않아도 곧 그렇게 될 테니. 나 역시 마찬가지고!"

마다하이의 말대로 과연 이틀 뒤 시 노동자 선전대에서 명령이 내려와 문인협회에 진주한 노동자 선전대원들 모두 공장으로 돌아가도록 조치되었다. 그리고 그들 대신 리융리(李永利)와 다른 노동자 선전대원들을 파견하기로 했다. 명령이 도착한 다음 날 마다하이와 그 대원들이 간부 학교를 떠났다. 환송의 북 소리, 징 소리가 울리지 않았음은 물론이다. 유뤄빙, 샹난, 왕유이 등이 그들을 시외버스 정류장까지 배웅했다. 가는 동안 아무도 입을 열지 않았다. 마다하이만 때때로 농담을 했다. "챠오디, 우리 사제는 그래도 건진 게 있지? 봐, 이렇게 많은 지식인 친구들을 사귀었잖아?" 그러자 장챠오디가 샹난의 손을 잡았다. "맞아요, 샤오샹. 여러분들과 헤어지기가 정말 아쉽네요. 처음 막 도착했을 때는 동무가 제일 맘에 안 들었는데." 마다하이도 샹난에게 말했다. "샤오샹, 우리 집에 자주 놀러 와요! 우리 집 노인네가 손님 오는 걸 좋아하시거든!" 그러잖아도 속이 상하던 샹난은 두 사람이 이렇게 말하자 눈물을 왈칵 쏟고 말았다. 그녀는 장챠오디의 어깨에 머리를 파묻었다. "장 사부, 새로운 노동자 선전대가 오면 난 특별 심사조 조장을 그만둘까 해요. 더 이상은 못 하겠어요." 장챠오디가 그녀의 손을 어루만졌다. "그러지 말고 계속 맡아 해요! 겁낼 거 없어요!" 정류장에서 이별을 앞두고 마다하이는 유뤄빙에게 의미심장하게 말했다. "라오유, 우린 모두 오랜 당원들이오. 어떤 상황에서도 당의 원칙에 따라 일을 처리해야 하오!" 유뤄빙은 건성으로 대답했다. 사실 마다하이의 말은 그의 귀에 아예 들어오지도 않았다. 그는 오직 리융리가 온 뒤 자기를 어떻게 대할지, 문인협회에 또 어떤 일이 벌어질지 그것만 걱정스러울 뿐이었다.

'외양간'으로 쫓겨난 샹난

리융리는 문화국 계통의 노동자 선전대원 중에서 이미 상당히 유명한 인물이었다. 그는 대원들을 데리고 빈하이 연극단에 진주한 뒤 '계급투쟁의 새로운 동향'을 파악하여 한바탕 '점령과 반점령 투쟁'을 벌였다. 그리고 주먹으로 노동자 선전대에 반항하려 했다는 사람 하나를 체포해 법적으로 처리했다. 이 사건은 문예계를 떠들썩하게 만들었다. 리융리는 본인이 능력도 있었지만 그럴 만한 '백'도 조금 있었다. 빈하이시 노동자 반란파의 총사령인 왕머우(王謀)는 그와는 오랜 전우이자 호형호제하는 사이였다. 이번에 마다하이 대신 그가 문인협회에 파견된 것은 샹샹의 지시에 따른 것이었다. 그는 돤차오췐에게 이렇게 말했다. "문인협회 같은 데는 리융리처럼 모진 인간이 아니라면 국면을 타개하기 어려워!"

속담에 "새로 부임한 관리는 불씨 세 개나 다름없다"*라는 말이 있다. 리융리야말로 정말로 불씨를 안고 왔다. 그는 간부 학교에 도착한 그날로 곧장 사람들을 소집해 작전 방안과 기율을 선포했다. 작전 방안은 세 단계로 되어 있었다. 1단계는 샹샹의 지시를 학습하고 실제와 연결시켜 대대적인 반우경 사업을 펼친다. 2단계는 사상적 장애를 제거한다. 3단계는 2단계의 기초 위에 대대적으로 비판과 고발 작업을 계속하여 계급의 적을 뿌리까지 파헤친다. 어떤 사람이든 어떤 일이든 모두 고발할 수 있으나 투쟁의 중점은 무산 계급 사령부에 반대하는 '현행 반혁명 분자'를 심사하는 데 있다. 그리고 기율은 네 가지였다. 첫째, 마다하이를 비롯하여 사적인 연락은 어떠한 형태든 완전히 금지한다. 둘째, '잡귀'들과 '혁명 군중'은 노동과 숙박을 제외한 다른 모든 활동을 분리해서 진행하며 평소에도 서로 왕래해서는 안 된다. 셋째, '잡귀'들은 반드시 '외양간'의 기율을 준수해야 하며 이를 위반한 자는 엄하게 다스린다. 넷째, '잡귀'든 '혁명 군중'이든 간에 마음대로 부근의 대대나 시내로 나가 돌아다니거나 음식을 사 먹는 행위를 금지한다.

리융리의 이 같은 선포를 듣고 누구보다 많이 걱정하고 불안을 느낀 사람은 바로 유뤄빙이었다. 투쟁의 첫걸음은 먼저 본보기를 통해 겁을 주는 것이며, 유뤄빙 자신이야말로 바짝 엎드려 그 살벌한 몽둥이 세례를 받아야 하는 첫 타자임을 잘 알고 있었기 때문이다. 어쨌든 그 몽둥이 세례가 피할 수 없는 것이라면 맞기를 기다리기보다 자진해서 맞기를 청하는 편이 낫다고 생각했다. 그렇게 하면 최소한 '죄를 인정하는 태도가 양호'하다는 평은 들을 수 있을 테니 말이다. 그래서 그는 리융리의 선포를 듣고 곧바로 그를 따라 노동자 선전대 사무실로 가서 짐을 싸기 시작했다. 리융리가 오기 전, 그가 마다하이와 함께 쓰던 곳이었다.

리융리는 이미 돤차오췬한테서 유뤄빙에 대해 들어 알고 있었다. 그녀에 따르면 유뤄빙은 마다하이와 달리 과오를 되풀이하지 않을 것이니 그에게 자기비판을 하게 한 뒤 원래의 자리에 그냥 두되 결정권만 넘겨주지 않으면 괜찮을 거라고 했다. 처음에 리융리는 입당한 지 몇십 년이나 된 노간부가 자기 말을 고분고분 들을 리 없다고 생각했다. 그래서 어떻게든 이 짐을 덜어 버리고 반란파 한 사람을 새로 '결합'하고 싶었다. 하지만 돤차오췬의 의견을 무시할 수도 없는 노릇이었고, 더구나 아직 유뤄빙을 만나 본 적이 없으니 어떤 사람인지도 알 수 없었다. 그래서 그는 일단은 유뤄빙이 어떤 사람인지 잘 살펴봐야겠다고 마음먹고 있었다. 유뤄빙이 와서 짐을 싸자 리융리는 짐짓 못 본 체하며 그가 어떻게 나오는지 두고 보기로 했다.

짐을 다 정리한 유뤄빙은 리융리를 쳐다보았지만 리융리는 아랑곳하지 않고 여전히 자기 짐만 풀고 있었다. 유뤄빙은 그 옆으로 다가가 리융리의 베개를 집어 들고는 툭툭 털어서 잘 내려놓았다. 그리고 웃는 얼굴로 조심스럽게 "리 지도원!" 하고 불렀다. 리융리는 그제야 그에게 고개를 끄덕이며 아는 체를 했다. "아니, 여기 계속 머물지 않으실 겁니까?" 유뤄빙이 한숨을 내쉬었다. "면목이 없습니다. 제가 자기비판할 수 있도록 시간을 좀 주시고, 또 저를 처분해 주시기를 조직에 요청하는 바입니다." 리융리는 유뤄빙을 위아래로 훑어보았다. 유뤄빙의 태도가 상당히 성실할 뿐만 아니라 불만을 참거나 속을 떠보려는 기색도 없다는 것을 확인하고서 그의 생각도 좀 달라졌다. "동무의 과오는 심각한 것이니 처분을 요청하는 것도 당연하오! 하지만 솔직하면 관대하게 처리하고 저항하면 엄하게 다스리라 했소. 동무가 성실하게 과오를 인정하기만 한다면 우리도 당신을 처분하진 않을 것이오. 설령 다른 사람이 처분해야 한다고 요구하더라도 나 리융리가 당신의 편을 들어주겠소." 그러자 유뤄빙은 너무나 감격했다는 듯이 얼른 말했다. "반드시 성실하게 반성하고 공을 세워 속죄할 것입니다." 리융리가 유뤄빙의 어깨를 두드렸다. "라오유! 좋아요! 나와 손잡으면 다시 과오를 범할 일은 절대 없을 거요! 내 말만 잘 듣는다면 내가 마다하이보다도 더 높게 동무를 중용할 테니까!" 유뤄빙의 얼굴이 금세 빨갛게 상기되었다. 이런 자가 자기 어깨를 두드리다니 실로 난감했다. 하지만 어쩌겠는가? 그는 그저 웃으며 이렇게 말하고 말았다. "리 지도원, 앞으로 많이 가르쳐 주십시오! 제가 많이 부족합니다!"

다음날 아침, 리융리는 유뤄빙이 자진해서 과오를 비판받도록 청한 일을 모든 이에게 알렸다. 자기가 오자마자 성과를 거두었다는 것도 과시하고 또 자기가 정책을 존중하고 너그러운 사람임을 모든 사람에게 보여 줄 심산이었다. "여러분 모두 유뤄빙 동지처럼 주동적으로 나서기를 바라오. 우리는 그런 동지들을 받아 줄 뿐 아니라 중용할 것이오." 그는 특히 샹난와 왕유이를 지적했다. "동무들은 우경 과오를 범한 적 없소? 자기들이 어떤 태도를 취해야 할 것인지 잘 생각해 보시오! 마다하이의 우경 기회주의 노선은 그 사회적 배경이 있을 텐데, 혹 당신들이 바로 그 사회적 배경이 된 것 아니오?" 샹난과 왕유이는 아무 대꾸도 하지 않았다.

마다하이가 있을 때는 그래도 모두 일하면서 더러 농담을 하며 웃기도 했는데 오늘부터는 이야기도 농담도 할 수 없게 되었다. 오늘은 칭룽전(靑龍鎭)에 가서 거름을 실어 와야 했다. 공교롭게도 샹난, 왕유이, 유뤄빙 세 사람이 한 수레를 끌게 되었다. 처음에는 세 사람 모두 묵묵히 일만 했다. 하지만 거름을 한 번 싣고 온 뒤 샹난은 더 이상 속에만 담아 둘 수가 없어 입을 열었다. "라오유! 정말로 당신이 자발적으로 비판을 요청한 건가요?" 유뤄빙은 말없이 고개만 끄덕였다. "당신이 보기에 우리의 어디가 우경인데요?" 샹난이 목소리를 높였다.

"문인협회 문제의 심각성에 대해 제대로 인식하지 못했다는 점!" 망설임 없는 유뤄빙의 대답이었다.

그의 말에 샹난은 화가 치밀었다. "전 제가 우파라는 걸 인정할 수 없어요! 시 지도자들은 저 높은 곳에 앉아 실제 상황도 모르면서 우리가 2년 동안 쌓아 온 문화 대혁명의 업적을 단번에 부정해 버렸어요. 이건 당 정책에도 부합하지 않아요. 저는 리융리가 오면 먼저 좌담회부터 열고 상황이 어떤지 물어보려니 생각했어요. 그런데 누가 알았……." 그녀가 말을 채 끝내기도 전에 뒤에서 "돌멩이 하나가 천 길 파도를 일으키네"라며 노래하는 소리가 들려왔다. 펑원펑이었다. 샹난은 재빨리 입을 다물어 버렸다. 펑원펑과 다른 두 동지가 거름 수레를 끌고 오다 샹난네 수레가 꾸물대는 것을 보고 빈정거렸다. "당신네 '3결합' 조는 늙은 소에 다 부서진 수레로군! 길 좀 비킵시다!" 뒤를 돌아본 샹난이 아무 소리 없이 갑자기 힘껏 수레를 밀자 앞에서 수레를 끌던 왕유이가 저절로 달음질을 쳤다. 뒤따라오던 유뤄빙이 숨을 헐떡거렸다. "애들 같기는! 길 좀 비켜 주는 게 뭐 대수라고!" 샹난이 발끈했다. "저 득의양양한 꼴은 정말 못 봐주겠단 말예요! 라오유, 동무가 리융리를 찾아가 잘 말해 보면 안 될까요? 사실대로 상황을 보고하면 혹시 그가 윗사람들의 잘못된 판단을 시정하도록 도와줄 수 있을지도 모르잖아요." 유뤄빙이 샹난을 쳐다보며 고개를 절레절레 흔들었다. "샤오샹! 바로 그런 생각을 고치지 않으면 언젠가 큰 과오를 범하게 될 거요! 자기만 손해라고!" "자기만 손해"라는 말을 할 때 그는 뒤에 오던 펑원펑을 힐끗 쳐다보며 각별히 목소리를 낮추었다. 하지만 샹난은 일부러 목청을 더 높였다. "손해 보는 게 무서워서 원칙을 버린단 말예요?" 놀라고 화가 난 유뤄빙은 그녀와는 더 이상 말도 하기 싫었다. '그래, 너는 네 소신대로 하렴. 난 자기비판하고 이 난관을 넘을 테니.'

이틀 뒤 리융리는 유뤄빙이 군중 앞에서 자기비판을 할 수 있도록 일정을 잡아 주었다. 사람들은 유뤄빙이 워낙 자기비판을 잘 한다는 건 익히 알고 있었지만 이번처럼 '심각'하게 비판하리라곤 생각지 못했다. 아무튼 쓸 만한 모자는 모조리 자기 머리 위에다 갖다 씌웠다. 무슨 '우경 기회주의'였느니, '반혁명 수정주의 검은 문예 노선을 죽어라고 보듬고 있었다'느니, '우경화된 관점에서 9차 대표 대회의 노선을 왜곡하고 방해했다'느니, '문화 대혁명을 파괴'하고 '무산 계급 사령부에 저항했다'등등, 발언하는 태도도 퍽이나 침통했다. 과오를 범하게 된 역사적 근원과 사상적 근원을 얘기할 때는 눈물까지 흘렸다. "제가 이런 과오를 범하게 된 것은 결국 무산 계급 사령부에 대한 감정의 문제입니다! 일찍이 저는 화챠오 동지 밑에서 일하면서 동지에게 교육을 수 차례나 받았습니다. 하지만 저는 그래도 진보하지 못하고 하마터면 문인협회의 운동을 낭떠러지로 이끌 뻔했습니다! 화챠오 동지의 가르침을 저버렸던 것입니다. 정말 부끄럽기 그지없습니다. 앞으로 저는 노동자 선전대의 지도 아래 공을 세워 속죄하려 합니다……."

이 같은 유뤄빙의 자기비판을 듣고 리융리는 속이 확 트이는 것만 같았다. 그는 곧바로 만면에 웃음을 띠며 사람들에게 말했다. "라오유의 자기비판은 대단히 훌륭했소! 혹시 다른 의견 있소? 없으면 해산합시다! 라오유의 문제는 이로써 다 해결되었소!" 모두 해산할 수밖에 없었다. 우두머리가 의견이 없다는데 누가 감히 의견을 내놓겠는가? 그 와중에 샹난은 "뻔뻔하기는!"이라고 작은 소리로 중얼거렸는데, 공교롭게도 그 소리를 펑원펑이 듣고 말았다. 그는 얼른 샹난을 뒤따라 나오며 진지한 척 말을 걸었다. "라오유의 자기비판은 정말 영혼을 울리더군요. 그야말로 교훈이 되는 비판이었어요. 모름지기 자기비판이란 라오유처럼 그렇게 영혼을 아프게 찌르는 것도 두려워하지 말아야 하는 건데!" 샹난이 펑원펑을 흘겨보며 입을 삐죽거렸다. "흥, 그 사람 영혼은 원래부터 감각이 없으니 아무리 찔러도 안 아플걸요! 교훈이 되기는 무슨!" 펑원펑은 짐짓 놀라는 체했다. "아니, 동무의 생각은 참으로 이상하군요. 내 보기에 그는 자기 잘못의 핵심을 짚었어요. 우경의 근원을 아주 깊이 있게 파헤쳤다고요!"

지금 펑원펑은 샹난이 실수를 하도록 유도하고 있었다. 그런데도 그녀는 전혀 눈치 채지 못했다. 그녀는 코가 깨져도 돌아갈 줄 모르는 사람이었다. 그녀는 펑원펑의 견해는 자기와 다르며 또 고발 보고서를 곧잘 올린다는 것도 잘 알고 있었다. 하지만 지금 그녀는 온통 치밀어오르는 화를 억누를 수가 없어 어디든지 내뿜고 싶었다. 펑원펑의 말을 듣고 샹난은 아예 가던 길을 멈춘 채 핏대를 올리며 따지고 들었다. "우경이라고요? 뭐가 우경인데요? 실사구시가 우경이에요? 당의 간부 정책을 집행하는 것이 우경입니까? 내 보기엔 당신이야말로 진짜 웃기고도 무서운 좌경이에요!"

펑원펑은 욕을 먹고도 기색 하나 변하지 않고 눈가에 웃음을 띠었다. "나를 욕하는 건 상관없지만, 내 말은 나 개인의 생각이 아니라 시 혁명위원회 부주임인 산창 동지의 의견이라는 걸 알아야죠. 동무가 나를 욕하면 그게 바로 산창 동지를 욕하는 것 아닙니까?" 그렇게 말하며 그의 눈이 더 노골적으로 웃었다. 그것은 조롱의 웃음이 분명했다. 화가 치민 샹난의 얼굴이 더 붉어지고, 크고 검은 그녀의 눈동자가 더 동그래졌다. 그녀는 커다란 입을 꾹 다물고 입술을 깨물었다. 주변에 사람들이 몰려들었다. 위쯔치와 청쓰위안도 있었다. 왕유이가 바로 뒤따라왔다. 펑원펑의 의도를 알아차린 그들은 모두 샹난을 보며 손에 땀을 쥐었다. 흥분한 샹난의 모습을 본 왕유이는 또 야생마처럼 길길이 뛰겠다 싶어 얼른 달려와 그녀의 손을 잡아끌었다. "샤오샹, 급한 일이 생겼어!" 샹난은 왕유이를 따라가면서도 화를 삭일 수가 없었는지 뒤돌아서서 펑원펑을 향해 소리쳤다.

"당신, 시 혁명위원회 부주임 업고 사람 접주는가 본데! 주임이면 다야? 그 사람은 뭐 우리처럼 구린내 나는 지식인 아니래?"

그 자리에 있던 사람이 모두 경악하고 말았다! 1년 남짓한 경험속에서 사람들은 시 혁명위원회 지도자를 비롯해 무산 계급 사령부 지도자에 대해서는 한마디도 불경한 말을 해선 안 된다는 것을 몸으로 깨달았다. 만약 그랬다간 바로 '무산 계급 사령부를 포격'하는 '현행 반혁명 분자'가 될 수도 있었기 때문이다. 샹난도 그걸 모르지 않으련만! 게다가 리융리도 특별히 강조하지 않았던가! 오늘 샹난은 왜 이렇게 제멋대로란 말인가! 왕유이는 더 이상 참을 수가 없어 큰 소리로 샹난을 책망했다. "지금 무슨 헛소리를 하는 거야? 빨리 가기나 해!" 샹난은 고집스럽게 고개를 꼬며 "내가 뭐?"라고 투덜거리더니 그제야 왕유이를 따라 자리를 떴다.

펑위안펑은 여전히 웃음기가 가시지 않은 눈으로 그 자리에 한동안 서 있었다. 그는 득의양양한 표정을 애써 감추며 둘러선 사람들에게 확인했다. "오늘 샹난이 무슨 말을 했는지 다들 똑똑히 들으셨죠?" 그러고 나서 그는 곧장 노동자 선전대 본부로 갔다. 펑위안펑의 뒷모습을 바라보며 위쯔치가 근심스러운 목소리로 청쓰위안에게 말했다. "샤오샹이 고생 좀 하게 생겼군!" 청쓰위안은 대수롭지 않다는 표정이었다. "샹난은 너무 제멋대로인 데다 고집까지 세서 말이야. 고생 좀 해 봐야 돼!" 위쯔치가 바로 그의 말을 받았다. "난 되레 샹난의 저런 성격이 맘에 드는걸!" 청쓰위안이 뜻밖이라는 듯 그를 쳐다보며 중얼거렸다. "난 싫어!"

그날 저녁 식사 무렵 간부 학교 식당 입구에 벽보가 하나 붙었다. 제목은 「시 혁명위원회 지도자를 공격한 샹난은 각오하라!」였다. 물론 펑위안펑이 쓴 것이었다. 그걸 보고 샹난은 코웃음을 쳤다. "또 시작이군!" 왕유이가 그녀를 환기시켰다. "이번엔 마다하이

가 왔을 때와는 상황이 달라. 조심해. 제발 날뛰지 좀 말라고!" 샹
난이 고개를 끄덕였다. "알았어. 또 어떻게 나올지 지켜보기나 하
지, 뭐!"

왕유이의 추측이 맞았다! 평원펑의 벽보는 리융리가 의도적으
로 보낸 신호나 마찬가지였다. 문인협회에 도착하던 첫날부터 샹
난을 눈여겨보았던 리융리는 그녀가 산창의 지시나 마다하이의
면직에 불만을 품고 있음을 알아차렸다. 그리고 평원펑도 그에게
샹난의 문제를 상세하게 보고해 주었다. 만약 샹난이 샹난이 아니
었다면 리융리는 진작 인정사정 볼 것 없이 그녀를 쳤을 것이다.
하지만 그녀가 톈차오천의 오랜 친구라는 사실을 알기 때문에 부
득불 조금 '배려' 해 주지 않을 수 없었다. 사실은 이틀 전에 다른
일이 또 하나 있었다. 빈하이 대학에서 심사를 나온 두 사람이 샹
난을 찾아왔던 것이다. 그들이 리융리에게 알려 준 내용은, 샹난
의 동창 하나가 그 학교 교사인데 '1930년대 문예 자료를 이용해
쟝칭(江青)을 공격한 현행 반혁명 분자' 라는 것이었다. 그런데 그
'반혁명 분자' 의 자백에 따르면 그의 자료 대부분이 샹난한테 들
은 것이라고 했다. 리융리는 샹난이 써낸 심사 자료를 찾아보았
다. 보고서에서 샹난은 그 모든 사실을 부인하기는커녕 문화 대혁
명 이전에 자기는 중국 영화 발전사를 연구한 적이 있기 때문에
그것들에 대해 당연히 잘 알고 있다고 했다. 이는 무척 중요한 상
황이 아닐 수 없었다! 리융리를 놀라게 한 것은 샹난이 그것을 대
수롭지 않게 생각할 뿐더러 "나는 쟝칭 동지가 바로 영화배우 란
핑(藍苹)*이란 것을 안다"라고 공개적으로 썼다는 사실이었다. 이
게 '확산 금지 자료' 를 확산해 '포격' 을 행하는 것이 아니고 무엇
이란 말인가? 이는 이미 '배려' 의 범위를 벗어난 일이었다. 이것

을 확실하게 심사하지 않는다면 앞으로 리융리 본인이 책임져야 할 뿐만 아니라 돤차오췬까지 연루될 가능성도 있는 것이다. 그래서 그날 밤 리융리는 돤차오췬에게 전화를 걸어 상난의 상황을 자세히 보고했다. 또한 그녀를 잡아들이지 않을 수 없는 자기의 고충까지 자세히 이야기했다. 돤차오췬은 수화기 너머로 잠깐 신음하는 듯하더니 무척 긍정적인 말투로 대답했다.

"충실한지 그렇지 않은지는 행동을 봐야 하고 친한지 그렇지 않은지는 노선을 통해 봐야죠. 나는 개인적인 감정 때문에 혁명의 원칙을 저버리는 사람이 아닙니다. 필요하다면 알아서 조치하십시오!"

리융리는 뛸 듯이 기뻤다. 또 한 번 문인협회에서 멋진 싸움을 할 수 있게 된 것이다! 그때 마침 평원평이 상난이 산창을 욕한 일을 보고했고, 그는 더없이 기뻐하며 평원평에게 이렇게 지시했다. "일단 동무가 상난을 비판하는 벽보를 하나 써 붙이시오. 문제 제기가 첨예할수록 좋소! 겁먹을 필요 없소. 나한테 자료도 충분하고, 또 차오췬 동지한테도 이미 말해 두었소. 그러니 동무가 벽보를 붙여서 그 여자가 흥분해서 날뛰도록 만들란 말이오!"

그런데 예상했던 것과 달리 상난은 흥분하지 않았다. 리융리는 그것 역시 상난이 매우 교활한 '반혁명' 분자이며 위장의 고수임을 알 수 있게 해 주는 대목이라고 판단했다. '평소에는 그렇게 순진하고 정직한 것처럼 굴더니! 꼬리가 잡히니까 죽은 척하고 있군! 어느 순간 단번에 목적을 이룰 수 있는 시기를 엿보겠다 이거지. 하지만 뛰는 놈 위에 나는 놈이 있는 거야. 내가 너보다는 한 수 위일걸. 네가 날뛰지 않으면 불을 지펴서라도 발광하지 않을 수 없도록 만들어 주지! 본색이 드러나도록 말이야! 나 리융리가 반드시 새로 나타난 여자 반혁명 분자를 잡아서 모든 사람에게 보여 주고 말겠어!' 펑원펑의 벽보가 붙은 지 사흘째 되던 날 리융리가 '혁명 군중' 대회를 소집했다. 샹난 고발 대회였다. 리융리는 자신만만하게 큰소리쳤다. "여러분은 걱정 말고 고발하시오! 무서울 것 하나도 없소. 돤차오쳔 동지가 우리를 지지하고 있으니까. 우리에게는 샹난이 반혁명임을 증명할 자료도 있소!" 그가 이렇게 말하면서 주머니를 툭툭 두드려 보였다. "바로 여기에 자료가 있단 말이오! 왕유이! 오늘 동무에게 이 사실을 알리는 건 동무가 아직도 당원이기를 원하는지 보기 위해서요. 누구든 샹난에게 이 소식을 알리려 한다면 그건 보통 문제가 아니니 가만두지 않을 것이오!"

하룻밤 사이에 샹난을 고발하는 벽보가 간부 학교 도처에 나붙었다. 게다가 벽보에는 하나같이 "무산 계급 사령부를 공격한 샹난의 죄는 죽어 마땅하다!", "샹난이 투항하지 않는다면 그녀에겐 멸망뿐이다!"와 같이 살벌한 구호가 적혀 있었다.

샹난은 꿈을 꾸는 것만 같았다! 그녀는 당장 리융리한테 뛰어갔다. "이게 어떻게 된 일이죠?" 리융리가 웃었다. "내가 어찌 알겠소? 오늘부터 동무는 '외양간' 학습에 참가하고 자기한테 어떤 문제가 있는지 잘 생각해 보고 자발적으로 고백하시오! 동무는 지금 당장 '한쪽으로 밀려난 사람들'과 함께 노동하러 가시오! 오늘부터 동무의 노동은 따로 분리되었으니까!"

샹난은 일단 물러나는 수밖에 없었다. '일하러 가자. 먼저 일부터 하고 이따가 돌아올 때 다시 들러 보자.' 오늘은 거름을 져다 밭에 뿌리는 작업이었다. 그녀는 어깨에 분뇨통을 메고 '잡귀'들이 있는 데로 갔다. '잡귀'들이 모두 의아해하며 그녀를 쳐다보았다. 경계하는 사람도 있었고, 동정하는 사람도 있었고, 비웃는 사람도 있었다. 위쪼치만 솔직하고 진심어린 태도로 그녀를 바라보며 마치 전우를 환영하듯 그녀를 맞아 주었다. 샹난은 그런 분위기가 견딜 수 없었다. 어떻게 된 걸까? 어떻게 특별 심사조 조장이 하루 아침에 '잡귀'가 될 수 있단 말인가? 오늘부터는 그래, 이 사람들과 함께 있으면서 '잡귀'처럼 먹고 비판받아야 하는가? 안 돼, 그건 너무 무서운 일이다! 그녀는 밭두렁에 잠깐 서 있다가 분뇨통을 멘 채 뛰어 돌아갔다. 위쯔치가 그녀를 불러 세우려고 했으나 청쓰위안이 말렸다. 쟈셴주가 의외라는 듯 눈을 치뜨며 말했다. "샹난이 '외양간'에 오리라곤 생각도 못 했는걸!" 청쓰위안이 대꾸했다. "당신이 생각 못 한 일이 어디 한두 가지요?"

분뇨통을 메고 숙소로 돌아온 샹난은 공구함에 그것을 내려놓고 다시 뜰로 뛰어나갔다. 그녀는 도대체 무슨 죄목으로 자기를 '반혁명'이라 모는지 알고 싶었다. 그녀는 참을성 있게 울긋불긋한 벽보들을 처음부터 끝까지 샅샅이 읽어 보았다. 산좡을 '구린내 나는 지식인'이라고 했던 것 말고는 모두 왜곡되거나 지어낸 말이었다. 샹난은 생각했다. 산좡한테 욕 한 번 했다고 반혁명이 된단 말인가? 그녀는 차오천과 친구이고 산좡하고도 잘 아는 사이였다. 그런 말은 직접 대놓고도 얼마든지 할 수 있었다. 이건 리융리가 수작을 부린 게 틀림없다! 나를 굴복시키려고 그러는 거야! 여기까지 생각한 샹난은 리융리한테 저항하기로 결심했다. 무슨 일이 있어도 자기가 반혁명임을 인정하지 않을 것이고 무슨 일이 있어도 '외양간'에는 가지 않을 것이다. 샹난은 자기가 결코 그들에게 굴복하지 않는다는 것을 리융리가 똑똑히 깨닫게 해 주어야겠다고 다짐했다.

샹난은 노동자 선전대 사무실로 리융리를 찾아갔다. 그녀는 곧장 그 옆으로 걸어가 힘주어 말했다. "난 반혁명이 아니라고 말하러 왔어요!"

마침 약혼녀에게 편지를 쓰고 있던 리융리는 샹난의 말을 들은 체 만 체하며 여전히 펜을 내려놓지 않았다. 한참 뒤에야 그는 편지지를 뒤집어 놓으며 사무적으로 대꾸했다. 역시 샹난에게 눈길조차 주지 않은 채. "노동하러 가지 않고 여긴 왜 온 거요? 난 바빠요! 동무가 반혁명인지 아닌지는 동무도 아니고 나 리융리도 아니고 바로 군중이 판단하는 거요. 그런데 군중이 모두 동무를 반혁명이라고 하니 난들 무슨 수가 있단 말이오?"

　"당신이 말하는 군중이란 게 바로 펑원펑일 테죠!" 그녀가 소리쳤다.

　"샹난! 이게 무슨 태도요? 운동에 저항하겠다는 거요? 그렇게 해서 좋을 게 없을 텐데? 내가 또 하나 가르쳐 줄까? 돤차오췬 동지는 원칙을 중시하는 사람이지. 대의를 위해서라면 가족도 돌아보지 않는 사람이니 동무도 혹여 무슨 기대 같은 걸 갖고 있다면 일찌감치 버리는 게 좋을 거야!" 리융리의 목소리는 여전히 사무적이었지만 몹시 득의양양했다.

　샹난은 화가 머리끝까지 치밀었다. 그녀는 불을 뿜어낼 듯한 눈길로 무섭고도 얄미운 리융리의 뾰족한 얼굴을 훑어보았다. 그는 정수리, 턱, 코, 입이 모두 뾰족했다. 더 특이한 것은 그의 뾰족한 눈이었다. 세모난 그의 작은 눈 속에서 수시로 데굴데굴 움직이는 눈동자는 마치 남의 비밀을 들추어내거나 다른 사람을 겁주어야 할 일이 있다면 언제라도 눈에서 튀어나와 상대방의 마음과 살 속으로 파고들어 갈 준비를 하고 있는 것처럼 날카로운 빛을 내뿜었다. '이런 사람이 노동자 계급이라고? 말도 안 돼! 얼마나 흉악한 얼굴인지!' 그녀의 머릿속에 또 하나의 얼굴, 마다하이의 인자하고 후덕한 얼굴이 떠올랐다. 정말 속이 상했다. 마 사부님이 가지 않았다면 이런 일은 일어나지도 않았을 텐데. 이제 리융리 같은 인간과 무슨 말을 더 한단 말인가? 그녀는 더 이상 한마디도 하지 않고 그대로 돌아서서 뛰쳐나와 버렸다.

샹난은 여자 숙소로 향했다. 다른 동지들은 모두 일하러 갔고 감기 몸살에 걸린 스즈비만 침대에 누워 있었다. 샹난은 씩씩거리며 잠시 앉았다가 벌떡 일어나 여기저기 뒤진 끝에 필묵과 낡은 신문지를 찾아냈다. 스즈비가 걱정스럽게 물었다. "동무도 벽보를 쓰려고요?" '동무도'라는 말이 귀에 거슬려 자기도 모르게 더 화가 치민 샹난은 퉁명스럽게 대꾸했다. "뭐가 '동무도'라는 거죠? 난 아직도 혁명 군중이에요. 어느 누구도 나를 잡귀로 몰 순 없다고요!" 샹난이 이렇게 쏘아붙여도 스즈비는 화내지 않고 차분하게 말했다. "동무는 우리가 모두 잡귀가 되기를 원했다고 생각해요? 내가 무대에서 연기를 하는 사람이긴 하지만 이런 역할은 나도 하기 싫다고!" 샹난은 그제야 뜨끔했다. 스즈비의 위세 떠는 모양은 못마땅했지만 스즈비 역시 혁명 군중이고 그녀가 '외양간'에 갇히게 된 것 역시 자기와 마찬가지로 억울한 일임을 인정하지 않을 수 없었다.

샹난이 더 이상 반박하지 않자 스즈비는 좋은 마음으로 다시 설득했다. "샤오샹, 동무를 위하는 마음에서 하는 말이니까 듣고 안 듣고는 동무 맘대로 해요. 벽보, 쓰지 말아요. 진실은 언젠가 꼭 밝혀질 거야. 뭐 하러 굳이 눈앞에 보이는 고생을 자초하려고 그래? 봐, 나처럼 죽은 호랑이는 이제 아무도 건들지 않잖아. 그러니까 나도 편안해졌고 말이야."

샹난은 스즈비의 말은 더 듣지 않고 소리도 없이 벽보 쓰는 데에만 집중했다. 샹난이 자기를 거들떠보지 않자 스즈비도 침대 모기장을 내리고 누워 버렸다.

벽보를 다 쓴 샹난은 바깥을 내다보았다. 바람이 많이 불어 벽에 벽보 붙이는 걸 도와줄 사람이 없을 듯했다. 이걸 어떻게 붙인다? 샹난은 스즈비 침대 앞으로 가서 가만히 스즈비를 불러 보았다. "스즈비, 벽보 붙이는 것 좀 도와주시겠어요?" 아무 대답도 없는 것이 잠이 든 모양이었다. 할 수 없이 그녀는 겨드랑이에 벽보를 끼고 한 손에는 걸상을 들고 또 한 손에는 풀 한 통과 빗자루를 들고 혼자 뜰로 나갔다. 샹난이 막 문을 나설 때 스즈비가 모기장을 걷고 샹난을 내다보았다. 사실 그녀는 잠든 게 아니라 침대에 누워서 샹난의 일거일동을 모두 지켜보고 있었다. 벽보의 제목이 「리융리에게 묻는다」인 것도 똑똑히 보았다. 샹난이 벽보 붙이는 걸 도와 달라고 말하는 것도 물론 들었다. 하지만 이 죽은 호랑이가 아직 살아 있는 호랑이를 도와주는 멍청한 짓을 할 것 같은가? 차라리 잠이나 자지!

샹난은 흔들거리는 긴 걸상 위에 서서 벽에 풀칠을 하고 겨드랑이에 끼고 있던 벽보를 펴 붙였다. 하지만 바람이 너무 세서 이쪽을 붙이니 저쪽이 떨어져 버렸다. 손까지 얼어붙어서 벽보를 제대로 붙일 수가 없었다. 누군가 좀 도와주면 좋으련만. 걸상 위에 선 채로 사방을 둘러보니 마침 저쪽에서 두 사람이 걸어오고 있었다. 왕유이와 유뤄빙이었다. 샹난이 그들에게 손을 흔들었다. 그들도 샹난을 본 듯했다. 그런데 유뤄빙은 걸음을 멈추고 왕유이에게 뭐라 하더니 다른 쪽으로 가 버렸다. 혼자 남은 왕유이가 잠시 주춤거리다가 샹난 쪽으로 걸어왔다. 왕유이가 오는 것을 보고 샹난은 기뻐하며 말했다. "유이, 빨리 와서 이것 좀 도와줘!"

왕유이는 샹난의 벽보를 보고는 우울한 표정으로 그녀를 쳐다보기만 했다.

"빨리! 내가 반혁명 분자라 도와주기 싫어?" 재촉하는 샹난의 목소리에 원망이 묻어났다.

그래도 왕유이는 꼼짝도 하지 않았다. 그는 조심스럽게 사방을 둘러보더니 목소리를 낮추어 말했다. "샹난, 붙이지 마. 그래 봐야 좋을 게 없단 말이야." 샹난이 고집을 부렸다. "뭐가 무서워서? 나한테도 자유가 있다고!" 왕유이는 몹시 초조해했다. "말 좀 들어! 리융리는 마다하이가 아니야! 게다가 이게 모두 차오췬의 뜻이라잖아!" 샹난이 입을 삐죽거리며 코웃음을 쳤다. "난 안 믿어! 차오췬이 내가 반혁명이라고 믿을 것 같아? 리융리가 괜히 겁주려고 수작부리는 거야!" "어쨌든 조심해! 난 갈 거야. 동무도 그만하고 빨리 돌아가!" 왕유이는 다급하게 말하고는 그 자리를 떠났다. 몇 걸음 가던 그는 샹난이 여전히 그대로 서 있는 걸 보고 발을 구르며 손짓을 했다. 그래도 샹난은 고집스럽게 고개를 저었다. 그는 할 수 없이 혼자 가 버렸다.

왕유이가 자기만 남겨 놓고 가 버리자 샹난은 눈물이 났다. '완전히 외톨이가 됐구나!' 속이 상했다. '리융리, 당신 정말 대단하군! 벽보를 붙여야 하나, 말아야 하나? 그래도 붙일 거야! 그러면 그럴수록 더 붙일 거야!' 그녀는 다시 한 번 벽보를 붙이려 애를 써 보았다. 먼저 한쪽 귀퉁이를 잘 붙인 다음 몸을 갖다 대고서 팔로 꼭 누른 뒤 다른 한쪽에 풀칠을 해서 벽에 붙였다. 드디어 다 붙인 뒤 걸상에서 뛰어내려와 막 돌아서려는데 파드닥 하는 소리가 들렸다. 바람이 한바탕 몰아치면서 벽보가 떨어져 버린 것이었다. 샹난은 너무 화가 나서 발을 동동 굴렀다. "이젠 바람까지 날 애먹이는구나!" 그녀는 벽보를 집어 들고 다시 걸상 위에 올라섰다. 기어이 붙이고 말 테다!

"샤오샹 동지, 내가 붙여 주겠소!" 막 풀칠을 하고 있는데 뒤에서 누가 이렇게 말하는 소리가 들렸다. 돌아보니 위쯔치였다. 그는 검은색 면 조끼 하나만 걸치고 머리엔 모자도 쓰지 않았다. 목에는 하얀 수건을 둘렀고 바지에는 얼룩덜룩 인분이 잔뜩 묻어 있었으며 손에는 대나무 멜대를 들고 있었다. 그 모양을 보고 샹난이 물었다. "거름 주는 건 다 끝났나요?" "멜대가 부러져서 바꾸러 왔소." 들고 있던 멜대를 내려놓고 걸상에 올라선 그는 샹난을 도와 벽보를 붙여 주고 내려왔다. 그러고는 벽보에 뭐라고 쓰여 있는지 자세히 읽어 내려갔다.

위쯔치가 벽보를 읽으면서 샹난에게 물었다. "견딜 만하오?"

"아뇨, 참을 수가 없어요. 내가 어떻게 반혁명이 될 수 있어요? 난 반혁명을 일으킬 생각 같은 건 꿈에도 하지 않는단 말예요!"

위쯔치가 무거운 표정으로 그녀를 쳐다보며 입을 뗐다. "그럼 동무가 보기에는 억울한 사람이 동무 하나뿐인 것 같소?"

"그건 내 알 바 아니에요! 어쨌든 난 이런 식으로 당할 순 없어요! 죽어도 '외양간'에는 가지 않을 거라고요!" 샹난은 위쯔치한테 화풀이라도 하는 것처럼 굴더니 급기야 눈물을 흘리고 말았다.

위쯔치가 나지막한 목소리로 그녀를 달래 주었다. "동지! 눈물은 조금만 흘리고 머리를 많이 쓰시오! 혁명을 하려면 독재의 맛을 보는 것도 도움이 될 거요. '외양간'이 뭐가 두렵소? 내가 노동개조소에 있을 때 제일 돌아가고 싶었던 곳이 바로 '외양간'이었소!"

샹난이 눈물을 닦았다. "너무 분해서 삭일 수가 없어요! 리융리 이 인간이 정말 너무하잖아요!"

"동무는 이게 개인적인 일인 것 같소? 동무도 참, 아직 멀었군!" 위쯔치는 고개를 절레절레 흔들더니 입을 다물어 버렸다. "고마워요. 이제 가 보세요. 사람들이 보면 당신까지 연루될 테니." 그러자 위쯔치가 웃음을 터뜨렸다. "꼬맹이! 동무 때문에 내가 연루된다고? 내 것만 해도 충분히 무겁소이다!"

샹난이 갑자기 생각난 듯 걱정스레 물었다. "따님한테서는 편지가 왔나요?"

위쯔치는 고개를 끄덕이더니 멜대를 집어 들고 걸어갔다.

샹난의 '검은 배후'로 지목된 위쯔치

날이 저물자 모두 일을 끝내고 각 단위마다 작은 길을 걸어 간부 학교 숙소로 돌아왔다. 샹난의 벽보는 간부 학교로 오는 길목에 붙어 있어서 오전에 벌써 적지 않은 사람들이 보고 소문이 퍼졌다. 지금은 하루의 일과가 끝난 시간이라 일부러 벽보를 보러오는 사람들이 더 많았다. 문화 대혁명이 막 시작되었을 때는 누가 '한쪽으로 밀려났다'라는 말을 들으면 그 사람은 분명 뭔가 문제가 있는 사람일 거라고 믿었다. 하지만 시간이 흐르면서 점점 쉽게 믿지 않게 되었다. 대신 자기 머리로 분석하고 진위를 가늠해 보고자 했다. 사람들이 샹난이 붙인 벽보에 관심을 보이는 것도 대개는 그런 이유였다.

벽보 앞에 몰려든 사람들은 벽보를 보면서 쑥덕거리기 시작했다. 평원펑도 그 무리 속에 끼어 있었다. 평원펑 앞에 다른 기관에 속한 낯선 남자 둘이 서 있다가 벽보를 다 보고 난 뒤 저쪽으로 걸어가면서 자기들끼리 이렇게 말했다. "샹난이란 사람, 태도가 아주 강경한 걸로 봐선 그 사람한테 큰 문제가 있는 건 아닐지도 몰라!" 이 말을 듣고 '혁명의 이익'에 손해를 입었다고 생각한 평원펑은 얼른 그 두 사람을 따라가 정정해 주었다. "속지 말아요! 겉으로만 강한 척하지 속은 텅 비었으니까." 두 사람은 낯선 사람이 자기들을 훈계하자 틀림없이 '백'이 있는 사람일 거라 여기고 놀란 얼굴로 연방 고개를 끄덕였다. "그럼요, 그럼요, 저희는 상황을 잘 몰라서요!" 그중 한 사람이 눈치를 살피며 펑원펑에게 물었다. "근데 누가 상난이랍니까?" "제가 불러내서 보여 드리죠!" 펑원펑은 신이 나서 여자 숙소를 향해 소리를 질렀다. "상난! 누가 동무를 좀 보자는데!" 상난이 달려나왔다. "누가 나를 찾아요?" 펑원펑이 능청스럽게 그 두 사람을 가리켰다. "이분들이 상난이 어떻게 생겼는지 궁금하다고 해서 말이요." 펑원펑의 말을 들은 상난은 분통이 터졌다. 자기가 이런 모욕까지 참아야 한단 말인가? 상난은 똑바로 서서 낯선 두 남자를 빤히 쳐다보며 떨리는 목소리로 말했다. "봐요! 난 이렇게 생겼어요! 하지만 난 절대 반혁명이 아니에요!" 두 남자는 애당초 상난한테 무슨 악의가 있었던 것도 아닌 데다 본의 아니게 일이 이렇게 되고 보니 너무 낭패스러웠다. 그들은 못마땅한 듯이 펑원펑을 쳐다보며 말했다. "우린 이럴 생각이 아니었소!" 두 사람은 서로 끌며 서둘러 자리를 떴다. 펑원펑이 장난친 것을 안 상난은 더 화가 치밀었다. 그녀는 펑원펑에게 삿대질을 하며 욕을 했다. "이 비열한 인간 같으니!" 펑원펑도 펄쩍펄쩍 뛰면서 삿대질을 해 댔다. "흥, 잘난 척하지 말라고! 이번엔 절대 빠져 나오지 못할 테니 그리 알아!" 펑원펑이 펄쩍펄쩍 뛰는 걸 보고 상난은 가슴을 앞으로 더 쭉 내밀었다. "그렇게 펄쩍펄쩍 뛸 것 없어. 더 높이 뛰어도 하나도 무섭지 않으니까! 그래, 나 잘났어! 또 가서 고발하시려고? 당신이 시간 없으면 내가 대신 고발해 줄게! 펑원펑은 동지를 모함하고 리융리는 두 눈이 어둡다고 내가 말해 줄게, 그럼 되잖아?"

  벽보를 보던 사람들이 두 사람이 싸우는 곳으로 몰려들었다. 사람들이 주위를 에워싼 걸 보자 펑원펑은 더욱 신이 났다. 사람들이 보는 앞에서 상난의 '반혁명 낯짝'을 고발할 수 있었기 때문이다. 그런데 그가 막 입을 열려는 순간 청쓰위안이 샹난을 불렀다. "동무는 오늘 밤 우리와 함께 학습을 해야 하니 어서 갑시다. 동무가 학습할 내용을 알려 줄 테니 따라와요." 청쓰위안의 친절한 눈빛을 본 샹난은 곧 그를 따라나섰다. 샹난이 가는 것을 보고 펑원펑은 마치 승자라도 된 것처럼 웃기 시작했다. 몰려들었던 구경꾼들이 흩어지자 그는 옆에 있던 그 인사과 여간부에게 말을 건넸다. "샹난이란 년 오만하기 짝이 없어요! 내가 꼭 거꾸러뜨리고 말겠어!" "이 정도 일로 어떻게 그녀를 거꾸러뜨릴 수 있나요? 당해 내기 어려울걸요!" 펑원펑이 작은 눈을 깜박거렸다. "적어도 엿은 먹일 수 있겠죠!" 그러자 그 여간부가 의미심장하게 말했다. "하지만 투쟁은 조직에 의거해야만 해요. 혼자 그래 봐야 무슨 소용이 있어요?"

그 말을 듣고 펑원펑은 그 길로 리융리를 찾아갔다. 그리고 이번 말다툼에 기름을 바르고 초를 쳐 가며 그럴듯하게 부풀려 보고했다. 덕분에 다음 날 아침, 샹난은 또 한 번 비판받고 '외양간'으로 쫓겨났다. 게다가 '반노동자 더러운 새끼 지식인'이라는 모자도 하나 더 늘었다.

리융리는 덩굴을 더듬어 호박을 찾듯 샹난의 배후 조종자를 조사하기로 했다. 그는 샹난을 제외한 전체 '혁명 군중'과 '잡귀'들을 남자 숙소의 방 한 칸에 소집했다. 사람들이 침대와 걸상에 자리를 잡고 앉자 그가 위엄 있게 목청을 몇 번 가다듬고서 입을 열었다.

"중요한 문제가 있으니 모두 함께 토론해 봅시다. 샹난의 반혁명 행위가 혼자 한 것이겠소? 아니면 누군가 뒤에서 운동을 파괴하도록 부채질한 것이겠소?"

아무도 대답하지 않자 리융리가 사람을 '지목'했다.

"왕유이, 말해 보시오!"

왕유이는 일어나 고개를 몇 번 갸웃거리더니 이윽고 고개를 절레절레 흔들며 "모르겠습니다"라고 대답해 버렸다.

"샹난이 벽보를 쓰던 날 누구와 함께 의논했소? 누가 샹난한테 계략을 꾸며 준 거요?"

"모릅니다." 왕유이가 또 고개를 갸웃했다.

리융리가 다시 사람들을 쳐다보며 말을 이었다. "샹난이 벽보를 붙이던 날 숙소에 누가 있었소? 일어서시오!"

청쓰위안과 스즈비 두 사람이 같이 일어섰다.

리융리가 쾌재를 불렀다. "옳아, 당신들이었군! 하나는 주자파에 하나는 반동 권위라, 뒤에서 받쳐 주는 백이 적지 않군! 말해 보시오! 당신들은 샹난에게 어떻게 계략을 꾸며 준 거요?"

스즈비는 속으로 웃었다. 자기가 언제부터 '반동 권위'가 되었나? 정말 '권위'만 될 수 있어도 좋겠네! 애석하게도 리융리만 빼고 아무도 그녀가 '권위'라는 걸 인정해 주지 않았다. 하지만 스즈비는 웃음기라곤 전혀 없는 엄숙하고도 진지한 얼굴로 리융리를 바라보며 이렇게 말했다.

"그날 저는 감기 몸살로 몸이 좋지 않아서 침대에 누워 있다가 샹난이 숙소로 돌아와 벽보를 쓰는 것을 보았습니다. 원래는 얼른 일어나서 동무에게 보고하려고 했지만 이틀이나 고열에 시달린 끝이라 침대에서 내려오자마자 바로 쓰러져 버렸습니다. 그 후 어떻게 다시 잠이 들었는지 모르겠습니다. 그 나중 일은 저도 다른 동지들한테 들었습니다. 사실인지 아닌지는 조사해 보면 아실 겁니다. 제 말이 사실이 아니라면 저를 호되게 비판하셔도 좋습니다." 말을 끝내고도 그녀는 그 자리에 성실하게 서서 리융리의 허락을 기다렸다. 리융리는 그 뾰족한 눈으로 두 번이나 스즈비의 얼굴을 훑어보았지만 특별히 의심스러운 점을 찾을 수가 없었다.

"좋소, 앉으시오. 다음부터는 제때에 보고하시오." 대답하고 앉은 스즈비의 입가에 알 듯 모를 듯 미소가 번졌다. 그녀는 옆에 앉아 있던 위쯔치에게 속말을 하고 싶어서 슬그머니 다리를 뻗어 위쯔치의 발을 밟았다. 바로 그때 리융리가 "자백하시오!"라고 버럭 소리를 지르는 바람에 스즈비는 깜짝 놀라 얼른 발을 거두었다. 리융리는 청쓰위안한테 소리를 지른 것이었다. 그제야 마음이 놓인 그녀는 다시 위쯔치의 발을 밟았다. 처음에는 스즈비가 실수로 밟은 것이려니 하고 신경 쓰지 않던 위쯔치도 이번에는 그녀가 일부러 그랬다는 걸 알아차렸다. 하지만 그는 지금 리융리가 조사하고 있는 일에 신경을 쏟고 있었거니와 이 성악가가 자기한테 치근거리는 것도 싫었다. 그는 거들떠보지도 않고 의자를 좀 더 저쪽으로 옮겨 버렸다.

앞에 서서 심문을 받고 있던 청쓰위안은 정말 아무 말도 하기가 싫었다. 그날 자기도 병이 나서 밥도 다른 사람이 날라다 줄 정도였는데 무슨 힘이 있어 샹난한테 계략을 짜 주었겠는가? 그런데도 리융리는 말하라고 윽박지르고 있었다. 그는 별수 없이 대들보를 올려다보며 말했다. "지도자께서는 먼저 조사부터 한 뒤에 비판을 하시면 좋겠습니다."

"왜, 억울하오? 아니면 그날 숙소에 없었다는 거요? 좋소! 자백하기 싫으면 고발하도록 하지! 상황에 대해 알고 있는 사람 없소?"

"청쓰위안이 샹난에게 계략을 짜 주는 건 보지 못했지만 그날 왕유이가 중간에 숙소로 돌아왔던 건 제가 압니다!" 평원펑의 목소리였다.

"왕유이!" 평원펑의 말이 끝나기가 무섭게 리융리가 날카로운 목소리로 왕유이를 불렀다. "일어나 앞으로 나오시오!"

왕유이가 일어나 앞으로 나왔다. 하지만 그는 고개를 옆으로 비튼 채 아무도 쳐다보지 않았다.

"그날 동무가 중간에 돌아왔다는 게 사실이오?"

"맞습니다. 들어오다가 샹난이 벽보 붙이는 것을 봤습니다."

"좋아! 그런데 왜 자백하지 않았지?" 리융리가 득의양양해서 물었다.

"샹난에게 계략 같은 건 짜 준 적이 없으니까요."

"그때 샹난과 얘기 나누지 않았소?" 펑원펑이 끼어들었다.

"샹난이 나를 불렀습니다."

"그래, 그녀에게 뭐라고 말했소? '내막'을 알려 주었겠지?" 리융리가 다그쳐 물었다.

"그냥 한번 쳐다만 보고 숙소로 돌아갔습니다!"

여기까지 물은 리융리는 왕유이가 참으로 교활하다고 생각했다. 왕유이와 샹난은 친구 사이인 데다 왕유이의 아내가 샹난과는 동창인데 서로 만나서 아무 말도 하지 않았다는 게 말이 되는가? 리융리는 왕유이를 향해 고개를 끄덕거리며 코웃음을 쳤다. "좋소, 그건 나중에 다시 얘기하도록 하지!"

그제야 왕유이는 고개를 돌려 리융리를 보며 말했다. "만약 제가 거짓말을 했다면 저를 처분해도 좋습니다." 이렇게 말하고 자리로 돌아가 막 앉으려고 할 때 리융리가 다시 그를 불러 일으켰다. "다른 사람이 돌아온 걸 보지는 못했소?" 왕유이는 고개를 젓고는 자리에 앉았다.

리융리는 살짝 화가 치밀었다. 어떻게 된 게 자백하거나 고발하는 사람이 한 명도 없단 말인가? 그러면 샹난은 뭘 믿고 그렇게 길길이 날뛰었단 말인가? 틀림없이 뭔가 있어! 순간 그는 그 날카로운 눈빛을 거둬들이고는 눈을 게슴츠레 뜨며 웃었다. 그리고 목청을 길게 빼며 말했다. "좋군. 그래, 서로 동맹해 비호해 주시겠다? 뭐, 나도 애초에 당신들이 솔직하게 자백할 거라곤 기대도 하지 않았소. 그럼 심사를 합시다. 심사해서 문제가 있는데도 자백하지 않았거나 사정을 알면서도 고발하지 않은 사람이 있으면 더 엄중하게 다스릴 거요!" 그의 목소리는 크지 않았지만 마치 독수리 울음소리처럼 음산하고 무서웠다. 그것은 리융리가 몇 년 동안 갈고 닦은 능력이었다. 그는 이렇게 말하는 것이 소리지르고 윽박지르는 것보다 훨씬 위엄 있고 훨씬 무섭게 들린다는 사실을 잘 알고 있었다.

정말로 효과가 바로 나타났다! 리융리의 말이 채 끝나기도 전에 벽 쪽 모퉁이에서 한 사람이 일어나 부들부들 떨며 손을 들었다. "제가 고발하겠습니다!" 쟈셴주였다.

쟈셴주가 불쌍한 모습으로 자기를 쳐다보는 것을 보고 리융리가 너그러운 표정을 지어 주었다. "괜찮소. 솔직하게 말하면 관대하게 처리할 것이오. 좀 늦긴 했지만 문제 삼진 않을 테니 어디 말해 보시오!"

쟈셴주는 연방 허리를 굽실거리고 머리를 조아리며 더듬거렸다. "그날, 위쯔치의 멜대가 부러져서 멜대를 새로 바꾸러 다녀왔는데, 시간이 많이 걸렸습니다……."

"앉으시오!" 리융리가 부드러운 목소리로 쟈셴주를 위로하고 다시 군중을 둘러보았다. 위쯔치는 이제 자기 차례가 되었음을 알았다. 리융리가 입을 열기 전에 그가 먼저 일어나 솔직히 털어놓았다. "내가 멜대를 바꾸러 갔다가 상난이 벽보 붙이는 것을 보고 도와주었습니다."

"간도 크군! 어쩔 속셈이었지?" 리융리가 버럭 소리질렀다.

그래도 위쯔치는 태연했다. "리융리 동지, 잊으셨습니까? 동지가 나한테 벽보 붙이는 일을 맡기지 않으셨습니까? 뜰에 붙은 상난 비판 벽보도 전부 내가 붙인 겁니다."

"샹난을 도와 벽보를 붙이는 일도 내가 시켰다는 건가?" 리융리가 사납게 소리쳤다.

"누구 벽보를 붙이면 안 된다는 지시는 받은 적 없습니다." 위쯔치는 여전히 침착하게 대답했다.

리융리는 말문이 막히고 말았다. 그는 그제야 비로소 이 '늙은이'들이 샹난보다 훨씬 다루기 힘들다는 것을 깨달았다. '이놈들은 오랜 시간 반혁명 투쟁을 한 경험이 있어. 나 리융리 같은 건 아예 안중에도 없다 이거지! 내 손 안에 권력이 있다는 걸 인정하지 않겠다 이거군! 좋아, 두고 보자고!' 그는 더 이상 캐묻지 않았다. 그냥 가볍게 손을 흔들며 해산을 선언해 버렸다. "해산하시오! 쟈셴주 동무는 본부에 들렀다 가시오!"

사람들이 뿔뿔이 흩어졌다. 청쓰위안이 자기 침대에 걸터앉으며 위쯔치에게 소리 낮추어 물었다. "잘 생각해 봐. 요새 쟈셴주한테 무슨 말 한 거 없나?" 위쯔치가 고개를 저었다. "쟈셴주한테 속내를 얘기한 적은 없지." "그럼 됐어. 그 사람……." 그때 펑원펑의 눈길이 이쪽으로 향하는 걸 보고 청쓰위안은 바로 입을 다물어 버렸다.

쟈셴주의 현재 신분은 '늙은 반혁명 분자'였다. 이는 지난해 우웨이가 문인협회에 오던 날 그가 자기 입으로 보고한 결과였다. 그날 우웨이가 허리띠를 휘두르며 사람을 때리는 것을 보고 쟈셴주는 잔뜩 겁을 먹었다. 우웨이가 자기 앞에 서서 큰 소리로 "당신은 뭐 하는 사람이야?"라고 물었을 때는 너무 놀라서 몸이 완전히 오그라드는 것만 같았다. 그의 머릿속에는 자기 문제를 심각한 것으로 부풀려서 눈앞의 난관을 넘어야 한다는 생각뿐이었다. 그래서 그는 병아리가 모이를 쪼듯이 우웨이를 향해 머리를 조아리며 말했다. "저는 늙은 반혁명 분자 쟈셴주입니다. 친일파였고 국민당과도 내통했습니다. 저의 죄가 하늘을 찌르니 백 번 죽어 마땅합니다!" 사실 그 '모자'들은 모두 쟈셴주에게는 걸맞지 않는 것이었다. 그 역시 실은 구사회에서 글씨나 그림을 팔아 생계를 유지하던 불쌍한 벌레 같은 인생에 지나지 않았다. 그의 아버지는 만청(滿淸) 시대 가난한 수재였는데, 아버지가 그에게 유일하게 남겨 준 것이라곤 훌륭한 글씨체뿐이었다. 아버지는 아들에게 셴주(羨竹)*라는 멋진 이름을 지어 주었다. 아들이 가난하더라도 대나무처럼 절개 있게 살기를 바라는 마음에서 지은 이름이었다. 하지만 쟈셴주의 일생에 부족한 게 하나 있다면 그것이 바로 절개였다. 일본군 점령하에서 그는 먹고 살기 위해, 그리고 죽는 게 무서워서 괴뢰 당국에 글씨를 써서 바친 적이 있었다. 그렇다고 그가 파렴치한 매국노까지 간 것은 물론 아니었다. 국민당 통치 시기에도 그는 밥그릇을 보전하려고 이리저리 부탁한 끝에 한 '당국 요인'의 친필 글씨를 얻었다. 이백의 「송백본고직(松柏本孤直)」이란 시였는데, 그는 그것을 표구해 거실에 걸어 두고서 호신부처럼 여겼다. 이것이 그가 국민당과 '내통'했던 사연의 전부였다.

'늙은 반혁명 분자'라는 모자를 쓴 이후 쟈셴주는 이를 두고두고 후회했다. 이 모자가 그의 가정에 가져온, 특히 그의 딸 춘쑨에게 가져온 고통은 이루 말로 다할 수 없었다. 손오공 이마 위의 긴 고주처럼 이 모자는 절대 써서는 안 되는 것임을 그때 왜 미처 생각지 못했을까? 이제는 아무리 벗으려 해도 벗을 수 없게 되었다. 지난 2년 동안 이 모자를 벗어 버리려고 얼마나 심혈을 기울이고 온갖 모욕을 견뎌 냈던가? 그는 '태도가 좋다'라고 인정받아 관대한 처분을 받으려고 갖은 애를 썼다. 비판 대회가 열릴 때마다 비판의 대상이 자기가 잘 아는 사람이든 모르는 사람이든 상관없이 모두 적극적으로 나서서 고발했다. 발언을 하도록 미리 정해졌든 아니든 간에 그는 번번이 사람들 사이에서 한 걸음 앞으로 나와 오른손을 들고 고개를 숙인 채 떨리는 목소리로 "제가 고발하겠습니다!"라고 말했다. 그도 자기가 그렇게 할수록 사람들이 자기를 더 무시한다는 것을 잘 알았다. 뒤에서 그에 대해 수군거릴 때면 사람들은 그의 이름을 부르기보다 그를 흉내 내어 오른손을 들고 고개를 숙이는 '전형적인 동작'을 취했다. 어쩌다 그런 장면을 보게 되면 그도 얼굴이 화끈화끈 달아올랐다. 하지만 무슨 수가 있는가? 그는 모자를 벗어 버리고 싶었다. 사랑하는 딸을 위해서 그는 무슨 일이 있어도 이 모자를 벗어 버려야 했다. 그가 남을 고발하는 데 적극적이었던 것은 사실이지만 양심상 여태껏 '중요한' 문제를 고발한 적은 없었다. 전부 시시콜콜한 것뿐이었는데 동지들은 왜 그것도 이해해 주지 못하는 걸까?

'리 지도원이 왜 날 보자는 걸까?' 쓰촨(四川)성 사람인 쟈셴주는 혼잣말을 할 때면 자기도 모르게 쓰촨 말을 썼다. 사무실에 들어선 그는 리융리의 얼굴빛을 살피며 조심스럽게 작은 걸상을 가져다 리융리의 맞은편에 놓고 앉았다. 그와 대화를 하려면 리융리가 몸을 앞으로 숙여 내려다볼 수밖에 없었다.

"쟈셴주, 당신은 태도가 줄곧 좋았다고 들었소!" 리융리가 빙그레 웃으며 이렇게 운을 떼었다.

그러자 쟈셴주는 황송한 듯 걸상에서 벌떡 일어나 팔을 가지런히 내려뜨렸다. "좋기는요. 리 지도원께서 많이 지도해 주십시오."

리융리는 친절하게 고개를 끄덕이며 쟈셴주에게 자리에 앉으라고 했다. "나는 사람을 구별해서 대하는 걸 아주 중요하게 생각하오. 동지가 잘만 한다면 '외양간'에서 나오게 할 수도 있소."

쟈셴주는 더욱 감격했다. "저야 하루라도 빨리 '해방' 되고 싶지요! 제 딸 춘쑨이……."

하지만 리융리는 쟈셴주의 고충에는 흥미가 없었다. 그가 얼른 손을 저으며 말을 가로막았다. "다 알고 있소! 그건 동지의 노력에 달렸소. 앞으로 '외양간'의 다른 사람들처럼 개조에 반항하거나 무산 계급 독재에 저항하는 일이 없도록 조심하시오."

"안 합니다. 여태까지 전 한 번도 지도에 저항한 적이 없습니다." 쟈셴주가 서둘러 둘러댔다.

초조해하는 쟈셴주를 보며 리융리는 속으로 경멸의 웃음을 참을 수가 없었다. '이 사람도 어지간히 겁이 많군그래!' 그는 어린 아이를 달래듯이 쟈셴주를 어르기 시작했다. "겁낼 것 없소. 동무가 그들과 다르다는 걸 아니까 따로 부른 것 아니겠소? 어디, 요즘 '외양간'에 무슨 다른 동정이 좀 있었소?"

'무슨 동정이 있었냐고?' 쟈셴주는 또 속으로 혼잣말을 했다. 리융리의 질문에 어떻게 대답할지 생각해 보아야만 했다. '외양간'에 아무런 '동정'이 없는 날도 있던가? 몇십 명에 이르는 사람들이 작은 방 한 칸에서 북적거리며 살고 있는데 비밀을 숨겨 보아야 얼마나 숨길 수 있겠는가? 최근 샹난까지 '외양간'에 오고 나니 '동정'은 더 많고 다양해졌다. 위쯔치와 청쓰위안은 남달리 샹난에게 관심을 보이며 사사건건 돌봐 주고 있다. 그는 이 모든 것을 죄다 마음에 담고 있었지만 그런 것까지 말해 줄 수는 없지 않은가! 그는 이미 '외양간'에서 고립될 대로 고립되어 있었다. 그가 다가오는 걸 보면 나직이 속삭이던 사람들도 갑자기 큰 소리로 말했다. 자기를 의식해서 일부러 화제를 바꾸었다는 걸 그도 잘 알았다. 쳇, 자기라고 해서 사람들한테 그렇게 미움 받고 따돌림당하는 것이 좋을 리 있겠는가? 그도 어쩔 수 없어 그러는 것뿐이다. 지금처럼 뭔가를 고발하지 않으면 난관을 넘을 수가 없는 것이다. 무엇을 고발한다? 이리저리 생각하던 그는 드디어 한 가지를 생각해 냈다.

리융리가 간부 학교에 온 다음 날, 쟈셴주는 위쯔치와 한 조가 되어 칭룽뎬에 인분을 푸러 갔다. 그들의 수레가 맨 앞에 있었던 터라 남들이 두 번 다녀오는 동안 그들은 세 번을 다녀왔다. 세 번째로 수레에 인분을 가득 싣고 나니 벌써 12시가 다 되어 갔다. 반나절 동안 수레를 끌고 수십 리 길을 걷고 보니 위쯔치나 쟈셴주나 배가 고파 쓰러질 지경이었다. 마침 돌아오는 길에 작은 음식점 앞을 지나게 되었다. 그 집 유리 진열대에 아침에 팔다 남은 빵이 몇 개 놓여 있는 걸 보고 위쯔치가 수레 손잡이를 내려놓았다. "라오쟈, 빵 좀 먹는 게 어떻겠소?" 빵을 본 쟈셴주는 절로 군침이 돌았지만 위쯔치에게는 고개를 저었다. "리 지도원이 선포한 기율을 잊었소? 시내에서 아무 거나 사 먹고 다니지 말라지 않았소. 더구나 우리처럼 밀려난 사람들은 더 조심해야지." 그러나 위쯔치는 그다지 개의치 않았다. "사람이 밀려났지, 배가 밀려난 건 아니잖소?" 그는 쟈셴주가 뭐라 하든 말든 얼른 가서 빵 여섯 개를 사 왔다. 그리고 그중 세 개를 쟈셴주에게 건넸다.

쟈셴주가 한사코 받지 않으려 하자 위쯔치가 차근차근 말했다. "간부 학교에 돌아가도 벌써 밥은 다 먹고 없을 텐데, 이것도 먹지 않는다면 어쩌겠다는 거요?" 그제야 쟈셴주도 빵을 먹기로 했다. 두 사람은 각각 세 개씩 마파람에 게 눈 감추듯 빵을 먹어치웠다.

쟈셴주는 이것이 비록 큰일은 아니라도 구실을 붙이면 한바탕 비판거리는 될 테니 그 정도면 자기도 조금은 잘 보일 수 있지 않을까 생각했다. 그는 리융리에게 이 일의 자초지종을 보고했다. 자기도 빵 세 개를 먹었다는 사실을 말해야 하나 싶어 잠시 주저했으나 일단 말하지 않기로 했다. 리융리가 어떻게 나오는지 본 뒤에 말해도 늦지 않을 터였다. 다 듣고 난 리융리는 고개를 끄덕였다. "이건 명백히 노동자 선전대에 대놓고 반항하는 행위요. 위쯔치의 기세가 여전히 대단하군그래!" 쟈셴주는 화들짝 놀랐다. 그 일이 이렇게까지 해석되리라고는 미처 생각지 못했다. 그러자 자기도 빵 세 개를 먹었다는 사실을 숨긴 것 때문에 바짝 더 불안해졌다. 만약 위쯔치가 거꾸로 자기를 고발이라도 하게 되면 자기도 무사할 리 없지 않은가? 그는 몸을 쭉 폈다가, 깔고 있던 걸상을 움직였다가, 입을 벌렸다가 꾹 다물었다가, 안절부절 어쩔 줄을 몰라 했다. 그런 그를 재밌다는 듯 쳐다보던 리융리가 그의 어깨를 툭툭 치며 격려했다. "걱정할 것 없소. 또 다른 것도 있으면 모두 말해 보시오!" 쟈셴주는 정신을 가다듬고 침을 한번 꿀꺽 삼키더니 모든 것을 솔직하게 자백하기로 마음먹었다. 그는 땅바닥을 쳐다보며 말을 꺼냈다. "저……, 그날 위쯔치가 저한테도 빵을 세 개 줬는데, 너무 배가 고파서, 그만 저도 먹어 버렸습니다. 저도 노동자 선전대 명령에 저항했습니다. 그러니까 제가……" 말을 다 마치기도 전에 벌써 쟈셴주 이마에 땀이 송골송골 맺히기 시작했다.

리융리의 세모난 눈이 번쩍 커지더니 쟈셴주 몸 위로 꽂혔다. 쟈셴주는 벌벌 떨면서 머리를 조아렸다. "아까 솔직하게 말씀드리지 않아서 죄송합니다……"

"좋소! 지금이라도 솔직하게 털어놓았으니 그걸로 됐소. 공을 세워 속죄하면 되니까. 또 무슨 상황이 있었는지 주저하지 말고 얘기해 보시오!" 리융리의 세모난 눈이 다시 조금 부드러워졌다.

"그리고 또……" 쟈셴주의 목소리는 벌벌 떠느라 거의 들리지도 않았다.

"또 뭐가 있소?" 리융리가 큰 소리로 물었다.

리융리를 한번 쳐다본 쟈셴주가 이내 눈을 내리깔았다. "없습니다. 다음에 무슨 상황이 발생하면 반드시 곧장 와서 보고하겠습니다!"

리융리는 불만스럽게 쟈셴주를 쳐다보았지만, 더 이상 뭔가를 캐내기는 어려울 것 같아 그냥 돌아가 잘 생각해 보라고 명령했다. 쟈셴주가 막 돌아서려는데 리융리가 그를 다시 불러 세웠다. "지금 한 얘기는 절대 아무한테도 말하지 마시오!" 쟈셴주는 연방 "예, 예" 대답하면서 몸을 돌려 본부 사무실을 나왔다.

겨우 이 정도 일 가지고 어떻게 투쟁 대회를 연단 말인가? 리융리는 유뤄빙을 불러 함께 방법을 강구했다. 유뤄빙은 울 수도 웃을 수도 없었다. 당 생활 몇십 년 동안 계급투쟁을 해 왔지만 빵 몇 개 먹은 일로 계급투쟁을 한다는 건 처음 있는 일이었다. 그야말로 '늙은 간부가 새로운 문제에 부딪힌 것'이었다. 그가 우물쭈물하자 리융리가 대뜸 이렇게 말했다. "라오유, 동무가 이번 비판 대회를 맡으시오!" 유뤄빙은 입을 벌렸지만 어떻게 대답해야 좋을지 알 수가 없었다. 잠시 생각한 뒤 그는 짐짓 퍽 진지한 표정을 지으며 이렇게 제안했다. "리 지도원은 작은 것에서 큰 것을 잘 집어내고, 아주 작은 일에서 계급투쟁의 동향을 포착하십니다. 아주 훌륭한 장점이지요. 제가 건의를 좀 드리자면 이 일로 꼭 비판 대회까지 열 필요는 없을 것 같습니다. 일단 리 지도원께서 그들을 훈계하시고 위쯔치를 한바탕 비판하십시오. 만약 그때 위쯔치의 태도가 불량하면 그때 가서 비판 대회를 여는 겁니다. 이렇게 하면 명분도 있고, 더 유리하기도 하고, 절도도 있게 되지요." 듣고 보니 일리가 있는 얘기라 리융리도 흔쾌히 동의했다.

그날 밤 9시쯤, 하루 일과에 지친 사람들은 벌써부터 이불 속으로 기어들고 있었다. 그런데 갑자기 펑원펑이 리융리의 통지를 전

달했다. '한쪽으로 밀려난 사람들'은 모두 본부 사무실로 와서 리지도원의 훈화를 들으라는 것이었다. 사람들이 피곤한 몸을 이끌고 가 보니 리융리와 유뤄빙이 벌써 와서 기다리고 있었다. 평원펑은 간략한 보고서를 작성해야 했으므로 훈화 내용을 기록하려고 그 옆에 자리를 잡았다.

아무도 리융리의 훈화를 귀담아듣지 않았다. 그저 열심히 듣고 있는 것처럼 보이려고 모두 눈을 크게 뜨고 있었을 뿐이다. 그런데 리융리가 눈빛을 거두고 두 눈을 게슴츠레 뜨자 모두 귀를 쫑긋 세웠다. 그건 또 누군가를 닦달하려는 전조였기 때문이다.

"위쯔치, 자백하시오! 동무가 어떻게 노동자 선전대에 반항했는지 말이오!" 리융리가 찢어지는 목소리로 물었다.

자리에서 일어선 위쯔치는 잠깐 생각해 보더니 고개를 저었다. "반항한 적 없습니다."

리융리가 차갑게 웃더니 목소리를 낮추고 말끝을 길게 빼며 말했다. "누구 고발할 사람 없소?"

수십 쌍의 눈동자가 한꺼번에 쟈셴주에게 쏠렸다. 아나나 다를까, 쟈셴주가 또 오른손을 들고 머리를 숙이며 "제가 고발하겠습니다……"라고 말했다. 쟈셴주 고발이 끝나자 리융리가 득의양양하게 위쯔치에게 물었다. "이게 어떤 성질의 문제인지 아시오?"

위쯔치는 대답하고 싶은 마음이 전혀 없었지만, 많은 동지들이 자기 때문에 이렇게 함께 앉아 있어야 한다는 것이 미안해서 자기비판을 조금 했다. "그건 노동자 선전대가 규정한 기율을 위반한 것입니다. 앞으로 주의하겠습니다." 하지만 리융리는 성에 차지 않은 듯 독살스럽게 다그쳤다. "그것뿐이오? 그게 그렇게 가벼운 문제요?" 리융리의 말이 끝나기 무섭게 평원펑이 마치 동원령이라도 떨어진 듯 벌떡 몸을 일으키며 발언했다. "위쯔치는 정치상,

노선상 이 문제에 대해 마땅히 자기비판을 해야 합니다. 샹난이 벽보 붙이는 걸 도와준 문제와 이번 문제를 연결시켜 자기비판을 해야 합니다!" 리융리는 잘 했다는 듯이 펑원펑에게 고개를 끄덕여 보이곤 다시 위쯔치를 향해 엄하게 물었다. "그런가, 안 그런가? 어디 말해 보시오!"

위쯔치는 마음속의 반감을 더 이상 억누를 수가 없었다. 리융리의 뾰족한 얼굴을 쳐다보던 그는 갑자기 장난기가 발동했다. 그는 모두 한번 둘러보고는 너무나 성실한 자세로 침통하고 착 가라앉은 목소리로 자기비판을 시작했다. "정말 괴롭습니다. 펑원펑 동지와 리융리 동지의 가르침을 받고서야 저는 제가 크나큰 과오를 저질렀다는 사실을 깨달았습니다! 반혁명적 과오를 저질렀다는 사실을 말입니다! 저는 배가 너무 고파서 노동자 선전대의 기율을 무시하고 빵을 사 먹었습니다. 그것은 바로 노동자 선전대에 반항하는 것이고 노동자 선전대에 반항하는 것은 곧 반혁명이 당연합니다. 제가 정말 잘못했습니다!" 위쯔치는 사람들을 한번 둘러본 뒤 바로 눈길을 돌려 자기 가슴에 달린 단추만 쳐다보았다. 자기도 모르는 사이 얼굴에 비웃음이 드러날까 봐 걱정스러웠던 것이다.

이처럼 모범적인 자기비판은 사람들의 생각을 완전히 빗겨 간 것이었다. 회의장에는 한동안 침묵이 흘렀다. 그러다 천천히 그제야 뭔가를 깨달았다는 듯이 누군가 몰래 웃기 시작했다. 스즈비는 아예 소리내어 웃었다. 샹난은 얼른 윗몸을 구부리고 주머니에서 펜과 종이를 꺼내더니 무릎 위에 종이를 놓고 뭔가를 쓰면서 입술을 깨물고 웃음을 참았다. 웃음소리가 나자 리융리는 그제야 위쯔치가 자기를 놀렸다는 것을 깨닫고는 다급하게 회의장을 훑어보았다. 마침 청쓰위안의 네모반듯한 얼굴에 웃음이 번지는 것이 보였다. 리융리가 독살스럽게 그를 노려보자 청쓰위안은 손으로 얼

굴을 쓱 문지르며 얼굴 위의 웃음을 얼른 지워 버렸다. 리융리는
화가 목까지 치밀어올랐으나 무슨 말을 하면 좋을지 알 수가 없었
다! 유뤄빙은 물론 위쯔치를 잘 알고 있었다. 그는 위쯔치의 크고
우람한 몸집이 기둥처럼 그 자리에 버티고 서 있는 것을 보며 가시
방석에 앉은 듯 편치 않았다. 그는 당장이라도 리융리를 떠나 이
황당한 비판 대회장을 박차고 나가지 못하는 것이 한스러웠다. 하
지만 그럴 수는 없었다. 그의 신분과 처지로서는 리융리가 이 자리
에서 체면이 깎이지 않고 무대에서 내려갈 수 있도록 도와야만 했
다. 동시에 위쯔치를 다치게 해서도 안 되고 또 모두에게 미움을
사서도 안 되었다. 그는 위쯔치의 진의를 알아듣지 못한 척 두 손
을 들어 모두 조용히 시키며 힘없이 말했다. "오늘 위쯔치는 비교
적 성실하고 심도 있게 자기비판을 했습니다. 아주 좋아요. 돌아가
서 더 깊이 생각해 보시오. 리 지도원, 이제 해산해도 될까요?" 리
융리가 씩씩거리며 손을 내저었다. "해산하시오!"

회의장을 나서던 몇몇 사람이 끝내 참았던 웃음을 터뜨렸다. 샹
난이 위쯔치를 뒤쫓아와 웃으며 그의 손에 쪽지를 쥐여 주었다.
위쯔치는 걸음을 늦추어 사람들이 다 가기를 기다렸다가 가로등
가까이 쪽지를 비추어 보았다. 쪽지에는 네 줄짜리 풍자시가 적혀
있었다.

    네게 모자가 있다면 내겐 머리가 있지,
    네가 작은 신발을 주면 난 발을 깎아 내지,
    내가 빵을 먹었다고 네가 나무란다면,
    앞으로 배고플 땐 빵 대신 만두를 먹을게.

위쯔치는 잠자코 미소를 지으며 속으로 '이 꼬맹이 녀석!' 이라

고 중얼거렸다. 그리고 쪽지를 잘게 찢어 어두운 밤 찬바람 속으로 날려 보냈다.

쟈셴주를 혼내 준 청쓰위안

중국의 지식인들은 부지런하기도 하다. 얼마 전까지만 해도 '5·7 간부 학교'는 황량한 모래톱이었다. 그런데 지금은 벌써 볏짚 이엉으로 지붕을 올린 집이 줄줄이 들어서고 자갈을 깐 길도 여러 개 생겼다. 그들 중에는 온갖 풍상을 다 겪은 사람도 있었고 이제 막 사회에 발을 내디딘 사람도 있었다. 그들은 저마다 출신도 다르고, 직업도 다르고, 취미와 성격도 모두 제각각이었다. 그런데 하나의 공통된 원인, 바로 문화 대혁명이 그런 그들을 한곳에 모아 놓은 것이다.

그 지식인들이 땀으로 가꾼 채소밭은 엄동설한에도 파릇파릇 생기가 돌았다. 부추, 양배추, 시금치가 자기만의 빛깔과 자태로 대지를 장식했다. 채소밭 바깥쪽으로는 10리가 넘는 넓고 긴 둑이 있었다. 아침 햇살이 막 거리를 비출 무렵이면 부근 생산대의 소달구지들이 하나씩 긴 방죽을 건너 곡식, 채소, 면화 따위를 끊임없이 시내로 실어 날랐다. 방죽 저쪽으로는 새로 물길을 터 놓은 강물이 흘렀다. 강폭이 넓고 물살이 세지 않아 농가의 배들이 쉼 없이 오갔다. 그러나 간부 학교 사람들은 이 아름다운 아침 풍경을 감상할 마음의 여유가 없었다. 자연의 아름다움에 대한 감수성은 무뎌진 지 이미 오래였다. 그들은 아침에 잠자리에서 일어나면 둑을 거닐었다. 날마다 투쟁, 비판, 개조가 또 한바탕 벌어지기 전에 조금이라도 자연의 신선한 공기를 한껏 호흡하고 싶었던 것이다.

그날 아침 청쓰위안이 둑에 나왔을 때는 위쯔치, 샹난, 왕유이, 쟈셴주, 유뤄빙이 모두 나와 있었다. 청쓰위안은 사람들에게서 멀찌감치 떨어진 곳에 자리를 잡고 서서 엄지손가락으로 양쪽 태양혈을 지그시 누르기 시작했다. 머리가 꽤 아팠다. 어젯밤에 또 잠을 설쳤던 것이다. 무슨 생각을 하느라 그랬지? 뭐 그리 큰일도 아니었다. 머릿속에 자꾸만 떠올랐던 건 '빵'과 '반혁명'이라는 단어였다. 어젯밤 위쯔치의 자기비판을 들을 때만 해도 그냥 우습다고만 여겼다. 그런데 자리에 누워 천천히 되새기다 보니 점점 씁쓸해지기 시작했다. 그처럼 황당한 비판 대회라니, 정말 참기가 어려웠다. 그것은 당의 존엄을 더럽히는 것이었다. 물론 비판을 당한 사람이 청쓰위안 자신은 아니었다. 하지만 동병상련 아닌가! 게다가 자기도 어제 침대에서 몰래 달걀을 먹지 않았던가? 만약 어느 날 이 일이 발각되어 비판 대회가 열리고 환갑이 지나 백발이 성성한 자기더러 사람들 앞에서 고개를 숙인 채 '침대 모기장 안에 숨어 몰래 달걀을 먹은 죄행'을 자백하라고 다그친다면 대체 어찌해야 한단 말인가? 그는 위쯔치처럼 그렇게 교묘하게 반항하지 못할 것이다. 어쩌면 그는 화를 낼지도 모른다. 아니, 틀림없이 화를 내고야 말 것이다! 그는 아내 황단칭이 정말 원망스러웠다. 몇 번이나 말했지만 그녀는 늘 그 말을 듣지 않고 자기를 아이 취급했다. 그러고는 어떻게든지 자기 몰래 배낭 속에 달걀을 넣어 두는 것이다. 그는 늘 간부 학교에 도착해 배낭을 열어 보고서야 뒤늦게 그것을 발견하곤 했다. 이런 생각을 하니 퍽이나 짜증이 났다. '쟈셴주가 내가 달걀을 먹은 일까지 리융리한테 보고할까?' 충분히 그러고도 남을 사람이다. 그렇다면 그도 한바탕 수모를 겪을 준비를 해야 하는 것 아닐까……?

그때 이미 장거리 달리기를 마치고 정리 체조까지 끝낸 위쯔치가 온몸에 열기를 훅훅 내뿜으며 이쪽으로 걸어왔다. 청쓰위안의 기분이 심상찮아 보이자 그가 자상하게 물었다. "쓰위안, 몸이 안좋은가?" 청쓰위안은 고개를 저으며 길게 한숨을 내쉬었다. "가슴이 답답해서 그래!" 위쯔치는 뒤에 따라온 사람이 없는지 확인하고는 목소리를 낮추었다. "쓰위안, 나도 답답하다네! '9차 대표대회' 이후로 국면이 좀 호전되리라 생각했더니, 누가 알았겠어……!" "저들 권력만 더 커졌지!" 청쓰위안이 말을 가로채며 우울하게 말했다. 위쯔치가 또 주위를 살피며 말을 이었다. "쓰위안, 요즘 난 늘 마오 주석의 시구절 하나를 왼다네. '근심 걱정 너무 많아 애간장 끓지 말고, 세상사 기나기니 눈을 멀리 내다보게!' 우리도 이렇게 생각하는 수밖에!" 둘은 이런 얘기를 나누며 천천히 둑을 걸었다.

어젯밤 회의가 끝난 뒤 쟈셴주는 자기가 또 멍청한 짓을 했다는 생각이 들었다. 결국 잘 보인 것도 없으면서 애먼 사람들한테 못할 짓만 한 셈이었다. 지금 위쯔치가 청쓰위안과 함께 걷는 것을 보니 관계를 조금이라도 만회하고 싶은 마음이 생겼다. 그래서 급히 그들을 뒤쫓아가며 말을 걸었다. "쯔치, 쓰위안, 잠깐만! 같이 갑시다!" 차라리 말을 걸지 말 걸 그랬다. 그가 말을 걸자 청쓰위안이 돌아보더니 홱 돌아서 다른 쪽으로 걸어가 버렸다. 위쯔치만 걸음을 멈추고 그를 기다려 주었다.

"쯔치, 저기 어제는 내가……." 쟈셴주가 기어들어가는 목소리로 우물거렸다.

위쯔치는 별로 듣고 싶지 않아서 중간에 말을 잘라 버렸다. "갑시다. 밥 먹고 또 일하러 가야지요."

하지만 쟈셴주는 그래도 계속 말을 이었다. "리융리 동지가 시켜서 그런 거요……. 나도 어쩔 수 없었소! 당의 말을 듣지 않을 수는 없잖소."

위쯔치는 "리융리가 당을 대표하는 건 아니지요!"라고 쏘아붙이고 싶었지만 쟈셴주 얼굴을 보고 그냥 꾹 참았다.

"휘리릭, 휘리릭 —." 호루라기 소리가 일 나갈 시간이 되었음을 알렸다. 오늘 임무는 강바닥의 흙을 파내서 길을 닦는 것이었다. 청쓰위안은 나이 들고 몸이 약해서 멜대를 메기가 어려웠다. 그래서 이런 일을 할 때면 매번 자기가 먼저 삽을 가지고 가서 흙 파는 일을 했다.

작은 강은 물이 얕은 법이다. 그들은 강 한가운데에다 작은 둑을 두 갈래로 쌓아 가운데 물을 퍼낸 뒤 삽을 가진 사람들이 그 안에 들어가 강바닥의 흙을 팠다. 그러면 멜대를 진 사람들이 줄줄이 강바닥으로 내려와 흙을 퍼 담았다. 청쓰위안한테 첫 번째로 온 사람은 바로 쟈셴주였다. 청쓰위안은 아는 척도 하지 않고 흙만 팠다. 그의 삽질은 느리기도 하고 한 번에 많이 파지도 못했다. 하지만 굉장히 진지하게 임할 뿐 아니라 흙덩이도 하나같이 네모반듯하게 파내려고 애썼다. 그리고 흙을 광주리에 담을 때에도 되도록이면 고르고 가지런하게 담아 주었다. 멜대가 너무 무거우면 어쩌나 걱정이 태산 같던 쟈셴주로서는 다행스런 일이었다. 그런데 그때 청쓰위안 옆에 있던 리융리가 위쯔치에게 흙을 담아 주는 것을 본 쟈셴주는 공연히 큰 소리로 청쓰위안을 재촉했다. "많이, 더 많이 담으시오!" 청쓰위안이 밉살스럽다는 듯 쳐다보았지만 그는 아랑곳 않고 계속 목청을 높였다. "멜 수 있다니까! 두 삽만 더 담아 봐요!" 사실 그의 광주리는 이미 적지 않게 차 있었다.

청쓰위안은 화가 났다. '좋아, 어디 오늘 한번 맛 좀 봐라!' 그는 허리를 쭉 펴고서 손바닥에 침을 퉤 뱉어 두 손을 몇 번 비빈

262

다음 발로 있는 힘껏 삽을 밟아 흙 속 깊이 박아 넣었다. 그렇게 한 번, 두 번, 세 번……. 드디어 큼직한 흙 한 덩어리가 만들어졌다. 평소 그가 파내던 흙덩이의 꼭 두 배 크기였다. 그는 숨을 크게 몰아쉬고는 그 흙덩이를 떠서 쟈셴주의 광주리에 담아 주었다. 그리고 또 한 번, 두 번, 세 번, 같은 크기의 흙덩이를 만들어 나머지 한쪽 광주리를 채웠다. 그는 허리를 꼿꼿이 펴고 손으로 허리를 두어 번 두드린 다음 삽을 잡고 서서 쟈셴주를 무섭게 노려보았다. 쟈셴주는 자기도 모르게 속으로 비명을 질렀다. '이놈의 영감탱이! 지금 나 골탕 먹이는 거 아냐?' 하지만 리융리가 앞에 있는데 흙을 도로 내려놓을 수도 없는 노릇이었다. 그는 할 수 없이 이를 악물고 멜대를 지고 일어섰다.

강바닥 흙을 길 닦는 곳까지 운반하려면 먼저 강을 따라 한참 가다가 다시 널빤지 두 개로 이어 만든 작은 다리 하나를 건너야 했다. 제법 힘든 길이었다. 쟈셴주는 멜대를 지고 겨우겨우 언덕을 올라 강변의 작은 길까지 왔다. 벌써부터 다리가 후들거리는데 그 앞으로 길이가 1미터는 족히 될 것 같은 웅덩이가 나왔다. 빈손이라면 그런대로 한 번에 건너 보겠지만 이렇게 무거운 짐을 지고 있으니 도저히 엄두가 나지 않았다. 그래도 건너가지 않으면 안 되었다. 그는 할 수 없이 멜대를 내려놓고 누구 도와줄 만한 사람이 없는지 앞뒤를 살폈다. 바로 뒤에 샹난이 따라오고 있었지만, 그녀 역시 퍽이나 힘들어 보였다. 이번에는 다시 앞쪽을 보았다. 저 앞에 위쯔치가 가고 있었는데 아직 멀리 간 것은 아니었다. 그는 위쯔치한테 도움을 구하기로 했다. 그는 두 손을 나팔 모양으로 만들어 입에 대고 소리를 질렀다. "어이! 라오위! 위쯔치!" 위쯔치가 걸음을 멈추고 돌아서자 쟈셴주는 얼른 그를 향해 손을 흔들었다.

위쯔치는 쟈셴주를 보고서 그가 왜 자기를 불렀는지 눈치 챘다.

그는 말없이 되돌아가서 쟈셴주의 멜대를 지고 웅덩이를 건넌 다음 쟈셴주가 오기를 기다렸다가 멜대를 그에게 넘겨주었다. 쟈셴주는 고맙다는 한마디를 남기고는 다시 멜대를 짊어지고서 이를 악물며 앞으로 걸어갔다.

그 뒤로 샹난이 비틀거리며 걸어오고 있었다. 위쯔치는 웅덩이 옆에 그대로 서서 그녀를 기다렸다. 리융리가 담아 준 샹난의 광주리는 쟈셴주 것보다도 훨씬 더 무거웠다. 하지만 그녀는 아무 소리 않고 멜대를 지고 일어나 걷기 시작했다. 대광주리가 땅에서 떨어지자마자 옆구리가 찌르는 듯 아파 왔고 어깨 위의 멜대는 살속을 파고드는 것만 같았다. 몇 발짝도 못 가서 힘이 부쳤다. 더 힘을 내려고 그녀는 솜옷을 벗어 어깨 위에 대고 목에 둘렀던 목도리를 풀어 허리에 동여맸다. 그런 다음 다시 이를 악물고 한참을 걸었다. 그래도 힘에 부쳤다. 그녀는 가슴이 답답하고 조급해졌다. 어쩐다? 노래라도 불러 볼까? 그래서 그녀는 혼자서 큰 소리로 노래를 부르기 시작했다. "헤이요, 헹이요—." 그러자 한결 수월한 듯싶었다.

샹난이 웅덩이에 도착하자 위쯔치가 건너와서 그녀의 멜대를 빼앗아 메고 앞장을 섰다. 샹난은 빈손으로 그 뒤를 따랐다. 그런데 웅덩이를 지나고도 위쯔치는 여전히 샹난의 멜대를 내려놓으려 하지 않았다. 그는 샹난이 뒤에서 불러도 모른 체하고 단숨에 자기 멜대를 놓아 둔 곳까지 가더니 그제야 그녀의 멜대를 땅에 내려놓았다. 그러고는 샹난의 광주리에서 흙 두 덩이를 퍼내 자기 광주리로 옮겨 담고서 샹난을 돌아보며 말했다. "갑시다!" 샹난은 위쯔치에게 고맙다는 말도 한마디 못 하고 그의 뒤를 따라 걸었다. 한참이 지난 뒤에야 샹난이 먼저 입을 열었다. "이젯밤, 저 때문에 비판받으셔서⋯⋯." "당신 때문이 아니오. 샤오샹, 어떻소? 이젠

'외양간' 생활이 좀 익숙해졌소?" "'외양간' 생활에는 익숙해졌는데, 당이 왜 우리를 모두 '잡귀'로 만들어 버렸는지는 아직도 잘 모르겠어요." "당이 그런 게 아니오, 샤오샹! 리융리 같은 사람이 그런 거지. 나는 늘 생각하오. 당은 어디에 있는가? 당은 바로 우리 수천만 공산당원들에게 달려 있는 거요! 우리 공산당원 한 사람 한 사람이 모두 우리의 마음과, 우리의 말과, 우리의 행동으로 당의 형상을 만들어 가는 거요! 리융리 같은 사람이 어떻게 당을 대표할 수 있겠소?" 샹난은 말없이 고개를 끄덕였다. 또 한참을 가다가 위쯔치가 멜대를 바꿔 메면서 물었다. "샤오샹! 듣자하니 전에 입당 신청을 한 적이 있다던데, 지금은 어떻게 생각하오?" 샹난의 얼굴이 붉어졌다. "지금으로선 언감생심이죠! 반혁명 분자나 되지 않으면 그나마 다행이게요." 위쯔치가 갑자기 걸음을 멈추고 진지한 얼굴로 샹난을 쳐다보았다. "생각해야 하오. 지금이니까 더더욱 생각해야 하오. 지금 우리 당에 절실히 필요한 건 수천만 혁명 지사들이 당의 순결함을 위해 투쟁하는 것이오!" 샹난은 더욱 얼굴을 붉히며 난감해했다. "저는 조건이 안 돼요! 사람들과 잘 어울리지도 못하고 또 군중과도 괴리돼서……."

"그럼 쟁취하시오! 지금 동무는 어려운 시험을 눈앞에 둔 거요. 그야말로 좋은 기회지! 자신을 단련하고 개조할 좋은 기회를 놓치지 마시오!" 위쯔치는 열정에 가득 차 보였다.

"예." 샹난은 벌써 오랫동안 이처럼 따뜻한 관심과 격려를 받아 보지 못했다. 그녀는 자기도 모르게 위쯔치를 바라보았다. 그가 유난히 친밀하게 느껴졌다.

두 사람은 걸음을 재촉하며 길 닦는 곳으로 향했다.

루윈디에게 보낸 샹난의 두 번째 편지

원디에게.

먼저 놀라지도 말고 걱정도 하면 안 돼, 알았지? 나, '잡귀'가 되어 버렸어! '외양간'에 온 뒤로 벌써 겨울 한철이 다 지나갔어. 뭣 때문이냐고? 글쎄, 나도 잘 모르겠어. 하지만 내가 반혁명이 아니란 건 확실해. 내가 반혁명이 아니란 건 너도 믿을 거라고 생각해.

원디, 혁명이냐 반혁명이냐의 문제에서 난 그동안 스스로 의심해 본 적이 없고 앞으로도 영원히 그럴 일은 없을 거야. 너도 기억하겠지만, 우리가 가슴에 커다란 붉은 꽃을 달고 소년단에 가입하던 그때부터 당은 우리에게 사랑과 증오를 가르쳐 줬지. 기억나니? 한 번은 어떤 반혁명 분자 심판 대회에 우리가 함께 갔잖아. 그 반혁명 분자가 우리 마을에서 지하공작을 하던 공산당원을 살해해서 말이야. 너랑 나, 그리고 차오췬 모두 작은 주먹을 불끈 쥐고 죽어라고 소리쳤지. "때려 죽여라! 총살시켜라! 열사의 원수를 갚자!" 그러곤 눈물을 뚝뚝 흘리며 손을 잡고 분노한 사람들의 행렬을 따라 사형장으로 몰려갔잖아.

조금 더 크자 우리는 적과 용감히 싸우는 영웅이 되는 꿈을 꾸었지. 소학교 3학년 때 우리가 '지혜로 악당을 물리친' 사건 기억해? 우리 셋이 강가에서 놀다가 어떤 털보가 우릴 향해 씩 웃는 것을 보고 틀림없이 악당이라고 생각했잖아. 그래서 그 사람을 잡으려고 일부러 사상적으로 '낙후한 말'을 해서 어떻게 하나 떠봤지. 아니나 다를까, 우리 말을 듣고 그 털보가 '진면목'을 드러냈어. 넌 살그머니 빠져 나가 선생님께 보고를 하고 나와 차오췬은 그 사람을 붙들고 있었지. 선생님이 오시자 그

털보가 선생님을 보고 하하하 웃으며 우리 머리에 꿀밤을 한 대씩 쥐어박았지. 그러고는 "요놈들, 아주 영리하구나! 좋았어! 좋았어! 나중에 커서 적과 잘 싸우도록 해라!"라고 말했잖니. 그 사람은 새로 온 구청장이었고 말이야! 우린 너무 창피한 나머지 잽싸게 달아나 버렸지. 하지만 우리 셋 중 후회하는 사람은 없었어. 우린 모두 반혁명을 증오했으니까!

우린 그렇게 당이 가르쳐 준 사랑과 증오의 격려 속에서 성장했어. 당은 우리 마음속에 사랑과 증오의 씨앗을 심어 주었지.

그런데 지금, 하루아침에 반혁명이라는 모자를 쓰게 됐으니 내가 어떻게 그걸 받아들일 수가 있겠니? 내 영혼 깊은 곳까지 파헤쳐 봤지만 반혁명적인 것은 털끝만큼도 발견하지 못했어. 그 대신 그 소중한 씨앗만을 보았단다! 난 정말로 당에게 묻고 싶어. "이것 봐요! 이게 바로 당신이 내 마음에 심어 준 씨앗이에요. 난 그것을 줄곧 마음속에 소중히 담아 두고 있었단 말예요. 그런데 어떻게 갑자기 당신의 딸을 몰라볼 수가 있죠? 설마 이 씨앗이 보이지 않는 건 아니겠죠?" 하지만 내 앞에 당은 없고, 리융리뿐이야. "리융리가 당을 대표하는 건 아니오!"라고 위쯔치가 몇 번이나 말했지. 나도 그렇게 생각해. 하지만 당은? 당은 어디에 있는 거지? 베이징에? 그렇게나 먼 곳에? 설마 내가 베이징까지 가야만 이 영혼의 씨앗을 봉헌할 수 있다는 얘긴 아니겠지?

원디! 난 정말 너무나 헷갈리고, 너무나 고통스러워!

여기까지 읽고 넌 또 예쁜 눈썹을 찌푸리고 있겠구나. 그러지 마, 원디. '외양간' 생활이 나에게 준 건 미혹과 고통만이 아니란 것을 너에게 꼭 말해 주고 싶어. 난 새롭고 소중한 것도 많이 얻었단다. '잡귀' 들과 함께 어울리면서 예전에는 느끼지 못했던 따뜻함을 느꼈어. 전에는 이 '잡귀'들과 접촉할 기회가 별로 없었는데, 이제야 그들을 이해할 기회가 생긴 셈이야. 전에 나는 그들을 '주자파'로 대했는데, 오늘 그들은 나를 '꼬맹이'라고 불러. 내가 감정이 격해질 때면 누군가 나에게 귀뜀을 해 주고, 내가 과다한 육체 노동을 견디지 못할 때면 누군가 다가와 나를 도와주고, 내가 고통스러워할 때면 누군가 나를 위로해 주고, 내가 미혹에 빠져 있을 때면 누군가 나에게 가르침을 줘. 이 모든 게 마치 어떤 보이지 않는 커다란 손이 나를 부축해서 내가 이 고난의 길을 잘 통과할 수 있도록 도와주는 것만 같아. 윈디, 그 두 손 말이야, 해방 후 우리를 길러 주었던 그 두 손과 얼마나 닮았니! 이게 당의 손일까? 아니라면 그 손은 어찌 그리 따뜻하고 힘있는 걸까? 만약에 맞다면 왜 그것은 '잡귀'들의 몸에 붙어 있는 걸까? 난 조금도 망설이지 않고 그 두 손에 기대야만 하는 걸까, 아닐까? 이게 바로 요즘 내가 생각하는 문제야.

윈디! '외양간'에서 얻은 게 또 하나 있다면 그건 몽둥이맛을 알았다는 거야. 예전에 혁명에 대해서 내가 아Q처럼 그렇게 "내 채찍을 들어 너를 때리리라! 둥둥창! 둥둥창!" 종일 노래를 부르고 다녔던 건 아니지만, 사실 그것과 별반 다를 게 없었던 것 같아. 그저 상부에서 이 사람은 때려야 해, '팟!' 하면 나도 가서 때리고, 상부에서 저 사람은 비판해야 해, '얍!' 하면 나도 가서 비판하고 그랬거든. 그동안 난 몽둥이에는 눈이 없다는 걸 생각해 본 적이 없었어. 어떤 때는 때리는 사람도 눈이 멀어서 몽둥이로 좋은 사람을 잘못 내리칠 수도 있고, 심지어 자기 발등을 내리칠 수도 있다는 생각을 해 본 적이 없었던 거야. 그런데 지금, 내가 바로 그 몽둥이의 위협 아래 있어. 누군가 나를 향해 몽둥이를 휘두를 때면 난 그 사람한테 말하고 싶어. "잘 생각해 봐요, 잘 좀 봐요! 당신이 때리려는 사람은 당신과 같은 편이라고요!" 맞고 나서 상처를 어루만질 때면 난 또 생각하지. '전에 나도 죄 없는 사람을 내리친 적은 없었던가?' 하고. 그래서 난 나한테 경고하곤 해. "절대 눈 감고 아무렇게나 화풀이로 때리지 마라! 너무 혹독하게 대하지 마라!"라고. 원디, 내가 이걸 알게 된 게 전진일까, 후퇴일까?

지금 이 편지 '외양간'에서 쓰는 거야. 모두 밥 먹으러 가고 위쯔치만 남아 있어. 방금 그가 내 옆으로 왔어. 아마 내가 편지를 쓰면서 눈물을 흘려서 그럴 거야. 왜 그런지 나의 말 한마디, 행동 하나가 모두 그의 눈을 벗어나질 못하는 거 있지. 원래 난 시인은 분방한 감정만 있지 섬세한 관찰력은 없는 줄 알았거든. 그런데 그 사람은 소설가처럼 섬세해. 시시각각 달라지는 나의 형상을 포착해 내고 아주 사소한 일까지도 놓치지 않는 소설가. 방금 전에도 그 사람이 하도 나를 살펴보기에 아예 쓰고 있던 편지를 그에게 보여 줬어. 그 사람은 한 단락 보고 나서 나 한 번 쳐다보고, 또 한 단락 보고 나서 나 한 번 쳐다보고 하더니 마지막에 편지를 돌려주면서 이러는 거야. "꼬맹이! 얼른 눈물 닦아요. 동무는 전진하고 있어, 후퇴하는 게 아니라!"

원디, 난 요즘 친구들과 연락이 완전히 끊겨 버렸어. 어떤 사람은 나 때문에 연루될까 무서워하고 나도 다른 사람 연루시킬까 두렵고. 차오췬한테도 안 가 봤어. 편지도 안 쓰고. 그 애가 내가 이렇게 된 걸 알고나 있는지 모르겠어, 알고 싶지도 않고. 그건 별로 중요한 게 아니니까. 내가 대체 어떤 사람인지는 나의 말과 나의 행동으로 증명해야 해. 나의 결말이 어떻게 될지는 당과 인민이 결정하는 거고. 혁명을 하고 사람 노릇을 하는

데 필요한 건 전우와 친구이지 '백'은 아니잖아. '백'을 찾는 '혁명가'는 기회주의자 아니면 줄에 매달린 꼭두각시겠지. 난 그런 건 몰라. 근데 리용리가 그러더라. 차오췬이 날 보호해 주지는 않을 거라고. 소인의 마음으로 군자의 도량을 잰다더니. 하지만 이미 '외양간'에 빠진 몸이고 보니 변명할 권리도 없단다. 그냥 멋대로 재 보라고 놔두지, 뭐. 내 인생의 좌표는 내 마음속에 세우는 수밖에.

원디, 넌 어때? 왜 연극을 그만두려는 거야? 넌 촉망 받는 배우잖아! 신중하게 생각하길 바란다. 아니, 명령이야, 신중하게 생각해!

네가 부쳐 준 『뜨개질 교본』은 아직 한 번도 보지 못했다. 배우고 싶지 않아서가 아니라 배울 시간도 없고 조건도 되지 않아. 날마다 일하고 돌아오면 파김치가 되거든. 게다가 지금 난 노선(路線)투쟁의 최전선에 있는데 '선로(線路)*' 문제'에 분산시킬 마음이 어디 있겠니? 내 생각에 털실로 옷을 짜는 건 어렵지 않겠지만 복잡한 노선 속에서 실마리 하나를 찾아낸다는 건 정말 어려운 일인 것 같아. 어쨌든 나도 뜨개질을 배워 보고는 싶어. 기회만 있다면 말이야.

답장 주렴. 네 상황이 어떤지 정말정말 궁금해!

안녕!

1970년 3월 ×일
난이가

제3장 인생철학

빈하이로 온 루원디

　야오루후이와 웨이칭칭이 침실에 함께 있는 걸 목격한 그날 이후 루원디는 계속 그 노부인의 집에 머물렀다. 그러다가 1968년 말 방자 극단에 진주한 노동자 선전대가 그녀에게 극단으로 돌아와 투쟁, 비판, 개조에 참가하라는 통지를 보내자 비로소 집으로 돌아갔다. 그녀는 문예계 은퇴 신청서를 노동자 선전대에 제출했다. 3개월 뒤, 그러니까 1969년 봄에 노동자 선전대는 '방자 극단을 즉시 해체하고 전체 직원들에게 직업을 다시 분배하라'는 상부의 지시를 받았다. 그렇게 해서 루원디는 원하던 바를 이루고 징후시 어느 인쇄 공장의 노동자가 되었다. 필요한 수속을 밟으러 문화국에 갔을 때 그녀는 야오루후이를 만나 이혼 수속도 마쳤다. 이혼 증서를 받은 날 그녀는 집으로 돌아가 침대 머리맡에 걸어 두었던 결혼사진을 떼어 내 난롯불에 태워 버렸다. '기념'이 될 만한 것은 뭐든 남기고 싶지 않았다. 하지만 고통은 기념품이 없어도 사람들의 기억 속에 남고, 마음속에 새겨지는 법이다. 그날 그녀는 텅 빈 집에 앉아 꼬박 하룻밤을 생각에 잠겼다. 한바탕 꿈을, 그것도 악몽을 꾸다가 이제 막 꿈에서 깨어난 것처럼 식은땀이 나고 놀란 가슴은 좀처럼 진정되지 않았다. 하지만 그러면서도 또 뒤돌아 한 걸음 한 걸음, 조금씩 조금씩 꿈을 찾아, 꿈을 따라가 보았다. 그 가운데 얼마만큼이 진짜였고 얼마만큼이 가짜였는지, 그녀와 야오루후이는 각자 어떤 책임이 있고 어떤 교훈을 얻게 되었는지 잘 정리해 보고 싶었다. 그녀는 연애할 때부터 결혼하고 이혼하기까지의 모든 과정을 돌이켜 생각해 본 끝에 자기는 아무 잘못이 없으며 가슴에 손을 얹고 물어도 전혀 부끄럽지 않다는 결론을 내렸다. 하지만 그녀에게도 책임은 있었다. 사람을 잘못 보고 인생을 잘못 이해했던 것이다. 수년 동안 그녀는 조금도 거짓 없이, 그리고 조금도 사심 없이 야오루후이를 사랑했다. 그에게 모든 걸 바쳤으며 그에게 심혈을 기울였고 그에게 최선을 다했다. 그가 모든 걸 바쳐 사랑할 만한 사람이 못된다는 것을 왜 진작 깨닫지 못했을까? 그녀는 추악한 영혼을 아름다운 얼굴 속에, 그리고 듣기 좋은 말 속에 감출 수 있다는 사실을 미처 생각지 못했던 것이다. 또 삶은 흐르는 큰 강물과 같아서 힘차고 무궁하게 흘러가지만 때로는 암초를 만날 수도 있고 흙모래가 흘러들어올 수도 있다는 사실도 미처 깨닫지 못했다. 그리고 그 암초와 흙모래가 자기도 모르는 새 그녀와 그가 함께 만들어 놓은 자그마한 사회 속으로, 얕은 시냇물 속으로도 잠입해 들어올 수 있다는 사실을 몰랐다. 그녀의 마음속에는 그저 삶과 일과 사랑만 있었을 뿐 투쟁은 없었다. 이제야 그녀는 과거 조직과 동지들이 자기더러 "정치적 감각이 부족하다"라며 비판한 게 옳았음을 깨달았다. '그걸 이제야 알게 되다니, 너무 늦었잖아!' 그러나 늦었으니 어쩌란 말인가? 종일 울고만 있을 것인가? 그런다고 무슨 소용이 있나? 자기는 이제 겨우 서른하나고 이제 겨우 인생의 반을 걸어왔을 뿐이다. 벌써부터 고통스런 기억 속에 산다는 건 너무 이르지 않은가? 인생의 길목에 모래와 암초가 있다면 사람의 마음도 길게 흐르는 강물처럼 모래와 자갈의 마찰에도 견뎌 낼 수 있는 것 아닐까? '다시 시작해 새로운 삶을 창조할 수 있겠지? 아직 늦지는 않았어. 그래, 새로 시작하는 거야!'

그 후 루원디는 새로운 삶을 시작했다. 그리고 꼭 1년이 되었다. 그녀의 과거를 모르는 사람은 그녀가 과거에 어떤 풍상을 겪어 왔는지 전혀 상상할 수도 없었다. 그녀는 남에게 자기의 과거를 절대 이야기하지 않았으며, 동정이나 연민을 구하려고 자기의 상처를 드러내는 짓은 더더욱 하지 않았다. 그녀는 조용하고 성실하게 평범한 일에 종사했다. 마음이 다시 충만해지기 시작하자 이제는 모든 것을 친구들에게 말할 수도 있을 것 같았다. 마침 그즈음 샹난의 편지를 받았다. 그녀는 샹난의 편지를 세 번이나 되풀이해 읽었다. 그녀는 샹난에게 이렇게 말해 주고 싶었다. '그렇게 흥분할 것 없어. 내가 어떤 경험을 했는지 알게 되면 너도 좀 차분해질 수 있을 거야. 난 네가 걱정할까 봐 알리지 않았는데, 진작 말해 줄 걸 그랬나 보다.' 그녀는 종이와 펜을 꺼냈다. 샹난에게 아주 긴 편지를 써서 모든 것을 다 말해 주고 싶었다. 하지만 막상 '샹난'이란 두 글자를 쓰고 나자 더 이상 쓸 수가 없었다. 온통 뒤엉켜 있는 그 많은 일을 어디서부터 어떻게 쓴단 말인가? 마침 그때 손님이 찾아오는 바람에 그녀의 사색은 중단되었다.

찾아온 사람은 안즈융이었다. 안즈융은 이미 루원디의 친구가 되었고 집에 자주 찾아오는 단골손님이기도 했다. 오늘 안즈융은 무척 즐거워 보였다. 자기 방수포 가방에 무슨 중요한 물건이라도 들어 있는지 문을 들어서기 무섭게 그는 가방 속으로 손을 집어넣었다. 그는 탁자 위에 종이와 펜이 놓여 있는 걸 보고 누구한테 편지를 쓰는 거냐고 물었다.

루원디가 샹난의 편지를 그에게 보여 주었다. "즈융, 이 편지 좀 읽어 봐요. 샹난이 반혁명 분자가 되었다는군요!" 그러자 안즈융이 얼른 가방을 내려놓으며 다급하게 물었다. "샹난도 무산 계급 사령부에 반대한 것 때문인가요?" 루원디가 흠칫 놀라며 물었다. "'샹난도'라니오?" 안즈융이 잠시 망설이다 설명했다. "그냥 내가 추측한 거예요. 우리처럼 젊은 사람들은 그 문제가 아니면 그런 모자를 쓸 일이 없으니까."

"그럴 리 없어요. 샹난이 무산 계급 사령부에 반대할 리 없어요. 내가 잘 아는데, 그 친구가 무산 계급 사령부에 반대한다면 세상에 무산 계급은 하나도 없을걸요." 루원디가 친구를 변호했다.

안즈융은 아무 말도 하지 않았다. 그는 루원디가 안절부절못하는 것을 보고 한참을 앉아 있다가 비로소 이야기를 꺼냈다. 일단 말을 시작하자 그는 자제하기 어려울 만큼 흥분해서는 속에 있는 말을 한꺼번에 다 쏟아내 버릴 것처럼 굴었다.

"사실은 진작 말하려고 했는데, 지금 전부 다 이야기할게요. 실은 나도 반혁명 분자예요. 원래 나는 군사 학원에서 일했어요. 열몇 살에 군대에 들어갔죠. 1967년 어느 학습 회의에서 내 의견을 발표했어요. 나는 마오 주석의 사상을 학습하면 당장에 효과를 보게 된다는 린뱌오 부주석의 말이 완벽한 건 아니라고 말했어요. 자동차를 잘 몰려면 반드시 날마다 열심히 연습을 해야 하는데, 연습은 하지 않고 『마오쩌둥 어록』만 학습한다고 문제가 해결되는 것은 아니라고 말이죠. 그러자 사람들이 내가 마오 주석한테 반대하고 린 부주석에게 반대하는 '현행 반혁명'이라고 하더군요. 나중에 내가 어린 나이에 입대하고 또 한국 전쟁에서 부상을 당했다는 점을 감안해서 그래도 가벼운 처분을 내렸어요. 당적과 군적을 없애 버리고 나를 고향으로 보내 노동자가 되게 했지요. 난 노동자가 되는 게 두렵지는 않았어요. 나야 뭐 본디 가난뱅이였으니까. 하지만 옳은 소리를 했는데 왜 내가 반혁명이 되어야 하고 왜 당에서 쫓겨나야 하는지는 정말 이해할 수가 없더군요. 그래서 나는 독립적으로 사고했어요. 우리 당 내부에서 대체 무슨 일이 벌어졌는지를 곰곰이 생각해 보았지요. 지방으로 내려온 이 2년 남짓한 기간 동안 난 여기저기 다니며 보고 듣고 날마다 생각했어요. 그러다 이게 나 혼자만 겪은 일이 아니라는 걸 차츰 깨닫게 됐지요. 전체 혁명가 세대가 모두 같은 일을 당했어요. 그리고 우리 세대 중에서도 바른 소리만 했다 하면 모두 그런 운명을 벗어나지 못했고요. 다만 하루 늦거나 빠르다는 차이일 뿐이에요. 당신도 나와 마찬가지고, 이제 샹난도 나와 마찬가지가 됐죠. 그래서 난 더 확신을 갖게 됐어요. 내가 틀린 것이 아니라 그들이 틀렸다고!"

"그들? 그들이 누군데요?" 루원디가 엉겁결에 그의 말을 자르며 물었다.

"나도 확실치는 않아요!" 안즈융은 다소 거칠게 말했다. "나한테 그런 건 묻지 마요! 나도 대답할 수 없으니까. 어쨌든 난 우리 당 내부에 나쁜 사람이, 그것도 아주 나쁜 사람이 있다고 생각해요. 난 당신이 날 이해해 줄 거라고 생각했어요. 난 벌써부터 당신을 좋은 친구로 여기고 있고, 당신이 날 이해할 수 있기를 바래요. 난 내 자신이 영원히 당에 속한다는 걸 알아요!"

"즈융, 당신은 좋은 사람이에요! 당신이 오늘 한 말, 나 모두 믿어요. 분명 누군가가 당신한테 누명을 씌웠을 거예요. 당 내부에 나쁜 사람이 있는지에 대해서는 생각해 본 적이 없지만 아마 당신 말이 맞을 거예요. 난 당신을 믿으니까." 루원디가 진심어린 태도로 이렇게 위로해 주었다.

"정말이에요? 윈디! 그렇게 생각해요? 정말 고마워요!" 안즈융의 눈이 반짝반짝 빛났다. 그는 웃으면서 눈물을 흘렸다. 그는 다시 가방에 손을 넣더니 그 속에서 플라스틱 꽃이 꽂혀 있는 꽃병을 꺼내 두 손으로 루윈디에게 바쳤다.

루윈디는 꽃병을 받지 않았다. 꽃병의 의미가 어떤 건지 순간 깨달았던 것이다. 그녀는 그것을 받을 수도 없었고 받고 싶지도 않았다. 그녀는 지금 자기 마음속에 사랑이라곤 전혀 없다고 생각했다. 오래된 사랑은 죽었고 새로운 사랑은 아직 태어나지 않았을 뿐만 아니라 영원히 태어나지 않을 거라고 생각했다. 그녀는 미안한 표정으로 안즈융을 바라보았다.

"즈융, 난 받을 수 없어요. 도로 가져가세요."

"흐음—!" 안즈융은 불에 데기라도 한 것처럼 얼른 꽃병을 가방 속에 도로 집어넣고는 후다닥 일어났다. "갈게요. 다시는 오지 않을게요. 혹시 필요한 일이 있으면 전화를 줘요. 아니면 샤오류한테 말하든가."

루윈디는 문까지 배웅하면서 그의 손을 꼭 잡았다. "내 말을 오해하지 않았으면 좋겠어요. 함께 산다는 건 정말이지 복잡한 일이거든요."

"설명할 필요 없어요. 나도 아니까."

안즈융은 뒤도 한번 돌아보지 않고 성큼성큼 걸어가 버렸다.

루윈디는 문 앞에 서서 안즈융의 뒷모습을 한없이 바라보았다. 마음이 너무나 아팠다. 안즈융 때문에 마음이 아팠고 자기 때문에도 마음이 아팠다. '그를 받아들였어야 하는 걸까? 그는 존경하고 동정할 만한 훌륭한 동지인데.' 그녀는 자신에게 이렇게 말했다. '하지만 존경과 동정만으로 한 가정을 꾸릴 수 있을까?' 그녀는 도무지 알 수가 없었다. 별안간 빈하이로 가서 샹난과 차오천을 만나 보고 싶다는 생각이 들었다. 게다가 그것은 순식간에 강렬한 욕망으로 변해 정말 가지 않으면 안 될 것만 같았다.

　루원디는 빈하이에 도착하자마자 샹난을 만나러 간부 학교로 찾아갔다. 물어물어 겨우 간부 학교에 도착했을 때는 벌써 오전 11시였다. 간부 학교 대문을 들어서자 맨 처음 그녀를 맞은 것은 바로 샹난을 고발하는 벽보였다. 루원디는 자기도 모르게 멈추어 서서 벽보를 꼼꼼히 읽었다. 세상에! 벽보는 샹난에게 온갖 모자를 갖다 씌우는 것도 모자라 인신공격까지 하고 있었다. 샹난은 이런 걸 어떻게 다 참아 내고 있단 말인가?
　앞쪽에서 비쩍 마른 남자가 걸어왔다. 그녀가 얼른 그에게 물었다. "동지! 빈하이 문인협회가 어디에 있나요?"
　"누구를 찾으십니까?" 마르고 키 큰 그 사람이 물었다.
　"샹난을 찾는데요. 전 징후시에서 왔고요."
　"저, 루원디 동무인가요?" 그 남자의 얼굴에 반가운 기색이 역력했다.
　"어떻게 아셨어요?" 루원디가 깜짝 놀라 물었다.
　"난 왕유이라고 합니다. 내 아내가 샹난과 대학 동창이고요, 나도 샹난과는 친구 사입니다. 샹난이 종종 동무 얘기를 하거든요. 동무 사진도 본 적 있고요."
　왕유이의 자기소개를 듣고서야 루원디는 긴장했던 마음이 다소 진정되었다. "동무를 만나서 다행이에요. 샹난은 지금 좀 어떤가요?" 왕유이가 주변을 살피면서 목소리를 낮추었다. "곧 식사 시간이니까 여기서 기다리세요. 내가 샹난한테 이리로 가라고 할 테니까요." 그래서 루원디는 더 들어가지 않고 그 자리에서 샹난을 기다렸다.

얼마 뒤 샹난이 헐레벌떡 뛰어왔다.

오랜만에 본 친구는 너무 많이 변해 있었다. 원래 샹난은 체조 선수처럼 균형 잡힌 몸매의 건강한 처녀였다. 발그레한 둥근 얼굴에 쌍꺼풀 진 까맣고 커다란 눈은 유난히 총기가 돌았다. 그런데 지금 자기 앞에 서 있는 샹난은 까맣게 그을리고 여윈 데다 여기저기 기워서 땜질한 옷을 입고 있어 실제 나이보다 너댓 살은 족히 더 들어 보였다. 샹난은 원디가 자기를 계속 훑어보며 속상해하는 걸 보고 억지로 웃어 보였다. "바닷바람을 맞아서 그래. 마르고 타고. 그래도 몸은 건강해!" 하지만 루원디는 그렇게 말하는 샹난의 눈시울이 붉어지는 것을 보았다. 루원디는 샹난의 갈라진 손을 어루만지며 애틋하게 말했다. "샤오난! 몇 년 못 봤다고 어쩜 이렇게 변할 수가 있니? 실은 나도 야오루후이랑 이혼했어. 알고 있니?"

"뭐? 정말이야? 왜 진작 말 안 했어?" 샹난이 루원디를 잡았던 손에 더욱 힘을 주었다. 루원디의 눈시울도 붉어졌다.

그때 사람들이 식당으로 몰려오기 시작했다. 두 사람이 거기 서 있는 게 너무 눈에 띌 것 같았다. "원디, 우리 밥부터 먹을까?" "안 먹을래. 배 안 고파. 어디 가서 얘기나 더 하자!" 샹난도 밥 생각이 없었던 터라 그녀를 데리고 대문을 나섰다. 몇 걸음 가지도 않았는데 뜻밖에 뒤에서 리융리의 목소리가 들렸다. "샹난! 어디 가는 거요?" 샹난은 별수 없이 걸음을 멈추었다. "친구가 찾아와서 함께 얘기 좀 하려고요." "기율도 모르오?" 리융리가 매정하게 질책했다.

"이 친구는 멀리 다른 지방에서 왔어요. 우린 어릴 때부터 함께……."

"소개장 있소? 소개장이 없으면 어디서 왔든 안 되오!" 리융리는 샤난이 말을 다 하지 못하도록 중간에 잘라 버렸다.

샤난의 얼굴이 백짓장처럼 하얗게 변한 것을 본 루원디는 샤난이 이미 억제하기 힘들 정도로 흥분했다는 것을 알아차렸다. 또 샤난한테 불리한 상황이 벌어질까 봐 그녀가 얼른 리윰리에게 설명을 했다. "제가 막무가내로 샤난을 찾아온 거예요. 여기 규칙을 잘 몰라서요. 그래서 안 그래도 샤난이 저를 막 배웅하려던 참이었어요."

루원디를 본 리윰리는 얼굴빛을 확 바꾸었다. "동무를 탓하는 게 아니오. 동무는 여기 상황을 모르니까! 이렇게 합시다. 샤난한테 식권을 달라고 해서 식사를 한 뒤 돌아가도록 하시오." 리윰리가 씩 웃으며 루원디를 쳐다보았다. 그런데 뜻밖에도 루원디는 눈을 똑바로 뜨며 매몰차게 거절했다. "감사합니다! 하지만 전 친구를 보러 왔지 밥을 얻어먹으러 온 게 아닙니다!" 그런 다음 그녀는 그 많은 사람들이 호기심에 찬 눈으로 자기를 지켜보는 것도 아랑곳하지 않고 샤난의 두 손을 꼭 쥐었다. "샤오난! 그만 갈게. 힘내. 난 네가 반혁명이 아니란 거 믿어. 우린 영원히 친구야." 루원디는 그렇게 말하고는 도전적인 눈빛으로 리윰리를 쏘아보았다. 그리고 이마에 흘러내린 머리카락을 뒤로 쓸어 넘기며 돌아서 가 버렸다. 그 자리에 멍하니 서 있던 샤난이 별안간 앞으로 달려가며 애절하게 소리쳤다. "원디!" 하지만 샤난은 더 말을 잇지 못했다. 방금 루원디한테 망신을 당해 부글부글 끓고 있던 리윰리가 그런 샤난을 보고 벼락같이 소리를 질렀다. "샤난! 아무 데도 못 간다고 경고했을 텐데!" 샤난은 두 눈을 부릅뜨고 이글이글 타 들어갈 듯이 리윰리를 노려보다가 입술을 꼭 깨물고 단숨에 숙소로 뛰어가 버렸다. 그녀는 탁자에 엎드려 한없이 슬피 울었다!

아무것도 먹지 않은 채 빈하이로 돌아온 루윈디는 곧장 시 문화국을 찾아갔다. 그녀는 돤차오췬에게 샹난이 지금 어떤 처지인지 아는지, 안다면 또 어떻게 생각하고 있는지 묻고 싶었다.

루윈디가 돤차오췬의 사무실 입구에 안내된 지 몇 분 뒤에야 안에서 발자국 소리가 들렸다. 문이 열리고 나온 것은 돤차오췬이 아니라 어떤 젊은 여자였는데 얼굴에 눈물 자국이 얼룩져 있었다. 그 여자가 아래층으로 내려가고 나자 안에서 돤차오췬의 목소리가 들렸다. "절 찾아오신 분, 들어오세요!" 루윈디가 들어가 보니 차오췬은 책상에 고개를 파묻고 뭔가를 쓰면서 고개도 들지 않고 말했다. "잠깐만 기다려요, 곧 끝나니까." 그러잖아도 잔뜩 언짢았던 루윈디는 거드름을 피우는 차오췬을 보자 더 기분이 상해 퉁명스럽게 말했다. "차오췬, 나야." 윈디의 목소리를 들은 차오췬은 곧 펜을 놓고 일어나더니 무척이나 반갑게 그녀의 손을 잡았다. "애, 윈디! 무슨 바람이 불어서 여기까지 온 거야? 확실히 소요파가 맞긴 맞구나! 척 하고 빈하이까지 오다니 말이야!" 그 말이 또 윈디의 심기를 건드렸다. 하지만 그녀는 여러 말 하기 싫어 간단히 대답했다. "아침에 막 도착했어. 간부 학교로 샹난을 보러 갔었는데, 너 지금 샹난이 어떤 상황인지 알아?"

돤차오췬은 루윈디의 말을 짐짓 못 들은 체하며 그녀를 소파에 앉히고 뜨거운 차를 내왔다. 그러고는 미안한 듯이 말했다. "윈디, 몇 분만 더 기다려. 급히 처리해야 할 문건이 있거든. 금방 그 여자만 아니었어도 벌써 끝냈을 텐데 말이야."

"그 사람은 누구니? 왜 운 거야?" 루윈디가 지나가는 말로 물었다.

"너하고 같은 직업. 지방 극단 배우야. 극단이 해체돼서 영업 사원으로 재배정했더니 저렇게 날마다 와서 시끄럽게 구는구나. 정말 이해가 안 돼. 왜들 그렇게 문예계에 미련을 버리지 못하는지. 나 같으면 정말 '하느님, 감사합니다' 할 텐데. 아쉽게도 난 평생 그런 복을 누릴 기회가 없지만."

그렇게 말한 돤차오췬은 다시 고개를 묻고 서류를 처리하기 시작했다. 그녀는 자기 말이 루원디에게 어떤 영향을 줄지는 전혀 생각지도 않았다. 루원디도 그녀에게 다른 말은 하고 싶지 않았다. 그녀는 찻잔을 들고 사무실을 둘러보았다. 사무실은 그리 화려하지 않았다. 소파 두 개, 책상 하나, 의자 하나, 탁자 하나, 그것들 말곤 아무것도 없었다. 눈길을 끄는 것이 있다면 책상 옆에 놓인 휘장 달린 1인용 철제 침대였다. 침대는 사무실 분위기와는 전혀 어울리지 않았다. 이게 아마 이 여주임이 남들과 다른 점이 겠지, 라고 루원디는 생각했다. 보아하니 차오췬은 정말로 모든 정력을 다 '사업'에 쏟아붓고 있는 모양이었다. 하지만 루원디는 존경심이라곤 눈곱만큼도 생기지 않았다. 오히려 거북했다. 그것도 상당히 거북했다. 이 모든 게 이제 차오췬은 '거물'이 되었음을 말해 주었던 것이다. 루원디는 당장이라도 자리를 박차고 일어나 나가 버리고 싶었지만 꾹 눌러 참았다. 샹난이 걱정되었기 때문이다. 그녀는 차오췬이 샹난을 위해 바른말을 해 줄 수 있는지, 그녀가 아직도 어릴 적 친구를 마음에 두고 있는지 확인하고 싶었다. 그래서 그녀는 마음속의 이러저러한 불쾌함을 꾹 누른 채 아무 말 없이 앉아서 차오췬을 찬찬히 뜯어보았다.

돤차오췬의 외모에서 그녀의 지금 상황이 샹난과는 정반대임을 알 수 있었다. 하얗고 길쭉하던 얼굴은 살이 쪄서 동그랗게 되었고 덕분에 원래 작던 눈이 이젠 아예 실눈이 되어 버렸다. 머리카락도 예전보다 숱이 많아지고 윤기가 자르르 흘렀다. 입고 있는 옷도 훨씬 고급스러워졌다. 하지만 이런 건 외형상의 변화에 지나

지 않았고 내면에서 풍겨 나오는 분위기는 더 많이 달라져 있었
다. 입을 꾹 다물고 앉아서 노련하게 서류를 검토하는 모양이 어
찌나 '거물' 같은지 보라. 저런 사람을 누가 까맣고 깡마르고 온
통 덕지덕지 기운 옷을 입은 샹난의 친구라고 생각하겠는가? 보
면 볼수록 눈앞의 이 친구한테서 거리감이 느껴졌다. 그 거리가
어디서 비롯된 건지는 알 수 없었다. 어쩌면 그 거리는 지금처럼
선명하게 느끼지 못했을 따름이지 아주 옛날부터 존재했던 것인
지도 모르겠다. 그녀는 차오췬에 대한 기억을 애써 더듬어 보며
자기도 모르게 또 차오췬의 꾹 다문 입을 쳐다보았다. 그래, 맞다!
언제나 샹난보다 차오췬을 가까이하기 어렵다고 느꼈던 건 바로
저 입 때문이었다! 크고 붉은 샹난의 입술은 늘 아이처럼 반쯤 벌
어져 있었다. 언제라도 자기의 뜨거운 심장을 친구 손에 뱉어 낼
준비가 되어 있다는 듯이 말이다. 반면 차오췬의 담홍색 입술은
마음을 자물쇠로 잠가 버린 듯 언제나 가느다란 일자로 굳게 다물
어져 있었다. 지금도 그녀의 입술은 옛날과 똑같았다. 다른 게 있
다면 양쪽 입가에 짧고 가는 주름이 생겼다는 것이다. 그 주름은
나이가 들어서 생겼다기보다는 아마도 늘 입을 굳게 다물고 있어
서 생겼을 것이다. 그 주름들이 차오췬을 더욱 가까이하기 어려운
친구로 보이게 만들었다.

　루원디가 자기를 관찰하고 있는지도 모르고 돤차오췬은 꽃무늬
연필을 손에 들고 서류를 검토하고 사인을 하느라 여념이 없었다.
마지막 서류 하나가 남았을 때 그녀는 별안간 화가 난 듯 서류 위
에 뭔가를 재빨리 적어 넣더니 전화로 간부 하나를 호출했다. "아
니, 이 주자파 두 사람은 왜 여태 간부 학교로 가지 않은 거죠?"
"예, 병이 나서요." 돤차오췬이 입을 삐죽거렸다. "흥! 지금이 어
느 때라고 아직도 그런 수작을! 꾀병 부리지 말고 내일 당장 가라

고 하세요." 그 간부가 뭔가 더 말하려고 했으나 돤차오췬은 벌떡 일어나 루원디 옆의 소파에 앉으며 입을 꾹 다문 채 그를 쳐다보았다. 그건 분명히 '내 의지는 거스를 수 없다'는 표시였다. 간부는 머뭇거리다 그대로 사무실을 나갔다.

그걸 지켜보고 있던 루원디는 이미 차오췬의 속내를 훤히 알 것 같았다. 샹난의 일은 더 물어볼 필요도 없었다. 차오췬이 옆에 앉자 루원디는 자리에서 일어나 버렸다. "갈게." 돤차오췬이 그녀를 붙들었다. "그냥 가면 어떡해? 우리 집에 가서 밥 먹고 가. 엄마가 무척 반가워하실 거야!" 루원디는 차오췬의 손을 뿌리쳤다. "안 돼. 밤차로 돌아가야 해."

"그렇게 급해? 그럴 거면 빈하이에는 뭐 하러 왔니?" 루원디의 태도가 쌀쌀맞은 것을 느낀 돤차오췬도 기분이 조금 상했다.

"난 이 보러 왔어." 여전히 차가운 말투였다.

"아! 샤오샹은 잘 지내던?" 돤차오췬도 퉁명스럽게 물었다.

루원디는 더욱 화가 치밀었다. "너, 정말 몰라? 넌 왜 샹난한테 가 보지 않는데? 너까지 연루될까 봐 무서운 거니?"

"성미는 여전하구나. 원디, 나야 샤오샹을 철석같이 믿지만 그렇다고 그 편을 들어줄 순 없어! 그건 군중 운동이니까!"

아리따운 루원디의 얼굴이 온통 새빨개졌다. 더 이상 자기를 억제할 수가 없었다. "잘 있어." 몹시 차갑고 단호한 말투였다.

한번 고집을 부리기 시작하면 아무도 못 말리는 루원디의 성미를 돤차오췬도 잘 알고 있던 터라 더는 붙들지 않았다. 대신 불쾌함을 억누르며 애써 살갑게 굴었다. "좋아. 야오루후이한테 안부나 전해 줘." 루원디는 뒤도 돌아보지 않고 인사를 했다. "고마워."

그날 루원디는 밤차로 돌아왔다. 텅 빈 집으로 들어서면서 그녀는 문득 안즈융의 진심어린 마음이 그녀에게 얼마나 소중한 것인

지를 깨달았다. 사람과 사람 사이가 이처럼 각박해져 버린 지금,
그녀에게는 그런 정이 얼마나 필요한가?

돤차오췐의 철학

돤차오췐의 어머니 돤 부인(段太太)*은 자기 방에 앉아 침대 머
리맡에 놓인 자명종을 또 쳐다보았다. 벌써 11시가 다 되어 가는
데 딸은 아직도 자고 있었다. 점심은 무얼 하나? 반찬은 몇 가지
나 해야 하나? 사위 산쾅은 집에 와서 밥을 먹으려나? 아무것도
알 수 없었다. 집에는 닭, 오리, 생선, 육류 할 것 없이 산해진미가
가득했다. 하지만 지난 몇 년 동안 갈수록 딸의 입맛을 맞추기가
어려웠다. 아무리 맛있는 음식을 대령해도 딸은 잘 먹지 않았다.
그저 지켜볼 수밖에 없긴 했지만 때로는 불만을 터뜨려 보기도 했
다. 물론 교양 있고 지위 높은 딸은 어머니 앞에서 절대로 화를 내
는 법이 없었다. 하지만 그게 더 참기 어려웠다. 돤차오췐은 쌀쌀
맞게 식탁에 차려진 음식을 둘러보고는 미간을 살짝 찌푸리며 가
느다란 입술을 꾹 다물고 한마디 말도 없이 자리를 뜨기 일쑤였
다. 그리고 자기 침실로 들어가 소파에 몸을 파묻은 채 탁자 위에
놓아 둔 병에서 초콜릿을 꺼내 물었다. 그 뒤로는 더 이상 밖으로
나오지 않았다. 어떤 때는 아예 그 길로 나가 버리기도 했다. "이
따 집에 들어와서 밥 먹을 거니?"라고 물으면 입을 다문 채 "응"
이라고 하는데 온다는 건지 아니라는 건지 도무지 알 수가 없었
다. 그러면 부인은 종일 불안했다. 딸 때문에 걱정이 되기도 했고
자기 처지가 한심해서 화가 나기도 했다. 높은 사람이 된 딸과 사
위네 집에 살게 된 뒤로 먹고 입는 것은 시골에 있을 때보다 훨씬

좋아졌지만 마음은 도통 편치가 않았다. 시골에 있을 때는 얼마나 마음 편히 지냈던가! 영감은 집안일에 대해 통 군소리하는 법이 없었다. 밥도 그녀가 주는 대로 먹고 옷도 그녀가 주는 대로 입었다. 시골의 다른 딸이나 사위들도 여기 딸이나 사위보다 훨씬 자상했다. 게다가 외손주들도 많았다! 다정하게 지내던 이웃들도 있었다. 그걸 어디 도시에 비하겠는가! 시골에서는 저녁을 먹고 나면 걸상을 들고 뒤뜰로 나가 일곱째 숙모, 여덟째 아줌마 모두 모여 앉아 이야기꽃을 피웠다. 장씨네가 딸을 시집 보낸 것도, 이씨네가 새 며느리를 들인 것도 속속들이 환히 꿰뚫고 있었다. 그런데 여기서는 딸이나 사위나 집에 잘 들어오지 않으니 코빼기도 보기 힘들었다. 어쩌다 들어오더라도 문 닫고 둘이서만 쑥덕거리거나 시시덕거리고 늙은이는 한쪽에 꿰다 놓은 보릿자루 취급을 했다. 손님이 많이 들락거리긴 했지만 그녀에게는 차 심부름이나 시킬 뿐 얘기에는 절대 끼어들지 못하게 했다. 에휴, 그런 걸 말로 다 할 수도 없고 그녀는 혼자 속만 끓였다!

된 부인은 방을 나와 딸의 방문에 가만히 귀를 갖다 댔다. 여전히 쥐 죽은 듯 조용한 걸 보니 차오췬은 아직도 일어나지 않은 모양이었다. 이를 어쩐다? 별수 없이 그녀는 옷 상자를 열고 면으로 된 옷을 꺼내 밖에 내다 널었다. 베란다로 가면서 무심결에 맞은편 집 베란다를 쳐다보았다. 평소 그녀가 쳐다보며 늘 부러워하는 집이었다. 누구네 집인지는 모르지만 늙은이 젊은이 할 것 없이 식구들이 한데 모여 웃고 떠드는 것이 여간 부러운 게 아니었다. 그 집에도 된 부인 또래의 노인네가 하나 있었다. 보아하니 그쪽도 집에만 있는 듯했다. 하지만 그 노인네는 된 부인과는 딴판으로 집안을 쥐락펴락하는 것 같았다. 베란다에 서 있으면 늘 그 노인네가 영감이나 아들 며느리한테 호령하는 소리가 들렸다. 더 부러운 것은 그 집의 두 아이들이었다. 남자 애 하나와 여자 애 하나가 있었는데 둘 다 포동포동하고 퍽이나 영리해 보였다. 지금도 그 집 영감과 아들, 며느리는 모두 출근하고 노인네는 베란다에 앉아 뜨개질을 하고 있었다. 그리고 두 아이가 그 옆에서 놀고 있었다. 얼마나 보기 좋은가! 돤 부인은 절로 탄식을 했다. '휴, 저 집은 그래도 사람 사는 집 같구먼! 차오췬이 사내아이든 계집아이든 하나 낳았으면 나도 이렇게 외롭지는 않을 텐데! 크든 작든 동무 삼아 지낼 수 있었겠지! 근데 차오췬은 여태 애가 없으니, 원! 이게 당최 무슨 일이래? 차오췬 그것이 설마 전생에 쌓은 덕이 없어 무자식으로 대가 끊길 팔자는 아니겠지?' 돤 부인은 늘 이게 걱정이었다. 도시 사람들은 대수롭지 않게 여길지 몰라도 그녀에게는 그게 아니었다. 아무리 높은 관직에 오르고 엄청난 부자가 된다 한들 자식 하나 없다고 남들이 수군거리면 얼마나 속이 상하겠는가? 돤 부인은 시골에 있는 막내딸의 아들 하나를 빈하이로 데려다 '대를 잇게 하자'고 말할까, 수없이 생각해 보았지만 딸이 자기를 구닥다리라고 비난할까 봐 여태 입을 떼지 못했다. 하지만 오늘은 마음을 독하게 먹고 무슨 일이 있어도 차오췬한테 꼭 한마디 해야겠다! 아이를 데려와 대를 잇는 것까진 바라지 않을 테니 제발 말동무라도 할 수 있게 해 달라고 말이다!

"땡! 땡! 땡……!" 해관(海關)에서 들려오는 종 소리를 듣고서야 돤 부인은 깜짝 놀라 얼른 방으로 가 자명종을 들여다보았다. "에구머니! 벌써 12시네! 어째 지금까지 일어나질 않나?" 더 이상 참을 수가 없어 그녀는 허둥지둥 딸의 방 앞으로 달려가 문에 귀를 대 보았다. 아직도 별 기척이 없었다. 그녀는 방문을 두드리려고 손을 들었다가 손가락이 방문에 닿으려던 차에 바로 손을 내렸다. '많이 피곤했던 모양인데 더 자게 두지, 뭐!' 그녀는 살금살금 자기 방으로 돌아가 찬밥에 뜨거운 물을 부어 한 술 떴다. 그걸로 점심을 때운 셈이다. 그리고 길가로 난 창문턱에 엎드려서 오가는 사람들을 물끄러미 쳐다보았다. 저 사람들은 무얼 하는 사람들일까 상상하며 사람들의 옷차림이며 신발, 안고 있는 아이를 유심히 관찰했다. 그러다 또 집 생각이 났다.

이윽고 2층에서 딸이 "엄마!" 하고 부르는 소리가 들렸다. 그녀는 얼른 창가를 떠나 딸의 방으로 갔다. 딸은 벌써 일어나 머리를 빗고 있었다. 그녀는 재빨리 딸의 침대를 가지런하게 정리하고 흰 바탕에 노란 꽃무늬가 있는 침대보를 잘 펴서 덮어 놓은 뒤 딸에게 물었다. "뭐 먹을래?" 딸은 오늘 기분이 퍽 좋은 모양인지 거울을 보고 머리를 빗으면서 콧노래를 흥얼거렸다. 무슨 노랜지는 모르겠지만 어쨌든 오늘 딸의 기분이 좋은 것만은 틀림없었다. 어머니가 묻는 소리를 듣고 딸은 유난히 정겹게 또 "엄마!" 하고 부른 뒤 듣기 좋은 목소리로 말했다. "아무거나 해 주세요! 샹챵은 오늘 점심엔 안 들어올 거예요." "육사면(肉絲麵) 해 줄까?" "방금 일어나서 기름진 건 안 들어갈 것 같아요. 그냥 양춘면(陽春麵)으로 해 주세요." 그렇게 대답하고 딸은 다시 콧노래를 부르기 시작했다. 그제야 딸이 부르는 노래가 무엇인지 알 수 있었다. "따뜻한 춘삼월에 복사꽃 피어나고, 까치 노래하니 기쁜 일 찾아오네." 돤 부인은 자기도 모르게 '기쁜 일? 차오췬한테 아기라도 생긴 건가?' 싶어 마음이 환해졌다. 그녀는 너무 기쁜 나머지 아래층으로 내려가려다 말고 슬쩍 물어보았다. "애야, 너 아기 생겼니? 왜 엄마한테 말하지 않았어, 응? 몸조심해야 한다!"

"엄마! 무슨 뚱딴지같은 소리예요?" 돤차오췬이 얼굴을 붉히며 어머니를 나무랐다.

돤 부인은 속으로 뜨끔했다. "네가 좋은 일 있다면서?"

돤차오췬은 뾰로통해서 어머니한테 대들었다. "좋은 일, 좋은 일! 엄마는 만날 그 생각만 하죠?"

"그래, 어미는 너한테 아기가 생기면 좋겠다, 만날 그 생각만 한다, 왜!" 돤 부인은 적잖이 실망스러웠다.

"애는 무슨? 날마다 바빠 죽겠는데 어떻게 애를 가져요?"

"그럼 막내네 셋째라도 데려오면 안 되겠냐?" 돤 부인은 용기를 내어 말을 꺼냈다.

"자기 애도 못 기르는 판에 남의 아이를 어떻게 키워요? 엄마, 그런 생각 좀 제발 그만해요! 가서 국수나 얼른 말아 주세요. 중요한 일이 있어서 먹고 빨리 나가 봐야 해요."

"남의 애라고? 자기 친동생 새끼를 남의 애라고?" 돤 부인은 속이 상해 혼잣말을 하며 아래층으로 내려갔다. '그럼 오늘 무슨 좋은 일이 있기에 저렇게 기분이 좋을꼬?'

딸이 무슨 일로 기분이 좋은지 돤 부인이 짐작할 리 만무했다. 돤차오췬의 '기쁜 일'은 다른 사람들한테 말할 수 없는 것이었다. 어머니한테는 더구나 말할 필요도 없었고 말해도 잘 모를 것이라고 생각했다.

오늘 아침 돤차오췬은 사실 일찌감치 깨어 있었다. 어머니가 몇 번이나 2층으로 올라오는 소리를 들었지만 속으로 그 기쁜 일을 생각하느라 아무 말도 하기 싫고 일어나기도 싫었다.

어제 오후의 일이었다. 느닷없이 홍기(紅旗)표 승용차 한 대가 문화국 앞에 멈추어 섰다. 중앙의 어느 지도자께서 돤차오췬을 데려오라고 차를 보낸 것이었다. 중앙의 지도자라니, 대체 누굴까? 돤차오췬은 생각해 보았다. 남편 산챵이 '9차 대표 대회' 때 중앙위원이 되긴 했지만 중앙의 고위층이라고 할 수는 없었다. 그녀는 급한 공무도 팽개치고 곧장 달려나가 승용차에 올랐다. 운전사가 아는 사람이면 물어보기라도 할 텐데 전혀 모르는 사람이었다. 이제는 그저 편하게 기대앉아 차가 데려다 주는 대로 갈 수밖에 없었다. 승용차는 빈하이 호텔 앞에 멈추었다. 돤차오쳰이 차에서 내리자 한 사람이 거기 대기하고 있었다. "돤차오쳰 동지시죠?" 그는 더 묻지도 않고 돤차오쳰을 3층에 있는 퍽 고급스러운 방으로 안내했다. "앉으시죠. 지도자 동지께서 바로 나오실 겁니다." 이렇게 말한 그는 그림자처럼 금세 사라져 버렸다. 방에 들어선 돤차오쳰은 코를 찌르는 범상치 않은 향기를 맡고 이 중앙의 지도자라는 사람이 필시 보통 인물은 아닐 거라고 짐작했다. 그녀는 적잖이 긴장되어 한쪽에 놓인 1인용 소파에 앉았다. 소파 맞은편에 마침 전신 거울이 있기에 얼른 자기 얼굴과 옷차림을 훑어보았다. 뭐, 그런대로 괜찮았다. 그녀는 조용히 마음을 가라앉히며 접견을 기다렸다.

이윽고 방문이 열리고 세 사람이 들어왔다. 돤차오쳰은 얼른 몸을 일으켰다. 첫 번째 사람은 쉰 살 남짓한 남자로 광대뼈가 불거진 까만 얼굴에 검은색 뿔테 안경을 끼고 있었다. 그녀는 그가 바로 그 유명한 중앙 지도자 디화챠오임을 알아보았다. 그를 직접 만나 본 적은 없지만 텔레비전이나 영화에서 많이 보았던 터라 한눈에 알아볼 수 있었다. 디화챠오 뒤에는 마흔쯤 되어 보이고 머리가 벗겨진 뚱뚱한 남자가 따라왔다. 이 남자는 돤차오쳰도 잘 아는 사람이었다. 그는 무산 계급 사령부 이론가 중의 하나인 쭤이푸였다. 물론 그 역시 유명 인사였다. 세 번째 사람은 더 소개할 것도 없이 남편 산창이었다. 큰 키에 마른 그는 행동거지가 단정하고 우아해서 일명 '백면 낭군(白面郎君)'이라 불렸다.

돤차오쳰의 가슴이 두근두근 세차게 뛰기 시작했다. 이 두 지도자는 그녀가 오랫동안 흠모해 왔던 분들이 아닌가! 지금 그분들이 남편을 대동하고 자기를 단독으로 접견해 주시니 그야말로 하늘에서 떨어진 복이 아닐 수 없었다. 거대한 중국, 9억 인민 중에 이 같은 복을 누릴 수 있는 사람이 몇이나 될 것인가? 하지만 이 접견은 너무 급작스러운 것이라 아무런 준비도 하지 못했다. 이렇게 큰일이면 미리 귀띔이라도 좀 해 줄 일이지, 갑자기 남편이 야속하게 느껴졌다. 디화챠오가 앞으로 오기 전에 그녀는 다시 한 번 재빨리 자기 모습을 거울에 비추어 보았다. 얼굴이 붉어지고 좀 당황한 기색은 있었지만 전체적으로는 그런대로 대범해 보여서 체통을 잃을 정도는 아니었다.

디화챠오가 먼저 그녀에게 손을 내밀었다. "이름을 들은 지는 오래되었소만 오늘에야 얼굴을 보는군. 앉으시오!" 그가 먼저 큰 소파에 앉았다. 이어서 쮜이푸가 스스럼없이 다가와 친절하게 악수를 청하더니 디화챠오 오른편 자리에 앉았다. 두 지도자가 자리에 앉는 것을 본 산좡이 입가에 미소를 띤 채 아내를 한번 쳐다보더니 디화챠오와 쮜이푸 맞은편에 있는 작은 소파에 앉았다. 돤차오췬도 그제야 남편 옆자리에 앉았다.

접대원이 차와 물수건을 내려놓고 조용히 문을 닫고 나갔다.

어쨌든 이처럼 지위 높은 중앙 간부는 처음 만나 보는지라 돤차오췬은 흥분하여 뛰는 가슴을 좀처럼 가라앉힐 수가 없었다. 거울에 비친 발그레한 자기 얼굴이 갑자기 10년은 더 젊어 보였다. 그녀는 되도록이면 거울 속의 자기를 쳐다보지 않고 디화챠오에게 집중하려고 애썼다. 이 지도자에 대한 '무산 계급적 감정'을 더욱 돈독하게 만들려고 그녀는 그의 일거수일투족을 놓치지 않고 살펴보며 머릿속에 인상을 새겨 두고자 했다. 그런데 디화챠오를 이처럼 가까이에서 보면서 맨 처음 머리를 스친 생각이 '무산 계급'이 아니라 '참 못생겼네!'였다는 사실이 그녀를 난감하게 만들었다. 돤차오췬은 예쁜 것을 좋아했다. 그것은 그녀의 차림새나 행동 거지만 보아도 금세 알 수 있었다. 평소 친구를 사귈 때에도 그녀 는 용모가 단정하고 차림이 격식에 맞는 사람을 좋아했다. 그런데 지금 눈앞에 앉아 있는 이 유명한 지도자는 얼굴이나 체구, 모든 게 보는 사람을 불편하게 만들었다. 광대뼈는 툭 튀어나오고 얼굴 에 살은 하나도 없는 데다 조화롭지도 못했다. 아래턱은 살이 너무 쪄서 화난 사람처럼 입이 툭 튀어나와 보였다. 그런가 하면 두 볼 은 너무 말라서 마치 치통 때문에 숨을 들이쉰 것처럼 안쪽으로 움 푹 들어가 있었다. 웃을 때면 말라빠진 두 볼이 불룩한 아래턱을 힘껏 잡아당기는 바람에 이를 드러내는 모양이 퍽이나 딱딱하고 위선적으로 보였고 보는 사람으로 하여금 자기도 모르게 주눅이 들게 했다. 대신 옷차림은 상당히 신경을 쓴 듯했다. 위아래로 진 한 남색 중산복을 입었는데, 주름진 곳 없이 빳빳했다. 하지만 그 역시 눈에 거슬리긴 마찬가지였다. 불거진 어깨가 한쪽은 높고 다 른 한쪽은 낮아서 마치 비뚤어진 옷걸이에 옷이 걸려 있는 것처럼 보였던 것이다. 디화챠오의 어깨를 바라보던 돤차오췬의 머릿속 에 고전극에 나오는 대사 한 구절이 떠올랐다. "왼쪽 어깨 높고 오 른쪽 어깨 낮으면 집에 반드시 전처(前妻)가 있는 법이지!" 그것은 「칙미안(鍘美案)」에서 포청천(包靑天)이 진세미(陳世美)를 만났을 때 한 말이었다. '에구머니나!' 돤차오췬은 느닷없이 이런 대사를 떠올린 자신에게 깜짝 놀랐다. 왜 그랬을까? 디화챠오의 아내가 반역자라는 말을 들었기 때문일까? '이런, 중앙 지도자에 대해 이 렇게 불경한 생각을 하다니? 외모로 사람을 판단하는 내 나쁜 버 릇이 정말 도를 넘었구나! 무산 계급 사령부에 대한 감정까지 다 치게 할 수도 있어! 조심해야 해!' 이렇게 속으로 스스로 비판한 돤차오췬은 두 눈을 꾹 감았다가 다시 떴다. 그리고 나니 디화챠오도 한결 잘생겨 보이는 듯했다.

"어떻소? 샤오돤(小段)! 요즘 무슨 일로 바쁘오?" 자기를 뚫어
져라 쳐다보고 있는 돤차오췬을 보며 디화챠오는 입가에 겸허하
고 담담한 미소를 지었다. 그리고 마치 천진난만한 아이가 자상한
부모를 바라볼 때 그 부모가 그러는 것처럼 돤차오췬에게 탁자 위
의 사탕을 한 움큼 집어 주며 친절하게 물었다. 저음의 약간 쉰 목
소리였다. 발음이 아주 정확한 표준어를 썼다. 단지 말할 때 무슨
관에 연결된 것처럼 목젖이 위아래로 움직이면서 글자 하나하나
를 자줏빛 입술 사이로 억지로 끌어내는 것만 같아서 듣기가 영
편치 않았다.

돤차오췬은 디화챠오의 물음에 대답하는 대신 그저 더욱 겸손
하고 공경스러운 웃음을 지어 보였다. 지도자 앞에서 말할 만한
제 사업이 뭐가 있겠습니까, 라는 뜻을 전하려는 의도였다.

그런 돤차오췬의 모습을 보고 그녀가 긴장해서 그러려니 여긴
쭤이푸가 한마디 격려를 해 주었다. "긴장할 것 없소. 말하고 싶은
게 있으면 뭐든 말하시오. 오늘은 다른 일이 있어서가 아니라 동
무를 한번 보러 온 거니까." 그 말에 돤차오췬이 고개를 돌려 쭤이
푸를 바라보며 똑같은 미소로 답했다. 하지만 여전히 아무 말도
하지 않았다. 오늘 그녀는 아직 쭤이푸를 자세히 관찰하지는 못했
다. '금을 중시 여겨 옥을 홀시' 해서라기보다는 그와는 벌써부터
잘 아는 사이였던 까닭이다. 쭤이푸는 문예계의 유명한 '금방망
이' 였다. 1962년, 문예계 인사들이 들고일어나 너도나도 그를 비
판한 적이 있었다. 그가 방망이를 휘둘러 1957년의 '백화제방(百
花齊放)'을 억눌렀다는 이유였다. 그때 돤차오췬은 선뜻 일어나
그의 방향이 정확한 것이었다며 그를 변호했다. 당시 그녀는 문인
협회에서 각종 사업을 추진했는데 그때마다 이 '금방망이'를 결

코 잊지 않았다. 그런 까닭에 쬐이푸는 그녀에게 무척 고마워하고 있었다. 그녀와 산챵이 반란을 일으켰던 것도 쬐이푸가 그들에게 귀띔을 해 주어 이번 '반란'의 필요성을 이해시킨 덕분이었다. 이처럼 '막역한 사이'인데 굳이 또 그에게 환심을 사려고 애쓸 필요가 있겠는가?

누구보다 남편인 산챵은 아내를 잘 알았다. 그녀가 지금 웃기만 하는 것을 보고 그는 이번 접견의 목적도 모르고 전혀 준비도 안 된 상태에서 뭐라 말해야 좋을지 몰라 아내가 말을 아끼는 것임을 금세 알아차렸다. 평소에도 돤차오췬은 남에게 좋지 않은 인상을 줄까 봐 말조심을 하는 편인데 하물며 오늘처럼 고급 간부 앞에서야 두말할 것도 없었다. 그는 아내의 이런 조심성을 높이 사며 그녀를 위해 말머리를 돌려 보기로 했다. 그는 디화챠오를 바라보며 돤차오췬과 똑같이 공손한 웃음을 지었다. "저흰 특별히 할 말이 없습니다. 바쁘실 텐데 지도자 동지께서 저희에게 지시를 내려주십시오!"

"지시? 지시할 게 뭐가 있겠소?" 디화챠오가 하하하 웃음을 터뜨렸다. '지시'라는 두 글자를 정확한 표준 발음으로 말하려다가 침까지 튀었다. 그는 마음에 드는 눈빛으로 돤차오췬을 훑어보았다. "이제 겨우 서른이 넘었다던데, 이렇게 젊고 게다가 여자인 동무가 그처럼 큰일을 감당한다는 게 쉽지는 않을 게야. 부담이 크겠지, 그렇지 않소?"

칭찬을 들은 돤차오췬은 소파에서 몸을 곧추세우며 어쩔 줄 몰라 하는 것처럼 보였다. 그 모양이 마치 그녀는 칭찬받는 데 익숙하지 않은 사람인 것처럼 보이게 했다. 그녀는 눈을 내리깔고 디화챠오 쪽으로 몸을 조금 내밀면서 머리를 조아린 채 달콤하고 듣기 좋은 목소리로 대답했다.

"대장 없는 촉(蜀)나라에 요화(廖化)가 선봉에 선 격입니다. 제가 능력이 부족하다는 건 저도 잘 압니다. 하지만 그렇다고 손 놓고 있을 수도 없으니까요. 시대와 혁명이 저처럼 부족한 사람에게도 할 일을 맡겨 주었는데 어찌 감히 하지 않을 수 있겠습니까? 어떤 사람은 제가 방을 잘못 찾아들었다고 합니다. 저도 인정합니다. 하지만 무슨 수가 있겠습니까? 잘못 들었더라도 눌러 살아야지요." 말을 마친 그녀는 고개를 들고 가련해 보이는 표정으로 두 지도자를 바라보았다. 슬쩍 곁눈질로 보니 남편이 흡족한 표정을 짓고 있었다.

디화챠오는 돤차오췬의 이 말이 퍽이나 맘에 들었다. 비록 겸손하게 말은 했지만 권력이라는 근본적인 문제에 있어서는 기치가 뚜렷하고 생각도 확고할 뿐 아니라 패기까지 넘치질 않는가! 남들이야 어떻게 말하든 이 권력은 내가 틀어쥐겠다는 것 아닌가! 얼마나 훌륭한 패기인가! '9차 대표 대회' 이래 디화챠오와 쮀이푸의 지위는 몰라보게 높아졌다. 하지만 디화챠오는 아직도 '권력'에 목이 말랐다. 지금 당 내부와 국내에서 자기의 세력을 더 확대하자면 여전히 부사령*의 위풍과 장칭의 신분에 기대지 않을 수 없었다. 자기나 쮀이푸는 이제 막 색구슬을 건네받은 설평귀(薛平貴)*처럼 아직 기반도 없고 세력도 약했기 때문이다. 물론 자기 휘하에 산챵이나 왕머우 같은 인물이 있긴 했다. 하지만 왕머우는 아무것도 모르는 노동자 반란파의 사령관으로 천박하기 그지없었다. 그럼에도 왕머우를 섣불리 대할 수는 없었다. 왕머우 같은 인물은 하루아침에 세력이 커지면 통제도 불가능할 뿐더러 뒤돌아서서 자기 뒤꿈치를 물 수도 있다는 걸 잘 알았기 때문이다. 경서(經書)를 통독한 디화챠오는 권력투쟁의 요령을 잘 알고 있었다. 반드시 자기에게 충성할 당내 인자를 몸소 길러 내야 하며, 특히 지식인에게 심혈을 쏟아야 했다. 어진 선비들을 널리 받아들이는 것은 무릇 천하를 얻고자 하는 영웅이라면 절대 소홀히 해선 안 되는 일이었다! 그는 돤차오췬이 썩 괜찮은 싹이며 정성들여 길러 내면 큰 재목이 될 수 있을 것이라 생각했다. 그래서 기분 좋게 차를 한 모금 마시고 천천히 담뱃재를 털며 돤차오췬의 말을 받았다.

"말 한번 잘 했소, 샤오돤. 방을 잘못 들었다고? 누가 그럽디까? 웃기는 소리! 방은 사람이 살라고 있는 거요. 남들이 살 수 있으면 우리도 살 수 있는 거요. '함양(咸陽)에 먼저 들어간 자가 황제가 되고, 나중에 들어간 자는 조정을 섬긴다'라고, 그 옛날 유방(劉邦)과 항우(項羽)는 이렇게 약속했소. 권좌에는 누구나 앉을 수 있지만 관건은 누가 먼저 함양에 들어가느냐에 달려 있다는 걸 항우나 유방도 잘 알았던 거요. 물론 우리가 함양에 들어가 황제가 되려는 건 아니지! 우리는 무산 계급을 위해 함양 가는 길에 있는 방 몇 개를 차지하려는 것뿐이오. 그런데 어떤 사람들은 그 꼴을 못 보는 거요. 뭐 맘대로 하라고 하시오! 동무가 말한 것처럼 우리는 그래도 눌러 살아야 하니까. 만약 누가 우리를 쫓아내려고 한다면 미안하지만 '씨발! 썩 꺼져 버려!'라고 욕설을 퍼부어 줘야 하오."

단숨에 이렇게 많은 말을 쏟아 낸 디화챠오는 마치 누구한테 화라도 난 것처럼 일어나 방 안을 서성이더니 씩씩거리며 소파로 돌아와 앉으며 또 욕설을 퍼부었다. "그런 개자식들이 우리가 바보가 되길 바라고 있소! 우리가 그렇게 호락호락 당할 줄 알고? 그 자산 계급 영감탱이들한테 분명히 알려 줘야 하오. 우리는 방 몇 개뿐만 아니라 사회주의 건물을 통째로 점령할 것이라고 말이오! 지금이 1970년 봄이니까 10년 뒤에 어디 다시 봅시다!"

돤차오췬은 디화챠오의 말에 쏙 빠져들었다! 이는 무산 계급이 반드시 모든 권력을 탈취하여 전면 독재를 실시해야 한다는, 가장 깊이 있고 가장 생동감 있는 해석이라고 생각했다. 그녀는 디화챠오의 기백에 탄복했다. 디화챠오의 욕설도 그녀에겐 아주 듣기 좋게 들렸다. 그것은 지도자의 무산 계급적 의분(義憤)이 아닌가! 이렇게 디화챠오에게 직접 격려의 말을 듣고 보니 '눈은 맑게 마음은 밝게 뜻은 강철같이' 되는 것만 같았다. 그래서 그녀는 이야기를 듣는 내내 전부 다 이해한다는 듯이 끊임없이 디화챠오를 향해 고개를 끄덕였다.

그때까지 줄곧 말없이 한쪽에 앉아 있던 쒀이푸가 한마디 거들었다.

"샤오돤! 화챠오 동지의 말을 잘 새겨들으시오. 그건 동무들한테 노선투쟁의 내막을 알려 준 것이오. 이렇게 되면 앞으로 동무들의 투쟁에 전략적 목표가 생기는 셈이지. 한 치 앞밖에 보지 못하는 전술가가 되지 말고, 동무나 산창 동무 모두 전체 국면을 한눈에 내다볼 줄 아는 전략가가 되어야 하오. 동무들은 모두 전도가 유망하니 말이오!"

그 말에 산창과 돤차오췬의 눈이 동시에 빛났다. 두 사람은 이구동성으로 말했다. "지도자님의 가르침에 감사드립니다! 저희는 지도자님의 신임을 저버리지 않을 것입니다. 더 많이 지시해 주십시오."

디화챠오가 만족스럽게 고개를 끄덕였다. "동무들이 꼭 '지시'를 달라고 하니 내 하나 지시하겠소. 우리의 권력 탈취 투쟁은 아직 끝나지 않았다는 것을 언제나 명심하시오. '9차 대표 대회' 이래 우리는 적잖은 승리를 거뒀지만 아직도 수정주의 노선은 죽은 호랑이가 아니라는 것을 분명히 직시해야 하오. 그 우파들은 절대 포기하지 않을 것이오! 올 초에 문예 혁명을 둘러싸고 벌어졌던 논쟁이 그것을 잘 말해 주고 있소. 얼마나 많은 글이 발표되었소! 자산 계급은 지금 진지(陣地) 하나하나를 둘러싸고 우리 쪽과 쟁탈전을 벌이고 있소! 게다가 이제는 문화의 주도권뿐만 아니라 무력까지 요구하고 있소! 몇 달 동안 빈하이시 각급 기관에서 혁명적 대비판의 기치를 높이 내걸고 이데올로기 각 영역에서 격렬한 투쟁을 벌인 것으로 아오. 참 잘 했소! 그대로 계속하시오. 다만 한 가지 주의할 점은 비판은 목적이 아니라 수단이라는 거요. 그럼 목적은 무엇이겠소? 바로 우리가 빼앗아 온 권력을 공고히 하고 발전시키는 거요! 권력을 쟁취하려면 사람을 쟁취해야 하고 인심을 쟁취해야 하오. 투쟁 속에서 가능한 많은 군중을 우리 편으로 만들어야 한단 말이오. 특히 비교적 영향력 있고 쓸모 있는 사람들을 쟁취해야 하오. 우리에겐 사람이 절대적으로 부족하오! 빈하이에서 나를 공격하는 역류가 몇 차례나 발생했다는 사실은 지식계, 문예계에 우리한테 굴복하지 않는 사람이 그만큼 많다는 것을 의미하오. 우리는 붓대에 의지해 일어선 만큼 그것을 꼭 쥐지 않을 수 없소. 그러니 동무들은 수하의 병장들 중에 우리와 끝까지 함께할 수 있는 사람은 얼마나 되는지, 잠시 함께할 수 있는 사람은 얼마나 되는지, 또 함께 갈 수는 없어도 우리가 이용할 만한 사람은 얼마나 되는지, 반드시 타도하고 내쫓고 처단해야 할 사람은 또 얼마나 되는지 잘 연구해 보길 바라오."

산창과 돤차오쥔은 그의 말을 수첩에 열심히 받아 적었다. 쭤이푸가 또 한마디 덧붙였다. "샤오돤, 동무는 대학 출신이오. 동무 같은 사람들은 대부분 '17년' 수정주의 교육 노선의 악영향을 심각하게 받아서 자산 계급에 속한다고 할 수 있소. 하지만 다른 영감탱이들에 비하면 그래도 수정주의 물이 적게 든 셈이고 그렇게 완고하지도 않소. 바로 그와 같은 사람들을 집중적으로 쟁취하시오. 그들이 류사오치나 그 밖의 다른 노선 사람이 아닌 것만 틀림없다면 모든 방법을 동원해서 그들을 쟁취하란 말이오. 물론 우리의 근본 방침은 우리 자신의 지식인을 길러 내는 것이오. 올 가을부터는 우리 대학들이 신입생을 모집할 것이오. 우리가 길러 낸 대학생들로 자산 계급 지식인들을 차츰차츰 대체해 나가야 하오!"

"바로 그런 것을 두고 '장강의 뒤 파도가 앞 파도를 밀어내고 새사람이 옛 사람을 몰아낸다' 고 하죠!" 산좡이 말을 받았다.

"맞소! 몰아내다! 옛 사람들은 모조리 몰아내 버려야 하오! 한 걸음 한 걸음 몰아내고, 한 무리 한 무리 몰아내고, 그들 스스로 이쪽이 저쪽을 몰아내게 하고, 자기가 자기를 몰아내게 만들어야 하오! 그렇게 되면 우린 힘을 많이 덜 수 있을 것이오!" 디화챠오는 이렇게 '몰아내다' 라는 말을 특별히 힘주어 말하고는 또다시 하하하 크게 웃었다.

된차오쳔은 아직도 디화챠오가 웃는 것을 보기가 두려웠다. 그래서 디화챠오가 웃을 때 그녀는 어른 앞에서 경망스럽게 함께 웃기 민망한 척하며 시선을 디화챠오의 얼굴에서 잠시 다른 곳으로 돌렸다. 하지만 속으로는 하느님의 계시를 받은 성도처럼 흥분하고 있었다.

이윽고 디화챠오가 소파에서 일어났다. 접견이 끝난 것이다. 된차오쳔도 즉시 따라 일어나며 손을 내밀어 인사를 했다. 디화챠오와 쮀이푸가 그녀를 방문 앞까지 배웅했다. 헤어지기 전 디화챠오가 그녀에게 악수를 청하며 진담 반 농담 반으로 말했다. "한 가지 더 기억하시오. 건물은 결코 쉽게 탈취할 수 없소. 잘못하면 자기 목이 달아날 수도 있지. 그때 가서 절대 겁내면 안 되오!"

접견은 이렇게 끝났다. 하지만 이번 접견에서 받은 인상은 된차오췬의 머리에서 좀처럼 떠나질 않았다. 어젯밤 집에 돌아온 뒤로 그녀는 접견 과정을 처음부터 끝까지 쭉 되새겨 본 뒤 영원히 기념할 수 있도록 고급 일기장에 기록해 두었다. 오늘 새벽 5시에 깬 그녀는 그 일을 또 몇 번이나 거듭 되새기느라 일어날 생각을 않고 있었다. 그녀는 인생의 새로운 장이 열린 것처럼 느껴졌다. 오늘 이후 그녀는 더 이상 평범한 일개 '반란파' 간부가 아니다. 이제는 방에 앉아 전략을 세우고 천 리 밖의 일까지 성취할 줄 아는 전략가가 되어야 하는 것이다. "동무들은 모두 전도가 유망하니 말이오!"라는 쭤이푸의 말이 떠오르자 그녀는 부드러운 침대 위에 누운 채 자기 몸을 가볍게 몇 번 흔들어 보았다. 꼭 어릴 때 요람 속에서 잠들었을 때처럼 편안했다. 그때 문득 설보채(薛寶釵)의 시구절이 뇌리를 스쳤다. "훈풍의 힘을 빌려 푸른 구름 위로 올랐네."

시골 촌구석 작은 잡화점 집 딸에게 오늘 같은 날이 있으리라고 누가 상상이나 했겠는가! 퇀차오췬 스스로도 생각지 못한 일이었다. 물론 어려서부터 그녀는 총명하고 공부도 잘 했다. 하지만 그래도 모든 면에서 다 출중한 것은 아니었다. 그녀와 샹난, 루원디 세 친구만 보아도 그렇다. 사람들은 세 사람 모두 어디 내놓아도 빠지지 않는 친구들이라고 말했지만 퇀차오췬은 자기의 조건이 다른 두 친구보다 못하다는 걸 잘 알고 있었다. 그녀는 루원디처럼 예쁜 용모와 온순한 성격으로 사람들의 사랑을 받지 못했다. 또 샹난처럼 민첩한 사고력과 분방한 열정으로 사람들의 마음을 사로잡지도 못했다. 중학교 시절부터 그녀는 두 친구와 함께 있으면 언제나 자기가 좀 처진다는 생각을 떨칠 수가 없었다. 그렇다고 친구들을 질투한 것은 결코 아니었다. 그런 친구들이 있다는 건 영광이었다. 하지만 그렇다고 영원히 친구들 꽁무니만 따라다닐 수는 없는 노릇이었다. 어떤 소설에서 이런 구절을 읽은 적이 있었다. "누구에게나 하늘에 오를 수 있는 사다리가 있다. 다만 그것을 당신이 찾을 수 있는지 없는지가 문제일 뿐이다." 그녀는 이 말을 좋아했다. 그녀는 자기 앞에도 그런 사다리가 놓여 있으며 반드시 그것을 찾아낼 수 있을 거라고 믿었다. 자기에게는 자기만의 장점이 있다고 생각했다. 바로 샹난보다 침착하고 냉정하며 루원디보다 이성적이고 강인하다는 것이다. 『홍루몽』을 읽을 때 그녀는 샹난이나 루원디처럼 가보옥(賈寶玉)과 임대옥(林黛玉)의 비극적인 사랑 때문에 슬퍼하며 질질 짜지 않았다. 그녀는 그녀만의 독특한 느낌이 있었다. 그녀는 설보채의 간교한 처세술과 왕희봉(王熙鳳)의 재주나 수완에 감탄하면서 자기도 모르는 사이에 그것을 '비판적으로 흡수' 했다. 그녀는 자기의 장점을 십분 발휘했다. 학생 때나 간부가 되었을 때나 그녀는 몇 가지 원칙을 꼭 지켰다. 첫째, 착실하게 일하며, 경솔하게 개인적인 견해를 밝히지 않는다. 둘째, 다른 사람에게 불만이 있더라도 속에 담아 두고 경솔하게 남의 미움을 사지 않는다. 셋째, 상하좌우의 인간관계 중에서 가장 중요한 것은 상급과의 관계다. 상사 앞에서 돤차오췬은 아무런 개성도 없는 사람처럼 보이도록 애썼다. 그녀는 묵묵히 상사의 의도와 개성을 가늠하고 전혀 티나지 않게 그에 부합함으로써 상사가 그녀를 자기 손발처럼 여기고 완전히 신임할 수 있도록 만들었다.

지성이면 감천이라고 돤차오췬은 끝내 지도자의 신임을 받고 군중에게 환영을 받아 일찌감치 당에 입당해 간부가 되었다. 그 과정에서 돤차오췬은 '자기가 하늘에 오를 수 있는 사다리는 바로 다른 사람의 손, 특히 제일 중요한 것은 지도자의 손'이라는 깨달음을 얻었다. 위에서 누가 손을 뻗어 끌어 주고 아래에서 누가 손을 들어 밀어 주면 가볍게 올라갈 수 있는 것이다. 그것이 바로 돤차오췬의 철학이었다. 돤차오췬은 이 철학에 '지도자에게 기대기'라고 이름 붙였지만 또 어떤 사람들은 몰래 그것을 '상층 노선'이라고 불렀다. 이름이야 어찌 됐든 그것이 효과적인 철학인 건 분명했다. 지금 두 친구와 비교해서 돤차오췬은 정치적으로나 물질적으로나 그들이 엄두도 내지 못할 수준에 이르지 않았는가! 그런데 지금 또 다른 탄탄대로가 그녀 눈앞에 펼쳐진 것이다. 그녀는 정말로 헬리콥터를 타고 구름 위로 날아오르는 것만 같았다!

이런 일이 있었는지 돤 부인은 알 리가 없었다! 그녀가 양춘면을 들고 2층으로 올라와 보니 딸은 어느새 단장을 끝내고 꼭 쳐두었던 연노랑 커튼을 젖히고 있었다. 따뜻한 봄볕이 기웃거리며 방 안으로 들어오자 딸의 얼굴은 더 젊고 생기 넘쳐 보였다. 그녀는 속으로 절로 한숨을 쉬었다. '휴, 딸한테 좋은 일이 생겼다는데 어미인 나는 아무것도 모르다니! 이게 무슨 어미고 딸이람? 이웃만도 못 하지.'

모처럼 즐거워하는 딸의 얼굴을 보며 그녀는 고향 집 친지들이 더욱 그리워졌다.

돤차오췬의 집에 놀러 간 샹난

돤차오췬이 디화챠오를 접견한 지 보름이 지났다. 샹난과 그 동료들이 빈하이로 휴가를 나오던 날 밤, 돤차오췬은 샹난에게 전화를 걸어 다음 날 점심 식사를 같이 하자며 집으로 초대했다.

간부 학교에서는 한 달에 한 번씩 빈하이로 돌아가 쉬도록 휴가를 주었다. 간부 학교가 시내에서 그리 멀리 떨어진 곳에 있었던 것은 아니지만 농촌에 있는 시간이 길다 보니 자연 집 생각이 나게 마련이었다. 특히 자식을 둔 동지들은 가족 행사를 휴가 기간에 모두 끝낼 수 있게 안배해야 했으므로 그 며칠의 시간을 무척 소중하게 여겼다. 그들은 대개 이번 달 휴가가 끝날 때쯤 벌써 다음 달 휴가에 해야 할 일을 계획했다. 그러다 보니 시간이 지나면서 그들이 시간을 계산하는 단위에도 변화가 생겼다. 한 시간, 하루, 1주일 같은 것은 셀 필요가 없었다. 몇 월 며칠, 무슨 요일인가도 기억할 필요가 없었다. 그들의 관심은 오직 휴가를 가는 날까지 얼마나 남았는가, 하는 것뿐이었다.

상난은 다른 사람들처럼 그렇게 휴가에 목매지 않았다. 그녀에게는 집이 없었기 때문에 빈하이에 있으나 간부 학교에 있으나 마찬가지였다. 빈하이에 돌아와서도 그녀에게는 대여섯 평밖에 안 되는 문인협회 숙소의 방 한 칸뿐이었다. 방 안의 가구도 기껏해야 일괄 공급되는 침대 하나, 탁자 하나, 의자 두 개가 있을 뿐이었고, 상난의 개인 물품이라고 해 봐야 값싼 나무 상자 하나와 대나무 책꽂이 세 개가 전부였다. 그래도 상난은 자기의 이 작은 방을 무척 소중히 여겼다. 방 안에 처박혀 책을 읽노라면 그렇게 평화로울 수가 없었다. 읽다가 지칠 때면 아무 친구 집에나 찾아가 수다를 떠는 것도 꽤 즐거웠다. 하지만 문화 대혁명이 터진 이래 디화챠오가 문인협회의 모든 업무를 중단시키고 기관 자료실을 '검은 서고'라 하여 봉쇄해 버리는 바람에 읽을 수 있는 책이 없어져 버렸다. 게다가 심사 대상으로 전락한 뒤로 그녀는 거의 두문불출했다. 사실 놀러 갈 만한 집도, 만날 만한 친구도 없었다. 단지 마다하이와 장챠오디만 남들 눈 의식하지 않고 다달이 그녀를 찾아오거나 집으로 초대했다. 하지만 상난은 그들한테 누가 될까 봐 한 번도 가지 않았다. 그러다 보니 시내로 돌아오면 간부 학교에 있을 때보다 오히려 더 무료하고 적막했다. 심지어는 휴가 자체가 고문처럼 느껴지기도 했다. 자기의 작은 방으로 돌아오기만 하면 온갖 불쾌한 생각이 그녀를 에워쌌다. 전에 없던 고독감이 밀려들어 그녀를 불안하게 만들기도 했다. 이번에도 그랬다. 차에서 내리자 다른 사람들은 모두 가족을 만나러 집으로 돌아갔지만 샹난은 곰팡이 냄새 풍기는 그 작은 방 말고는 갈 데가 없었다. 목욕을 마치고 옷을 갈아입은 다음 자리에 앉자 더 이상 할 일이 없었다. 너무 무료했다. 큰길가에서 사람들 말하는 소리, 경적소리, 발걸음 소리가 끊임없이 들려왔지만 작은 방에 생기를 더해주기는커녕 적막함만 더해 주었다. 이를 두고 도연명(陶淵明)은 "마음이 멀면 땅도 저절로 기운다"라고 했던가! 작은 탁자 앞에 앉은 샹난은 만년필을 들고 종이 위에 아무렇게나 끼적였다. 머릿속은 텅 빈 상태였다. 자기가 뭘 끼적거리고 있는지 생각하지도 않았다. 그렇게 종이 한 장이 가득 차서야 들여다보니 온통 조조(曹操)의 시구절이었다.

달은 밝고 별은 드문데,
까막까치 남으로 나네,
나무를 세 번이나 돌아도,
내려앉을 가지가 없네.

'쳇! 어쩌다 별안간 이 시가 생각났지?' 그녀는 낯이 뜨거워 얼른 종이를 구겨 휴지통에 던져 버렸다. 그리고 며칠간의 휴가를 어떻게 때울까 궁리했다. 이불을 빨고 옷을 널어 햇볕을 쬐는 데하루, 머리 자르고 생활필수품을 사는 데 또 하루……. 나머지 이

틀은 뭘 하지? 그녀는 방 안을 한 바퀴 돌았으나 마땅히 생각나는 게 없자 다시 책꽂이 앞으로 갔다. 그리고 이것저것 들추어 보다 루윈디가 보내 준 『뜨개질 교본』을 발견했다. 책을 받던 날 책 표지 안쪽에 'XX년 X월 X일 윈디한테서'라고 적어 넣은 뒤 한 번도 펴 보지 않았다. 책을 보고 나니 그래 좋아, '여성의 가정화(家庭化)'라는데 뜨개질이라도 배워 보자 싶었다. 그녀는 털옷을 찾아 풀어서 빤 다음 다시 떠 보려고 했다. 하지만 어머니가 떠 준 이 옷은 풀기도 만만치 않았다. 실 끄트머리가 어디 있는지 도무지 찾을 수가 없었다. 반나절을 끙끙거렸는데 소매 한 짝도 미처 다 풀지 못했다. 가을까지도 다시 다 못 짜면 어떻게 하지? 그녀는 또 망설였다. 관두자! 관둬! 괜히 일 만들지 말자! 그녀는 털옷을 도로 치워 버렸다. 그러면 이틀은 어떻게 보낸담? 생각 끝에 한 가지 방법을 겨우 생각해 냈다. 바로 마르크스, 엥겔스의 저작을 읽는 것이다! 간부 학교에서 『반듀링론(Anti-Dühring)』을 다 읽으면서 드문드문 필기를 해 둔 것이 있었다. 이번 기회에 다시 한 번 쭉 훑어보면서 필기를 새로 정리해 보는 것도 나쁘진 않을 것 같았다. 좋아, 그러다 보면 나흘쯤은 후딱 지나가겠지. 샹난은 자기 계획에 만족스러워하며 이불을 펴고 잘 준비를 했다. 바로 그때 수위실 천씨가 전화 받으라며 샹난을 불렀다. 된차오췬의 전화였다.

차오췬의 목소리는 퍽이나 정겨웠다. "난이 계집애[南丫頭], 왜 이렇게 오랫동안 놀러 오지도 않니? 보고 싶어 죽겠다. 엄마도 날마다 네 걱정이셔. 어떻게 된 거야, 친구도 다 잊어버린 거니?"

샹난은 시큰둥하게 대답했다. "내가 지금 누구는 잊어버리고 누구는 기억할 권리라도 있니? 내가 감히 누구누구의 친구라고 말하고 다닐 처지냐고?"

상난의 가시 돋친 말에도 돤차오췬은 아랑곳하지 않고 여전히 정겹게 굴었다. "그래그래, 다 내 잘못이다. 내일 점심때 우리 집에서 산챵이랑 같이 밥이나 먹자. 욕하든 때리든 그때 다 받아 줄게, 됐지?"

돤차오췬의 이 말은 뜻밖이었다. 갈까 말까, 상난은 한동안 대꾸를 하지 않았다. 솔직히 말해서 그녀는 진작부터 돤차오췬한테 잔뜩 화가 난 상태였다. 심사를 받기 시작한 이래 차오췬은 그녀를 찾아온 적도 없었고 심지어 전화 한 통 메모 한 장 전한 적이 없었다. 상난은 속으로 생각했다. '내가 너를 찾아가지 않는 거야 널 생각하는 마음에서 그런 거지만, 넌 어쩜 그렇게 매정한 거지? 왜 그렇게 전염병 피하듯 나를 피하냔 말이야? 너마저 내 마음이 붉은지 검은지 모른다는 거야? 좋아, 앞으로는 나도 널 아는 척 안 할 테야.' 그런데 뜻밖에도 그녀가 오늘 식사 초대를 한 것이다. '내가 그동안 쓸데없이 차오췬을 의심하고 탓한 것일까? 만약 그동안 의심받을까 봐 감히 나와 접촉하지 못한 것이라면 오늘은 왜 아직도 '잡귀'인 나를 찾아 기관에까지 전화를 했단 말인가?'

"왜 말이 없니? 왕림 한번 안 해 줄 거야?" 돤차오췬이 재촉했다.

잠깐 생각하던 상난이 전화기에 대고 한숨을 내쉬며 대답했다. "알았어. 내일 내가 너희 부부 앞에 직접 가서 죄를 뉘우치도록 하지! 아무래도 너희들과 등을 돌릴 순 없나 보다."

'이별한 지 사흘이면 괄목상대해야' 함을 상난이 어찌 알았겠는가? 디화챠오와의 접견 이후 돤차오췬은 이미 이전의 돤차오췬이 아니었다. 이제 '무산 계급 전면 독재'를 실시하려는 전략적 목표로 철저히 무장한 그녀는 사람과 사람 사이의 관계를 처리할 때도 개인적 감정이 아니라 '전략적 목표'에서 출발하게 되었다.

지난 보름 동안 그녀는 디화챠오의 지시를 몇 번이고 반복해서 되새겨 보았다. 디화챠오가 말한 대로 문화국 아래 병마(兵馬)들을 줄세워 놓고 보니 차츰 바둑판 하나가 머릿속에 그려졌다. 그녀는 일단 문인협회부터 시도해 보기로 했다. 그중 샹난은 쟁취해서 '우리'와 함께 갈 수 있는 부류로 분류했다. 샹난의 생각이 비록 자기 생각과 일치하지는 않지만 어쨌든 함께 자랐고 서로 잘 아는 데다 마음을 나눌 수 있고 믿을 수 있었다. 과거의 잘못에 대해서는 그만하면 교훈도 얻었을 테니 지금은 한결 고분고분해졌겠지? 이제 그녀에게 손을 내밀 때가 되었다. 그렇다고 그 길로 리융리에게 샹난을 '해방' 시키라고 지시하지는 않았다. 그에 앞서 그녀가 먼저 샹난에게 자기의 깊은 우정을 표시하면 효과가 더욱 클 것이라고 생각했다. 샹난은 강압에는 굽히지 않지만 인정에는 약하지 않던가! 네가 그녀에게 요만큼의 감정만 내보여도 샹난은 그보다 열 배는 되는 감정으로 보답할 것이다. 톤차오췬의 바둑판 위에는 샹난뿐만 아니라 다른 사람들도 있었다. 그녀는 이들을 바둑판 위에 한꺼번에 세워 놓았다. 거기에는 위쯔치, 청쓰위안, 스즈비도 있었다. 세 사람은 각각 저마다 쓸모가 있었다. 청쓰위안은 영어, 일어, 불어에 능통했다. 비록 '우리'와 함께 갈 수는 없더라도 '우리'의 도구로 삼을 수는 있을 것이다. 스즈비는 능력도 별로 없는 데다 그 남편도 베이징 모 신문사에서 '주자파'이자 '검은 노선 인사'로 몰리고 있었다. 하지만 가수로서 그녀의 명성이 자자했으므로 그녀를 풀어 주면 대외적으로 '우리'도 '정책'을 중시한다는 점을 과시할 수 있을 것이다. 가장 고민을 많이 할 수밖에 없었던 인물은 바로 위쯔치였다. 위쯔치는 문예계에서 영향력도 크고 업무 능력도 뛰어나서 유뤄빙과는 비교도 되지 않았다. 만약 이 사람을 우리 편으로 끌어들일 수만 있다면 그 역할이

나 영향도 유뢰빙보다 훨씬 클 것이고, 또 그를 통해 그 '영감들'의 적극성을 끌어낼 수 있을지도 모른다. 하지만 이 사람이 무서운 것도 바로 이 점에 있었다. 만약 그를 끌어들이지 못한 채로 '해방' 시키고 일을 하게 한다면 그건 바로 철선(鐵扇) 공주가 손오공을 자기 뱃속으로 들어가게 하는 것이나 마찬가지였다. 더구나 위쯔치의 집에서 '늙은 우파'의 편지 묶음이 발견되지 않았던가! 편지 내용에서 큰 문제를 찾진 못했지만 그래도 그것은 위쯔치가 자산 계급 사령부와 연계되어 있음을 보여 주는 증거였다. 그런저런 이유로 아무리 궁리를 해 봐도 결정을 내리기가 쉽지 않았다. 돤차오췬은 결국 산쨩에게 물어보기로 했다. "중앙에서 그 많은 우파 대표들을 그대로 남겨 뒀잖아. 나도 위쯔치 같은 사람을 문인협회 대오 속에 남겨 둬도 될까?" "금강석 송곳이 있으면 도자기도 수리할 수 있다고 하잖아. 부작용을 방지할 방법만 있다면 한번 시도해 보는 것도 괜찮지." "이런 사람을 쓴다는 건 게를 처음 먹는 것보다 위험한 일일 거야. 그래도 난 이 게를 한번 먹어 볼까 하는데 괜찮겠지?" "게가 살았을 때나 무섭지, 죽은 게라면 무서울 게 뭐 있어? 사실 처음 게를 먹은 사람도 먼저 게를 죽인 다음에 먹지, 게가 산 채로 자기 뱃속으로 걸어 들어가게 하진 않잖아." 그 말을 듣고 돤차오췬은 입을 오므리며 웃었다. "그래, 알았어. 그를 오랫동안 철저하게 시험해 봐야겠지. '해방'은 시키더라도 겉으로는 풀어 주고 안으로는 잘 단속하면서 '해방'된 뒤의 행태를 잘 살펴보면 되겠지. 태도가 나쁘면 그때 다시 가두지, 뭐. 권력은 우리 손에 있으니까!" "그게 바로 잡기 위해 풀어 준다는 거지." 그렇게 해서 이번 바둑의 수가 결정된 셈이었다. 마지막으로 산쨩은 돤차오췬에게 이렇게 환기시켰다. "이번 바둑을 두려면 반드시 신중해야 해. 지난해에 마다하이의 과오를 교훈 삼아 잘 생각해 봐야 한단 말이야. 지금의 정국이 지난해와는 달라졌다고 해도 기본적인 노선이나 정책은 변하지 않았으니까 절대 섣불리 움직여선 안 돼. 그러다 잡귀들이 다시 움직여서 우리가 주도권을 놓칠 수도 있으니까." 돤차오췬은 산창의 말이 일리 있다고 생각했다. 사실 그녀가 샹난을 집에 초대한 데에는 그녀를 위로하는 것 말고도 또 다른 목적이 있었다. 샹난을 통해서 그 사람들의 동태를 알아보고 다시 최후의 결정을 내리려는 것이었다.

성미 급한 샹난은 무슨 일이든 모두 '미리 완수' 하려 했다. 친구 집에 밥을 먹으러 가는 것도 그랬다. 그녀는 오전 10시쯤 일찌감치 돤차오췬의 집에 도착했다. 돤 부인이 문을 열어 주었다. 돤 부인은 샹난을 보자마자 손을 덥석 잡으며 무척이나 정답게 "아가!"라고 불렀다. 그녀는 샹난을 주방으로 데리고 가면서 말했다. "아가, 일단 여기서 나랑 얘기나 좀 하자꾸나. 차오췬은 올빼미라 여태 안 일어났단다!"

주방에 있는 가스 불 네 개에 모두 음식이 올려져 있었다. 돤 부인은 그중 뚝배기 뚜껑을 열고는 젓가락으로 휘휘 젓더니 금방 또 저쪽으로 가서 끓는 물에 넣어 두었던 암탉의 털을 뽑았다. 샹난은 작은 걸상을 집어다 돤 부인 앞에 놓고 앉았다. 돤 부인은 닭털을 뽑으면서 샹난에게 잔소리를 한바탕 늘어놓았다. "어째 그리 오랫동안 한 번도 안 찾아왔냐! 보고 싶어 혼났다! 얼굴은 또 왜 그렇게 타고 마른 거니? 아직도 시골에서 노동하고 있다니? 아이고, 내가 차오췬한테 몇 번이나 말한 줄 아냐? 너희 부부 둘 다 높은 간부가 됐으니까 샹난 빼낼 방법 좀 찾아볼 수 없겠냐고 말이다. 친척이 친척을 돕고 이웃이 이웃을 돕고, 관세음보살도 자기 식구부터 챙기는 법이잖니. 네가 아니라 샹 선생님을 봐서라도 마땅히 그리 했어야지! 그랬더니 차오췬이 나더러 잔소리한다고 뭐라 하더구나. 그래 내가 또 잔소리를 했지. 내가 잔소리를 해도 잊어버리니 잔소리마저 하지 않으면 아예 까마득히 잊어버릴 것 아니냐고 말야. 그랬더니, 봐라, 내가 잔소리하길 잘 했지. 엊저녁에 차오췬이 내일 난이 계집애가 밥 먹으러 올 테니 암탉 한 마리 잡으라고 하잖니! 그래 내가 너무 좋아서 오늘 새벽같이 일어나 이 놈을 잡은 거란다!"

그렇게 말하는 동안에 닭털이 말끔히 뽑혔다. 그녀는 닭다리를 잡아 거꾸로 들고 닭가슴을 툭툭 치며 말했다. "이것 좀 봐라! 아주 통통하지? 여기 이 뱃속 노란 게 다 기름이야! 내가 오늘 너한테 뭘 해 주려고 하는지 아니? 네 엄마가 잘 하시던 '닭다짐탕' 이란다!" 그녀는 닭을 도마 위에 올려놓고 가슴께 살코기를 큼지막하게 발라낸 뒤 나머지는 뚝배기에 다시 넣고 국물을 우렸다.

둰 부인은 발라낸 살코기로는 닭다짐탕에 넣을 꾸미를 만들었다. 상난은 요리는 전혀 할 줄 모르는 데다 닭다짐탕이 고향의 소문난 명물 요리인 줄도 몰랐다. 그냥 자기가 그걸 좋아하니까 집에 갈 때마다 어머니가 만들어 주시는 줄로만 알았던 것이다. 상난은 닭다짐탕을 어떻게 만드는지 흥미롭게 지켜보았다. 부인은 먼저 고기를 얇게 저미고는 칼등으로 살짝 두드려 다졌다. 그런 다음 하나씩 달걀흰자위에 넣었다가 녹두 가루를 입혔다. 이제 마지막으로 거기다 갖가지 양념을 섞은 다음 우려낸 닭 국물 속에 넣고 끓이기만 하면 된다는 것쯤은 상난도 알 수 있었다. 둰 부인의 숙련된 솜씨를 보고 있자니 상난은 자연스레 어머니 생각이 났다. 오랫동안 어머니한테 편지를 쓰지 못했다. 어머니는 이번 여름휴가에는 집에 꼭 오라고 몇 번이나 편지를 보내 왔다. 그런 어머니한테 자기는 지금 그럴 처지가 아니라고 어떻게 말한단 말인가? 그 생각을 하자 상난의 입에서 한숨이 저절로 흘러나왔다.

"왜 그러니? 무슨 걱정거리라도 있는 거야? 이 아짐한테 다 말해 보렴."

"아무것도 아니에요, 아짐! 언제 고향 다녀오실 때 저도 같이 가요." 샹난이 고향 사투리로 말했다. 샹난은 고향 사람과 이야기할 때는 고향 사투리를 쓰곤 했는데 그러면 마음이 더 따뜻해지는 것 같았다.

"언제 고향 가냐고? 말 해[年] 당나귀 달[月]에나 갈 수 있으려나 모르겠다! 종일 조자리 팔방나게 바쁘긴 한데 당최 뭣 때문에 바쁜지 모르겠구나. 어디 기댈 데도 없는 것처럼 허전하고. 에그, 아가! 나는 집 생각이 나서 죽겠다!" 돤 부인은 이렇게 탄식을 하면서도 또 얼른 죽순을 썰었다.

샹난은 그녀가 힘들어하는 것 같아 위로를 했다. "아짐, 딸네 집이면 자기 집이나 마찬가지잖아요?"

부인이 칼질을 멈추었다. "마찬가지라고? 개뿔! 이런 게 뭔 놈의 집이라고! 아유, 고만하자! 아가, 난 말이다, 네가 시집 가면 너하고 같이 살면 딱 좋겠어!"

샹난이 웃으며 대답했다. "아짐, 큰일이네요! 전 평생 시집 못 갈지도 모르는데!"

"아니, 왜 못 가?" 부인이 믿기지 않는다는 듯 물었다.

"못생겼잖아요!" 샹난이 자기 얼굴을 가리키며 장난스럽게 말했다.

"못생겼다고? 팔다리 다 붙어 있고, 코는 코, 눈은 눈인데 뭐가 못생겼다고 그래? 장님 곰보도 다 자기 짝 찾아가는데 왜 네가 시집을 못 가? 틀림없이 네가 눈이 높은 거지." 부인이 정색을 했다.

평소에는 누가 그런 질문을 해도 별로 개의치 않았는데 오늘 샹난은 이상하게 좀 귀찮았다. 돤 부인이야 좋은 마음으로 한 말인

줄 뻔히 알면서도 말이다. 그녀는 간신히 마음을 추스르며 농담을 계속했다. "아짐, 고슴도치도 자기 새끼는 예쁘다던데요. 제가 미꾸라지처럼 새카만 거 안 보이세요? 아마 석탄 굴에 떨어져도 못 찾을 거예요. 누구네 석탄이 떨어져서 불 때려고 메 간다면 또 모를까."

그 말을 들은 돤 부인이 배꼽을 쥐고 웃었다. 그녀는 샹난의 손을 붙들고 눈물이 찔끔찔끔 날 정도로 웃어대더니 한참 만에야 겨우 진정했다. "아가, 넌 아직도 이렇게 명랑하구나. 나는 이래서 네가 좋더라. 차오췬이 너를 반만이라도 닮았으면 얼마나 좋겠냐……."

돤 부인의 웃음소리에 잠이 깼는지 돤차오췬이 2층에서 소리쳤다. "난이 왔니?" 슬리퍼를 끌고 내려온 돤차오췬은 샹난을 주방에서 데리고 나와 2층으로 올라갔다.

산챵이 시 위원회 지도자가 되어 이 집으로 이사 온 뒤로 샹난은 한 번도 차오췬의 집에 와 본 적이 없었다. 그래서 2층으로 올라가자마자 새 집을 구경하기 시작했다. 이게 자기 친구 집이란 사실이 전혀 믿기지 않았다. 황제한테도 가난한 친척은 있다고들 하지만, 샹난은 이 친구와 한없이 사이가 멀어져 버린 것처럼 느껴졌다. 방금 1층 주방에 앉아 있을 때 널찍한 거실을 보긴 했지만 이렇게 또 침실까지 올라와 보니 정말 그 기세가 보통이 아니란 게 실감났다. 2층에는 방이 모두 세 개였는데, 남향인 방 두 개는 돤차오췬 부부의 침실과 서재로 이어져 있었다. 북향의 작은 방은 돤 부인의 방이었다. 차오췬은 그들 부부가 사무를 보거나 친구를 접대하는 서재로 샹난을 데려갔다. 아래층 거실은 일반 손님을 접대할 때 사용하거나 때로 소규모 회의를 열기도 했으므로 가구가 모두 공적으로 배정받은 것이었다. 반면 2층의 서재와 침실에 있는 것은 전부 두 부부의 사유 재산이었다. 방의 설계와 배치에서 돤차오췬의 성격이 그대로 엿보였다. 서재의 인테리어는 기본적으로 어두운 보라색 계통이었고 가구 모양은 무게 있고 수수하면서도 고풍스러워서 서재의 느낌을 물씬 풍겼다. 그런가 하면 안쪽 침실은 서재와는 완전히 다른 분위기였다. 침실은 모두 연노랑 계통으로 가구도 가볍고 세련되어 발랄하면서 산뜻한 느낌을 주었다. 샹난은 서재에 서서 침실을 쓱 둘러보기만 하고 들어가지는 않았다. 사실 들어가고 싶은 마음이 없었다.

돤차오췬은 책장 앞에 있는 소파에 샹난을 앉히고 얼른 차를 끓여 내왔다. 정교하게 잘 만든 발 달린 채색 도자기 찻잔을 샹난 앞에 내려놓으며 그녀가 물었다. "이 찻잔 어때?" 샹난은 찻잔을 들고 유심히 살펴보았다. 모양이나 색깔 모두 예뻤지만 그중에서도 특히 찻잔 위에 새겨진 '세한삼우(歲寒三友)' 그림이 제일 맘에 들었다. 이건 문화 대혁명 이전에 만들어진 물건이 틀림없었다. "예쁘긴 예쁘구나. 그런데 '네 가지 낡은 것을 타파하자' 운동 때 홍위병들이 어떻게 이것들을 가만 뒀을까? 용케 보존된 골동품이네." "난 물건 부수는 건 반대야. 찻잔이 무슨 죄가 있어? 죄가 있다면 이 찻잔 설계자와 생산자한테 있지. 그 보수파들은 마땅히 비판해야 하지만 이 찻잔에 대해서는 가져오기 주의[拿來主義]*를 시행해야 한다고 생각해. 어때? 맘에 들면 이따 갈 때 가져가렴!" 찻잔 뚜껑을 열고 차를 한 모금 마신 샹난은 만면에 웃음을 지었다. "너도 『홍루몽』의 묘옥이처럼 하려고? 찻잔이 손님 입에 더러워졌다고 아예 그 손님한테 선물해 버렸잖아." 돤차오췬이 입을 삐죽거렸다. "좋은 마음으로 말해도 소용없다니까! 네가 워낙 차를 좋아하니까 그전부터 하나 선물하고 싶었는데 도통 마음에 드는 게 없더라고. 근데 얼마 전에 장시성(江西省)의 한 친구가 빈하이에 온다기에 특별히 부탁해서 옛날 물건들 중에 하나 가져온 거야. 근데 나를 묘옥이한테 대다니! 난 묘옥이처럼 점잖은지는 몰라도 그렇게 호사스럽진 못하다고!"

돤차오췬은 거짓말을 했다. 이 찻잔을 어디 그녀가 샀겠는가? 사실은 며칠 전 산쨩을 처음 만나러 온 어느 장시성 사람이 수출용 찻잔 세트를 선물했는데, 그중 하나였다. 원래 집에 다기도 많은 데다 그녀나 산쨩 모두 그 장시성 사람이 어떤 사람인지도 모르면서 이처럼 귀중한 찻잔 세트를 받았으니 그것도 일종의 '가져오기 주의'의 결과였는지도 모른다. 그래서 이 다기를 쓰지 않고 잘 넣어만 두었는데 오늘 샹난한테 차를 타 주려다 마침 그 생각이 났다. 놔두고 썩히는 것도 아까운 듯싶어 그냥 하나 꺼내다가 샹난한테 주려 했던 것이다. 그런데 그것을 자기에 대한 친구의 깊은 정이라고 믿어 버린 샹난은 퍽이나 감격스러워했다. "뭘 그렇게까지 했어! 차 마실 때 찻잔에 얼마나 신경 쓴다고? 지금 간부 학교에서는 밥 먹는 그릇에다 차를 마시는데, 그것도 그런대로 괜찮아. 물론 차를 감상한다기보다는 그냥 소처럼 정신없이 마시는 수준이긴 하지만." 이렇게 말하던 샹난은 자기도 모르게 쓴웃음을 지었다. 샹난이 예전과 달리 풀이 죽어 보이자 돤차오췬이 다정하게 위로했다. "난이 계집애, 너 심사받는 거 알고 진작부터가 보고 싶었는데 바빠서 틈을 낼 수가 있어야지. 난 너한테 큰 문제가 있을 거라고 생각하지 않아. 또 네가 이 시련을 잘 견뎌 낼 수 있으리라 믿어. 그 일 때문에 네가 나한테 화나 있는 것도 알아. 지금 사과할게, 미안해!"

샹난은 차오췬과 이 일에 대해 말하고 싶지 않았다. 마음속에 여전히 서운함이 남아 있었기 때문이다. 그녀는 아직도 차오췬에게 "난 괜찮아"라고 말할 수가 없었다. 거짓말하기는 싫었다. 그렇다고 한바탕 불만을 토로한다 한들 또 무슨 소용이 있겠는가? 잘못하면 차오췬더러 자기를 위해 상부에 말 좀 잘 해 달라고 부탁하는 꼴이 될 수도 있다. 그러면 자기 자존심만 더 상할 뿐이다. 그래서 아예 그 일에 대해서는 이야기를 꺼내지 않으려고 작정하고 있었는데 차오췬이 먼저 그 얘기를 끄집어내며 진심으로 사과하는 것을 보자 상난도 화가 조금 누그러지기 시작했다. 그리고 자기도 모르게 서러움이 북받치며 눈물이 핑그르르 돌았다.

"차오췬! 내가 속이 좁아서 그런 건 아냐. 빈하이에 나한테 누가 있니? 원디는 그렇게 멀리서도 날 보러 오는데, 넌 그렇게 바쁜 거야? 너한테 나 감싸 달라고 하는 거 아냐. 네가 감싸 줘야 할 만큼 내가 잘못한 일도 없고. 내가 정작 필요한 건 우정이란 말이야……." 이렇게 말하던 그녀는 엉엉 울기 시작했다.

상난이 한바탕 푸념을 하며 우는 것을 보고 돤차오췬은 속으로 한시름을 놓았다. 그건 상난이 그녀를 용서했을 뿐만 아니라 다시 그녀를 믿고 속마음을 털어놓기로 했음을 의미하기 때문이다. 하지만 돤차오췬은 그런 자기 마음을 결코 드러내지 않았다. 대신 여전히 침통한 표정으로 말했다. "네 맘 다 알아. 내가 잘못했어. 다 내 불찰이야." 돤차오췬은 유리병에서 초콜릿 두 개를 꺼내더니 하나를 까서 상난 입에 넣어 주려고 했다. 상난은 그런 친밀한 행동이 왠지 어색해서 얼른 손을 내밀어 받아 들었다. 그러자 돤차오췬은 나머지 한 개를 까서 자기 입에 넣었다.

상난은 마음을 가라앉히고 돤차오췬을 바라보았다. "지난번 원디가 날 보러 왔다가 바로 리융리한테 쫓겨나 버렸어. 걔 그날 나한테 야오루후이랑 이혼했다고 그랬거든. 도대체 어떻게 된 거래? 너한테 아무 말도 안 하든? 편지에도 그런 얘기는 통 없었는데……."

루원디가 이혼했다는 말에 돤차오췬은 깜짝 놀랐다. 그날 루원디는 자기한테 이런 얘기는 일언반구 꺼내지도 않았다. 돤차오 췬은 기분이 상했다. 자기와 루윈디 사이에 이미 금이 간 것이었다. 하지만 가만 보니 루윈디가 샹난에게도 아직 자세히 말하지는 않은 모양이었다. 그녀는 샹난의 말을 그대로 받아쳤다. "나도 윈디 때문에 내내 걱정하던 참이야. 지난번 왔을 때 말만 꺼내 놓고 바로 서둘러 가 버렸거든. 며칠 뒤에 나도 편지로 물어볼 생각이었어."

그때 쿵쾅거리며 계단을 올라오는 소리가 들리더니 산챵이 들어왔다. 얼굴이 보이기 전에 목소리부터 들렸다. "샤오샹, 왔군요? 어이쿠, 참 오랜만입니다!" 그는 문을 들어서자마자 반갑게 샹난의 손을 잡고 힘차게 흔들었다. "차오췬과 나는 쭉 동무 걱정을 했소. 어때요, 괜찮소?" 샹난이 예의 바르게 고개를 끄덕였다. "괜찮아요." 돤차오췬이 바로 아래층에 대고 "엄마, 식사 준비 다 됐어요?"라고 소리치며 샹난을 끌고 내려갔다.

주방 옆 식당에는 구식 팔모상이 놓여 있었고, 거기엔 적지 않은 음식이 차려져 있었다. 한 사람이 한 쪽씩 차지하고 앉았다. 돤 부인은 상 한가운데에 닭다짐탕이 담긴 냄비를 놓고 별도로 작고 예쁜 꽃무늬 그릇에 탕을 가득 떠서 샹난 앞에 놓아 주었다. 하지만 샹난은 벌써 입맛이 싹 달아나 버려서 손이 가지 않았다. 그녀가 그릇에 담긴 음식을 깨작거리기만 하고 그다지 먹지 않는 것을 본 돤 부인이 불안해하며 물었다. "아가, 어서 먹으렴. 네 엄마가 해 주시던 것보다 맛이 없어서 그러냐?" 샹난은 고마운 눈길로 부인을 쳐다보고는 닭고기 한 점을 입에 넣었지만 금세 눈시울이 붉어지기 시작했다. 고향에 있는 어머니 생각도 났고, 빈하이에 있는 자기와 차오췬의 처지가 너무 비교되기도 했기 때문이다.

"아가, 무슨 속상한 일이라도 있니? 말해 봐. 우리는 한 식구잖니." 부인이 가슴 아파하며 물었다.

산쟝이 아내를 쳐다보자 아내는 샹난 좀 달래 보라는 눈짓을 보냈다. 산쟝은 얼른 음식을 한 젓가락 집어 샹난의 밥그릇 위에 놓아 주며 이렇게 위로했다.

"샤오샹, 너무 상심하거나 풀 죽을 거 없어요! 동무가 심사받고 있다는 걸 난 며칠 전에야 알았소. 동무의 과오라는 게 나를 두고 구린내 나는 지식인이라고 말한 거라지요? 이 사람들이 정말 제멋대로라니까. 그게 무슨 과오라고? 나도 당연히 구린내 나는 지식인이고 차오췬도 마찬가지지. 그 점도 인정하지 못하면서 어떻게 무산 계급 혁명파가 되겠소? 문화 대혁명이 아니었다면 우린 벌써 뼈다귀까지 남지 않고 죄다 수정주의 노선에 잡아먹혔을 텐데 말이요."

산쟝의 말에 샹난은 마음이 조금 풀렸다. 그녀도 벌써부터 산쟝이 그 정도 일로 그녀를 반혁명으로 몰지는 않을 거라 생각했었다. 샹난은 마음이 풀어지자 기분도 한결 좋아져서 농담 반 진담 반으로 대답했다. "확실히 염라대왕보다 그 밑의 귀신을 만나기가 더 어렵다는 말이 맞네요. 근데 금방 한 말도 다 맞는 건 아니에요. 문예계 검은 노선의 폐해가 크긴 했지만 그렇다고 우리 뼈까지 다 먹어치우진 못했잖아요. 그게 아니면 내가 어떻게 백 근이 넘는 멜대를 짊어질 수 있겠어요?"

돤차오췬이 웃으며 얼른 말을 받았다. "맞아, 뼈만 있으면 살은 걱정 안 해도 돼."

산쟝이 한 술 더 떠서 이렇게 격려했다. "그래요, 샤오샹. 혁명에는 바로 동무 같은 인재가 필요한 거요!"

"내가 무슨 인재 축에나 끼나요? 인재 얘기가 나왔으니 말인데, 건의하고 싶은 게 하나 있어요."

"좋지요! 어서 말해 봐요! 무슨 건의요?" 산챵은 연방 고개를 끄덕였다.

"문인협회 '외양간'에 있는 그 사람들 모두 심사가 다 끝났는데 왜 여태 해방시켜 주지 않는 거예요? 그거야말로 인재 낭비 아닌가요?" 샹난이 속에 담아 두었던 말을 솔직하게 털어놓았다.

산챵과 돤차오췬의 예상대로 되어 가고 있었다. 산챵이 얼른 샹난의 말에 맞장구를 쳤다. "그 말이 맞아요. 우리도 한창 그 문제를 논의하고 있던 참이오. 화챠오 동지도 정책을 확실하게 실시하라고 지시했고."

샹난은 기대에 부풀었다. "정말 잘됐네요! 벌써 5년이에요! 한 사람 일생에서 5년이 짧은 시간은 아니잖아요?"

산챵이 돤차오췬 쪽으로 시선을 돌리며 말했다. "당신이 주임이니까 이 사업을 직접 맡아서 진행해. 단결할 수 있는 사람은 누구든지 단결할 수 있도록 말이야." 돤차오췬이 고개를 끄덕였다. "그러잖아도 그러려던 참이에요." 그녀는 다시 샹난을 바라보며 한 사람 한 사람씩 최근 정황에 대해 물어보았다. 샹난의 말이 끝나자 그녀는 또 걱정스러운 듯 관심을 보이며 말했다. "샹난, 네가 그 사람들한테 관심 갖는 건 좋아. 그런데 말이야, 그것 때문에 계급적 경각심을 늦춰선 안 된다는 거 잊지 마!"

"무슨 뜻이야?" 샹난이 어리둥절한 얼굴로 되물었다.

"그러니까 내 말은, 그 사람들한테서 쓸 만한 점도 봐야겠지만 그 사람들과 우리는 궁극적으로 노선이 다른 사람들이라는 것도 고려해야 한다는 말이야. 같은 쓸모라도 쓰임새는 다른 거니까."

"어떻게 다른데?"

"예를 들어서 위쯔치 같은 사람은 기껏해야 임시방편이지만 넌 무산 계급 문예 혁명의 핵심 역량이 될 수 있다는 거지." 돤차오췬이 딱 부러지게 설명했다.

상난은 자기도 모르게 코를 찡긋거리며 웃어 버렸다. "한 '외양간' 안에서 두 계급, 두 노선을 구분한단 말이야? 난 이해가 안돼. 내가 볼 때 위쯔치는 정치적으로나 예술적으로나 나보다 훨씬 뛰어나거든. 그런 사람이야말로 핵심 역량이지. 나 같은 건 그냥 '외양간 예술' 간부가 제격일걸!"

"또, 또, 불만이로군요! 샤오샹, 불만이 너무 많으면 애간장이 끓을 텐데요!" 산챵이 하하하 웃으며 말을 이었다. "'외양간'에 들어가 보는 것도 나쁘진 않을 것 같군. 문예 종사자한테는 또 다른 생활 체험이 될 테니까! 나도 한번 가서 체험해 보고 싶은걸!"

그런데 뜻밖에 그 말이 상난을 아주 불쾌하게 만들고 말았다. 시 혁명위원회 서기라는 사람이 남의 고통을 농담거리로 삼다니 절대 있을 수 없는 일이었다. 그녀는 산챵한테 '샨 서기께서 그렇게 관심이 있으시면 어디 직접 가서 체험해 보시죠. 무대 위나 무대 아래나 다 한 번씩 서 보시고, 막 뒤나 막 앞이나 두루두루 보시면 도움이 많이 되겠지요' 라고 쏘아 주고 싶은 것을 꾹 참았다. 지금 자기의 신분과 처지를 생각하지 않을 수 없었기 때문이다. 대신 그녀는 국 한 그릇을 후루룩 마신 뒤 곧장 일어서 버렸다. "천천히 드세요. 전 배가 불러서요." 그러자 돤 부인이 그녀를 붙들었다. "안 돼, 밥은 한 술도 안 뜨고, 도대체 왜 그러니?" 이어서 그녀는 딸과 사위를 탓했다. "너희들은 재미난 얘기 좀 하면 안 되냐? 난이가 이 나이 되도록 배우자가 없는데 걱정도 안 되냐 이 말이야." 덕분에 분위기가 좀 풀어졌다. 상난이 다시 자리에 앉자 산챵과 돤차오췬도 얼른 화제를 돌렸다.

"그렇지, 샤오샹. 우리가 좀 알아볼까요?" 산챵이 짐짓 근심스럽다는 표정을 지으며 물었다.

"우리 난이 계집애가 혹시 위쯔치한테 맘 있는 거 아냐?" 퇀차오췬이 농담을 했다.

그러자 샹난이 얼굴을 붉히며 화를 냈다. "무슨 근거로 그런 이상한 걱정을 하니? 누가 소문이라도 퍼뜨리던?"

퇀차오췬이 얼른 고개를 젓고 손까지 내저으며 변명했다. "그냥 농담한 거야. 근거는 무슨!" 확실히 근거는 없었다. 하지만 샹난과 함께 위쯔치에 대해 얘기할 때마다 그녀는 두 사람이 어딘지 비슷하다는 느낌을 받았고 무의식중에 머릿속으로 두 사람을 한데 연결하게 되었다. 물론 그것이 퍽 황당한 일이라는 걸 그녀 자신도 잘 알았다.

샹난도 더는 따지지 않았다. 하지만 더 이상 무슨 할 말도 없었다. 식사가 끝나자 그녀는 2층에 올라가지 않고 바로 돌아가겠다고 고집을 피웠다. 퇀차오췬도 그녀 고집을 당해 낼 수가 없었다. "그럼 잠깐만 기다려! 올라가서 네 가방 갖다 줄게." 조금 뒤 퇀차오췬이 종이 보따리 하나와 샹난의 가방을 가지고 내려왔다. 그녀는 종이 보따리를 샹난의 가방 속에 밀어 넣은 뒤 건넸다. "찻잔 가지고 가. 앞으로 자주 놀러 오고." 샹난은 종이 보따리를 꺼내 돌려주려 했다. "난 이렇게 고급스런 잔은 필요 없어. 너나 놔두고 써." 퇀차오췬이 정색을 했다. "그럼 네가 내 앞에서 깨 버려!" 샹난은 어쩔 수 없이 찻잔을 받아 들었다.

퇀차오췬의 집에서 나온 샹난은 오늘 초대받아 갔던 일에 대해 곰곰 생각해 보았다. 친한 것도 같았다 냉랭한 것도 같았다. 도무지 두서도 잡히지 않고 마음만 심란했다. 지난 몇 년간 친구 사이조차 이해할 수 없고 종잡을 수 없게 변해 버린 것만 같았다.

위쯔치에게 배우자를 소개한 청쓰위안

상난이 차오췬의 집에 초대되어 가던 날 위쯔치와 딸 샤오하이
는 아침 일찍부터 손님 맞을 준비로 분주했다. 청쓰위안과 황단칭
부부가 오기로 했던 것이다.

위쯔치의 집은 그가 격리된 뒤 방 세 개 중에서 남쪽으로 향한 큰
방 하나를 펑원펑 부부에게 내준 상태였다. 두 가구가 하나의 문으
로 출입하고 주방과 화장실을 같이 쓰다 보니 아무래도 불편할 수
밖에 없었다. 일상생활의 불편함은 둘째치고, 가장 큰 문제는 펑원
펑이 '상황 보고'의 전문가라는 점이었다. 그는 달걀에서도 뼈를
골라낼 수 있는 사람이었다. 게다가 위쯔치의 상황이 상황이니 만
큼 더 말할 나위도 없었다. 지난번 휴가 때의 일이었다. 샤오하이의
먼 이모뻘 되는 사람이 빈하이로 출장을 오면서 땅콩 같은 특산물
을 사들고 샤오하이를 보러 집으로 찾아왔다. 위쯔치는 그녀에게
식사 한 끼를 대접했다. (간부 학교로 간 뒤로 위쯔치는 매달 한 번
씩 집으로 돌아올 수 있었다.) 그런데 휴가가 끝나고 간부 학교로
돌아간 그날로 리융리가 위쯔치를 호출했다. 그리고 누구와 '반혁
명 작당'을 했느냐, 무슨 '부적절한 관계'를 맺었느냐며 추궁했다.
강압에 못 이긴 위쯔치는 별수 없이 '상황 보고'를 자세하게 써내
야 했다. 리융리가 어떻게 그 일을 알았을까? 바로 펑원펑이 간부
학교로 가는 차 안에서 다음과 같은 내용이 적힌 쪽지 한 장을 몰래
리융리에게 건네주었던 것이다. "×월 ×일, 정체불명의 여자 하나
가 위쯔치의 집에 왔습니다. 오전 10시에 도착해 오후 4시에 떠났
는데, 이것저것 물건들을 많이 들고 왔습니다. 위쯔치는 저한테 이
여자와의 관계를 말하지 않았지만 보기에 여자의 행동거지가 심히
수상쩍고 위쯔치와의 관계도 애매한 것 같았습니다."

그런 '전문가'와 함께 살자니 위쯔치는 여간 불편한 게 아니었다. 번거로움을 피하려고 그는 부득불 친구들에게 '집안에 불편한 점이 많으니 잠시 방문을 사절함'이라고 알리지 않을 수 없었다. 청쓰위안 부부가 오겠다고 했을 때에도 위쯔치는 애서 거절했지만 청쓰위안은 막무가내였다. "단칭이 몇 번이나 꼭 오겠다고 말했다니까. 단칭 성격은 자네도 잘 알잖아. 반평생을 같이 살면서 내가 언제 그 사람 이기는 것 봤나? 그건 그 사람이 무서워서가 아니라 어디까지나 내가 양보하는 거야. 정말로 당해 낼 수가 없다니까!" 위쯔치는 이런 청쓰위안 부부의 성의를 봐서라도 응낙하지 않을 수가 없었다.

어젯밤 집에 돌아온 위쯔치가 이 사실을 샤오하이에게 말해 주자 샤오하이는 팔짝거리며 좋아했다. 집에 변고가 생기고부터는 찾아오는 사람의 발길이 뚝 끊겼던 것이다. 심지어 밥 짓는 연기마저 종적을 감춘 지 오래였다. 샤오하이는 날마다 식당에서 밥을 사 먹거나 그것마저 내키지 않으면 차가운 만두 두 개로 끼니를 때웠다. 그래도 아버지가 간부 학교로 간 뒤로는 한 달에 4, 5일 정도는 함께 밥을 지어 먹을 수 있었다. 샤오하이한테는 그날이 명절이나 다름없었다. 그런데 게다가 손님까지 찾아온다니 얼마나 좋을까! 만약 내일 청 아저씨와 황 아줌마가 오기만 한다면 그게 바로 설날이지 뭔가! 그래서 샤오하이는 아버지한테 그 이야기를 듣자마자 너무 기쁜 나머지 지쉐화 선생님한테 쪼르르 달려가 자랑을 했다. "선생님, 내일 저희 집에 손님이 오신대요!" "잘됐구나!" 샤오하이가 문득 생각난 듯이 물었다. "내일 펑 아저씨도 집에 계시나요?" 지쉐화의 얼굴이 홍당무처럼 빨개졌다. 그녀는 곧 웃으면서 샤오하이의 귀에 대고 이렇게 속삭였다. "내일 나와 펑 아저씨는 하루 종일 집에 없을 거야. 내일 손님께 무슨 음식을 대접할지 가서 아빠와 함께 의논해 보렴!" 샤오하이는 그 길로 아버지한테 가서 선생님의 말을 전했다. 그제야 위쯔치도 한시름을 놓았다. 부녀는 이제 마음 놓고 손님에게 무엇을 대접할지 의논하기 시작했다. 하지만 좀처럼 결정을 내릴 수 없었다. 결국에는 아버지가 이렇게 말했다. "물만두를 하자. 물만두를 빚으면 밥대신 먹을 수도 있고 반찬으로 먹을 수도 있잖아. 또 맛도 있지, 일도 줄일 수 있지, 지방색과 고향 맛도 살릴 수 있잖아." 사실은 그가 할 줄 아는 요리라곤 물만두밖에 없었던 것이다. 그것도 옛날 부대에서 배운 솜씨였다. 샤오하이가 잠시 생각해 보더니 고개를 끄덕이며 물었다. "청 아저씨가 술을 마시겠다고 하면 어떻게 해요? 물만두로 안주도 할 수 있어요?" 아버지가 다시 보충 의견을 냈다. "술을 마시겠다고 하면 달걀 볶음 한 접시하고 땅콩 튀김한 접시를 내지, 뭐." "맞아요, 그리고 국도 하나 끓여요. 아빠는 국을 잘 끓이시잖아요." 위쯔치가 웃었다. "청 아저씨는 국을 좋아하시지 않는단다." 이렇게 해서 부녀의 의논이 끝났다.

다음날 아침, 부녀는 일찌감치 일어나 시장에 가서 돼지고기, 채소, 밀가루를 사 왔다. 그리고 딸이 만두소를 만들고 아버지가 밀가루를 반죽한 다음 만두는 함께 빚기로 역할 분담을 했다. 각자 할 일이 결정되자 나머지 일은 빠르게 진행되었다. 샤오하이와 아버지가 자기 임무를 모두 마치고 함께 만두를 막 빚으려고 하는데 청쓰위안 부부가 문을 두드렸다.

찾아온 사람은 뜻밖에 세 명이었다. 청쓰위안 부부 말고 마흔쯤 되어 보이는 여자 동지가 하나 더 있었다. 위쯔치가 당황스러워하자 청쓰위안이 얼른 그 여자 동지를 소개했다. "쯔치, 이리 와 인사해. 이분은 의사 장(張) 선생님일세." 위쯔치가 황급히 장 의사와 악수를 나누며 자기소개를 했다. "위쯔치라고 합니다. 어서 오십시오." 하지만 이 사람이 왜 왔는지 영문을 알 수가 없었다. 손님들이 안으로 들어와 자리에 앉자 황단칭이 다시 설명을 덧붙였다. "쯔치, 내가 당신 대신 의사 선생님을 모시고 왔어. 장 선생님은 심장병 전문가고, 늘 내 병을 돌봐 주시거든. 당신도 심장이 좋지 않은 것 같기에 내가 한번 봐 주십사 하고 모셔 왔지." 이 설명을 듣자 위쯔치는 더욱 영문을 알 수가 없었다. 그는 소처럼 건강한데 느닷없이 심장병이라니? 그는 의아해하며 청쓰위안을 쳐다보았지만, 청쓰위안은 보기 드물게 환한 얼굴로 잠자코 앉아 있기만 했다. 별수 없이 위쯔치는 대충 얼버무리고 말았다. "감사합니다! 먼저 차부터 드십시오!"

"내 진작부터 한번 들리려고 했는데 쓰위안이 자꾸 말리지 뭐야." 황단칭이 찻잔을 들면서 먼저 이야기를 시작했는데, 그 목소리가 상당히 컸다. 그러자 청쓰위안이 황급히 일어나 남쪽 방을 가리키며 위쯔치에게 속삭이듯 물었다. "있어?" 위쯔치가 밝게 웃었다. "마침 오늘 부부가 함께 친정집에 갔어. 밤에나 돌아온다더군." 청쓰위안은 그래도 목소리를 죽여 가며 말했다. "설마 어디 숨어서 몰래 지켜보고 있는 건 아니겠지?" "그럴 리 없어. 지쒜화 선생이 분명히 그렇게 말했다니까. 지 선생은 정직한 사람이거든." 황단칭은 두 사람이 평원펑을 두고 하는 말임을 알아차렸다. 청쓰위안이 몇 번이나 여기 오지 못하게 말린 것도 사실은 다 평원펑 때문이었다. 그녀는 청쓰위안이 지나치게 소심하게 구는 것을 보자 슬며시 화가 났다. 그래서 아예 문 입구로 가서는 보란 듯이 평원펑네 방을 향해 소리를 지르다시피 말을 했다. "뭐가 무서워서 그래? 밥 먹고 할 일 없으니 공연히 생사람 트집이나 잡는 모양인데 맘대로 해 보라고 해! 당신들 남정네들은 아직도 머리채 잡히는 게 그렇게 무서워? 나 봐! 아예 머리를 길게 길러서 두 갈래로 땋았잖아. 누구 잡아 볼 테면 한번 잡아 보라고 말이야!"
청쓰위안은 정말 못 말린다는 듯이 위쯔치를 향해 어깨를 으쓱해
보였다. 하지만 위쯔치는 청쓰위안의 눈빛에서 그가 그런 아내의
성미를 즐긴다는 걸 느낄 수 있었다. 문득 아내를 무서워하는 게
아니라 양보하는 것뿐이라던 청쓰위안의 말이 생각나서 빈정거리
는 웃음을 웃고 말았다. 물론 악의가 있는 것은 아니었다.

    겨우 차 두 모금을 마셨을 뿐인데도 황단칭은 가만히 앉아 있질
못했다. 그녀는 식탁 위에 널려 있는 밀가루 반죽과 만두소를 보
더니 자기가 가져온 커다란 버들바구니를 내놓으며 청쓰위안을
나무랐다. "당신도 참, 밥 준비할 필요 없다고 왜 미리 얘기 안 했
어. 이것 봐, 내가 다 가져왔는데 말이야." 그녀는 요술을 부리듯
이 바구니에서 자기가 만들어 온 음식을 이것저것 꺼내 식탁 위에
올려놓았다. 그리고 마지막으로 압력밥솥을 꺼냈다. "이건 밥 지
으려고 가져온 건데 필요 없게 됐네. 뭐, 좋아요. 자, 그럼 만두를
빚어 보자고. 그 임무는 우리 여자들이 완성하겠습니다요. 자, 장
선생, 샤오하이, 시작하자!"

    샤오하이가 즐겁게 얼른 대답하고는 식탁 옆에 와서 앉았다.
"아줌마, 아줌마가 음식을 장만해 오셨으니 우리 달걀 볶음이랑
땅콩 튀김은 할 필요가 없겠네요." 그러자 위쯔치가 웃으며 딸에
게 핀잔을 주었다. "이런 자린고비 같으니라고!"

    "빨리 와요, 장 선생!" 벌써 만두피를 만들기 시작한 황단칭이
여전히 꼼짝 않고 앉아 있는 장 선생을 재촉했다.

    장 선생은 원래 숫기가 없기도 했지만 낯선 곳이라 더욱 어색했
다. 그녀가 여기 온 것은 황단칭한테 위쯔치의 불우한 처지와 '병
세'에 대해 듣고 안쓰러운 마음이 생겼기 때문이다. 그녀는 위쯔치
같은 신분의 사람들은 공비(公費) 의료증에 '잡귀'라는 도장이 찍

혀 있어 제대로 된 진료나 치료를 받기 어렵다는 것을 알고 있었다. 그래서 환자의 병만 봐 주고 바로 돌아가려 했던 것인데 생각지도 않게 먼저 식사를 하자고 하더니 이젠 만두까지 손수 빚으라고 하니 참으로 난감했다. 그녀와 친한 사람들은 다 아는 사실이지만, 그녀는 환자들 앞에서는 무척 대범하고 위엄 있었지만 일단 병실과 환자를 떠나고 나면 또 그녀처럼 숫기 없고 조심스런 사람도 드물었다. 그래서 방금 황단칭의 '명령'을 받고도 복종하지 않고 멈칫거리던 그녀는 얼굴을 붉히며 일어나더니 황단칭을 한쪽으로 끌어당기며 속삭였다. "먼저 제가 위쯔치 동지를 진료하게 해 주세요. 진료가 끝나면 전 바로 돌아갈 테니 두 분만 남아서 함께 식사하시면 안 될까요?" 그러자 황단칭은 그녀를 도로 방 가운데로 끌어당기며 큰 소리로 말했다. "오늘 장 선생 쉬는 날인데 특별히 왕진 나온 거니까 왕진비는 받아야지. 물만두 한 끼면 싸게 해 주는 거지, 암! 만두 먼저 해 먹고 진료해도 늦지 않아요, 장 선생!" 그제야 위쯔치는 황단칭의 꿍꿍이를 알아차렸지만 그녀가 장 선생을 저렇게 만류하는데 주인된 처지에서 그냥 있기도 무색해서 한마디 거들었다. "장 선생님, 그렇게 사양하실 거 없어요. 우리 모두 친한 친구들이라 허물없이 지내거든요. 만두 빚을 줄 모르시면 그냥 저희랑 함께 앉아서 이야기나 나누세요. 단칭한테 빚으라고 놔두시고요." 그러자 황단칭이 웃으며 말했다. "좋았어! 주인장의 성의를 저버릴 수 없으니 장 선생은 거기 앉아 있어요. 이 몸이 나서서 두 사람 몫을 합지요!" 샤오하이가 그 말을 흉내 냈다. "이 몸이 나서서 세 사람 몫을 합지요! 장 아주머니는 그냥 가만히 계세요." 이렇게 되자 더욱 민망해진 장 선생은 별수 없이 손을 씻고 여자들 진영에 합류했다. 위쯔치와 청쓰위안은 한쪽에서 편안히 한담을 나누었다.

이윽고 만두를 다 빚고 황단칭이 만두 끓일 물을 올리러 밖으로 나가자 청쓰위안이 얼른 위쯔치에게 눈짓을 했다. "집에 술 있나? 요즘 속은 갈수록 더 답답해지는데, 단칭은 갈수록 더 엄해져서 말이지……." 위쯔치는 하마터면 큰 소리로 웃을 뻔했다. 그 점잖은 공자님께서 갑자기 이리 불쌍하게 나오니 우습지 않을 수가 없었다. 웃음을 꾹 눌러 참으며 얼른 고개를 끄덕인 위쯔치는 안쪽 방으로 들어가 술 한 병과 술잔 두 개를 찾아왔다. 그리고 술잔 가득 술을 따른 뒤 하나를 높이 치켜들었다. "자, 한잔 하세. 옛 말씀에 술을 빌려 근심을 덜면 근심이 배가 된다고 했지만, 오늘은 눈앞에 놓인 근심부터 털어 보세나!" 청쓰위안이 한 모금 쭉 들이켰다. "눈앞에 놓인 근심을 무슨 수로 털어 버린단 말인가. 쯔치, 이런 생활이 앞으로 얼마나 더 계속될지 생각해 봤나?" 위쯔치가 그 말에 대답하려는 찰나에 황단칭이 쏜살같이 달려와 청쓰위안의 술잔을 뺏어 버렸다. "마시지 말랬지!" 청쓰위안이 애원했다. "딱한 잔만! 속이 답답해서 그래!" "답답하니까 마시면 안 된다는 거야. 홧술 마시면 몸 상한다고. 우리 나이의 사람들은 말이야, 다른 사람들한테는 우습게 보일지 몰라도 그럴수록 자신을 더 소중히 여겨야 해요. 다른 사람들은 우리가 어서어서 죽어 버리기를 원해도 그럴수록 악착같이 몇 년이라도 더 살아야 한단 말이야." 이렇게 말하는 황단칭의 태도가 얼마나 진지하고 심각한지 청쓰위안과 위쯔치는 둘 다 순순히 술잔을 내려놓고 말았다. "알았어, 안 마실게." 황단칭이 웃으면서 술잔을 치웠다. "당신들, 나는 뭐 답답하지 않은 줄 알아요? 나도 기분 좋아지는 약을 먹은 건 아냐. 우린 공산당원이지 당나라 왕 이후주(李侯主)가 아니란 말이야. 당과 나라가 이 꼴이 됐는데도 '꿈결에 이 몸이 객이 된 줄도 모르고 즐거움만 탐하도다', 이러고 있어야 되겠어? 그렇다고 날이면 날마다 울상 짓고 있는 것도 방법은 아니지만." 그녀의 이 말은 한층 더 감상적이었다. 위쯔치는 얼른 술잔을 받아 들고 "그런 말은 그만하고 물만두나 먹읍시다!"라고 말한 뒤 술병과 술잔을 도로 안쪽 방에 갖다 두었다.

물만두에 갖가지 음식까지, 맛은 또 얼마나 좋은지! 샤오하이는 몇 년 동안 이처럼 신나게 무얼 먹어 본 적이 없었던 것 같았다. 샤오하이는 혼자 끊임없이 재잘거렸다. 샤오하이는 황 아줌마가 해 온 음식마다 모두 맛있다면서 아버지한테 몇 번이나 이렇게 말했다. "다음에 우리도 이거 해 먹어요." 아버지도 그때마다 고개를 끄덕이며 그러자고 대답했다. 식사가 끝나자 신이 난 샤오하이는 혼자 식탁을 정리하고 말끔하게 설거지까지 마쳤다. 마침 그때 룽룽이 와서 샤오하이를 데리고 나갔다.

샤오하이가 나가자 장 선생은 바로 청진기를 꺼내 들고 의사 특유의 명령조로 위쯔치에게 말했다. "위쯔치 동지, 이쪽으로 와 앉으세요! 단추 푸시고요!" 그 말에 긴장한 위쯔치가 구원을 요청하듯 황단칭을 쳐다보았다. 그러자 황단칭이 느긋하게 걸어가 장 선생의 청진기를 뺏어 들었다. "장 선생! 급할 것 없잖아! 쯔치가 오늘은 너무 흥분한 데다 금방 술까지 한잔 했으니 검사해도 소용없을 거야. 그냥 얘기나 하다가 다음에 다시 와서 진찰해요." 잠시 멍하던 장 의사가 뭔가 눈치 챘는지 하얗던 얼굴에 갑자기 홍조가 돌았다. 그녀는 부리나케 청진기를 챙겨 넣고 일어섰다. "집에 일이 좀 있어 그만 가 봐야겠어요." 위쯔치가 일어나며 그녀를 만류했다. "좀 더 있다 가시죠! 오늘 쉬는 날이라면서요!" 그래도 장 의사는 돌아가겠다고 고집을 피웠다. 황단칭도 별수 없이 위쯔치와 청쓰위안에게 말했다. "앉아들 있어요. 장 선생 바래다주고 올테니." 위쯔치가 얼른 나섰다. "같이 배웅하지!" 황단칭이 그를 밀어냈다. "앉아 있으라면 앉아 있어요!" 위쯔치도 하는 수 없이 그

낭 방으로 돌아와 앉았다.

황단칭과 장 의사의 발소리가 멀어지자 위쯔치가 고개를 절레 절레 흔들며 웃었다. "쓰위안, 이번엔 자네도 '명실상부(名實相 符)'*하지 못했어. 생각이 짧았단 말일세. 지금 같은 상황에서 내 가 그런 일을 할 수 있을 것 같나?"

청쓰위안이 손가락으로 안경을 추켜올렸다. "이 일은 단칭이 주 모자고 난 그저 옆에서 따랐을 뿐이네. 단칭은 자네가 샤오하이와 이렇게 고생스럽게 사는 걸 너무 안쓰러워한다네. 장 선생 말이야, 아버지도 한의사고, 결혼은 한 번 했었어. 남편도 의사였는데 몇 년 전에 병으로 죽었다더군. 사람이 얼마나 후덕한지, 말 그대로 현모양처형이지. 단칭이 장 선생을 잘 아니까 자네한테 딱 어울린 다고 생각한 모양이야. 어때, 고려해 볼 만하지? 아무 말 말고 일 단 얼마간 만나 보다가 괜찮다 싶으면 그때 결혼하면 되잖나."

위쯔치는 아무 말도 하지 않았다. 청쓰위안도 그 이상 재촉하지 는 않았다. 위쯔치는 커다란 두 손으로 얼굴을 한번 쓱 문지르더 니 멍하니 창밖을 내다보았다. 청쓰위안은 두 손가락으로 이미 잘 걸려 있는 안경테만 연방 위로 추켜올렸다. 이렇게 그들은 황단칭 이 실실 웃으며 다시 돌아올 때까지 침묵을 지키고 있었다. 청쓰 위안은 아내가 온 것을 보자 구원병이라도 만난 듯이 숨을 돌리며 물었다. "어떻게 됐어?" "성공! 내가 장 선생한테 슬쩍 운을 띄웠 더니 장 선생도 위쯔치랑 더 만나 보겠다고 하더라니까. 쯔치, 내 가 내일 영화표 두 장 구해다 줄 테니 같이 보러 가, 괜찮지?"

위쯔치는 이 부부의 정성과 우정이 퍽 고마웠다. 하지만 더 생 각하고 자시고 할 것도 없이 그럴 수는 없었다. 그는 두 사람한테 그걸 어떻게 설명해야 할지 난감했다. 그래서 잠자코 있었더니 황 단칭이 남편한테 이상하다는 듯 물었다. "당신 쯔치한테 말 안 한 거야?" 청쓰위안은 또 안경테를 올리며 얼른 대답했다. "말했어! 쯔치가 어떻게 생각하는지 몰라서 그렇지." 황단칭은 그제야 위 쯔치를 돌아보았다. "어때, 더 생각해 봐야 하는 거야?"

"아니, 생각할 필요도 없어. 난 지금은 그런 일을 거론하고 싶지 않아." 위쯔치는 하는 수 없이 솔직하게 자기 생각을 말했다. 그리 고 황단칭이 동의할 수 없다는 눈빛으로 쳐다보자 다시 한마디 덧 붙였다. "아직 '해방'도 안 됐는데 '잡귀'가 무슨 연애를 해?"

"잡귀는 무슨! 집어치우라고 해! 잡귀도 밥 먹고 살아야 하고 결혼하고 애도 낳아야지. 쯔치, 나도 이제까지 남의 일에 나서 본 적 없다고. 그래도 당신네 두 부녀가 지금처럼 살아가는 꼴은 차 마 더 못 보겠단 말이야. 당신은 정신적으로 기댈 데가 필요하고 샤오하이는 엄마의 사랑과 보살핌이 필요해. 쯔치, 우린 모두 전 쟁의 세월을 견뎌 낸 사람들이야. 그때 우리 앞에 놓인 시련은 생 사의 문제였고, 그런 시련을 이겨 내는 데 필요한 건 용기였지. 하 지만 지금은 달라. 지금 우리 앞에 놓인 시련은 한도 끝도 없는 정 신적 학대라고. 그런 싸움에서 필요한 건 바로 강인함과 의지력이 야. 이럴 때 정신적으로 기댈 데가 있다는 게 얼마나 중요한지 몰 라? 옛 전우인 우리가 당신한테 신경을 쓰지 않는다면 당신한테 도 미안하거니와 죽은 루메이한테도 미안해서 안 돼."

황단칭은 벌써 눈물이 그렁그렁했다. 청쓰위안도 손수건을 꺼 내 눈물을 훔쳤다. 감격한 듯 일어났던 위쯔치도 도로 자리에 앉 더니 뜨거워진 눈시울로 두 전우를 쳐다보았다. "나도 알아! 하지 만 그럴 수는 없어. 두 사람이 나 좀 이해해 줘."

"왜? 마음에 안 들어? 장 선생 좋은 사람이야! 머리도 좋고 마 음씨도 착하고."

"나도 왜 그런지 잘 모르겠어, 단칭. 그저 마음속에 벌써……."

위쯔치는 미안한 듯 황단칭을 바라보며 자기 마음을 설명하려면 어떻게 말해야 할까 생각해 보았으나 마땅한 말이 떠오르지 않았다.

"마음속에 벌써 다른 사람이 생긴 거야, 응?" 황단칭이 다급하게 물었다.

"단칭!" 청쓰위안이 아내를 부르며 말을 막았다. 그러잖아도 그녀가 그 얘기를 꺼낼까 봐 걱정하던 참이었다. 그는 애초에 아내가 꾸민 이번 일에 동의하지 않았다. 지금은 때가 아닌 듯해서였다. 하지만 사실 최근 그는 위쯔치가 감정적으로 흔들리고 있다는 걸 눈치 챘다. 그리고 그 흔들림의 근원이 누구인지도 막연히 짐작은 했다. 하지만 아직 확실한 건 아니었으므로 쯔치에게도 또 아내에게도 입 밖에 꺼내지는 않았다. 하지만 그는 걱정이 되었다. 그는 쯔치가 그런 감정적 흔들림에서 벗어나길 바랐다. 그가 결국 아내의 계획에 동의하고 만 것도 외부의 힘을 통해 위쯔치 마음속에 자리한 그 그림자를 쫓아 버릴 수 있지 않을까 하는 생각 때문이었다. 최근 그는 위쯔치와 대화를 나눌 때 최대한 그 사람 얘기는 꺼내지 않으려고 조심했다. 그런데 지금 황단칭이 끝내 위쯔치로 하여금 그 그림자를 떠오르게 만들어 버렸다! 그는 아내의 가벼운 입이 못내 원망스러웠다.

하지만 위쯔치는 황단칭을 조금도 탓하지 않았다. 황단칭의 솔직함 때문에 위쯔치는 오히려 속내를 터놓기로 결심할 수 있었다. 두 사람 같은 오랜 친구 앞에서 숨겨야 할 이유도 없었다. 그래서 그는 솔직하게 인정해 버렸다. "그런 것 같아. 하지만 나도 진지하게 생각해 본 적은 없네."

"누군데? 어디 사람이야? 뭐 하는 사람인데? 나이는? 성격은 좋아? 사상은 어때? 결정한 거야? 근데 쓰위안도 몰랐던 거야?" 황단칭이 초승달같이 가느다란 눈썹을 올리며 숨이 차도록 많은 질문을 단숨에 토해 내자 청쓰위안이 다시 그녀를 제지했다. "물을 필요 없다니까, 단칭!"

"어떻게 된 거야?" 황단칭이 의아해했다.

그러나 청쓰위안은 대답도 하지 않고 근심에 찬 눈을 크게 뜨고 위쯔치를 쳐다보았다. "쯔치, 잘 생각하고 결정해야 해! 지금은 비상 시기야. 사는 게 얼마나 복잡한지, 우리처럼 온갖 풍상을 다 겪은 사람들도 대응하기 힘든 세상에 그녀는 그렇게 젊고 또 그렇게 어리잖아. 자네가 말을 하지 않으니 나도 가만히 있었네만 이왕 자네가 얘기를 꺼냈으니 나도 솔직하게 말함세. 난 반대야. 왜 그런지 그 이유는 자네가 한번 잘 생각해 보게."

"쓰위안, 그 얘긴 그만하세! 나도 아직 깊이 생각해 보지 않았어."

"지금은 모든 걸 정치적으로 고려해야 해. 감정적으로 처리해서는 안 된단 말일세." 청쓰위안의 말은 엄하고도 고집스러웠다. 말할 때 그는 오른손 집게손가락과 엄지로 오른쪽 안경테를 꼭 잡은 채 두 눈을 똑바로 위쯔치 얼굴에 고정시켰는데, 그 때문에 그의 말에 더 힘이 실리는 듯했다. 위쯔치는 그의 눈을 피하면서 탄식을 했다. "나도 알아, 쓰위안, 안다고. 몇십 년 동안 혁명을 해 왔지만 지금처럼 모든 걸 정치적으로만 고려해야 했던 적은 없었어. 하지만 정치가 감정을 대신할 수는 없잖나!"

그제야 그들이 무슨 말을 하는지 어렴풋이 알아챈 황단칭은 역시 직설적으로 말했다. "쯔치, 난 당신 말에 동의해. 무슨 문제든 정치와 연결하는 건 마르크스 레닌주의의 재난이야. 우리 당과 국가의 재난이기도 하고. 그것 때문에 진정한 혁명 정치가 오히려 가려지고 점점 거세당하는 거야."

"단칭!" 청쓰위안이 그녀를 불렀다.

"왜, 내 말이 틀렸어? 정치는 모든 걸 통솔한다지만 그 '모든 것'에는 분명히 경계를 지어야 한다고. 세상에 우주 말고 경계 없는 사물은 아마 없을걸? 우리가 그림 그릴 때 갖가지 색깔의 경계를 드러내지 않는다면 온통 혼돈천지가 되고 말 거야!" 위쯔치가 아무 말 없자 황단칭은 다시 위쯔치를 쳐다보았다. "쯔치, 사랑한다면 행동으로 옮겨. 쓰위안처럼 그러지 말고. 저이는 늘 생각만 죽어라 하고 행동으로는 옮기지 못하잖아." 그렇게 말하던 황단칭은 자기가 먼저 웃어 버렸다. 자기와 청쓰위안의 옛날 일이 떠올랐던 것이다. 청쓰위안과 위쯔치도 거기에 생각이 미치자 자기도 모르게 따라 웃었다. 하지만 청쓰위안은 금방 웃음을 거두어 버렸다. 그리고 여전히 고집스럽게 말했다. "그래도 난 반대네!"

청쓰위안 부부가 자기 때문에 논쟁하는 걸 보고 위쯔치는 빙그레 웃었다. "그 일은 접어 두자고. 어쨌든 지금은 그럴 상황도 안 되잖아. 쓰위안 자네도 걱정할 것 없어. 나도 내 감정을 쉽게 내비치지는 않을 테니까. 나도 나지만 그녀를 위해서라도 그렇게 해야지. 그녀는 아직 젊잖아." 그 말에 청쓰위안이 고개를 주억거렸다. "그래, 그래야지."

얼마 뒤 더 이상 할 말이 없는 듯하자 황단칭이 남편을 잡아끌었다. "우리도 가야지!" 황단칭이 일어나 자기가 가져온 그릇이며 항아리들을 커다란 바구니 속에 주워 담기 시작했다. 벌써 시간도 제법 되었고 또 펑원펑이 언제 돌아올지 몰라 위쯔치도 더는 잡지 않았다.

대문을 나서던 세 사람은 공교롭게도 마침 집으로 돌아오던 펑원펑, 지쉐화 부부와 맞닥뜨리고 말았다. 펑원펑은 이제껏 '한쪽으로 밀려난 사람들'에게는 인사를 건네는 법이 없었다. 지금도 그는 위쯔치와 청쓰위안을 보고도 그냥 쳐다만 보았다. 반면 지쉐화는 상냥하게 위쯔치에게 인사를 했다. "위쯔치 동지, 손님이 다녀가시나 봐요?" 위쯔치가 미소 지으며 고개를 끄덕였다. 그 상황에서 그 남자가 펑원펑이라는 걸 눈치챈 황단칭이 펑원펑 앞을 가로막고 섰다. "난 황단칭이라고 해요. 중국 화원의 화가죠. 동무가 속한 문인협회에도 당 조직원으로 이름이 걸려 있어요. 오늘은 특별히 위쯔치 동지를 만나러 온 건데, 혹시 관심 있으면 내 대신 그쪽 상부에 보고 좀 해 줘요." 말을 마친 그녀는 보란 듯이 씩 웃으며 청쓰위안과 위쯔치의 팔짱을 끼더니 뒤도 돌아보지 않고 걸어갔다. 청쓰위안이 아내를 나무랐다. "왜 그래? 쓸데없이 일을 만들기는. 나이가 쉰도 넘은 사람이 어째 하는 짓은 꼭 그리 어린애 같을까."

"사람은 늙었어도 심장은 아직 뛰거든. 느낌이 있는데 내보내지 못하면 가슴 터져 죽으라고?" 황단칭은 이렇게 말하고는 잠시 뜸을 들이다 말을 이었다. "내 보기엔 말이야, 아까 그 젊은 남자, 완전 구제 불능은 아닌 것 같아."

"그건 또 난데없이 무슨 말이야?"

"내 말을 들으면서 얼굴이 빨개졌다는 건 아직 '수치심'이 있다는 거 아니겠어?" 황단칭이 자신 있게 말했다.

그 모습을 보고 청쓰위안은 쓴웃음을 지으며 고개를 흔들었다. "또, 또! 그 억지 관상 얘기! 화가 동지, 우리 인생에 비해 당신네 그 팔레트는 너무 단순해. 소설가들을 좀 봐. 특히 스탕달이나 루쉰 같은 소설가 말이야. 그들은 열정과 냉정함을 함께 지니고 있어서 사람의 얼굴과 마음을 다 잘 알지. 그런데 당신네 화가들은 얼굴만 알고 마음은 몰라. 얼굴빛이 붉은 사람이 반드시 충성스럽고 용맹한 건 아니고, 또 얼굴빛이 하얀 사람이 반드시 간사하고 교활한 건 아니라는 걸 알아야 해. 얼굴이 빨개지는 이유는 아주 다양하다고. 흥분했거나, 감정이 북받쳤거나, 분노했거나, 수치스럽거나, 원한에 사무치거나, 잔인해질 때, 또 아파서 열이 날 때…… 등등. 사람의 감정 표현 방식도 저마다 다양하지. 마음에 있어서 겉으로 드러내는 경우, 마음에는 있지만 겉으로는 드러내지 않는 경우, 겉으로는 나타내지만 마음에는 없는 경우, 이런 것들을 화가들이 어떻게 다 그려 내겠어?"

남편의 장황한 설교에 황단칭은 웃고 말았다. 그녀가 위쯔치의 소매를 잡아당겼다. "쯔치, 쓰위안이 우리 화가들을 한 푼 값어치도 없는 사람들처럼 말하네. 우리 팔레트가 단순하다나. 그럼 당신네 시인들은 팔레트 없이도 각양각색의 마음을 모두 그려 낼 수 있단 얘긴가?"

위쯔치는 잠시 생각하다 이렇게 대답했다. "우리가 팔레트를 쓰지 않는다고 누가 그래? 단지 우리 팔레트는 손에 드는 게 아니라 마음속에 있지. 우리는 삶 속의 온갖 색을 눈으로 흡수하고 영혼 속에서 갈고 닦아 다시 그려 내는 거야. 하지만 인생에 비교하면 우리 팔레트도 단순하긴 마찬가지야. 인생이란 눈으로만 볼 수도 없고 또 한쪽 각도에서만 볼 수도 없는 거니까. 시인이든 화가든, 예술가들은 다 가슴을 활짝 열고 깊이 느끼고 호흡해야 해. 많이 흡수할수록 좋지. 바로 마오 주석께서 말한 것처럼 모든 사람, 모든 계급을 관찰해야 한다 이 말이야……"

"당신은 '3돌출(三突出)'*을 잊은 것 같은데!" 황단칭이 위쯔치의 말을 가로챘다. "아무리 많이 관찰해도 '3돌출'이라는 형광 스크린에 갖다 대면 한 가지 색깔, 한 가지 색조밖에 남지 않는다고."

청쓰위안이 그 말을 받았다. "내가 화가라면 말야, 어떤 사람들의 심장을 '돌출'시키겠어. 다른 건 아무것도 그리지 않고 그냥 피를 줄줄 흘리는 심장 하나만 딱 그리는 거야. 그리고 심장의 각 부위에다 야심, 욕심, 허영심, 양심 등등 각종 마음을 표시하는 형태와 색깔을 부여하는 거지."

황단칭이 청쓰위안을 쿡쿡 찌르며 하하 웃었다. "그럼 당신은 중국 모더니즘 유파의 대가가 될 테니 평생 '해방' 될 일 없겠네!"

위쯔치가 목소리를 낮추어 말했다. "사실 사람들의 사상이나 감정을 그려 낼 수만 있다면 모더니즘 수법 좀 쓰면 어때?"

황단칭이 즐거운 듯 손뼉을 치더니 역시 목소리를 낮추어 말했다. "난 당신한테 배우자를 소개하는 일보다도 그 말에 더 귀가 솔깃해지는걸!" 그러는 동안 전차가 정류장에 들어섰다. 그녀가 청쓰위안과 함께 전차에 껑충 올라타 손을 흔들며 "안녕!"이라고 외쳤다. 곧 전차가 움직이기 시작했다.

위쯔치는 멀어져 가는 전차를 지켜보았다. 그들 노부부는 오늘 그에게 한층 강한 인상을 심어 주었다. 그것이 그로 하여금 류루메이를 생각나게 하더니 동시에 머릿속에 또 한 여자의 모습을 떠오르게 했다. 그는 갑자기 쓸쓸해졌다. 전차가 저만치 사라지자 그는 느릿느릿 집으로 돌아갔다. 집에 도착한 위쯔치는 열쇠로 문을 열었으나 웬일인지 아무리 해도 문이 열리지 않았다. 아무래도 안쪽의 안전 장치가 잠긴 모양이었다. 그는 어쩔 수 없이 문을 두드렸다. 한참을 두드리자 지쉐화가 나와 문을 열어 주었다. 위쯔치가 무척 미안해하며 말했다. "방해해서 미안해요. 안전 장치가 어쩌다 잠겼나 봅니다." 지쉐화의 얼굴이 빨개졌다. "펑원펑이 아무 생각 없이 그냥 걸었나 봐요. 죄송합니다." 지쉐화는 곧장 빠른 걸음으로 방으로 들어가 버렸다. 위쯔치가 시골에서 돌아와 벗어 둔 옷을 빨아 볼까 하고 욕실로 들어가려는데 펑원펑의 방에서 우당탕 깨지는 소리가 들렸다. 무슨 일이지? 부부 싸움을 하는 건가? 하지만 그는 자기에게는 지금 '혁명 군중'의 집안일에 관여할 권리가 없으며 '검은 손'을 적극 분자 집 안에 들이밀었다가는 나중에 변명하기도 힘들다는 것을 잘 알았다. 그래서 얼른 옷을 내려놓고는 자기 방으로 돌아가 문을 꼭 닫고 샤오하이가 돌아오기를 기다렸다.

펑원펑과 지쉐화

평원펑과 지쉐화의 방에서는 무슨 일이 벌어지고 있는 걸까?

부부는 과연 싸우고 있었다.

황단칭한테 망신을 당한 평원펑은 뱃속 가득 화가 치밀었다. 씩씩거리며 올라간 그는 문을 쾅 닫고 안전 장치를 걸어 버렸다. 그게 위쯔치 부녀를 집에 들어오지 못하게 하려는 속셈이었는지 무의식적인 행동이었는지는 자기도 정확히 알지 못했다. 뱃속의 화가 그렇게 하도록 만들었던 것이다. 그걸 보지 못한 지쉐화는 위쯔치가 문을 두드리자 "위 동지가 열쇠를 안 가져간 모양이네?"라며 얼른 문을 열어 주러 나가려고 했다. 그런데 평원펑이 그녀를 도로 잡아 앉혔다. "내버려 둬. 열쇠 가지고 나갔겠지." "열쇠가 있는데 왜 문을 열어 달라고 두드리겠어요?" 평원펑은 아무 말도 하지 않았지만 지쉐화는 그의 눈이 섬뜩하게 빛나는 것을 보았다. 위쯔치가 계속 문을 두드리는데도 그는 코웃음을 쳤다. "흥! 주자파 놈! 아직 '해방'도 안 된 주제에 거들먹거리기는. 누가 열어 줄 줄 알고?" 그 순간 평원펑의 속셈을 알아차린 지쉐화는 기가 막혀 그를 노려보고는 얼른 달려나가 문을 열어 주었다. 다시 방으로 돌아온 그녀는 화도 나고 창피하기도 하여 따져 물었다. "당신 참 웃기네요! 어쩜 그런 짓을 할 수가 있어요?" 평원펑이 그녀를 쏘아보았다. "주자파만 혁명 군중한테 보복할 수 있고, 혁명 군중은 주자파한테 그 정도 벌도 못 준단 말야? 흥! 그걸로 끝낼 줄 알아? 오늘 일은 내가 노동자 선전대에 꼭 보고할 거야. 그러지 않으면 또 그놈들한테 우리가 먹힐 테니까!"

"정말 알 수가 없네요, 원평. 당신은 어째 자존심이라곤 손톱만큼도 없어요? 아까 그 여성 동지가 그렇게 말할 때 내 얼굴이 다 화끈거리고 창피해서 혼났다고요. 당신, 늘 다른 사람들을 일러바치는 거예요? 그래요? 제발 생각 좀 해 봐요. 그렇게 하는 게 과연 옳은지 말예요!" 직업이 직업이다 보니 그녀의 말투는 언제나 부드럽고 조리 있었다. 지금도 속으로는 엄청 화가 난 상태인데도 말투만은 여전히 선생님이 말 안 듣는 학생 나무라듯 차분했다.

듣고 있던 평원평이 버럭 화를 냈다. "나도 정말 이해가 안 돼! 당신은 어떻게 조직에 보고하는 걸 일러바친다고 할 수가 있어? 게다가 주자파를 동정하기까지 하고. 당신은 당원이라면서 도대체 당성은 어디다 내팽개친 거야?" 그도 정말로 화가 단단히 났는지 상 위에 놓여 있던 커다란 찻잔을 들어 단숨에 반 이상을 들이켰다. 그러고는 서랍에서 종이와 펜을 꺼내 뭔가를 쓰기 시작했다.

지쉐화도 학생들의 숙제를 검사하려고 책상 앞에 앉으며 몇 마디 대꾸를 했다. "남들이 정상적으로 사는 것을 전부 불법 활동이라고 보는 게 당성이에요? 당신은 정말 그런 일을 겪은 위쯔치 동무네가 조금도 불쌍하지 않아요? 당신은 대체 사람이 왜 그래요?"

"내가 왜 그러냐고?" 평원평이 화를 버럭 내며 상 위의 찻잔을 확 밀쳐 버렸다. 그 바람에 찻잔 뚜껑이 바닥에 떨어져 뒹굴고 찻물이 여기저기 튀어 바닥이 흥건해졌다. 밖에서 위쯔치가 들은 것은 바로 이때 난 소리였다. 평원평은 한 손으로 몸에 묻은 물기를 털면서 발로 바닥의 물을 쓱쓱 문질러 닦았다. 속으로 점점 더 화가 치밀었다. 그는 옷소매로 상 위의 물기를 닦아 내고는 자리에 앉아서 쏜살같이 보고서를 써 내려갔다.

평원펑 때문에 엉망이 된 바닥을 쳐다보던 지쉐화는 아무 소리 않고 대걸레를 가져다 바닥을 말끔히 닦은 뒤 다시 책상 앞에 앉았다. 하지만 더 이상 일이 손에 잡히지 않았다. 평원펑의 행동을 생각하면 할수록 그녀는 점점 더 화가 나고 점점 더 부끄러워졌으며 애초 사람을 잘못 보고 이런 사람이랑 결혼한 것이 정말로 후회되었다.

지쉐화와 평원펑은 대학 선후배 사이였다. 평원펑이 그녀 아버지의 수제자였던 관계로 서로 자연스럽게 알게 되었다. 당시 그녀의 아버지 지퍼우(岑否) 교수는 국문과 학과장을 맡고 있었고, 또 빈하이시에서 유명한 민주 인사이기도 했다. 평원펑은 그녀의 집에 자주 찾아왔다. 아버지 말씀으로는, 평원펑이 총명하고 우수하며 특히 말을 잘 듣는 학생인데 가정 출신이 좋지 않아서 늘 사상적으로 부담을 안고 있다고 했다. 아버지는 지쉐화와 어머니한테 그가 남에게 무시당한다는 느낌을 받지 않도록 하라고 당부했다. 그래서 지쉐화 모녀도 그한테 각별히 친절하게 대해 주었다. 지쉐화가 대학 2학년 때 평원펑은 대학을 졸업하고 『빈하이 문예』 편집위원으로 배치를 받았다. 그리고 바로 그녀에게 구애를 하기 시작했다. 그의 구애는 무척 열렬해서 한동안 지쉐화의 학업에 방해가 될 정도였으며, 심지어 지퍼우 교수가 직접 나서서 '간섭'하지 않으면 안 될 정도였다. 지퍼우 교수는 그를 집으로 불러 잘 타일렀다. "총각이 아가씨한테 구애할 때는 아가씨가 온통 마음이 흔들리고 안절부절못할 정도로 쫓아다녀야지. 안 그러면 그게 사랑이겠는가? 하지만 아가씨의 성적이 점점 떨어지고 몸이 점점 야위게 만들어서야 안 되지! 내가 옛날에 쉐화의 엄마와 연애할 때는 말일세, 내 사랑이 더 깊어질수록 그녀의 성적도 더 좋아졌다네. 그건 왜 그랬을 것 같나?" 평원펑이 얼굴을 붉히면서 우물거렸다. "저

기, 그건 저 쉐화가 아직 제 마음을 받아 주지 않아서……." 그러
자 지 교수가 큰 소리로 한바탕 웃었다. "샤오핑! 그건 쉐화가 결정
할 일이고, 부모한테는 간섭할 권리가 없지. 그럼 어디 계속해서
쫓아다녀 보게나, 하하하!" 지쉐화는 1년 넘게 끌고서야 비로소 펑
원펑의 구애를 받아들였다. 사실 그녀는 다른 남학생을 좋아하고
있었다. 그 남학생은 같은 과 동기이자 그녀의 입당 소개인이기도
했다. 그런데 지쉐화가 결국 펑원펑을 선택하자 친구들은 깜짝 놀
랐고, "펑원펑은 너와 다른 부류의 사람이야, 둘이는 서로 안 맞아"
라며 말렸다. 하지만 지쉐화는 이렇게 대답했다. "출신 성분 때문
에 생긴 그의 열등감을 떨쳐 버리도록 내가 도와주면 그도 틀림없
이 훌륭한 사람이 될 수 있을 거야." 지쉐화가 이런 선택을 하게 된
데에는 부모님의 영향이 컸다. 지 교수 부부는 펑원펑이 정서적으
로 그들에게 깊이 의지하고 있다는 걸 알고 있었다. 딸 하나밖에
없는 노부부에게 그건 퍽이나 소중한 일이었다. 사위도 아들이라
고 하지 않던가! 펑원펑도 이를 알고 장인 장모에게 감사해 마지않
았다. 그는 눈물을 흘리며 두 사람에게 이렇게 말했다. "제게 부모
님이 계시다면 오직 두 분뿐입니다……."

그런데 결혼을 앞두고 그는 지 교수 가족을 모두 크게 실망시키
고 말았다. 그때 지 교수는 '반동 학술 권위'로 몰려 비판받고 있
었고 지쉐화의 어머니는 만성병으로 집에서 치료 중이었다. 두 부
부는 딸이 일찍 결혼해서 생기가 다한 집안에 다시 활기를 불어넣
어 주기를 바랐다. 그들은 딸과 사위를 위해 집에 신방을 마련해
주었다. 그런데 결혼식을 며칠 앞두고 펑원펑이 갑자기 장인 장모
와 함께 살고 싶지 않다고 말했던 것이다.

"왜요?" 지쉐화가 물었다.

"내 출신이 원래 좋지 않았던 데다 이제는 당신마저 출신이 나빠

졌으니, 가족과 선을 긋지 않으면 당신이나 나나 모두 불리해져."

지쉐화는 그 자리에서 이렇게 대답해 주고 싶었다. '그럼 전에는 왜 하루가 멀다 하고 그렇게 우리 집에 왔었나요? 우리 가족은 사실 변한 게 없어요. 당신 마음이 변한 거겠죠!' 하지만 그녀는 끝내 그 말을 입 밖으로 꺼내지 않았다. 그냥 속으로 이렇게 이해하려 했다. '출신 성분이 워낙 좋지 않다 보니 고려해야 할 것도 남보다 많은 거겠지!' 그렇게 그녀는 펑위안핑을 너그럽게 이해했다. 그리고 부모님에게 사정을 말씀드리고 결혼은 몇 년 뒤에 아버지의 상황이 호전되면 그때 다시 이야기하자고 했다. 그런데 지 교수 부부는 딸의 결혼을 늦추는 것에 반대하며 이렇게 제안했다. "너희 두 사람, 결혼해서 나가 살아라. 우리는 이미 꺼져 가는 등불 신세니 아들딸 앞길에 환하게 불을 밝혀 주지는 못할망정 걸림돌이 될 수야 없지 않겠니?" 지쉐화는 부모님을 설득하지 못해 결국 펑위안핑과 결혼식을 올렸다. 그렇게 몇 년을 함께 살면서 그녀는 날이 갈수록 펑위안핑한테서 추잡한 면을 발견하고 괴로워했다. 몇 번이나 펑위안핑을 떠나 부모님 곁으로 돌아갈까 생각도 해 봤지만 결단을 내리지 못했다. 그 일로 행여 부모님이 더 충격을 받지는 않을까, 펑위안핑이 더 빨리 타락하지는 않을까 걱정되었기 때문이다. 어쨌든 아직까지 그녀는 그나마 그를 잡아 주고 있는 유일한 힘이니까. 그래서 그녀는 그저 묵묵히 참으며 그가 하루빨리 좋은 사람이 되도록 돕는 수밖에 없었다. 그런데 조금 전 황단칭의 조롱 섞인 말을 듣고 나니 마음속 깊은 곳에 묻어 두었던 번뇌가 한꺼번에 치밀어 올라왔다. 원래 위쯔치를 생각해서 남편을 데리고 부모님 댁에 갔다 온 것인데, 보람도 없이 결국은 그 집 손님들과 맞닥뜨리고 만 것이다. 펑위안핑이 또 일러바치지는 않을까? 위쯔치와 샤오하이한테 또 무슨 화가 닥치지는 않을까? 그녀의 걱정은 끊이질 않았다. 그녀는 위쯔치를 동정했다. 그리고 샤오하이와 샤오징을 사랑했다. 류루메이가 죽은 뒤로는 그녀가 샤오하이의 보호자나 마찬가지였다. 그녀는 펑원펑이 그들을 해코지하도록 가만히 두고 볼 수는 없었다. 여기까지 생각한 그녀는 열심히 뭔가를 쓰고 있는 펑원펑을 슬쩍 쳐다보며 걱정스럽게 물었다. "당신 오늘 일도 보고하려는 건 아니겠죠?" 그러나 펑원펑은 들은 척도 않고 계속 써 내려갔다. 섬뜩해진 그녀는 펑원펑의 뒤로가서 그가 도대체 뭘 쓰고 있는지 넘겨다보았다. 그러자 펑원펑은 재빨리 쓰던 것을 구겨서 주머니에 넣어 버렸다. 부부 사이가 이지경에 이르렀으니 더 이상 무슨 할 말이 있겠는가? 그녀는 아무말 않고 다시 책상 앞으로 가 앉았다. 그녀는 가슴 속에 가득 찬말을 누군가에게 죄다 털어놓고 싶었다. 하지만 누구한테 말하단말인가? 부모님한테 이런 말을 할 수는 없지 않은가. 문득 샤오징이 떠올랐다. 1년여 동안 샤오징이 그녀에게 보낸 편지를 보면 그애가 벌써 다 커서 다른 사람을 이해할 줄도 알고 도와줄 줄도 아는 어른이 되었다는 걸 느낄 수 있었다. 두 사람은 벌써부터 스승과 제자가 아니라 친구 같은 사이가 되었던 것이다. 며칠 전에도 샤오징은 편지를 보내 지쉐화의 가정생활에 대해 자상하게 물어왔다. 아직 답장을 쓰지 못했으니 오늘 그 애한테 답장을 쓰면 되겠다 싶었다. 샤오징의 편지를 찾으려고 서랍을 열고 뒤적여 보았으나 도무지 찾을 수가 없었다. 어디다 뒀더라? 그녀는 어떤 경우든 편지를 아무렇게나 두는 법이 없었다. 늘 서랍 속에 가지런하게 잘 넣어 두었다. 그런데 왜 다른 편지들은 그대로 있는데 그것만 보이지 않을까?

"혹시 샤오징이 보낸 편지 못 봤어요?" 결국 그녀는 펑원펑한테 이렇게 물었다.

평원평은 이미 쓰던 것을 마무리 짓고 침대에 누워 천장을 바라보고 있었다. 그는 들은 체 만 체 누워 있다가 대꾸했다. "당신한테 온 편지를 내가 어떻게 알아? 그 위샤오징 말이야, 제발 가까이 지내지 말란 말이야. 그 앤 사상적으로나 정서적으로나 다 문제가 있다고."

"당신이 그 애한테 문제가 있다는 걸 어떻게 알지요?"

평원평은 실실 웃기만 할 뿐 대답하지 않았다.

"당신, 그 편지 봤죠?" 지쉐화가 긴장하며 물었다.

"뭐 내가 보면 안 될 비밀이라도 있나? 봤으면 또 어쩔 건데?" 평원평이 실실 웃으며 빈정거렸다.

순간 지쉐화의 얼굴빛이 싹 변했다. 그녀는 평원평 앞으로 가서 미간을 잔뜩 찌푸리며 무서운 표정을 지었다. "편지 이리 줘요. 당신은 정말 남에 대한 존중이라곤 손톱만큼도 모르는군요!"

평원평은 지쉐화를 힐끔 쳐다보며 더 장난을 치려 했다. 하지만 지쉐화는 얼굴을 더욱 무섭게 일그러뜨리며 손을 내밀었다. "편지 빨리 돌려 달란 말예요!" 그러자 평원평도 별수 없이 진지해지기 시작했다. 그는 침대에서 일어나 앉더니 고개를 들고 잠시 생각해 본 뒤 말했다. "난 편지 본 적 없어. 그래도 어디 섞여 들어갔을지 모르니까 한번 찾아볼게." 그가 슬리퍼를 끌고 큰 옷장 앞으로 가더니 지쉐화가 눈을 부릅뜨고 계속 뚫어져라 쳐다보는 것을 보고 말했다. "물 좀 끓여 와. 난 찾아보고 있을 테니." 물병을 흔들어 보고 정말로 물이 없는 것을 확인한 지쉐화가 물을 끓이러 주방으로 갔다. 그녀가 나가는 것을 확인한 평원평은 잽싸게 걸상을 놓고 올라가 옷장 위를 손으로 더듬었다. 막 신문지로 싼 꾸러미를 손에 잡은 순간 지쉐화가 그새 방문을 열고 들어왔다. 당황한 평원평이 힘을 너무 주는 바람에 신문으로 싼 꾸러미 하나가 바닥으로 떨어져 버렸다. 꾸러미가 터지면서 속에 가득 차 있던 보고서 뭉치가 쏟아져 나왔다. 모두 복사지에 빽빽하게 쓴 것이었다. 지쉐화가 얼른 다가가 종이 뭉치 하나를 집어 들었다. 잔뜩 긴장한 펑원펑이 기어들어가는 목소리로 말했다. "그거 이리 줘. 샤오징의 편지는 여기 있어." 펑원펑이 그렇게 당황하는 것을 보자 더 수상해진 그녀는 손에 든 꾸러미를 들추어 보았다. 세상에! 그녀는 심장이 멈추어 버리는 것만 같았다. 이게 다 뭣들이란 말인가? 모두 펑원펑이 쓴 고발 자료의 복사본이었다! 「샹난은 어떻게 위쯔치를 비호했는가?」, 「이번 휴가 기간 위쯔치의 태도」, 「내가 본 계급투쟁의 새로운 동향」, 「왕유이는 왜 샹난에게 기밀을 누설했는가?」……. 그중에서도 그녀를 가장 치 떨리게 만든 것은 바로 「지퍼우의 가정 내 언행」이었다. 그 보고서를 쥔 그녀의 손이 벌벌 떨리기 시작했다. 그녀는 그것을 높이 들어 펑원펑의 얼굴 앞에 디밀었다. "이거 당신이 쓴 거예요?" 입술을 심하게 떨던 그녀는 그것을 펑원펑한테 휙 내던져 버리고는 끝내 책상 위에 엎드려 소리 죽여 울기 시작했다.

갑자기 닥친 일에 펑원펑은 어찌할 바를 모르고 서 있었다. 오늘 이처럼 자기의 비밀이 들통나 버리리라고는 생각도 못 했다. 그것을 보관해 둔 것은 나중에 논공행상이라도 하면 근거로 제출해야지 싶어서였는데, 뜻밖에 오늘 이렇게 아내를 노엽게 만들 줄이야! 그는 부랴부랴 물건을 대충 치운 뒤 애원하듯이 아내에게 말했다. "쉐화, 너무 속상해하지 마. 그건 그냥 조직에게만 보이려고 쓴 거야. 난……, 그러니까 이게 다 당신을 위한 거였다고! 지금 당신이 보는 앞에서 전부 불살라 버릴게, 그럼 됐지? 몽땅 태워 버릴까?"

지쉐화가 고개를 들고 눈물을 닦았다. 그리고 떨리는 목소리로 말했다. "태우지 말아요. 이건 당신이 어떤 사람인지 보여 주는 증거고 또 우리 사랑의 증거이기도 하니까……." 그녀는 물수건으로 얼굴을 닦더니 책상 위에 있던 학생들의 숙제를 챙겨 가방 안에 넣었다. 그리고 옷장으로 가서 자기 사계절 옷을 모두 꺼내어 큰 여행 가방 안에 밀어 넣고 침대 밑에 있던 신발들도 챙기기 시작했다.

"지금 뭐 하는 거야?" 펑원펑이 멍청하게 지켜보며 물었다.

"부모님한테 가겠어요!" 지쉐화가 차갑게 대답했다.

"안 돌아올 거야?" 펑원펑이 겁먹은 듯 다시 물었다.

"누가 알겠어요? 어쩌면 영원히 돌아오지 않을지도!" 지쉐화의 목소리는 크지 않았지만 더없이 단호했다.

"당신! 나하고 이혼할 생각이야?" 속수무책으로 당황한 그는 얼른 손에 든 걸 내려놓고 지쉐화 손에 있던 신발을 낚아챘다.

"누가 알겠어요? 어쩌면 결국에는 그렇게 할 수밖에 없을지도 모르죠! 서로 이렇게 다른데 차라리 갈라서는 게 낫지 않겠어요? 안 그래요?" 지쉐화는 천천히 펑원펑의 손을 물리치고 신발들을 가방에 넣으며 쌀쌀맞게 대답했다.

펑원펑의 두 눈동자는 움직이기를 멈추고 꼼짝없이 지쉐화의 얼굴에 고정되었다. 눈물이 천천히 흘러 안경을 적시고 눈앞을 흐렸다. 하지만 그는 감히 안경을 벗고 눈물을 닦지 못했다. 그 사이 지쉐화가 달아나 버릴까 봐 겁이 났던 것이다. 그는 이혼이 죽도록 무서웠다! 펑원펑에게는 이 모든 것이 얼마나 힘겹게 얻은 것인가?

잘 일러바치는 펑원펑의 특기가 어머니 뱃속에서부터 타고난 것은 아니었다. 그것은 바로 개인의 이익을 상실하는 데서 비롯된 공포심을 덮으려고 조금씩 형성된 '후천적 기질'이었다.

출신이 좋지 못했던 펑원펑은 어려서부터 자기가 남보다 열등하다고 느꼈고, 언제나 다른 사람의 총애와 신임을 얻지 못할까 봐 전전긍긍했다. 커서는 그 문제의 심각성을 더욱 절실히 깨닫게 되었다. 출신이 좋지 못한 이유로 남들이 한 번만 노력해도 얻을 수 있는 물건을 그는 세 번에서 열 번까지 노력해도 반드시 얻는다는 보장이 없었다. 그런가 하면 남들이 열 번 잘못을 저지를 때 그는 한 번 저지른 잘못으로도 똑같은 대가를 치러야 했다. 그는 자기에게 이처럼 불리한 조건을 만들어 준 부모를 원망했다. 하지만 펑원펑은 운명에 굴복하고 싶지 않았다. 그는 자기의 재능이 어느 누구 못지않다고 생각했다. 그는 최선을 다해서 자기의 불리한 조건을 극복하고 신임과 호감을 쟁취하리라 결심했다. 처음에는 매사에 몸을 사리며 굽실거리고 순종함으로써 어느 누구에게도 미움을 사지 않으려 애썼다. 하지만 그러다 보니 누군가가 '적극적인 사상투쟁을 벌이지 못한다'고 그를 비판했다. 그래서 그도 '사상투쟁을 전개'하기로 결심했다. 그는 자기가 보고 들은 '나쁜 일, 나쁜 사람'에 대해 몰래 상부에 보고하고 그 사람들을 비판받게 만들었다. 성공하려면 계획도 잘 세워야 하고 기회도 잘 만나야 한다. 어떤 때는 기회가 훨씬 더 중요하다. 펑원펑은 바로 그런 좋은 기회를 만난 셈이었다. 대학 때 마침 학생들 사이에 섞여서 직접 이야기를 듣기보다는 그저 남의 보고를 듣기만 좋아하는 그런 책임자를 만났던 것이다. 그는 펑원펑처럼 '책임자한테 접근하면서 문제를 잘 발견하는' 일부 학생들을 정성껏 길러 학생 기숙사에 분산 배치했다. 그리고 이들 '눈과 귀'를 통해 얻은 소식에 근거해 모든 상황을 판단했다. 덕분에 펑원펑은 빠른 속도로 성장할 수 있었다. 그는 공산당 청년단에 들어갔을 뿐만 아니라 당의 발전 대상 명단에도 오르게 되었다. 펑원펑은 마침내 출신의 굴레에서 벗어날 수 있는 지름길을 발견하고는 남의 비밀을 캐는 예민한 능력을 단련했으며 그 속에서 무한한 즐거움을 얻을 수 있었다. 그리고 그것이 점차 그만의 특별한 취미로 자리를 잡아 가게 되었다. 그가 작성한 고발 자료는 하나하나 벽돌이 되어 그의 발밑에 탄탄한 길이 되어 주었다. 그는 이 작은 길을 따라 걸으면서 순탄하게 만족스러운 직업을 얻었고 지쉐화 같은 만족스러운 배우자를 만나 결혼도 했다.

이렇게 그 길을 따라 순탄하게 오르던 중에 문화 대혁명이 시작되었다. 장인 될 사람의 지위가 하루아침에 추락하자 펑위안핑은 자기도 별안간 넘어져 버린 것만 같았다. 그리고 자기 앞길에 또 하나의 장애물이 나타난 것처럼 여겨졌다. 지쉐화와 헤어져 버릴까? 이리저리 궁리해 보았으나 그러면 안 될 것 같았다. 지쉐화의 아버지가 정치적으로는 몰락했다 해도 그 부부에게 자식이라고는 쉐화 하나뿐이지 않은가! '가정 출신' 말고도 그들이 딸에게 물려줄 수 있는 것은 아직 많았다.

펑위안핑은 두 손으로 지쉐화 손에 있던 가방을 빼앗고는 그녀를 억지로 침대에 끌어다 앉혔다. "쉐화, 애들처럼 왜 이래?" 그의 높던 음성이 갑자기 따뜻하고 달콤하게 변했다. 그는 손으로 아내 눈가의 눈물을 닦아 주고 아내의 머리카락을 쓰다듬었다.

지쉐화는 그런 그가 역겨웠다. 그녀는 펑위안핑의 품에서 빠져 나와 가방을 들고 문고리를 열었다. 펑위안핑이 한달음에 문 앞으로 달려와 지쉐화 앞을 막아섰다. 밀고 당긴 끝에 펑위안핑은 지쉐화를 밀어내고 다시 문을 닫아건 뒤 몸으로 막았다. 그리고 훌쩍거리며 지쉐화를 붙들고 애원했다.

"쉐화! 지금 내가 꼴도 보기 싫을 거라는 거 알아. 하지만 당신을 위해 그런 거야! 쉐화, 나도 당신 말이 옳다는 거 알아. 하지만 지금은 그런 게 통하지 않는다는 거 당신도 잘 알잖아! 생각해 봐. 조류를 따라가지 않아서 좋을 게 뭐가 있어? 잘 좀 봐. 세상에 몇 사람이나 그렇게 대공무사(大公無私)한지 말이야! 전쟁 중에는 대공무사하게 혁명을 위해 희생한 사람을 열사라고 해서 사람들이 기억이라도 해 줬지. 하지만 지금은 그런 원칙을 고수해 봤자 죽어서도 반혁명 분자밖에 안 되는 판이야. 누가 당신이 호인이라고 알아나 준대? 쉐화! 쉐화! 제발 날 좀 이해해 줘!"

평원펑은 두 손으로 얼굴을 감싸고 흐느꼈다. 하지만 그 순간에도 그는 벌어진 손가락 사이로 지쉐화의 표정을 살피고 있었다.

뜻밖이었다. 그건 정말이지 뜻밖이었다. 지쉐화는 몇 년 만에 처음으로 평원펑의 솔직한 면모를 본 것 같았다. 오늘 처음, 지쉐화는 평원펑의 진심어린 몇 마디를 들었다. 그러나 그것이 칼로 가슴을 도려내는 것처럼 그녀를 아프게 했다. 참으로 부끄러웠다! 수억 명의 사람들이 사회의 더러운 진흙탕을 제거하려고 목숨을 걸고 애쓰고 있는 마당에 자기 남편이란 사람은 바로 그 더러운 진흙탕 속에서 뒹굴고 있었다니! 지쉐화는 입을 꾹 다물었다. 길고 진한 눈썹이 위로 올라갔다 다시 또 찌푸려졌다. 진한 갈색 눈동자가 평원펑을 뚫어져라 처다보는 동안 눈가에 눈물이 그렁그렁 맺혔다. 하지만 그녀는 한마디도 하지 않았다. 아무 말도 하고 싶지 않았다.

평원펑은 아내가 감동을 받아서 그런 줄 알고 좋아서 그녀의 손을 덥석 쥐며 뜨겁게 소리쳤다. "쉐화, 우리 쉐화!"

"이거 놔요!" 느닷없이 그녀가 소리를 질렀다. 놀란 평원펑은 얼떨결에 손을 놓고 말았다. 지쉐화 자신도 놀라 잠깐 동안 멍해 있었다. 그녀는 애써 자신을 진정시킨 뒤 엄한 눈빛으로 평원펑을 바라보았다. "원펑, 우린 아직 젊어요. 어떻게 살아야 할지 우리 둘 다 부단히 배우고 사색할 필요가 있어요. 잠시 우리 각자의 길을 가기로 해요. 삶 자체가 우리에게 판단하고 선택할 수 있도록 해 봐요. 내가 버림받을 수도 있고 당신이 버림받을 수도 있겠죠. 누가 알아요? 또 어쩌면 우리가 다시 같은 길을 가게 될 수도 있을지. 하지만 지금은 헤어져야 해요. 나 막지 말아요. 당신이 날 막을 수도 없겠지만."

지쉐화의 목소리는 여전히 너무나 부드럽고 온화했다. 하지만 거기에는 거역할 수 없는 어떤 힘이 있었다. 펑원펑은 그녀가 나가는 것을 그저 지켜볼 수밖에 없었다. 아래층으로 내려가는 지쉐화의 발소리를 들으며 펑원펑은 문을 쾅 닫고 대성통곡을 했다.

빠른 걸음으로 대문까지 간 지쉐화는 무슨 일인지 갑자기 되돌아가 2층 계단을 올랐다. 통곡하고 있던 펑원펑은 그녀의 발소리와 문을 따는 열쇠 소리를 듣고는 눈물에 젖은 채 씨익 웃었다. 그는 재빨리 이불을 펴 얼굴까지 뒤집어 쓴 채 침대에 누워 지쉐화가 들어오기를 기다렸다. 자기가 괴로워하는 모습을 보면 그녀가 마음을 돌릴지도 모르지 않는가.

하지만 펑원펑의 예상은 빗나갔다. 지쉐화는 자기네 방으로 들어오지 않고 위쯔치네 문 앞에 가서 조용히 문을 두드렸던 것이다. 위쯔치가 문을 열었다. "샤오하이는 자나요?" "막 잠들었습니다." 잠깐 망설이던 지쉐화는 주머니에서 가죽 지갑을 꺼내더니 다시 그 안에서 영수증 두 장을 꺼내 위쯔치에게 주었다.

"이것 좀 샤오하이에게 전해 주세요. 샤오하이 신발 수선한 것하고 솜저고리 맡긴 영수증이에요. 잊지 말고 찾아오라고요!"

위쯔치는 영수증을 받아 들고서 연거푸 "고맙습니다"라고 말했다. 지쉐화의 얼굴에 수심이 가득 찬 걸 보고 위쯔치는 걱정이 되었다. "밤이 늦었는데 가방까지 들고 어딜 가십니까?"

지웨화는 코끝이 시큰하더니 금세 눈물을 뚝뚝 떨어뜨렸다. 그러면서도 그녀는 고개를 옆으로 저었다. "아무 데도 안 가요. 저 샤오하이랑 잠깐만 얘기 좀 하고 싶은데요." 위쯔치가 얼른 대답했다. "예, 들어오십시오." 그는 지웨화를 샤오하이가 있는 방으로 들여보내고 자기는 밖에서 기다렸다.

샤오하이를 보고 지웨화는 하염없이 눈물을 흘렸다. 그녀는 샤오하이의 침대 머리맡에 앉았다. "선생님이 당분간 친정에 가 있을 거거든. 주소 줄 테니 무슨 일 있으면 그리로 찾아오렴. 그리고 만약 언니가 돌아오면 선생님한테도 편지 한 통 보내 주고."

샤오하이가 의아해하며 물었다. "선생님, 금방 돌아오실 거 아니에요?"

"응, 돌아오지 않을 거야."

"왜요?"

"말해도 넌 몰라." 지웨화는 샤오하이에게 웃어 주고 싶었지만 그럴수록 눈물만 더 흘러내릴 뿐이었다.

지웨화를 안고 한동안 생각에 잠겼던 샤오하이가 마치 어른처럼 한숨을 내쉬며 말했다. "두 분 싸우셨죠? 청 아저씨하고 황 아줌마는 오십이 넘었어도 안 싸우시던데. 우리 아빠랑 엄마도 한번도 싸운 적 없으세요. 그런데 두 분은 왜 싸우세요?"

지웨화는 샤오하이의 머리카락을 살짝 잡아당기고는 말없이 일어났다. 샤오하이가 일어나 그녀를 배웅하려 하자 지웨화가 이불을 덮어 주며 그대로 있으라고 말렸다. 밖으로 나오자 위쯔치가 그녀에게 고개를 숙이며 "안녕히 가십시오"라고 인사를 했다. 그녀는 고개만 끄덕이고는 다시 아래층으로 내려갔다.

이불 속에서 땀을 뻘뻘 흘리고 있던 펑위안펑은 다시 아래층으로 내려가는 그녀의 발자국 소리와 '쾅' 하고 닫히는 문 소리를 들었다. 그는 실망과 분에 못 이겨 침대 위를 데굴데굴 굴렀다. 그러다 이불을 홱 젖히고 일어나 안경을 벗더니 겁에 질린 눈으로 텅 빈 방 안을 둘러보았다. 마치 보배 하나를 잃어버린 것처럼 공허감이 엄습해 왔다. 그는 침대에서 내려와 조금 전 지쉐화가 앉아 있던 책상 앞에 걸터앉아 머리를 감싸고 진짜로 울기 시작했다. 그러다 가 아까 쓰다 말고 주머니에 꾸겨 넣었던 종이를 꺼내 갈기갈기 찢어 버렸다. 그는 이를 악물며 결심했다. '반드시 쉐화를 돌아오 게 해야 해! 그녀만 돌아온다면 이 따위 고발 자료 같은 건 다시는 쓰지 않을 거야!'

위쯔치의 네 가지 경사

빈하이도 본격적인 여름으로 접어들었다. 올 여름은 유난히 더 웠다. 정오가 되면 머리 위의 태양은 이글이글 타오르고 발밑의 도로는 달군 쇠처럼 뜨거워지면서 아스팔트 콜타르가 끈적끈적 신발 밑창에 들러붙었다. 자연히 길을 오가는 행인도 평소보다 눈 에 띄게 줄어들었다. 바로 그런 시간, 열여덟, 열아홉쯤 되어 보이 는 아가씨 둘이 장강로를 걷고 있었다. 하나는 단발머리였고 다른 하나는 두 갈래로 땋은 머리였는데, 모두 햇볕에 검게 그을려 있 었다. 두 사람 모두 흰색 반팔 면 블라우스에 긴 남색 군복 바지를 입고 검은색 고무 샌들을 신고 있었다. 어깨에는 울룩불룩 제법 무거워 보이는 범포(帆布) 여행 가방을 양쪽 끝에 매단 멜대를 지 고 있었다. 그들은 경쾌하게 걸으며 흥분된 표정으로 길 양쪽을 두리번거렸다. 그중 단발머리 아가씨가 음료수 가게 앞에서 멜대 를 내려놓더니 갈래 머리 아가씨에게 말했다. "샤오징, 나 덥고 목

말라. 얼음과자도 너무 먹고 싶고. 우리 하나씩만 먹고 가자!"유원, 집에 거의 다 왔는데 가서 먹으면 안 될까?" 하지만 유원은 얼음과자가 무척 먹고 싶었는지 우격다짐으로 샤오징의 멜대를 내려놓게 했다. "헤이룽장에 있을 때 다른 건 별로였는데 얼음과자만은 어찌나 먹고 싶던지! 한꺼번에 열 개라도 먹어치울 수 있을 것 같아!" 샤오징이 친구를 쳐다보며 빙그레 웃었다. 사실은 그녀도 무척이나 먹고 싶던 참이었다.

두 사람은 커다란 얼음과자를 하나씩 먹고 살짝 얼린 감귤 주스까지 한 병씩 마신 뒤 다시 멜대를 메고 걷기 시작했다.

샤오징의 집 앞에 이르러 유원이 멜대를 내려놓자 샤오징도 따라서 멜대를 내려놓았다. 샤오징은 얼굴의 땀을 닦으면서 무의식중에 집 창문에서 바라보이는 도로를 쳐다보았다. 순간 머릿속에 창문으로 뛰어내리는 어머니의 모습이 떠올라 얼른 고개를 돌려버렸다. 그때 유원이 감개무량하게 말하는 소리가 들렸다. "2년이 넘었는데도 바로 어제 일처럼 모든 게 똑똑하게 기억나는구나." 샤오징은 대문의 문설주를 정겹게 어루만졌다. "우리가 떠나던 날, 샤오하이가 여기서 날 붙들고 늘어졌지. 기억나니, 유원?" 친구가 상심에 잠길까 봐 유원은 얼른 멜대를 짊어지며 말했다. "가자, 얼른 올라가 보자! 너희 아버지랑 샤오하이가 우리 오는 날만 손꼽아 기다리고 있을 거야!" 샤오징이 어색하게 웃더니 멜대를 메고 함께 2층으로 올라갔다.

막 문 앞에 도착해서 멜대를 내려놓는데 방 안에서 웃음소리와 함께 남자의 말소리가 들려왔다. "당신들 모두 '해방'되었으니 이제 아이들만 돌아오면 더할 나위 없이 좋을 텐데." 그 말을 들은 샤오징의 얼굴에 희색이 돌았다. 마음이 급해진 그녀는 있는 힘껏 문을 두드리며 소리쳤다. "아버지! 아버지!"

샤오하이가 나와서 문을 열어 주었다. 언니가 돌아온 것을 보자 샤오하이는 펄쩍펄쩍 뛰며 품으로 뛰어들었다. "언니! 나랑 아빠가 얼마나 기다렸다고! 아빠가 해방되셨어! 청 아저씨도 해방되셨고! 편지는 모두 받았어?" 샤오징은 동생을 어루만져 주었다. "편지를 받았으니 이렇게 왔지! 자, 어서 들어가자!" 자매가 이야기를 나누는 동안 방 안에 있던 사람들 모두 어느새 문 앞에 와 있었다. 위쯔치, 청쓰위안, 황단칭, 유뤄빙 이렇게 네 사람이 짐을 하나씩 들고 두 처녀를 방으로 맞아들였다.

위쯔치는 샤오징이 며칠 안에 돌아올 것이라고 짐작하고 있었다. 간부 학교에서 자기와 청쓰위안, 샹난, 스즈비 등이 '해방'되었음을 선포하던 날, 그는 곧바로 샤오징에게 유원과 함께 한번 다녀가라고 편지를 썼다. 그는 딸을 잘 알았다. 편지를 받은 샤오징이 분명히 돌아올 것이라 믿었기에 그는 이번 휴가에 아무 데도 가지 않고 갑자기 도착할 딸을 기다렸던 것이다. 정말로 딸이 이렇게 돌아왔다. 그는 너무나 기쁜 나머지 아무 말도 하지 못했다. 손에 든 가방을 내려놓은 뒤 한 손은 샤오징을 잡고 한 손은 유원을 잡은 채 보고 또 보았다. 목이 꽉 메어 오는 듯했다. 그는 두 아이를 번갈아 토닥이며 작은 소리로 "어서 앉아라! 좀 쉬어야지!"라고 말한 뒤 물을 끓이러 주방으로 들어갔다.

유원도 자기 아버지 앞으로 갔다. "아버지, 몸은 괜찮으세요?" 딸의 손을 잡은 유뤄빙도 고개만 연방 주억거릴 뿐 한마디도 하지 못했다. 딸이 오늘 돌아올 거라고는 생각도 못 했다. 딸이 화를 내며 집을 나간 뒤로 그의 가슴엔 언제나 무거운 바위가 얹혀 있는 것만 같았다. 딸에게 자기의 곤란한 처지를 설명하고 좀 이해해 달라는 내용의 편지도 숱하게 썼다. 하지만 딸은 답장은커녕 보내준 돈이며 소포도 다 그대로 되돌려보냈다. 그러던 딸이 올 봄부터 편지를 보내 오기 시작했다. 딸은 편지에 이렇게 썼다. "아버지, 지나간 일은 거론하지 말기로 해요. 저도 이젠 아이가 아니라 어엿한 공산당원이에요. 어떤 건 용서할 수 있는 일이고 어떤 건 용서할 수 없는 일인지 저도 잘 알아요. 아버지가 자신의 영광스런 역사를 욕되게 하지 않으시길, 공산당원이라는 영광스런 칭호를 헛되게 하지 않으시길, 그래서 영광스런 혁명적 노년을 보내시기를 진심으로 바래요." 이 편지를 읽고 난 유뤄빙의 심정을 뭐라 표현해야 할지! 그는 자기와 딸의 관계가 근본적으로 변했음을 느꼈다. 이제 자기는 아버지로서의 위엄이라곤 전혀 찾아볼 수 없게 된 것이다. 이번에 위쯔치가 샤오징이 올 때 유원도 함께 올 거라는 말을 전해 주었을 때도 그는 반신반의했다. 그러면서도 그는 오늘 제발 딸이 함께 오기를 간절히 바라면서 위쯔치 집으로 왔다. 그런데 정말로 딸이 돌아온 것이었다. 방금 유원이 "아버지!"라고 부르는 소리를 듣고 그는 너무 흥분해서 심장이 튀어나올 것만 같았다. 지금 자기 앞에 서 있는 딸을 바라보고 있노라니 말로 표현하기 어려운 온갖 감회가 한꺼번에 밀려왔다. 그는 기쁘면서도 속상한 듯 물었다. "편지 보내지 그랬니? 아버지가 역으로 마중 나갔을 텐데." 숱이 많이 빠진 아버지의 백발을 본 유원도 가슴이 먹먹해져서 아버지를 위로했다. "사람이 편지보다 빠르잖아요. 아버지, 이렇게 갑자기 오니까 더 반갑지 않으세요?" 유뤄빙이 눈물을 머금고 웃었다.

두 집 부녀지간의 상봉을 지켜보던 청쓰위안 부부도 이루 말할 수 없을 만큼 기뻤다. 그들에게 자식이 없어서인지 친구들의 아이들을 무척 예뻐했다. 황단칭이 두 처녀에게 말했다. "이렇게 더운 날, 그것도 몇 날 며칠 차를 타고 왔으니 얼마나 피곤하겠니. 점심은 먹었어? 내가 얼른 밥해 줄게!" 유원이 황단칭을 붙잡으며 말했다. "아줌마, 괜찮아요. 지금은 아무것도 넘기지 못할 것 같아요. 한 가지만 빼고." 유원은 샤오징을 쳐다보며 혀를 내밀었다. "샤오징, 너는?" 샤오징도 장난꾸러기처럼 웃었다. "우리의 공통된 요구는 바로……, 얼음과자!" 어른들이 일제히 웃기 시작했다. 샤오하이도 따라 웃으며 말했다. "제가 얼른 가서 사 올게요. 양철 솥을 하나 가져가야지." 그러자 황단칭도 따라나섰다. "나랑 같이 가자. 그물주머니도 하나 더 가져가자."

두 아이가 끊임없이 땀을 닦으며 부채질을 하는 것을 보고 위쯔치가 말했다. "너흰 샤워하고 옷부터 갈아입으렴. 물은 다 끓었으니까." "저는 집에 가서 씻을게요. 샤오징, 너나 해." 유원이 이렇게 말하자 샤오징 혼자 씻으러 들어갔다.

조금 뒤 황단칭과 샤오하이가 얼음과자 열 개, 커다란 수박 두 덩이, 그리고 케이크 같은 간식을 사들고 돌아왔다. 샤오하이가 모두에게 나누어 주었다. "어른 네 명은 얼음과자 한 개씩, 우리 애들 세 명은 두 개씩! 난 하나만 먹고 나머지 하나는 두 언니들한테 반쪽씩 나눠 줄 거니까, 공평하죠?" 청쓰위안이 웃으며 말했다. "샤오하이가 수학을 아주 잘 배웠구나. 계산도 빠르고 분배도 공평하고. 그런데 난 얼음과자 안 좋아하거든. 그럼 이 남은 하나는 누구를 줘야 하나?" 샤오하이가 생각할 것도 없이 대답했다. "황 아줌마요!"

모두 시끌벅적 즐겁게 얼음과자를 먹었다. 샤오징은 그제야 문득 지쉐화가 생각나서 얼른 하나를 집어 들고 문 밖으로 나가 소리쳤다. "지 선생님!" 그러자 샤오하이가 그녀를 불렀다. "언니!" 샤오징이 샤오하이를 돌아보았다. "지 선생님은 정말로 여기서 살지 않기로 하신 거니?" "지 선생님이랑 펑 아저씨는 헤어지셨어. 선생님이 언니가 돌아오면 편지 달라고 하셨어!" "편지에 선생님이 집에 문제가 좀 있다고 쓰셨기에 무슨 일인가 했는데, 정

354

말 헤어지신 거야?" 황단칭이 샤오하이와 샤오징의 이야기를 듣다가 끼어들었다. "월하노인도 참 안목이 없다니까. 지쉐화처럼 괜찮은 여자를 펑원펑하고 맺어 주다니. 난 차라리 헤어지는 게 낫다고 봐." 위쯔치가 일어나 방문을 닫으며 목소리를 낮추어 말했다. "이혼 신청 한다는 얘기는 듣지 못했어. 보아하니 펑원펑이 이혼을 원하는 것 같진 않던데. 참 이상하단 말야. 펑원펑이 지쉐화한테 그렇게 미련을 두는 이유가 뭐지? 두 사람은 완전히 다른 부류잖아!" 황단칭이 말했다. "그가 연연하는 게 뭔지 알 게 뭐야? 지쉐화 친정에 재산이라도 좀 있나 보지?" 청쓰위안이 끼어들었다. "남의 사생활에 대해 이러쿵저러쿵 얘기하면 뭐 하겠어? 애들 먹게 수박이나 잘라 오지!"

위쯔치가 수박을 자르자 황단칭이 모두에게 한 조각씩 나누어 주었다. 수박을 다 썰고 난 위쯔치가 모두 둘러보며 말했다. "몇 년 전엔 우리가 이 수박처럼 이리저리 쪼개졌는데, 오늘 이렇게 다시 모일 줄이야. 한 사람이 빠지긴 했지만……." 위쯔치가 상심에 잠길까 봐 청쓰위안이 웃으면서 얼른 화제를 다른 데로 돌렸다. "옛말에 '복은 겹쳐 오지 않는다' 더니, 오늘 우리한테는 '세 가지 경사'가 한꺼번에 찾아온 셈이지 뭔가." 황단칭이 재미있어 하며 물었다. "어떻게 세 가지야?" 청쓰위안이 손가락을 꼽으며 이렇게 설명했다.

"쯔치와 내가 드디어 해방된 것, 이게 첫 번째 경사고. 쯔치와 뤄빙네 부녀지간이 다시 만난 게 두 번째 경사, 그리고 우리 오랜 친구들이 이렇게 다시 한 자리에 모여 웃을 수 있는 게 세 번째 경사, 안 그래?"

다들 고개를 끄덕이는데 샤오하이만 고개를 저었다. "저랑 언니가 만난 건 왜 계산에 넣지 않으세요?" 그 말에 청쓰위안이 얼른 고개를 끄덕이며 웃었다. "미안, 미안. 내가 널 빠뜨렸구나. 그래, 네 가지 경사다, 네 가지 경사!"

그들은 마음속 근심은 잠시 접어두고 참으로 오랜만에 찾아온 기쁨에 잠겼다. 자기의 웃는 얼굴로 스스로 위로하고 다른 사람을 위로하면서 말이다. 오랫동안 적막하던 집안에 즐거움과 화목함이 넘쳐 났다. 그러다 위쯔치가 별안간 유뤄빙에게 말했다. "뤄빙, 그런데 왜 쟈셴주는 아직 해방이 안 된 거지? 그 집 사정도 참 딱하던데." 황단칭이 말을 이었다. "그 집 딸 춘쑨이 병이 날이 갈수록 안 좋아진대. 뤄빙, 쟈셴주네 집 사정은 당신도 알면서, 말 좀 해 주지 그랬어?"

유뤄빙은 위쯔치와 황단칭이 묻는 말에 대답하기 전에 딸부터 한번 쳐다보았다. 딸이 이 얘기를 들으면 또 자기를 나쁘게 생각할까 봐 걱정스러웠던 것이다. 다행히 딸은 샤오징, 샤오하이와 함께 자기들끼리 쏙닥거리느라 신이 나서 이쪽에는 관심도 없는 것 같았다. 그는 마음 놓고 입을 열었다. "자네들은 몰라. 나도 쟈셴주네 사정을 몇 번이나 얘기했네. 근데 그때마다 리융리가 이러는 거야. '섣달 그믐날 밤에 잡은 토끼는 설날에 있어도 그만 없어도 그만이라고, 그 사람을 풀어 줘도 문제는 없지! 하지만 돤차오췬 동지가 우리 협회는 몇 번에 나눠서 천천히 해방시켜야지 잡귀들을 한꺼번에 우리에서 내보내면 안 된다고 그럽디'……." 유뤄빙이 갑자기 하던 말을 멈추었다. 리융리의 말을 곧이곧대로 옮기면 안 될 것 같아서였다. 하지만 이미 내뱉은 말을 주워 담을 수도 없는 노릇이었다.

아니나 다를까 듣고 있던 청쓰위안이 두 손으로 또 안경테를 몇 번 추켜올리며 우울하게 말했다. "그래, 그럴 줄 알았어. 해방이 됐어도 여전히 '잡귀' 신세지. 그 모자가 어디 가겠어."

위쯔치도 탄식했다. "리융리 같은 자가 권력을 잡고 있는 한 우린 영원히 '잡귀' 일 수밖에 없겠지. 당 중앙과 마오 주석께서 하루빨리 이런 문제를 발견하기만 기다릴 수밖에."

"상부의 일을 누가 알겠나? 우리 같은 사람들은 알 수가 없지. 또 굳이 알려고 할 것도 없고!" 유뤄빙도 한숨을 내쉬었다.

그가 '상부의 일' 을 꺼내자 거기 앉은 어른들은 마음이 다시 무거워지기 시작했다. 어느 누구도 그 문제를 계속 화제로 삼는 것을 원치 않았다. 그 문제는 그들 모두의 가슴 속 가장 아픈 부분과 연결되어 있어서 노간부라면 누구나 생각하기 꺼려한다는 사실을 다들 잘 알고 있었기 때문이다. 잠시 잠자코 있던 위쯔치에게 갑자기 한 가지 일이 떠올랐다. 그가 샤오징 쪽으로 고개를 돌리며 이렇게 물었다. "너희들 베이징에 들렀다 왔니?" "이번엔 안 갔어요. 빨리 집에 오고 싶어서요! 대신 재작년에 갔었어요!" "톈안먼에는 가 봤니?" 위쯔치가 이렇게 묻자 샤오징이 대답했다. "가 봤죠!"

위쯔치가 다시 전우들 쪽으로 고개를 돌리고 기억을 더듬었다. "옛날에 나와 루메이가 지방으로 발령을 받아 가게 됐을 때 옛 대장 동지가 톈안먼 광장에서 우리를 배웅해 주셨지. 눈 깜짝할 새 20여 년이 흘렀군. 이 몇 년 동안은 소식조차 전혀 모르고 지내고 있으니."

샤오징이 물었다. "아버지, 홍 할아버지 말씀하시는 거예요? 재작년에 유원이랑 베이징에 갔을 때 제가 좀 알아봤는데 그 집 식구들 전체가 다른 성에 있는 촌으로 이사를 갔다고 하던데요. 어디로 갔는지는 모르겠고요."

유뤄빙이 담배를 하나 붙여 물고 잠자코 연기만 내뿜더니 느릿느릿 말했다. "정말 앞길을 낙관할 수가 없어. 옛 말씀에 '아무리 하늘이 높아도 허리를 구부려야 하고 아무리 땅이 평평해도 조심

조심 걸어야 한다'고 했네. 하물며 우린 지금 하늘은 낮고 구름마저 낀 데다 땅도 울퉁불퉁하니!"

그 말에 황단칭이 면박을 주었다. "그렇다고 자라새끼처럼 마냥 움츠리고 살 거야? 난 그렇게 못 해. 살아 있는 한 할 말은 하고 할 일은 해야지. 그러지 않을 것 같으면 차라리 당을 탈퇴해 버리는 게 낫지."

유뤄빙은 그녀를 향해 긴 눈썹을 찌푸리더니 또 담배 연기만 내뿜었다. 그리고 청쓰위안을 보며 씁쓸하게 웃었다. "단칭 좀 보게! 아까는 친구들끼리 오랜만에 모여 앉아 허심탄회하게 얘기 나눌 수 있게 됐다고 좋아하더니, 내가 속 얘기를 좀 꺼내자마자 바로 공격하잖나. 심장병 때문에 내 심장은 그런 '탄환'에 오래 견디지 못한다네!"

황단칭이 웃으며 분위기를 풀었다. "뤄빙, 탄환을 많이 맞아 봐. 심장에 딱딱하게 굳은살이 박여서 나중엔 아픈 줄도 모를 거야!"

청쓰위안은 황단칭이 아이들 앞에서 유뤄빙을 너무 난처하게 만들까 봐 먼저 자리를 털고 일어섰다. "됐어, 이제 그만하지. 쓰치 부녀가 방금 만났으니 할 말도 많을 거야. 우린 이만 돌아가자고. 뤄빙, 자네네 부녀도 우리랑 같이 돌아가는 게 어때?"

황단칭과 유뤄빙도 그러자며 일어났다. 유원도 자기 짐과 멜대를 메고 아버지를 따라나섰다.

손님들이 모두 떠나고 집에는 위쓰치와 두 딸만 남았다. 세 사람은 서로 물끄러미 바라보기만 했다. 마음속에 할 말은 가득했지만 무슨 말부터 해야 할지 알 수가 없었다. 샤오징은 마루를 한 바퀴 둘러보고는 안쪽 방으로 들어갔다. 위쓰치와 샤오하이도 샤오징의 뒤를 따라 들어갔다. 옷걸이에는 남색 군복 외투가 걸려 있고 그 위에 검은색 면 스카프가 씌워져 있었다. 그 옷은 그날 어머니가 집에 돌아와서 벗어 둔 것이었다. 벌써 2년째 걸려 있었나 보다. 검은 스카프는 나중에 씌워 놓은 것이었다. 샤오징은 옷걸이 앞에 서서 그 스카프를 조심스럽게 쓰다듬어 보았다. 옷걸이 옆 거울로 아버지와 샤오하이의 얼굴빛이 변하는 것이 보였다. 샤오징이 얼른 웃으면서 말했다. "옷을 여기 걸어 두면 더러워져요! 제가 치울게요." 그러자 위쯔치가 웃으며 말렸다. "그냥 거기 걸어 두렴." 샤오징이 아버지 옆으로 바짝 다가왔다. "아버지, 2년 동안 너무 고생 많으셨어요." 위쯔치가 고개를 돌려 딸의 어깨를 토닥이며 말했다. "아니, 아버진 괜찮아. 샤오징, 밖에 나가 좀 앉자꾸나." 샤오징이 순순히 그를 따라나왔다. 위쯔치가 먼저 자기 침대에 올라앉은 다음 침대를 툭툭 두드렸다. "샤오징, 샤오하이, 이리 와서 아버지 옆에 앉아 보렴." 샤오징과 샤오하이가 아버지 양 옆에 나란히 앉았다. 위쯔치가 슬픈 눈으로 샤오징의 얼굴을 들여다보았다. "샤오징, 넌 갈수록 엄마를 닮아 가는구나!" 그러자 샤오징은 짧은 갈래머리를 뒤로 넘기더니 두 사람을 번갈아 보았다. "참! 선물을 가져왔는데, 잠깐만요." 샤오징은 뛰어가서 자기가 가져온 여행 가방을 풀더니 콩 한 자루를 꺼내서 들어 보였다. "이거 우리가 직접 심어서 거둔 거예요. 아버지는 매운 콩장을 좋아하시니까 볶아 드시면 될 거예요!" "잘됐구나! 요즘 간부 학교에 갈 때 늘 짭짤한 밑반찬을 조금씩 싸 가거든. 그 정도면 1년은 충분히 먹겠다!" 샤오징은 또 다른 가방에서 풀 한 다발을 꺼냈다. 샤오하이가 웃음을 터뜨렸다. "그건 무슨 풀이야?" "너한테 보여 주려고 가져온 거야. 헤이룽장성에 세 가지 보배가 있는데, 인삼, 수달피, 우라초가 그거야. 이게 바로 그 우라초야. 봐라, 가늘고 부드럽고 질기지? 아버지, 겨울에 신발 바닥에 이걸 깔면 굉장히 따뜻해요!" "보배가 세 가지라면서 한 가지만 가져온 거야?" 샤오징이 큰 소리로 웃으면서 동생의 머리를 톡 쳤다. "그럼 지식청년 나부랭이가 인삼이나 수달피같이 비싼 걸 어떻게 사 오니? 어찌 그런 생각을 했슴둥?" 그 말을 듣고 샤오하이와 위쯔치가 큰 소리로 웃었다. "어쨌든 나한테도 뭐 먹을 거라도 좀 사 왔어야 되는 거 아냐?" 샤오하이가 투덜거리자 샤오징은 재빨리 가방을 뒤져 큼지막한 종이 꾸러미를 꺼냈다. "옜다, 먹을 거! 이 먹보야!" 샤오하이가 꾸러미를 풀어 보니 넘나물, 목이버섯, 그리고 벌집같이 생긴 것 몇 개가 들어 있었다. 샤오하이가 그 벌집같이 생긴 것을 들고 아버지한테 물었다. "이게 뭐예요? 이것도 먹는 거예요?" 위쯔치가 그것을 받아 들었다. "이건 '원숭이머리'라고 하는 버섯 종류란다. 아주 맛있는 거야. 엄마가 무척 좋아했는데."

아버지가 또 어머니 얘기를 꺼내자 샤오징은 가방에서 물건 꺼내는 것을 그만두고 일어났다. "지나간 일은 이제 더 이상 생각하지 마세요. 전에는 저도 늘 그 생각만 했어요. 아버지도 아시겠지만, 제가 엄마를 그렇게 만들었다는 생각에 너무 괴로워서 집을 떠났던 거예요. 그런데 나중에 점점 그게 아니라는 생각이 들었어요. 엄마는 제가 아니라 나쁜 놈들이 그렇게 만든 거라고요. 그놈들이 저주스러웠어요. 그래서 그놈들한테 복수할 생각만 하다 보니 감정적으로 스스로 자학하는 일은 많이 줄었어요." 샤오하이가 눈을 동그랗게 뜨고 물었다. "나쁜 놈들이 어디 있는데?" "나도 몰라."

샤오징의 말을 듣고 위쯔치는 깜짝 놀랐다. 이 아이가 정말로 어른이 다 됐구나 싶었다. 그는 샤오징을 바라보며 회한이 서린 목소리로 말했다. "삶이 너희를 조숙하게 만들고, 아버지는 더 빨리 늙게 만들었구나!" 그는 무심결에 벌써 반백이 된 머리카락을 만지작거렸다. 샤오징이 눈시울을 붉혔다. "아버지, 하나도 안 늙으셨어요. 이제 해방되셨으니 다시 시를 써 보세요. 시를 쓰면 젊어진대요." 위쯔치가 딸에게 고개를 끄덕였다. "암, 써야지. 쓰지 않으면 홍 할아버지한테 미안하고 엄마한테도 미안하지 않겠니?" 아버지의 두 눈썹이 꿈틀거리는 것을 본 샤오징은 아버지의 감정이 또 북받치고 있음을 알아차렸다. 그녀는 아버지의 이런 표정이 가장 두려웠다. 그녀는 재빨리 아버지의 얼굴에서 눈을 떼며 조용히 말했다. "아버지, 진작부터 드리고 싶은 말씀이 있었어요. 재혼하세요! 지금처럼 사는 건 너무 힘들잖아요!"

딸의 말을 들은 위쯔치의 눈에 눈물이 고이고 뭔가 할 말이 있는 듯 입술이 실룩거렸다. 하지만 그가 입을 열기도 전에 샤오하이가 언니를 탓하는 소리가 들려왔다. "왜 아빠더러 재혼하라는 거야! 난 새엄마 싫어! 난 평생 아빠하고만 살 거야!" 샤오징이 눈짓으로 동생을 나무랐다. "넌 어려서 몰라!" "뭘 몰라? 룽룽 언니네 엄마도 새엄만데 얼마나 못됐다고! 난 새엄마 싫어!" 샤오하이는 그렇게 말하면서 아버지 품에 머리를 파묻었다. 아이들이 다투는 것을 보며 위쯔치는 하려던 말을 삼키고 말았다. 대신 짠한 듯 샤오하이의 귀를 잡아당겼다. "날마다 언니 보고 싶다고 노래를 부르더니 오자마자 싸우기는! 그 얘긴 그만하고 우리 저녁 먹어야지?" 샤오하이가 고개를 쳐들고 외쳤다. "원숭이머리 먹어요!" "좋아, 먼저 끓는 물에 담가야지. 반찬은 누가 사러 가지?" 샤오징의 말에 위쯔치가 대답했다. "물론 이 아버지가 가야겠지!" 위쯔치는 이렇게 말하고는 나일론 주머니를 들고 밖으로 나갔다.

샤오징과 샤오하이, 둘은 주방으로 갔다. 쌀을 일면서 샤오징이 부드러운 목소리로 샤오하이를 타일렀다. "샤오하이, 너도 이젠 철이 좀 들어야지. 아버지가 하시는 일에 너무 참견하면 안 돼." 샤오하이는 입을 쭉 내밀면서도 고개를 끄덕였다.

쟈셴주의 모험

집에 도착한 유뤄빙과 유원이 막 대문을 열려는데 쟈셴주가 불쑥 나타났다. 쟈셴주는 이웃이자 상부 지도자인 유뤄빙을 찾아가 자기 심사 얘기나 해 볼까 싶어 벌써 반나절이나 자기 집 창문으로 아파트 입구를 쳐다보며 기다리고 있던 중이었다. 그는 자기는 왜 '해방' 되지 못했는지, 상부에서는 왜 자기의 사랑스런 딸 춘쑨(春筍)*을 고려해 주지 않는지 묻고 싶었다.

춘쑨은 그가 가장 예뻐하는 막내딸이었다. 춘쑨이란 예쁜 이름은 부모의 은혜를 받든다는 뜻과 딸이 성공하기를 바라는 부모의 기대를 담아 그가 직접 지어 준 것이었다. 아이는 정말 봄 죽순처럼 잘 자라나 1968년에 고등학교를 졸업했다. 당시의 규정에 따르면 고등학교 졸업생은 모두 다 예외 없이 농촌으로 가 살아야 했다. 춘쑨도 화이베이(淮北) 핑위안(平原)에 있는 농촌으로 배정을 받아 갔다. 그녀는 날 때부터 몸이 허약했을 뿐 아니라 죽어도 떼어 놓지 못할 만큼 음악을 좋아했다. 노래 부르는 것도 좋아하고 바이올린 켜는 것도 좋아했던 그녀는 소학교 때부터 장래에 음악가가 되리라 결심했다. 그런데 농촌으로 갈 수밖에 없었으니 그녀의 꿈은 물거품이 되고 만 것이었다. 갈 때 바이올린을 들고 가긴 했지만 거기서는 도무지 연습을 할 수가 없었다. 발성 연습도 하고 싶었지만 날마다 힘든 노동에 지쳐 밥 먹으려 입 벌릴 힘도 없는 마당에 발성 연습할 힘이 어디서 나오겠는가? 춘쑨은 부쩍 우울해하기 시작했고 1년도 못 되어 병이 나고 말았다. 신경 계통의 병이라고 했다. 별수 없이 쟈셴주는 딸을 집으로 데려와 치료하기 시작했다. 하지만 어떻게 완치시킨단 말인가? 이제 갓 스무 살밖에 안 된 딸아이의 지력(智力)은 급속도로 떨어졌다. 딸은 하루 종일 창가에 멍하니 앉아만 있었다. 밥 먹고 옷 입는 것도 모두 엄마가 도와주어야만 했다. 하지만 음악에 대한 반응만큼은 예전 그대로였다. 라디오에서 음악이 흘러나오면 그 아이의 눈에 금세 생기가 돌았다. 그 아이가 켜는, 마치 흐느끼는 듯한 그 바이올린 선율은 여전히 감동적이었다. 쟈셴주 부부는 이 딸아이 걱정에 애간장이 녹았다. 백방으로 수소문도 해 보고 빈하이의 병원이란 병원은 안 가 본 데가 없었다. 하지만 다 소용없었다. 옆집에 사는 스즈비가 늘 와서 이 가련한 부부를 위로해 주었다. "정신적인 병은 정신적으로만 고칠 수 있대. 춘쑨이 음악을 할 수만 있게 된다면 병도 나을 거야." 그 점은 쟈셴주 부부도 알고 있었다. 하지만 어디서 그런 기회를 찾는단 말인가? 그 많던 전문 예술 단체들은 이미 해체된 지 오래였고 유명한 음악가들도 전업을 하거나 집에만 처박혀 있는 상황이었다. 게다가 춘쑨처럼 '늙은 반혁명 분자'의 딸을 어디서 받아 준단 말인가?

그러던 중 올 5월에 고대하던 기회가 찾아왔다. 쟈셴주 고향의 군부대 문예 공작단이 빈하이에서 배우들을 모집했던 것이다. 소식을 들은 쟈셴주는 사방팔방으로 인사를 다니며 사정을 해서 겨우 시험에 응시할 수 있도록 등록을 마쳤다. 시험 당일, 쟈셴주와 그의 부인은 춘쑨을 말끔하게 단장시키고는 딸에게 음악회에 데려가 독창을 하게 해 주겠다고 말했다. 그러자 오랫동안 동태눈처럼 죽어 있던 그녀의 눈이 반짝반짝 빛나기 시작했고 누렇던 얼굴에도 혈색이 돌았다. 부부가 춘쑨을 데리고 시험장에 들어가 보니 10여 명의 남녀 젊은이들이 노래도 부르고 악기도 연주하며 한창 시험 준비를 하느라 왁자지껄했다. 그 광경을 본 춘쑨은 언제 그랬냐는 듯 완전히 정신을 회복한 것처럼 보였다. 이윽고 그녀의 차례가 돌아왔다. 그녀는 마치 경험이 풍부한 중견 배우처럼 떨지도 않고 아주 자연스럽게 노래했다. 먼저 지정곡인 「혁명 모범극[樣板戲]」* 두 소절을 불렀다. 가사 전달력도 뛰어나고 목소리나 감정 모두 풍부했다. 심사하던 심사 위원 중 한 사람이 무척 만족스러운 눈길로 그녀를 바라보았다. 춘쑨의 얼굴에 더욱더 생기가 오르고 눈은 더욱 빛이 났다. 춘쑨이 심사 위원에게 말했다. "제 목소리는 창극을 하기에는 적합하지 않습니다. 다른 노래를 하나 불러 봐도 되겠습니까? 괜찮으시다면 「조국 송가」를 불러 보겠습니다." 심사 위원이 응낙하자 춘쑨이 노래를 부르기 시작했다.

오성홍기(五星紅旗) 휘날리고,
승리 노래 드높아라.
노래하자 우리 조국,
번영과 부강을 향해!

산을 넘고 들을 지나,
황하 장강 뛰어 건너.
아름답고 너른 대지,
발전하는 사회주의!

누구에게나 익숙한 노래였다. 하지만 문화 대혁명 이후 부르는 사람이 많지 않았는데, 오늘 춘쑨이 이 노래를 부른 것이다. 그것도 아주 훌륭하게 불렀다. 시선은 약간 위쪽을 향하고 손은 자연스럽게 내린 그녀의 모습은 조금도 과장되거나 어색하지 않았다. 그런데도 그녀의 노래 속에서 사람들은 바람에 나부끼는 홍기와 환호하는 군중과 웅장한 산천과 아름다운 대지를 보는 듯했다. 그녀의 노랫소리는 마치 한 줄기 샘물처럼 사람들의 마음으로 흘러

들어 그 마음을 데리고 산을 넘고 들을 지나며 황하와 장강을 따라 동쪽 바다로 흘러들며 날아오르는 듯했다. 춘쑨의 연회색 눈동자에 눈물이 고이더니 홍조 띤 두 볼을 따라 천천히 흘러내렸다……. 쟈셴주는 말라비틀어진 자기 몸뚱이에 갑자기 신선한 피가 흘러드는 것만 같았다. 그는 긴장해서 땀에 젖은 아내의 손을 꼭 쥐며 나직이 중얼거렸다. "춘쑨이가 살았어! 우리 춘쑨이가 이제 살아났다고!"

춘쑨! 넌 이제 막 땅을 비집고 나온 새싹처럼 향기로운 흙을 밟고 영롱한 이슬을 이었구나. 어서 자라렴, 조국이 네게 권리를 주나니! 우리, 네 노래를 들은 평범한 관중들은 모두 만장일치로 너를 통과시켰다. 너를 합격시키노라!

시험이 끝나자 심사 위원이 춘쑨에게로 와 악수를 청했다. "집에 가서 통지를 기다리시오." 쟈셴주 부부는 뛸 듯이 기뻐하며 딸을 데리고 집으로 돌아왔다. 그때부터 그들은 조바심을 치며 통지서가 오기를 눈이 빠지도록 기다렸다. 1주일 뒤 춘쑨 앞으로 편지한 통이 왔다. 그 심사 위원이 쓴 것이었다. 그는 너무나 애석하다며 이렇게 썼다. "정말 애석하게도 지금은 동무를 뽑을 수가 없습니다. 절대로 실망하지 말고 계속 정진하기를 진심으로 바랍니다. 동무 아버지의 문제가 해결되면 즉시 우리에게 편지를 주십시오……." 편지를 읽고 난 춘쑨은 왈칵 울음을 터뜨리더니 다시 멍한 상태로 돌아갔다. 그 뒤로 그녀는 「조국 송가」만 끝없이 반복해서 불렀다. 그날 홍분으로 빛나던 그녀의 눈에는 이제 깊은 우울만 남았다. 쟈셴주의 마음도 다시 점점 무거워졌다. 언제쯤 자기가 '해방'되어 사랑하는 딸을 고통에서 구해 낼 수 있을까! 하루도 그 생각을 하지 않는 날이 없었다. 간부 학교에서 그는 이전보다도 한층 더 몸을 사리고 전전긍긍하면서 '적극성'을 보였다.

리융리에게 좋지 않은 인상을 남겨 자기의 '해방'에 나쁜 영향을 줄까 겁이 나서였다.

마침내 희망이 찾아왔다. 리융리가 '한쪽으로 밀려난 사람들' 중에 일부를 '해방' 시키기로 하고 그 명단을 선포한다는 소식을 들었다. 아무리 따져 보아도 이번만큼은 자기 차례가 틀림없었다. 그날 오전 회의 때 그는 누구보다도 먼저 걸상을 들고 회의장에 도착해 맨 앞줄에 자리를 잡고 앉았다. 그는 리융리가 선포를 마치면 바로 일어나 '마오 주석 만세'를 선창하고 몇 마디 감사의 말도 해야지 하고 미리 준비해 두었다. 그는 '제게 참회와 갱신의 기회를 주신 당과 인민의 기대를 절대 저버리지 않을 것입니다. 반드시 열심히 개조하고 공을 세워 속죄하겠습니다!'라고 말할 작정이었다. 그는 초조하게 리융리 손에 들려 있는 명단을 쳐다보았다. 그리고 리융리의 뾰족한 입에 눈동자를 고정시킨 채 그 입에서 '쟈셴주' 세 글자가 흘러나오기만을 기다렸다. 하지만 리융리가 명단에 있는 일곱 명의 이름을 다 읽도록 쟈셴주의 이름은 들리지 않았다. 그는 자기 귀를 의심했다. 혹시 내가 흘려들었나? 그때 옆에 앉아 있던 펑원펑이 그를 쿡쿡 찌르며 작은 소리로 말했다. "왜 동무 이름이 없을까요? 난 첫 번째가 바로 동무일 거라고 생각했는데!" 펑원펑이 결코 악의로 한 말은 아니었다. 하지만 말한 사람은 뜻 없이 해도 듣는 사람은 그게 아닌 법, 그 말을 들은 쟈셴주의 얼굴이 순식간에 노래졌다. '왜? 뭣 때문에?' 쭉 그 생각만 하면서 쟈셴주는 벌떡 일어나 리융리에게 묻고 싶었다. 하지만 리융리의 그 뾰족한 입에 두 눈이 가 머무는 순간 자지러지게 놀란 그는 다른 데로 시선을 돌리고 말았다. 감히 물어볼 용기가 생기지 않았다. 하지만 '왜?'라는 의문은 그의 뇌리에 남아 아무리 해도 떨쳐지지가 않았다. 리융리가 명단을 발표한 뒤 몇 사람이 더 나와 발언을 했지만 그에게는 하나도 들리지 않았다. 그러다가 스즈비의 울음 섞인 '무대 억양'이 그를 깊은 생각에서 깨어나게 만들었다. 그가 놀라서 바라보니 눈물로 범벅이 된 스즈비가 흐느끼면서 발언을 하고 있었다. "저는 해방됐습니다. 이것은 당이 제게 준 두 번째 생명입니다. 노동자 선전대가 저를 구해 준 것입니다. 저는 당과 노동자 선전대의 은혜를 절대 저버리지 않을 것입니다. 저는 풀려 났으나 제 사상은 풀어 줄 수 없습니다. 저는 영원히 꼬리를 내리 고 열심히 개조하여 공으로써 속죄하겠습니다!" 그제야 쟈셴주는 회의가 막바지에 이르렀음을 깨달았다. 에잇! 스즈비의 발언은 자 기가 준비했던 발언과 별반 다르지 않았다. 하지만 자기에게는 그 것을 말할 기회가 없었다. 왜?

"마오 주석 만세! 만만세!" 스즈비가 발언을 끝내고는 갑자기 손을 높이 치켜들며 구호를 외쳤다. 아무런 준비도 없이 앉아 있 던 쟈셴주는 남들이 모두 손을 드는 것을 보고 자기도 얼른 따라 서 손을 들었다. 그런데 왜 갑자기 벌떡 일어서기까지 한 것일까? 자신도 알 수가 없었다. 거기다가 평소에 하던 '전형적인 동작' 대 로 손을 들고 고개를 숙인 채 입으로는 "제가 발언하겠습니다!"라 고 소리까지 쳤던 것이다. 회의장 여기저기서 웃음소리가 터져 나 왔다. 어떤 사람들은 웬일인가 의아해했다. 누구보다 쟈셴주 본인 이 놀랐다. 내가 지금 대체 뭘 하는 거지? 그는 황급히 몸을 아래 로 수그려 보았지만 때는 이미 늦었다. 리융리가 그를 부르더니 씨익 웃으며 물었다. "쟈셴주, 이번에 해방되지 못한 것에 대해 무 슨 할 말이라도 있소?"

"저요? 아닙니다, 아무것도……, 아, 아니요, 전 춘쑨을 생각했 습니다……." 당황한 쟈셴주는 무슨 말을 해야 할지 몰라 안절부 절못했다.

그러자 리융리의 세모난 눈에 조소의 빛이 떠올랐다. "왜, 해방시켜 주지 않아서 정신병이라도 생긴 거요? 춘쑨이라니? 무슨 헛소리를 하는 거요!"

더욱 겁에 질린 쟈셴주가 서둘러 변명을 했다. "아니, 아닙니다! 춘쑨은 제 딸입니다! 그 애는 날이면 날마다 제가 해방되기만을 바라고 있습니다!" 쟈셴주는 자기도 모르게 눈물을 흘렸다. 그 말을 듣고서야 리융리는 너그럽게 웃었다. "그래요? 조급해할 것 없소! 동무 태도만 좋으면 정책은 조만간 동무한테도 실행될 거요. 당의 정책은 언제나 누구에게나 공평하니까." 그러자 쟈셴주가 눈물을 닦고 리융리를 우러러보며 우물쭈물 물었다. "그럼, 저, 리융리 동지가 좀 가르쳐 주십시오. 제 어디가 문제입니까?" 리융리의 얼굴이 굳어졌다. 그러더니 아주 노련하게 고개를 끄덕거리며 말했다. "그건 동무가 스스로 생각해 보시오. 내가 하나부터 열까지 다 알려 줄 수는 없잖소! 자, 해산!"

회의가 끝나고 사람들은 다 흩어졌지만 쟈셴주는 여전히 그 자리에 멍하니 서 있었다. 청쓰위안이 안쓰러워하며 그를 잡아끌었다. "라오쟈, 일하러 가야지요! 갑시다!" 쟈셴주가 곧 그 뒤를 멍하니 따라 나왔다. 가는 길에 청쓰위안은 조용히 그를 위로해 주었다. "라오쟈, 어떤 일은 너무 심각하게 생각할 필요 없어요. 생각해 봐야 소용도 없고. 동무 몸 잘 챙기고 춘쑨이나 잘 돌보도록 해요." 쟈셴주는 고마워서 고개를 끄덕이며 또 눈물을 흘리려 했다. 그때 스즈비가 따라붙으며 말을 걸었다. "당신도 참 바보야! 아니, 왜 자기 스스로 무덤을 파는데?" 쟈셴주가 억울하다는 듯이 스즈비를 쳐다보았다. "그래, 말 좀 해 봐. 내 태도 어디가 나쁜가?" 스즈비는 동정 반 놀림 반으로 말했다. "당신은 태도가 너무 좋아서 문제야. 태도가 지나치게 좋아서 해방을 안 시켜 주는 거라고! 쉰이 넘은 사람이 어째 그렇게도 정치적 감각이 없어? 봐, 어떤 정책이든 중요한 인물한테 먼저 실시되기 마련이야. 당신은 너무 소인이라 쓸모가 없어. 당신 같은 사람 해방시켜서 뭐에 쓰겠어?" 스즈비는 잠시 말을 멈추었다가 한숨을 내쉬며 말을 이었다. "사실 나도 뭐 쓸모 있는 사람은 아니지. 그저 사회적으로 좀 유명하다는, 그 알량한 유명세 덕일 거야. 날 해방시킨 건 눈 가리고 아웅 하는 격이지만……, 생색은 나니까!" 이렇게 말하는 스즈비의 얼굴에 신랄하면서도 씁쓸한 웃음이 흘렀다.

겁에 질린 두 눈을 부릅뜨고 스즈비의 이 가공할 만한 분석을 들은 쟈셴주는 속으로 중얼거렸다. "나도 내가 쓸모없다는 거 알아. 하지만 우리 춘쑨은……."

"그러게! 춘쑨이 불쌍하지! 에휴, '해방'을 양도할 수만 있다면 이번 해방은 기꺼이 당신한테 양도할 텐데 말이야. 사실 내가 해방돼도 우리 애들한테는 별 소용없거든. 애들 아빠가 반혁명 수정주의 분자로 몰려 허난(河南)으로 하방(下放)*당해 갔으니!" 말을 마친 스즈비는 비감하게 씨익 웃으며 빠른 걸음으로 멀어져 갔다.

그날 이후 쟈셴주의 마음은 하루도 편할 날이 없었다. 이번 휴가 때 집에 돌아가 아내와 춘쑨에게 어떻게 말해야 하나, 쭉 그 생각만 했다. 청쓰위안과 위쯔치는 '해방'되었는데 자기만 '해방' 되지 않았다는 걸 알면 모녀가 얼마나 상심할까! 아니나 다를까, 어제 간부 학교에서 돌아오자마자 아내가 기대에 부풀어 이렇게 묻는 것이었다. "황단칭이 청쓰위안의 편지를 받았는데 이번 달에 몇 사람이 해방될 거라고 했대요. 당신도 그중에 들어 있어요?" 그는 그냥 "그런 말 들은 적 없는데"라고 얼버무려 버렸다. 하지만 아내의 그 실망하는 눈빛은 비수처럼 그의 심장을 아프게 찔렀다. 딸은 아직도 "오성홍기 휘날리고······"를 부르고 있었다. 그는 창가로 가 딸의 머리를 쓰다듬었다. "춘쑨아, 이제 좀 쉬려무나!" 춘쑨은 크고 슬픈 눈으로 그를 쳐다보며 고개를 저었다. "아니, 아빠, 난 연습해야 돼요. 아빠가 해방되면 난 바로 문예 공작단에 들어갈 거거든요!" 그날 밤 그는 뜬눈으로 밤을 새웠다. 벌레처럼 침대 위에 웅크리고서 밤새 탄식도 감히 하지 못하고 돌아눕지도 못했다. 불쌍한 아내의 근심 걱정을 늘려 주고 싶지 않았기 때문이다. 평생 자기 때문에 고생만 한 불쌍한 아내였다. 그렇게 잠을 설치면서 내일은 꼭 유뤄빙을 찾아가 물어도 보고 사정도 해 보리라 마음먹었다.

쟈셴주는 유뤄빙 부녀의 뒤를 따라 그 집으로 들어갔다. 부녀는 그를 반갑게 맞아 주었다. 유원은 그에게 따끈한 차까지 끓여 주며 다정하게 "아저씨!"라고 불러 주었다. 부녀가 즐겁게 모여 있는 것을 보니 쟈셴주는 더욱 가슴이 아팠다. 그는 찻잔을 들고 "유뤄빙 동지"라고 부르긴 했는데 목이 메어 다음 말이 나오질 않았다. 눈치 빠른 유원은 아버지를 한번 쳐다본 뒤 자기 방으로 들어갔다.

쟈셴주를 바라보자 유뤄빙은 연민이 일어났다. "라오쟈, 자네 고통은 나도 아네. 춘쑨이 내 자식은 아니지만 내 자식이나 마찬가지 아닌가. 하지만 정책이란 게 나도 어쩔 수가 없네그려!"

"당의 정책대로라면 전 해방될 수 없는 건가요?"

"그건 아닐세. 자넨 꼭 해방될 거야. 단지 시간이 문제지."

"하지만 그 시간이 춘쑨한테는 목숨과도 같아요! 유뤄빙 동지! 동지가······." 쟈셴주는 계속 울먹거렸다.

유뤄빙은 길게 탄식을 한 뒤 등나무 의자에 기대앉아 생각에 잠긴 듯 일정한 속도로 허벅지를 두드렸다. 한참 만에 그가 이렇게 입을 열었다. "라오쟈, 솔직히 말하면, 나도 자네를 도우려 했지만 내 능력이 부족했다네. 돕고 싶어도 도와줄 힘이 없단 말일세!"

유뤄빙은 진심에서 우러나 하는 말이었지만, 쟈셴주에게는 '나에게 사정해 봐야 하나도 소용없네'라는 뜻으로 들렸다. 더 이상 말할 필요가 없다고 생각한 쟈셴주는 찻잔을 내려놓고 일어나 작별 인사를 했다. "그럼 일 보십시오!" 깜짝 놀란 유뤄빙이 의자에서 벌떡 일어나 쟈셴주를 붙들었다. "라오쟈, 좀 더 있다 가게. 윈이도 돌아왔으니 나랑 술이나 한잔 하세. 몇 년 동안이나 마시지 못했는데, 오늘은 같이 황주 한잔 하면서 답답한 속 좀 풀어 보세, 응?" 그는 쟈셴주가 대답도 하기 전에 유원을 불렀다. "윈아! 아저씨 댁에 가서 춘쑨 언니 좀 만나 보렴. 아주머니한테 오늘 아저씨 저녁은 우리 집에서 드실 거라고 말씀도 드리고." 유원이 "네"라고 대답하고 아래층으로 내려갔다. "잠깐만 앉아서 기다리게. 내 술하고 안주 좀 사 가지고 올 테니. 그냥 가면 안 되네. 만약 갔다간 앞으로 다시는 우리 집에 올 생각 하지 말게." 오늘따라 그처럼 각별하고 따뜻하게 대해 주는 유뤄빙을 보고 쟈셴주는 속으로 감동하며 그러마고 대답했다.

유뤄빙은 몇 번이나 더 다짐을 한 뒤에야 밖으로 나갔다. 쟈셴주는 유뤄빙의 등나무 의자에 앉았다. 몸집이 왜소한 그는 아예 의자에 파묻혀 거의 보이지 않을 정도였다. 쟈셴주는 더위를 타지 않았기 때문에 여름인데도 긴팔 셔츠를 입고 그도 모자라 언제나 손을 소매 속에 넣고 있었다. 지금도 그는 두 손을 엇갈려 소매 속에 넣은 채 팔꿈치를 무릎에 올려놓고 멍하니 땅바닥만 쳐다보았다. 마음은 온통 뒤죽박죽 심란하기 짝이 없고 두 다리는 뼈만 앙상한 팔꿈치가 내리누르는 힘도 견디지 못해 희미하게 후들거렸다. 그는 의자에 아예 드러누워 눈을 감고 잠시 쉬려고 했다. 하지만 어떻게 마음 편히 쉴 수가 있겠는가? 머릿속은 생각만 더 많아졌다. '뭐빙이 오늘은 참말로 따뜻하게 대해 주는구먼. 그런 따뜻함은 요즘 세상에 보기 드문 것인데. 하지만 그게 다 무슨 소용이란 말인가? 나는 여전히 '한쪽으로 밀려난 사람'이고, 춘쑨도 쭉 괴롭게 생겼는데. 이대로 1, 2년 더 끌다가 춘쑨한테 뭔 일이라도 생기면 마누라랑 나는 어떻게 살까! 반평생을 넘게 살면서 내내 전전긍긍하고 온갖 수모를 다 참고 견딘 것이 다 뭣 때문이었을까? 그게 다 안정된 삶과 따뜻한 가정을 위해서 그런 것 아니겠어? 그건 사람의 가장 기본적인 욕구 아닌가 이 말이야? 해방되기 전 구(舊)사회에서 이 기본적인 욕구 때문에 나는 명예도 지키지 못했고 돌아가신 아버지의 기대도 저버리고 말았지. 해방 이후에는 그래도 열심히 살아서 점점 내 인격도 빛이 나는 것 같았는데, 어쩌다 오늘 같은 지경에 이르렀을까! 지 몸뚱이 하나 건사 못 하고 가족도 건사 못 하고……. 인격이네 명예네 희망이네 이런 건 고사하고 동지들한테 조롱당하고 나도 나 자신을 경멸하는 판에 이르렀으니. 내가 어쩌다 이렇게까지 되었을까?'

"오성홍기 휘날리고……." 아래층에서 춘쑨의 노랫소리가 들려왔다. 틀림없이 유원한테 들려주려고 부르는 것일 게다. 딸의 슬픈 눈동자와 눈물로 범벅된 아내의 얼굴이 다시 쟈셴주의 머릿속에 떠올랐다. 그는 가슴이 찢어지는 것 같았다. 어떻게 해야 할까? 딸이 이대로 더 악화된다면? 생각만 해도 끔찍했다……!

쟈셴주는 절망스러웠다. 정말이지 산도 물도 다 끊긴 곳까지 이른 것 같았다. 그는 몸을 점점 더 오그리며 눈을 더 세게 감았다. 다시는 일어나지 않았으면, 다시는 눈을 뜨지 않았으면…….

"아빠! 아빠!" 그때 딸이 부르는 소리가 들렸다. 놀란 그가 눈을 뜨고 등나무 의자에서 몸을 일으켜 보니 딸이 바이올린을 안고 신이 나서 자기 앞에 서 있었다. 아내와 유원도 춘쑨의 뒤를 따라 들어왔다. 그 둘은 쟈셴주에게 무척 다급한 표정으로 손짓 발짓을 했지만 그는 도대체 무슨 영문인지 종잡을 수가 없었다. 그가 딸의 손을 잡아당겼다. "춘쏸아, 집에 가 있어라. 아빠는 여기서 좀 쉬다 갈게!"

"아빠, 나빠요!" 딸이 생글생글 웃으며 손가락질을 했다.

"뭐? 그게 무슨 말이니?" 쟈셴주의 온몸에 경련이 일었다.

"아빠 해방됐잖아요. 스즈비 아줌마도 해방되고, 청쓰위안 아저씨도 해방되고. 그런데 왜 저한테 말씀 안 해 주셨어요? 아빠 나빠요!"

춘쏸의 기쁨은 아주 진지했다. 마치 10년 전의 어린 춘쏸을 보는 듯했다. 하지만 쟈셴주는 아까보다도 훨씬 더 심하게 떨고 있었다. 딸에게 어떻게 설명한단 말인가? "하느님 맙소사!" 그는 신음하며 등나무 의자에 파묻혀 버렸다.

"아빠, 문예 공작단에 나 데려가라고 편지 좀 써 주세요!" 딸이 쟈셴주를 흔들며 졸라댔다.

옆에 서 있던 유윈이 눈물을 흘리며 말했다. "아저씨, 모두 제 탓이에요. 거짓말을 하지 말았어야 하는데, 전 그러면 좋아할 줄 알고 그만……."

춘쏸의 어머니도 울기 시작했다.

춘쏸은 고개를 갸웃거리며 아버지, 어머니, 유윈을 번갈아 쳐다보더니 손에 있던 바이올린을 쳐들었다. "여러분도 저처럼 기쁘죠? 제가 노래 불러 드릴게요." 그녀는 바이올린을 켜면서 또 노래를 부르기 시작했다.

산가(山歌)를 불러 당에 바치네,
당은 어머니와도 같아…….

"저 애 좀 어서 데려가 줘!" 쟈셴주가 또 신음을 내뱉으며 유원과 아내에게 부탁했다.

유원과 춘쑨 어머니는 춘쑨의 팔을 한 쪽씩 붙들고 밖으로 나갔다. 문을 나서기 직전 아내가 걱정스러운 듯 물었다. "같이 안 가요?" 쟈셴주는 힘없이 손을 저었다. "아니, 나 좀 쉬게 놔둬!"

조용히 문이 닫히고 다시 쟈셴주 혼자만 남았다. 하지만 춘쑨의 노랫소리는 아직까지 들려왔다. "당의 햇살이 내 마음을 비추네⋯⋯." 그는 더 이상 듣고 있을 수가 없었다. 그는 용수철처럼 의자에서 벌떡 일어나 미친 듯이 방 안을 맴돌았다. "하느님, 하느님! 우리 애 좀 구해 줘요! 우리 애 좀 구해 달란 말이오!" 그는 절망과 공포에 젖은 눈으로 방 안을 이리저리 둘러보았다. 딸아이를 구해 줄 뭔가를 찾으려 했지만 아무것도 찾아내지 못했다. 그의 시선이 문에서 책장으로, 다시 책장 위 벽으로 옮겨 갔다. 갑자기 그 벽에 걸려 있던 유리 액자가 생각났다. 액자 안에는 자기가 손수 써서 유뤄빙에게 선물한 글씨가 들어 있었다. 문천상(文天祥)의 「정기가(正氣歌)」를 쓴 것이었는데, 지금은 보이지 않았다. 틀림없이 문화 대혁명 때 떼어 냈으리라. 왜냐하면 그건 쟈셴주, '잡귀'가 쓴 것이니 말이다.

'내 맘에 쏙 들어서 써 준 시였는데. 사실 그때 격려가 필요한 건 바로 나였으니까⋯⋯.' 쟈셴주는 마음속으로 기억을 더듬으며 입으로 소리 없이 시구절을 외워 보았다. '⋯⋯살면서 자고로 죽지 않는 자 있던가? 일편단심으로 청사에 비추리라.'

쟈셴주는 머릿속으로 '자고로 죽지 않는 자 있던가?'라는 구절을 붙들고 흠칫했다. 생각도 거기서부터 갈라졌다. '나야 물론 문천상에 비길 수가 없으니 무슨 정기(正氣) 같은 것을 논하지는 못하겠지만, 최소한 인간미(人氣)는 조금 있겠지? 마누라도 가엾게

374

여길 줄 알고 딸내미도 예뻐하고 또 나날이 발전하고 싶어 하기도 하고. 그런데 지금은 그것도 제대로 하기 어려우니 차라리 죽느니만 못 하네. 자고로 죽지 않는 자 있던가? 인간미로 오명을 씻으리라! 그래, 죽어 버리자. 차라리 죽어 버리자!'

문득 위쯔치 아내의 형상이 뇌리를 스치면서 온몸에 소름이 돋았다. 순식간에 몸을 돌린 그는 곧장 베란다로 달려가 몸을 날렸다⋯⋯.

"세상에! 사람 살려!" 막 아파트로 들어서던 유뤄빙은 찢어질 듯한 비명 소리에 깜짝 놀라 그 자리에 우뚝 멈추어 섰다. 얼른 고개를 들어 보니 어떤 사람이 바로 자기네 집 베란다에서 떨어지고 있었다. 그는 너무 놀라서 생각할 겨를도 없이 그 사람을 받으려고 들고 있던 시장바구니를 얼른 내밀었다. 하지만 그 사람은 그의 바구니에도 땅에도 떨어지지 않았다. 하느님이 손을 내밀어 그를 구해 주신 것이었다. 그는 창문 옆에 있던 전깃줄에 걸려 오동나무 위로 튕겼다가 나뭇가지에 걸렸다가 얼마 뒤 땅으로 떨어졌다⋯⋯.

혼비백산한 유뤄빙은 제자리에 얼어붙은 듯 서서 꼼짝도 하지 않았다.

"살려 줘⋯⋯." 들릴 듯 말 듯한 목소리가 유뤄빙을 깨웠다. 쟈셴주가 땅바닥에 널브러진 채 초점 없는 눈으로 그를 쳐다보고 있었다. 그제야 유뤄빙은 꿈에서 막 깬 것처럼 주위를 둘러싸고 있던 사람들과 함께 서둘러 쟈셴주를 땅에서 일으켰다. 큰 상처가 없는 것을 확인하고는 사람들이 그를 부축해서 집까지 데려다 주었다. 그의 아내가 울부짖으며 안에서 뛰쳐나왔다.

"당신, 왜 그래요?" 노랗게 질린 채 눈물범벅이 된 아내를 쟈셴주는 눈을 동그랗게 뜨고 쳐다보았다. 그런 다음 고개를 천천히 돌리며 주위에 서 있는 사람들을 하나하나 쳐다보았다. 춘순의 멍한 얼굴, 눈물로 얼룩진 유원의 얼굴, 망연자실한 유뤄빙의 얼굴, 근심스러워하는 스즈비의 얼굴, 불안해하는 청쓰위안의 얼굴, 격분한 황단칭의 얼굴……. 그는 아무 말도 하지 못했다. 가슴속에 핏덩이가 한데 뭉쳐 위로위로 솟구쳐 오르는 것만 같았다. 핏덩이는 목구멍으로, 그리고 차갑게 마비된 입술까지 솟구쳐 올랐다……. "으아아……." 쟈셴주는 끝내 어린아이처럼 울음을 터뜨리더니 흐느끼기 시작했다.

"아빠!" 춘순이 천천히 아버지 앞으로 다가가더니 델 것처럼 뜨거운 손으로 아버지의 눈물을 닦아 주었다. 쟈셴주는 힘겹게 한 손을 들어 딸의 머리를 감싸안았다. 그러고는 자기 얼굴에 딸의 머리를 끌어당기며 나직이 속삭였다. "아빠, 해방됐다!" 말을 마치자마자 그는 또 얻어맞은 아이처럼 통곡을 했다.

물의 부력

이제 샹난은 채소 생산조 조장이 되었다. 위쯔치와 청쓰위안은 샹난 수하의 두 '노병(老兵)'이었다. 샹난에게 채소 재배는 자수를 놓는다거나 뜨개질을 하는 것만큼이나 생소했다. 간부 학교에 온 이래 농사일은 적잖이 해 보았지만 대부분 지게 지고 거름 나르는 것처럼 막일이었던 까닭에 정작 채소 다루는 법에 대해서는 여태껏 아는 게 거의 없었다. 하지만 위쯔치는 달랐다. 그는 어려서 농사도 지어 본 데다 옌안에서 '대생산 운동'에도 참여해 본 경험이 있어서 웬만한 건 못 하는 게 없었다. 청쓰위안도 농사는 잘 몰랐지만 선인장 따위를 키우는 취미가 있었기에 채소 재배에 대해서도 상당한 지식을 활용할 수가 있었다. 그 때문에 이 두 '노병'은 샹난의 참모 구실도 겸하게 되었다.

계절은 바야흐로 '이중 돌격[雙搶]'*의 농번기였다.

강남 지역 농촌의 '이중 돌격' 상황에 대해서는 도시 사람들은 물론이고 북방의 농민들도 상상하기 어려울 것이다. 생각해 보라. 논 하나에서 아침에는 수확을 하고 저녁에는 그 자리에 다시 늦벼를 심는데 그것도 하루 이틀 안에 서둘러 끝내야만 한다. 서둘러 수확하고 서둘러 심고……. 모든 걸 서둘러야만 한다. 그래서 해마다 이맘때가 되면 어느 한 사람 살이 쭉쭉 빠지지 않는 이가 없었다.

5·7 간부 학교도 마찬가지로 바빴다. 그들은 자기에게 맡겨진 임무를 완수해야 할뿐더러 부근 생산대의 '이중 돌격'도 도와야 했다. 그날 샹난의 채소 생산조는 하루 종일 벼를 베었다. 새벽 4시부터 오후 4시까지 열두 시간 꼬박 일을 한 것이다. 일을 끝내고 돌아올 무렵에는 모두 뼈마디가 죄다 쑤셨다. 게다가 날은 어찌나 더운지 온통 퀴퀴한 땀으로 범벅이 되어 있었다. 많은 사람들이 곧장 숙소로 돌아가 쉬는 대신 새로 판 강으로 가서 흐르는 물에 뛰어들었다.

문인협회 남자들도 절반은 강물에 뛰어들고 또 나머지 적지 않은 수는 강가에서 옷을 빨았다. 그래서 남자 숙소에는 위쯔치, 청쓰위안, 쟈셴주 이렇게 세 사람만 있었다. 지난번 쟈셴주의 자살 기도 사건은 간부 학교에도 알려져 사람들의 웃음거리가 되었다. 특히 펑원펑을 통해 있는 말 없는 말이 보태지면서 고금에 찾기 힘든 한바탕 소동처럼 되고 말았다. 쟈셴주가 가는 곳마다 사람들이 그를 손가락질하며 수군대거나 시시닥거렸다. 덕분에 쟈셴주는 더욱 겁이 많아지고 말았다. 일하고 밥 먹는 것 외에 그는 되도록 바깥에 나가지도 않았고 사람들과 마주치는 것도 피하려 했다.

오늘도 그는 논에서 돌아오자마자 곧장 침대 위에 드러누워 모기장을 쳐 놓고 완전히 없는 사람처럼 숨소리조차 내지 않았다. 그래도 청쓰위안과 위쯔치가 그를 잊지 않고 챙겼다. 그들은 오늘 쟈셴주가 지칠 대로 지쳐 있다는 것을 알았다. 그런데 저렇게 더러운 옷까지 입은 채 자리에 들면 절대 피로가 풀리지 않는 법이었다. 그들은 쟈셴주가 목욕이라도 하는 것이 좋겠다고 생각했다. 일이 끝나자 위쯔치는 바로 강으로 가지 않고 먼저 숙소로 돌아와 식당에 가서 보온병에 끓는 물을 받아 왔다. 청쓰위안은 타 놓았던 자기 찻잔의 찻물을 쟈셴주의 찻잔에 반쯤 부어 주었다. 그러자 쟈셴주가 모기장 밖으로 얼굴을 내밀며 말했다. "어서 수영하러들 가시오. 난 내가 알아서 일어날 테니." 위쯔치가 그런 그를 위로했다. "괜찮아요, 라오쟈. 일어나면 창고로 가서 뜨거운 물로 몸을 좀 닦아 봐요. 그러면 한결 개운할 테니." 쟈셴주가 침대에서 일어나는 것을 본 뒤에야 위쯔치와 청쓰위안은 수영복으로 갈아입고 강으로 나갔다.

상난과 왕유이는 진작부터 수영을 하고 있었다. 상난은 벌써 1000미터도 넘게 헤엄쳐 대교 가까이까지 갔다. 그녀는 하늘을 향해 물 위에 드러누워 헤엄을 쳤다. 그녀의 빨간 수영복이 석양빛을 받아 더욱더 선명한 빨간색으로 보이는 바람에 멀리 떨어진 곳에서는 마치 불덩이 하나가 물 위를 떠가는 것처럼 보였다. 왕유이는 상난과는 정반대 방향으로 헤엄치고 있었다. 그는 수영 대장이라 해도 손색이 없을 만큼 수영을 잘 했다. 속도도 빠르고 오래도록 지치지도 않았다. 단지 자세가 그리 멋지지 않았던 터라 다른 사람들이 '개헤엄'이라고 놀릴까 봐 사람들 눈에 띄지 않는 곳에서 헤엄을 치곤 했다. 오늘은 유뤄빙도 물에 들어갔다. 하지만 수영을 한 건 아니고 그냥 물가에 서서 몸에 찬물을 끼얹는 정도였다. 그는 청쓰위안이 수영복을 입고 걸어오는 것을 보고 깜짝 놀랐다. "아니, 자네 언제부터 수영할 줄 알았나?" 청쓰위안이 안경을 밀어 올리며 대답했다. "정확하게 말하자면, 오늘부터 배울 작정이네!" 확실히 청쓰위안은 수영을 할 줄 몰랐다. 수영의 의의나 가치에 대해서는 벌써부터 나름대로 연구한 바가 있었지만 안타깝게도 실천에 옮길 기회가 없었던 것이다. 그런데 이제 그 기회가 생겼다. 천연의 수영장도 생긴 데다 위쯔치가 자진해서 수영을 가르쳐 주겠다고 했으니 말이다. 그래서 그는 이번 달 집에서 간부 학교로 올 때 파란색 새 수영복을 가지고 왔는데 오늘 드디어 '물에 들어가는 의식'을 거행하게 된 셈이다.

위쯔치는 청쓰위안을 부축해 한 발 한 발 물속으로 들어갔다. 물이 가슴께까지 차는 곳에 이르자 발이 자꾸 미끄러지고 몸이 조금씩 떠오르려 해서 똑바로 서 있을 수가 없었다. 청쓰위안은 속으로 '이게 바로 부력이란 거구나! 수영 배우는 것도 그리 어렵지 않겠는걸, 뭐. 벌써 부력을 파악했는데 물에 뜨는 게 대수겠어?' 라고 생각했다. 그래서 그는 위쯔치에게 이렇게 말했다. "잠깐 손 좀 놔 보게. 나 혼자 해 볼 테니." "먼저 두 손으로 무릎을 감싸안고 머리를 물속으로 넣어 봐, 뜰 수 있는지 보게." "책에서 보니까 손으로 무릎을 안는 것은 물에 뜨는 것을 연습하는 방법 중의 하나라던데, 그렇게 안 해도 뜰 수 있겠지? 어차피 원리는 하나잖아." "물론이지. 그럼 편할 대로 아무 자세나 한번 잡아 봐." 청쓰위안이 손바닥을 펴서 수면을 눌러 보았다. 과연 부력이 만만찮게 느껴졌다. 그는 눈을 꼭 감고 입을 내밀어 숨을 깊이 들이마신 뒤 걸상에 앉는 자세로 허리를 꼿꼿하게 펴고 물속으로 들어갔다. 주변에 서 있거나 물 위에 떠 있던 사람들은 노인네가 저런 꼿꼿한 자세로 어떻게 물에 뜰 수 있으려나 지켜보았다.

몇 초 지났는가 싶더니 금세 30초가 지났다. 사람들은 청쓰위안이 물 위로 뜨기만을 기다리고 있었다. 하지만 수면은 전혀 움직임이 없었다. 당황한 유뤄빙이 물속으로 몇 걸음 옮기다가 다리가 휘청거리자 되돌아나가며 소리쳤다. "라오위, 자네가 한번 들어가 보게!" 위쓰치는 꼼짝 않고 계속 수면을 주시하기만 했다. "좀 더 기다려 보자고." 다시 30여 초가 흘렀지만 여전히 아무런 움직임이 없었다. 사람들이 모두 긴장하기 시작했고 몇몇은 소리를 지르기도 했다. "라오청!" "청쓰위안!" 그중 상난의 목소리가 제일 컸다. 그녀는 소리치면서 한편으로 위쓰치를 탓했다. "모두 동무 탓이에요! 빨리 들어가 보지 않고 뭐 해요? 난 들어가고 싶어도 잠수를 못 한단 말예요." "라오청이 뭔가 생각이 있어서 그러는 것일 테니 별일 없을 거요." 말은 이렇게 하면서도 속으로는 아무래도 걱정이 되었던 모양인지 그는 벌써 물속으로 들어갈 태세를 하고 있었다. 그때 갑자기 청쓰위안이 들어간 자리에서 물결이 일더니 그가 천천히 물 밖으로 나왔다. 와자지껄 너도나도 그에게 무슨 일인지 물었다. "거 참! 물의 부력이 나한테는 작용하지 않나 보네. 강바닥에 앉아서 숨을 꾹 참고 뜨기만 기다리고 있었는데 암만 기다려도 안 뜨지 뭔가. 더 이상 숨을 참을 수가 없어서 그냥 일어난 걸세."

"우리가 동무를 불렀는데, 못 들었어요?" 어떤 사람이 물었다.

"듣긴 들었소. 하지만 급할 것도 없는데 그냥 참을 수 있을 때까지 참아 보려고 했던 거요." 청쓰위안이 진지하게 대답했다.

이야기를 듣는 사람들도 처음에는 다들 진지하게 귀 기울였다. 그런데 긴장이 사라지니까 청쓰위안의 말이 머릿속에 그림으로 그려지기 시작하면서 자꾸만 웃음이 터지려 했다. 결국 그 자리는 순식간에 웃음바다가 되고 말았다. 청쓰위안은 사람들이 왜 웃는

지 영문을 알 수가 없었다. "뭐 우스운 일이라도 있었소?" 청쓰위안이 이렇게 묻자 사람들은 숨이 넘어갈 정도로 웃어댔다. 웃음소리가 어찌나 컸던지 주변에서 수영하고 있던 사람들까지 몰려들기 시작했다. 왕유이도 사람들이 '개헤엄'이라고 놀리든 말든 청쓰위안 있는 데로 어푸어푸 헤엄쳐 왔다. 옆에서 물을 끼얹고 있던 유뤄빙도 사람들이 배꼽 빠져라 웃는 것을 보고 따라 웃었다. "라오청, 하마터면 큰일날 뻔했어! 다행히 무탈하니까 이렇게들 웃지. 일이라도 났어 봐, 그땐 울어도 소용없다네. 라오청, 괜히 헛수고 말고 나나 따라 하게, 이렇게!" 그는 이렇게 말하면서 수건에 물을 흠뻑 적셔 시원하게 몸에 뿌린 뒤 수건 양 끝을 잡고 등을 문지르기 시작했다. 그런데 아직 청쓰위안이 뭐라 대답하기도 전에 유뤄빙이 갑자기 물속으로 미끄러지며 풍덩 빠져 버렸다. 위쯔치가 얼른 그를 부축해 얕은 곳으로 밀어냈다. 청쓰위안이 어리둥절해하며 물었다. "어떻게 된 거야?" "누가 물속에서 내 발목을 확 잡아당기지 뭔가." 위쯔치가 둘러보니 왕유이가 보이지 않았다. 조금 뒤 왕유이가 저쪽 물 밖으로 고개를 내밀더니 이쪽을 향해 얼굴을 찡긋하며 짓궂게 소리쳤다. "깊은 물속에서 한숨 자고 나니 개운하시죠?" 그러고는 잽싸게 개헤엄을 쳐서 저 멀리로 사라져 갔다. 유뤄빙은 고개를 저으며 "물에서는 절대 장난하는 법이 아닐세!"라고 주의를 주고는 강기슭으로 올라가 버렸다. 사람들이 또 한바탕 폭소를 터뜨렸다. 청쓰위안은 정신없이 웃고 있는 샹난을 보고 투덜거렸다. "그만 좀 웃어요! 뭐가 그리 재밌다고!" 너무 웃어서 종아리에 쥐가 난 샹난은 엄지발가락을 있는 힘껏 위로 쳐들면서 터지는 웃음을 꾹 참고 말했다. "남들은 너무 기뻐서 슬퍼진다던데 난 너무 슬퍼서 기뻐진 거라고요. 라오청, 방금 난 동무를 위해 제문까지 준비했다니까요!"

"무슨 제문 말이오?" 청쓰위안이 어리둥절한 표정으로 물었다.

"동무 제사상에 올릴 제문 말예요! 들어 볼래요? 청공은 살아생전 올곧은 위인이었으니 오직 단점이 하나 있다면 국을 즐기지 않으셨다. 그런고로 맨밥에 소시지로 제를 올리니, 오호애재라! 상향(尙饗)!"

"와하하하!" 또다시 폭소가 터졌다. 사람들은 포복절도했다. 웃음을 참고 있던 위쯔치도 이번엔 "요 꼬맹이 녀석!" 하며 웃고 말았다.

사람들이 그렇게 더 웃은 데에는 이유가 있었다. 청쓰위안은 이상하게도 밥 먹을 때 국을 잘 먹지 않았다. 오늘도 논에서 점심을 먹다가 누군가 한마디 했다. "라오청, 오늘처럼 더운 날에는 땀이 많이 나니까 국을 좀 마셔 두는 게 좋아요!" 그러자 청쓰위안이 고개를 끄덕이면서 이렇게 말했다. "나도 아네! 국을 마시면 땀으로 빠진 수분을 보충할 수가 있지. 하지만 난 국을 즐기지 않는다네." '국을 즐기지 않는다'라는 지식인 냄새 물씬 나는 그의 말투 때문에 그 자리에 있던 사람들이 한바탕 웃었다.

사람들이 그렇게 웃는 통에 청쓰위안은 여간 망신스러운 게 아니었다. 그는 상난의 놀림이 지나친 데 화가 나서 좀 혼내 주고 싶었지만 그 방면으론 퍽이나 굼뜬 편이었다. 그는 오른손으로 안경테를 잡고 한참이나 생각한 끝에 느릿느릿 입을 열었다. "내가 만약 운이 좋아 그 제사에 참가했다면 나도 동무한테 제물을 하나 선물했을 텐데……." "뭔데요?" 사람들이 한 목소리로 묻자 청쓰위안이 대답했다. "큰 혓바닥 한 접시!"

"와하하하!" 또 웃음이 터졌다. 이번에는 청쓰위안도 큰 소리로 웃으면서 승자처럼 상난을 쳐다보았다. 사람들과 한바탕 웃고 난 청쓰위안은 이쯤에서 그만두어야지 생각했다. 오늘 마침 리융리나 펑윈펑이 수영하러 나오지 않았으니 망정이지 아니면 또 '잡귀'들이 '꼬리를 쳐든다'고 한소리 들었을 게 뻔하다. 이쯤에서 끝내는 게 좋았다. 그는 웃음을 그치고 샹난에게 말했다. "됐소, 이제 그만 웃고 수영이나 하러 가시오!" 하지만 샹난은 아직도 어떻게 반박할지 궁리하는 눈치였다. 위쯔치는 샹난이 누군가와 말싸움을 할 때 절대 먼저 지는 성격이 아니라는 걸 잘 알았다. 그는 샹난이 또 무슨 말로 청쓰위안을 골탕 먹일까 싶어 얼른 자기가 선수를 쳤다. "꼬맹이, 사람 골탕 먹이는 데는 아주 선수로군. 정말 혓바닥을 베어 버려야 할라나. 동무가 라오청을 비웃지만 동무에게는 라오청 같은 인내력이 없거든. 이제 잠수는 할 줄 아오?"

과연 효과가 있었다. 위쯔치가 대번에 그녀의 약점을 건드렸던 것이다. 샹난이 수영을 배운 지는 이미 오래되었다. 그녀는 배영, 접영, 평영 등 갖가지 자세를 자유자재로 멋지게 할 줄 알았다. 어떤 때는 일부러 '개헤엄'을 쳐서 '다양한' 수영 실력을 과시하기도 했다. 그런데 딱 한 가지, 이상하게도 잠수를 못 했다. 웬일인지 물속에 몸을 담그기만 하면 바로 허우적거리면서 몸이 떠 버렸다. 그녀는 청쓰위안과는 정반대로 자기가 너무 쉽게 부력의 조정을 받는다는 생각이 들었다. 올 여름 들어 위쯔치를 스승 삼아 지금까지 배웠지만 그녀는 여전히 물 위를 떠다니기만 했다. 위쯔치의 말이 끝나자 그녀는 강 한가운데로 가서 혼자 진지하게 연습하기 시작했다. 위쯔치는 그녀와 청쓰위안 중간에서 두 '학생'을 훈련시켰다. 샹난은 거듭 잠수를 시도해 보았지만 그때마다 바로 물 위로 떠오르고 말았다. 그녀는 속상해하며 위쯔치를 쳐다보았다. 위쯔치가 물었다. "물속에 있으면 느낌이 어떻소?" "답답하고 초조해서 얼른 나오고 싶어요." 그녀는 솔직하게 말했다.

"그게 바로 문제요. 동무는 아직도 무서운 거요. 물 밑에 들어갈 때는 갑갑한 걸 무서워하면 안 되지. 몸에 느껴지는 물의 압력도 무서워하면 안 되고. 물에 뜰 때는 부력을 타야 하지만 가라앉을 때는 압력을 타야 하는 거요! 동무는 압력이 무서워서 머리는 밑으로 집어넣으면서도 손은 위로 뻗으니까 자연히 위로 뜰 수밖에. 자, 다시 한 번 해 봐요! 머리를 아래로 향하고, 눈은 똑바로 뜨고 바닥을 쳐다봐요!"

샹난은 시키는 대로 한 번 더 시도해 보았지만 역시 떠오르고 말았다. 그녀는 자존심이 상했다. "그만할래요!" 위쯔치가 웃었다. "이것 봐, 동무한테는 인내심이 부족하댔지?" 샹난은 위쯔치를 쳐다보더니 말도 없이 천천히 물 위에 드러누워 팔다리를 펴고 다시 두 손을 머리 밑에 괸 다음 두 발로 가볍게 물을 헤치면서 흘러가 버렸다.

한편 청쓰위안은 한 번 실패했다고 해서 절대 포기하지 않았다. 그는 계속 자기 생각대로 물속에 들어가 앉았다 일어나기를 몇 번이고 되풀이했다. 여전히 떠오르지는 못했지만 자꾸 하다 보니 점점 부력이 느껴지기 시작했다. 물속으로 들어가 앉을 때 상당히 힘이 든다는 걸 느끼기 시작했던 것이다. "이게 바로 부력이 나한테 맞서서 나를 물 위로 밀어내려는 거지, 안 그런가?" 그가 이렇게 묻자 위쯔치가 웃으며 대답했다. "자네가 지쳐서 그래. 쓰위안, 오늘은 여기까지 하지." 하늘을 보니 해가 벌써 뉘엿뉘엿 기울고 있었다. 샹난은 그새 저만큼 가서 헤엄치고 있었다. "가서 샹난을 불러 오지그래. 이따가 내일 일거리 알아보러 같이 생산대에 가 봐야 하지 않나? 나 먼저 올라가겠네." 위쯔치는 고개를 끄덕이고는 개구리헤엄으로 조용히 샹난을 향해 헤엄쳐 갔다. 금방 그녀를 따라잡은 그가 뒤에서 소리쳤다. "샹난! 그만 갑시다!" 샹난은 방향을 바꾸어 위쯔치와 나란히 개구리헤엄으로 강기슭 쪽으로 헤엄쳤다. "앞으로 잠수는 배우지 않을 생각인가?" 샹난이 한숨을 내쉬었다. "휴, 아무래도 전 선천적으로 물에 가라앉지 못하나 봐요." 위쯔치가 고개를 저었다. "물에 뜰 수 있으면 가라앉을 수도 있는 거요. 뜰 줄만 알고 가라앉을 줄 모르면 수영을 할 줄 안다고 할 수 없지. 산다는 건 더더욱 그렇고." 위쯔치의 말에 다른 의미가 있는 듯하여 샹난은 헤엄을 멈추고 그의 다음 말을 기다렸다. 위쯔치도 따라 멈추어 섰다. 하지만 그는 샹난이 그의 말을 기다리고 있는 것을 모르는 듯 무거운 표정으로 하늘만 쳐다보았다.

"말씀 계속하세요!" 샹난이 재촉했다.

"뭘 말이오? 그만 올라갑시다!" 위쯔치는 샹난을 한번 쳐다보더니 '풍덩' 하고 들어가 다시 양 팔을 힘껏 내저으며 강기슭으로 헤엄치기 시작했다. 샹난도 있는 힘을 다해 그의 뒤를 따라 헤엄쳐 갔다.

나루터에 도착한 두 사람은 공교롭게도 그 인사과 여간부와 마주쳤다. 빨래를 하고 있던 그녀는 샹난과 위쯔치가 나란히 기슭으로 올라오는 것을 보고 웃으며 말을 걸었다. "아, 당신들이었군요! 잘 안 보여서 난 원앙 한 쌍이 헤엄치는 줄 알았지 뭐예요! 그런데 왜 벌써들 나와요? 아직 해가 지려면 멀었는데!" '원앙 한 쌍'이라는 말에 샹난은 얼굴이 붉어져 무슨 변명이라도 하려 했는데 위쯔치가 선수를 쳤다. "이따가 생산대에 가려면 얼른 저녁을 먹어야 하거든요." 위쯔치는 그렇게 말한 뒤 샹난을 향해 손짓을 했다. "샤오샹, 빨리 갑시다!" 샹난은 위쯔치의 뒤를 따라 걸으면서도 여전히 불쾌해하며 쫑알거렸다. "참내! 내가 언제부터 자기하고 농담을 주고받는 사이였다고!" "됐소. 빨리 옷 갈아입고 밥 먹으러 갑시다! 괜히 사소한 일에 신경 쓰지 말고." 그래도 샹난은 볼이 부어서 계속 구시렁거렸다. "참 이상해요. 몇 년이 지났는데도 저 사람 속을 모르겠어요. 생각하는 건 언제나 평원평하고 죽이 착착 맞는데 이상하게 저 여자가 얘기하면 마치 공정한 것처럼 변해 버려요. 평원평처럼 그렇게 적나라하지 않단 말이죠. 어쨌든 저 여자랑 같이 있으면 왠지 늘 찜찜해요." 위쯔치가 답답하다는 듯 그녀를 바라보며 말했다. "동무가 속을 훤히 꿰뚫어 볼 수 있는 사람이 몇이나 될 것 같소?" 샹난은 한숨만 내쉬었다.

친애하는 독자들이여, 샹난과 마찬가지로 작가 역시 끝까지 여러분에게 그 여자 간부에 대해 더 자세히 알려 줄 수 없음을 양해해 주기 바란다. 왜냐하면 작가 자신도 그녀에 대해 잘 모르기 때문이다. 그녀는 말수도 적고 눈에 잘 띄지도 않으며 속도 알 수가 없다. 그래서 그녀의 이름을 굳이 알 필요도 없을 것이다. 어떤 사람인지도 모르는데 이름을 안들 무슨 소용이 있겠는가? 여러분은 그저 '여(女)간부'라고만 기억해 두면 될 것이다. 왜냐하면 그녀는 앞으로도 개성이라곤 전혀 없는 이 기호로 몇 차례 더 여러분 앞에 출현할 것이기 때문이다.

혹여 '그가 어떤 사람인지도 모르면서 무슨 소설을 쓴다고 하는가!' 라고 필자를 나무라는 독자가 있을지도 모르겠다. 하지만 친애하는 독자들이여, 한 사람을 안다는 것이 그리 쉬운 일이라고 생각하는가? 인류가 가시벌레[刺毛蟲]처럼 단순한 동물을 이해하는 데도 그토록 오랜 시간이 걸리지 않았던가? 가시벌레를 보라. 예쁜 무늬에 뿔도 가시도 없다. 하지만 그것은 어느 틈엔가 사람을 찔러 참을 수 없을 정도로 고통스럽게 만든다. 그제야 당신은 그것이 사람을 찌를 수도 있음을 알게 되는 것이다. 물론 온몸을 샅샅이 훑어보아도 육안으로는 가시벌레의 가시를 찾아낼 수 없을 것이다. 당신은 그저 느낌으로만 그것이 당신을 찔렀다는 것을 알 수 있다. 그런데 그런 가시벌레보다도 사람은 얼마나 더 복잡한 존재인가 말이다!

위쯔치와 샹난은 숙소 앞에서 헤어진 뒤 각자 옷을 갈아입고 밥을 먹었다. 밥을 다 먹고서 샹난은 생산대에 가려고 위쯔치를 찾아 남자 숙소로 갔다. 위쯔치는 날이 잔뜩 흐린 걸 보고는 침대 위에 놓아 둔 비옷을 가지러 도로 들어갔다. 비옷을 집어 드는 찰나 침대 위에서 책 한 권이 떨어졌다. 마침 그의 침대에 걸터앉아 있던 왕유이가 떨어진 책을 얼른 집어 들었다. 『송사선집(宋詞選集)』이었다. 왕유이가 책에 묻은 먼지를 털면서 위쯔치에게 건네주었다. "참 대단하시네요. 아직도 이런 걸 읽을 시간이 있으세요?" 위쯔치가 보더니 고개를 갸웃했다. "내 책이 아닌데, 누구 건지 모르겠군?" 그가 책을 높이 들고 큰 소리로 사람들에게 물었다. "이 책 누구 거요? 누가 내 침대 위에 둔 거요?" 하지만 아무도 대답하지 않았다. 그러자 왕유이가 책을 획 낚아챘다. "임자 없으면 제가 갖겠습니다!" 왕여이는 말린 쑥 잎으로 만든 책갈피가 끼워진 페이지를 펼쳐 보다가 낮은 소리로 "이런!" 하고 탄성을 지르더니 위쯔치를 슬쩍 끌어당기며 놀려댔다. "이건 책이 아니라 편지 같은데요. 이것 좀 보세요!"

쑥 잎 책갈피가 끼워진 페이지에는 이청조(李淸照)*의 「매화 한 가지〔一剪梅〕」라는 시가 인쇄되어 있었다.

> 연꽃 향기 자자들고 옥자리〔玉簟〕엔 가을이 성큼.
> 명주 치마 살짝 들고, 홀로 꽃배에 오르네.
> 구름 타고 누가 비단 편지 보내 주나?
> 기러기 돌아올 제, 서루(西樓)에는 달빛만 가득한데.
> 꽃은 절로 흩어지고 물도 홀로 흐르네.
> 한가득 그리움, 먼 곳의 애달픔.

그리운 정 풀 길 없어 잊어 볼까 눈 감으니, 마음까지 파고드
는구나.

마지막 세 줄에는 빨간 색연필로 두껍게 밑줄이 그어져 있고 느
낌표까지 두 개나 붙어 있었다. 위쯔치는 잠깐 당황하더니 무슨
생각이 났는지 달려나가 샹난에게 넌지시 물었다. "동무가 내 침
대 위에 책을 갖다 놓은 거요?" 샹난이 영문을 몰라 하며 되물었
다. "제가 무슨 책을 갖다 났다는 거예요? 무슨 일 있어요?" 위쯔
치는 얼굴을 붉혔다. 그는 "아무것도 아니오"라고 대답한 뒤 얼른
방으로 돌아왔다. 그리고 왕유이에게 책을 넘겨주면서 짐짓 큰 소
리로 말했다. "맹세하건대 이 책은 나와 아무 상관도 없소. 가져가
든지 말든지 알아서 하시오! 난 가 봐야겠소."

그가 샹난과 함께 생산대로 떠나자 펑원펑이 건너와 그 책을 살
펴보다가 쑥 잎 책갈피가 끼워진 페이지를 펼쳤다. "그것 참 이상
하군요. 라오위가 해방되자마자 누군가 「매화 한 가지」를 선물하
다니." 옆에 있던 청쓰위안이 대수롭지 않은 일이라는 듯이 말을
받았다. "누가 「매화 한 가지」를 선물했다고 그러오? 어떤 동무가
무심결에 났다가 잊어버린 거겠지. 그게 무슨 큰일이라고 수선을
떠는지, 원!" 왕유이도 맞장구를 쳤다. "맞아요. 남자 숙소에 주인
이 없는 걸 보면 여동무 물건 같은데요. 왜, 시 좋아하는 여동무들
있잖아요, 샹난, 스즈비……."

바로 그때 스즈비가 예의 그 여간부와 함께 들어오며 물었다.
"내가 어쨌다고요?" 왕유이가 얼른 그 책을 그녀에게 건네며 물
었다. "동무가 라오위의 침대에 이걸 놓아 둔 겁니까? 일부러 그
런 겁니까, 모르고 그런 겁니까?" 왕유이는 그냥 농담 삼아 한마
디 한 건데 뜻밖에 스즈비는 얼굴이 온통 빨갛게 물들었다. "그

래요, 내가 놨어요! 일부러 그런 거면 어떻고 또 모르고 그런 거면 어쩔 건데요?" 스즈비가 이렇게 나오자 왕유이는 마땅히 할 말이 없었다. 옆에 있던 여간부가 책을 받아 펼쳐 보더니 의미심장하게 웃었다. "스즈비, 이 책이 동무 거였어요? 동무가 이런 책 보는 건 한 번도 못 봤는데! 다른 여성 동무 것 아닌가요?" 그 말을 들은 펑원펑의 귀가 쫑긋해졌다. "누구 건데요?" 여간부가 또 웃었다. "그거야 함부로 말하기 곤란하죠. 지금 계급투쟁이 얼마나 복잡한데요!" 그 말에 사람들은 더더욱 오리무중에 빠지고 말았다. 이젠 농담 한마디 하기도 어렵게 되었던 것이다. 더욱 불쾌해진 청쓰위안이 혼잣말로 중얼거렸다. "한심하기는!"

위쯔치의 속마음

위쯔치와 샹난이 가려는 칭룽전 인민공사의 춘풍대대(春風大隊) 산하 양류(楊柳) 생산대는 간부 학교에서 4리쯤 떨어져 있었다. 간부 학교의 연대 본부는 채소 생산조에게 내일 양류 생산대에 가서 벼 베기를 도우라고 지시했다. 내일 인력 배치를 제대로 하려면 논이 어디쯤에 얼마나 되는지를 미리 물어 두어야 했다. 샹난 혼자 가도 되는 일이었지만 참모인 위쯔치가 따라가지 않으면 샹난 혼자서는 가 봐야 어떻게 해야 할지 난감해할 게 뻔했다. 생산 노동 배치 방면에서 그녀는 확실히 무능했다.

두 사람이 길에 오른 지 얼마 되지 않았을 때 위쯔치가 주머니에서 복숭아를 하나 꺼내 샹난에게 주었다. 복숭아가 어찌나 맛있던지 샹난은 단숨에 다 먹어 버렸다. 그리고 손에 잔뜩 묻은 복숭아 즙을 장난스럽게 쪽쪽 빨며 위쯔치를 향해 눈을 찡긋했다. "라오위, 방금 누가 시를 선물했다고 했죠! 제 생각엔 말예요, 시보다는 복숭아를 선물하는 게 훨씬 좋을 것 같아요. 맛있잖아요! 누가 만약 저한테 하루에 복숭아 세 개를 선물하잖아요? 그럼 전 꼭 감사의 글을 써서 하늘을 향해 절을 올리고 내년에도 잊지 말고 선물해 달라고 기도할 거예요!"

위쯔치가 웃었다. "하여튼 그 익살 하고는! 동무 머리는 온통 우스갯소리로 가득 찬 것 같군. 그건 어머니한테 물려받은 건가?"

"아니에요! 제 기억으로는 지금까지 엄마가 우스갯소리 하시는 걸 한 번도 들어 본 적이 없어요. 대신 늘 한숨과 울음소리만 들었죠. 오히려 저는 학교 다닐 때 선생님들 영향을 높이 받은 것 같아요. 중학교에 입학하면서부터 엄마와 떨어져 학교에서 지냈는데, 선생님들은 꼭 엄마처럼 불면 날아갈 새라 쥐면 깨질 새라 엄청 예뻐해 주셨죠. 그래서 어려서부터 걱정이 뭔지를 모르고 자랐어요. 이제 좀 알게 되긴 했지만 성격이야 쉽게 고쳐지나요. 어쨌든 전 엄마와는 다른 시대에 살고 있잖아요!"

"어머니는 지금 잘 계시오?" 위쯔치가 걱정스레 물었다.

"못 뵌 지 벌써 두어 해 됐어요. 지난번 갔을 때 보니까 머리는 하얗게 세고 얼굴엔 칼자국 같은 주름이 잔뜩 생겼더라고요. 이제 쉰다섯밖에 안 됐는데 말예요. 어찌나 속이 상하던지."

"그럴 수밖에! 모든 걸 금이야 옥이야 딸한테 죄다 쏟아부으셨을 텐데. 어머니 앞에 가면 아주 응석받이가 되겠군?"

"꼭 그렇지는 않아요. 엄마 마음속에는 저 하나만 있는 게 아니거든요. 엄마는 애들 가르치는 일에 목을 매세요. 온갖 정성과 힘을 애들한테 다 쏟아부으시거든요. 학생들이 공부 잘 해서 하나씩 멀리 떠나가는 걸 보시면 잠도 못 주무실 정도로 좋아하세요. 근래에는 학생들이 공부를 열심히 하지 않으니까 엄만 식사도 못

하실 만큼 걱정이 이만저만 아니세요. '복숭아꽃 배꽃 밑에는 절로 길이 난다'*고 하잖아요. 그게 아마 엄마의 이상이자 신앙인가 봐요!"

"올해에도 고향 집에 다녀오지 않을 생각이오?"

"잘 모르겠어요." 샹난은 금방 우울해졌다. "지난해 겨울에 고향에 다녀오겠다고 휴가 신청을 냈는데 리융리가 인가를 해 주지 않았어요. 올해엔 해 주겠죠? '잡귀'가 된 뒤로는 엄마한테 쓰는 편지도 줄었지 뭐예요. 엄마는 제가 몸이 좋지 않아서 그러는 줄 아시고 편지마다 빨리 결혼하라고 성화세요. 귀찮아 죽겠다니까요."

"그럼 적당한 상대를 찾아서 결혼하면 되지 않소! 어머니가 걱정을 좀 더시게 말이오. 어떻소, 있소?" 위쯔치는 그렇게 물으면서 얼굴을 돌려 강가의 물을 바라보았다.

샹난이 그를 쳐다보았다. "말하자면, 있다고 해야겠죠……."

"그래요?" 위쯔치가 흠칫 몸을 떨었다.

"저도 이만큼 나이를 먹었는데 그 사람도 벌써 세상에 태어나 어딘가에서 잘 살아가고 있겠죠. 안타깝게도 그가 누군지 어디 있는지 제가 아직 모른다는 게 문제죠. 꼭 동무처럼 말이죠, 시만 보이고 임은 보이지 않네!"

샹난의 익살에 위쯔치는 다시 한 번 웃었다. 그는 얼굴을 돌리고 잔뜩 웃음을 머금은 눈으로 말했다. "이것 봐, 그새를 못 참고 또 농담이지. 그런데 참 이상하긴 하군. 그 책은 도대체 누가 갖다 놓은 걸까? 책갈피가 하필이면 이청조의 「매화 한 가지」에 꽂혀 있는 데다 빨간 줄까지 그어져 있으니 왕유이가 농담을 할 만도 하지."

샹난이 장난스럽게 그에게 눈짓을 했다. "동무도 모르는데 누가 알겠어요? 그런데 정말 시침 떼는 거 아니에요?"

"난 거짓말 하지 않소." 위쯔치는 제법 심각했다.

"그게 뭐 대단한 일이라고 그렇게 심각하게 말하세요? 그런데 저도 한 가지 이상한 게 있어요. 동무는 어떻게 제가 갖다 놓은 거라고 생각한 거죠?" 이렇게 묻는 순간 샹난은 가슴이 울렁거림을 느꼈다.

위쯔치도 얼굴이 확 달아올랐다. 자기가 생각해도 이상했다. 어떻게 대번에 그 시와 샹난을 연결시켰단 말인가? 바람을 현실로 만들고 싶었던 것일까? 화제를 돌려 보려고 그는 일부러 하늘을 쳐다보았다. "이상해도 이상하게 생각하지 않으면 그만이오. 그건 그렇고, 하늘 좀 봐요."

샹난이 하늘을 올려다보았다. 먹구름이 점점 더 무겁게 드리워지면서 빠르게 흘러가고 있었다. 구름의 속도가 어찌나 빠른지 두 사람과 가로수가 모두 뒤로 밀려나는 것만 같았다. 이어서 천둥소리도 들렸다. "비가 오려나 봐요." 샹난이 중얼거리며 걸음을 재촉했다.

이제 날은 완전히 어두워졌다. 샹난은 담이 작은 편은 아니었다. 하지만 시골의 밤길은 묘한 느낌을 주었다. 사사삭 사사삭 나뭇잎 소리, 쏴쏴 강물 흐르는 소리, 거기다 가끔씩 개구리들의 울음소리까지 겹쳐 왠지 좀 으스스했다. 위쯔치보다 한 걸음 앞서 걷고 있던 샹난은 자기도 모르게 위쯔치 옆에 붙어 걸었다. "무섭소?" 위쯔치가 손전등을 비추어 주었다. "무섭지 않아요. 그냥 뒤에서 발자국 소리가 나는 게 좀 그래서……." 샹난이 대답했다. "그러면서도 무섭지 않다고 하기는!" 위쯔치가 웃더니 샹난 쪽으로 더 가까이 붙었다.

조금 더 걷다 보니 길의 폭이 확 줄었다. 둘이 나란히 걷기에는 길이 너무 좁았다. 그러자 위쯔치가 앞장을 서며 손전등을 뒤로 비추어 주었다.

"그냥 제가 앞에서 걸을게요!"

"왜 그러오?"

"어쩐지 자꾸 뒤에서 발자국 소리가 나는 것 같아요." 샹난이 쑥스러워했다.

위쯔치는 다시 샹난을 앞장서 걷게 하고 자기는 그 뒤를 바짝 따라가며 손전등으로 그녀 앞길을 비추어 주었다.

"제가 참 겁이 많죠? 하지만 귀신은 하나도 무섭지 않아요."

"그건 평소에 단련되지 않아서 그런 거요. 귀신을 무서워하는 것과는 달라요. 샤오징 그 녀석도 담이 큰 편이긴 한데, 헤이룽장 그 촌에서 밤길을 잘 다니는지 모르겠소."

"돌아간 뒤로 편지가 왔던가요?"

"왔지. 그 녀석 이젠 어른이 다 됐더군."

"그 친구 참 괜찮은 것 같아요. 전 그냥 한번 봤을 뿐인데도 잊히지가 않거든요."

"그렇소?" 위쯔치의 가슴이 후끈 달아올랐다. "그 앤 루메이를 많이 닮았지."

"류루메이는 참 좋은 분 같아요. 저도 뵌 적 있거든요."

위쯔치의 가슴이 또 한 번 후끈거렸다. "그랬소? 그런 줄은 몰랐군."

샹난이 웃었다. "그땐 당연히 동무한테 알려 줄 수가 없었지요. 조직의 기율이었으니까! 이제는 말해도 괜찮아요. 류루메이가 죽었을 때 전 울기까지 한 걸요!"

"샹난!" 위쯔치가 그녀를 불렀다.

샹난이 걸음을 멈추고 뒤돌아보았다. "왜요?" 위쯔치가 고개를 저었다. "아무것도 아니오. 갑시다! 거의 다 왔소."

두 사람은 대장네 집 앞에 이를 때까지 잠자코 걷기만 했다.

대장 집에는 무슨 경사라도 났는지 사람들이 북적거리며 왁자지껄 즐거운 분위기였다. 바쁜 농번기에는 보기 드문 일이었다. 위쯔치와 샹난이 대문을 들어서자 대장이 반갑게 인사를 했다. "동지들, 날 잡아서 잘 오셨소." 그러고는 얼른 주방에 대고 소리쳤다. "새로 손님들이 오셨으니 새알죽* 두 그릇 가져오구려!" 샹난과 위쯔치가 탁자 앞에 앉자마자 대장의 부인이 새알죽 두 그릇을 들고 왔다. 샹난이 새알죽을 보고 그곳 사투리로 물었다. "무슨 좋은 일이라도 있으신가요, 대장님?" 대장은 뭐가 그리 기쁜지 웃느라 입을 다물지 못했다. "오늘 며느리가 아들을 낳았어요, 장자에 장손이랍니다!"

　"아, 축하드립니다!" 위쯔치가 얼른 일어서며 축하 인사를 하자 대장이 웃으며 대답했다. "모두의 기쁨이죠. 동무들, 어서 드시오!"

　"저희는……." 샹난이 그릇을 한쪽으로 밀어내며 입을 열었다. 그녀는 먹지 않겠다고 사양할 참이었다. 하지만 위쯔치가 선수를 쳤다. "좋지요! 샤오샹, 자, 어서 듭시다! 잔칫집 새알죽을 먹으면 우리도 그 덕을 볼 수 있다니까!" 그는 그새 새알 하나를 입에 쏙 집어넣었다. 그제야 대장은 즐거워하며 다른 손님을 접대하러 갔다. 입 안 가득 새알을 넣고 우물거리는 위쯔치를 샹난이 흘겨보았다. "전 안 먹을래요." 위쯔치가 목소리를 낮추며 나무랐다. "동무는 농민들의 마음도 모르오? 농촌에서 자랐다면서, 원!" 하는 수 없이 샹난도 새알죽을 먹기 시작했다. 하지만 그녀는 정말로 배도 고프지 않았고 더구나 이렇게 단 음식은 좋아하지도 않았다. 억지로 반쯤 먹긴 했으나 도저히 더 이상은 들어가지가 않았다. 샹난은 젓가락으로 그릇 속의 새알을 집으며 난감한 듯 위쯔치를 바라보았다. 위쯔치는 아무 말 없이 남들이 보지 않는 틈을 타서 얼른 샹난 몫의 새알을 모두 자기 그릇에 쏟더니 눈 깜짝할 새 뚝딱 먹어 치웠다. 샹난이 키득키득 웃었다. "어쩐지, 이제 보니 먹보였군요!" 그가 작은 소리로 대꾸했다. "꼬맹이, 아무것도 모르면서!"

다 먹고 난 뒤 위쯔치는 빈 그릇을 직접 주방에 갖다 주고 왔다. "동무는 방에 들어가 새댁과 아주머니를 만나 보도록 하시오. 대장은 내가 만나 상황을 물어볼 테니!" 샹난도 들어가 보는 게 좋을 것 같아서 고개를 끄덕이고는 집 안으로 들어갔다.

샹난이 새댁의 방에 들어갔다 나오니 천둥 번개가 치면서 금방이라도 비가 쏟아질 태세였다. 두 사람은 서둘러 길을 재촉했다. 아니나 다를까, 마을을 빠져 나오자마자 장대 같은 비가 억수로 쏟아지기 시작했고 날은 어두워 한 치 앞도 보이지 않았다. 대장 집에서부터 긴 둑이 있는 곳까지 1리쯤 되는 길은 무척 좁고 미끄러워서 걷기가 여간 힘든 게 아니었다. 자꾸만 미끄러지는 샹난을 위쯔치가 뒤에서 잡아 주었다. 조심스럽게 걸음을 떼면서 샹난이 농담 반 원망 반으로 말했다. "이게 다 동무 때문이에요. 새알죽 먹겠다고 욕심내더니 이게 무슨 꼴이에요? 게다가 가난한 백성의 음식을 공짜로 먹고 말예요." "먹었으면 먹은 거지, 참 말도 많군 그래!" 한참 있다가 그가 또 말했다. "참, 이번 달 휴가 나갈 때 애기 선물 사는 거 잊지 말라고 나한테 좀 일러 주겠소?"

"왜 저더러 일러 달라고 그러세요? 새알도 그렇게 많이 드셨는데, 잊어버리실 리가 있겠어요?"

"여성 동무잖소!" 위쯔치가 웃으면서 아무 생각 없이 말했다.

"여성 동무가 어때서요? 여성 동무는 그런 시시한 일에 신경 써야 한다는 법 있어요? 그런 거라면 더욱 사양하겠어요!" 샹난이 목소리를 높여 따지고 들었다.

"알았소, 알았어! 그런 시시한 일은 남자들보고 하라지, 뭐. 이제 됐소?" 위쯔치가 한 발 양보했다. "그만합시다, 꼬맹이! 발밑 조심해요!"

샹난이 하하하 웃으면서 무어라 대답하려는 찰나에 그만 발 하나가 주르르 미끄러지더니 논 속으로 푹 빠져 버렸다. 두꺼비 한 마리가 그녀의 발등에서 펄쩍 뛰어오르더니 작은 길 위로 내려앉았다. 그 바람에 샹난은 또 한 번 놀라서 비명을 내지르다 휘청거려 논바닥으로 넘어질 뻔했다. 위쯔치가 커다란 손으로 재빨리 그녀를 붙들었다. "어디 다친 데 없소?" 샹난은 두 손을 내밀어 빗물에 씻으면서 퉁명스레 대답했다. "가요, 이게 다 동무 때문이라고요!" 위쯔치가 웃었다. "허, 이거 참! 오늘 내가 제대로 걸렸군. 그렇게 우기는데 당해 낼 재간이 있나. 자, 이리 와요. 내가 잡고 갈 테니까." "잡아 주실 필요 없어요. 제가 무슨 세 살짜리 어린애도 아니고. 동무나 조심하세요." 위쯔치는 더 이상 말하지 않았지만 두 손은 여전히 샹난을 조심스럽게 붙들고 있다가 둑 앞에 이르러서야 손을 놓았다.

둑에 오르자 비바람도 조금 잦아들었다. 두 사람은 누가 먼저랄 것도 없이 발걸음을 조금 늦추었다. "힘들지요?" "예." 얼마나 진을 뺐는지 샹난은 더 길게 대답할 힘도 없었다.

"샤오샹, 휴가 때 빈하이에 가면 늘 밖으로 놀러 나가나? 가면 보통 누구네 집에 가오?"

"아무 집에도 가지 않아요. '해방' 된 뒤에 딱 한 번 마다하이 동지네 집에 간 것 빼고는요. 빈하이에는 완전히 저 하나뿐이라 너무 외로워요. 그런 느낌에 좀처럼 익숙해지질 않네요. 전에 동무들이랑 모두 함께 있을 땐 정말 좋았는데!" 샹난이 풀 죽은 목소리로 대답했다.

"그럼 집에서는 뭘 하오?"

"뭘 하냐고요? 잔을 들어 전등을 마주하니 없어진 그림자에 더욱 쓸쓸하다네……. 그런 얘긴 그만하죠. 라오웨이, 전 정말 피곤해 죽겠어요." 그런 그녀를 보며 위쯔치도 더는 묻지 않았다. 그냥 어깨를 나란히 하고 걸으며 점점 혼자만의 생각에 빠져들었다.

간부 학교로 하방하여 샹난과 아침저녁으로 함께 지내게 된 뒤로 위쯔치는 이 젊은 여성 동무의 모습이 갈수록 자기 마음속에서 뚜렷해지고 있음을, 그리고 점점 더 깊이 자리 잡고 있음을 문득 깨닫게 되었다. 그는 그녀가 좋았다. 그녀의 총명함과 생기발랄함이 좋았고 심지어 유치하고 제멋대로인 그녀의 약점마저도 사랑스러웠다. 그는 늘 그와 그녀, 그리고 샤오징, 샤오하이가 함께 생활하는 모습을 상상했다. 정말 잘 어울리는 한 가족이었다. 그는 그런 장면의 아주 사소한 부분까지도 그려 보았다. 그중 어느 하나 재미나고 신나지 않는 것이 없었다! 그것이야말로 그가 원하던 삶이었다! 그는 정말로 그녀와 함께 그렇게 살 수 있는 날이 오기를 바랐다. 그는 그녀가 필요했다. 하지만 그녀는? 그녀도 그를 원할까? 그는 이 문제에 대해서도 오랫동안 생각해 보았다. 그는 그녀에게도 역시 자기가 필요하다고 생각했다. 그녀는 그의 관심과 도움이 필요하다. 그녀는 지금 한창 자라나는 나무다. 이 나무의 곁가지를 쳐 주어 그녀가 더 순조롭고 건강하게 자라나게 할 수 있다면 얼마나 행복할까? 그는 이미 마음속으로 그녀를 자기 친구로 여기고 있었다. 하지만 그는 이런 얘기를 아무한테도 하지 않았다. 자기나 샹난의 처지를 잘 알고 있었기 때문이다. 하지만 이제 '해방'이 되었으니 말해도 되지 않을까? 그래도 여전히 결심을 하기가 어려웠다. 청쓰위안의 충고를 고려하지 않을 수 없었다. 그는 자기와 그녀 사이의 온갖 차이에 대해 생각해 보았다. 출신 성분, 경력, 나이, 사회적 관계……. 그중 어떤 차이도 두 사람의 애정을 가로막는 장애가 되지는 못한다고 생각했다. 왜냐하면 이미 두 사람은 서로 모든 걸 이해하고 있었기 때문이다. 하지만 사회적 관계에서만큼은 여전히 장담하기 어려웠다. 친구들은 자기의 이런 선택을 이해해 줄 것인가? 그녀의 친구들은, 예를 들어 돤차오췬은 어떻게 생각할까? 그의 친구들이나 그녀의 친구들은 모두 공산당원이고 혁명 대오 속의 동지이자 전우들이긴 하지만 지금의 상황은 그리 간단하지가 않다. 몇 년 동안 계속된 각종 투쟁이 사람들의 관계를 얼마나 복잡하게 만들어 버렸던가! 당 내부에, 혁명 대오 내부에, 인민 군중 내부에 갑자기 무수히 많은 보이지 않는 벽이 사람들의 마음을 갈라놓아 버렸다. 그리하여 함께 있어야 할 사람들을 떨어지게 만들고 친지들을 적으로 만들어 버렸다. 도대체 누가, 왜, 그런 벽을 만들었단 말인가? 그 벽은 도대체 얼마나 높고 얼마나 두텁단 말인가? 그는 알 수가 없었다. 하지만 그 벽이 사람들의 생각과 사람들 사이의 관계에 어떤 영향을 끼치고 있는지는 누구보다 절감하고 있었다. 예전 같았으면 자기의 이런 생각을 조직이나 동지, 아니면 친구들에게 털어놓고 얘기했을 것이다. 하지만 그가 '잡귀'가 되고서 몇 년 사이에 대부분은 왕래조차 하지 않게 되었고, 어떤 이는 소식조차 알 수 없게 되었다. 게다가 지금 그를 지도하고 조직을 대표하는 사람은 바로 리융리였다. 그러다 보니 고민은 자기 마음 깊은 곳에 묻어 둘 수밖에 없었다.

하지만 고민하고 걱정할 망정 자기의 사랑을 포기할 생각은 결코 해 본 적이 없었다. 그나 그녀가 아예 다른 사람이 되어 버린다면 모를까, 이미 생겨난 감정이라면 영원히 그것을 소중히 여길 작정이었다. 그런데 오늘 저녁 그녀와 단둘이서 그렇게 화기애애한 가족들의 삶도 함께 보았겠다, 돌아오는 내내 알콩달콩 입씨름까지 하고 보니 그의 마음속에서 자꾸만 특별한 감정이 솟구쳤다. 그는 손전등의 희미한 불빛을 빌려 자기와 나란히 걷고 있는 샹난을 수시로 훔쳐보며 억누르기 힘든 열정이 끓어오름을 느꼈다……

"쫘아 — , 쫘아 — ." 또 한 차례 비바람이 거세게 몰아쳤다. 위쯔치는 그제야 놀라며 상념에서 깨어났다. 놀란 샹난이 어깨를 으쓱하며 두 손으로 비옷을 꼭 여미었다. 샹난이 한기를 느끼는 것을 보고 위쯔치는 무의식중에 그녀를 자기 쪽으로 바짝 끌어당겼다. 그런데 샹난이 그의 손을 밀쳐 버렸다. 설마 그녀가 자기를 조금도 좋아하지 않는단 말인가? 그는 그럴 리 없다고 생각했다.

바람이 점점 더 거세지고 비도 점점 더 세차게 쏟아졌다. 거기다 이따금씩 천둥 번개까지 쳤다. 샹난은 아예 두 손으로 어깨를 꼭 감싸고 있었다. 샹난뿐만 아니라 위쯔치도 한기를 느꼈다. 그는 다시 한 번 그녀를 끌어당겼다.

샹난은 몹시 추웠고 지쳐 있었다. 그래서인지 위쯔치가 다시 그녀의 팔을 움켜쥐었을 때는 그 손이 퍽이나 따뜻하고 힘있게 느껴져서 이번엔 밀어내지 않고 내버려 두었다. 그녀의 귓가에 갑자기 작고 부드러운 목소리가 들렸다. "꼬맹이! 다 얼겠군. 나한테 바짝 기대 봐요! 싫소?" 위쯔치의 목소리라면 이미 잘 알고 있었지만 오늘 밤처럼 이렇게 낮고 떨리는 소리는 처음 들어 보았다. 그녀는 순간 가슴이 철렁하여 고개를 돌려 그를 쳐다보았다. 어둠 속이라 아무것도 보이지 않았다. 그런데 하늘이 그녀의 마음을 헤아렸는지, 그 순간 검은 하늘을 가르며 번개가 치더니 별안간 그녀의 눈앞이 대낮같이 밝아졌다. 덕분에 그녀는 자기를 뚫어져라 바라보고 있는 위쯔치의 눈동자를 똑똑히 볼 수 있었다. 그녀의 온몸에 전율이 일었다. 자석에 이끌리듯 그녀는 그의 널따란 어깨에 바짝 몸을 기댔다……

"저기, 샤오샹. 정말 나에 대해 생각해 본 적 없소?" 위쯔치가 불같이 뜨거워진 입술을 그녀의 귓가에 대고 나직하게 물었다.

"몰라요. 모르겠어요……." 샹난은 말을 더듬거리며 그에게 더 바짝 기댔다.

"그럼 지금부터라도 생각해 보시오! 지금부터!" 그녀에게 말하는 것 같기도 하고 자신에게 말하는 것 같기도 했다.

오는 길 내내 두 사람은 아무 말도 하지 않았다. 위쯔치는 왼손으로 그녀의 어깨를 꽉 끌어안고 샹난은 오른손으로 그의 오른손을 꼭 쥔 채 한참을 걸었다. 간부 학교에 도착해서도 위쯔치는 그녀를 여자 숙소 입구까지 바래다주었다.

그날 밤 샹난은 잠을 이룰 수 없었다.

루원디에게 보낸 샹난의 세 번째 편지

원디에게.

며칠 동안 잠을 못 잤단다.

불면이란 간부 학교에서는 거의 있을 수 없는 병이지. 하루 종일 일하고 나면 밤이 너무 짧은 게 야속할 뿐이거든. 그런데도 난 잠을 이룰 수가 없어. 동무들이 모두 며칠 사이에 내 얼굴이 많이 상하고 눈가도 까매졌다고들 하더구나.

비바람 치던 어느 밤, 번개가 번쩍이던 순간에 난 갑자기 한 번도 본 적이 없는 그런 눈동자를 보게 되었어. 화염을 내뿜는 것처럼 빛나고 맑고 깊은 물처럼 그윽한 눈을 말이야. 그 눈에서 억누를 수 없는 열정을, 말로는 형용할 수 없는 기대와 고통을 보았단다. 그건 시인의 눈이었고 누군가를 사랑하는 눈이었지. 난 쯔치가 날 사랑하고 있다는 걸 알게 된 거야.

윈디, 그 사실을 알게 된 순간 전에 없는 흥분과 희열이 느껴지더구나. 난 그를 아주 잘 알고 아주 익숙하고 또 아주 깊이 신뢰하고 있거든. 난 화가는 아니지만 그 어떤 화가보다도 그를 더 잘 그릴 수 있을 거라고 확신해. 눈으로만 그를 관찰한 것이 아니니까……

윈디, 젊은 아가씨나 총각을 말할 때처럼 대뜸 '잘생겼니?'라고 묻지는 말아 줘. 그를 알게 된 이후로 한 번도 그런 건 생각해 보지 않아서 어떻게 대답해야 할지 모르겠거든. 그건 인지상정 같아. 사람들은 젊은 사람을 관찰할 때 맨 먼저 대자연이 그에게 어떤 것을 선물했는지부터 살펴보지. 왜냐하면 삶이 그의 얼굴에 남긴 흔적이 아직은 많지 않기 때문일 거야. 하지만 어느 정도 인생을 살아온 중년이라면 사람들은 타고난 용모보다는 그의 얼굴에 새겨진 삶의 흔적을 보고 싶어 하지. 사람들은 삶이 그에게 어떤 걸 남겨 주었나, 삶이 그를 어떤 사람으로 만들어 놓았나, 그런 걸 보고 싶어 하잖니. 나 역시 그렇게 위쯔치를 관찰했어. 젊었을 때 그는 준수했을 수도 있고 그냥 평범했을지도 몰라. 하지만 그런 건 하나도 중요하지 않아. 내가 지금 그의 얼굴에서 보는 건 피와 살이 충만한 성격과 약동하는 영혼이야. 그는 몸집이 크고 건장한 데다 정력이 넘치고 동작도 민첩해. 전쟁 속에서 오랫동안 단련된 사람이라는 걸 금방 알 수 있지. 이마는 넓고 흰하고 콧대는 곧으면서도 매의 부리처럼 아래로 살짝 삐죽하지. 큰 눈에 흰자위는 아주 깨끗한데 눈동자는 약간 갈색이고, 커다란 입에 조금 얇은 듯한 입술은 활처럼 아래로 살짝 처져 있어. 그런데 입가의 짧은 주름이 입술을 약간 위로 쳐들어 주어서 어딘지 사람을 비웃는 듯한 인상을 준단다. 하지만 이 모든 게 다 아주 훌륭하게 어우러져서 전체적으로 잘 조화된 얼굴이야. 자세히 관찰할 것도 없이 그의 얼굴을 척 보면 그가 얼마나 지혜롭고 강인한지, 그리고 얼마나 솔직하고 천진난만한지를 단번에 알 수 있단다.

이런 사람의 사랑을 거절해야 하는 걸까? 물론 아닐 거야. 하지만 윈디, 냉정하게 이 모든 걸 반복해서 생각하다 보면 난 또 망설여지는구나.

난 스스로 묻고 또 물었어. 난 그를 사랑하는가? 그와 결혼하고 싶은 건가? 하지만 그동안 내가 이런 문제를 한 번도 진지하게 생각해 본 적이 없다는 걸 알았어.

맞아, 이렇게 긴 날을 우린 아침저녁으로 함께 지냈지. 그는 나를 물들였고 나를 사로잡았어. 또 나는 그를 걱정하고 그에게 의지했어. 난 그를 내 삶의 벗이자 인도자라고 생각해. 심지어 그 사람이 없었다면 그 고난의 날을 견디기 힘들었을 거라는 생각까지 들어. 그 사람 앞에 있으면 난 완전히 투명해져. 아무것도 고려하지 않아도 되고 아무것도 숨기지 않아도 되지. 언제부턴가 난 그에게 명령조로 말하기 시작했지만 또 언제부턴가 나도 그에게 복종하는 데 익숙해지기 시작했어. 하지만 문제는 그게 사랑인지 한 번도 생각해 본 적이 없다는 거야.

난 늘 이상적인 배우자를 꿈꿔 왔지. 난 그가 어딘가에 살면서, 열심히 싸우며 나처럼 이상을 추구하고 있을 것이라 믿어 왔어. 하지만 그게 바로 쯔치라고는 생각해 본 적이 없단 말이지! 윈디, 넌 나를 잘 아니까 내가 나와 동년배나 동류, 그러니까 내 '생활권'의 바깥에서 배우자를 찾겠단 생각을 해 본 적이 없다는 걸 잘 알 거야. 그런데 쯔치는 어느 모로 따져 봐도 모두 내 '생활권 바깥'의 사람이잖니.

그런데도 삶의 변화는 이 모든 것이 슬그머니, 자연스럽게 일

402

어나도록 만들어 버렸어. 원래 난 그 사람과 나 사이엔 아무런 벽도 거리도 없다고 생각했어. 그런데 그 얇은 창호지가 찢어지고 결정을 내려야만 할 때가 되니까 그제야 비로소 그와 나 사이에 깊은 골이 있다는 걸 깨닫게 된 거야. 차오쯔이 그러더라, 나와 쯔치는 길이 다른 사람들이라고 말이야. 난 그 말에 동의하지 않아. 하지만 최소한 우리가 같은 길의 서로 다른 정류장에 서 있다는 것만은 분명해. 누군가 '문예계 검은 노선'을 보탑(寶塔)에 비유했지. 그렇다면 그는 그 탑의 꼭대기에 있고 난 그 아래 어딘가에 있다고 할 수 있겠지. 그런 두 사람의 결합이 뭘 의미할까? 사람들은 그런 결합을 어떻게 생각할까? 눈 감고도 훤히 보여. 그런 예는 얼마든지 있으니까. 내 동창 중에 교수한테 시집 간 친구가 하나 있어. 나중에 그 교수가 '반동 학술 권위'로 몰리자 그 친구도 따라서 곤욕을 치르게 됐지. 그 친구는 애초부터 자기가 그 사람의 명예와 지위, 심지어 돈을 탐냈다는 자기비판을 끝도 없이 해야 했어. 그 친구의 고통을 난 잘 알아. 난 몇 번이나 스스로 경고했어. 그 친구의 경험을 교훈 삼아야 한다고 말이야. 그런데 이제 내가 그 친구와 같은 길을 가게 될지도 몰라. 사람들이 더욱 혹독하게 날 비판하지 않겠니? 그 친구의 경우는 그래도 수정주의 노선이 통치할 때의 일이지만, 내 경우는 그 수정주의를 비판하는 투쟁 과정에서 생긴 일이니 말이야. 사람들에게 내 선택을 어떻게 설명해야 할까? 또 누가 그런 내 말을 믿어 줄까?

아, 이 모든 게 일어나지 않았더라면 얼마나 좋을까! 나한테 지금 같은 정치적 각오가 없었다면 얼마나 좋을까! 하지만 지난 몇 년 동안의 정치투쟁에서 내가 터득한 것은 반드시 정치적 각도에서 문제를 관찰하고 사고해야 한다는 점이지. 어쩌면 좋을까? 난 어쩌면 좋을까?

요즘 그의 시선은 언제나 내 뒤를 쫓고 있지. 그러면서 동시에 나를 피하고 있어. 억지로 태연한 체하면서 자기의 초조함을 감추고 있는 거야. 내가 그걸 왜 모르겠니?

원디, 받아들일 수도 없고 그렇다고 거절하고 싶지도 않은 사랑이 얼마나 고통스러운지 아니? 난 어쩌다 이런 고통에 빠지게 된 걸까? 이 고통은 앞으로 얼마나 더 가게 될까?

난 어떻게든 결정을 해야 해. 영원히 이 고통 속에서 살 수는 없으니까.

원디, 이 모든 게 자연스럽게 발생한 것이니 또 자연스럽게 사라지지 않을까? 그럼 그렇게 자연스럽게 사라지라고 하지, 뭐!

그런데도 난 여전히 고통스럽다.

원디, 날 도와줄 사람은 너뿐이야. 걱정하실까 봐 엄마한테는 말씀드리지 못하겠어. 차오췬한테도 말 못 하겠어. 그 친구의 분석을 듣기가 무서워.

너밖에 없어. 답장 기다릴게.

참, 너하고 즈융의 일은 어떻게 됐니? 왜 그 얘기는 요즘 통하지 않니? 그를 사랑한다면 받아들이지 그러니!

안녕!

1970년 8월 ×일
난이가

제4장 사랑의 속삭임

샹난의 편지를 함께 본 원디와 즈융

징후의 여름은 빈하이보다도 더 뜨거웠다. 집으로 돌아온 루원디는 땀으로 목욕을 한 듯 온몸이 젖어 있었다. 하지만 그녀는 집에 들어서자마자 땀을 닦을 새도 없이 문 밖 차양 아래에 있는 화로에 불쏘시개로 불을 붙였다. 그리고 주전자에 물을 받아 그 위에 올려놓은 다음 서둘러 밀가루를 반죽할 그릇을 꺼냈다. 오늘 안즈융이 집에 와서 저녁을 먹기로 했던 것이다. 즈융은 비빔국수를 좋아했는데 기계로 뽑은 국수 가락은 냄새가 난다고 싫어했으므로 루원디는 오늘 자기 손으로 직접 밀가루 반죽을 해서 면을 만들 생각이었다.

지난번 사랑 고백을 했다가 루원디한테 거절당한 이후로 안즈융은 그녀의 집에 한 번도 찾아오지 않았다. 그때부터 루원디의 집에는 종종 이상한 일이 벌어지기 시작했다. 갈탄이 떨어질 때쯤이면 누군가 소리 없이 문 밖 뜰에다 갈탄을 쌓아 두었다. 또 여름이 막 시작되어 갈탄 화로를 집 안에 두고 쓰기에는 너무 덥다고 느끼기 시작할 무렵 퇴근하여 돌아와 보면 창문 밖에 작은 차양이 만들어져 있었다. 샤오류 모녀에게 뛰어가 물어보았더니 "누가 그랬는지 우리도 모르겠는걸! 즈융이 한 거 아닐까?"라고 대답했다.

이 말을 듣고 루원디는 안즈융에게 존경심과 동정심 외에 고마운 마음도 갖게 되었다. 이처럼 삭막한 시절에 그런 동지적인 관심은 참으로 찾아보기 힘든 것이 아니던가! 물론 그렇다고 그의 마음을 받아들이겠다고 마음먹은 것은 아직 아니었다.

'나의 자산 계급적 사상이 문제인가?' 그녀는 몇 번이나 자신에게 이렇게 물었다. 안즈융이 믿을 만한 사람이라는 건 그녀가 누구보다 잘 알았지만 막상 그와 함께 산다고 생각하면 어쩐지 좀 무서워졌다. 뭐가 무서울까? 그녀도 딱히 뭐라 설명할 수가 없었다. 그저 자기가 원하는 배우자가 그런 사람이 아니라는 것만은 분명했다.

루원디는 몇 번이나 생각해 보았으나 그래도 결정을 내릴 수가 없었다. 그러다 어제 샹난의 편지를 받고 난 뒤 결국 안즈융을 받아들이기로 결심했다. 그녀는 오늘 샹난에게 어떻게 답장을 쓸지 의논하고 싶다는 핑계로 안즈융을 집으로 초대했다. 하지만 정작 안즈융을 만날 것을 생각하니 가슴이 또 쿵쾅거리며 불안했다. '괜히 좋은 사람 바보 만들면 안 돼!' 그녀는 속으로 이렇게 다짐하며 민요 속에 나오는 '솜씨 좋은 새색시'처럼 바쁘게 손을 놀렸다. 안즈융이 가방을 둘러메고 집에 들어섰을 때는 이미 가늘고 긴 국수 가락이 도마 위에 가지런히 놓여 있었다.

오늘 특별히 이발을 하고 면도까지 한 안즈융은 유난히 말끔해 보였다. 그는 땀을 뻘뻘 흘리며 바쁘게 서두르고 있는 루원디를 보더니 재빨리 가방을 내려놓고 수건을 내밀었다. "이렇게 더운 날 성가시게 뭐 하러 이런 걸 만들어요?" 루원디가 웃었다. "당신이 좋아하잖아요?" 안즈융은 좋아서 입이 헤 벌어지면서도 말은 이렇게 했다. "원디, 내 '습관'도 벌써 변했는데." 이렇게 말하면서 그가 루원디 대신 끓는 물에 국수를 넣으려 하자 루원디가 그를 밀어냈다. "당신은 좀 쉬어요! 이런 사소한 건 남자들이 할 일이 아니에요. 이건 우리 여자들만의 권리이자 의무라고요." 별수 없이 밀려난 안즈융은 뒤로 가서 걸상 위에 걸터앉았더니 눈 한번 떼지 않고 그녀를 지켜보았다.

이윽고 비빔국수가 다 되었다. 루원디는 지단과 형개(荊芥),* 다진 마늘, 그리고 장, 식초, 참기름 등으로 양념을 한 국수 두 사발을 식탁 위에 놓았다.

안즈융은 그중 한 그릇을 들고 젓가락으로 지단을 집어 들더니 도로 내려놓았다. 조금 뒤 또 그는 형개 잎 하나를 집었으나 역시 그냥 내려놓기만 할 뿐 정작 국수를 먹지는 않았다. "왜, 맛이 없을까 봐요?" 원디가 묻자 그는 고개를 저으며 그릇을 내려놓고 애정이 가득한 목소리로 그녀의 이름을 불렀다. "원디!" 루원디가 그의 눈빛을 피하며 대답했다. "즈융, 일단 식사부터 하세요. 먹고 난 다음에 얘기해요."

"아니, 지금 물어봐야겠어요. 원디, 나처럼 정치적으로 문제가 있는 노동자에게 시집오기로 결심한 거요?" 그렇게 물으면서 그는 그녀의 얼굴에서 눈을 떼지 않았다. 루원디는 온화한 얼굴로 그를 바라보며 진지하게 고개를 끄덕였다. 별안간 안즈융이 벌떡 일어나더니 루원디한테로 다가가 그녀의 두 손을 꼭 잡고 눈물을 철철 흘리기 시작했다. 루원디가 손수건으로 그의 눈물을 닦아 주려 했으나 그는 그녀의 손을 꽉 쥔 채 닦지 못하게 했다. "원디, 닦지 말아요. 그냥 둬요. 요즘 난 기쁠 때만 눈물이 나거든요. 그냥 흐르게 놔둬요! 원디, 올해로 서른다섯이 되도록 난 사랑이란 걸 몰랐어요. 난 친부모가 누군지 몰라요. 어렸을 때 읍내 찻집에 양자로 팔려 갔죠. 처음엔 그래도 괜찮았는데, 친아들을 낳고부터는 나를 개 취급하더군요. 밥도 그릇이 아닌 질버치에 먹고 젓가락 대신 수숫대를 썼어요. 다 먹고 나면 질버치는 도마 밑에 두고 수 숫대는 울타리에 꽂아 뒀다 다시 썼어요. 머리에 부스럼이 나도 치료해 주는 사람이 없었고 온몸에 벼룩이 들끓어도 씻겨 주는 사 람이 없었죠. 난 견디다 못해 여기 징후시로 도망을 왔어요. 그러 곤 구걸을 하러 다녔죠. 하루 종일 깨진 그릇을 내밀며 '마님, 어 르신'을 외쳤어요. 정말 너무 배가 고플 땐 훔치기도 했어요……. 그런데 마오 주석께서 날 살려 줬어요! 난 군에 입대하고 당에 가 입했어요. 나만의 대가족과 나의 동지들과 식구들이 생긴 거예요. 그땐 정말 부대에서 쫓겨나고 당적에서 제명될 거라곤 생각도 못 했지요! 난 다시 고아가 되어 버렸어요, 정치적 고아가! 윈디, 나 를 믿어요? 나 때문에 연루되는 게 무섭지 않아요? 우리 아이들 이 세상에 태어나기도 전부터 '반동의 자녀'라는 모자를 쓰는 게 두렵지 않아요? 윈디! 정말로 이 모든 걸 다 잘 생각해 본 거요?" 루원디가 말없이 고개를 끄덕였다. 안즈융은 그녀의 손을 더욱 세 게 쥐며 말했다. "이 세상에서 내게는 오직 당신뿐이야! 당신뿐이 라고!"

이 우람한 사나이는 얼마나 오랫동안 감정의 빗장을 걸고 있었 던 것일까? 오늘 빗장이 열렸으니 하지 못할 말이 무엇이며 흘리 지 못할 눈물이 어디 있으랴? 루원디는 손수건이 다 젖자 수건을 하나 더 꺼냈다. 그녀는 몇 번이나 입을 열려고 했지만 그때마다 그가 아직도 더 할 말이 남은 듯하여 입을 다물어 버렸다. 안즈융 이 손을 놓고 그녀를 와락 끌어안자 그제야 그녀가 가만히 입을 열었다. "즈융, 당신을 너무 오래 기다리게 해서……."

"아니오, 윈디. 그 누구라도 나한테 시집오려면 많은 것을 생각해야만 했을 거요. 나 역시 당신을 말려들게 하고 싶진 않았으니까. 몇 번이나 당신과 헤어져 영원히 만나지 말아야지 하고 마음을 먹었어요. 하지만 떠날 수가 없었어. 당신을 보러 자주 왔는데, 나 못 봤어요?" 루원디가 고개를 가로젓자 그가 웃었다. "당신이 날 봐 버리면 어쩌나 걱정하면서도 또 당신이 나를 한번 봐 줬으면 하고 얼마나 기대했는지! 올 때마다 그 꽃병을 가지고 왔었죠……. 오늘도 가져왔는데!"

"어서 주세요, 어서요!" 루원디가 안즈융의 품에서 빠져 나와 그의 가방을 열어 보았다. 가방에는 역시나 그 꽃병이 있었다. 꽃에 비닐을 씌워 두어 먼지 하나 묻지 않았다. 감격한 그녀는 꽃병을 꺼내 조심스럽게 책상 위에 올려놓았다. 이젠 그녀가 눈물을 흘리기 시작했다. 두 사람은 서로 기댄 채 그렇게 한참을 앉아 있었다. 얼마 뒤 문득 생각난 듯 안즈융이 물었다. "샤오샹이 보낸 편지를 보라고 날 부른 거 아니에요? 편지 보여 줘 봐요!" 루원디가 얼굴을 붉혔다. "맞아요, 샹난 편지 보라고 불렀더니 누가 당신더러 그리 급히 다른 얘기를 꺼내랬어요?" 그녀는 서랍에서 편지를 꺼내 주며 말을 이었다. "사람마다 얼마나 다른지 좀 보세요. 샹난은 위쯔치를 사랑하게 되었는데도 받아들일 수가 없대요. 노선 문제 때문이라나요!"

안즈융은 편지를 받아 처음부터 끝까지 천천히 읽어 내려갔다. "내 보기엔 샹난이 좀 어리석은 것 같군요! 정말 바보예요! 바보같이 왜 자기 마음 가는 대로 하지 못하죠? 원디, 그래도 당신이 총명한 거요. 당신네 친구들 셋 중에 당신밖에 보질 못했지만 그래도 당신이 제일 똑똑한 것 같아요. 차오쵠은 난 잘 모르지만 당신 애길 들어 보면 그 친구는 어리석진 않은데 그렇다고 총명한 것도 아니에요, 그건 약은 거지."

루원디는 짐짓 화가 난 것처럼 말했다. "흥, 나한테 아부하려고 내 친구 흉을 보는 거예요? 친구들한테 죄다 일러바칠 테니 두고 봐요!"

뜻밖에 안즈융은 더욱 진지하게 말했다. "맘대로 해요. 내가 상난은 정치적으로 너무 어리석다고 그러더라고 편지에 써서 보내요."

"이상할 것도 없죠, 뭐. 그 앤 반란파였으니 그렇게 생각하는 것도 당연해요." 루원디는 친구 편을 들었다.

"반란파? 문화 대혁명 초기엔 나도 반란파였어요. 그런데 결국엔 나 스스로를 '반혁명'으로 만들고 말았잖아요? 덕분에 난 확실히 깨닫게 됐어요. 상난은 이미 그렇게 고생을 했으면서 아직도 정신을 차리지 못하니 어리석다고 할 수밖에! 아마 고생을 좀 더하게 될 거예요. 당신은 어떻게 생각해요?"

안즈융은 상난을 깎아내릴 생각은 추호도 없었다. 그는 진심으로 상난이 걱정되었다. 사실은 루원디도 같은 생각이었다. 그녀는 상난이 위쯔치를 놓쳐 버리지는 않을까 그것도 걱정이었다. 그녀가 안즈융한테 심각하게 말했다. "여기서 그렇게 비판하면 뭐 해요? 우리 함께 상난한테 편지 쓸래요?"

"좋아요. 당신이 써요, 지금 바로." 안즈융이 시원스레 대답했다.

루원디가 그렇게 말하는 안즈융을 흘겨보았다. "내가 당신을 왜 불렀게요? 국수는 뭐 공짜로 해 준 줄 알아요?"

"내가 쓰면, 상난이 내가 누군지나 알겠어요?" 안즈융이 난처한 듯 머리를 긁적였다.

"상난이 편지에 당신 얘기 쓴 거 못 봤어요? 당신이 자기소개를 하면 되지요. 더 빼기지 말고요. 내가 시원하게 부채질해 줄게요, 응?" 루원디는 그렇게 말하면서 종이와 펜을 준비해 주고 안즈융

옆에 앉아 살살 부채질을 해 주었다. 안즈용이 빙그레 웃었다. "좋아요. 그럼 당신 말투로 쓴 다음에 내가 대필했다고 써도 될까요?" "마음대로." 안즈용은 편지지를 마주하고 잠깐 생각에 잠기더니 곧 쓱쓱 써 내려가기 시작했다.

위쯔치의 비밀을 들통낸 왕유이

루원디의 편지가 아직 도착하기 전 리융리는 또다시 위쯔치의 꼬투리를 잡았다. 발단은 왕유이였다.

어느 오후 학습 시간이었다. 평소 같았으면 리융리가 모두 한데 소집해 놓고 자기가 정한 학습 문건을 읽고 또 읽게 했을 것이다. 그런데 웬일인지 요즘은 예전처럼 그렇게 닦달하지 않고 늘 자습을 시켰다. 사람들은 몰래 수군거렸다. "리융리가 낮잠을 더 자고 싶어 그러나?" 그런데 소식이 빠른 어떤 인사에게서 그럴듯한 정보가 흘러나왔다. "리융리가 연애하느라 바쁘다네! 공장에 있을 때부터 만나던 여자 친구는 차 버리고 지금은 빈하이 극단에 있는 여배우를 만난다더군!" 누가 나서서 조사를 해 볼 수는 없었지만, 그 소문은 꽤 신빙성이 있어 보였다. 확실히 리융리는 요즘 시내에 자주 나갔다. 말이야 회의를 하러 간다고 했지만 돌아와서 전달해 주는 내용도 별로 없었다. 옷도 예전보다 훨씬 더 신경 써서 입었다. 그래, 아무려면 어떤가! 밧줄이 느슨해질 수만 있다면 리융리가 영원히 연애나 하기를 바라야지!

오늘 오전 노동 시간에도 리융리는 오후에 자습을 하라고 지시했다. 시간이 되자 모두 책을 한 권씩 들고 조용한 곳을 찾아 책을 읽었다. 물론 읽을 수 있도록 허용된 것은 정치 서적뿐이었다. 리융리는 '중앙 지도자'인 디화챠오의 지시를 어기고 몰래 다른 전문 서적을 읽거나 창작 활동을 해서는 안 된다고 벌써 몇 번이나 엄포를 놓았다.

숙소에는 왕유이 혼자 남아 있었다. 그와 위쯔치는 2층 침대를 함께 사용했는데 그가 위쪽 침대를 쓰고 위쯔치가 아래쪽 침대를 썼다. 위쯔치는 성격이 수더분해서 남들이 자기 침대를 더럽혀도 별로 개의치 않았다. 그래서 왕유이는 늘 위쯔치의 침대를 책상처럼 이용했다. 오늘도 그는 위쯔치 침대 앞에 작은 걸상을 놓고 앉아 책 한 권을 침대 위에 펼쳤다. 『자연 변증법』이었다. 엥겔스의 이 책은 무척 생동감 있었지만 자연과학을 전혀 모르는 왕유이로서는 별 흥미를 느낄 수가 없었다. '$\sqrt{-1}$'만 해도 도무지 뭔지 알수가 없어 몇 사람한테 물어보았지만 아무도 제대로 설명해 주지 못했다. '$\sqrt{-1}$'이 또 나오자 그는 또 머리가 지끈거리기 시작했다. 몇 줄 읽지 않았는데도 계속 하품이 났다. 저절로 정신이 산만해졌다. 문득 위쯔치의 베개를 싼 천에 수가 놓여 있는 것이 눈에 띄었다. 꽃이 듬성듬성 붙은 붉은 매화 가지였는데 제법 생기가 있어 보였다. 왕유이는 위쯔치의 아내였던 류루메이의 솜씨일 거라고 짐작했다. 매화 가지의 오른쪽 귀퉁이에는 영어 단어가 수놓아져 있었는데 틀림없이 무슨 뜻이 있을 것만 같았다. 베개가 낡은 것으로 보아 혼수가 아닌가 싶었다. 왕유이는 예전에 영어 단어를 배운 적이 있지만 이 단어는 무슨 뜻인지 모르는 것이어서 더욱 궁금증이 일었다. 어떻게 한다? 그는 철자 하나하나를 이어서 읽어 볼 요량으로 아예 베개를 집어 들었다. 그랬더니, 이런! 베개 밑에 일련번호가 매겨진 공책 서너 권이 나란히 놓여 있는 것이 아닌가! 위쯔치는 평소에 독서 메모를 하는 습관이 없었다. 그럼 이건? 창작품인가? 왕유이의 관심은 금세 베개에서 공책으로 옮겨 갔다.

왕유이는 본인이 시인인 데다 위쯔치 시의 애독자이자 연구자이기도 했다. 일찍이 그는 위쯔치의 시 세계에 대해 전문적인 연구 논문을 써 볼 작정이었지만 문화 대혁명 때문에 그 계획을 포기해야 했다. 하지만 흥미 자체가 사라진 것은 아니었다. 그는 '(1)'이라고 번호가 매겨진 공책을 펼쳐 보았다. 첫 장에는 마오 주석의 「복산자(卜算子), 매화를 읊다(詠梅)」가 쓰여 있었다.

비바람은 봄을 돌려보내고,
눈보라가 봄을 맞아 오네.
천 길 벼랑 얼음발 드리워도,
오직 매화꽃 어여뻐라.

어여뻐도 봄을 다투지 않고,
조용히 봄소식만 전하는구나.
산꽃들 만발한 시절 돌아오면,
그 속에 그녀가 웃고 있을 테지.

시 밑에는 또 작은 글씨로 "마음에 새겨 뜻을 삼고, 말로 펴서 시를 삼네. 붓을 빼앗고 원고를 빼앗아도 마음은 빼앗지 못하네, 시는 빼앗지 못하네"라고 적혀 있었다.

왕유이는 갑자기 흥분되기 시작했다. 위쯔치는 잃어버린 장편 시 「끝없는 장강 물결 도도히 흘러」를 다시 쓰고 있었던 것이다! 위쯔치가 '해방' 되자 노동자 선전대는 수색을 통해 압수했던 물건들을 일부 돌려주었는데 「끝없는 장강 물결 도도히 흘러」는 어디로 갔는지 보이지 않는다며 돌려주지 않았다. 그러자 위쯔치는 다른 건 잃어버려도 상관없지만 그 시 원고만큼은 꼭 찾아봐 달라고 노동자 선전대에 간곡하게 부탁했다. 하지만 리융리는 귀찮은 듯이 "그만하시오! 그 따위 것이 무슨 보배라도 된다고! 잃어버리길 차라리 잘 했소!"라고 말했다. 당시는 디화챠오가 문인협회 같은 기관에서의 창작 활동을 일률적으로 정지하도록 명령을 내린 상태였기 때문에 위쯔치도 더 이상 뭐라고 말하기가 어려웠다. 없어져 버린 위쯔치의 원고 때문에 사실은 왕유이도 못내 안타까워하던 참이었다. 그런데 위쯔치가 다시 그 시를 쓰고 있다니, 그것도 벌써 이렇게 많이 썼다니, 왕유이로서는 반가운 일이 아닐 수 없었다. 하지만 한편으로는 좀 의아하기도 했다. '다른 사람들이랑 똑같이 바쁘게 일하면서 언제 이걸 썼을까?'

어느새 졸음은 싹 달아나 버렸다. 왕유이는 위쯔치의 시 속으로 완전히 빠져들었다. 동지들이 모두 학습을 끝내고 숙소로 돌아왔을 때에도 그는 여전히 위쯔치 침대에 비스듬히 반쯤 기대고 얼굴은 벽을 향한 채 한 장 한 장 흥미진진하게 읽고 있었다.

"왕유이, 사탕 하나 먹지!" 한창 재미나게 읽고 있는 왕유이 앞으로 펑원펑이 사탕 하나를 던져 주었다. 왕유이는 이렇다 저렇다 고맙다는 말 한마디 없이 그냥 껍질을 벗겨 사탕을 입에 넣으며 공책에서 눈을 떼지 않았다.

"퉤! 퉤! 퉤! 이게 뭐야?" 왕유이가 별안간 벌떡 일어나 앉더니 입 안에 넣었던 것을 뱉어 냈다. 가만 들여다보니 그것은 사탕이 아니라 비누 조각이었다. 그는 험악한 얼굴로 이를 갈며 펑원펑에게 욕을 퍼부었다. "어쩐지, 동무가 웬일로 이렇게 착한 짓을 하나 했지!" 펑원펑이 하하 웃었다. "그 사탕 내가 준 게 아니라 공자님이 준 거요!" 그러자 옆에 있던 청쓰위안이 어리둥절해했다. "그 사탕 왕유이 동무가 나한테 준 건데!" 그제야 왕유이는 자기 목을 탁 쳤다. "어이구, 돌 치우려다 제 발등을 찍는다더니! 공자님께서 어째 이번엔 속지 않으셨을까?" 청쓰위안이 웃었다. "난 그게 비누 조각인 줄도 몰랐네. 오늘 이가 아파서 사탕을 먹을 수가 있어야지. 그래, 본 김에 샤오펑한테 줬지." 펑원펑이 배꼽을 쥐고 웃었다. "그런데 껍질을 까 보니까 아무리 봐도 사탕 같지가 않더란 말이야. 아니나 다를까, 혀로 조금 핥아 보니 비누 냄새가 나잖아. 그래, 이거 틀림없이 왕유이 짓이다 싶어 껍질만 바꿔치기 해서 되돌려준 거요! 하하하하! 돌 치우려다 제 발등을 찍었군! 하하하!" 왕유이는 물로 입을 헹구면서 짓궂은 표정을 지었다. "이게 모두 위쯔치 동무 때문이야! 시를 어찌나 잘 썼는지 그만 정신을 쏙 빼놔 버렸지 뭐야!"

"위쯔치가 시를 썼다고? 무슨 시?" 사람들이 깜짝 놀라 눈이 동그래졌다.

그제야 왕유이는 자기가 실언을 했다는 걸 깨달았다. 하지만 이미 엎질러진 물이었다. 그는 얼른 말을 돌렸다. "시는 무슨 시! 그냥 내가 쓴 풍자시지! 자, 내가 읊어 볼 테니 잘 들어요." 그는 정말로 눈동자를 굴리며 '시'를 짜내기 시작했다. "간부 학교 풍광은 참으로 굉장하다네, 큰 강물이 밤낮으로 달린다네. 논 가운데 청개구리 개골개골 울어 대면, 초막집 서생들은 깔깔깔깔 웃어 대지." 엉터리로 지어낸 그의 시를 듣고 모두 정말 깔깔깔 웃어 대며 제자리로 돌아갔다. 하지만 펑원펑만은 왕유이의 말을 믿지 않았다. 금방 왕유이가 위쯔치의 침대에 엎드려 웬 공책을 들여다보고 있던 것을 봤는데, 저런 엉터리 시를 공책에까지 적어 놓았을 리는 만무했다. 분명 다른 뭔가가 있었다. 하지만 그 자리에서 당장 트집을 잡지는 않았다. 대신 그는 왕유이가 입을 헹구고 다시 위쯔치의 침대에 누워 베개 밑에 있던 공책을 꺼내 들 때까지 기다렸다가 바로 그 틈에 왕유이를 누르고 공책을 낚아채려 했다. 하지만 왕유이가 그것을 순순히 뺏길 리 없었다. 그는 잽싸게 뒤돌아 침대에서 내려와서는 공책을 들고 뛰기 시작했다. 펑원펑이 그 뒤를 쫓았다. 탁자 둘레를 두어 바퀴 돌고 난 왕유이는 자기들을 쳐다보고 있던 청쓰위안에게 공책을 재빨리 넘겨주었다. 공책이 일단 청쓰위안의 손에 들어가자 펑원펑도 더 이상 빼앗을 생각을 하지 못했다. 청쓰위안이 워낙 엄숙했기 때문에 그와 함부로 장난을 치지는 못했던 것이다. 청쓰위안은 아까 왕유이 입에서 '위쯔치의 시'라는 말을 듣는 순간부터 걱정이 되던 참이었다. 위쯔치가 시를 쓰고 있다는 사실은 그도 알았다. 그의 침대가 위쯔치 침대 바로 옆에 있었던 터라 요즘 위쯔치가 밤마다 모기장 안에서 손전등을 들고 엎드리거나 옆으로 누워 뭔가를 열심히 쓰고 있는 걸 그도 보았던 것이다. 걱정이 된 그는 남들한테 들키지 않게 하라고 위쯔치에게 몇 번이나 주의를 주었다. 그런데도 이렇게 소홀히 보관하다니! 방금 왕유이가 자기가 쓴 풍자시라고 하기에 그나마 마음을 놓았는데 공책을 펼쳐 보니 그건 위쯔치의 필적이 틀림없었다.

"왕유이의 시가 맞습니까?" 펑원펑이 작은 눈으로 청쓰위안을 쏘아보며 물었다.

청쓰위안이 공책을 덮으면서 정색을 했다. "왕유이가 동무한테 장난을 쳤군. 이건 독서 메모일세." 말은 그렇게 하면서도 그는 자기 거짓말을 남들이 알아챌까 봐 무심결에 얼굴을 창밖으로 돌리고 말았다.

상황은 그렇게 끝나는 듯 보였다. 그런데 뜻하지 않게 청쓰위안의 뒤에 있던 쟈셴주가 끼어들었다. "응? 내 보기엔 라오위가 쓴 시 같던데?" 청쓰위안은 미워 죽겠다는 듯이 쟈셴주를 노려보며 침대 머리맡에 공책을 내려놓고 자기도 침대 위에 걸터앉은 뒤 입을 굳게 다물어 버렸다. 거짓말이 들통났을 때 어떻게 둘러대야 하는지는 아직 배우지 못했던 것이다. 그의 표정을 본 다른 사람들도 모두 입을 다물었다. 위쯔치가 몰래 시를 썼다. 이건 또 무슨 문제인가? 그러나 아무도 감히 그런 얘기를 입 밖에 꺼내지는 못했다. 유독 펑위안핑만 진지하게 큰 소리로 혼잣말을 했다. "이거 창작 활동 아니야?" 그러자 왕유이도 심각해져서는 얼굴을 붉히며 펑위안핑한테 따지고 들었다. "이것 봐, 수재씨! 맘씨를 좀 곱게 써 보라고. 아무 말이나 함부로 하지 말고. 위쯔치가 간부 학교의 생활을 예찬하는 시를 몇 편 썼기로서니 그게 무슨 창작 활동이야? 제발 좀 리융리 동지한테 가서 보고하지 말란 말일세!" 화가 난 펑위안핑이 대들었다. "위쯔치가 시를 쓴 게 나랑 무슨 상관인데? 내가 뭐 전문적으로 상부에 보고나 하는 사람처럼 보여? 그렇게 사사건건 트집 잡지 말라고. 말에 가시가 돋아 있잖아!"

확실히 그랬다. 지쉐화가 집을 나가고 위쯔치 등이 '해방'된 이후로 펑위안핑이 다른 사람을 고발하는 일은 눈에 띄게 줄었다. 무엇보다 그는 지쉐화에게 자기가 그녀의 말을 존중한다는 걸 보여 주어 그녀가 집으로 돌아오도록 만들고 싶었다. 또 한편으로 그는 앞으로 어쩌면 위쯔치가 높은 자리에 앉게 될지도 모른다고 생각했다. 지난 몇 년 동안 간부들의 승진과 좌천이란 게 춘삼월 날씨처럼 변덕스럽다 보니 펑위안핑도 뒷일을 생각해서 여지를 조금 남겨 둘 필요가 있었던 것이다. 그런데 지금 왕유이가 공연히 옛날 상처를 들쑤시니 어찌 억울하지 않을 수 있겠는가? 그래서 '답례'를 하긴 했지만 그래도 분이 풀리질 않았다. 그는 무슨 말로 이 분을 풀 수 있을지 생각하느라 안경 너머로 작은 눈을 열심히 굴리고 있었다. 청쓰위안은 왕유이와 펑위안핑의 싸움이 커지면 위쯔치한테 불리할 게 뻔했으므로 둘을 화해시키려고 서둘러 끼어들었다. "이런 사소한 일로 다툴 것까지 뭐 있는가? 왕유이, 그만하게." 쟈셴주도 한마디 거들었다. "그래, 그래. 라오위가 간부 학교에 관한 즉흥시 몇 편 쓴 게 무슨 창작 활동이겠나. 샤오펑이 보고하는 일은 없을 테니 샤오왕도 그리 믿으시게." 쟈셴주까지 나서서 자기한테 '사상 공작'을 하자 더욱 기분이 상한 펑원펑은 만만한 쟈셴주한테 언성을 높였다. "동무가 무슨 자격으로 혁명 군중의 일에 참견하는 거요? 창작 활동인지 아닌지, 보고해야 할지 말지가 동무와 무슨 상관이 있냔 말이오?" 화들짝 놀란 쟈셴주는 금세 기가 죽어 저쪽 구석으로 물러나 버렸다.

"창작 활동이니 보고니, 그게 무슨 소리요? 샤오펑!" 공교롭게도 하필 그 순간 리융리가 남자 숙소에 들어오다 펑원펑의 말을 들어 버렸다. 사실 리융리는 쟈셴주를 찾아온 것이었다. 여자 친구에게 주려고 값비싼 부채 하나를 샀는데, 거기다 마오 주석의 시를 한 수 써 달라고 부탁할 참이었다. 여름이 다 가기 전에 주려면 서둘러야 했다. 하지만 일개 '잡귀'한테 개인적인 일을 공공연하게 부탁할 수는 없는 노릇이어서 '비밀 임무'로 맡길 생각이었다. 그 때문에 방금 우연찮게 들은 얘기 같은 건 사실 귀에 전혀 들어오지도 않았다. 그래도 한마디 물어보았던 것은 자기가 '군중과 하나'라는 걸 보여 주려고 했을 뿐이지 펑원펑이 군이 대답하기를 바랐던 것은 아니었다. 하지만 펑원펑을 비롯한 군중과 리융리 사이에는 이미 모종의 '조건 반사'적 관계가 형성되어 있었다. 리융리의 질문에 구린내 나는 지식인들은 감히 대답하지 않을수 없었고 '적극 분자'인 펑원펑은 대답을 피하려고 하지 않았다. 그러다 보니 리융리의 질문은 순식간에 긴장 국면을 조성하고 말았다. 모두 선 자리에서 펑원펑을 주시했다. 왕유이와 청쓰위안은 누구보다도 가슴을 졸이며 그를 쳐다보았다. 그러잖아도 분통이 터지던 펑원펑은 리융리가 그렇게 묻자 기다렸다는 듯이 왕유이를 흘깃거리며 대답했다. "왕유이가, 위쯔치가 쓴 시에 쏙 빠져들었다고 말하기에 제가 그거 창작 활동 아니냐고 했더니 그럼 가서 보고하지 그러느냐고 말했습니다."

"뭐요? 위쯔치가 시를 써요? 무슨 시를 썼소?" 리융리가 왕유이를 뚫어져라 쳐다보며 물었다.

왕유이도 하는 수 없이 더듬더듬 대답했다. "간부 학교 생활을 예찬한 시입니다." 그는 자기 말이 사실이라는 걸 증명하기라도 하려는 듯 한마디 덧붙였다. "쟈셴주도 증명할 수 있습니다."

리융리가 구석에 숨어 있던 쟈셴주에게로 눈을 돌렸다. "그렇소, 쟈셴주?"

놀란 쟈셴주는 습관적으로 고개를 숙이고 오른손을 들며 말했다. "제가 증명합니다. 제가 증명합니다……."

"어디 이리 줘 보시오! 그럼 위쯔치는 왜 간부 학교 개교 기념 때 낼 시집에 투고하지 않은 거요? 원고료를 주지 않아 그런 거요?" 리융리가 왕유이를 향해 살기등등하게 손을 내밀었다.

난처해진 왕유이는 청쓰위안에게 눈짓을 하며 고개를 으쓱하더니 입을 다물어 버렸다.

"왜, 내놓지 못하겠다 이거요?" 리융리의 기세에 왕유이가 마지못해 대답했다.

"저한테 없습니다."

"그럼 누구한테 있소?"

왕유이는 또 아무 말도 하지 않았다. 그가 난처해하는 것을 보던 청쓰위안이 결국 입을 열었다. "저한테 있습니다. 짧은 시 몇

수인데, 리융리 동지가 보실 시간이 있으신지요?"

리융리가 씨익 웃었다. "내가 여기 뭐 하러 왔겠소? 내가 노동자 출신에 무식쟁이라 봐도 모를 거라 이거요?"

하는 수 없이 청쓰위안이 베개 밑에서 위쯔치의 공책을 꺼내 그에게 건네주었다. 리융리는 천천히 고개를 흔들면서 공책 첫 장을 펼쳐 들고 한 글자 한 글자 중얼거리며 읽기 시작했다. 몇 줄 읽은 뒤 공책을 덮어 버린 그는 화가 난 것 같기도 하고 득의양양한 것 같기도 한 웃음을 웃었다. "이게 간부 학교를 예찬하는 시란 말이오?" 아무도 대답하는 사람이 없자 그는 다시 펑원펑에게 눈길을 주었다. "샤오펑, 동무도 그렇게 생각하오?" 펑원펑은 억울하다는 듯이 대답했다. "왕유이 때문에 전 거기에 뭐가 쓰어 있는지 보지도 못했습니다. 하지만 이제 알 것 같습니다. 위쯔치가 「끝없는 장강 물결 도도히 흘러」 원고를 분실한 것에 불만을 품고서 다시 쓰기 시작한 것이 틀림없습니다." 리융리가 빙그레 웃으며 고개를 끄덕이더니 왕유이, 청쓰위안, 쟈셴주를 차례로 훑어보며 전혀 억양 없는 목소리로 말했다. "전문가인 당신들이 이 시가 어떤 시인지 몰랐단 말인가? 왜 일부러 감싸는 거요?"

왕유이가 그의 눈을 피하면서 우물거렸다. "라오위도 벌써 해방됐는데, 시를 좀 썼기로서니 꼭 발표해야 한다는 법은……."

왕유이의 말이 채 끝나기도 전에 리융리가 말허리를 잘라 버렸다. "해방됐다고? 해방됐으니 중앙 지도자의 지시에 반항해도 된다는 거요? 문화 대혁명은 아직 끝나지 않았고 계급 혁명도 계속되고 있소. 해방되자마자 꼬리를 들어 봐야 동무들한테 이로울 것 하나 없소. 모자는 아직 우리 손에 있으니까." 마지막 몇 마디를 할 때 리융리는 특별히 청쓰위안을 노려보았다. 청쓰위안은 대들보로 시선을 돌리며 애써 못 본 체했다.

그때 펑원펑이 재빨리 리윰리의 편을 들었다. "사실은 저도 좀 이상하다고 생각했습니다. 간부 학교에 관한 시를 썼다면 왜 당당하게 내놓지 않고 왕유이에게만 몰래 보여 줬을까 하고요."

펑원펑이 말을 갈수록 이상한 데로 끌어가자 왕유이가 지레 변명을 했다. "라오위가 보라고 준 게 아니라 제가 맘대로 꺼내 본 겁니다."

펑원펑이 믿지 못하겠다는 듯 물었다. "어디서 꺼냈다는 거요? 위쯔치 침대에서 꺼낸 거요?"

순간 왕유이의 얼굴이 사색이 되었다. 그는 베개 밑에 있는 나머지 공책들까지 발견될까 봐 서둘러 고개를 저으며 부정했다. "아닙니다."

"좋소, 왕유이!" 리윰리는 왕유이를 매섭게 쩨려본 뒤 위쯔치의 침대 앞으로 걸어갔다. 그는 이불 속에 손을 넣어 이리저리 만져 보더니 다시 베개를 들추어 보았다. 베개 밑에 있던 공책들이 발각되고 만 것은 물론이었다. 리윰리는 천천히 공책들을 집어 들더니 득의양양하게 사람들을 훑어보았다. "어디 잘들 생각해 보시오!" 그리고 다시 펑원펑과 왕유이에게 명령을 내렸다. "동무들은 상난과 함께 연대 본부로 오시오." 그는 마지막으로 잊지 않고 쟈셴주도 불렀다. "동무는 저녁을 먹은 뒤에 나한테 잠깐 왔다 가시오. 동무에게 맡길 임무가 있소!" 펑원펑, 왕유이, 쟈셴주가 모두 알았다고 대답하는 것을 듣고 리윰리는 거들먹거리며 밖으로 나갔다.

리윰리가 나가자마자 청쓰위안은 바로 위쯔치를 찾아 나섰다. 그는 평소 위쯔치가 간부 학교의 돼지우리에 숨어서 시를 쓴다는 걸 알고 있었다. 돼지우리로 가 보니 예상대로 위쯔치가 얼굴을 파묻은 채 열심히 글을 쓰고 있었다. 청쓰위안이 이마를 찌푸리며 입을 열었다. "내가 자네더러 너무 천진하다고 했지? 아직도 아니라고 할 텐가. 이렇게 어렵사리 쓴 시를 침대 위에 그렇게 아무렇게나 올려놓았으니! 방금 리융리가 압수해 가 버렸네. 비판 한번 받는 거야 대수롭지 않겠지만 잃어버린 시는 아까워서 어쩐단 말인가?" 위쯔치는 화가 나서 순식간에 얼굴이 하얗게 변해 버렸다. "남의 침대는 뭣 때문에 뒤졌단 말인가?" 청쓰위안이 쓴웃음을 지었다. "권력이 그 사람 손에 있네. 이런 상황에서 우리가 '왜' 라고 물을 수 있는 권리라도 있는 줄 아나?" 위쯔치는 남들이 알아채지 못하도록 수첩을 손에 쥔 채로 바지 주머니에 찔러 넣고 청쓰위안을 따라 숙소로 돌아갔다. 그는 무척 속이 상했다. "지금이 시를 쓸 때가 아니라는 건 나도 아네. 하지만 지금처럼 간절히 시를 쓰고 싶었던 적도 없었어. 시도 사람처럼 고통 속에서 태어나고 안락 속에서 죽는가 보네! 압수하려면 하라고 하게! 마음만 압수당하지 않으면 되니까……."

청쓰위안이 안쓰러운 듯이 친구를 바라보았다. 그는 잠깐 걸음을 멈추고 위쯔치에게 귀띔을 해 주었다. "리융리는 어떻게든 트집을 잡아 우리한테 본때를 보이려 할 게 뻔하네. 자네도 준비를 단단히 해 둬야 할 거야." 위쯔치가 고개를 끄덕였다. 다시 몇 걸음 더 걷다가 청쓰위안이 또 뜬금없이 물었다. "자네, 샤오샹과는 별일 없었나?" 위쯔치가 고개를 저었다. "그 뒤로 얘기해 본 적 없네. 하지만 갈수록 더 헤어나기 어려운 것 같아!" 청쓰위안은 정말로 걱정스러웠다. "며칠 동안 자네가 안절부절 마음이 편치 않은 것 같아서 나도 맘을 놓을 수가 없네! 반드시 신중하게 생각해서 처리하게. 지금은 진실하고 아름다운 감정이 모조리 죄가 되는 판국이니까."

위쯔치가 어쩔 수 없다는 듯 웃었다. "쓰위안, 난 말이야, 사람에게 충만한 열정이 없다면 사람으로 사는 의미가 없을 것 같아.

사람이란 어둠 속에 있을 때일수록 더욱 이상을 추구해야 하는 거야. 불꽃 한 점을 피워 낼 수만 있다면 자기 피와 살을 떼어서라도 바위를 쳐 봐야 하는 것 아닐까!"

청쓰위안은 잠시 묵묵히 있다가 한숨을 내쉬었다. "열정의 불씨를 마음속에 깊이 간직해 두는 게 그래도 꺼뜨려 버리는 것보단 낫지 않은가?"

위쯔치는 아무 말도 하지 않았다.

"참, 『송사선집』 일은 더 이상 떠들지 말게. 스즈비가 한 일이니까." 청쓰위안이 또 하나 귀띔을 해 주었다.

"스즈비가?" 위쯔치가 뜻밖이라는 듯 소리쳤다.

청쓰위안이 이마를 찌푸렸다. "스즈비는 냉철하게 사고할 줄도 모르고 그렇다고 또 참다운 열정이 있는 것도 아냐. 있는 거라곤 공허뿐일 테지. 아무튼 매사에 깊이가 없어. 그 여자를 보면 밉기도 하지만 불쌍하기도 하다니까. 자네는 아무것도 모르는 척하고 있게."

위쯔치가 고개를 끄덕였다.

위쯔치를 비판한 샹난

샹난, 왕유이, 평원펑 등을 노동자 선전대 본부로 부른 리융리는 그들에게 한바탕 '작은 전투'를 준비하도록 지시했다. 오늘 우연히 '계급투쟁의 새로운 동향'을 발견한 그는 속으로 기쁘기도 하고 놀라기도 했다. 기쁜 것은 자기가 친히 이 사건의 꼬투리를 잡았을 뿐 아니라 청쓰위안 일당에게 속아 넘어가지 않았다는 점이었다. 놀란 것은 사상적 계급투쟁에 자기가 그동안 너무 느슨했는 점이었다. 그는 얼마 전 만났던 왕머우가 "적이 없어지면 과오가 생긴다"라고 했던 말이 생각났다. 왕머우는 그에게 이렇게 말했다. "우리 손의 권력도 견고한 것은 아니니 베개를 높이 베고 편안히 있어서는 안 되오. 적들이 권토중래(捲土重來)할 때 속수무책이 될 수 있으니까. '적이 없어지면 과오가 생긴다'고 했소. 그러니까 적을 무찔렀다고 해서 경계심을 늦추면 큰 화를 입을 수 있다는 말이오." 맞는 말이었다. 경계심을 높이지 않으면 손 안에 쥔 권력은 물론이고 여자 친구까지 빼앗기고 말 것이다. 그는 이제 이 사건을 꼭 틀어쥐고 위쯔치를 '살아 있는 과녁'으로 삼아 지식 분자들의 꼬리를 단단히 눌러야 할 것이고 자신에게도 경종을 울릴 필요가 있다고 생각했다. "동무들은 위쯔치 특별 심사조 성원이오. 위쯔치가 해방되긴 했지만 결코 투쟁까지 끝나 버린 것은 아니오. 오늘 발생한 일에 대해 깊이 생각들 해 보시오. 이는 우리 노동자 계급이 문예계를 계속 점령할 수 있는가 없는가라는 문제와 관련되어 있소. 난 문인협회 같은 페퇴피 클럽을 철저히 분쇄하는 것이 디화챠오 동지의 지시 정신이라고 생각하오. 페퇴피는 외국의 수정주의 분자고 문인협회는 바로 중국의 페퇴피요. (누군가 그에게 페퇴피는 이미 오래전에 죽었으며 또 마르크스 레닌주의를 신봉한 적도 없으니 수정주의고 나발이고 할 것도 없다고 가르쳐 주었다. 하지만 리융리는 그 말을 한 사람에게 되레 책만 물고늘어지는 교조주의자이며 적시 적소에 필요한 응용을 할 줄 모른다고 몰아붙여 버렸다.) 두 독초는 같은 뿌리를 가지고 있으니 둘 다 철저히 분쇄해 버려야 하오! 당신들한테 창작 활동을 하지 말라는 것은 바로 글 쓰는 권력을 노동자 계급에게 내놓으라는 거요. 만약 동무들이 이를 못마땅하게 여기거나 복종하지 않는다면 그것은 곧 역사의 무대에서 퇴출하지 않겠다는 것이고 나아가 무산 계급 전면 독재를 파괴하는 것이오. 오늘 일은 바로 이런 성질의 것이오. 이제 동무들의 생각을 말해 보시오!"

상난과 왕유이는 서로 얼굴만 쳐다보았다. 그들은 리융리의 말 속에서 음산하고 섬뜩한 느낌을 받았다. 자기한테 의견을 내놓으라고 할까 봐 두 사람은 모두 펑원펑을 쳐다보았다. 펑원펑은 마치 예수님 말씀을 전해 듣는 신도처럼 리융리의 말을 경건한 태도로 경청하면서 때때로 수첩에 받아 적기까지 했다. 리융리가 그들에게 발언하라고 하자 그는 필기한 것을 다시 한 번 자세히 읽어 보고 나서 수첩을 덮고 대답했다. "리 지도원님의 말씀에 깨달은 바가 많습니다. 저는 화샤오 동지가 저희들의 창작 활동을 중단하라고 지시하신 것은 바로 저희들에 대한 최대의 관심이고 최대의 사랑이며 최대의 편달이고 최대의 고무라고 생각합니다. 저희들은 이미 철두철미하게 수정주의의 영향을 받은 사람들입니다. 그런 저희들이 무슨 창작 활동을 할 수 있겠습니까? 했다 하면 그건 독을 퍼뜨리는 것이나 마찬가집니다. 저희들에게 창작 활동을 금지시킴으로써 과오를 덜 범하게 하고 독을 덜 퍼뜨리게 하는 것이야말로 사랑이 아니고 뭐겠습니까?"

리융리는 자기와 죽이 척척 잘 맞는 이 '수재'의 발언에 기분이 좋아져서 그를 격려해 주었다. "샤오펑, 관점이 정확하군. 동무가 이렇게만 나간다면 무산 계급은 동무에게 창작 활동을 허락해 줄지도 모르오. 입당도 불가능한 건 아니오. 내 동무들에게 한 가지 말해 주지. 당신들 지식 분자에 대한 우리 무산 계급의 정책은 치고 당기는 거요. 먼저 치고 나서 당기고, 당기고 치고, 치고 당기고." 여기까지 말한 그는 방금 자기가 무척 생동감 있고 재치 있게 말한 것 같아 만족스럽게 웃었다. 펑원펑도 따라 웃었다. 리융리가 말을 이었다. "그럼 동무들은 어떻게 해야겠소? 칠 때는 군말 말고 바짝 엎드려서 난 정말로 맞아야 돼, 라고 생각하는 거요. 그리고 당겨 줄 때는 다시 고분고분 일어나서 주제도 모르고 잘난 척하거나 꼬리를 들지 않는 거요. 그게 가장 현명한 방법이지. 어때, 내 말이 틀렸소?"

평원펑이 연방 고개를 끄덕였다. "지당하신 말씀입니다! 암요!" 옆에 있던 왕유이는 계속 고개를 갸웃거렸다. 그의 이 습관적 동작에는 다양한 의미가 들어 있었기 때문에 각자 이해하고 싶은 대로 이해하면 그만이었다. 리융리는 그것을 "맞습니다, 맞아요!"라고 이해하고는 다음으로 샹난을 노려보았다. "샹난 동무는 어떻게 생각하오? 동무 자신이 하나의 실례잖소! 우리가 동무를 친 것은 동무를 당기기 위해서요. 동무에게 생산조 조장을 맡기고 또 오늘 적극 분자 대우를 해 주는 것이 바로 동무를 한층 더 당기고 있는 거란 말이요. 당 정책이 얼마나 온정적인지는 동무가 가장 많이 체험했을 거요. 퇀차오췬 동지는 동무에게 관심이 많아서 늘 동무의 정황을 묻소. 그러면 난 항상 동무에 대해 좋게 말해 주었소. 그러니 동무는 우리를 봐서라도 더 잘 해야 한단 말이오!"

하지만 샹난은 리융리의 말이 전혀 귀에 들어오지 않았다. 그녀의 마음은 온통 위쯔치의 공책에 쏠려 있었다. 언젠가 위쯔치가 「끝없는 창강 물결 도도히 흘러」를 다시 쓰고 있다고 말하기에 그녀도 적극 지지해 주었다. 하지만 그가 벌써 이렇게 많이 썼을 줄은 몰랐다. 더구나 그게 다시 리융리의 손에 들어가리라곤 생각도 못 했다. 그녀는 안타깝기도 하고 초조하기도 했다. 그녀는 이 공책에 어떤 내용이 쓰여 있는지, 혹시 크게 트집 잡힐 만한 것은 없는지 알아보는 것이 급선무라고 생각했다. 얼른 그 공책들을 보고 싶은 마음에 그녀는 리융리가 무슨 말을 하건 신경 쓰지 않고 그의 비위를 맞추었다. "리융리 동지의 말씀이 맞습니다! 임무를 맡겨 주십시오!" 리용리는 그런 상난의 태도를 무척 흡족해했다. 상난이 정말로 고분고분해진 것이다. 그가 다시 왕유이에게 말했다. "왕유이, 샤오상을 보고 좀 배우시오. 샤오상은 해방된 뒤로 아주 적극적이라 우린 그녀를 무척 신임하고 있소. 동무는 노동자 작가이니 우리와 함께 가야 할 텐데 왜 위쯔치와 같은 편에 서려는 거요? 게다가 오늘은 그를 비호하기까지 하다니! 우린 아직도 동무에게 계급적인 신뢰를 거두지 않았으니 그 책임은 더 이상 묻지 않겠소. 동무 자신이 더 적극적으로 전투에 뛰어들어 공을 세워 속죄하고 마오 주석의 혁명 노선으로 되돌아와야 할 것이오." 왕유이는 또 고개를 갸웃했다. 꼭 리용리의 말대로 하겠다는 의사 표시처럼 보였다.

이렇게 한바탕 사상 교육을 하고 나서 리용리는 세 사람에게 즉시 위쯔치의 장편 시를 끝까지 읽고 문제의 핵심을 파악한 뒤 그에 대한 비판적 분석을 통해 위쯔치의 창작이 자본주의를 부활시키는 행위임을 증명하라고 지시했다. 그가 마지막으로 덧붙였다. "가서 준비들 하시오! 동무들은 내일 노동에 참가하지 않아도 좋소! 비판 대회는 라오유의 책임이니까 그가 돌아오는 대로 동무들이 쓴 글을 그에게 가져가 보여 주시오. 우리는 라오유 같은 노간부를 존중하고 그들이 투쟁의 선봉에 서서 역량을 발휘할 수 있도록 적극 지지해야 하오." 세 사람이 알았다고 대답하고 밖으로 나가자 리용리는 시계를 보았다. 벌써 저녁 먹을 시간이었다. 그는 이제 쟈셴주를 불러 부채에 글씨를 쓰라고 해야지 생각했다. 그런데 그것도 혹시 창작 활동으로 비치지는 않을까 걱정되었다. 잠시 궁리한 끝에 그는 쟈셴주에게 부채를 집으로 가져가서 글씨를 써 오게 하면 되겠다고 생각했다. 그리하면 자산 계급에게 꼬투리 잡히는 일은 면할 수 있을 것이다. 그는 기분 좋게 몸을 흔들며 식당으로 갔다.

마침 유뤄빙이 때맞추어 간부 학교로 돌아와 이번 '작은 전투'를 맡게 되었다. 리융리에게 전후 사정에 대한 설명을 듣고 그는 자기도 모르게 위쯔치에게 화가 치밀었다. '그러게 조용히 있을 것이지, 꼭 화를 자초한다니까!' 하지만 리융리가 이번 '전투'에 대해 무슨 이견이 있냐고 묻자 그는 온통 리융리를 치켜세우는 말만 했다. "리 동지, 아주 제때에 고삐를 잡으셨습니다! 이번에 제가 대비판에 관한 문화국 회의에 참가했더니 돤차오췬 동지가 '수정주의 노선의 부활을 방지하라'는 중앙 지도자의 지시를 전달해 주더군요. 듣자하니까 벌써 그런 기미가 출현했답니다. 어떤 배우들은 '연기 한 방에 천하를 먹어치우려고' 내공을 쌓고 있다더군요. 또 어떤 사람들은 몰래 자산 계급 반동 권위자들을 찾아가 가르침을 구하고 있다지 뭡니까. 정말 고삐를 틀어쥐지 않으면 큰일나게 생겼어요. 수정주의가 또다시 냄새는 고약해도 먹을 땐 맛있는 처우더우푸(臭豆腐)*가 됐다니까요! 상하이에서 열린 이공계 대학 교육혁명좌담회에서 장춘챠오(張春橋), 야오원위안 두 지도자가 발언하신 내용이 7월호 『홍기』에 실렸는데, 그게 아주 중요한 의미를 가진답니다! 그러니까 우린 이데올로기 영역의 투쟁을 한시도 늦춰서는 안 된다는 거지요!" 유뤄빙의 일장 연설에 리융리는 속으로 쾌재를 불렀다. 자기가 우연히 틀어잡은 사건이 상부의 정책에 딱 들어맞았던 것이다. "라오유! 내가 뭘 알겠소. 그저 모든 걸 무산 계급적 감각에 맡길 뿐이지! 앞으로도 많이 도와주시오! 이번 전투는 동무가 지휘하시오. 난 옆에서 지원 사격을 할 테니." 유뤄빙이 겸손하게 사양했다. "아니, 아닙니다. 그래도 노동자 계급이 모든 걸 영도해야지요. 이번 문화국 회의는 제가 자세히 기록을 해 두었으니 리 동지가 비판 대회 때 전달하도록 하십시오. 저는 그냥 회의만 소집하겠습니다." 리융리는 그러 마고 시원스레 대답했다.

비판 대회는 어느 오후 학습 시간에 열기로 했다. 주 발언자는 평원평, 왕유이, 상난 세 사람이었다. 발언 요지도 벌써 유뤄빙에게 보고되었다. 평원평은 장편 시에서 문제가 되는 핵심에 대해 비판하고, 왕유이는 첫 장에 있는 제시(題詩)를 비판하면서 문화 대혁명을 둘러싼 위쯔치의 불평불만에 대해 지적하기로 했다. 그리고 상난은 세계관의 차원에서 양대 노선투쟁의 장기성과 복잡성에 대해 논하기로 했다. 대회가 시작되기 전 변소에서 위쯔치와 마주친 유뤄빙은 남몰래 충고를 한마디 해 주었다. "라오위, 지금 대세가 반우파 아닌가. 그냥 순순히 자기비판한 뒤에 앞으로는 절대 쓰지 않겠다고만 하면 되네. 공연히 고집 부리지 말고." 위쯔치는 아무 말도 하지 않았다. 유뤄빙은 이제 나머지는 본인이 알아서 할 일이고 자기 할 도리는 다했다고 생각했다.

리융리는 '인민 내부 모순의 원칙에 따라 처리한다'라는 정책을 준수한다는 걸 과시하려고 오늘 비판 대회에서는 위쯔치도 자리에 앉아서 비판을 들을 수 있게 했다. 위쯔치는 필기할 공책을 한 권 들고서 앞자리에 앉아 비판을 기다렸다.

유뤄빙이 개회를 선언하자 평원평이 먼저 일어나 발언했다. 그는 글에 제목을 붙이듯이 자기 발언에 제목을 달고 그것부터 읽기를 좋아했다. 오늘 그의 발언 제목은 「장편 시의 문제점을 통해 위쯔치가 어떤 성질의 창작 활동을 했는지 살펴본다」였다. "끝없는 장강 물결 도도히 흘러」의 문제는 그것이 우파를 찬양하고 전쟁에 대한 공포심을 조장한다는 데 있습니다." 그는 민첩하게 위쯔치의 공책 한 권을 펼쳐 들었다. "그중 한 단락을 읽어 보겠습니다."

꼬마야 꼬마야,

어서 눈물을 닦으렴.

휘날리는 저 홍기가 보이지 않니?

깃발을 든 이가 바로,

나의 아들, 너의 형제란다!

꼬마야 꼬마야,

어서 눈물을 닦으렴.

둥둥 북 소리가 들리지 않니?

북을 울리는 이가 바로,

나의 아들, 너의 형제란다.

꼬마야 꼬마야,

어서 눈물을 닦으렴.

······

평원평이 시를 낭독하기 시작하자 장내는 쥐 죽은 듯 조용해졌다. 위쯔치는 넋이 나간 표정으로 사람들을 쳐다보았다.

평원평은 자기 발언이 예상했던 효과를 거두었다고 생각되자 갑자기 목소리를 높여 분석하기 시작했다.

"여기서 찬양하고 있는 것은 한 장군입니다. 그 장군의 15세 된 아들이 '나', 즉 위쯔치 자신을 보호하려다 전쟁터에서 희생되었습니다. 위쯔치는 장군 앞에서 장군의 아들이 자기 때문에 죽었다며 엉엉 웁니다. 그래서 장군이 이와 같이 위쯔치를 위로했던 것입니다. 동무들! 이 단락을 들으면 어떤 느낌이 듭니까? 의심할 여지 없이 우리는 부지불식중에 그 장군을 동정하게 됩니다. 그런데 그 장군이란 사람은 오늘날 어떤 사람입니까? 바로 주자파입니다! 나아가 우리는 또 부지불식중에 혁명전쟁을 두려워하고 혐오하게 됩니다. 그것이 그토록 어린 생명을 앗아 갔기 때문입니다. 이 모든 것이 다 문화 대혁명의 정신, 그리고 쟝칭 동지의「부대 문예공작 좌담회 기요」의 정신에 위배되는 것입니다! 과연 이것이 어느 계급의 창작이란 말입니까? 눈 달린 사람이라면 누구나 그것이 자산 계급과 수정주의에 속한다는 사실을 알 수 있을 겁니다!"

발언을 마친 펑원펑은 득의양양하게 리융리를 쳐다본 다음 다시 유뤄빙을 쳐다보았다. 유뤄빙이 그를 향해 고개를 끄덕였다. "좋습니다. 자리에 앉으세요. 다음 발언은……, 왕유이!" 그런데 자리에서 일어나야 할 왕유이가 2층 침대 모기장 밖으로 얼굴을 내밀며 난처한 표정을 지었다. "라오유! 어제부터 갑자기 설사가 나서 지금 일어나지도 못하겠어요. 여기 병가 진단서가 있습니다." 그가 내민 종이를 받아 보니 틀림없는 병가 진단서였다. 하지만 사전에 보고를 받지 못한 유뤄빙으로서는 낭패가 아닐 수 없었다. 그때 마침 샹난이 자리에서 일어나 발언 신청을 했다. 유뤄빙은 안도의 한숨을 내쉬었다. "좋습니다, 샹난, 발언하세요!"

샹난이 꼿꼿하게 등을 펴고 일어섰다. 공교롭게도 위쯔치의 딱 맞은편이었다. 의아해하는 그의 눈길을 의식한 그녀는 천장으로 시선을 돌려 버렸다. 그녀는 발언문도 발언 요지도 아무것도 들고 있지 않았다. 그런데도 그녀는 단 한 번도 막힘없이 일사천리로 발언했다.

"저도「끝없는 장강 물결 도도히 흘러」를 읽었습니다. 저는 위쯔치가 간부 학교에서 이런 시를 썼다는 것 자체가 잘못되었다고 생각합니다. 간부 학교에서 우리가 맡은 임무는 노동 개조입니다. 이 점을 위쯔치는 어찌 모른단 말입니까?" 그녀는 엄숙한 표정으로 위쯔치를 한번 쳐다보고는 시선을 다시 천장으로 돌렸다. 하지만 입으로는 여전히 쉬지 않고 말하고 있었다. "사실 우리가 오늘 말해야 할 것은 제재의 문제가 아닙니다. 나이 든 선배 무산 계급 혁명가를 찬양하면 안 된다고 누가 그랬습니까? 마오 주석께서 말씀하시길, 인민은 인민을 위해 좋은 일을 한 사람을 모두 영원히 기억해야 한다고 하셨습니다. 누가 혁명 선열(先烈)을 찬양하면 안 된다고 했습니까? 혁명 모범극 「홍등기(紅燈記)」에서도 죽어 간 세 사람의 영웅을 그리고 있습니다. 마오 주석께서도 무수한 혁명 선열들이 우리 눈앞에서 희생당했으니 우리 살아남은 사람들은 그들을 생각하며 가슴 아파해야 한다고 말씀하셨습니다. 그리고 우리더러 그들을 기억하라고 하셨습니다. 과거 무수한 선열들이 우리 발밑에 뿌린 선혈을 우리는 잊어서는 안 될 것이며 또 아직 잊지 않고 있습니다. 그 피 한 방울 한 방울까지 우리는 모두 똑똑히 기억할 것입니다. 오늘의 승리를 위해 지난날 우리가 얼마나 많은 대가를 치렀는지 우리는 영원히 기억할 것입니다!"

상난의 말이 갈수록 빨라지며 금방이라도 울음을 터뜨릴 것만 같더니 급기야 하던 말을 뚝 멈추어 버렸다. 모두 무슨 일인가 싶어 숨을 숙였다. 사람들은 오늘 상난이 왜 저토록 흥분하는지 궁금했다. 왕유이조차 모기장 구멍으로 슬며시 상난을 주시하고 있었다. 상난의 말을 열심히 받아 적던 위쯔치도 펜을 놓고 눈을 반짝이며 상난의 다음 말을 기다렸다. 상난은 사람들이 보내는 시선을 모두 알아차렸다. 그녀는 자기가 지나치게 흥분했음을 알았다. 그녀는 천장을 바라보며 입술을 꾹 깨물었다. 그리고 침을 꿀꺽 삼켜서 꽉 메어 오던 목을 풀어 주고 스스로 진정시켰다. 그런 다음 발언을 계속했다. 이번에는 아예 위쯔치를 똑바로 쳐다보았다. 그러자 마음이 한결 편해지는 것 같았다. 그녀의 목소리가 가라앉

으며 훨씬 더 차분해졌다. "하지만 위쯔치 동무! 무슨 일이 있어
도 동무는 본인이 반동 권위이고 유명 인사이며 문예계 검은 노선
보탑의 꼭대기에 있는 인물이라는 것, 따라서 동무의 가장 큰 임
무는 바로 자신을 개조하는 것임을 절대 잊어서는 안 될 것입니
다! 그것은 우리도 마찬가지입니다. 우리 역시 스스로가 구린내
나는 지식 분자로서 하마터면 문예계 검은 노선에게 뼈도 못 추리
고 잡아먹힐 뻔했다는 점, 그래서 우리의 가장 큰 임무 역시 우리
자신을 개조하는 것임을 절대 잊어서는 안 될 것입니다. 오늘 우
리는 위쯔치 동무에게 엄중하게 경고하려 합니다. 동무는 「끝없
는 장강 물결 도도히 흘러」의 창작을 당장 때려치우고 성실하게
자기 개조에 임하십시오! 그렇게 해야만 동무에게 다시 펜을 잡
을 수 있는 자격이 생기는 겁니다." 그녀는 또 한 번 위쯔치를 빤
히 쳐다보고 나서 자리에 앉았다.

리융리는 샹난의 발언에 아주 만족했다. 샹난의 표준어가 너무
빨라서 완전히 다 알아들은 것은 아니었다. 게다가 그는 상사의
발언을 제외하면 남의 발언을 진지하게 듣는 편이 아니었다. 하지
만 그는 오늘 샹난이 주동적으로 발언을 청한 것은 물론이고 위쯔
치에 대해서도 무척 엄한 태도로 말하는 것을 자기 눈으로 확인했
다. 그는 또 샹난이 위쯔치가 수정주의 보탑의 꼭대기에 있는 인
물이라고 말하고 스스로도 구린내 나는 지식 분자라고 인정하는
것을 똑똑히 들었다. 이 두 가지만 가지고도 리융리는 오늘 샹난
의 태도가 아주 훌륭하다고 생각했다. 이는 바로 자신이 적시에
계급투쟁을 틀어쥐어서 나타난 효과가 아니고 무엇이겠는가! 그
래서 그는 샹난이 막 자리에 앉자마자 유뤄빙이 사회를 보기도 전
에 자기가 직접 나서서 발언을 시작했다. 그는 먼저 유뤄빙이 알
려 준 상부의 정신에 자기의 경험까지 덧붙여 전달한 다음 샹난을

한바탕 칭찬해 주었다.

"샹난 동무의 오늘 발언은 썩 훌륭했소. 폐부를 찌르는 예리한 비판도 그렇고 과감하게 자신을 비판한 것도 그렇고. 바로 그러한 태도를 우리는 환영하오. 이어지는 자유 발언에서도 모두 샹난처럼 자기와 관련지어 체험을 말해 보시오. 누가 발언하겠소?" 그는 쟈셴주가 몸을 일으키려 하는 것을 보고 그를 지명했다. "쟈셴주 동무, 해방시켜 달라고 하지 않았소? 오늘도 동무의 태도를 표명할 좋은 기회요!"

사실 쟈셴주가 발언하려고 마음먹은 것은 아니었다. 유뤄빙 집에서 뛰어내렸으나 용케 살아난 이후, 그도 남몰래 자신에 대해서 속속들이 분석해 보았다. 죽음으로써 절개를 지키는 일 따위는 이제 자기 살아생전에는 하지 못할 것 같았다. 그날의 그 뭣 같은 느낌을 더 이상 맛보고 싶지 않았던 것이다. 그래서 생각해 보니, 비겁하게 무릎을 굽혀도 소용이 없을 바엔 차라리 조금 강하게 나가서 사람들한테 좋은 인상이나 심어 주는 편이 백 번 낫다는 생각이 들었다. 그래서 그는 다시는 비굴한 짓을 하지 않으리라 다짐했다. 하지만 강산은 쉽게 변해도 어디 사람의 천성이 쉽게 변하겠는가. 그 때문인지 그는 여전히 미끼만 주면 입을 벌리고 압력이 가해지면 바로 자라처럼 목을 움츠렸다. 어떤 땐 그도 그런 자신을 어떻게 해 볼 도리가 없었다. 오늘도 그랬다. 리융리가 격려하는 발언을 하자 그는 일어나 자기의 경험을 말하고 싶어졌다. 하지만 청쓰위안이 혐오스러운 눈빛으로 쏘아보자 또 도로 앉고 싶어졌다. 그래서 몸만 계속 들썩거리다가 끝내 손을 들고 발언하지는 못했던 것이다. 그러던 차에 리융리가 그걸 보고 지명을 했으니 이젠 하기 싫어도 할 수밖에 없었다.

쟈셴주는 안경 너머로 눈을 굴리며 어쩔 줄 몰라 하면서 리융리를 향해 말했다. "오늘 정말 뜻 깊은 교육을 받았습니다. 저도 아직 완전히 포기를 못 해서, 가끔 집에서 몰래 부채나 병풍에 글씨를 써 주기도 했습니다. 앞으로는 절대 쓰지 않겠습니다." 리융리가 고개를 끄덕였다. "솔직하게 말했으니 됐소. 붓글씨는 절대 쓰면 안 된다는 게 아니라, 어떤 계급을 위해 쓰는지를 봐야 할 것이오." 순간 쟈셴주의 얼굴이 노래졌다. 아뿔싸, 리융리도 자기한테 글씨를 써 달라고 부채를 주었는데, 어찌 그걸 깜박했더란 말인가? 그는 서둘러 한마디를 덧붙였다. "맞습니다, 맞아요! 앞으로는 무산 계급을 위해서만 쓰겠습니다!" 그런데도 리융리는 불만인지 경고하는 투로 말했다.

"우리가 동무를 해방시켜 주지 않았다고 불만을 품은 거요? 요즘은 왜 예전보다 적극적이지 못한 거요? 왜 다른 사람들의 문제를 고발하지 않는 거요? 위쯔치 같은 사람이나 문제를 동무는 보지 못한 거요? 그런 식으로 나오면 우리가 어떻게 동무를 해방시켜 줄 수 있겠소?"

쟈셴주가 어디 이만한 압력을 견뎌 낼 재주가 있는 사람이던가? 그는 생각할 겨를도 없이 또 습관적으로 오른손을 들고 고개를 숙였다. 하지만 누구를 고발할 것인가? 전혀 준비하지 못한 상태였다. 그는 고개를 숙이다 문득 앞에 앉은 청쓰위안을 보았고, 자연스레 청쓰위안이 '즉흥'적인 고발 대상이 되었다. 그는 안경 밑으로 청쓰위안을 쳐다보며 우물거렸다. "청쓰위안, 동무는 늘 작은 수첩 같은 걸 가지고 다니면서 보던데, 외국어 공부를 하는 거요? 우리는 당을 향해 속마음을 모두 털어놔야 하오." 청쓰위안은 뒤돌아 안경테를 밀어 올리면서 쟈셴주를 한번 쏘아본 뒤 다시 앞으로 돌아앉았다. 그리고 눈을 안경 위로 치켜뜨며 아무도 쳐다보지 않은 채 말했다. "내 수첩에 적힌 것은 죄다 배추는 언제 종자를

심고, 무는 언제 거두고 하는 것들이오. 외국어는 무슨!" 쟈셴주는
황급히 청쓰위안을 향해 오른손을 들더니 "내가 잘못 봤소! 미안
합니다!"라고 말했다. 사람들은 속으로 '오늘 쟈셴주의 거수에 새
로운 의미가 첨가됐군!'이라며 비웃었다. 쟈셴주는 안경 너머로
눈을 돌려 리융리 쪽을 보았다. 그런데 리융리가 어찌나 무섭게 쏘
아보고 있던지 그만 진저리를 치고 말았다. 정말로 어찌할 바를 모
르고 있던 차에 고맙게도 스즈비가 발언을 청하며 일어났다. 그녀
가 리융리의 시선을 거두어 가며 침통하면서도 침착하게 입을 열
었다. "저도 역사의 무대에서 물러나는 것이 싫어서 제가 과거에
유명한 가수였다는 걸 남들이 알아주도록 기회만 있으면 튀어 보
려고 했습니다. 오늘 대회는 저에게 경종을 울려 주었습니다. 앞으
로 철저히 개조하도록 노력하겠습니다." 말을 마치고 그녀가 자리
에 앉자 쟈셴주도 덩달아 자리에 앉았다. 쟈셴주가 고마워하며 스
즈비를 힐끔 쳐다보자 스즈비도 미소로 대답했다.

　비판 대회가 끝난 다음 리융리는 유뤄빙에게 위쯔치를 비판하
고 상난을 칭찬하는 보고서를 간단하게 작성하라고 지시했다. 유
뤄빙은 보고서를 써서 리융리에게 제출한 다음 다시 위쯔치에게
몰래 귀띔을 해 주었다. "앞으로 주의 좀 하게. 나무가 크면 바람
이 거센 법이야!" 위쯔치는 유뤄빙의 속을 훤히 꿰뚫고 있었다.
유뤄빙의 그런 친절은 동지의 깊은 상처에 반창고 하나 붙여 주
는 것에 지나지 않았다. 보기에는 아직 옛 전우를 생각해 주는 것
같지만 사실은 양심의 가책을 면해 보려는 것뿐이었다. 유뤄빙의
그런 친절에 위쯔치는 그저 "고맙네"라고 쌀쌀하게 대답하고 말
았다.

위쯔치를 놀라게 만든 샤오하이의 시

　이번 비판 대회는 샹난을 향한 위쯔치의 사랑을 더욱 불붙게 만들었다.

　처음 샹난이 발언을 자청하고 나섰을 때는 위쯔치도 적잖이 놀랐다. 그는 꼼짝 않고 앉아 샹난을 쳐다보았다. 그리고 한마디도 놓치지 않고 그녀의 발언을 귀담아들었다. 그의 마음은 놀라움에서 점차 흥분으로, 기쁨으로, 그리고 급기야 감격으로 변해 갔다. 며칠간의 초조한 기다림과 근심도 눈 녹듯이 사라져 버렸다. 그날 밤 청쓰위안과 함께 산책을 나간 그는 엄한 부모님 앞에서 잘못을 뉘우치는 아이처럼 청쓰위안에게 이렇게 고백했다. "쓰위안, 내일 난 샹난을 찾아갈까 하네. 내 인생도, 창작도 그녀의 도움 없인 도저히 안 되겠어." 청쓰위안은 그를 힐끗 쳐다보더니 아무 말도 없이 두 손으로 볼을 문질러 댔다. 때문에 찬성인지 반대인지 그의 표정을 볼 수가 없었다. 한참 만에 청쓰위안이 마침내 입을 열었다. "샹난은 사람이 참 정직하지. 하지만 자네, 그래도 각별히 조심해야 하네." 위쯔치는 뛸 듯이 기뻐하며 농담을 했다. "우리의 오블로모프*가 드디어 행동주의에 동의를 하시는군!"

　다음날 저녁 식사를 마치고 위쯔치는 둑에서 산책이나 하자며 샹난을 불러냈다. 그런데 샹난은 그와 함께 가지 않고 굳이 혼자 약속 장소로 왔다. 그녀는 마치 우연히 만난 것처럼 몇 마디 인사를 건네더니 대뜸 위쯔치를 나무랐다. "내참! 이제 좀 고분고분해지실 건가요?" "당신이 무슨 말을 하려고 했는지 다 알아들었소. 나는 그 시를 다시 쓸 거요. 당신의 발언을 기억해 두었지. 시 속에 넣으려고 말이오." 샹난이 웃었다. "제 말을 기억해서 어디다 쓰시게요? 그러지 말고 동무가 쓴 그 시나 잘 기억해 봐요. 자요,

며칠 동안 동무를 비판하려고 준비한 발언 내용이에요." 샹난이 건네는 수첩을 받아 보니 「끝없는 장강 물결 도도히 흘러」의 목차와 몇몇 장의 시구가 적혀 있었다. 위쯔치는 수첩을 주머니에 넣고는 샹난을 바라만 볼 뿐 아무 말도 하지 못했다. 샹난이 말을 이었다. "원고는 리융리가 도로 다 가져가 버렸어요. 아직 반도 못 베꼈는데. 하지만 제 머릿속에 많이 저장해 뒀으니까 앞으로 천천히 맞춰 봐요!" 위쯔치가 애정이 가득 담긴 목소리로 그녀를 불렀다. "샹난!" 샹난이 걸음을 멈추고 그를 향해 고개를 돌렸다. "이번 달 휴가 때 우리 집에 초대하고 싶은데." 샹난은 그의 눈길을 피하며 작은 소리로 대답했다. "아직은 남의 집에 놀러 다니고 싶지 않아요. 하지만 당신의 시집들은 꼭 보고 싶어요. 혹시 괜찮다면 사람을 시켜서 저한테 좀 보내 주실래요?" 위쯔치는 고개를 끄덕이고서 먼저 그 자리를 떴다.

'이중 돌격' 때문에 간부 학교가 두 달치 휴가를 한꺼번에 몰아서 쉬기로 했으므로 이번 휴가는 추석 전날부터 시작되었다.

위쯔치는 집에 돌아오자마자 샹난에게 보낼 시집들을 정리하기 시작했다. 요즘 샹난의 마음은 도무지 종잡을 수가 없었다. 이제 완전히 그녀의 마음을 사로잡았구나 싶어 손을 펴 보면 아무것도 없었다. 그녀는 언제나 잡힐 듯 말 듯할 뿐이었다. 도대체 왜 그런 걸까? 혹시 돤차오췬이 중간에서 훼방을 놓는 것일까? 만약 정말로 돤차오췬이 훼방을 놓는 거라면 일은 어렵게 된다. 왜냐하면 그녀는 샹난의 '친정 언니'나 다름없는 데다 또 샹난이 유달리 친구에 대한 충성과 의리를 중시하기 때문이다. 하지만 정말로 그렇다면 솔직하게 거절해 버리면 될 것을 시집은 왜 보자고 하는 걸까? 정말 그 속을 알 수가 없었다. 위쯔치는 속으로 외쳤다. '요 꼬맹이 녀석, 대체 무슨 속셈인 거냐!'

'해방' 된 뒤로 위쯔치는 자기 시집을 펼쳐 본 적이 없었다. 오늘에서야 꺼내 보니 몇 권 되는 시집들은 전부 깔끔하게 포장되어 붉은색 비단 띠로 보기 좋게 매듭까지 지어져 있었다. 분명 샤오하이가 그랬지 싶었다. 포장지를 뜯어 보니 시집 한 권 한 권마다 기름종이로 겉표지를 만들고 그 위에는 붓으로 책 제목을 원래 모양 그대로 흉내 내서 써 놓았다. 샤오하이가 그의 창작을 이처럼 애지중지 여긴다고 생각하니 위쯔치는 가슴이 벅차올랐다. 예전에 류루메이도 이렇게 했다. 아무도 가르쳐 준 적 없는데 이젠 샤오하이가 어머니 대신 그렇게 하고 있는 것이었다. 시집은 시를 쓴 날짜와 출판 시기에 따라 순서대로 배열되어 있었다. 제일 위에 놓인 것이 바로 그의 첫 번째 시집이었다. 『우리, 이토록 젊은〔我們, 這麼年輕〕!』이라는 제목의 얇은 책으로, 그가 시를 막 배우기 시작하고서 쓴 100여 편의 시가 실려 있었다. 아무래도 초보 작가가 쓴 시들이라 아직은 유치했지만 혁명 투쟁의 삶에 관한 그의 심심한 애정만큼은 시마다 절절하게 녹아 있었다. 시 속에 기록된 생활은 혹독했지만 아름답기도 했다. 그 속에는 투쟁과 희생이 있고 승리의 기쁨과 아름다운 동경이 담겨 있었으며 또한 진실한 우정과 사랑이 담겨 있었다. 이 시들을 한데 묶으면서 책 제목을 뭐라고 할지 루메이와 상의를 했다. 두 사람은 톈안먼 앞에서 대장이 자기들에게 "내 머리는 벌써 반백이 됐는데 자네들은 아직도 이토록 젊구나!"라고 했던 말을 기억해 냈다. 루메이가 먼저 의견을 냈다. "'우리, 이토록 젊은!' 어때요? 난 좋은 것 같은데!" 그도 바로 찬성했다. "음, 좋은데, 좋아! 우리, 이토록 젊은! 우리의 조국, 이토록 젊은! 우리의 모든 것이 다 이토록 젊은 것을!" 그리고 두 사람은 대장에게 제자(題字)를 써 달라고 편지를 보냈다. 곧 답장이 왔다. 대장은 몇 가지 글자체와 몇 가지 형식으로 쓴 제자를 여러 장 보내 왔다. 두 사람은 그중에서 지금 이 책에 인쇄된 글자체와 형식을 택했다. 글자체로 보나 형식으로 보나 그것이 대장의 힘있고 거침없는 풍모를 가장 잘 보여 주었던 까닭이다. 위쯔치 본인의 글씨도 바로 그 글자체를 따라 배운 것이었다. 오늘 이 시집을 다시 꺼내어 샤오하이가 정성껏 모방한 대장의 제자를 보고 있자니 자연히 톈안먼에서 대장과 작별하던 장면, 루메이의 빛나던 눈동자가 떠오르고 벌써 희끗해지기 시작한 자기의 머리카락에도 생각이 미쳤다. 루메이를 생각하니 말로 형언할 수 없는 고통과 슬픔이 그의 심장을 베어 무는 것만 같았다. 그는 무심결에 한 구절 한 구절을 천천히 읽어 내려갔다. 너무 아쉬워 시집을 차마 내려놓을 수가 없었다. 그는 끝없는 애수를 느끼며 소중한 기억을 좇아 한 장 한 장 빠짐없이 읽어 나갔다……

그러다 문득 책 사이에서 학생용 연습장에서 찢어 낸 듯한 종이 한 장을 발견했다. 종이에는 시가 적혀 있었다. 글씨체를 보니 샤오하이가 쓴 것이었다. 처음에는 샤오하이가 다른 사람의 시를 베껴 쓴 것이려니 했는데 펼쳐 보니 「더는 묻지 말아요[不要再問了吧]!」라는 제목 밑에 '××년 ×월 ×일 샤오하이'라고 적혀 있었다. 그는 깜짝 놀랐다. 이 아이가 언제 시 쓰는 걸 배웠단 말인가? 자기는 가르쳐 준 적이 없었다. 그는 한 줄 한 줄 읽기 시작했다.

더는 묻지 말아요,
더는 우리 가족을 묻지 말아요!
친애하는 선생님, 그리고 친구들아,
내게 그 가슴 아픈 일이 생각나지 않도록.

예전엔 엄마 아빠를 생각하면 즐거웠어요,
그분들은 노(老)혁명가시니까요.
오늘은 그분들을 생각하면,
가슴이 납덩이처럼 무거워져요,
갑자기 반혁명이 되셨거든요.

가족과 선을 긋고 싶어요,
하지만 늘 꿈 속에서 자상한 엄마 얼굴을 보지요.
영원히 잊을 수 없는 엄마가,
내 마음을 괴롭히고 있어요!

가족과 선을 긋고 싶어요,
하지만 차마 아빠 혼자 외롭게 둘 수가 없어요.
아빠는 늘 편지에 이렇게 쓰시거든요,
"이제 우리 둘이 의지하고 살자."

더는 묻지 말아요,
더는 우리 가족을 묻지 말아요.
친애하는 선생님, 그리고 친구들아,
내게 그 가슴 아픈 일이 영원히 생각나지 않도록.

위쯔치는 가슴이 철렁했다. 그는 의자에서 일어났다가 도로 침대 위에 털썩 주저앉았다. 두 눈이 흐릿해지고 마음이 찢어지는 듯 아파 왔다. 그는 당장이라도 딸을 품에 안고 '애야! 환난 속에 자란 내 딸아!'라고 소리치고 싶었다. 샤오하이의 시와 자기의 첫 번째 시집을 나란히 두고 보자니 눈앞에 선명한 그림 하나가 그려졌다. 청년 시절의 그와 유년 시절 딸의 모습, 둘은 얼마나 다른 가! 그는 고통스럽게 주먹으로 탁자를 내리치며 큰 소리로 혼잣말을 했다.

"스물 몇 살 먹은 아빠는 늘 아이처럼 흥분했는데, 열세 살밖에 안 된 딸은 노인네처럼 근심에 잠겨 있다니! 도대체 왜? 왜?"

그는 샤오하이의 어린 시절이 떠올랐다. 샤오하이에게도 아무런 근심 걱정 없이 뛰놀던 어린 시절이 있었다. 언젠가 그 애가 고사리 같은 손으로 따끔따끔 살을 찌르는 아버지의 수염을 만지작거리며 천진난만하게 말했다. "아빠, 난 수염은 기르지 않을 테야. 늙지도 않을 테야. 수염 없어도 싸울 수 있고, 기계도 만질 수 있어, 그렇죠?" 그가 하하 웃으며 대답해 주었다. "그럼, 그렇고말고! 샤오하이, 우리 귀염둥이! 넌 영원히 늙지 않을 거야!" 그런데 지금, 그 아이가 벌써 늙어 버렸다. 왜 이런 일이 생겼을까? 문화대혁명이 시작되던 해, 그러니까 샤오하이가 소학교 2학년 때였다. 하루는 그 애가 이렇게 물었다. "사람들이 너희 부모님이 '잡귀'냐고 묻기에 내가 아니라고 했어요. 우리 엄마, 아빠는 모두 좋은 분들이라고요. 내 말이 맞지요?" 그와 류루메이가 그렇다고 대답하자 아이가 좋아라 하며 웃었더랬다. 그때만 해도 아직은 아이 마음에 근심이란 건 없었다. 그리고 얼마 뒤 그가 격리되었다. 그는 루메이에게 "샤오하이한테는 아빠가 출장을 갔다고 해요"라고 당부했다. 루메이는 분명 그렇게 말했을 테지만 아이가 그 말을 믿었을까? 아마 믿지 않았을지도 모른다.

'그런 뒤 루메이가 죽었지…… 이 아이한테 얼마나 충격이었을까!' 여기까지 생각하자 지난해 간부 학교로 옮겨 가기 전 집에 들러 아이와 만났던 장면이 뇌리를 스쳤다…….

간부 학교로 옮기기 전에 마다하이 사부의 배려로 그는 아이가

혼자서 지내는 데 불편함이 없도록 미리 조치를 취해 두러 집에
잠깐 들를 수 있었다. 그날 밤, 아버지가 갑자기 눈앞에 나타나자
샤오하이는 넋이 빠진 듯 서 있었다. 그렇게 한참이 지나서야 겨
우 "아빠!" 하고 불러 보았다. 텅 빈 집을 둘러보고 다시 눈앞에
있는 딸을 보자니 대성통곡을 하고 싶었지만 위쯔치는 겨우겨우
꾹 눌러 참았다. 그는 두 팔을 벌려 딸을 안고 최대한 기쁜 목소리
로 말했다. "아빠가 널 보러 돌아왔단다!" 조금 있다 룽룽이 왔다.
샤오하이보다 두 살 많고 훨씬 더 성숙한 아이였다. 룽룽은 그를
한번 쳐다보고 또 샤오하이를 쳐다보더니 그대로 조용히 밖으로
나갔다. 그리고 다시 돌아올 때는 열서너 살 되어 보이는 여자 아
이들을 대여섯 데려왔다. 룽룽은 이 기쁜 소식을 모두에게 알려
주러 갔고 아이들은 샤오하이를 축하해 주러 온 것이었다. 아이들
을 본 위쯔치는 감격하며 말했다. "아이고, 예쁜 녀석들! 샤오하
이를 돌봐 줘서 정말 고맙구나!" 아이들은 부끄러워하며 웃기만
할 뿐 말없이 서 있었다. 한동안 침묵이 흐르자 룽룽이 마치 어른
처럼 샤오하이에게 권했다. "샤오하이, 아빠 보시게 춤이나 춰 보
지 그러니?" 샤오하이는 처음에는 당황하며 "나 춤출 줄 모르는
데" 하더니 이내 고개를 끄덕이며 "출게!"라고 말했다. 샤오하이
는 고개를 들고 잠깐 생각해 보는 듯하더니 곧 팔을 뻗어 춤을 추
기 시작했다. 보아하니 지난 몇 년 동안 샤오하이는 춤을 배운 적
이 없는 것 같았다. 그 애는 문화 대혁명 이전에 유치원에서 배운
「말을 들으려면 당의 말을 들을래요」라는 춤을 추었던 것이다. 아
이들이 작은 소리로 함께 노래를 불러 주었다.

꽃을 달려면 붉은 꽃을 달래요,
말을 타려면 천리마를 탈래요.

노래 부르려면 「약진가(躍進歌)*」를 부를래요,

말을 들으려면 당의 말을 들을래요.

　샤오하이는 박자에 맞추어 춤을 추면서도 아버지한테서 한시도
눈을 떼지 않았다. 그는 얼마나 아이에게 환하게 웃어 주고 싶었
던가! 그는 예전처럼 샤오하이와 손 잡고 함께 덩실덩실 춤을 추
고 싶은 마음이 간절했다. 하지만 그 애가 춤추는 걸 보고 있으려
니 마음이 너무 아파서 도저히 그럴 수가 없었다. 샤오하이의 춤
이 끝나자 그는 참을 수 없어 아이를 와락 보듬고 야윈 아이의 볼
을 어루만졌다. "애야, 왜 이렇게 많이 말랐니? 아빠가 맛있는 거
해 줄까?" 그제야 샤오하이가 아버지 품으로 파고들며 울음을 터
뜨렸다. 옆에서 보고 있던 룽룽과 아이들은 자리를 피해 주려 하
나씩 소리 없이 밖으로 나갔다. 그는 딸아이의 눈물을 닦아 주며
말했다. "애야, 울지 마라! 오늘부터는 아빠랑 서로 의지하면서
살면 돼!"

　'불쌍한 샤오하이, 벌써부터 서로 의지하면서 산다는 말의 의미
를 알게 되다니! 인생의 가장 아름다운 시절인 유년 시절을 그 애
는 부모의 보살핌도 없이 그렇게 뛰어넘어 버렸던 거야.' 칼로 후
벼 대듯 가슴이 아팠다. 그는 다시 침대에서 일어나 왔다 갔다 방
안을 거닐기 시작했다. 그러다가 딸아이의 방으로 가서 침대 앞에
섰다. 천진난만한 어린 샤오하이가 작은 손으로 자기 수염을 만지
작거리던 모습이 눈앞에 아른거렸다. "아빠, 난 수염은 기르지 않
을 테야. 늙지도 않을 테야."라고 말하던 샤오하이의 은방울 같은
목소리도 들리는 것만 같았다. 그는 땅이 꺼지도록 한숨을 내쉬었
다. 그는 큰 소리로 묻고 싶었다. 누가 내 아이의 순결한 영혼을 다
치게 했는가? 누가 아이의 유년 시절을 앗아갔는가? 아이가 그랬

단 말인가? 아이의 아버지인 내가 그랬단 말인가? 문득 샤오징이 했던 말이 생각났다. "아버지. 전에는 늘 제가 엄마를 그렇게 만들었다는 생각에 너무 괴로웠어요. ……하지만 엄마는 제가 아니라 나쁜 놈들이 그렇게 만든 거라고요. 그놈들이 저주스러웠어요!"

'나쁜 인간들! 열여덟 살인 샤오징은 어머니를 죽게 만든 나쁜 인간들을 보았으면서도 그게 누구인지는 모른다. 그렇다면 나는? 나는 우웨이나 리융리 같은 자를 안다. 하지만 우웨이나 리융리가 어떻게 우리 가족의 삶에까지 손을 뻗칠 수 있단 말인가? 그들이 우리 가족과 무슨 원수가 졌다고 우리를 이렇게 끊임없이 해친단 말인가? 혹시 누군가 뒤에서 시킨 게 아닐까? 그렇다면 그건 또 누구인가? 또 왜 그렇게 한단 말인가? 아버지라는 사람이 지금까지도 이 문제 하나 풀지 못한단 말인가?'

위쯔치는 누군가와 이야기를 나누고 싶은 마음이 간절했다! 그는 샤오하이의 시를 접어 주머니에 넣고 일어나 나갈 차비를 했다.

'그런데 누구를 찾아가지? 청쓰위안? 그 친구라고 근심거리가 적을 리 있나?' 결국 그는 걸음을 멈추고 도로 책상 앞에 앉아 버렸다. '더 이상 이런 상태로 살아갈 수는 없다! 샤오하이에게는 어른의 보살핌과 따뜻한 가정이 있어야 해. 그 아이의 정신적 상처를 어루만져 줘야 해.' 이런 생각을 하던 위쯔치는 어느새 샹난의 이름을 부르고 있었다. 지금 그는 그녀의 도움이 간절했다! 그는 샹난이라면 틀림없이 샤오하이를 예전처럼 천진하고 발랄한 아이로 돌아가게 해 줄 것이라고 믿었다. 샹난은 틀림없이 그의 가정에 새로운 생기를 불어넣어 줄 것이다. 그는 그녀가 필요하다. 그의 가정은 그녀가 필요하단 말이다!

위쯔치는 시집들을 내려놓고 서둘러 다시 포장했다. 붉은색 비단 띠로 두른 다음 정성껏 매듭을 지었다. 그는 이것을 샹난에게

보낼 생각이었다. 포장을 다 마치고 나서야 샹난에게 몇 마디라도
전해야 할 것 같은 생각이 들어 포장을 도로 풀었다. 그리고 서랍
에서 종이 한 장을 꺼내 '샹난에게'라고 썼다. 하지만 뭐라고 쓴
단 말인가? 자기 마음을 굳이 쓸 필요가 있을까? 그녀는 이미 다
알고 있을 텐데 말이다! 그래서 그는 다시 편지지를 구겨 버렸다.
잠시 생각하던 그는 주머니에서 샤오하이의 시를 꺼내 다시 한 번
읽어 본 뒤 오른쪽 구석에 '장강로 132번지 3층'이라고 자기 집
주소를 적었다. 그리고 그것을 『우리, 이토록 젊은!』 시집 속에 끼
워 두었다. '이렇게 하면 돼. 꼬맹이는 알아볼 거야. 틀림없이 알
아볼 거야.'

그는 샤오하이가 학교에서 돌아오면 그 애를 시켜 시집을 샹난
에게 보내야겠다고 마음먹었다. 학교에서 돌아온 샤오하이는 아버
지가 시집 꾸러미를 건네주자 눈을 동그랗게 떴다. "누구 주시게
요?" 아버지가 고개를 끄덕이자 샤오하이가 무척 당황스러워했다.
"안 돼요, 아빠! 풀어 보셨어요?" "봤지." 샤오하이가 얼굴을 붉히
며 다시 물었다. "책 사이에 끼워 둔 것 혹시 못 보셨어요?" 위쯔치
가 샤오하이를 보듬고 볼에 뽀뽀를 했다. "아무것도 못 봤는데. 한
장씩 넘기면서 봤는데 아무것도 없던걸." "알았어요, 제가 갖다 주
고 올게요." 그제야 샤오하이는 안도의 숨을 내쉬며 속으로 생각했
다. '내가 다른 데 끼워 두고 잘못 기억했나 봐. 어쨌든 아빠가 보
지 못하셨다니 다행이다. 보셨으면 굉장히 속상하셨을 거야!'

샤오하이가 샹난의 집에 도착했을 때 샹난은 창가에 앉아 루윈
디와 안즈융이 보낸 편지를 다시 읽고 있었다. 루윈디의 진지한
말, 그리고 개인적 삶에 대한 그녀의 결단력 있는 태도는 샹난으
로 하여금 자기에게 결핍된 어떤 정신적 힘을 느끼게 해 주었다.

그때 어떤 여자 아이가 쭈뼛쭈뼛 들어섰다. 샹난이 얼른 앞으로 다가서며 다정하게 불렀다. "아이고, 이런! 샤오하이가 왔구나!" 샤오하이가 의아하다는 듯 물었다. "아줌마, 저를 어떻게 아세요?" 샹난이 웃었다. "네가 아빠랑 판에 박은 듯 똑같이 생겼으니까 그렇지. 얼굴형, 코, 눈, 전부 똑같은데, 뭐. 입이 좀 작아서 아빠보다 더 멋진 것만 빼고 말이야. 안 그러니, 샤오하이?" 그제야 샤오하이도 밝게 웃으며 말했다. "아빠가 그러시는데, 언니는 엄마 딸이고 저는 아빠 딸이래요." 샹난이 사랑스러운 듯 옆으로 올려 묶은 샤오하이의 머리를 살짝 잡아당겼다. "아빠한테 들은 적 있단다, 샤오하이."

"아빠가 아줌마한테 제 얘기를 하셨나요?" 샤오하이의 눈이 제 아버지처럼 빛났다.

"그럼, 말씀하신 적 있지! 그것도 아주 많이." 샹난이 즐거워하며 대답했다. 그녀는 샤오하이가 들고 온 책 꾸러미를 만지작거리며 샤오하이를 끌어다 걸상 하나에 같이 앉았다. 그리고 자기 머리를 샤오하이의 머리에 갖다 대고 한참을 그렇게 앉아 있다가 물었다. "샤오하이, 내가 너희 집에 놀러 가면 환영해 줄래?"

샤오하이는 생각할 것도 없이 얼른 대답했다. "물론이죠! 저는 집에 손님이 오시는 게 아주아주 좋아요. 우리 집에는 손님이 거의 안 오거든요. 원래는 지 선생님이랑 같이 살았는데 지금은 선생님도 친정으로 가고 안 계세요."

"지 선생님한테는 가 봤니?" 샹난은 지쉐화한테 상당히 호감을 가지고 있었다.

"가 봤어요. 지 선생님은 돌아오고 싶지 않으시대요. 사실 돌아오시지 않아도 돼요. 전 펑원펑 아저씨가 싫거든요. 선생님이 안 계셔서 제가 좀 쓸쓸하긴 하지만요." 샤오하이의 대답 속에는 근심이 가득 담겨 있었다.

"샤오하이, 우리 집에 와서 놀아. 나도 혼자라 쓸쓸하거든. 가지 말고 나랑 같이 밥 먹자, 괜찮지?" 하지만 샤오하이는 샹난의 손을 끌어당겨 손목의 시계를 보더니 자리에서 일어났다. "그만 가 봐야겠어요. 아빠가 책만 갖다 주고 바로 오라고 하셨거든요. 아줌마, 책 잘 받았다고 아빠한테 편지 한 장 써 주세요." 샹난이 웃으며 말했다. "그러지 않아도 돼, 샤오하이."

"아줌마가 우리 집에 오고 싶어 하신다고 아빠한테 말씀드려도 될까요?" 샤오하이의 눈은 기대로 가득 차 있었다. 그 애는 이번 '임무'의 성과를 가지고 돌아가고 싶었던 것이다.

샹난이 고개를 끄덕였다.

"언제 오실 거예요? 내일 오시면 안 돼요?" 샤오하이가 신이 나서 재촉했다.

샹난이 샤오하이의 머리를 톡톡 두드렸다. "성미 급한 것도 아빠를 빼닮았구나! 갈 때 되면 내가 어련히 알아서 갈까."

샤오하이를 보낸 뒤 샹난은 다시 책상 앞에 앉아 책 꾸러미를 펼쳤다. 혹시 편지라도 들어 있을까 싶어 샤오하이 앞에서는 펼쳐 볼 수가 없었다. 그녀는 한 권 한 권 시집을 들어 보았지만 편지가 없자 실망스러웠다. 첫 번째 시집을 막 펼쳐 보려는 차에 누군가 문을 박차고 들어왔다. 그녀는 책을 얼른 덮어 버렸다. 들어온 사람은 왕유이의 아내이자 그녀의 친한 동창인 팡이징(方宜靜)이었다. 팡이징은 고운 얼굴에 잔뜩 화가 나서는 문을 쾅 닫고 들어왔다. 그 기세에 휙 바람이 일었다.

"이징! 오랜만이네! 무슨 바람이 불어서 여기까지 납시셨습니까?" 샹난이 얼른 인사를 건네며 차를 준비했다.

"무슨 바람? 싸움 바람이다 왜! 그이 때문에 속상해 죽겠어. 나

448

오늘 여기서 잘래." 팡이징이 분해서 못 견디겠다는 듯이 말했다. 샹난은 차 한 잔을 팡이징 앞에 내려놓으며 웃었다. "해가 서쪽에서 뜨겠네! 팡이징과 왕유이가 부부 싸움을 다 하다니!"

아무리 농담을 해도 팡이징은 웃기는커녕 얼굴을 붉혔다. "왜, 못 믿겠니?" 정말로 화가 단단히 난 모양이었다. 샹난은 얼른 그녀를 잡고 진지하게 물었다. "이징, 너희 부부 원래 안 싸우잖아. 오늘 왜 싸운 건데?"

"왜 싸웠냐고? 네가 가서 물어봐라!" 팡이징은 인상을 팍 썼다. "자기 휴가 받아 올 때마다 어떻게든지 맛있는 거 만들어 주려고 내가 얼마나 애썼는데! 오늘도 4시에 일어나 가게 앞에 줄서서 기다렸다가 조기를 몇 마리 샀어. 집에 돌아오자마자 또 한참을 다듬고 씻었지. 그런 다음에 '오늘은 매콤한 조기찜으로 할까, 아니면 새콤달콤한 탕수조기로 할까?' 라고 물었더니 글쎄 쳐다보지도 않고 '맘대로 해' 그러잖아. 그래? 맘대로 하라면 맘대로 하지 뭐. 조기찜을 하기로 했어. 그이는 매운 것 좋아하는데 오늘은 입술이 좀 부르튼 것 같아서 너무 매우면 안 될 것 같더라고. 그래서 '고추는 넣지 않는 게 좋겠지?' 라고 물었거든. 그랬더니 이 인간이 눈을 똥그랗게 부릅뜨고 책을 휙 던지면서 '그만 좀 못 하겠어? 왜 이렇게 잔소리가 많아?' 그러는 거 있지! 어쩜 나한테 그럴 수가 있니?" 팡이징은 이렇게 말하면서 눈시울을 붉혔다.

하지만 이야기를 듣고 있던 샹난은 되레 웃음이 터져 나왔다. "난 또 무슨 큰일인가 했네! 우리 이징의 애교를 유이가 모른 체했다 이거지? 좋아, 내가 대신 혼내 줄게." 샹난은 이렇게 말하면서 일어나 팡이징을 끌어당겼다. "가자, 내가 가서 '네가 그러고도 시인이야? 복숭아를 던지면 배를 돌려주는 이치도 모르면서 말이야, 엉?' 이렇게 유이를 혼내 줄게!" 팡이징이 야속하다는 듯이 말했다. "넌 그렇게 재밌니? 남은 속상해 죽겠는데!"

"속상해? 요즘 세월에 속상하지 않은 사람도 있다던?" 샹난이 다시 자리에 앉으며 심란하게 말했다.

그러자 팡이징이 열을 냈다. "어딜 가나 정말 미치겠어! 학교도 온통 엉망이야, 도저히 제대로 가르칠 수가 없다고. 1기 공농병 학생들이 들어왔는데, 자기들이 전부 학교를 관리하고 개조한다고 설치니 우리 같은 선생들은 아예 필요도 없지. 해외에 친척이 있다는 걸로 걸핏하면 불러다 비판해 대고, 집에 오면 또 저런……, 에잇!" 팡이징은 너무 화가 나는지 말도 잇지 못했다.

샹난도 더는 농담을 할 수가 없었다. "톨스토이 말이 딱 맞아. 행복한 가정은 모두 비슷비슷하지만 불행한 가정은 불행한 이유가 저마다 다르다고 한 말 말이야. 너희 집 문제도 시대가 그렇게 만든 거니까 둘이 서로 이해하고 양보하렴!"

"나는 자기를 이해하려고 하는데 그 사람은 안 그러잖아! 날 솥단지 주변이나 맴돌기 좋아하는 가정주부 취급을 한다니까!" 팡이징은 급기야 울음을 터뜨렸다. 마침 그때 왕유이가 들어왔다. 그도 잔뜩 찌푸린 얼굴이었다. 왕유이를 보더니 팡이징은 입을 쑥 내민 채 홱 돌아앉아 버렸다. 그러자 왕유이가 혼잣말처럼 중얼거렸다. "법관한테 고소하러 왔으니 나도 심판받으러 오는 수밖에!" 말을 잠깐 멈춘 그는 아내가 여전히 돌아앉지 않자 변명을 늘어놓았다. "간부 학교에서 나 때문에 위쯔치가 곤욕을 치르게 돼서 울화가 좀 치밀더라고. 집에 와서 위쯔치 시나 보면서 기분을 좀 돌려 볼까 했는데 당신이 자꾸 '조기, 조기' 하잖아. 내가 조기를 먹는다고 기분이 좋아질 것 같아?"

팡이징이 몸을 홱 돌려 그에게 대들었다. "왜 밖에서 치민 울화를 집에 와서 나한테 푸는데? 당신만 울화가 치밀고 다른 사람은 안 그러는 줄 알아?"

왕유이는 아내의 말에 느끼는 바가 있어 걸상을 아내 쪽으로 끌어다 앉았다. "이징, 샹난도 남이 아니니까 우리 솔직하게 털어놓고 얘기해 보자고. 몇 년 동안 우리가 유쾌하고 마음 편했던 날이 며칠이나 있었어? 간부 학교에서도 말이 노동이지, 사실은 노동 개조범과 별반 다를 게 없지. 학교에서 당신 처지도 나랑 비슷하다는 거 나도 알아. 휴……." 그는 길게 한숨을 내쉬더니 더 이상 말을 잇지 못했다.

그들 부부의 다툼을 보면서 샹난도 탄식을 금할 수가 없었다. "옛말에 가난한 부부는 매사에 슬프다더니, 이제 지식인 부부는 매사에 근심이로군! 그래도 당신들 부부는 행복한 편이야……."

팡이징은 남편 때문에 났던 화는 좀 가셨지만 그래도 속이 시원하지는 않았다. 다른 말도 더는 하고 싶지 않아서 그녀는 공연히 샹난의 책상 앞에 가서 뭉그적거리다가 책상 위에 놓여 있는 꾸러미를 들추어 보았다. "너, 뭐 하고 있었니?" 그것이 위쯔치의 시집인 것을 보고는 팡이징이 소리를 질렀다. "뭐야, 이것도 위쯔치의 시잖아! 두 사람, 언제부터 위쯔치의 팬이 된 거야?"

순식간에 얼굴이 홍당무처럼 붉어진 샹난이 우물거렸다. "무슨! 팬까지는 아니고 그냥 심심해서 들춰 보려던 참이었어."

팡이징이 『우리, 이토록 젊은!』을 들어 펼쳐 보았다. "책 표지도 이렇게 정성껏 쌌으면서 그래도 아니라고 하기는! 어머나, 여기 또 시가 있네. 이건 누가 쓴 거지?"

샹난은 또 시가 있다는 말에 화들짝 놀라 그것을 팡이징한테서 빼앗으려고 손을 내밀었다. 그런데 위쯔치가 아니라 웬 어린아이 글씨체인 것을 보고는 얼른 손을 거두며 그 시를 읽어 보았다. 왕유이도 다가와서 함께 읽기 시작했다. 세 사람은 금세 마음이 무거워지고 말았다. 팡이징이 탄식했다. "위쯔치네 집도 정말 안됐어. 그 사람도 새로 가정을 꾸려야 할 텐데, 그게 아이한테도 좋을 테고." 왕유이가 아내와 샤오샹을 번갈아 가며 힐끔거리더니 진지하게 샤오샹에게 말했다. "샤오샹, 이런 말 한다고 화내지 마. 사실은 그날 비판 대회에서 샤오샹 발언을 듣다가 갑자기 샤오샹과 위쯔치가 참 잘 어울리는 한 쌍이라는 생각이 들지 뭐야."

그 말에 팡이징이 바로 소리쳤다. "세상에! 혹시 두 사람……? 여기 좀 봐, 주소가 있네. 이거 만나자는 약속 아냐? 이런, 내가 두 사람을 방해했잖아. 여보, 우리는 빨리 돌아갑시다!"

샤오샹은 얼굴을 붉히면서도 팡이징을 붙들었다. "하여튼 성미 급한 것 하고는. 여기 앉아서 나랑 같이 생각 좀 해 주면 안 되니? 난 아직도 어떻게 해야 좋을지 모르겠어. 사람들이 우릴 어떻게 생각할까 싶어서 말이야."

왕유이가 고개를 끄덕였다. "나도 그것 때문에 아무 말 않은 거야!"

팡이징이 진지하게 말했다. "샤오샹, 아무것도 생각하지 마. 생각이 많아질수록 결심하기는 더 힘들어져. 어차피 뒤에서도 남 얘기 하고 앞에서도 남 얘기 하는 사람들은 있기 마련이야. 남들 말만 듣다가는 자기 삶을 살 수가 없단 말이야. 샤오샹, 기억나지? 우리 대학 때 말이야, 미래의 삶에 대해 얼마나 아름다운 꿈을 꿨니? 언젠가 추석 때 몇몇 여자 친구들이 모여서 밤늦게까지 연작시[聯詩] 놀이를 했잖아. 그날 밤 숙소로 돌아오는 길에 네가 나한테 이렇게 말했어. '이징, 사람들은 늙는 게 무섭다는데, 난 어째 하나도 무섭지 않은 거니? 난 한순간에 한평생을 다 살아 버렸으면 좋겠어. 삶의 한 순간 한 순간이 모두 아름다운 그림일 텐데 하루라도 빨리 그것들을 보고 싶어!' 그런데 지금 이게 뭐야? 우리가 살고 있는 이 종이에는 뭐가 그려져 있니, 응? 그래서 난 늘 주즈칭(朱自淸)*의 산문에 나오는 말이 생각나. '생명이 너무 하찮구나!'라는 말. 우리 생명이 너무 하찮지 않니? 우리 삶 속에서 가치 있는 것은 전부 다 뺏겨 버렸잖아! 뭘 더 바라겠어? 그나마 우리 삶 속에 아직 남아 있는 아름다움까지 다 포기해야 하는 거니? 가, 샤오샹, 빨리 가 봐! 우린 이제 돌아갈 테니까, 넌 얼른 가 보란 말이야!"

팡이징은 말을 끝내기 무섭게 정말로 왕유이를 잡아끌고 문 앞까지 갔다. 그러다 뒤를 돌아보고 말했다. "머리도 좀 손질하고 옷도 갈아입고 가라, 응?"

샹난은 팡이징이 퍽 고마웠다. "이징, 걱정 마. 꼭 갈게."

위쯔치의 집에 간 샹난

이튿날은 추석이었다. 바로 그날 샹난은 처음으로 위쯔치 집에 가서 그가 끓여 주는 차를 마셨다.

어젯밤 혼자 남은 그녀는 문을 꼭 닫고 앉아 새벽까지 위쯔치의 시집을 한 권씩 전부 다 읽었다. 마지막 한 줄까지 다 읽은 그녀는 책을 덮은 뒤 눈을 감고 자기 느낌을 정리해 보려고 했다. 그런데 어찌 된 일인지 머릿속에는 제목 하나 어느 구절 하나 남아 있지 않았다. 자기가 밤새 온 정신을 집중해서 시집을 읽은 게 맞는지조차 의심스러웠다. 아니, 분명 열심히 읽었다. 그녀는 시인과 밤새 길고 긴 이야기를 나누었다. 시인은 그녀의 손을 잡고 자기 고향인 저장성(浙江省) 어느 산촌의 구릉을 하나하나 넘고, 총탄이 빗발치고 화약 연기 자욱한 전쟁터를 지나 웅장한 톈안먼 앞까지 걸었다. 그리고 다시 노동자, 농민, 병사들이 싸우고 살아가는 곳곳으로 그녀를 안내했다. 시인은 자신이 걸어 온 발걸음을 하나하나 열거하고 삶에 대한 자기의 절절한 느낌을 말해 주었다. 시인은 그녀를 향해 가슴을 활짝 열고 그 안에 묻어 둔 강렬한 사랑과 증오를 보여 주었다. 그는 자기의 어머니, 전우, 대장, 아내와 같이 삶을 살아오는 동안 일찍이 그를 도와주었던 사람들을 하나하나 그녀에게 소개해 주었다. 그는 무엇 때문에 즐거웠는지, 무엇 때문에 가슴 아팠는지, 자기가 무엇을 희망하는지, 무엇을 근심하는지를 그녀가 이해할 수 있도록 해 주었다. 위쯔치의 시가 그녀에게 남긴 것은 고작 이런 것뿐이었다. 하지만 바로 그것 때문에 그녀는 자기 눈앞에 펼쳐진 시인의 형상을 도무지 지워 버릴 수가 없었다. 그녀는 마치 비바람 치던 그날 밤 보았던, 이글이글 타오르던 시인의 간절한 눈빛을 다시 보는 듯했다. 불현듯 그녀의 머릿속에 이런 시구가 떠올랐다.

그대의 얼굴은 냉담한 척해도,
그대의 마음은 내 곁에 있길 바라지;
나는 고집스레 당신을 쫓아다닐 거야,
당신이 내게 시집 온다고 말하는 그날까지.

『우리, 이토록 젊은!』에 실려 있는 시였다. 샹난은 시인의 이 시가 바로 자기를 위한 시인 것처럼, 시인이 지금 그녀를 부르고 있는 것 같은 느낌이 들었다. 그래, 맞다! 시인은 지금 그녀를 부르고 있는 것이다! 그녀는 샤오하이의 시 속에서 그의 마음을 보았다. 아무런 설명도 없는 주소 속에서 그의 마음을 읽었다. 그의 마음이 지금 그녀를 부르고 있는 것이다! 행복이 자기를 향해 그토록 또렷하게, 그토록 매혹적으로 손짓하고 있는 것 같았다. 그녀는 더 는 망설이거나 기다리지 않기로 했다. '내겐 나한테 다가오는 행복을 맞이할 권리가 있어. 내겐 이처럼 뜨거운 마음의 부름을 거절할 권리가 없어. 그이한테 가서 말할 거야. 이제 됐다고, 당신을 받아들이겠다고.'

밤을 꼬박 새웠건만 그녀는 조금도 피곤하지 않았다. 찬물로 세수를 하고 나자 온몸이 상쾌해졌다. 쉬어야 할 이유도 없었다. 그녀의 마음속엔 오로지 행복을 맞으러 가야지, 어서어서 맞으러 가야지, 하는 설렘만 가득 차 있었다!

그녀는 방을 나와 뜰을 거닐다가 시계를 보았다. '지금 갈까? 아직 좀 이른데. 그이와 샤오하이가 일어났을까? 그래, 지금은 안 되겠다. 내 꼴도 그렇고. 이징이 머리도 손질하고 옷도 바꿔 입고 가랬잖아. 단장을 좀 해야겠다!'

"샤오샹! 웬일로 이렇게 일찍 일어나셨나? 오늘 무슨 일이라도 있어?" 뜰에서 태극권을 연습하고 있던 수위실 천씨가 샹난을 보고 웃으며 인사를 건넸다.

샹난은 무슨 비밀이라도 들킨 것처럼 얼굴이 온통 빨개졌다. 그녀는 천씨를 향해 바보같이 벙긋 웃어 보이고는 뭐라 대답해야 할지 몰라 그만 자기 방으로 돌아와 버렸다.

샹난은 자기를 꾸밀 줄도 몰랐고 꾸미는 걸 좋아하지도 않았다. 자기가 예쁘지 않다는 걸 잘 알았기 때문이다. 그래서 오랜 세월 그녀는 자기만의 생활 방식을 굳혀 왔는데, 바로 '자연스럽게 살자'였다. 그녀는 자기가 예쁜지 미운지 생각해 본 적도 없을 뿐더러 그런 문제는 자기한테 아무런 의미도 없다고 생각해 왔다. 그런데 오늘 애인 자격으로 위쯔치의 집에 가려고 보니 자연스레 그 문제에 생각이 미쳤다. '내가 못생겼다는 걸 그이도 알겠지? 어떻게 해야 좀 예뻐 보일 수 있을까? 후유, 가면을 쓰더라도 언젠가는 벗어야 하잖아! 못생긴 걸 어쩌겠어. 내가 뭐 못생기고 싶어서 못생겼나!' 생각은 그렇게 하면서도 상난은 단장하는 데 상당히 신경을 썼다. 그녀는 한 벌로 된 남색 옷을 꺼내 입었다. 그녀가 가진 것 중에서는 제일 좋은 옷이었다. 신발이 낡은 것을 보고는 가게에 가서 새로 검정 헝겊신을 사 신고 흰 양말을 신었다. 다 차려입은 뒤에는 거울을 보며 머리를 어떻게 할까 궁리했다. 머릿결 자체는 까맣고 윤기가 자르르 흐르면서 찰랑거렸지만 아무렇게나 뒤로 쓸어 넘겨 놓으니 모양이라곤 없었다. 학생 때는 머리를 정수리께에서 고무줄로 묶어 오른쪽으로 내려뜨리고 다니는 걸 좋아했다. 그게 편했던 것이다. 하지만 나이가 들자 할 수 없이 고무줄을 빼고 지금의 '머리형'으로 바꾼 것이다. "미장원에 가자! 이발사가 더 예쁘게 만들어 줄지도 모르잖아." 그녀는 이렇게 중얼거리며 비교적 잘 하는 미장원을 찾아갔다. 그리고 나이가 지긋한 이발사 앞에 앉고는 얼굴을 붉히면서 말했다. "머리 모양을 좀 다듬었으면 하는데요. 기름도 좀 바르고……." 손질이 끝나 거울을 들여다보니 요즘 여성 동무들이 많이 하는 머리 모양으로 대범하고 단정해 보였다. 앞으로 내린 앞머리가 그녀의 튀어나온 이마를 가려 주어서 반짝이는 그녀의 커다란 눈이 한층 더 맑고 깊어 보였다. 상난은 확실히 자기가 한결 예뻐진 것 같았다. 미장원을 나온 그녀는 어색한 듯 머리를 두 손으로 꾹꾹 눌렀다. 사람들이 알아보고 오늘 웬일로 그녀가 확 달라졌나 하고 흉볼까 봐 신경이 쓰였던 것이다. 하지만 그녀가 오늘 난생처음 데이트를 하러 가는 사람이라는 걸 알아챌 사람은 아무도 없었다. 사실 그녀의 차림새는 평범하기 그지없었던 것이다.

머리를 하고 나오니 오전 10시였다. 상난은 바로 위쯔치네 집으로 가지 않았다. 위쯔치의 시집은 다시 잘 포장해서 나올 때 들고 나왔으니 집으로 다시 돌아갈 필요도 없었다. 샤오하이가 곧 학교를 파할 시간이라 지금 위쯔치의 집으로 가고 싶지는 않았다. 처음 가는 건데 샤오하이와 마주치면 무슨 말을 할 것인가? 그래서 그녀는 길거리를 서성거리다가 목적지도 없이 발길 닿는 대로 걸어다녔다. 길을 걷는 동안 그녀는 줄곧 한 가지 생각만 했다. 그가 집에 있을까? 만나면 무슨 말을 할까? 선머슴처럼 굴면 안 되겠지? 휴, 얼마나 머쓱한 순간일까? 행복은 왜 이렇게 넘기 어려운 문턱을 넘어야만 손을 내미는 걸까? 그렇게 걷다 보니 그럭저럭 12시가 되었다. 그녀는 길에서 산 빵으로 대충 점심을 때웠다. 그리고 다시 부근에 있는 공원에 앉아 생각을 좀 가다듬은 뒤 천천히 걸어 장강로 132호 3층 문 앞까지 왔다. 이제 1시였다.

상난이 손가락으로 문을 살짝 건드리자마자 기다렸다는 듯이 문이 열렸다. 위쯔치가 문 앞에 서서 그녀를 맞았다. 위쯔치는 오늘 그녀가 왔으면 하고 바랐고, 또 틀림없이 올 것이라고 믿었다. 그래서 아침부터 지금까지 쭉 계단의 발자국 소리에만 신경을 집중하고 있었다. 벌써 몇 번이나 문을 열어 봤는지 모른다. 그런데 지금, 정말로 그녀가 왔다. 그녀, 그의 마음을 안절부절못하게 만드는 그녀가 지금 자기 앞에 서서 그 큰 두 눈을 반짝이고 있는 것이다. 속으로 적잖이 흥분한 나머지 위쯔치의 눈썹이 가볍게 떨리고 입가의 근육도 살짝 움찔거렸다. 하지만 그는 한마디도 하지 않았다. 그냥 그녀에게 고개를 끄덕인 뒤 방으로 안내해 자리에 앉히고는 진한 차를 한 잔 따라 주었다. 왜 한마디 인사조차 하지 않았는지 자기가 생각해 보아도 이상했다. 얼마나 밋밋한가! 하지만 어쩌랴? 상난을 보는 순간 갑자기 그녀가 자기 애인이 아니라 아내 같다는 느낌이 들었던 것이다. 그녀는 처음 이 집에 온 것이 아니라 줄곧 자기와 함께 살았으며 잠시 외출했다가 지금 돌아온 것뿐이라는 느낌.

샹난도 그랬다. 그 앞에 서자마자 긴장과 불안이 연기처럼 싹 사라져 버렸다. 모든 게 무척이나 자연스러웠다. 그의 눈빛만 봐도 모든 걸 알 수 있고 모든 걸 나눌 수 있는데 굳이 무슨 말이 필요하단 말인가? 물론 오늘 위쯔치는 평소와 많이 다른 모습이었다. 지난 몇 년 동안 그는 외모에 전혀 신경을 쓰지 않았고 심지어 지저분하기까지 했다. 그런데 오늘은 청회색 양복을 입고 있었다. 물론 그는 외출할 계획도 없었고 다른 손님을 맞으려 한 것도 아니었다. 순전히 그녀에게 보이려고, 요즘 같은 때 다른 사람 같으면 감히 입지 못할 그런 옷을 입고서 그녀를 기다리고 있었던 것이다. 몸에 꼭 맞는 양복은 그의 우람한 체격을 한결 더 듬직하고 멋져 보이게 했다. 머리도 새로 손질했다. 가지런한 상고머리가 얼굴 각 부위의 특징을 훨씬 더 두드러져 보이게 했다. 양미간은 훨씬 더 넓고 매끄러워 보였고, 눈은 더 깊고 맑아 보였으며, 코도 훨씬 곧고 우아해 보였다. 이 모든 변화가 그의 마음을 조금도 숨김없이 그녀에게 드러내 주었다. 그들 사이에 언어란 이미 그 기능을 잃어버린 것만 같았다.

두 사람은 샤오하이의 방으로 가 앉았다. 그 방은 본디 그와 류루메이가 쓰던 침실이었다. 방 안의 모든 것에는 여전히 여주인의 손길이 남아 있었다. 커다란 옷걸이에는 검은색 스카프로 덮어 놓은 외투가 걸려 있었다. 류루메이의 흔적이 여전히 남아 있는 이 방으로 위쯔치가 자기를 데리고 들어온 것이 샹난은 퍽 고마웠다. 그녀는 자기들의 사랑이 그와 루메이와의 사랑의 연장이기를 바랐다.

위쯔치가 샹난에게 건네준 하얀 도자기 찻잔은 발이 높고 겉에는 드문드문 파란색 대나무 잎이 그려져 있었다. 차도 즐기고 찻잔 감상하는 것도 좋아하는 샹난은 차를 한 모금 마신 뒤 찻잔을 이리저리 살펴보기 시작했다. "찻잔이 마음에 드오? 그럼 앞으로는 당신 전용 찻잔으로 쓰구려." 그러자 샹난이 웃음을 터뜨렸다. "당신 설마 차오췬처럼 다 마신 다음 찻잔을 가져가라고 하는 건 아니겠지요?" "아니, 우리 집에 오면 쓰란 말이오." 진실한 두 눈이 그녀를 향하고 있었다. 샹난은 아무 말도 하지 않았지만 그녀의 눈은 더 까맣고 더 밝게 빛났다. 그녀는 가방에서 위쯔치의 시집을 꺼내 샤오하이의 작은 책상 위에 올려놓고 마찬가지로 진실한 눈으로 그를 쳐다보았다.

"읽어 봤소?"

"전부 다."

"샤오하이가 쓴 시도 봤소?"

"저한테 있어요."

"내가 뭔가 더 말했으면 좋겠소?"

"당신이 하고 싶으면 하고, 하고 싶지 않으면 관두세요!"

그는 샹난의 손을 끌어다 두 손으로 꼭 쥐고는 오랫동안 그녀를 물끄러미 쳐다보았다. 이윽고 그가 가만히 입을 열었다. "25년이 흘렀군."

"25년이요?"

"그래요, 25년." 그는 25년 전 옌안의 한 추석 잔치에서 만난 아름답고 단정한 아가씨와 자신의 이야기를 샹난에게 들려주기 시작했다. 이야기를 하는 내내 그는 샹난의 손을 자기 손에 꼭 쥔 채 눈은 창밖을 향했다. 샹난은 죽은 류루메이와 살아 있는 샹난이 그의 마음속에서 이미 하나가 되었음을 느꼈다. 그는 사랑으로 죽은 자와 산 자를 연결하여 하나로 녹여낸 것이었다. 이야기를 끝내자 위쯔치는 비로소 샹난에게로 시선을 돌렸다. 눈에는 눈물이 가득 고여 있었다.

"알겠소? 25년 전 한 여인을 사랑하게 됐는데, 지금은……."

샹난은 마치 거대한 회오리바람 속으로 순식간에 빠져들어 버린 듯 자기를 억제할 수 없었다. 심지어 완전히 자기를 잃어버렸다. 그녀는 그의 손에 잡혀 있던 손을 빼내 그의 눈물을 닦아 주면서 조용히 말했다. "봐요, 여기 벌써 왔잖아요?" 위쯔치가 두 팔을 벌려 그녀를 으스러질 듯 껴안았다.

"샤오샹! 이 꼬맹이 녀석! 내가 당신 삶에 끼어들게 되면 어떤 일이 생길지 아오?"

"몰라요."

"결정한 거요?" 그가 품에서 그녀를 떼어 낸 뒤 어깨를 잡고 침착하게 물었다.

"결정했어요." 샹난도 그의 눈을 마주 보며 침착하게 대답했다.

"마음이 변하지는 않을까?"

"변하지 않아요."

그가 다시 그녀를 꽉 끌어안았다. 샹난이 조용히 물었다. "나 못생겼어도 괜찮아요?" 그가 샹난의 얼굴을 들고 자세히 들여다보았다. "더 못생겼으면 좋겠는걸!"

"아빠! 아직 밥 안 됐어요? 밥 먹고 룽룽 언니네 집에 놀러 가기로 했거든요. 룽룽 언니네 오빠가 헤이룽장성에서 돌아왔대요!" 갑자기 샤오하이가 부르는 소리에 두 사람은 달콤한 사랑의 마취에서 겨우 깨어났다. 벌써 5시 반이었다! 방 안에서 위쯔치가 즐거운 목소리로 힘차게 대답했다. "걱정 마라! 오늘은 샤오샹 아줌마가 도와주실 테니까!"

"샤오샹 아줌마요?" 샤오하이가 이렇게 되물으며 방을 들여다 보았다. 샹난이 밖으로 나와 약간 수줍은 듯이 물었다. "나야, 환영해 주는 거니?" 샤오하이는 신이 나서 어쩔 줄 몰라 했다. "왜 어제, 오늘 오실 거라고 말씀하지 않으셨어요? 말씀하셨으면 제가 미리 장을 봐 왔을 텐데요!" 위쯔치가 웃으며 끼어들었다. "걱정 마세요, 우리 살림꾼! 아빠가 벌써 다 사다 놨어요!"

위쯔치는 샹난을 끌고 주방으로 들어가 사다 놓은 채소를 가리키며 말했다. "자, 시작해 보지!" 샹난이 위쯔치 부녀를 번갈아 쳐다보며 난감한 듯 두 손을 펼쳐 보였다. "제가 뭘 할 줄 알아야 말이죠." 위쯔치가 웃었다. "아차, 내가 깜박했군. 당신은 퍼진 국수 전문인데 말이야. '5원어치 풋나물에 한 근어치 국수 가락, 쇠고기와 양고기도 한꺼번에 끓인다네', 맞지?" 샹난이 샤오하이를 슬쩍 쳐다보며 겸연쩍게 웃었다. 위쯔치가 소매를 걷어붙이고 자신 있게 외쳤다. "자, 그럼 내가 하는 걸 잘 봐요!" 그는 샹난과 샤오하이에게 고기와 채소를 깨끗이 씻어 썰게 한 다음 커다란 쇠솥에 모조리 쏟아 넣고 하나 가득 물을 부었다. 그런 다음 각종 양념을 집어넣고 센 불로 끓이기만 하면 되었다. 위쯔치가 의기양양하게 샹난에게 말했다. "내가 끓인 한솥탕 맛 좀 보시지요!" 옆에서 샤오하이가 히히히 웃으며 일러 주었다. "아줌마, 아빠는 한솥탕주의자래요!"

세 사람은 한솥탕을 둘러싸고 앉았다. 각자 입맛에 맞추어 먹을 수 있도록 간장과 앞접시도 준비했다. 위쯔치가 술 한 병을 꺼내 왔다. 지난번 청쓰위안이 왔을 때 먹다 남은 술이었다. 그는 술잔을 식탁 위에 놓고 딸을 보고 웃으며 물었다. "오늘은 아빠가 한잔 마셔야겠는데, 괜찮겠니?" 샤오하이가 샹난을 힐끔 보더니 고개를 끄덕였다. 위쯔치는 잔에 술을 가득 따른 뒤 먼저 샤오하이 입에 대 주었다. "한 모금 마셔 봐. 샤오샹 아줌마가 우리 집에 온 걸 환영하는 의미에서, 괜찮겠지?" 샤오하이는 정말로 조금 마셔 보더니 독한지 혀를 빼물었다. 샹난이 얼른 국에서 건더기를 하나 집어 샤오하이 입에 넣어 주었다. 위쯔치는 다시 술잔을 샹난 앞에 놓았다. "당신도 조금 들지." 샹난이 고분고분 한 모금 마셨다. 잔에 남은 술은 위쯔치가 한입에 털어넣었다. 그리고 샹난과 샤오하이를 향해 빈 술잔을 털어 보이며 큰 소리로 시를 읊조렸다. "밝은 달은 언제부터 있었는고? 잔을 들어 푸른 하늘에 묻노라."

식사를 마치고 세 사람은 월병을 나누어 먹었다. 샤오하이는 룽룽네 집으로 가고 평원펑도 집에 없었다. 집에는 이제 그와 그녀 뿐이었다.

아름다운 한가위의 밤이 왔다. 두 사람은 나란히 창가에 앉았다. 창밖으로 밝은 달이 휘영청 높이 걸리고 교교한 달빛이 물처럼 넘치며 세상 모든 것을 부드러운 빛깔로 뒤덮었다. 두 사람은 그런 달빛을 온몸으로 받으며 창가에 나란히 앉아 있었다.

내가 둥근 달에게 물었다. "둥근 달아, 둥근 달아! 넌 1년마다 한 번씩 풍만한 자태를 사람들에게 선사하지. 그처럼 완전무결하고, 그처럼 밝고 매끄러우며, 그처럼 우아하고 솔직한 너의 자태를. 넌 넓고 부드러운 가슴으로 세상사 모든 것을 보듬어 주고, 무한한 사랑의 눈길로 집집마다 온 세상을 살펴보는구나. 말해 보렴. 오늘 얼마나 많은 이들이 네게 행복을 자랑하더냐? 또 오늘 얼마나 많은 이들이 네게 고단함을 호소하더냐? 오늘 넌 얼마나 많은 이들의 마음에 아름다운 소원을 빌게 했니? 또 얼마나 많은 시인들의 마음에 감동적인 시상을 선물했니?"

둥근 달이 미소 지으며 대답했다. "그건 말해 줄 수 없어요. 그저 어떤 이는 즐거워하고 어떤 이는 슬퍼한다는 것만 말해 줄게요."

내가 둥근 달에게 물었다. "그러면 최소한 오늘 밤 위쯔치와 샹난의 행복한 모습은 봤겠지, 기억하지? 그들은 줄곧 너를 바라보며 너에 대해 이야기했거든. 한 번도 네 얘기를 벗어난 적이 없단다. 네가 그들 사랑의 증인인 셈이지."

둥근 달이 미소 지으며 대답했다. "모두 봤어요. 그리고 기억해 두었어요. 제 뜰에 있는 계수나무에 빠짐없이 새겨 두었어요. 열렬한 사랑은 중매가 필요 없어요. 절개 있는 사랑은 증인이 필요 없지요. 그들에겐 어떤 비밀도 없어요. 그저 평범한 일상에 관한 것이죠. 관심 있으면 내게 가까이 와서 계수나무를 자세히 살펴봐요!"

그래서 나는 둥근 달 가까이 다가가 계수나무에 새겨진 자세한 기록을 보고 위쯔치와 샹난이 그 추석날 밤을 어떻게 보냈는지 알게 되었다.

위쯔치와 샹난은 거의 말없이 창가에 앉아 있었다.

"흠, 좋다! 25년 전 그날도 추석날 밤이었는데, 오늘도 추석날 밤이라니." 위쯔치가 샹난의 어깨를 감싸며 혼잣말을 했다.

"오늘의 샹난을 어떻게 25년 전 루메이와 견줄 수 있겠어요?" 샹난도 혼잣말을 하며 그의 가슴에 머리를 묻었다.

"우리의 결합을 누가 반대하지는 않을까?" 위쯔치가 흠칫 놀라며 그녀의 손을 쥐었다.

"그럴 리 없어요. 당연히 우리를 축복해 줘야죠." 샹난이 그의 가슴속으로 파고들었다.

"친구들이 기뻐하도록 이 일을 모두한테 알려야겠소." 그가 그녀의 머리카락을 쓰다듬었다.

"전 엄마한테 편지를 써야겠어요. 걱정하시지 말라고요!" 그녀가 그의 손에 얼굴을 묻었다.

"우리, 일가친척이랑 친구들이 모두 얼마나 되는지 세어 볼까?" 그는 그녀의 얼굴을 들고 그녀의 손가락으로 한 사람 한 사람 꼽아 나갔다……

"마다하이 사부도 있어요. 저를 많이 챙겨 주셨어요……." 그녀의 말에 그는 그녀의 손가락 하나를 더 꼽았다. 그 밑에 둥근 달은 이렇게 적어 두었다.: "그들의 행복을 방해할까 봐 난 고개를 돌려 가볍게 날아가는 흰구름을 뚫고 다른 곳으로 순시를 갔답니다."

천천히 서쪽으로 기우는 달그림자를 보며 두 사람은 예부터 달을 읊조린 명시를 한 수씩 떠올려 보았다. 위쯔치가 전등을 켜고 책장에서 『송사선집』을 꺼내더니 한 면을 펼쳐 상난의 손에 내려 놓았다. 그녀는 슬쩍 보더니 바로 책을 덮고 조용한 소리로 암송하기 시작했다.

밝은 달은 언제부터 있었나?
잔을 들어 하늘에 묻노라.
하늘 위 솟은 궁궐은,
오늘 밤 어느 해인고.
바람 타고 되돌아가고 싶지만,
달나라의 궁전은 너무 높아,
추위를 이기지 못할까 두렵구나.
일어나 춤추며 그림자를 희롱하니,
예가 어디 인간 세상이런가?

누각을 감돌아,

비단 들창 꿰뚫고,

잠 못 드는 이를 비추네.

원한 맺은 일도 없으련만,

무슨 일로 이별할 땐 더 둥글더란 말이냐?

사람은 슬픔과 기쁨, 이별과 상봉이,

달은 어두움과 밝음, 이지러짐과 둥글어짐이,

예부터 뜻대로 되지는 않는 법.

오직 오래오래 살면서,

천 리 길 멀리나마 달구경 함께 할 수 있기를.

　"'오직 오래오래 살면서, 천 리 길 멀리나마 달구경 함께할 수 있기를', 난 이 구절이 제일 맘에 드는군. 당신이 어디다 좀 써 주지 않겠소?" 샹난이 암송을 끝내자 위쯔치가 이렇게 말했다. 그러자 샹난이 주머니에서 작은 지갑을 꺼내더니 거기서 명함판 사진 한 장을 빼냈다. 그녀의 대학 졸업 사진이었다. 사진 속의 그녀는 젊고, 솔직하고, 근심이라곤 없는 얼굴이었다. 그녀는 이 사진이 가장 마음에 들어 늘 지니고 다녔다. 샹난은 위쯔치의 가슴께 있는 주머니에서 만년필을 꺼내 사진 뒷면에 소동파(蘇東坡)의 이 시구절을 적었다. 그리고 그 아래에 '추석날 밤을 기억하세요'라고 작게 써넣었다. 사진을 받아 든 위쯔치가 주머니에서 지갑을 꺼내 조심스레 사진을 집어넣었다. 그리고 지갑에서 반 촌도 안 되는 사진 한 장을 꺼내 그녀에게 건네주었다. 젊은 류루메이의 사진이었다. "내 사진은 몽땅 압수당해서 한 장도 남아 있는 게 없소. 내 당신을 위해 새로 한 장 찍으리다. 루메이의 이 사진은 내가 25년 동안 소중하게 지니고 있던 거라 뺏기지 않았는데, 이제 당신에게 주겠소. 루메이는 이미 우리 두 사람 모두의 친구이자 가족이요, 그렇지 않소?" 샹난은 뜨거운 포옹으로 대답을 대신했다. 달은 이미 저 높이 떠올라 버렸고, 샤오하이가 돌아올 시간도 되었다. 샹난은 내키지 않았지만 할 수 없이 작별 인사를 했다. "이제 가야겠어요." 그가 일어나 그녀를 배웅해 주었다. "내일 아침에 다시 와요. 함께 식사하게."

그녀는 위쯔치의 팔짱을 끼고 달빛을 밟으며 숙소까지 걸어왔다. 그가 떠날 때 샹난은 "오직 오래오래 살면서, 천 리 길 멀리나마 달구경 함께할 수 있기를"이라고 말했다.

달빛이 은은하게 그들을 비추었다. 그날 밤 두 사람은 잠들지 못하고 행복한 기억에 잠겼다. 방금 전의 일이건만 소중하게 추억하면서……

샹난과 샤오하이

이틀도 채 되지 않아 샹난과 위쯔치의 관계가 친한 친구들한테 알려졌다. 청쓰위안과 황단칭이 제일 먼저 와서 축복도 해 주고 근심도 해 주었다. 청쓰위안은 거듭해서 주의를 주었다. "모든 일에 조심하고 또 조심하게. 두 사람 다 너무 쉽게 감정을 드러낸단 말이야." 위쯔치와 샹난은 고마워하며 그러겠다고 대답했다. 며칠 동안 두 사람은 되도록 밖에 나가지 않고 집 안에만 있었다. 그 동안 펑원펑은 집에 있지 않았다. 지쉐화를 데려오려고 아침부터 밤까지 장인 집에 가 있었고, 어떤 날은 아예 들어오지도 않았다. 그래서 두 사람은 안심하고 함께 지낼 수 있었다.

추석이 지나고 닷새 뒤 마다하이도 그들을 보러 왔다. 샹난이 편지로 알려 주었던 것이다. 그는 집에 들어서자마자 껄껄껄 웃으면서 줄줄이 엮은 게를 흔들어 보였다. "오늘 퇴근하다가 부두에 들러 몇 마리 샀지. 여기 와서 술이나 한잔 하면서 축하하려고 말이야. 샤오하이는 집에 없나?" 위쯔치가 대답했다. "오늘 학교에서 혁명 모범극을 보러 가는데, 한 사람도 빠지면 안 된다고 하더군요. 저녁 7시나 되어야 돌아올 것 같아서 아직 밥을 하지 않았는데, 동무가 왔으니 기다릴 것 없이 지금 바로 밥을 안쳐야겠소." 마다하이가 좀 서운한 듯 말했다. "오늘 나 다하이(大海)가 여기 온 것은 사실 '샤오하이(小海)'가 보고 싶어서였는데. 집에 없다니, 그럼 게 두 마리는 샤오하이 몫으로 남겨 두는 게 어떻소?" 그리고 별안간 목소리를 낮추며 물었다. "샤오하이는 어떻소? 두 사람 관계를 반대하지는 않았소?" 샹난이 얼굴을 붉혔다. "그 애한테는 아직 말하지 않았어요. 아직 너무 어려서." "그래도 꼭 말해 줘야 하오. 어리긴 해도 적잖은 일을 겪은 아이요. 만약 그 애가 반대하더라도 샤오샹이 인내심을 가져야 하오! 아이를 위해서 좀 억울해도 참아야 하고. 그렇지 않소?" 샹난이 고개를 끄덕였다. 마다하이는 이날 위쯔치 집에서 저녁까지 먹을 생각이었다. 그가 샹난에게 장난스럽게 말했다. "샤오샹, 난 오늘 입만 달고 왔소이다. 도와주지도 않을 거요. 라오위도 나랑 같이 얘기해야 하니까 당연히 도와주지 못할 거고. 동무 혼자 수고 좀 해야겠는데, 괜찮겠지?" 샹난은 난감한 표정으로 위쯔치를 보았다. 그러자 위쯔치가 웃으며 맞장구를 쳤다. "마 사부! 오늘 작정하고 샤오샹에게 장군을 치는 거 맞지요? 좋아요, 나도 협조하리다." 그리고 다시 샹난에게 말했다. "가서 시장 좀 봐 와요. 뭐, 다 식구들이니까, 뭐든 당신이 만들어 주는 대로 먹겠소." 샹난은 별수 없이 혼자 장을 보러 나갔다.

샹난이 나가고 나자 마다하이와 위쯔치는 이런저런 일을 두고 한담을 나누기 시작했다. "라오위, 동무와 샤오샹의 일에 난 쌍수를 들어 환영이오! 하지만 내가 말하고 싶은 건 조심해야 한다는 거요! 문인협회란 곳이 단순한 데가 아니잖소. 별별 사람이 다 있으니까!" "압니다, 마 사부. 친한 친구 몇 말고는 아직 아무한테도 얘기하지 않았어요. 하지만 다시 생각해 보면 정정당당하게 연애하는데 트집 잡을 게 또 뭐 있을까 싶어요." 마다하이가 장난스럽게 웃었다. "허허, 라오위, 트집 잡으려고 마음만 먹으면 뭐든지 다 트집거리가 되는 법이오. 어떤 사람은 정작 해야 할 일은 하지 않고 그것만 가지고도 밥벌이를 한다니까." "우리가 주의를 좀 하면 되겠지요." "참, 특히 기자들! 기자들한테는 절대 속마음을 보이면 안 되오!" 위쯔치가 걱정스럽게 물었다. "마 사부, 왜 무슨 일이라도 있었습니까?"

마다하이가 한숨을 내쉬었다. "라오위, 내가 크게 한 번 당하지 않았겠소! 이건 동무들한테 말하지 않으려고 했소. 그래서 지난번 샤오샹이 집에 왔을 때도 얘기하지 않았던 건데. 문인협회에서 공장으로 돌아온 뒤에 나도 크게 당했다오. 그게 바로 신문사 기자 때문에 생긴 일이었소. 하루는 일을 하고 있는데 느닷없이 『빈하이 일보』여기자가 인터뷰를 하러 와서는 문인협회를 철수하게 된 것에 대해 어떻게 생각하느냐고 묻습디다. 『빈하이 일보』라면 우리 당의 신문 아니오. 당연히 솔직하게 대답해야지. 그래서 그 여기자한테 하나부터 열까지 낱낱이 얘기를 해 주었소. 내가 문인협회에 가서 어떻게 운동을 했는지, 어떻게 대다수 간부들을 해방하기로 결정하게 됐는지, 지금도 뭐가 이해가 잘 안 되는지 전부 다 말이오. 근데 그게 화를 부를 줄이야 누가 상상이나 했겠소! 며칠 뒤 공장장이 찾는다고 해서 갔더니 다짜고짜 나더러 왜 함부로 무산 계급 사령부에 대한 불만을 토로하고 다니느냐고 화를 내는 거요. 내참, 영문을 알 수가 있어야지. 그랬더니 공장장이 신문을 손에 들고 흔들면서 '벌써 『빈하이 일보』에 실리고 시 혁명위원회 산창 부주임 비판까지 떨어졌는데 그래도 시치미야?' 그러는 거요. 그가 읽어 준 내용은 확실히 다 내가 했던 말이었소. 하지만 기자가 자기 견해를 덧붙여서 전부 그럴듯하게 부풀려 놨더군. 보시오, 사람들은 우리의 솔직한 얘기에 온갖 조미료를 가미해서 상부에 올린단 말이오! 덕분에 난 몇 차례나 비판당하고 당적도 임시 정지된 데다 하마터면 일터에서도 쫓겨날 뻔했소."

위쯔치가 걱정스러운 얼굴로 마다하이를 바라보며 물었다. "당적 문제는 이제 해결됐습니까?" 마다하이가 손을 내저었다. "지금도 심사 중이라오! 그 얘기는 그만합시다. 내가 이 얘기를 꺼낸 건 동무들도 조심하라는 거요." "고맙습니다. 하지만 기자들이 다 그 여기자 같지는 않겠지요."

마다하이가 손바닥을 마주 쳤다. "다행히도 많지는 않지요. 하지만 예외라고 해도 조심은 해야 하니까!"

위쯔치가 웃었다. "우리 집에 기자들이 찾아오지 않은 지 꽤 됩니다."

"오지 않는다니, 그거 잘됐군."

일은 참으로 공교롭게 돌아간다. 두 사람이 한창 기자에 대해 얘기하고 있을 때 바로 여기자 하나가 집에 찾아왔던 것이다. 그 여기자는 전에 위쯔치네 집에 자주 드나들었는데 자칭 위쯔치의 친구라고 했다. 위쯔치가 그녀를 반갑게 맞아들였다. 그런데 마다하이는 그 여기자를 보자마자 눈을 가늘게 찌푸리더니 얼굴의 웃음기도 싹 거두어 버렸다. 여기자도 마다하이를 보더니 잠시 당황스러워했으나 이내 반갑게 손을 내밀었다. "다하이 사부님, 저 기억하세요?" 마다하이는 두 손을 그대로 무릎 위에 올려놓은 채 대답했다. "난 줄칼이나 망치만 기억하고 다른 건 기억하지 못하오!" 여기자가 민망한 듯 손을 거두었다. "다하이 사부는 여전히 재밌으시네요." 마다하이가 허허 웃었다. "재미있기는 무슨! 무식쟁이라 거짓말을 못 하는 것뿐이오!" 그러더니 그가 몸을 일으켰다. "라오위, 손님이 오셨으니 난 가 보겠소. 아까 내가 한 말 잊지 마시오!" 그러더니 그대로 일어나 나가 버렸다. 그를 배웅하러 위쯔치가 문을 나서자 그가 다시금 당부했다. "아까 말한 여기자가 바로 저 여자요!" 위쯔치는 고개를 끄덕이고는 안으로 들어왔다.

여기자가 생글생글 웃으며 말했다. "라오위, 노동자 친구도 사귀고 괜찮군요! 마다하이 사부는 사람이 시원시원하지요. 저도 아는 사람이에요." "친구라고 하기는 그렇고, 어쩌다 알게 된 사이요. 그래, 오늘은 어쩐 일로 여기까지 다 왔소? 무슨 일 있소?" 여기자가 대답했다. "벌써 퇴근했는데 일은요! 동무가 해방됐다는 얘길 듣고 진작부터 한번 오려고 했어요. 애들은 다 잘 있나요?" "다 잘 있소. 고맙소."

그때 샹난이 반찬거리가 가득 담긴 바구니를 들고서 요란하게 들어왔다. "뭘 사야 할지 몰라서 먹을 수 있는 건 다 샀어요. 어? 다하이 사부는요?" "갔소." 위쯔치가 이렇게 대답하고는 다시 미소를 지으며 여기자에게 말했다. "소개해 드리지요!" 그러자 여기자가 빙그레 웃었다. "소개하실 필요 없어요. 제가 맞혀 볼게요. 샤오샹, 샹난 동지, 맞죠?" 기자는 얼른 일어나 반갑게 악수를 청하면서 이렇게 덧붙였다. "전 라오위의 친구예요. 자주 왔다 갔다 하죠. 뭘 이렇게 많이 샀어요?" 위쯔치의 친구라는 말을 듣고 샹난도 반가워했다. "난 장을 볼 줄도 모르는데 라오위가 기어이 저를 보내잖아요." 위쯔치가 그만하라고 그녀에게 눈짓을 했지만 제대로 이해하지 못한 샹난은 도리어 더욱 친절하게 말했다. "아무 걱정 말고 여기서 저녁 드시고 가세요. 다하이 사부가 큰 게를 사 왔어요. 원래는 다하이 사부도 같이 저녁을 먹기로 했거든요." 그녀는 곧장 주방으로 가서 서둘러 음식을 준비하기 시작했다.

샹난이 주방으로 가는 것을 보고 여기자가 위쯔치한테 고개를 돌리더니 의미심장하게 웃었다. "아직도 비밀이에요? 사람들이 벌써 다 알던데요!" 위쯔치가 얼른 둘러댔다. "그냥 친구 사이요." 여기자는 진심어린 말투로 말했다. "됐어요. 라오위. 알 만한 사람 끼리 숨길 거 뭐 있어요. 나도 소문 듣고 축하하러 온 거예요. 동무도 이제 좀 안정된 생활을 해야지요." 그녀가 이렇게 얘기하자 그도 별수 없이 묵인하고 말았다.

"결혼식은 언제 하나요?" 여기자가 관심 있게 물었다.

바로 그때 샤오하이가 돌아왔다. 집에 들어서던 샤오하이는 여기자가 결혼식 얘기를 하는 걸 듣고 귀를 쫑긋 세웠다. 며칠 동안 샤오하이도 내내 그 문제를 생각하고 있었던 것이다.

샹난이 처음 집에 왔을 때는 샤오하이도 기뻤다. 그런데 이튿날 새벽같이 온 샹난은 밤 11시가 다 되어서야 돌아갔다. 셋째 날, 넷째 날도 마찬가지였다. 좀 이상했다. 게다가 샹난과 아버지가 이야기 나누는 모습은 무척이나 다정했을 뿐 아니라 종종 뜨거운 눈빛도 주고받았다. 불안해진 샤오하이가 룽룽에게 그 이야기를 했더니 룽룽이 이렇게 말했다. "아버지가 너한테 새엄마를 얻어 주시려는 게 틀림없어!" 샤오하이는 가슴이 철렁 내려앉았다. 그때부터 샤오하이는 경계하는 눈빛으로 두 사람의 모든 것을 관찰하기 시작했다.

샤오하이가 돌아오자 위쯔치는 그 이야기를 계속하고 싶지 않아서 얼른 얼버무렸다. "그 일은 나중에 천천히 얘기합시다!" 그런데도 눈치 없는 여기자는 아랑곳 않고서 샤오하이의 손을 잡고 이렇게 말하는 것이었다. "아이를 위해서라도 빨리 결혼하세요! 아이를 돌봐 줄 사람이 생겨야 우리 친구들도 기쁘죠!" 그녀의 말이 진심어린 듯 들려 위쯔치는 자기도 모르게 경계심을 풀고 그녀의 말을 받았다. "그러게 말이요. 집안 꼴이 이렇게 되고 보니 아이 키우는 게 쉽지 않습디다." 기자가 갑자기 눈시울을 붉히더니 샤오하이를 보듬었다. "불쌍한 아가! 아버지가 너한테 새엄마를 찾아 주신다니 이제 괜찮을 거야." 샤오하이는 기자의 품에서 발버둥치듯 빠져 나와 제 방으로 달려가 버렸다. 그때 샹난이 주방에서 나왔다. "식사하고 나서 말씀 나누세요. 벌써 8시네. 샤오하이 배고프겠어요." 그러자 여기자는 자기는 먹고 왔다면서 기어이 그냥 가겠다고 했다. 위쯔치도 더는 말리지 않고 문까지 배웅해 주었다. 기자가 위쯔치의 등을 떠밀었다. "친구끼린데 배웅할 필요 없어요! 국수 먹을 때나 저 잊지 마세요." "잊을 리가 있나요!" 위쯔치는 바로 돌아와서 상을 차렸다.

상을 다 차린 뒤 샹난은 샤오하이를 불렀다. 하지만 몇 번을 불러도 대답이 없었다. 다시 위쯔치가 샤오하이를 불렀다. 샤오하이는 그제야 제 방에서 나오더니 식탁으로 가지 않고 샹난도 본체만체하고는 곧장 아버지 앞으로 가더니 심각한 표정으로 말했다. "전 밥 안 먹을래요. 아빠, 이따가 아빠한테 드릴 말씀이 있어요." 어리둥절한 위쯔치와 샹난이 서로 쳐다보았다. 위쯔치가 샤오하이를 보듬었다. "우리 딸이 무슨 할 말이 있을까? 어디 말해보렴. 아빠랑 아줌마가 같이 들어줄게." 샤오하이는 아버지가 자기한테 말할 때도 눈은 여전히 샹난만 쳐다보는 것을 보고 속으로 화가 치밀었다. 그래서 아버지 품에서 빠져 나와 곱지 않은 눈으로 샹난을 쳐다보았다. "난 아빠한테만 말할 거예요. 남은 들을 필요 없어요!" 그러고는 제 방으로 달려가 있는 힘껏 문을 쾅 닫아 버렸다.

샹난은 무척 난감했다. 식탁 위에 차려진 음식과 위쯔치를 번갈아 쳐다보던 샹난의 눈에 눈물이 핑 돌았다. 위쯔치가 작은 소리로 그녀를 불렀다. "샤오샹!" 샹난은 아무 대답 없이 고개를 돌려 버렸다. 위쯔치도 길게 한숨을 내쉬며 작은 침대 위로 누워 버렸다. 그러자 샹난은 얼른 눈물을 닦고 침대 옆으로 가 앉았다. 위쯔치도 다시 일어나 앉아 그녀의 얼굴을 자세히 들여다보았다. "울지 마오, 응?" 샹난은 고개를 끄덕였지만 눈물이 벌써 뺨을 타고 줄줄 흘러내리더니 급기야 흐느끼기 시작했다.

위쯔치는 커다란 손으로 눈물을 닦아 내며 낮은 소리로 달랬다. "울지 마, 울면 안 돼. 샤오하이는 착한 아이오. 그 앤 엄마를 그리워하고 있어. 엄마의 사랑을 간절히 원하지. 당신이 날 이해할 수 있다면 그 애도 이해할 수 있을 거요. 나를 사랑하듯 그 애를 사랑해 줘요. 난 당신이 그렇게 그 애를 사랑할 수 있다는 거, 당신이 그 애를 사랑한다는 걸 알고 있소. 당신과 그 애는 둘 다 내 삶의 기둥이오. 내겐 당신이 없으면 안 되지만, 샤오하이도 없으면 안 되오. 이 점, 당신도 잘 알 거요, 그렇지? 근데 왜 우는 거요, 꼬맹이?"

샹난은 그의 손을 잡고 눈물을 닦았다. "알아요. 그냥 속이 상해서 그래요. 샤오하이 때문에, 당신 때문에, 그리고 나 때문에 속이 상해서. 전 좋은 엄마 노릇을 할 수 없어요. 제가 루메이를 대신할 수도 없고요! 하지만 차츰 좋아질 거예요. 모든 게 다 좋아질 거예요. 저, 좋은 엄마가 되도록 노력할게요. 샤오하이는 제가 가서 얘기해 볼게요, 괜찮죠?"

"그럼, 괜찮고말고!" 위쯔치는 침대에서 훌쩍 일어서더니 샹난을 일으켜 세웠다. "오늘 이야기해 봐요! 지금 바로! 당신은 그 애한테 가 봐요. 난 여기서 기다릴 테니." 샹난이 고분고분 고개를 끄덕였다. 그가 다시 낮은 소리로 말했다. "고맙소, 샤오샹!"

샹난이 조용히 방문을 열고 들어갔다. 샤오하이는 침대에 엎드려 사진을 보느라 그녀가 들어오는 소리도 듣지 못한 모양이었다. 샹난이 침대 머리맡에 가서 앉자 그제야 샹난을 보더니 얼른 사진을 침대 밑으로 밀어 넣었다. 그리고 눈물범벅이 된 얼굴로 물끄러미 샹난을 쳐다보았다. 샹난은 샤오하이의 앞머리를 가지런히 쓸어 주었다. "엄마 사진인가 보네?" 샤오하이는 대답은 하지 않고 샹난을 쳐다보기만 했다. 눈물이 눈가를 지나 베개 위로 흘러내렸다.

샹난은 긴장도 되고 가슴이 아프기도 했다. 그녀는 샤오하이를 안쓰럽게 여겼고, 그 애의 감정을 소중하게 여겼다. 하지만 그런다고 해서 그녀가 아이에게 무슨 말을 해 줄 수 있겠는가? 아이 마음속에 난 상처는 지울 수 없는 것을. 그녀는 두 손으로 샤오하이의 얼굴을 어루만지며 한참을 들여다보다가 수건으로 샤오하이의 눈물을 닦아 주었다. 샤오하이는 맑은 갈색 눈동자로 그녀를 빤히 쳐다보더니 떨리는 입술을 열어 그녀를 불렀다. "아줌마!" 그리고 조금 있다가 샹난에게 물었다. "우리 엄마 본 적 있어요?" 샹난이 대답했다. "본 적 있지. 그분이 훌륭한 엄마였다는 거 나도 알아. 나도 너처럼 네 엄마를 좋아한단다. 샤오하이, 네 생각엔 내가 엄마를 대신할 수 있을 것 같니? 날 엄마라고 불러 주겠니? 응, 샤오하이?" 그녀는 심장이 쿵쿵 뛰고 얼굴에 열이 나면서 화끈 달아올랐다. 달아오른 얼굴을 눈물 젖은 샤오하이의 베개 위에 살며시 갖다 댔다. 샤오하이가 천천히 한 손을 뻗더니 베개 밑에서 노랗게 빛바랜 사진을 한 장 꺼내 샹난에게 보여 주었다. 사진에는 위쯔치, 류루메이, 그리고 품에 안긴 갓난아이가 있었다.

"이 아이가 너니?"

"언니예요. 이 사진은 언니가 헤이룽장성으로 가면서 저한테 준 거예요. 언니가 그랬어요. '샤오하이, 이제 이 사진이 바로 우리 집이야. 엄마는 좋은 분이셨어. 아빠도 좋은 분이고. 너 그거 꼭 기억해야 한다. 난 엄마한테 너무 미안해. 이 사진은 네가 보관해 두렴. 수시로 아빠 소식 알아봐서 아빠한테 필요한 게 있으면 네가 챙겨 드리도록 해.' 올해 언니가 돌아왔을 때 이 사진을 보고는 가져가고 싶어 했어요. 근데 내가 계속 가지고 있고 싶어 하니까 그냥 두고 간 거예요."

샤오하이는 소리 내어 울지 못하고 눈물만 하염없이 흘렸다. 삶은 그 애의 울음소리는 앗아 갔으면서 그 애의 눈물샘은 앗아 가지 못했나 보다. 열세 살밖에 안 된 아이가 어느새 온갖 풍상을 다 겪은 노인처럼 자기의 고통을 억누를 줄 아는 것이다! 샹난은 비 오듯 쏟아지는 눈물을 참을 수가 없었다. 그녀가 떨리는 목소리로 샤오하이에게 물었다. "샤오하이, 아줌마 싫어? 만약 네가 싫다고 하면 나 내일부터 오지 않을게. 아빤 너 없이는 못 사셔. 네가 괴로워하는 걸 바라지도 않으시고."

샹난은 떨리는 마음으로 샤오하이의 그 작고 귀여운 입술을 쳐다보았다. 그 입에서 '싫어요'라는 말이 나올까 봐 얼마나 두려웠는지!

샤오하이가 침대에서 일어나 앉으며 샹난을 향해 정중하게 고개를 가로저었다.

샹난의 얼굴이 백지장처럼 하얘졌다. 그녀는 들릴락 말락 한 목소리로 다시 물었다. "싫어?" 샤오하이가 다시 고개를 젓더니 샹난의 어깨에 머리를 기대어 왔다……

그 순간 샹난의 심정은 어떤 말로도 표현할 수가 없었다. 기쁨과 흥분과 강렬한 고통이 한데 뒤섞인 그런 것이었다. 마치 천근만근의 무게가 갑자기 자기 어깨를 짓누르는 것 같았다. 여태껏 느껴 본 적이 없었던 어떤 감정이 그녀의 마음속에 뭉게뭉게 피어올랐다. 바로 모성애였다. 더 이상 무슨 말이 필요하겠는가? 아무 말도 필요 없었다. 그녀는 샤오하이를 일으킨 뒤 허리를 숙여 침대 밑에 있던 슬리퍼를 가져다 샤오하이에게 신겼다. 그리고 아이를 침대 밑으로 끌어내렸다. "우리 같이 아빠한테 가자, 괜찮지?" 샤오하이가 고개를 끄덕였다. 샹난이 샤오하이를 데리고 밖으로 나와 위쯔치 앞에 섰다. 위쯔치의 눈썹이 몇 번 가볍게 떨리고 입이 저절로 벌어졌다. 하지만 그는 아무 말 없이 그저 두 팔을 벌려 샹난과 샤오하이를 함께 자기 품에 안았……

다음날 샤오하이는 아침 일찍 일어나 가만가만 아버지 방문 앞을 지나 간단한 아침 식사거리를 사다 놓고 샹난 아줌마가 오기를 기다렸다. 셋이 함께 아침을 먹은 뒤 샤오하이는 책가방을 들며 아버지와 샹난에게 다정하게 인사했다. "아빠! 아줌마! 학교 다녀오겠습니다!" 샹난이 기뻐하며 위쯔치의 어깨에 머리를 기댔다. "전 참 복도 많지요! 저렇게 큰 딸이 생기다니!" 위쯔치도 싱글벙글 웃었다. "내가 말했잖소. 두 사람이 서로 좋아할 거라고. 우리 애들은 모두 착하다오."

"샤오징한테서는 아직 연락 없어요? 편지, 항공편으로 부친 거 맞아요?" 샹난은 샤오징 생각이 난 김에 위쯔치에게 물었다.

"항공편도 느린 것 같아 전보를 칠 걸 하고 후회하고 있던 참이오!" 그는 벌써 닷새 전에 샤오징에게 편지를 부쳤다. 사실은 간부 학교에서 비판 대회가 열린 직후 그는 편지로 큰딸에게 "너희들의 새엄마를 곧 찾아 줄 수 있을 것 같다"라고 썼다. 아마도 오늘 내일이면 샤오징의 답장이 도착하지 않을까 싶었다.

과연 그날 오후 그들은 샤오징의 편지를 받았다. 샤오징은 편지에 이렇게 썼다. "아버지, 이 일은 아버지가 결정하실 일이지, 제가 무슨 의견을 내고 자시고 할 문제가 아니라고 봐요. 아버지는 온갖 세상 풍파를 겪어 보신 분이니 알아서 잘 처리하실 거라고 믿어요." 그러면서도 편지지 한쪽 귀퉁이에 작은 글씨로 이렇게 써 놓았다. "샹난 동지는 어떻게 생긴 분이에요? 아버지는 저도 본 적이 있다고 하셨지만 기억이 뚜렷하진 않아요. 혹시 짧은 머리에 젊고 얼굴이 동그랗고 발그스름한 여성 동지인가요? 기억에 이마가 앞으로 좀 튀어나왔던 것 같은데요?" 샹난은 배꼽을 쥐며 자기 이마를 만져 보았다. "이마가 튀어나오지 않았다면 샤오징이 저를 기억하지도 못했을 거 아녜요!" 위쯔치가 손가락으로 그녀의 튀어나온 이마를 툭툭 건드리며 놀렸다. "못난이 꼬맹이가 이젠 못난이 엄마가 됐군그래!"

"당신은 답장 쓰지 마세요. 제가 쓸게요, 괜찮죠?"

"당신이 쓰면 더 좋지. 하지만 엄마답게 써야 하오. 장난치면 안 돼."

"물론이죠. 하지만 엄마는 반드시 이래야 된다, 뭐 이런 규정이 있는 것도 아니잖아요?" 그녀는 편지지를 펼쳐 놓고 날아가듯 써 내려갔다. 이윽고 샹난이 다 쓴 편지를 위쯔치에게 내밀었다. 편지를 다 읽은 위쯔치는 요절복통을 하며 "이 꼬맹이 같으니!"를 연발했다.

샹난은 편지에 이렇게 썼다.

"내 외모는 네가 기억하고 있는 것과 비슷해. 게다가 주요한 특징인 '앞으로 튀어나온 이마'를 잘 포착했더구나. 어렸을 때 내가 엄마한테 '내 이마는 왜 이렇게 튀어나온 거예요?' 하고 물었더니 엄마가 그러시더구나. '네가 걸귀 들린 먹보가 될까 봐 그렇게 생긴 거다. 음식을 몰래 훔쳐 먹을라치면 이마가 먼저 팍 하고 부딪쳐서 아플 테니 먹고 싶어도 참을 거 아니니.' 하지만 그래도 난 엄청난 먹보가 되었단다. 이마를 부딪히면 아플까 봐 난 절대 식탁에 있는 음식을 입으로 직접 물지 않고 손으로 집어서 먹었단다. 그렇게 하면 배도 채울 수 있고 이마도 부딪히지 않을 수 있거든. 나중에 난 내 이마가 보기 싫어서 늘 책상에 대고 쿵쿵 찧었는데, 뼈가 이미 단단해졌는지 전혀 들어가지 않더라고! 그런데 이제 난 내 이마가 좋아졌단다. 왜냐하면 그것 때문에 네가 날 기억하고 있으니까. 그리고 또, 사상은 머리에 들었잖니. 사상이 언제나 앞으로 튀어나올 준비를 하고 있으니 그것도 얼마나 좋아? 그렇지 않니, 샤오징? 그리고 내 나이 말인데, 사실 내 나이도 그렇게 어린 건 아니란다. 사람이 70세, 고희까지 산다면 난 벌써 거의 반을 살았거든! 하지만 그래도 혼인법 규정에 따르자면 내가 네 엄마가 되기에는 여전히 몇 살 부족하긴 하지. 그러니 우리 그냥 친구로 지내는 게 어때? 아버지 말씀 듣는다고 날 무슨 엄마라고 부르지 말고. 네가 날 '샹난 동지'라고 부르니까 참 좋더구나. 아니면 그냥 '라오샹(老向)'이라고 불러도 좋고. 샤오징, 사실 가깝고 멀고는 호칭에 달린 게 아니라 우리 마음이 하나인가 아닌가에 달려 있지 않니. 우리 네 사람, 아버지, 너, 샤오하이, 그리고 나는 이제 한마음으로 한데 묶이게 된 거야. 그런 마음이 바로 사랑이지. 우리가 모두 아버지를 사랑하고, 아버지는 우리 세 사람을 사랑하고."

위쯔치는 간신히 웃음을 참으며 말했다. "그래도 뒷부분은 좀 그럴듯하군."

샹난이 장난꾸러기처럼 말했다. "절대 고치면 안 돼요! 전 이런

식으로 엄마 할 건데, 어쩌실래요?" 위쯔치가 하하 웃으며 편지를
봉투에 넣고 우표를 붙여 봉했다. "맘대로 하시오! 고집 센 못난
이 천성이 어디 가겠소? 내가 편지를 부쳐 줄 테니 어디 그래도
창피하지 않을지 두고 봅시다."

샹난이 위쯔치의 손에서 편지를 낚아챘다. "제가 가서 부칠래
요. 창피하고 말고 할 게 뭐 있어요!" 샹난이 밖으로 나가려고 막
문을 여는데 지쉐화가 들어왔다. 샹난은 얼른 안으로 들어서며 반
갑게 말했다. "지 선생님, 돌아오셨군요. 어서 이리 와 앉으세요!"
지쉐화가 들어오자 위쯔치가 걱정스러운 목소리로 물었다. "아예
돌아오신 건가요?" 지쉐화가 웃으며 대답했다. "두 분 만나러 잠
깐 들른 거예요!" 위쯔치가 차를 따라 주었다. "고맙소, 샤오지.
동무도 알게 되었소?" 그러자 지쉐화가 미소를 지으며 말했다.
"펑원펑이 벌써 동네방네 소문 다 냈는데요, 뭐. 샤오징도 편지로
알려 줬고요."

"샤오징이 편지에 뭐라고 썼던가요?" 위쯔치와 샹난이 동시에
물었다.

"샤오징도 기쁘대요. 샤오징이 저더러 샤오하이를 만나서 두 분
방해하지 않도록 잘 좀 타일러 달라고 해서 온 거예요. 그런데 보
아하니 별 문제 없는 것 같네요, 그런가요?" 샹난이 살짝 얼굴을
붉히더니 솔직하게 얘기했다. "문제가 좀 있긴 했는데 이젠 다 해
결됐답니다." 지쉐화도 좋아했다. "잘됐군요! 두 분 정말 축하드
려요! 결혼식은 언제 하실 건가요?" 샹난은 웃으며 고개를 젓더
니 위쯔치를 쳐다보며 말했다. "아직 결정하지 않았어요. 그때 되
면 결혼 사탕 드시러 오세요." 그러자 위쯔치가 얼른 사탕 봉지를
꺼냈다. "오늘 일단 몇 개 들어요! 샤오지, 어떻소, 샤오펑과는 화
해한 거예요? 요 며칠 샤오펑은 동무랑 같이 있는 겁니까?"

지쒜화의 얼굴이 금세 굳어졌다. 그녀는 한숨을 내쉬며 말했다. "화해는 절대 불가능해요. 하지만 저도 이혼은 하고 싶지 않아요. 아버지 문제도 아직 해결되지 않았고 엄마도 또 병이 나셨는데, 걱정을 더 끼쳐 드릴 순 없잖아요. 부모님께는 우리 둘이 별거한다는 것도 아직 말씀드리지 못했어요. 그냥 두 분 건강이 안 좋으시니까 펑원펑이 저한테 부모님 잘 보살펴 드리라고 했다고만 말씀드렸어요. 그랬더니 두 분 다 좋아하시면서 펑원펑한테도 얼마나 잘해 주시는지 몰라요. 펑원펑은 그걸 이용해서 휴일마다 와서 절 귀찮게 하죠."

위쯔치가 그녀를 타일렀다. "그럼 화해하지 그래요! 아직 젊은데 이런저런 흠이 왜 없겠소? 고쳐 가면서 살아야지."

샹난도 거들었다. "그래요, 집으로 돌아오세요! 동무와 같이 있으면 펑원펑도 점점 좋아질 거예요."

지쒜화가 간곡하게 말했다. "고맙습니다. 라오위, 샤오샹, 두 분께서 솔직히 좀 말씀해 주세요. 그 사람 요즘 어떤가요? 자기 말로는 이제 다 고쳤다고 하던데요."

샹난이 그 즉시 말을 받았다. "고쳐요? 제가 보기엔……." 위쯔치가 책망하는 눈빛을 보내는 것을 보고 샹난은 얼른 입을 다물었다. 대신 위쯔치가 인자하게 웃으며 말했다. "내 보기엔 많이 좋아졌습디다. 샤오지, 누구에게나 약점은 있기 마련이오. 그걸 고치는 게 어디 그리 쉬운 일이오? 게다가 샤오펑의 문제는 샤오펑만 탓할 수도 없소. 객관적인 상황이 그런 좋지 않은 경향을 부추기니까. 그러니 동무가 인내심을 좀 가져야 하오."

지쒜화가 또 한숨을 내쉬며 천천히 입을 열었다. "저도 그렇게 제 자신을 타일러 봤답니다! 어느 집 부부인들 갈등이 없겠어요? 저도 제발 그가 새사람이 되었으면 좋겠어요! 하지만 펑원펑의 나쁜 습관은 벌써 보통 사람들이 가진 단점의 수준을 넘었다고요. 지금 사회적으로 온갖 불량한 경향이 나타나고 있지만 사람마다 그것을 어떻게 보는가는 다 달라요. 어떤 사람은 그런 것이 싫어서 저지하려 하고, 어떤 사람은 무서워서 피하려고 하죠. 그런데 펑원펑은요, 그런 나쁜 것들을 의도적으로 이용하고 있어요! 그러면서 그걸 시대의 조류를 따르는 것이라고 말한답니다! 그러니 그걸 어쩌겠어요?"

위쯔치와 샹난도 지쉐화의 말에 동의했다. 솔직히 말해서 두 사람 모두 지쉐화 부부는 전혀 어울리지 않는다고 생각했다. 지쉐화가 한 떨기 눈꽃처럼 순결하고 부드럽다면 펑원펑은 구정물처럼 저급한 데다 시정잡배 냄새를 물씬 풍겼다. 하지만 월하노인이 이미 인연의 붉은 실을 잘못 엮었으니 어쩌겠는가. 그저 곧 끊어지게 생긴 그 실을 어떻게든 다시 엮어 보려 애쓰는 수밖에. 더구나 지금 샹난과 위쯔치는 행복에 젖어 있는 사람들이 아니던가! 위쯔치는 어떻게든 지쉐화 부부가 화해하기를 바라며 더 타일러 보았다.

"그가 변하지 못할 거라고 너무 단정하지는 말아요. 삶은 변하는 거요. 삶이 변하면 사람도 변하지. 샤오지, 우리 함께 노력해서 샤오펑을 변화시켜 봅시다!"

샹난도 따뜻하게 지쉐화의 어깨를 잡아 주었다. "쉐화, 돌아와요. 제가 방법을 하나 일러 줄게요. 펑원펑하고 세 가지 약속을 정하는 거예요. 첫째, 다시는 터무니없는 얘기로 다른 사람을 고발해서는 안 되고 양심을 속이며 좋은 사람을 해쳐서는 안 된다. 둘째, 리융리 같은 사람 꽁무니를 따라다니면서 남을 비판하는 것을 낙으로 삼거나 남을 짓밟고 올라서서는 안 된다. 셋째, 온통 사리사욕만 채울 생각으로 동지들 사이에서 아부를 일삼거나 시정잡

배처럼 굴어서는 안 된다. 만약 이 약속을 어기면 나는 다시 친정으로 돌아가겠다. 이렇게요!"

샹난은 퍽이나 진지하게 열심히 말했다. 하지만 그녀가 단숨에 쏟아 낸 '세 가지 안 된다'는 전부 펑원펑이 가진 문제의 정곡을 찌르는 것이라 지쉐화의 마음까지 아프게 쑤셔 댔다. 위쯔치는 그 마음을 읽고 얼른 눈짓을 보내 눈치 없는 샹난을 자리에 앉게 한 뒤 농담 반 진담 반으로 이렇게 말했다. "샤오샹 얘기는 들을 것 없소. 아직 부부가 뭔지도 모르니까. 부부란 그저 서로 의논하면서 살아가는 거지, 만날 이것도 하면 안 된다 저것도 하면 안 된다 그러면 어찌 살겠소? 만약 샤오샹이 나한테 그 따위 것을 들이대면 난 약속 하나를 더 제시할 거요. '마누라를 때려도 된다'라고 말이오. 샤오샹, 조심해야 할 거요!" 위쯔치의 눈빛을 보고서야 샹난은 자기가 좋은 일을 하려다 오히려 일을 망쳤다는 사실을 깨닫고 지쉐화에게 사과했다. "쉐화, 마음에 두지 말아요. 저는 그저 아무 생각 없이 말한 거예요. 쯔치 말이 백 번 맞아요." 지쉐화도 웃었다. "괜찮아요. 저도 그렇게 생각하는데요, 뭐. 하지만 그 사람도 예전에는 순진한 청년이었어요. 그렇지 않았다면……." 지쉐화의 눈시울이 붉어졌다. 샹난은 미안해서 안절부절못하다 다시 지쉐화의 어깨를 어루만지며 위로했다. "쉐화, 펑원펑도 꼭 나아질 거예요. 그가 돌아오면 저랑 쯔치가 잘 타일러 볼게요. 우리 그러지 말고 친구 해요, 어때요?" 지쉐화가 고마워하며 샹난의 손을 꼭 잡았다. "고마워요, 샤오샹! 이제 가 봐야겠어요. 샤오징한테는 걱정하지 말라고 편지 쓰겠어요. 괜찮겠죠?" 샹난도 따라 일어났다. "마침 저도 샤오징한테 편지 부치러 가려던 참이었어요. 우리 같이 나가요!"

샹난과 지쉐화가 막 문을 나서는데 펑원펑이 헐레벌떡 달려오더니 몹시 허둥대며 지쉐화한테 소리쳤다. "빨리 집으로 가지 않고 여기서 뭐 해! 집에 큰일이 났단 말이야!" 지쉐화의 얼굴이 금방 흙빛으로 변했다. "엄마가 안 좋으세요?" 평원평이 우물쭈물했다. "가 보면 알아." 지쉐화는 더 묻지 않고 황급히 상난에게 인사를 한 뒤 부랴부랴 밖으로 나갔다.

저승에서 맞이한 지 교수 부부의 결혼 40주년

지쉐화가 집에 도착해 보니 입구에 사람들이 몰려와 웅성거리고 있었다. 그들은 지쉐화를 보자 바로 입을 다물어 버렸다. 사람들이 몰려든 걸 보고 깜짝 놀란 지쉐화는 그중 잘 아는 선생한테 "무슨 일이에요?"라고 물었다. 하지만 그 선생은 "빨리 들어가 봐요"라고만 말하고 자리를 피했다. 다른 사람들도 따라서 하나 둘흩어졌다.

지쉐화가 부모님 방으로 들어가 보니 달라진 것은 전혀 없었다. 모든 것이 가지런히 정리되어 있었고 두 노인네도 평소처럼 큰 침대에 나란히 누워 있었다. 그 침대는 예쁜 조각 무늬가 있는 구식침대로, 어머니가 시집올 때 가져온 것이었다. 당시 가난한 학생이던 아버지는 침대 살 돈이 없었다. 보통 두 노인네는 각자 얇은이불을 하나씩 덮고 잠을 잤는데 오늘은 이상하게 다 낡은 커피색담요를 둘이 같이 덮고 있었다. 그 담요는 아버지가 국민당 감옥에서 4년간 치른 옥고를 기념하는 물건이었다. 아버지는 그것을쭉 보물처럼 간직해 왔다. 여름이 되면 햇볕을 쪼이느라 한 번씩꺼내는 것 말고는 평소에는 한 번도 사용하지 않던 담요였다. 이상한 예감에 겁이 더럭 난 그녀는 침대 앞으로 가 불안한 목소리로 "아버지! 엄마!" 하고 불러 보았다. 두 노인은 깊이 잠이 든 것처럼 아무런 기척도 없었다. 그녀는 침대 머리맡으로 가까이 다가갔다. 온통 하얗게 센 아버지의 은발이 베개 위로 흘러내려 있었고 편안한 얼굴에는 어딘지 비꼬는 듯한 미소가 담겨 있었다. 몇 가닥 남지 않은 어머니의 백발도 베개 위에 가지런히 흘러내려 있었다. 그리고 오른쪽 귀에는 집에 있는 화분에서 꺾은 듯한 조그만 국화 한 송이가 꽂혀 있었다. 등골이 오싹해진 그녀는 낡은 담요를 홱 젖혀 보았다. 침대 위에 반듯하게 누워 있는 커다란 아버지의 몸이 보였다. 아버지는 두 손으로 어머니의 한 손을 꼭 쥐고서 손을 가슴 위에 올리고 있었다. 그리고 왜소한 어머니의 몸은 아버지를 향해 조금 옆으로 구부러져 있었다.

"돌아가셨어? 돌아가신 거야?" 지쉐화는 부모님의 손을 잡고 힘껏 흔들어 보았다. 두 사람의 손은 벌써 얼음장처럼 차갑게 식어 있었다. 그녀는 부모님의 얼굴을 내려다보았다. 이제 부모님은 눈을 뜨고 자기를 바라보며 자상하게 '쉐화!'라고 부를 수 없는 것이다!

"이게 어떻게 된 일이에요, 이게 대체 어떻게 된 일이냐고요?" 지쉐화는 소리를 지르며 문 밖으로 뛰쳐나왔다. 사람들에게 물어보고 싶었지만 거기엔 이미 아무도 없었다. 그녀는 목석처럼 멍하니 방으로 돌아와 부모님에게 다시 담요를 덮어 드렸다. 그리고 침대 앞에 무릎을 꿇고 아버지의 가슴에 머리를 묻은 채 대성통곡을 하기 시작했다.

지쉐화는 왜 이런 일이 생겼는지 알 수가 없었다. 그날 오전만 해도 아버지는 버들가지로 짠 가방을 들고 학교에 가셨다. 기분도 썩 좋아 보였다. 아침 일찍 일어난 어머니는 아버지를 위해 직접 조기 요리를 만들어야겠다고 하셨다. 지쉐화는 까맣게 잊고 있었지만 오늘이 바로 지 교수 부부의 결혼 40주년 기념일이었고 두 노인네는 딸과 사위 모르게 둘이서 축하를 하기로 계획했던 것이다. 하지만 점심때 평소보다 조금 일찍 돌아온 아버지의 얼굴에는 아침의 기분 좋던 기색은 간데없고 온통 울분과 슬픔이 가득했다. "아버지, 어디 불편하세요?"라고 그녀가 묻자 아버지는 "아무것도 아니다. 너희끼리 밥 먹어라. 난 좀 쉬어야겠다"라고 대답하더니 침실로 들어가 바로 침대에 누워 버렸다. 걱정이 된 어머니가 방으로 따라 들어가 아버지의 맥도 짚어 보고 머리도 만져 보았는데 별다른 이상은 없는 것 같았다. 어머니가 딸과 사위에게 말했다. "너희 먼저 먹어라. 우린 좀 있다가 우리끼리 간단히 해결할 테니까." 지쉐화가 대충 밥을 먹고 다시 방에 들어가 보니 어머니와 아버지는 벌써 침대에 나란히 누워 있었다. 공연히 방해가 될까 봐 도로 나온 그녀는 그 길로 샤오하이의 집으로 갔던 것이다.

지쉐화가 나간 뒤 집에서 대체 무슨 일이 있었던 것일까? 지쉐화는 몰랐지만 평원펑은 다 알고 있었다.

밥을 먹은 뒤 평원펑은 지쉐화의 작은 다락에 처박혀 화를 삭이고 있었다. 그런데 갑자기 장모가 허둥거리며 들어왔다. "원펑, 오늘 아버지 심기가 유독 불편하시니 자네가 가서 기분 좀 풀어 드리게!" 평원펑은 내키지 않았지만 하는 수 없이 장모를 따라 내려와 장인한테로 갔다. 책상 앞에 앉은 장인은 책을 한 권 펴 놓고 손에는 사진 한 장을 든 채 눈물범벅이 되어 "그대는 아는가 모르는가, 그대는 아는가 모르는가"라고 중얼거리고 있었다. 그가 가까이 다가가서 보니 장인 손에 들려 있는 것은 제1차 전국 정치 협상 회의 때 마오 주석과 함께 찍은 단체 사진이었다. 책상 위의 책은 1965년판 『한비자 선집〔韓非子選〕』이었다. 펼쳐 놓은 페이지 한 곳에는 빨간 줄이 굵게 그어져 있었다.

평원펑은 책을 집어 들고 자세히 읽어 보았다. 밑줄 그은 부분은 이런 내용이었다. "무릇 대신들은 사나운 개처럼 뜻있는 지사들을 물어뜯고, 좌우에는 사직의 쥐새끼들이 임금의 물건을 노리고 있는데, 임금은 그것을 모르는구나. 이와 같다면 임금의 자리가 어찌 위태하지 않을 것이며 나라가 어찌 망하지 않을 것인가?" 그 뜻을 곰곰이 생각해 본 평원펑은 장인이 왜 "그대는 아는가 모르는가"를 중얼거리고 있는지 눈치 챘다. 그는 책상 위로 책을 휙 집어던졌다. "지금 뭐 하시는 겁니까?" 장인은 사위의 얼굴은 보지도 않고 계속 사진만 쳐다보았다. "마오 주석하고 속 얘기 좀 하고 있네. 지금 개들이 서로 으르렁거리고 쥐새끼들이 구멍을 파고 있는 걸 주석께서 아실까? 주석께서는 일찍이 내 손을 친히 잡고 '동무가 인민들을 위해 해낸 훌륭한 일을 인민들은 잊지 않을 거요'라고 말씀해 주셨는데. 오늘 저 사람들은 나더러 국민당의 주구(走狗)라더군. 주구라니! 이걸 마오 주석이 아실까?" 장인의 이 말을 듣자 평원펑은 더욱 겁이 났다. 그는 장인 손에 있는 사진을 낚아챘다. "아직도 정치 협상 회의 같은 데 나가고 싶으세요? 그런 건 벌써 구닥다리가 된 지 오랩니다!" 사진의 뒷면을 보니 세상에, 이상은(李商隱)*의 「무제(無題)」가 붓글씨로 적혀 있었다. "만나기도 어렵더니 헤어지긴 더 어려워, 동풍이 시들하니 온갖 꽃 스러지네. 봄누에는 죽어서야 실이 되고, 촛불은 재가 되어야 눈물 마르지. 아침 거울 마주하면 흰머리 근심이요, 저녁 혼자 읊조리면 차가운 달빛이라. 봉래산은 에서 그리 멀지 않으니, 파랑새야 내 대신 안부나 전해 다오." 그 밑에는 '1969년 10월 1일'이라고 적혀 있었다.

"아버님도 참……!" 평원펑은 화도 나고 겁도 나서 입이 좀처럼 떨어지지 않았다. 그는 책상 위에 있던 성냥에 불을 붙여 사진을 태워 버리려다 벼락같은 장인의 고함 소리에 화들짝 놀라 동작을 멈추었다. "자네 지금 뭐 하는 건가!"

"이걸 보관해서 어쩌시겠단 겁니까?" 펑원펑이 볼멘소리로 따져 물었다.

"이 사진엔 나의 가장 아름다운 추억과 희망이 담겨 있네. 바로 그 추억과 희망 덕에 지금 이 모든 걸 견딜 수 있는 거고, 바로 그것 때문에 모든 걸 기꺼이 견디려고 하는 거야! 내 인격을 모독하지만 않는다면, 내 인격만 모독하지 않는다면 말일세!"

지 교수의 마지막 말은 거의 비명에 가까웠다. 펑원펑은 말소리가 밖으로 새어 나갈까 봐 얼른 뒷걸음질을 쳐서 문을 가로막았다. 그리고 잔뜩 긴장한 채 장인에게 말했다. "정말 큰일 날 말씀만 하시는군요!" 지 교수는 하얗게 센 머리를 사위에게 돌리며 흥분을 주체하지 못했다. "무서운가? 저들이 오늘 나를 개새끼라고 욕하면서 나더러 개새끼라는 걸 인정하라고 하더군. 그렇게 내 인격을 모독하는 건, 그건 큰일 아닌가? 자네, 그건 무섭지 않나? 응?" 펑원펑은 장인한테 압도되어 중얼거렸다. "인격, 인격 하시는데! 인격에도 계급성이란 게 있습니다!"

"그럼 난 무슨 계급인가? 자산 계급이지, 맞지? 그럼 난 인격 같은 건 있어서는 안 되겠군, 그렇지? 난 내가 개새끼라는 걸 반드시 인정해야 해, 그렇지?" 지 교수는 점점 더 격한 목소리로 질문을 퍼부었다.

"그렇다고 할 수밖에 없을 것 같네요." 펑원펑이 기어들어가는 목소리로 한마디 투덜거렸다.

그러자 지 교수가 책상을 쾅 내리치면서 일어났다. 그는 사위를 노려보며 소리쳤다. "썩 꺼져 버려! 그러는 자넨 왜 개새끼의 사위가 됐나?"

평원펑도 화가 났다. 그는 장인이 너무 이기적인 데다 돌아가는 상황 또한 전혀 모른다고 생각했다. 그는 핏대를 세우며 목소리를 높였다. "아버님은 어떻게 자기 인격만 생각하세요? 저희들 생각은 안 해 보셨어요? 오늘 하신 말씀을 다른 사람들이 알아봐요, 저흰 어떻게 되겠습니까?"

남편과 사위가 다투는 소리를 듣고 지쉐화의 어머니는 어떻게 해야 좋을지 몰라 발만 동동 굴렀다. 그녀는 방금 사위가 한 말이 남편의 마음을 더 상하게 할 것 같아 얼른 사위를 타일렀다. "원펑, 아버지 너무 원망하지 말게. 아버지도 속상해서 그러시는 거야. 이런 얘기를 집에서 못하면 누구한테 한단 말인가? 집에서 한 말을 다른 사람들이 어떻게 알고 자네한테 해코지를 하겠는가?"

"바람 새지 않는 벽 없다고 했습니다!" 평원펑이 말대꾸를 했다.

"하하하하!" 지 교수가 별안간 큰 소리로 웃기 시작했다. "말 한번 잘 했네! 알고 보니 우리 집에도 쥐새끼가 숨어들었군그래. 어쩐지 내가 집에서 한 말을 남들이 죄다 알고 있더라니. 그래도 난 우리 집 식구 중에 누가 밀고했을 거라곤 꿈에도 생각해 본 적이 없는데, 바로 자네였군. 자네가 밀고를 한 거였어. 좋아, 자네가 밀고하게 놔두느니 차라리 내가 가서 자수를 함세! 자, 가세! 지금 나랑 같이 가서 증인이나 서게!" 그는 정말로 갈 것 같은 태세로 사위를 잡아끌었다.

그러자 장모가 이번에는 남편을 나무라기 시작했다. "당신은 또 무슨 말씀을 그렇게 하세요? 쉐화가 들으면 얼마나 속이 상하겠어요? 아이들은 둘째치고라도 당신 몸부터 생각하셔야죠!" 아내의 말을 듣고 지 교수는 그제야 사위를 놓고 의자에 털썩 주저앉아 땅이 꺼져라 탄식을 했다. 그는 고개를 끄덕이며 혼잣말처럼 중얼거렸다. "인격도 없는데 몸뚱이는 어디다 쓰누? 혁명도 하지

488

못하게 막는 마당에 '혁명의 밑천'인 몸뚱이가 무슨 필요가 있어? 그래, 그래, 좋아! 원펑, 자네 가서 고발하려면 고발하게. 그렇게 해서 자네한테 도움이 된다면 스승이자 장인으로서 내가 자네한테 공헌 한번 했다고 치겠네!"

펑원펑은 너무나 억울하다는 생각이 들었다. 상황 돌아가는 것도 모르는 양반이 무슨 권리로 자기를 책망한단 말인가? 그는 참지 못하고 기어이 빈정거리고 말았다. "그러잖아도 너무 많이 공헌해 주셨습니다! 아버님 때문에 제가 얼마나 부담스러운지 아세요? 아버님 때문에 저희 부부는 별거까지 하게 됐단 말입니다!"

"뭐? 자네 지금 뭐라고 했나?" 지 교수의 목소리가 갑자기 떨리기 시작했다.

펑원펑이 목청을 높였다. "저희 별거한다고요! 간이용 침대 다락방에 갖다 놓은 거 못 보셨어요? 그게 다 아버님 때문이란 말입니다! 쉐화는 부모님 속상해하신다고 말씀드리지 말라고 했지만, 그럼 저는요? 저도 속상해서 미칠 것 같다고요. 그런 저는 누가 걱정해 줍니까?" 펑원펑은 급기야 울음을 터뜨렸다.

"쉐화—!" 지 교수가 낮게 가라앉은 목소리로 길게 부르짖었다. 그러고는 두 손으로 책상을 붙들고 어린아이처럼 목놓아 울부짖었다. 그의 아내도 억울한 일을 당한 소녀처럼 엉엉 울기 시작했다.

이렇게 세 사람이 한바탕 통곡을 했다. 그러다 지 교수가 문득 울음을 그치더니 힘없이 손을 내저으며 펑원펑에게 말했다. "이제 가서 좀 쉬게. 내가 자네랑 쉐화를 힘들게 했나 보네. 앞으로 다시는 그런 일 없을 걸세." 그러고는 아내의 어깨를 부축해 일으켜 세웠다. "갑시다, 쉐화 엄마. 우린 결혼 40주년 축하나 하러 갑시다."

평원평은 혼자 중얼거리면서 다락으로 자러 올라갔다. 그는 "다시는 그런 일 없을 걸세"라는 장인의 말을 생각하며 속으로 비웃었다. '흥! 죽는 걸로 사람 겁주겠다는 거야 뭐야? 정말로 콱 죽어 버리든가!' 한숨 잘 자고 일어난 평원평은 장인 장모 방 앞을 지나다 문틈에 끼워져 있는 편지 봉투를 발견했다. 편지를 들고 방으로 들어가 침대 앞에 가 보니 두 사람은 이미 죽어 있었다. 그는 퍼뜩 어떻게 해야 이 일에 연루되지 않을까부터 생각했다. 덜컥 겁이 난 그는 아무 데도 가지 못하고 사람도 부를 수가 없었다. 그래서 그는 책상 위에 놓여 있던 『한비자 선집』을 얼른 자기 가방 속에 쑤셔 넣은 뒤 지쉐화한테 알리러 갔던 것이다. 그리고 얼마 있다 한 이웃이 볼일이 있어 지 교수를 찾아왔다가 현장을 발견했다.

이런 사정을 지쉐화가 알 턱이 없었다. 그녀는 부모님 시신 위에 엎드려 한참을 울다가 혹시 유서라도 남기셨나 싶어 방 안의 서랍이란 서랍은 다 뒤져 보았다. 만약 유서가 없다면 약을 과다 복용해서 돌아가신 것인지도 모른다. 한참을 그러다가 드디어 어머니의 베개 밑에서 편지를 한 통 발견했다. 봉투 안에는 아버지와 마오 주석이 함께 찍은 사진과 편지지 한 장이 들어 있었다. 편지지에는 아버지가 붓으로 육유(陸游)*의 「아들에게〔示兒〕」라는 시를 써 놓았다.

죽으면 만사가 끝임을 잘 알지만,
오직 구주(九州) 통일 못 본 것이 한이로다.
왕군이 북으로 중원을 되찾는 날,
내 제사에 잊지 말고 고하여 다오.

편지지 오른쪽 귀퉁이에는 아버지가 만년필로 쓴 글이 있었다. "쉐화야, 나와 네 엄마는 저승에 가서 결혼 40주년을 기념하련다. 아버지는 평생 나라에 떳떳하고 민족에 떳떳하고 인민에 떳떳하고 나 자신에게 떳떳했다. 그런데도 뜻밖에 너를 힘들게 만들었구나. 이제 아버지는 가니 다시는 너희를 힘들게 할 일이 없을 게다. 잘들 살아라!" 편지지 왼쪽 귀퉁이에는 어머니의 필적이 남아 있었다. "난 네 아버지를 따르며 40년을 살았다. 이제 네 아버지를 따라 저세상으로 간다. 얘야, 원평과 더 이상은 별거하지 말고 잘 살아야 한다. 엄마가 안심하고 갈 수 있게 해 주렴."

부모님이 남긴 글을 다 읽은 지쉐화는 울지도 소리치지도 않았다. 어머니, 아버지의 시신을 앞에 두고 그녀는 조각처럼 꼼짝 않고 앉아 있었다. 그녀의 숱 많은 눈썹이 위로 살짝 올라갔고 가늘고 긴 눈은 살짝 찌푸려졌으며 튀어나온 입은 더 굳게 다물어지고 두 손은 가슴께에 꼭 붙어 있었다.

지쉐화는 아버지의 일생을 생각했다. 그녀는 아버지의 일생에 대해 잘 알고 있었다. 어머니는 늘 아버지의 일생에 대해 들려주기를 좋아했고, 그것을 쉐화를 '계몽'하는 교과서라고 여겼다. 아버지는 한평생 광명과 진보를 추구했으며, 그것은 확실히 나라에 떳떳하고 인민에 떳떳한 행동이었다. 아버지는 '1·29 학생 운동' 때부터 공산당을 따랐다. 항일 전쟁 시기에는 당의 항일 통일 전선을 지지하며 적극적으로 구국 운동에 참여했다. 항일 전쟁 승리 이후 아버지는 학생들이 해방구(解放區)*에 가서 국민당을 공격하도록 지원했다는 이유로 국민당에 체포되어 빈하이시가 해방될 때까지 감옥에 갇혀 있었다. 쉐화는 아버지가 감옥에서 돌아오시던 날을 지금도 기억한다. 그녀는 아버지를 전혀 알아보지 못했다. 아버지가 감옥에 갇힐 때 그녀는 아직 너무 어렸기 때문이다.

하지만 아버지는 한눈에 그녀를 알아보고는 그녀를 품에 안고 연달아 물었다. "아빠 보고 싶었니? 아빠 보고 싶었어?" 그녀도 아버지를 보듬으며 말했다. "보고 싶었어요. 근데 아빠는 왜 내가 꿈에서 본 아빠랑 달라요?" 아버지는 하하하 웃으며 수염을 깎은 뒤 다시 그녀에게 물었다. "이제 꿈속에서 본 아빠랑 똑같지?" 그녀가 좋아하며 대답했다. "똑같아요!" 그녀를 안은 아버지는 담요로 싼 보따리를 풀어 작은 스웨터를 하나 꺼내 주었다. "쉐화가 다섯 살이 됐지? 너한테 선물하려고 아빠가 감옥에서 뜨개질을 배웠단다. 어디 한번 입어 보렴." 스웨터는 아버지의 조끼를 풀어서 짠 것이었다. 아버지는 대바늘이 없어 젓가락을 깎아서 짠 것이라 고르지도 않고 구멍투성이라고 하셨지만 쉐화는 그것이 맘에 쏙 들었다. 그래서 친구들에게 자랑스럽게 말했다. "너희들 아빠는 뜨개질하실 줄 알아? 우리 아빠는 하실 줄 안다! 이것 봐라!" 그녀는 지금까지도 그 스웨터를 소중히 보관하고 있었다. 한 번은 아버지가 그 스웨터를 보더니 농담을 했다. "쉐화, 네가 나중에 커서 딸을 낳으면 빙링(氷凌)이라고 하고 이 스웨터를 빙링한테 물려주면 되겠구나!"

아버지는 1949년 전국 정치 협상 회의에 참석하러 베이징으로 가기 직전 딸에게 이렇게 물었다. "쉐화, 이리 와 보렴. 아빠가 물어볼 게 있다. 네 생각에 우리나라 국기는 어떻게 생겨야 할 것 같니?" 국기가 뭔지도 몰랐던 때라 쉐화는 국기가 어떻게 생겨야 하는 건지 상상도 할 수가 없었다. 아버지가 베이징으로 가고 나서 그녀는 붉은 천 조각을 하나 찾아 남몰래 깃발을 만들었다. 그리고 아버지가 돌아오자 자기가 만든 홍기를 꺼내 보였다. 그러자 아버지는 좋아서 껄껄껄 웃었다. "잘 보관해 두렴. 이건 우리 쉐화가 만든 국기니까." 그 국기는 지금도 스웨터와 함께 잘 보관하고 있었다.

"우리 쉐화가 공산당원이 되었구나! 잘 했다, 잘 했어! 축하한다, 쉐화. 여보! 오늘은 조기찜을 해 먹읍시다!" 그녀가 입당하던 날 아버지는 그녀와 어머니에게 이렇게 말했다. 그날 아버지는 하루 종일 즐거워했다. 잠들기 전에도 아버지는 그녀에게 농담을 했다. "쉐화, 오늘부터는 우리 집에도 통일 전선이 하나 생겼구나. 아빠는 너랑 '장기 공존', '상호 감독' 하련다!" 문화 대혁명 전야에 아버지는 윙크를 하며 또 이렇게 말했다. "아빠가 오늘 입당 신청서를 냈단다."

여기까지 생각하던 지쉐화는 자기도 모르게 아버지를 불러 보았다. "아버지!" 그녀는 속으로 아버지에게 물었다. '아버지가 그러셨잖아요. 마오 주석은 사나운 개나 쥐새끼들이 나라를 해치도록 놔두지 않을 거라고. 아버지는 그렇게 믿는다고 그러셨잖아요? 근데 오늘은 왜 그러신 거예요?' 아버지는 대답 없이 여전히 비웃는 듯한 미소를 띠고 편안한 얼굴로 잠들어 있었다.

'어떻게 된 일인지 알아봐야겠어. 먼저 학교에 가서 알아본 뒤에 펑원펑한테도 따져 봐야지.' 그녀는 자리에서 일어났다. 문득 펑원펑이 늘 하던 말이 생각났다. "아버님 일로 자꾸 알아보러 다니지 마. 당신이 선을 분명히 긋지 않는다고 남들이 뭐라 할 거야." 그동안에도 그런 충고를 귀담아듣지 않았지만 하물며 오늘은 더 말할 것도 없었다. 더 이상 그을 선이 어디 있단 말인가?

지쉐화는 어머니, 아버지를 깨울까 봐 조심하려는 듯이 대문을 살짝 닫고 나왔다. 이미 밤이 꽤 깊어 있었다. 흐린 날이라 달빛도 별빛도 보이지 않았다. 흐릿한 가로등만 희뿌연 밤 하늘에 힘없이 빛나고 있었다. 하지만 그녀에게는 가로등도 필요 없었다. 아버지가 날마다 출퇴근하던 길을 훤히 알고 있었기 때문이다. 그녀는 아무것도 돌아보지 않고 총총히 걸어 단숨에 아버지의 학교까지 가서는 국문과 노동자 선전대 책임자를 찾았다. 지쉐화의 보고를 받은 책임자도 뜻밖이라는 표정이었다. 아무리 생각해 봐도 오늘 지 교수에게 '혁명적 행동'을 가한 적은 없었던 것이다. 그는 '외양간'을 관리하는 몇몇 학생들을 불러서 물어보았지만 학생들도 이구동성으로 오늘은 지 교수에게 아무런 행동도 취하지 않았다고 대답했다.

"맞죠? 최근에 지 교수한테 무슨 행동을 취했을 리가 없다니까요." 그러면서 노동자 선전대 책임자가 지쉐화한테 물었다. "동무는 그들이 자살했다고 확신하는 거요?"

지쉐화가 힘주어 대답했다. "자살이 틀림없습니다."

그러자 노동자 선전대의 책임자도 확실하다는 듯이 말했다. "그럼 그들의 자살은 학교와는 무관할 거요. 요즘 동무네 집에서 무슨 일이 있었던 것은 아니오?"

지쉐화가 입술을 깨물었다. "아버지는 오늘 학교에서 돌아오실 때 안색이 아주 안 좋으셨어요. 학교에서 무슨 일이 있었던 게 분명해요!"

"참, 그렇지! 오늘 우리가 지 교수한테 농담을 하나 했어요!" 학생 하나가 불현듯 소리를 질렀다.

"농담? 농담 때문에 자살을 해?" 노동자 선전대 책임자가 그럴 리 없다는 듯 말했다.

"그건 우리도 모르죠. 우린 그저 농담을 좀 했을 뿐이니까." 학생 몇이 입을 모았다.

오늘 확실히 학생 몇이 지 교수한테 농담을 했다. 그저 농담일 뿐이었다. 그 학생들은 2년째 '외양간'을 지키고 있었다. 그처럼 독재를 행사할 수 있는 권력이 처음엔 퍽이나 매력적이었다. 이래라저래라 마음대로 호령할 수도 있고 마음대로 으스대거나 우쭐거릴 수도 있으니 말이다. 하지만 그것도 시간이 지나자 점점 싫증이 나기 시작했다. 아침부터 저녁까지 그 '잡귀'들하고만 지내자니 답답해 미칠 지경이었다. 그러다 오늘은 몇 명이서 시간을 때울 수 있는 좋은 놀이를 생각해 냈다. 지 교수를 소재로 각자 만화를 하나씩 그린 뒤 누가 가장 잘 그렸는지 겨루자는 것이었다. 그리고 완성된 만화를 지 교수한테 보여 주고 직접 자기의 문제를 가장 잘 표현한 것을 고르게 하자는 것이었다. 그들은 재빨리 만화를 완성해 함께 지 교수 앞으로 갔다. 학생 하나가 싱글싱글 웃으며 지 교수 앞에 만화를 들이밀었다. "이게 누구를 닮은 것 같아요?" 종이에는 발바리 한 마리가 그려져 있었다. 발바리는 해를 향해 짖어 대고 있었고 추켜든 꼬리에는 국민당 휘장이 매달려 있었다. 그리고 꼬리 끝에는 "나의 태양은 여기에!"라고 적혀 있다. 발바리의 머리는 가지런히 넘긴 백발이었고 얼굴도 지 교수와 똑같았다. 지 교수가 그들을 쳐다보며 고개를 저었다. "난 모르겠소." 학생들이 일제히 '와' 하고 웃음을 터뜨렸다. "이런, 자기 얼굴도 알아보지 못하네!" 또 다른 학생 하나가 만화가 그려진 종이로 지 교수를 툭 치며 말했다. "공짜로 사진 한 장 찍었으니 기념으로 가져요!" 지 교수는 화가 나서 온몸을 부르르 떨었다. 그는 가까스로 화를 억눌렀다. "학생들, 다른 사람의 인격을 존중해야 하네." 그러고는 그 그림을 밀쳐 버렸다.

"가져요! 창피해할 것 없어요!" 학생 하나가 억지로 그림을 지 교수의 손에 쥐여 주었다.

"정말 해도 해도 너무하는군! 너무해!" 지 교수는 탁자를 치고 일어나더니 노기충천해서 '외양간'을 나가 버렸다.

농담은 그냥 농담일 뿐이었다. 학생들은 그다지 대수롭지 않게 여겨서 지 교수를 쫓아가서 데려오지도 않았고 나중에 책임자한테 보고하지도 않았던 것이다. 지금 노동자 선전대 책임자에게 그 일을 보고하면서도 학생들은 그게 그리 심각한 일이라고는 전혀 생각하지 못했다. 게다가 그것이 바로 지 교수가 자살한 원인이라고는 꿈에도 생각지 못했다. 한 학생이 말했다. "그 농담 때문에 죽는단 말이야? 뭔가 다른 이유가 있겠지!" 노동자 선전대 책임자도 그 말에 공감했다. "들어 보니 그리 대단한 일도 아니었군. 그렇다면 지 교수의 자살에는 두 가지 가능성이 있는 것 같소. 하나는 동무네 집에 무슨 일이 있었거나, 또 하나는 지 교수 본인이 아직 자백하지 않은 다른 일이 있어서 그게 무서워서……."

노동자 선전대 책임자의 말이 끝나기도 전에 지쉐화가 흥분해서 따지고 들었다. "아버진 무서울 게 없는 분이에요. 그건 누구보다 제가 잘 안다고요. 아버지가 왜 돌아가셨는지 이제 확실히 알겠어요. 동무들은 죽었다 깨나도 모를 거예요. 한 지식인에게 인격이라는 게 뭘 의미하는지 알 턱이 없으니까!"

노동자 선전대 책임자가 대수롭지 않다는 듯 웃으며 말했다. "인격? 체면 때문에 더러운 권위를 버리지 못한 것일 테지! 됐소, 동무는 돌아가서 장례 준비나 하시오. 문제가 있다면 우리가 꼭 밝혀낼 테니."

지쉐화는 그를 뚫어져라 쏘아보고는 더 이상 아무 말 하지 않고 돌아와 버렸다.

'두꺼비 정신'을 배우기로 한 지쉐화

지쉐화가 집에 돌아와 보니 위쯔치, 샹난, 마다하이, 펑원펑이 모두 와서 기다리고 있었다. 아까 지쉐화가 그렇게 총총히 돌아가고 나서 위쯔치와 샹난은 아무래도 불안해서 펑원펑네 문을 두드리고 들어갔다. 두 사람이 어떻게 된 일인지 묻자 펑원펑이 더듬거리며 지쉐화 집에서 벌어진 일에 대해 말해 주었다. 샹난이 대뜸 그의 멱살을 잡았다. "아니, 그런데 동무는 왜 같이 안 갔어요? 쉐화 혼자 어쩌라고요?" 위쯔치가 흥분한 샹난을 뜯어말린 뒤 빨리 가서 지쉐화를 도와야 하지 않겠냐고 펑원펑을 타일렀다. 그래도 펑원펑은 미적거리며 거드름을 피웠다. "죄가 무서워서 자살한 건데, 그런 사람과는 선을 확실히 그어야죠!" 너무한다 싶어 위쯔치도 정색을 했다. "펑원펑 동무, 장인 장모하고는 그렇다 쳐도 동무가 샤오지와 선을 그을 건 아니잖소? 지금 위로가 필요한 사람은 산 사람이지 죽은 사람이 아니란 말이오!" 샹난도 화가 나서 말했다. "가요, 쯔치. 우리라도 가 봐요!" 그제야 펑원펑도 따라나섰다. "그럼 같이 가요." 가는 길에 위쯔치가 말했다. "난 장례를 치러 본 적이 없소. 경험 있는 사람이 있으면 좋을 텐데." "마 사부한테 부탁해 보면 어떨까요? 집도 거기서 멀지 않으니." 샹난의 제안에 모두 마다하이의 집부터 들르기로 했다. 아들의 선생님이었기에 마다하이도 지 교수와는 제법 친분이 있었다. 그는 지 교수 부부가 나란히 세상을 떴다는 소식을 전해 듣더니 두말없이 그들을 따라나섰다.

지쉐화가 집으로 들어서자 모두 자리에서 일어나 그녀를 맞았다. 샹난은 쉐화의 손을 잡으며 울음부터 터뜨렸다. 위쯔치가 그녀에게 눈짓을 하더니 지쉐화에게 따뜻하게 물었다. "학교에 다녀오는 길이오?" 지쉐화가 고개를 끄덕이자 펑원펑이 다급히 물었다. "상부에선 뭐라고 그래?" 지쉐화가 혐오스러운 눈빛으로 그를 쳐다보며 고개를 가로저었다. 마다하이가 또 물었다. "상부에서 원인을 설명해 주던가요?" 지쉐화가 또 고개를 저으며 겨우 입을 뗐다. "그들은 다른 원인은 없다면서, 아버지가 체면을 너무 차려서 그렇게 된 거라고만 하더군요." 샹난이 불만을 터뜨렸다. "말 같은 소릴 해야지! 두 사람 목숨이 그렇게 쉽게 간대요? 분명히 정책을 위반해 놓고 책임지지 않으려고 발뺌하는 거라고요!" 그러자 지쉐화가 처연하게 웃었다. "그 사람들만 탓할 수도 없어요. 저 때문이기도 하니까⋯⋯." 그녀는 펑원펑을 싸늘하게 노려보았다. 뒤가 켕긴 펑원펑은 짐짓 걱정스러운 척했다. "쉐화, 너무 상심하지 마. 일단 부모님 장례를 어떻게 치를지나 생각해 보자고." 마다하이가 그 말을 받았다. "장례는 나와 라오위가 알아서 할 테니, 쉐화 동무는 좀 쉬어요." 지쉐화가 고마워하며 마다하이를 보고 말했다. "감사해요, 모두. 오늘은 너무 늦었으니 돌아들 가세요. 펑원펑하고 따로 할 얘기가 좀 있거든요." 마다하이와 위쯔치는 지쉐화한테 뭔가 말 못 할 사연이 있다는 걸 알아차렸지만 더 물을 수는 없었다. "그래요, 그럼. 우리는 내일 아침 일찍 다시 오겠소." 샹난은 여전히 걱정이 되어 지쉐화의 손을 잡고 놓을 줄을 몰랐다. "제가 남아서 같이 있어 줄까요?" 지쉐화는 아이를 달래듯 샹난의 어깨를 어루만졌다. "동무도 돌아가요. 제가 찾아갈게요, 괜찮죠?" 샹난도 별수 없이 다른 사람들과 함께 돌아갈 수밖에 없었다.

지쉐화는 세 사람을 배웅하지 않았다. 모두 돌아가자 그녀는 가만히 문을 잠그고 어머니, 아버지가 누워 있는 침대 앞에 걸상을 갖다 놓고 앉았다. 펑원펑이 바로 걸상 하나를 가져다 그 옆에 앉으려고 하자 지쉐화가 걸상을 치우며 "당신은 저쪽에 앉아요!"라고 말했다. 할 수 없이 펑원펑은 그녀 맞은편으로 가 앉았다. 지쉐화는 한참 동안 펑원펑을 바라보기만 할 뿐 아무 말도 하지 않았다. 얼마 뒤 몸을 일으킨 그녀가 방 안의 전등과 스탠드를 켰다.

방 안이 온통 환해졌다. 그녀는 상자에서 빨간색과 흰색 무명천을 꺼내더니 빨간색은 어머니 얼굴 위에, 그리고 흰색은 아버지 얼굴 위에 덮고 다시 앉았다. 지쉐화가 아무 말이 없자 펑원펑은 좌불안석이었다. 옆으로 가서 그녀의 팔을 잡아당겨 보았으나 그녀는 말없이 그를 밀어냈다. 다시 걸상에 앉은 그가 한숨을 길게 내쉬었다. 그리고 갑자기 울먹거리더니 곧 너무나도 구슬프게 울었다. "아버님, 어머님! 이렇게 가시다니, 이제 쉐화와 저만 남았군요. 반드시 쉐화와 잘살게요. 황천에서라도 부디 마음 푹 놓으세요……." 그의 울음소리가 늑대 울음소리라도 되는 것처럼 지쉐화는 온몸에 소름이 돋았다. 그녀는 자세를 똑바로 고쳐 앉으면서 침착하게 말했다. "울지 말아요. 엄마, 아버지는 우는 소린 듣고 싶지 않으실 거예요. 아버지는 웃는 걸 좋아하셨고 엄마는 조용한 걸 좋아하셨으니까." 그녀가 자기한테 말을 하자 펑원펑은 얼른 그녀에게 얼굴을 돌리고 훌쩍거리며 말했다. "쉐화, 이제 우리 둘뿐이야. 앞으로 뭐든 당신 하라는 대로 할게! 부모님을 위해서라도 말이야!" 그는 또다시 대성통곡을 했다. 비통함을 이기지 못하는 것처럼 몸까지 비비 꼬았다. 지쉐화는 그래도 싸늘하게 그를 쳐다보기만 했다. 그의 울음소리가 잦아들자 그제야 그를 보고 냉정하게 말했다. "똑바로 앉아요! 물어볼 게 있으니까!" 그녀는 부모님의 유서를 내놓았다. 유서를 본 펑원펑은 몸을 떨기 시작했다. "이게 뭐야?" 지쉐화가 싸늘하게 웃었다. "내가 물어보려던 참이에요! 우리가 별거 중이라고 당신이 부모님한테 말했죠? 왜 그랬어요?"

그녀의 갈색 눈동자가 펑원펑을 노려보자 그의 얼굴 근육이 심하게 떨리기 시작했다. 그는 한참 만에 마지못해 한마디 내뱉었다. "나도 모르게 그만."

"나도 모르게, 라고요?" 불이 뿜어 나오듯, 성난 파도가 일듯, 지쉐화의 이글거리는 눈동자가 온통 그에게로 쏠렸다. 평원평은 여태껏 단 한 번도 그녀의 그런 눈을 본 적이 없었다. 의자 위에 있던 그의 마르고 길쭉한 몸이 움츠러들기 시작하더니 죽은 새우처럼 구부러졌다. 그는 눈을 아래로 내리깔며 우물거렸다. "그래! 나도 모르게 그만 말이 나와 버렸어! 나도 어쩔 수 없었다고! 쉐화, 믿어 줘. 난 정말 좋은 마음에서, 부모님을 위해서, 그리고 당신을 위해서 그런 거야!" 그는 바로 몸을 일으켜 가방에서 『한비자 선집』을 꺼내더니 장인이 줄을 그어 놓았던 페이지를 펼쳐 그녀의 손에 쥐어 주었다. "아버님이 뭘 하고 계셨는지 좀 봐! 아버님은 당 중앙을 공격하고 계셨단 말이야! 내가 우리 생각 좀 하시라고 애원을 했더니 아버님은 듣지도 않고 나한테만 한바탕 욕을 하시는 거야. 그래서 아버님 때문에 우리가 별거 중이라는 말이 나도 모르게 나와 버린 거라고……."

지쉐화는 아버지가 밑줄을 그어 놓은 부분을 읽어 보았다. "지난 몇 년 동안 아버지는 늘 이 부분을 읽곤 하셨어요. 왜요, 사나운 개, 쥐새끼들은 '공격'하면 안 되나요?"

"그거야 빗대고 욕한 거지!"

"누구를 말예요?"

평원평은 입을 다물어 버렸다. 만약 그가 누구를 빗대고 욕한 건지 말한다면 그거야말로 평원평 자기가 '공격'을 하는 게 되어 버리는 것 아닌가! 순간적인 충동으로 그런 정치적 원칙까지 잊어버릴 그가 결코 아니었다! 그는 잠시 생각한 뒤 천천히 입을 열었다. "어쨌든 지금 사람들은 전부 그렇게 생각할 거야. 아버님은 돌아가시면서도 이걸 책상 위에 그대로 펼쳐 놓으셨더라고. 그래서 내가 치운 거야. 누가 보기라도 했어 봐. 대번에 아버님이 죄가 무서워 자살한 거라고 하지 않겠어?"

"닥쳐요!" 별안간 지쉐화가 벼락같이 고함을 질렀다. 그 소리에 펑원펑이 놀란 것은 물론이고 그녀 자신도 놀라고 말았다. 놀란 펑원펑은 감히 더는 말하지 못했고 지쉐화도 꼼짝 않고 앉아만 있었다. 그녀는 금방 옆으로 넘어지기라도 할 듯이 두 손으로 걸상 팔걸이를 꼭 붙들고 있었다. 그녀의 눈썹이 한데 맞붙을 것만 같이 일자로 펴지고 가느다란 눈꼬리가 위로 치솟았다.

"아버지는 평생 떳떳하셨어요. 아버지는 내게 늘 투명한 사람이 되라고 가르치셨죠. 당신 스스로 바로 그런 투명한 분이셨고요. 아버지 마음에는 다른 사람에게 못 할 얘기란 건 없었어요. 아버지는 뭘 감출 필요도 없으셨고, 누구한테 감춰 달라고 하실 것도 없었다고요. 당신이야말로 자기 속에 있는 꿍꿍이를 아버지한테 덮어씌운 거라고요! 그러고도 그게 아버지를 위해서, 나를 위해서였다고 말할 수 있나요? 다 거짓이에요. 당신은 당신 자신을 위해서 그런 것뿐이에요!"

"쉐화! 쉐화! 어쩌면 그렇게도 내 맘을 몰라주는 거야? 제발 생각 좀 해 봐. 당신이 나한테 그렇게 쌀쌀맞게 굴어도 난 체면 같은 거 몽땅 때려치우고 당신한테 빌었어. 너무나 고통스러웠지만 그래도 꾹 참고 당신한테 무릎을 꿇었잖아. 내가 왜 그랬겠어? 그게 다 당신을 사랑하기 때문이야! 그렇게 감정을 소중히 하던 당신이 지금은 왜 이렇게 냉정하게 변해 버린 거지? 누가 당신을 부추기기라도 한 거야?"

아버지 얼굴 위의 비웃음처럼 지쉐화도 그렇게 웃으며 말했다. "누가 나를 부추겼냐고요? 그래요, 삶이 날마다 내 마음을 부추기더군요. 현실이 날마다 내 맘을 부추겼다고요. 그리고 당신, 당신이 날마다 내 마음을 부추겼어요. 덕분에 내 마음엔 이제 있어선 안 될 감정은 다 사라져 버렸어요. 이제 가장 진실하고 가장 소중한 감정, 당과 인민에 대한 감정, 엄마, 아버지에 대한 감정, 그리고 동지와 친구에 대한 감정만 남았어요." 두 줄기 눈물이 비웃음 번진 그녀의 입가로 흘러내렸다.

"그만하지, 쉐화. 그만하자고. 당신 힘든 거 알아. 당신 이해한다고. 그러지 말고 부모님 뒤처리를 어떻게 할지나 의논해 보자고." 펑원펑이 부드럽고 자상하게 말하며 한발 물러섰다.

지쉐화의 양미간이 펴지고 눈도 평정을 되찾았다. 그녀는 평소처럼 펑원펑을 쳐다보며 예의 그 부드럽고도 느릿한 어조로 말했다. "뒤처리요? 다 생각해 뒀어요. 난 부모님이 남기신 물건 모두 필요 없어요. 빈하이에 무슨 친척이 있는 것도 아니니까 가구며 아버지 장서며 모두 내놓고 조직에서 알아서 처리하도록 하겠어요. 난 2층 다락방 하나만 있으면 돼요. 괜찮겠죠?"

펑원펑은 기가 막혔다. 그녀가 미쳐 버린 것은 아닐까? 그는 지쉐화의 어깨를 잡고 흔들었다. "당신 마음은 나도 잘 알아. 나도 동의하지 않는 건 아니야. 하지만 당신 자신도 좀 생각해야지. 당신이 그렇게 하루아침에 빈털터리로 나앉으면 부모님이 마음 놓고 눈을 감으시겠어? 어떻게든 집 안으로 하나라도 더 들여놓지 못해 난리들이지, 누가 자기 집에 있던 것을 밖으로 내놓으려고 해? 그런 것 봤어?"

"봤어요. 공산당원 지쉐화." 지쉐화 얼굴에 옅은 미소가 떠올랐다.

"일을 그렇게 감정적으로 처리하면 안 돼! 나중에 틀림없이 후회할 거야!" 펑원펑이 불만스레 말했다.

그러자 지쉐화가 진지하게 고개를 저었다. "감정적으로 이러는 거 아니에요. 난 공산당원이에요. 절대로 사리사욕만 채우거나 탐

욕스런 인간은 되지 않을 거예요. 부모님 유산에 기대서 살고 싶지도 않아요. 그런데 후회할 게 뭐 있겠어요?"

"당신 나 한번 떠보려고 일부러 이러는 거지, 그렇지? 내가 당신네 재산 욕심낼까 봐 일부러 시험해 보는 거지, 맞지?" 펑원펑은 슬슬 화가 났다.

"누군가를 일부러 떠보는 건 아직 그 사람이 그럴 만한 가치가 있다고 생각하기 때문이고, 누군가를 시험해 보는 건 그 사람한테 아직 희망이 있다고 생각하기 때문이에요. 내가 당신한테 아직 그런 게 남아 있을 거라고 생각해요?" 지쉐화의 표정은 무척 준엄했다.

펑원펑의 얼굴빛이 확 변했다. 잠시 위장했던 슬픔은 온데간데없이 사라지고 절망과 분노만 피어올랐다. 그는 안경을 벗고는 옷자락을 끌어당겨 눈물 자국을 닦아 낸 다음 다시 썼다. 작은 눈동자가 쉴 새 없이 번득였다. 그가 코웃음을 쳤다. "흥, 당신이 이렇게 냉혹한 사람인 줄은 미처 몰랐군! 나하고 갈라서려고 완전히 작심을 한 게야. 그래, 이혼 신청은 언제 할 생각이지?"

"하지 않을 거예요. 전에는 나도 그럴까 생각했죠. 하지만 오늘 생각이 바뀌었어요. 이혼은 절대 하지 않을 거예요." 뜻밖에 지쉐화의 태도는 몹시 강경했다.

"그럼 어떻게 할 건데?" 펑원펑이 울부짖듯 소리쳤다.

"이렇게 하려고요. 법적으로 나는 계속 당신의 아내예요. 하지만 감정적으로는 남남인 거죠." 그녀가 차갑게 대답했다.

썩기 시작한 목각 인형에 두 줄로 페인트칠을 한 것처럼 펑원펑의 노래진 얼굴 위로 두 줄기 홍조가 뚜렷하게 피어났다. 아직은 그래도 반듯했던 그의 얼굴도 이제는 완전히 이지러지기 시작했다. 그가 더 크게 소리질렀다. "옳지! 지쉐화, 아예 작정을 하고 날 괴롭히겠다? 옆에 붙어서 떨어지지도 않고 삼키지도 못하면서 쳐다보면 징그럽기만 한 두꺼비처럼 말이야! 당신, 어쩜 그렇게 잔인하지?"

지쉐화가 경멸스러운 눈초리로 펑원펑을 쳐다보았다. "목소리 좀 낮춰요. 다른 사람들이 놀라 깨겠어요. 내가 잔인하다고요? 아니요, 난 개미 한 마리 죽이지 못하는 사람이에요. 하지만 난 반드시 정의를 실천해야 하는 공산당원이죠. 당신 같은 사람은 지금까지는 아주 잘나갔어요. 리융리가 당신을 신임하잖아요? 그들은 당신 같은 사람한테는 비판이나 교육이 필요하다고 생각하지 않겠죠. 그래서 내가 대신 당신을 비판하고 교육하려고 해요. 난 권력도 없고 또 권력에 기대지도 않을 거예요. 권력은 사람을 강압할 뿐 설득하지는 못하니까. 대신에 난 나의 올바름과 사회의 정의에 기댈 거예요. 당신은 나한테 구애를 했고, 결국 나와 결혼했고, 당신에게 유리한 것을 나한테서 얻으려 했죠. 하지만 이제 그럴 수 없게 됐어요. 그러니 당신은 틀림없이 내가 당신을 떠나기를, 당신에게 자유를 주기를 바랄 거예요. 그래야 또 다른 데로 가서 그런 것을 추구할 수 있을 테니까. 하지만 난 당신한테 그런 자유를 줄 수가 없어요. 또 다른 무고한 사람을 속이게 놔둘 수는 없으니까. 이게 잔인한가요?" 그녀는 펑원펑이 고통스러워하며 손가락을 비트는 것을 보면서 말을 이었다. "당신도 고통스러웠다는 거 알아요. 하지만 아버지가 그러시더군요. 고통이라고 해서 모두 동정할 만한 것은 아니라고. 아버지는 고서(古書)에 나오는 이런 말도 가르쳐 주셨어요. '한 사람이 동쪽으로 가자 다른 사람도 그를 따라 동쪽으로 갔다. 동쪽으로 간 것은 같지만 동쪽으로 간 이유는 다르다. 고로 옛말에 이르기를 같은 일을 하는 사람이라도 깊이 살피지 않으면 안 된다고 하였다.' 이 말도 아마 『한비자』에 나올 거예요.

당신의 고통을 동정할 사람은 없어요. 만약 당신한테 진정한 인간으로서의 고통이 조금이라도 있다면 그나마 다행이겠죠." 지쉐화가 몸을 일으켰다. "그만 집으로 돌아가세요. 부모님 장례는 당신이 나설 필요 없어요. 당신이 장례를 치르는 건 돌아가신 분들에 대한 모욕이니까. 그리고 집 열쇠는 이제 돌려줘요."

평원펑은 무슨 말을 더 하려고 했지만 서릿발같이 차가운 지쉐화의 얼굴을 보고는 입을 다물고 말았다. 그는 열쇠를 바닥에 내동댕이친 뒤 지쉐화를 사납게 밀치고 나가 버렸다. 지쉐화는 열쇠를 집어 들고 가만히 문을 잠근 다음 부모님의 시신 앞으로 달려와 "아버지! 엄마!"를 부르며 침대 위에 엎드려 울부짖기 시작했다.

다음날 오전 샹난이 제일 먼저 지쉐화의 집에 도착했다. 조금 뒤 마다하이와 위쯔치도 왔다. 그들이 이미 시신을 화장할 수 있도록 연락을 취해 놓아서 시신을 옮기기만 하면 되었다.

부모님의 시신을 실은 차가 떠나는 걸 보면서도 지쉐화는 말도 하지 않고 울지도 않았다. 규정상 '잡귀'의 시신을 화장하러 보낼 때는 추도식도 올릴 수 없었고 골회(骨灰)도 남기지 못하도록 되어 있었기 때문에 그녀 대신 마다하이와 위쯔치가 따라가서 나머지 일을 처리하기로 했다. 샹난은 지쉐화를 데리고 조용히 방으로 돌아왔다. 지쉐화가 상자 속에서 작은 보따리를 하나 꺼내더니 그 안에서 자그마한 스웨터 하나와 손바닥만한 홍기 하나를 꺼냈다. 그녀는 그것들을 아버지 책상 위에 올려놓더니 서랍에서 백지를 한 장 꺼냈다. 그리고 먹을 갈아 종이 위에 다음과 같이 마오 주석의 말을 써넣었다. "100여 년 동안 우리의 선배들은 불요불굴의 정신으로 안팎의 압제자들에 대한 저항을 한시도 멈춘 적이 없었다. 그중에는 위대한 중국 혁명의 선구자 손중산(孫中山) 선생이 영도했던 신해혁명도 포함된다. 선배들은 우리에게 그들의 유지를 완성할 것을 당부했다." 어록을 다 쓴 뒤 그녀는 벽에서 작은 액자 두 개를 떼어 내 속에 있던 사진들을 빼고 대신 어록을 쓴 종이와 아버지가 마오 주석과 함께 찍은 사진을 넣었다. 그리고 그것들을 스웨터와 작은 홍기 뒤에 놓았다. 그런 다음 다시 서랍에서 작은 초 네 개를 찾아 꺼냈다. 그녀의 열 살 생일 때 부모님이 사주신 것이었다. 그녀는 그것들을 도자기 접시 위에 올려놓고 불을 붙인 뒤 부모님 침대 위에 놓았다. 준비가 끝나자 부모님의 빈 침대 앞에 앉은 그녀는 낮은 소리로 말하기 시작했다.

"아버지, 엄마! 이 딸이 두 분을 위해 경축식과 추도식을 드립니다. 40여 년 동안 고락을 함께하시고 또 마침내 죽음까지 함께하신 것을 축하드려요. 두 분께서 인민을 위해 하신 훌륭한 일, 그리고 그를 위해 치른 대가를 추모합니다. 당과 인민이 두 분을 꼭 기억할 거예요."

샹난은 놀란 눈으로 이 모든 것을 지켜보았다. 지쉐화가 이렇게 말하는 것을 들으며 그녀는 가슴이 찢어지는 것처럼 아팠다. 그녀는 지쉐화를 와락 끌어안고 흔들며 말했다. "쉐화, 너무 가슴 아파하지 말아요. 우리 친구 맞죠? 하고 싶은 말이 있으면 뭐든 다 말해요. 그리고 울고 싶으면 속 시원히 다 울어요. 내가 다 받아 줄게요! 부모님은 이제 계시지 않지만 여기 동지도 있고 자매도 있잖아요!" 젊고 강인하던 여성 당원 지쉐화가 드디어 복받쳐 오르는 울음을 참지 못하고 비 오듯 눈물을 흘렸다. 그녀는 샹난의 품에 안겨 부모님에 대한 자기의 사랑이 얼마나 큰지를 들려주었다. 그리고 부모님이 그녀에게 남겨 준 기억을 하나도 남김 없이 꺼내 놓기 시작했다. 그러고 나니 마음이 한결 가벼워졌다. 지쉐화가 조금 진정된 듯하자 샹난이 그녀를 타일렀다.

"쉐화, 너무 힘들어하지 말아요. 동무는 나보다 두 살이나 어리고, 우리의 앞날은 아주 밝아요. 나도 예전에는 외롭고 힘들었는데 지금은……. 삶은 그래도 아름다운 것이 남아 있고, 이상은 결코 훼멸되지 않아요. 그렇잖아요?"

"샹난은 당연히 그래야지요. 당신네 두 사람이 잘되어서 정말 기뻐요. 앞으로도 정말 행복하기를 바라고요. 하지만 난……." 지쉐화는 고개를 저으며 입을 다물어 버렸다.

그제야 샹난은 오늘 펑원펑이 나타나지 않았다는 사실을 깨달았다. 펑원펑이 어젯밤 이미 떠나 버린 것을 그녀는 몰랐던 것이다. 그녀가 근심스럽게 물었다. "펑원펑은 어디 간 거예요?"

"집으로 갔어요. 다시는 돌아오지 않을 거예요."

"무슨 말이에요? 헤어지기로 한 거예요?" 샹난이 놀라며 물었다.

"아니에요. 헤어지지 않을 거예요. 사람들이 그의 영혼을 똑똑히 보게 되는 날이 오면 그때 이혼 신청을 할 거예요. 펑원펑이 나더러 두꺼비라더군요. 까짓것 두꺼비가 되죠, 뭐! 두꺼비는 작고 못생겼지만 사람을 놀라게 할 수도 있고 기분 나쁘게 만들 수도 있잖아요! 누가 감히 두꺼비를 잡아먹겠어요? 그래서 난 이제부터 두꺼비 정신을 배우려고 해요. 미워할 테면 미워하라고 해요. 그러거나 말거나 그 사람 앞에 딱 버티고 서서 비키지 않을 테니까!" 지쉐화는 냉정했다.

"그렇게 하면 동무가 너무 고통스러울 텐데!"

"나처럼 곱게만 자란 사람한테는 고통이 좋은 보약이 되겠죠!"

그날 샹난은 지쉐화 집에서 잤다.

루원디에게 보낸 샹난의 네 번째 편지

원디에게.

축복해 주겠니? 나에게도 곧 가족이 생길 것 같아. 아주 행복하고 아름다운 그런 가족. 나하고 위쯔치 일은 이제 완전히 결정됐어.

나와 위쯔치, 우리 둘 다 막 연애를 시작한 연인이 아니라 벌써 몇십 년 같이 산 부부처럼 느낀단다. 우린 그만큼 닮은 데가 많은 것 같아. 우린 서로 아주 잘 이해하고 또 서로 끌리고 있어. 요즘 날마다 아침저녁으로 함께 지낸단다. 아침 일찍 그 사람 집으로 달려가 밤 늦게까지 있고, 돌아올 때면 그이가 날 집까지 바래다주지. 정치 얘기부터 사는 얘기까지, 철학에서 문예까지 우린 쉬지 않고 얘기를 나눈단다. 물론 시에 대해서 가장 많이 얘기하는 편이야. 중국 시부터 외국 시까지, 쯔치의 시부터 그 친구들의 시까지. 결국 얘기가 끝날 때쯤 되면 그가 꼭 이렇게 결론을 내리곤 한단다. "우리 조국은 시의 나라요. 우리는 반드시 좋은 시를 많이 써서 위대한 조국의 기대를 저버리지 말아야 하오"라고 말이야. 하지만 우린 그게 한낱 소망에 지나지 않는다는 것도 잘 알아. 시인들이 모두 붓을 내려놓은 마당이잖니! 쯔치만 해도 그래, 언제 창작할 시간이 있어? 그래도 그는 포기하지 않고 「끝없는 장강 물결 도도히 흘러」를 다 쓰고야 말겠대. 나도 그러기를 바란단다. 우린 벌써 의논도 끝냈어. 그는 어떻게든지 그 시를 다시 써내고, 난 그것을 정리하고 윤색하기로 말이야. 물론 이건 절대 비밀이지. 또다시 리융리한테 압수당할 수는 없잖아.

원디, 난 남들이 우리의 결합을 문예계 검은 노선에 대한 미런 때문이라고 말할까 봐 걱정했거든. 그런데 그이가 그런 걱정을 해결해 줬단다. 그이가 미련을 버리지 못하는 것은 시인이라는 직함도 아니고 무슨 '유명 인사'가 되는 것도 아니야. 그이가 미련을 버리지 못하는 것은 바로 그를 키워 준 혁명 대오이고 위대한 당이야. 그리고 그를 전진하도록 북돋워 준 전우들과 옛 대장이지. 그는 이 모든 걸 노래하고 싶어 해. 명예나 돈이 탐나서 그러는 게 아니라는 걸 확실히 하려고 그는 벌써 이전의 원고료를 전부 당에 바치겠다는 청원서를 제출했어. 만약 당이 필요하다고 여긴다면 그의 월급을 깎아도 좋다고 했어. 그저 먹고 살 수만 있으면 된다나? 그가 나한테 "나와 같이 그렇게 고생하면서 살 수 있겠소?"라고 묻더구나. 난 그런 식의 질문에는 대답하지 않아. 왜냐하면 그 사람도 대답을 들으려고 묻는 게 아니라는 걸 잘 알거든. 그 사람은 내 생각을 이미 다 아니까.

물론 우리도 하루 종일 얘기만 하고 있는 건 아니야. 사람이 먹어야 살지. 우리의 또 다른 큰 즐거움은 바로 밥 짓는 거란다! 원디, 난 우리 중국 사람들이 왜 그리 요리 만드는 걸 좋아하는지 이제야 알게 됐단다. 요리도 정말 일종의 예술 같아! 쯔치는 '한솥탕주의'를 포기했고, 나도 '퍼진 국수 전문가' 모자를 벗었단다. 우리 세 식구가 만족스럽게 먹을 수 있도록 우리 둘은 시합까지 해 가며 음식 솜씨를 갈고 닦는 중이야. 심판관은 샤오하이지. 샤오하이가 맛있게 먹으면 그게 바로 우리에게 주는 상이고.

원디, 지금 난 가정주부의 즐거움뿐만 아니라 엄마가 되는 것의 행복함도 느끼고 있단다. 비웃으면 안 돼, 원디. 나 우리 두 딸을 너무너무 사랑하게 됐단다. 그 애들도 나를 친엄마처럼 대해 줘. 내가 그 애들의 엄마를 내몬 것은 아니지만 그래도 왠지 항상 좀 미안한 마음이 들어. 어쨌든 내가 그 애들 엄마의 빈자리를 채우고 있고 루메이 대신 쯔치의 마음을 차지하고 있는 건 사실이니까. 그런데 아이들이 그런 내 심정을 잘 이해해 줘. 그 애들은 편지에서도 그렇고 내 앞에서도 그렇고 친엄마 얘기를 자연스럽게 해. 그 애들은 친엄마 때문에 내가 불편하게 느끼지 않도록 해 주지. 오히려 너무 자연스럽게 내가 루메이의 연속인 것처럼 느끼게 만들어 준단다. 그래서 루메이는 우리가 원만한 가족을 꾸리는 데 장애가 되기는커녕 반대로 우리를 서로 더 긴밀하게 엮어 주는 구실을 해.

원디, 이렇게 행복에 잠겨 있으니 옛날에 우리가 결혼하지 않겠다고 맹세했던 게 얼마나 우습게 느껴지는지 모르겠다. 정말 바보였어! 우리 민족은 언제나 가족을 존중하는 민족이었잖아. 마르크스의 관점에 따르면 가족은 사유 재산 제도의 산물이지. 물론 그건 맞아. 하지만 난 지금 그런 관점에서 가족을 이해하고 싶진 않아. 난 사유제의 소멸에 따라 가족도 소멸해 버리기를 원치 않아. 설령 수천 년, 수만 년 뒤의 일이라고 해도 가족이 소멸한다는 건 정말 끔찍할 것 같아. 행복한 가족은 사람을 부드럽게 만들어 주고 사람의 도덕을 순결하게 만들어 주고 살아갈 수 있는 힘과 자신감을 주는 것 같아. 그건 사회에도 유익한 거잖아. 물론 내가 말하는 건 행복한 가족이야. 불행한 가족은 번뇌와 고통만 줄 뿐이니까. 너도 그랬고, 새로 사귄 친구 지쉐화도 지금 그런 상태고. 하지만 그렇더라도 사람에겐 가족이 필요하다고 생각해. 어찌 됐든 가족이 인류 사회에 많은 공헌을 한 건 사실이잖아.

원래는 내년 추석 때 결혼식을 올릴까 했는데 위쯔치가 그러더라고. "왜 내년까지 그렇게 오래 기다려야 하는지 이유를 말해 주겠소? 이유를 대지 못하면 난 기다리지 않을 테요. 우리 올 설에 결혼합시다. 샤오징도 부르고. 내가 지금 바로 상부에 보고를 하리다." 내가 전에 너한테 말했지. 난 벌써 그 사람한테 복종하는 데 익숙해졌다고. 그래서 우리 둘이 책상 앞에 앉아 당 조직에 제출할 보고서를 작성했어. 이번 설에 우리 둘이 결혼할 수 있게 허락해 달라고 말이야. 그리고 간부 학교에 가자마자 리융리한테 제출했단다.

이제 모든 준비는 다 됐어. 동풍이 불고 당 조직의 비준만 떨어지면 돼! 맞다, 쯔치가 나더러 꼭 새 옷을 맞추라고 하더구나. 미학 전문가인 네가 지도를 좀 해 주겠니? 옷감은 어떤 걸 사야 하고 색은 어떤 걸로 하면 좋을까? 또 모양은? 그리고 또 베갯잇에 수도 좀 놓아 줄래? 꽃은 싫고, 맑은 밤 하늘에 높이 걸린 청초한 명월로, 알겠지? 초승달도 예쁘지만 난 그래도 둥그런 추석 달이 좋더라.

원디, 나 축하해 주는 거지? 얼마나 행복한 가정이 내 앞에 펼쳐질지! 지금 난 예전에 왜 그토록 걱정만 많이 했는지 후회하고 있어. 장애물이 뭐 얼마나 많다고! 공연히 나 혼자 상상만으로 과장한 거지! 쯔치와 알고 지낸 지 제법 됐다는 『빈하이 일보』의 한 여기자도 얼마 전 우리 연애 소식을 듣고 특별히 찾아와서 축하해 주던걸, 뭐.

이제 그만 써야겠다. 차오췬한테도 써야 하니까. 차오췬은 이제 높은 '자리'에 올라서 만나기가 쉽지 않거든. 또 내 앞에서 대놓고 "너희 둘은 노선이 다른 사람들이야"라면서 흥을 깰지도 모르잖아.

원디, 나 너하고 즈융을 축복해도 되는 거, 맞지? 설날 둘이 같이 와! 내가 형부 될 사람을 한번 봐야겠어. 도대체 무슨 수로 우리 예쁜 원디의 마음을 움직였는지 말이야!
　원디, 행복이 넘쳐서 펜을 놓기가 싫구나!
　오늘은 이만 쓸게! 안녕!

1970년 10월 ×일
난이가

제5장 사회관계와 여론의 작용

"고추장이 왜 달죠?"라고 묻는 왕유이

세르반테스는 불후의 명작 『돈키호테』에서 "입맛을 돋워 주는 가장 좋은 약은 배고픔"이라고 말했다. 간부 학교에서는 이 약을 날마다 무료로 제공했다. 그래서 노천 운동장처럼 휑하니 걸상 하나 없는 식당에서 쭈그려 앉아 밥을 먹어도 식당은 간부 학교 사람들이 제일 좋아하는 곳이었다.

오늘 오전 샹난과 그 채소 생산조 사람들은 밭에 비료를 마저다 주고 오느라 또 식사 시간에 늦고 말았다. '입맛 돋우는 약'이 그 영험한 효력을 나타내어 텅 빈 뱃속은 벌써부터 꼬르륵꼬르륵 요동을 치고 있었다. 맨 먼저 식당으로 들어온 위쯔치는 잽싸게 벽돌 네 개를 가져다 '걸상' 두 개를 만들고 주머니에 있던 고추장을 땅바닥에 내려놓은 뒤 다시 얼른 밥을 타러 갔다. 샹난도 만만치 않게 잽쌌다. 어느새 창구로 갔는지 그녀는 벌써 식판 두 개에 고기 찜을 받아 들고 이쪽으로 오고 있었다. 식판 두 개가 모두 고기뿐인 것을 보고 위쯔치가 불평을 했다. "당신은 좋아하지도 않으면서 왜 고기만 잔뜩 샀소?" 샹난이 웃었다. "에이, 말은 그렇게 해도 속으로는 당장이라도 한입에 다 먹어치우고 싶죠?" 위쯔치도 웃었다. "이 꼬맹이 같으니라고! 당신도 밥은 먹어야지? 내가 가서 다른 반찬을 하나 더 사 오겠소." 샹난이 목소리를 낮추어 그를 말렸다. "여기서 반찬을 두 가지나 먹는 사람이 누가 있어요? 고추장도 있잖아요?" 위쯔치도 알았다는 듯이 고개를 끄덕이고는 밥만 두 그릇을 사 왔다.

위쯔치와 샹난이 공개적으로 '짝 지어' 밥을 먹는 것은 오늘이 처음이었는데, 왕유이가 이를 놓칠 리 없었다. 청쓰위안과 함께 쭈그리고 앉아 밥을 먹던 왕유이는 위쯔치와 샹난이 다정하게 소곤거리는 것을 보고는 청쓰위안을 잡아당기며 귀엣말을 했다. "우리도 저쪽으로 가요! 라오위가 무슨 맛있는 반찬을 가져왔는지 자꾸 샤오샹한테 얹어 주네요?" "그냥 있게. 그렇게 주의를 줬건만 오늘은 아예 공개적으로 같이 먹는군!" "이런 일이 숨긴다고 어디 숨겨집니까? 그럴 바엔 아예 대놓고 공개하는 게 나아요. 문 꼭 닫고 있어 봐요. 호기심에 문틈으로라도 더 엿보고 싶어 한다니까요. 무슨 비밀이라도 있는가 하고요. 그런데 아예 문을 활짝 열어 놓고 들어오라고 해 봐요. 막상 들어가 보면 별것도 없다 싶죠. 내 보기엔 공개하는 게 백 번 나아요. 저리 갑시다! 반찬 뺏어 먹으러 가자고요!" 청쓰위안은 그래도 고개를 저었다. "싫어. 난 가지 않겠네. 나도 집에서 김치를 좀 가져왔는데 먹어 보게." 그러면서 깍두기 하나를 집어 왕유이 밥그릇에 얹어 주었다. 왕유이는 그것을 한 입 베어 물더니 대번에 얼굴을 찡그리며 입을 헤 벌렸다. "아이쿠, 어머니! 공자님네 김치도 시큰하네요! 됐어요, 됐어! 라오위 반찬을 뺏어 먹는 게 낫겠어요!" 그는 막무가내로 청쓰위안의 밥과 반찬 그릇을 들고 위쯔치와 샹난이 있는 곳으로 냅다 건너갔다. 위쯔치는 한창 샹난의 밥그릇에 반찬을 얹어 주고 있었다. 샹난의 밥 위에는 벌써 땅콩이 수북했다. "뭡니까, 자기들끼리만! 이렇게 맛있는 반찬을 그렇게 한 사람한테만 주깁니까?" 두 사람이 건너오는 걸 보고 위쯔치와 샹난은 얼른 깔고 있던 벽돌을 한 장씩 빼서 두 사람이 앉도록 해 주었다. 위쯔치가 고추장이 담긴 병을 왕유이 앞에 내놓았다. "매운 걸 좋아하면 한번 먹어 보게나! 내가 볶은 고추장 맛이 어떤지 말이야." 왕유이는 장난스럽게 고추장 병을 들여다보더니 다시 위쯔치와 샹난을 쳐다보았다. "그럼 사양 않겠습니다! 자, 라오청도 좀 드세요!" 왕유이는 일부러 젓가락을 과장되게 높이 치켜들었다 내리면서 병 속에서 조심조심 땅콩 하나를 꺼냈다. 그리고 고개를 잔뜩 젖혀 땅콩을 입에 쏙 넣고는 우물우물 씹어 보았다. "이거 고추장 맞아요? 고추장이 왜 이렇게 달착지근하죠?" 위쯔치가 고개를 갸웃했다. "매운 걸 굉장히 잘 먹는군! 고춧가루를 듬뿍 넣었는데 말이야! 자자, 그럼 더 먹어 봐요!" 그는 정말로 왕유이 그릇에 고추장을 푹 떠서 얹어 주었다. 그리고 다시 고추장 병을 청쓰위안에게 내밀었다. "자넨 매운 것 '즐기지' 않지? 조금만 먹게." 청쓰위안이 고추장을 조금 떠서 맛을 보았다. 왕유이가 청쓰위안에게 장난스럽게 눈짓을 했다. "달죠? 라오청, 혹시 연구해 본 적 있어요? 어떤 때 고추장 맛이 달게 변하는지?" 왕유이의 짓궂은 표정을 보고 청쓰위안이 웃음을 터뜨렸다. "그 문제는 아직 연구 계획에 들어 있지 않은데." 그러자 왕유이는 다시 샹난을 향해 진지한 표정을 지어 보이며 물었다. "샤오샹, 채소 생산조 조장은 이런 거 반드시 연구해 봐야 하는 거 아냐? 내가 실천적 경험이 조금 있어서 아는데 말이지, 이 고추라는 게 말이야, 자기 손으로 볶으면 맵지만 사랑하는 사람이 볶아 주면 바로 달콤하게 변하는 법이거든!"

그제야 왕유이가 무슨 말을 하려는 건지 알아들은 위쯔치와 샹난은 동시에 웃음을 터뜨렸다. 그러잖아도 매워서 땀이 송골송골 맺혔던 샹난은 웃다가 사레가 드는 바람에 기침을 해대느라 땀이 더 많이 맺혔다. 그녀는 위쯔치 목에 있던 수건을 가져다 땀을 닦으면서 말했다. "이제야 맛을 좀 느낀 모양이지?" 왕유이가 또 익살스런 표정을 지었다. "그런 맛은 말이야, 먹어 볼 필요도 없이 눈으로도 느낄 수 있는 거야! 라오칭, 안 그래요?" 청쓰위안이 너그럽게 웃으며 대구했다. "샤오왕, 그만 놀리는 게 좋을 거야! 샹난이 벌써 많이 참아 주고 있는 거니까!" 왕유이가 못 이기는 체말했다. "알았어요. 알았어. 조용히 밥만 먹도록 하지요!"

위쯔치 등이 정겹게 식사하는 광경을 보면서 저쪽에 혼자 쭈그리고 앉아 밥을 먹던 펑원펑은 눈꼴이 시어 기분이 더한층 나빠졌다. 뭐라 딱 꼬집어 말하기 어려운 느낌이었다. 그가 보기에 저 두 사람은 누가 누구에게랄 것도 없이 '호랑이한테 날개를 달아 준 격'이었다. 문화 대혁명 전, 펑원펑과 위쯔치는 감히 비교도 할 수 없는 처지였으니까 그렇다고 치지만 샹난은 달랐다. 그는 샹난에게만큼은 지고 싶지 않았다. 샹난이 몇 년 선배이기는 했지만 자기보다 그리 잘나간다고는 생각하지 않았다. 그런데 편집부의 상사들은 이상하게 그녀는 무척 높이 평가하면서 자기는 그다지 눈여겨보지 않았다. 왜 그럴까? 그게 다 그녀의 출신 성분이 자기보다 좋기 때문이 아니고 무엇이겠는가? 게다가 여자이기도 하고! 무엇이든 적을수록 귀한 법이지 않은가! 그래서 그는 늘 샹난을 자기 앞길을 가로막는 '여자 장벽'으로 여겼다. 문화 대혁명이 터지고 돤차오췬이 우두머리가 되면서 샹난에 대한 펑원펑의 경계심은 더욱 커졌다. 그녀에게 '뒤를 봐주는 배경'이 생겼으니 앞으로 자기는 영원히 그녀를 따라잡을 수 없을 것 아닌가! 다행히 하늘이 그 마음을 알았는지 샹난은 곧 비판 대상이 되었다. 비록 그녀를 완전히 끌어내리지는 못했지만 최소한 정치적인 부분에서만 큼은 자기보다 잘나갈 수 없도록 '구린내'가 펄펄 나게 만들어 주었던 것이다. 펑원펑은 속으로 쾌재를 불렀다. 하지만 뜻밖에도 돤차오췬은 무슨 생각에서인지 또 그녀를 해방시켜 버렸다. 리융리는 돤차오췬한테 잘 보이려고 샹난에게 채소 생산조 조장이라는 '자리'까지 주었다. 비록 천궁(天宮)의 마구간지기보다도 못한 '자리'이기는 했지만 요즘 같은 때 '구린내 나는 지식 분자'가 '장' 자리라도 하나 꿰차게 된 것은 그나마 '향기'나는 일이 아닐 수 없었다. 반면 펑원펑 자신은 그처럼 적극적으로 나서는데도 여전히 '개털' 아닌가! 이는 샹난이 또다시 자기를 추월할 수도 있음을 의미했다. 거기다가 이제는 위쯔치까지 합세했다! 지금이야 위쯔치가 아무것도 아니지만 언젠가 도로 기용되기만 한다면 자기는 그 발끝도 따라가지 못할 게 뻔했다. 그러니 '여자 장벽' 위에 벽 하나를 더 올린 셈이 아니고 무어란 말인가? 또, 지금 위쯔치와 샹난은 마냥 행복한데 자기 부부는 별거까지 하고 있었다. 지쉐화는 왜 그렇게 자기를 싫어하는 걸까? 그것도 혹시 위쯔치와 샹난이 뒤에서 부추긴 게 아닐까? 이제 펑원펑은 두 사람을 시기할 뿐만 아니라 증오까지 하게 되었다. 이번 간부 학교에 들어오기 전에 그는 두 사람의 관계를 리융리한테 보고해야 하는 것 아닐까 하고 생각해 보았다. 그래서 일부러 그 여간부를 찾아가 보았다. 여간부는 웃으면서 펑원펑에게 이렇게 말했다. "난 또 무슨 신선한 일인가 했네요. 두 사람 진작부터 그렇고 그런 관계였다던데 뭘 그래요. 샹난이 왜 계속해서 위쯔치를 감싸고 돌았겠어요? 두 사람은 벌써부터 마음이 통했던 거라고요!" 귀가 솔깃해진 펑원펑이 다시 물었다. "무슨 근거라도 있습니까?" "그런 일의 근거가 어디 그리 쉽게 손에 잡히나요? 샤오펑, 동무는 너무 순진해요. 특별 심사조가 위쯔치의 소식통으로 변한지가 언제였는데! 그때부터 이미 모든 자료는 위쯔치한테 다 넘어간 거라고요!" 펑원펑은 믿기지가 않았다. "특별 심사조 상황은 내가 더 잘 알아요. 상난이 뭘 외부에 노출시킨 적은 없었거든요." 여간부가 안됐다는 듯이 그를 힐끔 쳐다보았다. "참내, 동무는 자기가 남한테 팔려 가도 모르겠군요! 나도 처음엔 믿지 않았는데, 그저께 『빈하이 일보』 기자를 만나고 나서 생각이 바뀌었어요. 아, 글쎄, 그 기자가 위쯔치네 집에서 두 눈으로 직접 봤다고 하더라니까!" 펑원펑의 두 눈이 반짝 빛났다. "그래요?" 하지만 여간부는 이쯤에서 말을 딱 멈추고 대번에 얼굴빛을 바꾸었다. "샤오펑, 섣불리 참견하지 마세요. 증거도 없이 누가 자기 입으로 이런 일을 그렇다고 인정하겠어요? 언젠가는 밝혀질 테니 군중을 믿고 당을 믿어요. 여러 사람이 말하는 게 동무 혼자 말하는 것보다 낫고 조직에서 나서는 게 동무가 나서는 것보다 낫지 않겠어요? 그러니 원수라도 진 것처럼 길길이 뛸 것 없이 좀 기다려 봐요." 펑원펑은 여간부의 충고에 따라 우선은 보고하지 않고 좀 더 지켜보기로 마음먹었다. 하지만 속이 뒤틀리는 것은 어쩔 수가 없었다. 지금 위쯔치 등이 저렇게 하하거리며 떠드는 걸 보니 속이 쓰려서 견딜 수가 없었다. 참다 못해 네 사람이 있는 곳으로 간 그는 웃는 듯 마는 듯 화난 듯 아닌 듯 야릇하게 쳐다보며 한마디 던졌다. "고추장 한 병으로 잔치가 벌어졌군요! 너무 소박한 거 아닙니까? 라오웨이는 통장에 돈도 많을 텐데 몇 푼만 보태면 큰 잔치도 할 수 있잖아요?" 그러자 상난이 잡아먹을 듯이 톡 쏘았다. "통장에 있는 돈을 다 긁어서 잔치를 해도 동무를 초대하진 않을 테니 관심 접으시죠!" 얼굴이 빨개진 펑원펑은 얼른 대꾸할 말을 찾지 못하자 먼저 꼬리를 내렸다. "농담 좀 한 것 가지고 왜 화를 내고 그래요?" 그러고는 밥그

롯을 들고 가 버렸다. 샹난도 후룩후룩 후딱 먹어 치우고는 밥그릇을 챙겨 들고 씩씩거리며 자리를 떴다. 위쯔치가 그 뒤를 쫓아가며 나무랐다. "정말 당신 입을 꿰매 버리든지 해야지, 원! 왜 그리 한마디도 지질 못하오?" 샹난은 아직도 분이 풀리지 않은 듯 씩씩거렸다. "그 작자 얼굴만 봐도 화가 치민단 말예요!" 위쯔치가 웃으며 고개를 흔들었다. "당신도 참, 아이 같기는! 싫으면 안 보면 되지. 다음에 또 그를 만나면 바로 고개를 돌려요. 보지도 말고 듣지도 말고 대꾸하지도 말고, 그럼 되잖소?" 샹난도 피식 웃고 말았다.

왕유이, 청쓰위안은 펑원펑과 함께 식당을 나섰다. 샹난한테 창피를 당한 펑원펑은 너무 괘씸해서 몇 마디라도 갚아 주고 싶었다. 그는 청쓰위안과 왕유이를 쳐다보며 이상하다는 듯이 물었다. "어째 두 분만 따돌림을 당하셨습니까? 왜 같이 가지 않으시고요?" 왕유이가 짐짓 알아듣지 못한 것처럼 투덜거렸다. "라오위하고 샤오샹은 밥을 너무 빨리 먹는다니까! 어찌 그리 눈 깜짝할 새 뚝딱 먹어 치우는지." 펑원펑이 다시 이상하다는 듯이 물었다. "내 말은 그게 아니라, 두 분 요즘 뭐 새로 발견하신 것 없습니까?" 청쓰위안이 고개를 저으며 대꾸했다. "만날 똑같은데 새로 발견할 게 뭐 있겠소?" 왕유이가 말을 받았다. "공자님, 그렇게 말씀하시면 안 되죠. 날이 다르고 달이 바뀌잖아요! 오늘 난 아주 작은 것을 발견했답니다. 라오위가 고추장 속에 땅콩을 많이 넣어 볶아 왔던데 그렇게 해도 아주 맛있던걸요, 하하하!" 펑원펑이 왕유이의 등을 툭 쳤다. "지금 시침 떼는 거죠? 동무처럼 영리한 사람이 눈치 못 챘을 리가 있나!" "나란 사람이 보기에는 영리한 것처럼 생겼는데 속은 둔하기 짝이 없다고 우리 집 팡이징이 그럽디다. 나를 처음 봤을 때 이목구비가 날렵해서 틀림없이 영리하고 일도 잘 할 거라고 생각했는데 결혼하고 나서야 내 얼굴에 속았다는 걸 알았다나? 그래도 내 마음에 속은 게 아니라 얼굴에 속아서 다행이라면서 아내는 나를 버리지도 않고 오히려 더 잘해 준다니까요."

속담에 "중 앞에서 까까머리 욕하지 말라"는 말이 있다. 왕유이가 아무 생각 없이 뱉은 말이 펑원펑의 가슴을 할퀴고 말았다. 펑원펑은 이제 말투까지 달라졌다. "당신, 지금 감싸 주려고 일부러 그러는 거지? 샹난이 동무 마누라 동창이고, 또 전에 늘 당신 원고도 실어 줬으니 덮어 주는 것도 당연하지." 왕유이는 그래도 모르는 척 딱 잡아뗐다. "샹난한테 내가 덮어 줘야 할 무슨 일이라도 있나? 그리고 설령 있다고 쳐도 내가 덮어 줄 능력이라도 되고? 샹난의 문제는 동무가 벌써 벽보로 만천하에 다 폭로했잖아?" "지나간 얘기 자꾸 꺼내지 마요. 내가 말하는 건 사람과 사람 사이의 새로운 관계니까!" 그러면서 그는 손가락으로 앞쪽을 가리켰다. 왕유이가 그제야 알았다는 듯이 말했다. "옳아! 남자와 여자가 함께 걸어가면 그게 새로운 관계다? 저 두 사람이 오늘 처음 같이 걷는 것도 아니잖소?" 왕유이가 놀리자 펑원펑은 더욱 화가 났다. "그래도 시침 떼기는! 샹난이 사전에 당신한테 의논했을 게 뻔한데!" 그러자 왕유이도 화가 치밀어 갑자기 걸음을 멈추었다. "그걸 말이라고 해? 본인도 굳이 숨기지 않는 일을 내가 뭣 때문에 덮어 준다는 거야? 뭐든지 동무한테만 가면 다 이상하게 보이지?" 펑원펑도 이때다 싶어 물고 늘어졌다. "내가 이상해? 심사조 조장이 심사 대상하고 연애하는 게 더 이상하지!" 왕유이는 고개를 크게 한번 갸웃하고는 침을 퉤 뱉더니 두 사람을 놔두고 먼저 걸어가 버렸다.

왕유이와 펑원펑의 말다툼에 청쓰위안은 시종 끼어들고 싶지 않았다. 그는 펑원펑이 너무 싫었다. 까칠하고 누렇고 긴 얼굴에 쉴 새 없이 굴리는 작은 두 눈은 안경 너머로 도깨비불처럼 보였다. 목소리는 여자처럼 카랑카랑하고 걷는 것도 꼭 경극에서 까불거리는 젊은 여자처럼 살랑살랑 흔들며 걷는 데다 어떤 때는 정말 창까지 흥얼거리기도 했다. 그래서 펑원펑만 보면 청쓰위안은 내시가 연상되었다. 그도 점잖지 못하게 그런 연상을 한다는 게 싫었지만 좀처럼 떨쳐 버릴 수가 없었다. 펑원펑을 보고 그런 연상이 될 때마다 그는 수줍은 처녀처럼 펑원펑의 얼굴에서 시선을 돌려 괜스레 옆만 쳐다보았다. 방금도 펑원펑과 왕유이가 얘기하는 것을 듣고 있자니 또 내시가 연상되어 당장이라도 그 자리를 뜨고 싶었다. 하지만 친구에 대한 걱정이 내시 형상에 대한 혐오보다 앞섰기에 그냥 참고 있었다. 펑원펑은 문인협회에서 '사회 여론'의 발표 센터이자 기후 변화의 측량기였고 '관방 소식'의 '민간 대변인'이기도 했다. 그런 명성답게 펑원펑의 말을 가만히 듣고 있자면 그 속에서 새로운 동향에 대해 감을 잡을 수가 있었다. 그런데 왕유이가 펑원펑을 놔두고 휑허케 가 버리자 청쓰위안도 덩달아 앞으로 발걸음을 재촉했다. 하지만 펑원펑이 얼른 그 뒤를 따라붙었다.

"라오청, 두 사람의 새로운 관계가 뭘 의미한다고 생각해요? 사람과 사람의 관계는 모두 계급 관계고, 사람들 관계의 변화는 모두 계급투쟁을 반영하는 거 아닌가요?"

그렇게 말하는 펑원펑의 작은 두 눈이 쉴 새 없이 데굴데굴 굴렀고, 까칠하고 누런 얼굴은 만족스러운 미소로 팽팽해졌다. 역겨워진 청쓰위안은 얼굴을 외면하고 그의 말을 듣지 못한 척 둑으로 뛰어갔다. 그는 고요한 강물을 바라보며 '쯔치와 샤오샹한테 조심하라고 단단히 주의를 줘야지!'라고 생각했다.

스즈비의 거짓말

한 달이 지났다. 이제 위쯔치와 샹난의 일을 모르는 사람은 거의 없었다. 반은 펑원펑이 떠들고 다닌 덕이었고 반은 두 사람 스스로 그렇게 만든 거였다. 처음엔 두 사람도 청쓰위안의 충고대로 잠시 비밀에 부칠 생각이었다. 하지만 그렇게 며칠을 지내다 보니 여간 부자연스러운 게 아니었다. 두 사람의 연애는 떳떳한데 감추고 말고 할 것이 뭐가 있단 말인가? 또 감정을 숨기는 데 익숙하지 않은 두 사람으로서는 감추려고 해 봐야 감출 수도 없었다. 두 사람 다 아무 말 않고 있을 때조차 그 일거수일투족이 벌써 마음속의 비밀을 죄다 드러내고 말았다. 연애를 해 본 사람이라면 누구나 주위 사람들이 선의의 농담을 해 주길 바라는 마음을 알 것이다. 아무도 농담을 걸어 주지 않는 연애란 왠지 쓸쓸하고 슬픈 법이다. 왜냐하면 어떤 사람들은 두 사람을 너무 얕봐서 농담을 거는 것조차 품위가 떨어진다고 여기거나, 혹은 두 사람의 결합이 옳은 건지 의심스럽기 때문에 농담을 거는 게 과오를 부추기는 것이라 여기기도 하고, 또 어떤 사람들은 두 사람의 사랑이 비극으로 끝날 것이라고 짐작한 나머지 차마 남의 고통을 농담거리로 삼지 못하는 것일 수도 있기 때문이다. 그중 어떤 경우든지 연애하는 당사자들에게는 그 모두가 정신적인 압박으로 다가올 수밖에 없었다. 위쯔치와 샹난도 '평범한 사람'이었으니 마찬가지였다. 두 사람은 결국 청쓰위안의 충고를 한쪽 귀로 흘려보내고 말았다. 마치 자기들이 연애 중이라는 걸 행여 남들이 몰라줄까 봐 걱정이라도 하는 사람들처럼 일도 같이 하고 밥도 같이 먹고 쉴 때도 같이 붙어 있었다. 청쓰위안은 그동안 몇 번이나 주의를 주었다. 그럴 때마다 위쯔치는 멋쩍게 웃으면서 "앞으로는 조심하겠네"라고 말했지만 그때뿐이었다.

하루는 연대 사람들 전체가 콘크리트 배에서 인분 내리는 작업을 했다. 배의 양 끄트머리에 각각 널빤지를 걸쳐 발판을 만들고 한쪽 널빤지 발판으로 빈 멜대를 지고 올라가 인분을 담은 다음 다른 한쪽으로 내려왔다. 유뤄빙과 청쓰위안이 배 이물에 서서 자루가 긴 플라스틱 국자로 선실에 있는 인분을 퍼서 각자의 통 속에 담아 주었다. 쟈셴주와 스즈비는 고물에서 똑같은 일을 했다. 그리고 나머지는 모두 인분을 날랐다. 사람들이 줄지어 발판을 오갔다. 샹난은 왕유이가 멜대를 지고 오는 것을 보더니 큰 소리로 불렀다. "유이, 이리 와. 우리 시합할까?" 왕유이도 큰 소리로 대답했다. "까짓것, 좋지!" 시합 조건을 말하려는 찰나 갑자기 왕유이의 장난기가 발동했다. "샤오샹, 시합을 하려거든 키 큰 사람이랑 하지그래." 그러고는 막 고물에서 발판으로 내려오고 있는 위쯔치를 향해 익살스런 표정을 지어 보였다. 위쯔치가 좋아하며 얼른 발판을 내려와 왕유이에게 말했다. "난 동무와 시합하고 싶은데!" 왕유이가 목을 쓱쓱 문지르며 말했다. "야, 이것 참, 통일 전선을 꾸리시겠다? 난 샤오샹한테 말한 건데 대답은 왜 동무가 합니까?" 위쯔치가 웃었다. "잔말 말고. 할 거요, 말 거요?" 옆에 있던 사람들이 덩달아 신이 나서 변죽을 울렸다. "시합! 시합!" 왕유이가 고개를 갸웃거렸다. "좋습니다! 하지요! 당신네 두 사람이 짜고 덤비는데 가만히 있을 수야 없지요!" 그는 하나 걸치고 있던 러닝셔츠마저 벗어던지며 소리쳤다. "나 왕유이가 맨몸으로 나가신다!" 서둘러 인분을 통에 쏟아 붓고서 위쯔치도 웃통을 벗고 러닝셔츠 바람으로 말했다. "동무가 규칙을 말해 보시오!" 왕유이가 대뜸 이렇게 제안했다. "이렇게 하죠. 동무는 이물로 가고 나는 고물로 가는 겁니다. 똥 푸는 동무들, 잘 들어요. 모두에게 꽉꽉 담

아 줘야지 누구든 봐주면 안 됩니다! 자, 준비! 시작!" 그러는 동
안 왕유이와 위쯔치는 벌써 하나는 이물 쪽에, 하나는 고물 쪽에
대기하고 섰다. 두 사람 뒤로 사람들이 줄을 섰는데 샹난은 왕유
이 편에 섰다.

　시합이 시작되었다. 위쯔치와 왕유이는 하나는 우람하고 하나
는 날렵한 데다 두 사람 모두 농사일을 해 본 경험이 있었던 터라
모두 멜대를 지고 날듯이 뛰어다녔다. 뒤에 따르는 사람들도 하나
같이 민첩하게 오갔고 강변에는 고함 소리가 울려 퍼졌다. 하지만
겨우 몇 번 만에 왕유이 쪽 속도가 눈에 띄게 처지기 시작했다. 웬
일인가 싶어 고물에 서서 자기 편을 둘러보던 왕유이가 고함을 질
렀다. "어쩐지! 우리 편에 간첩이 숨어 있었군그래! 샤오샹이 한
발만 멈춰도 우리 편 전체가 다 밀리잖아! 안 돼, 샤오샹! 빨리 저
쪽 편으로 가라고!" 그러고는 구호를 선창했다. "계급 대오를 정
리하자! 샹─난!" 그러자 아래에 섰던 몇 사람이 바로 구호를 받
았다. "건너가! 건너가!" 발개진 얼굴로 샹난이 웃으며 소리쳤다.
"좋아요! 나 같은 맹장을 쫓아내다니 후회 안 하나 두고 보자고!"
그녀는 빈 멜대를 지고 가볍게 발판을 내려가 위쯔치 편으로 건너
갔다. 그때 마침 위쯔치가 인분이 든 멜대를 지고 땀을 뻘뻘 흘리
며 내려왔다. 샹난이 자기 목에 걸고 있던 수건을 그에게 건네주
었다. 마침 또 그 옆을 지나던 펑원펑이 그걸 보고 큰 소리로 떠들
어 댔다. "두 사람이 아예 '비료 나르기' 영화를 찍으시는군요! 제
발 공유지를 자기 텃밭으로 만드는 일은 삼가 주시죠!" 샹난이 눈
을 부릅떴다. "개 주둥이에서 상아가 튀어나올 리가 없지!" 펑원
펑이 괴상야릇하게 대꾸했다. "난 그저 있는 사실을 말했을 뿐이
오. 두 사람 오늘 참 신났군요! 아주 춘풍에 말을 달리시지요!" 그
러고는 다시 배 위에 있는 스즈비를 향해 소리쳤다. "스즈비 동

무! 그「매화 한 가지」는 정말로 동무가 위쯔치 동무 침대 위에 놓아 둔 거 맞아요?" 그 말을 듣고 왕유이가 재빨리 끼어들었다. "맞다,「매화 한 가지」! 샹난, 솔직하게 말하시지. 동무가 스즈비 동무한테 엄호해 달라고 한 거 아냐?" 배에서 인분을 담고 있던 샹난이 짐짓 엄숙한 표정을 지으며 유뤄빙에게 말했다. "위로는 하늘이 계시고 아래로는 여우 부주임이 계신데 제가 어디라고 거짓을 아뢰리까? 저한테는「매화 한 가지」같은 거 없어요. 스즈비 동무, 증명 좀 해 주세요!" 유뤄빙은 가타부타 말없이 허허 웃기만 하고 스즈비도 못 들은 척 일만 했다. 청쓰위안은 시종 농담에 끼어들지 않았다. 그는 위쯔치와 샹난이 너무 방심하고 있는 것 같아 호랑이 얼굴을 하고서 샹난에게 슬며시 눈치를 주었다. "동무는 그렇게 일하랴 말하랴 힘들지도 않소?" 그래도 샹난은 헤헤헤 웃으며 대답했다. "아뇨!" 청쓰위안은 화가 나 일부러 그녀를 못 본 체하고 이번에는 유뤄빙에게 말했다. "라오유, 좀 쉬는 게 어떨까요?" 시간도 이미 많이 지났고 인분도 절반 넘게 푼 것을 보고 유뤄빙이 모두를 향해 소리쳤다. "휴식! 휴식!" 리융리는 이런 노동에는 참가하지 않았기 때문에 여기서는 유뤄빙의 말이 '최고 지시' 였다. 그의 명령이 떨어지자마자 모두 일손을 털고 자기 멜대를 깔고 앉아 휴식을 취했다.

위쯔치, 샹난, 왕유이가 자연스럽게 또 한자리에 모였다. 왕유이는 아직도 뭐가 그리 재미있는지 샹난에게 또 물었다. 「매화 한 가지」, 정말 동무가 한 거 아냐?" 위쯔치가 얼른 대신 대답했다. "유이, 그녀가 한 게 아니오." 그러자 왕유이는 더욱 재밌어했다. "라오위 얘기는 믿을 수가 없지요." 그는 청쓰위안과 유뤄빙이 배에서 내려오는 것을 보더니 손을 흔들어 그들을 불렀다. "라오청, 라오유! 우리, 샹난에 대한 3자 심문을 합시다!" 청쓰위안은 기분이 상해서 손을 절레절레 내젓더니 또 안경테를 추켜올리며 위쯔치를 쏘아보았다. 위쯔치가 얼른 그 뜻을 알아채고 자리에서 일어나며 왕유이와 샹난에게 말했다. "숙소에 가서 차 한 잔 마시고 오리다. 유이, 농담은 이제 그만하시오." 그리고 그는 청쓰위안을 따라 숙소로 갔다. 그제야 샹난은 청쓰위안이 자기들한테 화가 났다는 것을 눈치 채고는 방금 전 자기가 너무 생각 없이 까불었다는 것도 깨달았다. 막 상황 파악을 한 왕유이도 농담을 멈추고 쭈그리고 앉아 바둑판을 그리더니 벽돌 조각과 풀대로 오목을 두기 시작했다.

왕유이와 샹난은 조용해지기 시작한 반면 저쪽에 멀리 떨어져 앉은 몇 명은 아직도 신이 나서 방금 전 있었던 일을 이야기하느라 열을 올렸다. 그들 무리에는 스즈비, 펑원펑, 쟈셴주, 그리고 그 여간부도 있었다. 최근 위쯔치와 사이좋게 잘 지내고 있는 쟈셴주는 위쯔치와 샹난 두 사람의 연애를 퍽 기쁘게 생각했다. 그가 옆에 있던 스즈비에게 말했다. "라오위가 이제 슬슬 풀리려나 봐. 정치적으로 해방되고, 생활에선 반려자를 찾았으니." "그러게. 두 사람이 사귄다니 나도 기분 좋은걸." 그러자 펑원펑이 얼른 말을 가로챘다. "스즈비, 그럼 동무가 샹난을 엄호해 줬다는 게 사실이에요? 샹난의 부탁으로 동무가 「매화 한 가지」를 갖다 놓은 거였어요?" 여간부가 하하하 웃었다. "함부로 말하지 마요. 라오스(老時)는 시를 보낸 사람도 아니지만 심부름을 해 준 사람도 아니라고 전에 내가 말했잖아요!" 펑원펑이 여전히 눈을 껌벅거리며 물었다. "그럼 스즈비 동무는 왜 『송사선집』이 자기 거라고 한 거죠?" 여간부가 또 웃었다. "그거야 라오스 본인만 알겠지요!"

그들이 주고받는 이야기에 스즈비는 점점 더 난감해지고 말았다. 「매화 한 가지」를 위쯔치의 침대 위에 둔 건 확실히 자기였기 때문이다. 자기가 왜 그랬는지 어떻게 설명해야 할까? 그녀에게는 남편도 있고, 떨어져 살고 있긴 하지만 부부 금실도 한결같이 좋은 편이었다. 문화 대혁명이 터지고 남편과 떨어져 지내게 된 뒤 그녀는 때때로 신혼 때 남편이 써 준 시를 꺼내 보며 남몰래 눈물을 흘리곤 했다. 그녀는 남편과 헤어져 다른 남자를 찾아야겠다고 특별히 생각해 본 적도 없었다. 다만 어쩐 일인지 최근 들어 유독 위쯔치한테 자기의 매력을 시험해 보고 싶은 생각이 들었다. 꼭 집어 말하기는 어렵지만, 그녀는 이 시인의 매력에 끌려 그와 뭔가 특별한 '우정' — 서로 위로해 주고 영혼의 빈자리를 채워 줄 수 있는 — 을 쌓고 싶었다. 한마디로 그저 재미 삼아 가까이 지내보자는 것이었다. 그래서 그녀는 늘 알게 모르게 위쯔치에게 특별한 관심을 표현하곤 했다. 하지만 몇 번 시도를 했는데도 위쯔치는 그녀를 거들떠보지도 않았다. 그녀 앞에선 '시인의 기질'이라곤 눈곱만큼도 보여 주지 않았을 뿐만 아니라 완전히 쉰내 풀풀 나는 도학자처럼 굴었다. 그 때문에 그녀는 실망을 했지만 한편으로는 그럴수록 그에 대한 흥미가 더욱 커져만 갔다. 그녀는 자기가 이 시인에게 그렇게까지 매력이 없을 것이라고는 생각지 않았던 것이다.

시를 갖다 주게 된 것도 순전히 우연히 벌어진 일이었다. 그날 다들 수영을 하러 가자 무료함을 느낀 그녀는 침대에 누워 손에 잡히는 대로 『송사선집』을 뒤적였다. 그러다 우연히 이청조의 「매화 한 가지」를 보게 되었다. 그걸 읽고 나자 가슴 한쪽이 저며 오더니 귀신한테 홀렸는지 갑자기 위쯔치한테도 그 시를 보여 주고 싶다는 생각이 들었다. 원래는 위쯔치한테 직접 전해 주려 했는데 그가 자리에 없어서 마른 쑥 잎을 끼워 위쯔치의 침대 머리맡에 놓아 두었다. 그녀는 위쯔치가 그 시를 보고 나면 틀림없이 깊이 생각해 볼 것이라고 기대했다. 그런데 이 위대한 시인은 돌부처처럼 반응도 없고 대신 자기만 큰 망신을 당할 처지에 놓이게 된 것이다. 다행히 '임상 경험'이 많은 그녀가 솔직하게 인정해 버리는 바람에 그나마 그 일은 조용히 무마할 수 있었다. 보아하니 사람들이 특별히 의심을 하는 것 같지는 않았다. 아마도 그녀와 남편의 금실이 좋은 데다 그녀가 위쯔치보다도 나이가 몇 살이나 많다는 걸 사람들이 알아서일 것이다. 이 일로 그녀는 며칠 동안이나 찜찜해하면서 터무니없는 짓을 저지른 자신을 나무랐다. 어쨌거나 그럭저럭 그 일은 별 탈 없이 지나갔다. 그 사건을 계기로 그녀도 모든 걸 접기로 했다. 연극이라도 자기와는 하기 싫다는데 어찌 억지로 시키겠는가? 그녀는 속으로 다시는 그러지 않으리라 마음먹었다.

그런데 위쯔치와 샹난의 연애 소식이 공개되자 스즈비의 마음에는 또다시 작은 파문이 일었다. 한편으로는 위쯔치와 샹난이 서로 기댈 곳이 생긴 데다 둘 다 저렇듯 좋아하는 것을 보니 잘된 일이 아닐 수 없다는 생각도 들었다. 하지만 또 한편으로는 왠지 가슴이 텅 빈 것처럼 허전하고 자기도 모르게 자꾸 자기 젊은 시절과 샹난을 비교하게 되었다. 물론 스즈비가 그런 속마음을 밖으로 드러낸 적은 결코 없었다. 그녀는 시간이 좀 지나면 이 파문도 곧 가라앉을 것이라고 믿었다. 그런데 웬걸, 오늘 또 누가 자기의 그 은밀한 속내를 파헤치는 게 아닌가? 어떻게 해야 할까? 「매화 한 가지」를 자기가 보냈다고 모두에게 인정하기에는 이미 너무 늦었다. 모두 지금 그것을 연애와 관련짓는 마당에 자칫하면 사람들의 조롱거리가 되고 말 것이다. 마침 사람들은 지금 그것을 샹난이 보낸 것이라고 추측하면서 자기가 그녀를 도와준 것이라고 추켜세우고 있으니 그냥 눈 딱 감고 그렇다고 해 버려도 되지 않을까?

그녀가 생각해 보니 그래도 괜찮을 것 같았다. 그렇게 하면 일단 '미결안' 이었던 「매화 한 가지」 사건은 종결될 것이고 자기 마음 속에 감추어 두었던 은밀한 감정도 발각될 일이 없을 것이다. 두 번째로 샹난과 위쯔치한테도 해가 될 것은 없었다. 오히려 사랑하던 두 사람이 드디어 맺어지게 되었음이 돋보이지 않겠는가? 셋째로, 스즈비 마음에 남아 있던 찜찜함도 샹난과 위쯔치의 사랑을 빌려 훌훌 털어 버릴 수 있을 것이다. 이렇게 마음을 정한 그녀는 곧 태연하게 입을 열었다. "군자는 늘 남이 잘되라고 돕는 법이잖아! 다들 모르겠지만 두 사람은 위쯔치가 격리되어 있을 때부터 벌써 눈이 맞았던 거라고." 펑원펑은 눈이 번쩍 뜨였다. "그걸 어떻게 알았어요? 노동개조소에서 연애하기가 그리 쉬운 일은 아닌데, 빨리 말해 봐요!" 옆에 있던 여간부도 믿을 수 없다는 듯이 말했다. "두 사람이 진작부터 감정이 남달랐다는 건 나도 알고 있었지만, 노동개조소에서 연애를 한다는 건 불가능하지 않나요? 라오스, 괜히 소설 쓰면 안 돼요!" 이쯤 되자 스즈비는 진짜로 소설을 꾸며 내지 않으면 안 되게 되었다. 그러지 않으면 다들 자기가 헛소문을 퍼뜨린다고 의심할 것이 아닌가? 그렇게 되면 또 다른 의심이 연달아 피어오르게 될 것이다. 하는 수 없이 그녀는 이야기를 꾸며 내기 시작했다. 그녀는 펑원펑, 여간부, 쟈셴주를 진지하게 쳐다보며 나지막이 말했다. "내가 언제 거짓말하는 거 봤어요? 지금부터 하는 말 절대 아무한테도 얘기하면 안 돼, 알았죠?" 모두 얼른 비밀을 알고 싶은 마음에 이구동성으로 대답했다. "절대 안 해요! 우리가 뭐 밥 먹고 할 일 없는 사람들인가요?" 그리하여 스즈비는 위쯔치와 샹난의 '연애사'를 아주 자세한 이야기까지 덧붙여 가며 실감나게 꾸며 대기 시작했다.

"샤오샹은 옛날부터 위쯔치를 흠모하고 있었어. 샹난이 그동안 왜 결혼을 안 했겠어? 바로 위쯔치같이 재능 있는 예술가를 만나고 싶었던 거야! 우리도 젊은 시절을 겪어 봤지만, 문학소녀치고 뛰어난 예술가 좋아하지 않는 사람이 있나? 그런데 바로 샹난이 특별 심사조를 맡게 되면서 드디어 대시인과 접촉할 기회가 찾아온 거지. 샹난은 일이 있든 없든 걸핏하면 위쯔치를 찾아갔어. 그리고 알게 모르게 자기 속내를 조금씩 위쯔치한테 비쳐 봤지. 위쯔치한테 정신적으로 위로가 될까 해서 말이야. 그러던 어느 날 위쯔치의 아내가 덜컥 죽어 버린 거야. 샹난은 몰래 펑펑 울어서 완전 눈물범벅이 됐었어! 위쯔치 때문에 너무 가슴 아파서 말이야……. 어쨌든 이미 그때 딱 결정이 났던 거야. 휴, 그때 샤오샹 몰골이 얼마나 불쌍했는지 몰라. 답답하니까 몰래 나한테 와서 속내를 털어놓더라고. 나야 조심하라고 타일렀지. 그때만 해도 위쯔치는 아직 감옥에 갇혀 있었잖아! 샤오샹은 내 말을 듣더니 그 뒤로 감쪽같이 아무 내색도 하지 않더라고. 그러다가 두 사람이 다 해방이 됐지. 그래도 샤오샹은 두 사람의 관계를 감히 공개할 수가 없었어. 그래서 그날도 시집을 자기 대신 위쯔치한테 좀 갖다 주라고 나한테 부탁한 거고. 생각들 좀 해 봐, 그래도 샤오샹은 나를 친구로 여겨서 부탁한 건데 내가 비밀을 지키지 않으면 되겠어?"

스즈비는 이렇게 힘도 들이지 않고 빈틈 하나 없이 이야기를 꾸며 냈다. 사람들은 모두 입을 쩍 벌리고 그녀를 쳐다보며 이야기에 빠져들었다. 펑원펑은 좀 더 확실히 알고 싶어 뭔가 물어보려 했지만 바로 그때 유뤄빙이 작업 개시 신호를 보냈다. 스즈비도 엉덩이를 탁탁 털며 일어나 버렸다. "자, 갑시다! 일해야지!" 그녀는 오늘 드디어 마음속에 담아 두고 있던 그 찜찜함을 교묘하게 털어 버리게 되어 기분이 한결 가뿐했다.

작업이 시작되자 샹난, 위쯔치, 왕유이 등은 소리도 없이 멜대를 메고 배에 오를 준비를 했다. 하지만 이번에는 펑원펑이 가만히 있지 않고 소란을 떨기 시작했다. 그가 낄낄대며 시비를 걸었다. "샹난! 왜, 시합은 관두기로 한 거요?" "피곤해요." 펑원펑은 믿지 못하겠다는 투로 말했다. "동무도 피곤할 때가 다 있나? 아까는 그렇게 잘도 뛰더니! 역시 오래 쌓아 두니까 불도 금방 붙나 보네!" 펑원펑이 밑도 끝도 없이 무슨 말을 하는지 샹난은 알 수가 없었다. "그게 무슨 말이죠?" 펑원펑이 또 웃었다. "세 자 얼음은 하루아침 추위에 어는 것이 아니고, 얼음이 녹아 물이 되는 것도 하루아침 더위에 그리 되는 것이 아니다! 동무의 흥이 오늘 비로소 생긴 건 아니란 말이지, 안 그래요?" 펑원펑은 이렇게 말하면서 스즈비에게 눈짓을 했다. 그러나 스즈비는 못 본 체했다. 왕유이는 펑원펑의 말에 뭔가 뼈가 있긴 한데 그게 뭔지 알 수가 없었다. "이런, 수재 양반! 농담을 해도 그렇게 빙빙 돌리니 통 알아들을 수가 없잖아!" 펑원펑이 득의양양하게 말했다. "샹난하고 라오위는 알아들었을 겁니다!" "내가 아는 건 당신이 음흉한 수재라는 것뿐이야!" 샹난은 이렇게 한마디 쏘아 주고는 멜대를 지고 배 위로 올라가 버렸다. 그 후 작업장에서 더 이상의 소란은 일어나지 않았다.

작업이 끝났다. 사람들은 온몸이 뻐근하고 말도 하기 싫을 정도로 피곤하여 각자 벗어 두었던 더러운 옷을 집어 들고 하나 둘 돌아가기 시작했다. 위쯔치도 인분이 잔뜩 묻은 윗옷을 집어 들고 막 동료들을 따라 숙소로 가려던 참이었다. 그때 샹난이 그를 불러 세웠다. "윗옷 이리 줘요. 내 옷 빨 때 같이 빨게요." 샹난은 빨갛게 상기된 얼굴에, 온몸에는 인분 자국이 덕지덕지 묻어 있었다. 머리에 쓴 모자 밑으로는 머리카락이 아무렇게나 흘러내려와 이마 위에 들러붙어 있었고 그 위로는 땀방울이 송골송골 맺혀 있었다. 위쯔치는 상난이 자기보다도 훨씬 지쳐 있는 걸 보고 다정하게 사양했다. "됐소, 다음에 빨면 되지!" 그러나 상난은 대뜸 그의 손에 있던 옷을 낚아챘다. "강가에서 조금만 문지르면 돼요. 지쳐서 죽을 정도는 아니니까." 그녀는 손목에서 시계를 풀어 옆에 섰던 여간부에게 내밀며 "제 침대 위에다 좀 갖다 놔 주세요!"라고 부탁하고는 바로 강가로 갔다.

시계를 받아 든 여간부는 장난스럽게 웃으며 강을 향해 소리를 질렀다. "샤오샹, 잊지 말고 위쯔치 주머니부터 뒤져 보라고! 귀중한 물건이 들었는지 모르잖아!" "알았어요! 뒤져서 보물이라도 나오면 전부 동무한테 줄게요, 그럼 됐죠?" 강가에 있던 상난이 이렇게 소리치자 사람들이 모두 웃음을 터뜨렸다.

여간부는 사람들과 함께 걸으면서 상난의 시계를 손에 들고 이리저리 돌려보며 중얼거렸다. "샤오샹이 언제 새 시계로 바꿨지?" 그녀는 웃음 띤 눈으로 주위 사람들을 훑어보다가 마지막으로 위쯔치에게 시선을 주었다. 그러자 위쯔치가 따라 웃었다. "동무는 늙지도 않았으면서 눈이 벌써 침침해졌나 보군. 그건 샤오샹이 내내 차고 다니던 그 강서표 시계 아니오!" 펑원펑이 옆으로 와 시계를 살펴보았다. "새 시계 하나 가지고 뭘 그래요? 집에 가면 새 소파도 있고 새 오리털 이불도 있을 텐데! 옷은 괜히 빨아주겠어요?" 여간부는 위쯔치를 향해 입을 삐죽거리며 웃기만 할 뿐 더 이상 말하지 않았다. 위쯔치도 그들을 한번 쳐다보더니 더 이상 아무 말 않고 사람들을 따라 앞으로 가 버렸다. 뒤에는 여간부와 펑원펑만 남았다.

숙소에 거의 도착할 무렵 여간부가 갑자기 탄식을 했다. "스즈비 말을 들어 보니 밖에서 도는 소문이 정말인가 봐요! 이것 참 불안한데요!" 펑원펑이 분개하며 목소리를 높였다. "이번에는 정말로 노동자 선전대에 보고를 해야겠어요. 분위기가 문란해지게 그대로 두고 볼 수는 없잖아요!" "당과 동지에 대해 책임을 다한다는 차원에서 상부에 알리는 게 좋겠죠. 그래야 두 사람에 대해 사상 공작을 할 수 있을 테니까. 그런데 스즈비가 오늘 자기가 한 말을 부인해 버리지는 않을까요?" "뭐가 걱정이에요? 우리 네 사람이 다 같이 들었는데!" "날 끌어들일 생각은 하지도 마요! 난 나이는 많지 않아도 기억력은 나쁘니까. 스즈비가 한 말, 나는 다 기억하지 못해요. 제일 좋은 건 스즈비한테 직접 그 내용을 쓰라고 하고 동무하고 쟈셴주가 증인을 서는 거예요." "그렇지! 저녁 먹고 내가 스즈비한테 가 봐야겠어요!" "그거야 동무 자유니까 내가 뭐라고 할 수는 없죠." 여간부는 두루뭉술하게 말하고는 빠른 걸음으로 여자 숙소로 들어가 버렸다.

평원펑은 자기도 모르게 둑 쪽을 바라보았다. 강둑이 가로막고 있긴 했지만 위쯔치의 옷을 빨고 있을 샹난의 모습이 눈에 훤했다. 심지어 그녀가 득의양양하게 웃고 있는 모습마저 본 듯했다. 그는 속으로 혼잣말을 했다. "마지막에 누가 웃게 될지 어디 두고 보자고!" 그는 경쾌하게 발걸음을 뗐다. 그리고 "갈대꽃 피고 벼 향기 구수한데……"라며 궈졘광(郭建光)의 노래까지 흥얼거리며 샤워장으로 향했다.

저녁을 먹고 나서 평원펑은 주머니에 보고서 종이 몇 장을 찔러 넣고 쟈셴주와 함께 여자 숙소로 가서 스즈비를 찾았다. 스즈비는 벌써 자려고 침대에 누워 있었다. 그녀는 피곤하기도 했지만 마음도 불안했다. 저녁 먹을 때 쟈셴주가 했던 말이 머릿속에서 맴돌았기 때문이다. "즈비, 오늘 한 말 그거 전부 사실이야? 만약 사실이라면 라오웨이하고 샤오샹이 큰일나게 생겼군!" 그녀는 아무렇지 않게 말했다. "무슨 큰일이 난다고 그래? 내가 뭐 고발할 것도 아닌데!" "동무야 하지 않겠지만, 펑원펑은?" 그녀는 가슴이 철렁했다. 오늘 내가 어쩌려고 그랬지? 펑원펑이 어떤 사람이라는 것마저 깜박 잊고 있었다니! 그러면서도 그녀는 대수롭지 않다는 듯 말했다. "두 사람 문제는 모두 인민 내부 모순인데 그들을 어쩌기야 하겠어? 걱정도 팔자야." 말은 그렇게 했지만 마음은 불안했다. 식당에서 나오는데 샹난이 막 강변에서 돌아와 뜰에다 옷을 널고 있었다. 그중에는 위쯔치의 윗옷도 있었다. 왜 그랬는지 그녀는 샹난 옆으로 가서 한마디 충고를 했다. "샤오샹, 라오위의 옷은 남자 숙소 있는 데다 널지그래. 이건 순전히 좋은 뜻으로 하는 말이야. 좋지 않은 소문이 돌고 있단 말야!" 샹난은 별일 아니라는 표정을 지었다. "어디든 남의 말 하기 좋아하는 사람들은 있잖아요. 하고 싶으면 하라고 하죠, 뭐. 보나마나 펑원펑의 주둥아리 밖에 더 있겠어요." 샹난은 옷을 다 널자 바로 식당으로 가 버렸다. 이런 일을 생각하다 보니 스즈비는 점점 더 불안해지기 시작했다. 바로 그때 펑원펑이 문 밖에서 그녀를 부르는 소리가 들렸다. 그녀는 퉁명스럽게 대답했다. "몸이 안 좋으니까 무슨 일 있으면 내일 다시 얘기합시다!" 하지만 펑원펑은 아랑곳하지 않고 계속 재촉했다. "스즈비 여사님! 중요한 일로 의논을 해야겠으니 좀 나오세요!" 자기와 펑원펑은 의논할 만한 일이 없는데, 설마 쟈셴주의 추측이 정말로 맞은 것일까? 하는 수 없이 그녀는 침대에서 일어나 문가로 나갔다. 쟈셴주가 얼른 먼저 말을 꺼냈다. "샤오펑이 같이 오자고 해서 오긴 했는데 무슨 일인지 모르겠네." 역시나 그렇군, 스즈비는 확실히 감이 왔다. 이왕 이렇게 된 바에야 까짓것, 이 기회에 남들 해치는 짓은 그만하라고 펑원펑에게 확실히 말해 줘야겠다는 생각이 들었다.

펑원펑은 스즈비와 쟈셴주를 데리고 조용한 곳을 찾아 두리번거리다 자리를 잡고 앉았다. 스즈비가 단도직입적으로 말했다. "수재 양반! 우리같이 하릴없는 처지에 있는 두 사람한테 무슨 중요한 일을 의논하겠다고 그러는 거야? 혹시 다른 사람 고발 자료를 쓰려는 건 아니겠지?" 펑원펑이 또다시 사방을 두리번거렸다. "오늘 동무가 한 얘기를 듣고 나니 마음이 영 편안하지가 않아서요. 문화 대혁명이 시작된 지 벌써 몇 년이나 지났는데 어떻게 아직도 그런 일이 생길 수 있죠?" 스즈비가 피식 웃었다. "동무는 연애도 안 해 본 것처럼 그러네? 연애할 때 안 그런 사람이 어디 있어? 라오위하고 샤오샹 일도 그저 평범한 거야. 놀라고 자시고 할 것도 없다고. 그것하고 문화 대혁명은 더더구나 아무 상관도 없고." 펑원펑이 고개를 절레절레 흔들었다. "전 그렇게 생각하지 않아요! 노동개조소는 무산 계급 독재를 실시하는 곳인데 감히 거기서 연애질을 하다니요? 더구나 특별 심사조 조장이 심사 대상한테 심사 자료를 넘겨준 건 또 무슨 짓이고요? 그게 심각한 계급투쟁 아니고 뭡니까? 그리고 또, 라오스, 동무가 아직 모르는 게 있어요! 에잇, 참, 내 입으로 말하기도 그러네. 그 두 사람은 벌써 보통 관계가 아니에요. 『빈하이 일보』 기자가 두 눈으로 직접 봤답니다! 위쯔치 집에서요!" 스즈비가 깜짝 놀라 물었다. "수재! 그래서 어떡하려고?" 펑원펑은 더 심각한 표정을 지었다. "저는 문란한 풍조가 더욱 번성하고 동지가 타락하는 것을 보고만 있어서는 안 된다고 생각해요. 그래서 말인데, 샹난이 동무한테 했던 얘기를 동무가 보고서로 작성해서 노동자 선전대에 제출하세요. 그러면 나하고 쟈셴주 동무가 증인을 설게요. 여기 보고서 용지도 가져왔어요."

"아이고, 펑원펑 동무!" 스즈비가 소스라치게 놀라서 벌떡 일어났다. "난 그렇게 비열한 짓은 못 해!" 쟈셴주도 너무 놀라 눈을 깜박거리며 말했다. "남의 좋은 일은 잘되게 도와야지. 암, 잘되게 도와야지."

"노동자 선전대에 상황을 보고하는 것이 어떻게 비열한 짓입니까? 그리고 남의 좋은 일을 잘되게 돕는 것도 물론 좋지요. 하지만 그 두 사람 일은 하나도 좋은 일이 아니에요. 아주 더럽고 추잡하다고요! 그럼 이렇게 하면 어때요? 내가 대신 쓸 테니까 동무가 서명만 하는 거예요."

펑원펑이 이처럼 진지하게 나오는 것을 보고 스즈비도 심각해지지 않을 수 없었다. "샤오펑, 쓰고 싶으면 동무나 마음대로 쓰라고. 난 절대 서명 같은 건 하지 않을 테니까. 무슨 부귀영화를 누리겠다고. 난 그런 짓은 절대 못 해!"

"그럼 내가 동무한테 들었다고 쓸 테니까 다 쓴 다음에 동무가 증명을 해요." 펑원펑이 한발 물러났다.

"난 다른 사람 증명 같은 건 안 해요, 샤오펑. '네가 만일 친구를 위해 담보하며 타인을 위해 보증했다면 네 입의 말로 네가 얽히며 네 입의 말로 네가 잡히게 되나니', 난 절대 증인 같은 거 안 선다고."

스즈비는 어려서 교회 학교를 다닌 적이 있어 툭하면 성경 구절을 인용했다. 그 때문에 문화 대혁명 이래 몇 번 비판을 받은 뒤로는 거의 그런 적이 없었는데 오늘 또 자기도 모르게 인용하고 말았다. 다행히 펑원펑은 알아듣진 못한 것 같았다. "그게 어떻게 다른 사람 증명을 서는 거예요? 그 말은 동무가 한 거잖아요!"

"그건 내가 그냥 맘대로 꾸며 낸 이야기야!" 스즈비는 결국 자기 입으로 실토하고 말았다.

"어떻게 이제 와서 자기가 한 말까지 오리발을 내밉니까?" 펑원펑은 기가 막히기도 하고 화가 나기도 해서 소리쳤다.

"자기가 한 말을 전부 다 인정하는 사람 몇이나 봤어? 만약 어떤 사람이 한 말을 곧이곧대로 다 믿는다면 관리는 관리직도 못 해 먹을 거고 백성은 백성 노릇도 못 해 먹을 거야. 증인만 서도 힘들어 죽을 거라고. 그만해, 샤오핑. 내가 한 말은 다 잊어버려! 전부 다 바람이 지나간 거려니 생각하라고. 난 피곤해서 그만 자러 가야겠어!" 스즈비는 실실 웃으며 이렇게 말하더니 그대로 돌아서 가 버렸다.

펑원펑이 작은 두 눈을 부릅떠 보았지만 소용없었다. 스즈비는 성격이 좀 괴팍해서 억지로 강요하면 일을 그르칠 수도 있었다. 펑원펑은 이제 쟈셴주를 붙들고 늘어졌다. "우리 둘이 라오스가 한 말을 보고서로 씁시다, 어때요?" 그랬더니 쟈셴주도 난감해했다. "난 '한쪽으로 밀려난 사람'이라 말해 봐야 공신력도 없을 거야. 그래도 스즈비한테 쓰라고 하는 게 낫지!" 화가 난 펑원펑은 쟈셴주를 콱 밀쳐 버렸다. "알았어요, 알았어! 가 버려요! 같이 외양간에 있었다고 서로 감싸 주는 꼴이라니!" 쟈셴주는 일어나서 허리를 굽혀 인사를 하고 고개를 끄덕이더니 정말로 가 버렸다. 그 뒤에 대고 펑원펑이 욕을 해댔다. "아무 짝에도 쓸모없는 '미라' 같으니라고!" 펑원펑은 난처해졌다. 오후에 스즈비의 이야기를 들을 때만 해도 얼마나 신이 났던가! 그런데 이제 와서 스즈비가 오리발을 내밀면서 모두 자기가 꾸며 낸 이야기라고 하다니! 정말로 꾸며 낸 이야기일까? 그럴 가능성이 다분했다. 노동개조소에서 연애를 했다는 것만 해도 그렇다. 그것이 불가능한 일이라는 건 누구보다 펑원펑이 잘 알았다. 그건 지어낸 얘기가 틀림없었다. 하지만 그것이 지어낸 얘기라는 걸 인정하고 싶지 않았다. 그는 스즈비의 거짓말이 제발 사실이기를 진심으로 바랐다. 그랬는데 이제 스즈비와 쟈셴주 둘 다 자기와 함께 행동하는 것을 거부

해 버렸다. 좋아, 좋다고! 어디 자기들끼리 실컷 감싸 줘 보라지! 그게 지어낸 얘기든 아니든 일단 입 밖에 낸 말이잖아. 달리는 말은 쫓아가기 힘들고 내뱉은 말은 바람에 쉽게 흩어지지 않는 법이야. 나라도 보고서를 쓰고 말겠어. 그냥 소문이면 어때? 어차피 내가 지어낸 말도 아니잖아. 나는 그냥 소문이 상부의 귀에 들어갈 수 있도록 날개를 달아 주는 것뿐이야. 이렇게 해서 펑원펑은 숙소로 돌아와 침대로 올라간 뒤 모기장을 치고 앉아 침침한 불빛 아래서 보고서를 쓰기 시작했다.

리융리의 '계급 분석법'

평원펑의 보고서가 리융리의 손에 전달될 무렵, 리융리는 한창 위쯔치와 샹난의 결혼 신청 때문에 골머리를 썩고 있었다. 대체 어떻게 해야 좋을지 결정을 내릴 수가 없었던 것이다.

처음에 리융리는 도무지 자기 눈을 믿을 수가 없었다. 내가 잘못 봤나? 그 위쯔치와 그 샹난이 결혼을 한다? 문예계로 온 지 2년여 동안 지식 분자에 대한 독재니, 투쟁이니, 개조니 해서 그는 풍부한 경험을 쌓을 수 있었다. 하지만 지식 분자―그것도 아주 구체적인 지식 분자―의 결혼 문제를 처리하게 된 것은 이번이 처음이었다. 노동자 계급이 모든 것을 영도해야 한다면 그 안에 결혼에 대한 영도도 포함되는 것일까? 무산 계급이 전면 독재를 실시해야 한다면 연애나 결혼에 대해서도 독재를 실시해야 하는 걸까? 이 문제에 대해서는 이론적으로 누가 설명해 준 적도 없었고 실제로 누군가의 경험을 들어 본 적도 없었다. 그러니 이번 문제는 순전히 리융리 혼자 힘으로 탐색하고 창의를 발휘해야만 했다. 리융리는 모든 인간 관계는 다 계급 관계이며, 따라서 모든 인간의 결합 역시 정치적 결합이라고 생각했다. 결혼이나 연애도 물론 예외는 아닐 것이다. 그렇다면 위쯔치와 샹난의 결합은 어떤 계급적 내용과 정치적 기초를 가지는가? 리융리는 곰곰 생각해 보았다. 위쯔치는 말할 것도 없이 수정주의이고 자산 계급이다. 샹난은 17년 케케묵은 학교에서 배출해 낸 학생이고 나중에는 문예계 검은 노선을 위해 복무했으니 역시 당연히 수정주의이고 자산 계급이다. 하지만 샹난은 그렇게 유명하지도 않고 높은 지위에 있는 것도 아니니까 응당 '소(小)수정주의'이고 '소(小)자산 계급'에 속하겠지? 그렇다면 두 사람의 결합은 '대(大)자산 계급'과 '소자산 계급', '대(大)수정주의'와 '소수정주의'의 결합인 셈이다. 이런 결합의 정치적 기초는 두말할 것도 없이 반동적이다.

하지만 돤차오촨과 샹난이 친구지간임을 감안하면서부터 리융리의 계급 분석법은 골치가 아파지기 시작했다. 자기가 샹난을 심사했을 때 돤차오촨은 자기를 지지해 주었다. 그녀는 계급적 노선을 분명하게 구분하는 것 같았다. 그런데 나중에 그녀는 또 앞으로는 샹난 같은 사람들에게 의지해 일할 필요가 있다며 샹난을 해방시키도록 했다. 이건 무엇을 의미하는가? 돤차오촨의 눈에 샹난은 대체 어떤 계급에 속하는 것일까? 지난 몇 년 동안 그는 오늘 자산 계급에 속했던 사람이 어떤 '중앙 지도자'의 눈에 드는 순간 하루아침에 당당한 무산 계급 혁명파로 둔갑하는 것을 여러 번 보았다. 이는 전기가 한번 통하면 물건의 색깔이 대번에 바뀌는 전기 도금처럼 '무산 계급 사령부' 몇몇 대장의 안목이 한 사람의 계급적 성분을 바꿀 수도 있음을 의미했다. 샹난도 혹시 그렇게 전기 도금될 인물인 것일까? 만의 하나 돤차오촨이 먼저 '고육책(苦肉策)'을 쓴 뒤에 다시 샹난을 확 바꾸려고 변화를 준비하고 있는 중인데 자기가 그것도 모르고 샹난의 '성분'을 잘못 파악했다가는 당장 상관에게 밉보이지 않겠는가?

휴! 이렇게 저렇게 아무리 분석해 보아도 계급 분석 방법이 반드시 모든 일에 딱 들어맞는 것 같지는 않았다. 문인협회처럼 이렇게 계급 관계가 복잡한 곳에서 일을 하기란 정말 외줄을 타는 심정이었다. 한번 파닥하고 잘못 디디면 떨어져서 다시는 올라오기 힘든 것이다. 리융리는 돤차오췬을 찾아가 지시를 내려 달라고 요청할까 생각도 해 보았지만 그녀가 "두 사람의 결혼 문제까지 문화국 혁명위원회를 찾아와서 지시를 청해야 합니까?"라고 호통을 칠까 봐 무서웠다. 이런 이유로 리융리는 몇 날 며칠을 질질 끌기만 하고 결정을 내리지 못하고 있던 참이었다. 물론 위쯔치와 샹난 두 사람을 불러다 직접 얘기를 해 볼 수도 없는 노릇이었다. 몇 번인가 유뢰빙이 먼저 이 문제를 물은 적은 있었다. "리 동지, 위쯔치와 샹난의 일은 어떻게……?" 리융리는 이 노간부의 의견을 듣고 싶어서 "그러는 동무는 어떻게 생각하오?"라고 물어보았다. 하지만 유뢰빙은 번번이 두 손만 비벼 대면서 "참 어려운 문젭니다. 저도 어떻게 처리해야 할지 모르겠습니다!"라고 대답할 뿐이었다. 그 바람에 리융리는 이 문제를 어떻게 처리해야 할지 더더욱 알 수가 없었다.

그러던 차에 펑원펑의 보고서를 받게 된 그는 애초 자기가 했던 계급 분석에 비중을 두게 되었다. 또 돤차오췬에게도 보고를 올려야겠다고 생각했다. 단지 그 전에 먼저 샹난을 만나 이야기를 한번 나누어 보아야 하는 건지에 대해서는 아직 판단이 서지 않았다……

그가 한창 이런 생각을 하고 있을 때 샹난과 위쯔치를 비롯한 몇 사람이 얘기를 하면서 연대 본부 사무실 앞을 지나갔다. 그는 얼른 입구로 가서 샹난을 불러 세웠다.

야릇한 웃음을 띠고서 샹난을 위아래로 쓱 훑어본 그는 속으로 깜짝 놀랐다. 샹난은 여전히 덕지덕지 기운 옷을 입고 있었지만 깔끔하고 시원해 보이는 것이 10년은 더 젊어진 것 같았다. 그는 속으로 생각했다. '연애란 게 참 묘하긴 묘하단 말이지. 근데 왜 내 애인한테는 아무런 변화가 없을까?'

"좋아 보이는군, 샹난 동무!" 한참 뒤에야 그는 겨우 이렇게 말을 건넸다.

샹난은 무슨 영문인지 몰라 묵묵히 그 자리에 서 있었다.

"요즘 무슨 생각을 하고 있소? 재교육을 어떻게 받아들일까 생각하고 있소?" 리융리가 입을 삐죽 내밀며 웃었다.

샹난은 되도록이면 리융리의 얼굴을 보고 싶지 않았지만 참을성 있게 대답했다. "리 지도원 동지, 할 말 있으면 그냥 하시죠. 전 채소밭에 일하러 가야 하거든요."

"서두를 것 없소. 동무가 요즘 아주 열성적이라는 건 나도 알고 있으니까. 하지만 노동만 열심히 한다고 되는 것은 아니오. 사상 개조에도 신경을 써야지, 안 그러면……. 안 그렇소?"

"제가 뭐 잘못한 게 있으면 그냥 비판하시죠."

"아니, 아니, 동무는 아주 잘 하고 있소. 농담도 곧잘 하고! 좋소, 뭐 다음에 다시 얘기하도록 하지. 오늘은 밭에서 청경채를 뽑는 일을 한다지? 청경채는 쇤 것일수록 값이 더 나간다던데? 헤헤……, 가 보시오! 가 봐요!"

말을 마친 리융리는 껑충거리며 사무실로 들어왔다. 그는 이만하면 자기가 이미 샹난을 '교육'한 셈이라고 생각했다.

샹난은 잔뜩 심기가 불편해져서 채소밭으로 돌아왔다. 분풀이라도 하듯이 그녀는 청경채를 몽땅 잡아 뽑아 버렸다. 옆에서 보고 있던 청쓰위안이 물었다. "리융리가 불러서 뭐라고 합디까?"
샹난이 불퉁한 목소리로 나지막이 얘기해 주었다. 얘기를 들은 청
쓰위안은 대뜸 샹난을 탓했다. "그러게 내가 그렇게 조심해라, 조
심해라, 그러지 않았소? 두 사람, 들은 척이나 했소?"

오전에 청쓰위안은 유뤄빙에게 위쯔치와 샹난의 일을 상부에서
어떻게 처리할 생각인지 물어보았다. 유뤄빙은 한숨을 내쉬었다.
"군중의 반응이 별로 좋지 않아!" "군중 중에는 좋은 의견도 있고
나쁜 의견도 있지. 어떤 일이든 찬성하는 사람도 있고 반대하는
사람도 있는 법이니까. 관건은 상부에서 어떻게 보느냐는 거지.
자네가 있는 연대 본부 의견은 어떤가?"

"연대 본부에서는 이렇다 할 의견이 없다네." 유뤄빙이 얼버무
렸다.

"그럼 왜 두 사람 결혼을 비준해 주지 않는 건가? 쯔치도 이젠
가정을 꾸려야 하지 않겠나!"

청쓰위안의 말에 유뤄빙이 어깨를 으쓱하고는 손을 펴 보였다.
"누가 비준한단 말인가? 우리한테는 그럴 권한이 없네!"

"이런 일을 왜 연대 본부가 알아서 처리할 수 없단 말인가?"

"요즘 어디 정상적인 수속 절차가 있기나 한가?"

유뤄빙이 속 시원하게 이야기하지 않자 청쓰위안은 그 꼴이 보
기 싫어 아예 단도직입적으로 물었다. "그러면 자네 생각은 어떤
가?"

"나?" 유뤄빙이 또 두 손을 펴 보였다. "내 생각이 무슨 소용이
있는가? 결국은 노동자 선전대와 군중의 의견에 따라야지."

"이건 무슨 정치 문제도 아니잖나? 그래, 자네가 쯔치를 좀 도
와줄 수는 없는 건가?" 청쓰위안이 몹시 불만스럽다는 투로 내뱉
었다.

그러자 여워뤄빙은 고개를 저으며 탄식했다. "자네는 어째 여태 그렇게 아무것도 모르는 서생 같은가? 뭐가 정치 문제고 뭐가 생활 문제인데? 요즘 같은 때 누가 그걸 확실히 구분할 수 있단 말인가? 자네? 나? 둘 다 아닐세. 지금이라도 누가 나서서 쯔치의 이번 일은 순전히 개인의 생활 문제에 속한다고 주장한다면야 나도 도와주지 못할 게 뭐 있겠는가? 하지만……." 그는 또 탄식을 하다 말고 입을 다물어 버렸다.

"왜, 무슨 다른 상황이라도 있는 건가?" 청쓰위안은 몹시 걱정이 되었다.

잠시 머뭇거리던 유뤄빙이 청쓰위안을 자기 옆으로 잡아당기더니 목소리를 낮추어 말했다. "쓰위안, 이건 조직의 원칙상 절대 용납이 안 되는 일이니, 내가 지금부터 자네한테 하는 말은 절대 쯔치나 샹난한테 해서는 안 되네, 절대! 일이 커져 버려서 아주 어렵게 됐다네! 오늘 아침 펑원펑이 리융리한테 보고서를 제출했는데, 샹난과 위쯔치 두 사람은 류루메이가 죽기 전부터 연애를 했으며 특별 심사조 자료도 위쯔치한테 줬다고 샹난 본인이 스즈비한테 말했다는 거야. 리융리는 이건 아주 심각한 계급투쟁이라면서 상부에 보고할 생각인 것 같아!"

청쓰위안은 까무러치게 놀랐다. 진작부터 무슨 일이 생길지 모른다고 준비는 하고 있었지만 이런 식으로까지 비열하게 나올 줄은 몰랐다. 그는 분해서 부들부들 떨리는 손으로 안경을 밀어 올리며 물었다. "그런 말 같지도 않은 말을 자네는 믿나?"

"내가 세 살 먹은 아인 줄 아나? 그 보고서는 허점투성이야! 생각해 보게. 쯔치가 루메이와 얼마나 감정이 깊고 돈독했는데 그런 짓을 했겠어? 또 격리 기간에는 얘기를 하려면 반드시 심사조의 두 사람 이상이 배석하도록 되어 있는데, 다른 사람이 있는 데서 어떻게 연애를 할 수 있단 말인가? 그리고 심사조 자료를 넘겼다고 하는데 무슨 자료? 근거도 증거도 전혀 없지 않나? 한 발 양보해서 두 사람이 진작부터 사적인 감정이 있었다고 치세. 샹난이 그런 걸 스즈비한테 말했을 리가 있나? 샹난은 교제 범위가 좁아서 주변에 순 대학 출신들뿐이라고. 스즈비 같은 사람은 아예 친구로 여기지도 않는단 말일세. 게다가 그때는 스즈비도 '한쪽으로 밀려난 사람'이었잖나?"

유뤄빙이 구구절절 조리 있게 분석하자 청쓰위안은 그나마 안도의 한숨을 내쉬었다. "자네, 그런 얘기를 리융리한테 해 봤나?"

그러자 유뤄빙은 슬쩍 얼버무려 버렸다. "그자가 내 말을 듣기나 하게? 내 처지도 정말 난처하다네! 어디로 피해도 참외 밭의 자두처럼 의심받기 십상이니, 원!"

"뤄빙, 난처한 자네 처지를 나도 모르는 바 아니네. 하지만 친구가 모함을 받는데 그냥 두고 볼 수는 없잖은가! 평원평의 그런 헛소리는 절대 믿으면 안 된다고 자네가 꼭 리융리한테 가서 말해야하네."

유뤄빙은 한참을 망설였다. "한번 해 보지! 하지만 쓰위안, 이 문제는 사실 위에서 쯔치나 샹난을 어떻게 보느냐에 달려 있네! 내가 한 말, 절대로 다른 사람한테는 얘기하면 안 되네. 난 책임 못 져!"

"내 인격을 걸고 맹세할 테니 걱정 말게. 하지만 자네도 하나 약속하게. 금방 한 말은 꼭 지키겠다고 말이야!"

유뤄빙도 마지못해 머리를 끄덕였다.

오후에 유뤄빙은 일부러 일하러 가지 않고 본부 사무실에 남았다. 리융리가 낮잠에서 깨어나면 그와 얘기를 해 볼 심산이었다.

하지만 리융리는 코까지 드르렁거리면서 2시 반이 되도록 일어날 생각을 안 했다. 리융리를 깨우자니 기분 나빠할까 봐 그러지도 못하고 사무실 안을 왔다 갔다 서성거리고만 있었다. 다행히 그때 전화벨이 울렸다. 리융리의 여자 친구한테 걸려 온 것이었다. 유뤄빙은 기회를 놓칠세라 얼른 리융리를 깨웠다. "지도원 동지, 지도원 동지! 애인한테서 전화가 왔어요!" 리융리는 성지(聖旨)라도 받은 것처럼 금방 코 고는 소리를 뚝 그치더니 후다닥 침대에서 일어나 수화기를 들었다. 뾰족한 얼굴에 순식간에 온화한 미소가 걸렸다. 전화기 저쪽의 목소리가 굉장히 크게 들렸다. 아마도 화가 단단히 난 모양이었다. 리융리의 얼굴도 점점 일그러지기 시작하더니 급기야 욕설이 쏟아져 나왔다. "씨발! 그 새끼들, 순전히 제멋대로잖아! 나 같은 사람은 도와주지 않겠다 이거지!" 조금 뒤 그는 목소리를 누그러뜨리며 수화기에 대고 생글생글 웃으며 말했다. "알았어, 안심해! 장강로에 널린 게 집인데, 뭐! 내가 어떻게든 당신 만족할 수 있게 해 줄게!" 전화를 끊은 그는 도로 침대에 벌렁 드러누우며 투덜거렸다. "씨발, 주택 관리 담당 눈에는 고관들밖에 안 보인다니까! 우리 같은 피라미들이 결혼하려면 고만고만한 방 하나 구하기가 이렇게 쉽지 않으니, 쳇!"

리융리의 말을 듣고 있던 유뤄빙은 마침 잘됐다 싶어 얼른 맞장구를 쳤다. "그러게, 정말 불공평하지 뭐요. 리 동지, 이런 일은 직접 자기 발로 뛰어다녀야지 남들한테만 맡겨 놓아서는 절대 성사되지 않습니다. 사람이 면전에 있어야 인정도 따라오는 거지요. 동지가 직접 빈하이에 가 보세요! 설에 결혼하려면 날짜도 얼마 남지 않았잖습니까!"

"한번 가면 사나흘은 걸릴 텐데, 여기 일은 아무래도 또 동무한테 맡겨야겠소."

유뤄빙이 웃으며 넌지시 말했다. "어차피 큰일도 없는데요, 뭐. 기다렸다가 동무가 돌아오면 그때 처리하면 됩니다. 참, 그리고 이번에 가시는 김에 돤차오췬 동지에게 위쯔치와 샹난의 일도 보고하면 되겠군요."

"그것도 괜찮지. 이젠 그 두 사람 일을 어떻게 해야 할지 감이 좀 잡히오. 그래도 일단 돤차오췬 동지한테 어떻게 처리해야 할지 물어봐야지요. 샹난은 그 친구니까!"

"그럼요, 그럼요! 샤오샹이 돤차오췬 동지의 친구라 이번 일은 특별히 신중하게 처리해야 합니다. 보고할 때도 여지를 남기시는 게 좋을 겁니다. 또 믿을 수 없는 보고 내용은 근거로 쓰지 않는 게 좋겠지요."

"동무는 펑원펑의 보고가 믿을 만하다고 생각하시오?"

"그건 제가 모르죠. 믿을 만한지도 모르고 또 그렇지 않은지도 모르죠. 어쨌든 신중하게 처리하는 게 좋을 것 같습니다. 예를 들어 돤차오췬 동지가 '이 보고 내용을 확인해 봤소?' 라고 물으면 어떻게 대답할 겁니까? 그러니 먼저 우리가 스즈비를 불러다가 샹난이 언제 어디서 그런 얘기를 했는지 먼저 확인을 해야 하지 않겠습니까? 그래야 돤차오췬 동지도 우리가 일부러 걸고넘어지는 게 아니란 걸 알 테고 말입니다."

리융리가 대번에 침대에서 일어나 앉으며 신이 나서 말했다. "역시 여우 동지가 최고요. 참 세심하단 말이지. 그럼 얼른 가서 스즈비를 불러 오시오!"

유뤄빙이 스즈비를 불러 왔다. 리융리는 바로 펑원펑이 쓴 보고서를 그녀 앞에 내밀었다. "말해 보시오. 이게 사실이오?" 유뤄빙이 옆에서 한마디 거들었다. "라오스, 상황을 상세하게 설명해야 하오. 샤오샹이 대체 동무한테 어떻게 얘기한 거요?"

스즈비가 보고서를 받아 들고 읽기 시작했다. 평소 어지간해서는 얼굴빛이 변하지 않던 그녀였지만 이번에는 삽시간에 창백해지더니 또 금세 온통 빨갛게 상기되고 말았다. 그녀는 차마 보고서를 끝까지 읽을 수조차 없었다! 평원펑은 그녀가 하지 않은 이야기까지 그녀가 한 것처럼 부풀려 놓았을 뿐만 아니라 그것도 아주 교묘하게 그녀의 말투인 것처럼 바꿔 놓았던 것이다. 리융리의 질문에 어떻게 대답해야 하나? 자기가 다 꾸며 낸 얘기라고 실토해 버리기에는 선뜻 용기가 나지 않았다. 그녀가 매사에 진실하지는 않다고 해도 지식인으로서의 자존심만은 지키고 싶었다. 하지만 그렇다고 이 보고서 내용이 사실이라고 인정한다면 그것은 또 그녀의 양심을 저버리는 일이었다. 그녀는 쥐구멍에라도 들어가지 못하는 게 한스러웠다!

리융리는 스즈비가 평소와 다른 것을 이상하게 여기며 물었다. "왜, 무슨 사정이라도 있소? 말하기 어려울 게 뭐 있소? 정말이오, 거짓말이오?"

스즈비는 창피한 듯이 유뤄빙을 힐끔 쳐다보았다. "거짓말도 아니고 정말도 아닙니다. 샹난이 저한테 자기 얘기를 한 적은 있지만 언제 무슨 말을 어떻게 했는지는 기억이 나질 않아요. 평원펑한테 한 말은 제가 그냥 재미 삼아 한 말이라 진짜도 있고 가짜도 있고 다 섞여 있어요. 그걸 이렇게 다 진짜라고 생각할 줄은 정말 몰랐습니다!"

유뤄빙이 다급히 물었다. "라오스, 그럼 어느 부분은 진짜고 어느 부분은 가짠지 자세히 설명을 좀 해 주겠소?"

스즈비는 평정을 되찾으려 노력했다. "위쯔치와 샹난이 진작부터 서로 호감을 가졌다는 것하고 샹난이 위쯔치 재능을 사랑했다는 것은 정말이에요."

"그럼 두 사람이 언제부터 사랑하기 시작한 거요?" 리융리가 캐물었다.

"몰라요."

"위쯔치의 부인이 죽기 전부터였다고 동무가 분명 말하지 않았소?" 리융리가 다그쳤다.

"그건 제가 추측하고 분석한 거죠. 펑원펑이 제 말뜻을 오해했나 봐요."

"그럼 동무는 무슨 근거로 그렇게 추측하고 분석한 거요?"

이쯤에서 누이 좋고 매부 좋을 수 있는 방법을 생각해 낸 스즈비는 그제야 비교적 태연자약해질 수 있었다. 그녀는 싱글거리며 웃기까지 했다. "리 지도원 동지! 동지는 우리 같은 지식 분자를 잘 모를지 모르지만, 우린 소설을 쓰는 것처럼 늘 현실에서 벗어나 상상하기를 좋아한답니다. 제가 바로 그런 편이에요. 예를 들어서 문학소녀는 모두 재능 있는 남자를 사랑하고 그러니까 샹난도 당연히 재능 있는 남자를 사랑할 거라고 생각하는 거죠. 그런데 위쯔치가 바로 그런 재능 있는 남자고 샹난은 자연스럽게 그 사람한테 한눈에 반하게 된다. 그리고 한눈에 반했다면 그 감정을 숨기기 힘들었을 테니까 특별 심사조 시절에 위쯔치한테 슬쩍 자기 맘을 내비치지 않을 수 없었을 거다……, 뭐 그런 식이죠. 전 그런 의미에서 제가 상상한 대로 말한 것뿐인데 펑 동무가 그것을 보고서로 작성할 줄 누가 알았겠어요?"

"그럼, 이게 다 동무가 상상해 낸 거란 말이오?" 리융리가 짜증을 냈다.

"맞아요, 모두 상상해 낸 거예요!" 스즈비는 분명하게 대답했다. 그런데 리융리가 불만스러워하는 것처럼 보이자 얼른 몇 마디 덧붙였다. "이건 모두 제가 아직도 지식인으로서의 못된 습성을 버리지 못해서 생긴 일입니다. 앞으로 저의 세계관을 개조할 수 있도록 반드시 열심히 노력하겠습니다. 그러니 이 보고서는 그만 없던 걸로 해 주세요!"

리융리는 스즈비의 말을 믿을 수 없다는 듯이 "잠깐만"이라고 하더니 바로 유뤄빙에게 지시를 내렸다. "가서 펑 동무를 불러 오시오." 유뤄빙은 잠시 당황했으나 펑원펑을 데려오지 않을 수 없었다.

펑원펑이 들어오자 스즈비가 싱글싱글 웃으며 말을 꺼냈다. "샤오펑, 내가 어제 분명히 말하지 않았어? 난 그냥 재미 삼아 말한 것뿐이니까 곧이듣지 말라고 말이야." 펑원펑이 작은 눈을 희번덕거렸다. "듣지 못했는데요. 난 그저 동무가 말하는 것은 한마디도 빼지 않고 다 진실이고 동무는 지금까지 거짓말을 해 본 적이 없다고 말하는 것만 들었어요." 스즈비는 대번에 웃음을 싹 거두었다. "샤오펑, 내가 그렇게 말했다고? 그렇게 허튼소리는 함부로 하는 게 아니지!"

마음이 급해진 펑원펑이 신경질을 냈다. "스즈비 동무, 당신은 어떻게 그렇게 매번 자기가 한 말에 책임을 지지 않으려 합니까?"

스즈비도 화가 나서 펑원펑을 향해 달려들었다. "그러면서 동무는 왜 내 말을 믿는 건데? 그걸로 보고서까지 쓰고 말이야?" 그녀는 다시 리융리와 유뤄빙을 쳐다보았다. "방금 제가 말한 건 모두 사실이에요. 어제는 재미로 말한 것뿐이니 인정할 수 없어요! 이제 지도원 동지가 판단을 내리시죠!"

펑원펑이 째지는 목소리로 외쳤다. "그 자리에 두 사람이 더 있었으니 데려와서 물어봐요!"

스즈비도 또박또박 힘을 주어 말했다. "난 재미로 한 말이니까 인정할 수 없어! 동무가 백 사람을 더 데리고 와도 난 그 말밖에 할 말이 없어!"

리융리가 다시 지시했다. "좋소! 라오유, 가서 나머지 두 사람도 데리고 오시오!" 유뤄빙이 대답을 하고 밖으로 나갔다. 그리고 얼마 뒤 여간부와 쟈셴주를 데리고 돌아왔다.

펑원펑은 그들이 들어서기 무섭게 여간부에게 물었다. "동무도 어제 라오스가 말하는 걸 분명히 들었지요? 또 동무는 빈하이에서도 내게 그랬잖소? 『빈하이 일보』 기자가 위쯔치와 샹난의 일을 자기 눈으로 직접 봤다고 말이오. 동무가 알고 있는 사실이 라오스가 말한 내용과 일치하잖소!"

여간부는 터무니없다는 듯이 딱 잡아뗐다. "지금 무슨 말을 하는 거예요? 무슨 말인지 나는 하나도 모르겠군요. 난 절대로 남의 일에 참견하지도 않고 또 뒤에서 이러쿵저러쿵 얘기하는 사람도 아니에요. 샤오펑, 뭘 잘못 기억하는 거 아니에요?"

펑원펑의 얼굴이 딱딱하게 굳어지고 말았다! 그는 오늘에서야 이 여간부가 얼마나 무서운 여자인지 알 것 같았다. 이 여자는 뒤에서는 사람을 헐뜯기 좋아하면서도 공개적인 자리에 가면 사람들이 그녀의 입은 영원히 닫혀 있을 것이라고 믿게 만들어 버린다! 그녀가 자기의 기억력이 나쁘다고 공표한 것도 알고 보니 다른 사람을 건망증 환자로 만들어 버리려고 그랬던 것이구나! 빌어먹을! 하지만 그렇다고 펑원펑에게 별 뾰족한 수가 있는 것도 아니었다. 그는 할 수 없이 마지막으로 쟈셴주를 사납게 노려보았다. "설마 동무도 잊어버린 건 아니겠죠?" 쟈셴주는 놀란 눈으로 방 안의 사람들을 쭉 돌아보더니 고개를 푹 떨어뜨렸다. "어제 저는 너무 피곤해서 스즈비 동무가 하는 말을 귀담아듣지 않았습니다. 저는 그저 위쯔치와 샹난에 대해 농담을 하는 것이려니 생각했습니다!"

평원펑은 기가 막혀 말도 나오지 않았다. 그는 너무 억울하다는 듯이 리융리를 쳐다보았다. "제가 쓴 보고서는 정말이에요! 전 단 한마디도 거짓으로 쓰지 않았어요! 조직에서 조사해 보시란 말입니다!"

스즈비도 너무나 억울한 얼굴로 리융리를 바라보며 말했다. "저도 거짓말할 줄 모릅니다. 조직에서 조사해 보세요!"

리융리가 시끄럽다는 듯이 손을 내저었다. "됐소! 됐소! 당신네 지식 분자들은 진실한 사람이 하나도 없다니까! 동무들은 날마다 입으로는 우리 노동자 계급한테 마음을 내놓겠다고 떠들지만 당신네 말 중에 어느 게 진실이고 어느 게 거짓인지 누가 알겠소? 모두 나가 보시오!"

네 사람은 함께 본부 사무실을 나왔다. 문 입구에서 평원펑은 스즈비를 험상궂게 노려보았다. "연기를 참 잘도 하시더군요." 스즈비가 웃었다. "샤오펑! 동무가 먼저 무대로 올라가는 바람에 나도 올라간 거지! 날 억지로 연극하게 만든 건 바로 동무라고!" 쟈셴주가 얼른 나서서 두 사람을 말렸다. "그만들 해요! 두 사람 모두 좋은 뜻으로 그런 거니까!" 여간부가 웃으며 한마디 했다. "동무들도 참! '샌님이 군인을 만났으니 어디 가서 이치를 따지겠나', 어서 일이나 하러 갑시다!"

네 사람이 나간 뒤에 리융리는 유뤄빙에게 물었다. "동무는 어떻게 생각하시오?" 유뤄빙이 한숨을 내쉬었다. "참으로 복잡하군요! 그래도 사전에 물어봤으니 망정이지 그러지 않았으면 둰차오췬 동지가 물었을 때 우리가 큰일날 뻔했습니다. 제 생각엔 평원펑이 쓴 보고서는 그대로 상부에 보고하고, 대신 스즈비한테도 보고서를 하나 쓰게 해서 같이 제출하면 좋을 것 같습니다. 상황의 진위나 시비는 둰차오췬 동지가 보면 알겠지요. 나중에 문제가 생기더라도 우리는 책임을 면할 수 있고요. 어떻습니까?"

"훌륭하오! 여우 동지! 이런 게 바로 영도 예술이라는 거로군!"

나중에 유뤄빙은 일 처리 경과를 청쓰위안에게 알려 준 뒤 만족스러운 표정으로 이렇게 말했다. "내 생각에 돤차오췬은 리융리처럼 그렇게 단순한 사람이 아니니 평원펑의 보고서를 절대 믿지 않을 거네." 청쓰위안은 그래도 마음이 놓이지 않았다. "그건 모르는 일이네. 어쨌든 리융리가 돌아오면 알게 되겠지."

리융리를 탄복시킨 돤차오췬

일요일에 리융리는 칭룽전에서 암탉을 한 마리 사 들고 돤차오췬의 집으로 찾아갔다. 이번이 처음이 아니라 그는 돤 부인을 알고 있었다. 문이 열리자마자 그는 함박웃음을 지으며 외쳤다. "아주머니! 이 닭은 돤 주임이 부탁해서 사 온 거니까 받으십시오!" 하지만 부인은 리융리를 알아보지 못했다. 딸과 사위를 찾아오는 사람이 그렇게 많은데 어떻게 일일이 다 기억하겠는가? 선물을 들고 오는 사람도 적지 않은 데다 딸과 사위는 그중 어떤 것은 받고 어떤 것은 받지 않았다. 그녀로서는 무슨 기준으로 그렇게 하는지 알 턱이 없었다. 그래서 선물을 들고 온 사람이 뭐라고 말하든지 그녀는 일단 선물을 딸한테 보여 주고 딸이 알아서 결정하도록 했다. 이번에도 마찬가지였다.

돤차오췬은 서재에서 프랑스 소설 『몽테크리스토 백작』을 읽고 있었다. 그것은 경애하는 쟝칭 동지가 몇 번이나 추천한 책이었으므로 그녀는 그 속에서 쟝칭 동지의 '정신'을 체득해 보려고 애썼다. 한창 흥미진진한 부분을 읽고 있는데 문 두드리는 소리가 나자 그녀는 자기도 모르게 짜증 섞인 목소리로 대답했다. "들어와요!" 리융리가 들어섰다. 그녀는 벌떡 일어나 반갑게 맞았다. "그러잖 아도 전화로 동무를 한번 부르려던 참이었어요. 위쯔치와 샹난이 결혼한다는 얘기를 들었는데 어떻게 된 일이죠?" 그렇게 말하던 그녀는 어머니가 아직도 닭을 들고서 문 앞에 서 있는 것을 보고 이마를 찌푸렸다. "리 동지가 가져온 건가요? 일단 주방에 갖다 두 세요. 그리고 이따가 리 동지 돌아갈 때 다시 가져가라고 돌려주세 요." 리융리의 얼굴이 빨개졌다. 사실 돤차오췬이 리융리의 닭을 받지 않으려는 까닭은 이런 사람은 선물은 별것 아니면서 허풍은 심해서 소문이 나면 자기 명성만 떨어지기 때문이었다.

돤 부인은 닭을 내다 둔 뒤 손질해야 할 신발 한 짝을 들고 다 시 올라와 한쪽 구석에 앉아 그들의 얘기를 귀담아들었다. 방금 딸이 샹난의 혼사 문제를 꺼내는 것을 듣고 일부러 들으러 온 것 이었다.

돤차오췬이 먼저 이 이야기를 꺼내자 리융리는 속으로 쾌재를 부르면서 얼른 가방에서 '보고서' 세 개를 꺼냈다. 하나는 위쯔치 의 결혼 신청 보고서였고 나머지 두 개는 펑원펑과 스즈비가 쓴 보고서였다. 돤차오췬이 입을 내밀며 웃었다. "이렇게 복잡한가 요?" 그녀는 위쯔치의 결혼 신청 보고서만 읽어 본 뒤 나머지 두 개를 가리켰다. "이건 뭐죠? 간단히 설명해 보세요!" 리융리는 두 보고서의 내용을 간추려 말하고 나서 스즈비와 펑원펑을 대질했 던 상황에 대해 보고했다. 마지막에 그는 이렇게 덧붙였다. "저와 유뤄빙은 수준이 너무 낮아서 도무지 누구를 믿어야 할지 모르겠 습니다. 동지가 보시기에는……?"

돤차오췬은 대답은 않고 웃기만 했다. "그것 참 재밌군요! 다른 군중의 반응은요?"

리융리는 상관의 의도를 정확히 알 수가 없어 이도 저도 아니게 얼버무렸다. "다른 군중의 의견도 다양합니다. 찬성하는 사람들은 두 사람한테 농담을 건네기도 하는가 하면 어떤 사람들은 못마땅하게 여기고 뒤에서 말이 많죠. 동지가 보시기에는……?"

둰차오췬은 그래도 자기 의견은 말하지 않고 웃기만 한 뒤 또 물었다. "동무와 유뤄빙 동무는 어떻게 생각하지요?"

리융리는 머리를 긁으며 잠시 생각해 본 뒤 대답했다. "저는 수준이 낮아 어떻게 봐야 할지 잘 모르겠습니다. 여우 동무는 뭔가 꺼림칙하다고 하면서도 혼인 자유에 대해 말하더군요. 결국 우리 둘 다 입장을 못 세웠습니다. 동지가 보시기에는……?"

리융리가 벌써 세 번이나 "동지가 보시기에는?"이라고 물었는데도 둰차오췬은 여전히 자기 생각을 말하지 않았다. 그녀는 위쯔치의 결혼 신청 보고서를 들고 다시 자세히 읽어 보더니 엄숙한 목소리로 "리융리 동지"라고 부른 뒤 바로 둰 부인한테 고개를 돌리며 말했다. "엄마, 저녁 시간 다 됐네요. 산청이 바로 식사하러 돌아올 거예요." 부인이 내키지 않아 하면서 방을 나가자 둰차오췬은 그제야 입을 열었다. "나도 깊이 생각해 본 건 아닙니다. 여우 동무 말에도 일리는 있어요. 이건 두 사람의 혼인 자유의 문제이고, 남의 혼인 자유에 간섭하는 것은 당율과 국법에도 어긋나는 일입니다. 하지만 그렇다고 무정부주의에 찬성할 수도 없는 노릇이고요! 그렇죠?" 리융리가 연방 고개를 주억거리며 대답했다. "저도 그렇게 생각합니다, 둰차오췬 동지." 둰차오췬은 리융리에겐 눈길도 주지 않은 채 위쯔치의 보고서를 들여다보면서 여유롭게 말했다.

"우린 개인의 혼인 자유에 간섭하지 않습니다. 남자가 장가들고 여자가 시집가는 거야 인지상정이죠. 하지만 노선과 관련된 혼인에 대해서는 가만히 두고 볼 수만은 없어요. 우린 노선투쟁의 각도에서 자기 생각을 얘기해야 합니다."

리융리가 또 연방 고개를 주억거렸다. "맞습니다! 그럼요! 저도 여기에 노선 문제가 있다는 걸 생각해 봤습니다. 그래서 아직까지 그 두 사람을 직접 만나 보지 않았습니다. 위쯔치는 자산 계급 대표 인물이고, 샹난은, 샹난은 소자산 계급이라고 할 수 있죠. 그러니까 두 사람의 결혼은 '대자산 계급'과 '소자산 계급'의 결혼이 아닙니까?"

돤차오췐의 입가에 조소의 빛이 스쳤다. 그녀는 리융리가 원래 이것밖에 안 되는 사람이었구나 생각했다. 빈하이 극단에서 그가 떨친 명성은 눈 먼 고양이가 우연히 죽은 쥐를 잡은 것에 지나지 않았던 것이다. 에잇, 왕머우의 패거리들은 왜 하나같이 이리도 한심한지! 하지만 적과 맞서려면 이런 사람들과도 손을 잡지 않을 수 없는 법! 이런 생각을 하니 기분이 상했지만 그래도 참을 수밖에 없었다. 그녀는 다시 부드러운 미소를 띠며 별안간 화제를 바꾸었다. "듣자하니 동무도 빈하이 극단에서 배우자를 찾았다지요?"

리융리의 얼굴이 대번에 빨갛게 달아올랐다. 그는 돤차오췐의 기색을 살피며 조심스럽게 물었다. "무슨 소문이라도 들으셨습니까? 그녀의 집이 자산 계급이라 저도 처음에는 결혼하지 않으려고 했는데, 그녀가……."

돤차오췐은 입을 오므리고 웃으며 리융리의 말이 끝나기를 기다렸다. 사실 돤차오췐은 여자 쪽에서 내키지 않아 했는데 리융리의 성화에 마지못해 응했다는 것을 이미 알고 있었다. 그리고 그가 좋은 집을 구하겠다는 조건을 내세웠지만 여태 집을 구하지 못했다는 것까지 알고 있었다. 그녀는 리융리가 자기 앞에서 어떻게 거짓말을 꾸며 대는지 보고 싶었던 것이다. 하지만 리융리도 눈치는 빨라서 돤차오췐이 의미심장하게 웃는 것을 보더니 바로 입을 다물어 버렸다. 그러자 돤차오췬이 그를 쳐다보며 고개를 흔들었다. "난 그런 소문 좋아하지 않아요. 당연히 동무를 축하해야지요. 동무가 자산 계급의 여식과 결혼을 한다고 해서, 자산 계급과 결혼을 한다느니, 혹은 노동자 계급이 자산 계급에게 투항한다느니 쉽게 말할 사람은 아무도 없어요. 그렇죠?"

리융리의 얼굴이 더욱 빨개졌다. 그는 아무 말도 못 하고 그저 고개만 주억거렸다. 돤차오췬이 웃으며 하던 말을 이었다. "그래서 구체적인 문제는 구체적으로 분석해야 해요. 동무 같은 노동자 계급이 교육을 잘 받아 개조할 수 있는 자녀를 쟁취해 올 수 있다면 그건 무산 계급에 유리한 일이죠. 그런 점에서 마땅히 기뻐하고 지지해야 할 일입니다."

리융리는 그제야 얼굴에 웃음을 띠며 연거푸 고맙다고 말했다. "그렇게 배려해 주시니 정말 감사합니다. 제가 반드시 그녀를 잘 이끌겠습니다."

돤차오췬은 일어나 리융리에게 차를 따라 주었다. 그리고 위쯔치의 결혼 신청 보고서를 다시 한 번 훑어본 뒤 그것을 리융리에게 건네주며 말했다. "내가 말한 노선 문제는 이 보고서에서도 찾아볼 수 있어요. 동무들은 그걸 분석해 봤나요? 두 사람은 보고서에서 세 가지로 연애 이유를 들고 있어요. 하나는 그들이 혁명 문예 사업을 위해 분투하기를 바라기 때문이라고 했습니다. 하지만 위쯔치가 혁명 문예를 써낼 수 있을까요? 전에도 말했지만 그는 기껏해야 과도기적 인물일 뿐입니다. 샹난은 원래 정확한 노선의 지도하에서는 그래도 잘 할 수 있는 가능성이 있었는데, 이제 위쯔치 같은 '전우'가 생겼으니 어떻게 될지 알 수 없어요. 우리의 '졸(卒)' 하나가 문예계 검은 노선의 꾐에 넘어가 포로가 되어 버린 거죠! 둘째, 두 사람은 상대방의 불우한 운명을 서로 이해하고 동정한다고 했습니다. 불우한 운명이란 게 뭡니까? 문화 대혁명 속에서 받은 혁명의 심사와 충격 아니겠어요? 그럼 그런 이해와 동정은 뭘 의미하겠습니까? 셋째, 두 사람은 성격이 비슷하고 서로 흠모한다고 했습니다. 연애를 하려면 당연히 서로 흠모해야겠죠. 안 그러면 그게 어디 연애라고 할 수 있나요? 문제는 두 사람이 서로 무엇을 흠모하느냐는 겁니다. 그것은 또 어떤 계급적 내용을 가집니까? 샹난이 위쯔치 같은 사람을 흠모한다면 그녀의 개조는 더 어려워지지 않겠어요?"

된차오췬의 이 같은 분석에 리융리는 완전히 탄복하고 말았다. 그가 무척 존경스럽다는 얼굴로 그녀를 쳐다보았다. "차오췬 동지, 그렇게 말씀하시는 걸 들으니 저도 이제 어떻게 해야 할지 알겠습니다. 돌아가면 그들을 불러 다시 잘 고려해 보라고 하겠습니다."

그런데 뜻밖에 된차오췬은 또 고개를 저었다. "일단은 아무 말도 하지 말고 그냥 놔두세요. 나도 좀 더 생각해 봐야겠으니. 동무들은 그들에게 끌려다니지 않을 정도로 섣불리 태도 표명만 하지 않으면 됩니다." 물론 리융리는 그러마고 대답했다. 된차오췬이 마무리를 지었다. "그럼 동무는 돌아가세요. 내가 다시 통지하겠습니다."

리융리가 막 일어나려는데 샹챵이 들어왔다. 리융리가 샹챵과 단독으로 만날 수 있는 절호의 기회를 놓칠 리 없었다. 그는 걸음을 멈추고 겸손하게 "산 주임님!"이라고 불렀다. 된차오췬도 그를 샹챵에게 소개했다. "문인협회 노동자 선전대를 책임지고 있는 리융리 동무예요." 샹챵은 얼른 과장된 몸짓으로 손을 간부 모자 옆으로 올려붙이며 말했다. "아! 노동자 계급!" 그런 뒤 반갑게 리융리의 손을 잡았다. "왕머우 동지한테 동무 얘기를 들었소. 오랜 반란파라고요! 문화계에 와서 또 공을 세웠다지요. 정말 동무들한테서 배울 것이 많소." 산챵을 처음 만난 데다 그가 이처럼 자기를 환대해 주자 리융리는 좋으면서도 송구스러워 작별 인사를 하는 것도 까맣게 잊어버리고 바보같이 싱글싱글 웃고만 서 있었다. 산챵은 시계를 보고 식사 시간이 다 된 것을 알고는 교묘하게 암시를 주었다. "지금 가려는 거요? 얘기는 다 끝났소? 식사 시간인데 같이 듭시다!"

평소에 나름대로 총명한 리융리가 오늘은 욕심이 눈을 가리는 바람에 그만 주인의 속도 모르고 그를 따라가 식탁 앞에 앉아 버렸다.

밥을 먹는 내내 산챵과 돤차오쳰은 아무 말도 하지 않았다. 리융리의 몰염치에 상당히 불쾌했던 것이다. 리융리가 누군지 모르는 돤 부인은 남아서 같이 식사까지 하는 것을 보고는 가까운 사람이라 여기고 먼저 말을 걸었다. "동무가 가져온 그 닭한테 내가 모이를 줬으니까 돌아가면 물을 좀 먹여요.""고맙습니다, 아주머니! 그냥 집에 두고 아주머니가 재미 삼아 기르십시오!" 산챵이 장모에게 무슨 일인가 물었다. 장모의 대답을 듣고 난 그는 정색을 했다. "그러면 안 되지! 우리 혁명 대오에서는 그런 걸 용납하지 않소! 반드시 도로 가져가시오!"

그런 분위기에서 리융리도 감히 배불리 먹지 못한 것은 물론이다. 하지만 이번 식사 한 끼는 그의 정치적 자본을 늘려 준 셈이었다. 그도 더 있을 생각은 없었으므로 식사가 끝나자마자 바로 주방에 가서 닭을 가지고 나와 작별 인사를 했다. 그리고 그 길로 곧장 여자 친구 집으로 갔다. 장래의 장모는 사위가 방금 산챵의 집에서 식사를 하고 왔다는 말을 듣더니 한결 더 반겨 주었다.

리융리가 가자마자 돤 부인이 딸네 방으로 왔다. "샹난이 배우자를 찾은 거니? 어떤 사람인데? 대체 왜 그 많은 사람들이 샹난을 비난하는 거니?" 돤차오췬이 대답했다. "엄마는 아무 걱정 마세요! 아직 될지 안 될지도 몰라요!" 그래도 돤 부인은 또 물었다. "대체 어찌 된 일이야? 샹난이 빈하이에 누가 있어, 우리밖에 더 있냐? 우리가 가족이나 마찬가지잖니. 근데 우리가 물어보지 않으면 누가 물어보겠니, 응?" 돤차오췬은 참을성 있게 웃는 얼굴로 말했다. "엄마는 빨리 치우고 들어가 쉬기나 하세요! 샹난의 일이라면 엄마보다 제가 더 걱정이니까요!"

확실히 그녀는 돤 부인보다 더 샹난의 혼사에 신경을 쓰고 있었다. 정말로 그녀는 샹난을 중요시했던 것이다. 얼마 전 돤차오췬은 리융리가 보낸 보고서를 받았다. 위쯔치 비판 대회에서 샹난이 "기치가 뚜렷하고 입장도 확고했다"며 칭찬하는 내용이었다. 그녀는 속으로 무척 기뻐하며 남편과 의논해서 샹난에게 배우자를 물색해 주기로 했다. 지난 며칠 동안 적당한 사람을 하나 물색했는데, 시의 한 부서에 새로 온 간부로 역시 왕머우의 사람이었다. 만약 이번 혼사가 성공하기만 한다면 돤차오췬 부부는 샹난을 완전히 자기 사람으로 만들 수 있을 뿐 아니라 왕머우의 세력 범위 내에 자기 사람을 심을 수도 있게 되는 것이었다. 그야말로 일석이조인 셈이었다. 그런데 그녀가 손을 쓰기도 전에 위쯔치가 샹난을 낚아채 버렸다. 참으로 괘씸한 일이 아닐 수 없었다. 어머니가 아래층으로 내려가자마자 돤차오췬은 심란한 표정으로 리융리가 가져온 보고서 세 개를 남편에게 주었다. "문예계에는 정말 별 희한한 일도 많죠! 그 두 사람이 얼마나 꿈에 부풀어 있는지 좀 봐요!"

산챵은 보고서를 받아서 읽어 보았다. "펑원펑과 스즈비 두 사람의 보고서가 아주 흥미롭군!"

돤차오췬이 입을 삐죽거렸다. "두 사람 다 거짓말이에요! 내 보기엔 둘 다 꾸며 낸 얘기라고요. 샹난은 뭘 감추지 못하는 성미예요. 만약 진작부터 위쯔치한테 감정이 있었다면 스즈비 혼자만 알았을 리가 없어요."

"참, 그 동무한테는 내가 벌써 얘기했소. 오늘 사진까지 받아 왔는데, 어떻게 하지?" 그러면서 그가 사진 한 장을 차오쳔에게 보여 주었다. 사진을 본 그녀는 다시 남편 앞으로 휙 던지며 신경질을 냈다.

"관두죠, 뭐! 나도 더 이상 이 문제로 속 태우고 싶진 않아."

산창은 웃으면서 사진을 집더니 다시 아내를 보고 엄숙한 표정을 지었다. "샹난 하나만 놓고 본다면야 별 문제 될 것도 없지. 하지만 이번 일에서 우린 새로운 동향을 읽어내야 해. 지금 갈수록 더 많은 사람들이 문화 대혁명에 불만을 품고 17년 시기 수정주의 노선으로 회귀하려고 호시탐탐 기회를 엿보고 있단 말이야. 문예계와 교육계에서 그런 우경 복벽 움직임과 우경 회귀 현상이 유난히 심각한 편이지. 위쯔치와 샹난의 '사랑'도 바로 그런 조류 속에서 싹트고 탄생된 거야! 또 한편에서는 '무산 계급 사령부' 내부에서 '후계자'를 둘러싼 투쟁이 격렬하게 벌어지고 있어. 저쪽에서는 화챠오 동지가 그 자리를 뺏어 갈까 봐 더 기를 쓰고 우리 꼬투리를 잡으려고 하고 있단 말이지! 그래서 말인데, 난 요즘 화챠오 동지와 쮀이푸 동지한테 보고를 올릴까 생각 중이었어. 전형적인 사례 하나를 잡아서 반(反)우경 복벽, 반우경 회귀 투쟁을 벌이면 어떨까 싶어서 말이야. 그렇게 하면 적들의 복벽 활동에도 타격을 주고 우리의 꼬투리를 잡으려고 기를 쓰는 놈들한테도 우리 기치가 자기들보다 높다는 걸 보여 줄 수 있을 테니까."

남편의 이야기를 듣고 좐차오쳔은 한동안 말없이 있다가 겨우 입을 열었다. "위쯔치와 샹난의 일은 일단 보고하지 말고 놔둬 봐요. 내가 샹난한테 편지를 써서 먼저 알아볼게요."

산청이 웃었다. "자매의 정을 잊을 순 없다 이건가?"

똰차오춴이 애교스럽게 남편을 쳐다보았다. "군중을 배반하고 친지를 멀리해서 좋을 건 없잖아요! 게다가 샹난은 감정을 소중히 여기는 편이니까 타이르면 듣지 않을 수 없을 거예요. 내가 그애 감정에 호소하고 이치에 맞게 잘 설득하면 내 말을 들을지도 모르죠. 그래도 듣지 않는다면 그건 그때 가서 다시 생각해 보면 되잖아요."

산청이 잠시 생각해 보더니 입을 열었다. "내 당신의 보살 같은 마음을 지지해 주지! 하지만 자매의 정에 이끌려 앞을 보지 못하면 안 돼, 알았지?"

똰차오춴이 남편한테 흥흥 코웃음을 쳤다. "아직도 나를 못 믿는 거예요?" 그렇게 말하면서 그녀는 다시 남자의 사진을 들여다보았다.

위쯔치의 꿈

똰차오춴의 편지를 받은 샹난은 모기장 안에 혼자 앉아 편지를 읽고 또 읽었다. 샹난은 자기도 모르게 감동과 상심이 엇갈렸다.

샹난은 오늘처럼 차오춴의 깊은 우정을 느껴 본 적이 없었다. 20여 년 동안 샹난은 자기의 모든 걸 하나도 남김없이 이 친구에게 주었지만 이 친구는 늘 '자기 땅'을 한켠에 남겨 두었다. 거기다 나이가 들고 지위가 높아져 감에 따라 그 '자기 땅'은 점점 커졌을 뿐만 아니라 어느덧 울타리까지 치게 되었다. 지난 2년 사이에 샹난의 그런 느낌은 더욱 확실해졌다. 심지어 어떤 때는 자기 마음에 맞는 친구 하나를 잃어버린 대신 자기를 잘 알고 있는 상관 하나를 얻은 느낌이 들기도 했다. 그래서 샹난도 이제 이전처럼 아주 작은 일까지 차오췐을 찾아가 의논하는 행동은 하지 않게 되었다.

그런데 오늘 된차오췐의 편지는 점점 담담해지던 샹난의 우정을 다시 일으켜 세웠다. 편지는 그야말로 샹난의 심금을 울렸다. 차오췐은 그들 '세 자매'의 우정에 대해 그처럼 많이, 그처럼 깊이 기억하고 있었다. 특히 그녀는 샹난의 어머니에 대해 남다른 애정을 보여 주었다. 그녀는 이렇게 썼다.

"우리 세 사람에겐 저마다 어머니가 계시지만 우리에겐 또 공동의 어머니가 계셔. 문화상의 어머니, 정신상의 어머니. 그분이 바로 샹 선생님이시지." 이 말에 샹난은 눈물을 흘리고 말았다.

하지만 차오췐은 샹난과 위쯔치의 결합에 대해서는 반대했다. 비록 완곡하게 표현하긴 했으나 그 태도는 분명하고 확고했다. 차오췐은 이렇게 쓰고 있었다.

"네 선택에 깜짝 놀랐어. 난 이 계집애야! 노선의 차원에서 네 선택이 올바른 것이었는지 생각은 해 봤니? 너와 위쯔치의 가문이나 출신이 어울릴까? 내가 말하는 가문이란 계급이고 출신은 노선을 말하는 거야. 그 두 가지야말로 우리가 모든 문제를 사고하는 데 필요한 전제야! 문화 대혁명 이전 같으면 위쯔치 같은 유명 인사가 너같이 평범한 사람을 사랑이나 했을까? 그런데 지금은 그런 사람이 너를 사랑(?)하게 됐어. 그게 뭘 의미하는 걸까? 위쯔치의 입장이 변한 걸까? 아니, 그는 변하지 않았고 변하지도 않을 거야. 변한 건 바로 너야! 샤오샹, 넌 똑똑하잖니. 너의 그 총명함 때문에 난 질투까지 느꼈다고. 근데 지금은 왜 그렇게 분별력이 없는 거니? 18, 19세기 서양 소설에 나오는 것이 또 떠오르기 시작한 거야?"

"난이 계집애야! 나나 원디는 벌써 행복한 가정을 꾸렸는데 너만 아직 외기러기인 걸 생각하면 나와 산창은 모두 애가 탄단다. 하지만 그보다 네가 사랑을 위해 정치적 원칙과 전도를 포기할까 봐, 그래서 더 애가 타! 19세기 헝가리 시인 페퇴피의 시에 이런 구절이 있지. '생명은 소중하고 사랑은 고귀한 것! 허나 자유를 위해서라면 생명도 사랑도 기꺼이 버리리라.' 모두에게 익숙한 구절이지. 자산 계급도 그런데 하물며 우리는 당에서 배출해 낸 혁명 지식 분자들이잖아! 당은 언제나 혁명을 위해서라면 자기의 모든 걸 아낌없이 희생할 수 있어야 한다고 가르쳤잖아!"

　"난이 계집애야! 네가 열정적인 사람이라는 거 알아. 하지만 넌 또 희생정신이 투철한 사람이기도 하잖아. 넌 혁명을 위해 모든 걸 던질 수 있는 사람이야. 넌 내 의견을 받아들일 수 있을 거야. 그렇지, 난아? 너의 개인적 문제는 분명히 해결될 거야. 그리고 반드시 해결해야 하고. 사실 그렇게 어려운 일도 아니야. 너의 그 비현실적인 환상을 버리기만 하면 돼. 중국에서, 빈하이에서, 마음에 드는 사람 하나 구하지 못할까 봐 걱정이겠니? 나와 산창이 알고 있는 사람들 중에서도 정치적으로 든든한 배경도 있고 젊고 전도유망한 사람들이 있어. 사실은 우리 둘이 벌써 봐 둔 사람이 있단다. 네가 좋아할 만한 그런 분위기의 사람은 아니지만 정치적으로 믿을 만하고 재능이 뛰어난 사람이야. 그런데 우리보다 위쯔치가 선수를 칠 줄은 정말 생각도 못 했다!"

　"그만하자. '충언은 귀에 거슬리나 행동에 이롭다'고 했지. 화내지 마! 답장 기다릴게."

　돤차오천의 말은 샹난의 마음을 온통 헝클어 놓았다. 그녀는 차오천의 생각에 동의하지는 않았지만 그래도 친구의 동의와 지지를 얻고 싶은 마음이 간절했다. 그녀는 생각했다. '이게 모두 차오췬이 위쯔치를 잘 몰라서 그런 거야. 위쯔치가 얼마나 당을 뜨겁게 사랑하고 혁명을 사랑하는지 알기만 하면 차오췬도 분명 생각이 바뀔 거야. 틀림없이 바뀔 거야. 그래, 다 내 탓이다. 진작 차오췬한테 전부 얘기했어야 하는 건데. 언제 한번 찾아가서 자세히 얘기를 해 봐야겠어.'

"라오위, 왜 문 밖에서 혼자 그러고 있어요? 내가 들어가서 알려 줄까요?" 어떤 여동무가 문 밖에서 말하는 소리를 듣고서야 샹난은 정신이 번쩍 들었다. 오늘 간부 학교가 반나절 쉬는 동안 해변에 나가 보자고 위쯔치와 약속을 했던 것이다. 벌써 약속한 시간이 30분이나 지나 있었다. 그녀는 후다닥 침대에서 일어나 차오췬의 편지를 주머니에 구겨 넣고 점심때 쯔치를 주려고 사 둔 야자사탕을 챙긴 뒤 부랴부랴 침대에서 내려왔다. 여간부가 그걸 보고 싱글싱글 웃으며 말을 걸었다. "지금은 꽃 피는 춘삼월 달 밝은 밤도 아닌데!" 샹난이 얼굴을 붉혔다. "바다 보러 해변에 갈 건데, 갈래요? 같이 가요!" 여간부가 고개를 저었다. "내가 왜 그런 눈치 없는 짓을 하겠습니까? 어서 가 봐요!" 샹난은 곧 위쯔치를 따라나섰다. 뒤에서 수십 쌍의 눈이 주시하고 있었지만 두 사람은 뒤도 돌아보지 않았다.

간부 학교를 나오자마자 샹난은 둰차오췬의 편지를 위쯔치의 손에 쥐여 주었다. 둘은 진작부터 서로 편지를 공개하기로 약속했다. 둰차오췬의 편지인 것을 보고는 위쯔치가 읽기도 전에 급하게 물었다. "뭐라고 합디까?" 샹난은 그저 "보면 알아요"라고 대답했을 뿐이다.

위쯔치는 중간중간 알아보기 힘든 글자를 샹난에게 물어 가면서 꼼꼼하게 편지를 읽었다. 다 읽고 나더니 처음부터 끝까지 다시 한 번 읽었다. 그러고는 편지를 잘 접어 자기 호주머니에 넣고 아무 말 없이 계속 앞으로 걸어갔다. 걱정스럽게 그를 살피던 샹 난은 그가 화난 듯 얼굴이 굳어진 것을 보고 다정하게 말을 걸었다. "쯔치, 화내지 말아요! 차오천이 당신을 잘 몰라서 그래요. 당신한테 보여 주지 않으려다가 그래도 당신한테 숨기면 안 될 것 같아서 보여 준 거예요. 사실은 저도 맘이 편치가 않네요!" 그렇게 말하면서 샹난은 눈시울을 붉혔다. 위쯔치가 그녀의 머리를 어루만지며 웃었다. "꼬맹이! 참 잘도 운다니까! 갑시다, 갔다 와서 다시 얘기합시다. 괜찮지?"

위쯔치의 뒤를 따라 걷던 샹난은 위쯔치의 자존심이 상했을까 봐 줄곧 마음이 놓이지 않았다. 간부 학교에서 해변까지 8리는 족히 되었다. 중간에 넓은 소택지를 지났다. 어느새 이른 겨울이 되어 해변에 오는 사람이 많지 않은지 멀리 소를 모는 아이들 몇이 보일 뿐 사람 그림자는 찾아보기 어려웠다. 넓고 텅 빈 이곳의 고요함 덕분에 두 사람은 한결 자유로워진 것 같은 느낌이었다. 샹난은 위쯔치의 옆에 바싹 붙어서 그의 손을 잡고 말없이 걸었다. 진창길을 한참 걷고 난 뒤 온몸이 땀투성이가 된 위쯔치가 스웨터를 벗어 들었다. 샹난이 그것을 받아 들고 보니 몹시 낡고 해져 있었다. "저도 참 바본가 봐요. 여태 털옷 하나 뜰 줄 모르니. 당신이 언제까지나 낡은 옷만 입게 할 수는 없잖아요? 이번 휴가 때 집에 가면 저도 좀 배워야겠어요! 이걸 풀어서 새로 떠 봐야지!" 위쯔치도 웃었다. "그런대로 아직은 입을 수 있소. 괜히 풀었다가 털실을 몸에 걸치고 다녀야 할지도 모르잖소!" 샹난도 소리 내어 웃으며 반박했다. "마음만 있으면 뭐든지 다 배울 수 있어요. 못 믿겠어요?" 위쯔치가 그녀를 쳐다보았다. "정말? 그럼 언제쯤이면 울지 않는 걸 배울 수 있을까?" 샹난이 수줍어하며 말했다. "저도 우는 게 좋은 건 아니에요. 하지만 속이 상하면 저절로 눈물이 나오

는걸요." 위쯔치가 그녀의 손을 꼭 쥐면서 "갑시다!"라고 말하고
는 또 말없이 앞장서 걸었다.

"피곤해요?" 그런 침묵을 견디지 못해 샹난이 물었다.

"조금."

"길이 이렇게 험한 줄 알았으면 오자고 조르지 않았을 텐데."
샹난이 미안해했다.

그녀의 마음이 편치 않다는 것을 위쯔치도 잘 알았다. 그는 일
부러 그녀를 웃기려고 했다. "당신이 이렇게 정신적으로 위로해
주니 난 피곤해 죽어도 좋소!" "참, 물질적으로도 위로해 줄 수 있
어요! 여기 당신이 제일 좋아하는 야자사탕! 자요!" 그녀는 사탕
하나를 까서 그의 입에 넣어 주었다. 그리고 몇 걸음 가다가 또 하
나를 까서 넣어 주었다. 위쯔치가 별안간 걸음을 멈추더니 그녀의
어깨를 잡고 사랑스런 눈빛으로 그녀를 바라보았다. "샤오샹! 이
제 보니 당신도 아주 온순하고 부드럽군!" 샹난이 쑥스러워하며
작은 소리로 말했다. "그걸 이제 알았어요?" "아니! 진작 알았지!
진작 알았다고! 그러지 않았으면 어떻게 당신을 사랑할 수 있었
겠소?" 그가 갑자기 탄식을 했다. "그들이 나한테서 당신을 빼앗
아 갈 거요!" 흠칫 놀란 샹난은 멍하니 섰다가 다시 앞으로 걸어
가면서 말했다. "화났어요? 차오췬 때문에 화난 거예요?" 위쯔치
는 고개를 가로젓고는 또 아무 말 없이 앞장서 걸었다.

드디어 바닷가 모래사장에 도착했다. 고요히 누운 바다 위로 석
양에서 금빛 햇살이 쏟아져 반짝거리며 맘껏 뛰놀고 있었다. 마치
품에 안긴 개구쟁이 아이가 작은 손으로 자기 가슴을 만지작거리
도록 내버려 두는 자애로운 어머니처럼 바다는 그 금빛을 조용히
지켜보기만 했다. 바다는 얼마나 매끈하고 부드러운가! 내륙에서
태어나 오늘 처음 바다를 본 샹난은 완전히 넋을 잃고 말았다. 그

녀는 위쯔치의 팔을 끌어당겨 흔들면서 소리쳤다. "시인 동지, 시를 써 보세요! 아, 바다여……!" 그러면서 자기가 먼저 웃음을 터뜨렸다.

위쯔치도 따라 웃으며 그녀의 코를 눌렀다. "요런 꼬맹이 같으니! 시인을 전혀 존중할 줄 모르는군. 우리 시인들이 만날 '아!' 밖에 모르는 줄 아나?"

샹난이 헤헤 웃었다. "적어도 제가 본 바다에 관한 시에는 대부분 그런 구절이 들어 있었거든요. 저처럼 바다를 알고 싶어 하는 사람도 불만족스럽지만 바다도 아마 기분 나쁠걸요? 생각해 봐요, 누군가 열정적으로 자기를 부르는 소리를 듣고 바다는 숨죽이고 귀 기울일 거예요. 귀를 쫑긋 세우고 눈은 크게 뜨고 말이죠. 시인이여! 당신은 나의 얼굴을 어떻게 묘사할 거지? 나의 성격은? 나의 가슴은? 그런데 그렇게 기다리고 기다린 끝에 고작 들을 수 있는 건 텅 빈 미사여구뿐이니 바다가 어찌 실망하지 않겠어요? 그래서 바다는 이렇게 누워서 고요하게, 슬그머니 시인의 옆으로 흘러가 버리는 거죠……."

샹난은 평소 지금처럼 시론 비슷한 견해를 종종 늘어놓았는데 위쯔치는 그게 아주 재미났다. 그래서 그도 샹난의 해석을 그대로 이어 말했다. "인정하지. 우리 시인들의 바다 묘사가 그리 이상적이지 못하다는 걸 말이야. 하지만 꼬맹이! 당신이 바다의 마음을 정말로 이해한다는 건 무엇으로 보장하지? 당신이 바다를 위해 불평하는 것을 들으며 바다는 어쩌면 이렇게 비웃고 있을지도 모르잖아. 그대는 내가 침묵하며 시인들의 묘사와 예찬만 기다린다고 생각하는가? 천만에! 그 시인들을 길러 낸 건 바로 나요. 그들 하나하나가 모두 내 몸에서 튕겨 나간 물 한 방울에 불과하지. 그대가 만약 정말로 나에 대해 알고 싶다면 시인들의 붓끝만 쳐다보지 말고 어서 직접 내 품에 안겨 보라!"

샹난이 웃으며 소리를 높였다. "좋아요! 그럼 한번 가 볼까요!"

그녀는 뛰어가 바닷물 속에 발을 집어넣고 천천히 앞으로 나아 갔다. 몇 걸음 가던 그녀가 소리를 쳤다. "어머나! 여기에 물고기가 아주 많아요!" "여기저기 발 쳐 놓은 거 안 보이오? 그건 누가 일부러 막아 놓은 거니까 훔치면 안 돼!" 위쯔치가 미소를 지었다. "전 바닷고기는 이렇게 쉽게 잡을 수 있는 건 줄 알았죠! 여기 바닷물이 좀 흐려서 그렇지 물만 맑으면 집는 게 다 물고기겠어요."

"물이 너무 맑아도 물고기가 없다지 않소. 여기 물이 왜 이렇게 흐린지 아오?"

샹난이 고개를 저었다.

"물이 너무 얕아서 그런 거요. 깊은 바닷물은 이것과는 다른 빛깔이지. 그게 바로 시인들이 '푸른 물결 넘실대고 바닥까지 맑디맑은'이라고 노래하는 바다요."

"그게 그러니까, 병에 가득 찬 물은 흔들리지 않아도 반만 찬물은 흔들린다는 거네요. 이리저리 흔들리다 보면 흐려질 거 아니에요."

"그렇게 볼 수도 있겠지. 하지만 다르게 이해할 수도 있소. 만약 삶을 바다에 비한다면 어떻겠소?"

"삶의 바다까지 내려가면 갈수록 생각도 더욱 맑아진다, 그런가요?"

"그렇소. 삶의 깊은 곳까지 내려가야지. 그런데 그게 그렇게 쉽지가 않은 것 같소. 일도 많고 사람도 많고. 멀리서 보면 확실히 보이는 듯한데 가까이에서 찬찬히 들여다보면 오히려 더 잘 안 보이지."

샹난은 그가 또 차오천의 편지 이야기를 꺼낼까 봐 일부러 말을

568

막았다. "됐어요, 거기까지만, 더 이상은 금물! 그러지 않으면 너무 다 드러나 버리잖아요. 조금 전처럼 바다만 가지고 얘기하면 좋겠어요!"

위쯔치가 웃었다. "좋소! 바다는 그 깊고 낮음에 따라 빛깔을 달리하고 또 달과의 관계에 따라 그 자태를 바꾸기도 하지. 바다가 지금은 저렇게 고요하지만, 파도가 일 때 와 보시오! 바다는 수만 개의 팔을 뻗으며 당신을 향해 포효하면서 달려든다오. 그리고 자기 앞에 있는 모든 걸 손으로 움켜쥐고 뱃속으로 집어삼켜 버리지."

"영화에서 봤어요. 장관이었어요. 놀라서 가슴이 떨 정도로."

"하지만 진정으로 바다를 사랑하는 사람이라면 그 모든 빛깔과 자태를 전부 사랑해야 하오. 깊은 바다 속에 가 보지 않고 어떻게 바다의 면모를 알 수 있겠소? 솟구쳐 오르는 파도를 무서워해서야 어찌 바다의 성격을 이해할 수 있겠소? 샤오샹, 당신은 우리가 삶에 대해 아는 게 너무 단순하고 천박하다는 생각이 들지 않소? 난 삶 앞에서 때때로 어찌 해야 할지 모를 때가 있소."

샹난은 위쯔치의 이야기가 끝나자 그와 함께 모래사장으로 되돌아나왔다. 그녀는 마음이 무거웠다. "차오첸의 편지 때문에 오늘 당신 기분을 완전히 망쳐 버렸군요. 쯔치, 저 믿지요? 내가 그 애한테 모든 걸 분명하게 설명할게요."

"당신은 모든 일이 그렇게 분명하게 설명될 수 있다고 생각하오?" 위쯔치가 고개를 저으며 물었다.

"네, 전 분명히 설명할 수 있다고 믿어요." 샹난은 그렇게 대답하면서 쭈그리고 앉아 돌멩이로 모래 위에 수학 공식을 적었다.

'$\because A=B, A=C, \therefore B=C$'

"맞죠?" 샹난이 위쯔치를 올려다보며 묻자 위쯔치가 고개를 끄덕였다. 샹난은 다시 땅을 가리키며 말했다. "저는 A, 당신은 B, 차오췬을 C라고 하면요, 제가 두 사람과 모두 친구고 가족이면 두 사람도 당연히 친구고 가족이 되는 거예요."

샹난의 재미있는 비유에 위쯔치는 다정하게 웃었다. 그는 생각했다. 꼬맹이는 역시 꼬맹이군. 삶이 수학 공식처럼 그리 간단명료할 수 있다던가? 사람은 ABC가 아닌 것이다. 하지만 그는 그녀의 흥이나 환상을 깨 버리고 싶지는 않았다. 그는 그녀를 무척 사랑했다. 그는 자기 혼자 곰곰이 생각해 보기로 했다. 그녀를 놀라게 하지 않고 자기 힘으로 이 문제를 해결할 수 있도록 말이다. 그는 오늘 그녀가 해변에서 맘껏 놀도록, 맘껏 재잘거리도록 내버려 두었다. 해가 떨어진 뒤에야 두 사람은 완전히 녹초가 되어 간부 학교로 돌아왔다.

해변에서 돌아온 이후 위쯔치는 계속 침울했다. 저녁을 먹고 그가 샹난에게 말했다. "일찍 가서 쉬어요!" 하지만 샹난은 기어이 남자 숙소까지 따라가서 그가 입고 있던 옷을 빨게 벗어 달라고 했다. 그러고는 또 이렇게 말했다. "내일은 그 낡은 스웨터도 갈아입어요. 제가 풀어서 빤 다음에 새로 짜 줄게요. 꼭 잘 짜 줄 테니 걱정 말아요!" 위쯔치는 그녀가 하라는 대로 다 그러마고 대답했다. 그리고 샹난이 가자마자 쉬려고 일찌감치 침대에 누웠다. 물론 잠이 올 리 없었다. 그는 모기장을 치고 돤차오췬의 편지를 다시 꺼내 읽고 곰곰이 생각해 보았다. 돤차오췬이 제기한 것은 애정 문제가 아니라 바로 정치 문제였다.

위쯔치는 돤차오췬을 잘 몰랐다. 전에 샹난에 대해 그랬던 것처럼 그녀에 대해서도 그저 이름만 들어 본 정도였다. 지난 몇 년 동안 돤차오췬은 이미 주목받는 인물이 되었다. 하지만 비판 대회에서 얼굴을 본 것 말고는 한 번도 그녀와 얘기를 나누어 본 적이 없었다. 그런데도 그는 한창 잘나가고 있는 이 여성 동지에게서 뭔가 좋지 않은 느낌을 받았다. 수십 년 동안 혁명을 해 오면서 그는 별별 사람들을 다 겪어 봤다. 그중에서도 제일 무서운 사람은 겉으로는 매우 혁명적인 것처럼 보이지만 속으로는 혁명을 내세워 자기 주머니만 챙기는 사람이었다. 그런 사람들은 입으로는 벌써 공산주의를 하고도 남을 사람처럼 떠들지만 정신 깊은 곳을 들여다보면 그야말로 부패하고 타락한 것들로 가득 차 있었다. 그가 보기에는 돤차오췬 역시 어딘지 그런 냄새를 풍겼다. 언젠가 그가 "돤차오췬은 어떻게 그토록 빨리 승진을 한 거요?"라고 샹난에게 물은 적이 있었다. 샹난은 "그 앤 천성이 간부감이에요"라고 대답했다. 그는 그 말에 동의하지 않았다. 하지만 반박도 하지 않았다. 그는 샹난의 감정을 존중했다. 또 자기는 돤차오췬을 한 번도 만나 본 적이 없으니 자기의 느낌이 잘못된 것일 수도 있다고 생각했다. 하지만 오늘 본 편지는 역시 자기의 분석이 틀리지 않았음을 확인해 주었다. 지나치게 열정적인 그 말투에서는 허위가 느껴졌고 혁명의 원칙을 강조하는 데서는 간사함이 느껴졌다. 그녀는 샹난을 꿰뚫어 보고 샹난의 치명적인 약점을 십분 활용하고 있던 것이다……

'이런 생각을 솔직하게 샹난에게 말해도 될까?' 그의 대답은 부정적이었다. '안 돼. 샹난은 틀림없이 상처받을 테고 화를 낼 거야. 그녀는 정말 너무 어리고 너무 잘 믿으니까.' 그러면 어떻게 해야 하나? 그는 샹난이 돤차오췬의 영향을 받게 하고 싶지 않았다. 누가 자기한테서 그녀를 뺏어 가게 놔둘 수도 없었다!

머릿속이 온통 이런 생각으로 어지럽던 위쯔치는 어느새 잠이 들었다.

그는 샹난의 손을 잡고 바다 깊은 곳에서 수영을 하고 있는 것 같았다. 샹난은 이제 잠수를 배워서 바다 밑까지 내려갈 수 있었다. 그런데 갑자기 산이 무너지고 땅이 갈라지는 굉음이 들리더니 큰 바다가 둘로 쩍 갈라졌다. 바다 한가운데로 좁고 긴 육지가 생겼다. 이 육지는 다시 순식간에 땅 속으로 꺼지더니 사나운 바닷물에 둘러싸인 깊은 협곡으로 변해 버렸다. 협곡 양쪽에서는 포효하는 바닷물이 사납게 용솟음치며 달려드는가 하면 격전을 벌이는 것처럼 수만 개의 팔을 뻗어 서로 때리고 할퀴었다. 그는 샹난과 함께 성난 파도 꼭대기에서 온 힘을 다해 앞으로 헤엄쳐 갔다. 샹난은 그의 손을 으스러져라 꼭 쥐고 깊은 바다 속으로 들어갔다. 그들은 협곡에서 나와 바다 밑으로 큰 바다를 가로질러서 해안에 닿으려고 애썼다. 그런데 앞에서 몰려오던 파도 속에서 무수한 팔들이 뻗어 나와 샹난을 잡으려고 했다. 두 사람은 재빨리 헤엄쳐 다시 물속으로 들어갔다. 하지만 붉고 살진 작은 팔뚝 하나가 이쪽으로 쑥 뻗어 오더니 바다 깊은 곳까지 따라 들어와 기어이 샹난의 팔을 움켜잡고 말았다. 그는 깜짝 놀라 얼른 샹난을 품에 안으며 그 작은 손을 떨쳐 내 보려고 죽을힘을 다해 발버둥쳤다. 하지만 그 손힘이 얼마나 세던지 손가락 몇 개만으로 샹난을 꼭 쥐고서도 마치 수갑처럼 발버둥치면 칠수록 더 세게 조여 왔다. 그의 허리를 꼭 부둥켜안고 있던 샹난의 두 손에서 점점 힘이 빠지기 시작하더니 마침내 툭 풀어지고 말았다. 그가 소리를 질렀다. "샤오샹, 손을 놓으면 안 돼! 손을 놓으면 안 돼!" 그러나 그의 말이 끝나기도 전에 샹난은 벌써 그 작은 손에 가볍게 끌려가 공중에 걸려 있었다. 샹난이 발버둥치며 비명을 질러 댔다. 갑자기 작은 손이 샹난을 툭 놓아 버렸다. 샹난은 작은 돌멩이처럼 곤추 떨어져 내려 협곡 속으로 빠지고 말았다. 그와 동시에 공중에서 어떤 여자의 싸늘한 웃음소리가 들려왔다. "이게 바로 생사를 건 노선투쟁이라는 거야. 흥! 요즘 같은 세상에 어디 계급을 초월한 순결한 사랑이 있나! 헛된 꿈이라고!" 그 여자의 목소리가 어디서 들려오는지 둘러볼 새도 없이 그는 "샤오샹, 어디 있소?"라고 소리지르며 협곡으로 뛰어들었다!

그가 바닷물이 포효하는 소리를 들으며 협곡을 향해 떨어지고 있을 때 갑자기 귓가에서 또 한 남자의 목소리가 들려왔다. "라오위! 쯔치! 왜 그러나?" 그는 공중에 멈춘 채로 천천히 눈을 떴다. 청쓰위안이 침대 앞에서 자기를 힘껏 흔들고 있는 게 보였다. 아, 꿈이었구나! 가슴이 쿵쿵 뛰면서 온몸에 식은땀이 흘렀다.

그가 깨어난 것을 보고 청쓰위안이 걱정스럽게 물었다. "괜찮나? 마구 뒹굴며 쉴 새 없이 고함치면서 신음을 하더군." 위쯔치는 얼굴을 몇 번 문질렀다. 그제야 정신이 완전히 들었다. 그는 미안한 듯 청쓰위안을 보고 웃었다. "자네 쉬는 걸 방해했군그래. 악몽을 꿨다네." 청쓰위안이 목소리를 낮추었다. "어디 아픈 건 아니지? 많이 힘든가?" 그는 심장이 찢어질 듯 아팠지만 그래도 아무 일 없는 것처럼 웃었다. "괜찮네. 가서 자게. 다른 사람들 놀라 깨기 전에." 청쓰위안은 마음이 놓이지 않는지 그를 쳐다보면서 당부했다. "조심하게!"

그날 밤 위쯔치는 더 이상 눈을 붙이지 못했다. 그는 손전등을 들고 돤차오췬에게 편지를 썼다.

돤차오췬과 산좡의 출중한 연기

돤차오췬과 산좡은 영화 「몽테크리스토 백작」을 함께 보고 나서 푹신한 승용차를 타고 집으로 돌아왔다. 돌아오는 길에 두 사람은 방금 본 영화에 대해 오순도순 이야기를 나누었다. 산창은 눈을 감고 등받이에 몸을 기댄 채 빙그레 웃으며 아내에게 물었다. "당신은 문화국 일인자니까, 대장께서 왜 여러 번 이 작품을 추천하셨는지 알 것 같소?" 마찬가지로 눈을 감고 있던 돤차오췬은 입을 삐죽이며 코웃음을 쳤다. "주임께서 학생을 시험하시는 군요? 전에는 작품 줄거리가 재미있다고 생각하긴 했지만 사실 완전히 이해한 건 아니었어요. 근데 이제 알겠어요. 이건 그러니까 정치 소설이에요. 처음부터 끝까지 복벽에 반대하는 혁명 정신이 관철되고 있다고요." 산창이 동의하며 고개를 끄덕였다. "맞아. 프랑스 대혁명은 유럽에서도 가장 철저했던 자산 계급 혁명이어서 복벽과 반복벽 세력 사이의 투쟁이 유난히 치열했지. 뒤마는 그 투쟁을 슬쩍 배경으로만 보여 줬을 뿐이지만 말이야. 우리가 오늘 진행하고 있는 것은 역사상 전례가 없는, 가장 철저한 무산 계급 혁명이야. 이번 혁명은 과거의 어떤 혁명보다도 위대하고 심도 있지. 그래서 더욱 격렬한 거고. 자산 계급은 봉건 계급을 대체하면서 그들에게 방 한 칸을 남겨 주었을 뿐만 아니라 자기네 대오에 참여할 수 있도록 허락까지 해 주었어. 하지만 우리 무산 계급은 자산 계급에게 방 한 칸은 물론 그 한쪽 귀퉁이조차 내주어선 안 돼. 우린 모든 것을 점령하고 자산 계급에 대한 전면 독재를 실시해야 한단 말이지. 바로 그 때문에 투쟁도 더 잔혹해질 수밖에 없어. 자칫 잘못하면 우리도 나폴레옹처럼 고도(孤島)에 갇힐지 모르니까." 돤차오췬이 자랑스럽게 웃으며 말했다. "어쩌면 세인트헬레나보다도 작은 섬일지도 모르죠!"

승용차는 부드럽게 달렸고 두 사람은 머리를 등받이에 푹 기대고 눈을 감았다. 하지만 그들의 얼굴에 넘치는 미소로 보건대 둘다 전혀 피곤한 것 같지는 않았다. 그들 머릿속에서는 방금 영화에서 보았던 장면이 다시 상영되고 있었다. 나폴레옹과 그의 섬은 점점 희미해지고 대신 영화의 주인공, 가짜 몽테크리스토 백작의 전기적인 운명이 점점 클로즈업되면서 화면 전체를 가득 채웠다……. 감옥에 갇히게 된 평범하기 그지없던 어떤 사람이 우연한(우연에 또 우연, 우연 중의 우연!) 기회에 아무도 모르는 부자한 사람을 알게 되었다. 그 부자는 늘 성경 말씀을 외웠고 집에는 엄청난 금은보화를 숨겨 둔 사람이었다. 그 부자는 이 불쌍한 사람을 마음에 들어 하며 자기가 발견한 비밀스런 보물 창고를 그에게 알려 주었다. 감옥에서 죽은 시체인 척해서 바다에 던져진 그는 구조를 받고 보물 창고를 찾아간다. 그리하여 순식간에 모든 것이 변했다. 그는 순식간에 모든 것을 얻었다. 반짝반짝 빛나는 보석들! 충성스럽고 믿음직한 하인! 그는 부자가 되었고 다른 사람들의 주목을 받는 '몽테크리스토 백작'이 되었다. 물론 그 백작 칭호는 가짜였다. 하지만 가짜가 진짜가 되면 진짜 역시 가짜가 될 수 있고, 진짜가 가짜가 되면 가짜 역시 진짜가 될 수 있는 법이다. 돈만 많다면 백작 칭호가 진짜인지 가짜인지 누가 따진단 말인가? 그러고 보니 참으로 이상했다. 롼차오췬과 산창은 둘 다 자기의 운명이 몽테크리스토 백작과 어딘지 닮았다고 느꼈던 것이다. 하지만 어디가 닮았을까? 왜 닮았을까? 둘 다 이 문제를 끄집어 내 토론하지는 않았다. 토론도 불가능하고 토론할 필요도 없었다. 그건 또 왜인가? 이 문제를 토론하려면 자연 가정 문제를 거론하지 않을 수 없었기 때문이다. 이 비밀에 대해 우리는 전부 알 수도 없고 또 알 필요도 없지만 개괄적인 설명 정도는 필요하고 또 가능한 일이다.

사람들은 흔히 배우들이 직업상 무대에서 연기하는 게 습관이 되어서 삶 속에서도 연기를 하게 된다고 말한다. 사실 그런 일은

거의 드물지만 그렇다고 해도 그게 그리 이상한 일은 아니다. 직
업적 특성을 면할 수 있는 사람이 몇이나 되겠는가? 게다가 연기
는 표면적인 현상일 뿐이어서 그것을 근거로 삶에 대한 그들의 태
도가 허위적이라고 단정 지을 수는 없다. 만약 비난해야 한다면
우리는 다른 종류의 사람들을 비난해야 할 것이다. 그것은 바로
분장을 하고서 무대에 등장하지는 않지만 정치 무대와 생활 무대
에서 끊임없이 연기를 하고 있는 사람들이다. 대개 그들은 연기
실력이 출중한 배우들이다! 돤차오취안과 산칭만 해도 그렇다. 그
들은 대사 한마디 읊어 보지도 않았고 무대에 서 본 적도 없으며
분장을 해 본 적도 없고 화려한 무대 의상을 입어 본 적도 없다.
하지만 정치 무대와 생활 무대에서 그들은 진지하게 자기가 맡은
역할, 즉 그 이름도 쟁쟁한 '무산 계급 혁명파' 역할을 하고 있었
다. 그들은 자기 몸 속의 '종자'와 자기가 맡은 배역 사이의 간극
을 잘 알고 있었다. 하지만 장기간의 연마와 모방을 통해 그들은
이미 자기의 배역에 익숙해졌으며 이젠 완전히 장악할 수 있게 되
었다. 어떻게 사고하고 어떻게 행동해야 하는가? 어떻게 말해야
하는가? 몸가짐은 어떻게 해야 하는가? 희로애락의 표정은 또 어
떠해야 하는가? 이 모든 것이 몸과 마음에 모두 배어들어 막힘이
없었다. 시간이 흐르자 그들 자신조차 자기가 곧 그 배역이고 그
배역이 곧 자기라고 믿게 되었다. 그들이 방을 잘못 찾아 들어간
것이 아니라 방이 저절로 문을 활짝 열고 그들을 주인으로 맞은
것이다. 예를 들어 그들은, 당이 규정한 공산당원의 조건에 따르
려면 자기와 같은 신분의 사람들은 어떤 권력욕이나 사리사욕도
없어야 한다는 것을 잘 알고 있었다. 그래서 그들은 다른 사람들
뿐만 아니라 자기 스스로도 마음은 유치원 아이처럼 깨끗한 '적
자지심(赤子之心)'이라고 믿게 만들려고 애를 썼다. 때때로 뇌리

에 그놈들이 불쑥불쑥 나타나면 어떻게 하지? 숨기면 된다! 그럴 때 아무도 보지 못하게 숨겨 버리면 그만이었다. 자기 남편이나 아내라도 보지 못하게 하면 된다. 그래서 그들의 집에서는 부부 사이의 진실함에도 일정한 한계가 있었다. 다시 말해 그 진실함은 자기의 '영웅 형상'에 손상을 주지 않는 한도 내에서만 유지되었던 것이다. 요컨대 이들 고급 배우들은 그 배역에 완전히 몰입하여 거의 '무아지경'에까지 이르렀다. 그들은 사람들과 당뿐만 아니라 배우자와 자신까지도 기만하고 있었다.

장기간 이렇게 연기하다 보면 본인과 배역 간의 거리가 '무의식' 속에서 사라지거나 줄어들어 톨스토이가 제창했던 '자기완성'에 이를 수도 있지 않을까? 천만의 말씀! 연기는 어쨌든 연기일 뿐이다. 사실 그들은 '얼굴'도 '씻고' 싶지 않았고 '마음'도 '혁명'하고 싶지 않았다. 그것은 도둑이 제 발 저리듯 누구보다 본인들이 더 잘 알았다. 그래서 그런 부부들은 비록 말하기 곤란한 얘기가 있어도 그냥 서로 알아서 덮어 주거나, 마음에 들지 않을 때라도 암묵적으로 손발을 맞추며, 서로 이해하고, 서로 추켜세우면서, 뜻 맞고 금실 좋은 부부가 될 수 있었다. 일찍이 「공산당 선언」은 봉건 계급 가족의 온정주의와 자산 계급 가족의 적나라한 금전 관계를 날카롭게 폭로한 바 있다. 그런데 지금 우리가 목도하고 있는 이 부부 관계는 대체 어떻게 이해해야 하는 걸까? 마르크스와 엥겔스는 이 문제를 미처 연구하지 못하고 그 과제를 후배들에게 남겼다.

이상은 개괄적인 분석이다. 둰차오췬과 산챵이 이런 개괄적 특징 중에서 또 어떤 특수성을 지니는지는 오직 본인들만이 알 것이다. 우리는 우리의 이야기나 계속해 보자.

우리가 분석을 하는 동안 둰차오췬과 산챵은 집에 도착했다. 두 사람은 어깨를 나란히 하고 대문을 들어섰다. 이제 「몽테크리스토 백작」 이야기는 더 이상 하지 않았다. 1층 거실을 지나면서 돤차오췬이 불을 켰다. 그녀는 아늑한 거실의 고급스러운 진열품을 쓱 훑어본 다음 불을 끄고 빠른 걸음으로 층계를 올랐다. 그녀는 서재 문을 열고 남편과 함께 나란히 들어왔다. 두 사람은 약속이나 한 듯이 서로 마주 보다가 다시 눈을 돌려 방 안을 둘러보았다. 침실, 장서, 텔레비전, 라디오, 그리고 온갖 장식품들……. 대부분 문화 대혁명 이후에 만들어진 '신생사물(新生事物)'이었다. 관람을 끝낸 흥분한 눈동자 두 쌍이 다시 마주치자 두 사람은 회심의 미소를 지었다. 그때 그들 머릿속에 몽테크리스토 백작의 그 지하 보물 창고가 스쳐 간 것은 아닐까? 그는 말하지 않았고 그녀도 말하지 않았다. 물론 우리도 말할 필요 없을 것이다. 돤차오췬은 천천히 모직 외투를 벗고 다시 남편이 외투 단추 푸는 것을 도와주면서 다정하게 말했다. "화챠오 동지 말이에요, 정말 보기 드문 무산 계급 혁명가 같아요! 그분이 없었다면 복벽의 역류가 얼마나 기승을 떨고 있을까요!" 밑도 끝도 없는 말이었지만 산챵은 조금도 이상하게 여기지 않고 다정하게 말했다. "그러게! 그런 대장을 모시고 혁명을 한다는 건 우리의 가장 큰 행복이지. 우리들의 아주 작은 발전도 화챠오 동지가 길러 주신 덕분이야." 그렇게 말하면서 그는 서재의 소파에 앉았다.

"화챠오 동지의 작은아들이 올해 대학을 졸업하면 직장을 배정받아야 하죠? 화챠오 동지가 별 말씀 없으시던가요?" 돤차오췬은 오늘따라 이상하게 '화챠오 동지'한테 자꾸 신경이 집중되었다.

"그분은 사적인 일에는 거의 신경을 쓰지 않으셔. 그야말로 온 정열을 문화 대혁명에 쏟고 계신다니까." 산챵은 이렇게 대답하면서도 아내의 질문이 엉뚱하다는 생각은 해 보지 않았다.

"시 당 대표 대회가 곧 열릴 텐데, 화챠오 동지가 빈하이에 오시면 당신이 먼저 귀띔해 드리면 안 될까요? 대장님께서 생각하지 못하신다고 우리까지 생각지 않으면 어쩌겠어요!"

"몰라서 그래? 그런 건 묻기 곤란한 일이야. 가서 물어보면 대장님은 틀림없이 자기 자식부터 농촌으로 보내 버릴걸! 차라리 우리가 알아서 배정하는 게 나아. 듣자하니 그 작은아들이 바이올린을 켤 줄 안다던데, 당신이 혁명 모범극 극단에 배정해 줄 수 없어?"

그때 돤 부인이 편지 꾸러미와 뜨거운 물을 들고 올라왔다. 그녀는 편지들을 딸에게 주고 영양제 두 잔을 타서 딸과 사위 앞에 놓으며 물었다. "간식 좀 만들어 줄까?" 돤차오췬이 시계를 보더니 고개를 저었다. "됐어요. 엄마도 이제 그만 주무세요." 부인은 그러마고 대답하고 자기 방으로 자러 들어갔다.

집에 오는 편지는 모두 돤차오췬이 알아서 처리했다. 그녀는 이런 일로 남편을 귀찮게 하고 싶지 않았다. 물론 그녀도 편지들을 처음부터 끝까지 다 보지는 않았다. 그녀 역시 시간이 많은 것은 아니었다. 요새는 두 사람에게 편지를 보내는 사람들이 너무 많아졌다. 그녀는 몇 분 만에 편지를 네다섯 통이나 처리했다. 한 통은 '고온과 싸워 이긴 문예 전사'가 보낸 것이었는데, 이런 편지는 읽어 볼 것도 없었다. 한 통은 그녀의 고향 친지한테서 온 것인데, 빈하이로 진찰을 받으러 오고 싶으니 의사를 좀 소개해 달라는 것이었다. 그녀는 원래 개인적인 부탁은 받지 않았으므로 답장을 보내지 않으면 그만이었다. 또 한 통은 어떤 작가한테 온 것이었는데, 그녀는 이 작가가 보낸 편지에는 관심이 좀 있었다. 그 사람의 편지는 늘 외지 및 문예계의 동태를 담고 있어서 그와 산창이 계급투쟁 동향을 이해하는 데 도움이 되었기 때문이다. 오늘 편지에는 외지 문예계에서 문화 대혁명을 부정하는 일련의 현상에 대해 언급하면서 현상마다 전형적인 인물과 사례를 들고 있었다. 편지를 다 읽은 돤차오췬은 그것을 산챵에게 보여 주며 말했다. "문화대혁명을 긍정하는 쪽과 부정하는 쪽의 투쟁은 보편적이고 장기적인가 봐요." 산챵도 흥미로워하면서 읽어 보더니 "화챠오 동지와 쮜이푸 동지한테도 보여 드려야겠소"라며 편지를 접어 자기 주머니 속에 넣었다.

이제 돤차오췬의 손에 마지막 편지 한 통이 남았다. 봉투에 적힌 발신인 주소는 '문화계 5·7 간부 학교 문인협회 연대'라고만 되어 있었는데, 글씨체를 봐도 누가 쓴 것인지 알 수가 없었다. 편지를 꺼내 보니 위쯔치의 서명이 있었다. 돤차오췬은 자기도 모르게 중얼거렸다. "위쯔치? 뭣 때문에 내게 편지를 보냈지?" 눈을 감고 천천히 영양제를 마시고 있던 산챵이 그 소리에 눈을 뜨고 편지 봉투를 가져가 들여다보았다. "이 대시인이 편지를 다 보내다니, 일 없으면 절에도 가지 않는다고, 틀림없이 샹난의 일 때문이겠지? 어서 읽어 봐."

돤차오췬의 눈동자가 빠르게 편지지 위를 훑고 지나가더니 얼굴에 냉소의 빛이 떠올랐다. 입은 점점 굳게 다물어지고 입가의 주름도 점점 깊게 패였다. 끓어오르는 화가 입 밖으로 튀어나오지 않도록 가까스로 참고 있는 듯했지만 결국은 터져 나오고야 말았다. 그녀는 편지지를 손으로 확 구겨 쥐고 싸늘하게 웃었다. "샹난이 이렇게 나올 줄이야!" 산챵이 자기를 주시하고 있는 것을 보고 돤차오췬은 구겨졌던 편지지를 다시 잘 펴서 남편에게 주었다.

산챵은 서두르지 않고 처음부터 끝까지 편지를 찬찬히 읽어 보더니 그대로 탁자 위로 툭 떨어뜨렸다. 그는 아내의 화난 모습을 재미있다는 듯이 쳐다보며 창백한 입술을 오른쪽으로 살짝 들어올리고 웃었다. 산챵은 웃으면 입이 비뚤어졌는데, 처음엔 이것이 산창에 대한 돤차오췬의 유일한 불만거리였다. 하지만 돤차오췬의 심미관도 점점 변하기 시작했다. 이제 그녀는 산창이 입술을 들어 올리며 웃는 것이 보기 싫지도 않을뿐더러 오히려 지도자다운 위엄과 풍채를 더해 주는 것만 같았다. 마치 그가 어느 누구보다도 문제를 정확하게 꿰뚫고 있으며 그 어떤 문제에 대해서도 확실한 자기 생각이 있는 것처럼 보이게 한다고 생각했던 것이다.

"당신은 자매지간의 감정이 하늘도 감동시킬 수 있다고 믿었잖아. 그런데 샹난의 하늘은 바로 사랑이었군. 당신이 꺼내 보인 진심을 샹난은 위쯔치한테 바치고 사랑에 대한 자기의 충심을 증명한 거요." 산창은 또 입술을 한쪽으로 비틀며 웃었다. 얼굴과 목소리에 모두 비웃음이 담겨 있었는데 샹난을 비웃는 것 같기도 하고 아내를 비웃는 것 같기도 했다.

그러잖아도 속에서 불이 날 지경인데 남편이 이렇게 부채질하자 돤차오췬은 더 참을 수가 없었다. 평소 돤차오췬이 화내는 모습은 좀처럼 보기 힘들었다. "정승의 뱃속에는 배도 띄울 수 있다"고들 하는데 돤차오췬이야말로 그만한 도량이 있어 보였다. 일반적인 상황에서, 특히 공개적인 장소에서 그녀는 속으로야 감정이 어떻든 어떤 생각을 하든 얼굴에는 늘 변하지 않는 긍지의 미소를 짓고 있었다. 그 미소는 사람들로 하여금 쉽게 건드릴 수 없는 위엄과 아무도 거스를 수 없는 의지를 느끼게 해 주었다. 그녀는 화를 낼 때도 다른 사람들과는 달랐다. 그녀는 길길이 뛰거나 큰 소리를 내는 법이 없었다. 단지 긍지의 미소가 냉소로 바뀌고 머리가 가볍게 흔들리며 입이 굳게 다물어지고 찌푸린 눈은 정오의 태양을 쳐다보는 고양이 눈처럼 가느다란 실눈이 되었다. 이는 그녀가 화를 뜸들이는 단계였다. 조금 더 지나면 홍조를 띠던 얼굴이 점점 창백해지고 가늘게 찌푸렸던 눈이 점점 커지며 꽉 다물고 있던 입도 점점 벌어지기 시작하는데, 이는 화가 폭발 단계에 이르렀다는 징조였다. 이쯤 되면 사람들은 그녀의 부드럽고 달콤하던 메조소프라노 음성이 미세하게 떨리는 까칠한 소프라노 음성으로 변해 버린 걸 느낄 수 있었다. 지금 돤차오췬은 바로 그런 상태였다. 소파에 앉아 화내기 전의 준비 동작을 완성한 그녀는 입을 벌려 말을 하기 직전에 일어나 침대 머리맡으로 갔다. 그리고 그쪽에 걸린 결혼사진을 보면서 떨리는 까칠한 음성으로 한마디 한마디 딱 부러지게 내뱉었다. "좋아! 난 정말 좋은 마음이었는데 이런 식으로 나온다 이거지! 사랑할 테면 그러라고 하지, 뭐! 하지만 원칙 문제에서만큼은 절대 봐주지 않을 거야! 수정주의 분자가 날뛰는 꼴을 그냥 두고 보지만은 않겠어!" 그런 다음 그녀는 다시 소파에 앉으며 위쯔치의 편지를 들고 그중 한 부분을 손으로 가리켰다.

"여기 좀 봐요. 위쯔치는 '공산당원에 대해 공산당원이 마땅히 가져야 하는 태도'로 나와 '솔직하게 이야기' 하자고 했어요. 그리고 '동무가 우리는 가문도 출신도 어울리지 않는다고 말했다지요. 나와 상난은 당이 길러 낸 지식인이고 우리는 공동의 혁명 목표를 가슴에 품고 있으며 같은 길을 걷고 있소. 그런데도 우리 둘이 가문이 다르고 신분이 어울리지 않을 게 무엇이라는 거요?'라고 묻고 있죠. 근데 이게 어디 나 돤차오췬한테만 묻는 거예요? 이건 문화 대혁명에 문제를 제기하는 거라고요! 위쯔치가 당이 길러 낸 지식인이라면 내가 그를 비판하는 건 곧 혁명 역량을 타격한다는 말이잖아요? 그럼 결국 문화 대혁명이 잘못됐다는 뜻 아니에요?"

돤차오췬의 말을 듣고 있던 산장의 입도 이제 더 이상 오른쪽으로 비뚤어지지 않았다. 그도 점점 엄숙하고 진지해지기 시작했다. 그는 이미 식어 버린 영양제에 따뜻한 물을 조금 더 따른 뒤 아내에게 주었다. 그리고 아내의 손에서 편지를 다시 가져다 몇 번 보고 나서 가라앉은 목소리로 천천히 말했다. "당신이 화내는 건 당신이 아직도 어리다는 거야. 계급투쟁이잖소. 당신은 위쯔치 같은 사람이 우리한테 머리 숙이며 말을 고분고분 잘 들을 거라고 기대했던 거요? 그가 우리의 권위를 인정하기를 바라는 거요? 그건 환상이야! 위쯔치의 계급은 역사 무대에서 퇴출당하지 않으려고 기를 쓰고 있어. 우리가 자기네 방을 차지했으니 우리를 즉시 쫓아내지 못해서 안달이란 말이오. 그들 중에서 몇 사람은 우리를 따라갈 수도 있지. 하지만 적당한 기회가 오면 그들도 다시 우리에게 총부리를 겨누면서 원래 자리로 돌아갈지도 모르오. 어쨌든 대부분은 어떤 방법을 쓰든지 우리와 맞서 투쟁하려 할 거요. 원래는 우리도 위쯔치의 영향력이나 능력을 감안해서 우리 쪽으로 한번 끌어당겨 볼까 했던 건데, 그자도 바로 그 두 가지를 가지고 우리랑 맞붙어 보려는 작정인 것 같소. 우리가 자기를 버리지 못할 거라고 생각하는 모양이지! 보아하니 우리가 그 결혼에 동의하지 않으면 법원에 가서 고소라도 할 기세로군!"

남편의 분석에 돤차오쥔도 흥분을 가라앉혔다. 그녀의 얼굴에 다시 긍지의 미소가 떠오르더니 곧 우아하고 침착한 상태로 돌아갔다. 고집스런 아이가 어머니한테 어리광을 부리듯이 그녀는 남편을 바라보며 장난스럽게 웃었다. "내가 기어이 못 하게 하고 말겠어요! 당신한테 고발이라도 하라지요. 당신이 내 직위를 박탈해도 상관없어."

산쨩이 또 입술을 오른쪽으로 들어 올리며 웃었다. "자매지간의 정을 상하게 하면 안 되지!"

돤차오쥔이 입을 삐죽거렸다. "그 애가 무정한데 나라고 의리 지킬 이유가 있나요?" 그녀는 침대 머리맡으로 가서 전화를 들고 빠르게 전화번호를 눌렀다. "리융리 지도원 좀 바꿔요." 1분도 안 되어서 상대방이 전화를 받았다. "예, 리융리입니다." 그녀는 수화기를 손으로 막고 '내가 어떻게 하는지 봐요!' 라고 말하는 것처럼 남편을 쳐다보며 웃었다. 남편이 웃음을 머금고 고개를 끄덕이자 그녀는 수화기로 얼굴을 돌리고 또박또박 말했다. "아직 안 잤어요? 지시 사항이 있어요. 최근 시에서 또 간부들을 조직해서 헤이룽장성 농촌으로 내려보내기로 했어요. 산쟝 동지하고 의논해 봤는데 동무네 조직의 샹난을 보내는 게 좋을 것 같아요. 샹난은 젊고 건강하니까 그곳에 가서 일하기에 적합할 거예요. 또 본인한테도 그런 단련이 좀 필요할 것 같고. 내일 동무가 샹난에게 준비하라고 통지하세요." 저쪽에서 뭐라고 묻자 그녀는 또 얼른 고개를 저으며 말했다. "아니, 아니에요. 이건 그 사람들 결혼 문제와는 아무 관계도 없어요. 샹난한테 똑똑히 말하세요. 우린 두 사람 결혼 문제에는 전혀 관심 없다고."

그때 산쟝이 그녀 옆으로 와서 조용조용 일러 주었다. "시 당 대표 대회에 부응하려면 계급투쟁과 노선투쟁을 더 확실하게 진척시키라고 해요. 불성실하거나 꼬리를 드는 검은 노선 인물이 있으면 해방됐든지 해방되지 않았든지 무조건 비판하라고 말이야."

둰차오췬은 잠깐 생각해 보더니 이내 전화기에 대고 또 말을 이었다. "그리고 시 당 대표 대회가 곧 열릴 거예요. 동무들은 계급투쟁의 새로운 동향을 면밀하게 주시하세요. 특히 두 사령부에 대한 태도 문제에 주의하세요. 계급의 적들이 기회를 틈타 풍랑을 일으키지 않도록 방지하고요. 요새 위쯔치의 태도는 좀 어때요? 「끝없는 장강 물결 도도히 흘러」를 아직도 쓰고 있나요? 그 안에 무슨 문제가 있는지 제대로 조사해 봤습니까? ……알았어요. 동무는 몇 사람 더 찾아서 알아보고 서면으로 보고서 작성해서 나한테 제출하도록 해요. 배경이 있는지 꼭 확실하게 알아보고요.

……다시 한 번 말하는데 이건 그 두 사람 결혼 문제와는 아무 상관없어요. 좋아요, 그럼 그렇게 하는 걸로 합시다."

돤차오췬은 전화를 끊고 다시 소파로 와 앉더니 이미 식어 버린 영양제를 단숨에 들이켰다. 잔을 내려놓고 그녀는 다시 탁자 위에 있던 유리병에서 과자를 꺼내 입에 넣으며 득의양양하게 말했다. "누가 누구를 이기는지 두고 보라고! 우리한테 맞서려고? 어림도 없는 소리!"

산챵은 아내의 정치적 결단력을 매우 높이 샀다. 애초 그녀와 연애할 때 마음에 들었던 것도 바로 그런 점이었다. 하지만 그녀가 이처럼 전략 전술에 능한 지휘관인 것까지는 미처 몰랐다. 이런 현명한 내조자가 있으니 산챵 자신은 얼마나 행운인가! 몽테크리스토 백작보다도 훨씬 더 운이 좋은 것이다. 아내의 백설같이 희고 우아한 얼굴을 쳐다보자 마음이 흐뭇했다. 그야말로 덕과 재주와 미모를 두루 갖춘 아내 아닌가! 그러잖아도 행복감에 들떠 있던 그녀는 남편의 그윽한 눈길이 자기에게 쏟아지는 것을 느끼자 부끄러움에 얼굴을 붉혔다. 그녀는 화끈 달아오른 자기 얼굴을 만지면서 다정하게 남편을 바라보며 나지막이 물었다. "피곤하죠?" 산챵은 더 이상 참을 수 없어 소파로 가 아내의 얄팍한 입술에 키스를 했다. 그리고 정겹게 말했다. "당신은 정말 백작 부인이 되기에 손색이 없다니까!" 돤차오췬은 남편이 또 몽테크리스토 백작을 떠올리고 있다는 걸 눈치 채고 토라진 척 그의 이마를 손가락으로 찔렀다. "또 우쭐대려고요?"

"땡—! 땡—!" 멀리서 해관의 무거운 종 소리가 두 번 울렸다. 벌써 새벽 2시였다. 빈하이시 주민들은 모두 달콤한 잠에 빠져 있을 테고 '밤 고양이'도 이젠 눈을 붙여야 할 시간이었다.

돤차오췬은 소파에서 일어나 커튼을 쳤다. 산챵도 일어나 불을 끄고 침대 머리맡의 조명등을 켰다. 부드러운 연푸른색 불빛이 온 방 안을 비추어 주었다. 인생은 얼마나 아름답고 평화로운가!

동지 같은 이 부부는 잠시 긴장된 연기를 멈추고 만족스레 달콤한 꿈나라로 빠져들었다.

돤차오쵠, 리융리, 유뤄빙의 기막힌 협동

돤차오쵠의 전화를 끊자마자 리융리는 바로 가서 유뤄빙을 깨웠다. 오늘따라 유뤄빙은 깊은 잠에 빠져 일어날 생각을 하지 않았다. 반나절을 흔들사 비로소 그가 졸린 눈을 비비며 말했다. "무슨 일이오, 리 동지?"

"방금 돤차오쵠 동지한테 전화가 왔는데, 산창 동지의 중요한 지시를 전달받았소." 리융리는 적잖이 흥분해 있었다.

"아이고! 오늘 내가 어찌 된 거지? 그렇게 깊이 잠든 것 같지도 않은데 어떻게 전화 오는 소리도 듣지 못했을까? 심장이 좋지 않아서 그런 게야!" 유뤄빙은 황급히 이불 속에서 나오면서 몹시 불안한 표정으로 중얼거렸다. 사실 그는 돤차오쵠의 전화벨 소리가 울릴 때 벌써 잠에서 깨었다. 샹난과 위쯔치의 이름이 거론되는 걸 듣고 그는 두 사람이 곤욕을 치르게 되었음을 대번에 눈치 챘다. 그는 끼어들어 군말 섞는 것도 싫었고 자기가 개입되는 것은 더더구나 원치 않았다. 그는 이 일이 리융리한테까지만 전달되고 자기 머리로는 떨어지지 않기를 바랄 뿐이었다. 하지만 리융리는 기어이 그를 깨우고야 말았다.

유뤄빙이 옷을 다 입자 리융리는 전화할 때 받아 적은 것을 그에게 보여 주었다. "주임의 지시는 곧 산창 동지의 의견이고 또한

시 혁명위원회의 지시이기도 하고 무산 계급 사령부의 지시이기도 하오. 린뱌오 부주석께서는 우리더러 무산 계급 사령부의 목소리는 밤을 넘기지 말고 전달해야 한다고 하셨소! 하지만 오늘은 정말로 너무 늦었으니 일단 우리 둘이 먼저 지시의 정신을 파악하고 어떻게 집행할 것인지 연구해 봅시다!"

전화 기록을 자세히 읽어 본 유뤄빙은 사태가 자기가 상상했던 것보다도 훨씬 더 심각하다는 사실을 깨달았다. 산창과 돤차오췬이 상난과 위쯔치를 떼어 놓으려고 하는 것은 그리 큰 문제가 아니었다. 무서운 것은 「끝없는 장강 물결 도도히 흘러」가 다시 거론되었다는 사실이다. 그냥 별 뜻 없이 나온 얘길까, 아니면 정확한 목표가 있는 것일까? 옛 대장한테 정말 무슨 일이라도 생긴 것은 아닐까? 유뤄빙은 위쯔치가 장편 시에서 예찬하고 있는 그 대장이 누군지 알고 있었다. 만약 그것을 문제 삼으려는 것이라면 정말로 큰일이 아닐 수 없었다. 온몸에 소름이 쫙 돋았다. 그는 얼른 담배 한 개비를 꺼내 불을 붙이고 연기를 내뿜으면서 진정하려고 애썼다. 그런 뒤에 드디어 입을 열었다. "나이가 드니까 조금만 추워도 참을 수가 없군요! 리 동지 생각에는 어떻게 하면 좋겠습니까?"

리융리는 이미 생각해 둔 바가 있다는 듯이 말을 꺼냈다. "모두 두 가지니까 우리 둘이 분담을 하는 거요. 동무가 「끝없는 장강 물결 도도히 흘러」를 맡으시오. 내가 두 사람 연애 문제를 맡아서 펑원펑한테 보고서를 쓰게 하고 상난을 찾아서 얘기를 하겠소. 어떻소?"

"좋습니다. 그런데 「끝없는 장강 물결 도도히 흘러」가 문제가 되는 핵심이 도대체 뭡니까? 제가 노선투쟁의 각오가 낮아서 제대로 파악하지 못할까 봐 그럽니다. 산창 동지와 돤차오췬 동지가 거기에 관한 구체적인 지시는 하지 않았습니까?"

리융리는 이처럼 겸손한 유뤄빙의 태도가 퍽 맘에 들었다. 그는 유뤄빙을 보고 동정하듯 말했다. "나랑 먼저 의논을 하면 될 거요. 대담하게 하시오. 겁내지 말고!" 그는 서랍을 열고 지난번 빼앗은 「끝없는 장강 물결 도도히 흘러」의 원고를 꺼내 주었다. "두 분께 서는 우리더러 배경을 조사하라고 하셨소. 지난번 비판은 너무 허 술해서 배경을 확실히 알아내지 못했소. 이번에는 무엇보다 먼저 그 배경부터 파악해야 하오. 라오유, 동지가 보기에 이 시의 배경 이 뭔 것 같소?"

유뤄빙의 눈이 긴 눈썹 아래서 반짝 빛났다. 그는 가슴이 딜컥 했다. 배경을 파악하라고? 이게 무슨 의미일까? 혹시 1968년 톈 진 사건 때처럼 위쯔치와 옛 대장을 한데 엮어서 '검은 노선'으로 몰려는 거 아닐까? 위쯔치가 시 속에서 예찬하고 있는 옛 대장은 유뤄빙의 옛 상관이기도 했다. 유뤄빙 역시 위쯔치만큼이나 그 대 장에 대해서 잘 알았으며 친했다. 예전에 썼던 전선 소식에서 그 가 열렬하게 그 노전사를 찬양했던 것도 한두 번이 아니었다. 만 약 「끝없는 장강 물결 도도히 흘러」에 근거해서 위쯔치와 옛 대장 을 '검은 노선'으로 엮는다면 자기와 대장 사이에도 '검은 노선' 이 존재하는 셈 아닌가? 자칫하면 '검은 노선'이 '검은 그물'이 되어 유뤄빙까지 걸려들게 될지도 모르는 일이다. 왜 별안간 그 배경을 조사하라는 걸까? 그는 어떻게 된 일인지 내막을 좀 더 캐 보려고 일부러 아둔한 척했다. "배경이요? 지난번 비판 때 벌써 배경이랑 연결해 비판하고 위쯔치가 문화 대혁명에 불만이 있어 서 그런 거라고 하지 않았습니까?"

"아이참, 라오유! 동지 같은 전문가가 배경이 뭔지도 모른단 말 이오? 위에서 말하는 배경은 시 속에서 찬양하는 그 옛 대장이 누구인지, 좌파인지 우파인지, 위쯔치와는 어떤 관계인지 조사하라는 거 아니겠소?" 리융리는 지난번 비판 때 나왔던 "꼬마야 꼬마야, 어서 눈물을 닦으렴" 부분을 펴 들었다. "여기를 보시오! 그 대장을 얼마나 미화했는지 말이오! 심지어 그 아들까지 혁명의 기수로 만들어 놓지 않았소! 그자는 이를 앙다물고 세상의 요괴들을 모조리 쓸어 버리고 저승의 악마들을 잡아야 한다고 했는데, 이게 누굴 빗댄 거겠소? 그 옛 대장이란 작자가 도대체 누구요? 동무는 알 것 아니오? 동무와 위쯔치가 옛날에 같이 일했다고 들었소."

유뤄빙의 이마에는 벌써 땀이 맺히기 시작했으나 가슴속은 얼음을 삼킨 듯 써늘했다. 그는 아예 침대 위에 있던 솜 외투를 가져다가 이마와 눈썹만 남긴 채 머리와 얼굴까지 푹 뒤집어썼다. 그리고 외투 속에서 들릴 듯 말 듯 중얼거렸다. "시에서 예찬하는 대장이란 아마 2월 역류 때의 그 검은 우두머리겠지요! 하지만 저도 잘 모르겠습니다. 동지가 말한 대로 알아서 하시구려. 내일 제가 펑원펑이랑 나머지 사람들을 데려올 테니 리 동지가 직접 말씀하시지요."

유뤄빙이 뒤로 빼는 걸 보고 리융리가 불만을 터뜨렸다. "라오유! 사사건건 나더러 다 나서라는 거요?"

유뤄빙은 부르르 떨더니 얼굴을 외투 밖으로 내밀고 겸연쩍은 듯이 웃었다. "맞습니다. 제가 너무 무능해서 말이죠. 아무래도 능력 있는 사람이 그만큼 더 해야 하지 않겠습니까? 노동 계급이 모든 걸 영도해야지요. 리 동지, 동지가 아무래도 위신이 높으니 그 사람들한테 직접 말씀하시는 게 좋을 것 같습니다. 전 옆에서 변죽을 울려 드리지요."

리융리도 더는 어쩔 도리가 없었다. "좋소. 그럼 동무는 오늘 밤에라도 방금 동무가 말한 배경에 대해서 서면으로 보고서를 작성하시오. 내일 내가 그 사람들한테 얘기하겠소. 난 또 샹난한테 어떻게 말해야 할지도 생각해 봐야겠소!"

유뤄빙은 순순히 대답했다. 책상 앞에 앉은 그는 여전히 몹시 추워 보였다. 그는 담뱃불과 연기로 몸을 녹여 보기라도 하겠다는 듯이 연방 담배를 피워 댔고 덕분에 눈앞은 온통 희뿌연 연기로 자욱했다. 리융리는 세모난 눈을 게슴츠레 뜬 채 다리를 꼬고 앉아 샹난에게 어떻게 말할까를 고민하기 시작했다. 그가 생각하기에 제일 어려운 문제는 샹난을 헤이룽장성으로 보내는 것과 그들의 결혼 문제가 전혀 무관하다는 점을 그녀가 납득하도록 만드는 것이었다. 사실 이 두 가지가 직접 관련되어 있다는 것은 누가 봐도 뻔한 일 아닌가! 상부의 의도는 대체 무엇이란 말인가! '상부에서야 입만 벌리면 되니 쉽겠지만 그것을 시행해야 하는 우리는 고도의 영도(領導) 예술을 구사해야 한단 말이지!' 리융리는 속으로 이렇게 투덜댔다.

이튿날 아침 일찍 유뤄빙은 자기가 쓴 보고서를 리융리에게 제출했다. 그리고 곧장 자발적으로 가서 펑원펑과 왕유이를 불러 왔다. 그는 펑원펑과 왕유이가 자리에 앉기를 기다렸다가 어젯밤 생각해 둔 대로 리융리를 위해 북을 쳐 주었다. "리 동지가 동무들에게 긴급 임무를 맡길 거요. 동무들은 위쯔치의 장편 시「끝없는 장강 물결 도도히 흘러」를 다시 읽고 보고서를 제출해야 하오. 지난번 비판 때는 문제의 핵심을 건드리지 못했소. 이번에는 '축씨촌〔祝家庄〕을 세 번 치다'처럼 반드시 핵심을 포착해야 하오. 그에 대해서는 리융리 동지가 이미 심도 있는 견해를 가지고 계시니 동무들한테 말씀해 줄 것이오!" 그러고는 입을 다물어 버렸다.

리융리는 자기가 받아 쓴 전화 기록과 유뤄빙의 보고서를 보면서 두 사람에게 이번 임무에 대해 간단히 설명해 주었다. 그리고 그 두 사람에게 시 속에서 옛 대장이 나오는 부분은 무조건 다 발췌하라고 지시했다. 물론 그 대장이 누구인가는 말하지 않았다. 그건 비밀이었다. 연방 고개를 주억거리던 펑원펑이 신이 난 듯 리융리에게 말했다. "지난번에는 저도 문제가 좀 있다고만 생각했는데, 리 동지의 지적을 듣고 보니 훨씬 확실해진 것 같습니다." "알았으면 됐소. 하지만 절대 말이 새어 나가선 안 되오. 상부의 전략 배치를 망치면 안 되니까." "말이 새어 나가선 안 된다"는 리융리의 말을 듣고 펑원펑은 자기도 모르게 왕유이를 힐끔 쳐다보았다. 눈치 빠른 왕유이가 얼른 선수를 쳤다. "리융리 동지, 이번 기밀 업무는 펑원펑 동지 한 사람에게 맡기는 게 좋겠습니다. 두 사람이 하면 서로 거치적거리기만 할 테니까요. 또 펑원펑이 내용 파악도 워낙 잘 하고 있고요." 리융리도 그 말에 일리가 있다고 생각하고는 펑원펑에게 물었다. "시간이 되겠소?" 펑원펑은 연방 싱글거리며 대답했다. "그럼요, 가능합니다. 며칠 밤 새면 되죠, 뭐!"

펑원펑과 왕유이가 사무실을 나가자마자 유뤄빙은 또 자진해서 샹난을 데려왔다. 그는 일부러 리융리에게 "제가 샹난을 불러 왔으니 얘기 나누시지요. 전 태극권이나 하러 가겠습니다"라고 말하고는 리융리가 대답도 하기 전에 나가 버렸다.

본부 사무실로 불려 온 샹난은 적잖이 긴장되었다. 결혼 신청 보고서를 제출한 지 벌써 한 달이 넘었는데 지금까지 한 번도 그들을 찾아 면담조차 하지 않았다. 도대체 무슨 꿍꿍인지 알 수가 없었다. 이번 휴가 때 두 사람은 결혼 때 입을 새 옷을 맞추었다. 그녀는 루윈디가 하라는 대로 주황색 상의, 연회색 모직 바지, 노란색 털가죽 신발, 빨간색 긴 스카프를 샀다. 위쯔치의 옷은 샹난과 샤오하이가 디자인한 것으로, 한 벌로 된 짙은 감색 개버딘 중산복이었다. 옷은 다음 휴가 때 찾기로 했다. 샤오징도 유원과 함께 아버지의 결혼식에 참석하러 설에 꼭 오겠노라고 편지를 보내 왔다. 이제 날짜도 얼마 남지 않았는데, 오늘에서야 갑자기 리융리가 자기를 찾는다니 대체 어떻게 된 일일까? 상난의 마음은 불안하기 짝이 없었다! 더구나 리융리와는 얘기를 나누어 본 지도 벌써 한참 되었다. 리융리의 뾰족한 얼굴만 보아도 불쾌해져서 내내 그를 피했던 것이다. 오늘도 다투게 되지는 않을까? 그녀는 자신에게 경고했다. '냉정해야 해. 일을 좀 수월하게 하려면 절대 성질부리면 안 된다고!'

그런데 뜻밖에 오늘 리융리의 태도는 무척 부드러웠다. 상난이 사무실로 들어서는 걸 보자마자 벌떡 일어나더니 걸상을 갖다 주며 예의바르게 인사를 건넸다. "앉으시오! 편하게 얘기나 좀 합시다."

상난도 공손하게 앉아 물었다. "무슨 급한 일이라도 있습니까?"

리융리가 웃었다. "급한 일이오. 좋은 일이기도 하고, 샤오샹! 동무는 헤이룽장을 퍽 좋아한다고 들었소. 예전에 시도 쓴 적 있다고 들었는데."

상난은 도무지 무슨 일인지 알 수가 없었다. 그건 벌써 몇 달 전에 있었던 일이었다. 그때 한 친구가 헤이룽장성으로 떠나게 되자 상난은 그녀에게 시를 써서 선물했다. 그런데 나중에 간부 학교에서 벽보에 붙일 원고가 필요하다고 요구하기에 아무 생각 없이 그 시를 내준 일이 있었다. 그런데 리융리가 갑자기 그건 왜 묻는 걸까? 헤이룽장으로 간 그 친구한테 무슨 일이라도 생긴 걸까? 그래서 상난은 조심스럽게 말을 꺼냈다. "좋아하고 말고 할 것까진 없습니다. 그냥 다른 사람들한테 헤이룽장에 대해 조금 들었을 뿐이에요."

"좋지요! 헤이룽장성은 좋은 곳이오. 동무 같은 지식인들이 그곳에 가서 능력을 발휘해야 하오. 그곳이야말로 동무들이 무용을 과시할 수 있는 곳이지!" 리융리는 환하게 웃는 얼굴로 차근차근 타이르기 시작했다.

샹난은 여전히 무슨 일인지 알 수가 없어서 한번 떠보았다. "또 간부들을 동원해 시골로 보내는 건가요?"

"그런 건 아니오. 하지만 지금 기회가 생겼으니 동무가 그곳으로 가겠다고 자원할 수 있소."

"뭐 하러 가는데요?"

"인민공사에 들어가 정착하는 거지 뭐겠소!" 리융리가 기다렸다는 듯이 시원스레 대답했다.

어리둥절해진 샹난은 반신반의했다. "그게 무슨 말이에요? 조직에서 저를 보내기로 결정한 건가요? 아니면 저더러 자원하라는 건가요?"

"그게 그거 아니겠소. 어쨌든 좋은 일이오. 상부에서 동무를 특별히 배려하는 거요! 가서 잘 단련해 보시오. 다른 문제 없으면 언제든 출발할 수 있도록 준비하시오!"

샹난은 어떻게 대답해야 좋을지 몰라 입을 꽉 다물고 있었다. 리융리가 재미있다는 듯이 한동안 그녀를 쳐다보았다. "어떻소?"

"너무 갑작스러워서, 전 전혀 마음의 준비가 되어 있질 않아요. 라오위와 의논을 좀 해 봐야겠어요."

"지금 누구와 의논을 한다고 그랬소?" 리융리가 마치 듣지 못한 것처럼 되물었다.

"위쯔치 동무요."

그러자 리융리는 일부러 더욱 심각하게 말했다. "조직에서 이미 결정한 일을 옛날 당 조직 지도자한테 물어본단 말이오?"

샹난은 또 그의 말투가 불쾌해서 직설적으로 대답했다. "우린 연인 사이예요. 결혼 신청 보고서를 진작 제출했는데, 설마 모르지는 않겠죠?"

리융리가 그제야 생각났다는 듯이 능청스럽게 말을 받았다. "아, 맞다, 맞아! 위쯔치가 결혼 신청 보고서를 냈지. 그런데 우린 아직 연구해 보지 않았소."

"그게 정말인가요? 그럼 왜 저더러 갑자기 헤이룽장으로 가라는 거죠?"

"그것과 이건 아무 상관도 없는 일이오! 우연히 이렇게 된 거지. 우린 당신 결혼에는 관심도 없소!"

"그럼 먼저 우리가 결혼하도록 허가를 해 주세요! 결혼한 뒤에 가겠어요!"

리융리는 세모난 눈으로 샹난의 얼굴을 몇 차례 훑어보며 속으로 생각했다. 역시 내 예상이 맞았어. 끝까지 물고늘어지며 물어볼 줄 알았다니까! 다행히 그는 그럴 경우를 대비해서 대책을 마련해 두었다. 바로 자기 개인 의견을 말하는 것이었다. 그는 짐짓 성의 있는 척 샹난에게 말했다.

"샤오샹, 동무들 결혼 신청 보고서에 대해서는 정말로 연구해본 적 없소. 하지만 내 개인적인 의견이라면 말해 줄 수도 있소. 어디 좀 들어 봅시다. 동무들이 연애하게 된 동기가 뭐요?"

샹난은 이처럼 비열한 질문에는 대꾸하고 싶지 않았다. 하지만 리융리의 의도를 확실히 알아내려고 그녀는 치밀어오르는 혐오감을 억눌렀다. 그리고 그들의 연애 과정에 대해 간단하게 설명하고 마지막에 이렇게 덧붙였다. "여기에 무슨 동기 같은 건 없어요. 그저 서로 잘 맞는다고 생각했을 뿐이에요."

뜻밖에도 리융리는 샹난의 이야기를 듣고 피식 웃어 버렸다. 그는 천천히 머리를 흔들면서 일부러 말꼬리를 길게 잡아늘이며 야유조로 말했다. "그렇게 간단할 리가 있나! 내 보기엔 동무들한테 나름대로 계산속이 있는 것 같은데! 나중에 남편은 시를 쓰고 마누라는 그걸 치켜세우고 다니면서 잇속을 차리려는 거겠지, 그렇잖소? 하지만 그런 일은 문화 대혁명 이후에는 허락되지 않는다는 걸 알아야지!"

샹난은 치미는 반감을 더는 억누를 수가 없어 얼굴이 딱딱하게 굳어 버렸다. "사람 모욕하지 말아요! 우린 그런 생각은 해 본 적도 없으니까. 또 다른 일이 남았나요? 없다면 그만 가 보겠어요. 위쯔치와 의논해 보고 답변해 드리죠!"

리융리는 그제야 자기가 지나쳤나 싶어 걱정이 되었다. 샹난에 대한 돤차오췬의 태도가 어떤 건지 아직은 확실하게 파악하지 못한 상태였기 때문이다. 게다가 돤차오췬은 샹난이 자기들의 혼인 자유에 조직이 간섭한다고 느끼게 만들어서는 안 된다고 몇 번이나 강조하지 않았던가! 상부에서는 그걸 꺼리고 있었던 것이다. 그런데 지금 샹난이 자기가 한 이야기를 헤이룽장으로 그녀를 보내는 일과 연관시켜 조직이 그들 혼인에 간섭한다고 떠들고 다니기라도 한다면 돤차오췬은 또 자기를 질책할 것이 아닌가? 그래서 그는 얼른 야유 섞인 웃음을 거두고 샹난에게 뜨거운 물을 한 잔 따라 주며 달래 보려 했다. "흥분할 것 없소! 난 그냥 내 개인적인 의견을 말했을 뿐이오. 농담이기도 하고! 그게 다 동무를 위해서 그런 거요. 산창 동지와 돤차오췬 동지는 동무를 무척 아끼고 있소. 동무한테 깊은 무산 계급 감정을 가지고 있단 말이오. 동무와 위쯔치의 일에 대해 그분들께 여쭤 보았소?"

샹난은 여전히 화난 목소리로 대답했다. "연애하는 것도 시 지도자에게 물어봐야 한다는 조항은 헌법 어디에도 없는 걸로 아는데요!"

상난이 강경하게 나오자 리용리도 더 이상 이야기하고 싶은 마음이 싹 사라졌다. '흥, 듣든 말든 맘대로 하라지! 개뿔, 나하고 그게 무슨 상관이야?' 그래서 그는 그냥 '대장' 다운 척하면서 샹난의 어깨를 툭툭 두드렸다. "됐소, 됐소! 우리 둘은 말만 하면 이렇게 되는군. 내 말은 끝났소. 들을 만하면 듣고 듣기 싫으면 듣지 않은 걸로 해 두시오. 누구한테 가서 의논을 하든 그건 동무 맘대로 하고. 하지만 헤이룽장에 가는 건 조직에서 이미 결정한 일이니 가서 준비하시오."

샹난은 역겹다는 표정으로 그를 한 번 쳐다보고는 서둘러 본부 사무실을 나왔다.

'중요 임무'를 완수한 쟈셴주

샹난은 그 길로 위쯔치를 찾아가지 못했다. 그녀가 리용리와 얘기하고 있는 동안 다른 사람들은 벌써 아침을 먹고 일하러 나갔던 것이다. 그녀도 부랴부랴 밥을 먹고는 쇠스랑을 들고 밭을 갈러 나갔다.

일터의 분위기가 오늘따라 침울했다. 사람들은 저마다 다른 생각을 하고 있었다. 펑원펑은 아침에 본부 사무실에서 돌아온 뒤로 계속 콧노래를 불렀고 작은 눈은 도깨비불처럼 반짝반짝 빛났다. 누가 무슨 좋은 일이라도 있냐고 묻자 그는 아리송하게 대답했다. "나같이 재수 옴 붙은 놈한테 무슨 좋은 일이 있겠습니까? 도화운 좋은 사람이나 좋은 일이 있겠죠!" 위쯔치는 그 말이 신경 쓰여 가만히 청쓰위안에게 물었다. "또 무슨 일이 벌어지려는 건 아니겠지?" "그럴지도 모르지. 아까 보니까 샹난이 리융리한테 불려 가던데." 그러고 보니 아침 식사 때 왕유이가 청쓰위안에게 넌지시 귀띔했던 말이 떠올랐다. "라오위한테 조심하라고 하세요. 또 한바탕 사람을 잡을 모양이에요." 청쓰위안은 위쯔치에게 바로 그 말을 전하지는 못하고 혼자서 속을 태웠다. 게다가 리융리를 만나러 간 샹난이 아침 식사 시간까지 돌아오지 않자 그들 몇 사람의 가슴은 더욱 불안하게 방망이질 쳤다.

스즈비와 쟈셴주도 뭔가 또 일이 터질 것임을 직감했다. 밥 먹을 때 펑원펑이 일부러 밥그릇을 들고 스즈비 옆으로 오더니 이렇게 말했던 것이다. "라오스, 난 혁명의 폭풍우가 곧 도래할 것 같은 예감이 듭니다. 동무도 그 공신 중의 하나지요." 스즈비가 무슨 일이냐고 묻자 그는 또 얼른 고개를 저으며 이렇게 대답했다. "천 기를 누설하면 안 되지요. 때가 되면 알게 될 겁니다." 그러자 스즈비도 불안해지기 시작했다. 혁명의 폭풍우가 도래하든 말든 그건 상관없었다. 벼락이 치면 귀를 막으면 되고 비가 내리면 우산을 쓰면 되고 또 우산이 없으면 그냥 맞으면 그만이었다. 하지만 '공신'이라니, 그녀는 차라리 그게 더 두려웠다. 위쯔치와 샹난의 '연애사'를 꾸며 낸 이후 그녀는 꼭 자기 마음속에 요괴가 꿰차고 들어앉은 것만 같은 느낌이었다. 오늘 펑원펑이 일부러 자기한테 저런 말을 한 걸 보면 그 '연애사'와 관련된 일임이 틀림없었다. 그러니 어떻게 마음이 편할 수가 있겠는가? 방금 일을 시작하면서 그녀는 쟈셴주에게 "아침에 남자 숙소에서 무슨 소식 들은 거 없어?"라고 물었다. 그랬더니 쟈셴주가 펑원펑이 어찌어찌 하더라고 알려 주었다. 그 말을 듣고 스즈비는 속으로 비명을 질렀다. '내가 정말 요괴한테 단단히 걸려들었구나!'

샹난이 밭으로 나왔을 때는 벌써 사람들이 머리를 묻고 밭을 간지 한참이 지난 뒤였다. 샹난의 표정을 보고 모두 리융리가 좋은 일로 그녀를 찾은 것이 아님을 한눈에 짐작했다. 그들은 도대체 무슨 일인지 샹난이 말해 주지 않을까 하고 귀를 기울여 보았지만, 평소 무슨 일이든 마음에 담아 두지 못하는 샹난이 오늘은 도통 입을 열지 않았다. 덕분에 사람들은 이번 일이 결코 예사롭지 않다는 걸 직감했고, 그래서 아무도 묻지 못했다. 특히 위쯔치는 누구보다도 불안했다. 그는 샹난을 쳐다보았으나 샹난이 고개도 들지 않는 것을 보고 왕유이에게 나직이 물었다. "리융리가 샤오샹에게 무슨 얘기를 했을 것 같소?" 왕유이도 목소리를 낮추어 대답했다. "저도 모르죠. 동무와 샹난에 관한 일 아니겠어요?" "반대한 것일까?" "알 수 있나요! 하지만 마음 단단히 먹어야 할 겁니다. 최악의 상황까지 생각해 두셔야 할걸요." 말을 마친 그는 쟈셴주가 자기 오른편에 있는 것을 보더니 일부러 쇠스랑질을 빨리해 쟈셴주를 뒤처지게 만들었다. 그 뜻을 알아챈 위쯔치도 일손을 다그쳐 얼른 왕유이 뒤를 따라붙었다. 다시 그가 위쯔치에게 목소리를 낮추며 일러 주었다. "펑원펑이 지금 또 「끝없는 장강 물결 도도히 흘러」에 대한 보고서를 정리하고 있어요. 이번에는 주로 배경을 조사한답니다." "그럼 우리 혼인 문제가 아니라 내 정치 문제를 비판하겠다는 건데……." 그는 몸을 돌려 쟈셴주 오른편에서 열심히 땅을 갈고 있는 샹난을 쳐다보았다. 그의 마음은 더없이 초조하고 불안했다.

한편 쟈셴주는 왕유이와 위쯔치가 일부러 자기를 피해 앞서 가는 것을 보고 자기는 오히려 속도를 늦추어 오른편의 스즈비를 기다렸다. 스즈비가 가까이 오자 그는 턱으로 앞을 가리키며 소곤거렸다. "봤소? 위쯔치와 왕유이가 수군거리고 있소. 틀림없이 무슨 일이 생긴 거요." 스즈비는 자기 오른편 앞에 있는 샹난과 왼편 앞에 있는 위쯔치를 쳐다보며 고개를 설레설레 흔들었다. 쟈셴주가 물었다. "그들이 두 사람 결혼을 반대할 것 같소?" "거야 모르지. 무슨 규정이 있는 것도 아니고. 위에서 자기들 하고 싶은 대로 하겠지." 이렇게 말한 그녀는 위쯔치와 샹난을 또 한 번 쳐다보고는 한숨을 내쉬었다. "휴, 사실 저 두 사람 정말 어울리는 한 쌍인데, 진짜로 갈라놓는다면 아까워서 어쩌나." 쟈셴주가 그녀를 보고 웃었다. "동무한테 진작 그런 보살님 마음이 있어서 샤오펑한테 그런 얘기를 하지 않았으면 좀 좋았겠소! 틀림없이 평원펑의 보고서가 뭔가 사단을 낸 게야!" 쟈셴주가 심사를 건드리자 스즈비는 버럭 성을 냈다. "오늘부터 내가 그런 작자들하고 한마디나 하나 봐라!" 쟈셴주가 한숨을 쉬었다. "사람들은 내가 남을 잘 고발한다고들 하지만, 난 평원펑처럼 이렇게 남을 사지로 모는 짓을 한 적은 없는데. 그자가 왜 그런 짓을 하는지 정말 알 수가 없단 말이야!" "높이 올라가려고 그러는 거지! 오늘날 우리 사회라고 해서 『적과 흑』에 나오는 쥘리앵 같은 사람이 없을 줄 알아? 그렇지 않을걸. 그저 위에다 보기 좋은 옷을 걸쳤을 뿐이지. 내가 평원펑한테 왜 그런 소릴 했는지 정말 후회스러워 미치겠네. 샤오상한테 그 얘기를 해 줄까 하다가도 그 잘난 척하는 꼴을 보면 또 말하고 싶은 생각이 싹 달아나 버리고……, 휴." 쟈셴주가 계속해서 그녀를 타일렀다. "그래도 남에게 좋은 일 해야지. 가서 샹난한테 귀띔이라도 좀 해 줘요. 마음의 준비라도 하라고 말이야." 스즈비가 쇠스랑 자루를 잡고 그 자리에 멈추어 섰다. "알았어요. 그건 그렇고, 동무가 만약 나를 고발하면 나도 가만 있지 않을 거야! 난 남들처럼 가만히 앉아서 당하지만은 않을 거라고! 날 건드렸다간 오히려 큰 대가를 치를 줄 알란 말이야." 스즈비가 웃으면서 말하긴 했지만 결코 장난으로 하는 말이 아니란 걸 쟈셴주는 똑똑히 알아들었다. 그는 억울하기도 하고 불쾌하기도 했다. "동무까지 날 믿지 않는 거야? 지난 몇 년간 내가 동무를 고발하는 것 봤어? 동무는 내 오랜 이웃이고 또 동료야! 나도 이젠 내가 아무리 고발을 많이 해도 때가 되기 전까지는 날 해방시켜 주지 않는다는 것 정도는 알아. 그런데 뭣 하러 사방에다 적을 만들겠어? 춘쑨을 위해서라도 난 덕을 쌓아야 한단 말이야! 지금 그 애는……." 스즈비가 미안한 마음에 얼른 달래기 시작했다. "됐어요, 그만해요. 내가 농담한 거니까 신경 쓰지 마요. 난 샹난한테 가 볼 테니 동무는 내 이랑까지 좀 해 줘요. 천천히 해요, 괜찮으니까." 그녀는 쟈셴주를 혼자 두고 앞으로 가더니 샹난과 함께 나란히 땅을 고르기 시작했다.

샹난은 밭에 나온 뒤로 여태 한마디도 하지 않고 있었다. 샹난 오른편에는 청쓰위안이 있었다. 그는 원래 말수가 적은 데다 오늘은 더더욱 입을 꾹 다물고 있었다. 두 사람은 소리도 없이 천천히 세심하게 땅을 갈고 있었다. 그들은 위쯔치와 왕유이의 뒤, 그리고 쟈셴주와 스즈비의 앞에까지 왔다. 그렇게 해서 밭에 늘어선 여섯 사람의 위치가 묘하게 이등변 삼각형을 이루었다. 그러다 스즈비가 샹난 쪽으로 가 버리자 쟈셴주가 있던 꼭짓점에는 그 혼자만 남았다. 그는 계속해서 느릿느릿 땅을 골랐다.

스즈비가 갑작스럽게 이동하자 모두 고개를 들어 그녀를 쳐다보았다. 그녀 뒤로 아직 갈지 않은 밭이 그대로 남아 있는 걸 보고 다들 이상하다 생각은 하면서도 참견하고 싶은 마음은 없었다. 모두 그녀를 힐끔 쳐다보고는 이내 고개를 파묻고 밭을 갈기 시작했다.

"오늘은 웬일이지? 왜 다들 꿀 먹은 벙어리라도 된 거야? 샤오샹까지 입을 다물고 있으니 말이야." 스즈비가 침묵을 깨고 샹난에게 말을 걸었다.

"할 말이 뭐 있겠어요." 샹난은 고개도 들지 않고 마지못해 대답했다.

그러자 스즈비가 샹난 옆으로 바싹 다가가며 진심 어린 목소리로 물었다. "샤오샹, 오늘 기분이 별론가 봐. 리융리가 뭐라 그래?" 샹난은 묵묵부답이었다.

"샤오샹, 정말 내 심장이라도 꺼내서 보여 주고 싶어. 난 정말 두 사람이 너무 걱정돼! 대체 리융리가 오늘 뭐라고 한 거야? 여기 지금 나하고 쟈셴주만 빼고는 전부 동무가 믿을 만한 사람들이잖아. 나하고 쟈셴주랑 동무한테 맹세……." 샹난이 얼른 그녀의 말을 막으며 고맙다는 듯이 말했다. "전 동무들 모두 믿어요. 이 일을 어떡하면 좋아요. 저더러 헤이룽장성으로 가라는군요."

거기 있던 사람들 모두 놀라 멍해졌다. '헤이룽장으로 귀양 보내다!' 거기 있던 사람들은 하나같이 이 말을 떠올렸다. 하지만 아무도 입 밖에 내지는 않고 서로서로 얼굴들만 쳐다보았다. 왕유이가 먼저 탄식을 하더니 쇠스랑을 들어 있는 힘껏 내리쳤다. 청쓰위안도 그를 따라 쇠스랑을 무섭게 들었다 내리쳤다. 샹난을 한 번 쳐다본 위쯔치도 말이 목까지 차올랐지만 한마디도 할 수가 없었다. 그도 두 사람과 똑같이 쇠스랑을 들어 올려 있는 힘껏 내리치는 수밖에 없었다. 뒤에 남은 스즈비와 쟈셴주는 서로 쳐다보기만 할 뿐 아무 말도 하지 못했다. 네 사람이 한 이랑을 끝까지 다 갈고 다시 돌아서 갈기 시작했다. 그제야 쟈셴주가 탄식을 하며 입을 열었다. "애막능조(愛莫能助)라, 돕고 싶어도 도울 힘이 없구나!" 그러고는 다시 쇠스랑을 내리치며 묵묵히 밭을 갈기 시작했다.

샹난이 헤이룽장으로 가게 되었다는 소문이 온 연대에 쫙 퍼진 모양이었다. 점심 식사 분위기는 아침과는 사뭇 달랐다. 위쯔치와 샹난이 식당에 쭈그리고 앉아 밥을 먹는 동안 그 옆에 와서 말을

거는 사람은 아무도 없었다. 청쓰위안과 왕유이가 옆에 함께 있긴
했지만 그들 역시 입을 꾹 다물고 있었다. 두 사람은 곳곳에서 자
기들을 바라보는 시선을 느꼈다. 어떤 사람들은 머리를 맞대고 귓
속말을 나누면서 젓가락으로 이쪽을 가리키기까지 했다. 마치 별
안간 벽 하나가 솟아올라 그들에게서 두 사람을 떼어 내 버린 것
만 같았다. 그런 상황에서 샹난이 아무렇지 않게 밥을 넘길 수 있
을 리 만무했다. 그녀는 빨개진 눈으로 위쯔치를 쳐다보다가 갑자
기 젓가락을 밥그릇 속에 찔러 넣더니 벌떡 일어나 식당을 나가
버렸다. 청쓰위안이 얼른 위쯔치에게 말했다. "빨리 먹고 조용한
데 가서 샤오샹이랑 얘기 좀 해 보게. 두 사람 다 침착해야 하네!"
위쯔치는 정신없이 밥을 먹어치우고는 밥그릇과 젓가락을 바닥에
놓으며 왕유이에게 부탁했다. "유이, 내 대신 좀 치워 주게! 난 좀
가 봐야겠네!" 왕유이가 고개를 끄덕이며 말했다. "침착하세요!"

위쯔치가 여자 숙소로 찾아갔을 때 샹난은 침대에 앉아 울고 있
었다. "샤오샹, 어디 가서 얘기 좀 합시다!" 침대에서 내려온 샹난
은 묵묵히 그를 따라 연대 창고로 갔다. 이곳은 연대에서 작업 도
구들을 넣어 두는 작은 초막이었다. 온갖 농기구들이 잔뜩 쌓여
있어 앉을 만한 데는 없었지만 비교적 조용했다. 작업 도구를 두
러 오지 않는 한 올 사람도 없었다. 위쯔치는 도구들을 조금 치우
고 짚방석을 하나 깐 다음 샹난과 함께 앉았다. 샹난은 리융리와
했던 이야기들을 처음부터 끝까지 말해 준 다음 이렇게 덧붙였다.
"상부에서는 우리 결혼을 결코 찬성하지 않아요. 그러면서도 그
걸 밝히기는 싫으니까 절 보내려는 거예요." 위쯔치가 무겁게 입
을 열었다. "그런 것 같군!" "왜 우리 결혼을 반대할까요?" "가문
도 맞지 않고 신분도 맞지 않는다지 않소? 내 보기에는 이 모두
된차오췬의 농간이지 싶소." 깜짝 놀란 샹난이 얼른 고개를 흔들

었다. "차오췬이 우리 결혼을 찬성하지 않는 건 사실이에요. 그리고 저를 헤이룽장으로 보내라고 한 것도 차오췬의 뜻이라고 리융리가 그러더군요. 하지만 저는 이해가 안 돼요. 그 애가 우릴 기어이 갈라놓을 이유가 뭐 있어요? 우리가 결혼한다고 저한테 해될 것도 없는데? 친자매라도 서로의 결혼에는 간섭할 수 없는 판에 친구지간은 더 말할 것도 없는 거 아니에요? 그러니 차오췬이 이렇게까지 할 리는 없어요. 틀림없이 리융리하고 펑원펑이 우리에 대해 이상한 소문을 지어냈을 거예요. 그리고 차오췬은 그걸 그냥 믿은 거고. 제가 가서 밝혀야겠어요." 위쯔치가 근심 어린 눈빛으로 샹난을 바라보았다. "돤차오췬은 당신처럼 그리 단순한 사람이 아니오! 생각해 봐요. 그녀가 정말로 당신을 이해하고 보호하려 한다면 조사 한번 해 보지 않고, 또 더구나 본인들한테 물어보지도 않고 소문을 믿겠소? 또 그 소문만 믿고 결정을 내리겠소? 당신이 누구한테 가서 소문을 밝힐 거요? 밝힐 수나 있을 것 같소? 누군가 소문을 만들 필요가 있고, 또 그 소문이 권력을 쥔 자들한테 유용할 때 그 소문은 결코 진실을 밝힐 수 없는 법이오. 왜냐하면 그건 그들이 모함을 하려고 작정했기 때문이지!"

"모함이요? 차오췬이 당신과 저를 모함한다고요? 그럴 리 없어요! 차오췬이 우릴 모함할 이유가 없잖아요!" 샹난이 격렬하게 반박했다.

"샤오샹, 진정해요. 이건 개인들 간의 사사로운 문제가 아니오. 내 생각에 이번 일은 바로 차오췬이 직접 지휘하고 있는 것 같소. 일은 이제부터 시작이오. 그들은 「끝없는 장강 물결 도도히 흘러」를 다시 조사하려고 하오. 말로는 그 배경을 조사한다더군. 이건 분명 정치적 압박과 생활상의 압박을 한꺼번에 가하겠다는 거요. 다만 내가 궁금한 건 우리를 떼어 놓으려고 정치적 압박을 가하는 건지, 아니면 정치적으로 나를 제거하려고 우리를 떼어 놓으려는 건지 하는 점이오."

위쯔치의 냉정한 분석에 샹난도 동의하지 않을 수 없었다. 사실 샹난도 진작부터 차오친이 의심스러웠다. 하지만 그 사실을 인정하기가 싫어 여전히 "전 친구를 의심하지 않아요! 의심하지 않아요!"라고 억지를 부렸던 것이다. 하지만 입으로는 그렇게 말하면서도 기어이 위쯔치의 어깨에 기대어 울음을 터뜨리고 말았다.

위쯔치가 그녀의 등을 어루만져 주었다. "내 말 잘 들어요, 샤오샹. 울지 말고. 우리가 어떻게 할지 의논해 봐야지? 샤오샹, 헤이룽장으로 가시오! 난 찬성이오!"

"안 가요! 죽어도 안 가요! 가더라도 결혼부터 하겠어요!" 샹난이 고집을 부리자 위쯔치가 그녀를 다독였다.

"애들처럼 굴지 말아요. 저들이 결정을 내린 이상 당신은 가기 싫어도 가야 하오. 그러지 않으면 또 저들에게 꼬투리를 잡히게 돼. 샤오샹, 가도록 해요. 내가 당신을 기다리겠소. 1년이든 2년이든 10년이든, 당신을 기다리겠소."

샹난은 계속 흐느꼈다. "언제까지 기다린단 말예요? 죽을 때까지 허락을 해 주지 않으면요?" 위쯔치가 그녀를 달랬다. "다시 만날 날이 꼭 올 거요. 꼭 올 거야. 우린 기다릴 수 있소." 그래도 샹난은 고집을 부렸다. "전 안 가요! 당신을 떠나지 않겠어요!"

위쯔치는 조금 화를 내며 어깨에 기대고 있던 샹난의 얼굴을 들어 엄하게 쳐다보았다. "그럼 대체 어쩌자는 거요? 같이 도망이라도 갈까? 당신하고 나, 사회주의 국가의 두 문예 공작자가, 두 혁명 간부가 혼인 자유를 쟁취하려고 도망을 간다? 그게 말이 된다고 생각하오? 누가 우리의 양식 문제를 해결해 주겠소? 누가 우리의 당원 신분을 인정해 주겠소? 난 공산당원이란 말이오!" 그는 억울해하는 샹난을 품에 안고 다시 부드럽게 달랬다. "나라고 당신과 헤어져 살 수 있을 것 같소?" 샹난도 더 이상 고집부리지 않았다. 그녀는 온순하게 그의 어깨에 얼굴을 기대고 그의 귀밑머리를 쓰다듬었다. "지난 2년 동안 당신 많이 늙었어……."

샹난의 말이 채 끝나기도 전에 갑자기 끼익 소리가 나면서 누가 초막 문을 밀었다. 위쯔치가 재빨리 일어나 문에 기대 두었던 쇠스랑을 치우고 문을 열어 보니 입구에 쟈셴주가 서 있었다. 쟈셴주의 손에는 작은 걸상이 들려 있고 겨드랑이에는 화선지가 끼워져 있었다. 안에 위쯔치와 샹난이 있는 걸 보고 적잖이 당황한 그는 오도 가도 못 하고 서서 연방 위쯔치를 향해 고개만 주억거렸다. 위쯔치가 아무렇지 않은 척 먼저 말을 꺼냈다. "들어오시오. 우린 막 나가려던 참이었소!" 쟈셴주는 그제야 얼른 변명을 했다. "달리 생각 마시오. 난 정말 동무들이 안에 있는 줄은 몰랐으니까. 펑원펑이 나더러 기밀 자료를 하나 쓰라면서 남들이 알면 절대 안 된다고 하기에 여기가 생각나서 와 본 거요. 동무들이 있을 거라고는……. 걱정 마시오! 난 절대……."

쟈셴주가 그처럼 극구 변명하는 것을 보고 위쯔치도 진심 어린 목소리로 말했다. "라오쟈, 우린 동무를 믿소. 우린 지금 샤오샹이 헤이룽장에 가게 된 일을 의논하고 있었는데, 이미 결정을 내렸소."

"가기로 했소?" 쟈셴주가 이내 걱정스레 물었다.

"가야지요! 당연히 가야지요! 가서 단련을 하는 것도 괜찮지 않겠소?" 위쯔치가 대답했다.

"그래요, 그래. 가야지요. 샤오샹이 주의만 하면 되겠지요." 쟈셴주도 그저 고개를 끄덕이며 이렇게 말할 수밖에 없었다.

그들이 이야기하는 동안 눈물을 다 닦은 샹난이 일어나 나가려고 했다. 하지만 쟈셴주가 그녀를 붙들었다. "안 돼요, 안 돼. 눈이 그렇게 빨간데, 남들이 보면 좋지 않아요. 내가 다른 곳으로 갈 테니 동무들은 여기 좀 더 있어요." 이렇게 말하면서 쟈셴주가 가려 하자 이번에는 위쯔치가 그를 붙들었다. 그러자 쟈셴주는 아예 걸상을 내려놓고 앉더니 위쯔치와 샹난 가까이 머리를 들이밀며 말했다. "휴! 나도 동무들 때문에 걱정하고 있던 참이오! 내 솔직히 말하리다. 펑원펑이 나더러 베껴 쓰라고 한 이 보고서는 바로 동무를 비판하는 보고서요. 동무의 「끝없는 장강 물결 도도히 흘러」를 아주 무시무시하게 옭아 넣었습디다. 펑원펑은 절대 비밀로 해야 한다고 하더군요. 자기는 아직도 더 써야 할 게 남았다면서 나더러 좀 베끼라고요. 내가 누설하지 않을 걸 잘 아니까요. 난 아무한테도 말 안 했소. 심지어 스즈비한테도 말하지 않았소. 동무들한테만 알려 주는 거니까 제발 조심들 하시오!" 쟈셴주의 이 말을 듣고 위쯔치와 샹난은 확실히 쟈셴주가 많이 달라졌다고 생각했다. 그런 그가 몹시 고마웠다. "고맙소, 쟈셴주 동지. 조심하겠소."

'동지'라는 말에 쟈셴주는 그만 감격하고 말았다. 지난 몇 년 동안 자기를 이렇게 불러 주는 사람은 아무도 없었다. 그는 얼굴이 빨개져서는 위쯔치와 샹난을 감히 똑바로 쳐다보지도 못했다. 그 감격을 감추려고 얼른 안경을 벗어 닦기 시작했다. 바로 그때 문밖에서 누가 "쟈셴주!" 하고 부르는 소리가 들렸다. 펑원펑의 목소리였다. 깜짝 놀란 쟈셴주는 부랴부랴 안경을 도로 끼더니 위쯔치와 샹난에게 소리 내지 말고 있으라고 손짓을 했다. 그리고 자기는 밖으로 나가며 문을 꼭 닫았다. 위쯔치와 샹난은 초막 안에서 숨을 죽이고 앉아 펑원펑과 쟈셴주가 나누는 이야기를 들었다.

쟈셴주는 나가자마자 일부러 큰 소리로 말했다. "벌써 베끼기 시작했는데, 또 무슨 일이오, 샤오펑?"

"그 다음 부분을 가져왔어요. 깨끗하게 잘 베껴야 해요. 위에다 제출할 거니까."

"알았소, 알았소."

펑원펑이 창고를 가리키며 물었다. "혹시 다른 사람들이 오지 않을까요?"

쟈셴주가 갑자기 목소리를 높이며 대답했다. "쉬는 시간인데 누가 여길 오겠소? 걱정 마시오. 여긴 아무도 모르니까. 다 베끼거든 바로 동무한테 갖다 주겠소!"

펑원펑이 대답하고 돌아갔다.

조금 뒤 쟈셴주가 초막으로 들어왔다. 막 중요한 임무라도 끝낸 것처럼 빛나는 그의 얼굴에는 수줍은 미소가 걸려 있었다. 위쯔치가 앞으로 다가가 그의 손을 덥석 잡았다. "고맙소, 셴주!" 쟈셴주는 어찌 할 바를 몰라 연방 "고맙긴요, 고맙긴요."라고 말하며 눈물을 글썽거렸다. 위쯔치와 샹난이 돌아간 뒤 쟈셴주는 걸상을 바로하고 그 위에 종이를 깔고 글을 베끼기 시작했다. 딸 춘쑨이 생각났다. 그는 속으로 딸에게 말했다. '아빠가 네 병은 못 고쳐도 아빠의 병은 고쳐야겠다. 그러잖으면 네가 오성홍기 노래를 부를 때마다 내 얼굴이 빨개질 테니!'

초막 앞에서 위쯔치와 헤어진 샹난은 그 길로 리융리를 찾아갔다. "헤이룽장성으로 가겠어요!" 리융리는 세모난 눈으로 찌르듯이 그녀의 얼굴을 한 번 쳐다보더니 미심쩍은 듯이 웃었다. "좋소! 내 즉시 돤차오췬 동지에게 보고하리다!"

루윈디에게 보낸 샹난의 다섯 번째 편지

윈디에게.

이번 달 휴가 나오기 바로 전에 상부에서 갑자기 지시가 내려왔어. 나더러 헤이룽장성으로 가라는 거야. 얼마나 있게 될지는 정해지지 않았고.

변방으로 가는 게 싫은 건 아니지만, 왜 하필 지금 가라는 거지? 또 우리 결혼 문제에 대해서는 왜 일언반구도 없는 걸까? 이게 우리를 갈라놓겠다는 게 아니면 뭐겠니?

헤겔이 그랬지. 사람은 세상 모든 것에 대해 그럴듯한 '논거'를 찾을 수 있다고 말이야. 그러니 사람들이 우리 결혼을 방해하는 데 필요한 '논거'도 얼마든지 찾을 수 있겠지. 가장 유력한 '논거'는 바로 우리가 같은 '파'가 아니라는 거야. 그는 '주자파'이고 나는 '반란파'니까. 윈디, 난 정말 모르겠다. 운동 과정에서 임시로 만들어진 이 명사들이 어떻게 한 사람의 계급 성분으로 변해 버렸을까? 또 그건 마르크스 레닌주의의 어떤 원리에 기초하여 나눈 계급 성분일까? 우리가 과연 서로 다른 계급, 서로 다른 노선의 사람들일까? 하지만 우리의 사상과 감정은 일치하는걸! 난 쯔위와 내가 큰 바다 속 두 개의 물방울처럼 느껴져. 그동안 우린 잠깐 동안 큰 바다에서 튕겨져 나와 서로 다른 그릇에 담겨 있었던 거야. 그러다 이제는 서로 연원이 같다는 걸 알고 한데 모여 다시 큰 바다로 가려고 하지. 그런데 사람들이 그걸 허락하지 않는 거야. 그들은 우리의 성분이 H_2O인지 아닌지 실험해 볼 생각은 아예 하지도 않고 우리가 담겨 있는 그릇 색깔과 모양만 보고 우리가 물이 아니라고, 한 바다에서 나온 물은 더더구나 아니라고 판정해 버려! 윈디, 이건 무슨 논리지? "어

608

떤 공리(公理)라도 인민의 이익에 저촉되면 반드시 반박당하게 된다"라고 레닌이 말했지. 그런데 이처럼 황당한 논리를, 그것도 인민의 정당한 이익까지 침범하는 논리를 만드는 사람은 있는데 그것을 반박하는 사람은 하나도 없구나.

원디, 이 갑작스런 결정이 나에게 얼마나 큰 타격이었을지, 넌 짐작할 수 있을 거야. 예전에 심사를 받을 때 나의 사상은 작은 위기를 겪었지. 그때 난 어미젖을 빨던 새끼양이 별안간 사막에 혼자 버려진 느낌이었어. 난 초조함과 갈증에 미칠 것 같았지. 위쯔치와의 만남, 그리고 그와의 사랑은 사막에서 오아시스를 발견한 것과도 같았어. 얼마나 기뻤는지! 난 오아시스에 누워 신나게 구르면서 마음껏 소리쳤어. 난 살진 애기풀을 조심조심 먹어 보기도 하고 땅의 즙액을 게걸스럽게 빨기도 했어. 난 새롭게 힘을 얻었고 이제 어머니의 품으로 돌아가 형제자매들과 함께 살아갈 수 있을 거라고 생각했지.

그런데 갑자기 누군가 내게 소리치는 거야. "거긴 오아시스가 아니야! 거긴 독초가 무성한 황무지야! 빨리 거기서 나와!" 난 그들에게 애원했어. "황무지라도 좋아요. 나를 여기 있게 해 줘요. 그의 '독즙'이 바로 내 생명의 샘물이에요!" 하지만 그들은 허락해 주지 않았어! 그들은 내가 마신 독즙이 전염되고 만연하여 대지 전체를 망칠 거라고 말했어. 그들은 밧줄로 내 목을 묶고 내가 빨아먹은 즙액을 억지로 토하게 하고 나를 오아시스에서 끌어냈지. 그리고 이제는 황무지마저 태워 버리려 하고 있어.

원디, 이 정도로도 부족한 걸까? 조직의 결정과 함께 온갖 해괴한 소문이 따라오더구나. 이제 우리의 귓가에는 선의의 농담도 들리지 않고 우리의 눈앞에는 더 이상 친절한 얼굴도 보이지 않는단다. 친한 친구들은 우릴 근심스레 쳐다보고, '맞수' 들은 조롱하며 쳐다보지. 더 많은 사람들은 이상하다는 듯이 우릴 관찰하고 몰래 손가락질하거나 낮은 소리로 우리에 대해 왈가왈부 수군댄다. 원디, 난 정말 사회 여론이란 게 어떤 건지 처음으로 실감했어! 이른바 사회 여론이란 게 알고 보니 사람들의 붓이고 사람들의 입이더구나! 붓끝에서 나오는 여론은 적고 입에서 만들어지는 여론은 많았어. 그것도 '군중의 반영' 이라는 기치까지 달고 말이야. 그중에서도 두 번째 여론은 종종 조직의 결정이나 신문에 실린 글보다도 더욱 사람을 질식시키더구나. 그것은 입으로 전해지니까 문자를 근거로 할 필요가 없고 자연히 객관적 사실에 충실할 필요가 없는 거지. 사람들은 저마다 자기의 상상과 창작을 보태 넣을 권리를 가졌고, 게다가 그것은 종적도 없으니 추적이나 조사도 불가능해. 그러니 거기에 다친 사람들은 혼자서 비명을 지르거나 피 흐르는 상처를 핥는 것 말고는 달리 아무런 방법이 없는 거지! 변명할 사람도 없고 또 변명할 곳도 없어. 이런 여론에 만약 어떤 '혁명적' 이론이 보태지고 어떤 '권위 있는 인사' 가 뒤에서 그것을 지지하게 되면 그것은 바로 여론에서 권력으로 변하고, 한 사람에 대해 심문조차 하지 않는 법적 판결로 변해 버려. 게다가 그런 판결이 집행될 때는 너무나 신속하고 강력하지!

원디, 우린 바로 이런 여론 속에 살고 있는 거야. 온갖 유언비어와 비방과 조소가 공기처럼 가득 전파되면서 우리의 숨통을 조이고 미쳐 버리게 만들어. 그런데도 우린 그것을 만질 수도 잡을 수도 없단다! 원디, 난 정말 솔로몬처럼 큰 소리로 외치고 싶어. "악을 선으로, 선을 악으로, 어둠을 빛으로, 빛을 어둠으로, 단 것을 쓴 것으로, 쓴 것을 단 것으로 칭하는 자들에게 화가 있을지어다!" 비방과 중상을 일삼는 그런 자들에게 화가 있을지어다! 난 정말로 이 무서운 공기 속에서 도망가고 싶어. 진공 속으로. 차라리 산소 결핍으로 죽었으면 죽었지, 이렇게 소리도 없고 냄새도 없으면서 정신을 독살하는 공기 속에서는 살고 싶지 않아.

원디, 너와 나는 모두 혁명의 집단 속에서 자라났지. 우린 열두세 살부터 벌써 부모 형제를 떠나 '사회' 속에서 살았어. 당 조직이 우리의 어머니였고 동학들과 동지들이 우리의 형제자매였지. 그런 집단생활 속에서 난 우정의 따뜻함을 알았고, 우리 사회가 밝고 사랑스럽다고 느꼈어. 그땐 사회─사람과 사람─를 생각하면 내 눈앞에는 바로 활짝 열린 대문들, 널따란 도로, 사랑스러운 얼굴들이 떠오르고 귓가에는 열렬한 환호 소리가 들려왔지. 그런데 오늘은 사회가 변화무쌍한 바다 같다면 사회 여론은 언제라도 해수면을 할퀴며 기승을 부리는 못된 풍랑 같아. 그리고 나는 그 파도에 이리 밀리고 저리 밀리며 망망대해를 표류하다가 바다 속으로 침몰할 수밖에 없는 작은 쪽배 같고. 이게 도대체 어찌 된 일일까? 우리 사회가 변한 걸까? 아니면 내 사상이 무섭도록 퇴보한 걸까?

지금 나의 유일한 위안은 나와 함께 꼭 묶여 있는 작은 쪽배 하나, 바로 사랑하는 나의 쯔치야. 그는 날 위로해 주고, 격려해 주고, 또 못된 풍랑 속에서 나를 힘껏 붙들어 줘.

우린 함께 결정을 내렸어. 내가 헤이룽장으로 가는 걸로. 내 생각에 상부에서 이런 식으로 우릴 떼어 놓는 건 아마도 공개적으로 우리의 혼인 자유를 간섭할 수 없기 때문일 거야. 그들이 분명하게 우리 결혼을 반대하지만 않는다면 아직 희망은 있어. 우리가 변치 않고 견뎌 내기만 하면 저들도 우리 결혼을 허락하지 않을 수 없을 거야. 우린 혼인법을 위반한 게 아니니까. 나도 알아. 지금은 헌법조차도 소용이 없다는 것을. 하지만 혼인법은 인간의 생존과 발전을 위한 최소한의 권리를 보장할 뿐인데, 설마 그런 '법'조차 폐지하려는 건 아니겠지? 아무려면 그렇게까지 하려고.

원디, 기억나니? 혼인법이 막 공표되었을 때 우린 날마다 거리로 나가 혼인법을 선전했잖아. 요고(腰鼓)를 치고 앙가(秧歌)*를 부르면서 "혼인대사 자주로다, 혼인법을 옹호하세"를 몇 번이나 외치고 또 외쳤지. 아주 싫증나도록 말이야. 한 번은 내가 일부러 선생님을 골려 주려고 가사를 바꿔 불렀잖아. "혼인대사 자주로다, 혼인법도 필요 없네"라고 말이야. 소년 선봉대 본부에서 한바탕 호되게 비판받은 뒤에 내가 너한테 그랬지. "흥! 난 혼인법 같은 거 필요 없어! 난 결혼 안 할 거니까, 난 시집 안 갈 거니까! 결혼을 한다고 해도 그딴 건 필요 없어!" 그랬더니 네가 날 막 야단쳤잖아. 그런데 지금 나는 그 혼인법 속에서 내 행복을 보증받고 싶고 내 행동의 근거를 찾고 싶어. 오늘처럼 이렇게 법률이 인민의 삶에 얼마나 중요한 것인지 절감했던 때는 없었던 것 같아. 자기 하고 싶은 대로 하면서 사는 사람들은 법률의 중요성을 모를 거야. 그들은 다른 사람들의 권리는 위협하면서도 자기들의 권리는 위협받을 리 없을 테니까. 하지만 너나 나 같은 서민들은 법률의 보호가 꼭 필요해.

이런 일을 엄마한테는 알리지 않았단다. 그동안 내가 엄마한테 안겨 준 시름만으로도 충분해. 비록 딸인 내가 자신의 운명을 장악하진 못했지만 그것 때문에 더 이상 엄마를 끌어들이거나 고통스럽게 만들 수는 없잖아!

쯔치는 이 모든 게 차오쥔의 생각일 거라고 하더라. 나도 그렇게 생각해. 하지만 그 애가 대체 왜 이러는지는 정말 모르겠어. 차오췬한테 가서 물어보고 싶은데, 쯔치가 말리더구나. 그이 말이, 차오췬의 눈에 나는 이미 친구가 아니라 권력의 바둑판 위에 놓인 바둑알에 지나지 않는다는 거야. 그이가 또 이렇게 말하더라. "어떤 사람이 자기의 권력으로 친구를 해친다면 그 마음속에 절대 우정 같은 건 들어 있을 리 없소." 내 생각에도 쯔치의 말이 맞는 것 같아서 차오췬을 찾아가려다 말았어.

난 곧 쯔치와 이별하게 되겠지. "서로의 정이 장구하거늘 굳이 조석으로 만나랴!" 지금 우린 이렇게 서로를 위로하고 있단다.

윈디, 얼마 전에 네게 기쁜 소식 전해 놓고 오늘은 또 이렇게 슬픈 소식을 전하는구나. 지난 몇 년이 전부 이렇게 희비가 무쌍한 세월이었잖니! 나 때문에 너무 걱정은 마. 쯔치가 옆에 있으니 마음은 든든하단다.

안녕!

1970년 12월 ×일
난이가

추신: 베개는 예정대로 수놓아 주면 좋겠어, 괜찮겠니?

위쯔치의 휴가를 막은 리융리

1971년 새해가 다가오고 있었다. 샹난이 헤이룽장으로 가는 일에 대해서는 그 뒤로 이렇다 할 지시가 없었다. 위쯔치가 기다리던 폭풍도 오지 않았다. 신문을 통해 그들은 지금 곳곳에서 당 대표 대회를 열고 새로운 당 위원회를 건설하고 있다는 걸 알았다. 그래서 그들은 상부에서 모두 '대사'에 열중하느라 두 사람처럼 별 볼일 없는 '졸때기'에게까지 신경 쓸 틈이 없어서 그런 거라고 추측했다. 그래도 두 사람의 마음은 여전히 조마조마했다. 그들은 더 이상 처음처럼 그렇게 아무 거리낌 없이 함께 만나 웃거나 산책하지 않았다. 그 대신 될 수 있으면 사람들 눈에 띄지 않으려고 애썼다.

오늘 위쯔치는 샤오하이가 두 사람에게 보낸 편지를 받았다. 아이는 편지에다 자기의 바람을 적었다. "양력설에 같이 놀러 나가요, 네? 아빠, 아줌마! 두 분이 저를 데리고 시내로 가서 공원도 가고 거리도 쏘다니고 하면 정말정말 좋겠어요!" 위쯔치는 딸아이한테 답장을 어떻게 쓸 것인지 저녁에 만나 의논해 보기로 샹난과 약속했다.

그들은 바람 막을 데도 없이 찬바람이 살을 에는 쑥밭으로 나왔다. 그나마 탐조등 같은 시선의 추적을 피할 수 있다고 여겼던 것이다.

샹난은 위쯔치가 가져온 손전등을 비추며 샤오하이의 편지를 읽었다. "아무래도 아이를 데리고 놀러 가야겠어요. 될 수 있는 대로 그 애의 고통을 덜어 줘야죠. 안 그래요, 쯔치?"

"내가 생각해 봤는데, 아이를 데리고 한 이틀 공원도 가고 거리도 돌아다닙시다. 기념으로 사진도 좀 찍고. 어쩌면 양력설이 지나자마자 당신이 떠나야 할지도 모르니까. 그리고 이틀 정도는 당신 떠날 준비도 좀 해야지."

샹난이 불현듯 스웨터 얘기를 꺼냈다. "그 낡아빠진 스웨터 잊지 말고 가져가요! 어떻게든지 제가 짠 스웨터를 당신한테 입혀 보고 갈 테니까!" 그녀의 말에 위쯔치가 순순히 대답했다. "알았소!"

두 사람은 사람들의 시선이 닿지 않는 숲과 쑥밭 속을 천천히 거닐었다. 그들은 서로 몸을 바짝 기대어 매섭게 불어오는 찬바람을 막았다. 그리고 걸으면서 몸에 붙은 낙엽을 털기도 하고 콕콕 찌르는 마른 나뭇가지들을 헤치기도 했다. 샹난은 감상에 젖어들었다. "지금 우리 처지가 꼭 육유의 시 같아요. '포효하다 스러지느니, 시름 잊고 웃어 보세' 우리를 기다리고 있는 게 무엇일까요? 기약 없는 이별일까요?"

위쯔치가 고개를 저으며 말했다. "단지 이별만이라면 차라리 두렵지 않을 거요."

"그럼 뭐가 또 있을까요?" 샹난이 놀라며 고개를 들었다.

"누가 알겠소? 저들이 「끝없는 장강 물결 도도히 흘러」를 다시 조사한다고 하지 않았소. 그게 일반적인 조사일까? 아니면 다른 의도가 있는 걸까? 만약 일반적인 조사라면 왜 여태 비판 대회를 열지 않는 걸까? 누가 그 꿍꿍이속을 알겠소. 그들은 처음부터 작품의 배경을 문제 삼았소. 「옌안을 보위하라」는 어떤 문제였는지 아오?"

"당신의 시와 그 옛 대장을 연결하려는 걸까요?"

"그럴 가능성이 다분하지! 유뤄빙은 내가 누구에 대해 쓴 것인지 잘 알고 있소. 게다가 그 편지들……."

위쯔치의 말에 샹난이 갑자기 "아차!" 하고 소리를 질렀다. "류루메이가 지키려고 했던 건 그 편지들이야'라고 했던 차오쳔의 말이 불현듯 생각났던 것이다. 그녀는 걱정이 되어 물었다. "무슨 편지들이에요? 전에 차오쳔이 얘기만 꺼내 놓고 저한테는 말을 안 해 주더라고요."

"옛 대장의 편지요. 모두 그저 평범한 편지들이지. 하지만 죄를 씌우려면 무슨 말인들 못 갖다 붙이겠소? 그들은 이 편지들을 근거 삼아 모종의 관계가 있다고 단정 짓겠지. 그리고 다시 그 단정을 근거로 추리하고 분석하고……."

겁이 더럭 난 샹난이 그를 원망했다. "왜 없애 버리지 않았어요?"

위쯔치가 한숨을 쉬었다. "옛 대장이 써 보낸 글자 하나하나를 내가 무척 아꼈으니까. 그런데 참 이상하지, 왜 저들이 여태까지 그 편지 얘기를 꺼내지 않는 걸까?"

샹난은 아무 말도 하지 않았다. 그녀는 단지 이별을 한다는 두려움에 휩싸여 있었는데, 이젠 그녀도 위쯔치처럼 그들에 대한 처벌이 이별로 그치기만을 고대하게 되었다.

위쯔치가 어둠 속에서 그녀의 손을 꼭 쥐고 부탁했다. "아무한테도 말하지 마시오. 차라리 아무것도 모른다고 생각해요. 지금 같은 상황에서는 발생할 수 있는 모든 것에 대해 그저 기다리는 수밖에 없소……."

그들은 간부 학교에서 멀찌감치 떨어진 곳에서 헤어진 뒤 각자 다른 길을 걸어 숙소로 돌아왔다.

위쯔치가 막 숙소에 돌아오자 청쓰위안이 말을 전해 주었다. "리융리가 지금 바로 왔다 가라고 하더군!" "무슨 일인지는 얘기 않던가?" 청쓰위안이라고 알 리가 없었다.

리융리는 사무실에서 수염을 깎느라 여념이 없었다. 그는 형광등 아래 작은 거울을 앞에 놓고 정성들여 구레나룻을 밀었다. 푸시킨처럼 보기 좋게 두 갈래 수염을 만들어 보려고 했다. 노동자 선전대원 하나가 그를 보고 농담을 건넸다. "오늘 수염을 그리 열심히 깎으시니 내일 애인이 보면 틀림없이 좋아하겠네요. 양력설에는 앞당겨 국수를 먹을 수도 있지 않을까요?" 리융리가 싱글벙글 웃었다. "국수 좋아하고 있네! 아직 집도 못 얻었는데!" 그 노동자 선전대원이 이상하다는 듯이 물었다. "벌써 새 노동자 주택을 허가받았잖아요?" 리융리가 거울을 보며 탄식을 했다. "그녀가 맘에 들지 않는다고 아파트로 구하라는군! 그것도 장강로에 있는 걸로! 참내, 결혼도 참 귀찮은 일이야." 그렇게 말하면서도 그는 즐거운 듯 큰 소리로 웃어젖혔다. 그때 위쯔치가 사무실로 들어오자 그는 웃음을 딱 그치더니 비누 거품이 잔뜩 묻은 얼굴을 위쯔치 쪽으로 돌리며 심드렁하게 말했다. "본부에서는 이번 휴가 기간에 당신과 쟈셴주가 간부 학교에 남아 당직을 서도록 결정했소."

위쯔치로서는 전혀 생각지도 못한 일이었다. "당직 인원은 벌써 며칠 전에 안배하지 않았소? 아이가 나 돌아오기만 기다리고 있을 텐데, 본부에서 고려를 좀 해 줄 수 없겠소?" 한창 한쪽 수염을 다듬고 있던 리융리는 위쯔치의 말에 놀라 순간 면도칼에 힘이 들어갔다. 그 바람에 얼굴에 칼자국이 나고 말았다. 그는 얼굴을 만져 보더니 신경질을 내며 수건으로 비눗기를 닦아 내고 거울을 들어 얼굴을 비춰 본 다음 책상 위에 다시 내려놓았다. 그는 입을 쑥 내밀고 세모난 눈을 위쯔치에게로 돌렸다. "지금 당직을 서기 싫다는 거요? 아주 잘 하시는군! 당직을 거절하다니, 이건 우리 연대에서 처음 있는 일이오. 혁명 군중도 감히 그러지 못하는데. 정말로 아이 때문이란 말이오?" 위쯔치는 수염을 깎아 푸르뎅뎅해진 리융리의 두 뺨이 몹시 역겨웠지만 꾹 참고 침착하려 애썼다. "당직을 거부하겠다는 것이 아니라 그냥 사정을 좀 봐 달라는 거요. 물론 아이 때문만은 아니오. 샹난이 언제 떠날지 모르니 가서 떠날 준비를 같이 좀 하려고 그러오."

리융리가 또 입을 삐죽이 내밀고 비웃었다. "샹난이 헤이룽장으로 가는데 동무가 가서 준비를 한다? 그래, 뭘 준비해 줄 거요? 코트? 가죽 옷? 오리털 이불?"

위쯔치는 열이 확 올랐다. "나한테 그런 물건은 없소! 만약 있다면 당연히 내 애인한테 주겠지만."

"애인?" 리용리의 뾰족한 입이 더는 웃지 않았다. 그는 세모난 눈으로 위쯔치를 쏘아보았다. "누가 동무의 신청을 허가했다고 말끝마다 '애인, 애인' 하는 거요? 당신들 고급 지식 분자들은 낯짝도 참으로 두껍군!"

그 말에 위쯔치는 피가 거꾸로 솟고 심장 박동도 쿵쿵 빨라지기 시작했다. 그는 리용리 같은 인간과 이러니저러니 큰 소리 내고 싶진 않았지만 이런 모욕은 정말 참을 수가 없었다. 그는 불끈 쥔 주먹을 리용리의 책상에 대고 힘껏 누르면서 낮게 가라앉은 목소리로 말했다. "리용리 동지! 나는 공산당원이오. 내게 무슨 단점이나 잘못이 있으면 얼마든지 비판하고 투쟁해도 좋소. 내가 잘못한 것이라면 난 모두 시정할 용의가 있소. 하지만 나와 샹난의 연애는 당 기율을 위반한 것도 아니고 국법을 위반한 것도 아니오. 우린 정상적인 조직 원칙에 따라 조직의 의견을 구했지만 조직에서는 한 번도 우리를 찾아 진지하게 대화를 나눈 적이 없을 뿐더러 암암리에 방해하고 파괴하려 들었소. 그래, 이것이 공명정대한 것이오? 이것이 우리 당의 작풍과 원칙에 부합하는 것이란 말이오?"

위쯔치의 한마디 한마디는 모두 가슴에서 우러나왔다. 그 속에는 분노와 고집이 서려 있었다. 리용리는 물론이고 그 옆에서 함께 듣고 있던 유뤄빙도 두려움을 느낄 정도였다. 리용리는 위쯔치한테 어떻게 반박해야 할지 생각도 나지 않았지만 또 위쯔치와 무슨 이치를 따질 필요도 없다고 생각했다. 그저 '위쯔치, 간덩이가 부어도 유분수지! 이렇게 방자할 수가!' 라며 괘씸해할 뿐이었다. 리용리는 세숫대야에 따뜻한 물을 붓고 머리를 그 속에 담그며 말했다. "돌아가시오! 어쨌든 본부에서는 동무가 집에 가는 걸 허락하지 않기로 결정했소. 기어이 돌아가서 샹난과 희희낙락하든 말든 그건 동무 마음대로 하시오! 하지만 모든 책임은 동무가 져야 할 거요!" 그는 세숫대야에 얼굴을 처박고 수영할 때처럼 어푸어 푸 물을 뿜어 댔다.

위쯔치는 끓어오르는 가슴을 누르며 멍하니 그 자리에 서 있었다. 저런 작자한테 더 무슨 말을 한단 말인가? 그가 가지 않고 우뚝 서 있는 것을 보던 유뤄빙이 다가와 그를 잡아끌었다. "돌아가시오, 라오위! 리 지도원 비판이 맞소! 냉정하게 생각해 보시오!" 위쯔치를 끌고 사무실을 나오자마자 유뤄빙은 바로 말투를 바꾸어 나무랐다. "쯔치, 자네 어쩌자고 그리 아이같이 구는가? 상부에서 자네들 결혼에 반대하는 걸 정말 모른단 말이야? 내가 그토록 말했건만 그래도 그렇게 만날 같이 붙어 다니더니! 그래, 숲 속 풀밭이면 남들 이목이 없을 줄 알았나? 이런 상황에서 우리가 자넬 보내 주면 자네 과오를 조장하는 것밖에 더 되는가 말이야! 제발 내 말 한 번만 듣게! 남아서 당직 서게! 그리고 샤오샹하고도 이제 그만 끝내!" 아직 노기가 가시지 않은 위쯔치가 흥분해서 대꾸했다. "우리 관계는 정당해! 뭣 때문에 끝내야 한단 말인가?" 유뤄빙이 한숨을 내쉬며 그렇지 않다는 듯 말했다. "자네 고집은 어떻게 변하지를 않나? 뭐가 정당한 관계고 뭐가 정당하지 않은 관겐가? 나도 확실히는 말 못 하겠네. 하지만 난 존재하는 모든 것은 합리적이라는 헤겔의 말을 믿네. 난 객관적 현실을 존중해. 객관적 현실이 자네들 관계가 정당하지 않다고 판정하면 나도 정당하지 않다고 말할 수밖에 없네. 자네가 계속 이렇게 고집을 부리면 자네 자신은 물론이고 남들까지 다치게 된다는 걸 알아야지!" 말을 마친 그는 위쯔치를 남겨 두고 휘적휘적 걸어가 버렸다.

시계를 보니 어느새 10시였다. 샹난은 자고 있으려나? 위쯔치는 이 갑작스런 변화를 그녀에게 알려 주어야겠다 싶어 여자 숙소로 갔지만 숙소의 불은 이미 꺼져 있었다. 내일 두 시간 넘게 차 안에서 시달려야 할 테니 모두 일찌감치 잠자리에 든 모양이었다. 그는 샹난을 깨워야 할지 말아야 할지 몰라 숙소 문 앞 공터에서 어슬렁거렸다. 그때 마침 스즈비가 옷이 담긴 대야를 들고 수돗가로 나왔다. 위쯔치가 얼른 다가가서 말을 건넸다. "아직 안 잤소?" "잠이 안 와서요. 일할 때 입은 옷들 좀 주물러서 숙소 안에 널어 놓으려고요. 샤오샹은 벌써 잠든 것 같던데, 내가 깨워 줄까요?" 잠시 생각하던 위쯔치는 고개를 저었다. "됐소. 그냥 내일 아침 좀 일찍 출발하라는 말만 전해 주시오. 내가 길목에서 기다리겠다고 말이오." "또 무슨 일이 생긴 건 아니죠?" "아니요. 그럼 부탁 좀 하겠소." 그는 돌아섰다. 샹난에게는 그래도 내일 알리는 게 낫지 싶었다. 자기도 훨씬 침착할 수 있을 테고 그래야 샹난한테도 영향이 크지 않을 테니까.

이튿날 아침, 사람들이 세수를 하느라 분주한 틈에 위쯔치는 간부 학교를 나와 칭룽전 시외버스 터미널로 가는 길목에서 샹난을 기다렸다. 살을 에는 북풍이 불어왔지만 그는 조금도 춥지 않았다. 모자도 쓰지 않고 목도리도 두르지 않은 채 겨드랑이에 스웨터 하나만 끼고 있었다. 그는 거기 서서 꼼짝도 않고 간부 학교 쪽만 뚫어져라 쳐다보았다. 얼마 뒤 여성 동지 하나가 서둘러 이쪽으로 걸어오는 것이 보였다. 걸음걸이로 보아 샹난이 틀림없었다. 그는 얼른 오른손을 높이 흔들었다. 그가 손 흔드는 것을 본 샹난은 들고 있던 가방을 어깨에 멘 뒤 쏜살같이 달려왔다. 그녀는 위쯔치를 보자마자 잔소리를 늘어놓았다. "이렇게 추운데 왜 모자도 안 쓰고 목도리도 안 했어요? 자기가 무슨 열혈 청년인 줄 아나 봐요?" 샹난은 '완전 무장'을 하고 있었다. 진한 감색 코트에 역시 감색 바지를 입고 머리에는 빨간색 긴 목도리를 친친 동여맸다. 찬바람을 맞은 얼굴이 빨갛게 달아올라 더 젊고 생기 있어 보였다. 그는 살뜰하게 그녀의 목도리를 당겨 바로잡아 주었다. 그리고 겨드랑이에 끼고 있던 스웨터를 그녀의 가방 속에 집어넣은 뒤 가방을 자기 어깨에 메고 앞장서서 걷기 시작했다. 샹난이 고개를 갸웃하며 물었다. "당신 물건들은요?" 위쯔치가 그녀를 보고 웃었다. "꼬맹이! 일이 좀 생겼소. 원래 당직 서기로 했던 동지네 집에 일이 생기는 바람에 내가 대신 남기로 했소."

위쯔치의 목소리는 평온하기 그지없었지만 그래도 샹난은 갑자기 뭔가를 알아챈 듯 미심쩍은 눈으로 그를 쳐다보았다. "당신이 남겠다고 한 거예요? 사실대로 말해 봐요!" 사방을 둘러본 위쯔치는 길가에 행인이 없는 것을 보더니 그녀의 귓가에 가볍게 입을 맞추었다. 그리고 애정이 가득 담긴 목소리로 말했다. "사랑스런 꼬맹이! 그런 건 묻지 말아요. 자, 갑시다!"

샹난은 이미 모든 걸 알아차렸다. 하지만 위쯔치가 난처하지 않도록 모른 척하기로 마음먹었다. 지금 그녀보다 더 괴로운 것은 분명 쯔치일 것이다. 그는 샹난뿐만 아니라 샤오하이까지 마음에 걸릴 테니 말이다. 그러나 그녀가 헤이룽장으로 떠나기 전 그를 볼 수 있는 마지막 기회가 될지도 모른다고 생각하니 가슴이 미어지는 것만 같았다. 그래도 이렇게 강한 척 그녀를 위로하려 애쓰는 쯔치에게 그런 내색까지 할 수는 없었다. 그에게 뭔가 위로가 되는 말이라도 해 주고 싶었지만 아무리 머리를 쥐어짜 봐도 적당한 화제가 떠오르질 않았다. 그녀는 농담이라도 해 보기로 했다. "사람들이 헤이룽장은 무척 춥다던데 대체 얼마나 추울까요? 혹시 코가 얼어서 떨어지는 건 아닐까?"

그녀의 마음을 아는지라 위쯔치도 웃으며 맞장구를 쳤다. "우리 못난이는 이마가 높아서 찬바람을 막아 줄 테니 이 작고 흰 코야 절대 안전할걸!"

하지만 그 말은 샹난에게 위로가 되기는커녕 그에 대한 안쓰러운 마음만 더 키워 놓았다. 샹난은 더 이상 아무 말도 하지 않고 그에게 몸을 더 바짝 기댔다.

두 사람은 불어오는 찬바람을 맞으며 묵묵히 걷고 또 걸었다. 샹난은 머리에 둘렀던 목도리를 풀어 어깨에 걸친 채 찬바람이 머리를 휘날리고 얼굴을 할퀴도록 내버려 두었다. 위쯔치가 때때로 그녀의 얼굴을 바라보며 부드럽게 물었다. "샤오샹, 춥지 않소?" 샹난은 그때마다 어깨 위의 목도리를 잡아당기며 고개만 저을 뿐 아무 말도 하지 않았다.

한참을 가다가 위쯔치가 주머니에서 열쇠 꾸러미를 꺼내어 샹난에게 주었다. "집 열쇠는 여기 다 있소. 빈하이에 가면 우리 집에 가 있어요. 샤오하이 말벗도 좀 해 주고 맛있는 밥도 차려 줘요. 샤오하이가 연말연시를 즐겁게 보낼 수 있도록 말이오." 샹난은 대답하면서 열쇠를 받아 주머니에 넣었다. 조금 뒤 위쯔치가 다시 입을 열었다. "옛 대장이 준 낡은 양가죽 오버가 옷장 속에 있을 거요. 여기 촌에서 입기 아까워서 그냥 넣어 둔 거요. 당신이 헤이룽장으로 가져가서 입어요. 좀 크긴 할 테지만 그래도 추위도 막을 수 있고 이불로도 덮을 수 있을 거야." 샹난이 고개를 끄덕였다. 어느덧 큰길로 나와 칭룽전 방향으로 걸을 때 위쯔치가 또 샹난에게 당부했다. "샤오하이한테 내 월급을 타 오라고 좀 전해 주시오." 샹난이 투정을 부리듯 말했다. "제가 가서 타 올래요. 어디 계속 수군대 보라고들 하세요!" 위쯔치가 기뻐하며 그녀를 힐끔 보았다. "그럼 더 좋지. 그럼 당신이 샤오하이에게 이번 달 생활비를 주도록 해요. 샤오하이한테 물어보면 내가 매달 식비로 얼마를 줬는지, 용돈은 얼마를 줬는지 말해 줄 거요. 그 애가 필요한 게 있으면 당신이 사다 주고. 여자 아이라 이젠 아빠가 해 주기엔 불편한 일도 있더라고. 그런 건 당신이 더 물어봐 주고 좀 챙겨 줘요. 그렇다고 버릇없이 굴도록 너무 잘해 주지는 말고. 제 옷은 제가 빨게 놔두고." 샹난은 잠자코 고개만 끄덕였다.

큰길에 사람들이 점점 많아졌다. 대개는 휴가를 맞아 집에 돌아가는 간부 학교 동지들이었다. 위쯔치와 샹난은 그들을 피하지는 않았지만 더 이상 말은 하지 않았다. 터미널에 거의 도착할 무렵 왕유이와 스즈비가 헐레벌떡 그들을 쫓아왔다. 왕유이가 말했다. "라오위, 라오청이 사방으로 동무를 찾아다니던데요. 스즈비 동무가 두 사람이 먼저 출발했다고 해서 서둘러 쫓아온 거예요." 스즈비가 덧붙였다. "리융리 동지가 곧 올 거예요." 샹난과 위쯔치가 동시에 뒤를 돌아보더니 얼른 저만치 서로 떨어졌다.

문화국에서 보낸 전용 버스가 벌써 터미널로 들어와 있었다. 사람들이 하나씩 차에 올랐다. 이윽고 리융리도 도착했다. 그의 날카로운 눈이 대번에 위쯔치와 샹난을 쏘아보더니 째지는 목소리로 샹난에게 소리쳤다. "샹난! 빨리 타시오! 곧 출발할 거니까!" 걸음을 멈춘 샹난이 눈물을 글썽이며 위쯔치를 찬찬히 훑어보았다. 그리고 오른쪽 어깨 위에 머리카락이 붙어 있는 걸 보고 가만히 떼어 주었다. 위쯔치도 무심히 왼손으로 자기 오른쪽 어깨를 만져 보더니 곧 몸을 돌려 걸어갔다. 그는 큰길가의 오동나무 아래로 가서 버스가 서 있는 쪽을 바라보았다.

버스에 타고 있던 사람들은 이런 두 사람을 보고 짐짓 못 본 척 다른 데로 고개를 돌렸다. 유독 평원평만 혁명 모범극의 노래를 흥얼거리고 있었다. 스즈비가 빙글거리며 그에게 말을 걸었다. "샤오펑, 오늘 무슨 일이 있기에 그리 기분이 좋은 거지? 지훼화가 집에서 기다리기로 한 거야?" 스즈비는 평원평 부부가 벌써 갈라선 것을 잘 알면서도 일부러 이렇게 꼬집었다. 아니나 다를까, 평원펑은 그 말을 듣는 순간 입을 꾹 다물어 버렸다. 스즈비도 자리에 앉더니 "아유, 춥다!"라고 중얼거리며 목도리를 친친 감았다. 그리고 리융리가 여태 버스 입구에 서서 상난을 지켜보고 있는 것을 보고 싱글싱글 웃으며 그를 불렀다. "리 지도원, 여기 와서 앉으세요. 입구는 바람이 차잖아요!" 리융리는 그 말은 들은 체도 않고 다시 째지는 목소리로 상난을 불렀다. "상난! 빨리 타지 않으면 정말 출발할 거요!" 그때 왕유이가 창밖으로 손을 내밀며 소리쳤다. "리 지도원, 잠깐만요! 청쓰위안 동무가 아직 안 왔어요! 저기, 저기, 지금 뛰어오네요!"

정말로 청쓰위안이 땀을 뻘뻘 흘리며 뛰어오고 있었다. 그는 오늘 아침 비교적 일찍 일어났는데, 일어나자마자 리융리가 갑자기 위쯔치한테 당직을 서라고 했다는 이야기를 전해 들었다. 걱정이 되어서 어떻게 된 일이지 물어보려고 사방으로 위쯔치를 찾아다녔지만 아무 데도 보이지 않았다. 그는 마음이 놓이질 않아서 급하게 쪽지 한 장을 써서 위쯔치 베개 밑에 찔러 넣고 쟈셴주에게 부탁했다. "셴주, 밭에 일이 좀 있는데 위쯔치한테 미처 전하질 못했소. 쪽지를 써서 베개 밑에 넣어 뒀으니까 동무가 위쯔치한테 그렇게 말 좀 전해 주시오." 그러다 보니 좀 늦었던 것이다.

버스는 부르릉거리며 몇 차례 요동을 치더니 천천히 출발하기 시작했다. 상난은 얼른 얼굴을 창유리에 바짝 대고 오동나무 아래를 바라보았다. 위쯔치가 오른손을 살짝 흔들며 인사하는 걸 보고 그녀도 오른손을 유리창에 갖다 대며 인사를 대신했다. 하지만 버스가 이미 출발하는 바람에 그는 그걸 보지 못했다. 천천히 자리에 앉은 상난은 두 손으로 얼굴을 감싼 채 앞자리 의자 등받이에 머리를 기댔다. 옆자리에 앉은 스즈비가 가만히 그녀의 무릎을 어루만지며 위로해 주었다. 버스가 크게 모퉁이를 꺾어 곧장 빈하이로 가는 아스팔트길에 들어설 때까지 지켜보던 위쯔치는 그제야 말라비틀어진 오동나무 열매를 두 개 따서 호주머니에 넣고 간부학교 쪽으로 걷기 시작했다.

위쯔치는 시계를 보며 버스가 언제쯤 빈하이에 도착할지, 지금 샹난의 심정은 어떨지 헤아려 보았다. 오늘의 이별은 유난히 느낌이 이상했다. 지금까지 위쯔치는 이런 느낌을 딱 두 번 겪어 보았다. 한 번은 열다섯 살 때 혁명에 투신하려고 어머니와 헤어지던 순간이었고, 또 한 번은 옌안에서 전선으로 가느라 한창 열애 중이던 류루메이와 이별할 때였다. 두 번의 이별 모두 살아서 언제 다시 만날지 알 수 없는 상황이었다. 그때의 그 슬픈 느낌이라니! 실제로 열다섯 이후 그는 다시는 어머니를 보지 못했다. 어머니는 가난과 병에 시달리다 아들을 그리워하며 돌아가셨다. 그는 지금도 어머니의 기일이 몇 년 몇 월 며칠인지 알지 못했다. 해방 후 고향에 돌아가 보았지만 어머니의 무덤은 찾지 못했다. 물론 그와 루메이의 이별은 잠깐으로 그쳤다. 그 후 두 사람은 행복하게 20년을 함께 살았다. 전쟁 중의 이별은 그들의 행복을 빼앗아 가지 못했다. 오히려 그들이 자기들의 행복을 더욱 소중히 여길 수 있도록 만들어 주었다. 하지만 그럼에도 그는 영원히 그때의 이별을 잊을 수가 없었다. 그는 포연이 가득한 전쟁터에서 살아 돌아왔지만 자기보다도 어린 옛 대장의 아들은 자기 때문에 희생되었으니까. 두 사람의 재회는 바로 그 젊은 전우의 피와 옛 대장의 부자간의 사별과 맞바꾼 것이었다.

오늘 그는 사랑하는 샹난을 보냈다. 지금은 평화의 시기이고 샹난은 바로 지척에 있는 곳으로 며칠 휴가를 갔을 뿐이다. 하지만 그런데도 왜 예전의 그런 느낌이 드는 것일까? 그 역시 뭐라 딱 꼬집어 말할 수는 없었다. 그가 생사를 알 수 없는 곳으로 사랑하는 이를 떠나보냈단 말인가? 아니면 그녀가 사랑하는 사람과 작별하고 전쟁터로 갔단 말인가? 모두 아니었다. 하지만 이번 이별이 뭔가 예사롭지 않다는 느낌이 드는 것만은 분명했다. 그는 이번 이별이 얼마나 길어질지, 그동안 또 어떤 불행이 머리 위로 떨어질지 알 수 없어 불안했다. 지난번 돤차오쳔의 편지를 보는 순간 그는 두 사람의 아름답고 열렬한 사랑 속에 드리운 어두운 그림자를 감지했다. 그는 그것을 생각하지 않으려 노력했고 어떻게든지 극복하거나 피해 보려고 애썼다. 하지만 지금 그 그림자는 벌써 시커먼 먹구름이 되어 두 사람의 머리 위를 뒤덮고 있었다. 그는 폭풍우가 다가오고 있다는 것, 상상할 수도 없는 불행이 언제라도 그들에게 닥쳐오리라는 것을 예감했다. 하지만 그로서는 미리 그것을 예측할 수도 없었고 더더구나 피할 수도 없었다. 그저 긴장을 늦추지 않고 침착하게 그것이 도래하기를 기다리는 수밖에 없었다.

태양이 머리 꼭대기로 올라왔다. 위쯔치의 마음은 피어오르는 먼지에 둘러싸인 채 상난을 실은 버스와 함께 빈하이를 향해 달리고 있었다. 그는 리융리의 눈빛이, 그리고 펑원펑의 노랫소리가 어떻게 상난을 자극할지, 청쓰위안과 왕유이는 또 어떻게 자상한 눈빛으로 그녀를 위로하고 있을지 상상해 보았다……. 그는 또 그녀가 무엇을 보고 있을지, 무엇을 생각하고 있을지 상상해 보았다…….

그렇게 위쯔치가 간부 학교에 도착했을 때는 어느덧 11시가 되어 있었다.

제6장 '전면 독재'와 혼인의 자유

'무산 계급 사령부'의 지시를 내린 디화챠오

리융리에게 위쯔치와 샹난에 관한 지시를 내린 이후 돤차오췬은 머리에서 문인협회 일을 하루도 잊어 본 적이 없었다. 애초에 그녀는 리융리가 몇몇 사람들에게 보고서를 받아 자기에게 제출하는 대로 위쯔치에 대한 재비판을 실시할 계획이었다. 그런데 유뤄빙과 펑원펑이 제출한 보고서를 보고 나서 문제가 생각보다 훨씬 심각하다고 판단하게 되었다. 유뤄빙의 보고서에는 「끝없는 장강 물결 도도히 흘러」의 배경이 바로 '2월 역류'의 검은 맹장을 찬양하는 것이라고 확실히 명시되어 있었다. 게다가 펑원펑이 정리한 「끝없는 장강 물결 도도히 흘러」의 반동 구절 발췌 기록을 보고 나니 문제의 심각성이 더욱 확실하게 느껴졌다. 그녀는 그제야 우웨이가 위쯔치의 집에서 압수해 왔던 편지들이 생각났다. 위쯔치의 정치적 면모가 이제 완전히 그 정체를 드러낸 셈이었다. 그는 권위적인 유명 인사이며 반혁명 수정주의 분자일 뿐만 아니라 자산 계급 사령부의 충성스런 맹장이었던 것이다! 이런 인물과 반란파의 연애란 참으로 심각한 정치적 문제가 아닐 수 없었다. 위쯔치가 샹난을 '사랑'

하는 것은 바로 샹난이 그녀 차오췬의 친구라는 사실 때문임은 불을 보듯 뻔했다. 그는 샹난과 그녀의 관계를 통해 자기의 비밀스런 목적을 달성하려고 했던 것이다. 아, 샹난, 샹난! 너 도대체 무슨 짓을 저지른 거니? 넌 계급의 적의 도구로 전락해 버린 거야! 사정이 이러하고 보니 퇀차오췬은 샹난을 이대로 헤이룽장성으로 보내서는 안 될 것 같았다. 그렇게 되면 정치적인 문제도 해결할 수 없을 뿐더러 샹난을 교육하려던 목적도 이루지 못하기 때문이다. 더구나 샹난이 그렇게 흔쾌히 헤이룽장에 가겠다고 대답한 것을 보면 위쯔치가 뒤에서 조종한 것이 틀림없었다. 그렇다면 샹난은 헤이룽장에 가더라도 위쯔치의 손 안에 있게 될 것이다. 퇀차오췬은 산챵에게 샹난을 헤이룽장으로 보내지 않기로 했으며 샹난과 위쯔치의 문제를 확실하게 해결해야겠다고 보고했다. 산챵은 그녀의 의견에 동의하면서도 「끝없는 장강 물결 도도히 흘러」의 문제가 훨씬 더 중요함을 환기시켜 주었다. 자칫 잘못하면 무산 계급 사령부의 전략적 배치를 헝클어뜨리고 대장을 곤경에 빠뜨릴 수도 있었다. 산챵은 시 당 대표 대회가 곧 열리고 디화챠오가 회의를 주최하러 올 것이니 그때 그에게 보고를 올린 뒤에 조치를 취해도 늦지 않다고 제안했다. 이렇게 해서 퇀차오췬은 바뀐 계획을 하부에 전달하는 일을 잠시 미루기로 했고, 그 때문에 샹난은 지금까지 헤이룽장으로 가라는 명령이 내려오기만을 기다리게 되었던 것이다.

빈하이시 당 대표 대회는 1971년 1월 초에 개최되었다.

빈하이는 디화챠오와 쮀이푸가 수년 동안 온갖 고생을 하며 꾸려 온 기지였으며 '무산 계급 혁명파'의 '붉은 보루'였다. 하지만 '적들'도 이 진지를 결코 포기하려 하지 않았다. 지난 몇 년 동안 계속된 '디화챠오 포격'은 무엇을 의미하는가? 디화챠오는 그 의미를 너무나 잘 알고 있었다. 그가 확보한 자료에 따르면 그 바람은 위에서, 즉 '자산 계급 사령부'에서 불어온 것이 확실했다. '자산 계급 사령부'는 진작 거꾸러졌지만 그 잠재된 세력은 여전히 엄청났다. 그래서 '9차 당 대표 대회'에서도 그들을 중앙위원회에 참석시킬 수밖에 없었던 것이다. 그 세력을 더욱 철저하게 거꾸러뜨리려고 디화챠오와 쭤이푸는 자기들이 장악하고 있는 중앙과 빈하이의 여론을 동원하여 끝없이 거듭되는 비판 운동을 일으켰다. 빈하이의 인민들에게 '9차 당 대표 대회'의 결과를 전달할 때에도 그들은 중앙위원회의 그 세력이 '우파'의 대표로 참여하게 된 것임을 분명하게 강조했다. 얼마 전 열린 '9기 2중전회'에서 린뱌오는 국가 주석을 두어야 한다고 한사코 주장하다가 권력 찬탈의 야심이 들통나는 바람에 한 차례 비판을 받았다. 디화챠오로서는 상당히 기쁜 일이었다. 덕분에 자기 세력을 넓히는 데 커다란 장애물이 없어진 셈이었던 것이다. 하지만 한편으로 걱정이 되기도 했다. 디화챠오는 그렇게 단순한 사람이 아니었다. 그는 "좌파가 과오를 저지르면 우파가 이용한다"는 계급투쟁의 법칙을 명심하고 있었다. 그는 이 일로 '2월 역류'의 '옛날 우파'들이 기뻐하며 더 날뛰게 될 것이라고 생각했다. 그래서 디화챠오는 빈하이 당 대표 대회 소집을 빈하이라는 '붉은 보루'를 더욱더 강고하게 만들고 빈하이 자산 계급 사령부의 잔여 세력을 소탕하는 중요한 계기로 여겼다. 그는 쭤이푸와 함께 모든 절차를 하나하나 세심하게 따져 보고 어떤 복잡한 투쟁이 벌어질 것인지 예측해 보았다. 그들은 반드시 두 가지 사안을 장악해야 한다고 생각했다. 하나는 새로운 시 위원회 위원을 선출하는 문제였고, 다른 하나는 '혁명적 대비판'을 한층 더 심화시켜 전개하는 것이었다.

디화챠오는 빈하이에 오자마자 앞으로 시 위원회 문화교육부 서기가 될 산창부터 접견했다. 산창은 일련의 사례를 들어 가며 현재 문화 교육계 전선에서 나타나고 있는 '검은 노선'의 회귀 현상과 '우파의 반동 공세' 같은 중요한 상황을 보고했다. 위쯔치의 문제는 그중 가장 두드러진 예였다. 그는 돤차오췬이 준비한 보고서를 디화챠오에게 건네며 말했다. "시간 날 때 검토해 주십시오." 디화챠오가 소파에서 일어나며 산챵의 말을 막았다. "잠깐, 잠깐만. 그러잖아도 내 물어볼 참이었소. 도대체 위쯔치란 자가 지금 어떤 상황이오? 그 '2월 역류'의 검은 맹장, 그 '옛날 우파'가 그자를 어찌나 아끼는지, 나한테 몇 번이나 물어보더군. 위쯔치한테 대체 무슨 문제가 있는지, 왜 아직도 일을 못 하게 하는지 말이오. 위쯔치라는 자가 그 사람하고 무슨 관계인지 조사해 봤소?"

"지난해 역류에 대한 '반격' 때 위쯔치의 집에서 그 우파가 보낸 편지들을 압수했습니다. 하지만 두 사람 사이가 밀접하다는 것 말고 다른 실질적인 증거는 발견하지 못했습니다. 그래서 그쪽 문제는 잠시 접어 두었습니다. 나중에 그의 태도를 관찰하면서 혹시 그를 활용할 수 있지 않을까 해서 해방시켜 준 상태입니다." 이어서 산챵은 위쯔치와 샹난의 연애 문제에 대해 상세하게 보고했다.

"샹난이라니?" 디화챠오는 기억을 더듬으면서 한편으로 그 보고서들을 펼쳐 보았다.

"반란파이고 원래는 『빈하이 문예』의 시(詩) 담당 편집 위원이었습니다." 그렇게 대답한 산챵은 자기비판을 하는 듯한 말투로 다시 덧붙였다. "처음에는 저희가 이 사건에 대한 인식이 부족해서 그저 두 사람의 결합이 정치적으로 악영향을 끼칠 것이라고만 생각했습니다. 그리고 샹난을 마오 주석의 혁명 노선으로 끌어들이려고 두 사람이 연애를 그만두도록 설득하는 조치를 취했습니다."

그러자 디화챠오가 고개를 들며 "엉?" 하고 콧소리를 냈다. 산챵이 보고를 계속했다.

"그런데 위쯔치가 돤차오췬에게 편지를 보내 우리가 그의 혼인에 간섭하고 있으며 샹난에 대한 자기의 사랑은 진실하고 대담하고 확고한 것이라고 전했습니다. 그래서 저희는 샹난을 구하려고 헤이룽장성으로 보내기로 결정하고 동시에 위쯔치에 대한 재비판을 준비하고 있었습니다. 그런데 여기 올라온 보고서들을 보고 나서 저희가 상황을 너무 단순하게 파악하고 있었다는 사실을 깨달았습니다."

보고를 끝낸 산쟝은 더는 아무 말 없이 그대로 서서 디화챠오가 보고서를 다 읽고 지시를 내려 주기를 기다렸다.

보고서를 한 장 한 장 넘겨 가며 자세하게 읽던 디화챠오의 앙상한 얼굴이 점점 어두워졌다. 보고서를 다 읽은 뒤 그는 그것을 책상 위에 획 던지더니 저만치 밀어 버렸다.

산쟝의 얼굴에 기쁨의 빛이 번졌다. 그는 즉시 수첩을 펼치고 받아 쓸 준비를 했다.

"「끝없는 장강 물결 도도히 흘러」는 그 '옛날 우파'를 추앙하고 있소. 「옌안을 보위하라」가 펑더화이(彭德懷)*를 추앙한 것보다도 더 노골적이오. 그야말로 철두철미한 독초요." 디화챠오는 목울대를 위아래로 움직여 가며 이렇게 말했다.

산쟝이 그의 말을 수첩에 받아 적으면서 맞장구를 쳤다.

"맞습니다. 그래서 저희도 먼저 이 문제부터 확실하게 해야겠다고 생각하고 있었습니다."

"어떻게 할 작정이오? 공개 비판할 거요?" 디화챠오가 산쟝을 쳐다보았다.

산쟝은 바로 대답하지 않고 '대장'의 지시를 기다렸다.

디화챠오는 부드러운 목소리로 산쟝에게 지시했다. "좀 전략적으로 사고하시오! 시인이란 감정을 중시하는 법, 감정상의 문제는 우리도 간섭할 필요 없소. 하지만 그들 행위의 성격만큼은 반드시 명확히 해야 하오. 그리고 위쯔치와 자산 계급 사령부의 관계도 반드시 철저하게 밝혀야 하오! 그자가 왜 「끝없는 장강 물결 도도히 흘러」를 썼는지도 반드시 분명하게 자백을 받으시오!"

말을 마친 디화챠오의 눈이 근시 안경 너머로 반짝거리고 얼굴에는 순간적으로 웃음기가 스쳐 갔다. 산챵도 속내를 숨기지 못하고 얼굴에 환하게 웃음꽃을 피웠다. 디화챠오는 보고서를 쓴 몇 사람의 상황에 대해 이것저것 묻더니 잠시 생각한 뒤 평원펑의 보고서 위에 다음과 같이 '서면 지시'를 몇 줄 적었다.

"보고한 상황은 매우 중요하다. 두 사람이 연애를 하게 된 것은 납득할 수 없는 일이다. 반혁명 수정주의 분자 하나가 반동 입장을 고수하고 감히 혁명적 반란파까지 부패시켜 문화 대혁명에 반기를 들었는데도 몇몇 당원들은 이를 동의하고 지지까지 했다니 이 역시 납득할 수 없는 일이다! 이들 당원의 당성은 어디로 갔단 말인가? 우경 복벽 사조를 통렬하게 공격하고 광범위한 당원들에 대해 노선 교육을 철저히 진행하여 문화 대혁명의 투쟁 성과를 공고히 하라. 이것은 이번 시 당 대표 대회의 목적이기도 하다." 지시를 다 쓰고서 디화챠오는 다시 산챵에게 그 내용을 자세히 설명해 주었다. "위쯔치의 일을 결코 가볍게 보아서는 안 되오. 우리가 주목해야 할 것은 위쯔치가 아니고 그자가 누구와 결혼하는가는 더더욱 아니오. 중요한 것은 바로 그자의 배후요. 그자는 자산 계급 사령부에 희망을 걸고 있소. 우리는 절대 마음 약해져선 안 되오. 적이 투항하지 않는다면 우리가 멸망시켜야만 하오! 하지만 투쟁에는 전략이 필요하지. 군중이 그의 정당하지 못한 연애 관계를 비판하도록 해서 구린내가 물씬 나도록 만들어 버리는 것도 좋은 방법이오. 반면 그가 왜 '옛날 우파'를 찬양하는 그런 시를 창작했는지, 그 배후의 문제에 대해서는 소수 정예를 조직하여 그와 투쟁할 필요가 있소. 그자가 철저하게 자백할 수 있도록 만들고 필요하다면 강력한 조치를 취해야 할 것이오!"

디화챠오가 지시한 '성지'를 산창한테 전해 받은 돤차오췬은 그 즉시 간부 학교에서 막 돌아온 리융리를 불러다 놓고 구체적인 계획을 지시했다.

"이번 싸움은 결코 쉽지 않아요. 우리가 남의 혼인 자유를 간섭한다고 생각하는 사람들이 틀림없이 있을 겁니다. 하지만 우리는 그보다 높은 차원에서 정치를 설파하고 노선을 강조함으로써 먼저 위쯔치한테 구린내가 펄펄 나게 만들어야 해요. 그런 다음 다시 조직적인 투쟁을 통해「끝없는 장강 물결 도도히 흘러」뒤에 숨은 길고 굵은 검은 노선을 파내야 합니다. 이것이 이번 싸움의 목적이에요. 시에서 곧 당 대표 대회가 열릴 겁니다. 이번 회의는 회의장 안팎의 결합을 요구하고 있어요. 문인협회의 이번 투쟁은 바로 회의장 밖에서 당 대표 대회를 보좌하는 것입니다. 그러니 동무는 군중을 충분히 선동하고 당원들이 적극적으로 모범을 보일 수 있도록 지도하세요. 1차 비판 대회는 우선 당 내외의 적극 분자들을 동원하여 차질 없도록 충분히 준비하세요."

당내 적극 분자 이야기가 나오자 리융리가 작은 난제 하나를 꺼냈다. "청쓰위안과 왕유이는 어떻게……, 참가시켜야 할까요?"

"두 사람도 따로 구분해서 대할 필요가 있어요. 청쓰위안은 주자파에다 교활하기 짝이 없는데 어떻게 참가시킬 수 있겠습니까? 하지만 왕유이는 참가시켜야죠. 만약 위쯔치나 샹난과 관계가 좋지 않은 사람들만 동원해서 비판한다면 비판의 설득력이 떨어질 수밖에 없어요. 그러니 왕유이는 꼭 참가시켜야 합니다. 그래야 위쯔치를 더욱 고립시킬 수 있죠."

드디어 폭풍우가 불어 닥치려 하고 있었다!

같은 날, 간부 학교에서는 쟈셴주가 위쯔치에게 점을 봐 주었다. 지난번 쟈셴주가 상난과 위쯔치를 용감하게 '엄호' 해 준 뒤로 두 사람은 자연스럽게 친밀해졌다. 쟈셴주는 남을 돕는 속에서 얻는 위로가 지난날 남을 적발하고 '공을 세워 속죄' 할 때보다 훨씬 더 크다는 것을 알게 되었다. 리융리의 성의 없는 몇 마디 칭찬을 듣고 나면 잠깐은 홀가분한 것 같기도 했다. 하지만 일단 군중 속으로 돌아오면 언제나 고립되고 냉대받는 느낌뿐이었다. 그 느낌은 그를 짓누르며 고개도 들 수 없게 하고 말도 크게 할 수 없게 만드는, 그야말로 엄청난 압박이었다. 그런데 이제 그는 완전히 새로운 길을 걷게 된 것이 무척 기뻤다. 그는 창피를 무릅쓰면서까지 리융리한테 잘 보이려는 짓은 다시는 하지 않겠다고 남몰래 결심했다. 위쯔치가 당직을 서게 되자 쟈셴주는 위쯔치를 대신해 불평을 터뜨리며 속상해했다. 하지만 마음 한쪽에서는 그나마 다행이라는 생각도 없지 않았다. 왜냐하면 자기가 위쯔치와 함께 남았으니 위쯔치를 성가시게 하지도 않을 것이고 위쯔치를 도와줄 수도 있을 것이기 때문이다. 아침에 위쯔치가 밥도 먹지 않고 간부 학교를 나서는 것을 보고 그는 아침 식사 때 찐빵 두 개를 남겨서 싸 가지고 왔다. 아침을 먹은 뒤에는 또 얼른 양배추 밭에 나가 거름을 뿌렸다. 온몸이 땀에 젖고 피곤했지만 '덕분에 위쯔치가 신경을 덜 쓰게 되었다' 라고 생각하니 마음은 퍽이나 흐뭇했다.

위쯔치가 간부 학교로 돌아오자 쟈셴주는 얼른 그에게 찐빵을 꺼내 주고서 차도 한 잔 타 주려고 서둘렀다. 그러자 위쯔치가 물병을 받아 들었다. "내가 하리다!" 위쯔치는 전혀 배고프지 않았다. 하지만 쟈셴주의 성의를 봐서 그냥 뜨거운 차에 차디찬 찐빵을 씹어 삼키기 시작했다. 찐빵을 다 먹고 난 위쯔치가 쟈셴주에게 말했다. "좀 쉬어요. 양배추 밭 거름은 내가 주리다." "내가 벌써 다 주고 왔는걸요. 라오위, 동무는 좀 쉬어요. 맘 편히 가지고, 몸조심해야 하오!"

위쯔치는 그런 쟈셴주가 몹시 고마웠다. "고맙소, 라오쟈. 어쨌든 동무도 좀 쉬시오!" 그는 그렇게 말한 뒤 기다란 탁자 앞에 묵묵히 앉아 있었다. 쟈셴주는 위로의 말을 좀 해 주고 싶어서 위쯔치의 맞은편으로 와서 앉았다. 하지만 언제나 '사상 공작'의 대상이기만 했던 그이고 보니 다른 사람을 위로하고 타이르는 데에는 영 소질이 없었다. 안절부절못하고 앉아 있던 그에게 갑자기 위쯔치를 위로해 줄 방법이 생각났다. 그는 자기 침대에 가서 종이 꾸러미를 가지고 왔다. "내가 점을 쳐 드리리다, 어떻소?" 위쯔치가 깜짝 놀랐다. "점을 칠 줄 아시오? 점성학이나 관상학 같은 걸 배웠단 말이오? 거참 신기하군요." 쟈셴주가 웃었다. "점성학, 관상학은 무슨요. 그냥 애들한테 카드로 점치는 걸 좀 배웠을 뿐이오. 처음엔 그저 심심풀이로 했는데 춘쑨이 병이 나면서부터 늘 마음이 조마조마하지 않겠소. 그때부터 마음이 답답하면 몰래 카드놀이도 하고 점도 쳐 보게 됐답니다. 그러면 답답한 것도 잠시 잊어버릴 수 있고 위안도 되고 하니까요. 휴! 근데 여태 춘쑨한테는 한 번도 좋은 점괘가 나오지 않더군요! 오늘은 내가 동무와 상난이 성공할 가능성이 있는지 한번 봐 드리리다." 위쯔치는 미소를 지으며 물었다. "어떻게 치는 거요?" 쟈셴주는 종이 꾸러미를 풀고 카드를 꺼내 탁자 위에 놓더니 점쟁이처럼 손가락을 펴 들었다. "점치는 법은 간단한 것에서 복잡한 것까지 종류가 다양하지요. 먼저 간단한 '다섯 관문 넘기'부터 합시다. 관문을 넘기 전에 먼저 물어보고 싶은 내용을 속으로 생각한 다음에 패를 세 번 섞는 거요⋯⋯. 어떻소? 내가 동무 대신 쳐 보리다. 나도 이게 믿을 수 없다는 건 알지만 그래도 답답한 마음은 좀 풀리니까요!" 위쯔치는 쟈셴주의 호의를 물리치기 뭣해서 그냥 담담하게 웃었다. "좋소! 어디 한번 해 보시오! 난 그 사이에 편지나 한 통 써야겠소." 위쯔치가 자기 침대로 올라가자 쟈셴주가 갑자기 생각난 듯 말했다. "참, 라오청이 동무 베개 밑에 쪽지를 남겨 두었다고 했어요!"

위쯔치는 알았다고 대답하고서 베개 밑에서 쪽지를 꺼냈다. "쯔치! 난 왠지 상황이 돌변할 것 같은 불길한 예감이 드네. 침착, 침착, 또 침착해야 하네! 되도록이면 말을 아끼게. 변명하고 따져 봐야 일만 더 망칠 거야. 옛날 유하동(柳河東)이 이런 말을 했지. '오늘에는 옛 사람들이 지녔던 진실함은 사라지고 그 수치스러운 것만 남았다. 세상 사람들이 나의 결백함을 알아주기를 바라나 그렇게 되질 않는구나. 직불의(直不疑)는 동료에게 금을 사서 배상하고 유관(劉寬)은 마차에서 내려 고향 사람에게 소를 돌려주어야 했다. 이를 통해 보건대 참으로 의심이란 변명하기 어려우며 말로는 당해낼 수 없는 것을 알겠다.' 그 옛날 직불의나 유관이 금 도둑, 소 도둑으로 몰렸던 것은 그래도 작은 일일 뿐이지. 지금 우리가 직면하고 있는 이 모든 상황은 그들보다 백 배는 더 복잡하니, 그야말로 말로는 그 의심을 풀기 어렵지 않겠나. 오직 불변(不變)하는 것으로 만변(萬變)하는 것에 대응하고, 조용히 관찰하고 조용히 사색하고 조용히 기다려야 하네. 겨울이 가면 봄이 온다는 것을 굳게 믿게. 샹난과 아이는 나와 단칭이 보살필 테니 걱정 말게나. 만약 무슨 일이 있으면 바로 편지로 알려 줌세. 침착, 침착, 또 침착해야 하네!"

쪽지를 다 읽고 난 위쯔치는 담배에 불을 붙인 뒤 그 불로 쪽지도 태워 버렸다. 그는 이 오랜 친구의 충고가 무척 고마웠다. 그가 처해 있는 상황에서는 청쓰위안의 말대로 그저 "조용히 관찰하고 조용히 사색하고 조용히 기다리는" 수밖에 없었다. 하지만 뱃속에 심사가 가득한데 평정을 찾기가 그리 쉬울 것인가! 그는 침대 위에 기대고 앉아 청쓰위안에게 편지를 썼다. 리융리와의 대화 내용, 유뤄빙의 태도를 그에게 알려 주고 또 자기는 무슨 일이 있어도 침착할 터이니 걱정 말라고 안심시켜 주고 싶었다.

위쯔치가 점괘에 대해서는 묻지도 않고 편지 쓰는 데에만 골몰하는 것을 보고도 쟈셴주는 전혀 서운하지 않았다. 그는 위쯔치의 심정을 이해할 수 있었고 되도록 방해하고 싶지 않았다. 그래서 이번에는 자기의 '명'을 점쳐 보기로 했다. 그는 패를 들고 두 눈을 위로 치뜬 채 기도를 하고는 조심스럽게 패를 세 번 섞었다. 그리고 카드를 다섯 묶음으로 나누어 놓고 각각 한 장씩 뒤집으며 '다섯 관문'을 넘기 시작했다. 처음에는 순조로워서 금세 세 번째 관문까지 넘었다. 그는 만면에 웃음을 띠며 자기도 모르게 또 눈을 위로 뜨고 마음속의 소원을 빈 다음 경건하게 다음 패를 뒤집었다. 이제 손 안에 든 패는 한 장밖에 남지 않았는데 방금 뒤집은 패가 탁자 위에 펼쳐 놓은, 아직 넘지 못한 두 개의 관문과 맞질 않았다. 마음이 다급해진 그는 엉겁결에 "믿을 게 못 돼! 믿을 게 못 돼!"라고 중얼거렸다. 하지만 아무래도 마지막 한 장 남은 패를 뒤집을 용기가 나질 않았다. 만약 그 패까지 맞지 않으면 '다섯 관문 넘기'는 실패하고 마는 것이었다.

그때 위쯔치는 청쓰위안에게 편지를 다 쓰고 이제 샹난과 딸에게 편지를 쓰려던 참이었다. 쟈셴주가 뭐라 뭐라 중얼거리는 소리를 듣고 탁자 쪽을 쳐다보던 그의 눈길이 쟈셴주의 불안한 눈동자와 딱 마주쳤다. "다 넘으셨소?" 쟈셴주가 고개를 흔들었다. "아니, 아직도 두 개 남았소. 봐요, 여기 두 개 관문에 펼쳐진 게 '다이아몬드 4'하고 '클로버 K'지요. 만약 내 손에 들고 있는 한 장이 '다이아몬드 4'거나 '클로버 K'기만 하면 희망이 있는 거요!" 쟈셴주가 이렇게 진지한 걸 보고 위쯔치도 편지지를 놓고 건너왔다. "내가 대신 뒤집어 볼까요?" 쟈셴주가 손을 내저었다. "동무가 뒤집으면 소용이 없어요!" 원래 위쯔치는 이런 걸 믿지 않았지만 쟈셴주가 그처럼 진지하면서도 긴장하고 있는 걸 보자 자기도 덩달아 불안해지기 시작했다. 그는 쟈셴주를 재촉했다. "그럼 빨리 뒤집어 봐요!" "먼저 한번 만져 보고요!" 그는 손가락으로 천천히 카드의 아랫면을 만져 보았다. 판판한 카드를 만져 본다고 해서 뭘 알아낼 수 있겠는가! 그는 결심을 한 듯이 입술을 떨면서 눈을 꾹 감더니 그 패를 힘껏 탁자 위에 뒤집어 놓았다. 그러고는 눈을 번쩍 떴다. '다이아몬드 4'였다! 그가 놀랍다는 듯 소리쳤다. "휴, 살았다!" 그런 다음 일어나더니 손에 있던 패를 재빨리 뒤집었다. 넘었다! 다섯 관문을 다 넘은 것이다! 쟈셴주는 흥분한 나머지 얼굴이 빨개지고 목소리까지 떨렸다. "라오위! 라오위! '상상대길(上上大吉)', 최고로 좋은 괘요! 당신들은 성공할 거예요. 틀림없이 성공할 겁니다! 두고 보시오, 동무! 이런 점괘는 믿지 않을 수도, 그렇다고 전부 믿을 수도 없지요. 그러니까 차라리 그냥 믿어 버리는 게 좋아요. 알았지요? 믿으라고요! 믿으면 마음이 좀 편해질 거예요. 내가 그렇거든요, 내가! 사실 춘쏸한테 쳐 줄 때는 관문을 다 넘은 적이 한 번도 없었는데……. 후유!" 쟈셴주는 금세 우울해지고 말았다. 이번엔 위쯔치가 얼른 그를 위로했다. "라오쟈, 어찌 미신을 믿고 그러오? '운명' 같은 게 어디 있겠소? 춘쏸은 아직 어리니까 꼭 치료할 수 있을 거요. 나야 좋은 결과를 기대하기 힘들겠지만!"

"아니, 아니에요! 그렇게 생각하지 마시오!" 쟈셴주가 황급히 고개를 젓더니 나중에는 손까지 내저었다. "믿지 않을 수도 없고 다 믿을 수도 없지요! 춘쑨의 점괘는 좋지 않으니 나도 믿지 않소. 하지만 동무 점괘는 꼭 맞을 테니 믿어요!"

쟈셴주의 말이 희망과 간절한 바람으로 가득 차 있어서 위쯔치는 코끝이 시큰해졌다. 그는 복받쳐 오르는 감정을 억누르며 쟈셴주에게 감사의 인사를 했다. "라오쟈! 동무의 그 호의, 정말 고맙소! 나도 동무처럼 춘쑨의 운명, 동무의 운명, 나의 운명, 그리고 우리 당과 국가의 운명이 모두 좋기를 바라오! 아마 모두 좋아지겠지요! 그러기 위해 우리가 앞으로도 얼마나 더 많은 대가를 치러야 할지는 알 수 없지만!"

위쯔치의 이 말에 쟈셴주는 눈물을 흘렸다. "라오위! 과거에 난 국가 대사 같은 건 생각지도 않았어요. 그런 건 정치나 당이나 당원의 일이라고만 여겼으니까. 근데 이젠 생각하지 않을 수가 없게 됐어요. 내 운명은 혼자만의 것이 아니니까! 나와 동무 같은 당원들이 운명을 함께한다는 걸 알게 된 거요! 인생이 그걸 가르쳐 주더군요!"

쟈셴주는 감정이 북받치면 신경질적으로 몸을 떨었다. 그 모습을 바라보며 위쯔치는 마음이 몹시 괴로웠다. 그는 탁자 위의 카드를 정리하고 그를 부축해 침대로 데려다 주었다. "너무 흥분하지 마시오. 몸이 제일 중한 거니까. 가서 눈 좀 붙이시구려!" 그는 쟈셴주를 침대에 눕히고 이불을 덮어 준 뒤 모기장을 내려 주었다. 그러고는 자기 침대로 돌아와 샹난에게 편지를 쓰기 시작했다. 쟈셴주가 쳐 준 '상상대길'이라는 점괘는 위쯔치에게 전혀 위로가 되지 않았을 뿐만 아니라 오히려 기분을 더 우울하게 만들고 말았다. 샹난과 헤어진 지 채 반나절도 지나지 않았건만 그는 또 그녀에게 하고 싶은 말로 가슴이 가득 차올랐다. 그는 종이를 펴고 편지를 이어서 써 내려가기 시작했다……

한창 편지를 쓰고 있는데 갑자기 간부 학교 수위실에서 위쯔치에게 전화가 왔다고 알려 왔다. 그는 무슨 일이 생긴 게 아닌가 싶어 황급히 달려갔다. 불안한 마음으로 수화기를 들었는데 뜻밖에도 리융리였다. 그는 위쯔치에게 지금 바로 집으로 돌아가 양력설을 즐겁게 보내라며 당직은 다른 사람을 보내겠다고 했다.

위쯔치는 부랴부랴 짐을 챙겨 들고 쟈셴주한테 작별 인사를 한 뒤 길을 떠났다. 집에 도착해 대문 앞에 서는 순간 마침 샤오하이가 문을 열고 나오다 아버지와 마주쳤다. 샤오하이는 "아빠!"라고 소리치더니 곧장 안으로 달려들어가 큰 소리로 외쳤다. "아빠가 오셨어요!" 탁자 앞에 앉아 있던 샹난이 입을 삐죽였다. "계집애! 사람 놀리면 못 써!" 하지만 그 말이 끝나기도 전에 정말로 위쯔치가 그녀 앞에 나타났다. 그녀는 옆에 샤오하이가 있는 것도 아랑곳하지 않고 그의 품으로 뛰어들었다. 그리고 목도리를 풀어 주며 그의 가슴을 두드렸다. "어떻게 돌아온 거예요? 당신더러 집에 가래요? 왜 전화 안 했어요?" 위쯔치는 샹난과 딸을 번갈아 보며 너무 좋아 무슨 말을 해야 할지 몰랐다. 그는 한 손으로는 샹난을, 또 한 손으로는 샤오하이를 끌어당기며 신이 나서 말했다. "리융리가 나더러 집에 가서 양력설을 보내라고 하더군." 샤오하이도 좋아서 펄쩍펄쩍 뛰었다. "리융리란 사람 좋은 사람 맞죠? 그분께 감사드려야겠네요! 아빠, 아빠가 오실 줄 알았으면 우리도 편지 안 썼을 텐데. 아줌마는 편지 쓰면서 울기까지 했대요!" 그러면서 샤오하이는 샹난에게 짓궂은 표정을 지어 보였다.

"편지? 어디 좀 보자!"

"사람 봤으며 됐지, 편지는 뭐 하러 봐요?"

"볼 거요! 봐야겠소!" 위쯔치가 소란을 떨었다.

그러자 샹난이 샤오하이에게 말했다. "아빠한테 편지 갖다 드리고 우리는 가서 밥을 하자꾸나. 닭튀김으로 아빠를 위로해 드리는 거야, 어때?"

섣달 그믐날, 그들은 몹시 즐거운 한때를 보냈다. 그들은 두 번째로 함께 앉아 술을 마셨다. 위쯔치와 샹난은 잔을 들어 샤오하이가 한 살 더 먹게 된 것을 축하했다. 샤오하이도 잔을 들며 말했다. "아빠하고 아줌마도 한 살 더 드신 거 축하해요! 건배!" 세 사람은 하하하 웃음꽃을 피웠다.

이제 한 시간만 있으면 1970년도 끝이었다. 위쯔치는 샹난을 집까지 바래다주었다. "리융리가 나더러 집에 가 설을 잘 쇠라고 한 게 진심에서 우러난 걸까?" "역지사지겠지요. 자기도 수염 환하게 깎고 애인 만나러 갔잖아요?" "뭐, 그렇게 생각합시다. 내일 춘쑨한테 들려 보려는데 함께 가겠소? 내가 집에 가게 됐다니까 라오쟈가 좋아하면서도 눈물을 흘리더군." "좋아요! 가는 김에 라오청네도 들려요. 두 분이 많이 챙겨 주셨어요. 집에 오자마자 사오마이(燒賣)*도 보냈더라고요."

드디어 1971년이 되었다. 새해는 그들에게 무엇을 가져다 줄까?

시험에 직면한 왕유이의 당성

새해 첫날, 왕유이와 팡이징은 이징의 부모님네로 가서 하루를 함께 보내기로 했다. 그날 오후 그들은 장에 나가 두 노인에게 선물할 간식을 조금 샀다. 다음 날 아침 7시가 되자마자 팡이징은 늦잠쟁이 왕유이를 침대에서 끌어내어 빨리 옷 갈아입고 수염도 깎으라고 재촉했다. 그런데 두 사람이 막 대문을 나서려는 참에 문인협회에서 전화가 걸려 왔다. 중요한 회의가 있으니 왕유이더러 참가하라는 것이었다. 열이 난 팡이징이 왕유이를 잡아당겼다. "가지 마! 나가고 없었던 걸로 하면 되잖아! 무슨 대단한 일이기에 새해 첫날부터 회의를 한대?" 왕유이가 자기 머리를 움켜쥐었다. "안 돼! 전화까지 받아 놓고 어떻게 안 가냐고! 당신이 받았더라면 좋았을걸! 당신 먼저 집에 가 있어! 난 회의 끝나는 대로 바로 갈 테니." 팡이징은 화가 나서 침대 위에 털썩 주저앉아 버렸다. "나도 안 가! 여기서 기다릴래. 설마 하루 종일 회의를 하지는 않겠지!" 왕유이는 별수 없다는 듯이 아내에게 배시시 웃어 보이고는 고개를 한 번 갸웃한 뒤 회의에 참가하러 갔다.

왕유이는 문인협회에 도착하고서야 오늘 회의가 적극 분자 회의라는 걸 알았다. 회의에 참여한 당원은 소수였다. 리융리의 사무실 자리도 다 차지 않을 정도였다. 웬일인지 오늘은 톤차오췬까지 와서 기다리고 있었다. 왕유이는 오늘 회의가 뭔가 심상치 않다는 걸 직감했다.

리융리가 오늘 회의는 톤차오췬의 지시를 받는 것이라고 선포했다. 문화국의 이 '일인자'는 얼굴 가득 엄숙한 표정을 짓고 디화챠오의 서면 지시를 세 번이나 읽었다. 그녀는 이 서면 지시가 누구의 보고서에다 쓴 것이라는 말은 하지 않고 그냥 밑에서 올라온 보고서에 대해 대장이 내린 지시라고만 말했다. 하지만 그녀는 슬쩍 펑원펑에게 눈길을 주었고 펑원펑의 눈은 대뜸 반짝거리기 시작했다.

전달을 마친 톤차오췬은 무슨 설명이나 보충을 하는 대신 리융리에게 이렇게 말했다. "먼저 동지들의 의견을 들어 봅시다. 최대한 민주적으로 해야지요. 이해를 제대로 못 했더라도 일단 의견을 얘기해 보세요. 모자 같은 건 씌우지 않을 테니 걱정 말고."

당원들은 서로 얼굴만 쳐다볼 뿐 아무도 입을 열지 않았다. 펑원펑은 할 말이야 많았지만 일단은 잠자코 지켜보고만 있었다.

잠시 침묵이 흐르자 돤차오췬은 유뤄빙에게 시선을 돌리며 그에게 고개를 끄덕여 보였다.

유뤄빙은 어젯밤에 벌써 리융리에게서 디화챠오의 서면 지시를 전달받고 공책에 적어 두었다. 밤새 뒤척거리며 이리저리 생각한 끝에 그는 이번 투쟁의 진짜 목적을 이해하게 되었다. 사실 당 중앙정치국 위원이 이 문제에 대해 친히 서면 지시를 내렸다는 사실 자체가 모든 것을 말해 주었다. 유뤄빙은 이런 날이 곧 올 것이라는 걸 진작부터 예상하고 있었다. 이런 날이 올까 봐 위쯔치에게 제발 조심하라고 그렇게 일렀건만 위쯔치는 충고를 무시하고 끝까지「끝없는 장강 물결 도도히 흘러」와 샹난 둘 중 어느 것 하나도 포기하지 않았다. 일이 이렇게까지 된 이상 유뤄빙도 더는 위쯔치를 배려해 줄 수가 없었다. 오늘날 친구나 동지 관계는 옛날 전쟁 시대와는 완전히 달랐다. 그때야 생사를 함께하고 환난을 같이 겪다 보니 이해관계가 일치했지만, 지금은 서로의 이해 사이에 늘 화해될 수 없는 모순과 충돌이 존재했다. 그는 이런 변화가 전쟁에 승리한 뒤 도시로 진주할 무렵 벌써 몇몇 사람들 사이에 나타나기 시작했다고 생각했다. 그는 이 변화의 원인에 대해 생각해 본 적이 있었는데, 그것은 모두 권력욕과 사리사욕 때문이라고 결론지었다. 그는 자신은 그래도 권력이나 사리를 초탈한 편이며, 그것을 위해 동지를 다치게 해 본 적이 없을 뿐 아니라 오히려 늘 최선을 다해 동지들을 보호해 왔다고 생각했다. 하지만 이제 그는 다른 사람을 보호할 능력을 상실했다. 그는 무슨 수를 쓰든 자기 하나만이라도 보전하지 않으면 안 될 처지가 되었다. 이것이 비난받아야 할 일일까? 아무리 생각해 봐도 비난받을 일은 아니었다. 더구나 그는 당원이었다. 당원에게는 상부의 명령에 복종할 의무가 있었다. 만약 그가 디화챠오의 지시에 복종하지 않는다면 그것은 조직의 기율을 어기는 것이다. 당원이 조직 기율을 어기는 과오를 저질렀다면 그것은 곧 당성이 불순하다는 말이 되지 않는가? 자기처럼 오래된 당원이 어떻게 당성을 중시하지 않을 수 있단 말인가? 이렇게 생각하자 유뤄빙은 가슴에 손을 얹고 물어도 자기의 선택이 결코 부끄러운 것이 아니라는 확신이 들었다. 그래서 그는 돤차오췬과 리융리를 차례로 쳐다본 다음 다시 모두에게로 시선을 돌리면서 발언을 시작했다.

"화챠오 동지의 지시는 제게 경종을 울려 주었으며 제 어리석음을 크게 깨우쳐 주었습니다. 위쯔치와 상난의 관계에 대해서는 저도 동의하지 않았습니다. 그래서 그 동무들에게 여러 차례 주의를 주기도 했습니다. 그럼에도 저는 노선투쟁과 계급투쟁이라는 더 높은 차원에서 이 문제를 사고하지는 못했습니다. 저는 권유를 통해 그들이 잘못을 깨닫고 마오 주석의 혁명 노선으로 돌아오기만을 바랐던 것입니다. 하지만 지금 생각해 보니 저는 또 우경이었습니다. 저는 디화챠오 동지의 지시 정신을 열심히 터득하고 투쟁에 적극적으로 참여하여 투쟁 속에서 제 자신의 입장을 개조하고 저의 당성을 단련하기로 결심했습니다."

발언을 마친 유뤄빙은 이마에 흐르는 땀을 닦고는 얼굴을 돌려 돤차오췬과 리융리를 바라보았다. 두 사람이 그에게 고개를 끄덕이며 미소를 짓자 그도 어깨에서 큰 보따리를 내려놓은 것처럼 그들을 향해 웃을 수 있었다.

왕유이는 묵묵히 유뤄빙의 맞은편에 앉아 있었다. 유뤄빙의 발언은 전혀 그의 귀에 들어오지 않았다. 디화챠오의 지시를 듣고 가슴이 벌렁벌렁해진 그는 머릿속으로 그저 '이게 어찌 된 일이지? 이게 어찌 된 일이지?'라는 질문만 되풀이했다.

"왕유이 동지, 동무 생각은 어때요? 듣자하니 동무는 위쯔치와 상난의 연애를 줄곧 지지했다면서요?"

돤차오췐의 질문에 왕유이가 놀라 고개를 들어 보니 그녀가 빙 그레 웃으면서 자기를 쳐다보고 있었다. 갑자기 가슴이 철렁 내려 앉으면서 눈꺼풀이 떨리기 시작했다. 그는 한참을 멍하니 있다가 겨우 더듬더듬 입을 열었다. "전에 저는 그들이 혼인법에 위배되지 않는다고 생각했는데……, 지금은……, 저는……."

"지금은 어떻게 생각한다는 거요, 동무? 디화챠오 동지의 지시에 대해 이견이 있는 거요?" 리융리가 날카롭게 캐물었다.

"저는 지금 아무 생각도 없습니다. 디화챠오 동지의 지시에 대해서도 다른 의견 없습니다." 왕유이가 우물거리며 대답했다.

"아니, 그게 무슨 말이오?" 리융리가 불만스럽다는 듯이 말했다.

그러자 돤차오췐이 웃으며 나섰다. "오늘은 소규모 회의니 무슨 얘기든 할 수 있어요." 리융리에게 이렇게 말한 그녀는 다시 왕유이를 쳐다보며 말을 이었다.

"유이 동무! 동무도 1956년에 입당했지요?"

왕유이가 어리둥절해하며 고개를 끄덕였다.

"내 기억이 맞네요. 우린 같은 해에 입당했어요. 우리 같은 사람들은 나이도 많은 편이 아니고 경험도 그리 많은 편은 아니죠. 하지만 새로 입당한 당원들에 비하면 그래도 노(老)당원이라고 할 수 있어요. 노당원은 매사에 신당원의 모범이 되어야 합니다. 특히 당의 원칙을 따르거나 당의 기율을 준수하는 일에서는 더욱 그렇겠지요. 하지만 난 늘 내가 원칙적이지 못하고 당성이 떨어진다는 생각이 듭니다. 상난 문제에 대해서도 난 자기비판을 해야 해요. 한동안 나는 동창들, 친구들과의 감정에 연연해서 그만 상난의 자산 계급적 경향에 대해 관용적인 태도를 취했습니다. 결과적으로 그것이 샹난을 잘못된 길로 더 멀리 나가게 만들고 말았습니다. 혁명을 망쳤을 뿐만 아니라 친구까지 망친 거지요. 더 용서할 수 없는 건 나는 이미 책임 있는 간부이고, 나의 과오가 기층 공작에 영향을 줄 수도 있다는 사실을 잊고 있었다는 점이에요. 아마 나 때문에 리융리 동지가 많이 난감했을 겁니다. 지금 생각하니 참으로 마음이 아픕니다. 오늘 나는 여기서 자아비판을 함과 동시에 유이 동무와도 허심탄회하게 얘기를 좀 하고 싶군요. 유이, 동무도 나와 같은 문제가 있지 않나요?"

판차오쭨의 이 장황한 발언은 왕유이로 하여금 황공해서 어쩔 줄 모르게 만들었다. 그와 판차오쭨은 10년 넘는 동료였고 같이 조직 생활을 한 지도 몇 년이나 되었으며 관계도 그런대로 괜찮았다. 하지만 지난 몇 년간 그는 판차오쭨이 오늘처럼 이렇게 보통 당원의 신분으로 동지들과 허심탄회하게 얘기하는 것을 본 적이 없었다. 더구나 그처럼 성의 있고 진지한 태도라니! 혹시 오늘 회의가 그만큼 심상치 않으며, 그 때문에 판차오쭨의 영혼도 깊이 자극받은 것은 아닐까? 그는 도무지 알 수가 없었다. 이치로 따지자면 판차오쭨의 말은 구구절절이 옳았다. 하지만 실제와 연결해 보면 또 뭔가 맞지 않는 듯했다. 그는 두 사람의 연애가 왜 이런 계급투쟁의 관점이 되어야만 하는지 아직도 이해할 수 없었던 것이다.

왕유이가 고개만 갸웃거릴 뿐 여전히 아무 말도 하지 못하는 걸 보고 판차오쭨은 또 웃었다.

"유이, 곰곰이 생각해 보는 것도 나쁘진 않지요. 우리의 당성은 지금 엄중한 시험에 직면해 있어요. 그건 우리의 선배들이 결코 경험해 보지 못했던 그런 시험이죠." 여기까지 말한 그녀는 유뤄빙을 쳐다보았다. "그렇지요, 라오유?"

"예, 그렇습니다! 오늘의 투쟁은 과거보다 훨씬 더 복잡합니다!" 유뤄빙이 얼른 대답했다.

"맞아요! 이건 새로운 투쟁 국면에서 비롯된 새로운 시험이에 요. 여기서 자칫 발을 잘못 디뎠다간 바로 노선 과오를 범하게 됩 니다. 그럼 어떻게 해야 그런 과오를 범하지 않거나 또는 되도록 줄일 수 있을까요? 내 경험에서 보자면 바로 무산 계급 사령부를 충실히 따르는 겁니다. 린뱌오 부주석이 말씀하신 대로 이해되어 도 집행해야 하고 이해되지 않아도 집행해야 하며 집행하는 과정 에서 이해를 심화시켜야 합니다. 이것이 바로 노선 과오를 피할 수 있는 효과적인 방법입니다. 그럼 눈앞에 벌어진 일에 대해 말해 볼 까요? 샹난이라는 구체적인 사람을 놓고 생각하면 언뜻 이해가 되 지 않을 수도 있어요. 그녀에게는 혼인의 자유가 없단 말인가, 그 녀가 혼인법을 위반한 건가, 갖가지 의문이 생길 테죠. 이건 모두 샹난의 각도에서 문제를 보고 상황을 판단하는 것입니다. 하지만 무산 계급 사령부의 각도에서 생각해 보면 어떨까요? 문제는 완전 히 달라집니다. 생각해 보세요. 그렇게 바쁜 디화챠오 동지가 무엇 때문에 한 간부의 결혼 문제에 그처럼 관심을 보이겠습니까? 그처 럼 청년을 아끼는 디화챠오 동지가 왜 샹난을 그처럼 엄하게 비판 했겠습니까? 거기에 분명 우리 당과 혁명의 이익과 관계되는 원칙 의 문제가 걸려 있기 때문입니다! 아마 대번에 납득이 가지 않을 수도 있을 겁니다. 하지만 우리는 집행하는 과정에서 그것을 이해 하게 될 것입니다. 유이, 내 말이 맞나요?"

왕유이는 무겁게 고개를 갸웃하더니 결국 고개를 끄덕였다.

똰차오췬은 만족스럽게 웃으며 다시 리융리를 보고 말했다. "이 번 싸움을 어떻게 진행할지 연구해 봅시다! 샤오펑과 유이, 두 사 람 모두 반드시 발언해야 합니다. 문제를 날카롭게 지적하고 위쯔 치의 약점을 정확하게 찔러서 샹난이 식은땀을 흘리도록 만들어야 합니다. 나는 이미 결심했어요. 설령 이번 일로 샹난이 나를 친구로 여기지 않는다 해도 난 샹난의 등에 가차없이 일격을 가할 것입니다! 이것은 혁명의 이익을 위해서이고 또 동지를 구하기 위해서이기도 합니다."

리융리가 즉시 찬성하고 나섰다. "오늘 돤차오췬 동지가 친히 오셔서 우리를 계발하고 많은 가르침을 주셨습니다. 더 이상 제가 할 말은 없을 것 같군요. 쇠뿔도 단김에 빼랬다고 오늘 점심 시간은 여러분이 좀 희생해야겠소. 천씨한테 국수를 삶아 내라고 할 테니 집에 가지 말고 여기서 점심을 해결하시오. 지금 바로 비판 대회에서 발언할 내용을 짜 보고 오후에는 그것을 가지고 각자 나누어 발언문을 작성하시오. 발언문을 완성해 제출한 사람은 집에 돌아가도 좋소. 대회는 내일 오후에 열릴 텐데, 그 전에 기율을 하나 선포하겠소! 누구든 말이 새 나가게 해선 안 되오! 우린 기습 공격을 감행할 작정이니까!"

왕유이는 저녁 7시가 되어서야 집으로 돌아왔다. 리융리가 그에게 지시한 임무는 샹난을 고발하는 것이었다. 샹난과 위쯔치의 관계가 적나라한 금전 관계임을 지적하면서 샹난을 비판하라는 것이었다. 그는 도저히 그런 내용의 글을 쓸 수가 없었다. 왕유이가 다른 건 몰라도 샹난의 사람됨을 모르겠는가? 샹난이 돈 때문에 위쯔치를 사랑한다는 건 말도 안 되는 소리였다. 아무리 생각해 보아도 그는 '적나라한 금전 관계'라는 말은 도저히 쓸 수가 없었다. 결국 그는 자산 계급 휴머니즘과 인성론의 각도에서 샹난을 비판하고 자기도 그 속에 끼워 넣기로 했다. 그렇게 하면 그나마 마음이 좀 편할 것 같았다. 발언문을 리융리에게 제출할 때 그는 리융리의 얼굴은 쳐다보지도 못하고 얼른 나와 버렸다.

화가 머리끝까지 난 팡이징은 왕유이가 들어오자마자 버럭 소리를 질렀다. "무슨 회의를 하루 종일 하는 거야! 밥 먹을 시간도 없이!" 왕유이는 들은 척도 않고 방으로 들어가려고 했다.

"밥 먹었어? 왜 아무 말도 안 하는데?" 팡이징이 또 시끄럽게 굴었다. 왕유이는 기운이 하나도 없는 얼굴로 그녀를 쳐다보았다. "먹고 싶지 않아. 신경 쓰지 마." 그리고 조금 있다가 이렇게 덧붙였다. "위쯔치와 샹난이 크게 당할 것 같아."

팡이징이 펄쩍 뛰었다. "왜? 무슨 일 났어?"

왕유이가 고개를 흔들었다. "말하고 싶지 않아. 당신도 묻지 마. 기율이니까 어쩔 수 없어." 그는 땅이 꺼지게 한숨을 쉬고는 침대에 누워 버렸다.

왕유이가 이렇게 말하자 팡이징은 더 불안해졌다. 그녀는 왕유이의 경고에도 아랑곳없이 그 옆으로 달려와 걸터앉으며 그를 흔들었다. "기율이고 뭐고 난 몰라. 죽어도 물어봐야겠어. 샤오샹 일인데 어떻게 모른 척할 수가 있어?"

왕유이는 결국 하나부터 열까지 그날 있었던 활동에 대해 모두 말해 주고는 마지막에 이렇게 덧붙였다.

"차오췬네가 내 당성을 시험하고 있어. 이징, 어떻게 하면 좋을까? 그게 만약 돤차오췬이나 리융리의 의견이라면 생각할 것도 없이 버텼을 거야. 근데 이건 무산 계급 사령부의 의견이고 디화챠오가 친히 내린 지시란 말이야!"

남편의 말을 듣던 팡이징은 대뜸 어리둥절해졌다. 어떻게 이런 일이 일어날 수 있지? 설마 무슨 배경이 있는 건 아니겠지! 지난 몇 년간 팡이징은 '무슨 일에든 배경을 살펴야 한다'는 것을 배웠다. 예를 들어 1966년 「해서파관(海瑞罷官)」* 비판이 시작되었을 무렵 팡이징은 도무지 이유를 알 수가 없었다. 나중에 그 '배경'

이 공포되고 나자 그제야 납득이 갔다. 그 연극은 바로 두 사령부 사이의 투쟁을 반영하고 있었던 것이다! 나중에 반란파가 자기네 학교 당 위원회 서기를 타도하려고 했을 때에도 제대로 이해를 하지 못한 그녀는 '보황파'로 낙인찍혔다. 그런데 거기에도 배경이 있었다. 그 당 위원회 서기가 바로 자산 계급 사령부와 관계가 있었던 것이다! 그렇게 거듭된 경험을 통해 그녀는 자기가 이해할 수 없는 일에는 대개 복잡한 정치적 배경이 있다는 것을 알게 되었다. 하지만 그 배경이 무엇인지 그녀로서는 알 수 없는 일이었기 때문에 무산 계급 사령부를 따르는 수밖에 없었다. 남편의 말을 듣고 난 그녀는 자연스럽게 그 문제를 다시금 떠올리게 되었다. "유이, 혹시 그 안에 무슨 정치적 배경이 있는 것 아닐까?"

왕유이가 길게 한숨을 쉬며 말했다. "나도 바로 그것 때문에 걱정이야. 라오위는 그렇게 오랫동안 혁명에 참여했으니 고위급 인사들하고 관계가 없을 리 없잖아. 차오췬네가 「끝없는 장강 물결 도도히 흘러」를 몇 번이나 조사한다고 할 때도 난 별것 아니라고 생각했거든. 그냥 건강부회하는 것이려니 했지. 근데 지금 보니까 그게 디화챠오의 의견이었던 거야. 무산 계급 사령부의 지도자가 믿을 만한 근거도 없이 함부로 말을 했겠어? 그래서 아무리 생각을 해 봐도 마음이 불안해. 하라는 대로 따르자니 죄 없는 사람 다치게 할까 무섭고, 따르지 않자니 또 사람을 잘못 보호해서 다시 노선 과오를 범할 것 같고! 정말 어렵다, 어려워!"

"어쨌든 샤오샹을 다치게 할 순 없어! 우린 샤오샹을 속속들이 다 알잖아!" 팡이징이 이렇게 그의 말을 되받았다.

순간 왕유이는 짜증을 내며 일어나 앉았다. "무슨 수로 다치지 않게 하냔 말이야?"

"샤오샹한테 가서 일단 라오위하고 관계부터 끊으라고 말해야겠어. 조사가 확실히 끝난 다음에 다시 만나든지 말든지 하라고."

"샤오샹이 그 말을 듣겠어? 그러면 또 라오위는 어떻게 하고? 라오위도 정말 괜찮은 사람이란 말이야. 휴, 그런 사람도 잘못된 노선과 연결되니 대책이 없군그래!" 왕유이는 여전히 갈피를 잡을 수가 없었다.

잠깐 생각하던 팡이징은 결심한 듯이 일어섰다. "안되겠어. 샤오샹하고 얘기 좀 해야겠어. 정신 차리고 냉정해지지 않으면 두 사람 다 끝장이라고 말이야!" 왕유이가 그녀를 붙들었다. "기율이야, 말하면 안 된단 말이야!" 팡이징이 가볍게 그의 팔을 밀쳐 냈다. "당신네 기율 같은 건 난 몰라. 어쨌든 난 가 봐야겠어." 아내의 초조한 눈빛을 본 왕유이는 달리 도리가 없었다. "그럼 조심해!"

팡이징이 나간 뒤 왕유이는 다시 침대에 드러누웠다. 그는 너무 괴로워서 정말 울고 싶은 심정이었다. 1956년 당의 깃발 아래 선서를 했던 때가 떠올랐다. 그때는 얼마나 감격스러웠던가! 앞으로는 결코 방향을 잃을 일도 없을 것이고 다시는 갈팡질팡할 일도 없을 것만 같았다. 당이 모든 것을 분명하게 가르쳐 줄 테니까! 당 지부 서기는 당원이 되려면 확고부동하게 당을 따르고 당의 기율에 복종해야 한다고 일러 주었다. 그는 눈물을 글썽이며 "명심하겠습니다!"라고 대답했다. 입당한 지 십 수 년이 지나도록 그는 그 말을 잊어 본 적이 없으며 수시로 '당성'이라는 두 글자를 가슴에 새겨 왔다. 정말이지 자기의 당성이 오늘 같은 시험에 직면하리라고는 꿈에도 생각지 못했다. 이론적인 분석을 통해 자기를 설득하고 디화차오의 지시가 정확한 것이라고 스스로 믿게 만들 수는 있었다. 하지만 실제로 설득되었느냐 하면 그건 전혀 아니었다. 어쩌면 자기가 알지 못하는 이른바 어떤 배경이 진짜 있을지도 모른다. 하지만 그것은 어디까지나 '가능성'일 뿐이고 '추리'

에 지나지 않는다. 반면 위쯔치와 샹난 두 사람은 그에게 있어 그야말로 바로 옆에 있고 손에 잡히는 '실재'였다. 이건 혹시 됀차오쳰이 말한 것처럼 자기의 '당성이 불순'해서 그런 것일까? 그는 대답할 수가 없었다. 그저 자기의 감정과 이성이 첨예하게 부딪히고 있다는 것만 알 뿐이었다.

"양심에 따라 죄 없는 사람이 다치지 않도록 최선을 다하는 수밖에 없어. 달리 방법도 없잖아?" 그는 고개를 또 으쓱했다. "이징이 샤오샹을 설득하면 한결 수월해질 텐데……."

하지만 팡이징은 10분도 안 돼서 집으로 돌아왔다. 샹난이 집에 없었던 것이다.

위쯔치 일가의 즐거운 양력설

'즐거운 양력설!'이라는 말만 떠올려도 샹난은 기분이 날아갈 듯 좋았다. 그녀는 원래 양력설보다는 음력설에 훨씬 신이 났다. 아마 시골에서 자란 탓이기도 하겠지만 그녀는 전통 명절에 대해 뭔가 특별하고 심지어 신비롭기까지 한 애정을 가지고 있었다. 특히 음력설에 대해서는 더욱 그랬다. 음력설만 되면 그녀는 지금도 애들처럼 마냥 신이 났다. 시골에서 설을 쇠는 일은 더욱 즐거웠다. 고향 사람들의 예절 풍속을 그녀는 퍽 흥미로워하며 경건하게 준수했다. 심지어 새해 첫날 여자는 설 인사를 하러 밖에 나가지 않는다는 습관까지 지킬 용의가 있었다. 비록 자기는 여자가 남자보다 열등하다는 것을 결코 인정하지 않았지만 말이다. 재미있는 것은 위쯔치 역시 그런 점에서 샹난과 완전히 일치한다는 사실이었다. 두 사람이 결혼 날짜를 음력설로 잡은 것도 그 때문이었다.

하지만 이제 그녀는 양력설에도 그와 같은 애정이 생겼다. 어제 쯔치가 별안간 집으로 돌아올 때부터 왠지 1971년 양력설부터는 모든 상황이 좋아질 것 같은 기분 좋은 예감이 들었다. 그래서 그녀는 오늘 아침 날이 밝자마자 서둘러 자리에서 일어났다. 창문을 열어 보니 구름 한 점 바람 한 점 없는 것이 날씨도 최고였다! 쯔치와 샤오하이는 벌써부터 자기를 기다리고 있을 것이다. 1967년 이래 쯔치 일가는 다 같이 모여 양력설을 즐겁게 보내 본 적이 없었다. 그러니 올해의 모임은 그야말로 남다를 수밖에 없었다! 그녀는 부리나케 세수를 하고 위쯔치 부녀한테로 달려갔다.

샹난이 집에 들어서자마자 위쯔치의 웃음소리가 들렸다. "샤오상, 마침 잘 왔소. 이 꼬마 녀석 좀 어떻게 해 봐요. 이젠 컸다고 순 제멋대로지 뭐요!" 샹난이 뭐라고 대답할 틈도 없이 샤오하이가 그녀를 끌고 자기 방으로 들어갔다. 샹난과 위쯔치가 결혼식 때 입으려고 맞춰 둔 새 옷이 침대 위에 가지런히 놓여 있었다. 그걸 보자마자 샹난은 샤오하이가 뭘 하려는지 알 것 같아 피식 웃음이 나왔다. "오늘 이렇게 잘 입어서 뭐 하게?" "우리 오늘 사진 찍을 거잖아요! 아빠의 그 회색 옷은 얼마나 보기 싫은데요. 목이랑 소매도 다 해졌단 말이에요. 그리고 아줌마도 그게 뭐예요. 너무 수수하고 구식이잖아요. 왜 검은색 블라우스를 입은 거예요? 보기 싫게!" 샹난은 샤오하이의 흥을 깨고 싶지 않았다. 사실은 자기도 예쁘게 차려입고 쯔치, 샤오하이랑 함께 길을 걸어 보고 싶었다. 샹난은 샤오하이의 머리카락을 살짝 잡아당기며 말했다. "좋아, 오늘은 네 말대로 하자!" 샤오하이는 신이 나서 박수를 쳤다. "가서 아빠 좀 설득해 보세요. 아빤 아줌마 말을 제일 잘 듣잖아요!" 밖에서 두 사람 얘기를 듣고 있던 위쯔치가 들어왔다. "두 '혁명 군중'이 연합을 했으니 나 '당권파'도 꼬리 내리고 복종해야겠는걸!" 그러면서 그는 샤오하이 머리에 꿀밤을 먹이며 이렇게 덧붙였다. "녀석, 내가 왜 아줌마 말을 제일 잘 들어? 네 말을 제일 잘 듣지!"

샹난과 위쯔치는 샤오하이의 도움을 받으며 새 옷으로 갈아입었다. 샤오하이는 두 사람을 한데 세워 놓더니 배우를 뽑는 감독이라도 되는 양 앞으로 갔다 뒤로 갔다 하면서 전후좌우로 자세히 살펴보고는 만족스럽게 평가를 내렸다. "아주 좋아요! 아빠 머리랑 수염이 너무 긴 것만 빼면요!" 위쯔치가 턱을 만져 보았다. "그렇구나! 이발하기는 늦었고, 수염이나 깎아야겠다!" 그는 곧장 면도를 하러 갔다. 그제야 샹난은 샤오하이가 만날 입던 옷 그대로인 것을 보았다. "난 이렇게 예쁘게 차려입었는데 넌 그렇게 수수하면 내가 너무 민망하잖아!" 샤오하이가 오른손 집게손가락을 입에 가져다 대며 말했다. "걱정 마세요! 오늘은 저도 제일 좋은 옷으로 입을 거예요. 옛날에 엄마가 언니한테 사 준 옷이 있거든요." 그리고 곧장 침대 밑에서 상자 하나를 끌어내더니 거기서 꽃무늬 보자기로 싼 보따리 하나를 꺼냈다. 보따리를 풀어 보니 흰 바탕에 빨간 꽃무늬가 있는 솜저고리와 연녹색 모직 바지, 물빛 모직 외투, 흰색 목도리가 가지런히 접혀 있었다. 샤오하이는 그것들을 꺼내 하나씩 차례로 입어 보았다. "이건 언니 열다섯 살 생일 때 엄마가 선물로 사 준 거예요. 근데 언니는 홍위병은 군복을 입어야지 이렇게 화려한 옷을 입으면 안 된다면서 한 번도 입지 않았어요. 그러다 헤이룽장으로 떠날 때 이걸 저한테 줬어요. 언니가 엄마, 아빠를 대신해서 제 열다섯 살 생일 선물로 주는 거라면서요……." 샤오하이의 목소리가 점점 가라앉았다. 샹난은 샤오하이가 가슴 아픈 기억을 떠올릴까 봐 얼른 화제를 돌렸다. "아빠는 아직도 준비가 안 되셨나?" 샹난은 곧 방문께로 가서 큰 소리로 위쯔치를 불렀다. "쯔치! 빨리 와서 우리 샤오하이 좀 보세요!" 마침 수염을 다 깎은 위쯔치는 샹난이 부르는 소리에 방으로 건너왔다. 그는 샤오하이를 보자마자 두 팔을 벌려 와락 보듬었다. "우리 작은딸, 오늘 선녀같이 예쁘구나!" 그는 또 샹난을 돌아다보았다. "샤오하이가 나랑 똑같이 생겼으니까 그럼 나도 예쁜 거지, 안 그렇소?" 샹난이 하하 웃었다. "글쎄요. 그건 저도 연구해 본 적이 없는데요!" "정말이오! 옛 대장도 '위쯔치는 참 준수한 청년이야', 이렇게 말했단 말이오. 왜, 믿지 못하겠소?" 샹난과 샤오하이가 동시에 웃음을 터뜨렸다. 거울 속에 비친 세 사람의 밝은 모습을 보자 위쯔치는 문득 샤오징 생각이 나서 아쉬웠다. "샤오징도 있었으면 오늘 다 함께 가족사진을 찍는 건데……."

아버지가 사진 얘기를 꺼내자 샤오하이가 얼른 나섰다. "오늘도 가족사진 찍을 수 있어요! 아빠하고 엄마 둘이서 언니만 안고 사진 찍고 나하고는 따로 찍은 적 없잖아요. 오늘 보충을 해야죠. 그리고 음력설에 언니가 돌아오면 그때 다시 다 같이 한 장 찍으면 되잖아요." "그래, 오늘 찍어야지. 음력설에는 샤오샹 아줌마가……." 샹난이 말을 자르며 끼어들었다. "저 안 가요! 꼭 집에 있을 거예요! 오늘은 불길한 말도 하지 말고 불길한 생각도 하지 마요." "좋아, 그러지! 춘쑨을 보고 돌아오는 길에 사진을 찍읍시다. 당신 말대로 만사형통하고 대길하기만 바라야지!"

단장을 마친 세 사람은 간단히 아침밥을 먹고 춘쑨네 집으로 갈 채비를 했다. 샤오하이가 문득 생각이 났는지 이렇게 말했다. "연하장 몇 개를 춘쑨 언니한테 갖다 줄까요? 그런데 예쁜 게 별로 없어요. 다른 집은 많이들 받았다던데, 아빠랑 아줌마는 뭐 하시는 거예요?" 샹난이 웃으며 말을 받았다. "아빠랑 아줌마는 5·7 간부 학교 졸병들인데 누가 우리한테 연하장을 보내겠니? 어쨌든 네 말대로 춘쑨한테 뭔가 멋진 선물을 하는 게 좋겠다." "샤오하이가 얘기 꺼내길 잘 했지! 근데 뭘 가지고 가지? 전에는 집에 좋은 레코드판들이 있었는데, 그동안 다 압수당했지 뭐요. 그걸 춘쑨한테 선물하면 정말 좋았을 텐데. 지금은 어디서 좋은 레코드판 구하기도 힘들고." "아빠! 춘쑨 언니가 바이올린 켤 줄 안다죠? 바이올린을 하나 사 주면 어때요?" 위쯔치가 샹난을 바라보았다. "괜찮을까? 난 아직 개조도 끝나지 않았는데." "당신이 사는 건 좀 그렇고, 제가 살게요!" 위쯔치가 웃었다. "당신 쥐꼬리만 한 월급으로 어떻게 그 비싼 걸 사겠다고 그러오?" "월급이 적어도 바이올린 하나쯤은 살 수 있다고요. 가요! 마침 오늘 뭘 좀 살까 해서 돈도 가지고 나왔거든요." 웃고 떠들며 문을 나선 세 사람은 악기점에 들러 바이올린을 사 들고 춘쑨네 집으로 갔다.

춘쑨네 집 앞에 도착하자 위쯔치가 샤오하이에게 심부름을 시켰다. "넌 올라가서 청 아저씨랑 유 아저씨한테 우리가 춘쑨네 집에 있을 테니 시간 되면 잠깐 놀러 오시라고 해라." 샤오하이가 날듯이 2층으로 올라갔다. 위쯔치와 샹난이 춘쑨네 집에 들어가 막 자리를 잡고 앉자 청쓰위안 부부가 들어왔고 이어서 스즈비도 왔다. 조금 뒤 샤오하이도 들어왔다. "아빠, 유 아저씨는 집에 안 계세요!"

갑자기 이렇게 많은 손님들이 들이닥치자 춘쑨의 어머니는 당황해서 어쩔 줄을 몰랐다. 그녀는 어려서 전족까지 한 적이 있는 구식 여성이었다. 병든 딸 때문에 마음고생을 해서인지 깨끗하던 얼굴은 누렇게 뜨고 정신도 조금 흐릿해 보였다. 병을 앓는 딸이었지만 그녀는 오늘 딸을 예쁘게 단장해 주었다. 춘쑨을 산뜻한 옷으로 갈아입히고 머리는 가지런히 두 갈래로 굵직하게 딴 다음 뒤로 넘겨 커다란 붉은색 플라스틱 핀으로 한데 묶어 주었다. 병만 아니라면 춘쑨은 얼마나 아리따운 처녀로 자랐을까! 깨끗하고 갸름한 얼굴, 눈같이 흰 피부, 촉촉하고 큰 눈에 반짝거리는 까만 눈동자, 총명하고 영리해 보이는 데다 몸매 또한 늘씬했다. 하지만 이제 갸름한 얼굴은 점점 더 홀쭉해지고 얼굴빛도 누리끼리해졌다. 눈은 언제나 우울해 보였으며 멍하니 창밖만 내다보았다. 마치 싱싱하던 꽃이 어느 날 갑자기 꺾인 채 점점 시들어 가고 있는 듯했다. 그러니 어머니 된 사람으로서 어찌 속이 썩지 않겠는가! 딸의 병을 고칠 수만 있다면, 아니 한 번만이라도 환하게 웃게 만들 수만 있다면 춘쑨의 어머니는 어떤 대가라도 치를 용의가 있었다. 하지만 어디 가서 생명을 구하는 불로초를 얻을 것이며, 어디 가서 마음을 기쁘게 해 줄 환약을 구한단 말인가? 게다가 설인데도 남편은 와 보지도 못하게 생겼으니 그녀는 더 속이 상해 있던 참이었다. 그런데 이렇게 손님들이 찾아오니 얼마나 좋은지 몰랐다. 비록 잠깐이라도 춘쑨이 얼마나 기뻐하겠는가! 춘쑨의 얼굴에 1년 열두 달 한 번 보기 힘든 웃음이 활짝 걸렸다. "이걸 어쩌, 이걸 어째! 아무것도 준비하지 않았는데, 뭘 대접하나?" 그녀는 옷자락을 쥐고 정신없이 집 안을 서성였다. 그래도 이웃인 스즈비가 주인처럼 나섰다. 그녀는 자기 집에 가서 담배와 사탕을 가져오고 또 춘쑨 어머니를 도와 손님들에게 차를 대접했다. 그제야 손님들도 모두 차분하게 자리에 앉을 수 있었다.

사람들의 눈길은 자연스럽게 춘쑨에게 집중되었다. 춘쑨은 오늘 아침 내내 창가에 앉아 있었다. 군부대 문예 공작단의 통지를 기다리는 것이었다. 아버지는 벌써 '해방' 됐는데 왜 여태 통지가 도착하지 않는 걸까? 그러다가 오늘 갑자기 이렇게 많은 사람들이 집으로 찾아오자 그녀는 신이 나서 눈을 반짝였다. "엄마! 통지가 온 거예요?" 다른 손님들은 다 아는 사람인데 상난만은 처음 보는 얼굴인지라 춘쑨은 상난이 통지서를 가져온 것이라고 짐작

했다. 이어서 바이올린을 안고 들어오는 샤오하이를 보고 춘쑨은
이번엔 틀림없이 진짜라고 믿어 버렸다. 샤오하이는 벌써 5, 6년
이나 이 집에 와 보지 않았으니 알아보지 못했던 것이다. 창가에
있던 춘쑨이 얼른 이쪽으로 건너와 샹난의 손을 붙들었다. "동무
는 군부대 문예 공작단 사람이죠? 왜 군복을 입지 않았어요? 군
복이 얼마나 멋진데! 우리 아빠 해방되셨어요! 동무도 알죠? 통
지 전해 주러 온 거죠?" 순간 샹난을 비롯해 거기 있던 사람들은
영문을 몰라 당황스러워하며 머뭇거렸다. 춘쑨을 잘 아는 스즈비
가 얼른 사람들한테 눈짓을 했다. "맞아, 춘쑨아. 이 아줌마는 샹
난이라고 해. 아줌마가 그러는데, 시험을 한 번 더 쳐서 널 합격시
킬 수 있을지 없을지 결정하겠다는구나. 너무 조급해할 것 없다!
나도 처음 합창단에 들어갈 때 시험을 세 번이나 쳤거든!" 사람들
은 그제야 어떻게 된 일인지 짐작하고 스즈비의 장단에 맞추어 주
었다. 사람들이 호의에서 그러는 줄 아는 춘쑨 어머니는 고맙기도
하고 가슴이 아프기도 해서 남몰래 눈물을 훔쳤다.

　과연 춘쑨은 금세 희망에 부풀었다. 그녀는 샹난의 손을 놓더니
샤오하이가 들고 있던 바이올린을 받아 들었다. "이봐, 동생! 너
도 시험 보러 온 거지? 자, 내가 바이올린을 켤 테니 동생은 노래
를 불러 봐. 우리 둘이 같이 시험을 보는 거야! 뭘 부를까? 「조국
송가」가 좋겠다, 어때?"

　춘쑨은 정말로 바이올린을 켜기 시작하면서 샤오하이를 쳐다보
았다. "안 부르고 뭐 해? 내가 첫 음을 잡아 줄까?" 약간 겁을 먹
은 샤오하이는 어찌 할 바를 몰라 하며 샹난 옆으로 바짝 다가왔
다. 그러자 샹난이 나섰다. "춘쑨 동무가 첫 음을 잡아요. 내가 같
이 불러 줄게!" 춘쑨이 바이올린을 내려놓고 신이 나서 노래를 부
르기 시작했다. 조금 가라앉긴 했지만 여전히 듣기 좋은 목소리였

다. 춘쑨이 앞머리의 '오성홍기' 네 글자를 부르고 나자 샹난도 따라 부르기 시작했다. 샹난은 노래하는 걸 그리 즐기는 편은 아니었지만 「조국 송가」는 좋아하는 노래였다. 특히 국경절 거리 행진을 할 때 이 노래를 부르면 자기도 모르게 뜨거운 피가 솟구치고 목이 메곤 했다. 그만큼 이 노래는 가사, 리듬, 박자가 모두 위대한 조국의 형상을 굉장히 잘 표현했다. 오늘 이 노래를 다시 부르며 눈앞의 춘쑨을 보고 있자니 그녀는 쓰치와 자기의 처지가 떠오르면서 조국에 대해 전에 없던 애정이 솟아올랐다. 그리하여 얼마 부르지도 않았는데 벌써 눈가에 눈물이 맺히기 시작했다. 그걸 본 스즈비도 가슴이 뭉클했다. 오늘 위쯔치가 뜻밖에 빈하이 집으로 돌아와 샹난과 함께 있는 것을 보자 그녀는 마음이 푹 놓였다. 허공에 걸려 있던 바위가 아래로 떨어졌는데, 남들 머리도 깨지지 않고 자기도 다치지 않은 것 같은 기분이었다. 지난 몇 년 동안 노래를 불러 보지 않은 그녀였지만 지금은 너무 감격스럽고 기쁜 나머지 메조소프라노인 그녀의 음성으로 춘쑨, 샹난과 함께 노래를 부르기 시작했다. 처음으로 함께 노래를 부르게 된 세 사람은 물론 전문적인 지도나 훈련을 받은 것도 아니건만 제법 어울리는 여성 중창단이었다. 위쯔치, 청쓰위안, 황단칭은 예술적인 분위기에 쉽게 젖어드는 사람들인지라 어느새 모두 눈물을 글썽였다. 그런가 하면 춘쑨 어머니의 관심은 노래의 내용이나 예술이 아니라 그 딸에게 있었다. 이렇게 많은 동지들이 그녀의 딸과 함께 노래를 불러 주는 것을 보니, 또 흥분한 딸아이의 얼굴에 홍조가 피어나는 것을 보니 기뻐서 눈물이 자꾸만 흘러내렸다. 아직 어린 샤오하이만 왜 어른들이 이렇게 노래에 열중하는지 몰라 어리둥절한 얼굴이었다. 샤오하이는 샹난에게 물어보려고 자꾸 샹난의 옷자락을 잡아당겨 보았지만 샹난은 그녀의 손을 지그시 누르며 계속 노래만 불렀다. 귀여운 샤오하이! 네가 어떻게 어른들의 심정을 이해할 수 있겠니?

노래가 끝났다. 춘쑨은 아직도 감흥에 빠져 있었다. 그녀는 바이올린을 어깨에 올려놓은 채 두 눈을 반짝이며 사람들을 바라보았다. 손님들한테 계속 춘쑨과 함께 노래를 시키는 것도 미안한 일이어서 춘쑨 어머니는 부드러운 목소리로 딸을 달랬다. "춘쑨아, 그만 불러도 돼. 저 동지도 이제 네 노래 실력을 아셨을 게다." 춘쑨이 샹난을 쳐다보자 샹난은 퍽이나 진지하게 그녀를 향해 고개를 끄덕여 주었다. 춘쑨은 그제야 바이올린을 샤오하이에게 돌려주었다. 그러자 춘쑨 어머니는 얼른 손님들을 다시 자리에 앉게 하고 사탕이랑 차를 권했다. 춘쑨은 샤오하이를 데리고 바이올린을 연습하러 갔다.

그제야 청쓰위안과 황단칭은 위쯔치에게 어떻게 된 일인지 물어볼 수 있었다. "어떻게 돌아온 건가?" 위쯔치가 리융리의 통지에 대해 얘기해 주자 청쓰위안은 바로 의구심을 나타냈다. "혹시 무슨 다른 수작을 부리려는 게 아닐까? 본디 음흉하기 짝이 없는 자 아닌가!" 스즈비도 걱정이 되었다. "정말 무슨 일인지 모르겠네." 청쓰위안이 다시 물었다. "그 '기상대'가 무슨 얘기 좀 않던가?" 샹난은 청쓰위안이 펑위안펑 얘기를 한다는 걸 알아채고 대답했다. "아침저녁으로 만나는데 아주 깍듯해요. 지금 자기네 집 일도 정신없으니 신경을 못 쓰는 거겠지요. 듣자하니 학교에서 지 교수님의 유산을 받지 않기로 했대요. 그 바람에 펑위안펑이 지쉐화를 더 성가시게 구나 봐요." 황단칭이 손뼉을 쳤다. "잘됐네! 그러면 펑위안펑이 두 사람을 감시할 시간도 없을 거 아냐! 이게 바로 마르크스가 말한 '인간은 사회관계의 총화'라는 거 아니겠어? '총화'하려다 보니 사람마다 다 복잡해질 수밖에 없는 거지." 샹난이 맞장구를 쳤다. "누가 아니래요! 사람이 아무리 잘났어도 뛰는 놈 위에 나는 놈 있듯이 천적이 있기 마련인가 봐요. 그것이 정이 됐든, 도리가 됐든, 잇속이 됐든, 힘이 됐든, 사람마다 영혼 속에는 밧줄로 꿰어 끌려갈 수밖에 없는 구멍이 하나씩은 다 있나 봐요." 황단칭이 또 손뼉을 탁 쳤다. "펑원펑의 영혼의 구멍은 돈이 틀림 없어!" 듣고 있던 스즈비도 재미있다는 듯 끼어들었다. "우리의 예술 작품도 사람의 영혼 속에 있는 그런 구멍을 그려 낼 수 있다면 참 좋을 텐데!" 황단칭이 얼른 말꼬리를 잡았다. "그러면 란핑 여사한테 미움을 살 텐데!"

"단칭!" 청쓰위안이 엄한 목소리로 황단칭을 제지했다.

그 바람에 이야기가 궤도를 벗어났다는 걸 깨닫고 여자들이 일제히 입을 다물었다. 스즈비가 얼른 화제를 돌렸다. "정말, 왜 갑자기 라오웨이를 돌려보냈을까? 유뤄빙도 이 사실을 알까?"

청쓰위안이 걱정스러운 듯 말했다. "라오유는 아침에 일찌감치 나가던데, 설마 기관에 회의하러 간 건 아니겠지?"

황단칭이 남편을 보며 웃었다. "참 걱정도 많다니까! 리웅리도 공을 세우려면 큰 건을 잡아야지! 아무럼 연애 사건을 혁명 사건으로 만들 수야 있나?"

청쓰위안이 아내를 흘겨보았다. "당신의 팔레트는 정말 단조롭다니까! 어찌 그리 생각이 단순한지! 필요만 하다면 무슨 일이든지 다 반혁명으로 만들어 버릴 수 있는 거야!" 그러면서 그는 위쯔치를 쳐다보았다. "「끝없는 장강 물결 도도히 흘러」에 대해서는 아직 별 얘기 없었나?"

위쯔치가 고개를 저었다.

샹난도 조금 걱정스러워졌다. "여러분이 그렇게 말씀하시니까 저도 좀 불안해지네요. 혹시 지금 한창 무슨 준비 작업을 하고 있는 건 아닐까요, 쯔치?"

위쯔치는 다시 고개를 저었다. "가능성이 없다고 할 순 없겠지!" 사람들의 얼굴에 순식간에 그늘이 지는 것을 보고 그는 바로 웃음을 지으며 다시 활기차게 말했다. "우리 그런 얘기는 이제 그만합시다! 소동파 말마따나 '옛 사람을 만나 옛일을 묻는 것일랑 그만두고 새로 불을 지펴 새 차를 끓이고 시와 술로 세월을 좇아 보세나'" 황단칭이 얼른 그 말을 받았다. "좋지요! 마침 우리 집에 좋은 차와 맛있는 음식이 있으니 다들 같이 가십시다!" "어제 벌써 우리 집에 한가득 보내 줬는데 오늘 또 식구들이 우르르 그 집으로 몰려가서 다 먹어치우면 너무 미안하지 않소?" "왔다 갔다 하면 되잖아요! 오늘은 우리 집에서 먹고, 내일은 또 우리가 그 집 가서 먹고!" "좋소, 갑시다!" 위쯔치는 춘쑨의 어머니에게도 권했다. "춘쑨이랑 함께 가십시다! 라오쟈는 간부 학교에서 잘 지내고 있을 테니 걱정하지 마시고요. 그리고 우리가 돌아가면 바로 라오쟈랑 교대해 줄게요. 휴가를 보충해 주기로 했으니까." 춘쑨의 어머니는 고마워하면서도 극구 사양했다. "고맙습니다만 저희는 그냥 집에 있겠어요. 한나절이나 시간을 뺏었는데, 더 이상 폐를 끼칠 순 없어요." 작별 인사를 할 때 샹난은 샤오하이가 들고 있던 바이올린을 춘쑨 어머니에게 건네며 말했다. "이건 제가 춘쑨에게 주려고 산 거예요. 앞으로 제가 자주 올게요. 춘쑨이랑 노래도 부르고요." 뜻밖의 선물을 받은 춘쑨의 어머니는 사양하려고 했지만 순간적으로 무슨 말을 해야 할지 떠오르지가 않았다. 그러자 옆에 있던 사람들이 한꺼번에 나서서 받으라고 재촉했다. "모르는 사람들도 아니니 사양하실 거 없어요. 샹난은 바이올린을 켤 줄도 모르는데 춘쑨에게 주려고 특별히 샀답니다. 이미 산 것을 도로 물리겠소, 어쩌겠소?" 춘쑨 어머니도 더는 사양하지 못하고 고마운 마음으로 바이올린을 받아 들었다.

사람들이 막 떠나려 할 때 춘쑨이 별안간 샹난을 붙잡았다. "시험을 또 봐야 하나요? 언제쯤 통지를 받을 수 있을까요?" 샹난은 애써 웃음을 지으며 그녀를 토닥거렸다. "또 봐야 해요. 너무 조급해 말고 기다려요!" 춘쑨이 좋아서 펄쩍 뛰었다. "동무가 오기만을 기다릴게요!"

위쯔치 일가는 오후 4시가 되어서야 청쓰위안과 황단칭 집에서 나왔다. 그런 다음 장강로 여기저기를 쏘다녔다. 샤오하이는 열심히 상점 진열대를 들여다보기도 하고 자질구레한 것을 사기도 했다. 사기는 1원어치밖에 안 샀는데 벌써 얼마나 많은 상점을 돌아다녔는지 모른다. 위쯔치와 샹난도 샤오하이가 끌고 다니는 대로 이 집 저 집 들어가 보았다. 아이가 그야말로 마음껏 하루를 즐길 수 있도록 해 줄 작정이었다. 사진관 문 닫을 시간만 아니었다면 샤오하이도 아버지와 아줌마를 더 끌고 다녔을 것이다. 샤오하이가 특별히 놀기를 좋아해서라기보다는 아버지와 아줌마, 이렇게 셋이서 여느 가족들처럼 지내는 게 좋았던 것이다!

그들 일가는 사진관을 찾아보았다. 장강로에 사진관은 수두룩했지만 '혁명(革命)', '홍위(紅衛)', '애무(愛武)'처럼 이름이 죄다 '경의'가 느껴질 만큼 거창했다. 애초에 사진관 이름 가지고 까탈 부릴 생각은 전혀 없었다. 하지만 오늘 처음으로 함께 찍는 사진인데, 사진 위에 지금 그들의 심정과 맞지 않는 사진관 이름이 새겨진다고 생각하니 아무래도 내키지가 않았다. 결국 그들은 '희망'이라는 이름의 사진관을 발견했다. 문제는 샤오하이가 주의해서 보지 않았다면 그냥 지나쳤을 만큼 너무 작은 사진관이라는 점이었다. 이런 데서 사진을 찍어도 제대로 나올까 싶어 주저될 정도였다. 결국 '가장'인 위쯔치가 결정을 내렸다. "여기서 찍읍시다!

'희망'이 아무리 작아도 그것은 미래와 통하는 거니까!"

'크면 큰 대로 나쁜 점이 있고 작으면 작은 대로 좋은 점이 있는 법'이었다. '희망' 사진관은 아주 친절하게 위쯔치 가족을 맞아 주었다. 그리고 각자의 위치를 어떻게 정해야 할지를 두고 세 사람의 의견이 분분할 때에도 사진사는 인내심을 갖고 들어주었다. 위쯔치는 그가 중간에 앉고 샹난과 샤오하이가 그 양쪽으로 서는 게 좋겠다고 제안했다. 샤오하이는 아버지와 아줌마가 나란히 앉고 자기는 그 앞에 쭈그려 앉겠다고 했다. 샹난은 샹난대로 위쯔치가 키가 크니까 혼자 앉게 하고 두 사람은 위쯔치 뒤에 나란히 서는 게 좋겠다고 했다. 서로 자기 생각을 고집하며 실랑이를 벌이자 결국 사진사가 나서서 중재를 해 주었다. "세 사람의 의견에 따라 한 장씩 사진을 찍어 보고 그중에 잘 나온 사진을 확대하면 어떨까요?" 세 사람도 그 의견이 좋을 것 같아 모두 동의했다.

어렵사리 사진 세 장을 찍고서 세 사람은 근처 분식집에서 간단히 식사를 했다. 샹난은 위쯔치 부녀와 함께 가지 않고 집으로 돌아가기로 했다. 헤이룽장에 갈 준비를 미리 해 두지 않으면 그때 가서 갑자기 허둥댈 게 뻔했다. 그녀는 먼저 집에 가서 뭐가 빠졌는지 살펴보고 내일 아침에 다시 와서 위쯔치와 함께 나머지를 준비하기로 했다.

1971년의 첫날을 함께 보낸 그들은 이렇게 장강로에서 헤어졌다.

기습 공격에 성공한 리융리

다음 날 아침 일찍 팡이징은 다시 샹난을 찾아갔으나 샹난은 벌써 위쯔치네 집으로 가고 없었다. 샹난이 도착해 보니 위쯔치는 자기가 경험했던 북방 생활을 떠올리며 '필수품' 목록을 만들어 놓고 그녀가 오기를 기다리고 있었다. 하나하나 대조해 보니 이미 거의 다 준비된 상태였다. 위쯔치가 한 번 더 곰곰이 생각해 보더니 말했다. "실내에서 입을 솜 조끼를 만들어 가면 좋으련만." "저더러 그걸 만들라는 거예요?" "내가 만들어 주지." 샹난이 웃음을 터뜨렸다. "제가 천을 사 올 테니까 진짜로 만들어 줘야 해요! 허풍 떠는 거 아니죠?" 위쯔치는 의외로 진지했다. "글쎄, 내가 만들어 준다지 않소! 종이로 된 옷본만 사면 만들 수 있다니까! 말 나온 김에 사러 갑시다!" 두 사람이 천을 사러 가려고 문을 막 나서는데 펑위안펑이 갑자기 따라나왔다. "어디들 가십니까?" 위쯔치가 천을 사러 포목점에 간다고 대답하자 그는 의심스러운 듯 힐긋 쳐다보았다. "잠깐만요. 저도 마침 신발 누빌 천을 사러 갈 참이었는데 동무들이 대신 좀 사다 주시겠어요?" 위쯔치가 그러마고 대답하자 펑위안펑이 정말로 한 자짜리 천 표와 돈 얼마를 주었다. 나가는 길에 샹난은 불쾌하기 짝이 없어 투덜거렸다. "펑위안펑이 오늘은 왜 나가지 않았을까요? 우릴 감시하고 있었나 봐요. 그렇지 않으면 우리가 나오자마자 어떻게 알고 따라나왔겠어요?" "신경 쓸 것 없소. 마음에 거리낄 일을 하지 않으면 한밤중에 문을 두드려도 놀라지 않는다잖소."

포목점에 들어서면서 위쯔치가 샹난에게 말했다. "오늘 천을 살 때 당신은 아무 말도 마오. 내가 다 알아서 할 테니 당신은 내가 고른 물건이 맘에 드는지 들지 않는지만 봐요. 당신의 그 감색, 회색, 검은색 옷은 칙칙해서 보기만 해도 답답해진단 말이야. 조끼야 속에 입는 거니까 좀 변화를 줘도 괜찮겠지?" "좋아요. 알아서 골라 보세요. 제 비평은 잠시 보류해 두죠!" 위쯔치는 꽃무늬 천을 쭉 살펴보고는 그중 하나를 골랐다. "꽃무늬는 싫어요!" 위쯔

치가 웃으면서 그녀를 가볍게 툭툭 건드렸다. "아까 어떻게 약속
했더라?" 샹난은 입을 다물었다. 위쯔치가 고른 천은 검은색 바탕
에 희고 노란 자잘한 꽃무늬가 들어 있어 색채 대비는 강렬했지만
그렇다고 눈에 거스르게 화려한 것은 아니었다. 사실은 샹난도 속
으로는 그 천이 퍽 마음에 들었다.

두 사람은 천과 종이 옷본을 산 다음 곧장 집으로 돌아왔다. 두
사람이 계단 올라오는 소리를 듣고 평원평이 또 문을 열고 나왔
다. 그는 천을 받아 들더니 고맙다는 말 한마디 없이 도로 문을 닫
고 들어가 버렸다. 위쯔치와 샹난도 그러거나 말거나 더 이상 신
경 쓰지 않았다. 위쯔치는 정말로 천 위에 종이 옷본을 놓고 이리
저리 대보며 재단을 하기 시작했다. 샹난도 옷감 마르는 걸 좀 배
워 볼까 했지만 위쯔치가 극구 말렸다. 별수 없이 그가 하게 내버
려 두고 샹난은 풀어 놓은 털실을 빨러 갔다.

천을 다 마른 위쯔치는 다시 상자에서 낡은 솜저고리를 하나 꺼
내 샹난에게 보여 주었다. "이건 루메이가 입던 건데, 이 속에 든
솜을 당신 옷에 넣어도 되겠소?" 샹난은 "좋아요. 제가 뜯을까
요?"라고 물었다. "하려면 끝까지 책임을 져야지. 당신은 손대면
안 되오."

두 사람은 11시 반이 되도록 일에 몰두하느라 밥 지을 생각도
않고 있었다. 그런데 별안간 평원평이 방에서 나오더니 이렇게 말
하는 것이었다. "위쯔치 동무, 그만 밥을 해 먹어야 할 거요. 리융
리 동지가 오늘 오후 1시에 기관에서 회의를 한다고 동무들에게
통지하라고 했소." 샹난이 이상해서 물었다. "리융리 동무가 오전
에 왔다 갔나요?" "아니요. 어제 오후에 일러 준 거요."

"그런데 왜 이제야 말해 주는 거죠?" 샹난이 퉁명스럽게 물었다.
"리 지도원 동지가 이때쯤 알려 주라고 내게 지시했소. 이유는

나도 몰라요. 동무가 가서 물어보면 알겠지!" 펑원펑이 삐딱하게 대답했다.

위쯔치는 샹난을 말리면서 자기가 대신 나섰다. "무슨 회의인지 혹시 아시오?" 의뭉스러운 펑원펑의 눈이 순간 반짝였다. "나도 몰라요. 어제 리 지도원 동지가 적극 분자 회의를 소집해서 하루 저녁 내내 준비했으니까 중요한 회의겠죠!"

"그럼 동무도 그 회의에 참가했을 거 아니에요?" 샹난이 꼭 집어 물었다.

"참가했소. 하지만 회의 내용은 말해 줄 수가 없소. 오후가 되면 자연히 알게 될 거요!" 펑원펑은 기분 나쁘게 웃으며 자기 방으로 들어가 버렸다.

위쯔치와 샹난은 마음이 불안해지기 시작했다. 두 사람은 점심을 대충 해 먹고 부랴부랴 문인협회로 나갔다.

두 사람이 문인협회 대회의실에 도착해 보니 이미 전체 기관의 100여 명 되는 사람들이 거의 다 모여 있었다. 회의장 전체가 긴장에 휩싸여 있었다. 회의장 정면에는 붉은색 바탕에 검은색으로 '반혁명 수정주의 검은 노선의 광적인 반격에 맞서 통격을 가하자!'라고 쓰인 현수막이 걸려 있었다. 그뿐만 아니라 '문예계 검은 노선을 작살내자!', '투항하지 않는 적은 끝장내 버리자!' 등등, 화약 냄새 물씬 나는 표어와 구호가 회의장 사방에 붙어 있었다. 사람들의 표정도 모두 심상치 않았다. 무대 위 귀빈석에는 리 융리와 유뤄빙이 얼음같이 싸늘한 얼굴로 나란히 앉아 있었다. 무대 아래 오른쪽으로는 '한쪽으로 밀려난 사람들'이 가슴을 졸이며 모여 앉아 있었다. 왼쪽으로 모여 앉은 '혁명 군중'은 자기들끼리 서로 머리를 맞대고 귓속말을 하고 있었다. 청쓰위안, 스즈비, 왕유이는 왼쪽 뒷줄 모서리에 앉아 있었는데 불안한 기색이 역력했다. 그들은 샹난과 위쯔치가 들어오자 자기도 모르게 엉덩이를 슬쩍 들었으나 소리쳐 부르거나 손짓을 하지는 않았다. 위쯔치와 샹난은 사태가 심각함을 예감하면서 왕유이 옆에 있는 빈 자리로 가서 앉으려 했다. 그때 리융리가 대뜸 고함을 질렀다. "위쯔치는 앞으로 나오시오!" 전혀 생각지도 못한 고함 소리에 놀란 위쯔치는 잠시 어리둥절해하다가 회의장 앞으로 갔다. 그가 자리를 잡고 앉기도 전에 리융리가 위엄을 부리며 회의 시작을 선포했다. "지금부터 무산 계급을 맹렬히 공격한 위쯔치의 반혁명적 죄행에 대한 폭로와 비판 대회를 시작하겠습니다! 전체 기립!" 덜컹거리는 요란한 의자 소리와 함께 사람들이 일제히 일어나 부동자세로 섰다. 리융리가 『마오쩌둥 어록』을 치켜들고 '경축' 의식을 진행했다. 아뿔싸! 위쯔치와 샹난은 허둥지둥 나오느라 어록을 두고 온 것을 그제야 깨달았다. 하지만 이미 늦었다. 별수 없이 두 사람은 다른 사람들을 따라 오른손을 들었다. 어록이 없는 두 사람의 빈손은 여지없이 눈에 띄었다. 자연히 리융리도 그것을 보았다. 막 '부(副)통수님'의 '축사'를 선창하고 난 리융리는 갑자기 몸을 홱 돌리며 위쯔치와 샹난을 쏘아보았다.

옆 사람의 심장 뛰는 소리까지 들릴 정도로 회의장은 삽시간에 쥐 죽은 듯 조용해졌다! 사람들의 시선이 샹난에서 위쯔치로 옮겨 가더니 다시 리융리의 날카로운 얼굴에 집중되었다. 사람들은 그 뾰족한 입에서 쏟아져 나올 무시무시한 탄알들을 기다렸다.

"왜 『최고 지시』를 가지고 오지 않았소?" 리융리가 위쯔치를 다그쳤다.

"너무 다급하게 오느라 잊었습니다. 잘못했습니다. 앞으로 시정하겠습니다."

"다급해? 그랬겠지! 동무들은 많이 바쁠 거요! 뭣 때문에 바쁜지 사람들 앞에서 한번 보고해 보겠소?"

위쯔치는 최대한 평정을 되찾으려 노력했다. "샹난의 짐을 바삐 꾸리다가 11시 반에야 회의가 있다는 얘길 들었습니다."

"좋소. 참 잘들 하셨소. 동무들이 어떤 사람인지 똑똑히 보여 줬으니까." 이렇게 말한 리융리가 이번에는 샹난을 쳐다보았다. "샹난! 동무는 먼저 앉으시오!" 샹난이 그의 말대로 자리에 앉았다.

"동지들! 오늘 위쯔치가 『최고 지시』를 가지고 오지 않은 것은 우연한 일이 아니오! 잊었다고? 참 쉽게도 말하는군! 『최고 지시』는 잊어버리면서 거리를 쏘다니며 꽃무늬 천이나 사고 옷이나 만드는 건 잊어버리지 않으니, 이건 무슨 문제요? 이번 빚은 꼭 갚게 해야 하오! 옛날에 진 빚, 새로 진 빚 모두 탈탈 털어서 계산하게 하겠소!" 단숨에 여기까지 쏟아 낸 리융리는 비로소 말투를 바꾸어 비교적 평온한 목소리로 말을 이었다.

"폭로 비판 대회를 정식으로 시작하겠습니다!"

"이번 휴가를 앞두고 우리 연대에 한 가지 괴상한 일이 있었소! 반혁명 수정주의 분자 위쯔치가 당직 서기를 거부했소. 이건 심각한 계급투쟁의 새로운 동향이오! 우리 노동자 계급은 그냥 두고 볼 수가 없소! 지금 위쯔치는 바른대로 대시오! 왜 당직을 거부한 것이오?"

그제야 위쯔치는 며칠 전 자기가 순진하게도 리융리를 좋은 사람으로 기대했다는 걸 깨달았다. 리융리가 "모든 책임은 동무가 져야 한다"고 하더니 그 '모든 책임'이 벌써 시작된 것이었다. 하지만 겨우 당직 문제를 비판하려고 이렇게 많은 사람들을 동원했단 말인가? 그럴 리 없다. 분명 뭔가 다른 속셈이 있을 것이다. 어쩔 수 없이 그는 앞으로 꼬리에 꼬리를 물고 올 '모든 책임'에 대비하는 수밖에 없었다. 하지만 샹난은 어쩐다? 그녀는 오늘 자기보다도 준비가 더 안 되어 있을 텐데! 그는 자기도 모르게 샹난을 돌아보았다. 샹난은 입술을 꾹 깨문 채 걱정스럽고 억울한 표정으로 그를 주시하고 있었다. 그는 샹난을 위로하려고 웃어 보이려 했으나 그때 또 리융리의 고함 소리가 들렸다. "샹난!" 위쯔치와 샹난이 동시에 깜짝 놀랐다. 샹난은 앞으로 나와 위쯔치와 함께 비판을 받으라고 부른 줄 알고 곧장 자리에서 일어나 앞으로 나오려 했다. 그러자 리융리가 그녀에게 나오지 말라고 손짓을 했다. "동무는 계속 거기 앉아서 비판을 잘 들으란 말이오. 오늘 동무에게 교육받을 기회를 주는 거니까 앞으로 어떻게 할 것인지는 동무한테 달렸소." 그녀는 아무 소리도 않고 또 입술만 깨물며 위쯔치를 쳐다보았다. 위쯔치가 그녀에게 억지로나마 살짝 웃어 주는 것을 보고 그녀도 괜찮다는 뜻으로 가볍게 고개를 끄덕여 주었다.

위쯔치는 다시 앞을 보았다. 오늘 이 문제가 거론되리라고는 미처 생각하지 못한 터라 달리 준비한 대답도 없었다. 한편으로 그는 차라리 잘됐다는 생각도 들었다. 이왕 이렇게 된 거 동지들한테도 자기 생각을 들려주고 그 다음에 리융리가 어떻게 나오는지 지켜보는 수밖에 없다고 생각했다. 이윽고 그는 동지들을 향해 솔직하게 토로하기 시작했다.

"제가 당직을 서지 않으려고 했던 것은 그것이 저와 샹난의 연애를 일부러 방해하는 것이라고 여겼기 때문입니다. 조직에서 당원의 혼인 문제에 대해 의견이 있으면 그것을 제기할 수는 있지만 마땅히 공명정대해야 합니다. 하지만 우리가 결혼 신청 보고서를 제출한 이후로 상부에서는 우리를 찾아와 대화를 나눠 본 적이 한 번도 없을 뿐더러 오히려 조직적 조치를 계속하여 강압적으로 우리를 갈라놓으려 했습니다. 저는 이 점을 납득할 수가 없습니다. 우리의 연애는 정당합니다. 우리는 당의 기율이나 국법을 위반한 적도 없고 다른 사람에게 방해가 된 적도 없으며 우리 자신의 학습이나 노동에 영향을 준 적도 없습니다. 만약 저에게 무슨 과오가 있다면 오늘 당 조직과 군중 앞에서 어떤 비판이라도 기꺼이 받겠으며 심지어 처분도 달게 받겠다는 것을 밝히는 바입니다. 하지만 상난과의 연애 문제에서 우리는 잘못한 게 없습니다. 조직이 우리의 결혼을 비준해 주지 않을 수는 있겠지만 저와 그녀를 떼어 놓을 수는 없습니다. 저는 상난 없이는 안 됩니다. 상난에 대한 저의 감정은 수습하기에는 이미 너무 깊어졌습니다……."

위쯔치의 목소리가 점점 낮고 무거워졌다. 상난은 그에게서 시종일관 눈을 떼지 않았다. 오늘 그의 '자백'을 들으며 그녀는 한편으로 놀랍기도 하고 한편으로 위로를 느끼기도 했다. 위쯔치가 '자백'을 계속하려는데 맨 앞줄에 앉아 있던 펑원펑이 갑자기 "쿡!" 하고 웃으며 "수습하기에는 이미 너무 깊어졌습니다?"라고 위쯔치의 말을 따라 하는 바람에 회의장에 소란이 일었다. 자연히 위쯔치의 '자백'도 여기서 그칠 수밖에 없었다. 리융리는 옆 사람한테 귓속말을 하며 웃고 있는 펑원펑을 불만스럽게 쳐다보았다. "펑원펑, 엄숙하시오! 이건 계급투쟁이지 장난이 아니오! 그럼 이제 동무가 발언해 보시오!"

펑원펑은 즉시 일어나더니 엄숙한 표정으로 귀빈석 오른편 모퉁이로 가 섰다. 위쯔치와 딱 마주 보는 자리였다. 서두르지 않고 주머니에서 두툼한 발언문을 꺼내 든 그는 가수가 피아노 연주자에게 반주를 부탁하듯이 리융리를 쳐다보았다. 그리고 리융리의 눈길이 그의 얼굴을 스쳐 가자마자 그의 긴 발언이 시작되었다.

펑원펑의 발언 제목은 「위쯔치의 맹렬한 공격을 격퇴하자」였다. 그는 다음과 같은 세 가지 점에서 위쯔치를 비판했다. 첫째, 위쯔치의 오늘 발언은 무산 계급 문화 대혁명에 대한 악독한 공격이며 무산 계급에 대한 새로운 진공이다. 둘째, 이른바 위쯔치의 연애는 무산 계급을 공격하고 부패시키려는 그의 전략이다. 셋째, 이번 투쟁은 고립되고 우연한 것이 아니라 역사적, 사회적, 조직적으로 깊은 연원을 가지고 있다. 그중 오늘 발언의 중점은 두 번째 부분이었다. 펑원펑은 누구도 반박하기 어려운 말투로 모두를 바라보며 발언을 했다.

"위쯔치는 그들의 이른바 '연애'가 정당하다고 했습니다. 그럼 묻겠습니다. 특별 심사조 조장이 자기의 심사 대상과 격리 심사 기간에 무산 계급 독재 기관에서 연애를 하는 것이 정당한 겁니까? 젊은 여성이 날마다 밤늦도록 반혁명 수정주의 분자 집에 함께 있는 것도 정당한 겁니까?"

그때 리융리가 끼어들었다. "생각들 좀 해 보시오. 한 남자와 한 여자가 밤늦도록 함께 있으면서 어떤 정당한 일을 하겠소?"

위쯔치는 펑원펑의 발언을 주의 깊게 듣고 있었다. 처음에는 그래도 평정을 유지할 수 있었다. 그러나 이런 대회 석상에서 그와 같은 모욕적인 언사를 들으리라고는 생각지도 못했다! 그는 더 이상 참을 수가 없었다. "그건 사실이 아니오!" 리융리가 즉각 그를 제지했다. "궤변을 늘어놓거나 잡아떼는 건 허락할 수 없소!" 펑원펑은 더욱 득의양양해져서는 목청을 높였다.

"동무는 잡아떼려야 뗄 수도 없을 거요! 우리에게는 수많은 증인과 증거가 있으니까! 당신들의 추문은 애당초 신문사에까지 들어갈 정도로 알려져 있소! 기자가 직접 동무들을 만나기까지 했다더군! 동무가 방금 자기 입으로 '수습할 수 없다'고 하지 않았소? 바로 그거요! 수습할 수 없는 지경!" 여기까지 말한 펑원펑은 더 이상 참지 못하고 입을 가리고 웃었다. 마지막으로 그는 경구를 읊는 듯한 말투로 발언을 마쳤다. "수정주의자들은 늘 사랑이 대단한 듯 큰소리치지만 그들한테 무슨 사랑이 있는가? 그들에게 있는 것이라곤 사람을 죽이는 독약과 칼뿐이다! 여기서 우리는 샹난에게 강력히 촉구하지 않을 수 없다! 빨리 깨어나라! 소 잃고 외양간을 고쳐도 늦지 않을 수 있다!"

위쯔치는 순간 현기증이 일었다. 그는 정신을 차리고 샹난을 바라보았다. 그녀는 고개를 숙이고 얼굴을 두 손에 묻고 있었다. 샹난 옆에 앉은 스즈비는 오늘 어찌 된 일인지 담배까지 피워 물고 있었다. 그녀가 뿜어낸 연기가 샹난의 머리 위를 뿌옇게 맴돌았다. 샹난이 혹시 울고 있지나 않은지 위쯔치는 당장이라도 건너가 보고 싶었다. 그는 리융리에게 절규하고 싶었다. '비판하려면 나를 비판하고, 투쟁하려면 나와 투쟁하라! 샹난은 절대 모욕하지 마라! 그녀는 아직 너무 젊다! 너무 젊단 말이다!' 하지만 그때 들려온 리융리의 날카로운 목소리 때문에 그는 더 이상 샹난 생각만 하고 있을 수가 없었다. 두 번째 사람이 단상에 올라와 발언을 하기 시작했는데, 시작하자마자 자리에 앉아 있던 청쓰위안을 일으켜 세웠던 것이다. 리융리가 청쓰위안에게 묻는 소리가 들렸다. "동무와 동무의 그 더러운 여편네는 어떻게 위쯔치를 부추겼소? 위쯔치가 샹난을 부패시키도록 당신들이 얼마나 힘을 쓰고 선물을 안겼느냐 말이오?" 얼굴이 온통 빨개진 채 뻣뻣하게 선 청쓰위안은 천장을 쳐다보며 바싹 타는 입술만 계속 핥을 뿐 아무 말도 하지 않았다. 다시 리융리가 탁자를 쾅 치며 고함을 질렀다. "동무와 동무 여편네가 샹난에게 사오마이랑 먹을 것을 챙겨다 준 동기가 뭐냐 말이오!" 그제야 그는 시선을 천장에서 리융리에게로 옮기고 오른손으로 안경테를 추켜올리며 대답했다. 그의 목소리는 떨리고 있었다. "친구에 대한 관심입니다. 그것은 인지상정이오."

"인지상정? 누구네 인지상정? 당신들이 어떤 인간들인가? 반혁명 분자들이오! 당신네 수정주의 분자들이 서로 작당해서 무산계급과 투쟁하자는 거 아니오?" 리융리가 또 한 번 쩨지는 목소리로 고함을 질렀다. 하지만 청쓰위안은 듣지 못한 척 다시 천장으로 눈을 돌리며 발언하러 나온 동지가 계속 비판하도록 내버려 두었다. 그 발언이 끝나자 리융리는 비로소 청쓰위안을 앉게 하고 대회가 끝나는 즉시 자기비판서를 제출하라고 명령했다. 청쓰위안은 그 말에도 대꾸하지 않았다.

"왕유이, 나와서 고발 비판하시오!" 리융리가 증인을 부르는 법관처럼 소리쳤다. 여기저기 부딪치는 소리가 나더니 왕유이가 허둥대며 앞으로 나왔다. 고개를 든 샹난이 믿을 수 없다는 듯이 고통스러운 눈으로 왕유이를 바라보았다.

주머니에서 발언 원고를 꺼내는 왕유이의 손이 몹시 떨리고 있었다. 그의 마른 얼굴은 오늘따라 유난히 초췌해 보였고 쾌활하고 웃음을 머금고 있던 눈빛도 놀라 어쩔 줄 몰라 하는 것 같았다. 발언하기에 앞서 그는 자기도 모르게 위쯔치와 샹난을 번갈아 쳐다보았지만 그들과 눈이 마주치기도 전에 바로 고개를 숙여 버렸다. 그는 교과서를 읽듯이 원고를 읽기 시작했다.

"제 발언 제목은「샹난에게 경고한다」입니다. 내 생각에 샹난은 이미 위험한 경계에까지 이르렀습니다. 샹난과 위쯔치의 관계가 어디 연애 관계란 말입니까? 순전히 적나라한 금전 관계일 뿐입니다! 샹난은 돈을 위해 혁명을 팔아먹고 자신을 팔아먹었습니다. 샹난은 특별 심사조 자료를 위쯔치에게 넘겨주었습니다. 그녀는……"

왕유이의 목소리는 살아 있는 사람의 것이 아니라 닳아빠진 레코드판에서 나오는 소리처럼 딱딱하고 건조했다. 이마에서는 어느새 땀이 나기 시작했다. 상당히 힘들어 보였다. 그는 손수건을 꺼내 땀을 닦고 나서 발언을 계속했다.

"샹난에게 묻겠다. 동무는 도대체 누구를 사랑하고 누구를 미워하며 누구를 따라가려 하는가? 동무는 이미 낭떠러지에 서 있다. 동무는 정신 차리고 말고삐를 잡아채야 한다. 계속 고집을 부리며 자신을 파멸시키지 말기 바란다. 동무는 이미 파멸의 언저리까지 갔다!"

마지막 몇 구절을 읽는 왕유이의 목소리에는 뜨거운 감정이 묻어나며 금방이라도 울어 버릴 것 같았다. 단상 아래로 내려와 샹난 옆을 지날 때 그는 샹난에게 무슨 말이든 하고 싶어서 그녀를 쳐다보았지만 샹난은 그를 쳐다보지 않았다. 샹난의 두 눈은 아무것도 보이지 않는 것처럼, 그리고 아무것도 보고 싶지 않다는 듯이 멍하니 앞만 주시하고 있었다. 왕유이는 괴로워하며 고개를 숙이고 자리에 앉을 수밖에 없었다.

왕유이의 발언만큼 위쯔치를 놀라게 한 것도 없었다. 그는 왕유이를 잘 알았다. 왕유이는 심성이 착하고 사람들에게 관대하며 샹난과의 우정도 깊었다. 또 그는 평소 눈에 띄게 드러내지는 않지만 원래 애증이 분명하고 시비를 분명히 가리는 사람이었다. 그는 왕유이의 발언문을 펑원펑이 썼다는 사실을 꿈에도 알지 못했다. 왕유이가 어제 제출한 원고는 리융리에게 거부당했다. 오늘 회의 시작 전에야 리융리는 펑원펑이 쓴 원고를 그에게 주며 그대로 읽으라고 지시했다. 위쯔치는 아무리 생각해도 왕유이의 발언이 이해되지 않았다. 그의 머리는 온통 그 생각으로 가득 차서 뒷사람들의 발언은 하나도 귀에 들어오지 않았다. 그저 사람들이 계속해서 올라오고 내려가는 것만 보았을 뿐이다. 리융리가 총괄 평가를 할 때가 되어서야 위쯔치는 정신을 회의장으로 집중시켰다. 리융리는 펑원펑이 쓴 원고대로 또박또박 읽어 내려갔다.

"우리는 오늘 계급투쟁의 새로운 동향을 적시에 포착하고 적의 공격을 가열차게 반격했소. 회의는 아주 잘 진행되었소! 오늘 우리는 무산 계급의 기개를 크게 떨치고 자산 계급의 위풍을 크게 박살 냈소! 위쯔치가 누구요? 반혁명 수정주의 분자요. 자산 계급 사령부와 깊은 관계가 있으며, 무산 계급 문화 대혁명을 뼈에 사무치도록 증오하는 자요! 그가 쓴 장편 시「끝없는 장강 물결 도도히 흘러」는 반혁명 선언문이고 도전장이며 복벽 선언이오. 따라서 우리와 위쯔치 사이의 투쟁은 부패와 반부패, 개조와 반개조, 혁명과 반혁명의 투쟁이라 할 수 있소! 우리는 정당한 연애와 혼인에는 간섭하지 않소. 하지만 연애와 혼인을 빙자해 무산 계급을 향해 진공하는 행위는 두고 볼 수 없소! 이 점에 대해 우리는 결코 너그럽지 않을 것이오! 동지들! 이것은 나 개인의 의견이 아니오! 이것은 무산 계급 사령부의 의견이오! 위쯔치는 반드시 모든 죄행을 스스로 밝혀야 할 것이오. 위쯔치가 투항하지 않으면 우리가 그를 멸망시켜야 하오. 우리는 샹난에게 경고하는 바이오. 한 걸음만 더 내디디면 동무는 반혁명의 길에 오르게 되오. 어디로 갈 것인지는 동무 스스로 결정하시오. 하지만 동무에게 남은 시간이 많지 않다는 걸 명심하시오!"

회의가 끝났다. 리융리가 가장 먼저 일어났고 그 뒤를 따라 유뤄빙이 일어났다. 그는 아무도 쳐다보지 않고 리융리를 따라 바로 나가 버렸다.

다른 사람들도 속속 일어섰다. 사람들은 샹난과 위쯔치 옆을 지나며 동정 어린 눈빛으로 그들을 쳐다보았지만 말을 거는 사람은 아무도 없었다.

청쓰위안은 사람들이 거의 다 빠져 나간 끝 무렵에야 비로소 몸을 일으켰다. 그는 아직도 굳은 채 서 있는 위쯔치와 나무토막처럼 앉아 있는 샹난에게 가서 뭐라고 위로를 해 주고 싶었다. 하지만 스즈비가 그의 옷을 잡아당기며 입으로 문 밖을 가리켰다. 그는 고개를 설레설레 흔들며 땅이 꺼지게 한숨을 내쉬고는 스즈비와 함께 밖으로 나갔다.

왕유이도 샹난에게 몇 걸음 다가서며 말을 걸어 보려 했으나 샹난이 여전히 외면하자 고개를 갸웃하고는 한숨을 내쉬더니 밖으로 나가 버렸다.

마지막으로 위쯔치와 샹난 두 사람만 남았다. 한 사람은 서고 한 사람은 앉아서 오랫동안 멍하니 꼼짝도 하지 않았다. 밖에는 벌써 날이 저물고 차디찬 바람이 쉭쉭 불고 있었다. 그들은 여전히 미동도 하지 않았다. 얼마나 지났을까. 위쯔치가 샹난에게로 다가와 나직한 목소리로 샹난을 불렀다. "샤오샹!" 샹난은 그 소리를 듣자마자 벌떡 일어나더니 회의장의 무거운 유리문을 밀치고 나가 칠흑 같은 뜰로 뛰어가 버렸다. 샹난은 그제야 왕유이의 발언을 들을 때부터 주머니 속에서 꽉 쥐고 있던 주먹을 꺼내 흐르는 눈물을 닦았다. 그녀는 손에 쥐고 있던 만년필이 두 동강 난 채로 손이 온통 먹물 투성이가 된 것을 보았다. 그녀는 만년필을 어둠 속으로 던져 버리고 차디찬 풀밭 위에 주저앉았다. 머릿속에서 사람들 얼굴 하나하나가, 함성 하나하나가 떠올랐고, 또 위쯔치의 눈동자가 떠올랐다. 마지막에는 그 모든 것이 한데 뭉뚱그려지면서 한마디 말로 합쳐졌다. 바로 왕유이의 입에서 나왔던 한마디, "적나라한 금전 관계! 적나라한 금전 관계!" 그녀는 가슴이 찢어질 듯 아파 와 자기도 모르게 신음 소리를 냈다. 그녀는 스스로에게 물었다. '내가 혁명을 팔아먹었는가? 내가 나 자신을 팔아먹었는가?' 여기서, 이 어두운 뜰에서, 이 망망한 빈하이에서 어느 누가 그녀에게 대답해 줄 것인가? 이 모든 죄명이 다 어떻게 생긴 것인지, 무엇 때문에 그녀에게 이런 죄명을 갖다 씌우는지, 누가 그녀에게 알려 줄 수 있단 말인가? 아무도 없다, 아무도 없다! 그녀는 조용히 어머니와 위쯔치, 그리고 루윈디의 이름을 불러 보았다. 그녀의 가족이란 겨우 이 세 사람뿐이었다. 하지만 그들이 그녀의 무엇을 도울 수 있단 말인가? 샹난은 서럽게 울었다. 찬바람이 그녀의 눈물을 훔쳐 가도 내버려 두었다. 별안간 힘있는 두 팔이 그녀를 꼭 보듬었다. 곧 그녀의 귓가에 쯔치의 목소리가 들려왔다. "샤오샹, 샤오샹!" 그녀는 그의 품으로 파고들며 끝내 울음을 터뜨리고야 말았다.

하늘은 온통 찌뿌듯하게 흐려 있었다. 두 사람 사랑의 증인이 되어 주었던 둥근 달도 지금은 먹구름 속으로 숨어 버렸다. 달아, 무엇이 두려운 것이냐? 설마 하늘에서도 비판 대회가 열려 '죄악의 연애'에 증인이 되어 준 너를 비판하더란 말이냐? 설마 계수나무에 새겼던 기록을 벌써 지워 버리고 너의 축복을 거두어 가 버린 것은 아니겠지?

달은 대답할 생각이 없는 조금도 모양이었다. 달은 자꾸만 옆에 있는 먹구름을 끌어당겨 차갑고 창백한 자기 얼굴을 가리고 두 사람을 참기 힘든 어둠 속에 남겨 놓았다.

유뤄빙, 리융리, 돤차오췬의 3인극

그날 밤 샹난은 침대에서 누웠다 일어나 앉았다를 반복했다. 머릿속에는 온갖 장면이 스쳐 지나갔다. 그녀는 날이 밝기를, 어서 날이 밝아 이 무서운 악몽이 사라져 버리기를 간절히 기다렸다. 하지만 새벽은 밤새 그녀가 가슴에 묻어 두려 했던 고통과 답답함을 덜어 주기는커녕 그것을 더 현실적으로 절감하게 만들었다. 새벽은 그녀에게 물었다. 오늘 뭘 해야만 하는 거지? 어디로 가야 할까……? 잠을 자지 않았으니 세수를 할 필요도 없었고 배가 고프지 않으니 아침 먹을 생각도 없었다. 침대에서 내려와 책상 앞에 앉은 그녀는 또 생각에 잠겼다. 생각하고 또 생각했다…….

아마 출근 시간 무렵이었을 것이다. 노동자 선전대의 한 여성 동지가 와서 상부에서 그녀를 찾는다고 알려 주었다. 샹난은 아무 소리 없이 따라나섰다.

리융리의 사무실에 가 보니 돤차오췬, 리융리, 유뤄빙 세 사람이 앉아 있었다. 갑자기 왕유이가 전에 농담으로 "샹난에 대한 3자 심문을 하자"고 했던 말이 생각났다. 오늘이야말로 딱 그 말 그대로 '3자 심문'이구나 싶었다. 돤차오췬이 나타날 것이라고는 전혀 생각지 못했다. 그녀가 생글생글 웃으며 자기를 쳐다보자 대번에 그녀에 대한 위쯔치의 분석과 그동안 자기가 느꼈던 의구심이 한꺼번에 떠올랐다. 샹난은 차오췬을 상대하기 싫어 얼굴을 돌려 버렸다. 돤차오췬은 그래도 여전히 싱글거리며 부드러운 목소리로 그녀를 불렀다. "샤오샹!" 그리고 걸상을 하나 내주었다. "앉아, 샤오샹! 왜, 쪽배가 또 흔들리니? 사람들이 가서 네 노를 잡아 줬다며!" 옆에 있던 리융리가 거들었다. "돤차오췬 동지는 동무가 퍽 걱정되었던 모양이오. 오늘 아침 일찍 전화를 해서 동무와 얘기를 좀 해 봐야겠다고 찾아오셨소. 어떻소, 얘기 좀 해 보시오! 어제 비판 대회에서 어떤 교훈을 얻었소?"

샹난은 세 명의 상관 앞에 앉았다. 리융리의 뾰족한 얼굴, 돤차오췬의 미소 짓는 얼굴, 유뤄빙의 온화한 얼굴이 일제히 그녀를 쳐다보고 있었다. 그녀는 그 얼굴들을 하나씩, 이쪽에서 저쪽으로, 다시 저쪽에서 이쪽으로 훑어보았다. 정말 알 수가 없었다. 보기에는 자기랑 똑같아 보이는 이 사람들이 왜 모두 자기를 이해해 주지 못하는 걸까? 왜 저 사람들은 그녀와 위쯔치의 연애를 한결같이 정당하지 못한 연애라고 생각하는 걸까? 리융리는 그렇다 치더라도 돤차오췬은 자매나 다름없는 자기 친구고 유뤄빙은 위쯔치와 생사를 함께했던 전우인데 왜 두 사람을 이해해 주지 못한단 말인가? 그녀와 쯔치를 그토록 모욕하고 상처를 입히는 데 저 두 사람도 동의했던 걸까? 정말 그랬다면 그건 너무 무서운 일이다! 말로 표현하기 어려운 두려움과 굴욕감이 그녀로 하여금 말보다 눈물을 먼저 쏟게 했다. 돤차오췬이 그걸 보고 또 웃으며 따뜻한 목소리로 그녀를 불렀다. "샤오샹! 할 말 있으면 뭐든지 해봐! 난 네가 알아서 잘 처리할 거라고 믿고 그동안 두 사람 일에 대해 전혀 묻지 않았던 거야. 그런데 일이 이렇게 커질 줄이야! 너한테 내가 더 신경을 썼어야 했는데! 대체 어떻게 된 거야? 난 얘기 듣고 깜짝 놀랐어!"

'차오췬이 모르고 있었다고? 그럼 그동안의 조치와 어제의 비판대회는 어떻게 된 거지? 위쯔치의 분석이 틀렸단 말인가? 그럼 혹시 리융리의 수작? 혹시 내가 오해하고 있었던 걸까?' 돤차오췬의 말은 샹난에게 혹시나 하는 새로운 희망을 불러일으켰다. '그래, 차오췬과 유뤄빙은 그동안 우리가 어떻게 사랑하게 됐는지, 우리가 어떻게 서로 격려하고 지지하고 있는지 우리한테 직접 물어본 적이 없었어. 상황을 제대로 모르는 게 틀림없어! 그럼 이 기회에 그동안의 진상을 모두 털어놓고 지금 떠도는 소문은 전부 사실이 아니라고 밝혀도 되지 않을까? 저들이 사실을 존중해서 자기 생각을 바꾸도록 할 수 있지 않을까?' 샹난은 한번 시도해 보기로 했다. 그녀는 억울한 심정을 꾹 눌러 자제하면서 진심을 죄다 드러내 보이려고 노력했다. 그녀는 자기가 위쯔치 특별 심사조 조장으로 있을 때부터 시작해 두 사람의 연애 과정 전체를 얘기하기 시작했다. 그녀가 어떻게 그의 집안에 닥친 불행을 동정하게 되었으며, 어떻게 그의 재능을 흠모하게 되었는지, 그리고 어떻게 그와 결혼하기로 결심하게 되었는지, 두 사람이 함께 있으면 얼마나 행복한지, 상부에서 여러 가지로 간섭할 때에는 또 얼마나 고통스러웠는지를 빠짐없이 말했다. 그녀는 처음부터 끝까지 울면서 얘기했다. 다른 사람의 동정을 얻기 위해서가 결코 아니었다. 그 기억을 떠올리다 보니 자기도 모르게 울지 않을 수 없었던 것이다!

그러나 세 사람의 상관은 심장도 없는 절간의 돌부처처럼 거의 무표정한 얼굴로 샹난의 이야기를 듣고 있었다. 샹난은 그들에게서 어떤 동정이나 호응도 얻지 못했다. 하지만 그런 걸 신경 쓸 겨를도 없었다. 막혀 있던 문이 한번 열리기 시작하자 솟구치는 감정을 자제할 수가 없었다. 그저 고통이 완전히 말라 버릴 때까지 흐르는 눈물과 함께 그것을 밖으로 흘려보내는 수밖에!

이윽고 이야기를 마친 샹난은 잔뜩 기대에 부풀었다. "우리의 연애는 이렇게 자연스럽고 진실하고 잘 어울리는데, 왜 우리의 관계가 정당하지 못하다는 거죠? 난 정말 잘 모르겠어요. 이해가 안 돼요!"

절간의 돌부처들이 이제야 깨어나며 각각 서로 다른 표정을 지었다. 리융리는 조롱하는 듯한 얼굴로 코웃음을 쳤다. 유뤄빙은 고개를 저으며 한숨을 쉬면서도 마치 한없이 안타깝고 근심스럽다는 표정이었다. 마지막으로 돤차오췐은 짐짓 부드럽고 너그러운 표정으로 이 못난 친구를 다정하게 쳐다보았다. 세 사람은 서로 번갈아 보았다. 결국 유뤄빙이 돤차오췐에게 손을 펴 보이며 제안했다. "역시 그래도 돤차오췐 동지가 샤오샹을 잘 인도해 주시는 게 좋겠소. 보아하니 심하게 중독된 듯합니다." 리융리도 무척 공손한 말투로 거들었다. "예, 차오쥔 동지가 말씀하시지요!" 상난의 두 눈도 판차오쥔만 바라보았다. 그녀는 30년 우정을 간직한 이 친구, 그리고 자기와 똑같이 교육받았던 이 상관이 자기의 행복과 고통에 대해 어떻게 보고 또 어떻게 생각하는지 그 입으로 직접 듣고 싶었다.

판차오쥔은 사양하지 않고 바로 걸상을 상난 앞으로 당기더니 미소를 지었다. "샤오샹!" 하지만 입을 열자마자 조금 전의 미소는 온데간데없이 사라지고 엄숙하고 차디찬 얼굴만 남았다. 그녀가 동료들을 쳐다보며 입을 열었다.

"샤오샹의 얘기를 듣고 있자니 난 우리가 지금 1970년대 사회주의 국가에 살고 있는 것이 아니라 18, 19세기 자산 계급 소설에서나 그려지는 그런 세계로 돌아간 것 같은 착각이 들더군요. 샤오샹이 그런 사랑 속에 푹 빠져서 그것을 그토록 미화하고 그것에 그렇게 연연하다니. 더구나 이렇게 슬프게 운다는 건 아직도 정치적으로나 감정적으로나 혁명과 반혁명의 노선을 확실히 가르지 못하고 있다는 가장 좋은 증거예요. 내 생각에 동지들의 비판은 정확했던 것 같군요."

판차오쥔의 이 말과 거기에 연방 고개를 주억거리는 리융리와 유뤄빙의 태도에 상난의 눈물샘은 순식간에 싹 마르고 말았다. 자신을 존중하고 사랑할 줄 아는 사람에게는 경멸마저도 강자에게서 자신을 보호하는 무기가 될 수 있다. 눈물이 또 다른 죄명이 되고 남들의 비웃음을 살 수밖에 없다면 차라리 속으로 흘리는 편이 나았다. 상난이 울음을 그친 것을 본 판차오쥔은 자기의 분석이 효과를 보았다고 생각했다. 판차오쥔은 얼굴을 돌려 상난을 쳐다보았다.

"네가 그렇게 위쯔치를 좋아하고 아무런 거리낌도 없이 그와 연애를 하는 게 난 정말 이해가 안 돼. 난 위쯔치를 보는 순간 첫눈에 딱 싫던데. 그런데 네가 그 사람이랑 희희낙락하며 남부끄러운 짓을 한다고 생각하면 내가 다 부끄럽고 수치스러워. 샤오샹, 네 정치적 우경이 삶의 타락을 가져온 거야. 아직도 따끔한 맛을 더 봐야겠니? 울려거든 그걸 위해 울어! 사람의 눈물은 고통을 표현하기 위한 것만이 아니라 영혼을 깨끗이 씻어 내는 데에도 필요한 거니까!"

"으음……." 샹난은 신음 같은 소리를 냈다. 그리고 차오췬이 그 위엄 있는 입술 사이로 내뱉은 말을 되풀이했다. "삶의 타락?"

"그렇소, 타락! 아주 틀림없는 타락이지!" 리융리가 무섭게 말문을 열었다. "내 진작부터 동무한테 위쯔치와 관계를 끊으라고 말했소. 그가 어떤 작자요? 에누리 없는 반혁명 수정주의 분자요! 그럼 동무는? 동무는 반란파 전사이고 무산 계급 사령부 지도자가 아끼는 사람이오. 하지만 동무는 내 말을 전혀 듣지 않았소. 나란 사람이 너무 보잘것없는 인물이라 그랬겠지. 이제 잘됐소. 무산 계급 사령부에서 태도를 밝혔고 디화챠오 동지가 직접 말씀하셨으니까. 디화챠오 동지가 그러셨소. 동무들의 이른바 연애는 빈하이 문예계에서 납득할 수 없는 괴상한 일이고, 부패와 반부패, 개조와 반개조, 혁명과 반혁명의 계급투쟁이라고 말이오. 이젠 그 말을 듣겠소?"

"으음……." 샹난은 또다시 신음 같은 소리를 냈다. 그리고 리융리가 그 뾰족한 입술 사이로 내뱉은 말을 되풀이했다. "무산 계급 사령부에서?"

"그렇소, 디화챠오 동지가 직접 지시하셨소. 그리고 시 당 대표 대회 분과 토론 때 산챵 동지가 특별히 문화 계통 분과 회의에 가서 동무들을 비판했소." 유뤄빙이 말했다. 그의 얼굴은 침울했지만 인자한 어른답게 말투는 부드럽고 조용했다. "샤오샹! 진작부터 동무의 행위가 불안하고 걱정스러웠소. 나와 라오위는 그렇게 오래된 사이인데 내가 그를 모르겠소? 그는 문예계 검은 노선에서 너무 높이 올라갔소. 그는 변했소! 지난 몇 년간 그가 변했다는 걸 나는 뼈저리게 느끼오! 그는 지난날의 천국을 잃어버리기 싫어서 동무를 끌어다 자본주의를 복벽시키려는 거요!"

"으음……." 샹난은 또다시 신음 같은 소리를 냈다. 그리고 유뤄빙이 그 두꺼운 입술 사이로 내뱉은 말을 되풀이했다. "자본주의 복벽?"

머리가 멍해지고 눈앞이 캄캄해졌다. 그들을 상대할 힘도 용기도 사라져 버렸다. 그녀가 타락했단다! 그녀와 위쯔치가 같이 자본주의를 복벽시키려 한단다! 이 모든 게 부정할 수 없는 사실이 되어 버린 듯했다. 왜냐하면 그것은 무산 계급 사령부의 견해니까. 그녀가 더 이상 무슨 말을 할 수 있으며 무슨 변명을 할 수 있겠는가? 하지만 그래도 그녀 마음속에서는 위쯔치의 형상과 두 사람의 연애가 절대 그런 게 아니었다. 이게 대체 어찌 된 일이란 말인가? 그녀는 무산 계급 사령부를 믿고 조직을 믿어야 할 것인가, 아니면 자신과 쯔치를 믿어야 할 것인가? 문제가 꼬리를 물고 눈앞에 펼쳐졌다. 그녀의 머릿속은 온통 뒤죽박죽이 되어 버렸다. 그녀는 자기가 너무나 불쌍했다! 그녀는 불안한 눈으로 세 사람을 쳐다보며 우물거렸다. "하지만 쯔치는 진심으로 나를 사랑한단 말……."

샹난이 말을 채 끝내기도 전에 돤차오췬이 냉소하며 말허리를 잘랐다. "어디 진심뿐이겠어! 대담하고 확고하기까지 하겠지! 그게 바로 시인들이 늘 써먹는 수작이야. 목표를 이룰 수만 있다면야 그자들이 무슨 사탕발림인들 못 하겠니?"

"하지만 그는 날 부패시킨 적 없어! 날 문예계 검은 노선에 연연하게 만들지도 않았고, 나한테 돈을 주거나 선물을 한 적도 없고, 혁명에 반대하라고 시킨 적도 없어! 그런데 우리 결합이 어떻게 반혁명이 될 수가 있어……?" 샹난의 목소리는 몹시 낮게 가라앉아 있었다. 그녀는 돤차오췬과 논쟁을 한다기보다는 그냥 혼잣말을 하고 있었다.

"넌 놀고먹고 희희낙락해야만 부패라고 생각해? 그는 정치 사상적으로 널 부패시킨 거야. 그가 왜 너한테 자기 시를 줬겠니? 왜 네가 그 시를 읽고 나서 그와 결혼하겠다는 맘이 생겼겠어? 그게 바로 부패야! 네가 지금 그 모양 그 꼴인 것도 그가 널 부패시킨 결과고." 또다시 샹난의 말을 끊어 버린 돤차오췬의 목소리는 아까보다 훨씬 더 엄했다. 그녀는 초점 잃은 샹난의 눈빛을 보더니 그제야 목소리를 누그러뜨리며 다정하게 샹난의 어깨를 다독여 주었다. "샤오샹, 처음 우리가 반란하던 때를 생각해 봐! 그때 넌 정말 혁명의 열정으로 불타고 있었잖아! 너의 사고는 또 얼마나 예리했니? 그런데 지금 너는 무기를 놔 버렸어. 아니 총부리를 우리 쪽으로 돌린 거나 다름없어! 예전의 너는 작은 박격포였는데, 이젠 네 자신에게 물어봐야만 할 거야. '내가 아직도 무산 계급의 작은 박격포인가?'라고 말이야. 자산 계급의 검은 대포는 되지 말아야 할 것 아니니!"

샹난은 더는 할 말이 없었다. 그녀는 세 사람의 상관에게 애원했다. "머리가 너무 복잡해요. 생각할 시간을 좀 주세요!"

"생각할 게 뭐 있소? 무산 계급 사령부의 명령은 이해되어도 집행해야 하고 이해되지 않아도 집행해야 한다는 걸 잊었소?" 리융리가 이렇게 말했다.

그러자 돤차오췬이 서둘러 그의 말을 막아 버렸다. "아니에요, 리 동무. 무산 계급 사령부는 명령 내린 적 없어요. 디화챠오 동지가 자기의 의견을 피력한 것뿐이니까. 그건 완전히 동지를 아끼는 마음에서 나온 거죠. 화챠오 동지도 결혼은 자유라고 말했잖아요! 샤오샹! 그 말을 듣고 안 듣고는 본인이 생각할 문제야. 하지만 자산 계급 부패에 대한 우리의 반격은 계속될 거야!"

유뤄빙도 한마디 덧붙였다. "차오췬 동지의 말을 잘 생각해 보시오, 샤오샹. 우리가 무산 계급 사령부의 말을 듣지 않을 수 있소? 샤오샹, 우리가 빈하이에서 일하고 있다는 건 행복이오. 무산 계급 사령부의 지도자가 우리의 모든 것에 직접 관심을 보여 주어서 우린 많은 과오를 피할 수 있었소. 나 자신이 바로 그런 체험을 한 적이 있소. 나는 이따금씩 무산 계급 사령부의 지시가 잘 이해되지 않을 때도 있지만 그래도 집행하오. 집행하다 보면 비로소 이해가 되더군. 그게 바로 집행하는 과정에서 이해를 심화시킨다는 것이오. 화챠오 동지는 이번 두 사람 일에 아주 제때에 개입하셨소. 내게도 경종을 울려 주셨고. 샤오샹, 때를 놓치지 말고 과감하게 결단하시오. 그것이 동무 자신을 구하는 길이오!"

리융리도 부드러운 표정을 지으며 거들었다. "어제 대회는, 동무도 알겠지만, 우린 동무와 위쯔치를 구별해서 대했소. 둘은 서로 다른 성질의 모순이니까! 우리는 어디까지나 정책을 존중하오. 이제 동무가 정책을 받아들일지 말지 결정하는 일만 남았소."

영화 속에서 클로즈업된 인물처럼 세 사람의 얼굴이 하나씩 샹난 앞으로 다가왔다. 하지만 그들의 목소리는 오히려 '화면 밖의 소리'처럼 저 멀리서 들리는 것만 같았다. 그녀의 머리는 이미 아무것도 생각해 내지 못했고 마음도 심란하기 짝이 없었다. 그녀는 자기의 상관들을 하나하나 쳐다보며 다시 한 번 애원했다. "생각할 시간을 좀 주세요. 시간을 좀 달라고요!"

"그래, 생각할 시간을 주지! 하지만 샤오샹! 친구로서 충고하는

데, 위쯔치와의 관계를 끊으라는 건 너에 대한 최소한의 요구일 뿐이야. 넌 더 용감하게 일어나서 위쯔치가 너를 어떻게 부패시켰는지 고발하고 우리와 함께 이번 반격전에 참가해야 해. 그가 왜 「끝없는 장강 물결 도도히 흘러」를 썼는지, 그가 그렇게 잊지 못해 예찬하는 사람이 누구인지 반드시 폭로해야 한단 말이야."

"뭐라고?"

"위쯔치와 자산 계급 사령부의 정치적 결탁을 철저하게 폭로해야 한다고!" 말을 마친 돤차오췬은 두 눈을 찌푸리며 샹난을 뚫어져라 쳐다보았다.

샹난은 돤차오췬의 말뜻을 이해하려 애쓰는 듯 눈을 크게 뜨고 그녀를 쳐다보았다. 별안간 샹난은 불에 데기라도 한 것처럼 자리에서 벌떡 일어났다가 도로 털썩 주저앉았다. 그녀는 돤차오췬에게서 리융리와 유뤄빙에게로 시선을 옮기며 중얼거렸다. "아, 그런 거였군!"

"알았으면 됐어! 그게 양쪽 다 원만히 해결하는 방법이야! 위쯔치가 정치 문제를 자백하도록 네가 설득해야 해." 이제 돤차오췬의 목소리는 한없이 다정했다.

샹난은 쓴웃음을 지으며 고개를 젓더니 허둥대기 시작했다. "갈게! 가서 위쯔치한테 말할게. 우린 헤어져야 한다고, 그 길밖에 없다고!"

돤차오췬이 알 수 없는 미소를 지으며 이번에는 리융리와 유뤄빙에게 일렀다. "그렇게 할 수밖에 없겠네요. 샤오샹이 직접 가서 말하라고 놔두지요. 우린 샤오샹이 혁명의 고삐를 놓지 않으리란 걸 믿어야 합니다."

리융리가 고개를 끄덕이며 다그쳐 물었다. "언제 갈 거요?"

"오늘 오후에 바로 가겠어요. 오후에 바로……." 샹난은 힘없이 대답하고 일어섰다. 유뤄빙도 따라 일어나 그녀의 어깨를 다독였다. "가 보시오! 힘내요! 혁명은 언제나 고통이 따르는 법이오!" 샹난은 아무 말도 하지 않고 걸음을 옮겼다. 리융리가 뒤에서 또 그녀를 불러 세웠다. "듣자하니 위쯔치가 집 열쇠도 동무에게 줬다던데?"

"예, 맞아요! 오늘 돌려줄게요. 모든 걸 다 그에게 돌려주겠어요……." 샹난은 행여라도 울음이 터져 나올까 봐 아랫입술을 꽉 깨물고 휘청휘청 밖으로 나갔다.

샹난은 넋이 빠진 듯 휘청거리며 리융리의 사무실을 빠져 나와 계단 앞에 섰다. 순간 눈앞이 캄캄해지는 바람에 하마터면 굴러 떨어질 뻔했다. 그녀는 손잡이를 꼭 붙들고 눈을 감은 뒤 심호흡을 했다. 그리고 다시 눈을 떴다. 그러나 눈앞은 여전히 캄캄했고 반딧불이 한 떼가 어지러이 날아오르듯 작고 까만 불빛이 반짝거렸다. 그러다가 그 반딧불이들 뒤로 차츰 사람 얼굴 하나가 보이기 시작했다. 돤차오췬의 얼굴이었다. 그녀가 미소를 지으며 샹난을 쳐다보고 있었다. 샹난은 얼굴을 돌려 버렸다. 그리고 손잡이를 꽉 잡고 한 계단 한 계단 천천히 아래층으로 내려갔다. 갑자기 돤차오췬의 다정한 목소리가 들려왔다. "샤오샹!" 곧이어 그녀의 부드러운 말소리가 이어졌다. "힘내! 너 이렇게 넋 빠진 꼴 보면 사람들이 웃을 거야!"

샹난은 걸음을 멈추고 몸을 홱 돌려 돤차오췬을 올려다보았다. 이상하게 돤차오췬의 얼굴이 그 순간 가면꽃으로 보였다! 노란색, 보라색, 검은색, 빨간색, 하얀색……. 너무나 선명한 그 색깔들! 하지만 생명이라곤 실 한 오라기만큼도 없는 그런 색깔들! 샹난의 마음에 증오와 분노가 치밀어올랐다. 그녀는 손잡이를 힘껏 붙들고 한 계단 한 계단 다시 올라가 돤차오췬 앞에 가서 꼿꼿하게 섰다. 샹난은 있는 대로 눈을 크게 뜨고 눈앞에 날아다니는 색과 빛을 쫓아 버리려 애를 쓰며 돤차오췬의 얼굴을 매섭게 노려보았다. 한참을 그렇게 보던 그녀는 느닷없이 웃음을 터뜨렸다! 그 웃는 얼굴과 소리에 돤차오췬은 소름이 쫙 끼쳐 뒷걸음질을 쳤다.

"얘가 정말 친구 걱정시키네!" 돤차오췬이 놀란 눈으로 샹난을 쳐다보며 말했다.

"너한테 친구가 있어? 어디?" 샹난은 여전히 돤차오췬의 얼굴을 노려보고 있었다.

"내가 바래다줄게!" 돤차오췬은 샹난의 눈길을 피하며 말했다.

"고마워. 차라리 비웃고 욕하라고 해. 동정받는 건 싫으니까. 내 심장은 깨끗하거든! 아주아주 깨끗하거든!" 샹난은 말이 끝나기 무섭게 바로 돌아서서 날듯이 뛰어내려갔다!

단숨에 자그마한 자기 방까지 뛰어온 샹난은 곧장 침대로 가서 오래도록 조용히 누워 있었다. 그렇게 한숨 돌리고 난 뒤 샹난은 일어나 책상 서랍을 열었다. 일기장을 펼쳐 그 안에 꽂아 두었던 샤오하이의 시를 꺼냈다. 계산해 보니 그녀가 이 시를 보고 쯔치의 집 문턱을 넘어선 지 오늘까지 이제 겨우 석 달이 흘렀다. 하지만 그녀는 마치 3년, 30년을 보낸 듯했다. 그동안 두 사람은 너무나 달콤하고 행복한 시간을 함께했지만 또 미친 듯 날뛰는 비바람과 풍랑도 겪었다. 그러나 이젠 모두 끝이었다. 그녀는 30여 년을 살았지만 인생의 행복과 고통의 맛을 진짜 알게 된 것은 모두 지난 석 달 남짓한 동안이었다. 시간의 신은 인생의 온갖 맛을 한잔 술에 녹여 그녀에게 바친 것이다. 그 석 달 남짓한 시간이 자기와 쯔치, 그리고 샤오하이에게 어떤 영향을 남길지는 알 수 없었다. 지금 그녀가 확실히 아는 것이라곤 이 모든 걸 이제 끝내야만 한다는 것, 끝내지 않으면 안 된다는 것뿐이었다. 그동안 쯔치가 그녀에게 바친 모든 것, 그러니까 그의 마음과 샤오하이, 샤오징의 마음을 이젠 다시 다 돌려주어야만 한다. ……하지만 마음과 마음으로 주고받은 것도 돌려줄 수가 있는가? 그녀는 끝내 샤오하이의 시 위에 엎드려 흐느끼고 말았다!

"싫어! 헤어지지 않아! 헤어질 수 없어! 절대 안 헤어져!" 그녀는 울면서 부르짖었다.

그때 갑자기 귓가에서 "우린 샤오상이 혁명의 고삐를 놓지 않으리란 걸 믿어야 합니다"라던 돤차오췬의 말소리가 들려왔다. 샹난은 얼굴을 들고 사방을 둘러보았다. 한때 그녀에게 그토록 많은 즐거움을 주었던 이 방이 지금은 냉담하게 그녀를 바라보며 이렇게 말했다. "넌 원래 혁명을 하려고 했잖아! 이제 혁명을 그만두려는 거야?"

"가자! 가서 끝내자고 말해야 해!" 그녀는 일기장을 소리나게 덮고 자리에서 일어났다. 하지만 그 순간 그녀의 눈앞에 폭풍우 속에서 "나한테 기대요! 싫소? 샤오상?"이라고 묻던 위쯔치의 반짝이는 눈동자가 나타났다. 그녀는 도로 주저앉으며 우물우물 대답했다. "아니요! 저도 원해요! 너무너무 원해요! 하지만 무산 계급 사령부가……."

"아아, 전 어쩌면 좋아요!" 그녀는 울부짖으며 다시 책상에 엎드려 흐느끼기 시작했다.

"샹난, 편지 왔소!" 밖에서 천씨가 그녀를 불렀다. 샹난은 얼른 눈물을 훔치고 나가 편지를 받았다. 어머니한테 온 편지였다.

"룽더(龍德)야! 요즘 난 날마다 날짜만 세고 있단다. 설이 얼마 남지 않았잖니. 너희들 혼사 준비는 어떻게 돼 가고 있니? 얘야, 엄만 정말 무척 기쁘구나! 지난 몇 년 동안 늘 네가 눈에 밟혔는데. 눈만 감으면 외기러기 한 마리가 바닷가를 외롭게 날고 있는 게 보였단다. 그런데 이젠 너도 드디어 네 짝을 찾았구나.

롱더야, 30년간 너를 키우면서 나한테도 생명이란 게 있었을까? 있었지. 나의 생명은 바로 너였단다. 나에게 감정이 있었을까? 있었지. 나의 감정은 모두 너한테 쏟았단다. 나에게 바람이 있었을까? 있었지. 나의 바람은 바로 너의 행복이었단다. 이제 그 모든 게 이루어졌구나. 이제 엄마는 몇 년, 아니 몇십 년이라도 더 오래오래 살고 싶구나!

롱더야, 내가 걱정되는 건 널 너무 오냐오냐 키워서 어떻게 아내가 되고 어머니가 될 것인지 제대로 가르치지 못했다는 거다. 그건 꼭 배워야 한다. 엄마 생각이 좀 낡은 건지도 모르겠다만 난 아무래도 아내와 어머니가 되는 것은 여자의 신성한 책임이고 권리이자 의무라는 생각이 드는구나. 권리에는 반드시 의무가 뒤따르는 법이다. 쯔치와 샤오하이를 위해서 넌 엄청난 대가와 노동을 치러야 해. 마음의 준비는 되었니, 아가?

요즘 나는 틈나는 대로 너희들한테 줄 솜신을 만들고 있단다. 내가 만들어 주는 건 이번이 마지막일 게다. 다음부턴 네가 배워서 만들어야지. 쯔치, 샤오하이, 샤오징이 필요한 것은 뭐든지 네가 직접 만들어 주려무나. 음력설에는 내가 빈하이로 가마! 너흰 네 명이고 난 혼자니까.

애야, 엄만 정말 기쁘다! 30년 동안 처음으로 설이 빨리 왔으면 하고 기다려지는구나!"

"아아, 엄마!" 편지를 다 읽고 난 샹난은 침대에 엎드려 또 엉엉 울었다. 당장이라도 달려가 어머니 품에 안겨 실컷 울고 싶었다. "엄마! 엄만 제가 자라는 걸 봐 왔으니 제가 왜 쯔치를 사랑하는지 잘 아실 거예요. 전 타락하지 않았고 앞으로도 절대 타락하지 않을 거라는 거 엄마는 믿으시죠? 하지만 무산 계급 사령부는 저더러 타락했대요! 그들은 우리 둘을 갈라놓으려고 해요! 엄마, 롱더가 조금 있으면 사랑하는 사람들을 잃고 다시 외기러기가 되게 생겼어요! 엄마! 엄마!"

네 평 남짓한 작은 방이 오늘따라 유난히 휑해 보였다! 울음소리 말고는 아무것도 존재하지 않는 듯했다.

샹난과 위쯔치: "이건 디화챠오의 의견이에요"

샹난의 숙소에서 위쯔치의 집까지는 별로 멀지 않았다. 걸어서 보통 30분 정도 걸리는 거리였는데, 평소 샹난은 종종걸음으로 뛰다시피 했기 때문에 10분 남짓이면 도착했다. 하지만 오늘 그녀는 일부러 길을 돌며 천천히, 느릿느릿 걸었다. 또 사진이 나왔는지 보려고 희망 사진관에도 들러 보았다. 사진은 세 장 모두 잘 나왔는데 그중에서도 샤오하이가 하자는 대로 찍은 것이 가장 보기 좋았다. 사이좋게 나란히 앉은 샹난과 위쯔치 앞에 샤오하이가 무릎을 구부리고 앉아 두 팔을 두 사람 무릎 위에 얹은 자세로 싱긋 웃고 있고, 뒤의 두 사람이 샤오하이의 어깨 위에 각각 한 손을 올려놓은 것이었다. 균형 잡힌 세 사람의 위치가 잘 어울렸을 뿐만 아니라 세 사람 다 예쁘게 나왔다. 특히 위쯔치의 두 눈이 멋져 보였다. 그것은 희망으로 가득 찬 눈이었다. 샹난은 세 장 모두 각각 세 장씩 뽑고 샤오하이의 말대로 찍은 사진만 두 장 확대하기로 했다. 그리고 또 쯔치의 두상만 따로 떼어 독사진을 만들어 달라고 부탁했다.

희망 사진관을 나온 그녀는 길을 다시 두 바퀴나 더 돈 뒤에야 위쯔치의 집 앞에 도착했다. 시계를 보니 벌써 한 시간 반도 넘게 걸었다. 그녀는 바로 들어가지 않고 입구에 잠시 서 있었다. 마음이 조금 진정되자 그제야 열쇠를 꺼내 조용히 문을 열었다. 위쯔치는 방 한가운데 있는 책상 옆에 문을 등진 채 있다가 문 소리가 나자 뒤돌아보더니 도로 고개를 돌렸다. 샹난이 살금살금 옆에 가서 보니 그는 한창 솜 조끼를 꿰매고 있었다. 솜을 잘 펴 놓고 한 땀 한 땀 누비는 중이었다. 그의 큰 손은 좀 둔해 보이는 데다 조금씩 떨기까지 했다. 하지만 그는 더없이 진지하고 꼼꼼하게 바느질을 하고 있었다. 위쯔치가 검은색 스웨터 하나만 입고 있는 것을 보고 샹난은 침대 위에 있던 솜옷을 갖다 걸쳐 주었다. 그리고 그의 손에 있던 바늘을 뺏어 자기가 한 땀 한 땀 꿰매기 시작했다. 등 뒤로 쯔치의 입에서 뿜어 나오는 뜨거운 입김이 느껴졌다. 한참 바느질을 하던 샹난의 손이 조금씩 떨리기 시작하더니 솜 조끼 위로 눈물이 뚝뚝 떨어졌다. "샤오샹!" 뒤에 서 있던 위쯔치가 바늘을 쥐고 있던 샹난의 손을 한 손으로 꼭 잡고 다른 쪽 손으로 바늘을 빼내 조끼 위에 꽂았다. 그리고 그녀를 책상 앞에 있는 걸상에 끌어다 앉혔다. 그의 표정은 몹시 우울했고 갈색 눈동자는 회색을 덧씌운 것만 같았으나 여전히 침착했다. 예전처럼 그는 그녀에게 진한 차 한 잔을 끓여 책상 위에 놓아 주고 그녀를 일으켜 세운 다음 자기 무릎 위에 앉혔다. 그녀는 찻잔을 집어 드는 대신 그의 어깨에 기대 울기 시작했다. 그가 커다란 손으로 그녀의 눈물을 닦아 주고 한동안 자기 얼굴을 그녀의 얼굴에 대고 다정하게 비볐다.

"샤오샹, 울지 마오. 지금은 울 때가 아니야. 당신이 언제 헤이룽장으로 떠날지 알 수 없지 않소. 시간이 별로 없으니 서둘러서 떠날 준비를 마쳐야지. 당신한테 뭐 다른 건 사 주지 않을 거요. 대신 집에 있는 것들 중에서 몇 가지를 챙겨 놓았으니 갈 때 가져가도록 해요. 맘 놓고 가요. 나는 걱정하지 말고. 난 뭐든지 참을 수 있으니까. 당신을 기다릴 거요. 늙어서 죽을 때까지라도 기다리겠소."

위쯔치는 안쪽 방 옷장에서 몇 가지 물건을 꺼내 왔다. 낡은 양가죽 오버 하나, 솜 장화 한 켤레, 그리고 가죽 모자 하나였다. 그는 가죽 모자를 그녀의 머리 위에 씌우더니 거울 앞으로 데리고 가 좌우로 살펴보았다. "멋진데, 샤오샹! 꼭 잘생긴 총각 같아!" 그 순간 그녀는 모든 시름을 잊고 그를 쳐다보며 웃음을 터뜨렸다. 샹 난은 쯔치를 자기 옆으로 잡아당겨 거울 앞에 나란히 서게 한 뒤 그의 머리를 자기 머리에 끌어다 대고 이리저리 거울을 들여다보 았다. 그제야 쯔치의 눈에 빨갛게 핏발이 선 게 보였다. 어젯밤 한 숨도 자지 못한 게 틀림없었다. 그러자 또 온갖 근심 걱정이 피어 오르기 시작했다. 그녀는 천천히 모자를 벗어 침대 위에 내려놓았 다. 그리고 금방 쯔치가 가져온 물건들을 한데 잘 모아 작은 이불 로 꽁꽁 싸맨 다음 도로 옷장에 넣어 두었다. 위쯔치는 그 모든 걸 불안한 마음으로 지켜보았다. "왜, 마음에 안 드오?" 그녀가 그를 보고 처량하게 웃더니 눈길을 피했다. "좋아요. 당신이 주는 거라 면 뭐든지 좋아요. 하지만 지금은 안 가질래요. 잘 싸 뒀다가 우리 가 결혼할 수 있게 되면 그때 다시 주세요!" 위쯔치의 얼굴빛이 확 변하면서 벌겋게 상기되었다. 그는 똑바로 서서 그녀의 어깨를 쥐 고 두 눈을 뚫어져라 쳐다보았다. "당신, 무슨 생각을 하는 거요?"

"아무 생각도 안 해요, 아무 생각도 안 한다고요!" 샹난은 고개를 저으며 이렇게 대답하면서도 샤오하이의 침대에 엎드려 통곡하기 시작했다. 옆에 앉아 그녀의 등을 어루만지는 위쯔치의 눈에서도 눈물이 솟았다. 그는 엎드려 그녀의 귓가에 대고 물었다. "샤오샹, 솔직하게 말해요. 힘드오?"

위쯔치를 쳐다보며 고개를 끄덕이던 샹난은 더 큰 소리로 울기

694

시작했다. "쯔치, 정말 못 참겠어요! 더 이상 못 참겠어요! 왜 우리의 인격을 모독하는 걸까요? 왜 우리 연애를 막는 걸까요? 우리가 누구를 방해했나요? 우리가 무슨 혁명 이익에 손해를 끼쳤나요?"

"그런 일 없소, 샹난. 우린 아무 죄도 없소, 아무 죄도!" 위쯔치의 말투는 단호했다.

"하지만 무산 계급 사령부는 그렇게 봐요! 아세요? 쯔치, 그게 디화챠오의 의견이래요! 그들은 우리가 타락했대요! 우리가 함께 자본주의를 복벽하려 한대요!"

위쯔치는 순간 멍해졌다. "그런 거였군!" 그는 입 속으로 이렇게 중얼거리고는 아무 말도 하지 않았다. 그는 추석날 밤 두 사람이 함께 앉아 있던 곳으로 가서 창밖을 바라보았다.

"쯔치! 쯔치!" 샹난은 침대에 엎드려 울면서 계속 그의 이름을 불렀다. 그러나 그는 뒤돌아보지 않고 무겁게 고개만 저었다. "샤오샹, 그만 불러요. 나도 내 마음속 생각을 모두 당신한테 말해 주고 싶은 마음이 간절하오. 하지만 당신은 이해 못 할 거요. 당신은 너무 어리고 단순해. 아직은 경험이 너무 부족하단 말이오!"

"말해 봐요! 당신이 생각하는 걸 모두 저한테 말해 봐요!" 샹난이 위쯔치 옆으로 다가오며 간절히 말했다.

"아니, 샤오샹. 그들이 당신을 불렀던 거요?"

"예. 차오췬도 왔었어요. 그 사람들하고 저 약속했어요. 오늘 당신한테 열쇠를 돌려주겠다고요. 무산 계급 사령부에 반항할 순 없어요!" 그녀는 겁이 나는 듯 위쯔치의 어깨에 기댔다.

갑자기 위쯔치가 돌아서더니 그녀의 손을 잡았다. "그들이 분명 이렇게 나올 거라고 예상하고 있었소! 샤오샹! 샤오샹! 내가 얼마나 당신과 함께 살고 싶어 하는지 아오? 당신 없이는 하루도 살 수 없다는 거 아오? 당신은 이미 내 생명의 일부가 되어 버렸소!

하지만 이제 난 정치적으로 사형 선고를 받은 것이나 마찬가지요! 박해는 이제 막 시작되었을 뿐이오. 나 때문에 당신을 고생시킬 수는 없어. 당신은 아직 제대로 살아보지도 못했잖소! 샤오샹, 당신이 어떤 결정을 내리든 난 절대 개의치 않을 거요. 당신의 행복을 찾아가도록 해요!"

그러자 샹난은 위쯔치의 목을 끌어안고 아이처럼 엉엉 울기 시작했다. "싫어요, 쯔치! 전 살아서는 당신 사람이고 죽어서는 당신의 귀신이에요! 무슨 일이 있어도 당신과 함께 겪겠어요! 절대 안 떠나요! 오늘도 내일도 모레도 전 계속 여기로 올 거예요. 제 다리가 붙어 있는 한 이 길은 절대 끊어지지 않을 거예요."

위쯔치는 대뜸 그녀를 안아 올렸다. 그리고 어머니가 아기를 안듯이 그녀를 가슴에 안고 이 방에서 저 방으로 저 방에서 이 방으로 집 안을 거닐며 혼잣말처럼 중얼거렸다. "나의 샤오샹! 나의 가족! 나의 친구! 나의 연인! 고맙소. 샤오하이도 당신에게 고마워할 거요. 난 정말 이 고난의 세월을 당신과 함께 이겨 내고 싶은 마음 간절하오! 하지만 이 세월이 얼마나 계속될지 알 수 없는 일이오. 또 무슨 일이 닥칠지도 알 수 없소! ……당신을 다치게 할수는 없어! 아! 어찌 해야 한단 말인가? 어찌 해야……!"

샹난은 그에게 내려 달라고 한 뒤 근심스럽게 말했다. "그들은 저에게 당신을 설득해 「끝없는 장강 물결 도도히 흘러」에 대해 자백하게 하라고 했어요……."

"그래, 그랬소? 저들한테 우리가 「끝없는 장강 물결 도도히 흘러」를 다시 쓰고 있다는 말도 했소?"

"안 했어요. 죽어도 말하지 않을 거예요. 쯔치, 죽으면 죽었지, 저는 당신을 고발하는 짓은 하지 않아요! 당신의 모든 걸 저는 모두 믿고 지지하는걸요!"

위쯔치는 책상 앞으로 가더니 서랍에서 공책을 몇 권 꺼냈다. 그들이 기억을 더듬어 가며 다시 함께 쓰고 있는 「끝없는 장강 물결 도도히 흘러」였다. 그 안에는 그의 필적도 있었고 샹난의 필적도 있었다. 어떤 부분은 샹난이 기억을 더듬어 쓰기도 했고 어떤 부분은 샹난이 직접 보충해 넣기도 했다. 그중에서 그는 특히 몇 번이나 비판받은 '꼬마야 꼬마야' 뒷부분에 샹난이 보충해 넣은 단락을 좋아했다.

난 전우의 열렬한 함성 소리를 들었다,
난 전우가 높이 든 홍기를 보았다.
나는 옷깃을 들어 올리고, 눈물을 닦았다.
나는 오른손을 들고, 맹세를 다졌다:
"나의 전우여, 나의 형제여:
영원히 기억하리라 그대가 흘린 피,
영원히 밟고 가리라 그대의 발자국……
이승의 요괴인들 두려우랴? 저승의 악귀인들 무서우랴?
망각—! 그것이야말로 배반의 동의어인 것을."

두 사람은 다시 이 부분을 펼쳐 들었다. 두 사람이 함께 서로 주거니 받거니 의논해 가며 시를 쓰고 논하던 정경이 눈앞에 선했다. 그 얼마나 행복한 순간이었나! 그 순간에 도취되고 흥분하여 말없이 서로 물끄러미 바라보았던 적이 몇 번이던가! 그 속에서 그들이 느낄 수 있었던 것은 단지 가족의 행복만이 아니었다. 그 속에서 그들은 서로의 혁명 정신을 지지하고 격려하기도 했다. 그런데 이제 그 모든 게 부패요, 타락이요, 반혁명이 되어 버렸다!

그런 생각에 샹난은 또다시 서럽게 울기 시작했다. "이게 바로 우리의 죄증이겠군요! 당신이 이렇게 저를 부패시켰고 전 또 당신에 의해 이렇게 부패된 거라고 말예요. 이 모든 게 다 무엇 이지요, 쯔치?"

위쯔치는 공책들을 정리하여 낡은 신문지로 싸기 시작했다. "샤오샹, 오늘 갈 때 이것들을 당신 집으로 가지고 가시오. 우리 집은 또 수색을 하러 올지 모르니까. 우리 반드시 이걸 끝까지 완성합시다. 만약 나한테 무슨 일이라도 생기면 샤오샹 당신이 이걸 마무리해야 하오, 알겠소?" 위쯔치는 사뭇 진지했다.

"뭐라고요? 당신 지금 뭐라는 거예요?" 샹난이 화들짝 놀라며 그의 손을 잡았다. 그녀의 손은 얼음처럼 차가웠다. "무슨 생각을 하는 거예요? 무슨 일이라뇨? 대체 무슨 생각을 한 거예요? 말해 봐요! 어서 말 좀 해 보라고요!"

그가 쓸쓸하게 웃었다. "꼬맹이! 이런 상황에서는 어떤 일이든지 일어날 수 있다는 걸 알아야지." 그가 얼른 화제를 돌려 버렸다. "샤오하이한테는 아무 말도 하지 않았소. 어젯밤에 당신이 오지 않기에 그냥 지쉐화를 만나러 갔다고 했으니까 당신도 그렇게 말해요, 알겠소?" 그녀가 고개를 끄덕이더니 시계를 보았다. "학교 끝났을 시간인데. 날마다 이맘때면 돌아오더니 오늘은 어딜 갔을까요?" "친구 집에 갔을 거요. 당신 오늘 분명히 밥도 먹지 않았을 텐데, 내가 국수를 끓여 주리다." 샹난이 물었다. "당신은 먹었어요?" 위쯔치는 그저 웃기만 했다.

두 사람은 국수를 끓여서 조금씩 먹고 샤오하이 것도 남겨 놓았다. 하지만 샤오하이는 아직도 돌아오지 않았다. 두 사람은 걱정이 되기 시작했다. 위쯔치가 목도리를 두르며 나갈 채비를 했다. "샤오하이 친구네 집에 한번 가 봐야겠소." 그가 막 계단 입구로 갔을 때 샤오하이가 들어왔다. 그 뒤로 지쉐화가 따라 들어왔다.

"쉐화, 왔어요?" 샹난은 지쉐화를 보자마자 앞으로 다가가 그녀의 손을 덥석 잡았다. 이 친구에게 할 이야기가 무척 많을 것 같았는데 샤오하이가 옆에 있으니 아무 말도 할 수가 없었다. 그녀는 쉐화의 손을 놓고 샤오하이를 쳐다보았다. "샤오하이! 나하고 아빠하고 얼마나 기다렸는지 아니? 얼른 가서 밥 먹어." 샹난을 보고 좋아하던 샤오하이는 두 사람의 얼굴빛이 별로 좋지 않은 것을 보더니 덩달아 저도 침울해져 가지곤 맥없이 대답했다. "지 선생님 댁에서 먹었어요. 말씀들 나누세요. 가서 숙제할래요."

샤오하이의 기분이 좋지 않은 것을 보고 샹난이 얼른 표정을 바꾸어 웃으면서 그녀를 불렀다. "샤오하이, 이것 봐. 사진 나왔어." 사진 이야기를 듣자마자 샤오하이는 금방 함박웃음을 지었다. 그리고 아버지, 지 선생님과 함께 사진을 보면서 어떤 게 제일 좋은지 평을 했다. "네 말대로 한 게 제일 잘 나온 것 같아! 벌써 그걸로 두 장 확대해 달라고 말해 놨어. 그리고 아빠 얼굴만 따로 한 장 확대해 달라고 했고! 네가 이겼어, 샤오하이!" 샤오하이의 얼굴이 환해졌다. "거 봐요, 내가 더 잘 알지! 다른 집 사진들 보면 어른하고 애들하고 다 그렇게 찍는단 말예요!" 위쯔치가 그런 샤오하이를 바라보며 말했다. "그래, 이제 가서 숙제하렴. 우린 지 선생님과 할 얘기가 좀 있으니까." 샤오하이는 지쉐화를 보고 천진난만하게 웃더니 영화에서 본 흉내를 냈다. "알겠사옵니다—!" 그러곤 하하 소리내어 웃으며 제 방으로 들어갔다.

샤오하이가 방으로 들어가자 위쯔치가 걸상을 벽 쪽에 끌어다 놓으며 지쉐화에게 앉으라고 권했다. "샤오하이가 오시라고 청하던가요?" "저도 다 들었어요. 오늘 오전에 황단칭 동무가 우리 집에 와서는 동무들을 한번 찾아가 보라고 하더군요. 그러더니 또 오후에는 샤오하이가 찾아왔어요. 아버지 안색도 안 좋지, 아줌마는 안 오지 하니까 애가 덜컥 겁이 났던 모양이에요. 저더러 같이 가 보자고 하더라고요." 위쯔치와 샹난은 가슴이 찢어질 듯 아팠 다. "근심 속에서 자란 아이라 여전히 근심을 떠나지 못하나 봅니 다. 폐를 끼쳤소, 샤오지. 동무도 여기 오기 불편할 텐데. 동무도 알겠지만⋯⋯."

지쉐화가 얼른 말을 가로막았다. "저도 다 알아요. 제가 무서울 게 뭐 있어요? 평원펑과 이혼을 하지 않았으니 여긴 아직도 제 집 인걸요. 전 집에 온 거예요. 저쪽 집에 일이 좀 있다고 평원펑한테 며칠간 좀 봐 달라고 했거든요. 오늘부터 그쪽 집으로 와서 자라 고 벌써 말해 뒀어요."

그 말에 감동한 샹난이 쉐화의 손을 꼭 잡았다. "쉐화! 그래도 동무한테까지 폐를 끼칠 순 없어요. 그냥 평원펑더러 여기로 오라 고 해요. 우리야 어차피 이렇게 된 걸요. 보고하려면 맘대로 보고 하라고 하죠, 뭐!" 위쯔치도 한마디 거들었다. "그래요, 샤오지. 우리 때문에 동무까지 힘들게 할 순 없소."

지쉐화가 웃었다. "요즘 세상에 힘들지 않은 사람이 몇이나 되 겠어요? 두 분이 저보다 훨씬 더 힘드시잖아요!" 그녀는 근심스 럽게 두 사람을 쳐다보더니 머뭇거리며 물었다. "두 분, 앞으로 어 떻게 하실 작정이에요?"

위쯔치가 샹난을 쳐다보며 아무 말도 하지 않자 샹난이 대답했 다. "버텨 볼 생각이에요."

지쉐화가 탄식을 했다. "저희 엄마, 아버지도 처음에는 버텨 보 겠다고 하셨죠. 그런데⋯⋯." 하지만 그런 말을 하면 안 될 것 같 단 생각에 지쉐화는 얼른 말을 돌렸다. "저도 두 분이 굳건하게 버 티시길 바래요. 사람에겐 언제나 희망이란 게 있어야죠. 희망이 있 으면 버틸 수 있을 거예요!" 지쉐화는 바로 일어서면서 평원펑이 열쇠가 없어서 집에 들어가지 못할 거라면서 빨리 돌아가야겠다고 했다. 샹난과 위쯔치는 서운해하며 계단 입구까지 배웅을 했다.

위쯔치에게 두 갈래 길을 제시한 리융리와 유뤄빙

빈하이시 당 대표 대회가 열렸다. 돤차오췬과 리융리는 모두 대표로 참가했다. 회의장 안팎에서 서로 결합한다는 회의 정신을 관철하려고 간부 학교는 휴가 기간을 연장하고 이번 '반부패' 투쟁을 반드시 끝까지 틀어쥐기로 했다. 리융리가 당 대표 대회에 참석해야 하는 관계로 이번 투쟁의 책임은 대부분 유뤄빙에게 떨어졌다. 리융리는 당 대표 대회에 참석하러 가면서 유뤄빙에게 할 일을 자세하게 지시했다. 또 위쯔치를 불러 유뤄빙과 함께 이야기를 나눈 뒤 아무 데도 가지 말고 자술서를 써 내라고 경고했다.

그 뒤로 며칠이 지났지만 위쯔치는 한 자도 쓰지 않았다. 그런 자술서는 쓸 수 없었다. 쓴다면 샹난과 자기를 모욕하는 것일 뿐 아니라 당을 모욕하는 것이 된다. 더구나 그가 '죄'를 인정하더라도 디화챠오들은 그를 놔주지 않을 게 뻔했다. 그가 옛 대장을 그들에게 팔아넘기지 않는 한은 말이다. 아직까지 그들이 직접 그런 요구를 한 적은 없지만 언젠가는 요구할 날이 올 것이었다. 그는 그날을 기다렸다.

샹난은 여전히 날마다 집으로 왔다. 지쉐화 덕분에 펑원펑이 집을 비우고 없었으므로 그들의 행동도 훨씬 자유로웠다. 그들은 예전처럼 샹난이 떠날 때 필요한 준비를 하는 일 말고는 주로 시에 대해 논했다. 고난 속에서 즐거움을 찾는 것도 조금은 위안이 되었다. 그런데 어제는 하루 종일 기다려도 샹난이 오지 않았다. 밤이 되어 날이 완전히 어두워지고 나서야 집으로 온 샹난은 고향에서 친구가 찾아와 놀러 갔었다고 말했다. 헤어질 때 위쯔치가 그녀에게 다짐을 놓았다. "내일은 아침에 올 수 있겠소?" 샹난이 고개를 끄덕였다.

그랬는데 이미 정오가 지났는데도 샹난은 오지 않았다. 벌써 밥까지 다 해 놓고 기다리던 위쯔치는 아무리 기다려도 샹난이 오지 않자 불길한 예감이 들었다. 또 무슨 일이 생긴 걸까? 그는 아무것도 알 수가 없었다. 지난 며칠 동안 위쯔치의 집을 찾아온 사람은 아무도 없었다. 청쓰위안 부부는 자연히 올 수 없게 되었고 다른 동지들도 감히 찾아오지 못했다. 그 역시 소식을 알아보러 아무도 찾아갈 수가 없었다. 그는 또 감옥에 갇힌 듯한 느낌이 들었다. 시간이 또 그 앞에서 멈추어 버린 것만 같았다. 그는 다시금 외부 세계와 단절되었다.

갑자기 문 두드리는 소리가 났다. 그는 샹난이 왔나 싶어 부리나케 문을 열러 갔다. "열쇠를 가져가지 않았소?" 하지만 문을 열자 들어선 것은 리융리와 유뤄빙이었다.

위쯔치는 어리둥절해서는 걸상 두 개를 가져다 두 사람에게 앉도록 권했다. 그러나 차를 내오거나 하지는 않았다. 두 사람이 그저 놀러 온 건 분명 아니었기 때문이다.

과연 리융리는 입을 열자마자 질책하듯 물었다. "자기비판서는 어떻게 되어 가고 있소?" 위쯔치가 짧게 대답했다. "안 썼소." 리융리의 뾰족한 눈이 칼날처럼 그의 얼굴을 스쳤다. "그래, 끝까지 저항하겠다는 건가?"

위쯔치는 대답하지 않았다.

"그럼 어쩌겠단 거요?" 리융리가 거듭 캐묻자 위쯔치가 침착하게 말했다. "조직이 우리 문제에 대해 실사구시하기를 바라오. 나는 노당원이오. 나는 조직의 심사나 비평을 언제나 진지하고 솔직하게 받아들였소. 하지만 나는 내가 범하지 않은 과오를 인정해 본 적은 없소. 난 당을 기만할 수 없소."

"동무는 샹난을 부패시키고 무산 계급을 공격했잖소?"

"그런 적 없소." 위쯔치의 대답은 단호했다.

리융리가 차갑게 웃었다. 그는 작은 눈을 일자로 찌푸리며 위쯔치의 얼굴을 두어 번 훑어보더니 목소리를 깔았다. "동무는 동무의 사랑을 철석같이 믿는 모양이군! 알려 줄까? 천하에 깨지지 않는 공수 동맹이란 없는 법이야! 샹난이 이미 다 불었단 말이오!"

위쯔치는 한바탕 몸을 떨었으나 이내 믿을 수 없다는 듯이 고개를 저었다. "그럴 리 없소. 샹난은 거짓말을 못 하오."

"바로 그거요, 샹난이 거짓말을 못 하니까 우리도 그녀가 고발한 내용을 다 믿는 거요!" 리융리는 정말 그런 일이 있었던 것처럼 말했다. "샹난 앞에서 동무가 문화 대혁명을 공격하고 무산 계급 사령부를 공격하는 발언을 수도 없이 했다는데 사실이오?"

"난 그런 적 없소. 샹난이 그렇게 말했을 리도 없소." 위쯔치는 여전히 침착했다.

"동무가 '옛날 우파'를 찬양하려고 샹난과 함께 「끝없는 장강 물결 도도히 흘러」를 다시 썼다는데 사실이오?"

위쯔치의 몸이 또 한 번 떨렸다. 하지만 그는 이내 평정을 되찾고 단호하게 대답했다. "그런 일 없소. 샹난이 그렇게 말했을 리도 없소."

"그렇게 말했을 리 없다고? 그렇게나 믿소? 내 말해 주리다. 이런 말을 해 준 게 다 샹난이오! 그 '옛날 우파'가 동무에게 이렇게 하라고 시킨 거지? '어떤 사람들은 소설을 이용해서 반당 행위를 하는데 이건 일대 발명이오'라고 하지. 그런데 동무는 시를 이용해서 반당 행위를 했으니 이것도 일대 발명이로군! 바른대로 말하시오! 그 '옛날 우파'가 동무에게 뭐라고 지시했소?" 리융리의 말투는 확신에 차 있었다. 칼처럼 날카로운 그의 눈빛이 언제라도 위쯔치의 거짓말과 궤변을 찢어 놓겠다는 듯이 위쯔치의 얼굴을 노려보고 있었다.

드디어 올 것이 왔구나! 위쯔치의 생각이 재빠르게 돌아가기 시작했다. 리융리가 확보한 근거가 무엇일까 생각해 보았다. 옛 대장한테 무슨 일이라도 생긴 걸까? 아니면 샹난이 정말로 「끝없는 장강 물결 도도히 흘러」나 옛 대장에 대한 일을 누설한 것일까? 그는 대장이든 샹난이든 절대 사실에 어긋나는 이야기를 하지는 않을 것이며 더구나 자기를 해칠 만한 거짓말을 지어낼 리도 없다고 굳게 믿었다. 하지만 샹난의 입은 늘 신중하지 못한 편이라, 언젠가 누군가에게 한 말이 이번에 적발되어 리융리에게 포탄으로 포착된 건 아닐까? 그런 거라면 충분히 가능성이 있었다. 그는 며칠 전 미리 이런 일을 예상해서 샹난에게 자세히 물어보고 만일의 사태에 대비해 의논을 해 두지 못한 게 후회스러웠다. 지난 며칠간 감정에만 끌려다닌 자신이 원망스러웠다. 이제는 어떡한다? 그는 리융리의 말을 듣기만 하고 자기는 아무 말도 하지 않기로 결심했다. 절대 양심을 속이며 말할 수는 없을 뿐 아니라 대장과 샹난을 다치게 할 수도 없었다! 그래서 잠시 생각한 그는 여전히 침착한 태도로 말했다. "난 정말로 자백할 게 없소. 조직에서 내게 의심 가는 점이 있다면 제기해서 사실인지 아닌지 확인해 보면 되지 않겠소?"

리융리가 음흉하게 웃었다. "속을 한번 떠보시겠다? 그렇겐 안될걸! 그냥 솔직하게 자백하는 게 좋을 거야. 그 '옛날 우파'가 어떤 경로로 동무에게 자신의 기념비를 세우라고 지시했소? 또 그자가 동무에게 어떤 내막을 알려 주었소? 동무가 솔직하게 자백하고 정치적 입장을 바꾸기만 한다면 우리도 동무를 구해 줄 수 있소. 동무와 상난은 헤어지지 못한다면서? 우리도 두 사람을 꼭 갈라놓겠다는 게 아니라 교육을 시키려고 그러는 거요! 하지만 만약 우리의 교육과 구원의 손길을 거절한다면 우리도 가만있지는 않을 거요!"

'옳아! 나하고 정치적 거래를 하려는 거였군!' 위쯔치는 비로소 모든 것을 알 것 같았다. 그는 리융리를 매섭게 한번 노려본 다음 유뤄빙에게로 시선을 돌렸다. 그는 유뤄빙을 한참이나 물끄러미 쳐다보다가 이윽고 입을 열었다. "적어도 내 머릿속에서는 옛 대장과 반당 행위를 좀처럼 연결할 수가 없소. 유뤄빙 동지는 이 점에 대해 어떻게 생각하는지 모르겠소."

유뤄빙은 위쯔치와 리융리의 시선이 동시에 자기에게 쏠리는 것을 느꼈다. 대답하지 않을 수 없는 상황이었다. 그는 눈앞의 뿌연 연기를 입으로 휘휘 불어 내며 고개를 살짝 들고 탁한 회색 눈동자로 위쯔치를 보다가 다시 리융리를 바라보았다. "위쯔치가 내 생각을 물어보니 얘기를 좀 하겠습니다. 나 역시 위쯔치가 말하는 그 옛 대장을 압니다. 예전에 그 밑에서 얼마 동안 일한 적이 있죠. 하지만 해방 이후로는 그와 내왕이 끊겼습니다. 두 사령부 사이의 투쟁이 격렬한 이 시점에서 우리는 마오 주석께서 대표하는 무산 계급 사령부의 편에 서야지, 옛날의 상급자, 하급자 관계에 연연해서 누군가를 비호해선 안 된다고 생각합니다. 그렇게 하면 당을 해칠 뿐만 아니라 자기한테도 이로울 게 없지요. 난 위쯔치 동지가 이 문제를 진지하게 생각하기를 바라오. 동무가 중국 공산당의 당원인가, 아니면 옛 대장의 당원인가를 말이오."

"유뤄빙 동지!" 위쯔치는 격분해서 소리치며 벌떡 일어났다. 그는 방 안을 몇 번 왔다 갔다 하더니 다시 유뤄빙 앞에 앉았다. "자네가 그런 말을 하다니 정말 믿을 수가 없군! 지금 내가 생각하는 게 무엇일 것 같나? 옛 상급자, 하급자 관계? 아니네! 내가 생각하는 것은 한 사람의 당원과 당, 인민과의 관계네! 난 어느 누구도 비호할 생각이 없네. 하지만 난 당만큼은 보위할 걸세! 이 점은 자네도 분명히 알 거야." 그의 목소리는 떨리고 있었다.

"위쯔치! 당신 미쳤군!" 리융리의 째지는 목소리가 위쯔치의 말을 막았다. 위쯔치는 다시 자리에 앉아 리융리의 힐난을 들었다. "그가 '옛날 우파'라는 건 내 의견이 아니오. 유뤄빙 동무의 의견도 아니오. 그건 무산 계급 사령부의 의견이오! 바로 마오 주석의 의견이란 말이오!"

"마오 주석께서 그렇게 보실 리 없소." 위쯔치가 침착한 목소리로 한마디 했다.

"디화챠오 동지의 전달을 동무는 듣지 못했소?"

"난 믿지 않소!"

위쯔치의 대답에 리융리는 한 대 얻어맞은 기분이었다. 유뤄빙도 깜짝 놀라 고개를 들어 위쯔치를 힐끔거리더니 이내 고개를 숙여 버렸다. 리융리는 대번에 또 하나의 모자를 생각해 내고 표독스럽게 그에게 내뱉었다. "감히 마오 주석께 반대하다니! 이건 현행 반혁명이야!"

미리 짐작하고 있던 터라 위쯔치는 침착하게 설명했다. "마오 주석에 대한 나의 믿음은 확고부동하오! 바로 그렇기 때문에 난 마오 주석께서 그 옛 대장을 '옛날 우파'라고 말했다는 걸 믿을 수 없다는 거요!"

"그럼 동무는 디화챠오 동지의 전달을 의심한다는 건가?"

위쯔치는 묵묵부답했다.

"이렇게 나온다면 동무는 정말 자산 계급 사령부와 끝까지 갈 거란 얘기요?"

"나는 당과 마오 주석을 따라 끝까지 갈 거요."

"그건 궤변이야! 우린 당장이라도 당신을 당적에서 제명할 수 있어! 공안 6조에 따르면 당신은 명실상부한 현행 반혁명이란 말이야, 알아?" 리융리가 버럭버럭 소리를 질렀다.

하지만 그가 그러건 말건 위쯔치는 역시 침묵으로 일관했다.

유뤄빙은 아까 들어올 때부터 지금까지 쉬지 않고 줄담배를 피워 대고 있었다. 그는 이 자리가 제발 빨리 끝나기만 간절히 바랐다. 자기가 이 자리에 참여한다는 게 어떤 의미인지 그는 잘 알고 있었다. 하지만 그런다고 무슨 수가 있겠는가? 디화챠오가 직접 돤차오췬에게 이렇게 하라고, 그것도 반드시 유뤄빙이 직접 나서게 하라고 지시한 것을! 그들은 유뤄빙의 보고서를 보고 그의 태도가 무척 좋다고 여겼던 것이다! '이건 나를 한층 더 시험해 보려고 억지로 물에 집어넣는 거야!' 이렇게 생각하자 유뤄빙은 온몸에 소름이 돋았다. 그는 자기가 악마한테 잡혀서 나쁜 일을 한 뒤 어쩔 수 없이 계속해서 나쁜 일을 하지 않을 수 없게 되어 버린 것만 같았다. 그 악마가 바로 디화챠오였다. 그는 이제야 디화챠오가 얼마나 음험하고 독살스러운 정치적 수완을 가진 사람인지 확실히 깨닫게 되었다. 디화챠오를 알면 알수록 더 두려웠고, 그럴수록 계속 이렇게 해 나가는 수밖에 별 도리가 없는 것처럼 느껴졌다. 그래서 결국 그는 리융리와 함께 오고 말았다. 위쯔치가 맞설 것이라고 짐작은 했지만 이처럼 대담하게 대놓고 디화챠오를 공격하리라고는 상상도 못 했다. 어쨌든 유뤄빙은 또 한 번 자기 태도를 표명하지 않을 수 없게 되었다.

"위쯔치, 자네는 오늘 극단적인 과오를 범하고 있는 거야! 그것이 어떤 성질의 문제인지 생각은 해 봤나? 자네가 입당한 지 몇십 년이 되었네. 이제 와서 혁명을 하지 않을 생각인가? 당적을 정말 포기할 작정이야? 좋아, 백 번 양보한다 치더라도 아이 생각을 해야지! 그리고 샹난도! 자네 말끝마다 사랑, 사랑 하는데, 이게 그녀를 사랑하는 건가? 자넨 지금 샹난까지 반혁명의 구덩이로 끌고 들어가고 있어!"

위쯔치의 눈썹이 심하게 꿈틀거렸다. 입도 고통으로 일그러지기 시작했다. 당적을 포기할 거냐고? 샹난을 사랑하느냐고? 그걸 말이라고 하는가? 다른 사람도 아니고 그걸 누구보다도 잘 알고 있는 유뤄빙이 이런 식으로 나오다니! 그는 경멸의 눈초리로 유뤄빙을 쳐다보았다. 그는 '난 죽어도 영혼을 팔아넘기지는 않을 걸세!' 라고 대답해 주고 싶었다. 하지만 끝내 한마디도 하지 않고 침묵으로 대답을 대신했다.

위쯔치가 아무 말도 하지 않자 리융리는 승자라도 된 것처럼 웃고는 일부러 말을 길게 빼면서 위협했다. "어떻소—? 어느 것을 버리고 어느 것을 따를지는 동무가 결정하시오. 하지만 우린 동무가 이렇게 마음대로 반혁명을 선전한 것은 절대 용서하지 않을 거요!"

위쯔치는 아랫입술을 깨물더니 확고하게 대답했다. "물론 당신들은 나를 마음대로 처분할 수 있겠지. 하지만 난 당을 떠나지 않을 거요. 수십 년간 당이 내 몸에 쏟아 넣은 젖은 절대 짜내 갈 수 없소. 그건 벌써 내 피가 되었고 내 영혼이 되었으니까. 난 영원히 당의 사람이오!"

"그래? 어디 우리가 어떻게 하는지 두고 보면 알겠지!" 리융리는 또 말을 길게 빼더니 이어서 음흉하게 물었다. "요 며칠 샹난이 왔었소?"

"오지 않았소."

"정말이오?" 리융리는 뾰족한 눈을 교활하게 반짝이더니 유뤄빙을 쳐다보았다. "라오유! 이제 위쯔치의 진면목을 확실히 봤지요? 속 다르고 겉 다른 전형적인 반혁명 이중인격파!"

유뤄빙이 가만히 고개를 끄덕였다.

"위쯔치, 당신이 아무리 교활해도 말이야, 우리 노동자 계급을 이길 수는 없단 말이지! 잘 생각해 봐! 당신 앞에는 한 갈래 길밖에 없어. 무기를 버리고 투항하는 것! 당신과 자산 계급 사령부와의 관계를 솔직히 자백하면 우리도 너그럽게 처분해 줄 것이고 샹난하고 결혼도 할 수 있게 허락해 주지. 안 그러면 앞으로 벌어질 일에 대한 책임은 당신이 모두 져야 할 거야. 시간이 얼마 남지 않았다는 걸 명심해!"

말을 마친 리융리는 손을 휙 젓고는 일어나 나가 버렸다. 유뤄빙도 그 뒤를 따라 밖으로 나갔다.

위쯔치는 일어나 문을 닫았다. 방금 있었던 일을 차분히 생각해 볼 겨를도 없이 샤오하이가 돌아왔다.

샤오하이는 집에 들어서자마자 사방을 두리번거렸다. "아빠, 샹난 아줌마 안 오셨어요?"

"안 오셨다."

"어, 이상하다! 학교 파하고 나오다가 아줌마가 이쪽으로 가시는 걸 분명히 봤거든요. 근데 친구들이랑 얘기하는 사이에 금방 없어져 버렸어요. 그럼 어딜 가셨을까요?"

그 말을 듣고 불안해진 위쯔치는 방 안을 서성이다가 수시로 창문을 열고 거리를 내다보았다. 아버지의 행동이 어딘가 이상한 것을 보고 샤오하이는 또 겁이 더럭 났다. "아빠, 또 무슨 일 났어요?" 위쯔치는 걸음을 멈추고 딸을 쳐다보며 뺨을 어루만져 주었다. "아니다, 샤오하이. 아무 일도 없다. 하지만 샤오하이, 아무래도 너한테도 말해 줘야겠구나. 앞으로 상난 아줌마가 못 오실지도 모른단다."

"왜요?"

"왜냐하면 조직에서 아빠하고 상난 아줌마하고 결혼하는 걸 반대하거든." 잠시 생각한 위쯔치는 샤오하이에게 사실을 조금 말해 주었다.

샤오하이의 빛나던 눈동자가 금세 어두워졌다. 샤오하이는 아버지 곁으로 바싹 다가서며 나직이 물었다. "그럼 우린 어떡해요?"

"아빠랑 너랑 둘이 의지하고 살면 되지, 샤오하이!" 위쯔치는 딸을 꼭 끌어안았다.

샤오하이는 아버지 품에 안긴 채 몸을 떨었다. "둘이 의지하고 산다"는 말을 아버지한테 들은 게 이번이 처음은 아니었다. 아직 어려서 '둘이 의지하고 산다'는 말의 의미를 정확히는 몰랐지만 그 말의 느낌만은 알고 있었다. 그건 바로 자기와 아버지가 예전처럼 활기라곤 전혀 없이 살아야 한다는 얘기였다. 집에서는 더 이상 웃음소리도 들리지 않을 것이고, 아버지와 자기는 또 한없는 외로움과 비참함을 맛보게 될 것이다. 그런 생각을 하며 샤오하이는 아버지 품에서 울음을 터뜨렸다!

위쯔치는 샤오하이가 우는 걸 보고는 얼른 웃는 얼굴을 해 보이며 딸아이를 달랬다. "샤오하이, 걱정하지 마라. 아줌마가 오실지도 모르잖니! 너도 아줌마를 봤다면서? 그럼 오실 거야! 샤오하이, 누가 너한테 상난 아줌마가 왔었냐고 물어보면 어떻게 대답할래?" 샤오하이가 잠시 생각해 보더니 대답했다. "난 날마다 학교에 가느라 아무것도 못 봤다고 할래요. 그런데 정말로 아줌마가 또 오실까요?" 위쯔치는 또 샤오하이를 꼭 끌어안았다. "샤오하이! 우리 딸이 이제 다 컸구나! 우리 밥 짓자. 그리고 아줌마를 기다리는 거야. 아줌마는 틀림없이 오실 거야! 꼭 오시고말고!"

위쯔치와 샤오하이가 밥을 지어 밥상을 차릴 때쯤 정말로 샹난이 왔다. 그녀는 파란색 울 목도리로 두 눈만 빼고 온 얼굴을 친친 감싸고 있었다. 샤오하이는 샹난을 보자마자 좋아서 그녀의 손을 덥석 잡았다. "아줌마, 아줌마가 오시는 걸 아까아까 봤는데 왜 이제야 오시는 거예요?" 샹난은 샤오하이의 머리를 쓰다듬으며 위쯔치를 보고 처량하게 웃었다. "아무것도 아니야. 어서 식사들 하세요!" "당신은?" "전 금방 길에서 국수 한 그릇 사 먹었어요." 순간 위쯔치의 얼굴빛이 싹 변했다. 하지만 그는 샤오하이를 봐서 내색하지 않고 소리도 없이 밥을 먹었다. "넌 이제 가서 공부하렴! 아빠는 아줌마와 할 얘기가 좀 있거든." 밥을 다 먹고는 그가 이렇게 말하자 샤오하이는 얼른 자기 방으로 들어가 문을 닫아 주었다.

위쯔치는 샹난을 끌어다 앉힌 다음 그녀를 뚫어져라 쳐다보았다. "요 며칠 대체 무슨 일이 있었던 거요?" 샹난은 슬프게 웃으며 고개를 젓고는 그에게 애정이 담긴 입맞춤을 했다. "전 정말로 당신과 함께 있고 싶어요! 얼마나 당신과 결혼하고 싶은지 몰라요! 그러니 다른 건 묻지 마세요! 아무것도 묻지 말아 줘요!"

위쯔치는 그녀를 앞에 앉혀 놓고 유심히 살폈다. 겨우 이틀 만에 샹난은 눈에 띄게 야위어 있었다. 움푹 팬 눈두덩 때문에 그녀의 이마가 더 불거져 보였다. 두툼한 입술은 창백하고 입가엔 주름까지 잡혀 있었다. 예전의 발랄하고 정열적이던 샹난은 간데없고 슬픔과 수심에 가득 찬 샹난만 남았다. 그 커다란 두 눈은 수시로 위쯔치의 얼굴 위를 맴돌다가도 자기를 주시하는 위쯔치의 눈길은 애써 외면했다. 그녀는 그에게 바싹 기댄 채 그의 가슴과 어깨와 뺨을 어루만질 뿐 말은 한마디도 하지 않았다. 그는 가슴이 찢어지는 것 같아 이러고 있는 그녀를 차마 더 보고 있을 수가 없었다. 그녀는 뭔가 숨기고 있는 게 틀림없었다. 그는 샹난의 얼굴을 받쳐 들었다.

"샤오샹, 나한테 말해 주지 않을 생각이오? 나더러 이렇게 당신을 쳐다보고만 있으라는 거요? 더 는 견딜 수가 없구려!"

위쯔치가 이렇게 다그쳐 묻자 샹난도 어쩔 수가 없었다. "리융리가 저를 또 부르더군요. 제가 여기 날마다 온다는 거, 그 사람들이 다 알고 있었어요."

"그 얘긴 누군가 당신을 미행했다는 거 아니요!" 위쯔치는 분하고도 괴로웠다.

샹난이 울기 시작했다. "쯔치, 며칠 동안 제가 어떻게 보냈는지 저도 모르겠어요! 작은 방에 혼자 앉아서 먹지도 않고 자지도 않고 해가 지기만을 기다렸어요. 날이 어두워져야만 여기 올 수 있으니까요! 하지만 그나마도 옛날처럼 그렇게 한걸음에 달려올 수도 없게 됐어요. 혹시라도 누가 볼까 봐 계속 사방을 두리번거리게 돼요. 오늘은 점심을 먹고 나오긴 했는데, 누가 자꾸 저만 쳐다보고 있는 것 같지 뭐예요. 사방팔방에 저를 뒤쫓는 눈들이 있어서 제 일거일동을 하나도 빠짐없이 지켜보고 있는 것만 같았어요. '군중의 눈은 귀신처럼 밝소!' 라고 하던 리융리의 말이 귓가를 계속 맴돌고요. 그러다 대문까지 오긴 왔는데 바로 또 숨어 버렸어요. 이젠 저마저도 우리가 광명정대한 연애를 하는 게 아니라 꼭 도둑질이라도 하는 것 같단 생각이 들어요! 쯔치, 제가 어쩌다 이렇게 됐을까요? 어떻게 이럴 수가 있냐고요?"

위쯔치는 아무 말도 할 수가 없었다. 그저 그녀를 으스러져라 품에 안고 끝없이 그녀의 이름을 부를 수밖에 없었다. "샤오샹! 샤오샹! 나의 샤오샹!" 그는 오후에 리융리와 유뤄빙이 다녀간 일을 샤난에게 말하지 않았다. 그러잖아도 잔뜩 쇠약해진 그녀의 신경을 더 자극할 수는 없었다. 그날 밤 두 사람은 말 한마디 없이 그렇게 한없이 앉아 있었다. 샤오하이도 자기 방에 숨어 한 번도 나와 보지 않았다. 샤난을 바래다주는 길에 위쯔치가 그녀에게 말했다. "샤오샹, 당신은 지금 너무 지쳐 있소! 내일 밤에는 오지 말구려! 모레 밤에 와서 다시 한 번 잘 상의해 봅시다. 괜찮겠소?" "더 상의할 게 뭐 있어요, 쯔치! 이젠 그저 운명에 맡겨야죠!" "아니, 내 말 들어요. 내일은 오지 말고 모레 와요. 반드시 와요, 기다리겠소." "알았어요!" 헤어지며 위쯔치는 샤난의 손을 꼭 쥐었다. "시 원고는 잘 두었소?" 그녀가 고개를 끄덕였다. "우리가 그 시를 다시 쓰고 있다고 아무한테도 말하지 않았겠지?" 그녀가 고개를 저으며 이상한 듯 물었다. "왜요?" "아니요. 내 생각에 리융리들한테는 우리 결혼 문제보다 그 문제가 훨씬 중요할 거요. 그들이 당신한테 그 문제를 물어볼지도 모르오. 당신, 누구한테든 말할 때 반드시 조심해야 하오! 설령 친구지간이라도 꼭 여지는 남겨야 하오."

"걱정 말아요, 쯔치! 저도 알아요. 아무것도 말하지 않겠어요." 위쯔치가 그녀의 손을 더욱 힘껏 쥐었다. "착한 샤오샹!"

루원디에게 보낸 샤난의 여섯 번째 편지

원디!
금방 쯔치네 집에서 돌아왔어. 벌써 12시네. 그런데 잠이 오지 않아. 조금도 자고 싶지 않아. 요즘 내가 하루라도 제대로 잠을 자 본 적은 있게? 내가 어떻게 잠을 편히 자겠니? 내 앞에

그렇게 심각한 문제가 놓여 있는데. '어느 것을 버리고 어느 것을 따를 것인가?'

나와 위쯔치의 연애 문제는 무산 계급 사령부 디화챠오 동지의 비판을 받았단다. 그게 엄중한 계급투쟁이라더라. 며칠 동안 우리 두 사람 문제는 전체 선전 담당 부서에 퍼져 의논되고 비판받았어. 있지도 않은 온갖 죄명이 우리한테 씌워졌단다. 난 완전히 멍해져 버렸어.

난 여태까지 쭉 무산 계급 사령부를 존중했지. 해방 후 17년 동안 내 마음속에는 오직 하나의 사령부밖에 없었어. 그건 바로 마오 주석을 대표로 하는 당 중앙이었지. 그런데 문화 대혁명이 터지고 나서야 사령부가 두 개라는 걸 알았어. 난 견결하게 무산 계급 사령부를 따르도록 스스로 다그쳤어. 그것이 마오 주석을 대표로 하는 사령부였기 때문이지. 난 그것을 우러르고 믿고 따르며 그것이 하라는 대로 나를 개조하려고 애썼어. 난 언제나 무산 계급 사령부의 지시를 애써 이해하고 집행하려고 노력했지.

하지만 이번엔 정말 이해가 안 돼. 집행은 더구나 할 수도 없고!

누군가 유죄 판결을 받을 때 그 판결이 정확한지를 가장 잘 알고 있는 사람은 법관이 아니라 바로 판결을 받는 사람일 거야.

나와 위쯔치에 대한 판결은 잘못된 거야. 우린 정말 너무 억울해.

무슨 근거로 우리 연애가 무산 계급에 대한 자산 계급의 부패 활동이라는 거지? 말도 안 돼! 아무런 증거도 내놓지 못하면서 어떻게 우리 관계가 '적나라한 금전 관계'고, 또 내가 영혼을 팔아넘긴 사람이라고 단정 짓는 거지?

그들은 쯔치를 ‘자산 계급’이라고 판정했어. 그가 자산 계급 사령부와 끊으려야 끊을 수 없는 관계를 가진 반혁명 수정주의 분자래. 또 그가 장편 시 「끝없는 장강 물결 도도히 흘러」를 써서 자기를 키워 준 옛 대장을 노래한 건 주자파를 위해 기념비를 세워 준 거라나?

　이 모든 게 다 말도 안 되는 모함이야!

　맞아, 쯔치는 일찍이 유명 인사가 되었고 그 때문에 군중을 이탈하는 경향이 생겼을 거야. 하지만 그는 벌써 몇 번이나 자기비판을 했잖아? 당의 정책도 잘못은 고치면 된다고 수없이 강조했잖니. 왜 그 정책을 쯔치에게는 적용하지 않는 거지? 샹린 아주머니[祥林嫂]*처럼 문지방을 바쳐도 여전히 죄인일 수밖에 없다면 뭐 하러 문지방을 바치겠니?* 물론 그이는 이제 유명 인사도 그 무엇도 아니지. 내가 보니까 요새 어떤 사람들은 쯔치보다도 백 배는 더 호화롭게 살더라! 게다가 그 사람들이 지금 누리고 있는 것은 자기 노동의 대가로 얻은 게 아니라 대개는 ‘가져오기 주의’의 산물이고! 이걸 어떻게 이해해야 하니?

　더구나 내가 제일 이해할 수 없는 건 「끝없는 장강 물결 도도히 흘러」를 거듭 조사하고 비판하는 거야. 시에서 그리고 있는 백전노장이 무슨 ‘옛날 우파’라나? 해방 전쟁 시기에 무슨 ‘우파’가 있었겠니? 그런데도 그 사람들은 곧 죽어도 그 장군을 ‘옛날 우파’라고 우긴단다. 그 장군이 지금은 ‘주자파’라서 자산 계급 사령부에 속한다는 게 그 이유야!

　그런데 더 재밌는 건 그 장군이 ‘9차 대표 대회’의 당 중앙 위원으로 선출됐다는 거야! 이건 또 어떻게 이해해야 하니? 디화 챠오는 그가 ‘우파의 대표’로 중앙위원회 속에 ‘남게 된 것’이라고 하더구나. 그럼 또 이상하잖아! 당 중앙에 왜 ‘우파 대표’

를 '남겨 놓은' 거야? 문화 대혁명은 자산 계급 사령부를 벌써 박살낸 것 아니었나? 그런데 지금 와서 왜 또 새로 구성된 중앙 위원회에 자산 계급 사령부가 들어가는 거지? 우리 서민들이야 정치투쟁의 온갖 전술을 다 이해하지는 못하니까, 어쩌면 그것 도 '혁명의 필요'에 따른 것일 수도 있겠지. 그렇다고 해도 난 이해가 안 돼. 이왕에 혁명의 필요 때문에 그들을 당 중앙에 남 겨 뒀다면 왜 밑에서는 또 그들을 타도하려고 그렇게 기를 쓰는 거지? 그야말로 이중인격파들의 수법 아닌가? 또 이왕 하려면 정정당당하게 내놓고 확실히 하든가! 이렇다 저렇다 확실하게 말도 하지 않고 어물쩍거리면서 깃발 끄트머리만 보여 주다 말 잖아. 그러면서도 군중한테는 "기치를 선명하게 걸고 입장을 확 실히 견지하라"고 요구하고! 이게 대체 군중을 믿는 거야, 아니 면 우롱하는 거야? 군중에 의거해서 한다는 거야, 아니면 군중 을 이용하는 거야?

그리고 그 '전면 독재'라는 것도 그래! 원래는 나도 그게 마르 크스주의적이고 철저하게 혁명적인 거라고 믿었거든. 하지만 그 것이 정말로 의미하는 게 뭔지 이제야 확실히 알겠어. 원디, 그 건 이론이 아니라 현실이야. 그것도 아주 무서운 현실! 그건 우 리 모두의 모든 것을 계급투쟁 속에 포함시키고 독재의 틀 안으 로 끌어넣는 거야. '전면 독재'의 현실 속에서 사람들의 자유는 모조리 박탈되고 말아. 연애나 결혼도 계급투쟁의 일부이자 수 단이 되어 버렸지. 그러니까 이른바 혼인의 자유란 것도 존재할 수 없게 되는 거야.

얼마나 소름이 끼치는지! 난 사람들에게 큰 소리로 외치고 싶 어. 우린 사람이다! 우리에게 휴머니즘과 인정과 인간성을 제발 좀 베풀어 달라!

물론 아무도 내 외침 따위에는 귀를 기울이지 않겠지. 계급투쟁은 무정한 것이고 전면 독재는 어디까지나 '전면적'이라는 걸 다들 잘 알고 있을 테니까!

원디, 이런 내 생각이 무섭지 않니? 사실은 나도 내 생각이 무서워. 몇 번이나 나 자신에게 물어봤단다. "너 대체 왜 그래? 혁명의 칼이 자기 머리에 떨어지니까 미치겠어? 독재가 자기한테 시행되니까 따를 수가 없어졌어?" 난 억지로라도 무산 계급 사령부의 지시를 이해하고 상부의 결정을 따르려고 애써 봤어. 하지만 도무지 이해가 되질 않아. 내 손발은 묶어 버릴 수 있지만 내 영혼은 묶어 버릴 수가 없잖니!

원디, 내 친구야, 난 어쩌면 좋니!

저항해 볼까? 5·4 시대 여성들처럼 혼인 자유를 위해 투쟁해야 할까? 안 돼, 난 그럴 만한 담력도 용기도 없어. 난 5·4 시대 여성이 아니야. 그 시대에 선진적인 여자들이 사회에 발을 내디딜 땐 머리에 '저항'이라는 두 글자가 찍혀 있었지. 그건 영광의 표식이고 혁명의 표식이었어! 하지만 나는 달라. 난 새로운 사회에서 자랐고 내 머리나 마음에 찍힌 건 모두 '복종'이라는 두 글자였어. 이 역시 혁명의 표식이고 진보의 표식이지! 지난 십 수 년 동안 나는 늘 복종했어. 당의 영도에 복종하고 조직의 결정에 복종하면서 말이야.

난 복종이 내게 정신적 멍에가 될 거라곤 생각도 못 해 봤는데, 이제 그걸 알게 됐어. 원디, 기존 관념이 사람들에게 씌우는 속박이란 정말 무서운 거야. 난 내내 그 속박에 잡혀 있었던 거야. 복종에 길들여져서 감히 복종을 거역하지도 못하고 복종하지 않을 줄도 모르게 되어 버린 거야. 조직의 결정, 특히 무산 계급 사령부에 저항한다는 건 생각만 해도 너무나 겁이 나! 정말로 난 '반혁명의 언저리'까지 갔거나 깊은 수렁으로 '타락'해 가는 것만 같아. 게다가 문화 대혁명 이후로 복종하는 습관은 깨지기는커녕 더 심해졌어. 왜냐하면 지금의 복종은 머리로 생각하고 이해할 필요 없이 이해가 되지 않아도 집행해야 하거든. 물론 그런 복종은 뜨거운 사랑과 신뢰에서 나오는 게 아니라 회의와 두려움 속에서 나오지. 하지만 그렇더라도 궁극적으로는 복종하는 거지.

그리고 원디, 저항이 어떤 결과를 초래할지도 생각해 보지 않을 수 없단다. 사람이 자기 머리채를 끌고 지구 밖으로 떠날 수도 없는데 어떻게 내 앞의 현실을 두 눈 똑바로 뜨고 쳐다보지 않을 수 있겠니?

현실이 어떠냐고? 그저께 왕유이 부부가 몰래 나를 자기 집으로 부르고 문을 잠그더니 반나절이나 내게 충고를 하더구나. 그중 대부분은 다 흘려들었는데, 딱 한마디가 기억에 남아. 그 부부가 그러더라. "무산 계급 사령부가 이미 지시를 내린 마당에 두 사람 계속 그렇게 만나다간 둘 다 파멸하고 말 거야. 지금도 벌써 반은 파멸됐잖아!"라고 말이야. 그들의 관심과 초조해하는 심정을 보니까 그들의 충고가 얼마나 현실적인지 그 무게가 확실히 느껴지더구나. 무산 계급 사령부에 저항했다는 죄명이 어떤 결과를 가져올지 난 알거든.

그래서 내 앞에는 한 가지 길밖에 없어. 복종하는 것. 게다가 순결한 연애는 이미 모욕당하고 짓밟혀서 남들 눈 속에 죄악으로 변해 버렸는데, 그런 연애가 무슨 재미가 있겠니? 자산 계급 사회에서는 명예를 훼손당한 사람이 고소할 권리를 가진다더라. 그 법률이 설령 위선적인 것이라 해도 어쨌든 고소할 수 있고 자기를 변호할 기회는 가질 수 있잖아. 그런데 우린 뭐니? 고소할

데도 없고 변호할 권리도 없어. 모든 사람이 우리를 모욕할 수 있는 권리가 있고 거기다 '무산 계급 사령부를 옹호했다'는 미명까지 얻을 수 있는 반면에 우린 두 손을 모으고 공손히 서서 퍼붓는 구정물 세례나 받아야 하고 손으로 오물을 터는 것조차 하지 못하게 하잖아!

그래서 난 쯔치와 헤어지기로 결심했어. 완전한 이별 말이야!

하지만 그게 얼마나 어려운 일인지! 날마다 난 '결심을 해. 더 이상 이렇게 살아갈 순 없어!'라고 나를 독촉하지만 마음속에서는 또 다른 목소리가 들려. '가라, 가서 그 사람의 아내가 되라!'

결국 난 헤어지지 못했어. 난 아직도 날마다 쯔치한테 갔다가 밤이 깊어서야 돌아온단다. 비판 대회 때 리융리가 그러더라. "한 남자와 한 여자가 밤늦도록 함께 있으면서 어떤 정당한 일을 하겠소?"라고 말이야. 그 말을 생각할 때마다 온몸의 피가 거꾸로 솟아. 정말이지 당장이라도 그 피를 모두 토해 내 버리고 피에 적신 말로 대답해 주고 싶어. '그래, 맞아! 우린 한 남자고 한 여자야! 우린 서로 사랑해! 우린 결혼했어! 이건 인류 생존의 기본적인 요구고 권리야! 그 요구는 자연스런 것이고 그 권리는 신성한 거야!'

하지만 이렇게 은밀하게 내왕하던 것도 결국 발각되고 말았어. 누군가 내 뒤를 밟은 거야. 원디, 사랑하는 두 연인을 이렇게 대한다는 건 얼마나 비열한 짓이니? 그런데도 노동자 선전대는 그걸 두고 "군중의 눈은 귀신처럼 밝소!"라고 하더구나.

원디! 원디! 심장이 터져 버릴 것 같아! 내가 이렇게 소리 없는 비명을 지르고 영혼의 신음 소리를 낼 수 있는 사람이 너밖에 없구나.

내가 어쩌다 이런 지경에 이르렀는지 누가 가르쳐 줄 수 있을
까? 우리가 삶을 짓밟은 걸까, 삶이 우리를 짓밟은 걸까?

더 이상 못 쓰겠어, 원디. 어쩌면 난 쯔치와 함께 파멸해 버릴
지도 모르겠다!

1971년 정월 ×일

난이가

위쯔치 최후의 선택

샹난을 보내고 돌아온 위쯔치는 뜬눈으로 밤을 새웠다. 그는 하
룻밤을 꼬박 창가에 앉아 생각했다. 리융리가 제시한 두 갈래 길
을 생각하고 자기가 어떤 선택을 해야 할지 생각했다.

그 두 갈래 길이란 아주 분명했다.

하나는 투항하고 배신하는 것이다. 그 대가로 연애할 권리를 주
고 개처럼 살게 하겠지.

또 하나는 끝없이 괴롭히고 박해하는 것이다. 사실 그것은 길이
라고 할 수도 없었다. 비판 대회에서 리융리가 그와 옛 대장과의
관계를 공개적으로 추궁하지 않았다는 것은 롼차오췬이나 디화챠
오가 아직은 꺼림칙한 게 있어 공개적으로 그렇게 할 수 없다는
뜻이다. 하지만 바로 그렇기 때문에 그들은 위쯔치를 절대 놓아주
지 않을 것이다. 그에게서 자기들이 원하는 것을 얻든지, 아니면
그를 사지로 내몰고 말 것이다. 아무렴 그들의 비밀을 알고 있는
위쯔치를 자유롭게 살도록 내버려 두겠는가? 그들은 어떤 이유를
붙여서라도 위쯔치를 죽음으로 몰아갈 것이다. 예컨대 오늘 대화

내용만 가지고도 그들은 '공안 6조'에 따라 그를 다시 감옥으로 보낼 수도 있을 것이다.

어느 길을 가야 할 것인가? 물을 것도 없이 두 번째 길을 가야 하고 또 그 길로만 가고 싶었다. 하지만 그건 길이 아니다!

지난 몇 년 동안의 경험, 지난 몇 달 동안의 경험, 특히 지난 10여 일 동안의 경험을 통해 그는 자기가 직면한 현실을 확실히 보게 되었다. 그는 무서운 요귀 떼가 풍랑을 일으키며 당의 몸체를 부패시키고 잠식해 가는 것을 보았다. 류루메이나 자신은 그 요귀 떼의 날카로운 발톱에 할퀴어 당의 몸에서 찢겨져 나온 작은 살점에 지나지 않았다. 그 요귀 떼는 아직도 피 묻은 입을 쩍 벌리고 날카로운 발톱으로 사방을 할퀴어 대는가 하면 살아 있는 사람의 냄새를 찾느라 도처에서 코를 벌름거리고 있다. 그들은 온 우주를 뒤집어서 칠흑같이 어두운 세계로 만들려 한다. 그들은 이미 당의 최고 영도 기관에까지 파고들어 수억 인민이 경애하는 위대한 수령의 기치를 들고 자기가 '무산 계급 사령부'이며 마오 주석을 대표한다고 떠들어 대고 있다. 그들은 회의를 용납하지 않는다. 누구라도 감히 의심하는 자가 있다면 바로 갈기갈기 찢어 버리고 말 것이다.

이 요귀 떼가 지금 우리의 당을 얼마나 무서운 길로 이끌고 있는가!

공산당원으로서 그는 어떻게 해야 할 것인가? 당연히 떨쳐일어나 당을 지키기 위해 투쟁해야 할 것이며 요귀들 앞에서 자기의 입장을 떳떳하게 표명해야 할 것이다. 그러려면 대가를 지불해야만 한다. 요귀 떼가 여전히 세력을 쥐고 있고 또 신임을 얻고 있기 때문이다. 그들의 출현과 범람은 『수호전』에서처럼 "잠깐 요귀의 길로 잘못 든" 그런 것이 아니라 뿌리 깊은 사회적, 역사적 맥락을 지니고 있다. 그 맥락을 생각하자 그는 오싹 한기가 들어 몸을 떨었다!

하지만 그는 투쟁해야만 하고 또 대가를 치를 준비를 해야 한다. 몇십 년 동안 당이 그에게 준 가르침이 그렇게 하도록 요구했고, 그의 사랑과 증오가 그렇게 한다고 말한다. 유뤄빙처럼 꼬리를 흔들며 가련한 척하는 짓은 절대 하지 않을 것이다. 철이 들면서부터 그는 자기의 인격과 존엄을 지키려 노력해 왔다.

그러려면 그는 정말로 샹난과 헤어지지 않으면 안 된다. 그들이 두 사람의 결혼에 동의할 리도 없지만 그 역시 샹난을 '반혁명'의 아내로 만들 수는 없었다. 그것은 그에게도 고통이었다. 투쟁을 위해 그는 샹난과 헤어지리라 결심했다.

하지만 그렇게 하면 샹난이 정말 고통에서 벗어날 수 있을까? 아이들은? 그녀와 아이들은 함께 '반혁명'의 '검은 관계'를 짊어지게 되겠지? 나를 사지로 몰아넣으려고 저들은 날마다 샹난과 아이들에게 나를 고발하고 나와 투쟁하며 나와 선을 확실히 그으라면서 못살게 들볶을 것이다. 샹난과 아이들이 만약 그렇게 할 수만 있다면 그래도 다행일 테지만 과연 그들이 그렇게 할 수 있으며 또 하기를 원할 것인가?

그는 최근 샹난이 머릿속에서 떨쳐 내지 못하던 갖가지 의문을 떠올려 보았다.

지난번 샤오징이 집에 왔을 때 나누었던 대화도 생각해 보았다.

가슴을 미어지게 하던 샤오하이의 그 시도 떠올려 보았다.

'샤오샹이나 애들도 이젠 옛날처럼 그렇게 철없고 어리지는 않아. 게다가 그들은 모두 나처럼 고집도 세고 자기주장도 강하지.'

그러면 앞으로 어떻게 될까? 그것 때문에 무서운 연쇄 반응이 일어나지는 않을까? '늙은 반혁명' 하나가 '어린 반혁명' 셋을 데리고 함께……?

생각이 여기까지 미치자 위쯔치의 온몸에서 식은땀이 흘렀다. 안 돼, 안 돼! 사랑하는 가족들까지 함께 파멸하도록 만들 수는 없다! 그는 당과 인민이 요귀 떼를 제압하는 그날까지 그들이 꿋꿋이 살아가기를 바랐다. 그는 그런 날이 꼭 오리라 믿었다.

어떻게 해야 자기의 당성을 보전하면서 그들도 보호할 수 있을까? 둘 다 해결할 수 있는 방법을 반드시 찾아내야 했다.

그는 불안한 마음으로 생각에 잠긴 채 창가에 서서 밝고 맑은 달을 응시했다. 오늘 밤 달은 둥글지는 않았지만 밝기는 추석 달 못지않았다. 달빛이 창문 너머로 그의 몸을 비추며 커다란 그림자를 오롯이 만들어 냈다. 그는 더없는 외로움을 느꼈다. 문득 이백의 시 한 구절이 떠올랐다. "길이 이 정을 서로 맺어 먼 훗날 은하에서 만나리." 순간 퍼뜩 머리를 스치는 생각이 있었다.

'그때 이백은 결정했던 거야, 자기 생명을 끝내는 것이 가장 좋은 줄로라고 말이야!'

그는 본능적으로 몸을 부르르 떨면서 자기도 모르게 창가에서 물러나 사람을 유혹하는 달빛에서 눈을 뗐다.

하지만 그 생각만은 머릿속에 남아 사라지지 않았다. 그때 샤오하이가 침대에서 "아빠" 하고 부르는 소리가 들렸다. 부리나케 딸의 방으로 가 보니 아이는 여전히 깊이 잠들어 있었지만 예쁜 얼굴에는 근심스런 표정이 남아 있었다. 그는 딸아이의 볼을 어루만지며 나지막이 혼잣말을 했다. "애야, 꿈이라도 꿨니? 꿈 속에 아빠가 또 너를 떠나든? 아빠가 없는 것하고 '반혁명' 아빠라도 있는 것 하고, 너한테는 어떤 게 더 낫겠니?" 샤오하이는 아무것도 듣지 못하고 잠결에 그 조그만 입만 쩝쩝 다셨다. "이제 무서운 꿈이 다 지나간 거니?"

그는 딸의 곁을 떠나 옷걸이 앞으로 갔다. 루메이의 외투를 덮어 두었던 검은 스카프를 들추었다. 거기에 루메이가 있었다. '2 년 전 당신도 오늘 나처럼 아무런 희망도 없이 분노와 고통과 치욕만을 느꼈던 거요? 틀림없이 그랬을 거야! 그러지 않고서야 당신이 사랑하던 그 모든 것을 버려두고 그렇게 갈 리 없어. 그러면 오늘, 내가 당신과 같은 길을 간다 해도 당신은 이해해 줄 거야, 그렇지, 루메이?' 그는 검은 스카프를 도로 덮어 놓고 그 위에 얼굴을 잠시 대고 있다가 창가로 돌아왔다.

달이 처량하게 그를 내려다보았다. 상난의 반짝거리는 눈동자가 그의 눈앞에 떠오르더니 절규하던 그녀의 목소리도 들려왔다. "제가 어떻게 이럴 수가 있어요? 어떻게 이럴 수가 있냐고요?" 그는 속으로 대답했다. '사랑하는 샤오샹, 그건 내가 아직 살아 있기 때문이야. 내가 아직 당신을 끌어당기고 있어서 그래. 만약 나만 없다면 당신은 그런 갈등 속에서 벗어날 수 있을 거요. 가슴이 아프고 눈물이 나겠지. 하지만 당신이 반혁명이 될 일은 없을 거요. 더 이상 도둑질하는 것처럼 느껴질 일도 없을 거고. 고통은 언젠가는 사라질 테고 당신은 다시 당신의 인생과 행복을 찾을 수 있을 거야. 그리고 날 잊겠지. 사랑하는 샤오샹, 이제 그만 나를 잊어요!'

그렇다. 이 모든 것을 끝낼 때가 되었다. 이렇게 끝낼 수밖에 없는 것이다! 그는 이제야 비로소 자기가 목숨을 건 싸움에 직면해 있음을 알았다. 지금 자기 앞에 선 것은 자기로서는 도저히 이겨낼 수 없는 적이었다. 하지만 그는 자기의 생명을 끝냄으로써 복종하지 않겠다는 자기의 굳은 결심을 표명할 것이다. 그로써 그들이 이 싸움에 실패했음을 선언할 것이다. 자기가 영웅이 아니라는 건 그도 인정한다. 하지만 적어도 자기가 겁쟁이는 아니라는 믿음이 있었다. 그는 당을 모욕하지 않았고 자신을 모욕하지 않았다. 그는 적에게 머리를 숙이지도 않았고 더구나 꼬리를 치며 불쌍한 척하지도 않았다. '너희가 목숨을 포함한 내 모든 것을 빼앗아 갈 수 있을지는 몰라도 한 공산당원의 기개만은 빼앗지 못한다. 내 심장에 새긴 사랑과 증오도 빼앗지 못할 것이다!'

"그래, 그렇게 하자! 죽는 게 대순가! 몸은 흙으로 돌아가면 그뿐이다!" 그는 자신에게 이렇게 말했다. 시간이 얼마 없었다. 모레 당 대표 대회가 끝날 테니 그 전에 서둘러 모든 것을 처리해야 한다. 내일, 모레, 꼬박 이틀이면 가능하겠지? 모레 저녁에 샹난이 올 것이다. 하루 저녁은 그녀와 이별의 시간을 가져야지! '샹난! 모레 저녁에 반드시 와야 하오! 우리가 만날 수 있는 건 이제 그날밖에 없소!'

모든 걸 결정하고 나니 마음이 오히려 평온해졌다. 그는 다시 딸의 침대로 가 이불을 잘 덮어 주었다. 그리고 자기 방으로 돌아와서 옷을 입은 채로 침대에 누웠다. 체력을 좀 회복해야 했고, 또 반드시 해야 할 일에 대해서도 생각해 봐야 했다.

다음날 아침 일찍 일어난 위쯔치는 집에 쌀이며 밀가루, 소금이 거의 다 떨어진 것을 보고 시장에 가서 하나하나 빠짐없이 사다 두었다. 그리고 일찌감치 점심을 해서 샤오하이에게 먹였다. 샤오하이가 학교에 가고 나자 다시 혼자 남은 그는 소리 없이 바쁘게 움직이기 시작했다. 먼저 옷장에서 샹난에게 주려고 챙겨 두었던 물건들을 꺼내 새로 만든 솜 조끼와 함께 다시 잘 싸서 옷장에 넣어 두었다. 그런 다음 자기의 시집을 전부 꺼내서 한 권 한 권 펴 보고 포장을 한 뒤 샤오하이의 그 빨간 비단 끈으로 묶어서 책장 위에 올려 두었다. 이것들은 모두 샹난에게 줄 것이었다. 그 다음엔 무엇을 해야 하나? 맞다! 가족사진을 찾아 와야지! 그는 샹난이 주었던 표를 들고 집을 나선 뒤 단숨에 '희망' 사진관까지 내달렸다. 사진관 진열장에는 그들 가족의 사진 한 장이 확대되어 걸려 있었다. 그는 진열장 앞에 멈추어 섰다. 확실히 참 잘 나온 사진이었다! 세 사람 모두 예쁘게 잘 나왔다. 해죽이 웃는 샤오하이의 모습은 그야말로 천진난만하고 달콤했다. 샹난은 웃지는 않았지만 자연스럽게 다문 입과 커다랗게 뜬 두 눈이 무척 솔직하고 순진해 보였다. 그리고 자기는 전형적인 좋은 아버지이자 남편처럼 자상하고 따뜻하고 행복하며 희망으로 가득 차 보였다. 누구든 이 사진을 보면 '정말 행복한 가족이로구나!' 라고 생각할 것이다. 바로 이 행복한 가족이 존재할 권리마저 없다는 걸 누가 생각이나 하겠는가! 이제 하루만 더 지나면 이 가족은 뿔뿔이 흩어지고 사람마저 잃게 될 것이다! 사진을 보던 그의 눈이 흐릿해졌다. 그는 얼른 눈물을 훔치고 사진관 안으로 들어갔다.

위쯔치가 직원에게 표를 건네자 직원이 기분 좋게 사진들을 진열대 위에 올려놓았다. "진열장에 걸어 둔 거 보셨어요?" 위쯔치가 고개를 끄덕였다. "봤소. 그런데 그거 그냥 떼어 주시오!"

"왜요? 다른 사람들은 자기 사진이 걸리면 다들 좋아하던데!"

"동무들이 귀찮아질까 봐 그러오. 돈은 줄 테니 그 사진 나한테 주시오."

위쯔치를 보던 직원은 금세 이 사람이 '잡귀'구나 알아차리고는 위쯔치가 뭐라고 더 설명하기도 전에 바로 진열장의 사진을 꺼내 봉투에 넣어 주었다. 위쯔치는 그것을 소중하게 받아 들었다. 그는 이게 우리 가족이 남긴 유일한 기념이로구나, 생각했다. 이 환상적인 환영이나마 샹난에게 남겨 줘야지! 이것이 그녀한테는 위안이 될 수도 있을 것이다.

사진을 가지고 집으로 돌아온 그는 잡다한 일을 모두 마쳤다. 이제 마지막으로 남은 한 가지 일, 그리고 가장 중요한 일은 바로 편지를 몇 통 쓰는 것이었다. 한 통은 당과 마오 주석에게, 한 통은 아이들에게, 그리고 한 통은 샹난에게 쓸 것이다. 이 편지들은 남한테 들키지 않도록 혼자서 조용히 몰래 써야 했다. 일찌감치 저녁을 해서 샤오하이에게 먹이고 난 그는 샤오하이가 잠이 들기를 기다렸다가 홀로 편지를 쓰기 시작했다.

"시를 쓰기 시작한 이래 나는 당에 대한 아름답고 애정 넘치는 찬가를 수없이 써 왔다! 나의 열정과 심혈이 그 시 속에 모두 녹아 있다. 오늘 나는 당을 위해 최후의 시를 쓰려 한다. 슬픔의 시, 경종의 시, 나의 피와 나의 생명으로 쓴 시를!" 이것이 그가 당과 마오 주석에게 쓰려는 편지의 주제였다. 그는 자기가 생각하는 모든 것을 당과 마오 주석에게 말했다. 그는 그가 왜 생명을 바쳐 이 주제를 완성해야만 하는지를 설명했다. 그는 이 편지가 당과 마오 주석에게 전해지지 않을 것이며 그에게 새로운 죄명만 더해 줄 것임을 알았다. 하지만 그는 이 말을 하지 않을 수 없었다! 자기의 이런 행동이 사랑하는 사람들에게 연루될까 봐 그는 특별히 다음과 같이 덧붙였다. "샹난과 아이들은 저의 이런 생각을 전혀 이해하지 못합니다. 그들이 알았다면 분명 찬성하지 않았을 것입니다." 다 쓰고 나자 그는 편지를 처음부터 끝까지 한 번 읽어 본 뒤 봉투에 넣어 서랍 속에 넣고 자물쇠를 채웠다.

이제 샹난에게 쓸 차례다. '사랑하는 샤오샹'이라고 썼을 뿐인데 바로 초조하고 불안해지기 시작했다. 갑자기 막 후회가 되었다. '샹난더러 왜 오늘 오지 말라고 했을까? 그녀가 정말 안 올까? 그녀가 미치도록 보고 싶다. 찾아가 볼까?' 그는 펜을 놓고 일어나 방 안을 서성이며 바깥 소리에 귀를 기울였다. 그때 계단을 올라오는 소리가 들렸다! 그리고 문을 따는 소리가 들렸다! '그녀가 왔을까? 정말 그녀일까?' 그는 너무 반가운 마음에 얼른 문 앞으로 달려가 긴장된 마음으로 문이 열리는 것을 지켜보았다.

정말 그녀였다, 그녀였다! 그는 바로 두 팔을 벌려 그녀를 끌어안고 뜨겁게 키스를 퍼부으며 그녀의 이름을 불렀다. "샤오샹! 샤오샹! 나의 샤오샹……!"

"당신, 뭐 하고 있었어요?" 샹난이 책상 위에 펼쳐져 있는 종이와 펜을 보더니 몸을 빼내 책상 앞으로 가려 했다. 그는 얼른 그녀를 한쪽으로 밀어내며 황급히 책상 위에 있던 물건들을 서랍 속에 쓸어 넣고 자물쇠로 채운 뒤 책상 앞에 앉았다. 샹난이 고개를 갸웃거리며 물었다. "지금 뭐 하는 거예요? 뭘 쓰고 있었기에 저도 못 보게 하는 거예요?"

"자기비판서를 쓰고 있었소. 당신이 보면 속상할까 봐 그러오."

"봐야겠어요. 자기비판을 하려면 같이 해요. 빨리 보여 주세요."

"안 돼, 싫소." 위쯔치가 강경하게 말했다.

그러자 샹난도 화를 냈다. "우리 약속했잖아요. 서로 아무것도 숨기지 않기로 말예요."

그는 샹난 옆으로 가서 앉더니 그녀의 머리를 자기 무릎에 누이며 애정이 가득 담긴 목소리로 말했다. "샤오샹, 화내지 말아요. 당신한테 숨길 일이 뭐가 있겠소! 그냥 당신을 속상하게 만들고 싶지 않아서 그러오. 우리가 같이 있을 시간도 얼마 남지 않았으니……."

샹난은 몸을 흠칫 떨면서 얼른 고개를 들었다. "방금 한 말 무슨 뜻이에요?"

그가 그녀의 머리를 다시 누이며 그녀를 보았다. "당신이 곧 헤이룽장성으로 가야 하지 않소? 그동안 나 때문에 고생 많았소! 그런 당신을 보고 있자니 내 마음이 칼로 에는 것처럼 아프다오. 내가 당신보다 나이도 많고 경험도 많으니 더 깊이 생각했어야 했는데. 상황을 너무 단순하게 생각했구려. 당신, 내가 원망스럽지 않

728

소?" 그의 무릎 위에 엎드려 그의 손을 꼭 쥐고 있던 샤오샹은 고개를 저으며 얼굴을 그의 손에 파묻었다. 위쯔치가 그녀의 얼굴을 천천히 받쳐 들었다. "샤오샹, 당신이 무척 혼란스럽고 고통스러워한다는 거 잘 아오. 당신이 고통스러워하는 걸 지켜보는 나는 그보다 훨씬 더 고통스럽다오! 보아하니 우린 지금 결혼할 수 없을 것 같소. 앞으로도 할 수 있을지 없을지 장담하기 어렵소. 이렇게 혼란스럽고 고통스러워서 허덕이느니 차라리 우리 헤어집시다!"

깜짝 놀란 샤오샹이 몸을 일으켜 그를 쳐다보았다. 그녀는 이것이 그의 진심이라고는 생각지 않았다. "제가 견뎌 내지 못할 것 같아요? 쯔치, 저도 헤어질까 생각한 적 있어요. 차오췬한테 헤어지겠다고 대답한 것도 모욕을 견딜 수가 없었기 때문이에요. 또 무산계급 사령부에 저항할 용기도 없었고요. 하지만 제가 당신을 사랑하는 마음은 변하지 않아요. 전 당신을 떠날 수 없어요. 당신을 떠나지도 않을 거고요. 당신 저를 믿지 못하게 된 거예요? 저한테 실망했어요?"

위쯔치가 말을 막으며 그녀의 귀에 얼굴을 갖다 댔다. "샤오샹, 절대 그런 게 아니야. 그렇게 생각하면 당신만 더 괴로워질 거요! 난 이미 당신한테 너무 많은 고통을 안겨 줬소. 당신을 사랑하오. 그리고 당신이 날 사랑한다는 것도 믿소. 하지만 우리가 결혼할 수 없는 건 현실이야. 내 말은 그냥 잠시 헤어지자는 거요. 그러면 저들이 이 일을 더 이상 물고늘어지지는 못할 거 아니오. 그게 좋지 않겠소?"

"그 말 진심이에요?" 샤오샹이 심각하게 다그쳤다.

"진심이오. 샤오하이한테는 벌써 말해 두었소. 애가 당신이랑 헤어지기 싫어서 울더군. 약속해요, 샹난. 앞으로도 종종 샤오징한테 편지도 쓰고 샤오하이도 보러 와 줘요. 그러면 우리의 사랑도 끊어지지 않을 거요. 약속해 주겠소, 샹난?"

샹난은 아무 말도 하지 않고 책상 앞으로 와 앉았다. 헤어져야 하나, 말아야 하나? 정말로 헤어질까, 아니면 잠시 헤어지는 척해 볼까? 그동안 그녀 역시 숱하게 생각해 본 문제였다. 그녀는 빠져 나오기 힘든 갈등에 휩싸였다. 허리를 꼿꼿하게 펴고 팔꿈치를 책 상 위에 올려 두 손으로 턱을 괬다. 마치 답안이 벽에 적혀 있기라 도 한 듯 그녀의 두 눈은 멍하니 앞의 벽을 쳐다보았다. 하지만 벽 은 텅 비어 있었고 그녀의 마음도 텅 비었다. 울고 싶어도 울어지 지가 않았다. 소리치고 싶어도 소리쳐지지가 않았다.

위쯔치가 다시 그녀 앞으로 다가갔다. "샤오샹, 당신의 갈등도 반드시 해결될 거요. 그렇게 하도록 합시다. 집 열쇠 이리 줘요. 우리는 어쨌든 사랑했던 거요. 계산해 보니 꼭 백 일 동안 사랑했 더군. 추석만큼이나 기억하기 좋은 숫자요, 그렇지?" 그는 서랍에 서 가족사진을 꺼내 샹난 손에 쥐여 주었다. "기념으로 가져요! 내가 몇 자 써 줄까?" 샹난이 고개를 끄덕였다. "언제나 서창에 함 께 앉아 촛불 심지 자르며, 파산(巴山)의 비 오는 이 밤을 말해 줄 수 있을까. 쯔치와 샹난의 100일 사랑과 샤오하이와의 즐거운 한 때를 기념하며." 그는 만년필로 사진 뒤에 이렇게 쓰고는 사진을 직접 그녀의 가방 속에 넣어 주었다.

"자, 이제 우리 즐겁게 시간을 보냅시다!" 그는 그녀를 번쩍 안 아 자기 침대 위에 눕혔다. 그리고 자기는 침대 가장자리에 앉아 두 손으로 침대를 짚고 자기 얼굴을 그녀 얼굴 가까이 가져갔다. "샤오샹, 어디 당신 얼굴 좀 찬찬히 뜯어볼까!" 그는 그녀를 쳐다 보며 떨리는 손으로 그녀 이마 위의 머리카락을 가지런히 쓸어 주 었다. 그리고 천천히 그녀의 얼굴을 어루만졌다. 그녀의 눈, 코, 입, 턱……. 그러다가 별안간 침대 위로 푹 엎드리더니 그녀의 어깨를 부여잡고 흐느끼기 시작했다.

순간 샹난은 머리가 멍해졌다. 오늘 쯔치는 어딘지 많이 이상했다. 무슨 일이 생긴 것일까? 그는 무슨 생각을 하고 있는 걸까? 그녀는 침대에서 일어나 앉으며 그를 똑바로 쳐다보았다. "당신 오늘 왜 그래요? 저한테 뭐 숨기는 거 있죠, 그렇죠?" 놀란 샹난의 얼굴을 보고 위쯔치는 얼른 그녀를 품에 안으며 위로하려고 했다. "아무 일도 아니오! 그냥 당신이 너무 좋아서, 자꾸만 보고 싶고 자꾸만 안아 주고 싶어 그러오!"

"그럼, 저 오늘 가지 말까요? 우리 오늘……, 결혼해요!" 샹난이 가라앉은 목소리로 말했다.

위쯔치는 두려운 듯 그녀를 밀어냈다. "안 되오! 당신은 여기 남아 있으면 안 돼! 여기 남아 있어선 안 되오. 그렇게는 못 하오! 밤이 늦었으니 어서 돌아가요! 얼른!"

"마음이 놓이지 않는단 말예요."

위쯔치는 최대한 감정을 자제하며 그녀에게 웃어 보였다. "걱정할 것 없소. 정 그러면 내일 다시 와서 보면 되잖소!"

"좋아요. 갈게요." 샹난이 마지못해 일어났다.

"샹난, ……샤오하이 보고 가지 않으려오? 그 앤 오늘 저녁에 당신을 못 봤잖소." 위쯔치가 일어서는 그녀를 붙잡으며 말했다.

샹난은 고개를 끄덕이고는 조용히 그를 따라 샤오하이의 방으로 갔다. 샤오하이는 깊이 잠들어 있었다. 예쁜 얼굴에 눈물이 걸려 있었다. 샹난이 샤오하이의 눈물을 가만히 닦아 주었다. 위쯔치는 고개를 숙여 딸의 뺨에 입을 맞추었다. "샤오하이, 샤오샹 아줌마가 널 보러 오셨단다. 아줌마한테 작별 인사 해야지!" 샤오하이는 몸을 뒤척이더니 이내 다시 깊은 잠에 빠졌다.

이제 가야 했다. 위쯔치는 그녀를 꼭 안은 채 문 앞까지 갔다.

상난이 문을 열려고 손을 내밀자 그가 별안간 그녀를 와락 끌어안았다. 어찌나 세게 안았는지 상난은 뼈까지 아플 지경이었다. 상난이 신음 소리를 냈지만 그는 아랑곳하지 않고 그녀를 더 세게 끌어안으며 미친 듯이 키스를 퍼부었다. "말 안 듣는 샤오상! 누가 당신더러 오늘 오라고 했소? 내일 오라고 했더니 그새를 못 참고 오늘 왔구려, 오늘 왔어!"

"저 안 갈래요! 안 갈 거예요! 누가 뭐라고 하든 상관없어요. 안 갈래요! 쯔치, 우리 결혼해요. 우린 누구의 허락도 필요 없어요! 진심으로 사랑하는데 왜 결혼할 수 없나요? 전 안 가요! 안 갈래요!" 위쯔치의 품에 안긴 상난은 계속해서 몸을 떨었다. 오늘 밤 위쯔치의 열정에 그녀는 겁이 덜컥 났다. 어쩐지 이대로 영영 헤어질 것만 같은 느낌이 들었던 것이다. 그것도 너무나 강렬하게! 그녀는 그를 떠나고 싶지 않았다. 그녀는 지금 당장이라도 그의 아내가 되기를 바랐다. 단 하루라도 그의 아내가 될 수 있다면 죽어도 여한이 없었다. 그녀의 말소리는 너무나 열렬하고 완강했다. 그녀는 힘껏 문을 닫고 돌아가 침대 위에 앉았다. 당황한 위쯔치는 문 앞에 꼼짝도 않고 서서 불을 뿜는 듯한 눈으로 그녀를 바라보았다. 상난이 뜨겁게 그를 불렀다. "쯔치! 쯔치! 쯔치, 이리 와요! 오늘 우리 두 사람 부부가 되어요!" 그는 입을 달싹거렸으나 대답은 하지 않고 문에 바짝 기대어 섰다. 그녀가 다시 낮은 목소리로 물었다. "당신은 싫어요? 꼭 법적 승인이 있어야만 해요? 법이 우리를 보호해 주지도 못하는 마당에 우리도 그런 것 상관하지 마요!" 그녀의 눈빛은 부끄러움도 주저함도 없이 무척이나 솔직하고 자연스러웠다. 그녀는 자기의 모든 것을 그에게 주어도 전혀 후회하지 않을 것 같았다. 그녀는 그를 사랑하고 그는 그녀를 사랑하니까! 어머니 말이 맞다. 아내가 되고 어머니가 되는 것은 여자의 신성한 직책이다. 지금 그녀는 바로 자기의 신성한 직책을 이행하려고 결심한 것이다. 폭풍우가 몰아쳐 온대도, 벼락에 맞아 죽는다 해도 원망하지 않을 것이다! 후회하지 않을 것이다! 그녀는 침대 가장자리에 앉아 입고 있던 옷을 가지런히 매만지고 머리를 쓸어 넘겼다. 그리고 속으로 어머니에게 말했다. '엄마! 이 딸은 오늘 시집을 가려고 해요! 결혼식도 없고 손님도 없어요! 오직 진심으로 사랑하는 심장 두 개밖에는 없어요! 동의해 주시는 거죠? 엄만 동의해 주실 거예요. 만약 동의하지 못하신다면, 엄마, 당신의 딸을 용서해 주세요!'

샹난의 심장이 불같이 타오르며 두 볼이 빨개지고 두 눈은 빛이 났다. 여전히 그녀만 뚫어져라 쳐다보고 있는 위쯔치에게 그녀는 다시 한 번 작지만 뜨거운 목소리로 말했다. "쯔치, 제가 당신의 아내가 되는 데 누구의 승인도 필요치 않아요. 당신만 승인하면 돼요. 어서요!"

위쯔치의 눈썹이 파르르 떨렸다! 그의 눈은 이미 활활 타다 못해 말라 버렸다. 그는 몇 번이나 입을 움직거리다가 겨우 한마디를 내뱉었다. "샤오샹! 나의 아내! 나의 사랑!"

샹난은 그에게 안기며 그의 목을 붙잡고 쉴 새 없이 뜨겁게 키스를 했다. "쯔치, 사랑해요! 쯔치, 사랑해요!" 그녀는 그를 으스러져라 껴안았다. 그리고 눈물을 흘렸다. 천천히 소리를 내기 시작하더니 마침내 크게 울음을 터뜨리고 말았다. 그도 따라 울었다. 그는 눈물을 흘리며 그녀에게 키스했다. 그녀의 얼굴에, 그녀의 목에, 그녀의 손에 키스했다. 그녀는 순순히 잠자코 그의 품에 누워 쿵쾅거리는 그의 심장 소리를 들었다. 그녀는 그의 가슴을 가만히 어루만지고 자기의 얼굴을 그의 얼굴에 바싹 갖다 댔다······.

그렇게 10분쯤 누워 있었을까, 위쯔치가 귓가에 대고 그녀를 불

렸다. "샤오샹, 샤오샹!" 샹난은 듣지 못한 것처럼 그의 얼굴에 대
고 가볍게 입을 맞추었다. 그러나 그는 기어이 그녀의 머리에서
팔을 빼내며 일어나 앉았다.

"왜 그래요?"

"샤오샹, 당신이 날 사랑한다는 거, 그것도 너무나 사랑한다는
거 아오. 하지만 난 당신이 나 때문에 모욕을 당하게 하고 싶지 않
아. 당신이 '반혁명'의 아내가 되게 할 수는 없소. 당신은 아직 너
무 젊어! 당신은 아직도 살아갈 날이 창창하잖소!" 그의 말은 샹
난에게 하는 것 같기도 하고 자기한테 하는 것 같기도 했다. 목소
리는 유난히 낮게 가라앉은 데다 떨리기까지 했다.

"마르크스와 엥겔스가 우릴 비준해 줄 거예요!" 샹난이 신경질
적으로 소리쳤다.

하지만 위쯔치는 쓴웃음을 지었다. "어디 가서 그들을 찾는단
말이오? 우리 앞에 있는 건 리융리와 똰차오췬, 그리고 그들의
무산 계급 사령부요. 그들은 손에 무기를 들고 있지, 무산 계급
독재!"

샹난은 다시 현실로 돌아왔다. 리융리와 똰차오췬의 얼굴이 또
다시 눈앞에 아른거리고 온갖 질책과 조롱하는 웃음소리가 귓가
에 들려왔다. 그러자 방금까지 충만하던 열정과 용기가 대번에 사
라져 버렸다. 그녀는 일어나 앉으며 그의 어깨에 머리를 기댔다.
"갈게요. 가는 게 좋겠어요!"

그녀가 일어났다. 그가 다시 그녀의 어깨를 안고 문까지 걸어갔
다. 그녀가 손을 내밀기 전에 그가 먼저 가만히 문을 열어 주며 또
한 번 그녀를 힘껏 끌어안았다. "말 안 듣는 샤오샹! 누가 당신더
러 오늘 오라고 했소? 모레가 내가 공개적으로 죄를 인정하는 날
인데, 당신은 오늘 벌써 왔구려. 이제 가 봐요! 어서!" 그는 계단

입구까지 나온 뒤에야 그녀를 안았던 손을 풀며 다시 그녀를 뚫어질 듯 바라보았다. "잘 가요, 내 사랑! 오늘은 좀 피곤해서 바래다주지 못하겠소." 샹난이 한 계단 한 계단 천천히 내려온 뒤 위를 쳐다보았을 때 문은 이미 굳게 닫혀 있었다.

위쯔치는 문에 얼굴을 대고 샹난이 계단을 내려가 대문을 나설 때까지 그 소리를 들었다.

그는 다시 책상 앞으로 와서 두 딸에게 편지를 쓰려고 했다. 그런데 펜을 들자마자 손이 덜덜 떨리기 시작했다. 샤오징과 샤오하이의 얼굴이 하나씩 눈앞을 스쳤다.

애들아!

오늘부터, 신(新)사회에서 자라난 너희 두 아이는 고아가 되겠구나. 오늘 이후 너희들은 두 개의 작은 쪽배처럼 거대한 풍랑 속을 떠돌아야 할 거다. 지난 3년은 너희들에게 그저 '상실'이란 단어밖에 남겨 주지 않았구나. 가정을 잃고, 부모를 잃고, 유년의 즐거움을 잃고 사회의 따뜻한 관심을 잃고, 모든 것을 잃었구나!

애들아, 누가 너희들한테서 그것들을 빼앗아 간 줄 아느냐? 아버지도 아니고 엄마도 아니고 당과 사회주의도 아니다. 바로 그들, 당 중앙 속에 뚫고 들어간 나쁜 사람들이란다.

만약 아버지가 좀 더 나은 길을 찾을 수만 있었다면 아버진 절대로 너희들을 떠나지 않았을 거야! 아버진 너희들을 떠날 수가 없어! 하지만 지금 아버지는 반드시 떠나야만 한다. 애들아, 이미 죽어 버린 '반혁명' 아버지와 선을 가르는 것은 그래도 좀 더 쉽지 않겠니?

둘이 서로 잘 지켜 주렴. 너희들도 아버지처럼 샤오샹 아줌마

를 사랑해야 한다. 이제 그녀가 너희들의 유일한 가족이란
다…….

나 때문에 울지 마라. 나 같은 아버지를 위해 우는 건 요즘 세
상에서 죄가 된단다. 너흰 눈물을 속으로 삼키고 아버지와 엄마
를 가슴으로 기억해라. 언젠가는 너희들이 엄마, 아버지를 떠올
리며 자랑스러워할 날이 올 거다.

애들아, 나의 사랑하는 보배들아!

눈물이 한 방울 한 방울 편지지 위로 떨어졌지만 그는 일부러
닦아 내지 않고 그대로 두었다!

그는 편지를 들고 딸의 방으로 가서 가만히 이불을 들추어 그것
을 딸의 가슴께에 놓았다.

그러고는 침대 가장자리에 앉아 딸아이의 얼굴을 보고 또 보았
다……. 당장이라도 아이를 깨워 몇 마디라도 더 이야기를 나누
고 싶었다! 하지만 안 된다! 시간이 얼마 없었다. 그는 이미 결심
을 했다. 오늘 가야 한다! 빈하이시 당 대표 대회가 끝나기 전에
서둘러야 한다. 이건 나 위쯔치가 당 대표 대회에 헌상하는 선물
이라고 해 두자!

그는 딸아이의 이마에 살며시 입을 맞추고는 침대에서 내려와
가스레인지 쪽으로 걸어갔다…….

제7장 우리의 관심은 현재와 미래

늦어 버린 루원디

징후에서 빈하이로 가는 열차 안, 희끄무레한 등불 아래 대부분의 승객들은 모두 잠에 빠졌는데 창가 자리에 앉은 루원디만 아직까지 창밖을 내다보고 있었다. 사실 창밖은 온통 칠흑 같은 어둠이라 유리창에 비친 그림자 말고는 아무것도 보이지 않았다.

샹난이 보낸 다섯 번째 편지를 받은 날부터 루원디는 빈하이에 가 봐야겠다고 생각하고 있었다. 하지만 몸이 별로 좋지 않아 차일피일 미루게 되었다. 그녀는 대신 샹난더러 징후로 오라고 편지를 썼다. 하지만 편지를 부친 지 며칠이나 지나도록 샹난한테서 답장도 없고 사람도 오지 않았다. 마음이 불안해진 루원디는 아무래도 직접 가 보는 게 좋겠다고 마음먹었다. 지난 며칠 동안 그녀는 몸이 좋지 않았음에도 서둘러 베개에 수를 놓았다. 드디어 오늘 마지막 한 땀을 마무리짓고 어지럽게 널려 있던 실을 치우고 있는데 샹난의 여섯 번째 편지가 도착했다. 너무 뜻밖이었다. 걱정되고 속이 상한 그녀는 거의 제정신이 아니었다. 그녀는 자꾸만 자기를 원망했다. 왜 진작 가 보지 않았을까? 왜 진작 가 보지 않앉어? "원망해 봐야 무슨 소용이 있어요? 당신이 진작 갔으면, 그래 무산 계급 사령부의 생각을 바꿀 수 있었을 것 같아요?" 그녀는 이렇게 말하는 안즈융에게 공연히 화풀이를 했다. "무산 계급 사령부가 왜 남의 혼인 자유까지 간섭하느냐 말예요?" 안즈융이 루윈디를 위로했다. "나한테 화낼 것 없어요. 당신 속상한 거 아니까. 내가 기차역에 데려다 줄 테니 지금이라도 가면 늦지 않을 거예요." 이렇게 해서 루윈디는 그 길로 역으로 가서 밤차를 탔다.

기차 안에 앉아 있으려니 자기가 진작 가 보지 못한 것이 자꾸만 더 원망스러워졌다. 안즈융의 말이 맞았다. 그녀가 가 봐야 상황이 달라질 리 없었다. 하지만 최소한 샹난에게 일말의 위로와 지지는 되어 줄 수 있었을 것이다. 샹난보다 조금 일찍 삶의 타격을 받아 보았던 그녀이기에 루윈디는 한 사람이 곤란에 직면했을 때 타인의 위로와 지지가 얼마나 절실하게 필요한지 잘 알았다. 하지만 요즘 세상에는 그런 위로와 지지를 찾아보기 힘들었다. 그런데도 자기는 몸이 좋지 않다는 핑계로 친구를 찾아보지도 않다니! 그러고도 무슨 제일 친한 친구란 말인가? 이런 생각을 하자 자신에게 화도 나고 걱정스럽기도 해서 갑자기 열이 확 올랐다. 그녀는 열차의 이중 유리창을 힘껏 열어젖히고 머리를 밖으로 내밀어 차가운 바람에 뜨거워진 얼굴을 식혔다. 갑자기 서너 사람이 동시에 불평을 터뜨렸다.

"이렇게 추운데 창문은 왜 여는 거요?"

"스팀을 틀어 주는 마당에 찬바람을 쐬다니, 제정신이오?"

그제야 다른 사람들에게 피해를 준 걸 깨달은 그녀는 얼른 창문을 닫고 주변 사람들에게 사과를 했다. "죄송합니다! 정말 죄송합니다!" 사람들은 근심이 잔뜩 어린 루윈디의 얼굴을 보더니 그녀가 일부러 장난친 게 아니라는 걸 알고는 제각기 다시 잠을 청했다.

그런데도 루윈디는 좀처럼 마음을 진정시키기가 어려웠다. '윈디, 윈디! 우리가 어쩌다 이런 지경에 이르게 된 걸까?' 라고 부르짖는 샹난의 목소리가 들리는 것만 같았다.

'샤오난!' 그녀는 속으로 샹난의 이름을 불렀다. '그 문제는 나도 잘 모르겠어. 아마도 그게 우리 세대의 운명인가 봐. 나도 새로 가정을 꾸렸으니 앞으로는 새로운 삶을 살 수 있으려니 생각했는데, 상황이 그리 단순하지가 않더라!'

루윈디의 생각은 샹난과 위쯔치의 일에서 자기와 안즈융의 결혼 생활로 자연스럽게 옮아갔다. 그녀가 안즈융과 결혼한 것은 동정과 고마움, 그리고 살아가며 기댈 곳을 찾고 싶은 마음 때문이었다. 사랑도 곧 생겨날 것이라 여겼다. 하지만 결혼 후 그녀는 갈수록 자기의 결정이 신중하지 못했으며, 안즈융에게도 미안하고 자기에게도 미안한 짓을 했다는 걸 깨닫게 되었다. 물론 안즈융은 좋은 사람이었고, 충실한 남편이었고, 믿을 만한 가장이었다. 하지만 그와 함께 살면서 루윈디는 자기의 감정 중 어느 소중한 한 부분이 쓸모없는 것처럼 내팽개쳐져 있는 듯한 느낌을 떨쳐 버릴 수가 없었다. 그녀에 대한 안즈융의 단순하고도 열렬한 사랑은 그에 대한 고마운 마음을 배가시켰다. 하지만 단지 고마움뿐이었다. 물론 그녀는 그를 배신하지 않을 것이고 배신하기를 바라지도 않았다. 그녀 역시 아내 된 도리를 다했고 두 사람은 생전 다투는 일도 없었다. 하지만 아무리 그래도 그녀의 영혼 깊은 곳에서 일렁이는 물결은 자제하기가 힘들었다. 그녀는 종종 입을 다물고 아무 말도 하지 않거나 이따금 혼자서 탄식을 했다. 그런 낌새를 눈치챘는지 안즈융도 늘 미안한 눈으로 그녀를 바라보았다. 그는 전보다도 더 자상하게 보살펴 주었을 뿐 아니라 점점 더 순종적으로 변했다. 하지만 그러면 그럴수록 그녀 마음속의 물결은 더욱 커지고 더욱 깊어만 갔다!

'모든 게 엉망이 되어 버렸어. 인생이란 바둑판처럼 한 수를 잘못 두면 전체 판이 다 영향을 받게 돼. 아무리 이전으로 돌아가고 싶어도 그럴 수가 없는 거야. 그저 한 발 한 발 내디디면서 궁리하는 수밖에…….'

샹난과 위쯔치가 연애를 하게 된 뒤로 루원디는 자기에게도 새로운 희망이 생긴 것만 같았다. 비록 자기가 샹난보다 한 살밖에 많지는 않았지만 그녀는 온갖 풍상을 다 겪은 어머니가 딸에게 희망을 거는 것처럼 샹난에게 자기의 희망을 걸었다. 그녀는 샹난이 남다른 삶을 개척할 수 있기를 바랐다. 그렇게만 되면 루원디 자신의 삶에 대한 회한도 훨씬 덜할 것 같았다. 그런 희망을 안고 그녀는 샹난을 위해 수를 놓았던 것이다. 그녀는 샹난이 원하는 대로 베갯잇에 보름달을 수놓았다. 보름달 주변에는 드문드문 작은 별들을 수놓았는데, 그 하나하나가 희망에 찬 눈동자 같았다. 샹난의 다섯 번째 편지를 받던 날은 보름달의 왼편 아래쪽에다 밝은 달을 향해 날아가는 은색 기러기 한 쌍을 수놓고 있었는데……. 고향에 가면 '액막이'라는 풍습이 있었다. 그녀는 달을 향해 날아가는 기러기 한 쌍이 샹난에게 '액막이'가 되어 모든 근심이 한때의 것으로 끝날 수 있기를 간절히 바랐다.

아, 빌어먹을 열차는 왜 이리 더디단 말인가! 몇 시간밖에 안 되는 거리가 왜 이리 멀게만 느껴지는지! "덜커덩—, 덜커덩—!" 기차 바퀴가 마치 루원디의 심장을 밟고 지나가는 것처럼 몸과 마음이 한꺼번에 아파 왔다. 이 빌어먹을 날은 또 왜 이리 춥고 어두운지! 그녀는 외투를 단단히 여민 뒤 자리에 웅크리고 앉아 눈을 감았다…….

어느 순간 열차 안의 불이 꺼졌다. 날이 밝은 것이다. 창밖을 내다보니 기차는 어느새 빈하이의 교외 지역으로 들어서고 있었다. 땅 위에는 보리 싹이 한창 파릇파릇 오르고 공장의 연기는 거칠 것 없이 그 두꺼운 팔을 곧장 하늘로 내질렀다. 하지만 그런 게 다 무슨 의미가 있단 말인가? 그녀가 걱정하는 건 사람이었다. 그녀의 친구가 지금 고통 속에 몸부림치고 있는 것이다! 그녀는 다시 고개를 돌리고 자리에 웅크리고 앉아 이 견디기 힘든 여정이 어서 빨리 종점에 이르기만 기다렸다.

루원디가 샹난의 기관에 도착했을 때에는 사람들이 아직 출근하기 전이었다. 수위실 천씨가 문을 열어 주었다. 그녀는 예의를 차려 인사할 겨를도 없이 대뜸 "샹난 있나요?"라고 물었다. 천씨가 그녀를 힐끗 쳐다보았다. "샹난 동무하고는 어떻게 되시오?"

"친한 친군데요!" 루원디가 불쾌한 듯 이렇게 대답했다.

순간 천씨의 얼굴에 안됐다는 표정이 스쳤다. 그는 "들어가 보시오!"라고 말하며 안쪽을 가리켰다.

루원디는 그제야 뜰 한가운데 시멘트 바닥 위에 쓰여 있는 글자를 보았다. "위쯔치는 죄가 무서워 자살했으니 죽어 마땅하다!" 그녀는 별안간 현기증이 일고 뱃속이 뒤집히는 것 같아 몇 번 헛구역질을 했다. 천씨가 얼른 부축해 주었다. "아이고! 조심해야지요!" "고맙습니다. 샹난한테 얼른 좀 가 보고 싶은데요." 천씨가 그녀의 가방을 받아 들고 샹난의 숙소까지 그녀를 부축해 주었다. "이놈의 세월은 사람 노릇 하기도 힘들고 귀신 노릇 하기도 힘들다니까! 죽어서도 죄가 있다니!" 천씨는 이렇게 중얼거리며 루원디를 샹난의 방문 앞까지 데려다 주고 가만히 문을 두드리며 작은 소리로 샹난을 불렀다. "문 열어 봐요, 샤오샹! 시골에서 사람이 왔어!" 문을 열어 준 것은 황단칭이었다. 그녀는 어제 퇴근한 뒤 곧장 이리로 와서 오늘 아침까지 줄곧 샹난 옆을 지키고 있었다.

루원디는 황단칭에게 고개를 끄덕여 인사를 하고는 샹난의 침대 옆으로 다가갔다. 샹난은 눈을 감은 채 누워 있었다. 얼굴은 바싹 여위고 창백한 데다 불거진 이마는 누렇게 떠 있었다. 커다란 입은 조금 벌어져 있고, 갈라지고 터진 입술은 중얼중얼 누구에게 뭔가 말을 하고 있는 듯했다. 루원디는 허리를 숙여 그녀의 귀에 대고 나지막이 그녀의 이름을 불렀다. "샤오난! 샤오난!" 샹난은 눈을 떴지만 누군지도 몰라보고 이내 도로 감아 버렸다. 루원디가 또 그녀의 귀에 대고 이름을 불렀다. "샤오난! 샤오난! 나 원디야, 원디! 원디라고!" 샹난이 다시 눈을 떴다. 이번엔 알아보았는지 입을 달싹거리더니 베개 위로 눈물이 주르륵 흘러내렸다. 그녀는 이불 속에서 두 손을 내밀며 원디를 붙들고 일어났다. "나 좀 데려가 줘! 화장터로 데려가 줘! 저놈들이 오늘 그이를 화장해 버린대! 내가 가지 않으면 누가 그 사람 뼛가루를 가져오니? 그이는 이 세상에 아무것도 남기면 안 되는 거야? 재조차 남겨선 안 되는 거야? 원디! 나 때문에 죽은 거야! 그이한테 가서 똑똑히 말해 줄 거야! 내가 사랑한다고! 그이의 아내가 될 거야! 지금 당장 그이의 아내가 될 거야! 나 좀 가게 해 줘, 원디! 다들 날 못 가게 해!" 루원디는 그녀를 침대에 눕히려 기를 썼지만 샹난은 어디서 그런 힘이 생겼는지 대번에 이불을 젖히고 일어나더니 신발도 신지 않고 밖으로 뛰쳐나가려 했다. 하지만 두 걸음도 채 못 가서 바닥에 쓰러져 버렸다. 그녀는 말라리아에 걸린 사람처럼 온몸을 부들부들 떨었다. 루원디와 황단칭은 부리나케 샹난을 침대로 옮기고 이불을 덮어 준 뒤 한 사람은 그녀의 손을 주무르고 또 한 사람은 그녀의 이마를 꼭꼭 눌러 주었다.

샹난의 떨림 증세가 차츰 잦아들었다. 그녀가 다시 루원디의 손을 잡고 들릴락 말락 한 목소리로 말했다. "그이가 가스를 틀어 놓았대. 얼마나 오랫동안 가스 속에서 있었을까? 아침에 발견했을 때는 정말 가망이 없었을까? 저놈들이 그를 살리려고나 했을까?" 루원디는 대답하지 않고 그녀를 진정시켰다. "샤오난, 좀 쉬어. 나 오래 있을 거야. 그러니 천천히 얘기해도 돼." 샹난이 그녀를 보며 슬프게 웃었다. "좋아, 그럼 말 안 할게."

샹난이 조금 안정되자 루원디가 황단칭에게 말했다. "동무도 출근하셔야죠? 여기는 제가 지키고 있을 테니 얼른 가 보세요!" "그래요. 퇴근하고 다시 오지요. 샹난이 어디 가지 못하게 해요."

황단칭을 보내고 나서 루원디는 샹난의 침대 가장자리에 앉았다. "샤오난! 내가 너무 늦었어!"

"아니, 아니야, 네 탓도 아닌걸! 쯔치가 죽은 건 어떻게 알았니? 리융리가 나한테 통지해 주면서 뭐라고 했는지 아니? 정말 소름 끼쳐!"

루원디는 샹난이 또 흥분할까 봐 얼른 그녀를 토닥여 주었다. "그런 건 더 이상 말하지 말자, 응? 그만해, 샤오난!"

샹난은 그러겠다고 대답하고 입을 다물었다. 커다랗게 뜬 그녀의 두 눈 앞에 또 그날 아침의 일이 떠올랐다. 평생토록 잊지 못할 그날 아침의 일이!

위쯔치가 자살한 날 오전, 리융리가 샹난을 자기 사무실로 불렀다. 사무실에는 벌써 노동자 선전대원 10여 명이 와 앉아 있었다. 유뤄빙도 있었다. 샹난이 앉자 바로 여자 노동자 선전대원 네 명이 그녀 주위로 둘러앉았다. 입을 여는 리융리의 말투가 심상찮았다. "샹난, 이제 동무를 시험할 때가 왔소. 위쯔치는 스스로 당과 인민과의 관계를 끊고 죄가 무서워 자살했소."

샹난은 자기 귀를 의심하며 다시 한 번 말해 달라고 했다. 리융리가 방금 했던 말을 또박또박 되풀이해 주었다. "위쯔치는 죄가 무서워 자살했소!"

"그이가 죽었다고요?"

"벌써 화장터로 보냈소." 리융리는 이렇게 대답하며 웃기까지 했다.

"가 봐야겠어요!" 샹난이 벌떡 일어나 밖으로 나가려 했다. 여자 노동자 선전대원들이 그녀의 허리를 붙들며 막아섰다. 잔뜩 굳은 얼굴로 한쪽에 앉아 담배를 피우고 있던 유뤄빙이 샹난을 달랬다. "샤오샹! 침착해야 하오. 멋대로 굴면 안 되오!"

샹난은 유뤄빙을 힐끗 쳐다보더니 고개를 끄덕였다. "맞아요. 침착해야죠! 사람이 죽었다는데 당연히 침착해야죠! 그럼, 당신, 당신들, 말해 봐요! 그이가 어떻게 죽은 거죠?"

"가스를 틀어 놓고 주방에 누워서 편안히 갔소!" 리융리는 귀찮다는 듯이 말했다. 마치 자기와는 아무 상관도 없다는 말투였다.

"아이는, 샤오하이는요? 아이도 편안히 갔나요?" 샹난은 이를 갈며 사납게 물었다.

"아이는 살아 있소. 위쯔치가 아주 치밀하게 조치를 했더군. 종이로 아이 방문이랑 창문 틈새를 다 꽉꽉 막아 놨더라고, 가스가 들어가지 않게 말이오." 리융리는 여전히 냉랭하고 대수롭지 않다는 투로 말했으며 얼굴에는 웃음까지 띠고 있었다. 하지만 샹난은 그가 웃는 게 보이지 않았다. 그녀의 눈에 어른거리는 건 다름 아니라 떨리는 손으로 문틈을 막고 혹시 어디로 가스가 새지는 않는지 세심하게 살피고 있는 위쯔치의 모습이었다. 위쯔치의 목소리도 들리는 듯했다. '샤오샹! 아이를 당신에게 부탁하오!' 그녀는 벌떡 일어나 문 쪽으로 내달리며 소리질렀다. "가야겠어! 가서 아이를 데려와야겠어!" 하지만 여자 노동자 선전대원들이 또 그녀를 붙잡아 걸상 위에 눌러 앉혔다.

유뤄빙이 걸상을 앞으로 끌어당기며 샹난과 마주 보고 앉았다. 그가 고개를 조금 숙이고 있어서 샹난에게 그의 눈은 보이지 않고 떨리는 눈썹만 보였다. 심장병과 고혈압이 다시 도졌는지 입을 여는 그의 숨소리가 고르지 않았다.

"샤오샹, 진정하시오. 동무는 아직 젊고 또 당원도 아니라서 우리 당의 원칙을 모를 거요. 공산당원은 자살할 수 없게 되어 있소. 자살은 반당 행위라 당적에서 제명된단 말이오. 하물며 과오를 범하고 비판을 받던 중에 그랬으니 더 말할 것도 없지. 그러니 동무도 위쯔치와 선을 확실히 긋고, 공연히 그의 순장품이 되는 일은 없도록 하시오!"

샹난은 대답 대신 유뤄빙을 빤히 쳐다보고만 있었다. 그가 말한 이치는 그녀도 다 아는 것이었다. 사실 멀쩡한 사람이 왜 자살을 한단 말인가? 하지만 문화 대혁명 이래로 자살한 공산당원은 부지기수였다. 쯔치 하나만도 아니고, 쯔치가 마지막도 아닐 것이다. 왜일까? 그 사람들이 모두 반당 분자라서 그렇단 말인가? 그녀는 믿지 않았다. 그녀는 쯔치와 루메이가 당을 얼마나 사랑했는지 알고 있었다. 유뤄빙보다 훨씬 더 사랑했다. 어쩌면 바로 그것 때문에 유뤄빙은 아직까지 살아 있고 그들은 죽어야 했는지도 모른다. 그런데도 지금 유뤄빙은 오히려 그녀에게 당에 대한 애정을 운운하며 쯔치를 반당 분자로 모함하고 있는 것이다. 상황은 이처럼 뒤집혀 있는 것이다! 뒤집혔다, 모든 게 다 뒤집혔다! 샹난은 참을 수가 없어 경멸의 눈으로 유뤄빙을 쏘아 보았다. 유뤄빙의 눈썹에 경련이 일었다. 또 주머니에서 담배를 꺼내는 그를 보며 샹난은 승리자처럼 웃으며 혼잣말을 했다. "저이는 절대 위쯔치처럼 죽는 일은 없을 거야!"

리융리는 아까부터 쭉 날카로운 눈빛으로 샹난의 얼굴을 주시하고 있었다. 웬일인지 오늘 그는 계속 웃고 있었다. 그 웃음이 샹난의 혐오감과 복수심을 부추겼다. 그녀가 어쩌나 그를 매섭게 노려보았는지 그는 결국 얼굴에서 웃음을 거두었다. "가서 아이를 만나 봐야겠어요. 내가 아이랑 같이 살겠어요." 그러자 리융리가 얼굴을 굳혔다. "여전히 끊지 못하겠다 이거군! 그런 반당 분자한테 아직도 그렇게 목을 매다니, 동무는 도대체 어느 편에 서 있는 거요? 위쯔치의 죽음은 개만도 못한 죽음이오! 죽어 버렸으니 죄만 하나 더 늘어난 셈이지! 위쯔치의 죽음은 보통 반당 행위가 아니오. 그자는 빈하이시 낭 대표 대회에 저항하고, 무산 계급 사령부에 저항하고 심지어 마오 주석께도 저항했소! 그자는 죽기 전에 당 중앙과 마오 주석께 편지까지 써서 짐승 같은 말로 무산 계급 사령부 지도자 동지들을 욕보였단 말이오, 알겠소? 그래도 그자와 선을 가르지 않겠다는 거요?"

"편지? 그가 편지를 남겼어요? 어디 보여 줘 봐요!" 샹난은 리융리 앞에 냅다 손을 내밀었다.

"동무한테 보여 달라고? 그건 '확산 금지 자료'요! 편지는 벌써 밀봉해서 새로운 시 위원회로 넘겼소. 이 일로 디화챠오 동지, 쭤이푸 동지, 산챵 동지 모두 화가 단단히 나셨소! 이푸 동지는 우리더러 철저히 비판하라는 지시까지 내리셨소! 샹난, 잘못도 모르고 그렇게 고집 피우지 마시오! 위쯔치랑 같이 무산 계급 사령부에 저항하는 반혁명의 길을 가지 말란 말이오!" 리융리의 말투는 악독하기 그지없었다. 그 뾰족한 입이 그녀의 심장을 꺼내 쪼는 것처럼 이리저리 쥐어뜯었다.

샹난은 더 이상 '확산 금지 자료'를 보여 달라고 조르지 않았다. 대신 자리에서 일어나 밖으로 나가려 했다.

"앉으시오! 아직 얘기 안 끝났소!" 리융리가 사납게 소리를 질렀다.

상난이 힘없이 주저앉았다. 리융리는 재판관처럼 상난을 심문하기 시작했다.

"그자가 동무에게 무슨 기념품 같은 거라도 남겼소?"

상난이 고개를 저었다.

"그자가 당신 앞에서 '확산 금지 자료'를 보여 준 적 있소?"

상난이 고개를 저었다.

"그자를 비호해 봤자 동무한테 좋을 것 없소!"

상난이 또 고개를 저었다.

"동무는 고개 젓는 것밖에 모르오?"

상난은 여전히 고개만 저었다.

지금 자기가 왜 고개만 젓고 있는지, 게다가 지금까지 왜 눈물 한 방울 나지 않는지 상난 자신도 알 수가 없었다. 갑자기 누군가 자기 머릿속에 두꺼운 합판을 집어넣고 아무것도 생각할 수 없게 만들어 버린 것처럼 아무 생각도 나지 않았고 생각할 수도 없었다. 그녀의 머리는 이미 마비되었고, 죽어 버렸다. 그저 멍하니 아무것도 생각나지 않고 아무 말도 나오지 않았다. 오직 그녀의 눈앞에 빠르게, 반복해서 나타나며 겹쳐지는 것은 바로 그의 웃는 얼굴이었다! 그리고 그의 목소리! 어젯밤 심상치 않게 뜨겁던 그의 포옹! 갑자기 한 가지 생각이 뇌리를 스쳤다! '쯔치가 나하고 작별하려고 계획한 건 바로 오늘이었던 거야! 그런데 그것도 모르고 내가 하루 앞당겨 찾아간 거지!' 그녀는 피가 날 정도로 무릎을 세게 움켜쥐며 자신을 책망했다. "왜 오늘까지 기다리지 못하고 간 거야!"

"지금 뭐라고 했소?" 리융리가 이상하다는 듯 물었다.

"내가 오늘 갔어야 했어요! 그가 날 기다렸으면 어젯밤에 죽지 않고 지금쯤 살아 있었을 거예요! 그가 나더러 오늘 오라고 했는데 내가 못 참고 어제 갔어요! 내가 그 사람 말을 듣지 않아서, 내가 그 사람을 죽였어요!" 그녀가 큰 소리로 대답했다.

"미쳤군!" 리융리가 작은 소리로 유뤄빙에게 속삭였다. 유뤄빙은 황망히 눈을 들어 그녀를 쳐다보았으나 입술만 달싹거릴 뿐 차마 아무 말도 하지 못했다. 리융리가 여자 노동자 선전대원 둘에게 손짓을 했다. "데리고 나가시오! 지식 분자들하고는!"

노동자 선전대원이 그녀를 부축하려고 하자 샹난은 그 손을 밀쳐 내며 웃었다. "나 혼자 갈 수 있어요. 아주 잘 갈 수 있어요. 이것 봐요!" 정말로 샹난은 성큼성큼 빠르게 걸어 나갔다. 문 밖으로 나온 샹난은 가슴 속에 뭔가가 꽉 막힌 것 같아 고래고래 소리를 내지르고 싶었다. 하지만 소리가 나오지 않았다. 얼마나 몸부림을 쳤는지 한참 만에 겨우 소리가 나왔다. "쯔치! 어떻게 나한테 한마디 말도 없이 갈 수가 있어요?"

아래층에서 누군가 그 소리를 듣고 샹난을 불렀다. "샤오샹!" 샹난이 부리나케 아래로 뛰어가 보니 청쓰위안이었다. 그녀는 청쓰위안의 손을 붙들고 죽어라고 흔들어 댔다. 사방으로 눈물만 줄줄 흐를 뿐 아무 말도 나오지 않았다. 청쓰위안이 다급하게 물었다. "쯔치는 잘 있소?" 그러자 샹난이 그의 손을 더 세게 쥐었다. 무슨 일인지 잔뜩 걱정이 되어 청쓰위안은 그녀를 따라 숙소로 돌아오며 자꾸 그녀에게 물었다. "왜 그러시오, 무슨 일이오?" 방문을 열고 들어와 침대에 앉은 뒤에야 샹난이 입을 열었다. "그이가 죽었대요!" 청쓰위안의 네모반듯한 고동색 얼굴이 삽시간에 창백해졌다. "그게 무슨 말이요, 응? 빨리 좀 말해 봐요!" 그가 큰 소리로 명령하듯 말했다. 샹난도 큰 소리로 대답했다. "그가 자살했어요! 죽었다고요! 아시겠어요? 쯔치가 죽었다니까요!" 그녀는 더 이상 참지 못하고 침대에 쓰러져 대성통곡했다!

청쓰위안, 말수 적고 신중한 이 사람도 대번에 멍해지고 말았다. 그러잖아도 쯔치와 샹난이 걱정되어 일찌감치 기관으로 나온 참이었다. 그런데 위쯔치의 사망 소식을 듣다니! 그가 죽었다니! 그는 오른손으로 안경테를 붙잡고 샹난이 우는 것을 멍하니 보고만 있었다. 마치 샹난이 왜 우는지 모르겠다는 표정이었다. 한참이 지나고 나서야 갑자기 그의 분노가 폭발했다. "나쁜 놈들! 모조리 빌어먹을 놈들! 짐승 같은 놈들! 사람을 죽였어! 사람을 죽였어!" 그의 분노를 따라 눈물이 터져 나왔다. 하지만 그는 눈물을 닦아 내지 않았다. 그는 눈물을 닦을 줄 모르는 것 같았다. 기껏해야 눈물이 반짝 고이는 정도 말고는 그는 평소 거의 우는 법이 없었다. 그런데 지금 그의 얼굴에는 눈물이 비 오듯 줄줄 흘러내렸다. 그는 반백이 된 머리를 가슴께로 푹 수그리고 고통스럽게 몸을 떨면서 큰 소리로 울었다. 그는 울고 또 울었다…… 이제는 샹난이 그가 우는 것을 멍하니 바라보았다. 샹난은 침대에서 일어나 그를 힘없이 쳐다보며 중얼거렸다. "왜 울어요? 왜 우냐고요?" 그런 샹난 때문에 청쓰위안은 더욱 가슴이 아팠다. "그는 죽었어도 동무는 살아야 해. 그는 죽었어도 동무는 살아야지……." 청쓰위안은 이 말만 몇 번이고 되풀이했다. "난 살 거예요. 죽으면 개만도 못한데 내가 왜 개가 되겠어요? ……그런데 샤오하이는 어디 있죠?" 샹난은 여전히 멍한 채로 대답 같기도 하고 혼잣말 같기도 한 말을 했다.

샤오하이의 이름을 듣자마자 청쓰위안이 벌떡 일어섰다. "내가 가 보겠소. 단칭한테 동무와 함께 있어 주라고 하겠소."

청쓰위안이 가자 샹난은 문을 잠그고 보조 열쇠까지 채운 뒤 다시 침대에 드러누웠다. 더 이상 아무도 오지 말았으면 싶었다. 대체 무슨 일이 벌어진 건지 혼자서 잘 생각해 봐야 했다. 하지만 문틈을 막고 있는 위쯔치의 두 손 말고는 떠오르는 게 아무것도 없었다. 그녀는 신경질을 내며 자기 머리를 쥐어박고 머리채를 쥐어뜯었다. "왜, 왜, 왜 아무 생각도 나지 않는 거야?"

하는 수 없이 그녀는 맥없이 침대에 누워 얼룩진 천장만 망연히 바라보았다.

갑자기 쯔치가 보였다. 그는 추석날 밤의 모습 그대로였다. 그가 이글거리는 두 눈으로 그녀를 보고 있었다. 그녀는 뛸 듯이 기뻐하며 그에게 달려갔다! 그런데 그의 웃는 얼굴은 순식간에 사라져 버리고 그가 얼음장처럼 차가운 목소리로 이렇게 말하는 것이었다. "어제는 왜 그냥 가 버렸소? 내가 얼마나 당신을 아내로 맞고 싶었는지 아오? 당신은 날 배반했소!"

그녀는 황급히 위쯔치 앞에 무릎을 꿇었다. "말해 봐요, 쯔치. 내가 당신을 죽게 했나요? 난 괜찮으니까 걱정 말고 솔직히 얘기해 봐요. 쯔치, 내가 아니면 누구겠어요? 내가 당신을 죽게 만든 거예요!" 그러자 그의 얼굴에 또 웃음이 떠올랐다. 말할 수 없이 따뜻하고 사랑이 가득 담긴 웃음이었다. 그는 가만히 그녀의 머리를 쓰다듬으며 천천히 허리를 숙여 그녀의 귓가에 대고 속삭였다. "바보! 우린 벌써 부부가 되지 않았소? 당신이 어떻게 나를 죽게 하겠소?" 아, 그는 죽지 않았구나! 이렇게 살아 있었어! 그녀는 눈물이 그렁그렁한 눈으로 웃으며 자기를 속인 리융리를 탓했다. 하지만 그녀가 그를 안으려고 팔을 벌리자마자 그는 감쪽같이 사라져 버렸다.

'이게 어찌 된 일이지? 꿈인가?' 그녀는 놀란 눈으로 천장을 바라보며 조금 전 일을 다시 떠올려 보았다.

'아니, 꿈이 아니야! 분명 쯔치가 나한테 왔던 거야! 이웃집 할머니가 그랬지. 사람은 죽으면 그 영혼이 이레 동안 사랑하는 사람들 곁을 떠돈다고. 그 말이 맞는가 봐. 쯔치는 죽었지만 그의 영혼은 아직 내 주위를 떠돌고 있는 거야.' 그녀는 자신에게 이렇게 물었다.

'그럼, 그가 방금 나한테 한 말, 나한테 한 행동은 모두 무슨 뜻이었을까?'

'나도 그이를 따라가서 부부가 되자는 말이었을까?'

그녀는 몸을 일으켜 앉았다. "그래, 맞아! 바로 그거야. 나도 가야겠어. 변심하지 않겠다고 맹세했잖아. 이제 그가 죽은 마당에 혼자서 계속 살아야 하나? 아니, 절대 아니야!"

그렇게 생각하자 상난은 대번에 머리가 맑아지는 듯했다. 쯔치가 자기가 깨닫도록 해 준 것이다. 침대에서 내려온 그녀는 책상 서랍에서 가족사진을 꺼내 앞에 놓았다. 이제부터 그녀는 쯔치와 이야기를 나눌 작정이었다. 그녀는 쯔치의 눈을 통해 자기의 마음을 들여다본 뒤 어떻게 할 것인지를 그 마음에 물어보고 결정하려 했다. 쯔치, 샤오하이, 그리고 자기의 눈 속에서 그녀는 자기의 마음을 볼 수 있었다. 지난 며칠간 뚠차오췬, 리융리, 유뤄빙이 계속 채찍질하고 짓밟은 터라 마음에서는 피가 흐르고 있었다. 하지만 지금 뛰고 있는 그녀의 마음은 예전처럼 그렇게 투명하지 않고 티가 묻어 있었다. 지금의 이 마음은 확실히 채찍질이 필요한지도 모르겠다. 하지만 그렇다 하더라도 리융리, 유뤄빙, 차오췬 같은 인간들은 자기에게 채찍을 들이댈 권리가 없다. 그럴 권리가 있는 사람은 오직 쯔치와 샤오하이, 그리고 자신뿐이다. 왜냐하면 그녀가 쯔치를 배반하고 샤오하이를 배반하고 또 자신을 배반했기 때문이다!

"어젯밤 왜 그의 아내가 되지 못했을까? 만약 어젯밤 내가 그의 아내가 됐다면 그가 사랑하는 아내를 두고 그렇게 죽을 수 있었을까? 절대로 그럴 리 없어! 사랑은 지고지상의 것도 아니지만 그렇다고 밑바닥에 뒹구는 천한 것도 절대 아니야! 정치적으로 절망한 사람에게는 사랑의 힘이 더욱 중요한 법이지. 그런데도 난 그의 사랑을 빼앗고 그이만 남겨 둔 채 가 버렸어! 물론 그래, 나보고 가라고 한 건 그이였어. 하지만 나는? 어쨌든 나도 그냥 갔잖아! 왜? 자존심 때문에? 아니, 아니야! 자기의 감정과 의지도 존중하지 못하고, 자기의 눈과 영혼을 믿지도 못하고, 자기를 독립적인 진정한 인간으로 대하지도 못하면서 어떻게 자존을 말할 수가 있어? 있다면 용속하고 속 빈 허영심뿐이겠지! 권력에 굴종하는 가면에 불과해! 난 굴종했어! 무산 계급 사령부에 굴종해 버렸어! 하지만 나의 인격은? 나의 영혼은? 모조리 묻어 버린 거야! 난 왜 맞서지 못했을까? 난 왜 모자와 몽둥이를 두려워했을까? 난 왜 오물이 튀는 것을 두려워했을까? 이제야 알겠어. 몸이 다치면 약이라도 있지만 마음이 다치면 약도 없는 거야. 몸에 오물이 튀면 자연의 비바람이 씻겨 주기라도 하지만 마음에 오물이 튀면 그건 자기의 피로써만 씻을 수 있다는 것을! 그래, 피로써만! 우리의 사랑은 피 흘리는 것으로 시작해서 피 흘리는 것으로 끝이 나는구나. 난 루메이의 피를 보고 나서 그이를 동정하고 사랑하게 되었지. 그리고 그이는 피로써 우리 사랑의 대가를 치렀고! 내 손에 묻은 그의 피는 피로써만 씻을 수 있는 거야. 그래서 그가 나를 부르러 온 거야. 그의 마음을 씻어 달라고……."

이제 샹난은 마음이 홀가분하고 개운해졌다. 그래, 고민할 게 뭐 있어? 그를 따라가면 되는 거야! 그를 따라갈 수밖에 없는 거야. 가스는 언제나 준비되어 있다. 그녀도 '편안히 갈' 수 있을 것이다. 그녀는 이제 가져갈 기념품들만 챙기면 된다. 그녀는 사진을 챙기고 책상 서랍에서 일기장과 샤오하이의 시를 꺼냈다. 그녀는 그것들을 한데 묶으려 했다……

때마침 황단칭이 왔다.

유서, 유품, 고아

상난은 쭉 침대에 누워만 있었다. 온몸에 기가 쏙 빠진 채 가끔씩 경련을 일으켰다. 이틀 동안 황단칭, 청쓰위안, 왕유이, 팡이징 등이 그녀를 보러 왔다. 상난이 샤오하이를 보러 가고 싶어 하자 그들은 샤오징과 유원이 돌아오면 같이 만나는 게 어떠냐고 했다!

이날 아침 루원디가 막 일어났을 때 처녀 하나가 찾아왔다. 유원이었다. 유원과 샤오징은 어젯밤 빈하이에 막 도착했다고 했다. 유원이 온 것을 보고 상난은 냉큼 일어나 앉았다. 유원이 얼른 침대 옆으로 가서 그녀를 부르며 흐느꼈다. "샤오상 아줌마!" 상난이 유원을 안아 주었다. "울지 마라! 샤오징도 왔니? 그 집 외지 친척들은 모두 오셨다던? 샤오하이는 집에 왔고?" "우린 청 아저씨 전보를 받자마자 차비를 구해서 바로 온 거예요. 외지 친척들은 아무도 안 왔어요. 문인협회에서 친 전보에 '죄가 무서워 자살'이라고 해 놨는데 누가 감히 오겠어요? 설령 오려고 해도 휴가를 받을 수가 있어야죠! 우린 다행히 맘씨 좋은 상급자를 만난 덕분에 휴가를 받을 수 있었지만요." 상난이 장탄식을 했다. "영락없는 고아가 되었구나! 그 애들 집에 있니? 보러 가야겠다." "이사 갔어요!" "이

사? 왜?" 유원이 막 대답하려고 하는데 루원디가 대신 설명했다. "애들이 무서워할까 봐 지쉐화 선생이 자기 집으로 데려갔대." 유원도 거들었다. "지 선생님께서 저더러 아줌마 좀 어떠신지 보고 오라고 하셨어요. 그리고 만약 괜찮으시면 오늘 오후에 마다하이 사부님 댁에서 샤오하이랑 샤오징을 만나시래요. 다른 곳은 좀 불편하다고요. 청 아저씨, 황 아줌마, 왕 아저씨도 가실 거예요." 샹난의 눈에 대번 생기가 돌았다. "원디, 우리도 가자!" 루원디는 샹난이 밖으로 나가 움직이는 것이 영 내키지 않았지만 워낙 아이들을 보고 싶어 하는지라 그냥 그러자고 했다.

샹난과 루원디가 마다하이의 집에 도착해 보니 지쉐화, 유원, 청쓰위안 부부, 왕유이, 샤오징, 샤오하이가 모두 와 있었다. 마다하이는 사람들을 침실로 들여보내고는 샹난을 침대 위에 앉히고 이불에 기대도록 해 주었다. 샹난을 본 샤오하이와 샤오징은 모두 눈물을 흘리고 말았다. 샤오징이 커다란 보따리를 들고 들어와 그녀에게 두 손으로 공손히 건네주었다. "아버지가 이 보따리를 아줌마한테 직접 전해 주라고 편지에 쓰셨어요." 샹난이 보따리를 받아 들고 떨리는 손으로 풀어 보니 위쯔치의 시집, 그녀를 위해 그가 준비해 둔 물건들, 그리고 그녀가 그를 위해 막 뜨기 시작한 스웨터와 털실 꾸러미가 들어 있었다. 그녀는 한 손으로 위쯔치가 친히 바느질을 한 솜 조끼를 잡고 또 한 손으로는 털실 꾸러미를 잡은 채 샤오징과 샤오하이를 쳐다보며 하염없이 눈물을 흘렸다. 그리고 입술을 떨면서 샤오하이에게 물었다.

"아빠가 다른 말씀은 없으셨니?"

샤오하이는 눈물을 흘리면서 고개를 저었다. 샤오징이 얼른 대답했다. "양가죽 오버 주머니 속에 아줌마 앞으로 된 편지가 들어 있어요."

"편지?" 편지가 있다는 말에 샹난은 바로 손에 쥐고 있던 것을 내려놓고 오버 주머니에서 편지를 꺼냈다. 편지 봉투에 '샹난에게'라고 쓰여 있었다. 봉투를 뜯고 편지지를 꺼내는데 봉투에서 사진이 한 장 툭 떨어졌다. 그녀가 뽑아 준 쯔치의 사진이었다. 양력 설날 사진을 찍던 장면이 떠올랐다. 샹난의 두 손이 떨리기 시작했고 몸에도 경련이 일어나기 시작했다. 사진을 뒤집어 보니 뒷면에는 이상은의 「비 오는 밤 아내에게〔夜雨寄北〕」라는 시가 적혀 있었다.

그대는 언제 오나 묻지만 아직 기약이 없소,
파산(巴山)에는 밤비 내려 가을 연못이 넘친다오.
언제나 서창에 함께 앉아 촛불 심지 자르며,
파산의 비 오는 이 밤을 말해 줄 수 있을까.

그리고 그 옆에는 작은 글씨로 "당신을 사랑했던 이 사람을 기억해 주오!"라고 적혀 있었다. 눈물이 사진 위로 뚝뚝 떨어졌다. 그녀는 조심조심 그것을 닦아 내고 다시 편지를 읽기 시작했다.

"잘 있어요, 샤오샹! 나는 푸시킨이 아니니 사랑 때문에 죽는 것은 아니오. 내 속의 해결되지 않는 문제를 당신에게 다 말하지 못하는 것을 용서해 주오. 나는 그것을 당에게 말했고 마오 주석께 말했소. 난 이제 무서울 것이 없소. 하지만 당신은 반드시 나와 확실히 선을 그어야 하오. 그러지 않으면 당신도 연루되어 고통받게 될 거요. 죽은 사람하고 선을 긋는 건 그래도 한결 쉽지 않겠소?

나의 샤오샹, 나의 못난이! 당신을 떠나기가 얼마나 아쉬운지! 하지만 아무리 생각해도 역시 떠나는 게 좋겠소. 당신, 날 원망하지는 않겠지? 당신은 아직 젊으니 무슨 일이 있어도 꿋꿋하게 살아야 하오. 샤오징과 샤오하이를 부탁하니 약속해 주오. 내가 다 말해 두었으니 그 애들이 당신을 원망하는 일은 없을 거요. 아이들은 내 말을 잘 들으니까.

우리의 연애가 화를 부른 거라고는 생각지 마오. 절대 그런 게 아니라오! 모든 게 다 「끝없는 장강 물결 도도히 흘러」 때문에 빚어진 일이오. 그것을 위해서라도 당신이 굳건히 살아갈 것이라 나는 믿소. 언젠가는 천지가 개벽하고 일월이 다시 빛날 날이 꼭 올 것이오.

나의 샤오상, 아이들을 부탁하오. 나 때문에 상심하지는 마오. 우린 어쨌든 사랑하지 않았소? 그것도 그처럼 뜨겁게, 그처럼 진심으로 사랑하지 않았소! 난 우리가 서로 사랑했던 그 100일을 영원히 잊지 못할 거요. 당신 사진, 그리고 우리가 함께 찍은 가족사진은 내가 다 가져가오. 당신한테 준 루메이의 사진을 가져가지 못해 아쉽군! 그건 당신이 잘 보관해 주오!

잘 있어요, 샤오상! 꿋꿋해야 하오! 늘 조심하고!"

편지를 다 읽고 난 샹난은 왈칵 울음을 터뜨렸다. 황단칭과 나머지 사람들도 편지를 가져다 읽으며 함께 눈물을 흘렸다. 커다란 손으로 무릎을 꾹 쥔 채 멍해 있던 마다하이가 이윽고 입을 열었다. "이게 다 누구 짓이란 말인가!" 흥분한 황단칭이 이리저리 방 안을 서성였다. 그녀의 그림 같은 눈썹이 위로 한껏 치켜 올라가고 두 눈에는 눈물이 가득 고여 있었다. 그녀가 훌쩍거리는 왕유이를 다독이며 제안했다. "전우가 피를 흘리고 쓰러졌는데 우리가 눈물만 흘릴 순 없어요. 싸워야지요!" 왕유이가 눈물을 닦으며 이를 악물었다. "내가 왜 그리 바보 같았는지 정말 너무 화가 납니다!"

유서와 유물을 모두 보고 난 샹난은 샤오징과 샤오하이를 꼭 끌어안고 물었다. "내가 밉지 않니? 너희한테 정말 미안하다!" 샤오하이는 아무 말도 못 하고 그저 샹난을 바라보고 고개를 저으며 울기만 했다. 뜻밖에 샤오징은 크게 울지도 않고 오히려 샹난의 손을 꼭 쥐면서 위로했다. "아줌마, 우린 이제 철없는 애들이 아니에요. 아버지를 잃었으니 아줌마도 우리처럼 가슴 아프실 텐데 우리가 왜 아줌마를 미워하겠어요? 미워하려면 아버지를 죽게 만든 그 사람들을 같이 미워해야죠!"

샹난은 감격스러웠다. "너희가 날 이해해 준다니 죽어도 눈을 감을 수 있겠구나. 절대로 너희를 떠나지 않을게! 말 좀 해 보렴. 그래, 요 며칠 너희는 어떻게 지냈니? 리융리들이 또 너희를 찾아왔던?"

그러자 샤오하이가 "으앙!" 하고 큰 소리로 울음을 터뜨렸다. 샤오징이 얼른 동생을 끌어안고 눈물을 닦아 주었다. "샤오하이, 울지 마! 아무리 힘든 일도 우린 다 견뎌 낼 수 있어! 우리 가족은 앞으로도 계속 건재할 거야!"

"도대체 무슨 일이 있었던 거니? 나한테 말해 주면 안 되겠니? 알고 싶어!"

샹난이 조바심을 내며 물었지만 샤오징은 입술을 꼭 깨문 채 얼른 입을 열려고 하지 않았다. 무슨 일이 있었느냐고? 샤오징은 그 일을 다시는 생각도 하고 싶지 않았다. 동생이 울면서 하는 얘기를 자기 귀로 직접 듣지 않았다면 세상에 어떻게 그런 일이 있을 수 있는지 믿지 않았을 것이다.

그날 아침 샤오하이는 가스실에서 아버지를 발견하고는 놀라서 몸이 굳어 버렸다. 그 애는 소리도 내지 않고 아버지 옆에 한참을 서 있었다. 이윽고 아버지를 흔들며 불러 보았지만 대답이 없자 잠깐 멍해 있다가 문득 아버지가 죽었다는 것을 비로소 깨달았다.

그제야 울음이 터져 나왔다. 지쉐화도 없고 펑원펑도 없었으니 아무도 그 애의 울음소리를 듣지 못했다. 그 애는 이웃에게 도움을 청할 줄도 몰랐고 아버지 직장에 알려야 한다는 것도 몰랐다. 그냥 울기만 했다. 한없이 악을 쓰며 울기만 했다. 한참이 지나서야 그 소리를 들은 이웃집에서 와 보고 대신 문인협회에 전화를 해 주었다. 조금 뒤 리융리가 사람들을 데리고 나타났다. 그들은 위쯔치의 시신을 뒤집어 본 뒤 "이미 죽었어!"라고 말하더니 시신을 그대로 방치한 채 집부터 뒤지기 시작했다. 그들은 맨 먼저 위쯔치의 모든 장서에 봉인을 하고 차를 불러서 집 안에 있는 것들을 모조리 기관으로 실어 갔다. 전부 몰수한다는 것이었다.

샤오징은 이런 이야기를 모두 들려준 뒤 샹난에게 말했다. "아줌마, 빼앗긴 아버지 물건들은 상관없어요. 아버지는 우리가 꿋꿋하게 살아가길 바라시니까. 우리도 아버지를 실망시켜 드리면 안 되잖아요, 그렇죠?"

샹난이 고개를 끄덕였다. "걱정 마라! 괜찮아질 거야. 분명히 좋아질 거야. 내가 「끝없는 장강 물결 도도히 흘러」를 반드시 완성하고 말겠어. 그들이 아무리 압수를 하고 아무리 트집을 잡아도 장강 물결은 영원히 흐를 테니까!" 그녀가 청쓰위안을 돌아보았다.

"라오청, 요즘 리융리들은 뭘 하고 있어요? 쯔치의 죽음에 대해 또 무슨 트집을 잡을까요?"

청쓰위안은 샹난의 노래진 얼굴을 보며 고개를 흔들었다. "당분간 동무는 그런 일에 신경 쓰지 마시오. 빨리 몸을 추슬러야지." 그러고는 마다하이와 다른 사람들에게 말했다. "우리는 바깥방에 나가 있읍시다! 샹난이 아이들이랑 오붓하게 회포 좀 풀게 말이오." 마다하이가 고개를 끄덕이며 밖으로 나갔다.

모두 바깥방으로 나오기를 기다렸다가 청쓰위안이 나지막이 운을 뗐다. "쯔치의 유서가 이미 모든 문제를 확실히 말해 주고 있소. 그들이 공개적인 회의에서 비판한 것과 남몰래 뒤에서 쯔치에게 자백하라고 협박한 것은 서로 다른 문제였던 거요. 이른바 생활 문제를 핑계로 정치적 핍박을 가한 거지. 비열한 놈들 같으니!"

"이제야 정치투쟁이란 게 어떤 건지 알 것 같아요! 그런 농간을 부릴 거라곤 상상도 못 했는데. 아마도 그들은 계속해서 뭔가 꼬투리를 잡을 겁니다. 성토대회를 열려고 하지는 않을까요?"

왕유이 말에 청쓰위안도 고개를 끄덕였다. "성토대회를 연다면 틀림없이 쯔치와 샹난의 연애 문제를 붙들고 꼬투리를 잡아서 두 사람한테 오명을 뒤집어씌우려 할 거요. 안 그러면 다른 사람들의 이목을 가릴 수가 없을 테니 말이오."

황단칭이 끼어들었다. "이렇게 악랄한 놈들은 처음 봐요! 그놈들이 순조롭게 목적을 달성하도록 가만 놔두면 절대 안 돼요! 어떻게든지 그놈들을 철저하게 고발할 수 있는 방법을 생각해야 해요……."

마다하이가 손을 내저었다. "그놈들을 철저하게 고발한다? 할 수 있을까?"

모두 생각에 잠겼다.

그때까지 옆에서 잠자코 듣고만 있던 지쉐화는 전에 펑원펑이 득의양양해서 자기한테 했던 말이 문득 생각났다. 디화챠오가 자기 보고서 위에다 '서면 지시'를 써 줬는데, 그 보고서는 모두 스즈비가 자기한테 말해 준 내용이었다고 했다. "만약 스즈비 동무가 나서서 사실을 분명히 밝혀 준다면 라오위가 모함을 받게 된 상황도 분명하게 밝혀지지 않을까요?"

"맞아! 나도 유뤄빙한테 들은 적이 있소! 유뤄빙 말로는 스즈비가 자기가 말했던 내용을 다 부인했다고 하던데……. 그런데 나중에 그 보고서 내용이 결국 효력을 발휘하게 된 거고. 분명히 그건 스즈비 책임이 아니야. 바로 그놈들이 황당무계한 이야기를 계획적으로 이용한 걸 거요. 보아하니 이 일로 스즈비도 상당히 힘들어하고 있겠군!"

청쓰위안이 이렇게 말하자 황단칭이 스즈비 이야기를 들려주었다. "그저께 내가 라오스를 보러 갔는데, 온 방 안에 연기가 자욱해 가지곤 책상 앞에 앉아서 『신구약전서』를 펴 놓고 담배만 뻑뻑 피고 있더라고요."

"무슨 전서요?" 유원이 물었다.

"『성서』말이다. 스즈비는 교회 학교를 다녔거든. '네 가지 낡은 것을 타파하자' 운동 때 그 책이 어떻게 남아났나 몰라. 내가 어쩌다 이런 책을 읽을 생각을 다 했냐고 물었더니 웃으면서 '재밌잖아', 그러더라고요. 그런데 웃는 게 얼마나 부자연스럽던지, 우는 것보다 더 흉측하더라니까."

"혹시 스즈비가 나중에 그 헛소문을 도로 인정해 버린 걸까? 설마? 스즈비는 그럴 사람은 아닌데." 청쓰위안이 생각에 잠기며 말했다.

"아! 생각났어요!" 왕유이가 갑자기 소리쳤다. "전에 라오위가 받은 「매화 한 가지」 말예요, 그거 자기가 준 거라고 했거든요. 혹시……."

그 순간 청쓰위안도 같은 생각을 했다. "십중팔구 이번 일은 「매화 한 가지」와 관련이 있는 것 같군. 스즈비 이 사람이 감정 기복이 좀 심해서 어쩌다 아무 생각 없이 이야기를 지어냈는데, 그게 그만 이용을 당한 거야. 그래서 지금 속으로는 미안해하면서도 공개적으로는 그걸 인정하지 못하고 있는 거지."

이 같은 청쓰위안의 분석에 모두 고개를 끄덕였다. 지쉐화가 의견을 냈다. "만약 그렇다면 더더구나 스즈비 동무가 진상을 말해 주기만 하면 되겠네요. 가서 그녀가 라오위를 죽게 만든 게 아니라고 잘 말해 주는 게 좋을 것 같아요. 그러잖으면 펑원펑이 날조하는 거짓말이 계속 먹혀들 거예요."

"제가 스즈비 아줌마를 잘 아니까 가서 얘기해 볼게요. 샤오징하고 샤오하이가 얼마나 힘든지 말씀드리면 아줌마도 꼭 나서서 펑원펑 아저씨를 고발하실 거예요!" 유원이 말했다.

그 말에 청쓰위안도 동의했다. "그것도 좋겠다. 너는 그 김에 너희 집에도 좀 들러 보고."

순간 유원의 얼굴빛이 싹 변했다. "그 집에는 절대 안 가요! 위쯔치 아저씨를 핍박하는 데 우리 아버지도 동참했잖아요!"

청쓰위안도 그 말에 공감했다. 그는 안쓰러운 듯 유원을 바라보더니 더 이상 그 얘기는 꺼내지 않았다.

마다하이가 청쓰위안에게 물었다. "성토대회는 언제쯤 열릴 것 같소?"

"글쎄요, 놈들이 기습 공격하는 걸 워낙 좋아해서. 우리는 요즘 시 당 대표 대회 정신을 학습한다고 날마다 회의를 열고 있소. 거기다 현실 문제와 연결해야 한다면서 쯔치를 고발하고 비판하라고 요구하고 있고. 어쨌든 내 보기에 조만간 열리지 않을까 싶은데. 들자하니 오늘 간부 학교에 사람을 보내 쟈셴주를 돌아오게 한답디다. 그리고 스즈비도 벌써 몇 번 불려 갔던 것 같고."

그새 날이 저물기 시작했다. 샹난과 아이들이 방에서 나오자 청쓰위안들은 샹난이 성토대회 일을 알까 봐 이내 하던 이야기를 멈추고 일어나 각자 집으로 돌아갔다.

스즈비의 선언

　'위쯔치는 죄가 무서워 자살했다'는 내용의 성토대회를 준비하
느라 리융리는 벌써 며칠째 밥도 제대로 못 먹고 뛰어다녔다. 유
뤄빙도 덩달아 눈코 뜰 새 없이 바빴다.

　이번 성토대회를 위해 돤차오췬은 리융리와 유뤄빙을 불러다
놓고 명확하게 지시했다. "이번에는 참 쉽지 않은 싸움이 될 겁니
다! 위쯔치 하나 죽은 건 문제도 아니지만 돌 하나가 천파만파를
일으킬 수 있으니까요! 거기에는 혁명의 파도도 있고 반혁명의
파도도 있어요. 우리 당 내부에, 그리고 국내에 아직도 자산 계급
세력이 적지 않다는 걸 알아야 합니다. 위쯔치를 지지하고 동정
하는 사람도 적지 않단 거죠. 최근 문교부서의 몇몇 사람들이 우
리가 헌법을 위배하고 남의 사생활에 폭력적으로 간섭했다고들
수군거린답니다. 자산 계급이 우리와 투쟁할 때 쓰는 중요한 수
단 중의 하나가 바로 이런저런 '법'이에요. 그들은 '법'을 이용해
서 무산 계급의 손발을 묶어 놓으려 하죠. 그 따위 수작이 두렵지
는 않지만 그렇다고 앉아서 지켜만 볼 수는 없지요. 군중을 교육
하고 그중 다수를 우리 편으로 쟁취하는 건 그래도 중요하니까.
한 사람을 죽이는 건 쉽지만 한 사람을 타도하고 구린내가 펄펄
나게 만들고 철저하게 그 영향력을 소멸시키는 건 그렇게 쉬운
일이 아니라는 걸 명심하세요. 이번 성토대회의 목적은 바로 거
기에 있습니다. 많은 사실이 위쯔치에 대한 우리의 비판이 정확
했으며 필요했음을 증명해 주고 있어요. 그가 죽은 것이야말로
우리의 비판이 틀리지 않았다는 사실을 증명해 주는 거지요. 당
이 그토록 오랫동안 그를 길러 내고 또 문화 대혁명 중에는 그에
게 만회의 기회까지 주었는데도 그는 자기의 정당하지 못한 연애

를 고집하려고 자살까지 한 겁니다. 이게 어떤 문제입니까? 이번 싸움에 패배란 없어요. 반드시 이겨야 합니다. 진다면 두 사람에게 책임을 묻겠어요!"

며칠 동안 리융리와 유뤄빙은 이 '영광스럽고도 지난한' 임무를 위해 전력투구했다. 그들은 군중을 대상으로 광범한 사상 교육 작업을 했다. 어제는 간부 학교에서 쟈셴주를 불러 와 성토대회에서 증언을 하도록 설득하고, 이번 시험을 거친 뒤에 그를 '해방' 시켜 줄 것인지 여부를 결정하겠다고 말했다. 쟈셴주는 알겠다고 대답했다. 그들은 또 여러 차례 스즈비를 불러다 놓고 대회 석상에서 1차적인 사실을 폭로하라고 요구했다. 또 회의의 영향력을 확대하기 위해 『빈하이 일보』의 여기자한테도 출석해 달라고 요청했다. 여기자는 흔쾌히 승낙했을 뿐 아니라 펑원펑에게 「사랑과 죽음」이라는 비판문을 청탁하는 등 적극적으로 협조해 주었다.

그들은 또 이왕이면 상난이 대회에 나와 위쯔치를 폭로하고 공을 세워 자기 죄를 속죄하면 더 바랄 게 없겠다고 생각했다. 하지만 그들이 볼 때도 그건 불가능할 것 같았다. 그렇지만 최소한 그녀가 대회 석상에서 특별히 나서서 따지지만 않는다면 그것도 묵인으로 볼 수 있으니 나쁘지는 않았다. 이 문제에 대해 돤차오췬은 특별히 주의를 주었다. 너무 억지로 몰아붙이다가 또 한 번 인명 사고라도 나게 되면 큰일이므로 방법에 주의하라는 것이었다. 상난의 신분 자체가 위쯔치와는 다르니까. 그래서 회의 전에 리융리는 자기가 직접 상난을 찾아가 대회에 참가하도록 설득해야겠다고 마음먹었다.

이날 오후 성토대회가 열리는 걸 알고 황단칭, 지쉐화, 유원은 모두 상난을 보러 왔다. 그들이 상난의 방에 모여 있을 때 리융리가 샹난을 찾아왔다. 방에 사람이 가득 있는 걸 보고 그는 씩 웃었다. "어이쿠, 많이들 오셨군! 모두 샹난이 우는 걸 도와주러 온 건 아니겠죠?" 그는 또 루윈디를 보며 물었다. "동무는 온 지 며칠 됐을 텐데 아직 돌아가지 않았소?" 루윈디가 얼른 일어나 아는 체를 했다. "리융리 동지, 용건이 있으시면 저랑 밖에 나가 얘기하시죠. 샤오샹 몸이 많이 안 좋아서요."

이상하게 리융리는 딱 한 번밖에 본 적 없는 루윈디한테는 한껏 고분고분했다.

그는 루윈디의 말대로 그녀를 따라 밖으로 나갔다. 그러고는 있는 대로 예의를 차리며 말했다. "내가 온 것은 샹난을 오늘 오후에 열리는 성토대회에 참가시키기 위해서요. 그건 샹난에게 교육받고 만회할 수 있는 기회를 주기 위한 것이오. 그건 판차오췬 동지의 뜻이기도 합니다. 동무가 들어가서 샹난을 좀 일어나게 해 주시오. 만약 몸이 불편하면 동무가 부축해서 같이 와도 좋소."

이것이 판차오췬의 뜻이라는 말을 듣자마자 루윈디의 눈썹이 바로 찌푸려졌다. 그녀는 원래 여간해서는 얼굴을 찌푸리거나 심한 말을 하는 성격이 아니었으나 이번에는 눈을 부릅뜨고 리융리를 노려보며 말했다. "차오췬이 샹난을 구하려 한다면 지금 샹난이 어떤 상황인지도 알겠군요? 가서 나 루윈디가 그러더라고 차오췬에게 전하세요! 샹난이 못 견디고 죽어도 좋다면 얼마든지 샹난을 회의장으로 끌고 가라고요!"

루윈디도 판차오췬의 친한 친구라는 것을 아는 터라 리융리는 그녀가 이렇게 단호하게 말하자 감히 함부로 행동할 수가 없었다. 만일 정말로 또 한 번 인명 사고가 나서 사단이 벌어지기라도 한다면 자기로서도 감당하기 어려울 것이 뻔했다. 그는 루윈디를 핑계로 이 일에서 자기도 발을 빼기로 했다. "좋습니다. 판차오췬 동지에게 그렇게 보고하겠소."

리융리가 돌아가고 얼마 안 되어 바깥에서 구호 소리가 들리기 시작했다. "위쯔치는 죄가 무서워 자살했으니 죽어 마땅하다!" "대역적 위쯔치를 타도하자!" "위쯔치의 천인공노할 죄행을 철저히 청산하자!"

오늘 성토대회에 참가하기로 작정을 하고 온 지쉐화와 유윈은 구호 소리가 나자 대회가 시작되었음을 알아차리고 곧바로 회의장으로 갔다. 회의장 입구에 도착할 무렵 또 한 번 "대역적 위쯔치를 타도하자!"라는 구호 소리가 들려왔다. 펑원펑의 연기가 벌써 시작되었던 것이다. 무대 위에 앉아서 두 사람이 들어오는 것을 본 리융리는 살기등등하게 그들을 노려보았다. 옆에 있던 유뤄빙은 필사적으로 눈짓을 하며 그들에게 나가라고 암시했다. 하지만 두 사람은 아랑곳하지 않고 회의장으로 들어오더니 빈 자리에 앉아 침착하게 무대를 마주 보았다.

펑원펑은 아직도 온 정신을 발언문에 집중하고 있었다. 그는 손짓 발짓 해 가며 발언을 했다.

"위쯔치가 반란파를 부패시켰다는 증거는 산처럼 쌓여 있습니다! 그자는 연애를 수단으로 삼아 샹난에게서 심사조 자료를 빼돌렸고 샹난은 또 그에게 몽땅 넘겨주고 말았습니다! 이 모든 것을 샹난은 부인할 수 없을 것입니다. 이런 사실은 그녀가 자기 입으로 말하는 것을 제가 직접 들어서 압니다! 오늘 반드시 샹난을 불러다 비판을 받게 하고 교육을 받아들이게 해야 합니다. 모든 죄는 그녀와 위쯔치가 함께 범한 것이니까요!"

그때 아래쪽에 앉아 있던 그 인사과 여간부가 일어나서 분노한 목소리로 말했다. "저도 오늘 반드시 샹난을 불러와야 한다고 생각합니다. 그녀는 지금도 위쯔치와 선을 긋지 않고 위쯔치와 함께 찍은 사진을 고이 모셔 놓고 있습니다!"

여간부의 말을 듣고 평원평은 더욱 목청을 높였다. "샹난을 끌어 오자!" 평원평은 '무산 계급적 의분'으로 가득 차서 얼굴이 일그러지고 목소리가 갈라졌으며 이마에는 땀이 송골송골 맺혔다. 그는 말을 잠시 멈추고 손수건을 꺼내 이마의 땀을 닦았다. 바로 그 순간이었다! 그는 지쉐화의 가늘고 긴 눈이 비열하다는 듯이 자기를 노려보고 있는 것을 발견했다. 그녀가 벌떡 일어섰다! 그리고 무대 쪽을 향해 걸어 나왔다! 평원평은 황급히 발언문과 손수건을 한꺼번에 주머니에 찔러 넣고 떠듬떠듬 물었다. "당, 당신이 어떻게 여길?" 회의장에 있던 사람들이 일제히 놀라며 오른쪽으로 고개를 돌렸다. 지쉐화와 유원이 침착한 얼굴로 걸어가 단상 옆에 멈추어 서는 것이 보였다. 사람들은 어떤 돌발 상황이 발생할지 숨을 죽이며 지켜보았다.

리융리와 유뤄빙도 당황해서 어쩔 줄을 몰라 했다. 리융리가 지쉐화를 보며 소리쳤다. "뭣 하는 동무들이오? 여긴 뭣 하러 왔소?" 유뤄빙도 유원을 야단쳤다. "어서 썩 나가지 못해!" 하지만 지쉐화와 유원은 둘 다 그 소리를 듣지 못한 것처럼 그 자리에 그대로 서 있었다. 지쉐화가 머리를 매만지더니 그 길고 부드러운 눈으로 회의장을 둘러본 뒤 교단에서 강의하듯 사람들을 향해 말하기 시작했다.

"제가 누구냐고요? 전 한 사람의 인민 교사이고 공산당원입니다. 전 평원평의 아내입니다. 저는 오늘 투쟁에 나쁜 사람들의 악행을 폭로하러 왔습니다." 그런 뒤 그녀는 평원평을 바라보았다. 겁에 질린 눈으로 그녀를 쳐다보고 있던 평원평이 마지못해 자리에 앉았다.

평소 침착하기 그지없던 지쉐화가 얼마나 화가 났는지 지금은 얼굴이 온통 빨갛게 상기되어 있었다. 펑원펑의 겁쟁이 같은 모습을 보며 그녀는 미리 생각해 두었던 말도 다 잊어버린 채 대놓고 펑원펑을 질책했다. "당신 어쩌면 이렇게까지 비열할 수가 있어요? 사람들이 당신이 헛소리를 날조한다고 폭로하는 게 무섭지도 않아요?" 그녀의 말은 이 사이로 간신히 새어 나오는 것만 같았다.

회의장이 삽시간에 소란스러워졌다.

화도 나고 조바심도 난 리융리가 탁자를 '쾅' 하고 내리치며 소리쳤다. "이제 보니 대회를 훼방 놓으러 온 거였군!"

지쉐화가 이번에는 리융리를 쳐다보았다. "리융리 동지! 펑원펑에게 먼저 물어보시죠! 금방 말한 게 사실인지 아닌지! 탁자를 친다고 사실이 바뀌는 건 아니지요, 안 그래요?"

펑원펑이 얼른 자리에서 일어나 그녀를 가리키며 리융리에게 변명했다. 그의 눈은 갑자기 흉악한 독기로 번뜩였다. "저 여자는 시종일관 문화 대혁명에 반대했습니다! 저 여자의 반동 아버지도 죄가 무서워 자살했습니다. 저 여자가 원한을 품고……."

회의장이 다시 소란스러워졌다. 많은 사람들이 걱정스러운 눈길로 지쉐화를 쳐다보았다. 리융리가 또 탁자를 쾅 내리쳤다. "동무가 여기에 온 목적이 대체 뭐요?" 아래에서 몇몇 사람이 외쳤다. "저 여자를 끌어내라!"

지쉐화는 펑원펑의 말과 리융리의 힐난을 듣더니 오히려 더 침착해져서 솔직하게 말하기 시작했다.

"제 아버지는 애국적 지식인이셨습니다. 그분은 모욕적인 대우를 받고 자살하셨고 어머니도 아버지를 따라가셨습니다. 하지만 오늘 제가 이 자리에 선 것은 제 부모님 때문도 아니고 제 개인적인 원한 때문도 아닙니다. 저는 공산당원입니다. 공산당원은 반드시 원칙을 견지하고 정의를 신장해야 합니다. 저는 다름 아니라 평원핑의 거짓말을 폭로하려고 이 자리에 선 것입니다. 저는 사실에 입각해 도리를 따지려는 것이지, 여러분을 놀라게 하려는 것은 절대 아닙니다."

더욱 흉악해진 평원핑이 째지는 목소리로 외쳤다. "어서 썩 물러나지 못해!"

"사실에 입각해 도리를 따지자!" 단상 아래 있던 왕유이가 이렇게 말하자 그 소리가 별로 크지 않았음에도 여기저기서 호응하는 외침이 터졌다. "옳소! 옳소!"

리융리가 화를 버럭 내며 일어나 사람들을 향해 손을 내저었다. "조용히들 하시오! 오늘 대회는 무산 계급 사령부의 지시를 받들어 열린 것이오. 만약 대회를 방해하는 사람이 있다면 바로 무산 계급 사령부에 저항하는 것이나 다름없으니 그 책임을 져야 할 것이오! 이제 대회를 계속 진행할 것을 선언하오! 평원핑 동무의 마누라 일은 대회가 끝난 뒤에 다시 묻겠소!"

유뤄빙도 오늘 성토대회가 이렇게 진행될 줄은 생각도 못 했다. 오늘 이 소란이 누구에 의한 것인지는 십중팔구 짐작이 되었다. 이런 행위는 본인들의 사활도 팽개친 것이지만 또한 자기, 유뤄빙에게 도전하는 것이나 마찬가지였다. 특히 저 앞에 있는 딸 유원이 무슨 말을 할지 걱정스러웠다. 작정하고 일부러 자기를 욕보이려는 게 아니라면 무엇이란 말인가? 안 되겠다. 이 소동을 막지 않으면 안 된다! 그래서 그도 일어나 지쉐화와 유원에게 명령했다.

"동무들은 즉시 퇴장하시오! 동무들과 또 몇몇 사람들에게 경고하는데, 계급투쟁은 아이들 장난이 아니오! 위쯔치 죄행의 증거는 뚜렷하오. 평원핑의 폭로는 스즈비 동무와 쟈셴주 동무도 증명해 줄 것이오. 동무들이 잘 들어 보기를 바라오. 사실이 동무들을 설득해 줄 것이오."

말을 마친 유뤄빙은 뒤쪽에 앉은 스즈비를 처다보며 고개를 끄덕였다. 리용리도 다정하게 스즈비를 불렀다. "스즈비 동무 앞으로 나오시오. 대담하게 발언하시오!"

스즈비가 자리에서 일어났다. 요 며칠 그녀는 외모에 전혀 신경을 쓰지 않는 모양이었다. 옷은 쭈글쭈글하고 머리는 헝클어진 데다 눈두덩은 퉁퉁 부어 있었다. 걸음걸이도 꼭 한바탕 크게 앓고 난 사람처럼 휘청거렸다. 힘겹게 앞에까지 나간 그녀는 한동안 심호흡을 하고서도 좀처럼 입을 떼지 못했다.

100여 쌍의 눈들이 일제히 스즈비를 주시하고 있었다. 기대에 부푼 눈도 있었고 의심에 찬 눈도 있었다. 스즈비, 아, 스즈비! 오늘 누구를 위해 증언할 것이냐? 평소에는 말도 청산유수면서 오늘따라 왜 이 모양인가?

스즈비의 마음은 엉킨 실타래처럼 심란하기 짝이 없었다. 평소 그녀는 어느 자리든 거침없이 말하는 스타일이었다. 왜냐하면 자기가 내뱉은 한마디가 얼마나 많은 책임을 져야 하는지 심각하게 생각해 본 일이 없었기 때문이다. 하지만 오늘은 달랐다. 며칠 동안 리용리, 유뤄빙, 펑원펑이 그녀를 찾아왔고, 또 황단칭, 왕유이, 유원도 그녀를 찾아왔다. 그녀는 지옥에서 온몸이 찢기는 형벌을 받는 것처럼 괴로웠다. 그녀는 자기가 누구를 위해 증언해야 하는지 잘 알고 있었다. 하지만 결정을 내릴 수가 없었다. 무엇이 두려운가? 위협과 핍박? 아니다. 그런 몇 마디 위협에 겁먹을 스즈비가 아니었다. 그보다는 자기 마음속에 있는 은밀한 상처를 건드리는 게 더 두려웠던 것이다! 위쯔치가 죽은 뒤로 그녀의 마음은 한순간도 편한 적이 없었다. 위쯔치의 죽음이 자기의 거짓말과 관계가 있다고 생각했기 때문이다. 위쯔치, 샹난, 위쯔치의 두 딸 모두에게 그녀는 죄인이었다. 하지만 일의 결과는 애초 자기가 생각했던 것과 너무나 거리가 먼 것이었다! 결과가 이런 것일 줄 알았다면 자기 혀를 베는 한이 있더라도 그런 거짓말은 지어내지 않았을 것이다! 혹은 창피를 무릅쓰고라도 자기가 거짓말을 했다고 인정했을 것이다. 하지만 이젠 모든 것이 너무 늦어 버렸다! 그녀는 한 번도 제대로 예수를 믿어 본 적이 없지만 지난 며칠 동안은 『성서』 속에서 위로가 되는 말을 찾아보려고 기를 썼다. 하지만 찾지 못했다. 그러기는커녕 예수와 사도들은 그녀의 코를 비틀며 나무라기만 했다. "입으로 진실을 토하는 자 영원히 바로 설 것이요, 혀로 거짓을 말하는 자 머지않아 무너지리라", "너의 마음을 지키는 것이 다른 모든 것을 지키는 것보다 나으니라. 인생의 열매는 모두 마음에서 비롯되나니". 어젯밤 유원이 왔었다. 그 애가 꼬맹이일 때부터 봐 왔는데 어느새 어엿한 처녀로 자라 있었다. 그녀는 유원과 함께 하룻밤을 꼬박 새며 이야기를 나누었다. 유원은 그녀에게 아무런 요구도 하지 않았다. 그저 위쯔치네 가족의 불행과 샤오하이와 샤오징의 처지에 대해 들려주고 샹난이 지금 어떤 상황인지 알려 주었으며 삶에 대한 자기 생각을 말했을 뿐이다. 그 마지막에 유원은 이렇게 덧붙였다. "아줌마, 요즘 전 줄곧 한 가지 문제를 생각해요. 어떤 사람이 되어야 할 것인가라는 문제요. 어려서부터 전 혁명가가 되겠다고 말했지요. 그런데 혁명가가 된다는 게 그리 쉬운 일도 아닐 뿐더러 무척 고통스러운 일이라는 걸 이제야 깨달았어요. 아버지의 경우도 그래요. 전 아버지의 태도에 찬성할 수 없어요. 아버지가 리융리와 같은 편에 서서 위쯔치 아저씨를 모함했다는 게 미워 죽겠어요. 하지만 마음속에서는 아직도 아버지만 생각하면 마음이 흔들려요. 그래서 얼마나 울었는지 몰라요. 하지만 아무리 고통스럽더라도 전 정의의 편에 설 거고, 혁명의 편에 설 거예요. 그게 맞는 거죠?" 유원은 두 눈에 눈물을 가득 담은 채로 그녀를 바라보았다. 보고 있던 그녀의 눈에서도 눈물이 흘러내렸다. 그녀는 유원의 어깨를 잡고 다짐했다. "아줌마가 꼭 진실을 말할게!"

이제 스즈비는 진실을 말하려 했다. 너무 긴장되어 얼굴이 전에 없이 엄숙하고 진지해졌다. 갑자기 분장을 지워 버린 배우는 말도 제대로 하지 못하고 걸음도 제대로 걷지 못하는 법이다. 그녀는 입술을 떨며 사람들을 쳐다보았다. 청쓰위안, 왕유이, 지쉐화, 유원의 얼굴을 차례로 둘러보았다. 그리고 리융리와 유뤄빙의 얼굴도 보았다. 그녀는 두 손으로 깍지를 꼈다가 다시 양쪽으로 내린 뒤 또 쉴 새 없이 손가락을 문질렀다. 그렇게 족히 3분은 흐르고 나서야 마침내 입을 열었다. 원래 좀 쉰 듯한 목소리가 지금은 떨리기까지 해서 꼭 울면서 하소연하는 것처럼 들렸다.

"펑원펑이 말한 내용 중 일부는 확실히 제가 말한 것입니다. 전에 저는 그 이야기를 부인하려고 했습니다……."

갑자기 울음을 터뜨린 그녀는 더는 말을 잇지 못했다. 그러자 리융리가 뒤에서 그녀를 격려해 주었다. "계속하시오! 과거에 부인했던 것은 사사로운 감정을 넘어서지 못했기 때문이고 이제 다시 인정하게 된 것은 동무의 각오 수준이 높아졌다는 것을 의미하오! 우린 대환영이오!"

그러자 스즈비는 얼른 눈물을 훔치더니 큰 소리로 말했다. "아니요! 전 끝까지 부인할 거예요. 왜냐하면 그것은 모두 제가 아무렇게나 지어낸 말이기 때문입니다. 저는 동지를 다치게 하고 싶지 않았어요. 하지만 제가 왜 그런 거짓말을 했는지 감히 밝힐 수가 없었어요……."

"헛소리 마시오!" 리융리가 그녀의 말을 끊었다. "라오스, 지금 뭐 하는 거요? 동무 입으로 오늘 나와서 증언하겠다고 해 놓고 왜 이제 와서 맘이 바뀐 거요? 누구의 사주를 받은 거요?"

"그래요, 전 증언하러 나왔어요. 전 제 양심의 사주를 받았어요." 한번 말문이 터지자 거칠 것이 없었다. 리융리, 유뤄빙이 몇 번이나 비판을 해댔지만 스즈비는 아랑곳없이 자기가 위쯔치에게 「매화 한 가지」를 보낸 것부터 최근의 사상투쟁에 이르기까지 모든 것을 단숨에 털어놓았다. 그녀의 이야기는 처음부터 끝까지 사실 그대로였으며 더없이 진솔하고 생생했다. 말을 마치자 그녀는 크게 소리 내어 울어 버렸다. "동지 여러분! 라오웨이와 샹난 앞에 저는 죄를 지었습니다! 당 앞에도 죄를 지었습니다! 하지만 그들을 해칠 생각은 정말 눈곱만큼도 없었어요!"

회의장이 온통 경악에 휩싸였다. 리융리가 위풍을 부려 보려 했지만 사람들 마음속의 소동을 가라앉힐 수는 없었다. 사람들이 삼삼오오 서로 귓속말을 해댔으며 회의장 전체가 웅성거렸다. 리융리가 막 조용히 시키려고 하는데 청쓰위안이 자리에서 일어났다. 그의 엄숙한 얼굴에는 분노와 흥분의 기색이 역력했다. 그는 앞으로 나가지 않고 자기 자리에 서서 사람들을 둘러보며 말했다. "위쯔치 동지가 만약 하늘에서 우리를 보고 있다면 분명 스즈비 동지에게 고마워할 것입니다. 하지만 위쯔치 동무를 죽게 만든 것은 스즈비 동무가 결코 아닙니다. 동지들, 스즈비 동무는 자기 이야기를 보고서로 작성하는 데 결코 동의하지 않았고, 그것이 다 거짓말이라고 분명히 말했습니다. 하지만 그런데도 누군가 그 이야기를 보고서로 작성했고 한 단계 한 단계 밟아 올라가서 결국 무산 계급 사령부의 지시까지 받았습니다. 그건 왜 그랬을까요? 이 문제를 확실히 짚고 넘어가지 않으면 안 됩니다. 당에는 당 기율이 있고 나라에는 국법이 있습니다. 죄 없는 사람을 모함하는 인간은 반드시 당 기율과 국법의 제재를 받아야만 합니다!" 청쓰위안의 말을 듣고 난 스즈비는 고맙기도 하고 비통하기도 한 나머지 대성통곡을 하기 시작했다. 장내 여기저기서도 흐느끼는 소리가 들려왔다. 그리고 누군가는 분개하면서 "반드시 조사해야 한다!"라고 외치기도 했다.

분위기가 걷잡을 수 없이 변하자 리율리가 이번에는 목청을 높이며 쟈셴주를 찾았다. "쟈셴주! 어떻게 된 일인지 동무가 말해 보시오! 동무는 그때 스즈비의 말을 직접 듣지 않았소!" 그는 쟈셴주가 자기 딸을 위해서라도 딴말은 못 할 것이라 믿었다.

쟈셴주가 부들부들 떨면서 일어났다. 하지만 오늘 그는 고개를 떨어뜨리지도, 허리를 굽히지도, 오른손을 들지도 않았다. 대신 자기의 두 팔을 꼭 붙들고 있었다. 그의 불안한 시선이 이 사람 저 사람에게로 옮겨 다녔다. 마지막으로 마오 주석의 상을 쳐다보더니 이윽고 그가 떨리는 목소리로 말하기 시작했다. "스즈비 동무가 오늘 한 말은 모두 진실입니다. 그녀는 그 거짓말을 지어낸 이후로 줄곧 고통스러워한 걸로 알고 있습니다. 제가 증명하겠습니다." 그는 리율리의 명령이 떨어지기도 전에 자리에 앉아 버렸다.

왕유이도 흥분하며 한마디 했다. "이 사실을 반드시 공개적으로 알려야 합니다! 위쯔치 동무는 죽었지만 그 아이들이 아직 있으니까요. 우리는 당에 대해서, 그리고 동지에 대해서 책임을 져야만 합니다." 누군가 작은 소리로 호응했다. "옳소! 그렇게 해야 하오!" 왕유이가 인사과 여간부와 나란히 앉아 있던 『빈하이 일보』여기자에게로 고개를 돌렸다. "기자 동지! 오늘 여기서 밝혀진 사실을 동지가 기사로 써서 보고해 주시오!" 여기자는 조금 당황했다. 여간부가 얼른 그녀를 잡아당기며 귓속말을 하자 그녀가 왕유이를 보고 의미심장하게 고개를 끄덕이며 웃었다.

당황한 리융리는 완전 속수무책이었다. 그제야 그는 오늘 여기서 발생한 모든 것이 몇 사람에 의해 미리 계획되고 조직된 것임을 알아차렸다. 왜 이런 걸 미리 알아차리지 못했단 말인가? 그는 허둥대며 소리를 질렀다. "당신들 미쳤어? 서로 작당해서 공공연하게 무산 계급 사령부에 저항하다니, 이게 무슨 문제인지 알기나 해?"

지쒜화 뒤에 서서 아무 말도 않고 있던 유원이 앞으로 한 발짝 나와 지쒜화와 나란히 서며 큰 소리로 외쳤다. "당신들이야말로 거짓말로 보고서를 작성하고 무산 계급 사령부를 기만했어요!"

리융리가 뭔가 반박하려고 입을 벌렸지만 할 말이 없었다. 그래도 비교적 침착한 유뤄빙이 먼저 자기 딸을 질책했다. "너같이 어린애가 뭘 안다고 그래?" 그러고는 사람들을 쳐다보았다. "동지들! 방향을 잃으면 안 됩니다! 우리는 지금 엄숙하고도 심각한 문제에 직면해 있습니다. 애들 장난이 아니란 말입니다. 동지들이 이렇게 나오면 창끝이 어디를 향하게 되는지 생각해 봤습니까?"

그러자 유원이 고개를 번쩍 들더니 유뤄빙을 똑바로 쳐다보았다. "아버지! 전 이제 어린애가 아니에요. 저는 공산당원이에요. 저는 당의 입장에 서서 말하는 거라고요! 저는 당의 원칙을 지켜요! 그런데 노당원인 아버지의 당성은 어디로 간 거죠? 아버지는 위쯔치 아저씨가 억울하게 죽은 것을 누구보다 잘 알면서도 양심을 속이면서 말씀하고 계세요. 창피한 줄도 모르세요? 아버지는 당에 떳떳하고 마오 주석께 떳떳하신가요? 제가 어렸을 때 아버지는 늘 제게 이렇게 말씀하셨어요. '무슨 일을 하건 기름처럼 교활해서는 안 된다. 우리 부대에도 기름같이 참 다루기 힘든 사람들이 있었단다. 그런 사람들은 뭐든지 다 아는 것 같지만 사실은

774

하나도 제대로 하는 게 없거든!' 아버지, 전 이 이야기를 전부 기억하고 있는데 아버지는 본인이 한 이야기도 잊어버리셨나 봐요. 아버지는 당의 원칙에 대해 뭐든지 알고 계시면서도 어느 것 하나 제대로 하시려 들지 않잖아요! 아버지는 공산당원이 되실 자격이 없어요! 아버진 그저 우리 당의 기름일 뿐이에요!"

'당의 기름!' 유원의 입에서 나온 이 새로운 단어를 듣고 회의장 사람들은 퍽 참신하다는 느낌과 동시에 유뤄빙에게 딱 어울리는 말이라고 생각했다. 창백했던 유뤄빙의 얼굴이 이제는 완전히 홍당무처럼 빨갛게 되어 버렸다. 그의 긴 눈썹이 부르르 떨렸다. 그는 딸을 힐끔 쳐다보고는 주머니에서 담배를 꺼내 불을 붙이려 했다. 하지만 손이 떨려서 아무리 해도 성냥에 불이 붙지 않았다. 그는 짜증스럽게 담배를 확 구긴 뒤 저만치 던져 버렸다. 하지만 그러는 동안에도 마땅히 할 말을 찾을 수가 없었다.

'당의 기름!' 모두 이 말을 곱씹고 있었다. 특히 청쓰위안은 오른손으로 안경테를 잡고 놀라운 듯이 유원을 몇 번이나 바라보았다. 요만할 때부터 보아 왔던 아이가 어느새 다 큰 어른이 된 것이다. '당의 기름! 말 한번 참 잘 했다! 우리 당에 확실히 그런 사람들이 있지. 입당한 기간도 짧지 않고 당내 투쟁 경험도 많고, 그래서 당내 투쟁의 법칙에 대해서는 완전히 통달한 사람들. 그런데 그들은 이러한 법칙을 장악하여 당의 이익을 위해 투쟁하는 것이 아니라 그 속에서 자기를 보호하고 자기를 발전시킬 틈새만 찾으려고 애쓴다. 당의 대오 속에서 그들은 부단히 자기를 갈고, 닦고, 윤을 내서 완전히 반들반들하게 만든다. 이런 사람들은 평소에는 투명하게 빛나고 친절한 것처럼 보이지만 정작 중요한 순간에는 모래와 한데 섞여 흘러가 버리지. 게다가 누군가 밀고 눌러 대면 적의 보루로 파고 들어가는 것이 아니라 바로 그 보루에 난 빈틈으로 들어가 그 자리를 메우는 거야. 결국 혁명 인민에 대한 적의 압박만 더 강화하는 거지. 그렇게 소리도 없이, 튀지도 않게 처음에는 요만큼 돕다가 그 다음에는 더 많이 돕다가 나중에는 아예 적과 한패가 되어 버리지.' 물론 청쓰위안은 이런 생각을 겉으로 드러내지는 않았다. 그는 그저 놀란 눈으로 유원을 바라보았을 뿐이다. 그는 저 아이의 대담함이 마음에 들었고 또 저 아이의 처지가 안쓰럽기도 했다. 말을 마친 유원이 지쉐화의 어깨에 머리를 묻고 울고 있는 것이 보였다. 사람들 앞에서 그런 식으로 자기 아버지를 비판했으니 분명 가슴이 몹시 아팠을 것이다.

회의장은 쥐 죽은 듯 조용했다. 사람들은 엄숙하게 앉아서 유뤄빙과 리융리에게 시선을 집중하고 그들이 무슨 말을 하는지 들어 보려고 기다렸다. 그들은 두 지도자의 태도가 퍽 궁금했다. 왜냐하면 그들은 무척이나 통쾌하면서도 한편으로는 몹시 두렵기도 했던 것이다. 적지 않은 사람들이 속으로 '이거 또 큰일 나는 거 아냐?' 싶어 불안해하고 있었다.

리융리와 유뤄빙도 한동안 멍하니 사람들만 쳐다보고 있었다. 유뤄빙의 얼굴 근육이 쉴 새 없이 파르르 떨렸다. 리융리는 한 사람 한 사람 천천히 쳐다보다가 마지막에 청쓰위안의 얼굴에 시선을 고정시켰다. "좋소! 문인협회가 바람 잘 날 없는 곳이라는 건 진작부터 알고 있었소. 오늘 과연 큰 바람이 불어왔군! 연기를 하려면 제대로 해야지! 검은 당 조직 음모가 사라지지 않고 여전히 남아 있었군그래! 오늘 일은 반드시 조사할 거요. 우리 노동자 계급은 절대 투항하지 않소!" 유뤄빙도 덩달아 한마디 덧붙였다. "라오청, 동무는 자기의 신분이 뭔지 잘 생각하시오!"

무대 아래에 앉아 있던 노동자 선전대 대원들도 방금 전 그 소란 때문에 잠시 뭔가에 씐 것처럼 그 상황에서 어떤 태도를 취해야 할지 몰라 웅성거렸다. 그러다 이제 리융리가 이렇게 이야기하는 걸 듣고서야 행동이 빠른 몇몇 사람들이 일어서며 시끄럽게 소리치기 시작했다.

"이건 엄중한 반혁명 사건이오!"

"이건 무산 계급 사령부에 공개적으로 저항하는 거요!"

"이건 디화챠오 동지를 공격한 것이다!"

"무산 계급 사령부를 공격하는 자를 끝장내자!" 누군가 이런 구호를 외치기 시작하자 대번에 회의장에 긴장이 감돌았다. 사람들이 덩달아 구호에 맞추어 손을 쳐들기 시작했다. 그들은 입은 벌리지 않았지만 슬금슬금 청쓰위안의 눈치를 보았다. 청쓰위안의 네모난 얼굴은 마치 이 모든 게 자기와는 전혀 상관없다는 듯 무표정이었다. 사실 그는 지금 생각 중이었다. 저들이 이런 식으로 나올 것이라고 예상하지 못했던 것은 아니다. 하지만 이왕 말하려고 마음먹은 바에야 그 정도 위험은 감수해야 했다. 지금 그는 다시 한 번 발언을 할까 말까 생각 중이었던 것이다. 결국 그는 몇 마디 더 하기로 결심하고 자리에서 일어났다. 그리고 또 오른손으로 안경을 만지면서 리융리와 유뤄빙을 향해 말했다. "오늘의 내 언행은 내가 책임지겠소. 내 생각에 오늘 문제는 무산 계급 사령부에 저항한다거나 디화챠오 동지를 공격하는 것과는 전혀 관계가 없소. 오늘 문제의 초점은 사실인지 아닌지를 밝혀야 한다는 것이오. 만약 사실이 내가 틀렸다고 증명한다면 난 당 기율에 따라 얼마든지 처분을 받겠소." 도로 자리에 앉은 그는 더 이상 아무도 쳐다보지 않았다.

청쓰위안의 말이 채 끝나기도 전에 유뤄빙이 리융리의 귀에 대고 뭔가 속삭였다. 두 사람은 사악한 눈빛으로 청쓰위안을 바라보았다. 유뤄빙이 그 즉시 폐회를 선포했다. "오늘 대회는 여기까지

요! 오늘 사태는 무척 심각한 성질의 것이라 우리는 상부에 보고
하려 하오! 몇몇 동지들은 자기가 지금 어디에 서 있는지를 깨닫
고 당장 고삐를 당겨야 할 거요. 다시금 과오를 범하는 일이 없도
록 하시오!" 리융리도 자리에서 벌떡 일어나며 이를 갈았다. "모
든 결과는 본인들이 책임져야 할 거요!" 그는 이렇게 소리치더니
다시 무대 앞에 서 있던 지쉐화와 유원에게로 시선을 돌렸다. "동
무들은 가기 전에 이름과 소속을 남기시오!" 리융리가 유뤄빙과
함께 회의장을 떠났다. 『빈하이 일보』의 여기자와 그 여간부도 따
라나갔다. 두 사람 다 얼굴에 알 수 없는 미소를 띠고 있었다. 펑
원펑은 줄곧 풀이 죽은 채 한쪽에 앉아 오늘 사태에서 자기가 처
한 치지를 가늠해 보고 있었다. 그는 당장이라도 지쉐화의 목을
졸라 버리고 싶었다! 지쉐화가 아직도 회의장에 남아 있는 걸 보
고 그는 악의에 가득 차서 "어디 두고 봐!"라고 소리치더니 비척
거리며 나가 버렸다.

　담이 작은 사람들은 모두 일어나 가 버렸다. '한쪽으로 밀려난
사람들'도 가 버렸다. 결국 마지막에 남은 사람은 겨우 열댓 명이
었다. 그들은 걱정스러워하며 청쓰위안과 지쉐화를 둘러싸고 몇
마디씩 물었다. "관두시오! 위쯔치는 벌써 죽고 없는데 더 말해야
무슨 소용이겠소?" 누군가 좋은 마음에서 이렇게 충고하자 스즈
비가 고개를 저었다. "이번 일은 나 때문에 생긴 거니까 내가 보고
서를 써서 위쯔치 동지의 누명을 풀어 주겠어요. 동무들은 끼어들
지 말아요!" "아줌마 혼자 보고서를 쓰신다고 무슨 소용이 있겠어
요? 우리가 다 같이 쓴 다음에 전단으로 찍어 거리에 내다붙이든
지 해야죠!" 유원의 말에 청쓰위안이 이미 생각해 둔 바를 말했
다. "전단을 붙이면 또 우리가 말썽을 벌인다고 할 거요. 그냥 여
러 사람 이름으로 보고서를 쓰되, 펑원펑이 허위 사실을 날조해서

동지를 모략하고 지도부를 기만했다고 폭로하는 것이 좋겠소!" 왕유이가 바로 동의했다. "그게 좋겠어요. 하지만 서둘러야 해요. 리융리가 분명 지체 없이 보고를 올릴 테니까." 쟈셴주도 그 말을 이어받았다. "그래, 좋아요. 우리 진정서를 올립시다!" 다른 사람들도 모두 동의했다. 일단 청쓰위안, 왕유이, 스즈비, 지쉐화, 유 윈이 초고를 쓰기로 하고 의논을 마친 뒤 각자 헤어졌다.

성토대회가 끝난 뒤 지쉐화와 유윈은 샹난의 숙소로 향했다. 황 단칭이 아직 거기 있었다. 샹난은 깊이 잠들어 있었다. 지쉐화가 황단칭과 루원디에게 대회 상황을 간단히 설명해 주자 황단칭이 탄식을 했다. "이렇게 한다고 해서 문제가 해결되기는커녕 잘못 하면 오히려 박살날 수도 있다는 건 나도 알아요. 하지만 공산당 원으로서의 책임감이 이렇게 하지 않으면 안 되게 만드는 걸 어쩌 겠어. 어떤 폭풍이 닥치든 맞설 준비나 해야지!"

샹난, 루원디, 롼차오췬의 서로 다른 길

성토대회 이후 샹난은 이틀 밤 이틀 낮을 꼬박 자다가 어제 저 녁 밥 먹을 때가 되어서야 겨우 깨어났다. 체력이 극도로 쇠약해 진 상태였다. 루원디가 성토대회의 상황을 말해 주자 그녀는 "동 지들한테 고맙구나"라며 말을 잇지 못했다. 오늘 그녀는 뜬눈으 로 하루를 꼬박 침대에만 누워 있었다. 그녀의 얼굴은 양초처럼 노랗고 투명해 보였다. 그녀의 푹 꺼진 눈두덩에는 말라 버린 우 물 두 개에 등잔불을 켜 놓은 것처럼 크고 까만 눈동자만 심상찮 게 반짝였다. 그녀의 입은 줄곧 달싹거렸는데 말하는 것 같기도 하고 입을 다시는 것 같기도 했다.

샹난의 그런 모습에 루윈디는 가슴이 미어졌다. 샹난 옆에 드러누워 변해 버린 그녀의 얼굴을 물끄러미 보고 있자니 세 친구의 어린 시절이 떠올랐다. 막 걸음마를 배우기 시작할 때부터 세 사람은 같이 진흙 인형을 빚고 동요를 부르고 숨바꼭질을 하면서 그림자처럼 붙어 다녔다. 해방 후 17년 동안 점점 자라 어른이 된 뒤에는 또 공동의 이상 아래 서로 한데 붙어 있었다. 그들은 샹난의 집에 모여 사랑하는 선생님에게 1년 동안의 수확에 대해 보고하면서 선생님에게 기쁨과 보람을 안겨 드렸다. 그때는 그들 앞에 거침없이 뻗은 평탄대로가 하늘 끝까지 연결된 것처럼 보였다. 그들 모두 근심도 두려움도 없었으며 더욱이 자기들의 우정이 이렇게 심각하게 도전받는 날이 오리라고는 생각지도 못했다. 그런데 지난 몇 년 동안 세 사람에게 너무 많은 변화가 생겼다! 곧게 쭉 뻗어 있던 도로가 갑자기 세 갈래 길이 되면서 꼭 잡고 있던 세 사람의 손이 점점 풀어지기 시작했다. 돤차오췬은 벌써 두 사람과 전혀 다른 길을 가고 있었다. 친구들이 서로 다른 길을 가게 되는 것은 이해할 수 있었다. 하지만 친구에 대한 돤차오췬의 마음은 왜 이리 독한 걸까? 위쯔치가 죽은 뒤 모르는 사람들도 그렇게 많이 왔다 갔는데 돤차오췬은 코빼기도 내밀지 않고 전화 한 번 없다며 샹난은 퍽 서운해했다. 그런데 돤차오췬이 위쯔치의 성토 대회에 샹난을 참가시키라고 명령했다는 것까지 알면 얼마나 더 상심할 것인가!

아무리 생각해도 돤차오췬은 이미 그녀가 이해할 수 없는 낯선 사람이 되어 버린 것 같았다. 어디 낯설기만 한가, 이젠 돤차오췬 생각만 해도 참기 힘든 분노가 치밀었다! 루윈디는 남들의 성공을 질투해 본 적이 없었다. 친구의 발전에 대해서는 더욱이 진심으로 기뻐했다. 돤차오췬이 상급 간부가 되었다는 소식을 들었을 때는 그녀도 이렇게 젊은 나이에 거기까지 오른 친구가 더없이 자랑스러웠다. 그런데 지금 돤차오췬은 너무나 많이 변해 버렸다. 차오췬의 영혼 속에 바이러스라도 침투한 걸까? 고위 지도자들과 그처럼 가까이 있으면서, 무산 계급 사령부의 지도자들과 그처럼 가까이 있으면서 왜 점점 더 좋게 변하는 것이 아니라 오히려 원래 가지고 있던 좋은 점까지 잃어 가는 걸까?

루원디는 머리가 터져 버릴 것 같았다. 빈하이로 온 뒤 그녀는 제대로 쉬어 본 적이 없었다. 그녀는 손을 뻗어 샹난의 머리를 쓰다듬었다. 기척이 없는 걸로 보아 잠이 들었나 보다. 그녀는 두 손으로 눈을 꾹 누르고 호흡을 가다듬다가 어느새 잠이 들었다.

"똑, 똑, 똑!" 루원디는 문 두드리는 소리에 깜짝 놀라 일어났다. 시계를 보니 벌써 밤 11시 반이었다. 이렇게 늦은 밤에 누가 왔을까? 문을 열어 보니 뜻밖에도 돤차오췬이 서 있었다. 그녀는 은회색 외투를 입고 붉은 목도리를 하고 있었다. 돤차오췬의 불그스름한 얼굴, 왕성한 정력, 유쾌한 표정은 침울하게 가라앉은 샹난의 작은 방과 너무나 뚜렷하게 대조되었다. 돤차오췬과 침대 위의 샹난을 번갈아 보던 루원디는 속에서 불쑥 반감과 분노가 끓어올랐다. 돤차오췬이 오늘 웬일로 왔는지는 모르겠지만 정말이지 거들떠보기도 싫었다! 그녀는 쌀쌀맞게 들어오라고 말한 뒤 바로 샹난의 침대 옆에 앉아 입을 다물어 버렸다. 어제의 친구가 오늘 자기 행위를 어떻게 해명하는지 두고 볼 참이었다.

하지만 돤차오췬은 루원디의 냉대를 거의 알아채지 못한 듯했다. 바로 샹난의 침대 옆으로 간 그녀는 멍하니 자기를 쳐다보고 있는 샹난을 보면서 자기도 모르게 미간을 찌푸렸다. "샤오샹은 뭐 좀 먹었니?" 루원디가 차갑게 대꾸했다. "음식이 넘어가겠니?" 그러자 돤차오췬은 자기 가방에서 케이크를 꺼내 책상 위에 놓더니 윗부분을 조금 떼어 샹난의 입에 넣어 주려 했다. 샹난이 입을 꽉 다물고 고개를 흔들었다. 그녀는 한숨을 내쉬며 케이크를 책상 위에 놓고 자리에 앉아 루원디를 바라보았다. "너 왔다는 얘기 듣고 한번 보러 오려고 했는데 연달아 회의가 열려서 말이야. 요즘 난이 일이 계속 맘에 걸려. 휴! 정말 너무 뜻밖인 거 있지!"

루원디는 여전히 거들떠보지도 않았다. 굳어 있는 루원디의 모습을 보고 돤차오췬은 입술을 삐죽 내밀었다. 입가에는 보일락 말락 웃음이 걸려 있었다. 그녀는 루원디는 역시 루원디구나 싶었다. 정치적 감각이라고는 전혀 없고 그저 인정만 많은 루원디. 루원디는 재자가인(才子佳人)을 연기하면서 배운 감정을 오늘의 이 복잡한 계급투쟁에까지 적용하려 한다. 하지만 루원디와 함께 그런 걸로 왈가왈부 따지고 싶지는 않았다. 그래서 루원디는 내버려 두고 자기는 의자를 가져다 샹난 침대 머리맡에 놓았다. 그리고 가방 속에서 종이로 싼 꾸러미 하나를 꺼내 샹난에게 내밀었다. "난아, 이 계집애야! 양력 설날 내가 얼마나 널 기다렸는데! 난 네가 올 줄 알고 선물까지 준비했단 말이야." 그러면서 종이를 풀고 흙으로 만든 인형 두 개를 꺼냈다. 하나는 여자 아이 인형이고 하나는 어릿광대 인형이었다. 그녀는 여자 아이를 손에 들고 자세히 들여다보았다. "이 인형이 누굴 닮은 것 같니?" 샹난은 인형을 쳐다보지도 않았고 대답도 하지 않았다. 돤차오췬이 혼자 대답했다.

"난이 계집애야, 바로 널 닮았잖아! 튀어나온 이마, 큰 눈, 커다란 입, 휘어진 코. 첫눈에 딱 맘에 들어서 사 버렸어. 우리 엄마도 좋아하시면서 두 개 더 사 오라고 하시는 거 있지. 하나는 엄마가 갖고 하나는 샹 선생님 드린다고 말이야. 너도 틀림없이 맘에 들 거야. 넌 네가 얼마나 귀엽게 생겼는지 모르지? 이 인형을 보면 알 수 있을 거야. 총명하고 활발하고 솔직한 여자 애! 너, 절대 바보처럼 스스로를 망가뜨리면 안 돼, 알았지!" 차오췬은 인형을 침대 머리맡 책상 위에 올려놓고 퍽 재밌다는듯이 몇 번이나 흔들어 보았다.

샹난은 여전히 그녀를 멀거니 보기만 하고 대답은 하지 않았다. 돤차오췬이 또 말을 이었다. "양력설에 왜 집에 안 왔어? 어디 갔었니?" 그러자 샹난은 머리맡에 두었던 가족사진을 그녀 손에 쥐어 주고는 얼굴을 벽 쪽으로 돌려 버렸다. 돤차오췬은 사진을 보고 내려놓으면서 한숨을 푹 쉬었다. "사진은 잘 나왔네. 딸이 아빠를 꼭 빼닮았구나! 이게 양력설에 찍은 거니?"

돤차오췬의 일련의 행동을 보고 있자니 루원디는 점점 더 불쾌해졌다. 얼마나 위선적이고 부자연스러운지! 루원디는 돤차오췬을 쳐다보지도 않고 단도직입적으로 물었다. "위쯔치가 자살한거, 넌 어떻게 생각해?"

돤차오췬은 살짝 웃으며 대답을 슬쩍 피했다. "들었어. 그것 때문에 우리 샤오샹이 하루 종일 울었다는 얘기 듣고 얼마나 조마조마했는데!" 돤차오췬은 이야기를 하면서 또 그 사진을 들고 뒷면을 보더니 입가에 비웃는 듯한 웃음을 물었다.

샹난은 이 친구와 말하고 싶지도 않고 말할 기운도 없어서 그냥 가만히 있었다. 그녀는 이 친구가 얼른 가 주기만 바라고 있었다. 하지만 더 이상 참을 수가 없었다. 그녀는 흥분해서 일어나 앉아 루원디의 어깨에 머리를 기대고 말했다. "그래, 나 하루 종일 울었다! 그 사람을 다시 살릴 수만 있다면 내 목숨이라도 내놓을 거야! 너희들한테야 그 사람이 개만도 못한지 몰라도 나한테 그 사람은 내 이상 속의 연인이고 믿음직한 친구였어! 너흰 그 사람 생명을 앗아 가고도 잘 했다고 생각하겠지, 그렇지? 너희가 그렇게 사람 목숨이 개만도 못하다고 생각한다면 어디 내 목숨도 가져가 보지 그러니?" 그렇게 말한 샹난은 머리, 콧등, 입술까지 온몸이 마비되는 듯했다. 그녀는 루원디의 손을 부여잡고 지탱하려 애썼다.

샹난이 그렇게 흥분하는데도 돤차오췬은 여유로운 표정을 지으며 고개를 저었다. "계집애, 너도 참! 항상 감정적으로 서두르니까 손해를 보는 거야. 너하고 위쯔치의 연애 자체가 잘못된 거였어. 내가 충고했는데도 넌 듣지 않았지. 넌 우리가 그 사람 목숨을 빼앗았다고 하는데 말이야, 언제 우리가 그 사람더러 목숨 내놓으라고 했니? 우린 그저 당의 원칙에 근거해서 자기 견해를 제기했을 뿐이야. 그가 그렇게 죽어 버릴 줄 누가 알았겠니? 사랑을 얻지 못하게 됐다고 죽어? 그런 건 너무 가치 없는 일 아니니? 뭐, 시인이라 그럴 수도 있겠지! 연애지상주의 말이야. 위쯔치는 행동으로 사랑과 죽음이라는 주제를 완성한 거야. 남이 그걸 어쩌겠니? 어쨌든 난 그런 죽음은 한 푼어치 가치도 없다고 생각해! 너도 만약 사랑 때문에 죽는다면 난 울지도 않을 거야!"

샹난이 돤차오췬을 노려보았다. 며칠 전 리융리와 유뤄빙이 위쯔치의 죽음은 반당 행위이고 빈하이시 당 대표 대회에 대한 저항이며 무산 계급 사령부에 대한 저항이라고 말했을 때, 샹난은 이렇게 많은 죄목은 위쯔치를 '죄가 무서워 자살' 한 것으로 몰아가려고 만들어 낸 것이라 생각했다. 그때는 이 모자들 때문에 분하고 무섭긴 했지만 가슴이 아프지는 않았다. 그런데 지금 위쯔치의 자살에 대해 돤차오췬이 새로운 해석을 보탰다. 연애지상주의 시인 위쯔치가 사랑을 얻지 못하게 되자 자살을 하고 자기의 행동으로 사랑과 죽음이라는 주제를 완성했다는 것이다. 이런 해석이 어떤 함의를 갖는 것인지 미처 생각해 보진 못했어도, 그것이 예리한 칼날처럼 그녀의 마음을 도려내는 느낌이 드는 것만은 분명했다. 방금 돤차오췬은 더럽고 냄새나는 오물바가지를 자기한테 퍼붓고 또 위쯔치한테도 퍼부은 것이다. 샹난은 다시 자신에게 물었다. 쯔치가 단지 사랑을 이룰 수 없어 죽었단 말인가? 그러면 그는 왜 20여 년을 함께 산 아내를 위해서는 자살하지 않았으면서 겨우 100일밖에 안 된 애인을 위해서는 자살했단 말인가? 그가 루메이보다 자기를 더 깊이 사랑했단 말인가? 아니 그렇지 않다. 그녀는 그가 루메이를 얼마나 아끼고 사랑했는지 누구보다도 잘 안다. 더구나 그가 추구했던 것이 사랑뿐이라면 그는 이미 얻은 셈이다. 자기가 이토록 뜨겁고 깊게 그를 사랑하고 있지 않은가! 하지만 그들의 사랑이 이루어지지 못한 것은 바로 누군가 그 사랑을 허락하지 않고 기어이 갈라놓으려 했기 때문이다. 그런데 지금 차오췬은 사건의 결과를 마치 사건의 원인인 것처럼 분석한다. 그리하여 그들이 행했던 간섭과 박해는 전혀 존재하지 않았던 것이 되고, 리융리, 펑원펑, 돤차오췬이 그들의 영혼에 남긴 상처도 존재하지 않는 것이 되어 버린다! 남는 것이라곤 그녀와 그뿐이고, 한 차례의 평범한 연애 사건뿐이며, 그녀의 변심과 쯔치의 나약함뿐인 것이다. 그런 건가? 정말 그런 건가? 왜 돤차오췬 쪽에서는 늘 오늘은 이런 이유, 내일은 또 저런 이유를 대며 자기와 쯔치의 유죄를 증명하려 기를 쓰는 걸까? 눈앞에 있는 저 차오췬은 대체 인간인가, 요괴인가? 샹난은 분노로 치를 떨었다! 그녀는 돤차오췬에게 따져 물었다.

"우리 연애를 허락하지 않은 건 너희였잖아? 너희가 이 일을 반혁명 사건으로 만들고 쯔치를 적으로 몰아 핍박해서 결국 죽게 만든 거 아냐? 그래 놓고 어떻게 그이가 사랑을 이루지 못해 자살한 거라고 말할 수가 있니? 지금 네 말은, 사람을 죽여 놓고 그 책임을 오히려 죽은 사람한테 뒤집어씌우는 거 아니니?"

돤차오친은 바로 대답하지 않았다. 상난의 그 말이 그녀의 정곡을 찔렀기 때문이다. 위쯔치와 상난한테 책임을 전가한다고? 맞다, 그녀가 오늘 온 것도 바로 그 때문이었다.

이틀 전 돤차오친은 리융리와 유뤄빙을 통해 성토대회에 관한 보고를 들었다. 또 청쓰위안들이 올린 '진정서'도 받았다. 물론 진정서에 서명한 사람은 10여 명 뿐이었다. 그녀는 즉시 산창에게 이 일을 보고했다. 그녀는 이 사건을 어떻게 종결지어야 할지, 청쓰위안들을 한바탕 손봐 줘야 하는 것인지에 대해 물어보았다. 산창은 그 방법에 동의하지 않았다. 그는 상황을 이렇게 분석했다.

위쯔치의 죽음은 이미 선전 부서 전체에 그들에 관한 불리한 여론을 일으키고 있다. 만약 그들의 연애가 정당하지 않으며, 부패와 반부패의 투쟁이었음이 사실로 밝혀지기만 한다면 그런 여론은 금세 잠잠해질 것이다. 하지만 그게 거짓이었다는 게 천하에 드러나 버렸다. 그리고 청쓰위안, 스즈비 등이 회의에서 이 문제를 과감히 제기했다는 것은 그들이 한번 붙어 보기로 작정했음을 보여 준다. 물론 우리가 그들을 한바탕 혼내 주고 입을 막아 버릴 수는 있을 것이다. 그런데 만의 하나 그중 한두 명이라도 인정하지 못한다고 끝까지 버틴다면 우리가 수세에 몰릴 수도 있다. 몇 사람을 누를 수는 있지만 그로 인해 다수가 우리에 대해 불만과 의심을 품게 될 것이다. 그렇게 해 봐야 얻는 것보다는 잃는 것이 더 많다. 우리가 원했던 것은 위쯔치를 완전히 무너뜨리고 또 그한테서 검은 노선과 검은 연계망을 알아내려는 것이었는데 이제 죽어 버렸으니 우리한테도 의미가 없게 되었다. 사람들의 불만이 많다면 차라리 그걸 해소해 주는 게 낫다. 우리가 지키려는 것은 무산 계급 사령부의 권위이고 우리의 투쟁 목표다. 우리가 리융리, 펑원펑, 유뤄빙의 과오까지 보호해 줄 필요는 없다. 이번 사건의 성격은 분명하다. 무산 계급 사령부가 계급투쟁과 노선투쟁의 입장에서 위쯔치의 반동적 입장을 비판하려고 한 것이며 그것은 완전히 정확한 조치였다. 그것과 위쯔치의 죽음은 전혀 무관하다. 위쯔치와 샹난의 연애에 대해 리융리 등이 자기의 의견을 제기하는 것은 문제되지 않지만 두 사람을 다루는 과정이 너무 지나쳤다. 또 궁극적으로 보자면 위쯔치의 죽음은 그자신과 샹난이 책임져야 할 문제다. 그들의 세계관은 자산 계급의 것이고 그들은 스스로 수정주의 문예 노선의 순장품이 되어 버린 것이다.

이런 분석을 근거로 산쨩은 돤차오췬에게 이렇게 지시했다. "이 일은 여기서 마무리 지어야 해. 당신은 국면을 완화해 봐. 샹난까지 죽는 일이 없도록 말이야. 샹난이 자기 세계관에 문제가 있다는 걸 인정하고 다시 일어나 혁명을 할 수 있도록 당신이 가서 도와줘. 우리가 그녀한테 걸고 있는 기대를 저버리지 않도록. 그리고 리융리는 사업상의 자기 과오를 똑바로 인정할 수 있도록 교육하고 당신도 일정 부분 책임을 져야 할 거야. 우리 공산당원은 과오를 인정하는 것을 두려워해선 안 돼. 우리 사업에 문제가 있어서 사람들이 무산 계급 사령부를 의심하게 되었다면 우리도 반드시 반성해야지."

돤차오췬은 산쨩의 뜻을 완전히 이해했다. 어떤 일이든 다 대국적 차원에서 먼저 고려해야 하고 동기와 효과를 연결해 사고해야 하는 것이다. 별로 효과도 없는 미련한 짓은 하지 말아야 한다. 그녀는 자기가 나서서 이 국면을 수습해야겠다고 결심하고 악역을 자청했다. 이것이 바로 그녀가 그 바쁜 와중에도 틈을 내어 샹난을 보러 온 이유였다. 그래서 그녀는 샹난의 힐난에도 반박하지 않았다. 그러면 상황을 더 악화시킬 수도 있으니까. 그녀는 마치 몹시 괴로운 것처럼 한동안 아무 대꾸도 하지 않았다. 이윽고 그녀는 한숨을 내쉬며 입을 열었다. "너희들이 그렇게 생각하는 것만 탓할 수도 없지, 뭐. 이번 일은 그자들 때문에 이렇게 돼 버린 거야. 문화국 일인자인 내게도 책임은 있어. 실제에 부합하지 않는 보고를 듣고도 조사를 하지 않았고, 그래서 결국은 일이 그 모양으로 진행되는 것을 막지 못했으니까."

"왜 조사를 하지 않았는데? 더구나 네가 샤오샹을 모를 리 없잖아? 샤오샹이 그런 짓을 할 거라고 믿었단 말이야? 샤오샹이 어떤 사람인지는 네가 제일 잘 알면서 어떻게 그런 소문을 믿을 수가 있어?" 격분한 루원디가 다그쳐 물었다.

돤차오췬은 몹시 억울하고 괴로운 듯이 대답했다. "네가 뭐라고 욕하든 다 들을게. 하지만 내 고충도 좀 이해해 줘. 샤오샹은 내 친구야. 어떻게 올라온 보고서에 대고 계속 트집을 잡겠니? 지금은 나도 후회하고 있어. 나도 리융리와 유뤄빙을 단단히 혼내 줬어. 정말 말도 안 돼! 우리 당에서 실사구시를 그렇게 강조하는데 어떻게 그걸 잊어버릴 수가 있어? 펑원펑이 샤오샹에 대해 개인적인 감정을 가지고 있다는 걸 뻔히 아는 사람들이 그런 개인적 의견을 지지하고 말이야! 또 무산 계급 사령부 지도자 동지의 의견도 곡해했어. 지도부에서는 샤오샹을 아끼고 있어. 위쯔치에 대해서도 구제하려고 했었고. 그런데 그자들이 그걸 죄다 엉망으로 만들어 버린 거야. 이게 당의 정책을 망친 게 아니고 뭐겠니? 내가 반드시 자기비판을 시킬 거야!"

"그럼 네 책임은 뭔데?" 루원디가 추궁했다.

"나? 나는, 샤오샹에 대한 관심이 부족했어. 제대로 도와주지도 못했고. 샤오샹, 리융리가 심했던 건 사실이지만 그렇다고 너에 대한 무산 계급 사령부의 비판까지 의심하면 안 돼! 상부에서 지시한 정신은 언제나 정확한 거야. 넌 문제의 핵심을 파악하고 자기 세계관에 어떤 문제가 있는지 꼭 생각해 봐야 해. 지엽적인 문제는 너무 따지지 말고." 그리고 차오쳰은 마지막으로 간곡하게 덧붙였다. "샤오샹! 우리가 만약 뺏으려 한 게 있다면 그건 바로 너였어! 검은 문예 노선의 호랑이 입 속에서 너를 도로 뺏어서 마오 주석의 혁명 노선으로 데려오려고 그랬던 거야. 그게 그렇게 잘못한 거니?"

루원디는 샹난의 손이 또 떨리는 것을 보고 얼른 어깨를 잡으며 샹난 대신 또박또박 따지고 들었다.

"너 오늘 보니 정말 무섭구나. 난 정치는 몰라, 관심도 없고. 무슨 큰 이치를 말할 줄도 몰라. 하지만 죄 없는 사람 죽여 놓고 책임을 죽은 사람에게 덮어씌우는 것이 무슨 혁명 노선이라고는 생각하지 않아. 너 말끝마다 네가 샹난을 사랑한다고 하는데, 내 생각엔 너의 그 사랑이 없었으면 샹난이 지금보다 훨씬 더 잘살았을 것 같다! 또 너 말끝마다 네가 무산 계급이고 네가 마치 무산 계급의 원칙을 제일 잘 알고 있는 것처럼 구는데, 너의 원칙이란 건 그저 소름이 끼칠 뿐이야. 너의 그런 원칙이 무산 계급의 원칙일 리가 없어!" 그녀가 잠깐 말을 멈추었다. 원래는 친구한테 이런 식으로 말하고 싶지 않았다. 그녀는 평생 누구한테 이처럼 신랄하게 말해 본 적이 없었다. 하지만 돤차오쳰이 그녀로 하여금 말하지 않을 수 없게 만들었다. 그녀는 속이 상해 탄식을 했다. "내 말이 좀 심했는지도 모르지만 난 정말로 그렇게 생각해."

루원디의 말에 돤차오쳰의 얼굴은 대번에 핏기가 가셔 버렸다. 얇은 입술은 꾹 다물리고 두 눈에서는 분노가 이글거렸다. 지난 몇 년간 그녀 면전에서 이런 식으로 말하는 사람은 아무도 없었다! 그녀는 또 억울하기도 했다. 오늘 밤 그녀가 온 건 비록 산창이 가 보라고 한 것도 있지만 자기도 정말 와 보고 싶었던 것이다. 정말로 샹난이 죽기라도 한다면 그녀 역시 몹시 슬펐을 것이다. 그녀가 문제를 그렇게 적나라하게 얘기한 것도 샹난을 과오의 수렁에서 꺼내기 위해서였다. 그런데 이렇게 루윈디의 비판과 조롱을 받으리라고는 생각도 못 했다! 그녀는 무의식적으로 샹난 침대 머리맡 책상 위에 놓여 있는 찻잔을 들었다. 그녀가 샹난에게 선물한 그 찻잔이었다. 그녀는 손으로 가만히 찻잔을 만져 보고는 자리에서 일어나 뜨거운 차를 한 잔 따랐다. 차를 샹난 침대 머리맡에 내려놓는데 코끝이 찡해졌다! 하지만 그녀 같은 신분의 사람이 그와 같은 장소에서 눈물을 흘린다는 것은 모양새가 너무 좋지 않았다. 그녀는 애써 감정을 누르고 자기가 가져온 인형을 손에 올려놓고 장난을 치면서 주의력을 분산시켰다.

루윈디의 어깨에 기대어 돤차오친을 주시하고 있던 샹난은 그녀가 괴로워하는 것을 보자 마음이 또 애잔해졌다. 돤차오친이 그 찻잔에 차를 따라 줄 때 특히 더 그랬다. "차오친, 우리 말이 좀 심했어. 속상해하지 마. 그런데 차오친, 왜 정치적 원칙이 너한테만 가면 그렇게 무섭게 변해 버리는 거니? 무산 계급은 친구도 필요 없고 사랑도 필요 없는 거야? 너는 우리가 연애지상이라고 나무라는데 그러면 넌 연애가 최하급이라고 생각하는 거야? 사람의 모든 자연스런 감정이 다 최하급인 거니? 차오친, 넌 네가 말한 게 정말 다 옳다고 생각하는 거야? 정말 네가 한 일이 모두 혁명에 이롭다고 생각하는 거야?"

돤차오친은 몹시 억울했다. "아직도 날 잘 모르니? 당의 이익을 제쳐두고 나한테 무슨 개인적 이득이 있겠니?"

루윈디가 그 말을 받았다. "예전에는 널 잘 알았지. 하지만 지난 몇 년간 넌 너무 많이 변해 버렸어. 차오췬, 난 정말 네가 예전으로 돌아오면 좋겠다. 그러면 우린 여전히 친구가 될 수 있을 텐데."

된차오췬의 얼굴에 핏기가 돌아오고 억울했던 표정도 점점 사라졌다. 그녀는 차츰 침착함과 오만함을 되찾았다. 루원디의 말이 가소로웠던 것이다. 루원디는 세 사람의 관계를 거꾸로 생각하고 있었다. 오늘 두 사람에게 잘 생각해 보라고 이야기할 사람은 바로 자기였다. 그런데 루원디는 반대로 자기더러 옛날로 돌아오라고 말하는 것이다. 그런 어처구니없는 소리를! 그녀는 입을 내밀며 웃은 뒤 가볍게 고개를 흔들며 천천히 입을 열었다. "생활이 변하면 자연히 사람도 변하는 법이야. 난 변했어. 너희도 변하고 있지 않니? 누가 옳고 누가 그른지, 누가 좋아졌고 누가 나빠졌는지 모두의 의견을 통일할 필요는 없겠지. 하지만 분명한 건 지금 너희들의 정서는 정말 위험하다는 거야! 원디! 넌 원래 침착한 애니까 네가 샹난을 더 많이 타일러야지, 자기가 문예 대오를 떠났다고 문화 대혁명에 불만을 품으면 되겠니?"

이 말에 샹난은 화가 치밀었다. "너 원디를 그렇게 몰라?" 루원디가 샹난을 진정시키며 말했다. "샤오난, 차오췬이 날 알고 모르고는 중요하지 않아. 내가 묻고 싶은 건 다른 거야." 그녀는 다시 된차오췬에게 얼굴을 돌리고는 눈을 똑바로 쳐다보며 물었다.

"차오췬, 넌 대체 누가 위쯔치를 모해했다고 생각하니? 그 거짓 보고서는 펑원펑이 썼다고 했지? 그런데 펑원펑은 그 보고서를 너한테 제출했지? 그럼 누가 그 보고서를 디화챠오 동지한테 보낼 생각을 한 걸까? 왜 그렇게 했을까?"

"무슨 뜻이야?" 된차오췬의 얼굴에서 핏기가 다시 사라지기 시작했다.

"내 말은 간단해. 그 거짓 보고서를 디화챠오 동지한테 보내 위쯔치와 샹난을 모해한 사람이 누구냐는 거야." 루원디의 태도는 침착하면서도 완강했다.

샹난이 눈을 크게 뜨고 돤차오췬을 보고 있었다. 그녀도 이 문제를 물어보고 싶었던 것이다.

돤차오췬은 루원디와 샹난이 놀라고 낯선 눈빛으로 자기를 쳐다보자 또 고개를 설레설레 흔들었다. 마치 말 못 할 고충과 애원이 가득한 것처럼. 조금 뒤 그녀가 입을 열었다.

"너희들이 오늘 나랑 아예 끝장을 낼 생각이구나? 나도 거짓말은 안 해. 그래, 내가 디화챠오 동지한테 보냈다. 그건 내 직책이야. 또 샹난이 걱정되기도 했어. 친구가 타락하는 것을 보고만 있을 수는 없잖아? 너희는 내 위치에 있어 보지 않았으니 날 이해할 수가 없을 거야."

"너……! 정말 무서운 애로구나!" 샹난은 고함을 지르더니 침대에 털썩 누워 입을 다물어 버렸다.

루원디도 화가 나서 얼굴이 새빨개졌다. 그녀는 돤차오췬이 가져온 케이크와 인형을 한데 챙겨 그녀에게 내밀며 말했다. "돤차오췬 동지! 우린 둘 다 너무 피곤하거든요. 동지도 이제 돌아가 쉬셔야죠! 앞으로 동지는 동지의 그 탄탄대로를 가시지요, 우리는 우리의 외나무다리를 갈 테니까!" 말을 마친 뒤 루원디도 침대에 누워 버렸다.

잠시 멍하니 있던 돤차오췬은 몇 번이나 코웃음을 쳤다. 이윽고 그녀는 케이크와 인형을 들고 참을성 있게 침대에 누운 두 친구에게 한마디 했다. "역사가 오늘 우리의 논쟁에 결론을 내 주겠지! 샤오샹, 몸조리 잘 해라. 원디, 야오루후이에게 안부 전해 주고. 나 간다!"

루원디는 "각자 잘살자!"라는 말만 내뱉고는 일어나 보지도 않았다. 샹난이 "저것도 가져가!"라며 침대 머리맡의 찻잔을 가리켰다. 돤차오쳰이 입술을 깨물며 찻잔을 집어 들었다. 그녀는 문을 나가자마자 시멘트 바닥에 찻잔을 내동댕이쳐 버렸다. 찻잔은 '쨍!' 하고 산산조각이 났다.

방에서 그 소리를 들은 두 사람은 동시에 한숨을 내쉬었다. 20년지기 친구와 이렇게 헤어지리라곤 두 사람 다 생각도 하지 못했다.

우리의 관심은 현재와 미래

1971년의 음력설은 조금 이른 편이었다. 루원디가 빈하이에 온지도 보름이 넘었다. 곧 설이었다. 샹난의 몸도 점차 회복되기 시작했다. 그녀는 빨리 돌아가 설을 보내라고 루원디를 재촉했다. 하지만 루원디는 말을 듣지 않았다. "설만 지나면 넌 헤이룽장으로 떠나잖아. 그때 같이 가자. 즈융도 이해해 줄 거야." 샹난도 그녀와 헤어지는 게 너무 아쉬워서 더는 재촉하지 않았다.

샹난이 헤이룽장성으로 가게 된 것은 문화국 당 위원회의 결정이었다. "애초에 동무에게 가라고 했던 건 위쯔치와는 무관한 것이었소. 이번에 다시 가라고 하는 것은 두 일 사이에 아무 상관도 없다는 것을 증명하는 거요." 리융리가 통지를 전해 주며 이렇게 말하자 샹난은 피식 웃어 버렸다. "그렇게 잡아뗄 것 없어요. 그렇게 안 해도 갈 테니까." 리융리는 설을 보내자마자 바로 떠나라고 지시했다.

친구들은 샹난에게 송별회를 열어 주기로 하고 초하룻날 청쓰위안의 집에서 만나기로 했다.

초하룻날 아침 일찍, 청쓰위안은 황단칭한테 가서 문안을 여쭙고 '어명'을 하달받았다. "당신은 편안히 주인 노릇이나 하면 돼요! 차 끓이고, 물 따르고, 담배랑 과자를 내오고, 손님 접대를 하면 되는 거예요! 할 수 있겠죠?" 황단칭이 분부를 내리자 청쓰위안이 얼른 웃으며 고개를 끄덕였다. "그럼! 할 수 있고말고." 황단칭이 또 분부했다. "그리고 당신, 스즈비가 일어났는지 가서 좀 보고 오세요! 도와주러 오지도 않고 여태 뭘 하고 있는 거래?" 호랑이도 제 말 하면 온다더니 스즈비가 기름이 노랗게 잘잘 흐르는 닭 한 마리를 들고 문 앞에서 대답했다. "벌써 일어났지. 여기 온 거 안 보여?" "왜, 그것도 하게?" "동무 먹으라고 가져온 것 아냐. 샤오상 줄 거야!" "좋아요, 내려놔요! 우린 바로 음식 준비를 시작하자고. 오늘 우리 둘이 '백화제방(百花齊放)'을 해 봅시다. 동무는 동무대로 베이징 요리를 만들고 나는 나대로 저장(浙江) 요리를 만들고. 모두 배부르고 기분 좋게 먹기만 하면 되지, 뭐!" '백화제방'이라는 말에 청쓰위안은 갑자기 생각난 듯 끼어들었다. "참, 오늘 내가 기르는 선인장(仙人掌)을 전부 집 안으로 들여놓으면 어떨까? 분위기 좀 살게!" "당신네 그깟 선인(仙人)들이 무슨 분위기를 살릴 줄이나 알아요?" "그건 당신이 몰라서 그래. 그게 이름은 선인이지만 신선들처럼 그렇게 아무것도 하지 않고 앉아서 소일이나 하고 비바람이나 피하고 그러는 게 아니에요. 그게 말이야, 비바람에 맞서 투쟁하면서도 1년 열두 달 내내 푸르지, 또 화려하지 않고 소박하지, 그게 바로 혁명가의 성품이란 말이야! 선인장을 보면 분명 분위기가 확 살 거라고!" "알았어요, 알았어! 맘대로 해요! 하지만 잘 놔야 해요! 보기도 좋고 자리도 많이 차지하지 않게 말예요. 오늘은 손님들이 많이 올 테니까!" 스즈비가 끼어들며 황단칭을 재촉했다. "그런 것까지 간섭할 것 뭐 있어요? 우린 어서 음식이나 하자고! 전에 샹난한테 들으니까 닭다짐탕을 좋아한다던데. 동무, 만들 줄 알지?" "샹난한테 어떻게 만든다는 얘기는 들었어요. 내가 요즘 요리 박사가 됐거든! 스승 없이도 혼자 뭐든 할 수 있다 이거지! 두고 봐요, 내가 오늘 닭다짐탕을 멋지게 만들어서 대령할 테니!" 황단칭은 또 청쓰위안에게 분부를 내렸다. "선인장 놓는 것만 신경 쓰지 말고, 가서 물도 끓이고 찻잔도 씻어 놓고 먹을 것도 내오고, 그리고 앉아서 손님들 기다리고 있으란 말예요, 알았어요?" "알았어, 알았다고!"

얼마 안 있어 첫 번째 일행이 도착했다. 지쒜화와 그녀의 세 학생인 유윈, 샤오징, 샤오하이였다. 세 사람은 지금 모두 지쒜화네집에서 같이 살고 있었다. 모두 성격도 급한 데다 지쒜화는 미리와서 황단칭을 도와주어야겠다 싶어 이렇게 일찌감치 온 것이었다. 그때까지도 선인장을 배치하는 데만 골몰하고 있던 청쓰위안은 손님들이 들이닥치자 갑자기 뭘 먼저 해야 할지 마음이 급해지기 시작했다. "가서 물 끓이고, 차를 타고, 간식을 내오면 돼! 아직 늦지 않았어! 침착! 침착!" 그걸 보고 지쒜화가 웃으며 처녀들과 일을 나누었다. "너희들은 청 아저씨를 도와 드리렴. 난 주방으로 가 볼 테니." 유윈이 알았다고 대답하더니 바로 청쓰위안에게 말했다. "아저씨, 물 끓이고 차를 타는 건 제가 할 테니까 아저씨는 샤오징, 샤오하이랑 같이 방을 정리하세요!" "그래, 그래! 잘됐다!"

샤오하이와 샤오징이 청쓰위안을 도와 선인장을 모두 알맞게 배치하고 유윈도 물이며 차 준비를 마쳤다. 그런데도 아직 다른 손님들은 오지 않았다. 샤오하이는 마음이 급해졌다. "샤오샹 아줌마는 왜 여태 안 오실까요? 몸이 아직도 다 낫지 않은 건가요?" 샤오하이의 마음을 읽은 청쓰위안이 과자를 집어 주며 달랬다. "곧 오실 거다. 곧 오실 거야. 샤오하이, 이따가 아줌마가 오시면 우리 옛날 일은 말하지 않는 거다, 괜찮지? 선인장을 봐라. 얼마나 조용하고, 야단스럽지도 않고, 고개 숙이거나 허리 굽히는 일도 없지? 하지만 뭐든지 다 마음속에 새긴단다. 봄, 여름, 가을, 겨울, 비가 오거나 바람이 불거나 절대 색깔도 변하지 않고 몸에 난 가시를 뽑아 버리지도 않아. 누가 억지로 손에다 쥐려고 하면 소리를 지를 만큼 아프게 가시로 꼭꼭 찔러 버리잖아! 우리가 선인장처럼만 살 수 있다면 리융리 같은 사람도 우릴 무서워할걸? 그래, 안 그래?" 샤오하이는 알아들은 듯 만 듯 고개를 끄덕였다.

세 사람이 청쓰위안과 함께 손님을 기다리는 동안 유원은 줄곧 넋이 나간 듯 멍하니 앉아 있었다. 샤오징은 그런 유원이 안쓰러웠다. "유원, 아버지 보러 내려가지 않을래?" 유원이 우울하게 고개를 저었다. "유원, 그래도 가 보지 그러니? 네가 아버지한테 '당의 기름'이라고 한 것도 일리는 있다. 그런데 아버지 몸에 묻은 기름을 싹 씻어 낼 수 있는 방법은 없을 것 같니?" "힘들걸요! 아저씨, 그날 대회 때 아버지가 마지막으로 한 말 못 들으셨어요? 너무 멀리 가 버렸어요! 리융리랑 다를 게 뭐가 있냐고요?" "우리가 '진정서'를 올린 뒤에 돤차오췬이 그 사람들더러 자기비판서를 쓰라고 했다더라. 그때 네 아버지가 날 찾아왔다. 자기 위치에 있으면 어쩔 수 없다면서 많이 고민하는 것 같더구나." 유원이 한숨을 내쉬었다. "아버지는 꼭 그래요. 자기비판서를 쓰라면 쓰겠죠. 하지만 아버지가 진상을 써낼 것 같아요? 절대 그렇게 못 하실걸요!"

그러는 동안 두 번째 일행이 도착했다. 왕유이 부부, 루원디,

샹난이었다. 그들이 사는 곳은 그리 멀지 않았지만 다 같이 모여서 오느라 좀 늦었던 것이다. 샹난은 오늘 고집을 부려 결혼식 때 입으려고 준비했던 옷을 입고 왔다. 보름 넘게 침대에 누워 있는 동안 그녀는 몹시 수척해졌다. 눈은 퀭하니 들어가고 입술에도 핏기라곤 없었다. 하지만 얼굴에 감돌던 병색은 이제 사라지고 없었다. 거기다 머리를 잘라서 앞으로 내린 앞머리가 이마를 가지런히 덮고 있고 그 밑으로 커다란 두 눈이 반짝거리고 있어 열흘 전보다는 훨씬 생기 있어 보였다. 샹난의 그런 모습을 보고 샤오하이와 샤오징은 속상하기도 하고 안심이 되기도 하여 인사를 하다 그만 눈시울을 붉히고 말았다. 샤오징은 감정을 억제하며 다가가 샹난의 손을 꼭 쥐었다. "아줌마! 몸은 좀 괜찮으세요?" "응, 많이 좋아졌어! 고맙다, 얘들아!" 샤오하이는 샹난의 다른 쪽 손을 끌며 끝내 훌쩍거리기 시작했다. "샤오하이, 울지 마. 오늘은 기념할 만한 날이야. 리융리가 결혼한다고 문인협회 로비에서는 북 치고 장구 치고 난리가 났던데 우리가 왜 징징 짜니?" 하지만 그렇게 말하는 샹난도 흐르는 눈물을 어쩔 순 없었다. 청쓰위안이 차와 호박씨, 과자 등을 내왔다. "지나간 일은 얘기하지 맙시다. 레닌이 한 말이 있는데, 내가 읽어 주겠소." 그는 책장에서 『레닌 선집』을 꺼내 책갈피가 꽂혀 있는 데를 펼쳐 들고 한 자 한 자 또박또박 읽었다.

"우리는 역사학자가 되려고 하는 것이 아니다. 우리가 관심 있는 것은 현재와 미래다. 지나간 1년을 자료와 교훈으로 삼고 전진하기 위한 발판으로 삼을 것이다."

그가 책을 덮고 샹난을 쳐다보며 힘주어 말했다. "레닌 말이 맞소! 우리가 관심 있는 것은 현재와 미래요! 샤오샹이 곧 길을 떠날 텐데 우리 즐겁게 보내 줍시다! 우리 모두 현재와 미래가 과거

보다 더 나아지게, 훨씬 더 나아지도록 노력해야지 않겠소?" 왕유이 부부와 루원디도 모두 고개를 끄덕이며 위로했다. "지나간 일은 이미 지나간 거예요! 더는 생각하지 맙시다! 우리가 가야 할 길은 아직도 멀고 머니까." 모두 이렇게 권하자 샤오하이, 샤오징, 샹난도 얼른 눈물을 닦고 자리에 앉았다. 샤오하이가 샹난 옆에 앉아 말을 건넸다. "아줌마, 저는 드릴 게 없어서 그냥 마오 주석 배지를 하나 드릴게요. 그날 아버지 가슴에 있던 걸 제가 빼 두었던 거예요……." 샹난은 샤오하이가 건네주는 배지를 받아 들었다. 배지 위에는 "첩첩이 쌓인 산 길고도 먼 길, 눈앞이 아득하나 이제부터 성큼성큼 넘어 보리라"는 글귀가 새겨져 있었다. 샹난은 최대한 공손한 자세로 그것을 받아 가슴에 달았다.

황단칭, 스즈비, 지쉐화가 벌써 음식을 날라 오기 시작했다. 마다하이와 장챠오디는 여전히 올 기미가 보이지 않았다. "왜 여태 안 오는 거야?" 황단칭의 말에 청쓰위안이 대답했다. "두 사부는 집이 먼 데다 오늘은 차도 많을 테니 일찍 오기는 힘들 거요. 먼저 상부터 차려 놓고 자리를 비워 둡시다. 참, 쟈셴주 부부도 불러야 하지 않을까?" 황단칭이 웃으며 남편의 어깨를 두드렸다. "이봐요, 공자님! 당신이 생각날 때까지 기다리다가는 새해가 다 넘어가겠네요! 그래서 내가 진작 가서 말했지요! 그런데 쟈셴주 부인이 어찌나 예의를 차리는지, 기어이 식사를 하고 오겠다잖아요. 너무 억지로 권하는 것도 좋지 않을 것 같아 그냥 그러라고 했어요." 그러자 청쓰위안이 연방 고개를 주억거리면서 "역시 당신이야! 역시 당신이야!"라고 말하는 바람에 모두 한바탕 웃음꽃을 피웠다.

"딱 맞춰 오는 것이 일찍 오는 것보다 낫지 않소?" 상을 막 다 차렸을 때 마다하이와 장챠오디가 하하하 큰 소리로 웃으면서 들어왔다. 장챠오디는 며칠 전 보았을 때보다 상난이 많이 회복된 것을 보고 무척 기뻐했다. "샤오샹, 동무가 좋아진 것을 보니까 우리 모두 기분이 좋네요!" 마다하이가 샤오하이를 가리키며 말했다. "샤오하이, 난 다하이(大海)고 넌 샤오하이(小海)니까 몇백 년 전에 우린 아마 한 가족이었을 거다! 이제 우리 두 바다가 흘러 한데 만났구나!" 샤오하이도 신이 나서 말을 받았다. "전 남쪽 바다고 아저씨는 북쪽 바다인데 어떻게 같이 만나요?" "허, 참! 이 녀석이 파벌주의 아냐? 남쪽, 북쪽을 가르고 말이야! 좋아, 그럼 난 북쪽이니까 샤오징이랑 연합해야겠다. 샤오징, 넌 헤이룽장이니까 나보다도 더 북쪽이잖니. 어떠냐? 이제 좀 살 만하니?" "예, 살 만해요. 흙하고 물, 태양만 있으면 씨앗이 어딜 간들 싹이 나지 않겠어요?" "허, 요런 새끼 지식 분자 같으니라고! 말하는 게 꼭 철학자 같구먼!" 모두 또 한바탕 웃어 댔다.

손님이 모두 온 것을 살피고는 황단칭이 자리에 앉으라고 권했다. "다들 자리에 앉아요! 식사들 합시다!" 모두 커다란 원탁에 사방으로 둘러앉았다. 황단칭과 스즈비가 밥을 막 푸려고 하는데 마다하이가 작은 눈을 찡긋했다. "잠깐만!" 그러더니 외투 주머니에서 술 두 병을 꺼내 식탁 위에 놓았다. "오늘은 여성 동지들이 많으니까 여기 단술은 저쪽으로 주고, 이 안후이성(安徽省) 고정주(古井酒)는 우리 남성 동지 셋이서 마십시다! 자, 여기 있소." 청쓰위안과 왕유이 둘 다 슬그머니 아내 눈치를 살피다가 스즈비한테 들키고 말았다. "거기 두 분, 허락을 받고 싶으면 떳떳하게 내놓고 묻지 그래요! '마나님, 소인이 술을 마시도록 허락해 주시겠습니까?' 하고 말이에요. 쭈뼛쭈뼛 눈치나 보고, 그게 뭐예요?" 그 말에 모두 배꼽을 쥐고 웃었다. 스즈비가 다시 황단칭에게 말했다. "단칭, 술잔 좀 줘요! 라오청하고 유이를 위해 내가 대신 여쭙는 거야! 음, 나도 같이 고정주나 한잔 해 볼까?" 황단칭이 일어나 술잔을 가져오며 스즈비에게 말했다. "어쩐지 나서서 대신 사정을 하더라니, 자기가 마시고 싶었던 게로군!" 또 한바탕 웃음이 터져 나왔다.

황단칭이 모두에게 술잔을 나누어 주고는 샹난에게는 이렇게 말했다. "샤오샹한테는 술 안 줄 거야. 내가 닭다짐탕을 만들었으니까 샤오샹은 그 국물이나 많이 먹어 둬요!" 그러고는 샹난에게 국 한 그릇을 떠 주었다. 국에서 맛있는 냄새가 났는지 청쓰위안이 몸을 일으켜 앞에 놓인 국 냄비를 들여다보았다. "냄새 좋다! 맛있겠는데, 어디 먹어 볼까?" 그러자 샹난이 웃음을 겨우 참으며 농담을 던졌다. "라오청은 원래 국을 즐기지 않잖아요?" 청쓰위안은 막 농담을 받아치려다 지난날 위쯔치, 샹난과 함께 수영하던 일이 떠올랐다. 그는 금세 마음이 아파 와서 그만 아무 말도 않고 자리에 앉아 버렸다. 그런 청쓰위안을 보며 샹난도 갑자기 그날 일이 떠올라 눈물이 핑 돌았다. 왕유이가 이 모습을 지켜보다 황급히 술잔을 들고 일어났다. "헤이룽장성으로 가는 샹난을 위하여, 또다시 전투 자리로 돌아가는 유원과 샤오징을 위하여, 건배!" 모두 함께 일어나 샹난 앞으로 술잔을 들었다. 동지들 하나하나의 따뜻한 얼굴을 보고 샹난은 또 눈물을 글썽였다. "고맙습니다, 동지들! 저 때문에 걱정들 많이 하셨죠? 전 열여덟 살 때 엄마를 떠나 빈하이로 온 뒤 가족도 없이 쭉 혼자 살았어요. 하지만 지금은 저도 가족이, 작은 가족이 생겼어요. 쯔치, 샤오징, 샤오하이, 이렇게 작은 가족이요. 그리고 큰 가족도 생겼어요. 바로 여러분이 제 가족이에요. 제 감사의 뜻을 받아 주세요. 그리고 쯔치의 것도요. 건배해요! 동지들, 건배!" 샹난은 작은 국그릇을 들고 한 사람씩 잔을 마주치며 조금씩 국을 마셨다. 다른 사람들도 천천히 한 모금씩 술을 마셨다. 그런데 술잔에 입을 대던 샤오하이가 별안간 울음을 터뜨렸다. "나도 아줌마랑 언니랑 헤이룽장으로 가게 해 주세요! 나 혼자 빈하이에 남아 뭐 하겠어요? 나도 가족들이랑 같이 있고 싶어요! 아무리 힘들어도 난 다 참을 수 있어요! 나도 보내 줘요!"

대번에 식탁 분위기가 침울해졌다. 샤오하이 옆에 앉아 있던 지쉐화가 얼른 젓가락을 내려놓고 샤오하이의 머리를 쓰다듬어 주었다. "넌 학교에 다녀야지! 샤오하이, 나랑 같이 사는 게 싫으니?" "아니면 우리 집에 와 있으렴!" 황단칭이 이렇게 말하자 스즈비도 덩달아 끼어들었다. "우리 집도 괜찮아!" 지쉐화가 웃었다. "지금 샤오하이를 두고 저랑 경쟁하시겠다는 거예요? 안 돼요! 샤오하이는 저랑 같이 살 거예요. 그렇지, 샤오하이?" 샹난이 지쉐화를 보며 한숨 섞인 목소리로 말했다. "쉐화도 마음고생 참 많이 했지요. 가족이 그렇게 돼 버렸으니……." 황단칭이 자기도 모르게 걱정이 되어 지쉐화에게 물었다. "두 사람 지금 어떻게 지내고 있어요? 앞으로 동무는 어떻게 할 생각인데?" 지쉐화가 고마운 듯이 모두를 쳐다보았다. "앞으로도 좋아질 일은 없을 거예요. 리융리가 자기비판하라고 한 뒤에 펑원펑이 또 찾아와서 귀찮게 하더라고요. 자기가 남들한테 속았다면서, 앞으로는 교훈을 잘 새기겠다나요. 하지만 전 믿지 않아요." "그럼 이혼할 생각이야?" 황단칭의 질문에 지쉐화는 강경하게 고개를 저었다.

"이혼은 안 해요. 그 사람을 끝까지 지켜볼 거예요."

샤오징이 안쓰러워했다. "그럼 선생님께서 너무 힘드시잖아요!"

지쉐화가 미소를 지으며 대답했다. "샤오하이하고 같이 있으면 괜찮을 거야! 샤오하이, 내가 글을 가르쳐 줄 테니까 장래 문학가가 되는 게 어떻겠니?"

샤오하이가 바로 고개를 저었다. "재수 없어요! 전 무슨 '가 (家)' 같은 건 되지 않을 거예요. 문학가는 더 싫어요! 아빠 같은 길을 가고 싶지는 않아요."

청쓰위안이 안경테를 잡고 근심스럽게 샤오하이를 쳐다보더니 탄식을 했다. "요즘 애들은 모두 무슨 '가'가 되는 걸 무서워하는 군! 이대로 가다간 우리나라가 미개 시대로 돌아가고 말 거요!"

마다하이가 술을 한 모금 마시고는 끼어들었다. "라오청! 나는 낙관주의자요. 난 말이오, 언젠가는 모두 각자 자기 위치로 돌아 갈 날이 있을 거라고 믿소! 노동자는 일을 하고, 농민은 벼를 심 고, 학생은 공부를 하고, 당신들 지식 분자도 당신들 본래 분야로 돌아가야지." 그는 또 루원디한테로 시선을 돌렸다. "샤오루(小 盧), 동무도 목규영 역을 다시 해 봐야 하지 않겠소!"

본디 여러 사람 앞에 잘 나서지 않는 루원디는 소리도 없이 샹 난만 보살피고 있다가 마다하이가 자기를 지목하자 얼굴이 빨개 지고 말았다. "전 이제 그만할까 해요, 마 사부님!"

다들 이야기하는 데에만 정신이 팔려 있자 황단칭이 젓가락으 로 식탁 위의 닭을 가리키며 말했다. "음식들 들어요! 자요, 이건 즈비가 가져온 걸작이랍니다. 찢어야겠죠?"

유윈이 제일 먼저 대답했다. "자, 먹어요. 깨끗이 먹어치우자고 요!"

그러고도 이런저런 이야기를 나누며 밥을 먹느라 한 끼 식사에 두 시간이나 걸렸다. 식사가 끝나자 유윈이 설거지를 자청했다. "치우고 설거지하는 건 우리 젊은 세대가 맡겠습니다요!" 그러자 샤오징과 샤오하이도 얼른 따라 일어나 그릇들을 치우기 시작했 다. 지쒜화와 루원디가 도와주려고 일어났지만 황단칭이 손을 저 으며 말렸다. "애들더러 하라고 그냥 둬요!"

그렇게 모두 자리에 앉아 한담을 나누고 있을 때 쟈셴주 일가가 올라왔다. 쟈셴주는 귤 한 바구니를, 그 부인은 보따리 하나를, 그리고 춘쑨은 바이올린을 들고 왔다. 집 안에 있던 사람들이 모두 한꺼번에 일어나 인사를 했다. 황단칭이 하하 웃었다. "동무들 손이 둘밖에 안 달렸기에 망정이지 더 많았으면 우리 집이 너무 작다고 할 뻔했네요! 이 많은 걸 다 놓을 데가 있어야죠!" 쟈셴주가 겸연쩍게 웃었다. "아이고, 별것도 아닙니다! 샤오샹에게 마음이나 전할까 싶어서요." 그가 아내의 손에 있던 보따리를 받아 샹난에게 건넸다. "동무가 헤이룽장성의 한기를 이기지 못할까 걱정된다고 춘쑨 엄마가 직접 만든 솜바지예요. 좋은 건 아니지만 받아요!" 샹난은 쟈셴주와 춘쑨 어머니의 그 자상한 얼굴을 번갈아 보았다. 이 노부부의 얼굴에 드러난 진실함과 성의에 감동해 샹난은 무슨 말을 해야 할지 몰랐다. 그녀는 두 손으로 보따리를 받으며 "라오쟈, 춘쑨 어머니!"라고만 부르고 말았다.

집에 들어서자마자 샹난 옆으로 가 있던 춘쑨은 샹난이 헤이룽장으로 간다는 이야기를 듣더니 바로 샹난의 손을 잡고 물었다. "이제 문예 공작단은 그만둔 거예요? 왜 아직도 통지서가 오지 않을까요? 동무랑 같이 헤이룽장으로 가서 시험을 볼까요?" 샹난은 춘쑨을 안고 함께 의자에 앉은 뒤 그녀를 달래 주었다. "통지서는 꼭 올 거예요. 그러니까 집에서 바이올린 연습 많이 하고 있어요!" "나 날마다 연습해요! 못 믿겠으면 내가 들려줄게요!" "좋아요. 난 곧 헤이룽장성으로 가야 해요. 높은 산도 넘고 평원도 지나서 멀리멀리 갈 거예요. 그러니까 우리 같이 「조국 송가」를 불러보면 어때요?" "좋아요!" 춘쑨은 신이 나서 대답하고는 곧 노래를 부르기 시작했다.

오성홍기 휘날리고,
승리 노래 드높아라.
노래하자 우리 조국,
번영과 부강을 향해!

산을 넘고 들을 지나,
황하 장강 뛰어 건너.
아름답고 너른 대지,
발전하는 사회주의!

춘쑨의 몸이 예전보다 허약해졌는지 노래하면서 계속 가쁘게 숨을 몰아쉬었다. 하지만 혼신을 다해 부른 데다 그 음성도 고와서 더욱 듣는 이의 심금을 울렸다. 샹난은 힘에 겨워하며 따라 불렀다. 조금 있다 마다하이가 흥에 겨운 나머지 커다란 손으로 박자까지 맞추어 가며 따라 부르기 시작했다. 그러자 스즈비와 설거지를 끝낸 세 아이들, 장챠오디, 지쉐화, 왕유이 부부도 모두 따라 부르기 시작했다. 청쓰위안이 황단칭에게 눈짓을 하여 두 사람도 합세했다. 쟈셴주 부부는 소리는 내지 않고 입으로만 따라 불렀다. 마지막에 루원디까지 오랫동안 연습하지 않고 내버려 두었던 목소리로 따라 하기 시작했다.

그것은 민간 합창대였다. 대원들의 나이, 출신, 경력은 저마다 달랐지만 그들은 자기 나름대로 노래의 의미를 이해했다. 황단칭, 청쓰위안, 마다하이여! 그대들은 이 나라 방방곡곡에 오성홍기가 나부끼게 하기 위해 싸움터에서, 적들의 점령구에서, 일본 제국주의와 국민당 반동파들과 목숨을 걸고 싸우지 않았던가! 샹난, 루원디, 지쉐화, 왕유이, 팡이징, 장챠오디여! 그대들은 허리에 요고를 매고 앙가 춤을 추면서 처음으로 톈안먼 광장에 게양되는 오성홍기를 환호했었다! 그리고 20여 년의 세월 동안 그대들은 오성홍기를 우러러보며 홍기가 가리키는 길을 따라 성장하고 성숙했다. 유원, 샤오징, 샤오하이, 그리고 춘쑨아! 너희들은 오성홍기의 광휘 아래 태어난 신세대이다! 막 걸음마를 시작하던 때부터 너희들은 부모님과 선생님한테 오성홍기의 의미를 배웠을 것이다. 스즈비와 쟈셴주 부부여! 그대들이 구사회에서 바람 따라 표류하고 풍랑에 뒤집힐 때 오성홍기가 그대들의 삶에 새로운 장을 열어젖히고 삶에 새로운 의미를 던져 주지 않았던가! 그대들은 모두 우리의 친애하는 조국, 유구한 역사를 가진 위대한 조국을 노래하고 우리에게 행복과 광명을 가져다 준 오성홍기를 가슴 깊은 곳에서 우러나는 열정으로 노래했다! 그런데 오늘, 그대들의 마음은 왜 이토록 쓰라린 것이냐? 그대들은 무엇을 보았는가? 무엇을 생각했는가? 그대들은 걱정하고 있겠지? 행여나 홍기가 퇴색할까, 누군가 홍기를 내걸고 홍기에 반대하지는 않을까 걱정하고 있겠지? 노래하라, 친애하는 동지들아! 노래하라, 나의 형제자매들이여! 그대들은 알아야 한다. 그대들의 노랫소리 속에 담긴 막을 수 없는 그 힘이 바로 우리 위대한 조국의 인민의 마음이라는 것을!

이 민간 합창대의 노랫소리가 아파트 전체로 울려 퍼졌다. 비록 맑고 고운 소리는 아니더라도 또렷하고 명쾌했다. 어떤 사람은 이 감동적인 노랫소리가 집 안으로 흘러들도록 창문을 열어 놓고 속으로 박자를 맞추기도 했다. 하지만 3층 유뤄빙의 집 창문은 굳게 닫혀 있었다. 집 주인이 리융리의 결혼식에 참석하러 문인협회에 갔던 것이다.

노래가 끝난 뒤 사람들의 얼굴은 모두 흥분으로 발갛게 상기되어 있었다. 샹난이 애정이 담뿍 담긴 목소리로 말했다. "산다는 건 그래도 아름다운 것이고, 사람들은 그래도 사랑스러운 거예요."

마다하이가 그 말을 받았다. "인생은 당연히 아름다운 거지. 내가 생각해 봤는데, 인생에서 아름다운 것은 마치 큰 바다 속의 물고기들 같소. 다 죽일 수도 없고 다 잡아들일 수도 없을 만큼 많지. 그런데 일단 억압이 가해지면 바다 밑으로 깊이 숨어 버려서 사람들에게는 보이지 않거든. 하지만 우리 눈에는 틀림없이 보일 거요. 왜냐하면 우린 바다 밑에서 같이 헤엄치고 있으니까!"

청쓰위안도 덧붙였다. "샤오샹, 라오마가 한 말과 방금 우리가 같이 부른 노래를 동무에게 주는 작별의 인사라고 생각하시오. 나는 동무가 선인장처럼 소박하고 굳세며 영원히 혁명의 예기(銳氣)를 지켜 가길 바라오!"

샹난이 정중하게 고개를 끄덕였다. "명심할게요."

송별 모임이 있은 지 나흘 뒤, 샹난은 동지들의 배웅을 받으며 먼 길을 떠났다.

에필로그

또다시 뜨거운 마음을 벼리며

1978년 초봄의 어느 날 오후, 루원디의 집 앞에 한 중년의 여성 동지가 서 있었다. 그녀는 북방식 가죽 모자를 쓰고 이미 너덜너덜 다 해진 양가죽 오버를 입고 있었다. 그녀의 발 옆에는 여행 가방 두 개가 놓여 있었다. 문이 잠겨 있자 그녀는 여행 가방 위에 걸터앉아 주인을 기다렸다. 책가방을 맨 남자 애 하나가 그 앞으로 뛰어오더니 손님이 와 있는 것을 보고 예의 바르게 물었다. "아줌마, 저희 엄마, 아빠를 찾아오셨어요?" 손님은 아이를 보더니 대뜸 안아 올리며 아이의 얼굴에 뽀뽀를 했다. "쉐스(學詩)! 엄마를 꼭 빼닮았구나! 이렇게 많이 컸어? 올해 일곱 살이지?" "제 이름이 쉐스인지 어떻게 아세요? 전 아줌마를 잘 모르는데요!" 손님이 장난스럽게 눈을 깜박였다. "내가 알아맞혔지! 네 이름만 아는 줄 아니? 네 이름이 왜 쉐스인지도 알아맞힐 수 있단다! 왜, 못 믿겠어?" "정말이에요? 제 이름이 왜 쉐스인데요?" 손님은 쉐스의 얼굴에 또 입을 맞추었다. "엄마가 말씀해 주시지 않던? 어떤 아저씨를 기념하기 위해서란다!" 쉐스는 잠시 생각에 잠기더니 갑자기 손뼉을 쳤다. "아, 알았다! 샹난 아줌마, 샹난 아줌마 맞죠? 아빠랑 엄마가 어제도 아줌마 얘기를 하셨는걸요!" 손님은 또 쉐스에게 입을 맞추었다. "똑똑하구나! 맞아, 쉐스! 내가 샹난 아줌마야. 내가 누군지 알았으면 이제 집에 들어가게 해 줘야지?" 그제야 쉐스가 미안한 듯이 웃으며 목에 걸고 있던 열쇠로 문을 열었다. 그러고는 얼른 돌아서서 샹난의 여행 가방을 들어 옮기려 했다. "무거워! 아줌마가 들게!" 그녀는 한 손에 하나씩 가방을 들고 루윈디의 집으로 들어섰다.

"아줌마, 앉아 계세요. 제가 얼른 엄마 모셔 올게요." 쉐스는 그렇게 말하더니 날듯이 뛰어나갔다.

샹난은 애정이 가득 담긴 눈으로 친구의 집을 둘러보았다. 모든 게 다 가지런히 정리되어 있었다. 방 한가운데에는 사진이 가득 든 액자 두 개가 걸려 있었다. 한쪽 액자에는 윈디, 즈융, 쉐스의 사진들로 채워져 있었고 다른 쪽 액자에 든 것은 모두 윈디와 샹난의 사진들이었다. 한참 서서 사진들을 보다가 이번에는 책상 앞으로 와서 앉았다. 책상 위에는 이미 포장을 한 소포가 놓여 있었는데, 그 위에 '샹난 동지 앞'이라고 적혀 있었다. 소포를 뜯어 보니 자기가 윈디한테 보냈던 편지들이 들어 있었다. 세어 보니 모두 여섯 통이었다. 이게 어떻게 된 일인가 싶어 편지들을 꺼내어 한 통씩 읽기 시작했다. 알고 보니 여섯 통 모두 위쯔치와 연애할 때 자기가 써 보낸 것들이었다. 그녀는 이 속 깊고 세심한 친구에게 무척이나 감사했다. 편지들을 보자 7년 전에 일어났던 일이 선명하게 되살아났다. 지난 몇 년간 그녀는 위쯔치를 잊으려고 노력했다. 로맹 롤랑이 이런 말을 했다. "모든 사람의 마음에는 다 사랑하는 사람을 묻은 무덤이 있다"고. 그녀야말로 마음속에 그런 무덤을 짓고 싶었다. 위쯔치가 생각날 때마다 그녀는 스스로 이렇게 달렸다. "만약 애초에 내가 그이를 안 만났다면……." "만약 그가 변심을 했다면……." "만약 두 사람의 성격이 안 맞았다면……." "만약 그가 병이 나서 죽었다면……." 하지만 이 모든 게 다 역효과만 가져왔다. 그녀는 여전히 그가 그리웠다. 특히 살다가 좌절하거나 고통스러울 때면 더욱 '위쯔치가 살아 있다면……' 하고 상상했다. 결국 시간의 흐름은 그녀의 상처를 봉합해 주기는커녕 오히려 그 상처를 더 깊게 하고 더 아프게 만들었다. 그것은 현실의 삶이 그녀로 하여금 그 상처의 원인과 의미를 갈수록 더 많이 이해할 수 있도록 만들어 주었기 때문이다. 하지만 그래도 그녀는 가능한 한 자기를 억제하려고 애썼다. 생각하지 말자, 생각하지 말자…….

마침내 길고도 고통스러웠던 세월이 종지부를 찍었다! 쯔치도 이미 누명을 벗고 복권되었다. 이제 다시 그때의 편지들을 보니 어찌 마음이 일렁이며 만감이 교차하지 않을 수 있겠는가! 그녀는 책상 앞에 멍하니 앉아 있다 가슴에서 만년필을 꺼내 마지막 편지의 여백에다 지난 몇 년간 즐겨 암송하던 소동파의 「강성자(江城子)」를 써 내려갔다.

십 년이나 생사를 몰라,
그리워하지 않으려 해도, 잊혀지지 않더니.
천 리 밖 외로운 무덤 하나, 서러운 맘 풀 곳 없네.
다시 만난들 어찌 알아보랴,
얼굴은 온통 홍진이요, 귀밑머리 흰서리 내렸거늘.

그녀는 여기서 멈추었다. 그 다음 구절은 별로 쓰고 싶지 않았다. 책상에 엎드려 한참 생각에 잠겼다가 다시 붓을 들고 금방 머릿속에 떠오른 시상을 옮겨 쓰기 시작했다.

이별 후 그립지 않다 말했지만,
파산의 밤비는 애간장을 끊네.
멀고 먼 여행길 외기러기 그림자,
꿈에서 깨날 때면 차디찬 달빛 옆.
서창의 촛불은 눈물로 얼룩지고,
싸움터엔 국화 향기 가득하여라.
화로엔 아직도 이글거리는 불꽃,
뜨거운 심장을 새로이 벼려 보네.

그녀는 만년필을 놓고 한번 읽어 본 뒤 편지지를 봉투에 넣고 다시 잘 싸 두었다. 그때 뜰에서 '탁탁탁', 쉐스가 뛰어들어오는 소리가 들렸다. "엄마, 빨리요! 샹난 아줌마가 기다리세요." 얼른 일어난 그녀가 밖으로 나가려는데 그새 루윈디가 바람같이 달려와 그녀를 끌어안았다. 둘은 꼭 끌어안고 뜨거운 눈물을 하염없이 흘렸다. "엄마! 아줌마한테 빨리 차를 드려야죠!" 쉐스가 옆에서 소리치자 그제야 두 사람은 울다 웃으며 떨어졌다.

둘은 자리에 앉아 서로 물끄러미 바라보았다. 샹난이 헤이룽장 성으로 간 뒤 둘은 한 번도 만나지 못했다. 샹난은 친지 방문 명목으로 두어 번 고향에 돌아오긴 했지만 그때마다 징후에는 들르지 못했다. 그저 편지로만 알리고 바로 엄마가 계신 고향으로 갔던 것이다. 지난 몇 년간 두 사람의 삶에는 또 어떤 흔적이 새겨졌을까? 둘은 서로 가만히 들여다보았다. 윈디는 여전히 아름답고 조용했다. 두 눈썹 사이에 생겨난 주름 몇 개가 그녀에게도 한 때 고통스러운 날이 있었음을 보여 주는 것 말고는 세월은 그녀의 곁을 관대하게 비켜 간 듯했다. 반면 루원디의 눈에 샹난은 몹시 늙어 버린 듯했다. 샹난의 불거진 이마에는 벌써 주름이 깊게 자리 잡았고 눈꼬리에도 잔주름이 잔뜩 생겨서 커다란 두 눈도 예전처럼 그렇게 예리하게 빛나지 않았다. 입가의 주름 몇 개는 큰 입의 윤곽을 더 선명하게 드러내 주었다. 머리는 여전히 귀밑으로 가지런히 자른 단발이었지만 벌써 희끗희끗 흰머리가 섞여 있었다. 애초 그처럼 천진하고 솔직하고 어린애 같기만 하던 샹난은 이미 사라지고 산전수전 다 겪어 온 중년의 여인이 되었던 것이다. 이런 변화를 보고 루원디는 자기도 모르게 감정이 북받쳐 "샤오난(小南)!"이라고 불러 보았다.

친구가 부르는 소리에 샹난은 낯선 듯이 눈을 똥그랗게 떴다. 지난 7년 동안 시골 사람들은 늘 그녀를 '라오샹'이라고 불렀고 유원 등은 '아줌마'라고 불렀다. 친지들이 있는 고향에 갔을 때나 다른 호칭을 들어 볼 수 있었다. 엄마는 언제나 그녀의 아명인 '롱디'라고 부르는 걸 좋아하셨다. 그러다 보니 지난 7년 동안 자기는 이미 '작을 소(小)' 자와는 영원히 작별한 것이라 생각했는데 오늘 다시 새삼스레 '샤오난'이라 불린 것이다. 그녀는 자기도 모르게 머리카락을 만지작거리며 친구에게 물었다. "아직도 샤오난이니?"

"응, 샤오난. 너 안 늙었어. 아직도 생기가 넘치는데, 뭐. 그동안 어떻게 살았니? 힘들었지?" 루원디는 눈 한 번 깜박이지 않고 그녀를 쳐다보았다.

"힘들었지, 원디! 밭 갈고 농사짓느라고 힘든 게 아니라 삶과 투쟁을 배우느라 힘들었어. 어디든 강과 호수가 있으면 바람 불고 파도가 일기 마련이잖아! 하지만 농민들이랑 함께 있으니 마음은 편하더라. 더 굳건해지고. 농민들 중에는 차오췬처럼 혁명의 구호로 자기의 더러운 영혼을 가리는 사람도 없고 나처럼 흔들흔들 둥둥 떠 있는 사람도 없거든. 참 단순해. 자기 삶에 근거해서 노선의 시비를 판단하거든. 밭에 수확이 적고 자기 배도 못 채우는 사람들한테 자기 노선이 정확하다고 우길 수 있겠어? 절대 그렇게 못하지! "우경 복벽 바람에 반격하자!", "생산력 중심론을 비판하자!". 이런 구호만 들어도 바로 욕을 해 대거든. "그놈들 며칠 되게 한번 굶겨 봐, 그런 헛소리가 나오나! 복벽한다고 난리라고? 차라리 복벽하라고 해! 뒤집지 않으면 그게 더 큰일나는 거야!" 이렇게 말이야. 그러니까 아무리 복잡한 문제라도 그 사람들한테만 가면 단순해져 버려. 예전에 라오청이 말하기를 농사짓는 건 자기가 농부보다 못하다고 한 적 있었는데, 내가 보니까 정치적 풍운을 관찰하고 노선 시비를 판단하는 것도 지식인들이 농민보다 꼭 나은 건 아닌 것 같아!"

신이 나서 이야기하는 샹난을 보며 루원디는 이 친구가 그동안 많이 변했다는 걸 느꼈다. 예전보다 훨씬 강해지고 탄탄해진 것이다. 그녀는 무척 기뻤다. "역시 삶 속에서 단련되는 게 중요해! 너봐, 얼마나 많이 변했는지!"

"맞아, 원디! 7년 전에 우리가 같이 나눴던 얘기 생각나니? 그때부터 난 삶에 대한 나의 인식과 태도에 대해 회의하기 시작했어. 하지만 도대체 어디가 틀린 건지는 잘 몰랐거든. 근데 지금은 분명히 알게 됐어. 해방 후 17년 동안 난 단물에만 폭 빠져 자란 거야. 엄마, 선생님, 친구들 모두 나를 치켜세워 줬지. 내가 상상했던 삶은 고요한 해면 위를 유유히 헤엄치며 잔물결을 일으키고 물장난을 치는 그런 거였어. 무서운 풍랑이 몰아칠 수도 있고 심지어는 해일이 밀어닥칠 수도 있다는 건 생각도 못 했던 거지. 그저 힘 들이지 않고 잔잔한 파도를 타고 파란 하늘의 흰구름이나 감상하면서 낭만이나 즐기려고 했지, 깊은 바다 속에 들어가 탐구해 볼 생각은 전혀 해 보지도 않았고. 쯔치 말이 딱 맞아. 뜰 줄만 알고 가라앉을 줄 모르는 사람은 수영을 할 줄 안다고 할 수 없다고 그랬거든. 그때 난 확실히 인생에 대해 알지도 못했고 인생을 어떻게 살아야 하는지도 몰랐던 거야. 그런데 삶이 와서 나를 야단치기 시작한 거야! 거대한 파도가 몰아쳐서 나를 바다 밑으로 빠뜨리자 난 너무 놀라서 눈도 못 뜨고 손도 꼼짝하지 못했지. 바다 밑에는 온통 날카로운 암초와 진절머리 나는 모래뿐인 것 같아서 차라리 바닷물이나 몽땅 삼키고 영원히 침몰해 버리는 게 낫다고 생각했어. 윈디, 정말이지 몇 번이나 쯔치의 목소리를 들었는지 몰라. 정말 그이를 따라 저 세상으로 가고 싶었지. 그런데 고맙게도 동지들이 내 손을 뜨겁게 잡아 주더라. 난 몸부림치며 바다 밑을 헤엄쳤어. 그러면서 바다 밑에서 헤엄치는 사람이 적지 않다는 걸, 또 온갖 사람들이 다 있다는 걸 점점 알게 됐어. 그중엔 고생도 많이 하고 공이 큰 사람도 있고 재주와 학식 있는 선비도 있었어. 그래서 나도 맘을 단단히 먹고 그들의 대오에 가담했어. 헤엄치고 물살을 가르며 또 헤엄치고 물살을 가르며, 물도 많이 들이켰고 상처도 많이 입었어. 하지만 그러는 동안 나는 바다 밑에는 암초와 모래만 있는 게 아니라 아름다운 산호와 진귀한 조개도 있다는 걸 발견하게 된 거야! 그렇게 난 더 는 원망하거나 상심하지 않게 됐어. 숨이 탁 트일 뿐 아니라 이젠 뜨고 가라앉는 것도 자유자재로 할 수 있을 것 같더라! 윈디, 정말 대단한 수확 아니니? 물질적으로야 난 여전히 빈털터리지만 정신적으로는 절대 가난하지 않아. 아마 갑부는 아니라도 중간 정도는 될 거야. 내가 살아온 모든 경력이 바로 내 재산이야, 평탄치는 않았지만 의미 있었던 내 인생 경력 말이야."

루원디는 감탄을 금할 수가 없었다. "샤오난, 철학자가 다 됐구나!"

"인생이 철학인데, 뭐. 성실하게 인생을 사는 사람이라면 누구든 철학자가 될 수 있어. 겨우 이 정도 철학을 깨닫는데도 난 너무 오래 걸렸어!"

루원디는 샤오난이 정말 참 많이 변했구나, 생각하면서 자기도 모르게 탁자 위의 편지들을 그녀에게 건네주었다. "쯔치가 살아서 변한 네 모습을 봤다면 얼마나 좋아했을까!"

편지를 건네받은 샤오난은 한동안 깊은 생각에 잠겨 있더니 감정에 겨워하며 입을 열었다. "내가 진작에 오늘만 같았다면 쯔치는 죽지 않았을 거야. 비바람이 몰아치더라도 쪽배 둘이 꼭 붙어 있으면 뒤집어지지 않았을지도 모르는데. 내가 먼저 손을 놔 버린 거야…… 난 영원히 그런 나를 용서할 수가 없어. 원디, 만약에 내가 그날 밤 그이하고 결혼을 했더라면……" 눈물이 그녀의 뺨을 타고 흘러내렸다.

샤오난이 이렇게 상심하자 루원디도 그 이야기를 더는 하고 싶지가 않았다. "샤오난, 지난 일은 이제 그만 얘기하자. 빈하이의 친구들은 모두 잘 있니?"

"응, 다 만나 봤어. 다들 잘 있더라. 청쓰위안은 문인협회 책임자가 됐고, 황단칭은 시 문화국 당 위원회 서기가 됐어. 왕유이는 공장으로 가서 몇 년 노동자 생활을 하다가 다시 문인협회로 와서 편집을 맡게 됐고, 스즈비, 샤센주, 마다하이 사부 모두 잘 있어. 쉐화는 특급 교사로 승진됐고 말이야."

"모두 한번 모이지는 않았고?"

"모였지! 또 청쓰위안 동무 집에서 모였단다. 우린 10년 동안 과연 우리가 퇴보한 건가, 전진한 건가를 놓고 다 같이 토론을 했어."

"퇴보기도 하고 전진이기도 해, 그렇지? 나나 즈융도 그렇게 생각하거든."

"맞아. 이게 바로 역사의 변증법이지. 늘 원래 자기 자리에만 있는 사람은 자기와 주변에 대해서 오히려 제대로 보기가 힘든 법이거든. 몇 걸음 물러나 보기도 하고 테두리 밖으로 나가 보기도 해야 더 확실히 볼 수 있어. 문화 대혁명 덕분에 우리도 우리나라와 민족에 대해서, 나와 남에 대해서 더 확실히 볼 수 있게 됐잖아! 10년 동안 모두 다 고생했지. 그것이 적든 많든, 가볍든 무겁든. 그 고통이 우리를 일깨웠어. 거인이 다시 한 번 깨어난 거야! 거인의 머리는 다시 사색하기 시작했고 성큼성큼 전진하기 시작했다고! 원디, 우리나라와 민족이 어떤 고난을 겪었든 결국은 우리 중화의 아들딸들은 모두 더 깊이 더 뜨겁게 조국을 사랑하게 되었어! 원디, 난 오늘처럼 우리 조국을 뜨겁게 사랑해 본 적이 없단다! 또 오늘처럼 조국의 번영과 발전을 위해 몸 바치겠다고 굳게 마음먹어 본 적도 없었어! 이것도 진보 아니니?"

샹난의 눈시울이 붉어지고 루원디도 말할 수 없는 감격에 젖었다. "맞아! 무대에서 연기할 때에도 지금처럼 이렇게 격정에 넘쳐 본 적은 없었지! 오늘 이 모든 게 얼마나 어렵게 얻은 것인지! 우리가 그만큼 많은 대가를 치렀잖니!"

샹난이 한숨을 내쉬며 말을 받았다. "그래! 너무 큰 대가를 치렀지! 우리의 앞 세대 뒷 세대 모두 오늘의 승리를 위해서 막대한 희생을 치렀지! 1976년 1월 저우언라이(周恩來) 총리가 세상을 뜬 그때를 난 잊을 수가 없다. 나랑 유원은 매일 밤 함께 앉아 울었어. 난 사방을 돌아다니며 보고 싶었어. 그리고 만나는 사람마다 '우린 너무 고통스러워요. 우린 정말 걱정이 돼요'라고 말하고 싶었어. 그리고 그해 청명절에 유원이 우리가 정성들여 만든 화환을 들고 베이징으로 갔는데……. 그 뒤로 돌아오지 않았어. 체포됐던 거야!"

"유원은 출옥했니?" 루원디가 다급하게 물었다.

"아직. 내가 여기 올 때 그 문제를 토론한다고 했으니까 아마 곧 나오지 않을까 싶어. 그건 그렇고 윈디, 기적이 일어났지 뭐니! 고난이 춘쑨의 병을 고쳤거든! 5년 전 내가 혹시나 하는 마음으로 그 애를 헤이룽장 시골로 데리고 가서 동네 사람들 앞에서 공연을 하게 해 줬거든. 그랬더니 글쎄, 애가 나은 거야! 이젠 아주 건강해져서 이번에 나랑 같이 빈하이로 돌아왔어."

"샤오징은?"

"그 앤 헤이룽장에 뿌리를 내렸어. 결혼해서 선생님이 됐거든. 샤오하이도 이젠 다 커서 노동자가 됐고. '침몰한 나룻배 옆으로 수천 개 범선이 지나고, 병든 나무 앞 저 숲에는 봄이 한창이라'. 우리가 겪은 일은 사람마다 소설을 한 권씩 쓰고도 남을 거야! 아마도 전체 제목은 「끝없는 장강 물결 도도히 흘러」라고 달 수 있겠지? 참, 쯔치의 그 시는 벌써 다 정리했어. 그런데 그 옛 대장이 이미 돌아가셔서 너무 안타까워. 난 그 시를 당과 인민에게 바칠 생각이야……."

"차오첸, 리융리, 펑위안펑은 어떻게 됐어?"

"그 인간들?" 샹난은 장난스럽게 눈을 반짝이더니 입가에 비웃는 듯한 웃음을 띠었다. "차오첸이 역사가 우리 논쟁에 결론을 내 줄 거라고 했었잖아? 이제 결론은 난 거지. 리융리하고 유뤄빙은 쯔치가 죽고 얼마 뒤 문화국 당 위원회 상임위원이 됐어. 그랬다가 4인방이 체포되었고 리융리는 심사를 받은 뒤 원래 공장으로 돌아갔고, 유뤄빙은 심사를 받기도 전에 자살했어. 유서에는 '모두 등 돌리고 가족도 떠나니 몸 둘 곳이 없구나'라고 쓰여 있었대.

그게 유일한 출로였는지도 모르지. 그런데 재밌는 건 펑원펑이야. 처음 리융리가 문화국으로 갈 때 따라가서 작은 조장 자리를 맡았는데 거기서도 명성이 자자했다더구나. 그러다가 리융리가 무너지니까 바로 '반격'에 나선 거야. 또 적극 분자가 되려고 했겠지. 더 웃기는 건 뭔 줄 아니? 그 사람이 위쯔치 복권 추도회에 왔더라고. 게다가 나한테 와서 그러는 거 있지. '샤오샹, 그때 좀 더 굳건하게 버티지 그랬소. 동무들은 너무 약했어. 그땐 우리도 어떻게 도와줄 수 있는 상황이 아니었소.' 그래서 내가 이렇게 대답했지. '여우가 자기 꼬리로 뒤에 남은 발자국을 지워 버리려 하는군요. 하지만 그게 어디 그리 쉬운가요?'"

"너 말하는 건 여전히 예리하구나!"

루원디가 웃자 상난도 따라 웃으며 말을 이었다. "내가 제일 경멸하는 게 그런 인간이거든. 물론 사람마다 다 자기를 위해 역사를 쓰지. 하지만 어떤 사람은 마음으로 쓰고 어떤 사람은 손으로 쓰고 어떤 사람은 그걸 피로 쓰기도 해. 그리고 또 어떤 사람은 꼬리로 쓰기도 하고. 펑원펑 같은 자야말로 자기를 위해 꼬리로 역사를 쓰는 사람이야. 본인들도 자기 역사가 그리 자랑스럽지 못하다는 걸 알거든. 그러니까 한편으로는 열심히 쓰면서 또 한편으로는 없애 버리고 싶어서 자꾸 쓸어 내는 거야. 쓸어 낸다고 또 온 사방에 먼지를 일으켜 다른 사람한테까지 떨어지게 만들고 말이야. 이런 인간은, 내 생각에 제일 좋은 방법은 말이야, 사람들 앞에서 바지를 벗겨 놓고 꼬리를 잘라 버리는 거야. 그러고 나서 자기 역사를 손으로 쓰는 법을 가르쳐 주는 거지."

"그런 인간은 언젠가는 꼭 실체가 밝혀지고 말 거야. 야오루후이도 이미 받아야 할 벌을 받고 끝장을 봤잖니! ……응? 그러고 보니 우리만 얘기하느라 정신이 없었네! 쉐스가 어디 갔을까? 즈웅을 찾으러 갔나?"

루원디의 말이 채 끝나기도 전에 문 밖에서 쩌렁쩌렁한 목소리가 들렸다. "안즈융 들어갑니다요—!" 뒤이어 발자국 소리가 들리더니 바로 샹난 앞에 한 쌍의 손이 불쑥 나타났다. "이번에는 며칠 지내다 가셔야죠!"

샹난은 처음 보는 이 '형부'를 뜯어보며 시원스럽게 웃었다. "백문이 불여일견이라더니. 장군감이시네요! 이번에는 이 집 쌀독에 쌀이 똑 떨어질 때까지 머물 작정이에요, 하하하!"

"아줌마, 쌀 떨어져도 가지 마세요! 아빠가 가서 또 사 오실 거예요!" 쉐스가 진지하게 말해 다 같이 웃음을 터뜨리고 말았다.

안즈융이 아이를 안아 흔들어 댔다. "이 녀석! 요 맹꽁이 같은 녀석!"

쉐스도 아버지의 이마를 꾹 찔렀다. "나 맹꽁이 아니에요!"

"하하하……."

이처럼 통쾌하게 웃어 본 게 도대체 얼마 만이던가!

웃어라, 다시 해방된 사람들이여!

웃어라, 새로운 장정의 길에 오른 사람들이여!

1978년 6월 초고(草稿).
10월 9일~10월 25일 초고(初稿).
1978년 12월 1일~1979년 1월 8일 재고.
1979년 6월 개정.

작가 후기

　『시인의 죽음』은 나의 처녀작입니다. 쓰기는 『사람아 아, 사람 아!』보다 1년 전에 썼는데 출판은 『사람아 아, 사람아!』보다 꼭 1 년 늦었습니다. 그런 까닭에 『사람아 아, 사람아!』가 출판된 뒤 많 은 독자들이 편지를 보내 와 『시인의 죽음』이 어떻게 되었는지 문 기도 하고 어떤 이는 책을 사고 싶다며 돈을 부쳐 오기도 했습니 다. 또 어떤 독자는 "설마 『시인의 죽음』이 이대로 묻혀 버리는 건 아니겠지요?"라고 걱정스레 묻기도 했습니다.

　독자 여러분의 이토록 애정 어린 관심에 어떻게 대답해야 할지 모르겠습니다. 지금은 형이 아우보다 늦게 태어난 이유를 설명할 수 없기 때문입니다. 지금은 그저 『시인의 죽음』이 그간 적잖은 우여곡절을 겪었으며 결국에는 인쇄까지 마친 상태에서 다시 다 른 지역의 출판사를 찾을 수밖에 없었다고 대답하는 수밖에 없습 니다. 그래도 다행히 끝내 묻혀 버리지는 않게 됐습니다. 당과 인 민이 이 작품에게 생존할 권리를 주었고 사회적으로 검증받을 수 있는 권리를 준 것입니다. 얼마나 기쁜지 모르겠습니다. 이 자리 를 빌려 그동안 이 책을 위해 심혈을 쏟아 주었던 동지들, 벗들에 게 진심으로 감사의 마음을 전하고 싶습니다.

이 작품은 2, 3년 전에 쓴 것이지만 새로이 수정을 가하지는 않았습니다. 본디 잘 쓴 작품도 아니거니와 지금 다시 보니 더 유치하고 천박해 보입니다. 하지만 그 안에는 나의 피눈물과 열정이 녹아 있고 나의 추억과 희망이 담겨 있기에 나는 여전히 이 작품을 깊이 사랑합니다. 나는 이 작품을 나 자신 창작의 길과 인생 역정의 출발점으로 삼고 더 꿋꿋하고 성실하게 앞으로 걸어가려 합니다.

독자 여러분과 전문가들의 비평을 기대합니다.

1981년 6월 상하이 푸단대학 분교 중문과에서

다이허우잉(戴厚英)

9   "톈진(天津)의 검은 조직": '붉은' 색깔은 '혁명'을 뜻하고, '검은' 색깔은 '반동'을 뜻한다.

      "중앙문혁": 1966년 5월에 설립된 '중앙문화대혁명소조'의 약칭. 초기 문화 대혁명(1966~1976)을 관장했던 최고 정치 기구다.

10   "2월 역류": 1967년 2월, 몇몇 고위 인사들이 문화 대혁명의 오류를 비판하여 우경 수정주의로 몰린 사건.

      "무산 계급 사령부": 마오쩌둥(毛澤東: 1893~1976)을 대표로 하는 중앙문혁의 최고 지도자 그룹.

11   "홍위병(紅衛兵)": 문화 대혁명 초기 노동자·농민·군인·혁명 간부 자녀들이 나서서 구축한 청년 학생 조직.

12   "혁명위원회": 1968년 코뮌(Commune)을 표방한 상하이 정권 탈취 운동 이후 성립된 조직 형식. 마오쩌둥이 이를 혁명위원회로 명명한 이후 전국의 각급 기관으로 확산되었다.

14   "소장(小將)": 젊은 장수.

15   "라오유(老游)": 중국에서 나이 든 사람을 부를 때에는 대개 성 앞에 '老(라오)'자를 붙인다.

16   "반란파(造反派)": 문화 대혁명 때 자본주의 길을 걷는 집권파에 대한 비판 투쟁에 적극 참여했던 사람 또는 조직.

      "투쟁·비판·개조 운동": 자본주의 집권파에 대한 투쟁, 자산 계급 반동 학술 권위와 이데올로기에 대한 비판, 문예·교육에 대한 개조 등을 가리킨다.

"샤오우(小吳)": 중국에서 젊은 사람을 부를 때에는 대개 성 앞에 '小(샤오)' 자를 붙인다.

18 "외양간(牛棚)": 우파, 고위직 반동 인사를 구금하고 심사하려고 각 기관들이 자체적으로 만든 임시 시설.

23 "3결합": 문화 대혁명 시기에 군중 대표, 군대 대표, 혁명 간부 대표로 기구를 구성해야 한다는 원칙.

"온갖 잡귀[牛鬼蛇神]": 지주, 부자, 반동, 우파 등 부정적 대상을 통틀어 가리키는 말.

"주자파(走資派)": 자본주의의 길을 걷는 사람.

24 "부(副)라는 것은 기대고[附] 돕는[輔] 것이지요.": '副', '附', '輔'는 중국어로 모두 똑같이 발음된다.

26 "페퇴피 클럽": 유명한 헝가리 시인 페퇴피의 이름을 딴 헝가리 정치 조직. 중국에서 페퇴피 클럽은 우경 기회주의 반당 집단을 가리킨다.

30 "항일 전쟁": 중국의 항일 전쟁은 1937~1945년에 일어났다.

36 "쟝칭(江靑)": 1914~1991년. 중국의 여성 정치가이자 마오쩌둥의 부인으로, 문화 대혁명을 주도했으나 1976년 '4인방 사건'으로 체포되었다.

48 "방자 극단(梆子劇團)": 방자는 나무로 만든 타악기로, 전통극에 사용된다. 방자 극단은 전통극을 전문하는 극단을 일컫는다.

59 "네 가지 낡은 것을 타파[四舊打破]할 때": '사구타파(四舊打破)'란 구(舊)사상, 구(舊)문화, 구(舊)풍속, 구(舊)습관을 청산하고자 일으킨 운동을 뜻한다.

85 "투비개(鬪批改)": '투쟁·비판·개조'의 약칭.

"17년": 중화인민공화국이 성립된 1949년부터 문화 대혁명이 일어난 1966년까지를 보통 '17년 시기'라고 부른다.

86 "보황파(保皇派)": 각 기관의 집권자와 유명 인사를 보호하고 지지하는 세력.

"남쪽으로 가서도[向南] 안 되지만": 샹난(向南)의 이름을 빗대어 비판한 것.

"서쪽으로 가는 건[向西] 더더욱 안 된다": 서쪽은 서구, 부르주아, 자본주의 등을 상징한다.

87 "궁눙빙(龔農兵)": 노동자·농민·군인을 가리키는 '工農兵'과 같은 음을 따서 붙인 이름.

91 "인민공사(人民公社)": 사회주의 시기에 생산과 분배를 겸했던 광범위 농촌 조직.

115 "홍기(紅旗)": 혁명을 상징하는 붉은 깃발.

120 "삼면홍기(三面紅旗)": '세 개의 붉은 기'라는 뜻으로, 1958년에 중국 공산당이 마오쩌둥의 지도 아래 팔전(八全) 대회에서 결정한 사회주의 혁명의 기본 노선을 이르는 말. 총노선(總路線), 대약진(大躍進), 인민공사를 상징한다.

130 "목규영(穆桂英)": 고대 문학 작품인 『양가장(楊家將)』에 등장하는 인물.

131 "혁명 군중": 자본주의 길을 걷는 집권파의 상대어로, 혁명 노선을 견지하는 사람들. 흔히 '잡귀'가 아닌 사람들을 가리킨다.

136 "장생(張生)이 홍낭(紅娘)에게": 장생과 홍낭은 모두 원나라 때 연극 「西廂記」의 주인공이다.

146 "노동자 선전대": '노동자마오쩌둥사상선전대'의 약칭. 파벌 대립, 무장 투쟁 등 사회 혼란을 바로잡는다는 목적 아래 1968년부터 각급 기관에 파견된 노동자 조직을 가리킨다.

"야오원위안(姚文元)": 1931~2005년. 중국의 문인 겸 정치가. 잡지 『맹아(萌芽)』의 편집 위원, 『해방일보』의 주필을 역임하면서 문예 비판 논문을 발표했다. 중앙문혁소조원(中央文革少組員), 상하이 시 혁명위원회 부주임, 중앙 정치국 위원 등을 역임했다. 문화 대혁명을 주도한 4인방 중 한 사람으로서 체포되기도 했다.

150 "긴고주(緊箍呪)": 삼장 법사가 손오공 머리 위의 금테를 조일 때 외던 주문.

151 "엽공(葉公)": "엽공이 용을 좋아한다"라는 속담에서 나온 말. 겉으로는 좋아한다고 말하지만 사실은 두려워한다는 뜻이다.

155 "노동자 사부(師傅)": 문화 대혁명 시기에 노동자에 대한 존칭으로 쓰던 말.

158 "산해경(山海經)": 고대 중국의 지리책으로, 온갖 신화와 전설이 기록되어 있다.

160 "요재지이(聊齋志異)": 청나라 괴기 소설집. '요재가 기록한 괴이한 이야기'라는 뜻이다.

187 "삼문 간부(三門幹部)": '삼문'이란 집, 학교, 직장의 문을 가리키거나 소학교, 중등학교, 대학교의 문을 가리키는 것으로, '삼문 간부'란 실천 경험이 전혀 없는 간부를 뜻한다.

188 "200근": 약 120킬로그램.

219 "5·7 간부 학교": 마오쩌둥의 '5·7 지시' 정신을 받들어 설립한 농장으로, 주로 지식인들에 대한 노동 개조와 사상 교육을 실시하던 곳.

221 "린뱌오(林彪)": 1907~1971년. 문화 대혁명 당시 부주석까지 오른 실력자로서 문혁을 주도했으나 1970년 반란을 도모했다. 1971년 비행기 추락 사고로 사망했다.
"마다하(馬大哈)": 일을 건성으로 하는 사람.

223 "류사오치 노선": 류사오치(1898~1969)는 마오쩌둥에 비해 계급투쟁보다는 생산력 발전을 중시했다. 류사오치 노선은 자본주의 길을 걷는 수정주의, 반혁명, 집권파 등의 뜻으로 사용되었다.

225 "새로 부임한 관리는 불씨 세 개나 다름없다": 갓 부임한 관리는 대개 의욕적으로 일을 추진한다는 뜻의 속담.

233 "란핑(藍苹)": 문화 대혁명 전 장칭(江青)이 사용했던 예명.

250 "셴주(羨竹)": '대나무를 흠모하다'라는 뜻.

270 "선로(線路)": '뜨개질 하는 법'이라는 뜻.

284 "돤 부인[段太太]": 중국에서 기혼 여성은 남편의 성을 따른다.

294 "부사령": 린뱌오를 가리킨다.
"설평귀(薛平貴)": 중국에서 드라마나 경극 주제로 많이 나오는 이야기로, 왕보천(王寶釧)이 전쟁에 나간 남편 설평귀를 18년이나 기다렸다는 내용이다.

312 "가져오기 주의[拿來主義]": 외부의 것을 가져와 자기 것으로 만든다는 뜻.

328 "명실상부(名實相符)": '멀리 생각하다'라는 뜻의 '쓰위안(思遠)'이라는 이름을 비꼬아 한 말.

334 "3돌출(三突出)": 문화 대혁명 4인방이 제시한 창작 원칙. 인물들 중에서 정면 인물을, 정면 인물 중에서 영웅 인물을, 영웅 인물 중에서 핵심 인물을 부각시켜 묘사하라는 원칙이다.

362 "춘쑨(春笋)": '봄에 나는 죽순'이라는 뜻.

364 "혁명 모범극[樣板戲]": 주로 중국 공산당 지도하의 무장 투쟁과 경제 건설을 그린 연극으로, 『홍등기(紅燈記)』, 『사가병(沙家浜)』등이 대표적인 작품이다.

369 "하방(下放)": 당 간부나 지식인, 도시 청년들을 단련시키려고 농촌, 광산, 공장 등지로 내려보내는 것.

377 "이중 돌격[雙搶]": 서둘러 수확하고 서둘러 파종함을 뜻한다.

387 "이청조(李淸照)": 송나라의 유명한 여류 시인.

391 "복숭아꽃 배꽃 밑에는 절로 길이 난다": 덕망이 있는 사람은 저절로 그 밑에 사람들이 모인다는 뜻.

394 "새알죽": 팥이나 깨가 든 둥근 찹쌀떡을 넣어 끓인 말간 죽으로, 보통 정월 대보름이나 경사 때 먹는다.

407 "형개(荊芥)": 중국 북부 원산이며, 약용 식물로 재배한다. 남방 음식에 주로 쓰인다.

428 "처우더우푸(臭豆腐)": 발효시켜 말린 두부.

437 "오블로모프": 19세기 후반 러시아의 이반 곤차로프가 쓴 소설 『오블로모프』의 주인공. 이 작품에서 오블로모프는 지극히 무력하고 실천력 없는 지식인으로 그려진다.

444 "약진가(躍進歌)": 1958년의 대약진 정책을 찬양하는 노래.

453 "주즈칭(朱自淸)": 1898~1948년. 중국의 시인 겸 평론가. 현실 긍정

의 입장에 선 작풍의 신선미로 시단에 올랐다.

486 "이상은(李商隱)": 812~858년. 유미주의적 경향이 있는 중국 만당(晚唐)의 시인.

490 "육유(陸游)": 1125~1210년. 철저한 항전주의자로 일관했던 중국 남송(南宋) 때의 대표적 시인.

491 "해방구(解放區)": 중국 건국 이전의 공산당 통치 지역.

612 "앙가(秧歌)": 중국 화베이(華北) 농촌 지방의 모내기 노래. 지금은 포크 댄스처럼 춤을 추며 노래한다.

631 "펑더화이(彭德懷)": 1898~1974년. 국무원 부총리 겸 국방 장관까지 역임했으나 좌경 오류에 대한 비판 발언을 했다가 우경 기회주의로 몰려 비판받았다.

641 "사오마이(燒賣)": 다진 돼지고기에 양파 또는 호파 다진 것을 섞어 밀가루 반죽을 얇게 민 껍질에 싸서 찐 만두의 일종.

649 "해서파관(海瑞罷官)": 1961년 중국 명대사(明代史) 전문가인 우한(吳晗: 1909~1969)이 마오쩌둥의 요청을 받아 쓴 역사극. 1965년. 4인방의 한 사람인 야오원위안이 이 작품을 무산 계급 독재에 저항하는 '독초'라고 비판하면서 전국적으로 「해서파관」 비판 운동이 전개되었고, 이것이 문화 대혁명의 서막을 열게 되었다.

715 "샹린 아주머니[祥林嫂]": 루쉰(1881~1936)의 소설 『축복』의 여주인공.

"문지방을 바쳐도 여전히 죄인일 수밖에 없다면 뭐 하러 문지방을 바치겠니?": 전생에 죄가 있는 사람이 사당에 문지방을 바치면 내세에 평안을 얻을 수 있다는 미신이 있다.

문화 대혁명기 중국 지식인들의 역사적 자화상

임우경

1. 성격이 운명이다

1996년 8월 25일, 다이허우잉은 상하이 자신의 아파트에서 고향 은사의 손자에게 살해당했다. 말년에 고향 사람들에게 깊은 애정을 쏟았던 그녀는 범인에게도 물심양면으로 도움을 주어 왔으나 물욕에 눈먼 범인은 은혜를 원수로 갚고 말았다. 신시기 중국 휴머니즘 문학의 기수라 불리는 그녀의 죽음은 대부분의 사람들에게 당연히 어이없고 애통한 것으로 받아들여졌다. 하지만 주변의 일부 사람들은 그녀의 죽음이 '인과응보'라고 수근대기도 했고 이제 그녀를 '용서하자'고 말하기도 했다. 그녀는 곧잘 흥분하여 맹렬하게 대드는 성격과 절대 지지 않고 맞서는 촌철살인의 언변 때문에 계속된 정치 운동 속에서 적잖은 사람들에게 원한을 샀다. 생전의 다이허우잉도 자기 삶이 그처럼 팍팍했던 것은 태반이 자기 성격 때문이라고 시인한 바 있다.

하지만 그런 성격은 아부하거나 타협할 줄 모르고 신념을 위해 정진하는 그녀의 고지식하고 순진한 면을 보여 주기도 한다. 또 설령 그녀로 인해 숱한 사람들이 희생된 것이 사실이라 해도 그녀의 삶이 비판과 반대, 청산과 숙청 운동으로 점철되었던 신중국의 역사와 일체라는 사실을 고려한다면 '인과응보' 란 그녀에게 너무 억울한 평가일 것이다. '인과' 는 그녀 혼자 만든 것이 아니고 '응 보' 역시 그녀 혼자 감당해야 하는 것은 아니기 때문이다. 게다가 그녀 역시 이미 누구보다 뼈아픈 대가를 거듭 치렀음에랴! 원로 학자 왕위안화(王元化)가 그녀의 묘비에 새겨 준 말처럼 그녀는 자기의 시대를 온몸으로 "살았고, 통곡했고, 싸웠던" 것이다.

2. 시대의 나팔수로 살다

다이허우잉은 항일 전쟁 폭발 직후인 1938년 3월, 안후이성(安徽省) 잉상현(潁上縣)의 한 파락호 집안에서 태어났다. 포목 장사로 생계를 유지하면서도 조부는 여전히 양반의 도리를 따지는 구식 인사였다. 잡화점 점원에서 시작해 사장까지 오른 아버지는 성실하고 정직한 성품으로 사람들의 신임을 얻으며 장사를 키워 나갔다. 위로 딸만 내리 다섯을 낳은 어머니는 총명한 셋째 다이허우잉을 아들처럼 키웠다. 덕분에 그녀는 구식 집안의 여자 애였으면서도 충분히 교육받으며 부족함 없는 유년기를 보낼 수 있었다.

1949년, 다이허우잉이 11세 되던 해 중화인민공화국이 성립되었다. 정부는 종종 학생들을 동원하여 선전 사업을 펼쳤으며 이를 통해 아이들의 정치적 적극성을 평가했다. 천성이 영리하고 언변이 훌륭해 전교 강연 대회에서 1등을 차지하기도 했던 다이허우잉은 그러한 선전 활동에서 단연 돋보이는 인재였다. 그녀는 토지개혁, 혼인법 실시, 반미조선전쟁지원(抗美援朝), 반혁명 진압, 부패 반대 등 각종 정치 운동을 선전하기 위해 학생들로 조직한 요고대(腰鼓: 허리에 매는 북), 앙가대(秧歌: 북부 농촌 민간 가무의 일종), 연극대 등에 누구보다 활발히 참여했다. 그 속에서 그녀는 사회주의 조국에 대한 신념을 키웠으며 신중국의 총아로서 정치적 감각을 익힐 수 있었다.

1956년 다이허우잉은 고향을 떠나 상하이 화동사범대학 중문과에 입학하고 이듬해에 반우파 투쟁에 적극 참여하면서 본격적인 계급투쟁의 길에 오르게 된다. 우파 비판에서 그녀의 촌철살인 같은 언변은 빛을 발했고, 덕분에 '작은 박격포'라는 별명을 얻었다. 1960년 3월 상하이작가협회는 자산 계급 수정주의 문예노선 비판을 위해 대회를 열고 각 대학의 학생들을 비판에 동참시켰는데, 이때 다이허우잉도 학교 대표로 참여했다. 무려 49일간이나 지속된 이 회의에서 그녀는 '문학은 인간학'이라며 인도주의 사상을 주장했던 스승 첸구룽(錢谷融)을 비판했다. "나는 선생님을 좋아하지만 진리를 더 좋아한다"라며 신랄하게 비판을 퍼부은 그녀는 일약 '문예 이론계의 샛별'로 명성을 떨치게 되었고, 졸업도 하기 전에 상하이작가협회 문학 연구실로 배속되었다.

문학 연구실은 상하이 시위원회 선전부의 나팔수 역할을 하는 곳으로서 문예 간행물들을 열람하고 동향을 정리해 보고하며 그것을 바탕으로 문예 평론을 발표하는 일을 했다. 그중 다이허우잉은 주로 영화와 연극 방면을 담당했으며 상부의 지시에 따라「이른 봄 2월(早春二月)」,「북국강남(北國江南)」 등을 비판하는 등 자신의 재능을 유감없이 발휘했다.

그러다가 1966년 저 유명한 문화 대혁명이 일어났다. 처음 다이허우잉은 베이징에서 내려온 홍위병들과 격렬하게 논쟁을 벌이며 상하이 시위원회를 옹호했으며, 그 지시에 따라 자산 계급 반동 권위자를 비판하는 벽보를 쓰기도 했다. 하지만 마오쩌둥이 홍위병을 지지하자 사람들은 곧 잇따라 '반란파(造反派)'에 가담하기 시작했고, 모든 직장 단위마다 크고 작은 반란파 조직이 난립하기 시작했다. 상하이작가협회에도 열댓 개의 반란파 조직이 생겼는데, 다이허우잉은 문학 연구소 사람들과 함께 조직한 '화정웅(火正熊)'이라는 작은 전투소조에 참여했다. 그 후 작가협회 내 '정권 탈취' 운동 과정에서 각 반란파 대표들로 '전투조연석회의'가 구성되었고, 나중에 그것이 다시 '혁명위원회'로 개조되면서 기관 내 반란 운동을 주도해 나갔다.

다이허우잉은 1968년 3월 이 혁명지도소조에 서열 4위로 참여하게 됐으나 곧바로 '장춘챠오 포격 사건'에 연루되어 '현행 반혁명 분자'로 지목되었고 결국은 5·7 간부 학교(1966년 5월 7일 마오쩌둥의 지시로 전국 각지에 세워진 농장으로, 간부들의 노동 개조를 실시하던 곳)로 보내졌다. 그러다 문혁 후기인 1972년 다이허우잉은 4인방에 의해 다시 기용되어 문예 이론 교재 편찬, 외국 문학 소개, 영화 대본 창작과 관련한 연락 업무 등에 참여했지만 정치적 비판이나 선전에 참여하는 일은 되도록 피했다. 과거와 같은 정치적 나팔수가 되기에는 이미 너무 많은 일을 경험한 뒤였던 것이다. 결국 4인방이 단죄된 이후 작가협회 문학 연구소는 흐지부지 해체되었고, 다이허우잉은 우여곡절 끝에 지금의 상하이 대학교에 자리 잡고 문예 이론을 가르치게 되었다.

3. 혁명 뒤에 숨은 동요

겉에서 보면 '박격포'라는 별명만큼이나 당과 혁명에 대한 다이허우잉의 충성은 가히 의심의 여지가 없어 보인다. 그 때문에 많은 사람들이 다이허우잉이 문혁의 과오를 문책해도 될 만큼 당내에서 책임 있는 자리에 있었던 것으로 오해하기도 한다. 그러나 놀랍게도 그녀는 일반 당원조차 아니었다. 사실 그녀는 1961년과 1965년 두 번에 걸쳐 입당 신청을 했으나 모두 통과되지 못했다. 반우파 투쟁 때 우파로 낙인찍힌 아버지, 역시 우파가 될 뻔한 남편, 횡령죄 누명을 쓰고 자살해 버린 숙부, 그리고 역시 반우파 투쟁과 대약진 시기에 다이허우잉 본인이 보여 주었던 우경 착오 및 동요 등이 그 이유였다.

그로 인한 열등감은 '우파'가 된다는 것에 대한 그녀의 두려움을 부채질하고 혁명에 한층 맹목적으로 집착하게 만들었다. 하지만 그러면서도 다이허우잉은 감정과 의리를 중시하는 성격 때문에 끝내 그런 가족과 철저하게 갈라서지 못했다. 비록 신중국의 총아로 자라난 그녀이기에 혁명의 정당성을 추호도 의심해 본 적은 없다지만 가족에 대한 양가적인 애착은 늘 그 거대한 충성심을 뿌리째 위협하는 존재가 아닐 수 없었다.

무엇보다 그녀의 가족은 너무 가난했다. 1950년대 합작화 운동 때 부친이 운영하던 가게를 국가에 헌납하고 일개 월급쟁이로 나앉을 때부터 가세가 기울더니, 1957년 부친이 우파로 몰려 감봉 당한 데다 자연재해마저 겹치고 어려운 친척들까지 군식구로 떠맡게 되면서 그녀의 가족은 극빈 상태로 내몰렸다. 대학을 졸업한 그녀가 다달이 월급을 거의 통째로 부쳐 주었지만 그래도 상황은 나아지지 않았고, 그녀까지 덩달아 극빈 상태로 지내야 했다. 신문 보도는 인민들의 삶이 점점 더 풍요로워지고 있다고 선전하건만 고향 사람들은 왜 이렇게 가난한지 그녀는 좀처럼 이해할 수가 없었다. 결국 대약진 시기에 고향에 다녀온 그녀는 시골의 빈곤 상태에 대한 자신의 의문을 솔직하게 제기했다. 하지만 그로 인해 그녀는 당을 믿지 못하고 '동요' 한다며 비판받았고, 후에 이 일은 그녀가 당원이 될 수 없었던 원인 중의 하나가 되었다.

8년 만에 끝나 버린 결혼 생활도 퍽이나 지난했다. 그녀는 대학 졸업 후 곧 중학교 동창이었던 남자 친구와 결혼했지만 남편이 안 후이성 우후(蕪湖)로 직장을 배정받았기 때문에 처음부터 별거를 해야 했다. 두 사람은 1년에 한 번뿐인, 그것도 보름밖에 안 되는 휴가 때나 겨우 만날 수 있었다. 딸을 낳은 뒤에도 도저히 혼자 키울 수가 없어 친정집으로 보내 버린 채 세 식구가 뿔뿔이 흩어져 살았다. 그러다가 결국 다른 여자가 생긴 남편이 이혼을 요구했다. 그것도 하필이면 그녀가 '장춘챠오 포격 사건'으로 한창 비판받고 있을 때였다. 어떻게든 결혼 생활을 만회해 보려고 다이허우잉은 모든 걸 포기하고 남편이 있는 우후로 옮겨 가려 했으나 비판자들은 그녀를 놓아주지 않았다. 결국 그녀는 간부 학교로 하방 조치되었고, 가족끼리 모여 살려던 그녀의 계획은 무산된 채 끝내 이혼을 피하지 못했다.

그녀가 경제적으로 조금만 더 여유가 있었다면, 혹은 높은 사람한테 끈을 대어 사정을 해 볼 만큼 자존심이 조금만 덜 셌더라도 그런 파경만은 면할 수 있었을지 모른다. 하지만 다이허우잉은 그러기에는 자기가 자신의 존엄과 개성을 지나치게 중시했다고 회고했다. 가족에 대한 애착, 그리고 자신에 대한 지나친 존중은 그녀를 늘 '개인주의'적으로 보이게 만들었다. 그녀가 남들보다 더 많이, 그리고 더 자주 '노동 개조' 처분을 받았던 것도 그와 무관하지 않을 것이다. 그녀의 말대로 혁명에 대한 열광과 '우경'이 된다는 것에 대한 공포, 그리고 성공하겠다는 야심이 한데 합쳐져 그녀를 뒤돌아보지 않고 앞으로 나가게 만들었다면, 가난한 고향과 가족에 대한 애착과 자신에 대한 존중감은 늘 저 깊은 곳에서 그녀를 불안하게 만들었다. 그리하여 그녀는 붉은 반란파 전사로서 '새로 태어난 듯한' 희열을 느끼면서도 노동자 선전대가 진주했을 때에는 자신이 '포로가 되어 버린 듯한' 모순된 느낌을 동시에 가졌다.

4. 통곡으로 터져 나온 『시인의 죽음』

하지만 적어도 문화 대혁명이 끝날 때까지 다이허우잉은 자기 내부의 모순과 불안을 그저 자신의 문제로 돌렸을 뿐 혁명에 대한 무조건적인 신뢰를 의식적으로 저버린 적은 결코 없었다. 그런데 원제(聞捷: 1923~1971)와의 연애와 그의 자살 사건은 그 신뢰에 결정적으로 타격을 주었다.

원제는 1950년대에 「투루판의 연가(吐魯番情歌)」라는 시로 명성을 얻고 청년들에게 퍽 사랑받던 저명한 시인이었다. 15세 되던 해 혁명에 투신한 그는 16세 때 동료들과 함께 국민당에 체포되었다가 공산당의 비밀스런 지도에 따라 전향서를 쓰고 풀려났다. 후에 이 일은 그를 '국민당 첩자'로 의심받게 했으며 거듭된 정치 운동 속에서 두고두고 그를 괴롭혔다. 다이허우잉은 1968년에 그가 격리 심사를 받을 때 심사조의 일원으로 참여했는데, 그 부인이 투신 자살하고 두 딸이 헤이룽장성으로 보내지는 것을 목격하면서 점차 그를 동정하게 되었다. 후에 5·7 간부 학교에서 다시 만나 가까워진 두 사람은 급기야 사랑하는 사이로 발전하여 결혼까지 신청하기에 이르렀다.

하지만 무산 계급 사령부의 장춘챠오는 그들의 연애를 '계급투쟁의 새로운 동향'으로 파악했고, 이에 호응한 노동자 선전대는 두 사람을 갈라놓는 한편 원제에 대한 정치적 비판 대회를 열었다. 결국 분에 못 이긴 원제는 자살하였고 그 정신적 충격으로 다이허우잉은 몸져눕고 말았다. 그때까지만 해도 무산 계급 사령부와 마오쩌둥에 대한 믿음을 저버리지 않았던 그녀는 이 모든 게 그들의 지시를 배반하고 왜곡한 개인들의 문제라고만 생각했다. 그렇지만 나중에 4인방 내부의 파벌 싸움에 두 사람의 연애 사건이 교묘하게 이용되었다는 사실을 알게 된 그녀는 경악을 금할 수 없었다. 고상해 보이는 '계급투쟁' 속에 사실은 이처럼 추악한 권력투쟁이 숨어 있다는 것을 알게 된 뒤로 그녀는 자신의 정치적 선택에 한결 신중해졌다.

그러다가 문혁이 종결되었다. 1978년 봄, 원제의 자살로 몸져누웠을 때 병상을 지켜 주었던 친구가 학술 연구상 필요하다며 원제에 대해 알고 있는 대로 좀 말해 달라고 부탁했다. 할 수 없이 다이허우잉은 가슴 깊이 꼭꼭 묻어 두었던 상처를 더듬기 시작했다. 그리고 1주일 만에 연습장 네 권을 빽빽하게 채워 보내 주었다. 하지만 그렇게 터진 감정의 봇물은 그대로 멈추지 않았고, 그녀는 꼬박 보름 동안을 더 미친 듯이 써 내려갔다. 다이허우잉의 말대로 그것은 주체할 수 없는 길고 긴 통곡이었다.

나중에 우연히 이걸 본 선생님과 친구들은 꼭 출판하라며 격려해 주었고 가난한 그녀를 걱정해 원고지까지 사다 주었다. 이에 용기를 얻은 다이허우잉은 날것이던 통곡을 거의 새로 쓰다시피해서 40일 만에 45만 자가 넘는 소설로 완성했다. 그것이 바로 『시인의 죽음』이었다. 때마침 1978년 가을 원제가 정식으로 복권되었고, 12월 30일에는 그 추도식이 열렸다. 그리고 상하이인민출판사가 『시인의 죽음』을 출판하겠다고 나섰다. 1979년 6월, 드디어 마지막 원고를 출판사에 넘긴 다이허우잉은 이 일로 무척 고

무되었다.

하지만 기쁨은 너무 일렀다. "이 책을 출판하면 가만두지 않겠다"는 협박성 압력이 여기저기서 들어왔고 출판사가 결국 그 압력에 굴복하고 말았던 것이다. 다이허우잉이 숱하게 출판사를 찾아가 얼굴 붉히며 따진 끝에 주위들은 이야기를 종합해 보면, 아직 원로 작가들도 책을 안 낸 마당에 다이허우잉의 책을 먼저 낼 수는 없다, 특별 심사조 조장과 심사 대상의 연애 같은 스캔들을 어떻게 소설로 출판까지 하겠느냐, 책 속의 이야기가 실제와 너무 유사하다는 것이 그 이유였다. 하지만 다이허우잉은 원인은 딱 하나, 바로 '다이허우잉이 썼기 때문에 안 된다'는 것이고 나머지는 다 핑계에 불과하다는 것을 알았다. 끝내 출판은 무산되었다. 그리고 1982년에 가서야 푸젠(福建)인민출판사에서 출판할 수 있었다.

『시인의 죽음』이 겪어야 했던 우여곡절은 다이허우잉에게 참으로 기막히고 분통 터지는 일이 아닐 수 없었다. 하지만 그 일은 그녀로 하여금 혁명과 인간 사이의 복잡한 관계에 대해 더 깊이 성찰하게 했을 뿐 아니라 그녀의 인생을 바꾸어 놓는 계기가 되었다. 본격적인 작가가 되기로 결심한 것이다. 그녀는 지식인들이 공산주의 이상과 역사를 위해서 치러야 했던 희생, 운명을 거스르려 했던 그들의 다양한 투쟁, 그리고 4인방이 단죄된 뒤 새로운 길을 모색하려는 그들의 고뇌를 그린 지식인 3부작을 쓰기로 하고 각각 『대가(代價)』, 『항쟁(抗爭)』, 『새로운 장정의 길 위에서〔新長征的路上〕』라는 제목을 달았다. 그중 『대가』는 출판 즈음 다른 작가의 동명 소설이 발표되는 바람에 별 수 없이 『시인의 죽음』으로 이름을 바꾸었고, 뒤의 두 작품은 『사람아 아, 사람아!』(1980), 그리고 『하늘의 발자국 소리』(1985)라는 제목으로 발표되었다.

5. 『사람아 아, 사람아』

『시인의 죽음』이 다이허우잉과 원제의 연애 사건을 바탕으로 하고 있다고는 해도 그것을 작가의 체험 수기나 자전쯤으로 여긴 다면 오산이다. 다이허우잉의 삶 자체가 상난보다 훨씬 더 파란만장했거니와, 상난 외에도 돤차오췐의 정치적 야심, 출신 성분에서 비롯된 펑원펑의 열등감, 루원디의 이혼, 유뤄빙의 순응주의, 지쉐화의 올곧음, 선량한 왕유이의 곤혹, 유원과 샤오징의 순진한 혁명 열정 등이 모두 작가 자신의 체험을 반영하고 있기 때문이다. 신중국의 총아로 자라나 잘나가던 비판자에서 하루아침에 비판 내상으로 전락했던 작가의 절절한 체험이 아직은 사회주의 리얼리즘의 틀을 완전히 벗지 못한 '전형 인물' 들 속에 분산되어 투사되고 있는 것이다. 그런 점에서 『시인의 죽음』은 문학적 세련미는 좀 떨어지지만 신중국 세대 지식인들의 생생한 역사적 자화상으로서 문학사적 의미가 깊은 작품이다.

『시인의 죽음』에는 시인 위쯔치 외에도 다섯 명의 지식인이 더 자살하는 것으로 그려진다. 우웨이의 아버지, 류루메이, 지펴우 교수 부부, 그리고 유뤄빙까지. 한 작품 속에 이렇게 많은 지식인의 자살이 등장하는 것은 그 전례를 찾아보기 힘들며, 그러한 사실 자체가 그 시대를 살았던 중국 지식인들의 특별한 운명을 보여준다. 혁명의 이상에 가장 많이 매료되고 충성을 서약한 것도 지식인이었고, 또한 가장 많은 '대가' 를 치른 것도 지식인이었다는 건 무엇을 의미하는가.

중국의 사회주의 국가 건설, 특히 문화 대혁명을 어떻게 평가할 것인가는 여전히 전 인류에게 남겨진 숙제일 테지만, 그 혁명의 끝자락에서 작가 다이허우잉이 발견한 것은 다름 아닌 '인간' 이었다. 그녀는 본디 인간이 인간답게 사는 세상을 꿈꾸는 것이 혁명일진대, 자신들의 혁명은 오히려 인간의 인간다움을 박탈하고 모든 것을 계급성으로 대체해 버렸다고 여겼다. 혁명은 그 자신들의 목표인 인간을 궁극적으로는 소외시켜 버린 것이다. 그런 이유로 그녀는 마르크스 레닌주의를 휴머니즘으로서 회복할 것을 호소했다. 『사람아 아, 사람아!』는 그에 대한 사색의 절정을 보여 준다. 『사람아 아, 사람아!』는 출판되자마자 엄청난 논쟁을 불러일으켰고 비판받았지만 휴머니즘과 인간의 재발견을 주장하는 신계몽주의는 문화 대혁명 이후 이른바 '신시기'의 거스를 수 없는 대세로 자리 잡았다.

하지만 또 한편으로 다이허우잉은 휴머니즘이 문제를 해결해 줄 수 없다는 것을 직감하고 있었다. 혁명이 인간을 소외시킨 것은 분명하지만 그렇게 만든 것도 결국은 인간이었기 때문이다. 그녀는 『하늘의 발자국 소리』에서 아무리 훌륭한 이상이라도 그것이 하늘에서 내려와 인간들 세계로 오면 완전히 다른 이야기가 되어 버린다고 통탄했다. 또 다 같은 인간이라도 농민, 노동자가 지식인과는 다른 부류의 인간이라는 건 사회주의 계급의식 교육을 받은 그녀가 누구보다 잘 알고 있었다. 그럼에도 그녀는 혁명과 인간의 관계에 대한 자신의 사색을 끝까지 밀고 나갈 수 없었다. 곧이어 닥친 개혁 개방과 시장경제의 도입으로 혁명의 시대 자체가 완전히 과거로 물러나 버렸기 때문이다.

다이허우잉이 통곡하며 『시인의 죽음』을 썼던 때로부터 벌써 30여 년이 지났다. 시대는 이미 한 바퀴를 돌아 다시 혁명을 추억하려는 목소리가 심심찮게 들린다. 혁명을 기억하려는 사람들에게, 또 다시 새로운 삶을 꿈꾸는 사람들에게 그녀의 통곡이 값있는 자양분이 될 것이라 믿는다.

판본 소개

1981년 홍콩 勁草出版社
1982년 중국 福建人民出版社
1986년 홍콩 香江出版社
1994년 중국 太白文藝出版社
1996년 중국 花城出版社
1999년 중국 安徽文藝出版社

『시인의 죽음[詩人之死]』은 1981년 홍콩 징차오출판사(勁草出版社)에서 출간된 이래, 중국의 푸단인민출판사(福建人民出版社)(1982), 타이바이문예출판사(太白文藝出版社)(1994), 화청출판사(花城出版社)(1996), 안후이문예출판사(安徽文藝出版社)(1999)에서 재출간되었다. 이 중 홍콩 징차오출판사 판은 어떤 경유로 발간되었는지 정확히 알 수가 없다. 다만 다이허우잉의 한 동창생이 쓴 짧은 회고록을 통해 그 정황을 미루어 짐작해 볼 수는 있을 듯하다.

『사람아 아, 사람아』가 먼저 출간됨으로써 다이허우잉이 크게 주목을 받게 되자 1981년 홍콩의 한 대학에서 그녀를 초청했다. 당시 홍콩에서는 다이허우잉의 거의 모든 소설이 출판되고 『사람 아 아, 사람아』는 연극으로도 상연되는 등 다이허우잉 붐이 일었다. 짐작하건대 당시 중국에서는 『시인의 죽음』 출간이 미루어지고 있는 상태였으므로 홍콩에서 먼저 출판하기로 결정된 것이 아닌가 싶다.

이 책의 번역은 현재까지 나온 판본 중 가장 권위 있다고 판단되는 안후이문예출판사의 『다이허우잉 문집』에 수록된 『시인의 죽음』을 저본으로 했다. 안후이문예출판사의 『다이허우잉 문집』은 다이허우잉의 막역한 친구이자 저명한 중문학 연구자인 우중제(吳中杰) 선생이 저자의 친족에게서 위탁을 받고 총편집을 맡았으며, 미완성 유고와 자전까지 포함해 총 여덟 권으로 구성되었다.

1938년　3월 중국 안후이성(安徽省) 잉상현(潁上縣) 출생.

1949년　중화인민공화국 성립.

1950년　중학교 입학. 기숙사 생활 시작.

1956년　상하이 화동사범대학 중문과 입학. '백화제방 백가쟁
　　　　명' 방침으로 자유로운 학술 분위기에서 동서고금의 경
　　　　전 탐독.

1957년　반우파 투쟁에 적극 참여. '박격포'로 불림. 아버지가
　　　　우파로 몰리고 숙부가 억울하게 횡령죄로 몰려 자살.

1960년　중국작가협회 상하이지회가 개최했던 49일간의 자산
　　　　계급 문예사상 비판 대회에 학교 대표로 참가. 상하이작
　　　　가협회 문학 연구실 배속.

1961년　죽마고우인 남편과 결혼. 남편의 직장이 안후이성에
　　　　있는 관계로 별거 생활. 입당 신청을 했으나 심사에서
　　　　탈락.

1964년　딸 출산. 백일 후 시골의 친정 어머니에게 보냄.

1965년　'네 가지 청산 운동[四淸運動]' 참여. 상하이 시위원회
　　　　사작조(寫作組)로 선발. 다시 입당 신청을 했으나 탈락.

1966년 유명 극작가 톈한(田漢) 비판을 위해 베이징으로 감. 두
       달 뒤 다시 상하이작가협회로 복귀해 문화 대혁명 운동
       에 참여.

1967년 반란파에 가담. 상하이작가협회 내에 성립된 십수 개의
       반란파 조직 중 '화정웅(火正熊)'이라는 전투조에 참여.

1968년 3월, 상하이작가협회 문화 대혁명 지도소조에 서열 4위
       로 참여. 남편의 이혼 요구. 원졔(聞捷) 심사조에 참여.
       4월 '장춘챠오(張春橋) 비판 대회' 조직. 그로 인해 '현
       행 반혁명 분자'로 지목되어 비판 대상이 됨. 노동자 선
       전대 진주. 5·7 간부 학교로 하방.

1969년 이혼. 간부 학교에서 원졔를 다시 만남.

1970년 10월 초부터 원졔와 본격적인 연애 시작. 결혼 신청을
       했으나 불허.

1971년 1월 13일 원졔 자살.

1972년 간부 학교에서 상하이로 돌아옴. 남경로의 방공 터널 파
       기 운동에 동원됨.

1973년 화동사범대학 문학 이론 교재 『문학 개론』 편찬 사업에
       참여.

1974년 상하이 도서관 기관지 『문예적역(文藝摘譯)』 편집부
       발령.

1976년 상하이 시혁명위원회 문예조 산하의 영화 팀으로 발령.

1978년 상하이 희곡 학원으로 가기로 했으나 누군가의 방해로
       취소. 『시인의 죽음〔詩人之死〕』 초고 완성. 가을에 원졔
       가 복권되고 12월 30일 추도회 개최.

1979년 상하이 복단 대학 중문과 임용. 6월 『시인의 죽음』 탈고
       했으나 출판 불발.

1980년 푸단대학 분교가 상하이대학교로 합병되면서 상하이 대학교 문학원 교사로 정착. 문예 이론을 가르침.『사람아 아, 사람아![人啊, 人!]』(장편 소설) 출판.

1982년 『시인의 죽음』 출판.

1984년 『부드러운 쇠사슬[鎖鍊, 是柔軟的]』(중단편 소설집)

1985년 『하늘의 발자국 소리[空中的足音]』(장편 소설)

1986년 『잊어지지 않는 과거[往事難忘]』(장편 소설)

1987년 『다이허우잉 수필집[戴厚英隨筆]』(산문집), 홍콩에서 「사람아 아, 사람아!」 연극 공연.

1988년 『풍수의 흐름[風水輪流]』(장편 소설)

1992년 『허공의 네거리[懸空的十字路口]』(장편 소설)

1993년 『추락[落]』(중단편 소설집)

1994년 『분열[腦裂]』(장편 소설),『성격, 운명, 나의 이야기[性格-命運-我的故事]』(자전 1)

1995년 『사람들 속에 엮은 초가[結廬在人境]』(산문집)

1996년 자택에서 고향 은사의 손자에게 피살.

1999년 『사람 노릇, 글쓰기, 나의 이야기[做人-作文-我的故事]』(자전 2)가 포함된『다이허우잉 문집(戴厚英文集)』(총 8권, 안후이문예출판사) 출판.

새롭게 을유세계문학전집을 펴내며

을유문화사는 이미 지난 1959년부터 국내 최초로 세계문학전집을 출간한 바 있습니다. 이번에 을유세계문학전집을 완전히 새롭게 마련하게 된 것은 우리가 직면한 문화적 상황에 적극적으로 대응하기 위해서입니다. 새로운 을유세계문학전집은 세계문학의 역할이 그 어느 때보다 중요해졌다는 인식에서 출발했습니다. 오늘날 세계에서 타자에 대한 이해는 우리의 안전과 행복에 직결되고 있습니다. 세계문학은 지구상의 다양한 문화들이 평등하게 소통하고, 이질적인 구성원들이 평화롭게 공존할 수 있는 문화적인 힘을 길러 줍니다.

을유세계문학전집은 세계문학을 통해 우리가 이런 힘을 길러 나가야 한다는 믿음으로 만들어졌습니다. 지난 5년간 이를 준비하기 위해 많은 노력을 기울였습니다. 세계 각국의 다양한 삶의 방식과 문화적 성취가 살아 있는 작품들, 새로운 번역이 필요한 고전들과 새롭게 소개해야 할 우리 시대의 작품들을 선정했습니다. 우리나라 최고의 역자들이 이들 작품 속 한 문장 한 문장의 숨결을 생생히 전하기 위해 심혈을 기울였습니다. 또한 역자들은 단순히 번역만 한 것이 아니라 다른 작품의 번역을 꼼꼼히 검토해 주었습니다. 을유세계문학전집은 번역된 작품 하나하나가 정본(定本)으로 인정받고 대우받을 수 있도록 최선을 다했습니다. 세계문학이 여러 경계를 넘어 우리 사회 안에서 주어진 소임을 하게 되기를 바라며 을유세계문학전집을 내놓습니다.

을유세계문학전집 편집위원단(가나다 순)
김월회(서울대 중문과 교수)
박종소(서울대 노문과 교수)
손영주(서울대 영문과 교수)
신정환(한국외대 스페인어통번역학과 교수)
정지용(성균관대 프랑스어문학과 교수)
최윤영(서울대 독문과 교수)

을유세계문학전집

1. 마의 산(상)   토마스 만 | 홍성광 옮김
2. 마의 산(하)   토마스 만 | 홍성광 옮김
3. 리어 왕·맥베스   윌리엄 셰익스피어 | 이미영 옮김
4. 골짜기의 백합   오노레 드 발자크 | 정예영 옮김
5. 로빈슨 크루소   대니얼 디포 | 윤혜준 옮김
6. 시인의 죽음   다이허우잉 | 임우경 옮김
7. 커플들, 행인들   보토 슈트라우스 | 정항균 옮김
8. 천사의 음부   마누엘 푸익 | 송병선 옮김
9. 어둠의 심연   조지프 콘래드 | 이석구 옮김
10. 도화선   공상임 | 이정재 옮김
11. 휘페리온   프리드리히 횔덜린 | 장영태 옮김
12. 루쉰 소설 전집   루쉰 | 김시준 옮김
13. 꿈   에밀 졸라 | 최애영 옮김
14. 라이겐   아르투어 슈니츨러 | 홍진호 옮김
15. 로르카 시 선집   페데리코 가르시아 로르카 | 민용태 옮김
16. 소송   프란츠 카프카 | 이재황 옮김
17. 아메리카의 나치 문학   로베르토 볼라뇨 | 김현균 옮김
18. 빌헬름 텔   프리드리히 폰 쉴러 | 이재영 옮김
19. 아우스터리츠   W. G. 제발트 | 안미현 옮김
20. 요양객   헤르만 헤세 | 김현진 옮김
21. 워싱턴 스퀘어   헨리 제임스 | 유명숙 옮김
22. 개인적인 체험   오에 겐자부로 | 서은혜 옮김
23. 사형장으로의 초대   블라디미르 나보코프 | 박혜경 옮김
24. 좁은 문·전원 교향곡   앙드레 지드 | 이동렬 옮김
25. 예브게니 오네긴   알렉산드르 푸슈킨 | 김진영 옮김
26. 그라알 이야기   크레티앵 드 트루아 | 최애리 옮김
27. 유림외사(상)   오경재 | 홍상훈 외 옮김
28. 유림외사(하)   오경재 | 홍상훈 외 옮김
29. 폴란드 기병(상)   안토니오 무뇨스 몰리나 | 권미선 옮김
30. 폴란드 기병(하)   안토니오 무뇨스 몰리나 | 권미선 옮김
31. 라 셀레스티나   페르난도 데 로하스 | 안영옥 옮김
32. 고리오 영감   오노레 드 발자크 | 이동렬 옮김
33. 키 재기 외   히구치 이치요 | 임경화 옮김

34. 돈 후안 외   티르소 데 몰리나 | 전기순 옮김

35. 젊은 베르터의 고통   요한 볼프강 폰 괴테 | 정현규 옮김

36. 모스크바발 페투슈키행 열차   베네딕트 예로페예프 | 박종소 옮김

37. 죽은 혼   니콜라이 고골 | 이경완 옮김

38. 워더링 하이츠   에밀리 브론테 | 유명숙 옮김

39. 이즈의 무희 · 천 마리 학 · 호수   가와바타 야스나리 | 신인섭 옮김

40. 주홍 글자   너새니얼 호손 | 양석원 옮김

41. 젊은 의사의 수기 · 모르핀   미하일 불가코프 | 이병훈 옮김

42. 오이디푸스 왕 외   소포클레스 | 김기영 옮김

43. 야쿠비얀 빌딩   알라 알아스와니 | 김능우 옮김

44. 식(蝕) 3부작   마오둔 | 심혜영 옮김

45. 엿보는 자   알랭 로브그리예 | 최애영 옮김

46. 무사시노 외   구니키다 돗포 | 김영식 옮김

47. 위대한 개츠비   프랜시스 스콧 피츠제럴드 | 김태우 옮김

48. 1984년   조지 오웰 | 권진아 옮김

49. 저주받은 안뜰 외   이보 안드리치 | 김지향 옮김

50. 대통령 각하   미겔 앙헬 아스투리아스 | 송상기 옮김

51. 신사 트리스트럼 섄디의 인생과 생각 이야기   로렌스 스턴 | 김정희 옮김

52. 베를린 알렉산더 광장   알프레트 되블린 | 권혁준 옮김

53. 체호프 희곡선   안톤 파블로비치 체호프 | 박현섭 옮김

54. 서푼짜리 오페라 · 남자는 남자다   베르톨트 브레히트 | 김길웅 옮김

55. 죄와 벌(상)   표도르 도스토예프스키 | 김희숙 옮김

56. 죄와 벌(하)   표도르 도스토예프스키 | 김희숙 옮김

57. 체벤구르   안드레이 플라토노프 | 윤영순 옮김

58. 이력서들   알렉산더 클루게 | 이호성 옮김

59. 플라테로와 나   후안 라몬 히메네스 | 박채연 옮김

60. 오만과 편견   제인 오스틴 | 조선정 옮김

61. 브루노 슐츠 작품집   브루노 슐츠 | 정보라 옮김

62. 송사삼백수   주조모 엮음 | 김지현 옮김

63. 팡세   블레즈 파스칼 | 현미애 옮김

64. 제인 에어   샬럿 브론테 | 조애리 옮김

65. 데미안   헤르만 헤세 | 이영임 옮김

66. 에다 이야기   스노리 스툴루손 | 이민용 옮김

67. 프랑켄슈타인   메리 셸리 | 한애경 옮김

68. 문명소사   이보가 | 백승도 옮김

69. 우리 짜르의 사람들   류드밀라 울리츠카야 | 박종소 옮김

70. 사랑에 빠진 여인들   데이비드 허버트 로렌스 | 손영주 옮김

71. 시카고   알라 알아스와니 | 김능우 옮김

72. 변신 · 선고 외   프란츠 카프카 | 김태환 옮김

73. 노생거 사원   제인 오스틴 | 조선정 옮김

74. 파우스트   요한 볼프강 폰 괴테 | 장희창 옮김

75. 러시아의 밤   블라지미르 오도예프스키 | 김희숙 옮김

76. 콜리마 이야기   바를람 샬라모프 | 이종진 옮김

77. 오레스테이아 3부작   아이스킬로스 | 김기영 옮김

78. 원잡극선   관한경 외 | 김우석 · 홍영림 옮김

79. 안전 통행증 · 사람들과 상황   보리스 파스테르나크 | 임혜영 옮김

80. 쾌락   가브리엘레 단눈치오 | 이현경 옮김

81. 지킬 박사와 하이드 씨 · 존 니컬슨   로버트 루이스 스티븐슨 | 윤혜준 옮김

82. 로미오와 줄리엣   윌리엄 셰익스피어 | 서경희 옮김

83. 마쿠나이마   마리우 지 안드라지 | 임호준 옮김

84. 재능   블라디미르 나보코프 | 박소연 옮김

85. 인형(상)   볼레스와프 프루스 | 정병권 옮김

86. 인형(하)   볼레스와프 프루스 | 정병권 옮김

87. 첫 번째 주머니 속 이야기   카렐 차페크 | 김규진 옮김

88. 페테르부르크에서 모스크바로의 여행   알렉산드르 라디셰프 | 서광진 옮김

89. 노인   유리 트리포노프 | 서선정 옮김

90. 돈키호테 성찰   호세 오르테가 이 가세트 | 신정환 옮김

91. 조플로야   샬럿 대커 | 박재영 옮김

92. 이상한 물질   테레지아 모라 | 최윤영 옮김

93. 사촌 퐁스   오노레 드 발자크 | 정예영 옮김

94. 걸리버 여행기   조너선 스위프트 | 이혜수 옮김

95. 프랑스어의 실종   아시아 제바르 | 장진영 옮김

96. 현란한 세상   레이날도 아레나스 | 변선희 옮김

97. 작품   에밀 졸라 | 권유현 옮김

98. 전쟁과 평화(상)   레프 톨스토이 | 박종소 · 최종술 옮김

99. 전쟁과 평화(중)   레프 톨스토이 | 박종소 · 최종술 옮김

100. 전쟁과 평화(하)   레프 톨스토이 | 박종소 · 최종술 옮김

101. 망자들   크리스티안 크라호트 | 김태환 옮김

을유세계문학전집은 계속 출간됩니다.

을유세계문학전집 연표

BC 458 **오레스테이아 3부작**
아이스퀼로스 | 김기영 옮김 | 77 |
수록 작품 : 아가멤논, 제주를 바치는 여
인들, 자비로운 여신들
그리스어 원전 번역
서울대 선정 동서고전 200선
시카고 대학 선정 그레이트 북스

BC 434 오이디푸스 왕 외
/432 소포클레스 | 김기영 옮김 | 42 |
수록 작품 : 안티고네, 오이디푸스 왕, 콜
로노스의 오이디푸스
그리스어 원전 번역
「동아일보」 선정 '세계를 움직인 100권의 책'
서울대 권장 도서 200선
고려대 선정 교양 명저 60선
시카고 대학 선정 그레이트 북스

1191 그라알 이야기
크레티앵 드 트루아 | 최애리 옮김 | 26 |
국내 초역

1225 에다 이야기
스노리 스툴루손 | 이민용 옮김 | 66 |

1241 원잡극선
관한경 외 | 김우석·홍영림 옮김 | 78 |

1496 라 셀레스티나
페르난도 데 로하스 | 안영옥 옮김 | 31 |

1595 로미오와 줄리엣
윌리엄 셰익스피어 | 서경희 옮김 | 82 |
미국대학위원회 선정 SAT 추천 도서

1608 리어 왕·맥베스
윌리엄 셰익스피어 | 이미영 옮김 | 3 |

1630 돈 후안 외
티르소 데 몰리나 | 전기순 옮김 | 34 |
국내 초역 「불신자로 징계받은 자」 수록

1670 팡세
블레즈 파스칼 | 현미애 옮김 | 63 |

1699 도화선
공상임 | 이정재 옮김 | 10 |
국내 초역

1719 로빈슨 크루소
대니얼 디포 | 윤혜준 옮김 | 5 |

1726 걸리버 여행기
조너선 스위프트 | 이혜수 옮김 | 94 |
미국대학위원회가 선정한 고교 추천 도서 101권
서울대학교 선정 동서양 고전 200선

1749 유림외사
오경재 | 홍상훈 외 옮김 | 27, 28 |

1759 신사 트리스트럼 섄디의
인생과 생각 이야기
로렌스 스턴 | 김정희 옮김 | 51 |
노벨연구소 선정 100대 세계 문학

1774 젊은 베르터의 고통
요한 볼프강 폰 괴테 | 정현규 옮김 | 35 |

1790 페테르부르크에서 모스크바로의 여행
A. N. 라디셰프 | 서광진 옮김 | 88 |

1799 휘페리온
프리드리히 횔덜린 | 장영태 옮김 | 11 |

1804 빌헬름 텔
프리드리히 폰 실러 | 이재영 옮김 | 18 |

1806 조플로야
샬럿 대커 | 박재영 옮김 | 91 |
국내 초역

1813 오만과 편견
제인 오스틴 | 조선정 옮김 | 60 |

1817 노생거 사원
제인 오스틴 | 조선정 옮김 | 73 |

1818 프랑켄슈타인
메리 셸리 | 한애경 옮김 | 67 |
뉴스위크 선정 세계 명저 10
옵서버 선정 최고의 소설 100
미국대학위원회 선정 SAT 추천 도서

1831 예브게니 오네긴
알렉산드르 푸슈킨 | 김진영 옮김 | 25 |

1831 파우스트
요한 볼프강 폰 괴테 | 장희창 옮김 |74|
서울대 권장 도서 100선
미국대학위원회 SAT 권장 도서

1835 고리오 영감
오노레 드 발자크 | 이동렬 옮김 |32|
서머싯 몸 선정 세계 10대 소설
연세 필독 도서 200선

1836 골짜기의 백합
오노레 드 발자크 | 정예영 옮김 |4|

1844 러시아의 밤
블라지미르 오도예프스키 | 김희숙 옮김 |75|

1847 워더링 하이츠
에밀리 브론테 | 유명숙 옮김 |38|
서머싯 몸 선정 세계 10대 소설
서울대 선정 동서 고전 200선
미국대학위원회 SAT 권장 도서

1847 제인 에어
샬럿 브론테 | 조애리 옮김 |64|
연세 필독 도서 200선
미국대학위원회 SAT 권장 도서
BBC 선정 영국인들이 가장 사랑하는 소설 100선
「가디언」 선정 가장 위대한 소설 100선

사촌 퐁스
오노레 드 발자크 | 정예영 옮김 |93|
국내 초역

1850 주홍 글자
너새니얼 호손 | 양석원 옮김 |40|

1855 죽은 혼
니콜라이 고골 | 이경완 옮김 |37|
국내 최초 원전 완역

1866 죄와 벌
표도르 도스토예프스키 | 김희숙 옮김 |55, 56|
미국대학위원회 SAT 권장 도서
하버드 대학교 권장 도서

1869 전쟁과 평화
레프 톨스토이 | 박종소 · 최종술 옮김 |98, 99, 100|
뉴스위크, 가디언, 노벨연구소 선정
세계 100대 도서

1880 워싱턴 스퀘어
헨리 제임스 | 유명숙 옮김 |21|

1886 지킬 박사와 하이드 씨 · 존 니컬슨
로버트 루이스 스티븐슨 | 윤혜준 옮김 |81|

작품
에밀 졸라 | 권유현 옮김 |97|

1888 꿈
에밀 졸라 | 최애영 옮김 |13|
국내 초역

1889 쾌락
가브리엘레 단눈치오 | 이현경 옮김 |80|
국내 초역

1890 인형
볼레스와프 프루스 | 정병권 옮김 |85, 86|
국내 초역

1896 키 재기 외
히구치 이치요 | 임경화 옮김 |33|
수록 작품: 섣달그믐, 키 재기, 탁류, 십
삼야, 갈림길, 나 때문에

1896 체호프 희곡선
안톤 파블로비치 체호프 | 박현섭 옮김 |53|
수록 작품: 갈매기, 바냐 삼촌, 세 자매,
벚나무 동산

1899 어둠의 심연
조지프 콘래드 | 이석구 옮김 |9|
수록 작품: 어둠의 심연, 진보의 전초기
지, 「청춘과 다른 두 이야기」 작가 노트,
「나르시서스호의 검둥이」 서문
미국대학위원회 SAT 권장 도서
연세 필독 도서 200선

1900 라이겐
아르투어 슈니츨러 | 홍진호 옮김 |14|
수록 작품: 라이겐, 아나톨, 구스틀 소위

1903 문명소사
이보가 | 백승도 옮김 |68|

1908 무사시노 외
구니키다 돗포 | 김영식 옮김 |46|
수록 작품: 겐 노인, 무사시노, 잊을 수
없는 사람들, 쇠고기와 감자, 소년의 비
애, 그림의 슬픔, 가마쿠라 부인, 비범한
범인, 운명론자, 정직자, 여난, 봄 새, 궁
사, 대나무 쪽문, 거짓 없는 기록
국내 초역 다수

1909	**좁은 문 · 전원 교향곡** 앙드레 지드 | 이동렬 옮김 |24| 1947년 노벨문학상 수상

1909 | **좁은 문 · 전원 교향곡**
앙드레 지드 | 이동렬 옮김 |24|
1947년 노벨문학상 수상

1914 | **플라테로와 나**
후안 라몬 히메네스 | 박채연 옮김 |59|
1956년 노벨문학상 수상

1914 | **돈키호테 성찰**
호세 오르테가 이 가세트 | 신정환 옮김 |90|

1915 | **변신 · 선고 외**
프란츠 카프카 | 김태환 옮김 |72|
/432 수록 작품: 선고, 변신, 유형지에서, 신임 변호사, 시골 의사, 관람석에서, 낡은 책장, 법 앞에서, 자칼과 아랍인, 광산의 방문, 이웃 마을, 황제의 전갈, 가장의 근심, 열한 명의 아들, 형제 살해, 어떤 꿈, 학술원 보고, 최초의 고뇌, 단식술사 서울대 권장 도서 100선
연세 필독 도서 200선
미국대학위원회 SAT 권장 도서

1919 | **데미안**
헤르만 헤세 | 이영임 옮김 |65|

1920 | **사랑에 빠진 여인들**
데이비드 허버트 로렌스 | 손영주 옮김 |70|

1924 | **마의 산**
토마스 만 | 홍성광 옮김 |1, 2|
1929년 노벨문학상 수상
서울대 권장 도서 100선
연세 필독 도서 200선
「뉴욕타임스」 선정 '20세기 최고의 책 100선'
미국대학위원회 SAT 권장 도서

송사삼백수
주조모 엮음 | 김지현 옮김 |62|

1925 | **소송**
프란츠 카프카 | 이재황 옮김 |16|

요양객
헤르만 헤세 | 김현진 옮김 |20|
수록 작품: 방랑, 요양객, 뉘른베르크 여행
1946년 노벨문학상 수상
국내 초역 「뉘른베르크 여행」 수록

1925 | **위대한 개츠비**
프랜시스 스콧 피츠제럴드 | 김태우 옮김 |47|
미 대학생 선정 '20세기 100대 영문 소설' 1위
모던 라이브러리 선정 '20세기 100대 영문학' 중 2위
미국대학위원회 추천 '서양 고전 100
「르몽드」 선정 '20세기의 책 100선'
「타임」 선정 '20세기 100대 영문 소설'

서푼짜리 오페라 · 남자는 남자다
베르톨트 브레히트 | 김길웅 옮김 |54|

1927 | **젊은 의사의 수기 · 모르핀**
미하일 불가코프 | 이병훈 옮김 |41|
국내 초역

1928 | **체벤구르**
안드레이 플라토노프 | 윤영순 옮김 |57|
국내 초역

마쿠나이마
마리우 지 안드라지 | 임호준 옮김 |83|
국내 초역

1929 | **첫 번째 주머니 속 이야기**
카렐 차페크 | 김규진 옮김 |87|

베를린 알렉산더 광장
알프레트 되블린 | 권혁준 옮김 |52|

1930 | **식(蝕) 3부작**
마오둔 | 심혜영 옮김 |44|
국내 초역

안전 통행증 · 사람들과 상황
보리스 파스테르나크 | 임혜영 옮김 |79|
원전 국내 초역

1934 | **브루노 슐츠 작품집**
브루노 슐츠 | 정보라 옮김 |61|

1935 | **루쉰 소설 전집**
루쉰 | 김시준 옮김 |12|
서울대 권장 도서 100선
연세 필독 도서 200선

1936 | **로르카 시 선집**
페데리코 가르시아 로르카 | 민용태 옮김 |15|
국내 초역 시 다수 수록

1937 | **재능**
블라디미르 나보코프 | 박소연 옮김 |84|
국내 초역

1938 사형장으로의 초대
블라디미르 나보코프 | 박혜경 옮김 | 23 |
국내 초역

1946 대통령 각하
미겔 앙헬 아스투리아스 | 송상기 옮김 | 50 |
1967년 노벨문학상 수상 작가

1949 1984년
조지 오웰 | 권진아 옮김 | 48 |
1999년 모던 라이브러리 선정 '20세기 100
대 영문학'
2005년 「타임」 선정 '20세기 100대 영문 소설'
2009년 「뉴스위크」 선정 '역대 세계 최고의 명저' 2위

1954 이즈의 무희 · 천 마리 학 · 호수
가와바타 야스나리 | 신인섭 옮김 | 39 |
1952년 일본 예술원상 수상
1968년 노벨문학상 수상

1955 엿보는 자
알랭 로브그리예 | 최애영 옮김 | 45 |
1955년 비평가상 수상

1955 저주받은 안뜰 외
이보 안드리치 | 김지향 옮김 | 49 |
수록 작품: 저주받은 안뜰, 몸통, 술잔,
물방앗간에서, 올루야크 마을, 삼사라 여
인숙에서 일어난 우스운 이야기
세르비아어 원전 번역
1961년 노벨문학상 수상 작가

1962 이력서들
알렉산더 클루게 | 이호성 옮김 | 58 |

1964 개인적인 체험
오에 겐자부로 | 서은혜 옮김 | 22 |
1994년 노벨문학상 수상

1967 콜리마 이야기
바를람 샬라모프 | 이종진 옮김 | 76 |
국내 초역

1968 현란한 세상
레이날도 아레나스 | 변선희 옮김 | 96 |
국내 초역

1970 모스크바발 페투슈키행 열차
베네딕트 예로페예프 | 박종소 옮김 | 36 |
국내 초역

1978 노인
유리 트리포노프 | 서선정 옮김 | 89 |
국내 초역

1979 천사의 음부
마누엘 푸익 | 송병선 옮김 | 8 |

1981 커플들, 행인들
보토 슈트라우스 | 정항균 옮김 | 7 |
국내 초역

1982 시인의 죽음
다이허우잉 | 임우경 옮김 | 6 |

1991 폴란드 기병
안토니오 무뇨스 몰리나 | 권미선 옮김
| 29, 30 |
국내 초역
1991년 플라네타상 수상
1992년 스페인 국민상 소설 부문 수상

1996 아메리카의 나치 문학
로베르토 볼라뇨 | 김현균 옮김 | 17 |
국내 초역

1999 이상한 물질
테라지아 모라 | 최윤영 옮김 | 92 |
국내 초역

2001 아우스터리츠
W. G. 제발트 | 안미현 옮김 | 19 |
국내 초역
전미 비평가 협회상 브레멘상
「인디펜던트」 외국 소설상 수상
「LA타임스」, 「뉴욕」, 「엔터테인먼트 위클리」
선정 2001년 최고의 책

2002 야쿠비얀 빌딩
알라 알아스와니 | 김능우 옮김 | 43 |
국내 초역
바쉬라힐 아랍 소설상
프랑스 툴롱 축전 소설 대상
이탈리아 토리노 그린차네 카부르 번역
문학상
그리스 카바피스상

2003 프랑스어의 실종
아시아 제바르 | 장진영 옮김 | 95 |
국내 초역

2005 우리 짜르의 사람들
류드밀라 울리츠카야 | 박종소 옮김 | 69 |
국내 초역

2016 망자들
크리스티안 크라흐트 | 김태환 옮김 | 101 |
국내 초역